Johannes Mario Simmel, geboren 1924 in Wien, wurde 1948 durch seinen ersten Roman »Mich wundert, daß ich so fröhlich bin« bekannt. Mit seinen brillant erzählten, zeit- und gesellschaftskritisch engagierten Romanen – sie sind in 26 Sprachen übersetzt und haben eine Auflage von weit über 65 Millionen erreicht – hat sich Simmel international einen Namen gemacht. Nicht minder erfolgreich sind seine Kinderbücher. Fast alle seine Romane wurden verfilmt.

Von Johannes Mario Simmel sind außerdem erschienen:

»Es muß nicht immer Kaviar sein« (Band 29, 3145)
»Bis zur bitteren Neige« (Band 118)
»Liebe ist nur ein Wort« (Band 145, 3149)
»Lieb Vaterland magst ruhig sein« (Band 209)
»Alle Menschen werden Brüder« (Band 262)
»Und Jimmy ging zum Regenbogen« (Band 397, 3146)
»Der Stoff, aus dem die Träume sind« (Band 437)
»Die Antwort kennt nur der Wind« (Band 481)
»Niemand ist eine Insel« (Band 553, 3150)
»Ein Autobus, groß wie die Welt« (Band 643)
»Meine Mutter darf es nie erfahren« (Band 649)
»Hurra – wir leben noch!« (Band 728)
»Zweiundzwanzig Zentimeter Zärtlichkeit« (Band 819)
»Die Erde bleibt noch lange jung« (Band 1158)
»Bitte laßt die Blumen leben« (Band 1393, 3147)
»Die im Dunkeln sieht man nicht« (Band 1570)
»Es muß nicht immer Kaviar sein / Liebe ist nur ein Wort« (Band 1731)
»Doch mit den Clowns kamen die Tränen« (Band 2957)

Vollständige Taschenbuchausgabe Januar 1991
Droemersche Verlagsanstalt Th. Knaur Nachf., München

Druck und Bindung brodard & taupin
Printed in France 5 4 3 2 1
ISBN 3-426-03148-5

Johannes Mario Simmel:
Wir heißen euch hoffen

Roman

Knaur

Fritz Bolle,
dem Freund und Lektor,
zugeeignet

Des Maurers Wandeln,
Es gleicht dem Leben,
Und sein Bestreben,
Es gleicht dem Handeln
Der Menschen auf Erden.

Die Zukunft decket
Schmerzen und Glücke.
Schrittweis dem Blicke,
Doch ungeschrecket
Dringen wir vorwärts.

Und schwer und ferne
Hängt eine Hülle
Mit Ehrfurcht. Stille
Ruhn oben die Sterne
Und unten die Gräber.

Betracht sie genauer!
Und siehe, so melden
Im Busen der Helden
Sich wandelnde Schauer
Und ernste Gefühle.

Doch rufen von drüben
Die Stimmen der Geister,
Die Stimmen der Meister:
Versäumt nicht zu üben
Die Kräfte des Guten!

Hier flechten sich Kronen
In ewiger Stille,
Die sollen mit Fülle
Die Tätigen lohnen!
Wir heißen euch hoffen.

Goethe: Symbolum

Heroin-Süchtiger tot aufgefunden! Polizei: Er starb an Überdosis

Ein 17jähriger Junge wurde in der vergangenen Nacht tot auf dem Gelände der New York Central Station entdeckt. Bei sich trug er einen an seine Eltern adressierten Brief. Mit ihrer Erlaubnis drucken wir hier den Text dieses Briefes ab:

›Liebe Mom, lieber Dad!

Ich werde heute abend Schluß machen, weil ich gemerkt habe, daß ich vom Fixen nicht mehr wegkomme. Das Heroin hat mich total kaputtgemacht. Jetzt habe ich monatelang von ein paar Tüten Popcorn gelebt, die habe ich gestohlen. Alle meine Zähne sind verfault, ohne daß ich es bemerkt habe, denn das Heroin hat alle Schmerzen betäubt. Keinem Menschen kann ich mehr meine Arme zeigen, so zerstochen sind die. Wenn ich mittags aufgestanden bin, habe ich immer erst mal Tabletten schlucken müssen, damit ich es bis zum Spätnachmittag aushalten konnte, bevor ich neuen Stoff auftrieb. So ist das Tag für Tag gegangen. Ich habe gestohlen, alte Frauen niedergeschlagen, ich habe einfach alles getan, um Geld zu kriegen für Dope. Ich bin eine Null. Ich bin der Dreck vom letzten Dreck. Sagt bitte meinem Bruder Joey, er soll die Finger von dem Zeug lassen, denn wohin das führt, sieht er jetzt ja an mir. Es tut mir leid für Euch, aber ich kann nicht anders. Ich bitte Euch alle um Verzeihung.

Tom.‹

(Meldung aus der NEW YORK TIMES vom 13. März 1968.)

Postsendung lag 28 Jahre im Gletscher

Die Bundespost wird einigen Bundesbürgern in nächster Zeit ›tiefgefrorene‹ Post zustellen: Die französische Hochgebirgspolizei hat in der Nähe von Chamonix im Gebiet des Alpengletschers Bossons einen Postsack gefunden, der zur Ladung eines am 3. November 1950 am Montblanc in 4700 Meter Höhe zerschellten Flugzeugs gehörte. Wie das Bundespostministerium mitteilte, befand sich das Flugzeug auf dem Weg von Kalkutta nach Genf. Der für Genf bestimmte Postsack enthielt zudem einige Sendungen für Empfänger in Österreich, die nun gleichfalls von der Post mit 28jähriger Verzögerung beliefert werden. (Meldung aus der Münchner ABENDZEITUNG vom 31. August 1978.)

Zwischen diesen beiden Meldungen liegen zehn Jahre. Toms Brief in der NEW YORK TIMES *war seinerzeit Anstoß, Recherchen in der internationalen Rauschgiftszene aufzunehmen. Die Meldung der* ABENDZEITUNG *veranlaßte mich dann endlich, diesen Roman zu schreiben. Ich hatte Muße, mich zehn Jahre lang eingehend mit der Materie zu beschäftigen. Alle Personen (bis auf einen einzigen Menschen), alle Schauplätze und Ereignisse – mit Ausnahme jener der Zeitgeschichte, also zum Beispiel der in den beiden Zeitungsmeldungen geschilderten Vorfälle, der Morde und des Mörders im Ersten Chemischen Institut der Universität Wien, der weltweiten Drogen-Katastrophe – sind frei erfunden, auch die Verleihung des Nobelpreises.*
Auf Tatsachen hingegen beruht alles, was die chemisch-medizinischen Dinge betrifft. Die Fachsprache der wissenschaftlichen Veröffentlichungen und eine durchaus berechtigte Geheimhaltung sind Gründe dafür, daß die Allgemeinheit von diesen Vorgängen nichts Detailliertes weiß. Allein die Endphase in der Entwicklung eines Präparates ist hier vorweggenommen worden – einer Substanz, von der man vermuten darf, daß sie in der Bekämpfung des grenzenlosen Unglücks der Drogensucht, bei der man bisher so wenig Positives erreicht hat, wesentliche Hilfe bringen wird. Es liegt mir ganz und gar fern, hier und jetzt verfrühten und deshalb falschen Erwartungen das Wort zu reden. Dennoch bin ich überzeugt, daß wir zumindest hoffen dürfen.

J. M. S.

Prolog

I

Nachdem er den dritten Telefonanruf erhalten hatte, öffnete er eine versperrte Lade seines Schreibtischs, entnahm ihr eine Pistole, Modell Walther, Kaliber 7.65, zog den Verschluß zurück und ließ eine Patrone in die Kammer springen. Wie die kriminalpolizeiliche Untersuchung später ergab, war es zu diesem Zeitpunkt genau 16 Uhr und 45 Minuten. Bevor er aus der Waffe dann den tödlichen Schuß abfeuerte – auch das wurde anläßlich der Rekonstruktion des Falles zweifelsfrei geklärt –, vergingen noch zweiundfünfzig Minuten. Er schoß erst um 17 Uhr 37. Bei der Pistole handelte es sich um ein altes, aber hervorragend gepflegtes Stück, gereinigt und geölt, das Magazin gefüllt, jederzeit zu blitzschnellem Handeln bereit.

Der erste Anruf war eine halbe Stunde vor dem dritten gekommen. Außer Atem hatte er sich gemeldet. Eine helle Frauenstimme war aus dem Hörer an sein Ohr gedrungen.

»Herr Professor Lindhout?«

»Ja...« Er setzte sich, immer noch keuchend, an den mit Büchern, Manuskripten und Papieren überhäuften Schreibtisch. Grelle Wintersonne fiel in den Raum. Am Nachmittag dieses 23. Februar 1979 war der Himmel über Wien wolkenlos und von wässerig blauer Farbe. Trotz der Sonne herrschte eisige Kälte.

»Hier ist die Schwedische Botschaft. Ich verbinde mit Seiner Exzellenz dem Herrn Botschafter.«

Gleich darauf hörte er eine tiefe, ruhige Männerstimme.

»Adrian, mein Freund?«

»Ja... Krister... ja...«

»Was ist los mit dir?«

»Wieso?«

»Du kannst ja kaum sprechen!«

»Entschuldige... Ich war beim Packen... Mußte aus dem Ankleidezimmer herüberlaufen. Ich bin ein alter Mann, Krister...«

»Rede keinen solchen Unsinn!«

»Mein Lieber, im April werde ich fünfundsechzig.«

»Aber mit fünfundsechzig ist man doch nicht alt!«
»Ich fühle mich aber alt, Krister, sehr alt...« Lindhout stützte den Kopf mit dem ergrauten Haar und dem offenbar von ständiger Trauer geprägten Gesicht in die Hand des freien Armes, dessen Ellbogen auf der Schreibtischplatte ruhte.
Eine kurze Stille folgte.
Dann erklang wieder die ruhige, behutsame Stimme des Botschafters: »Du hast sehr viel erlebt und erlitten, Adrian, ich weiß...«
»Es ist nicht das.«
»Was denn? Du bist vollkommen gesund! Vor drei Wochen habe ich dich nach Rochester geschickt, in die Mayo-Klinik. Alle Befunde waren ausgezeichnet!«
»Ach, die Befunde...«
»Ich verstehe dich nicht, Adrian! Ist etwas geschehen? Du mußt es mir sagen, wenn etwas geschehen ist. Hörst du? Du *mußt*!«
Lindhouts Blick glitt ins Leere. Ich habe nie gut lügen können, dachte er, und log: »Gar nichts ist geschehen, Krister! Ich ... ich bin einfach in keiner guten Verfassung heute. Das Wetter... dieser elende, verrückte Winter. Das ist alles. Wirklich. Wann geht unsere Maschine?«
»Um 19 Uhr 50, Adrian. Und was heißt das: Du warst beim Packen? Wo ist deine Haushälterin, diese Frau...«
»Kretschmar. Sie liegt mit Grippe im Bett. Seit gestern.«
»Ich schicke sofort jemanden, der dir hilft!«
»Unter keinen Umständen, Krister! Ich komme sehr gut zurecht.«
Lindhout lachte kurz auf. Es war das Lachen eines Mannes, der unter schwierigsten Umständen versucht, seine Haltung nicht zu verlieren. »Also 19 Uhr 50, wie?« Ich muß mich noch viel mehr zusammennehmen, dachte er verzweifelt. Der Botschafter darf nichts merken. Kein Mensch darf etwas merken. Hier nicht, in Stockholm nicht, nirgends, sonst bin ich gleich ein toter Mann.
»Da ist noch etwas, Adrian...«
Er fühlte Schweiß auf der Stirn. Ich darf nicht so schreckhaft sein, dachte er, und fragte: »Noch etwas?«
»Jean-Claude...«
»Was ist mit ihm?«
»Er hat mich eben angerufen.«
»Weshalb?«
»Du weißt, wie schüchtern er ist. Er hat nicht gewagt, dich zu fragen.«
»Was zu fragen?«
»Ob er wieder mitfliegen darf.«
»Zum Teufel, selbstverständlich darf er! Seit achtzehn Jahren ist er

mein engster Mitarbeiter! Und da wagt er nicht... Ich werde Jean-Claude sofort anrufen und ihm sagen...«
»Nein, du mußt packen. Du hast zu tun. Ich informiere Jean-Claude, und ich denke, ich hole zuerst ihn ab, und so etwa ein Viertel vor sechs Uhr kommen Jean-Claude Collange und ich zu dir. Ist dir das recht? Da haben wir genügend Zeit für die Fahrt hinaus nach Schwechat zum Flughafen und alles andere – Fernsehen, Rundfunk, Journalisten. Und einen ordentlichen Whisky. Was dir fehlt, ist ein ordentlicher Whisky. Ich kenne doch deine Stimmungen. Wenn du einen anständigen Schluck getrunken hast, sieht die Welt gleich ganz anders aus!«
Aus nebelhaften Fernen kehrte Lindhouts Blick zurück, wurde klar, fiel auf die Zeitung, die vor ihm lag – den KURIER vom Tage. Er las die riesigen Schlagzeilen...

JETZT DROHT WELTKRISE!
SOWJETS MOBILISIEREN!
EINE MILLION MANN MARSCHBEREIT AN CHINA-GRENZE

Lindhout sagte lachend: »Ja, dann sieht die Welt gleich ganz anders aus.«
Er dachte: Und es gibt keine Möglichkeit mehr, zu entkommen. Keine Möglichkeit mehr, nein.
»Ich freue mich auf die Reise, Adrian!«
»Ich mich auch«, sagte Lindhout. Guter Freund, dachte er, guter Freund Krister.
Adrian Lindhout kannte den Botschafter Schwedens in Wien erst seit dem 10. Dezember 1978. Da hatte Seine Exzellenz Krister Eijre angerufen und ihm, noch bevor die Massenmedien informiert waren, mitgeteilt, daß er den Nobelpreis für Medizin erhalten habe. Die Verkündung der Preise findet alljährlich am 10. Dezember, dem Todestag Alfred Nobels, statt. Dann, am 17. Januar 1979, hatte Krister Eijre in Begleitung des Dr. Jean-Claude Collange den Biochemiker Professor Dr. Adrian Lindhout nach Stockholm gebracht, wo dieser den Preis aus den Händen des schwedischen Königs Carl XVI. Gustaf entgegennahm. Alles war feierlich und den Statuten gemäß abgelaufen. Die Statuten besagten, daß jeder Preisträger innerhalb einer bestimmten Frist vor dem Auditorium der Schwedischen Akademie der Wissenschaften einen Vortrag über seine Arbeiten und seine Entdeckung halten sollte. Adrian Lindhouts Vortrag nun war für den 24. Februar 1979 geplant. Er ist, da die Tragödie ihren unerbittlichen Lauf nahm, niemals gehalten worden.

2

In jenen nur rund zehn Wochen ihrer Bekanntschaft wurden der Botschafter und Adrian Lindhout Freunde. Adrian war tief beeindruckt von der Integrität des Diplomaten, und dieser verehrte ihn. Beinahe täglich trafen sie einander und redeten sich bald schon – ein Vorschlag Eijres – mit dem vertraulichen Du an. Nächte hindurch saßen sie vor dem großen Kamin in der Botschaft oder in Lindhouts Arbeitszimmer, zwischen riesigen Bücherwänden, in denen, vor der einzigen freien Stelle, eine farbige Lithographie von Marc Chagall hing: die Köpfe eines Liebespaares unter Geäst in den Farben Rot, Rosa, Gelb und Blau. Wie vor allen Gefahren dieser Welt geschützt, war das Paar eingebettet in eine schmale schwarze Sichel, die der des zunehmenden Mondes glich.
Stets sprachen die beiden Männer über Lindhouts Entdeckung. Eijre nannte seinen neuen Freund gern einen der ganz großen Wohltäter der Menschheit. Und natürlich ließ er es sich nicht nehmen, Lindhout auch auf dem zweiten Flug nach Stockholm zu begleiten.
Die Gespräche mit dem Botschafter hatten dem für einen nicht Informierten – und nicht informiert waren sie alle, ja alle! – völlig unverständlich von Tragik umwitterten Lindhout zum einen stets wohlgetan, zum andern ihm wieder und wieder jene Schlußsätze des Manuskripts ins Gedächtnis gerufen, das in einem Safe der nahen Länderbank lag. Es war das Manuskript von Lindhouts letztem Werk und durfte, dessen Testament zufolge, erst nach seinem Tode der Öffentlichkeit bekanntgegeben werden. So lauteten diese Sätze: ›Dabei ist es nicht die Droge, die den Menschen gefährdet, sondern die menschliche Natur, die der Droge, wie vielem anderen auch, nicht gewachsen ist. Die Droge ist in dieser Hinsicht entfernt mit geistigen Dingen zu vergleichen, die in die Menschheit hineingetragen worden sind und hineingetragen werden: Welches politische Konzept, welche Ideologie, welches noch so überzeugend klingende Glaubensbekenntnis hat nicht auch Anlaß gegeben zu üblem Mißbrauch? In der psychischen Struktur des Menschen, in seinen Ängsten und Konflikten, in seinem Geltungsstreben, in seinen wohlverborgenen eigensüchtigen Motivationen ist es gelegen, daß selbst die edelsten Gedanken als Waffen gegen vermeintliche Gegner mißbraucht werden. In einer Epoche, in der, auf Grund der sozialen und der technischen Entwicklung, die Eigenverantwortlichkeit des Einzelnen zwangsläufig vermindert ist, wird die Zahl derer, die in der Bewältigung ihrer Situation

über genügend Hemm- und Bremsmechanismen verfügen, klein sein...‹

An diese Sätze hatte Lindhout bei seinen nächtlichen Gesprächen mit dem Schwedischen Botschafter immer wieder denken müssen. Und er mußte auch jetzt, da Krister Eijre ihn anrief, an sie denken. Vor zehn Jahren, überlegte er benommen, den Chagall betrachtend, hätte ich derlei noch nicht denken und schreiben können...

Er verabschiedete sich rasch und legte den Hörer in die Gabel. Danach stand er auf und trat, einem Schlafwandler gleich, an die hohe Glastür, die zu einem Balkon mit steinerner Balustrade hinausführte.

Lindhouts Wohnung befand sich im vierten Stock eines Hauses an der Berggasse im Wiener IX. Gemeindebezirk, nahe der Votivkirche, der Währingerstraße und dem Schottenring. Von der Währingerstraße fiel die Berggasse steil ab zur Rossauerlände. Dort unten befanden sich das Sicherheitsbüro und, anschließend, das Polizei-Gefangenenhaus. Das Gebäude, in dem Lindhout wohnte, war in den siebziger Jahren des vorigen Jahrhunderts erbaut worden, ein stattliches Haus in eklektischem Stil: Die Fassade gehörte in ihrem unteren Teil der Renaissance an, während sie oben mit neoklassizistischen Details verziert war. Neben zahlreichen großen Balkonen gab es grimmige Löwen und gewaltige Heroen aus Stuck zu betrachten.

Lindhout stand reglos. Die grellen Strahlen der Wintersonne blendeten ihn, seine Augen begannen zu tränen, aber er schloß sie nicht, er senkte nur den Blick und sah hinab auf die belebte Straße. Niemand, nicht einmal er selber mit all seinem Wissen und seiner entsetzlichen Angst, ahnte zu jenem Zeitpunkt, daß nicht einmal eineinhalb Stunden später dort unten auf der Straße, vor Lindhouts Haus, ein Mann liegen sollte, tot, die Glieder zerschmettert und im Schädel ein stählernes Geschoß, abgefeuert aus einer Pistole, Modell Walther, Kaliber 7.65.

3

Der zweite Anruf kam genau um 16 Uhr 30, und er traf Lindhout nicht unerwartet. Dieser Zeitpunkt war verabredet gewesen.

»Sie wissen, wer spricht, verehrter Herr Professor?« Die Stimme klang devot und sanft. Du verfluchter Hund, dachte Lindhout und sagte: »Natürlich, Herr Zoltan. Sie sind sehr pünktlich.«

»Ich bin immer sehr pünktlich, Herr Professor. Sie fliegen also heute abend nach Stockholm?«

»Ja.« Die Sonne war gesunken. Sie stand über den Weinbergen im Westen der Stadt, und ihre grellen, kalten Strahlen trafen plötzlich den Chagall in der Bücherwand und ließen ihn magisch aufleuchten. Lindhout starrte das Liebespaar an. In seinem Kopf jagten sich die Gedanken: Zoltan redet wie immer. Vielleicht ahnt er nicht, was ich inzwischen weiß. Vielleicht ahnt er es aber doch? Vielleicht *weiß* er es gar, und dies hier stellt nur einen Test, eine Probe dar? Zoltan ist ein sehr kluger Mensch. Auch ich muß jetzt sehr klug sein, so klug, wie ich nur kann, denn wenn ich falsch reagiere, wenn Zoltan das Gefühl bekommt, daß ich weiß, was ich weiß, dann wird er nicht zögern, sofort zu handeln. Also muß ich Zoltan in Sicherheit wiegen. Nur so habe ich eine Chance, noch etwas länger zu leben – dieses mein elendes, verfluchtes Leben. Vielleicht. Vielleicht auch nicht. Lewin sagt, daß ich keine Chance mehr habe, nicht die kleinste...

Lindhout schloß kurz die müden Augen. Er lebte seit Wochen in einem Zustand abgrundtiefer Verzweiflung, doch da gab es noch kurze, jähe Momente des Aufbegehrens. Eben jetzt durchzuckte ihn wieder Hoffnung: Und wenn Lewin zu schwarz sieht? Und wenn es mir gelingt, Zoltan und seine Leute zu überlisten, den Beweis zu finden, daß ihre toten Zeugen falsche Zeugen sind, daß ihre abgesicherten Dokumentationen eben doch nicht abgesichert sind? Dann würde, dann könnte es mir am Ende doch noch gelingen, die Früchte meiner Arbeit, dieser Arbeit eines Lebens, zu retten und einen ungeheuerlichen internationalen Skandal aufzudecken: dieses maßlose Verbrechen zu verhindern, diese grenzenlose Infamie zu durchkreuzen, einer schaudernden Welt die Wahrheit zu sagen... Freundlich und harmlos also, um des Millionstel Prozentes einer Chance willen! Harmlos und freundlich fragte Lindhout: »Sie möchten wissen, wann ich zurückkomme, nicht wahr?«

»So ist es, verehrter Herr Professor.« Zoltan ahnt nicht, daß ich alles weiß. Ahnt er es wirklich nicht?

Lindhout fühlte sein Herz klopfen im schnellen Rhythmus des Hoffens, des Hoffens entgegen jeder Logik, jeder Tatsache, jedes Wortes, das Lewin gesagt hatte. Und wenn es nur ein Funken an Hoffnung war, er würde ihn zu loderndem Feuer bringen! »Sie haben mir bei unserem letzten Treffen versprochen, heute den Termin zu nennen. Heute kennen Sie ihn. Heute kennen Sie die Ergebnisse Ihrer Untersuchung in der Mayo-Klinik, das ist doch so, nicht wahr?«

»Genauso ist es.« Lindhout dachte: Ich fühle mich seit jenem Tag so elend, so sehr elend. Der gute, arglose Krister! Prompt hat er mich nach Rochester in die Mayo-Klinik fliegen lassen. Ich mußte hinfliegen, wie hätte ich meinen Zustand sonst erklären können? Und ich mußte Zoltan sagen, daß ich fliege. Natürlich weiß der genau, daß die Befunde des Check-ups allesamt exzellent gewesen sind. Es wird wohl kaum etwas geben, das Zoltan nicht weiß. Er traut mir nicht. Er hat in seinem ganzen Leben niemals einem einzigen Menschen eine einzige Sekunde lang vertraut, nicht einmal sich selbst... Lindhout sagte: »Ich bin kerngesund...«
»Wie schön!«
»...und ich werde spätestens am sechsundzwanzigsten Februar wieder in Wien sein... falls nichts passiert.« Jetzt prüfe ich *ihn* einmal, dachte Lindhout.
»Was sollte passieren, verehrter Herr Professor?«
»Nichts... eine Redensart.« Jählings war wieder die Verzweiflung da, die grauenvolle Verzweiflung der letzten Zeit. Vorbei der wilde Herzschlag des Hoffens. Nein, keine Chance, dachte Lindhout. Lewin hat recht. Es ist aus. Aber dann, dachte er trostlos, was soll aus dem Menschen schon werden können, wenn ihm nur eines gewiß ist: der Tod?
»Sie werden nicht ohne Schutz und Hilfe sein in Stockholm, verehrter Herr Professor«, erklang Zoltans Stimme.
»Lassen Sie mich überwachen? Spionieren Sie mir etwa nach?« Lindhout sprach plötzlich laut und wütend. Jetzt muß ich laut und wütend sprechen, dachte er. Muß ich? Ach, wozu noch?
»Ich bitte Sie um alles in der Welt, lieber Herr Professor – was für Worte? Wir sind ehrlich um Ihr Wohlergehen besorgt... das glauben Sie mir doch hoffentlich, nicht wahr?«
»Ja, das glaube ich in der Tat«, sagte Lindhout bitter. Und er dachte: Menschen. Was sind wir Menschen? Eine degenerierte Tierrasse. Das sinnvoll instinktgesteuerte Triebleben des Tieres ist bei uns Menschen durch die Entwicklung des Großhirns und damit des Geistes, ist durch den Verstand, auf den wir so stolz sind, ist durch unsere Handlungsfreiheit entartet – und unser Geist, unser Verstand ist zu schwach, unser Triebleben zu steuern. Daher wird bei den Menschen immer wieder das Animalische, und das heißt bei uns: das Nur-Degenerierte durchschlagen. Damit hätten wir eigentlich bereits die gesamte Menschheitsgeschichte und wissen, was uns noch erwartet.
Zoltans Stimme erklang: »Wenn Sie also spätestens am sechsundzwanzigsten nach Wien zurückkehren, können wir es bei dem vorgesehenen Termin belassen, ist das so?«

»So ist es, Herr Zoltan.«
»Na also! Da freue ich mich aber!« Ja, dachte Lindhout, wie sehr du dich freust, kann ich mir vorstellen. »Also bleibt mir, Ihnen einen ruhigen Flug, einen angenehmen Aufenthalt in Stockholm und eine frohe Heimkehr zu wünschen, Herr Professor. Wie glücklich bin ich, daß alles so glatt geht.«
»Nicht mehr als ich, Herr Zoltan, nicht mehr als ich. Guten Tag«, sagte Lindhout und legte den Hörer wieder in die Gabel.
Er stand auf, immer noch den Chagall betrachtend, und hielt einen Daumen gegen die Lippen. So verharrte er auf seinem Platz, ein großer schlanker Mann, das graue Haar verwirrt, das Gesicht von Falten und Furchen durchzogen, die Lippen voll und breit, die blauen Augen unter den schweren Lidern von beständiger Trauer erfüllt, dabei hellwach. Er hatte zarte, schöne Hände. Er trug einen Pullover von blauer Farbe, im Ausschnitt ein buntes Tuch, graue Flanellhosen, die aussahen, als hätten sie niemals Falten gehabt, und bequeme, weiche Pantoffeln. So stand er vor dem von Büchern, Manuskripten und Papieren jeder Art überquellenden Schreibtisch, als das Telefon gleich darauf wieder zu läuten begann. Es war der dritte Anruf an diesem Nachmittag, und Lindhout blieb die ganze Zeit über, die er nun sprach, stehen, während die Strahlen der untergehenden Sonne von dem Liebespaar fort auf die Gesammelten Werke des Baruch de Spinoza wanderten.

4

»Hier spricht Haberland!« Die Stimme, mit leichtem Wiener Akzent, war die eines Mannes etwa des gleichen Alters wie Lindhout.
»Es tut mir leid, ich kenne Sie nicht.«
»Das dachte ich mir. Ich bin Kaplan Haberland. Ich habe mich zuerst auch nicht an Sie erinnert. Es ist schon so lange her. Dann fiel es mir wieder ein. Es wird auch Ihnen wieder einfallen, gleich, wenn Sie mich sehen.«
»Was heißt das: gleich, wenn ich Sie sehe?«
»Ich kann in dreißig Minuten bei Ihnen sein.«
»Hören Sie, Herr Kaplan, hier muß ein Irrtum vorliegen.«
»Leider nein.«
»Wieso leider? Ich sage Ihnen, ich kenne Sie nicht, und ich bin im Begriff, zu verreisen. Nach Stockholm. Ich muß mich noch umziehen, ich werde in einer Stunde abgeholt.«

Plötzlich war die Stimme des andern sehr bestimmt. »Ich muß Sie vorher sprechen!«
»Was fällt Ihnen ein?« Lindhout räusperte sich ärgerlich. »Ich sagte Ihnen doch, ich kenne Sie nicht.«
»O doch.«
»Wenn das ein Spaß sein soll, dann ist es ein sehr dummer.«
»Es ist kein Spaß! Ich bestehe darauf, daß Sie mich jetzt empfangen! Sofort! Vor Ihrer Abreise!«
»Warum sollte ich Sie empfangen, Herr Kaplan?«
»Ich habe heute einen Brief von Fräulein Demut erhalten.«
»Von wem?«
»Von Fräulein Philine Demut, Herr Professor. An die *müssen* Sie sich erinnern!«
»Philine Demut... oh! Ja, natürlich! Aber was reden Sie da für Unsinn? Fräulein Demut ist seit dreißig Jahren tot!«
»Seit dreiunddreißigeinhalb Jahren.«
»Wer immer Sie sind, ich habe jetzt genug! Ich muß nach Stockholm...«
»Das haben Sie schon einmal gesagt. Es steht auch in allen Zeitungen. Trotzdem: Ich muß sofort mit Ihnen reden!«
»Das geht nicht!«
»Das muß gehen!«
»Nein!« schrie Lindhout in jähem Ärger.
»Wenn Sie mich nicht empfangen«, sagte der Mann, der behauptete, Kaplan zu sein und Lindhout zu kennen, »kann aus Ihrem Stockholm-Flug nichts werden. Es geht nämlich um Mord!«
»Um... was?«
»Um Mord«, sagte die Stimme des Kaplans Haberland. »Herr Professor, Sie haben einen Menschen ermordet.«

5

Nach einem Fluch entschuldigte sich Lindhout bei dem Kaplan. Sein Gesicht war plötzlich bleich, fast weiß geworden. Seine Stimme versagte, als er sprechen wollte. Er mußte ein zweites Mal ansetzen, und auch da sprach er heiser.
»Gut. Kommen Sie.«
»Sie erinnern sich jetzt also wieder an alles?«
»Ja«, sagte Lindhout. »An alles erinnere ich mich. Ich erwarte Sie, Herr Kaplan. Und beeilen Sie sich.«

Zum dritten Mal ließ er den Hörer in die Gabel fallen. Eine jähe Verwandlung ging in ihm vor. Hart war sein Gesicht nun, entschlossen und gestrafft. Er öffnete eine versperrte Lade des Schreibtischs, entnahm ihr eine Pistole, zog den Verschluß zurück und ließ eine Patrone in die Kammer springen. Wie die kriminalpolizeiliche Untersuchung später ergab, war es zu diesem Zeitpunkt genau 16 Uhr und 45 Minuten. Bevor Lindhout aus der Waffe dann den tödlichen Schuß abfeuerte – auch das wurde anläßlich der Rekonstruktion des Falles zweifelsfrei geklärt –, vergingen noch zweiundfünfzig Minuten. Lindhout schoß erst um 17 Uhr 37. Bei der Pistole handelte es sich um ein altes, aber hervorragend gepflegtes Stück, gereinigt und geölt, das Magazin gefüllt, jederzeit zu blitzschnellem Handeln bereit.
Lindhout setzte sich. Seine Gedanken gingen weit, weit zurück in eine ferne Vergangenheit, die, wie er gedacht hatte, für immer verschwunden war im Sandmeer der Zeit. Spurlos. Sie war also nicht verschwunden, diese Vergangenheit. Wieso nicht? Was bedeutet das alles? Ein Trick? Eine neue Bedrohung? Zornig war Lindhout nun. Kaplan Haberland... Es schien ihm, als sei ihm vor langer, langer Zeit einmal, ein einziges Mal, ein Mann dieses Namens begegnet. Aber war dies derselbe, der eben angerufen und sich so genannt hatte? Oder war es ein anderer, vielleicht gar einer von Zoltans Kreaturen?
Lindhouts Finger preßten sich um die Pistole. Er war nicht unvorbereitet, wenn da einer von Zoltans Leuten kam. Notfalls, dachte Lindhout, nehme ich den Kerl, der sich Haberland nannte, mit, wenn es darauf ankommt.
Die letzten Sonnenstrahlen waren aus dem Zimmer gewichen. Der Himmel wurde dunkler. Lindhout saß reglos. Er erinnerte sich, erinnerte sich an alles, was geschehen war in langen, langen Jahren. Auf dem Schreibtisch lag ein mit Maschine getipptes Manuskript. Es enthielt den englischen Text des Vortrags, den er vor der Schwedischen Akademie der Wissenschaften halten wollte. Der Vortrag trug den Titel:

DIE BEHANDLUNG DER MORPHIN-ABHÄNGIGKEIT
DURCH ANTAGONISTISCH WIRKENDE SUBSTANZEN

Auf dieses Manuskript legte der Professor Dr. Adrian Lindhout die nunmehr geladene und entsicherte Pistole, Modell Walter, Kaliber 7.65 Millimeter.

Erstes Buch

Die Kräfte des Guten

I

1938, im Juni, fragte Philine Demut den Kaplan Roman Haberland, ob es Gott dem Allmächtigen denn auch gewiß wohlgefällig wäre, wenn sie eine rote Fahne mit einem weißen, kreisrunden Feld und dem schwarzen Hakenkreuz darauf erwarb und diese am Balkon ihrer Wohnung im vierten Stock des Hauses an der Berggasse anbrachte.

Haberland, ein rotgesichtiger, großer, starker Bauernsohn aus der Nähe von Salzburg, fragte, wie sie denn auf diesen Gedanken gekommen sei.

»Unser Hausbesorger, Hochwürden, der Pangerl, Sie wissen schon. Er ist gestern erschienen und hat gesagt, daß ich so eine Fahne vom Balkon herunterhängen lassen muß. Schon längst hätte ich es tun müssen, wie alle anderen. Er ist sehr böse gewesen, wie ich ihm gesagt habe, daß ich so eine Fahne noch gar nicht gekauft habe und daß ich mich erst besprechen muß mit Ihnen, Hochwürden.«

Der zu diesem Zeitpunkt neunundzwanzigjährige Kaplan mit dem stets fröhlichen Gesicht, den lustigen Augen, dem braunen Haar und den prächtigen Zähnen hinter den vollen Lippen eines großen, empfindsam geschwungenen Mundes, dachte kurz darüber nach, ob Gott wohl einer hilflosen jungen Frau verzeihen würde, die unter dem Zwang eines rabiaten Hausbesorgers namens Pangerl eine Hakenkreuzfahne an ihrem Balkon befestigte, wenn der Kirchenfürst von Wien, Theodor Kardinal Innitzer, am Stephansdom gerade dasselbe getan hatte, und entschied, daß der Allmächtige da wohl nicht kleinlich sein dürfte.

»Es ist besser, Sie kaufen so eine Fahne«, sagte er.

Die attraktive, wenn auch etwas magere Philine Demut nickte erleichtert.

»Ich danke Ihnen, Hochwürden. Auf den Pangerl, auf den hätte ich nicht gehört, aber Ihnen vertraue ich! Ich bin sehr froh darüber, daß ich immer Sie fragen kann, wenn ich keine Antwort weiß.«

»Kommen Sie mit allen Ihren Fragen getrost zu mir, Fräulein Demut.«
Das achtundzwanzigjährige Fräulein sah ihn aus lebhaften dunklen Augen an.
»Ja, Hochwürden, mit Freuden! Trotzdem«, sagte sie, und ihr hübsches Gesicht verdüsterte sich, »gern tu ich es nicht.« Sie beugte sich vertraulich vor. »Wissen Sie was? Dieser Hitler – ich habe über ihn in den Zeitungen gelesen, und in der Wochenschau im Kino habe ich ihn natürlich auch gesehen... also ich glaube, dieser Hitler, das ist kein guter Mensch.«
O Gott, dachte Roman Haberland.
»Gestern haben SA-Leute die Silbermanns abgeholt, die unter mir gewohnt haben. Na, und vor ein paar Tagen ist der Herr Professor abgereist.« Sie standen auf dem breiten Balkon mit seiner schweren steinernen Brüstung. Es war ein heißer Tag.
»Das habe ich gehört«, sagte Haberland.
»Sie haben ihn auch gekannt, gelt?« Philine Demut lächelte kokett. Alles war zierlich an ihr: die Füße, die Hände, der Kopf, die Augen, der Mund, die Ohren. Ihre Stimme war von aggressivem Charme. »Da drüben hat er gewohnt. Nummer neunzehn!« Haberland blickte in die Richtung von Philines ausgestreckter, sehr kleiner und sehr weißer Hand. Er sah, schräg gegenüber, das Haus, in dem Sigmund Freud vom Sommer 1891 bis zum Sommer 1938 gelebt, gearbeitet, seine meisten Patienten behandelt und seine meisten Werke geschrieben hatte. Das Haus war im gleichen Stil der ›Gründerzeit‹ erbaut worden wie jenes, in dem Philine wohnte. Haberland kannte Freud, und er kannte auch Philine Demut schon seit langer Zeit. In der Tat war es ihm zu danken, daß Philine von Freud behandelt worden war. Der Kaplan sah seitlich hinüber zum Haus dieses großen Mannes, der Österreich nun also auch verlassen hatte. Er sah zur ebenen Erde Siegmund Kornmehls Metzgerei links und den Ersten Wiener Konsum-Verein rechts von der Eingangstür. Er wußte, daß Freud im ersten Stock gelebt hatte – in einer nicht sehr großen Wohnung. An den Balkonen hingen überall Hakenkreuzfahnen, eine besonders lange war am Dachfirst befestigt worden.
»Der gute Herr Professor!« ließ sich Philine klagend vernehmen. »So vielen Menschen hat er geholfen! Und? Angefeindet und gehaßt haben ihn die Wiener und seine Kollegen, eine Schande ist das! Und auf seine alten Tage muß er jetzt auch noch weg! Wissen Sie, was er zu mir gesagt hat, Hochwürden, wie ich zu ihm gegangen bin, um mich zu verabschieden und um ihm alles Gute zu wünschen?«

»Sie sind sich verabschieden gegangen?« Haberland betrachtete das Fräulein neugierig.
»No freilich! Das gehört sich doch so! ›Alles ist gut‹, hat der Herr Professor gesagt, ›weinen Sie nicht, liebes Fräulein Demut. Ich gehe nur fort von hier, weil ich in Freiheit sterben will...‹« Philines Stimme bebte vor Mitgefühl. Sie schwieg, überlegte angestrengt und fuhr dann fort: »Natürlich, er ist ein Jud, das weiß ich wohl, und die Silbermanns, die sie abgeholt haben, das sind auch Juden...« Sie flüsterte, hinter einer vorgehaltenen Hand: »Sie sind alle miteinander schuld daran, daß Unser Herr Jesus Christus gekreuzigt worden ist. Aber ich bitte Sie, Hochwürden, das ist doch schon so lange her! Die Leute im Haus sagen, der Hitler wird alle Juden umbringen lassen. Also, das ist nicht recht, meine ich, Hochwürden, wie?« Sie sah Haberland auf seltsame Weise hilflos-lüstern an.
Er seufzte, denn er erinnerte sich an jene Zeit, da er Freud mehrmals aufgesucht hatte, um mit ihm über Fräulein Demut zu sprechen. Haberland war damals ganz junger Seelsorger im nahen Allgemeinen Krankenhaus gewesen, wo er auch schon das Fräulein betreute. Eines Tages, als Kaplan Haberland Freud aufgesucht hatte, war der Professor aus dem Zimmer gerufen worden, und Haberland hatte Philines Krankengeschichte gelesen, die Freud von der Klinik zugeschickt worden war, bevor er mit der Behandlung begann. Etwa so las sich diese Krankengeschichte:
›Die Patientin wurde am 15. September 1910 geboren. Es handelt sich um die einzige Tochter relativ alter Eltern; Mutter bei Geburt des Kindes 41, Vater 46 Jahre. Das Kind wuchs verwöhnt und verzärtelt auf, neigte sich später insbesondere dem Vater zu, dem es in großer Liebe verbunden war. Die Mutter, übervorsorglich dominierend, reagierte auf die Verbindung Vater und Tochter eifersüchtig. Auch noch zu Beginn der Pubertät wurden mit dem Vater Zärtlichkeiten ausgetauscht. Mit 16½ verliebte sich die Patientin anläßlich eines Pfarrjugendtreffens – sie war katholisch erzogen und gläubig, ohne übertrieben religiös zu sein – in einen jungen Kaplan. Häufige Treffen, Wienerwald-Spaziergänge in der Gruppe, wahrscheinlich auch heimliches Treffen. Unmöglich, zu eruieren, wie weit diese Liebesbeziehung gegangen ist. Der Kaplan zog sich zurück. Daraufhin kam es bei der Patientin zu einer starken religiösen Fixierung mit Buß- und Fastenübungen, verbunden mit einer Abscheu vor aller Unmoral, insbesondere in sexueller Hinsicht. Die weibliche Rolle wurde abgelehnt, die Menstruation als etwas Abscheuliches empfunden. Zweite Liebesbeziehung zu einem Pfarrer. Die nunmehr höchst religiös fixierte Patientin ent-

wickelte Liebe zu allen Geistlichen, die sie als Jünger Christi empfand. Über ihrem Bett hing ein Bild, das den fast unbekleideten Christus bei der Geißelung zeigt. Patientin wachte stunden- und nächtelang im Gebet und geriet in ekstatische Zustände, während derer sie kaum ansprechbar war. Eines Tages wurde sie von der Mutter dabei überrascht, wie sie vor dem Christusbild Selbstbefriedigung trieb. Der erwähnte zweite Pfarrer verliebte sich in die Patientin. Sie verriet ihn, was einen großen, mühsam unterdrückten Skandal zur Folge hatte. Daraufhin stellte Patientin Schulbesuch knapp vor der Matura ein, nahm bis auf 32 kg und einen lebensgefährlichen Zustand ab, so daß sie an unsere Klinik gebracht werden mußte...‹

Und dort habe ich Philine Demut kennengelernt, dachte Kaplan Haberland, bemüht, den Rest der Krankengeschichte zu rekonstruieren...

›...Charakteristika: Äußerlich sehr attraktiv, etwas zu mager, Glanzauge, leicht erregbar, großes Interesse für erotische Themen, unter Ablehnung jeglicher tatsächlichen Sexualität. Bei jedem Mann, der ihr näherkommt, verwickelt Patientin sich in Konflikte, vermutet immer die Sünde, lockt den Mann an, stößt ihn abrupt zurück und glaubt, daß Unzucht, Unmoral und Sünde drohten. Die Sexualität ist gänzlich auf die Religiosität hin verschoben. Ein sehr rascher Wechsel von Stimmungen, Motivationen und Aktivitäten ist ebenso charakteristisch wie die letztlich vorhandene Eiseskälte gegen jedermann und ein daraus resultierendes Intrigantentum.

Diagnose: Hysterie mit wahnhaften Zügen in Richtung auf religiösen Wahn, beziehungsweise Liebeswahn.

Zusammenfassend: Patientin hat sich an unserer Klinik einigermaßen psychisch und körperlich erholt, das Gewicht ist auf 43 kg angestiegen.

Über Vorschlag des Klinik-Seelsorgers Haberland und auf Wunsch der Eltern wird die Patientin überwiesen an Herrn Professor Sigmund Freud, Wien IX., Berggasse 19, dem Kopie dieser Krankengeschichte zugeht...‹

Ja, dachte Kaplan Roman Haberland, als er an diesem heißen Vormittag im Juni 1938 neben Philine Demut auf dem Balkon im vierten Stock ihres Wohnhauses stand und die vielen Hakenkreuzfahnen betrachtete, das ist nun auch schon wieder neun Jahre her. Die Zeit. Wie die Zeit vergeht... Damals war ich Seelsorger im Allgemeinen Krankenhaus, heute bin ich zwar noch immer Seelsorger, doch auch andere Aufgaben habe ich nun, ja ganz andere...

Es ist gut, dachte Haberland, daß ich mit meinem Beruf als Seelsorger in der Lage bin, diese anderen Aktivitäten zu verbergen. Professor Freud hat damals, als Philine Demut zu ihm kam, die psychoanalytische Behandlung unter Annahme einer sogenannten ›Kachexia nervosa‹ begonnen. Da aber die Eltern wiederholt vorsprachen, in der Behandlung intervenieren wollten und die Tochter sich immer wieder auf die mütterlichen Ratschläge zurückzog, brach Freud seine Bemühungen nach einem knappen Jahr ab. Der seelisch abnorme Zustand des Fräuleins verstärkte sich daraufhin noch und schien nun ganz und gar versteinert.
Mit ihren achtundzwanzig Jahren war Philine immer noch Jungfrau, und als Jungfrau sollte sie sterben. Sie stand inzwischen ganz allein auf der Welt. Zuerst war die Mutter gestorben, an einer doppelseitigen Lungenentzündung, dann, ein Jahr später, der Vater einem Gehirnschlag erlegen. Er hatte als wohlhabender Kaufmann für den Fall seines Todes reichlich vorgesorgt; Philine brauchte nicht über finanzielle Sorgen zu klagen.
Zweimal, manchmal öfter, kam Roman Haberland zu Besuch in die große Wohnung, und so hatte Philine das, was man in Wien eine ›Ansprache‹ nennt. Ansonsten war sie vollauf beschäftigt: In wochenlanger, monatelanger, selbstversunkener Arbeit stickte sie Kaffeedeckchen und Tischtücher mit den verschiedensten Sinnsprüchen wie: Iss, was gar ist, trink, was klar ist oder Unser täglich Brot gib uns heute oder Mit Gott fang an, mit Gott hör auf! Einmal stickte sie einen prächtigen Hahn, der auf einem Küchentisch stand, hinter ihm eine Köchin, die ein riesenhaftes Messer wetzte. Darüber brachte Philine die Worte an: Du ahnst es nicht!
Dieses Deckchen verbrannte sie dann abends mit einem Gefühl größter Erleichterung. Denn sie hatte sogleich eingesehen, daß es einer guten Christin unwürdig war, Spott mit dem Leiden unschuldiger Kreaturen zu treiben.
Kaplan Haberland bewunderte ihre Werke. Wie stolz war Philine da! Wie viele Deckchen stickte sie nun! Und alle gingen den gleichen Weg: zu einem nahegelegenen Lokal, Treffpunkt der ›Katholischen Katharinen-Vereinigung‹ in der Liechtensteinstraße, wohin der gute Kaplan Haberland Philine Demut brachte. Dies war ein Treffpunkt alter und junger Damen, allesamt einsam, wie es von derlei Art zahlreiche gibt. Die Begegnungen in der Liechtensteinstraße leitete, abwechselnd mit anderen Geistlichen, Roman Haberland.
Bald schon war dieses Lokal der ›Katholischen Katharinen-Vereinigung‹ Philines zweites Zuhause. Hier fühlte sie sich stets

glücklich. Hier kannte sie schon bald alle anderen Frauen und wußte sich verstanden, geborgen und unter Freundinnen. Die vielen Deckchen vermachte sie den Ärmsten der Armen Wiens, deren Elendswohnungen jeglichen Schmucks entbehrten.
Die allwöchentlichen Abende in der ›Katharinen-Vereinigung‹ bildeten die Licht- und Höhepunkte in Philine Demuts Leben. Sie stellten Feststunden dar, auf die sich das hübsche Fräulein sorgsam vorbereitete. Sie badete, sie wusch ihr blondes Haar mit Essig, um es noch blonder und glänzender zu machen. Am Mittag eines solchen Tages aß sie auswärts. Es waren dies die einzigen Anlässe, zu denen Philine Demut bis zu ihrem frühzeitigen und gewaltsamen Tode auswärts aß, und sie hatte ein ›Beisel‹ entdeckt, in dem nur Frauen bedienten. Nach dem Mahl wanderte sie langsam eine Weile durch den nahen Ersten Bezirk und betrachtete die Auslagen der Geschäfte, die angefüllt waren mit vielen Dingen, deren Zweck und Sinn sie nicht kannte und die sie samt und sonders als sündhaft empfand. Dann schlief sie bis 16 Uhr, und um 17 Uhr traf sie in der ›Katharinen-Vereinigung‹ ein, überreichte Haberland ihre Deckchen, erhielt Worte des Dankes, des Lobes und der Anerkennung, und ihr Gesicht erhellte sich in einem Lächeln der Seligkeit. Hier war man gut zu ihr, hier war sie willkommen, hier war es schön!
In den niedrigen, dunklen, mit Bibelsprüchen und frommen Bildern gezierten Räumen verbrachte sie sodann den frühen Abend, gemeinsam mit etwa zwei Dutzend junger und alter Damen. Es wurde Kamillentee gereicht und billiger Lebkuchen. Haberland las ein wenig aus dem Buch der Bücher vor, aber man war auch ausgelassen, und dann spielten sie ›Blinde Kuh‹, ›Berühmte Männer‹, ›Ich seh etwas, das du nicht siehst‹. Im ›Blinde-Kuh-Spiel‹ war Philine unschlagbar. Flink und geschickt wie ein Wiesel, spitze, erregte Schreie ausstoßend, huschte sie mit verbundenen Augen umher und fing jedermann, sosehr er es auch zu verhindern suchte. Bei den ›Berühmten Männern‹ ging es weniger gut, aber da vertraute sie auf den Herrn Kaplan Haberland, der ihr einsagte, obwohl das eigentlich verboten und von den anderen nicht gerne gesehen wurde.
1937 kaufte Fräulein Demut in einer Anwandlung von beispiellosem Leichtsinn zu dem horrenden Preis von fünfundzwanzig Schilling eine große Bonbonniere und überraschte damit ihre Freundinnen, die in Jubel ausbrachen.
An diesem Abend saß das Fräulein still inmitten der anderen und sah zu, wie diese die Süßigkeiten hinunterschlangen. Philine selbst aß kein einziges Bonbon. Für einen kurzen sündigen Augenblick

(sie bekreuzigte sich sofort erschrocken) dachte sie, daß es Unserem Herrn Jesus Christus ähnlich zumute gewesen sein mußte, als er, mit Brot und Wein, das gewisse Wunder vollbrachte. Um für diesen Gedanken, der gewiß vom Bösen Feind kam, Buße zu tun, machte Philine sich noch am gleichen Abend, in die Stille ihrer Wohnung zurückgekehrt, an die Herstellung der größten Decke, die sie jemals gestickt hatte. In unendlich mühevoller Arbeit produzierte sie eine Szene aus dem Neuen Testament sowie den Spruch: ICH BIN DER WEG, DIE WAHRHEIT UND DAS LEBEN.

Als sie fertig war mit diesem Unternehmen, gab sie die Decke, wohl verpackt, in der ›Katharinen-Vereinigung‹ ab – für Hochwürden Haberland, der zu diesem Zeitpunkt nicht anwesend war. Tags darauf kam der Kaplan zu Philine, um sich für das Geschenk zu bedanken. Sie habe ihm mit der Decke eine ganz besonders große Freude bereitet. Und eingedenk des Zustandes von Philine fügte er hinzu, daß sie damit sicherlich auch dem Herrn Jesus im Himmel eine ganz besonders große Freude gemacht habe.

Von diesem Augenblick an war Philine Demut dem Kaplan verfallen. Sie liebte ihn genauso absonderlich und krankhaft, wie sie lebte, aber es war, ohne Zweifel, eine reine Liebe.

Dem Kaplan Haberland tat die junge Frau leid. Gütig und klug, wie er war, wußte er, daß er es hier mit einem armen Wesen zu tun hatte, dem Natur und Erziehung übel mitgespielt hatten – mit einer verschreckten, wehrlosen Kreatur, die sich zur Kirche geflüchtet hatte wie ein Kind zur Mutter. Darum war er schon lange entschlossen, sich ganz besonders um Philine zu kümmern. So also dachte er auch an jenem heißen Vormittag im Juni 1938, als er neben dem Fräulein auf dem großen Balkon ihrer Wohnung stand und mit ihr über den Professor Freud, die Silbermanns und diesen Mann Hitler sprach. Auf seltsame Weise hilflos-lüstern sah Philine den Kaplan an und sagte leise. »Warum haßt der Hitler die Juden so? Wirklich nur, weil sie Unseren Herrn Jesus getötet haben? Ich glaub's nicht so recht. Ich sage Ihnen, Hochwürden«, flüsterte sie vertraulich weiter und schmiegte sich an ihn, »es wird alles sehr bös werden jetzt, sehr, sehr bös...«

2

Für Philine Demut wurde es 1944 bös.

Das war am 5. August, als es klingelte. Philine saß auf dem Balkon und las dort in der Bibel (Die Geheime Offenbarung des hl. Apostels Johannes, 16. Kapitel, 18–19: ›Nun folgten Blitze, Tosen, Donnerschläge, ein Beben, wie noch keines war, seitdem auf Erden Menschen leben; so furchtbar war dieses große Beben. Die große Stadt fiel in drei Teile auseinander, die Städte der Heiden stürzten ein. So ward vor Gott des großen Babylon gedacht und ihm der Becher Seines grimmen Zornweines dargereicht. Jede Insel schwand, und Berge waren nicht zu sehen ...‹). Auf das Läuten hin ging das Fräulein in den dunklen Flur und öffnete die Eingangstür. Von den drei Männern, die vor ihr standen, kannte sie nur einen: den Hausbesorger Pangerl, der sofort einen Arm hochriß und brüllte: »Heil Hitler!«

»Guten Tag«, antwortete Philine mit Mühe – denn sie erschrak leicht und fürchtete sich vor fast allen Menschen, weil fast alle Menschen einem Böses tun konnten – und fragte: »Was gibt es denn, bittschön?«

»Die beiden Herren ...«, begann der Hausbesorger, der auf seinem Hemd in Brusthöhe das Parteiabzeichen angebracht hatte. Er wurde aber unterbrochen von dem größeren der beiden Zivilisten, die gleichfalls keine Jacken trugen: »Fräulein Demut?«

»Ja ...«

»Ich heiße Kiesler, das ist mein Kollege Hansen. Wir kommen vom Wohnungsamt. Erlauben Sie, daß wir eintreten.« Und mit diesen Worten schob er Philine auch schon zur Seite, und alle drei Männer polterten in die Wohnung.

»Aber meine Herren ... meine Herren ... ich bitte Sie, das geht doch nicht! Was fällt Ihnen ein ... Also, wirklich, das ist eine Unverschämtheit ... nein, nein, nein, das ist mein Schlafzimmer ... Da ist doch noch nicht aufgeräumt!«

Allein die beiden Männer hörten überhaupt nicht auf Philine, nicht einen Augenblick lang. Von Zimmer zu Zimmer gingen sie, sahen es an, maßen es aus, sprachen halblaut miteinander, suchten auch noch Küche, Badezimmer und Klosett der altmodisch eingerichteten Wohnung, ohne sich um Philines weiteres Zetern zu kümmern, und machten Notizen auf großen Blocks. Philine mußte sich an eine Wand lehnen – eine ungeheuere Schwächewelle überflutete sie plötzlich.

... ein Beben, wie noch keines war, seitdem auf Erden Menschen leben, dachte sie, nach Atem ringend.

Die beiden Männer kamen mit dem Hausbesorger zurück. Wiederum sprach der größere, der sich Kiesler genannt hatte.

»Der Raum mit dem Balkon ist beschlagnahmt, Fräulein Demut.«

»Was heißt das?« flüsterte Philine bebend. »Beschlagnahmt? Von wem?«

»Von uns«, sagte der kleinere Hansen. »Sie leben allein hier?«
»Ja...«
»Vier Zimmer für eine Person. Das ist ja Wahnsinn«, behauptete Hansen mit greller Stimme, füllte ein Formular aus und sah Philine dabei rügend an.
...und ihm der Becher Seines Zornweines dargereicht...
»Unterschreiben Sie hier«, sagte Hansen und hielt Philine den Formularblock und einen Bleistift hin, mit dem Finger auf eine Zeile deutend. »Na also bitte, Fräulein Demut, wenn Sie so freundlich sein wollen, ja? Wir haben nicht den ganzen Tag Zeit für Sie!«
...die Städte der Heiden stürzen ein, dachte Philine und schrieb mit zitternder Hand ihren Namen auf das Formular, wie es gefordert worden war.
»Der Mieter wird in den nächsten Tagen eintreffen«, sagte nun Kiesler, der Große, und wischte sich den Schweiß von der Stirn. »Räumen Sie die Möbel des Balkonzimmers aus, machen Sie sauber. Vermutlich werden wir wiederkommen. Vier Zimmer für eine einzige Person! Heil Hitler!«
»Heil Hitler!« krähte auch der kleinere Hansen. Dann waren die beiden wieder verschwunden. Philine hörte, wie sie mit schweren Schuhen die Treppe hinabpolterten.
...Jede Insel schwand, und Berge waren nicht zu sehen...
Dem Fräulein drehte sich der Kopf. Sie setzte sich schnell auf eine Truhe im Flur und sah, während schon die ersten Tränen flossen, zu dem Hausbesorger auf, der zurückgeblieben war.
»Ich flehe Sie an, was hat das zu bedeuten, Herr Pangerl?«
Herr Pangerl, Parteigenosse Franz Pangerl, war ein kleiner, verwachsener Mann mit einer schiefen Schulter, die ihn nötigte, alle Menschen von unten her mit verdrehtem Kopf anzuschauen. Philine, auf der Truhe sitzend, nötigte ihn ausnahmsweise einmal nicht dazu. Prompt war bei diesem unentwegt heimtückisch-bösartigen Mann eine noch größere Aggression die Folge.
»Mein liebes Fräulein Demut«, sagte er überlaut und – vergeblich – um ein halbwegs reines Hochdeutsch bemüht, »das wird Ihnen doch hoffentlich klar sein, was das bedeutet! Ihre Wohnung ist viel zu groß für Sie! Sie brauchen nicht vier Zimmer!«
»Aber sie gehören mir doch!« protestierte Philine.
»Wir haben Krieg, Fräulein Demut«, sagte der Hausbesorger und sah Philine grimmig an.
»Ich nicht!« Philine schlug mit ihren kleinen Fäusten auf das Holz der Truhe. »Ich habe keinen Krieg! Ich habe keinen angefangen! Sollen doch die ihre Zimmer hergeben, die angefangen haben!«

»Fräulein Demut, hüten Sie sich!« Franz Pangerl war NSDAP-Block- und zudem Luftschutzwart. Philine erinnerte sich plötzlich daran, daß Hochwürden Haberland ihr eingeschärft hatte, ihm gegenüber stets besonders vorsichtig mit all ihren Äußerungen zu sein.
»Ich habe es nicht so gemeint, Herr Pangerl«, erklärte sie mit einem verzerrten Lächeln.
»Dann ist es ja gut«, sagte der Hausbesorger und hob wieder den rechten Arm. »Heil Hitler, Fräulein Demut!«
»Grüß Gott«, antwortete diese.
Glücklicherweise fand an jenem Tag gerade wieder eine gesellige Zusammenkunft in der ›Katharinen-Vereinigung‹ statt, die Haberland zu Beginn leitete. Es gelang Philine, den Kaplan beiseite zu ziehen und ihm mitzuteilen, was sich ereignet hatte.
Er zuckte die Schultern.
»Da kann ich Ihnen leider auch nicht helfen«, sagte er. »Am besten, Sie finden sich damit ab.«
»Aber Hochwürden, wenn sie mir nun einen *Mann* in die Wohnung einweisen!« Philines Hände begannen zu zittern, ihre Unterlippe bebte.
»Er wird Sie nicht stören«, behauptete Haberland. Der jetzt fünfunddreißig Jahre alte Pfarrer sah seit langer Zeit elend und überarbeitet aus. Philines Gejammer machte ihm schwer zu schaffen. Denn Haberland hatte größere, schwerere Sorgen: Diese geselligen Zusammenkünfte in der Liechtensteinstraße und seine Seelsorge bei einsamen Frauen waren in der Zwischenzeit zum Mittel der Tarnung geworden. Gereizt fuhr er fort: »Sie werden die Verbindungstür des Zimmers absperren und auf Ihrer Seite einen Schrank davorschieben. Und wenn es wirklich ein Mann sein sollte, dann wird er einen Beruf haben und den ganzen Tag nicht zu Hause sein!«
Das Fräulein begann zu weinen.
»Und das Badezimmer?« schluchzte sie. »Und das Kl...?«
Ich darf mich nicht gehenlassen, dachte Haberland, ich muß diese hübsche, psychisch kranke Frau beruhigen, bevor ihr Verhalten auffällt.
»Aber«, sagte er, einen Arm um sie legend, »das ist doch kein Grund zu weinen, meine Liebe.«
»Doch ist es das! Doch!« rief Philine in großer Erregung.
»Psst! Leise. Die anderen Damen sehen schon her. Fräulein Demut...« Er mußte tief Atem holen und seine ganze Kraft zusammennehmen, um sie nicht anzubrüllen. »...wir leben in einer entsetzlichen Zeit. Da werden sich Probleme wie die der

gemeinsamen Benützung von Klo und Badezimmer zwischen vernünftigen Menschen gewiß noch regeln lassen. Und Sie sind doch vernünftig. Ganz bestimmt sind Sie vernünftig. Stimmt's?« Er sah auf seine Armbanduhr, während er sprach.
17 Uhr 26.
Ich muß weg hier, dachte er, schleunigst weg. Daß die Kaplane an diesen Abenden häufig wechselten, waren die Damen schon seit langem gewöhnt.
Philine hob ihr bleiches, tränenverwüstetes Gesicht.
»Hochwürden«, flüsterte sie, »Sie wissen nicht, was das alles für mich bedeutet. Ich habe mein Lebtag niemals mit einem Mann zusammengewohnt. Nur mit meinem Vater, Gott hab ihn selig! Ich kann mir nicht helfen – ich habe Angst vor Männern, Sie wissen es, Hochwürden, wir haben so oft darüber gesprochen, es ist gewiß nicht richtig von mir, aber ich kann doch nichts dafür. Ich...« Und dann sagte Philine ein starkes Wort, für das sie sich schämte, als sie es aussprach, aber ein Wort, das exakt wiedergab, was sie empfand: »...ich *ekle* mich vor Männern!« Sie errötete heftig, als hätte sie etwas Unzüchtiges ausgesprochen.
Haberland versuchte sein Äußerstes.
»Liebes Fräulein Demut, und wenn das Wohnungsamt nun beispielsweise *mich* bei Ihnen einweisen würde – was wäre dann?«
»*Sie*?«
»Ja, mich.«
»Aber Sie wohnen doch...«
»Gewiß. Ich sage ja auch nur: Wenn es der Fall *wäre* – würden Sie mich dann auch nicht haben wollen?«
Augenblicklich wurde das Gesicht des Fräuleins von einem glücklichen Lächeln erhellt. Die Tränen versiegten.
»O doch, Hochwürden! Natürlich! Ach, wie schön wäre das!«
»Da haben Sie es«, sagte Haberland. »Und ich bin auch ein Mann.«
Philine betrachtete ihn verblüfft.
»Ja«, antwortete sie, »das ist richtig. Daran habe ich nicht gedacht.« Sie warf den Kopf zurück und sagte listig-neckisch: »Aber Sie sind anders als andere Männer!«
»Wieso?«
»Sie sind ein Kaplan!«
»Ein Kaplan ist auch ein Mann.«
»Ja, das stimmt schon, aber... aber...« Sie war nun ganz verwirrt. »Ich geniere mich so«, sagte sie und errötete wiederum tief.
Haberland, nach einem neuerlichen Blick auf seine Uhr, half ihr.
»Vielleicht«, sagte er (ich muß weg, schnellstens!) »ist der Mann,

der bei Ihnen wohnen soll, auch ein Priester. Oder zumindest ein guter Katholik. Wäre das nicht schon eine große Beruhigung für Sie, Fräulein Demut? Zu wissen, daß dieser Mann ein guter Katholik ist?«

Sie nickte.

»Ja«, antwortete sie. »Das wäre natürlich eine große Beruhigung. Schön wäre es auch nicht. Aber es würde ganz gewiß helfen.« Sie sah ihn an. »Den Schrank werde ich auf alle Fälle vor die Verbindungstür schieben«, meinte sie kokett, »auch wenn es ein guter Katholik sein sollte.«

»Na, sehen Sie«, meinte Haberland erleichtert. Die Tür des Lokals war aufgegangen. Der Vikar, der ihn ablösen sollte, trat ein...

3

»Hier ist der Reichssender Wien! Beim Gongschlag war es zwanzig Uhr. Achtung! Zunächst eine Luftlagemeldung! Schwere feindliche Kampfverbände im Anflug auf die Deutsche Bucht und die Mark Brandenburg. Das Oberkommando der Wehrmacht gibt bekannt: ›An der Ostfront vereitelte die Heeresgruppe Nord erfolgreich großangelegte Versuche der Bolschewisten, die Rigaer Bucht zu erreichen...‹« Plötzlich war die Stimme des pathetisch sprechenden Ansagers wie fortgewischt, und es ertönte aus dem Lautsprecher eine andere, seltsam gedämpfte und dennoch klare Stimme: »Hier spricht Oskar Wilhelm Zwo! Hier spricht Oskar Wilhelm Zwo, die Stimme der Wahrheit...«

»Da ist er wieder«, sagte der Unteroffizier Werner Alt zu seinem Kameraden, dem Unteroffizier Alois Hinteregger, der neben ihm saß. Vor den beiden Soldaten stand ein Tisch mit zahlreichen elektronischen Meß- und Suchgeräten. Diese Stelle zum Orten von Feind- und Schwarzsendern befand sich in einer Baracke nahe dem geschlossenen Restaurant ›Häuserl am Roan‹ auf dem Dreimarkstein, einer bewaldeten Erhöhung am nordwestlichen Rand des Wienerwaldes.

Die kräftige Stimme sprach weiter: »Die Wahrheit, Wiener und Wienerinnen, ist der von Radio London stündlich ausgestrahlte Bericht über die politische und militärische Lage. Wir bringen Ihnen nun in einer Zusammenfassung dieser Berichte eine neue Folge unserer ›Rundfunkwochenschau‹!« Die Stimme war nach wie vor sehr deutlich zu vernehmen. Während die beiden Soldaten schon begonnen hatten, an ihren Geräten zu arbeiten, läutete

neben Unteroffizier Alt ein Feldfernsprecher. Er hob ab und meldete sich.
»Er spricht wieder!« erklang eine Stimme aus dem Hörer.
»Das höre ich selber, Karl. Wir sind schon dran!«
»Wir auch!«
»Wird nur wieder nix werden«, sagte Alt.
Eine weitere Stimme drang dröhnend an sein Ohr: »Was erlauben Sie sich, Mann! Ich stelle Sie vor ein Kriegsgericht! Ich lasse Sie erschießen! Sie sind wohl wahnsinnig geworden, was? Wissen Sie überhaupt, mit wem Sie reden?«
»Keine Ahnung...«
»Major Racke!« brüllte die Stimme. »Hierher kommandiert, damit endlich etwas geschieht bei euch Lahmärschen und damit wir das Schwein kriegen!«
»Wir tun, was wir können, Herr Major«, antwortete Alt mürrisch.
»Einen Scheißdreck tut ihr, Schlappschwänze verfluchte! Aber jetzt werde ich euch Beine machen, verlaßt euch drauf!«
Der Mann, der solcherart tobte, stand, hochrot im Gesicht, neben zwei anderen Unteroffizieren in einer ebenso eingerichteten Baracke. Sie befand sich, weit jenseits der Donau, im XXII. Bezirk, in Neukagran auf dem Gelände des Sportplatzes, der im Norden an die Erzherzog-Karl-Straße und im Osten an die Geleise der Ostbahn stieß. Etwas weiter südlich lag der Bahnhof Stadlau. Major Racke war mittelgroß und hatte ein rundes Kleinbürger-Gesicht mit einer randlosen Brille darin.
Die kräftige Stimme des Mannes, die aus den Lautsprechern der Abhörstellen im Wienerwald und in Stadlau erklang, ertönte weiter: »Schon am zweiundzwanzigsten Juni, dem dritten Jahrestag des Überfalls der Hitlerverbrecher auf Rußland, hat die Rote Armee mit einem Großangriff gegen die Heeresgruppe Mitte begonnen. Weil der größte Mörder aller Zeiten, der sich den größten Feldherrn aller Zeiten nennt, weil dieser Gröfaz auf seinem starren Durchhaltebefehl bestanden hat, ist es den weit überlegenen sowjetischen Armeen gelungen, in wenigen Tagen die Masse der Heeresgruppe Mitte, insgesamt achtunddreißig Divisionen, aufzureiben und eine sehr große Lücke in die Front zu schlagen. Hunderttausende Landser sind dabei gefallen oder in Gefangenschaft geraten – vielleicht dein Mann, Frau, vielleicht dein Sohn, Mutter, vielleicht dein Verlobter, Mädchen... Der Blutsäufer Hitler wird nicht ruhen, solange noch ein Stein auf dem andern steht...«
»Neunzehn Süd, sechsunddreißig Ost«, sagte Unteroffizier Hin-

teregger in ein Mikrofon, während er an einem Rad drehte, das über einer Kompaßdarstellung angebracht war. Er drehte weiter. Oben, auf dem Dach der Hütte, bewegte sich gleichsinnig eine hohe Peilantenne.

»Kann nicht stimmen, Alois«, ertönte neben Hinteregger aus einem kleinen Lautsprecher die Stimme des Unteroffiziers Feldner, der, über seine Geräte gebeugt, in der anderen Peilstelle, jenseits des Stroms, nahe dem Bahnhof Stadlau, den fremden Sender zu orten suchte. »Ich habe zwoundsechzig Süd und siebzehn Ost.« Auch auf dem Dach der Sportplatzbaracke wanderte suchend eine Peilantenne.

»...schon am dritten Juli«, fuhr die ruhige Stimme fort, »hat die Rote Armee Minsk eingenommen, am dreizehnten Wilna, am sechzehnten Grodno, am vierundzwanzigsten Lublin, am achtundzwanzigsten Brest-Litowsk. Die Rote Armee ist aber auch hinter den rechten Flügel der im Baltikum haltenden deutschen Heeresgruppe Nord vorgedrungen und hat bereits am neunundzwanzigsten Juli die Rigaer Bucht bei Tukkum erreicht. Damit hat sie diese Heeresgruppe Nord von der neuen improvisierten deutschen Front abgeschnitten, die damals noch an der ostpreußischen Grenze sowie nördlich von Krakau verzweifelt festgehalten hat. Schon am dreizehnten Juli hat die Rote Armee ihren Angriff auch auf den ganzen Raum bis zu den Karpaten hin ausgeweitet. Am siebenundzwanzigsten Juli ist Lemberg von der Roten Armee erobert worden. Mutter, die du vielleicht nun deinen Sohn verloren hast, Frau, die du nun vielleicht deinen Mann verloren hast, Schwester, die du nun vielleicht deinen Bruder, Mädchen, das du nun vielleicht deinen Verlobten verloren hast, vergeßt nicht, zu sagen: *Wir danken unserm Führer!*«

»Achtzehn Süd, dreiunddreißig Ost...«

»Stimmt doch nicht, Mensch! Ich habe immer noch zwoundsechzig Süd, aber jetzt einundvierzig Ost!«

»...Hören Sie das Ticken der Uhr?« erklang fragend die kräftige Stimme. Ein Wecker tickte plötzlich laut. »Hören Sie in Ihrem Zimmer eine eigene Uhr ticken? Eins, zwei, drei... sechs, sieben... Jede siebente Sekunde stirbt ein deutscher Soldat in Rußland! Nach verläßlichen Berichten sind allein in den ersten vier Monaten des russischen Feldzuges über eine Million Deutsche gefallen. Jede Woche achtzigtausend. Jede Stunde fünfhundert. Wofür? Für verwüstete Erde? Für wen? Für Adolf Hitler? Wofür? Für Machtwahn? Jede siebente Sekunde... Stunde um Stunde... bei Tag und bei Nacht... jede siebente Sekunde. Ist es dein Sohn? Dein Mann? Dein Bruder? Jede siebente Sekunde... erschossen...

ertrunken... erfroren... Wie lange noch? Jede siebente Sekunde. *Wofür? Wofür? Wofür?*«
Der Wecker des Senders tickte...
»Nicht zu orten... wie immer!«
»Scheiße, verdammte!«
»Verflucht, der Kerl *muß* zu orten sein! Das ist ja schließlich kein Weltwunder, einen Sender zu orten!« brüllte Major Racke.
Nein, ein Weltwunder ist so etwas nicht.
Es ist die einfachste Sache von der Welt. Man braucht mindestens zwei Peilstellen dazu, das ist alles. Dort werden Suchantennen so lange gedreht, bis man die Stimme aus dem Sender am lautesten und deutlichsten hört und auch die Geräte anzeigen, daß das Maximum erreicht ist. Die Männer von der Funkpeilung legen dann Lineale genau in die Richtung, in der ihre Richtantennen weisen, auf eine Karte, die sich, unter Kompaßzeichnung und Glas, auf dem Tisch vor ihnen befindet, oder sie halten eine Schnur, oder sie zeichnen die Richtung ein. Am Schnittpunkt der beiden Ortungslinien muß der gesuchte Sender liegen!
Die Landser – und andere –, die im Wienerwald und im XXII. Bezirk – und anderswo – seit über einem Jahr diesen Sender suchten, dessen Sprecher sich Oskar Wilhelm Zwo nannte, fanden den Schnittpunkt indessen nie. Das kam, weil Oskar Wilhelm Zwo kein feststehender Sender war, sondern ein beweglicher: auf einem Lastwagen montiert. Und dieser Lastwagen fuhr, während Oskar Wilhelm Zwo sendete, und er fuhr stets andere Strecken.

4

»... Westfront! Der Atlantikwall ist längst durchbrochen! Dreihundertsechsundzwanzigtausend Mann – Amerikaner, Engländer, Kanadier – haben ihre Landeköpfe in der Normandie vereint und sind in Richtung auf Cherbourg vorgestoßen, das sie am dreißigsten Juni eingenommen haben. Noch hält hier eine deutsche Abwehrfront. Doch sie wird nicht mehr lange halten. Allein gestern flogen alliierte Kampfflugzeuge neuntausendsiebenhundertundzweiundachtzig Einsätze. Die schwache deutsche Luftwaffe flog dreihundertundfünfzehn, davon neunundfünfzig bei Nacht. Den am siebzehnten Juli bei einem Tieffliegerangriff in der Normandie schwer verletzten Generalfeldmarschall Rommel, den einst gefeierten Helden von Afrika, der am Atlantikwall Oberbefehlshaber der Heeresgruppe B unter dem Oberbefehlshaber West, General von Rundstedt, gewesen ist, hat man bis zum dreiundzwanzigsten Juli im Lazarett Bernay behandelt und ihn dann in das Lazarett Le Vésinet bei Paris verlegt. Es geht ihm gut, er wird bald entlassen werden. Aber der Gröfaz tobt und nennt Rommel, den großen Helden von gestern, heute einen Verräter, der den Alliierten die Landung in der Normandie ermöglicht hat, was natürlich nicht stimmt. Aus Hitlers Umgebung hören wir, daß dieser entschlossen ist, Rommel, sobald er Le Vésinet verlassen hat, vor die Wahl zu stellen: Entweder Rommel tötet sich selbst, oder er kommt vor den Volksgerichtshof. So, Wiener und Wienerinnen, sieht der Dank des Blutsäufers aus...« Kaplan Haberland holte Atem. Vor ihm baumelte ein Mikrofon von der Strebe des Lkw herab. Haberland hielt sein Taschentuch vor den Mund, während er sprach. Der Laster fuhr mit einer Geschwindigkeit von fünfzig Stundenkilometern durch die Eichelhofstraße in Nußdorf, einem Vorort nordöstlich von Grinzing, im XIX. Bezirk und nahe dem westlichen Donauufer gelegen, in Richtung Kahlenbergerdorf. Eine schwache Sturmlaterne erhellte den durch eine Verdeckplane geschlossenen Raum. Am Steuer des Lastwagens, der, wenn man den Aufschriften glaubte, einer bekannten Bierbrauerei gehörte, saß ein junger Arbeiter. Haberland hockte auf einer Kiste, auf einer zweiten ein alter, weißhaariger Arbeiter, der sich um das perfekte Funktionieren des kleinen Senders kümmerte. Alle drei trugen Overalls. Neben dem weißhaarigen Arbeiter lag eine Null-acht – die zuverlässige Neunmillimeter-Wehrmacht-Pistole.

Der weißhaarige Arbeiter war Kommunist, der Junge am Steuer Sozialdemokrat. Haberland kannte beide schon lange. Er kannte auch viele andere Arbeiter, die diesen Laster fuhren und diesen Sender zu bedienen verstanden – genauso, wie die Arbeiter manch andere Geistliche kannten, die mit ihnen fuhren und zu den abendlichen Hauptnachrichtenzeiten den Reichssender Wien mit eigenen Meldungen überlagerten. Zwei Gruppen dieser Art waren vor über einem Jahr den Peilstellen in die Falle gegangen, alle Beteiligten nach kurzer Verhandlung im Hof des sogenannten ›Grauen Hauses‹ an der Lastenstraße geköpft worden. Sie hatten noch von Verstecken aus gesendet, die sich in den großen Blocks des Sozialen Wohnungsbaus befanden. Der feste Sendeort wurde ihnen zum Verhängnis – es war nicht sonderlich schwierig gewesen, sie auszumachen. Gleich nach ihrer Verhaftung hatten Arbeiter und Geistliche diesen Fehler erkannt. Sendete man von einem festen Platz aus, so mußte man damit rechnen, in fünfzehn, spätestens zwanzig Minuten geortet zu sein. Trotz scharfer Vorbeugungsmaßnahmen der Nazis entwickelten andere Gruppen eine neue Methode, die nämlich, während des Fahrens zu senden, und zwar auf immer anderen Routen mit möglichst vielen Richtungsänderungen während der Fahrt. So war Kaplan Haberland auch an diesem Abend des 5. August 1944 über verschlungene Wege hier herauf bis Nußdorf gekommen, wo der Lkw jetzt nach einigen scharfen Kurven abrupt rechts in die Nußberggasse einbog.

Dies also war eine der geheimen Unternehmungen Roman Haberlands. Es gab noch andere. Um sich und diese Unternehmungen zu tarnen, waren die ›Katharinen-Vereinigung‹ und andere Gruppen organisiert worden, hatte man viele neue Gemeindetreffpunkte eingerichtet. Die Geistlichen, meist junge Leute, stammten aus dem gesamten deutschen Sprachraum, so daß mit der zusätzlichen Sicherung durch das Taschentuch vor dem Mund alle Dialekte vorhanden waren, um die Lauscher zu verwirren. Gesendet wurde in unregelmäßigen Abständen. Die Strecken besprach man stets erst unmittelbar vor dem Abfahren.

Jetzt bog – die ganze Zeit über hatte Haberland weitere Nachrichten verlesen – der Laster unvermittelt wieder scharf links ein, in die nach Süden führende Eroicagasse.

Der junge Arbeiter war ein hervorragender Fahrer. Der alte Arbeiter war ein hervorragender Techniker. Und Kaplan Roman Haberland war ein ausgezeichneter Sprecher. Nur solche Leute konnte man für diese Unternehmungen gebrauchen. Sie taten alles, was sie taten, aus tiefster Abscheu vor dem Gröfaz und seinen blutigen, grauenvollen Verbrechen. Kommunisten, Sozialdemokraten, Christlich-Soziale, Liberale, Konservative, Geistliche und Atheisten – in jenen Jahren waren sie, genau wie in Deutschland, verschworene Freunde, die Tag für Tag und Nacht für Nacht ihr Leben riskierten, weil sie auf den Sturz des Tyrannen und seiner Mordgesellen warteten und an eine neue, bessere und schönere Zeit glaubten, von der sie sagen konnten, sie hätten das Ihre getan, um diese Zukunft zu ermöglichen. Ja, alle waren sie Freunde damals.

Es gibt im Lande Österreich keine steinernen Gedenktafeln oder sonstige bleibende Erinnerungen an jene Geistlichen und an jene Arbeiter. Aber es gibt bis zu dem Tage, an dem diese Zeilen in Druck gehen, in Österreich ja auch keine noch so kleine Gasse, die den Namen des großen Sigmund Freud trägt. Seine Wohnung ist zum Museum erklärt worden. Lediglich eine bescheidene, von privater Seite sozusagen erzwungene Tafel beim Eingang des Hauses Berggasse 19 besagt seit dem Jahr 1953, daß Freud hier ›lebte und wirkte‹. Wenige nur empfinden den einen oder den anderen Tatbestand als Schande. Österreich hat jenen großen Seelenfor-

scher, jene Pfarrer und jene Arbeiter des Widerstandes gegen Hitler, die den Sender Oskar Wilhelm Zwo mitschaffen halfen, gründlichst, um ein Wort aus Sigmund Freuds Sprachschatz zu wählen, ›verdrängt‹.
Der Lkw hatte die nächtliche Eroicagasse durchfahren, bog wie in einer Haarnadelkurve in die Hammerschmidtgasse ein und rollte nun in nordöstliche Richtung, der Heiligenstädterstraße entgegen, während Kaplan Haberland diese Worte in das Mikrofon sprach: »Hier ist der Sender Oskar Wilhelm Zwo! Hören Sie unseren Ruf: Die Freiheit marschiert! Mit den Heeren der Verbündeten in Europa und Afrika! Mit den alliierten Fliegern am Himmel Deutschlands und Italiens! Mit den Millionen Unterdrückten, die auf ihre Stunde warten! Mit den Heeren der Arbeiter, die aus freiem Willen ihre Waffen schmieden in der Alten und der Neuen Welt! Die Freiheit marschiert!« Eine Pause. Dann: »Und das ist das Ende dieser Radiowochenschau von Oskar Wilhelm Zwo! Vergessen Sie nicht: Wir kommen wieder! Zu einer der abendlichen Hauptnachrichtensendungen des sogenannten Reichssenders Wien! Hören Sie unseren Ruf: Es kommt der Tag! Der Tag ist nah! Denn England, Rußland und Amerika greifen an – und mit ihnen die jungen Völker!«

5

»O Gott, Du hast in dieser Nacht so väterlich für mich gewacht. Ich lob' und preise Dich dafür«, betete Fräulein Philine Demut, vor ihrem Bett auf dem harten Boden kniend, die Handflächen aneinandergepreßt, den Blick gleichzeitig gebannt und seltsam verschwommen auf das große Kruzifix gerichtet, das über ihrem Bett hing und von dem der Gekreuzigte, nackt bis auf das Lendentuch, auf sie herabsah. »... und dank' für alles Gute Dir. Bewahre mich auch diesen Tag vor Sünde, Tod und jeder Plag'...« Das Fräulein sprach die Worte laut. Die Knie begannen zu schmerzen, so wie sie immer schmerzten, wenn Fräulein Demut auf dem harten Boden kniete. Sie kniete daselbst dennoch zweimal täglich, und es ist nicht vermessen zu sagen, daß sie diesen Schmerz herbeisehnte, hervorrufen wollte und ihn mit Freuden ertrug, denn er erzeugte in ihr noch andere höchst eigenartige Gefühle. »... und was ich denke, red' und tu', das segne, bester Vater, Du!« Die Klingel an der Wohnungstür schrillte. Versunken, selbstvergessen und wie in Trance, hörte das Fräulein nichts. Sie sprach, die

Handflächen noch fester aneinanderpressend: »Beschütze auch, ich bitte Dich, o heil'ger Engel Gottes mich! Maria, bitt' an Gottes Thron...« Wieder klingelte es, jetzt lange und anhaltend. Und das Fräulein hörte das Klingeln. Die Knie schmerzten – stark und süß. Ah nein, dachte Philine Demut, da soll warten, wer will, ich spreche zu meinem Schöpfer! Und sie sprach: »...für mich bei Jesus, Deinem Sohn, der hochgelobt sei alle Zeit...«

Jetzt schrillte die Klingel ununterbrochen. Philine kümmerte es nicht. »...von nun an bis in Ewigkeit«, betete sie, machte eine Pause und setzte mit einem Beugen des Kopfes hinzu: »Amen.«

Die Klingel schrillte...

Es war zehn Minuten nach neun Uhr früh und schon sehr heiß an diesem 13. August 1944. Philine erhob sich und eilte, angetan mit Nachthemd, Morgenmantel und Pantoffeln, aus ihrem Zimmer auf den dunklen Flur hinaus, in dem es immer kühl war, auch bei der größten Sommerhitze. Sie sah durch das Guckloch in der Eingangstür. Draußen stand ein hochgewachsener Mann mit schmalem Gesicht, schlank, blondhaarig und blauäugig. Schon auf den ersten Blick erkannte man, daß er einen erschöpften Eindruck machte.

»Ja, ja, ja, ich komm' ja!« rief das Fräulein. »Hören Sie doch auf zu läuten!«

Philine Demuts Wohnungstür war mit vier Schlössern gesichert, von denen man drei drehen mußte, während es für das vierte einen Spezialschlüssel gab. Außerdem sorgte noch eine Sicherheitskette dafür, daß die Tür, selbst wenn geöffnet, nur einen Spalt aufging. Das war jetzt der Fall.

»Was ist?« fragte sie.

»Fräulein Demut?« fragte der blonde Mann deutsch mit einem fremden Akzent.

»Ja, das bin ich. Und wer sind Sie?«

»Ich heiße Lindhout, Adrian Lindhout«, sagte der Mann auf dem Flur. »Es tut mir leid, wenn ich hier so einbreche. Aber das Wohnungsamt hat mir geschrieben. Ich soll bei Ihnen ein Zimmer bekommen.«

»Wer sagt mir, daß Sie der Herr sind?« fragte Philine angstvoll. Also ein Mann. Ein *Mann*! Und kein Priester!

»Mein Gott...« Lindhout brach ab und entnahm der Brusttasche seiner Jacke ein Schreiben, das er durch den Spalt reichte. »Hier, bitte, das ist die offizielle Einweisung.«

Philine nahm das Papier entgegen, las und dachte bitter: Tatsächlich, das Wohnungsamt. Nichts zu machen. Sie klinkte die Kette aus und sagte eisig: »Treten Sie ein.«

Philine sah, daß Lindhout zwischen zwei großen, schweren Koffern stand. Nun hob er sie ächzend auf und trat in den dämmrigen Flur. Das Fräulein ging vor ihm her und öffnete die Tür des großen Balkonzimmers.
»Bitte«, sagte sie. »Ich habe alles für Sie vorbereitet. Hier ist der Wohnungsschlüssel. Ein Sicherheitsschloß, Herr...«
»Lindhout.«
»Lindhout. Was ist das für ein Name?«
»Wieso?«
»Und Sie reden auch so sonderbar. Wo kommen Sie denn her?«
»Aus Berlin. Mit dem Nachtzug. Es gab keinen Platz im Schlafwagen. Ich bin ganz erschöpft. Ich muß jetzt gleich schlafen.«
»Nein, ich meine, woher stammen Sie?«
»Ach so!« Lindhout wuchtete die beiden Koffer auf einen großen Tisch. »Aus Rotterdam.«
Sie sah ihn voller Widerwillen an. Ein Mann. Gräßlich. Ein Mann. Und noch dazu ein Ausländer aus... aus...
»Aus wo?«
»Aus Rotterdam, Frau Demut.«
»*Fräulein*, bitte!« rief sie scharf.
»Verzeihen Sie. Aus Rotterdam.« Lindhout seufzte leise. Er dachte: Das scheint ein sehr schwieriges Fräulein zu sein. Ach was, in diesen Zeiten muß man für alles dankbar sein. Für ein Dach über dem Kopf. Dafür, daß man überhaupt noch am Leben ist! Er bemerkte die verschreckten Blicke der schönen Augen, er sah in Philines verzerrtes Gesicht. Freundlich, dachte er, versuchen wir es mit Freundlichkeit. Er lächelte, während er sagte: »In Rotterdam wurde ich geboren, in Rotterdam bin ich aufgewachsen, in Rotterdam habe ich gearbeitet.«
»Als was?«
»Als Chemiker, Fräulein Demut.«
»Oh!« Philine war plötzlich geradezu neckisch. »Dann sind Sie also ein Wissenschaftler! Vielleicht sogar ein Herr Doktor?«
»Ja, Fräulein Demut.« Er lächelte breiter. »Ich werde keine Belastung für Sie sein und mich so rücksichtsvoll wie möglich betragen.« Philines Herz schlug schneller. Das ist nett, daß er das sagt, dachte sie. Ein guter Mann. Ich habe mich umsonst gefürchtet. Sie fragte: »Rotterdam, wo ist das?«
»In Holland, Fräulein Demut. Es war die zweitgrößte Stadt Hollands mit einem gewaltigen Seehafen.«
»Was heißt: *war*?«
Das Lächeln schien jetzt wie weggewischt aus Lindhouts Gesicht.

»Das heißt, daß es die Stadt nicht mehr gibt.« Lindhout stockte. »Der Krieg, verstehen Sie?«
»Nein«, sagte das Fräulein.
Lindhout beschloß, sich vorsichtig auszudrücken: »In diesem Krieg ist Rotterdam zerstört worden. Durch Bomben.«
»Ah!« Das Fräulein nickte grimmig. »Wie unsere Städte, ja? Durch Terrorangriffe der Amerikaner, wie?«
»Nein, Fräulein Demut.«
»Engländer?«
»Nein.«
»Russen?«
Lindhout hatte genug. »Auch nicht durch Russen. Durch *deutsche* Flugzeuge und *deutsche* Bomben! Nichts steht mehr in der Innenstadt von Rotterdam, nur der Turm einer alten Kirche. Sonst nur Schutt und Trümmer.«
»Der schreckliche Krieg«, sagte Philine.
(Und ich habe Hochwürden Haberland doch schon 1938 gesagt, daß ich glaube, dieser Hitler ist kein guter Mensch. Da sieht man es wieder. Aber bitte, was ist stehengeblieben von einer ganzen großen Stadt wie durch ein Wunder? Der Turm einer Kirche!)
Philine forschte: »Sie haben auch Ihr Haus verloren?«
»Nicht nur mein Haus!« Lindhout ließ sich ächzend auf ein altmodisches, aus schwerem schwarzem Holz geschnitztes Bett fallen. Eine Decke mit der gestickten Aufschrift SEI GESEGNET, GEH ZUR RUH! lag darauf. »Auch alle meine Verwandten und Freunde. Ich möchte aber nicht weiter darüber sprechen«, sagte er, sich in dem scheußlich eingerichteten Zimmer umblickend. Was für eine geschnitzte Anrichte, was für ein Ungetüm von Schrank! Was für abscheuliche Möbel! Und dieses grauenvolle Bild an der Wand! Was ist das? Auch das noch! Christus, der gegeißelt wird! Und überall Plüsch und Nippes. Hier also bin ich gelandet. Lindhouts Glieder waren wie aus Blei. Durch die geöffnete Balkontür drang das Lachen und Schreien spielender Kinder.
»Es ist furchtbar, Herr Doktor«, sagte Philine, ehrlich erschüttert. »Wieviel Leid geschieht! Wie viele Menschen sterben! An den Fronten! Bei den Bombenangriffen auf alle deutschen Städte... Hamburg, Berlin, Köln, München, Frankfurt... Ich lese immer in der Zeitung, was geschehen ist. Die armen Menschen...«
Ja, dachte er bitter. Und Coventry und Rotterdam und Warschau? Wer hat diese Städte zerstört? Wer hat den Luftkrieg überhaupt begonnen? Wer hat das Wort vom ›Ausradieren‹ einer Stadt tobend herausgebrüllt? Ich muß mich zusammennehmen, dachte er, und sagte: »In Rotterdam konnte ich nicht mehr arbeiten. Man

hat mich nach Berlin geschickt. Aber dort gibt es jetzt Tag und Nacht Angriffe, und mein Laboratorium im Kaiser-Wilhelm-Institut ist getroffen worden. Deshalb hat man mich nach Wien geschickt. Hier ist es ja noch ruhig.«
»Ja, wir haben nur ein paar Angriffe auf andere Städte in Österreich gehabt. Und der Kuckuck hat gerufen bei uns in Wien...«
»Wer?«
»Der Kuckuck, ah, das können Sie nicht wissen! Das ist immer so ein Vogelruf im Radio, bevor der Sender sich ausschaltet und die Sirenen heulen. Die haben schon oft geheult. Dann sind wir alle in den Keller gelaufen. Aber es ist noch keine Bombe auf Wien direkt gefallen. Nur auf Fabriken in den Außenbezirken. Gott der Allmächtige hat uns beschützt.«
»Möge er es weiter tun«, sagte Lindhout, auf den Boden starrend.
Das Fräulein schöpfte Hoffnung.
»Ja, ja, ja! Ich bete morgens und abends dafür! Sie sind auch katholisch, Herr Doktor, nicht wahr?«
Adrian Lindhout ahnte nicht, was er anrichtete, als er, den Kopf schüttelnd, erwiderte: »Nein, ich bin Protestant.«

6

Eine Stunde später erlitt Philine Demut einen Herzanfall. Einen sehr kleinen. Immerhin fühlte sie sich nach dem Abklingen so elend und dem Tode nahe, daß sie zum Telefon wankte, einem alten schwarzen Kasten an der Wand im Flur, und ihren Hausarzt anrief.
Dieser kam, konstatierte, daß seiner Patientin nichts fehlte und gab ihr ein paar Pillen Bellergal. Philine legte sich wieder in ihr Bett. Nebenan war es ruhig. Auch der Ketzer schien zu Bett gegangen zu sein. Er hatte gesagt, er sei sehr müde, so müde, wie sie selber plötzlich.
Fräulein Demut schlief bis in den frühen Nachmittag hinein. Als sie erwachte, vernahm sie aus Lindhouts Zimmer unheimliche Geräusche. (Er packte seine Koffer aus.) Als Philine den Ketzer auch noch pfeifen hörte, begann sie zu weinen wie ein kleines Kind. Sie zog sich an – dann schlich sie wieder auf den dämmrigen Flur hinaus und wählte die Nummer des Priesterheims in Ober-St. Veit, wo Haberland wohnte. Er war zum Glück daheim.
Sobald sie seine Stimme vernahm, die müde und abgespannt klang, geriet sie in Hysterie.

»Ich bin krank, Hochwürden«, klagte sie, und voller Selbstmitleid begann sie wieder zu schluchzen, während sich jenes seltsame Gefühl in ihrem Leib zu verbreiten begann. »Sehr krank. Etwas Entsetzliches ist geschehen, Sie müssen sofort kommen.«
»Was heißt krank? Was fehlt Ihnen? Weshalb sofort kommen?«
Philine flüsterte: »Das kann ich nicht am Telefon sagen. Das muß ich Ihnen persönlich erzählen. Ich kann nicht lange sprechen. Bitte, Hochwürden, bitte, bitte, bitte, kommen Sie!«
»Aber ich habe heute sehr viel zu tun, Fräulein Demut.«
»Ich flehe Sie an, kommen Sie! Es ist zu entsetzlich!« Und das wollüstige, seltsame Schaudern...
Wer weiß, was da wirklich geschehen ist, dachte Haberland und sagte seufzend: »Also gut. Aber ich kann nicht vor dem späten Nachmittag bei Ihnen sein.«
»Danke, Hochwürden, ich danke Ihnen so sehr...«, stammelte Philine, doch Haberland hatte schon eingehängt. In Lindhouts Zimmer wurden Möbel verschoben, der Lärm war unerträglich. Nein, dachte das Fräulein, rote Flecken auf den Wangen, nein und nein und nein, das lasse ich mir nicht gefallen!

7

»Was machen Sie da?«
Drei Minuten später stellte Philine Demut, immer noch in Morgenrock und Nachthemd, haßerfüllt diese Frage. Sie hatte nach kurzem Klopfen die Tür des Zimmers aufgerissen, darin der Ketzer rumorte, und sah ihn keuchend an.
Lindhout, in Hemdsärmeln, blickte sich erstaunt um. Die beiden Koffer lagen nun auf dem großen Schrank. Der Tisch – das Fräulein sah es mit Empörung – war von der Zimmermitte fort zu einem der Fenster neben der Balkontür gerückt worden. Auch andere Möbel waren verstellt. Und in der Hand hielt der Ketzer – Philine stockte der Atem – das große Bild, das Unseren Herrn Jesus Christus bei seiner so schrecklichen Geißelung darstellte.
»Was Sie da machen!« rief das Fräulein bebend, da Lindhout nicht antwortete, sondern sie nur verblüfft anstarrte.
»Ich nehme das Bild von der Wand, Fräulein Demut«, sagte er nun. »Das sehen Sie doch.«
»Ja«, kreischte sie plötzlich auf, »das sehe ich! Sie haben den Heiland von der Wand genommen! Sie haben auch alle anderen Möbel herumgeschoben!«

Eine Verrückte, dachte Lindhout und unterbrach sie heftig: »Es tut mir leid, aber ich werde in diesem Zimmer leben, schlafen, wohnen und arbeiten müssen! Einen Schreibtisch gibt es hier nicht. Also habe ich den Tisch da zum Fenster geschoben, weil es dort heller ist. Also habe ich auch die Kommode da hinübergestellt, denn irgendwo muß ich meine Papiere und Akten, meine ganzen Bücher und all das andere unterbringen.«

»Sie haben den Heiland von der Wand genommen!« Ihre Stimme überschlug sich. »Warum? Was haben Sie vor?«

»Nun beruhigen Sie sich doch endlich, was soll denn das?«

»Ich soll mich beruhigen? Aufregen muß ich mich! Mein Herz. O Gott, steh mir bei.« Sie ließ sich auf einen geschnitzten schwarzen Eichenholzsessel fallen und preßte theatralisch eine Hand gegen die Brust. »Was Sie mit dem Heiland vorhaben, habe ich Sie gefragt!« flüsterte sie.

»Er stört mich. Ich muß ihn hier raushaben.«

»Was?« Philine schwankte.

»Verflucht noch einmal, ist das denn hier ein Irrenhaus? Verzeihen Sie... ich habe es nicht so gemeint... Ich wollte sagen, ich kann das Bild an der Wand nicht brauchen, weil ich dahin die Kommode geschoben habe, und auf die muß ich viele Bücher legen. Sehr viele Bücher. Leider ist kein Regal hier. Also muß ich sie stapeln. Es wird schon gehen. Aber das Bild ist mir im Wege. Darum habe ich es abgenommen. Ich hätte Sie gebeten, es bei sich aufzubewahren. Um alles in der Welt, Fräulein Demut, das war der wirkliche und einzige Grund! Welchen anderen Grund sollte ich sonst haben? Sie wissen doch, wer ich bin. Ein Chemiker. Und ein Chemiker braucht viel Fachliteratur, und ich dachte mir...«

»Schweigen Sie!« schrie Philine bebend.

Er starrte sie, bis zur Sprachlosigkeit verblüfft, an, das Bild immer noch in den Händen.

»Sie haben gesagt, ich weiß, wer Sie sind!« Jetzt sprach das Fräulein leise und keuchend. »Ja, ja, ja, ich weiß es! Jetzt weiß ich es genau! Sie sind nicht Chemiker! Sie heißen nicht Lindhout! Sie haben mir einen falschen Namen genannt! Sie sind jemand ganz anderer! Jemand ganz anderer, jawohl!«

Das Bild glitt um ein Haar aus Lindhouts Händen, er konnte es im letzten Moment noch packen und legte es vorsichtig auf das Bett. Er sah aus, als sei er vor Stunden gestorben. Sein Gesicht hatte eine grünlichweiße Farbe angenommen. Seine Hände zitterten wie in einem Anfall von schwerstem Tremor. Auf seine Stirn trat Schweiß.

»Was... was... haben Sie... gesagt?«

»Daß Sie mir einen falschen Namen genannt haben!« schrie jetzt Philine. »Daß Sie gar nicht Doktor Lindhout sind!«
Lindhout ballte die Hände zu Fäusten. Und er trat schnell ganz dicht an Philine heran. Jetzt klang seine Stimme wie das Zischen einer Schlange.
»Wie kommen Sie auf den Unsinn?«
Von einer Sekunde zur anderen wechselten an diesem Tag Philines Stimmungen. Jetzt war *sie* weiß wie gestorben, jetzt zitterte *sie* am ganzen Körper. O Gott, dachte sie, o Gott im Himmel, hilf! Er bringt mich um! Er bringt mich um! Nein, ich weiß, Gott will mich nur prüfen. Ja, das ist es, eine Prüfung Gottes, und ich muß sie bestehen.
Diese grotesk falsche Überlegung ermöglichte es dem Fräulein Demut, plötzlich den Kopf zurückzuwerfen und mit völlig ruhiger Stimme zu sagen: »Mich können Sie eben nicht täuschen, Herr Doktor Lindhout! Ich weiß, wer Sie sind!«
Sie sah nicht, daß er eine Pistole des Modells Walther, Kaliber 7.65, aus der Hüfttasche seiner Hose gezogen hatte und sie versteckt auf dem Rücken hielt. Sie wußte nicht, daß er dachte: Eine Falle! Sie haben mich in eine Falle gelockt, die Hunde. Aber sie sollen mich nicht kriegen, nein. Nicht nach allem, was geschehen ist, nach allem, was ich getan habe. Wenn ich jetzt draufgehe, dann nehme ich ein paar von diesen Hunden mit, die hier irgendwo in der Wohnung warten, vielleicht über ein verstecktes Mikrofon alles mitanhören, die diese Person als Agent provocateur vorgeschickt haben. Na wartet, jetzt werdet ihr was erleben, ihr verfluchten Schweine. Ruhig, ruhig, dachte er, das ist doch alles Unsinn. Und Truus? Was wird aus ihr? Ich muß sie beschützen. Ich muß sehen, daß sie alles lebend übersteht. Zusammennehmen, zusammennehmen, das muß ich mich jetzt. Vielleicht ist diese Person doch nur wirklich verrückt und nicht vorgeschickt...
Er fragte: »Und wer bin ich, Fräulein Demut?«
Du siehst, Gott, ich weiche und ich schweige nicht, und wenn dies die Minute meines Ablebens ist. Ich sage es, ja, ich sage es. Sie sagte es: »Sie sind der Böse Feind.«
Lindhout erstarrte.
Er schluckte und forschte (während seine Hand die Pistole umklammerte): »Wer?«
Philines Herz klopfte bis zum Hals hinauf, vor ihren Augen drehten sich rote Schlieren. »Der Böse Feind sind Sie«, flüsterte sie und blickte dabei Lindhout fest in die Augen. »Gott der Allmächtige hat Sie mir geschickt, um mich zu prüfen. *Sie sind Martin Luther!*«

8

Daraufhin war es lange still in dem großen Zimmer; nur von unten herauf klang Straßenlärm. Langsam, unendlich langsam richtete Lindhout sich auf, langsam, unendlich langsam ließ er die Pistole wieder in die Tasche gleiten. Dann plötzlich konnte er nicht mehr. Er begann zu lachen. Lauter zu lachen. Noch lauter. Zuletzt brüllte er vor Lachen so, daß ihm die Tränen aus den Augen schossen. Es war, als könne er nie mehr aufhören zu lachen.

In Deine Hände, Gott, befehle ich meinen Geist, betete das Fräulein in Gedanken. Sie sah den Mann zu dem großen Tisch zurücktorkeln, sah, wie er dort, wo er eine Unmenge Dinge hingelegt hatte, eine Flasche hochhob. Er hielt sich mit einer Hand an der Tischkante fest, während er trank.

Schnaps!

Schnaps ist das, dachte Philine, ich kann es riechen.

Lindhout trank, bis ihm der Kognak über das Kinn lief und er sich verschluckte. Er hustete krampfhaft, während Philine Demut tapfer (meine letzten Worte, dachte sie) und laut wiederholte: *»Sie sind Martin Luther!«*

Der Hustenanfall war vorübergegangen.

Lindhout nahm noch einen großen Schluck, setzte die Flasche ab und stellte sie auf den Tisch zurück. Ich Idiot, dachte er, ich verfluchter Idiot.

»Ach«, sagte er und wischte sich mit dem Handrücken über Kinn und Stirn, während ein freundlicher, fast zärtlicher Ausdruck in sein Gesicht zurückkehrte, »so ist das. Ja, wenn das so ist, gnädiges Fräulein, wenn Sie es also ohnehin gleich erkannt haben, dann muß ich wohl gestehen: Ich bin Martin Luther. Kann ich sonst noch etwas für Sie tun?«

Er konnte.

Philine Demut war, als Folge einer plötzlichen Ohnmacht, in sich zusammengesunken und zu Boden geglitten. Er hob sie behutsam auf und trug sie aus dem Zimmer.

9

Dieser Tag war für das Fräulein Philine der schlimmste ihres bisherigen Lebens. Als sie aus ihrer Ohnmacht erwachte, wußte sie zuerst überhaupt nicht, wo sie war. Dann glaubte sie, wieder die

Sinne verlieren zu müssen: Sie lag in ihrem Schlafzimmer im Bett.

Im *Bett*!

Wie war sie hierhergekommen? Blitzschnell setzte die Erinnerung ein. Sie war doch bei Martin Luther gewesen. Dort mußte sie ohnmächtig geworden sein. Aber... aber... aber wieso lag sie dann in ihrem Bett? Es gab nur eine Erklärung dafür: Der Ketzer hatte sie hierhergebracht, als sie ohne Sinne und reglos war. Er hatte sie angefaßt. Er hatte – voller Entsetzen stellte sie auch das fest – ihr den Morgenrock ausgezogen, bevor er sie ins Bett legte! Denn jetzt trug sie nur noch ihr langes Leinenhemd. (Im Hemd, niemals nackt, badete sie übrigens auch.) Philine schauderte es. Mit seinen schmutzigen, sündigen Händen hatte der Ketzer sie berührt! Hatte er, wer weiß was noch alles...

Auf gräßliche Weise senkte die Decke sich, schloß der ganze Raum Philine mehr und mehr ein, und sie verlor abermals jählings das Bewußtsein.

Als sie wieder zu sich kam, wußte sie nicht, wie lange sie so gelegen hatte. Eine Ewigkeit – so kam es ihr vor. Mit unendlicher Anstrengung richtete sie sich auf und wankte ins Badezimmer, wo sie das Gesicht lange mit eiskaltem Wasser wusch, denn plötzlich war ihr heiß, unerträglich heiß. Das kalte Wasser brachte sie wieder ganz zu sich. Etwas tun! Etwas tun! Sie mußte sofort etwas tun! Aber was? Hochwürden kam erst am Abend. Noch schien die Sonne. Der Arzt hatte gesagt, er werde morgen vorbeischauen. Wie spät war es eigentlich? Sie sah auf ihre schmale, altmodisch ziselierte goldene Armbanduhr. Das konnte doch nicht sein! Die Uhr zeigte vierzehn Minuten nach zwei. 2 Uhr 14 am Nachmittag. Wie viele Stunden waren vergangen, seitdem sie den Bösen erkannt hatte? Sie strengte ihr Gehirn an. Wie viele Stunden? Es gelang ihr nicht, sich richtig zu erinnern. Eine halbe Stunde saß sie, grau im Gesicht, auf dem Rand der emaillierten Badewanne. Dann fuhr sie hoch. So ging das nicht weiter! Wo war der Feind? Wo war er? Sie mußte es wissen, denn jede Minute, jede Sekunde konnte er kommen, wartete vielleicht nur darauf, daß sie aus dem Badezimmer trat, um...

Nein, entschied sie. Es ist die Prüfung. Es ist noch immer die Prüfung. Ich bin stark gewesen. Ich muß stark bleiben. Sonst komme ich niemals in die Ewige Seligkeit. Dieser Gedanke gab ihr so viel Kraft, daß sie das Badezimmer verlassen konnte. Im Flur blieb sie stehen und lauschte lange. Hatte er sich versteckt? Ja? Wo? In welchem Zimmer? Der feste Vorsatz, diese größte Prüfung ihres Lebens zu meistern, verlieh ihr Kräfte, über die sie noch nie

verfügt hatte. Der Reihe nach sah sie in ihren Zimmern nach, zuletzt in der Küche. Nichts. Er war nicht da. Sie schlich auf bloßen Füßen zu seinem Zimmer. Sie lauschte wieder. Kein Laut. Mit dem Mut der Verzweiflung riß sie die Tür auf.
Auch in seinem Zimmer war niemand.
Aber dort!
An der Außenseite der Tür, sie hatte es übersehen, war mit einem Reißnagel ein Blatt Papier befestigt. In großen Buchstaben stand darauf:

> Ich musste ins Chemische Institut
> in der Währingerstrasse. Wenn Sie
> mich brauchen oder suchen, rufen
> Sie bitte die Telefonnummer R 28235
> an und fragen Sie nach mir.
>
> L.

Er war fortgegangen!
Philine huschte zur Eingangstür und versperrte alle Schlösser. Dann lief sie zurück ins Schlafzimmer und fiel auf das Bett. Wieder blieb sie lange so liegen. Dann fiel ihr das Bellergal ein, das ihr der Hausarzt gegeben hatte. Zur Beruhigung, hatte er gesagt. Sie schluckte zwei Pillen. Eine dicke Fliege flog beharrlich gegen das geschlossene Fenster, das auf den Innenhof hinausging, in dem eine riesige, uralte Kastanie stand.
Fräulein Demut nahm mit bebenden Händen von einem Bord an der Wand ihr Meßbuch, sah zu dem Gekreuzigten auf, seufzte und begann mit zitternden Fingern die Seiten des kleinen schwarzen Buches zu wenden. Sie kannte fast alle Gebete auswendig, aber da war eines, das mußte sie jetzt laut lesen... da war es schon! ›Zur göttlichen Vorsehung‹! Mit schwacher Stimme sprach das Fräulein, bei dem nun das Beruhigungsmittel zu wirken begann. »Mein Herr und Heiland, Du hast mich bis auf diesen Tag geleitet. In Deinen Armen bin ich auch ferner geborgen. Wenn Du mich hältst, habe ich nichts zu fürchten...« Sie konnte nicht anders, sie mußte gähnen. Danach wiederholte sie, immer benommener: »...habe ich nichts zu fürchten. Wenn Du mich aufgibst, habe ich nichts zu hoffen. Ich weiß nicht, was mir bevorsteht, bis ich sterbe: Die Zukunft ist...« Neuerliches Gähnen. »...ist mir verborgen, aber ich vertraue auf Dich. Ich bete zu Dir. Gib mir, was mir zum Heile dient, nimm mir, was meiner Seele schadet...« Das seltsame Gefühl in Fräulein Demuts Leib, das sie so gut kannte und so oft herbeisehnte, wurde stärker und stärker, sie bewegte sich unruhig im Bett, ihr Atem ging hastiger. »...Ich überlasse alles Dir allein.

Schickst Du mir Schmerzen und Kummer, so gib mir die Gnade, sie recht zu tragen, und bewahre mich vor Verdrossenheit und Selbstsucht...« Sie ächzte laut auf. »Schickst Du mir Wohlergehen...« Das Meßbuch fiel ihr aus den Händen und vom Bett auf den Boden. Das Fräulein war wieder eingeschlafen.

10

Die Türklingel schrillte.
Philine Demut fuhr im Bett hoch. Was war das? Wie konnte das möglich sein? Dunkel war es im Raum. Stunden mußten vergangen sein, seit sie sich hingelegt hatte. Was war geschehen mit ihr seitdem? Was?
Die Klingel schrillte, schrillte, schrillte.
Ihr war heiß. Sie griff sich an die Stirn. Die Stirn schien zu glühen. Sie hatte Fieber! Fieber!
Die Klingel. Unerbittlich. Wieder und wieder und wieder.
Der Frevler? Ich habe alle Schlösser versperrt, überlegte das Fräulein. Dann fiel es ihr ein: Das war Hochwürden! Sie sah auf die Armbanduhr, nachdem sie das elektrische Licht angeknipst hatte. Zehn Minuten nach neun!
Sie glitt aus dem Bett, schlüpfte in ihre Hausschuhe, zog den Morgenmantel wieder an und hastete zur Tür. Was für ein Tag...!
»Ich komme ja schon!« rief sie im Flur. Auch hier knipste sie das elektrische Licht an. Dann war sie bei der Eingangstür der Wohnung, die sie so sehr abgesichert hatte. Sie blickte durch das Guckloch. Draußen stand Kaplan Haberland. Der hatte einen langen und schweren Tag hinter sich, darunter drei Besuche bei zum Tode Verurteilten. Sein Gesicht war bleich, und seine Wangen waren eingefallen wie seine Schläfen. Aber das bemerkte Philine nicht.
»Hochwürden!« rief sie, während sie schon an den Schlössern drehte. »Hochwürden, dem Himmel sei Dank, Sie sind es!«
Endlich ließ sich die Tür öffnen. Philine riß sie auf. »Kommen Sie herein, Hochwürden, kommen Sie herein, oh, wie habe ich auf Sie gewartet!«
Haberland trat in den Flur.
»Ich bin krank, ach, ich bin ja so elend beisammen, Hochwürden. Ich habe das Läuten nicht gehört. Verzeihen Sie. Ich muß geschlafen haben. Ich liege den ganzen Tag im Bett.«

»Was haben Sie?«
Philine wies stumm mit dem Kinn auf die Tür des beschlagnahmten Zimmers.
»Er ist also gekommen?«
»Ja. Heute. Bevor ich Sie angerufen habe.«
»Wer ist es?«
»Das erzähle ich Ihnen alles... nicht hier auf dem Gang... Mir ist schwindlig... Ich habe Fieber... Bitte, folgen Sie mir...«
Sie hastete voraus.
Im Schlafzimmer angelangt, bat sie errötend: »Drehen Sie sich um, ich muß den Morgenrock ausziehen.«
Haberland, das grausige Schluchzen eines der zum Tode durch das Beil Verurteilten noch im Ohr, wandte sich ab. Gott, gib mir Geduld und Ruhe, bat er in Gedanken.
»Jetzt geht es schon!« rief Philine. Sie saß im Bett, über das graue Leinennachthemd hatte sie ein Strickjäckchen gezogen.
»Haben Sie ein Thermometer?«
»Wozu?«
»Sie sagten, Sie haben Fieber. Wieviel?«
»Ich habe noch nicht gemessen. Das Thermometer ist da drüben, auf dem Tischchen mit den Stricknadeln...« Er gab es ihr. »Danke vielmals.«
Sie steckte das Thermometer in eine Achselhöhle.
Haberland ließ sich schwer auf einen Stuhl sinken.
»Ist er zu Hause?«
»Nein. Er ist fortgegangen. Wir können ohne Furcht reden.«
»Was heißt das? Wir könnten ganz gewiß auch ohne Furcht reden, wenn er da wäre.«
Philine schüttelte den Kopf.
»Nein, Hochwürden, das könnten wir nicht! Es ist ganz schrecklich, ich habe es Ihnen doch schon am Telefon gesagt und Sie angefleht, zu kommen...« Sie neigte sich vor, bedeutete ihm, das gleiche zu tun, und flüsterte in sein Ohr: »Er ist der Böse Feind!«
Haberland holte tief Atem. Gott, gib mir Stärke, bat er. Laß mich nicht die Nerven verlieren. Diese im Geiste arme Person ist eines Deiner Geschöpfe, daran muß ich denken, immer denken. Wenn nur die Schreie jenes zum Tode Verurteilten in meinem Schädel endlich verstummten!
»Wer ist es?« fragte Haberland. »Und wie heißt er überhaupt?« Er sah zu dem schweren, großen Schrank hin, den er längst mit Hilfe des Hausbesorgers Pangerl vor die Verbindungstür zu dem beschlagnahmten Zimmer geschoben hatte.
Philine lachte hysterisch auf.

»Er hat gesagt, er heißt Doktor Adrian Lindhout und ist Chemiker und stammt aus Ro... Rot... Roter...«
»Rotterdam?«
»Ja, von dort. Und da ist alles zerbombt, und so hat er in Berlin gearbeitet, und jetzt soll er hier arbeiten. Hier arbeiten! Bei mir! Hochwürden, liebe, liebe Hochwürden, ich brauche Ihre Hilfe! Das ist der Böse, und er ist zu mir gekommen! Gott will mich prüfen, aber dieser Prüfung bin ich auf die Dauer nicht gewachsen!«
»Ich verstehe nicht...«
»Hochwürden«, sagte Philine und schüttelte sich dabei vor Abscheu, *»er ist evangelisch!«*
Haberland unterdrückte einen Fluch.
»Fräulein Demut«, sagte er, »Sie wissen genau: Gott will, daß ein jeder den andern achtet. Wir sind alle mit den gleichen Rechten geboren und Gottes Kinder.«
Philine schlug mit einer kleinen Faust auf die Bettkante.
»Er nicht, Hochwürden! Er nicht! Er ist schuld am Zerfall der Christenheit! Er hat Zwietracht gesät in die Herzen der Gläubigen! Er ist ein Verräter und ein schlechter Mensch! Er hat sich gegen den Heiligen Vater empört, und er hat die Bauern gegen die Fürsten aufgehetzt! Er hat in Sünde gelebt und die furchtbaren fünfundneunzig Thesen angeschlagen!«
»Liebes Fräulein Demut«, sagte Haberland und schloß kurz die Augen, »Sie sprechen von Martin Luther.«
»Ja«, sagte das Fräulein und nickte. »Das tue ich!«
»Warum?«
»Er wohnt nebenan.«
Haberland schluckte.
»Martin Luther ist lange tot.«
»Er ist heute hier eingezogen«, sagte Philine Demut mit großer Würde. »Ich habe ihn gleich erkannt. Sie haben mir doch genug von ihm erzählt – von diesem eigensüchtigen, verdorbenen und verfluchten Mönch!«
»Fräulein Demut«, sagte Haberland in gelinder Verzweiflung, »Sie verwechseln da etwas. Sie sagen, Ihr neuer Mieter ist evangelisch...«
»Natürlich«, sagte sie, »sonst konnte er ja auch nicht Martin Luther sein!«
Haberland atmete mühsam, bevor er sagte: »Er kann nicht Martin Luther sein, Fräulein Demut. Martin Luther ist tot, ist lange tot. Herr Doktor Lindhout ist nur ein Anhänger der Lehre von Martin Luther!«

»Doktor Lindhout«, sagte Philine ironisch. »Doktor auch noch!« Sie kicherte. »Wer's glaubt«, sagte sie.
»Fräulein Demut«, sagte der junge Kaplan, sich mit aller Kraft beherrschend, »der Herr heißt bestimmt Doktor Lindhout. Er ist nicht Martin Luther. Wie kann er Martin Luther sein, wenn er Doktor Lindhout heißt?«
»Ah«, sagte Philine triumphierend, »er verwendet einen falschen Namen! Damit man ihn nicht gleich erkennt. Was denn, das habe ich ihm ins Gesicht gesagt!«
»Sie haben...« Haberland vermochte nicht weiterzusprechen. Er stellte sich vor, wie dieser Empfang auf den neuen Mieter gewirkt haben mußte.
»Ja, auf den Kopf zu habe ich es ihm gesagt! Und er? Weiß wie die Wand ist er geworden, Hochwürden, und seine Hände haben gezittert – so!« Und Philine machte übertrieben nach, wie Lindhouts Hände gezittert hatten.
»Erzählen Sie mir alles«, sagte Haberland. »Wie ist das also gewesen?«
Und Philine Demut erzählte genau, wie das also gewesen war.

II

Als sie geendet hatte, suchte Haberland nervös nach Worten.
»Fräulein Demut«, sagte er zuletzt, »hören Sie mir gut zu: Sie haben diesen Doktor Lindhout wahrscheinlich sehr erschreckt.«
»Erschreckt! Er hat doch noch mit diesem teuflischen Grinsen gesagt, ja, wenn Sie mich doch gleich erkannt haben, natürlich bin ich Martin Luther!«
»Eben. Es ist möglich, daß er Sie für... für krank hält.«
»Ich *bin* krank«, klagte das Fräulein. »Jeder Knochen tut mir weh.«
»Nicht *so* krank. Anders.«
»Wie anders?«
»Geistig«, sagte Haberland brutal. Er hielt das nicht mehr aus. »Im Kopf.« Gott verzeih mir, dachte er.
»Oh!« Philine wandte entsetzt den Kopf zur Seite. Tränen quollen. »Das war nicht nett von Ihnen, Hochwürden!«
Haberland suchte gutzumachen, was er da eben unbedacht angerichtet hatte.
»Aber Sie *sind* doch nicht geistig krank, Fräulein Demut, nicht wahr?«

»Natürlich nicht«, murmelte sie und wischte ihre Tränen fort. »Ich bin ganz gesund. Geistig. Körperlich nicht. Wegen der Aufregung. Aber geistig natürlich!«
»Sehen Sie...« Haberland legte eine Hand auf die ihre. »Und ein geistig gesunder Mensch weiß, daß ein Mann, der seit vielen, vielen Jahren tot ist, nicht bei Ihnen einziehen kann!«
»Sie meinen, daß er *nicht* Martin Luther ist?« fragte das Fräulein konsterniert.
»Natürlich ist er das nicht, Fräulein Demut!« Haberland lachte weit fröhlicher, als ihm zumute war. »Er ist ein Chemiker, der Doktor Lindhout heißt, und Sie haben ihn sehr erschreckt! Stellen Sie sich vor, jemand kommt zu Ihnen und behauptet, Sie sind nicht Fräulein Demut, sondern Maria Magdalena.«
Sofort bekreuzigte sich Philine.
»Hochwürden!« sagte sie empört.
»Ja, ja, schon gut. Stellen Sie sich das nur einmal vor. Was würden Sie einem solchen Menschen antworten?«
»Ich würde ihm antworten, daß er verrückt sein muß!«
»Da haben Sie es«, sagte Haberland.
»Habe ich was?« fragte Philine. Dann weiteten sich ihre kleinen Augen. »Oh«, sagte sie erschrocken. »Sie glauben... Sie meinen wirklich...«
»Ja! Aber dieser Doktor Lindhout scheint ein taktvoller Mensch zu sein, und deshalb hat er Ihnen nicht widersprochen. Deshalb hat er Ihnen sofort recht gegeben.«
»Weil er mich für verrückt gehalten hat?«
Haberland nickte.
Philine starrte vor sich hin.
»Schrecklich«, sagte sie. »Schrecklich... und das gleich am ersten Tag. Sagen Sie selbst, ist das nicht schrecklich?«
»Es ist gar nicht schrecklich«, antwortete Haberland, »wenn Sie nur einsehen, daß Sie einen Fehler begangen haben. Dann können Sie alles ganz einfach wiedergutmachen. Zeigen Sie mal das Thermometer.« Sie gab es ihm. »Siebenunddreißigdrei. Sie haben kein Fieber.«
»Vielleicht ist das Thermometer kaputt. Ich fühle mich so, als hätte ich Fieber!«
»Sie haben keines, Fräulein Demut.« Haberland war am Ende seiner Kraft. »Sie sagen dem Herrn Doktor Lindhout, daß Sie nur Spaß gemacht haben, und daß er das entschuldigen soll.«
»Spaß gemacht... aber Hochwürden, auch, wenn er nicht Martin Luther ist, er ist doch evangelisch!«
Haberland stand auf. Er sagte laut: »Fräulein Demut, wir leben in

einer schweren Zeit, in der es darum geht, ob in der Welt das Böse siegt oder das Gute. In einer solchen Zeit gibt es keine katholischen oder evangelischen oder jüdischen oder heidnischen Menschen. In einer solchen Zeit gibt es nur gute oder böse Menschen.«
»Und wenn er den Schrank umstürzt und herüberkommt in der Nacht und mich zwingt, ... mich zwingt, mit ihm ...« Brennende Röte bedeckte Philines bleiche Wangen. »Sie wissen schon, was ich meine, Hochwürden.«
»Fräulein Demut«, sagte Haberland, nachdem er sich auf die Unterlippe gebissen hatte. »Er wird den Schrank ganz bestimmt nicht umwerfen, und er wird Ihnen ganz bestimmt nicht zu nahe treten, da können Sie vollkommen beruhigt sein.«
Philine protestierte noch einmal: »Aber ich will nicht, daß ein Ketzer in meiner Wohnung wohnt!«
»Wenn Sie das nicht wollen«, sagte Haberland, »dann ist Ihr Herz zu klein, und ich fürchte, daß Gott keine Freude haben wird darüber. Und ich weiß, daß *ich* keine Freude an Ihnen mehr haben und nicht mehr zu Ihnen kommen werde.«
Philine fuhr im Bett hoch.
»Sie werden nicht mehr zu mir kommen?«
»Natürlich werde ich kommen, aber nur unter der Voraussetzung, daß Sie freundlich und liebenswürdig zu Herrn Doktor Lindhout sind!«
Philine senkte den Kopf,
»Es tut mir leid«, sagte sie. »Natürlich bin ich nicht verrückt. Ich verwechsle nur manchmal dies und das und weiß nicht, was recht ist und was unrecht. Aber *Ihnen* glaube ich, Hochwürden!« Sie strahlte ihn an, und da war wieder dieses seltsame Ziehen und Pochen in ihrem Körper. »*Ihnen* vertraue ich! Wenn *Sie* es sagen, Hochwürden, dann werde ich eben freundlich und liebenswürdig sein zu Herrn Doktor Lindhout.« Sie seufzte und fügte leise hinzu: »Auch wenn er ein Ketzer ist.«

12

»Phantastisch«, sagte wenige Stunden zuvor ein Mann namens Tolleck, Doktor Siegfried Tolleck. »Absolut phantastisch, Herr Kollege! Ein Mittel, das man im Labor herstellen kann und das die schmerzstillende Wirkung von Morphin hat. Und das doch *kein* Opiumderivat ist und das offenbar *nicht* süchtig macht! Es hat *nicht* die chemische Struktur von Morphin! Es hat überhaupt nichts mit

Morphin zu tun! Aber es wirkt genauso stark – und allem Anschein nach *ohne* gefährliche Nebenerscheinungen!« Dr. Tolleck trug einen fleckigen weißen Mantel, ein am Hals offenes weißes Hemd, leichte Sommerhosen und Sandalen. Jetzt schüttelte er den schweren Schädel. »Ich ziehe meinen Hut vor Ihnen, Herr Kollege. Das erklärt, warum Sie in Ihren Forschungen von unserer Führung derart gefördert werden. Sie sind ein großer Mann!«

»Ach, hören Sie doch auf! Ich habe bloß Glück gehabt«, sagte Lindhout verlegen, während ihm Tolleck auf die Schulter schlug und danach die Hand schüttelte.

»Glück hat nur der Tüchtige, Herr Kollege! Es ist mir eine Ehre, daß Sie jetzt in diesen Räumen weiterarbeiten werden!«

Eine Zeitlang vorher noch hatte sich Tolleck – in Unkenntnis von Lindhouts wissenschaftlicher Leistung – allerdings sehr viel weniger geehrt gefühlt...

Der Vorstand des Chemischen Instituts in der Währingerstraße, Professor Dr. Hans Albrecht, hatte die beiden Männer miteinander bekannt gemacht. Lindhout war zuerst zu ihm gegangen, um seine Ankunft in Wien zu melden.

»Es ist Platz für Sie in der Abteilung von Herrn Kollegen Tolleck vorbereitet«, hatte Albrecht gesagt, ein großer, schlanker Mann mit Silberhaar, schmal geschnittenem Gesicht und schmalen Händen. Seine Stimme klang wohltuend ruhig, er strahlte Würde, Menschenfreundlichkeit und Sicherheit aus. Ein außerordentlich sympathischer Mann, fand Lindhout sogleich. »Wir haben uns das überlegt. Beim Kollegen Tolleck sind Sie am besten aufgehoben und haben die meiste Ruhe und den meisten Platz.« Und er war mit Lindhout aus dem zweiten Stock in den ersten Stock des Instituts hinuntergegangen, über eine sehr breite Treppe mit niedrigen Stufen...

Die Nachmittagssonne hatte das Treppenhaus erhellt. Es roch nach den verschiedensten Chemikalien. Das Gebäude war sehr groß, viele Menschen arbeiteten hier, lehrten und lernten. Lindhout sah auf seinem Weg in den ersten Stock hinunter einige Studenten, darunter ein paar auffallend schöne junge Mädchen. Sie alle trugen weiße Labormäntel. Dann war ihnen ein großer, schlanker Mann von etwa vierzig Jahren begegnet. Der Vorstand des Instituts hatte eine Hand auf Lindhouts Schulter gelegt.

»Das trifft sich gut! Da kann ich Sie gleich miteinander bekannt machen«, hatte er gesagt. »Herr Lindhout, das ist mein Stellvertreter, der Kollege Professor Jörn Lange, Leiter der Abteilung Physikalische Chemie. Herr Lange, das ist also der Herr Doktor Lindhout, den wir aus Berlin erwartet haben.«

»Freut mich, freut mich sehr, Herr Lindhout. Hoffentlich werden Sie sich bei uns wohl fühlen.« Er sah Lindhout forschend an. »Natürlich habe ich von Ihnen gehört. Großartig, was Sie da geleistet haben, Herr Kollege, wirklich großartig!« Was Lindhout an Lange auffiel, war dessen verbissenes Gesicht. Mit abgehackter Stimme sagte Lange: »Sie haben in Rotterdam alles verloren.«
»Ja.«
»Schlimm, schlimm... aber bitte: Der Führer hat diesen Krieg nie gewollt!«
»Hoffen wir, daß alles bald vorbei ist und wir in Ruhe arbeiten können«, sagte der Institutsvorstand Professor Albrecht.
Der zwielichtige Satz hatte Lange erstarren lassen.
»Alles Gute, Herr Lindhout! Heil Hitler!« Er eilte die Treppe hinauf.
»Sie haben ihn verärgert«, sagte Lindhout.
Albrecht faßte ihn am Ellbogen, während sie die Treppe hinabstiegen und sagte sehr leise: »Ja, es scheint so. Professor Lange...« Er unterbrach sich.
»Ja?«
»Ja, was?«
»Sie wollten etwas sagen. Über Herrn Lange...«
Albrecht blieb stehen und sah Lindhout lange an.
»Also?«
»Hm.« Albrecht betrachtete Lindhout noch immer.
»Herr Professor!«
»Unser Kollege Lange... er versieht seine Arbeit mit äußerster Präzision... mit ungeheurem Ehrgeiz... Er stammt aus dem Altreich... Er...«
»Ja?« fragte Lindhout.
Albrechts Gesicht war sorgenvoll. »Lange ist ein fanatischer...«, begann er und brach wieder ab.
»Ich verstehe«, sagte Lindhout.
»Es macht mich sehr glücklich, Sie nun im Institut zu haben«, sagte Albrecht. »Sie werden sich in acht nehmen, ja?«
»Ja«, sagte Lindhout.
Die beiden Männer waren weitergegangen. An der Tür, an welcher der Professor zuletzt klopfte, war eine kleine weiße Karte angebracht gewesen:

DR. SIEGFRIED TOLLECK

Dieser Doktor Tolleck fiel Lindhout sogleich durch eine übermäßig ausgeprägte Kieferpartie und eine tiefe, sehr kräftige Stimme auf.

Er war groß, schwerknochig und etwa fünfunddreißig Jahre alt. »Heil Hitler, Herr Kollege«, sagte er, nachdem Albrecht die beiden Männer miteinander bekannt gemacht hatte. Erst nach diesen Worten schüttelte er Lindhout die Hand. Zu dritt gingen sie durch eine Reihe von Räumen. In einigen wurde gearbeitet, zwei Zimmer waren für Lindhout vorbereitet. Er sah das gewohnte Bild: Schränke mit Apparaturen, Tische mit chemischem Gerät, alles blitzsauber, und er sah kleine Käfige mit Kaninchen. Die Tiere bewegten sich raschelnd in dem Gemisch aus Sägemehl und Sägespänen, das die Käfigböden bedeckte. Albrecht hatte sich bald verabschiedet, er mußte zu einer Konferenz. Wieder schnarrte Tolleck sein »Heil Hitler!«

»Alles in Ordnung?« Tolleck sah Lindhout nicht eben freundlich an.

»Ja, gewiß«, sagte Lindhout. »Sogar die Versuchstiere sind schon da.«

»Die Versuchstiere, ja...« Tolleck betrachtete ihn verbissen. »Ich weiß ja nicht, woran Sie arbeiten, Herr Kollege, aber ich bin froh, daß *ich* diese Arbeit nicht tun muß!«

»Warum?« fragte Lindhout überrascht.

Tolleck wies mit dem Kinn auf die Käfige.

»Wegen der Versuchstiere?« fragte Lindhout erstaunt.

»Ja«, sagte Tolleck, »wegen der Versuchstiere.« Er rief in einen Nebenraum: »Die drei Minuten sind in zwanzig Sekunden um, Hermi, notieren Sie die Temperatur eine Weile, bitte!«

Eine Mädchenstimme erklang: »Sofort, Herr Doktor!«

»Was ist mit den Versuchstieren?« fragte Lindhout.

»Ich könnte das nicht aushalten«, sagte Tolleck.

»Was?«

»Mit Tieren zu experimentieren. Da hängen elektrische Drähte. Ich nehme an, Sie versetzen den Tieren Stromstöße.« Lindhout nickte. »Die Versuchstiere empfinden also Schmerzen, sie leiden.«

Lindhout dachte: In euren KZs haltet ihr euch Versuchsmenschen und laßt sie leiden. *Das* hältst du aus, du Lumpenkerl, was? Beherrscht sagte er: »Ich arbeite an einem schmerzstillenden Medikament, Herr Kollege. Das kann man nur am Tier-Modell erforschen, wenn man nicht Selbstversuche anstellen oder zur Züchtung von Testmenschen übergehen will.«

Tollecks Gesicht rötete sich. Er hat mich verstanden, dachte Lindhout, während der andere sagte: »Gewiß, gewiß... ich kenne dieses Gebiet zu wenig. Aber könnte man Ihr schmerzstillendes Mittel nicht an schmerzfreier Materie erproben – sagen wir, an Zell- oder Organkulturen?«

»Nein«, antwortete Lindhout, »das kann man eben leider nicht. Ich habe sehr oft mit Kollegen darüber gesprochen. Sehen Sie: Descartes sprach von der ›Maschine Tier‹, also einer schmerzempfindlichen Materie. Die meisten Menschen heute sagen: Wenn das, was sich bei diesen Tieren äußert, gottgegebene Seele ist, dann ist auch im Umgang mit ihnen Humanität gefordert!« Und er dachte: Ausgerechnet vor einem Nazi muß ich mich verteidigen. Weil die ja soviel für Humanität übrig haben! Er fuhr fort: »Ist das Tier hingegen, auf uns bezogen, ›minderwertig‹« (so wie bei euch bestimmte Menschengruppen, dachte er), »ein Stück, nun, sagen wir: ›Zufall und Notwendigkeit‹, ob mit, ob ohne Schmerzempfinden, so wäre es nichts als sentimentale Wehleidigkeit und Inkonsequenz, es nicht zu nutzen und an unsere Stelle treten zu lassen!«

»Das stimmt«, sagte Tolleck und sah Lindhout überrascht an, »daran habe ich noch nicht gedacht.«

»Ist es aber«, fuhr Lindhout fort, »so etwas wie unser minderer Bruder, dann sind wir selbstverständlich für sein Leiden verantwortlich. Dann bleibt die schwer zu beantwortende Frage offen, ob wir Stellvertreter akzeptieren dürfen oder das Tier aus solchem Joch erlösen müssen.«

»Und wie lautet die Antwort?« fragte Tolleck aggressiv.

»Sie kann«, sagte Lindhout, »nur lauten: Es gibt kein Heil für den Bruder zur Rechten, also für den Menschen, ohne Elend für seinen Bruder zur Linken, also für das Tier. Und *darauf* kann die Frage nur lauten: Wieviel Elend muß es denn sein? Und die Antwort muß lauten: So wenig wie irgend möglich.« Lindhout dachte: Und um eines *beneide* ich die Tiere sogar! Sie wissen nicht, was ihnen Böses droht, und sie wissen nicht, was über sie geredet wird. Er sah Tolleck sehr ernst so lange an, bis dieser sich abwandte.

»Sie haben recht«, sagte er. »Ich habe nie so weit gedacht. Entschuldigen Sie.« Lindhout antwortete nicht. Tolleck wandte sich ab und ging zu seinem Zimmer zurück. »Folgen Sie mir bitte, Herr Kollege!«

Lindhout folgte. Tollecks Laboratorium war sehr groß und hoch, weiß gestrichen und angefüllt mit vielerlei Apparaturen und Geräten sowie Chemikalien aller Art. Zwei große, moderne Schiebefenster gingen zur Währingerstraße hinaus. Straßenbahnen und einige wenige Autos erblickte Lindhout. Auf den Gehsteigen sah er eilende Menschen. Die Währingerstraße war eine laute und sehr belebte Straße – im Gegensatz zur Berggasse. Die Doppelfenster hielten indessen jeden Lärm ab. Es war sehr still in dem Arbeitsraum des Dr. Tolleck, in dem ein Mädchen gerade eine Zahl auf einer Tabelle notierte.

»Danke, Hermi«, sagte Tolleck. »Jetzt mache ich wieder weiter.«
Das Mädchen nickte und ging an ihren Arbeitsplatz nebenan zurück.
»Nehmen Sie doch Platz, Herr Kollege«, sagte Tolleck, die Tabelle nun in der Hand. »Tut mir leid, daß ich mich nicht zu Ihnen setzen kann. Aber diese Versuchsbatterie muß ständig beobachtet werden. Auch nachts.«
»Ich störe. Ich werde in meine Räume gehen«, sagte Lindhout.
»Sie stören überhaupt nicht, Herr Kollege. Ich bin froh, jemanden zu haben, mit dem ich mich ein bißchen unterhalten kann. Verflucht eintönig, diese Versuchsreihe.« Tolleck beschäftigte sich mit einer Destillationsapparatur, von deren Kolben er von Zeit zu Zeit (exakt: in Intervallen von drei Minuten) an einem dort angebrachten Thermometer die Wärmegrade ablas und auf dem Block notierte. »Eintönig, ja, das schon«, sagte er mit seiner lauten, kräftigen Stimme. »Aber wenn diese Sache klappt...«
»Woran arbeiten Sie?« fragte Lindhout.
»Tut mir leid.« Tolleck sah ihn an, die Lippen zu einem Lächeln verzogen. »Schweigepflicht. Geheime Kommandosache. Wehrmacht. Bin auf Kriegsdauer vom Frontdienst zurückgestellt.«
»Da haben Sie Glück«, sagte Lindhout.
»Ich betrachte das nicht als Glück, Herr Kollege, sondern als heilige Verpflichtung. Ich kämpfe in der Heimat für den Sieg genauso wie der Soldat an der Front!«
»Natürlich«, sagte Lindhout.
Tolleck sah ihn plötzlich wieder unfreundlich an.
»Sie können das nicht verstehen, ich weiß.«
»O doch!«
»Nein. Holland wurde von uns unterworfen, es ist ein besiegtes Land. Ich verlange gar nicht, daß Sie mich verstehen.«
»Aber lieber Kollege!« Lindhout trat zu ihm. »Ich verstehe Sie wirklich vollkommen. Glauben Sie, ich bin mir nicht bewußt, welchen großen Vorzug es bedeutet, hier arbeiten zu dürfen, nachdem das Kaiser-Wilhelm-Institut von Bomben getroffen worden ist?«
»Bomben der Luftgangster«, sagte Tolleck laut.
»Von Bomben, gewiß. Glauben Sie, ich weiß die Großzügigkeit staatlicher Stellen nicht zu schätzen, die einen Ausländer wie mich derart freundschaftlich fördern? Ich versichere Ihnen, Sie haben meine ganze Sympathie in Ihrem Kampf um ein Neues Europa.«
»Danke«, sagte Tolleck mit einem kurzen Nicken des Kopfes. »Es war auch nicht bös gemeint. Aber Sie verstehen, wir müssen wachsam sein. Wir sind umgeben von Feinden.«

»Ich verstehe vollkommen«, sagte Lindhout, und es klang fast unterwürfig. »Es sind harte Zeiten.«
»Harte und große! Ich möchte in keiner anderen Zeit leben!« Tolleck gähnte und streckte sich.
»Wie lange arbeiten Sie schon?«
»Seit gestern abend.«
»Ohne Unterbrechung?«
»Ohne Unterbrechung.« Tolleck verstellte die Flamme eines Bunsenbrenners. »Ich darf diese Versuchsbatterie nicht unterbrechen. Das sagte ich ja schon.«
»Aber Sie müssen doch todmüde sein!«
»Reine Sache der Gewohnheit. Von unseren Männern an der Front wird hundertmal mehr gefordert.« Er bot Zigaretten an. Lindhout nahm eine. »Danke«, sagte er lächelnd. Auf der Währingerstraße wurde es dämmrig.
»Und Sie? Woran arbeiten Sie, Kollege? Oder ist das auch ›Geheime Kommandosache‹?«
»Durchaus nicht«, sagte Lindhout. »Niemand hat mich unter Schweigepflicht gestellt. Ich habe an dieser Geschichte schon in Rotterdam gearbeitet. Wir sind beide Biochemiker. Die meisten Entdeckungen werden heute von den Militärs gefördert.«
»Was soll das heißen?« Tolleck sah Lindhout mißtrauisch an.
»Die Ihre doch offenbar. Und meine bestimmt auch. Deutschland steht im Krieg. Viele Menschen – Soldaten und Zivilisten – werden schwer verwundet. Es gibt so viel Schmerz in unserer Zeit...« Lindhouts Stimme schwankte. »Sehen Sie... der Schmerz ist mein Beruf.« Tolleck zeichnete wieder einmal eine Temperatur ein. Seine Augen wanderten zwischen der Tabelle und Lindhout hin und her.
»Also, Sie arbeiten an Anti-Schmerzmitteln?«
»Das tue ich, ja. Lange Zeit schon. Ich arbeitete in Rotterdam daran. Und als ich in Paris studierte...«
»Sie haben in Paris studiert?«
»Ja. Am Institut Pasteur. Bei Professor Ronnier.« Tolleck pfiff anerkennend durch die Zähne. Jeder Chemiker in Deutschland kannte Professor Ronnier, diesen Mann, der geradezu verbissen versucht hatte, ebenso starke Schmerzstiller herzustellen wie Morphin, dieses klassische Analgetikum, oder noch stärkere...
Dämmriger und dämmriger wurde es auf der Straße. Tolleck knipste das elektrische Licht an und zog die Verdunklungsrollos vor den Fenstern herab.
»Natürlich war es auch für uns von größter Bedeutung, solche Stoffe zu finden«, sagte er, »denn die gesamte Schaffenskraft

unseres Volkes auf allen Gebieten ist darauf eingestellt, das Reich unabhängig von ausländischen Rohstoffen zu machen. Sie sehen, wie klug unser Führer da vorausgeblickt hat. Jetzt haben wir seit fast fünf Jahren Krieg. Sind abgeschnitten und angefeindet von der ganzen Welt. Wie könnten wir da hoffen, Opium-Alkaloide, aus denen Morphin zu gewinnen wäre, hereinzubekommen, nicht wahr?«

Lindhout sagte: »Sie haben ja inzwischen das Dolantin und das Heptadon gefunden. Nicht Sie allein freilich. Auch Chemiker in Amerika...«

»Das Dolantin nicht!« Tolleck wurde immer erregter. »Das Dolantin hat ein Mann aus der *Ostmark* schon 1939 entwickelt, in Innsbruck, Schaumann heißt er!«

»Das weiß ich, Herr Kollege. Auch ein deutscher Chemiker bei Hoechst...«

»Eislep!« rief Tolleck.

»Richtig, Eislep, der mit der Synthese der Vier-Phenyl-Piperidin-Derivate, der hat neben der erwarteten atropin-ähnlichen krampflösenden Eigenschaft 1939 eine zentral schmerzstillende Substanz gefunden.«

Das Gespräch der beiden wurde immer eifriger...

Eislep in Hoechst hatte – im Tierversuch, bei Mäusen – regelmäßig eine eigenartige aufrechte Haltung des Schwanzes beobachtet. Weil die so sonderbar S-förmig-aufrechte Krümmung des Schweifes und dazu eine allgemeine Erregung bei den Versuchstieren auch stets die Folge von Morphingaben war, hatte man die neuen Substanzen auf eine mögliche Ähnlichkeit mit Morphin hin untersucht und dabei tatsächlich denselben stark schmerzstillenden Effekt entdeckt. Schaumann testete Hunderte von Verbindungen und schlug schließlich einige für den klinischen Gebrauch vor – darunter Dolantin und Heptadon: Nach ausgedehnten Untersuchungen hatte der Chemiker gefunden, daß alle seine Substanzen eine strukturell-sterische Ähnlichkeit mit Morphin besaßen.

Sterisch...

Die Formel des Morphins kann man niederschreiben – auf Papier, zweidimensional. Indessen ist alle Materie, ist jedes Molekül dreidimensional-räumlich! Den Studenten wird das am Beispiel eines Christbaums klargemacht: Der hat einen Stamm, und von dem gehen Äste aus. Diese werden mit Kugeln behängt. Setzt man den Christbaum einem Morphinmolekül gleich, dann braucht man – nach der Morphinformel – siebzehn Kohlenstoffatom-Kugeln, neunzehn Wasserstoffatom-Kugeln, drei Sauerstoffatom-Kugeln und eine Stickstoffatom-Kugel. *Aber:* Je nachdem, *wie* und *wo* man die einzelnen Kugeln anbringt, auf welchem Ast, an welcher Stelle, ändert die Substanz (bei immer gleichbleibender Gesamt-Formel) völlig ihre Wirkung! Die Kugeln ›fördern‹ einander, ›behindern‹ einander – sie lassen die Substanz in dieser oder jener Weise wirksam oder unwirksam werden...

Das bedeutete aber: Man war erstens unabhängig von den natürlichen Ausgangsstoffen, die der Schlafmohn lieferte, und konnte zum zweiten nun im Laboratorium starke Antischmerzmittel herstellen, die hinsichtlich ihrer Wirkung Unterschiede zum Morphin aufwiesen. Man könnte sogar drittens diese oder jene Substanz mit *besserer* Wirkung als Morphin finden! Und eben daran, so erzählte Lindhout, arbeite er seit langer Zeit...

»...meine ersten Präparate hatten noch negative Nebenerscheinungen – Übelkeit, Erbrechen, Atembeschwerden... Atembeschwerden genauso wie bei Morphin. Sie hatten eigentlich alle dieselben Wirkungen und Nebenwirkungen wie das Opium-Alkaloid Morphin – *aber keine von ihnen war mehr ein Opium-Alkaloid! Und keine von ihnen scheint süchtig zu machen!*«

»Und dennoch«, sagte Tolleck staunend, »haben alle Ihre Substanzen schmerzstillende Wirkung wie das Morphin?«

»Ja...« Lindhout sah durch einen Spalt auf die nachtdunkle Straße hinab, er hatte die Stirn gegen eine kühle schwarze Verdunkelungsfolie gepreßt. Da unten war es jetzt vollkommen finster. So ist es auch in Berlin nachts immer gewesen, dachte er. »Das hat natürlich jahrelang gedauert...«

»Natürlich...«

»Ich hatte eine gute Ausgangssubstanz. Ich nannte sie AL1. AL1 war in seiner schmerzstillenden Wirkung leider nicht annähernd so stark wie Morphin. AL50, zum Beispiel, war es schon viel mehr. Im Tierversuch. An Kaninchen.«

»Sie haben den Tieren den Schmerz immer mit elektrischem Strom zugefügt, nehme ich an?«

»Mit Stromstößen, ja... die Elektroden am Zahnfleisch... Doch sie haben immer noch gelitten. Auch noch bei AL100, auch noch bei AL150... Da hatte man mich schon nach Berlin eingeladen, weil doch Rotterdam vollkommen...«

»Ja, ich weiß. Und Sie haben immer weiter an Ihrer Substanz gearbeitet...«

»Immer weiter«, sagte Lindhout verlegen. »Das war bei mir nun schon eine richtige Besessenheit geworden, ich vermute, daß Sie das kennen...«

»Und ob ich das kenne!« Müdigkeit ließ die tiefen Ringe unter Tollecks Augen fast schwarz werden. »Mir geht es doch genauso!

Es läßt einen nicht mehr los, das Problem, mit dem man sich plagt, das Ziel, das man vor sich hat, tags nicht und nachts nicht, es verfolgt einen in alle Träume – mich jedenfalls.«

»Auch mich verfolgt es. Ich konnte an nichts anderes mehr denken.« Lindhout nickte, mit seltsam verlorenem Blick. »Nun ja, und ich habe es erreicht, mein Ziel... in Berlin... mit der Substanz AL 203.«

Tolleck richtete sich auf und sah Lindhout bewundernd an. »Zweihundertunddrei Substanzen haben Sie durchgetestet?«

»Ich hatte Glück, Herr Kollege, es hätten auch fünfhundert sein können. Mein AL 203 wirkt ohne jede Nebenerscheinung und ist dem Morphin im Dosis-Wirkungsbereich an Stärke überlegen!«

Und da sagte der Dr. Siegfried Tolleck dann diese Worte: »Phantastisch! Absolut phantastisch! Ein Mittel, das man im Labor herstellen kann und das die schmerzstillende Wirkung von Morphin hat! Und das doch *kein* Opiumderivat ist und das offenbar *nicht* süchtig macht. Es hat *nicht* die chemische Struktur von Morphin! Es hat *überhaupt nichts* mit Morphin zu tun! Aber es wirkt genauso stark – und allem Anschein nach *ohne* gefährliche Nebenerscheinungen!« Er schüttelte den schweren Schädel. »Ich ziehe meinen Hut vor Ihnen, Herr Kollege! Das erklärt, warum Sie in Ihren Forschungen von unserer Führung derart gefördert werden! Sie sind ein großer Mann!«

»Ach hören Sie auf«, sagte Lindhout, während Tolleck ihm auf die Schulter schlug und danach seine Hand schüttelte. »Ich habe bloß Glück gehabt.«

»Glück hat nur der Tüchtige, Herr Kollege! Es ist mir eine Ehre, daß Sie jetzt in diesen Räumen weiterarbeiten werden!«

»Weil ich eben Pech hatte.«

»Pech? Wie soll ich das verstehen?« Tollecks Augen wurden schmal, von einer Sekunde zur andern.

»Na ja, etwa drei Monate nach den ersten klinischen Erprobungen am Menschen fielen Bomben auf das Dahlemer Kaiser-Wilhelm-Institut. Alle Präparate und Aufzeichnungen, alles, was ich nur hatte, ist verbrannt.«

»Meine Rede«, knurrte Tolleck. »Amerikanische Luftgangster!«

»Es waren englische Flugzeuge, bei einem Nachtangriff. Die Amerikaner kamen immer am Tag. Da hätte ich vielleicht noch etwas retten können. Aber ich war ja gar nicht im Institut, als es die Treffer bekam.«

»Engländer, Amerikaner – egal! Luftterror, das ist es. Bombenterror. In die Knie zwingen wollen sie uns damit. Doch es wird ihnen niemals gelingen! Wenn die Lage im Moment auch nicht sehr gut für uns aussieht – der Feind wird sich wundern! Er wundert sich schon!« Tolleck lachte böse. »Die V1 und die V2 auf London! Fliegende Bomben! Das hat niemand erwartet! Und das ist erst der Anfang! Glauben Sie mir, glauben Sie unserem Doktor Goebbels, der von den Wunderwaffen spricht! Die Wende steht unmittelbar bevor!« Tolleck wies auf den Destillierkolben, in dem eine schwarze Flüssigkeit Blasen warf. »Wenn das da funktioniert, zum Beispiel... und ich bin nur ein kleines Rädchen im Getriebe... Im ganzen Reich werden Vergeltungswaffen fabriziert und weitere vorbereitet, von denen der Feind keine Ahnung hat, die er sich nicht einmal vorstellen kann – genauso, wie Sie und ich es nicht können! Ja, schlottern und kriechen werden sie noch vor uns – diese Kulturträger des Westens!«

Hin und her gerissen zwischen Furcht vor diesem Fanatiker und Verachtung für ihn und das, was er sagte, fühlte Lindhout mit einem Gefühl des Glücks den Druck der Pistole, die in der Hüfttasche seiner Hose steckte und gegen den Körper drückte. »Forschungszentren, Krankenhäuser, Wohnblocks, alte Männer, Frauen und Kinder treffen, ja, das können sie! Ich sage Ihnen noch einmal, Herr Kollege, die Augen aus den Höhlen fallen werden den Schweinen, wenn wir soweit sind – und das wird bald sein, sehr bald...« Er bemerkte, daß Lindhouts Gesicht erstarrt war, und seine Stimme bekam sofort einen herrischen Ton. »Tut mir aufrichtig leid, daß in Berlin alles verlorenging!«

»Es braucht Ihnen nicht leid zu tun«, sagte Lindhout. »Ich werde eben alles rekonstruieren und neu testen, damit die Großproduktion von AL203 beginnen kann.«

»Das ist der rechte Geist, verehrter Herr Kollege!« Tolleck wollte Lindhout wieder auf die Schulter schlagen, überlegte es sich indessen im letzten Moment. »Wir werden sehr schnell gute Freunde werden, lieber Lindhout«, sagte er statt dessen.

»Sicherlich«, sagte Adrian Lindhout und verabschiedete sich.

13

Eine Stunde später etwa – es war 22 Uhr 14, als er auf die Währingerstraße hinaustrat – atmete Lindhout befreit auf. Die frische Nachtluft tat ihm wohl. Er atmete weiter tief ein und aus, ein und aus... Tolleck hatte ihn noch lange über Einzelheiten seiner Forschungen befragt und dabei unsäglich dummes politisches Geschwätz von sich gegeben.

Geschwätz, ja, dummes Geschwätz, dachte Lindhout, während er das schwere Tor des Instituts absperrte (er hatte einen Schlüssel erhalten), aber kein harmloses Geschwätz! Dieser Siegfried Tolleck ist ein besessener Nazi, ein brauner Fanatiker, der unbeirrbar an den Endsieg glaubt, was ich mir auch noch habe sagen lassen müssen, und ich weiß nun, daß ich in der Höhle eines Löwen gelandet bin. Ich muß mich vorsehen, dachte er, jederzeit und sehr gründlich. Hoffentlich dauert dieser Alptraum nicht mehr allzu lange, dachte er. Komisch, ich bin gewiß kein Held, eher ein Feigling, wie alle Menschen, die genügend Phantasie besitzen. Und doch habe ich keine Angst. Und doch weiß ich, ich werde diese Pest überleben. I shall overcome, dachte er und erinnerte sich an das berühmte Spiritual der amerikanischen Neger, in dem sich der Widerstandswille des Schwarzen ausdrückt: I shall overcome, ich werde überstehen. Und ich werde weiterarbeiten können in Frieden nach dem Ende dieser Höllenbrut.
Die Nacht war warm.
Vor dem Institut standen zahlreiche Sträucher, und es roch betäubend nach Jasmin. Immer noch atmete Lindhout tief, als er nun zu gehen begann. Er hätte sich nach links wenden und die Währingerstraße entlang in Richtung Schottenring gehen müssen, um die Berggasse zu erreichen. Statt dessen wandte er sich, nachdem er ein paar Minuten lang gewartet hatte, um zu beobachten, ob ihm jemand folgte, nach rechts.
Kein Mensch war zu sehen.
Lindhout ging bis zum Ende des Gebäudes in Richtung Nußdorferstraße, dann bog er nach rechts in die bogenförmig verlaufende Strudlhofgasse ein. Jetzt hatte er die Seitenfront des Instituts zur Rechten; zur Linken erhob sich das große Gebäude eines Klosters. Lindhout ging langsam, vorsichtig, sehr leise in der Stille dieser Sommernacht. Er ging nur bis zur nächsten Kreuzung, dann verließ er die Strudlhofgasse und bog in die Boltzmanngasse ein.
Er erreichte das Haus Nummer 13. Hier blieb er vor dem großen, verglasten Tor aus Schmiedeeisen stehen und öffnete das versperrte Schloß mit einem Schlüssel, den er der linken Jackentasche entnahm. Es war ein großes und schönes Haus – schöner als das in der Berggasse, wenn auch zur etwa gleichen Zeit und im gleichen Stil entstanden. Es gab hier einen Lift. Lindhout benutzte ihn nicht.
So wenig Geräusch wie möglich!
Also begann er die Stufen emporzusteigen. Er wollte in den dritten Stock, und er hatte dabei die seltsame Einrichtung bei vielen Wiener Häusern zu beachten, daß es ›Parterre‹, ›Hochparterre‹

und ›Mezzanin‹ als eigene Stockwerke gab, bevor man den ersten Stock erreichte. Bei den älteren dieser Häuser – und das waren die meisten – befand sich an den Absätzen zwischen den Stockwerken, dort, wo sich die Treppe in die Gegenrichtung wendete, ein horizontales Schmiedeeisengitter in die Wand eingelassen, nicht sehr groß. Lindhout sah das zum ersten Mal. Er wußte nicht, daß bei diesen Häusern die Waschküchen durchweg im Keller waren und daß die hier angestellten ›Bedienerinnen‹ die Wäsche ihrer ›Herrschaft‹ von da unten bis unter das Dach schleppen mußten, zum ›Trockenboden‹ mit den ständig ausgespannten Leinen. Die Wäsche, naß und schwer, wurde in Körben geschleppt. Selbst jungen ›Bedienerinnen‹ ging spätestens beim zweiten Halbstock der Atem aus, und sie setzten dann, bis sie sich zum Weitertragen erholt hatten, ihre Körbe auf eben die erwähnten schmiedeeisernen Gitter.

Lindhout erreichte den dritten Stock. Hier lagen die Eingangstüren von zwei Wohnungen einander gegenüber. Fast lautlos ging der einsame Mann auf die Tür mit der Messingtafel zu, auf der MARIA PENNINGER stand. Er läutete auf seltsame Weise: dreimal kurz, einmal lang, dann noch einmal kurz.

Schritte näherten sich. Die Tür ging auf. Eine gut aussehende junge Frau öffnete.

»Guten Abend, Frau Penninger«, sagte Lindhout.

»Guten Abend«, sagte sie leise und zog ihn herein. Die Tür schloß sich. Das Licht im Treppenhaus erlosch.

Sie standen einander in einem Flur gegenüber, ähnlich dem bei Fräulein Demut.

»Verzeihen Sie, daß ich so spät noch komme, aber ich habe es Truus doch versprochen. Schläft sie etwa schon?«

»Nein, sie wartet geduldig auf Sie, Herr Lindhout.«

Lindhout sah Maria Penninger gerührt an.

»Ich hätte nicht gewußt, was ich tun soll, wenn ich in Berlin nicht Ihre Adresse bekommen hätte.«

»Wenn Sie nicht meine bekommen hätten, wäre es eine andere gewesen. Es gibt eine Gemeinschaft, die wie ein unsichtbares Netz über ganz Europa liegt – die Gemeinschaft von Menschen, die nichts als helfen wollen in dieser bestialischen Zeit.«

Er nickte stumm. Nach einer Weile sagte er: »Und die ihr Leben dabei riskieren ... und es schon oft verloren haben, schrecklich oft, ich weiß es.«

»Ja, und?« Frau Penninger lächelte. »Ist dadurch das Netz zerstört worden? Ist es zerrissen? Vernichtet? Nein! Es ist da, wie es von Anfang an da war und wie es da sein wird bis zum Ende.«

Mit unsicherer Stimme antwortete er: »Sie haben recht. Noch immer ist ein Nachfolger an die Stelle eines Unglücklichen getreten, den sie verhaftet haben, und das Netz besteht weiter, dieses Netz der Hilfe, das wohl wirklich niemals vernichtet werden kann, weil es gespeist wird aus einer unversiegbaren und unzerstörbaren Quelle.«

»Hören Sie auf mit solchen Worten, Herr Lindhout! Dieses Netz ist nicht zu zerstören, weil es von Leuten gewebt ist, die die Nazis hassen wie Sie, wie mein Mann und ich diese Brut hassen, das ist alles.« Sie gingen Seite an Seite den Gang hinab.

»Wie geht es Ihrem Mann?« fragte Lindhout.

»Ich habe am Nachmittag einen Brief bekommen, den ein Kamerad mir brachte. Er lebt.«

»Mein Gott.«

»Was heißt ›mein Gott‹! Das ist die Hauptsache, Herr Lindhout! Zu leben, diese Verbrecher zu überleben. Ich habe vorhin London gehört. Die Nachrichten sind wunderbar. Alles bricht zusammen. Die Russen und die Amerikaner treiben die deutschen Armeen vor sich her. Mein Mann hat für den Anstreicher Straßen und Brücken bauen müssen, beim Vormarsch, die ganze Zeit über, das hat man Ihnen in Berlin berichtet, nicht wahr?« Lindhout nickte. »Und er baut sie noch immer, schreibt er – aber wo baut er sie jetzt? Was heißt bauen? Wo bessert er sie jetzt aus, wieder und wieder? In Polen! Fast schon in Ostpommern! Und in immer größerer Eile muß er ausbessern und wiederum ausbessern, damit die deutschen Panzer und die schweren Kanonen nicht einbrechen, wenn sie mit den geschlagenen Divisionen zurück müssen. Hören Sie auf mich, Herr Lindhout: Es wird ein Ende haben, und bald schon, bald.«

»Hoffentlich«, sagte er. »Holland kam ganz zuerst dran, und ich habe Truus seit vielen Jahren verstecken müssen. Seit vielen Jahren, ja, und immer mußte ich neue Verstecke finden für sie...«

»Hier ist sie sicher, Herr Lindhout! Hier vermutet sie niemand. Die Lumpen brauchen meinen Mann gerade jetzt wie einen Bissen Brot! Darum setzen sie mir auch niemanden in die Wohnung! Darum lassen sie mich in Ruhe, keiner von den elenden Kerlen wagt es, auch nur herzukommen. Unser gemeinsamer Freund in Berlin ist ein kluger Mensch.« Sie öffnete eine Tür und ließ Lindhout in ein großes Zimmer treten. Die Verdunkelungsrollos waren herabgelassen, das Licht brannte. Frau Penninger ging zu einer Wand, die mit Tapete bespannt war. Dabei sagte sie: »Wirklich, Sie können beruhigt sein, Herr Lindhout. Die Kleine hat es gut bei mir. Sie hat mich schon akzeptiert! Die Braunen müssen mich erst dreimal totschlagen, bevor sie hier hereinkommen.« Sie tastete bei diesen Worten über die Wand und öffnete eine Tapetentür, die man niemals an dieser Stelle vermutet hätte. Hinter der Tür befand sich ein Abstellraum mit einer kleinen, dunkel verhängten Luke.

»Adrian!« rief eine helle Kinderstimme.

»Ja, Truus, ja«, sagte er. »Endlich komme ich.« Und er trat in die Kammer, indessen Frau Penninger sich zurückzog. In der Kammer stand ein Bett und ein Stuhl. Es war ein sehr kleines Bett. Darin saß ein zehnjähriges Mädchen mit langem blondem Haar, blauen Augen, hoher Stirn und Sommersprossen. Es trug ein mit kleinen bunten Blumen bedrucktes Nachthemd. Auf dem Bett lag aufgeschlagen ein Buch – ›Alice im Wunderland‹, sah Lindhout. Er neigte sich zu dem kleinen Mädchen herab, wobei er wieder den Griff der Pistole spürte, und umarmte das Kind. »Da bin ich. Siehst du, ich habe Wort gehalten, Truus. Es ist nur spät geworden, leider.«

Das kleine Mädchen preßte sich leidenschaftlich an ihn und bedeckte sein Gesicht mit vielen feuchten Küssen.

»Das macht doch nichts, das bin ich doch gewöhnt seit so langer Zeit. Adrian! Lieber, lieber Adrian.« Auch er küßte sie. Danach sah er sich um. »Eng hier, wie?«

»In Berlin war es auch nicht größer, Adrian«, sagte das Mädchen. »Und da hat es immer auch noch diese schrecklichen Luftangriffe gegeben, wo ich habe oben bleiben müssen, damit sie im Keller nicht fragen, wer ich bin. Glaubst du, hier gibt es auch Luftangriffe?«

Das Herz tat ihm weh, während er sie zärtlich streichelte.

»Bis jetzt hat es noch keinen gegeben, Truus. Und wenn es noch welche geben sollte – Frau Penninger hat mir, als wir heute früh ankamen, gesagt, in diesen Keller kannst du ruhig mit hinuntergehen. Sie ist deine Tante, wird sie sagen, wenn jemand fragt. Siehst du, wie viel besser das ist als in Berlin? Da hatten wir keine Tante. Da hatten wir überhaupt niemanden. Da habe ich dich nicht hinuntergehen lassen dürfen, wenn die Sirenen geheult haben.«

»Aber da bist du bei mir geblieben, oben, obwohl es doch verboten war.«

»Nur in der Nacht, Truus. Am Tag war ich weit weg, da mußte ich arbeiten, und du hast allein in deinem Versteck bleiben müssen. Das war schrecklich.«

»Nein, schön war es nicht«, sagte das Mädchen, das Truus hieß, sorgenvoll. Das kleine Gesicht erhellte sich. »Aber Claudio hat mich oft besucht, und wir haben miteinander gespielt.«

»Seine Eltern waren eingeweiht, Truus. Zu ihnen konnten wir Vertrauen haben. Und auch zu Claudio.«
»Er ist der liebste und beste Junge auf der Welt! Er hat geweint, als wir fortzogen. Glaubst du, daß ich ihn wiedersehen werde?«
»Ganz gewiß. Wenn der Krieg einmal zu Ende ist, Truus.« Lindhout machte ein ernstes Gesicht. Er hatte erwartet, daß Truus unter dem Verlust ihres Berliner Spielgefährten leiden würde, mit dem sie immer so glücklich gewesen war.
Truus, die ihn aufmerksam beobachtete, rief heiter: »Also, wenn der Krieg zu Ende ist, ja?«
»Ja, Truus.«
»Dann bin ich gar nicht traurig! Hier ist es so schön, Adrian! Das ist eine sehr liebe Tante, die Tante Maria! Sie hat den ganzen Tag mit mir gespielt, und wir haben zusammen gegessen, und am Nachmittag hat es Kaffee und Kuchen gegeben. Selbstgemachten! Eigens für mich, denke doch, Adrian!«
»Du mußt immer folgsam sein, Truus!«
»Bestimmt, Adrian! Tante Maria hat mir gesagt, wenn es dunkel ist, darf ich auch aus dieser Kammer herauskommen und mit ihr essen und Radio hören und alles! Und das ist ein so schönes Bett! Und durch das kleine Fenster hier sehe ich in den Himmel! Schau, Adrian, so viele Sterne.« Truus hatte das Licht gelöscht und den Verdunkelungsvorhang von der Luke entfernt.
»Ja, so viele Sterne«, sagte er, schob den Vorhang wieder vor und streichelte und liebkoste das Kind. Hab keine Angst, Truus, dachte er, wir haben es so lange geschafft, wir werden auch noch bis zum Ende durchhalten, du und ich, we shall overcome, wir werden es beide überleben, das Ende dieser Höllenzeit. Aber wichtiger ist, daß *du* überlebst, wenn es doch nur einer von uns sein soll. Lieber Gott, wenn es nur einer von uns ist, betete er stumm und knipste das Licht wieder an, dann laß es Truus sein, bitte. Sie muß weiterleben. Sie ist erst zehn Jahre alt. Sie wird sich schon zurechtfinden in der neuen, besseren Welt.
Er bemerkte, daß dem kleinen Mädchen die Augen zufielen vor Müdigkeit. »Mein Gott, über elf Uhr schon«, sagte er. »Da mußt du jetzt aber schlafen, Truus. Nach all den Anstrengungen! Denke doch, vorige Nacht saßen wir im Zug. Da hast du kaum geschlafen. Sei ein braves Mädchen.«
Sie lächelte.
»Ich habe gelesen, weißt du. Das ist ein herrliches Buch, das schönste, das ich kenne! Ich bin jetzt da, wo Alice den verrückten Hutmacher trifft. Kennst du die Stelle?« Er nickte. »Ist das nicht herrlich?« Truus lachte. »Der Hutmacher sagt zu Alice: Du bist

verrückt. Und sie sagt: Wieso? Und der Hutmacher sagt: Weil hier alle verrückt sind. Ich bin verrückt, das weiße Kaninchen ist verrückt, alle hier sind verrückt. Und Alice sagt: Ich nicht! Ich bin nicht verrückt! Und da sagt der Hutmacher: Du mußt auch verrückt sein, sonst wärest du nicht hier!« Truus lachte wieder. Dann ließ sie sich auf das Kissen fallen. Er legte das Buch auf den Stuhl und sagte: »Ab morgen habe ich wieder viel mehr Zeit für dich, Truus. Wie in Berlin. Nur der erste Tag war so anstrengend.«

»Ja, das kann ich mir vorstellen.«

»Und nun schlaf schön, mein Lieb.«

»Nein«, protestierte sie, schon murmelnd, »nein! Erst noch das Symbolum! Du weißt doch! Jeden Abend sagst du mir einen Vers daraus! Bitte, Adrian!«

Er streichelte ihr Haar, während er das Licht löschte und in der Dunkelheit – nur aus dem Zimmer drang ein Lichtspalt – zu sprechen begann. Was er sprach, war ein Vers aus dem Gedicht SYMBOLUM von Johann Wolfgang Goethe.

Sechs Verse hatte dieses Gedicht aus der Sammlung ›Loge‹, es war eines der Freimaurergedichte Goethes. Ungewöhnlich mußte es jedem, der nicht Bescheid wußte, erscheinen, daß ein zehnjähriges Mädchen dieses Freimaurergedicht so liebte und bat, ihm einen Vers daraus vorzulesen vor dem Einschlafen, anstatt zu beten. Natürlich hatte dies seinen Grund, denn es gibt nichts, das zufällig oder grundlos geschieht auf unserer Welt.

»Was willst du denn heute hören, Truus?« fragte er.

»Das vom Guten, Adrian, heute das vom Guten!«

Er senkte den Kopf, und leise sprach er in der Abstellkammer am Bett des kleinen Mädchens diese Worte: »Doch rufen von drüben / die Stimmen der Geister / die Stimmen der Meister: / Versäumt nicht zu üben / die Kräfte des Guten...«

Er schwieg und saß reglos und hörte tiefe, regelmäßige Atemzüge. Das Kind war ganz schnell eingeschlafen. Er neigte sich über Truus und drückte behutsam einen Kuß auf ihre Stirn. Dann hob er den Verdunkelungsvorhang noch einmal und sah aus der Luke hinauf zu dem dunklen Nachthimmel, der über und über besät war mit unendlich vielen, unendlich weit entfernten, unendlich unbeteiligten Sternen.

Zweites Buch

Und unten die Gräber

I

›Brüder und Schwestern!
Es gibt ein ewiges, außerhalb des menschlichen Willens liegendes, von Gott garantiertes Recht, eine klare, eindeutige Scheidung von Gut und Böse, Erlaubt und Unerlaubt.
Der einzelne Mensch kann und darf nicht völlig aufgehen im Staat oder im Volk oder in der Rasse. Wer immer er sei, er hat seine unsterbliche Seele, sein ewiges Schicksal.
Er ist und bleibt für sich und jede seiner Taten verantwortlich.
Gott hat ihm die Freiheit gegeben, und diese Freiheit muß ihm bleiben.
Keine Gewalt der Erde kann ihn zu Äußerungen oder Handlungen zwingen, die gegen sein Gewissen, die gegen die Wahrheit wären...‹

Der Mann, der reglos an seinem modernen, mit Büchern, Manuskripten und Berichten überhäuften Schreibtisch saß an diesem Nachmittag des 23. Februar 1979, der Nobelpreisträger für Medizin 1978, Professor Dr. Adrian Lindhout, schreckte auf. Eine elektrische Uhr auf einem Bücherbord des mit hellen Möbeln eingerichteten Arbeitsraumes, in dem er jene drei Telefonanrufe, einen nach dem andern, erhalten hatte, zeigte die Zeit: 16 Uhr 51. Nur sechs Minuten waren vergangen, seit er eine versperrte Lade seines Schreibtisches geöffnet und ihr eine Pistole, Modell Walther, Kaliber 7.65, entnommen und eine Patrone in die Kammer hatte springen lassen.
Nur sechs Minuten hatte er sich der Vergangenheit erinnert, während er die Chagall-Lithographie des Liebespaares, das umgeben war von lauter Sicherheit, ansah und doch nicht sah, weil seine Gedanken und Blicke durch das Bild, durch alle Mauern des Hauses hinausgewandert waren in das unendliche Sandmeer der Zeit, die hinter ihm lag.
Sechs Minuten bloß, seit er die geladene Pistole auf das Manuskript gelegt hatte, das Manuskript der Rede, die er morgen, am

24. Februar 1979, in Stockholm vor der Schwedischen Akademie der Wissenschaften zu halten gedachte, in englischer Sprache. Nur zu einem kleinen Teil verdeckte die Waffe, aus der er um genau 17 Uhr 37 dann jenen tödlichen Schuß abgab, den Titel dieser Rede.

DIE BEHANDLUNG DER MORPHIN-ABHÄNGIGKEIT DURCH ANTAGONISTISCH WIRKENDE SUBSTANZEN

Fünfunddreißig Jahre war das her, woran er gerade gedacht, woran er sich gerade erinnert hatte – ein halbes Menschenleben, wenn dieses Menschenleben lang ist...

›Es gibt ein ewiges, außerhalb des menschlichen Willens liegendes, von Gott garantiertes Recht, eine klare, eindeutige Scheidung von Gut und Böse, Erlaubt und Unerlaubt...‹

Bevor er aufgeschreckt war aus seinen Gedanken, hatte er an das Flugblatt gedacht mit dem Rundschreiben des Bischofs von Berlin, Graf Preysing, das dieser schon 1942 verfaßt und verbreitet hatte. Auf seinem Heimweg von Truus – Lindhout schluckte – in ihrem Versteck in der Wohnung der guten Maria Penninger war er auf ein solches Flugblatt getreten, ohne es zu beachten, dann noch auf ein zweites. Das dritte – es lagen mindestens hundert Stück verstreut auf dem Gehsteig zwischen Chemischem Institut und Berggasse – hatte er dann aufgehoben und den Text im Licht der Flamme seines Feuerzeuges gelesen, denn es war sehr dunkel, und Straßenbeleuchtung gab es nicht.

Ein Flugblatt des Widerstands!

Auch in Berlin hatte Lindhout derartige Blätter auf den Straßen gefunden – und dazu riesige Mengen anderer, nach Luftangriffen. Amerikanische und britische Bomber warfen sie ab.

Diese Zettel hier in Wien hatten keine Bomber gebracht. Sie waren von Menschen verteilt worden und würden von vielen Menschen gelesen, weitergegeben, eilends wieder weggeworfen werden. Oder auch gesammelt und mit bürokratischem Eifer bearbeitet im Hotel ›Metropol‹, das am Morzinplatz lag...

Das Hotel ›Metropol‹, beschlagnahmt, diente seit 1938 der Gestapo in Wien als Hauptquartier. Ja, hier gab es dicke Aktenordner voll solcher Flugblätter, mit präzisen Zeit- und Ortsangaben, wie denn auch im selben Gebäude alle Sendungen von Oskar Wilhelm Zwo auf Wachsplatten mitgeschnitten wurden...

So sehr Lindhout von jenem Blatt, das er 1944 nächtens in der Währingerstraße aufgelesen hatte, neuen Mut empfing, so sehr versetzte ihn nun, im Februar 1979, die Erinnerung an jene Nacht in Trauer.

1944 damals, 1979 heute.
Fünfunddreißig Jahre. Vergangen wie ein Hauch.
Die Stelle in der Bibel fiel ihm ein: ›Der Mensch, vom Weibe geboren, lebt kurze Zeit und ist voller Unruhe; er wächst heran gleich einer Blume, er fliehet als wie ein Schatten, er stirbt, und der Wind kennt die Stätte nicht mehr…‹
So wenig Zeit, dachte Lindhout. So wenig Zeit. Wie nahe ist mir all das noch, wie weit ist es in Wahrheit, und wie lange werde ich noch sein? Der Sommer kommt, der Winter kommt, wieder wird es Frühling – es ist dieselbe Sonne, die uns bescheint, heute wie alle Tage. Manchmal nur, und dann für Sekunden, glauben wir zu begreifen, daß wir ›aus jenem Stoff wie Träume‹ sind und daß ›unser kleines Sein von nichts umschlossen wird als einem tiefen Schlaf‹.
Wie kurz ist eines Menschen Zeit! Wie schnell geht sie vorbei! Wenn man die Fünfzig überschritten hat, beginnt sie zu rasen, diese Zeit, man hat so viel erlebt und glaubt, gar nichts erlebt zu haben, und weiß, daß die Zeit ausrinnt im Stundenglas und das Ende näher kommt, näher, immer schneller. Und man fragt: Das war alles? Was bleibt? Die Erinnerung an so viele, die gestorben sind oder verdorben, die versagt oder ganz große Karrieren gemacht haben, die verschollen sind, verkommen, wer weiß, wo und wie und warum. Ich, ich bin noch da – für eine kleine Weile…
Die Zeit, dachte Lindhout, diese unheimliche, unbegreifliche Sache, Zeit genannt. Der große amerikanische Dichter Carl Sandburg hat einmal ein Gedicht über das Gras geschrieben, dachte Lindhout. Ich liebe dieses Gedicht… ›Türme bei Waterloo die Leichen hoch, und türm sie hoch bei Ypern und Verdun – ich bin das Gras, ich schaff' es doch. Drei Jahre, zehn Jahre – und die Fremden fragen den Führer: Wie heißt der Ort? Wo sind wir eigentlich?‹
Das Gras der Zeit…
Hier sitze ich nun und warte auf den Kaplan Haberland. Ich weiß nicht, ob Haberland überhaupt noch lebt, oder ob da irgend jemand seinen Namen mißbraucht, um hier einzudringen, ich weiß es nicht.
Roman Haberland…
Als ich ihn traf, nach jener ersten Nacht, die ich 1944 in Wien verbracht habe und in der ich die Flugblätter fand, da dachte ich: Ob *er* sie wohl verstreut hat? Ist er das wohl gewesen?
Natürlich war Roman Haberland es gewesen. Immer wieder verteilten er und seine Mitbrüder derlei Blätter in den Hausfluren und

auf den nächtlich leeren Straßen Wiens. Gegen Kriegsende gewöhnte er es sich sogar an, in leichtsinniger, ja geradezu lebensgefährlicher Weise fast stets solche Blätter bei sich zu tragen – genauso wie Lindhout seine Pistole.

2

Bereits am nächsten Tag entschuldigte sich Philine Demut bei Lindhout für ihr Verhalten – der Grund seien Übermüdung und Gereiztheit gewesen, erklärte sie stammelnd, purer Unfug selbstverständlich, und er möge ihr doch bitte diesen abscheulichen Empfang verzeihen. Sie schäme sich so. Am Ende könne er ja noch glauben, sie sei verrückt!

Lindhout, der genau das glaubte, beeilte sich, ihr zu versichern, ihm sei ein solcher Gedanke niemals auch nur im entferntesten gekommen – alle Menschen seien in dieser Zeit eben übermüdet und gereizt. Da war das Fräulein sogleich beruhigt, ja selig, denn sie hatte Hochwürden Haberland doch versprochen, sich zu entschuldigen. Bei dieser Gelegenheit einigte man sich dann auch gleich noch in freundschaftlicher und entgegenkommender Weise über die Benützung von Küche, Badezimmer und Toilette. Lindhout war der Charme in Person, und Fräulein Demut kam aus dem Kichern und Abwehren seiner Komplimente gar nicht mehr heraus. Der gegeißelte Christus wurde auf dem Speicher verwahrt. Beim nächsten Treffen in der ›Katharinen-Vereinigung‹ konnte das Fräulein Haberland melden, daß alles in bester Ordnung sei.

»Da sehen Sie es«, sagte der Kaplan, mit seinen Gedanken weit, weit fort...

In den folgenden Wochen war Lindhout vollkommen damit beschäftigt, seine Arbeit im Chemischen Institut wiederaufzunehmen, die in Berlin vernichteten Protokolle der Versuchsreihen zu rekonstruieren, um möglichst bald in der Lage zu sein, seine Entdeckung weiter zu verbessern. Mindestens zweimal täglich besuchte er die kleine Truus in ihrem Versteck bei Frau Maria Penninger. Oft brachte er dem Kind Geschenke mit. Truus war sehr ruhig und zufrieden, und Frau Penninger war glücklich mit ihr.

»Sie ist ein so braves und gescheites und geduldiges Mädchen«, sagte sie einmal. »Man muß sie einfach liebhaben.«

»Ja«, sagte Lindhout, »das muß man.«

Es fiel ihm nicht schwer, das Kind zu besuchen – er benützte eine

Arbeitspause dazu und die Abendstunden. Truus hatte ›Alice im Wunderland‹ ausgelesen, und es war Lindhout gelungen, in einem Antiquariat den Folgeband ›Durch einen Spiegel‹ zu besorgen.
Die Sirenen heulten jetzt häufiger – fast immer gegen elf Uhr vormittags; Bomben fielen weiterhin auf Industrieanlagen in den Außenbezirken, wobei allerdings auch Wohnhäuser zerstört wurden. Das alles spielte sich jedoch noch sehr weit vom Stadtkern entfernt ab. Rumänien mit seinen Ölfeldern war den Deutschen verlorengegangen, und damit gewann die Benzin- und Dieselproduktion in Österreich größte Bedeutung. Verbände der 15. Amerikanischen Luftflotte bombardierten die rund um Wien gelegenen Raffinerien häufig, stets bei Tag, niemals bei Nacht. Für das Gros der Zivilbevölkerung der Zweieinhalbmillionenstadt wurde – jedenfalls nach ihrer Ansicht – der 10. September 1944 zum ersten richtigen ›Bombenangriff‹, weil einige Verbände der amerikanischen ›Fliegenden Festungen‹ auch die inneren Bezirke mit Bomben belegten.
Getroffen wurden viele Nobelgebäude im Bezirk Josefstadt und in den anschließenden Straßenzügen des I. Bezirks. Ganz besondere Aufregung rief die Zerstörung des Palais Harrach und einiger weiterer Kultur- und Kunststätten hervor. Anders als deutsche Städte, war Wien bislang weitgehend verschont worden, und man hatte sich in Bürgerkreisen in der Hoffnung gewiegt, daß Wien als die Hauptstadt eines von Hitler vergewaltigten Landes verschont bleiben würde von den gerechten und großmütigen Alliierten. Das tosende Jubeln der Österreicher beim Einmarsch deutscher Truppen im Jahre 1938 war ebenso vergessen wie jenes ›Glücksgefühl der Befreiung‹, das sich im ganzen Lande und insbesondere in Wien Luft gemacht hatte, wo viele deutsche Soldaten staunten ob des irren Freudengeheuls bei der Fahrt des ›Führers‹ über die Ringstraße und bei seiner Rede vom Balkon der Hofburg auf dem riesigen Heldenplatz, als Hunderttausende mit erhobenem rechten Arm, sehr viele mit Tränen des Glücks in den Augen, sich an dem Ruf ›Ein Volk, ein Reich, ein Führer!‹ heiser geschrien hatten.
Jetzt war der Krieg verloren, das wußte im Herbst 1944 jedermann in Österreich, und also gab es im Bürger- und Kleinbürgertum nun keinen Jubel mehr, sondern nichts als Selbstmitleid und das heimliche Schimpfen auf die ›Piefkes‹, die ein armes, schutzloses Land überfallen hatten. Bei denen, die inzwischen zu Amt und Würden gekommen waren (und das waren nicht wenige), wuchs allerdings auch die Angst vor dem, was da wohl kommen werde, und sie zeigten sich deshalb besonders rabiat und brutal – so der kleine, verwachsene Hausbesorger Franz Pangerl, der nun ein fürchterli-

ches Schreckensregime als Block- und Luftschutzwart begann. Stets lief er mit Luftschutzhelm und in seiner kackbraunen Uniform herum, am linken Arm die rote Hakenkreuz-Binde.
Die Menschen reagierten im übrigen völlig unterschiedlich. Angst hatten alle – das war eine natürliche Reaktion. Im einzelnen wichen die Worte oder Gedanken, die sich ein jeder machte, allerdings voneinander ab.
Philine Demut, geborgen in Gottes Schutz, betete im Luftschutzkeller des Hauses an der Berggasse, wenn das Licht flackerte oder erlosch, wenn der Boden bei nahen Einschlägen schwankte und Panik im Keller auszubrechen drohte, mit geschlossenen Augen und gefalteten Händen still, stumm und sanft: ›Der Herr ist mein Hirte, mir wird nichts mangeln. Auf grüner Aue läßt Er mich lagern, an wasserspendende Ruheplätze führet Er mich. Labsal spendet Er mir. Er führet mich den rechten Weg Seinem Namen zu Ehren. Und wenn ich auch wandle im finsteren Tal, so fürchte ich kein Unheil. Denn Du bist bei mir, Dein Stecken und Deine Stütze, sie sind mein Trost...‹
Lindhout wiederum war Bombenangriffe von Rotterdam und Berlin her schon so gewöhnt, daß er häufig gar nicht in den Luftschutzkeller des Instituts hinabstieg, sondern im Laboratorium bei seinen Tieren blieb – ähnlich wie der nebenan arbeitende Chemiker Tolleck, der eine laufende Testreihe nicht unterbrechen wollte.
Der kleinen Truus, in Maria Penningers Armen im Keller des Hauses Boltzmanngasse 13, erging es wie Lindhout. Oft las sie während eines Angriffs sogar in einem Buch, solange das elektrische Licht nicht ausfiel. Sie kannte viel Ärgeres aus Rotterdam und Berlin (und in der Tat waren bis zum Kriegsende die Angriffe auf Wien nicht zu vergleichen mit den Angriffen auf Städte wie Düsseldorf, Köln, Hamburg, Berlin, München oder Frankfurt).
Frau Penninger wiederum mußte sich die Lippen blutig beißen, um nicht laut zu schreien, was sie empfand, sobald ringsum die Bomben detonierten: ›Mehr! Mehr! Mehr! Weiter! Stärker! Damit es mit diesem verfluchten Nazikrieg schneller ein Ende hat!‹
Und Pfarrer Haberland schließlich, der nachts oft kreuz und quer auf dem Lkw mit der Plane durch die Außenbezirke fuhr, sprach diese Worte in das Mikrofon des Senders Oskar Wilhelm Zwo: »Wenn die Sirenen jetzt in Wien heulen – denkt an Warschau! Wenn die Bomben eure Fabriken zerschmettern – denkt an Rotterdam! Wenn ihr über Nacht Hab und Gut verliert – denkt an Coventry! Wenn ihr über Nacht zu Witwen und Waisen werdet – denkt an Belgrad! Wenn euer Land in Blut und Tränen versinkt – sagt: Das danken wir unserem Führer!«

3

Tränenverheert war am Morgen des 17. November 1944 das Gesicht der Gabriele Holzner. Die neunzehnjährige hübsche Gabriele arbeitete als Lindhouts Assistentin; bald nach seinem Eintreffen im Institut war sie ihm zugeteilt worden. Lindhout vermied es, Gabriele anzusprechen oder möglichst auch nur anzuschauen. Vor zwei Tagen hatte sie die Nachricht erhalten, daß ihr Verlobter in Ungarn gefallen war. Seither hielt sie sich nur mit Mühe aufrecht, ging schleppenden Schrittes ihrer Arbeit nach und brach immer wieder in Tränen aus.
Lindhout hatte bereits wieder mit Tierversuchen begonnen, seine schon in Berlin erprobte Substanz AL 203 synthetisiert, vorgeführt und bewiesen, daß dieses AL 203, stark wie Morphin, eben kein Opiumderivat war, auch keine dem Morphin eigenen unangenehmen Nebenwirkungen besaß und aller Wahrscheinlichkeit nach nicht süchtig machte! Er hatte bereits weitergearbeitet und gerade das Präparat AL 207 hergestellt in dem Bemühen, ein Mittel wie AL 203 zu finden, das jedoch noch stärker schmerzstillend wirken sollte.
Dieses AL 207 testete er, wie jede seiner neuen Substanzen, im Tierversuch. Gegen 10 Uhr an diesem 17. November 1944 hörte die Laborantin Gabriele Holzner aus dem Zimmer ihres Chefs einen lauten Fluch.
Erschrocken lief sie zu Lindhout. Der stand vor einer Reihe von Käfigen mit Kaninchen und starrte ein Tier an.
»Zum Verrücktwerden«, murmelte er, »zum Verrücktwerden ist das!« Er bemerkte Gabriele und wandte sich um, eine Metallscheibe mit drehbarer Skala in der Hand; mit ihr konnte er die Stärke der Stromstöße regeln, die er auf seine Versuchstiere wirken ließ. »Fräulein Gabriele, schauen Sie her!«
Die Laborantin trat neben Lindhout, bleich im Gesicht, unausgeschlafen, mit geröteten Augen. Nichts war ihr gleichgültiger als das, was Lindhout so aufregte.
»Wie ist das möglich?« Er wies auf ein Kaninchen. Es zuckte heftig vor Schmerz, während Lindhout an seiner Scheibe drehte. Am Zahnfleisch der Tiere waren die Elektroden angebracht, die bei den Versuchstieren den Schmerz auslösten. Von diesen Elektroden liefen Drähte zu Lindhouts Scheibe, die wiederum über ein langes Kabel mit dem Stromnetz verbunden war. »Wieso hat dieses Tier Schmerzen?« fragte Lindhout. »Wir haben ihm doch AL 203 gespritzt wie allen Tieren in dieser Test-Batterie!« Er wies über

eine Wand des großen Raums. »Es *kann* doch also keine Schmerzen haben! Es *darf* keine Schmerzen empfinden! Ich habe alle anderen Tiere in dieser Batterie getestet – alle sind *unempfindlich* gegen Schmerz! Nur dieses *eine* Tier ist es nicht!«
Rede du nur, schreie du nur, dachte die Laborantin. Klaus ist tot. Jetzt, wo alles schon dem Ende zugeht, ist er gefallen. Sie zuckte die Achseln.
»Was soll das Achselzucken?«
»Ich will damit sagen, daß ich es auch nicht verstehe.«
Die Tür ging auf. Der große, bullige Doktor Tolleck kam herein, Lindhouts laute Stimme hatte ihn neugierig gemacht. Er ließ die Tür offen. Walzermusik ertönte. Bei Tolleck schien ein Radio zu laufen.
Aufgeregt berichtete Lindhout, was er gerade entdeckt hatte. ›An der schönen blauen Donau‹ – die Klänge dieses Walzers kamen verweht in das Laboratorium.
»Moment«, sagte Tolleck ruhig. »Die Tiere haben doch alle Erkennungsplomben in den Ohren!« Er öffnete das Maschengitter des Ställchens, in dem das Kaninchen zuckte und zitterte. »Welche Farben haben die Plomben der Tiere, die mit AL203 gespritzt worden sind, Herr Kollege?«
»Rot.«
Die Walzermusik brach plötzlich ab. Eine Mädchenstimme war zu hören: »Hier ist der Reichssender Wien! Achtung, eine Luftlagemeldung! Starker feindlicher Kampfverband im Anflug auf Kärnten und Steiermark. Ich wiederhole...« Die Stimme wiederholte die Meldung, dann erklang neuerlich Walzermusik.
»Sie kommen!« schluchzte die Laborantin.
Die beiden Männer beachteten sie nicht. Tolleck war schon zur nächsten Batterie gegangen. »Plomben grün. Das sind also die Tiere, die Ihr *neues* Präparat, AL207, gespritzt bekommen haben, ja?« Er kannte sich ein wenig aus, Lindhout hatte ihm ausführlich über seine Arbeit berichtet, und Tolleck war dem Kollegen beim Einrichten des Labors und der Beschaffung von wissenschaftlicher Literatur zur Hand gegangen.
»Ja«, sagte Lindhout nervös. »Und da drüben, die Tiere der dritten Batterie, die überhaupt noch kein Mittel bekommen haben, tragen weiße Plomben.« Systematisch und genau überprüfte Tolleck alle Tiere in allen Batterien, indessen Lindhout hilflos dastand. Die Laborantin begann neuerlich zu weinen.
»Weinen Sie nicht!« sagte Lindhout grob und fügte entschuldigend hinzu: »Verzeihen Sie bitte, Fräulein Gabriele, ich weiß, wie Ihnen zumute ist.«

»Sie wissen es? Keine Ahnung haben Sie!« rief aufgebracht die Laborantin.
Drüben setzte die Walzermusik wieder aus, und die Stimme der Ansagerin meldete sich: »Achtung, Achtung, wir bringen eine Luftlagemeldung! Der starke feindliche Kampfverband hat den Bereich Eins-Null-Vier überflogen und befindet sich zur Zeit im Bereich Achtundachtzig im Anflug auf Graz. Zwei weitere Verbände kreisen über Villach.« Dann erklang wieder Walzermusik.
»Die Plomben bei allen Tieren, behandelten oder unbehandelten, sind in Ordnung«, sagte Tolleck.
»Dann stehe ich vor einem Rätsel«, sagte Lindhout.

4

»Wann haben die Tiere ihre Injektionen bekommen?« fragte Tolleck.
»Heute. Gerade eben. AL 203 oder AL 207.«
»Wer hat die Injektionen gegeben, Herr Kollege?«
»Wir beide – Fräulein Gabriele und ich.«
»Haben Sie die Tiere dazu aus ihren Käfigen genommen?«
»Natürlich. Jedes einzelne. Wir haben die Injektionen allesamt hier verabreicht, auf diesem Tisch. Danach kamen die Tiere wieder zurück in ihre Käfige.«
»Wer hat sie dahin gebracht?«
»Ich!« schluchzte Gabriele.
»Vielleicht«, sagte Tolleck ruhig und sachlich, »hat einer von Ihnen beiden diesem Tier AL 203 *und* auch noch AL 207 gegeben.«
»Unmöglich!« rief Lindhout.
»Es *ist* möglich...«, stammelte Gabriele.
»Was ist möglich?«
»Daß ich das getan habe...«
»Sie?«
»Ja, ich... Ich bin vollkommen durcheinander... Der Herr Doktor hat mir ein Beruhigungsmittel gegeben...«
Von nebenan erklang währenddessen die Mädchenstimme aus dem Radio. Lindhout hörte nur Worte und Satzfetzen. »...erste Verband...feindlicher Kampfflugzeuge hat den Bereich Sieben-Eins erreicht ... weiter mit Nordkurs...« Wieder Walzermusik.
»Also schön«, sagte Lindhout heiser, »nehmen wir an, dieses Tier *hat* aus Versehen AL 203 *und auch noch* AL 207 bekommen. *Zwei*

Injektionen mit schmerzstillenden Substanzen. *Zwei!* Und wie benimmt es sich? So als hätte es *nicht eine einzige* schmerzstillende Substanz erhalten! Verstehen Sie das, Herr Kollege?«
Tolleck schüttelte den Kopf.
»Ich auch nicht«, sagte Lindhout.
Drei Minuten später heulten die Sirenen Vollalarm.

5

An diesem Tag griffen dreihundertfünfzig Bomber der 15. Amerikanischen Luftflotte konzentriert Wien an, auch den Stadtkern. Die Luft erdröhnte vom Lärm einschlagender Bomben und von den Abschüssen der zahlreichen Flakbatterien, die rings um die Stadt errichtet worden waren, insbesondere auf den Höhen des Wienerwaldes. Sie Sonne schien, der Himmel war wolkenlos, und die Bomber zogen weiße Kondensstreifen hinter sich her. Weiß waren auch die Wölkchen der explodierenden Flakgeschosse.
In Lindhouts Laboratorium raschelten Tiere in den Käfigen. Die einem Nervenzusammenbruch nahe Laborantin Gabriele Holzner war beim Heulen der Sirenen in den Luftschutzkeller des Instituts gelaufen. Wie schon zuvor kümmerten sich Lindhout und Tolleck nicht um die Bomber und blieben in Lindhouts Laboratorium. Vor ihnen, auf dem Tisch, kauerte das Kaninchen, das Schmerz empfand.
Nachdem sie eine Weile die wildesten Vermutungen geäußert hatten, sagte Lindhout: »Also noch einmal – langsam. Logisch, systematisch und von vorn.« Das Dröhnen eines Bomberpulks ließ die Fensterscheiben erzittern. Ununterbrochen ertönten Explosionen. »Wir haben – das heißt, Gabriele hat – versehentlich diesem Tier AL 203 *und* AL 207 gespritzt. Davon wollen wir einmal ausgehen.«
Die beiden saßen auf dem weißen Arbeitstisch. Von nebenan, aus dem Radio, kam das Ticken einer Uhr, das nun abbrach. Ohne sie richtig wahrzunehmen, hörten die einsamen Männer eine helle Mädchenstimme: »Hier ist der Befehlsstand des Gauleiters für Wien. Achtung, eine Luftlagemeldung! Schwere Kampftätigkeit in den Bereichen Fünf, Sechs, Sieben und Acht. Weitere Bombenabwürfe in den Bereichen Elf, Dreizehn und Neunzehn. Neuer Anflug...«
»Es kann natürlich ein uns unerklärlicher Einzelfall sein«, sagte Tolleck.

»Das läßt sich feststellen«, meinte Lindhout, von der Tischkante gleitend.
»Wie?«
»Indem ich allen Tieren mit den roten Plomben im Ohr, die AL203 bekommen haben, auch noch AL207 gebe und dann die Schmerzempfindlichkeit teste.« Er eilte schon zu einem Regal. Tolleck war ihm behilflich.
In der nächsten halben Stunde injizierten sie gemeinsam – während über der Stadt die Bomber ihre Last abwarfen, Häuser in Schutt und Asche versanken, Keller einstürzten und Menschen starben – den Tieren mit den roten Plomben im Ohr das AL207.
In der folgenden halben Stunde – der Angriff nahm kein Ende – untersuchten die beiden Forscher sämtliche nun auch mit AL207 geimpften Tiere auf ihre Schmerzempfindlichkeit. Immer wieder drehte Lindhout an seiner Scheibe und versetzte den Kaninchen Stromstöße. Und alle diese Tiere reagierten nun genauso wie jenes, das er bei seiner Überprüfung gefunden hatte: Sie zuckten unter dem Schmerz zusammen, wanden sich und preßten sich auf die Käfigböden!
Lindhout war fasziniert.
»Und jetzt versuchen wir es auch noch mit den völlig unbehandelten Tieren«, sagte er hastig und hielt einen Moment inne – mitten in seinem Satz platzte eine Fensterscheibe infolge des Luftdrucks nahe eingeschlagener Bomben, und die Scherben flogen klirrend in den Raum, wo auch eine Stellage mit Chemikalien umstürzte.
Sie spritzten sämtliche unbehandelten Tiere, und zwar verabreichten sie ihnen zuerst AL203 und danach das neue AL207. Die Ergebnisse waren dieselben: Auch diese Tiere zuckten unter den Stromstößen und empfanden Schmerz, obwohl sie gerade zwei erprobte Antischmerzmittel erhalten hatten!

6

Über der Stadt stand eine riesige schwarze Rauchwolke. Neuerlich dröhnten Detonationen. Die beiden Männer in Lindhouts Laboratorium hörten sie nicht. Sie betrachteten die Tiere in ihren Käfigen. Schließlich fragte Tolleck: »Warum sagen Sie nichts?«
»Was soll ich sagen?« Lindhout hob die Schultern. »Seit meiner Zeit in Paris beschäftige ich mich mit diesen Dingen. Seit Jahren habe ich an nichts anderem gearbeitet. Und nun so etwas...«
»Moment«, sagte Tolleck scharf, »drehen Sie nicht gleich durch!

AL 203 allein *ist* eine schmerzstillende Substanz, nach wie vor, und zwar von der Kraft des Morphins! Es wird bereits in Lazaretten und Krankenhäusern mit bestem Erfolg angewendet. Das ist Ihre große Leistung, Herr Kollege! AL 207 ist gleichfalls schmerzhemmend – und *stärker* als AL 203! Sie werden Ihre Versuche fortsetzen und ein Mittel finden, das stärker ist als Morphin! Ich sehe keinen Grund, auch nur bedrückt zu sein.«
»Ich bin aber bedrückt«, sagte Lindhout. »Das bin ich immer, wenn ich eine Sache nicht verstehe. Und diese Sache hier verstehe ich überhaupt nicht. Wie soll ich jetzt weiterarbeiten? Zuerst muß ich mir *hier* Klarheit verschaffen!«
»Ich arbeite ja auf einem ganz anderen Gebiet«, sagte Tolleck, »aber soweit ich sehen kann, gibt es nur eine Erklärung...«
»....neuerliche Bombenabwürfe in den Bereichen Vier, Fünf, Sechs und Neun. Über Kaisermühlen kreist ein Einzelflugzeug...«
»Nämlich welche?« fragte Lindhout.
»Nämlich«, sagte Tolleck, »die eine schmerzstillende Substanz, die Sie gefunden haben, hebt die Wirkung der zweiten schmerzstillenden Substanz auf...«
»Dann dürfen also niemals beide Substanzen zugleich verabreicht werden«, schloß Lindhout.
Er sollte im Lauf der nächsten Jahrzehnte zu gründlichst anderen Ansichten kommen und eine der größten, wichtigsten und segensreichsten Entdeckungen der Menschheitsgeschichte machen. Und wie bei so manchen aufsehenerregenden Entdeckungen unserer Tage, insbesondere auf dem Gebiet der Chemie (und da bei der Entwicklung der sogenannten ›Psychopharmaka‹, welche die gesamte Behandlung von geistig Kranken revolutioniert hat) verdankte Adrian Lindhout dies dem rein zufälligen Zusammentreffen von Umständen – in seinem Fall einem jungen Mann, der in Ungarn gefallen war, dem Herzeleid der ihn liebenden Verlobten und einer durch diese verursachten Verwechslung.

7

Der Angriff dauerte bis gegen 14 Uhr. Es war der bislang schwerste auf die Stadt selbst gewesen. Von nun an sollte es schlimmer und schlimmer werden. Nachdem um 13 Uhr 57 die Sirenen ›Entwarnung‹ geheult hatten, war es Lindhout gelungen, das Institut unbemerkt zu verlassen und in die Boltzmanngasse zu eilen. Im engsten Umkreis des Instituts waren keine Häuser getrof-

fen worden, wie er zu seiner Erleichterung feststellte. Die wenigen Menschen, denen er begegnete, achteten nicht auf ihn, ein jeglicher ging gebeugt unter der Last der eigenen Sorgen, Ängste und Trauer.
Die kleine Truus fand Lindhout bei Frau Penninger im Wohnzimmer. Sie aß gerade Erbsensuppe. Maria Penninger, die entschlossen war, Truus vor jeglichem Schrecknis zu bewahren – wenn nötig unter Einsatz ihres Lebens –, aß gleichfalls.
Lindhout umarmte Truus, küßte und preßte sie an sich und nahm dann am Tisch Platz – mitzuessen lehnte er ab.
»Was ist denn mit Ihnen?« fragte Maria Penninger. »Wie sehen Sie bloß aus?«
»Wie sehe ich aus?«
»Nun«, sagte Maria Penninger, »völlig außer sich, von irgend etwas erschüttert. Ist etwa das Laboratorium getroffen worden?«
»Nein.«
»Was war es dann? Eine schlechte Neuigkeit?«
»Eine schlechte...« Lindhout brach ab. »Ich weiß nicht, ob es eine *schlechte* Neuigkeit ist, die ich erfahren habe, Frau Penninger. Auf jeden Fall stellt sie mich vor Probleme, von denen ich mir nichts habe träumen lassen...« Lindhout murmelte, ins Leere starrend: »So viele Jahre Arbeit... die Nazis...die Bomben auf Rotterdam ...die Bomben in Berlin... diese Überraschung jetzt...«
Die kleine Truus sagte, ernst nickend und den Löffel senkend, in Erinnerung an einige Male, bei denen sie anwesend gewesen war, wenn Lindhout einem vertrauten Freund all seine Beschwernisse anvertraute, sorgenvoll: »Und dann auch noch das Kind!«

8

Am Morgen des 24. Dezember 1944 erwachte Philine Demut mit einem Gefühl von Erleichterung. Vor dem Bett kniend, sprach sie, wie jeden Tag, ihr Morgengebet und gedachte dankbar des Kaplans Haberland, der ihr am Abend des Tages, an dem der Doktor Lindhout in ihre Wohnung eingezogen war, und danach immer wieder den rechten Weg gewiesen hatte.
Fast, dachte sie, wäre sie über die Fallstricke des Bösen gestrauchelt und hätte in ihrer Verblendung einen armen Menschen gekränkt und mißachtet, dessen Vorfahren daran schuld waren, daß er nicht ein Kind der allein seligmachenden katholischen Kirche geworden war.

Seit jenem ersten Tag vertrug sie sich mit Lindhout – man behandelte einander höflich, wenn auch distanziert. Sie sahen sich selten, da Lindhout schon früh die Wohnung verließ und erst spät wiederkehrte. In die Küche wollte Lindhout gar nicht; falls er einmal etwas kochte – Tee oder Ersatzkaffee –, dann tat er dies stets in seinem Zimmer auf einer elektrischen Heizplatte. Er grüßte Philine, wenn er sie sah, sie grüßte zurück, und man verlor ein paar Worte über das Wetter oder die Luftangriffe. Damit hatte es sein Bewenden.

Eine letzte kleine Verwirrung hatte sich anläßlich Philines Einladung an Haberland ergeben, mit ihr gemeinsam den Heiligen Abend zu verbringen.

»Bei dieser Gelegenheit«, hatte Haberland gesagt, »können wir auch Herrn Doktor Lindhout einladen.«

Philine war hochgefahren.

»Nein!« rief sie. »Nicht an diesem Abend!«

»Warum nicht?«

»Weil... weil er doch ein Ketzer ist! Er feiert nicht die Geburt des Heilands!«

»Aber gewiß tut er das«, sagte Haberland.

»*Der*?« rief Philine. »Dem seine Leute haben den Heiland doch ans Kreuz geschlagen!«

»Fräulein Demut«, sagte Haberland nervös, »denken Sie doch richtig nach! Sie verwechseln schon wieder etwas!«

Philine nickte beschämt.

»Es tut mir leid«, sagte sie. »Jetzt habe ich ihn für einen Juden gehalten.« Aber sie protestierte dennoch ein letztes Mal. »Nein, ich will nicht, daß dieser Mensch mit uns zusammen feiert!«

»Fräulein Demut«, sagte Haberland, am Ende seiner Geduld, »wenn Sie das nicht wollen, dann komme auch ich nicht!«

Sie sah ihn entgeistert an.

»Sie werden nicht kommen, Hochwürden?«

»Nicht, wenn Sie nicht Herrn Doktor Lindhout einladen und ebenso freundlich zu ihm sind wie zu mir.«

Philine hatte den Kopf gesenkt.

»Gut«, hatte sie zögernd gesagt, »so will ich ihn also einladen, Hochwürden. Ich werde den Herrn Doktor herüberbitten am Heiligen Abend...«

Ja, dachte sie am Morgen des 24. Dezember 1944, nun ist alles gut, gelobt sei der Herr und gesegnet Sein Name! Mach, o Gott, daß dieser Abend nicht durch einen Bombenangriff gestört wird und daß die Gans, die ich auf dem Schwarzen Markt gekauft habe, weich ist. Amen.

Philine Demut hatte viel zu tun an diesem Tag. Die große Reinigung ihrer Zimmer war schon vorbei, die hatte sie zusammen mit der ›Bedienerin‹, wie man in Wien auch heute noch die Putzfrauen nennt (in Bayern nennt man sie ›Zugehfrauen‹), bereits hinter sich. Fräulein Demuts ›Bedienerin‹ war eine kräftige, resolute Person, ungeheuer stark und mit einem ansehnlichen Schnurrbart auf der Oberlippe. Das war Frau Kaliwoda.

Aber es blieb noch genügend zu tun übrig für Philine. Sie mußte backen und braten, den Baum schmücken, ihr schönes schwarzes Kleid bügeln, die Schuhe putzen und zuletzt ein Bad nehmen, bevor sie sich anzog.

Adrian Lindhout war an diesem Tag zu Hause. Er arbeitete in seinem Zimmer. Dieser Doktor, Philine mußte es sich eingestehen, war eigentlich ein außerordentlich angenehmer Mieter.

Gegen elf Uhr vormittags (kein Alarm!) klingelte es. Philine ging zur Eingangstür. Draußen stand, verfroren, unrasiert, verschreckt und in schäbiger Kleidung, ein kleiner Mann, dessen Augen nicht einen Moment lang ruhig blicken konnten. Er drückte sich in die Ecke des Treppenabsatzes und sah Philine gehetzt an.

»Wohnt hier Herr Doktor Lindhout?« fragte er.

Philine erschrak. Was war das für eine Erscheinung? Der Mann sah aus wie ein Bettler, wie einer, der ein Verbrechen begangen hat.

»Ich . . . ich weiß nicht«, sagte sie zögernd. »Ich meine, ja, er wohnt hier, aber ich weiß nicht, ob er zu Hause ist. Ich muß nachsehen. Wenn der Doktor da ist – wen darf ich melden?«

»Fred«, sagte der kleine Mann, der vor Kälte oder vor Angst oder aus beiden Gründen zitterte. »Sagen Sie nur, daß Fred da ist.«

»Fred und wie noch?«

»Fred genügt«, sagte der kleine Mann und sah sie flehend an.

Jemand kam die Stiege herunter. Der Fremde fuhr zusammen. Im gleichen Moment öffnete sich Lindhouts Zimmertür, und seine große Gestalt, im Gegenlicht als Silhouette sichtbar, erschien in ihrem Rahmen.

»Fred!« rief er, eilte dem kleinen Mann entgegen, schüttelte ihm die Hand und zog ihn in den Flur. Dabei schloß er schnell die Wohnungstür. »Ich danke Ihnen, Fräulein Demut«, sagte er freundlich. »Ich kenne den Herrn. Alles ist in Ordnung.«

Philine sah, wie die beiden in Lindhouts Zimmer verschwanden. Es war einer guten Christin unwürdig, an Türen zu horchen, sagte sie sich, und besonders unwürdig war es wohl am Heiligen Abend. Wenn es natürlich auch sehr interessant gewesen wäre, zu erfahren, was der sonderbare Besucher von Lindhout wollte... Nein, Philine ging in die Küche, um nach der Gans zu sehen.

Der Mann mit den flackernden Augen verließ die Wohnung höchstens fünf Minuten später. Lindhout brachte ihn zur Eingangstür. Philine sah die beiden nicht, sie hörte in der Küche nur Schritte und Stimmen. Danach wurde es still. Lindhout blieb den Tag über in seinem Zimmer.

Bald schon hatte Philine bei des Tages Arbeit den kleinen, ungepflegten Mann vergessen und war eigentlich reif für den Schlaf, als sie um 17 Uhr in die emaillierte Wanne ihres altmodisch eingerichteten Badezimmers stieg, im langen Leinenhemd, wie immer, und sich gewissenhaft mit einem Stück Lavendelseife (sie hatte es seit dem Jahr 1938 aufgehoben und benützte es nur zu feierlichen Anlässen) wusch. Nach dem Bade kleidete sie sich umsichtig an. Das Gefühl einer großen Durchwärmtheit und Ruhe überkam sie, als sie zuletzt, ganz in Schwarz, mit einer kleinen roten Granatbrosche an der Brust, vor das Fenster des Wohnzimmers trat und, durch einen Spalt des Rollos, in die Dunkelheit hinaussah, hinauf zur Währingerstraße und den vielen hastenden Menschen, den wenigen Autos, die geräuschlos, mit Lichtschlitzen an den schwarz verdeckten Scheinwerfern, vorbeiglitten, nach dieser oder jener Richtung. Philine hatte ein paar Tannenzweige angezündet und verglimmen lassen, es roch angenehm in ihrem Wohnzimmer. Nebenan war es ganz ruhig. Lindhout scheint weggegangen zu sein, dachte das Fräulein.

Weggegangen um 16 Uhr 30 war er in der Tat, sehr leise und hastig. Er wünschte nicht, daß Philine seine Tränen sah. Denn er wollte sie nicht erschrecken, und die Tränen kamen wieder und wieder, unter qualvollem Schluchzen, seit der kleine Mann, der sich Fred nannte, ihn besucht hatte.

9

»Räven raskar över isen...«, sang die kleine Truus und lachte dabei selig. Mit ihr tanzten, sich an den Händen haltend, Lindhout und Frau Penninger. Das war gegen 18 Uhr an diesem 24. Dezember 1944. Die Erwachsenen sangen mit.

Keine Spur von Erschütterung zeigte Lindhouts Gesicht mehr. Er nahm sich aufs äußerste zusammen. Truus darf es nicht wissen, niemand darf wissen, was geschehen ist. Dieser Gedanke füllte Lindhout voll aus.

»...Får jag lov, får lag jov...«

Truus trug ihr schönstes Kleid – aus blauem Samt mit weißem

Kragen und weißen Manschetten. Das blonde Haar hatte Frau Penninger mit einem blauen Band hochgenommen. Auch die Erwachsenen waren festlich gekleidet. Frau Penninger trug ein Kleid aus Brokat und alten Familienschmuck, Lindhout hatte einen blauen Anzug an. Niemand darf etwas merken, dachte er, niemand!

»... att sjunga bagarens visa...«, sangen die drei.

Das war ein schwedisches Weihnachtslied für Kinder. Lindhout und Truus beherrschten diese Sprache, sie waren beide oft in Schweden gewesen, früher, vor 1939, Frau Penninger hatte das Lied auswendig gelernt und machte nun natürlich Fehler, worüber Truus glucksend lachte.

Sie tanzten um eine Krippe herum, eine Spielzeugkrippe, in der das Jesuskind lag. Die Krippe stand in der Mitte. Beim Jesuskind waren – sehr klein – der Vater Josef und die Mutter Maria und viele Tiere. Von fern nahten zwei alte Männer mit Bärten und ein Schwarzer mit buntem Turban – die Heiligen Drei Könige aus dem Morgenlande. All dies war in einer flachen Wanne arrangiert worden – ein Puderdosenspiegel blinkte (er stellte einen See dar), und alles lag oder stand auf Sand, Löschsand, den Frau Penniger vom Gang geholt hatte, denn auf jedem Gang stand so ein Eimer mit Sand. Damit und mit sogenannten ›Feuerpatschen‹ sollte man nach amtlicher Anordnung versuchen, ausbrechende Brände bei Bombeneinschlägen zu löschen – eine nahezu sinnlose Maßnahme, aber was war schon noch sinnvoll in diesen Tagen? Überleben, ja, *das* ist sinnvoll, dachte Lindhout, überleben müssen wir, we *must* overcome, und er preßte die Lider über die Augen, weil er fühlte, daß er wiederum den Tränen nahe war. Und voller Liebe zu Truus und voller grenzenloser Verzweiflung tanzte und sang er weiter dieses Weihnachtskinderlied, das beginnt mit den Worten ›Der Fuchs rennt übers Eis, der Fuchs rennt übers Eis! Darf ich bitten, darf ich bitten, des Bäckers Lied mit mir zu singen...‹

Oh, und wie lustig ging das Lied des Bäckers dann weiter!

Er bereitete den Teig, er walkte ihn, er klopfte ihn, und all das mußte man pantomimisch nachmachen, indem man sich zusammenkauerte und auf dem Fußboden die entsprechenden Handbewegungen ausführte. Das Klopfen war für Truus das allerschönste! Ihre Händchen klatschten auf das Parkett, und die beiden Erwachsenen klatschten mit.

Nach dem Bäckerlied sangen sie das Schornsteinfegerlied und tanzten dabei, und dann machte die kleine Truus, vor Lachen fast erstickend, nach, wie ein alter Mann Tabak schnupft – ach, war das ein wunderbares Weihnachtsfest für das kleine Mädchen!

Tagelang vorher schon hatte Truus Frau Penninger geholfen, Figuren aus Lebkuchenteig zu schneiden. Lebkuchen, sehr schlechte freilich, gab es noch im Dezember 1944. Viele Tiere schnitt Truus aus dem Teig, vor allem Schweinchen, wie das alle Kinder in Schweden tun. Der Grund dafür, daß hier eine kleine Holländerin das fröhliche Fest auf schwedische Art veranstaltete, lag eben darin, daß ihr das, was man in Schweden zu Weihnachten tut, besser gefallen hatte als das, was man daheim in Holland tat. Und so bat Truus immer um ›Schwedische Weihnachten‹. Frau Penninger hatte auch ein Lebkuchenhäuschen gebaut und mit Flitter, roten Papierblumen und goldenen Sternen geschmückt.
»Das Häuschen ist so klein und schön, ich kann es in mein Versteck mitnehmen und immer anschauen«, hatte Truus gesagt.
Und natürlich war da ein Wunschzettel gewesen. Einer? Drei hatte Truus geschrieben, und Lindhout mußte in der ganzen Stadt umherirren. Es war ihm zu dieser traurigen Kriegsweihnacht 1944 nicht gelungen, alle jene Dinge zu erhalten, von denen das kleine Mädchen träumte – aber doch viele.
Bevor Truus am 23. Dezember schlafen gegangen war, hatte sie ihre Strümpfe vor die Tapetentür des Verstecks gelegt, denn in Schweden feiert man das Fest anders als in Österreich oder Deutschland. Wenn man ein braves Kind gewesen ist, kommt der Weihnachtsmann schon in der Nacht zum 24. Dezember, und wenn man dann früh erwacht und nachsieht, sind die Strümpfe mit liebevoll verpackten Geschenken gefüllt.
Die Strümpfe der kleinen Truus waren spärlich gefüllt gewesen...
»Also bin ich ein braves Kind gewesen!« hatte Truus dennoch jubelnd gerufen, als sie – bereits um sieben Uhr früh – die Bescherung sah. Lindhout war anwesend und Frau Penninger, und sie hatten der kleinen Truus bestätigt, daß der Weihnachtsmann gesagt habe, sie sei wirklich ein ganz besonders braves Mädchen gewesen.
Lindhout hatte seine Bleibe in der Berggasse an diesem Morgen sehr früh verlassen, Fräulein Demut schlief noch. Es war dunkel, und es schneite heftig. Er war zur Boltzmanngasse hinuntergeeilt und so rechtzeitig eingetroffen, daß er miterleben konnte, wie die kleine Truus, sich schlaftrunken die Augen reibend, in einem weißen Nachthemd aus ihrem Versteck kam.
Wie es in Schweden Sitte ist, wurde es auch hier in Wien gehalten: Jedes der wenigen sorgsam verpackten Geschenke war mit einem Gedicht geschmückt, das auf einem kleinen Stück Papier geschrie-

ben stand. Diese Gedichte waren alle sehr lustig, und Truus, in ihrer ungeheuren Aufregung, lachte immer wieder hoch und atemlos. Alle diese lustigen Gedichte hatte Lindhout verfaßt, der zu diesem Zeitpunkt noch nicht den Besuch des Mannes mit Namen Fred gehabt hatte und darum sehr gerührt und glücklich war – wie Frau Penninger.

Ach, und dann das Öffnen der Päckchen! Und die Freudenschreie, die glänzenden Kinderaugen! Alles, was Truus sich gewünscht hatte – fast alles! –, war ihr vom Weihnachtsmann gebracht worden! Die Puppenküche, die Schachtel mit den vielen Buntstiften, die Zeichenblocks, die Puppe, die ›Papa‹ und ›Mama‹ sagen und die Augen öffnen und schließen konnte (um diese zu finden, hatte Lindhout drei Tage gebraucht und einen horrenden Preis bezahlt), und die vielen Bücher! Bücher vor allem hatte Truus sich gewünscht, und das war der am schwersten zu erfüllende Wunsch gewesen, denn die Bücher, die Truus sich ersehnte, waren zum größten Teil von Staats wegen verboten.

Lindhout kannte eine Buchhandlung in einem uralten Gewölbe an der Wollzeile im I. Bezirk, er kannte auch ihre Besitzerin über einen gemeinsamen Freund, der, wie er 1946 erfahren sollte, in Auschwitz ums Leben gekommen war, und diese Buchhändlerin, Frau Olga Wagner, hatte ihm geholfen. Weit hinten in dem Gewölbe gab es einen Raum, den Frau Olga die ›Giftkammer‹ nannte. Darin lagen alle die Bücher, deren Verkauf ihr bei Androhung hoher Strafen verboten worden war. Lindhout brauchte jetzt keinen Thomas Mann, keinen Alfred Döblin, keinen Bertolt Brecht, keinen Lion Feuchtwanger, er brauchte ›Pu der Bär‹ von dem Engländer Alan Alexander Milne und ›Pünktchen und Anton‹ von Erich Kästner und ›Die Jungens von der Paul-Straße‹ des weltberühmten ungarischen jüdischen Autors Ferenc Molnár. Alles fand er in der ›Giftkammer‹ der Olga Wagner.

Und nun lagen sie vor der kleinen Truus! Die wußte vor Aufregung nicht, welches Buch sie zuerst aufschlagen sollte und geriet ganz außer Atem bei ihrer glücklichen Auspackerei. Und das Schottenröckchen! Und die winzigen Pantoffeln! Die beiden Erwachsenen hatten einander immer wieder angesehen, und alle waren sie glücklich gewesen, alle drei.

Dann war Lindhout wieder gegangen, denn er wollte nicht, daß Fräulein Demut etwas von seinem so frühen Verschwinden bemerkte, und sie hatte tatsächlich nichts bemerkt. Er war in sein Zimmer getreten und hatte zu arbeiten versucht.

Und so, voller Hoffnung, diesen Krieg zu überstehen und Truus zu bewahren vor jeglichem Übel, war er aus der Tür getreten, nachdem der kleine, verängstigte Mann gekommen war, der sich ›Fred‹ nannte. Er hatte ihn in sein Zimmer gezogen. Und da war Lindhout dann, als ›Fred‹ nur fünf Worte gesagt hatte, zusammengebrochen unter der schweren Last eines furchtbaren Unglücks.

10

Nein, Truus darf es nicht wissen, und auch Frau Penninger nicht, dachte Lindhout nun, am frühen Abend, verzweifelt. Wie durch Nebel sah er alles. Das lachende Kind, Frau Penninger, die Kerzenstummel, die da und dort brannten, das rote Papiertischtuch, die roten Papierblumen darauf, die Streifen aus Goldpapier, mit denen der Tisch geschmückt war.
Sie aßen Kartoffeln und Ersatz-Soße.
In der Mitte des Tisches stand eine Lichterpyramide aus goldglänzendem Messingblech. An einer kleinen Stange waren vier schräge Flügel angebracht. Die Kerzenstummel darunter erwärmten die Luft unter den Flügeln, daß sie sich drehten, immer schneller. Und an diesem Baum schwebten kleine Blechengel mit Posaunen, die stießen beim Drehen gegen eine winzige Glocke, und so ertönte schneller und schneller ein wunderbares Geläute, dem die kleine Truus andächtig lauschte.
Und dann kam das Herrlichste!
In Schwedisch heißt dieses Herrlichste ›Risgrynsgröt med Mandel‹ – ›Reisgrütze mit Mandel‹. Es gab keinen Reis mehr im Dezember 1944, und es gab keine Mandeln, aber Frau Penninger hatte es fertiggebracht, ein Gericht herzustellen, das aus weiß der Himmel was bestand, aber so aussah und (beinahe) so gut schmeckte wie Risgrynsgröt, und statt der Mandel hatte Frau Penninger eine Haselnuß genommen.
Das verhielt sich nämlich so: Es war nur diese eine Haselnuß in der ganzen Grütze, und wer sie in seiner Portion fand, der sollte ganz, ganz glücklich werden im neuen Jahr!
Natürlich (dafür hatte schon Frau Penninger gesorgt) fand Truus die Haselnuß, die anstelle der Mandel versteckt worden war, und sie klatschte in die Hände und lief zu Lindhout und umarmte und küßte ihn, und sie lief zu Frau Penninger und umarmte und küßte diese, und dann stand sie mitten im Raum und warf die Arme in die Luft und rief: »Ich habe die Mandel gefunden! Ich werde ganz, ganz glücklich werden im neuen Jahr!« Sie sah sich mit strahlenden Augen um und fragte: »Kann ich noch glücklicher werden, als ich

bin?« Und gab sich selber die Antwort: »Ein bißchen, ja, vielleicht. Wenn ich nicht mehr versteckt in der Kammer leben muß. Es ist eine sehr schöne Kammer, Tante Maria, ich habe sie sehr gern, aber manchmal möchte ich doch wieder auf die Straße hinuntergehen und andere Kinder sehen und mit ihnen spielen dürfen! Ich weiß, das geht jetzt nicht! Aber vielleicht geht es nächstes Jahr!«
»Nächstes Jahr geht es bestimmt, Truus, mein Herz«, sagte Lindhout. »Nächstes Jahr wirst du dich nicht mehr verstecken müssen, sondern du wirst wieder mit anderen Kindern spielen können.«
»Und werde ich auch Claudio wiedersehen?« fragte Truus.
»Sicherlich«, sagte Lindhout. »Vielleicht nicht gleich, denn Berlin ist weit weg von hier, aber du wirst deinen Claudio wiedersehen.« Hoffentlich, dachte er. Zu Frau Penninger sagte er: »Das ist ihr Freund aus Berlin.«
»Mein bester Freund!« rief Truus.
Lindhout nickte.
»Vier Jahre älter als Truus. Im Grunewald wohnte er mit den Eltern – Wegner heißen sie – ganz nahe der Bismarckallee 18, dem Haus, in dem wir lebten, bevor wir nach Wien kamen – in der Herthastraße. Claudio besuchte Truus immer, er spielte mit ihr, er lernte mit ihr – er ist ein so netter Junge...«
»Wenn wir groß sind, werden wir heiraten!« erklärte Truus feierlich. »Das haben wir uns versprochen, zum Abschied. Nicht wahr, ich werde Claudio heiraten, Adrian?«
»Wenn du es dann immer noch willst, mein Herz.«
»Gewiß werde ich wollen!« rief Truus. Jetzt mußt du nur noch einen Vers sagen aus... du weißt schon was – dann kann gar nichts mehr geschehen, dann wird alles ganz, ganz gut gehen!«
Lindhout senkte den Kopf und schwieg.
»Bitte, Adrian, sag den Vers, bitte!«
Und immer noch schwieg er.
»Was haben Sie, Herr Lindhout?« fragte Frau Penninger besorgt. Sie darf nicht besorgt sein, dachte er erschrocken, und Truus auch nicht, ich muß den Vers sprechen.
»Welcher soll es denn sein, Truus?« fragte er.
»Der mit den Sternen!«
»Ach nein...«
»Bitte, bitte! Heute den mit den Sternen!« rief das Mädchen. »Heute ist doch Weihnachten, und wir haben so viele Sterne da!«
Ausgerechnet diesen Vers, dachte Lindhout bebend, und nickte. »Also gut, Truus.« Er räusperte sich und setzte zweimal zum Sprechen an, erst beim dritten Mal gelang es ihm. Er sprach: »Und

schwer und ferne / Hängt eine Hülle / mit Ehrfurcht. Stille / Ruhn oben die Sterne / und unten...« Die Stimme brach.
»Was ist denn?« fragte Truus.
»Nichts. Gar nichts. Mir ist nur etwas in die falsche Kehle gekommen«, sagte Lindhout und dachte: Jetzt kann ich nicht mehr, jetzt bin ich am Ende meiner Beherrschung, jetzt muß ich schnell fortgehen von hier, aber den Vers muß ich noch zu Ende sprechen, und er sprach ihn zu Ende: »... Ruhn oben die Sterne / Und unten die Gräber.«

11

»Schschsch...«
Philine Demut hielt einen Finger vor den Mund und flüsterte: »Leise! Er ist wieder daheim! Ich habe ihn kommen hören vor einer halben Stunde! Aber er soll noch warten!«
Sie hatte dem Kaplan auf sein Läuten hin geöffnet. Haberland sah einen Lichtspalt unter der Tür von Lindhouts Zimmer. Er nickte Fräulein Demut zu wie ein Verschwörer, klopfte draußen auf der Matte den Schnee von den Schuhen und folgte Philine dann auf Zehenspitzen in ihr Wohnzimmer mit dem festlich geschmückten Baum. Unter dem Arm trug er ein paar kleine Pakete. Vor dem Tannenbaum erblickte er ein Paar feste Wollhandschuhe und eine Schachtel Zigarren. Während Philine dem Kaplan aus dem Mantel half, plapperte sie aufgeregt: »Die Zigarren habe ich für ihn gekauft... ein Vermögen, kann ich Ihnen sagen... und die Fäustlinge sind für Sie, Hochwürden, die habe ich selber ge...« Sie unterbrach sich entsetzt: »Oh, jetzt haben Sie sie schon gesehen, und ich habe von ihnen gesprochen!«
Haberland legte seine kleinen Pakete vor den Baum. »Das ist alles für Sie! Und ich habe gar nichts gesehen und gar nichts gehört!«
»Wirklich nicht?«
»Wirklich nicht.«
Philine lachte und holte schnell eine Zeitung, mit der sie ihre Geschenke bedeckte. Dann zündeten sie die Kerzen des Baumes gemeinsam an. Und dann weinte Philine ein bißchen, und Haberland mußte sie trösten.
»Nein, nein«, murmelte sie, »es ist das Glück, Hochwürden, weil ich... weil ich einen Protestanten bescheren darf!« Sie lächelte. »Er wird sehr erstaunt sein, glauben Sie nicht?«
»Bestimmt.«

»Er ist der erste Protestant, den ich beschenke!« sagte sie.
»Das ist schön«, sagte Haberland. »Und jetzt wollen wir ihn holen, ja?«
Sie wich zurück und lächelte verzerrt.
»Was ist denn?«
»Nichts... gar nichts... würden Sie... würden Sie ihn bitte allein holen und ihm das mit dem Martin Luther damals noch einmal erklären? Ich schäme mich so...« Haberland hatte Lindhout noch nie gesehen. Er nickte, ging auf den Gang hinaus und klopfte an Lindhouts Zimmertür.
Keine Antwort.
Haberland klopfte noch einmal.
Wieder blieb alles still.
Der Kaplan öffnete die Tür vorsichtig einen Spalt. Lindhout saß beim Fenster und starrte die Verdunkelung an. Jetzt drehte er sich um. Neben ihm stand eine Flasche, halb geleert, und neben der Flasche stand ein Glas. Die Luft im Zimmer war schlecht.
»Ich habe nicht ›Herein‹ gerufen«, erklärte Lindhout mit schwerer Zunge.
»Ich weiß«, sagte der Kaplan. »Mein Name ist Haberland. Ich bin gekommen, um Sie zu bitten, mit mir hinüber zu Fräulein Demut zu gehen. Sie erwartet uns. Sie wissen doch, wir sind beide eingeladen bei ihr heute abend.«
Lindhout stand auf.
Er schwankte.
»Scheren Sie sich zum Teufel!« sagte er laut und mühsam, der Mund stand halb offen, das Gesicht zeigte einen schlaffen, stumpfen Ausdruck. Haberland unterdrückte jäh hochschießenden Widerwillen gegen diesen Menschen und zwang sich zu einem Lächeln.
»Es ist Heiliger Abend, Herr Doktor. Ich will Ihnen gerne noch etwas über Fräulein Demut sagen, Ihnen etwas erklären, was Sie seinerzeit vielleicht verärgert oder verstört oder abgestoßen hat...«
»Lassen Sie mich in Ruhe!« Lindhout hielt sich an einer Sessellehne fest.
»Aber Fräulein Demut hat alles so schön für uns vorbereitet, Herr Doktor. Sie verderben dem Fräulein eine große Freude, wenn Sie nicht kommen!« Haberland fühlte eine Woge des Zorns in sich aufsteigen, während er sprach. Dieser Mann, dachte er, verdient nicht, daß man sich um ihn sorgt. Fräulein Demut ist gewiß verschroben. Aber bei diesem Mann braucht man wahrhaftig nicht verschroben zu sein, um ihn abstoßend zu finden. Schnaps, dachte

Haberland, ein Säufer – und nebenan eine einsame junge Frau mit psychischen Störungen...

»Warum sollte ich ihr die Freude nicht verderben?« fragte Lindhout lallend. »Warum nicht, he? Können Sie mir das sagen? Warum ausgerechnet ihr nicht?«

»Sie sind ja völlig betrunken«, sagte Haberland angewidert.

»Natürlich«, sagte Lindhout. »Betrunken in dieser beschissenen Nacht. Warum sind *Sie* nicht betrunken?«

»Ich trinke nicht«, sagte Haberland, willens zu gehen. Lindhout hielt ihn an einer Schulter fest.

»Weil Sie ein Pfaffe sind, nicht wahr?« lallte er. »Pfaffen brauchen keinen Schnaps, um dieses elende Leben ertragen zu können. Pfaffen sind fein raus. Pfaffen haben ihr Vertrauen in Gott! Das genügt ihnen, genügt ihnen vollauf!«

»Sie sollten sich schämen«, sagte Haberland und riß Lindhouts Hand von seiner Schulter.

»Und Sie machen, daß Sie hier rauskommen, oder Sie kriegen eins über den Schädel!« Lindhout drehte sich um und ergriff die Flasche.

»Sie wissen ja nicht, was Sie reden«, sagte Haberland.

Lindhout hob die Flasche, wirbelte sie durch die Luft und ließ los. Die Flasche flog einen halben Meter neben Haberland, der zurückgewichen war, an die Wand und zerbrach. Der Schnaps bildete einen dunklen Fleck auf der Tapete und floß zu Boden. Lindhout lachte idiotisch. Dann gaben seine Beine nach, er fiel mit dem Gesicht auf einen Teppich, wo er liegenblieb.

Haberland drehte sich um und verließ das Zimmer. Er ging zu Philine Demut zurück. Sie saß unter dem Baum mit den brennenden Kerzen, den Rücken dem Kaplan zugewandt. Haberland schloß langsam die Tür.

»Er möchte lieber nicht kommen«, sagte er, unendlich verlegen. »Er fühlt sich nicht gut... liegt schon im Bett.«

Haberland trat zu Philine und bemerkte, daß sie lautlos weinte. Ihre Schultern zuckten.

»Erzählen Sie mir nichts, Hochwürden«, flüsterte sie erstickt. »Ich bin Ihnen nachgegangen. Ich habe alles gehört. Oh, und ich habe mir alles so schön vorgestellt. Die Bescherung, und die Zigarren für ihn, und die Gans...« Sie schluchzte laut auf und sank noch ein wenig mehr in sich zusammen. Haberland stand reglos neben ihr und starrte die brennenden Kerzen des Baumes an. Draußen begannen Kirchturmglocken zu läuten. Philine Demut weinte. Sie war so sehr unglücklich. Sie hatte völlig vergessen, daß Lindhout am Vormittag den Besuch eines völlig verängstigten, verwahrlosten

Mannes erhalten hatte, der seinen Namen nicht nennen wollte und nur erklärte, er heiße ›Fred‹.
Fräulein Demut konnte sich nicht vorstellen, was dieser Mann Lindhout zu sagen gehabt hatte. Sie wußte nichts von Lindhout. Sie konnte sich nicht vorstellen, daß auch er unglücklich war und daß er, von ihr und Haberland nur durch eine Wand getrennt, auf dem Boden des Nebenzimmers lag und gleichfalls weinte.
Nur weinte Lindhout nicht um ein verdorbenes Fest.
Lindhout weinte um seine geliebte Frau, die in ihrem holländischen Versteck entdeckt, verhaftet und von der Gestapo zu Tode gefoltert worden war, seine geliebte Frau, die ihn nicht verraten hatte und von deren schrecklichem Ende er durch den kleinen Mann mit den gehetzten Augen erfahren hatte, der sich ›Fred‹ nannte, weil niemand wissen durfte, daß er Goldstein hieß.

12

Am nächsten Tag entschuldigte sich Lindhout bei Philine Demut für sein Betragen. Das heißt: Er versuchte sich zu entschuldigen. Es gelang ihm nicht. Er traf mit ihr im Flur zusammen und konnte gerade sagen: »Liebes Fräulein Demut, ich bedauere...«, da schrie sie schon in panischem Erschrecken über die unerwartete Begegnung auf und floh in ihr Wohnzimmer, dessen Tür sie hinter sich abschloß.
Lindhout stand verlegen da, dann seufzte er und verließ die Wohnung, um ins Institut zu gehen. Er arbeitete auch während der Feiertage – zum einen, um seine Haltung zu bewahren nach dem, was geschehen war da in Holland, zum andern, weil ihn das Geheimnis der beiden so ähnlichen Substanzen, die, zusammen verabreicht, eine wie die andere ihre schmerzstillende Wirkung verloren, bis in seine Träume verfolgte.
Er experimentierte nun wie ein Besessener, er brauchte immer neue Tiere, denen noch keine der beiden Substanzen AL203 und AL207 injiziert worden war. Zu Beginn des neuen Jahres sagte er zu Tolleck: »Ich stehe vor einem Rätsel. Jetzt, nach den Versuchen mit so vielen neuen Tieren, besteht kein Zweifel mehr: Das, was wir zusammen erlebt haben, erlebe ich seitdem ununterbrochen und ausnahmslos. Und es sind keine Verwechslungen mehr vorgekommen. Ich habe alle Injektionen selbst vorgenommen! Fräulein Gabriele hat nichts mehr angerührt.«
Damit ging er zu seinen Apparaturen zurück. Wie alle im Institut

trug er seinen Wintermantel unter dem weißen Laborkittel, pelzgefütterte Schuhe und einen Schal, und wie alle war er trotzdem ständig erkältet – da halfen auch die wenigen kleinen elektrischen Öfen für die Tiere nichts.

Die gesamte Heizanlage des Instituts war ausgefallen. Der schwere Motor der Umwälzpumpe für das Heizwasser funktionierte nicht. Unbekannte hatten Glasstaub in die kleinen Öffnungen zum Einfüllen von Öl geschüttet und so die Kugellager zerstört. Der Motor stammte aus Berlin. Neue Kugellager mußten in Schweinfurt bestellt werden. Die Fabriken dort waren fast alle ausgebombt und produzierten nur noch einen Bruchteil ihrer Kapazität. Wochen, Monate konnte es dauern, bis neue Kugellager kamen, denn was sich da im Chemischen Institut ereignet hatte, war zu gleicher Zeit in mehr als hundert Wiener Betrieben passiert, und zwar Schlimmeres als im Chemischen Institut, wo nur die Heizung ausgefallen war: Schwere Werkzeugmaschinen standen still, so daß fast die gesamte kriegswichtige Produktion zum Erliegen gekommen war. Überall war ebenfalls Glasstaub in die Lager geschüttet worden und hatte die Kugellager zerfressen. Geschehen war dies, nachdem in Wiener Treppenhäusern, Luftschutzkellern und Fabriken plötzlich Tausende von Zetteln gelegen hatten, auf denen stand:

Die zehn Gebote der Selbstverteidigung!

1. Du sollst langsam und gewissenhaft arbeiten, denn auf deine Arbeit kommt es an. Der Feind hat Agenten in unser Land geschleust. Sie trachten, unseren Sieg zu gefährden. Das darfst du nicht zulassen, Volksgenosse!

2. Du sollst dich darum vergewissern, ob deine Maschine in Ordnung ist. Agenten streuen Glasstaub, wie man ihn durch feines Vermahlen von zerbrochenem Glas – und davon gibt es jetzt jede Menge – herstellen kann, in die Öllöcher von Kugellagern. Die Kugellager werden zerstört, und es dauert lange Zeit, bis Ersatzteile geliefert werden können...

Die weiteren acht Gebote waren ähnlicher Art.

Viele Zettel landeten natürlich bei der Gestapo im Hotel ›Metropol‹ auf dem Morzinplatz – dort, wo auch die Worte des Sprechers in dem nicht zu ortenden Sender Oskar Wilhelm Zwo auf Wachsplatten mitgeschnitten wurden, wenn er diesen Aufruf verlas – und er verlas ihn nun bei jeder Sendung.

13

Der Morgen, an dem Philine Demut vor Lindhout geflohen war, wurde zum Wendepunkt in ihrem Leben. Das Gefühl der Abneigung gegen den ihr durch die Behörde aufgezwungenen Untermieter begann in Angst umzuschlagen und leitete eine Entwicklung ein, die niemand hatte voraussehen können: ein unaufhaltsames Versinken in Todesangst. Im Frühjahr 1945 schließlich war Philine Demut vollkommen davon überzeugt, daß Lindhout ihr nach dem Leben trachtete.
Dieser, in tiefer Trauer um seine Frau Rachel und überfordert durch mühselige Arbeit und durch die Sorge um die kleine Truus, nahm von der Veränderung, die mit dem Fräulein auch äußerlich vor sich ging, nicht das geringste zur Kenntnis und tat also auch nicht das geringste, um sie von ihren Wahnvorstellungen zu befreien. Im Gegenteil, er schämte sich, dachte, daß sie ihm sein Verhalten zu Weihnachten immer noch nachtrug, und ging ihr deshalb aus dem Wege, wo immer er konnte. Wochen, bevor der 12. März dann die Katastrophe brachte, wußte Philine Demut bereits mit absoluter Sicherheit: Meine Stunden sind gezählt. Und es gehört zu den hinterhältigen Scherzen, die das Leben offenbar so sehr liebt, daß dies durchaus stimmte.
In der ersten Zeit trug das Fräulein sich mit dem Gedanken, die Polizei um Hilfe zu rufen. Aber das ließ sie dann wieder sein, nachdem sie mit Haberland gesprochen hatte. Der kluge Kaplan ahnte längst, daß Lindhout bestimmt einen Grund gehabt hatte, sich am Weihnachtsabend 1944 so schändlich zu betragen. Hinzu kam, und das war das Entscheidende, daß sich auch Haberlands Verhältnis zu Philine änderte. Die wußte nichts davon, wie der Kaplan die Zeit der letzten Kriegsjahre von ihrer fürchterlichsten und gefährlichsten Seite her kennengelernt hatte – in Todeszellen, mit Verfolgten, Gequälten, Sterbenden, und zugleich bei der Verbreitung der Flugzettel und als Sprecher des Geheimsenders. Bei aller Langmut, bei aller christlichen Nächstenliebe konnte Haberland es nicht verhindern, daß eine schreckliche Ungeduld in ihm aufstieg, wann immer er Philines Jammern und Geschwätz zuhören mußte. Und eines Tages ertappte er sich entsetzt bei dem Gedanken, Gott täte ein gutes Werk, wenn er diese junge, verstörte Frau in der Tat sterben ließe.
Haberland redete Philine aus, zur Polizei zu gehen und Anzeige gegen Lindhout zu erstatten, weil er ihr nach dem Leben trachte. Er hatte keine persönliche Beziehung zu Lindhout, aber er sagte

sich, daß dem schwer arbeitenden und ohne Zweifel unter eigenen Sorgen leidenden Menschen nicht zusätzliche Schwierigkeiten durch das Gestammel einer geistig sicherlich nicht gesunden Frau entstehen durften.
»Dieser Mann ist vielleicht nicht sympathisch«, sagte er. »Aber er würde keiner Fliege ein Bein krümmen. Er ist doch kein Mörder, Fräulein Demut, seien Sie ganz ohne Sorge, er ist doch kein Mörder!«
Das sagte er 1945.
Vierunddreißig Jahre später sollte er daran zurückdenken.

14

Philine Demuts Todesangst steigerte sich in drei Stadien: Das erste Stadium wurde ausgelöst durch die Affäre mit den Rasierklingen. Das zweite Stadium kam mit der Explosion in der Küche. Und das dritte Stadium endlich war erreicht, als sie Lindhout den Mord begehen sah.
Die Sache mit den Klingen ereignete sich unmittelbar nach Weihnachten. Lindhout rasierte sich selbst. Er verwendete einen Gillette-Apparat. Gleich nach seinem Einzug im Sommer 1944 suchte er im Badezimmer einen Behälter, in den er gebrauchte Klingen stecken konnte, ohne befürchten zu müssen, daß Philine sich an ihnen verletzte. Eine solche Vorrichtung gab es im Badezimmer aus einem sehr einfachen Grund nicht: Es hatte sich dort noch niemals zuvor ein Mann rasiert. Philines Vater war stets zum nahen Friseur gegangen.
In seiner Besorgnis um Fräulein Demuts Sicherheit holte Lindhout eine kleine Schachtel aus dem Chemischen Institut und verklebte sie an allen Seiten mit Leukoplast, so daß sie sich nicht länger öffnen ließ. Oben brachte er einen Schlitz an – ähnlich dem an Kindersparbüchsen –, und durch den Schlitz schob er fortan die gebrauchten Klingen.
Lindhout rechnete nicht mit Philines angeborener Neugier. Sie sah die seltsame Schachtel natürlich sofort auf dem Bord unter dem Spiegel und war verwundert, denn sie konnte sich nicht erklären, was das Ding zu bedeuten hatte. Der Versuchung, die Schachtel zu öffnen, widerstand sie heldenhaft viele Wochen lang, besonders, als nach dem allerersten Skandal eine Beruhigung des Verhältnisses zu Lindhout eingetreten war. Nun, nach der schrecklichen Geschichte zu Weihnachten und dem Aufkommen ihrer Angst vor

Lindhout, wurde Philines Neugier übermächtig. Eines Morgens – Lindhout war schon fort – ging sie in das Badezimmer, entschlossen, der schrecklichen Ungewißheit ein Ende zu bereiten. Sie nahm die Schachtel und begann an dem Leukoplaststreifen herumzureißen – ohne jeden Erfolg. (Das hat er absichtlich getan, dachte sie. Wer weiß, was in der Schachtel ist?) Sie vermochte die Klebestreifen nicht zu entfernen. Infolgedessen bohrte sie zuletzt ihren schmalen Zeigefinger in den Schlitz und riß mit einem mächtigen Ruck den Deckel ab. Im nächsten Moment schrie sie gellend auf und starrte entsetzt auf ihren Finger, aus dessen Kuppe das Blut dunkelrot gegen den Spiegel spritzte. Philine wickelte ein Handtuch um den Finger, raste zur Tür und laut schreiend die Stufen hinab in den ersten Stock, wo ein praktischer Arzt ordinierte. Der verband die tiefe Schnittwunde sogleich ordentlich, allein Philine hatte erheblich Blut verloren und fühlte sich sehr schwach, als der Arzt sie nach oben führte.

»Am besten legen Sie sich jetzt ein wenig hin«, sagte er und interessierte sich dann für den Gegenstand, der den Unfall verursacht hatte. Als er ihn fand, nickte er und nahm die Schachtel voller Klingen an sich (nicht um sie wegzuwerfen, sondern, wie das 1944 üblich war, wieder zu schärfen). Während er noch einmal zu Philine ging, dachte er, wie erschreckend es war zu sehen, welchen Gefahren sich Menschen wie dieses Fräulein in ihrer Geistesarmut aussetzten. Philine bemerkte gar nicht, daß er sie verließ. Sie starrte auf den dick verbundenen Zeigefinger, fühlte das Blut pochen und konnte nur einen einzigen Gedanken fassen: Das hat Lindhout getan, um mich zu ermorden!

Am nächsten Tag kam nachmittags Haberland, um Philine zur ›Katharinen-Vereinigung‹ abzuholen. Sie berichtete ihm, hysterisch schluchzend, was sich ereignet hatte. Haberland, der zuvor dem Arzt begegnet war, versuchte sie zu beruhigen und ihr die fixe Idee vom Mordversuch auszureden. Als er damit keinen Erfolg hatte, wurde er zum ersten Mal gereizt.

»Fräulein Demut«, sagte er, »ich habe weder Zeit noch Lust, mir solchen Unsinn anzuhören! Wenn Sie jetzt nicht endlich mit diesem Gerede aufhören, werde ich Sie nicht mehr besuchen kommen und auch bitten, die ›Katharinen-Vereinigung‹ nicht mehr zu besuchen.« Philine sah ihn so entsetzt an, daß er, mit einem Gefühl unendlichen Mitleids, hinzusetzte: »Aber ich sehe, Sie sind schon wieder ganz vernünftig und haben Ihre dummen Gedanken vergessen!«

»Ja«, antwortete Philine, »ich habe sie schon wieder vergessen.«

Sie hatte sie nicht vergessen.

Nachts träumte sie, Lindhout jage sie mit einem riesigen Messer das Stiegenhaus hinab, dessen Treppen und Wände blutverschmiert waren wie die eines Schlachthauses, und erwachte schweißgebadet. Aber um ihre Verbindung zu Hochwürden Haberland nicht aufs Spiel zu setzen, sprach sie nie mit ihm über ihre gräßlichen Träume.

Lindhout bemerkte das Fehlen der Schachtel, dachte, das Fräulein habe sie weggeworfen, weil sie voll gewesen war, und fertigte eine neue an, die er abermals unter den Spiegel stellte. Die neue Schachtel sah Philine am nächsten Tag. Zuerst blieb ihr fast das Herz stehen, dann aber nickte sie, freudlos, doch voller Genugtuung: Hier hatte sie den Beweis – was immer Hochwürden auch sagen mochte! Nach dem Mißlingen seines ersten Anschlags hatte Lindhout alles für einen zweiten vorbereitet. Philines Gesicht verzerrte sich zu einem listigen Grinsen. Da konnte der Teufel lange warten! Sie war ja nicht blöd! In diese Falle ging sie nicht mehr!

Zwei Wochen später ereignete sich dann die Explosion.

Lindhout hatte sogleich nach seinem Einzug Philine gebeten, die Bedienerin Kaliwoda, die zweimal wöchentlich kam, anzuweisen, keine Gegenstände in seinem Zimmer zu verlegen, zu verschieben oder gar wegzuwerfen – ganz gleich, worum es sich handelte. Mit den Monaten waren Bücherberge, Manuskripthaufen, Papiere und Chemikalien aller Art auf dem großen Speisetisch gelandet – wie er es prophezeit hatte. Immerhin, er arbeitete sehr viel daheim, besonders in letzter Zeit, denn zum einen vertrieb ihn die Kälte aus dem Institut, zum andern war er jetzt wie besessen, das Rätsel der zwei schmerzstillenden Substanzen zu lösen, die einander in ihrer Wirkung aufhoben, wenn man sie gemeinsam anwendete.

Geradezu manisch arbeitete Lindhout nun Tage und Nächte, sah Aufzeichnungen durch, entwickelte Theorien, impfte neue Tiere – und lag dann schlaflos, bis er wieder aufstand und sich an den Schreibtisch setzte, der eigentlich ein Eßtisch war. In solchen Nächten führte er genauestens Protokolle über seine Arbeiten.

Lindhout brachte auch Lösungen und Präparate in kleinen Fläschchen nach Hause in der Absicht, sie getrennt von allen anderen aufzuheben und nicht zu verwechseln. Die Kaliwoda nun, eine grobknochige, energische Person, die noch bei zwei anderen ›Herrschaften‹ die ›Bedienerin‹ war, hatte sich niemals auch nur einen Moment um Lindhouts Bitten, die Ermahnungen, das Flehen gekümmert. Resolut fuhrwerkte sie, stets in Eile, weil so viel Dreck zu beseitigen war bei ihren drei ›Herrschaften‹ (und der Mann an der Front und drei kleine Kinder daheim!), in Philines Wohnung herum, sprach einen ungeheuerlichen Wiener Dialekt (sie stammte aus Ottakring, dem XV. Bezirk), hatte Schwierigkeiten bei der Benützung des Buchstaben L, der, phonetisch geschrieben, wie ein herrisches ›Elllllll‹! klang, und vor allem einen wahnsinnigen Zorn auf den Hund, den Hitler, die ganze Nazibrut und den Scheißkrieg. Das sagte sie jedem, selbst ihrem Todfeind, dem Hausbesorger, Block- und Luftschutzwart Franz Pangerl, der sie zwar mit Anzeigen bedrohte und brüllte, daß es durchs ganze Haus gellte, jedoch von einer solchen Anzeige absah, weil selbst er daran dachte, daß es so, wie es mit dem Dritten Reich ging, wohl nicht mehr lange weitergehen konnte, bevor der Zusammenbruch kam. Und dann war es immer gut, eine erklärte Kommunistin – die Kaliwoda – als Rückversicherung zu haben.

Gleich zu Beginn und späterhin erst recht, verschloß Lindhout – der sah, daß die Kaliwoda wiederum gewütet hatte, wenn er abends heimkam und dann stundenlang ein bestimmtes Buch, eine bestimmte Notiz suchen mußte – besonders wichtige Chemikalien und Präparate in dem Schrank, in dem seine Anzüge hingen. Denn nur den allein konnte er verschließen. Die Zimmertür mußte er leider offenlassen für die Bedienerin.

Der Zwischenfall ereignete sich allein durch das Wirken der Kaliwoda. Diese Frau, die aussah wie ein Kerl, mit Schnurrbart, Möbelpackerhänden und heiserer Baßstimme, hatte grundsätzlich nicht die geringste Achtung vor den Männern, die sie allesamt ›spinnerte Klugscheißer‹ nannte, und so nahm sie denn am frühen Morgen des 2. März 1945 (»Um elf gibt's eh an Alarm, da muß i längst fertig und daham sein bei meine Pamperletschn!«), nahm sie also am frühen Morgen des 2. März 1945 ohne jedes Bedenken ein Fläschchen mit einer wasserhellen Flüssigkeit als ›Glump‹ von Lindhouts überladenem Tisch, trug es in die Küche und stellte es neben den Gasherd auf die ›Abwasch‹ (den Spülstein), um es zu entleeren. Das vergaß sie jedoch infolge ihrer permanenten Arbeitsüberlastung. So blieb das Fläschchen auf der Abwasch stehen. Um elf Uhr war die Kaliwoda längst weg, und die Sirenen heulten.

Die 15. Amerikanische Luftflotte, die von dem italienischen Militärflughafen Foggia aus operierte, kam mit einer großen Zahl von Bombern samt Jagdschutz, und zwar in mehreren Wellen, so daß es gut 14 oder 15 Uhr bis zur Entwarnung werden konnte.

Dies war die größte Zeit im Leben des kleinen Luftschutzwarts, Parteigenossen und Blockwarts Franz Pangerl. Er fühlte sich, ganz besonders während solcher Angriffe, in ›seinem‹ Hause an der Berggasse auf wie ein wahnwitzig gewordener Unteroffizier auf dem Exerzierplatz.

Der Angriff vom 2. März richtete schwere Schäden an, nicht jedoch in der Berggasse. Am Nachmittag machte sich Fräulein Demut an das Backen eines Streuselkuchens, wie sie ihn einmal im Monat für Hochwürden zubereitete, den sie am kommenden Tag erwartete. (Es war sehr schwer, die Zutaten zu diesem Kuchen, den Haberland besonders gerne aß, zu erhalten, fast schon unmöglich, aber mit Geld und ›schwarzen‹ Beziehungen hatte Philine es bisher noch immer geschafft.) Das Backrohr des Gasherdes strahlte beträchtliche Hitze aus, und so wurde auch die Abwasch nebenan erwärmt. Dort aber stand das kleine, von der Kaliwoda vergessene und von Fräulein Demut nicht beachtete Fläschchen. Ein Etikett klebte an dem Glas. Darauf stand: C_2H_5-O-C_2H_5. Lindhout hatte die Substanz in dem Fläschchen mit heimgenommen, weil er einen durch Chemikalien verursachten und anders als mit Diäthyläther nicht wegzubekommenden Fleck auf einer Hose beseitigen wollte. Diäthyläther, gemeinhin einfach Äther genannt, ist hochexplosiv. Das alles wußte das Fräulein natürlich nicht.
Um so entsetzlicher muß es für sie gewesen sein, als der Äther sich durch die Wärme ausdehnte. Der gläserne geschliffene Stöpsel widerstand dieser Ausdehnung, der Druck im Innern des Fläschchens wurde schließlich größer als die Festigkeit des Glases: Die Flasche explodierte mit lautem Knall just in dem Moment, in dem das Fräulein sich vor das Backrohr gebeugt hatte, um nach dem Streuselkuchen zu sehen.
Glassplitter flogen durch die Küche, und im gleichen Moment entzündete sich der Äther. Es war, glücklicherweise, nur sehr wenig, und er verpuffte, ohne andere Gegenstände in Brand gesteckt zu haben.
Am nächsten Tag kam Haberland und aß den Kuchen, in dem sich, zu seiner Verwunderung, ein paar Glassplitter fanden. Philine war von hektischer Fröhlichkeit. Haberland ahnte nicht, daß sie die Nacht schluchzend und nach Atem ringend verbracht hatte, ringend mit den bleichen Polypenarmen der Angst: Das war Lindhouts zweiter Mordanschlag gewesen! Haberland konnte auch nicht ahnen, daß er nicht mehr das Vertrauen des Fräuleins besaß. Denn sie sprach nie mehr mit ihm über ihre Not, aus Angst, ihn zu verstimmen oder zu verlieren. Es war der Beginn ihrer wirklichen Psychose.
Und dann kam die Katastrophe...
Sie kam am 12. März 1945. Zu dieser Zeit war es schon sehr warm, die Menschen waren mutlos, gereizt und verängstigt durch die nun täglichen Angriffe, und Luftschutzwart Pangerl verbarg seine immer größer werdende Besorgnis um die nahe Zukunft hinter

einem noch weiter gesteigerten Toben und Wüten. Er jagte alle Bewohner des Hauses bei jedem Angriff in den lächerlich flachen Keller, er bespitzelte und beargwöhnte jeden, redete von ›Saboteuren‹, ›Feinden des Reichs‹, vom ›Endsieg‹ und von so schwierig auszusprechenden Wortverbindungen wie der ›jüdisch-plutokratisch-kapitalistisch-bolschewistischen Weltverschwörung‹.
Besonders abgesehen hatte er es auf die arme Philine, die er – ach, tragischer Irrtum! – für eine Monarchistin und deren psychotisches Verhalten er – ach, tragischerer Irrtum! – für Verstellung hielt.
Unter dem Eindruck der Luftangriffe – dem ›Luftterror‹, wie Pangerl das in getreuer Befolgung der Goebbelsschen Sprachregelung nannte – versagten Philines Nerven völlig. Was sie auch tat, es gelang ihr nicht, es so zu tun, daß Parteigenosse Pangerl Zufriedenheit äußerte. Einmal war – behauptete Pangerl – ihre Verdunkelung nicht in Ordnung, dann wieder vergaß sie, das Gas beim Haupthahn abzudrehen, wenn die Sirenen heulten, ein anderes Mal kam sie erst ein paar Minuten nach allen anderen in den Keller, und immer mußte sie es ertragen, daß der Herr Block und Luftschutzwart, unter höhnischem Gelächter anderer Bewohner des Hauses, seinen ätzenden Spott über sie ergoß – oder auch seine finsteren Drohungen. Das arme Fräulein weinte viel in diesem Frühling, der so schön war und so voller Tod.
Anläßlich des Tagesangriffs am 12. März 1945 entdeckte Pangerl nun, daß Lindhout nicht in den Keller gekommen war.
»Ich weiß, der ist nicht im Institut, der arbeitet oben in seinem Zimmer. Ich hab' ihm am Morgen die Zeitung gebracht! Natürlich«, tobte er, sich steigernd, weiter, »bei wem stimmt's wieder nicht? Bei dem Fräulein Demut! Das Fräulein Demut muß eben ihre Extrawurst haben! Und wenn was passiert, wer ist dann schuld? Der Pangerl ist dann schuld!«
Philine Demut, in eine Kellernische gedrückt, auf dem Boden sitzend wie alle anderen, wußte zuerst gar nicht, was sie nun schon wieder falsch gemacht hatte.
»Dieser Herr Doktor Lindhout!« tobte Pangerl. »Dieser feine Herr, dieser Herr Ausländer! Der einzige Ausländer im Haus! Wo wohnt er natürlich? Bei dem Fräulein Demut wohnt er natürlich! Und wer kommt natürlich nicht in den Keller, obwohl ich es x-mal befohlen hab'?« Philine wollte etwas erwidern und schaffte es auch mit Mühe: »Der Herr Doktor wird die Sirenen überhört haben...«
»Überhört!« schrie Pangerl und rannte im Keller hin und her wie ein Irrer, während das Weckerticken aus einem Volksempfänger, den jemand mit in den Keller gebracht hatte, aufhörte und eine

Frauenstimme mitteilte, daß ein feindlicher Kampfverband über der Stadt mit wechselnden Zielen kreise und es zu Bombenabwürfen im XVI., XVII., XIV., XV. und XIX. Bezirk gekommen sei und ein zweiter schwerer Kampfverband, von Westen her, das Stadtgebiet anfliege. »Überhört! Lächerlich! Alle andern haben die Sirenen gehört, nur der feine Herr Doktor nicht. Dieser feine Herr Doktor wird auch noch parieren lernen, Fräulein Demut!«
»Es war ein Herr bei ihm, bevor die Sirenen losgingen. Ich habe doch an seine Zimmertür geklopft und ihm gesagt, daß er herunterkommen muß, weil es Alarm ist. Er hat mit dem anderen Herrn gesprochen und gesagt, er kommt gleich.«
»Da sind *zwei* oben?« schrie Pangerl. »Das wird ja immer schöner!« Er schnaubte fürchterlich durch die Nase. »Der Herr Lindhout ist nicht gekommen und der andere Herr auch nicht? Sie sind verantwortlich für Ihre Mieter, Fräulein Demut, das habe ich Ihnen schon hundertmal gesagt!«
»Regen Sie sich doch nicht so auf«, sagte ein Mann. »Jetzt sitzen wir schon eine halbe Stunde hier, und es ist nichts passiert.«
»Nichts passiert?« Pangerl blitzte ihn mit halb geschlossenen Augen böse an. »Haben'S net eben den Radio gehört? Die sind über uns! Wollen Sie mir vielleicht sagen, was meine Pflichten sind?«
»Nu mach aber mal halblang, Männeken«, sagte ein Soldat, der an einem Pfeiler lehnte, angewidert. »Jeh doch an de Front, wennde dir so kriegerisch fühlst, Mensch!«
»Ich tue meine Pflicht in der Heimat!« schrie Pangerl. »Glauben'S, ich weiß net, was Krieg ist?«
»Scheiße weißte!« Der Soldat grinste ihn an.
»*Sie*!« bellte Pangerl. »Wenn Sie glauben, das lass' ich mir gefallen, dann irren Sie sich! In diesem Keller befehle *ich!* Und auch Sie haben sich zu fügen!«
»Das wirste bald den Iwans sagen können, wenn die in Wien sind!«
»Russen in Wien?« kreischte Pangerl. »Das wird der Führer nie zulassen!«
»Ach, leck mir doch im Arsch«, sagte der Soldat gelassen, ging zur Kellertreppe, stieg sie hinauf und verschwand.
Pangerl sah ihm wutbebend nach, dann fiel er wieder über Philine her.
»Fräulein Demut, wenn dieser Mann in Ihrer Wohnung – oder diese beiden Männer, was weiß ich – net in drei Minuten hier herunten sind, melde ich es der Ortsgruppe, verstanden?«
»Ja, Herr Pangerl«, antwortete das Fräulein, zitternd vor Angst

und hilflosem Zorn. Dieser Lindhout! Dieser entsetzliche, grauenhafte Mensch wird mich noch ins Grab bringen, dachte sie empört. Was habe ich schon zu leiden gehabt durch seine Schuld! Und jetzt auch das noch! Hinaufgehen muß ich bei Alarm! Philine schluchzte kurz, als sie die Stiegen (Parterre, Hochparterre, Mezzanin!) emporzuklettern begann. Im Keller war es ganz still geworden. Pangerl sah dem Fräulein böse nach.

15

Philine atmete schwer, während sie Stiege um Stiege erklomm. Das ist das letzte Mal, versprach sie sich selbst. Wenn Hochwürden mir nicht helfen will, dann muß die Polizei mir helfen! Dieser Zustand ist unerträglich! Ich halte das nicht mehr aus!
Keuchend und hochrot im Gesicht erreichte sie schließlich den vierten Stock. Auch hier war es sehr still. Dann, als sie die Tür aufgesperrt und in den Flur getreten war, hörte sie schnell hintereinander dumpfe Geräusche. Sie beachtete den Lärm nicht. Das waren Flakgeschütze, die zu feuern begonnen hatten – mit der Zeit war ihr dieses Geräusch vertraut geworden. Sie schritt weiter auf Lindhouts Tür zu, und da hörte sie plötzlich erregte Stimmen.
»Seien Sie kein Idiot!« rief da jemand. Das Fräulein kannte die Stimme nicht. Das mußte der Besucher sein, den sie vor Alarmbeginn bei Lindhout gesehen hatte.
»Geben Sie mir das Papier oder ich schieße!« rief die zweite Stimme. Und die war Lindhouts Stimme. Mein Gott, dachte Fräulein Demut. Sie begann zu zittern. Wieder drangen dumpfe Detonationen an ihr Ohr.
Aus dem Zimmer erklang das Geräusch eiliger Schritte, die sich seltsamerweise zu entfernen schienen. Entfernen – wohin?
»Schießen Sie doch!« hörte Philine den Fremden rufen. »Schießen Sie doch, wenn Sie es wagen!«
In das Bellen der Flak mischte sich jetzt ein anderes Geräusch. Es klang drohend und wie ein Bienenschwarm, der zum Angriff ansetzt.
»Weg mit der Pistole oder ich schreie, so laut ich kann!« ertönte die Stimme des Fremden.
Philine riß Lindhouts Zimmertür auf. Er stand mit dem Rücken zu ihr. Der fremde Mann war durch die geöffneten Glastüren hinausgelaufen auf den steinernen Balkon. In der rechten Hand hielt er etwas Weißes. Philine konnte nicht erkennen, was es war.

»Kommen Sie herein!« schrie Lindhout den Mann an. Er hielt eine Pistole in der Hand. Der fremde Mann auf dem Balkon öffnete den Mund, als wolle er schreien.
In diesem Augenblick schoß Lindhout. Er schoß das ganze Magazin leer.
Philine brachte keinen einzigen Laut hervor. Der Mann auf dem Balkon kippte hintenüber und fiel auf die Straße hinab.
Das Fräulein wollte vorstürzen, als sie ein neues Geräusch vernahm: ein dünnes Pfeifen, das schnell in ein gefährliches Trommeln überging, rapide an Stärke zunahm und zu einem ohrenbetäubenden Donnerschlag wurde.
Da wußte Philine: Das war eine Bombe! Sie hatte das Geräusch noch nie so klar gehört, aber nun wußte sie mit völliger Sicherheit: Bomben fielen, ganz in der Nähe!
Taumelnd rannte sie in den Flur hinaus, erreichte die Treppe und hatte den ersten Schritt auf die erste Stufe getan, als eine unsichtbare Riesenhand sie hochriß und hinabschleuderte, wo sie ohnmächtig auf die Fliesen des Halbstocks stürzte.
Sie sah nicht mehr, daß eine Bombe das Haus genau gegenüber getroffen hatte. Sie sah nicht mehr, wie Trümmer in einer riesigen Staubwolke auf die Gasse flogen und sich da zu einem mächtigen Gebirge türmten, just über jener Stelle, auf die der Chemiker Dr. Siegfried Tolleck gestürzt war, einen eng beschriebenen Briefbogen in der Hand und von sechs Stahlmantelgeschossen getroffen.

Drittes Buch

Dringen wir vorwärts

I

Ach ja, dachte Adrian Lindhout – während er sich schwerfällig vom Boden aufrichtete, wo er die Schlösser des vierten Koffers versperrt hatte –, das war der schwerste Angriff auf Wien, der an jenem 12. März 1945. Jetzt war es der 23. Februar 1979, 16 Uhr 55. Die Koffer standen da, er war fertig zur Abreise. Vorher war noch Kaplan Haberland zu empfangen, denn dieser hatte ja von Mord gesprochen und davon, daß er, falls er ihn nicht empfing, sofort die Polizei verständigen werde.

Haberland, ja, jetzt erinnere ich mich wieder ganz genau an ihn, dachte Lindhout. Begegnet sind wir einander ein einziges Mal – an jenem schrecklichen Weihnachtsabend. Ich habe immer geglaubt, alt genug zu sein und genug erlebt zu haben, um mich durch nichts mehr verblüffen oder überraschen zu lassen. Das ist ein Irrtum gewesen. Ich bin überrascht, ich bin verblüfft über diesen Anruf eines Mannes, den ich vor vierunddreißig Jahren ein paar Minuten lang und danach nie wieder gesehen habe. Was soll das alles?

Er verließ den Ankleideraum, der einstmals Fräulein Demuts Schlafzimmer gewesen war, und ging durch die nun vollkommen anders, ganz modern eingerichtete Wohnung, in der er seit langem allein lebte, zurück in das Arbeitszimmer.

16 Uhr 55

Erst vier weitere Minuten, insgesamt also zehn, waren vergangen seit dem Anruf des Kaplans, Lindhout mußte noch warten. Man kann sich wohl an ein ganzes Leben erinnern innerhalb einer Sekunde, dachte er, während er an einem der Bücherregale entlangschlurfte auf seinen Sandalen. Die Regale waren bis hinauf zur Decke gezogen, hier in diesem großen und in zwei anderen Räumen gab es wohl an die 9000 Bücher und Schriften.

Was will der Kaplan?

Was ist das für ein Brief einer Toten, den er erhalten zu haben behauptet? Er hat ihn gewiß erhalten, dachte grübelnd der alternde Mann in den ausgebeulten Hosen und dem bequemen Pullover, und nicht zufällig.

Es gibt keinen Zufall, daran glaubte Lindhout fest. Dies hatte ihn bewogen, sich mit den Jahren immer mehr so zu kleiden wie der geniale Einstein – geboren vor hundert Jahren, am 14. März 1879, in Ulm. Zufall? Der große Physiker Werner Heisenberg hatte vor vielen Jahren behauptet, er habe in der subatomaren Physik, also in jener der Elementarteilchen, folgendes festgestellt: Wenn man etwa ein Elektron beobachtet, dann ›schießt‹ man sozusagen mit eben diesem beobachtenden Blick ein ›Päckchen‹ Lichtenergie ab und beeinflußt solcherart bereits die Bahn des Elektrons! Dies aber bedeutet, daß man jeweils nur im ›Augenblick‹ der Betrachtung den Platz des Elektrons festzustellen vermag, nicht aber mehr seine Bahn, von der es jetzt abgekommen war. Und diese Bahn ist ›ungenau‹ – nicht vorhersehbar. Das nannte Heisenberg die ›Ungenauigkeitsrelation‹, die außerdem den Beobachter allein durch die Tatsache, daß er im Bereich der kleinsten Teilchen beobachtete, bereits in das Naturgeschehen einbezog. Heisenbergs Feststellung schien nun aber folgende Konsequenz zu haben: Die Kausalität, also der Zusammenhang von Ursache und Wirkung, war im subatomaren Gebiet (und damit eigentlich überall, denn alles geht ja auf die Elementarteilchen zurück) aufgehoben. An seine Stelle war anscheinend der Zufall getreten.
Dagegen aber hatte sich Einstein gewehrt. Er sagte: »Das Ursache-Wirkungs-Verhältnis, also die Kausalität, *bleibt*. Man kann alles in endlosen Kausalitätsketten ... Wirkung – Ursache – Wirkung – Ursache... rückwärts gleichsam aufdröseln bis zum Anfang der Schöpfung!« Mit anderen Worten: Es gibt nichts, weder einen zu genau bestimmter Zeit ausbrechenden atomaren Weltkrieg noch den zu genau bestimmer Zeit erfolgenden Flügelschlag einer Mücke, die beide im Augenblick des Entstehens der Welt nicht bereits unverrückbar festgelegt gewesen wären.
Welch ein Gedanke! Es war Einsteins tiefste Überzeugung, und in diesem Zusammenhang sagte er den vielzitierten Satz: »Gott würfelt nicht.«
Nein, Gott würfelt nicht, es gibt keinen Zufall. In dieser Überzeugung fühlte sich Lindhout eins mit Einstein, ebenso wie mit dessen Worten: »Ein Leben nach dem Tode kann und mag ich mir nicht denken. Mir genügt das Mysterium der Ewigkeit des Lebens und das Bewußtsein und die Ahnung von dem wunderbaren Bau des Seienden sowie das ergebene Streben nach dem Begreifen eines noch so winzigen Teiles der in der Natur sich manifestierenden Vernunft.«
Dafür, daß er einen dieser ›winzigen Teile‹ begriffen hatte, war Lindhout soeben der Nobelpreis verliehen worden...

2

Lindhout blieb stehen. Wie abwesend starrte der einsame Mann am Nachmittag dieses 23. Februar 1979 auf die grünen Rücken der Gesammelten Werke des Baruch de Spinoza und dachte: Einstein! Die Idee eines persönlichen Gottes hat er niemals ernstnehmen können. Er hielt es da mit jenem Freidenker des 17. Jahrhunderts, den die Jüdische Gemeinde von Amsterdam in Acht und Bann getan hatte – Baruch de Spinoza, dessen Werke Lindhout in letzter Zeit wieder und wieder las. Einsteins Überzeugungen, dachte er nun, waren denen Spinozas verwandt: Bewunderung für die Schönheit und Glaube an die logische Einfachheit der Ordnung und Harmonie, welche wir demütig und nur unvollkommen fassen können...

Er erschrak, als er weiter überlegte, daß dies auch seine Überzeugungen waren. Er – und Spinoza und Einstein! Wie kam er dazu, sich mit diesen Genies zu vergleichen, auch nur in Gedanken? Brüsk zwang Lindhout sich, an etwas anderes zu denken.

Damals, ja, damals, das war der schwerste Luftangriff auf Wien, an diesem 12. März 1945. Die weltberühmte Oper ist dabei ebenso zerstört worden, dachte er, während er sich wieder in den Sessel vor seinem Schreibtisch sinken ließ und eine Pfeife stopfte, wie das Haus in der Berggasse, direkt gegenüber seiner Wohnung. Er sah durch die Balkonfenster. Ein Gebäude mit glatter Fassade stand jetzt dort. Auch die Oper hat man wieder aufgebaut, dachte er, schon vor vielen Jahren. Gestern ist der alljährliche Opernball gewesen, der Kanzler persönlich hat mich angerufen und in seine Loge eingeladen. Ich habe mich mit der Begründung entschuldigt, daß ich heute nach Stockholm fliegen muß, und, wie ich der Zeitung entnehme, ist auch Kreisky nicht beim Opernball gewesen – eine plötzliche Grippe...

Wie die Zeit vergangen ist! Das also war mein Leben! Ich erinnere mich noch genau an den 12. März 1945. Viele Menschen in Wien, die ihn erlebt haben und noch nicht gestorben sind, erinnern sich wohl. Oder nicht? Eher nicht, entschied er. Die Menschen vergessen so schnell...

Es war ein sehr warmer Tag gewesen, mit Sonnenschein und blauem Himmel. Manche sagten (und sagen noch immer), daß die Alliierten gerade diesen 12. März 1945 ausgewählt hatten, den Vorabend zu jenem 13. März, an dem im Jahre 1938 deutsche Truppen in Österreich eingezogen sind und der ›Führer‹ den ›Anschluß‹ vollzogen hat. Unter dem Gesichtspunkt der psychologischen Kriegführung spricht manches für diese Version. Andere freilich sagen, so dachte Lindhout, daß die schweren amerikanischen Verbände nachgewiesenermaßen zuerst Moosbierbaum angeflogen sind, wo große Ölraffinerien lagen. Jenes Ziel ist jedoch durch eine dichte Wolkendecke geschützt gewesen, und so hatten die Bomber das Ausweichziel attackiert, Wien, wo die Sonne schien. Diese Version, dachte Lindhout, hat ebensoviel für sich, wenn nicht mehr. Allerdings: Die amerikanischen Bomber besaßen alle hochentwickelte Bodenradar-Geräte! Man wird wohl nie wissen, welche Version stimmt. Und es ist auch so unendlich gleichgültig...

JETZT DROHT WELTKRISE!
SOWJETS MOBILISIEREN!
EINE MILLION MANN MARSCHBEREIT AN CHINA-GRENZE

Sein Blick war auf die Schlagzeile des KURIER gefallen. Sie haben nichts gelernt aus der Katastrophe, die Menschen, dachte Lindhout. Zu keiner Zeit haben die Menschen aus irgendeiner Katastrophe gelernt. Seit 1945 hat es keinen Tag gegeben, an dem nicht irgendwo in der Welt geschossen, gemordet, gebrandschatzt worden ist. Nicht einen einzigen Tag. Nein, sie sind unbelehrbar. Ergebnis eines Irrwegs der Evolution. Entartete Tiere...
Die Oper ist nur das berühmteste Ziel jenes Tages im März 1945 gewesen, überlegte er und war erstaunt über sein immer noch so intaktes Gedächtnis. Rings um die Oper war es sehr viel blutiger zugegangen. Schon im Eckblock Operngasse-Ring kamen mehr als hundert Menschen im unterirdischen Speisesaal des ehemaligen Restaurants ›Dreher‹, der als Luftschutzkeller diente, ums Leben, als eine Fünfhundert-Kilo-Bombe alle Stockwerke durchschlug und im Keller explodierte. Noch viel schrecklicher ist es unter dem brennenden ›Philippshof‹ gewesen, wo mehr als zweihundert Menschen in den Kellern eingeschlossen waren. Herabstürzende Mauern, die Glut der Flammen und kopflose, unsinnige Rettungsmaßnahmen haben diesen Menschen ein gräßliches Ende bereitet. Überhaupt erst am Abend ist es den Rettungsmannschaften gelungen, in einen Teil der Keller einzudringen. Da haben sie zunächst an die dreißig Menschen gefunden, die im kochenden Löschwasser zu Tode gesotten worden waren...
Und richtig! Dieser Filmproduzent und dieser berühmte Schauspieler, die, ungeachtet aller Warnungen, mit ein paar Ballettmädchen in eine Luxuswohnung des ›Philippshofs‹ hinaufgestiegen sind, um sich dort zu vergnügen. Im Keller waren alle tot. Aber die

Tänzerinnen und die beiden Männer sind ohne jeden Schaden mit dem Leben davongekommen!
Und das bildhübsche Mädchen aus dem ›Jockey-Club‹! Bergungsmannschaften fanden es erst Tage später. Das Mädchen saß da mit erhobenen Armen, auf einem Tisch. Nur der Kopf konnte nicht mehr gefunden werden...
Es sind hauptsächlich schwere Fünfhundert-Kilo-Bomben geworfen worden, erinnerte sich Lindhout. Der Angriff erfolgte in zwei großen Wellen. Bei der ersten wurden die Oper, die Albertina, der ›Philippshof‹ und das Burgtheater getroffen. Die zweite Bomberwelle zerstörte Häuser auf dem Franz-Josefs-Kai, Häuser auf dem Hohen Markt, die Sakristei des Stephansdoms, das Erzbischöfliche Palais, die Salvatorkirche, die Börse, die Häuser hinter Maria am Gestade und das Schönborn-Palais.
Ich weiß es noch genau, dachte der einsame Mann in dem Zimmer voller Bücher: Am Abend dieses Tages hat man über hundertfünfzig riesige Bombentrichter gezählt und daran zwei Phasen des Ausklinkens der Bomben feststellen können. Allein fünfundsiebzig Trichter lagen in der Nähe der Oper. Die Bergungsarbeiten haben bis Ende März gedauert. Immer wieder flammten Glutnester auf. Es hat alles so lange gedauert, weil ja sofort neue Angriffe gekommen sind, und vor allem, weil sich eine immer größere Erschöpfung und Gleichgültigkeit unter den Bergungsmannschaften verbreitet hat. Das Wegräumen der Trümmer hat noch viel länger gedauert, lange über das Kriegsende hinaus – wie zum Beispiel hier, in der Berggasse. Viele Wochen lang hat der Herr Doktor Siegfried Tolleck unter einem Gebirge aus Stein und Schutt gelegen, bevor man dann fand, was von ihm übriggeblieben war.
Und feststellte, daß er ermordet worden war...
Wie seltsam ist dieses unser Leben, dachte Lindhout. Wie seltsam das jedes einzelnen Menschen. Auch meines. Auch das Tollecks. Er ist so siegesgewiß gewesen damals, an jenem 12. März 1945, so unerbittlich, als er kam, hierher in dieses Zimmer, in dem ich an jenem Vormittag arbeitete – es hatten noch keine Sirenen geheult. Ja, da war er hereingekommen, nachdem es draußen geklingelt und gleich danach an meiner Tür geklopft hatte.
»Herein!«
»Da ist ein Herr, der muß Sie unbedingt sprechen«, hatte Fräulein Philine Demut gesagt...

3

»Da ist ein Herr, der muß Sie unbedingt sprechen«, sagte Philine Demut und blinzelte Lindhout erschreckt an. »Wenn die Sirenen heulen«, fügte sie hinzu, »vergessen Sie nicht, in den Keller zu kommen. Ich habe schon ein paarmal sehr große Unannehmlichkeiten gehabt Ihretwegen.«
»Es ist gut, Fräulein Demut«, sagte Lindhout und schloß die Tür. »Guten Tag, Herr Kollege«, sagte er zu Tolleck, der nun vor ihm stand. Lindhout streckte die Hand aus, aber Tolleck ergriff sie nicht. Er trug keinen Mantel, sein Hemd war, wie oft, am Kragen offen. Jetzt wanderte er langsam durch Lindhouts Zimmer und sah sich um.
»Hier wohnen Sie also«, sagte er. Lindhout antwortete nicht. Tolleck öffnete die Glastüren, trat auf den Balkon hinaus und sah in die Tiefe. Es war schon sehr warm an diesem 12. März 1945, sehr warm für Mitte März. »Hübscher Balkon«, sagte Tolleck, sich halb umwendend. Lindhout antwortete nicht. »Wirklich sehr hübsch«, sagte Tolleck, immer noch draußen.
Lindhout setzte sich an den Schreibtisch.
»Wollen Sie nicht auch Platz nehmen, Herr Kollege?« fragte er. Tolleck nickte, kam lächelnd ins Zimmer zurück, ließ die Balkontüren offen und setzte sich in einen Sessel. Er entdeckte ein Stäubchen auf seiner Jacke und putzte es sorgsam fort.
»Was führt Sie zu mir?« fragte Lindhout.
»Ich stehe im Begriff zu heiraten«, antwortete Tolleck.
Lindhout sagte lächelnd: »Meinen herzlichen Glückwunsch.«
»Danke«, sagte Tolleck. Er entdeckte noch ein Stäubchen und entfernte es. »Ich liebe Irmgard sehr«, erklärte er.
»Das steht zu vermuten«, sagte Lindhout. Etwas ließ ihn nervös werden.
»Leider Gottes ist die Sache nicht so einfach«, erklärte Tolleck. »Ich stehe vor großen Schwierigkeiten.«
»Wieso?«
»Irmgard kommt vom Land.« Tolleck blickte auf. »Die Eltern haben einen großen Hof in der Nähe von Amstetten. Der Hof ist total verschuldet. Die Eltern haben kein Geld. Ich habe auch keines. Wie gesagt: Ich stehe vor großen Schwierigkeiten.«
»Hypotheken?« fragte Lindhout abwesend. Er dachte an etwas ganz anderes als an Hypotheken.
»Bekommen wir keine mehr.«
»Und der Staat?«

»Der Staat hat schon geholfen. Er würde auch weiter helfen, aber dann käme der Hof in fremden Besitz, verstehen Sie, Herr Kollege?«
Lindhout lächelte noch immer.
»Vielleicht leiht Ihnen jemand das Geld, das Sie brauchen?«
Tolleck nickte.
»Ja«, sagte er. »Eben deshalb bin ich zu Ihnen gekommen.«
»Zu mir?« Lindhout hob die Brauen.
»Zu Ihnen«, sagte Tolleck. »Ich bin sicher, Sie werden mir das Geld geben, das ich so nötig brauche.«
Lindhout stand auf, während er lächelnd sagte: »Lieber Herr Kollege, da muß ich Sie leider enttäuschen. Ich kann Ihnen kein Geld geben. Es handelt sich doch gewiß um eine große Summe...«
»Um eine sehr große.«
»Eben. Sie haben einen falschen Eindruck von mir. Ich bin kein reicher Mann. Ich kann Ihnen kein Geld leihen.«
Nun lächelte wiederum Tolleck, als er sagte: »Da gibt es ein Mißverständnis zwischen uns, lieber Herr Kollege. Sie sollen mir kein Geld leihen, Sie sollen mir etwas *abkaufen*.«
»Ach, aber ich kann doch nichts Teures kaufen!« rief Lindhout und lachte gekünstelt.
»Auch nicht, wenn es von größtem Wert für Sie ist?«
»Auch dann nicht. Ich sage Ihnen doch: Ich habe kein Geld!«
»Aber, aber!« Mit leisem Tadel schüttelte Tolleck den Quadratschädel. »So etwas sollen Sie wirklich nicht sagen, lieber Kollege. Jedermann in Rotterdam weiß, daß Ihre Familie zu den reichsten der Stadt gehörte!«
Lindhout setzte sich wieder an den Schreibtisch. Seine rechte Hand fuhr gedankenverloren über einen Gegenstand, der von Manuskripten verdeckt war. »Was wissen Sie von meiner Familie?« fragte er.
»Es ist eine kleine Welt, in der wir leben, lieber Herr Kollege«, sagte Tolleck. »Ich war doch in kriegswichtigen Aufträgen gerade auf Reisen, nicht wahr?«
»Aber wohl kaum in Rotterdam«, sagte Lindhout. »Das ist doch angesichts der Lage kaum ratsam, zumal dort für uns nicht mehr produziert wird.«
»Natürlich nicht in Rotterdam, lieber Herr Kollege.« Tolleck schüttelte abweisend den Kopf. »Sie dürfen mich nicht für einen Idioten halten. Nein, in Berlin war ich, das wissen Sie doch! Wegen meiner Arbeiten, nicht wahr? Nun, und in Berlin habe ich mich ein bißchen über Ihre Familie erkundigt.«

»Bei wem?«
»Oh, bei holländischen Freunden«, sagte Tolleck vage. »Ich habe eigentlich überall Freunde, und bei einigen von ihnen habe ich mich eben erkundigt.« Er machte eine kleine Pause. »Meine Freunde haben mir auch viel über die Familie de Keyser erzählt.«
»Ich kenne keine Familie mit dem Namen de Keyser«, sagte Lindhout. Die rechte Hand blieb auf dem Gegenstand unter den Manuskripten liegen.
»Ja, dann«, sagte Tolleck, »de Keyser ist ja auch ein sehr häufiger Name in Holland, nicht wahr?«
Irgendwo lief ein Volksempfänger, der Reichssender Wien hatte bereits abgeschaltet, das Weckerticken klang bis in Lindhouts stilles Zimmer.
»Ich dachte, ich sollte Ihnen vielleicht ein wenig über die Familie de Keyser aus Rotterdam erzählen. Und dann können wir sehen, ob diese Familie Sie interessiert. Und ob Sie nicht noch mehr über sie erfahren wollen. Und ob Sie nicht bereit wären, für Informationen über die Familie de Keyser zu zahlen. Viel Geld zu zahlen. Sehr viel Geld...« Tolleck lächelte und entdeckte abermals ein Stäubchen, das er entfernte.
Der Druck von Lindhouts rechter Hand auf den Berg von Manuskripten verstärkte sich – Tolleck konnte es nicht sehen.
»Ich weiß immer gern genau, wofür ich bezahle«, sagte Lindhout ruhig. »Vielleicht sind die de Keysers wirklich eine interessante Familie. Erzählen Sie mir ruhig von ihr, Kollege.«
Das Weckerticken aus dem Lautsprecher des Volksempfängers in der Nähe brach ab, und es meldete sich die Stimme einer Sprecherin. Sie teilte mit, daß ein schwerer feindlicher Kampfverband mit Jagdschutz über Moosbierbaum kreise. Ein zweiter Verband überflog gerade den Neusiedler See. Sollte er seinen Nordkurs beibehalten, so war in Kürze mit Fliegeralarm zu rechnen. Dann tickte wieder der Wecker.
Tolleck preßte die Innenseiten der Handflächen gegeneinander und lehnte sich in seinem Sessel zurück.
»Die de Keysers waren eine alte Bankiersfamilie, seit Generationen«, sagte er träumerisch und betrachtete das Muster, das der Sonnenschein durch die geöffneten Balkontüren auf den Teppich warf. »Man kann allerdings nicht von der Familie de Keyser erzählen, ohne die Familie Lindhout zu erwähnen. Diese beiden Familien waren innig miteinander befreundet, ebenfalls schon seit Generationen, verstehen Sie, lieber Herr Kollege? Innig befreundet!«

»Soso«, sagte Lindhout. »Erzählen Sie weiter.«
Tolleck nickte.
»Ich dachte mir, daß es Sie interessieren wird. Also, wie gesagt: Die Lindhouts und die de Keysers waren seit Generationen miteinander befreundet. Sie wohnten nebeneinander in herrlichen Häusern, die aus dem achtzehnten Jahrhundert stammten – am Van-Hogendorfs-Plein in der Innenstadt. Am innigsten befreundet waren die Söhne der beiden Familien, Philip de Keyser und Adrian Lindhout. Sie sehen mich an, Herr Doktor Adrian Lindhout. Ja, da beginnt die Geschichte nun wirklich interessant zu werden!« Heiter fuhr er fort: »Philip und Adrian studierten zusammen in Paris Chemie. Das stimmt doch, Herr Kollege? Sie haben mit Philip de Keyser, Ihrem besten Freund, in Paris Chemie studiert, nicht wahr?«
»Ja, das stimmt.«
»Warum haben Sie mir nie etwas davon erzählt?«
»Es ist mir nie in den Sinn gekommen, Herr Kollege, daß Sie sich für meine Freunde und Studienkameraden interessieren könnten, nein, wirklich, daran habe ich nie gedacht. Das wird wohl die Erklärung sein«, sagte Lindhout.
»Es geht noch weiter«, sagte Tolleck. »Die beiden studierten in Paris, und beide arbeiteten am Institut Pasteur bei Professor Ronnier.«
»Gewiß«, sagte Lindhout. »Das habe ich Ihnen doch an dem Tag erzählt, als wir uns kennengelernt haben – erinnern Sie sich nicht?«
»Sie haben mir nur erzählt, daß *Sie* bei Professor Ronnier studiert und gearbeitet haben. Von Ihrem Freund Philip de Keyser haben Sie mir nichts erzählt.«
»Ich hatte doch wirklich keine Veranlassung, das zu tun – oder?«
»Sie werden schon Ihre Gründe gehabt haben, darüber zu schweigen, lieber Kollege.«
»Was soll das heißen? Gründe?«
»Aber Herr Kollege! Schauen Sie... ach, ich denke, es ist besser, ich erzähle noch ein wenig weiter...«
»Das denke ich auch«, sagte Lindhout.
»Adrian Lindhout und Philip de Keyser waren nicht nur die besten Freunde«, fuhr Tolleck fast fröhlich fort, »sie studierten nicht nur beide in Paris Chemie, sie arbeiteten nicht nur beide am Institut Pasteur, sie interessierten sich nicht nur gleichermaßen brennend für dasselbe Gebiet – für schmerzstillende Mittel, synthetisch hergestellt, mit Morphinwirkung –, sie waren einander auch äußerlich sehr ähnlich, so ähnlich wie, nun ja, wie Brüder!«

»Tatsächlich«, sagte Lindhout.
»Tatsächlich«, echote Tolleck. »Ich habe Ihnen ja versprochen, daß es eine interessante Geschichte werden wird. Und wissen Sie, was das Interessanteste ist? Es kommt selten genug vor, daß Männer, ohne verwandt zu sein, einander so ähnlich sehen wie Brüder. Im Falle von Adrian Lindhout und Philip de Keyser war die Sache jedoch so!« Er lachte kurz auf. »Sie hätten die ganze Rassentheorie über den Haufen werfen können! Die beiden nebeneinander – das war ein grotesker Scherz der Natur. Ein Fall für die Wissenschaft, wahrhaftig. Ein Phänomen, das auch mich fasziniert.«
»Nämlich?« fragte Lindhout.
»Nämlich«, sagte Tolleck, »die de Keysers waren Juden, hundertprozentige Juden. Und die Lindhouts waren Arier. Aus dem besten Stall. Vorfahren in Schweden und so weiter. Und der Judenbengel sah dem Arier ähnlich wie ein Bruder dem andern!«
»Was Sie nicht sagen.«
»Was ich nicht sage! Unglaublich, was? Diese beiden Freunde kehrten gemeinsam aus Paris nach Rotterdam zurück. Ach ja, einen Unterschied gab es doch, fast hätte ich es vergessen!« Tolleck lachte wieder kurz auf. »Lindhout war verheiratet und hatte ein Kind, ein kleines Mädchen namens Truus.«
Lindhout saß reglos.
»Truus wurde 1935 geboren. Sie ist jetzt also zehn Jahre alt. Nun ja, wie dem auch immer sei. Die beiden Freunde arbeiteten in einem großen Rotterdamer Laboratorium weiter bis zum 14. Mai 1940. Da bombardierte nämlich unsere Luftwaffe die Stadt.«
»Und zerstörte sie«, sagte Lindhout klanglos.
»So ist es, lieber Herr Kollege. Als die Sirenen heulten, da gingen die Menschen natürlich alle in die Keller. Das Haus der de Keysers hatte einen großen Keller – sie waren Weinkenner und -liebhaber, die de Keysers, und sehr viele Menschen wanderten dort hinab – auch die Familie Lindhout.«
»Erstaunlich, was Sie alles wissen«, sagte Lindhout.
»Nicht wahr, Herr Kollege?«
»Nun erzählen Sie mir bloß noch, daß diese beiden Freunde, Adrian und Philip, von derselben Bombe getötet worden sind.«
Tolleck lachte herzlich.
»Sehr gut!« rief er. »Nein, das werde ich Ihnen nicht erzählen! Hier versagte sozusagen nämlich die Eigenwilligkeit des Lebens, haha. Die Bombe kam, gewiß. Aber sie traf nur einen der Freunde und tötete ihn. Sie tötete den Doktor Adrian Lindhout!«
In diesem Augenblick begannen die Sirenen zu heulen.

4

»Sie wollen tatsächlich in den Keller?« fragte Tolleck.
»Keineswegs. Ich habe das nur gesagt, um das Fräulein loszuwerden. Wir sind doch auch im Institut bei Alarm sehr oft nicht in den Keller gegangen, nicht wahr?«
»Vielleicht langweile ich Sie, Herr Kollege«, sagte Tolleck. »Wollen Sie wirklich nicht in den Keller gehen?«
»Wirklich nicht«, sagte Lindhout. »Es sei denn, Sie wollen.«
»Ich habe keine Angst«, sagte Tolleck. Er betonte das persönliche Fürwort.
Lindhout sagte: »Sie haben sich eben versprochen. Sie meinen: Die Bombe tötete den Doktor *Philip de Keyser*!«
Tolleck schüttelte den Kopf.
»Ich habe mich nicht versprochen. Glauben Sie, ich verkaufe Schund? Es sind erstklassige Informationen, die ich verkaufe. Die Bombe tötete den Arier Adrian Lindhout. Der Jude Philip de Keyser blieb am Leben.«
»Also bin ich tot!« Lindhout verzog das Gesicht zu einer Grimasse.
»Ah, sehen Sie! Es wirkt schon!« Tolleck nickte zufrieden. »Ich vermag mich gut in Ihre Lage zu versetzen. Alle Menschen im Keller waren tot. Tot bis auf den Juden de Keyser. Ach ja, fast hätte ich's vergessen: und bis auf die kleine Truus Lindhout. Fünf Jahre war sie alt damals, nicht wahr?«
Er weiß tatsächlich alles, dieser Hund, dachte Lindhout und schauderte. Alles? Nicht alles! Von meiner Frau hat er nicht gesprochen, von Rachel. Darüber haben ihm seine Freunde wohl nichts erzählen können, denn Rachel ist damals schon seit ein paar Monaten nicht mehr in Rotterdam gewesen. Wir haben sie versteckt, auf dem Land. Aber sonst – was mache ich jetzt? Er will mich erpressen, das ist klar. Ich habe kein Geld. Also wird er mich bei der Gestapo anzeigen. Nicht nur mich. Er wird auch von der kleinen Truus erzählen. Man wird sie suchen. Und finden. Die Gestapo wird sie finden bei Frau Penninger. Was geschieht dann mit Frau Penninger und mit Truus? Und mit mir? Umbringen wird man uns – so knapp vor dem Ende des Schreckens. Nachdem so viele Jahre lang alles gutgegangen ist. Ich kann die Pistole genau spüren unter den Manuskripten. Alle sind im Luftschutzkeller. Wenn ich dieses Schwein gleich erschieße? Die beste Lösung! Die beste Lösung? Was mache ich mit der Leiche? Wo verstecke ich sie? Und Fräulein Demut hat diesen Schuft gesehen, sie wird

erzählen, daß ein Mann bei mir war, sie hat ihm die Türe geöffnet, diesem Tolleck. Warten. Noch ein wenig warten. Was sagt das Schwein da?
Tolleck sagte gemütlich: »Tja, alle tot, und der Jude und Truus am Leben. Hübsch, nicht? Es kommt noch hübscher! Der Jude dachte, er ist mit dem kleinen Mädchen allein am Leben geblieben in dem Keller, ja, das dachte er, der dumme Jude. Aber da irrte er sich. Da war noch ein Mann.« Na also, dachte Lindhout. Ich wußte ja, daß ich noch warten muß. Natürlich war da noch ein anderer Mann, wer sollte dem Schwein sonst alles so genau erzählt haben? Verflucht, diesen anderen Mann habe ich übersehen. Wahrscheinlich hat er sich totgestellt und mich beobachtet, mich und Truus.
»Dieser andere Mann«, sagte inzwischen Tolleck lächelnd, »hat mir den wichtigsten Teil der Geschichte erzählt. Andere Leute haben mir andere Teile erzählt. Aber der wichtigste Teil stammt von dem Mann, der damals in dem Keller überlebte. Er lebt noch immer. Es war gar nicht so einfach, ihn zu bewegen, seine Geschichte zu erzählen. Ich hatte Unkosten. Ziemlich hohe Unkosten.« Tolleck sah aus dem Fenster. »Also kommen die Scheißer heute, oder kommen sie nicht?«
»Vielleicht kommen sie nicht«, sagte Lindhout. »Reden Sie weiter.«
»Weiter, ja«, sagte Tolleck. »Dieser Mann, den ich nun in Berlin traf, wurde damals durch den irrsinnigen Druck bei der Explosion der Bombe gegen eine Wand des Kellers geschleudert und war ohnmächtig geworden. Er kam erst nach einer Weile wieder zu sich...« Na also, dachte Lindhout. »Aber er hat alles gesehen, alles. Ich habe keinen Grund, seinen Bericht anzuzweifeln. Der Mann da in Berlin ist einer unserer besten Gefolgsleute! Die Partei schenkt ihm volles Vertrauen.«
»Davon bin ich überzeugt«, sagte Lindhout. Aber Ironie, und sei es auch noch so plumpe, war an Tolleck verschwendet. »Was also hat er Ihnen im Detail erzählt?«
»Bis ins Detail hat er mir erzählt, daß der Jude de Keyser sich zwischen den Leichen in dem getroffenen Keller bis auf die Haut auszog und seine Sachen zu Boden warf...«
Ja, dachte Lindhout, das stimmt, das habe ich getan. Tollecks Stimme wurde plötzlich sehr leise für ihn, als die Erinnerung an diesen 14. Mai 1940 – den schlimmsten Tag seines Lebens, wenn das nicht der Tag gewesen war, an dem er von Rachels Tod erfahren hatte durch ›Fred‹ am Vormittag des 24. Dezember 1944 –, als die Erinnerung an jene Stunden des Grauens nun vor ihm

lebendig wurde. Genauso ist es gewesen. Der Keller voller Rauch und Staub und Qualm und voller Toter, vieler Toter, es war ein großer Keller, und die Eingänge alle zusammengestürzt, auch die Notausgänge, ich hörte, wie sie draußen hämmerten und gruben und klopften, um zu sehen, ob noch jemand im Keller am Leben war. Und es stimmt, ich habe mich bis auf die Haut ausgezogen...

5

...und meine Kleider zu Boden geworfen. Vollkommen nackt stand ich da – in dem großen Keller unseres Hauses. Ich, Philip de Keyser, der Jude.

Ich, der Jude Philip de Keyser, der seit langem wußte, was ihn, den Juden, erwartete, wenn die Deutschen nun Holland besetzten. Ich hatte mich schon abgefunden damit, daß ich nur noch ganz kurze Zeit zu leben hatte, daß ich niemals meine Arbeiten würde beenden können. *Hatte* ich mich damit abgefunden? Nein, ich hatte mich *nicht* damit abgefunden, voll Angst und Schrecken hatte ich der Zukunft entgegengesehen, denn ich wollte leben, ich wollte arbeiten, ich wollte meine Forschungen zu einem guten Ende und damit zum Erfolg bringen, gemeinsam mit meinem Freund Lindhout, meinem besten Freund Adrian, der, neben seiner Frau und zehn, zwölf anderen Menschen tot vor mir lag – der Luftdruck der Bombe, die unser Haus traf, hatte allen diesen Menschen die Lungen zerfetzt. Mir nicht. Es war ein Wunder, daß ich noch lebte – ich werde niemals begreifen können, warum der Luftdruck nicht auch meine Lunge zerriß, warum nicht auch ich tot dalag. Die Decke des Kellers war zum größten Teil heruntergebrochen. Unter den Trümmern lagen gewiß an die fünfzig Menschen. Kein Laut. Kein Schrei. Kein Ächzen. Kein Stöhnen. Totenstille. Die deutschen Bomber hatten abgedreht, der Angriff war vorüber, die Stadt Rotterdam war ein Trümmerhaufen. Meinen Freund Adrian gab es nicht mehr. Seine Frau Elisabeth gab es nicht mehr. Meine geliebte Frau Rachel hatte ich, in Voraussicht des Kommenden, schon vor Monaten aufs Land gebracht, zu guten Freunden, in der Nähe von Den Haag, in ein kleines Dorf. Darum lebte Rachel noch. Noch.

Und auch ich lebte noch, Gott allein weiß, warum. Ich mußte husten, der Keller war voller Rauch und Staub und Qualm.

Nun kam das Schlimmste. Ich zog auch meinen besten Freund

Adrian vollkommen nackt aus. Ein Toter ist schwer auszuziehen, ich war in Schweiß gebadet, als ich es geschafft hatte. Das war aber noch lange nicht alles. Ich mußte Adrian wieder anziehen. Mit meinen Kleidungsstücken – mit Unterwäsche, Strümpfen, Hemd, Anzug, Schuhen. Das Ärgste war es, als ich ihm meine Krawatte knüpfen mußte, ihm, dem Toten, meine Krawatte. Das war der Moment, in dem ich dachte, ich könne es nicht länger ertragen, der Moment, in dem ich dachte: Ich lasse alles sein und lasse mich eben abschlachten wie Vieh, wenn die Deutschen nun kommen. Und das war der Moment, in dem ich die kleine Truus sah.

Die kleine Truus kauerte in einer Ecke des nicht eingestürzten Kellerteils, das Gesicht ausdruckslos, der Blick auf mich gerichtet. Ich fühlte mein Herz wie einen Hammer klopfen. Die kleine Truus hatte überlebt. Wie ich.

6

Von da an betrug ich mich wie ein Roboter. Ich hatte plötzlich keine Gefühle mehr. Ich hatte plötzlich kein Empfinden mehr für das Entsetzliche, das da geschehen war, für das Furchtbare, das ich tat, um mein Leben zu retten. Ich handelte im Zustand des absoluten Schocks.

Ich leerte alle Taschen meines Anzugs, den nun Adrian trug, und legte Geld, Brieftasche, Papiere, Schlüssel und alles, was ich fand, einfach auf den Boden. Und Truus sah mir dabei zu. Danach zog ich alle Kleidungsstücke meines toten Freundes Adrian Lindhout an. Und Truus sah mir dabei zu. Ich band Adrians Krawatte um meinen Hals, so wie ich meine Krawatte um Adrians Hals gewunden hatte. Und Truus sah mir dabei zu. Ich leerte alle Taschen von Adrians Anzug und paßte dabei genau auf, daß ich auch nicht eine Münze vergaß, und danach steckte ich alle Gegenstände, die dem toten Adrian gehört hatten, die Brieftasche, die Papiere, das Taschentuch, Banknoten und Kleingeld, sorgsam in meinen Anzug, der natürlich Adrians Anzug war. Und meine Brieftasche, alle meine Papiere, Geldnoten, Füllfeder und was es noch gab und was mir gehörte, verwahrte ich sorgsam in den Taschen meines Freundes Adrian, der mit weit geöffnetem Mund auf dem Rücken lag, direkt neben seiner toten Frau Elisabeth. Und die kleine Truus sah mir dabei zu.

So wurde aus mir, dem Juden Philip de Keyser, in weniger als zehn Minuten der Arier Adrian Lindhout. Ja, so war es. Ich verfügte –

verständlich bei einem Biochemiker – über einige medizinische Kenntnisse und war fast hundertprozentig sicher, daß der Zustand der Starre bei der kleinen Truus noch lange anhalten würde. Ein fünfjähriges Kind weiß nicht, was das ist, der Tod. Sie zeigte nicht die geringste Reaktion. Sie schrie nicht, sie weinte nicht, sie warf sich nicht über die tote Mutter, den toten Vater. Sie saß da in der Ecke, reglos, ausdruckslos, wie eine Puppe. Die Reaktion würde natürlich noch kommen, das wußte ich. Aber später. Und anders, als man es sich vorstellt, das wußte ich auch. Und endlich wußte ich dies: Truus hatte Mutter und Vater, Großvater und Großmutter verloren in der letzten halben Stunde, alle ihre Verwandten. Sie stand nun allein da in dieser Welt des Grauens – ganze fünf Jahre alt. Es war mir sofort und absolut klar, daß nun ich mich um das Kind kümmern mußte. Es gab keinen anderen Weg.
Stunden später gruben sich die Rettungsmannschaften zu uns durch und befreiten Truus und mich. Ich nahm das Mädchen an der Hand. Finsternis herrschte unter der Sonne. Nacht am Tag war es in Rotterdam am 14. Mai 1940, als Rotterdam starb. Ich zog Truus hinter mir her ins Freie. Und da war Qualm, da waren Brände, da waren Trümmer, Verwüstung und Tod. Und da war ich, der Jude Philip de Keyser, in meinem neuen Leben *kein* Jude mehr, in meinem neuen Leben der ›Arier‹ Adrian Lindhout...

7

»...und dieser Mann, der mir das alles erzählt hat, dieser Mann, der auch im Keller gewesen ist und mit dem Leben davonkam, hat das alles mitangesehen...« Von weit her drang eine Stimme an Lindhouts Ohr, der am Schreibtisch seines Zimmers in der Wohnung von Fräulein Philine Demut an der Berggasse, Neunter Wiener Gemeindebezirk, saß. Er fühlte heftigen Schwindel. Wer sprach da? Wo war er? Sein von Schlieren und Schleiern des Gedenkens an jenen entsetzlichen Tag verhängter Blick wurde langsam klar, faßte den Raum, erkannte den Mann, der da sprach, wahrscheinlich schon immer gesprochen hatte, während er wie in Hypnose versunken war. Da saß er, der Herr Doktor Siegfried Tolleck. Die Sonne schien durch die geöffneten Balkontüren. Von weither ertönten Explosionen, und endlich wußte der Jude Philip de Keyser, aller Welt seit jenem grauenvollen Tage als Adrian Lindhout bekannt, daß er mit der gnadenlosen Gegenwart konfrontiert wurde durch diesen Mann mit dem Quadratschädel und den

mächtigen Kiefern, durch diesen Herrn Erpresser Doktor Siegfried Tolleck. Und er fühlte, unter seiner Hand, die harte, von Manuskripten verdeckte Pistole.
»Unglaublich, daß ich gerade diesen Menschen in Berlin gefunden habe und mit ihm reden konnte, nicht wahr? Er ist ein wichtiger Wirtschaftsfachmann. Viele Holländer leben jetzt in Berlin. Schließlich sind Sie ja auch nach Berlin geholt worden, Herr Kollege, nicht wahr? Aber dieser eine, dieser besondere Mann... das war schon ein unheimlicher Zufall, wie?«
Und der Mann, der nun seit Jahren als Doktor Adrian Lindhout gelebt und gearbeitet hatte, schwieg und dachte: Nein, es war kein Zufall, und ein unheimlicher schon gar nicht. Es gibt keinen Zufall, davon bin ich als Wissenschaftler überzeugt. Im Augenblick der Entstehung dieser Welt ist bereits alles, alles vorausbestimmt gewesen...
»... er hat mir gesagt, daß ihm ganz schlecht geworden ist, als er mitangesehen hat, wie da der Jude den Arier aus- und wieder anzog, speiübel ist ihm geworden vor soviel jüdischer Skrupellosigkeit, Gemeinheit und Feigheit...«
Und der Mann, der nun seit Jahren als Doktor Adrian Lindhout gelebt und gearbeitet hatte, schwieg.
»... er hat gewußt, daß es der Jude war, der überlebt hatte, denn er hörte vor dem Bombeneinschlag, wie man diesen Juden ansprach – nämlich als Philip de Keyser – pardon: als *Doktor* de Keyser natürlich...«
Und immer noch schwieg der Mann, der seit Jahren als Doktor Adrian Lindhout gelebt und gearbeitet hatte.
»... Dieser Mann hat mir erzählt«, berichtete Tolleck unentwegt lächelnd, »daß er sich mit Absicht totstellte und nicht regte, denn er hatte Angst, der Jude, der sich da zum Arier ummontierte, würde ihn töten, sobald er entdeckte, daß dieser Mann noch lebte. Ich finde, es war sehr klug von diesem Mann, sich totzustellen, denn wenn er ein Zeichen des Lebens von sich gegeben hätte, wäre er bestimmt von dem Juden umgebracht worden.«
»Gewiß wäre er das«, sagte der Mann, der seit Jahren als Doktor Adrian Lindhout gelebt und gearbeitet hatte, und dachte: Vergib mir, mein Freund Adrian, vergib mir, was ich getan habe. Und Gott? Gott muß mir auch vergeben, das ist sein Beruf. Er sagte: »Trotz allem, ich denke, es wird sehr schwer sein, diese Geschichte zu beweisen.«
»Ich denke, es wird sehr leicht sein«, sagte Tolleck. »Der Jude de Keyser hatte nämlich, noch in Paris, einmal einen Autounfall und seitdem eine große Narbe am Oberschenkel. Der Mann im Keller

hat diese Narbe gesehen.« Nach einer Pause fügte Tolleck hinzu: »Zum Kotzen, wie lange das heute dauert.« Er sah auf die Uhr. »Wollen wir nicht doch in den Keller gehen?« fragte er grinsend.
»Ich möchte Ihre Geschichte zu Ende hören«, sagte der Mann, der sich van Lindhout nannte, wir wissen nun, warum.
»Schön. Obwohl es da nicht mehr viel zu erzählen gibt. Der Mann, der als Jude den Keller betreten hatte, verließ ihn als Arier. Nichts konnte ihm nun mehr geschehen. Ein feiger Hund. Ein Jude eben. Nur auf die eigene Sicherheit bedacht. Zitterte, daß ihm etwas passierte. Nun, es passierte ihm nichts. Nicht das geringste. Im Gegenteil, er konnte seine Forschungen fortsetzen, wurde nach Berlin geholt, dann nach Wien geschickt.« Tolleck lachte. »Er sitzt mir jetzt gegenüber. Offenbar hat er die Tochter seines besten Freundes verschwinden lassen, denn Truus tauchte nicht mehr auf. Vielleicht hat er sie umgebracht, vielleicht versteckt er sie, damit sie ihn nicht verrät.« Tolleck neigte sich vor. »Sie müssen doch zugeben, daß Sie ein feiger Hund gewesen sind, Herr Doktor Philip de Keyser, nicht wahr?«
Lindhout sah ihn nachdenklich an. Das kleine Mädchen, dachte er. Meine geliebte Truus. Was habe ich mit ihr erlebt, was hat sie mitgemacht! Bei wie vielen Menschen war sie versteckt, bis ich Rotterdam verlassen mußte. Wie lange hat allein der gute Doktor Stok, unser Hausarzt, sie bei sich versteckt gehalten, als sie begann, nachts schreiend aus dem Schlaf zu fahren, als sie immer wieder krank war, weil sie plötzlich anfälliger wurde, als sie ihre Nägel zerbiß... all das kam erst später. Bei Doktor Stok. Er hat sie mir erklärt, diese Symptome, die mit dem Tod der Eltern nur scheinbar nicht direkt in Verbindung standen. Es war die Reaktion darauf. Ein fünfjähriges Kind kann sich den Zustand des Todes eben nicht vorstellen. Erst mit sieben Jahren, in Berlin, hat sie mich gefragt, wo denn ihre Eltern sind. Und ich habe ihr die Wahrheit gesagt. Sie hat geweint, viele Tage und Nächte lang. Und sich zuletzt beruhigt und gesagt: »Nun bin ich ganz allein auf der Welt. Nun habe ich nur noch dich. Aber du sagst, wenn man daraufkommt, wer du in Wirklichkeit bist, verliere ich auch dich, denn man wird dich töten, weil du ein Jude bist. Was ist das, ein Jude?« – »Dazu bist du noch zu jung«, habe ich erwidert. »Du mußt mir jetzt alles glauben, dann wirst du mich auch nicht verlieren. Damit niemand daraufkommt, daß wir nicht miteinander verwandt sind, werden wir dich verstecken müssen, Truus.«
»Lange?« – »Eine ganze Weile. Aber es wird vorübergehen, Truus.« – »Dann lebe ich eben versteckt«, hat sie gesagt, »ich tue nur, was du sagst. Damit ich dich nicht auch noch verliere. Denn

sonst habe ich niemanden mehr. Und dich, dich habe ich doch so lieb, Philip.« – »Nicht Philip«, habe ich gesagt, *»nie mehr Philip*, wirst du dir das merken?« – »Bestimmt, verzeih! *Adrian* muß ich natürlich sagen. Denn als Philip würden sie dich töten!« – Niemals wieder hat Truus mich Philip oder Vater genannt, immer nur Adrian. Und alles ist gutgegangen, denn immer sind da Menschen gewesen, die uns geholfen haben. Aber jetzt? dachte Lindhout in Panik. Aber jetzt, wo dieser Hund die Wahrheit herausgefunden hat? Jetzt wird man sie suchen, die kleine Truus, und man wird Frau Penninger zur Rechenschaft ziehen dafür, daß sie das Kind versteckt hält. Und wir werden zugrunde gehen, wir Erwachsenen, und weiß Gott, was mit Truus dann geschieht – fünf Minuten vor zwölf? Nein, dachte er verzweifelt, nein, das darf nicht sein. Ich muß Frau Penninger schützen. Und Truus. In all den Jahren habe ich sie liebgewonnen wie ein Vater, und sie liebt mich wie einen Vater...

»Ich habe Sie gefragt, ob Sie nicht auch finden, daß Sie ein feiger Hund gewesen sind, Herr de Keyser«, sagte Tolleck lächelnd.

Danach hast du gefragt, ja, dachte Lindhout. Von Truus hast du nichts mehr gesagt. Die ist dir jetzt nicht so wichtig, wie ich es bin. Die kommt später dran, wenn ich nicht tue, was du verlangen wirst. Ein Kind kann man nicht um sehr viel Geld erpressen, das ist es. Lindhout stand auf.

Warm und mild war die Luft, die durch die offenen Balkontüren kam, hell schien die Sonne...

»Wissen Sie«, sagte er leise, »1938 habe ich damit begonnen, an meiner Aufgabe zu arbeiten – an der Aufgabe von mir und meinem Freund Adrian natürlich, heißt das. Aber Adrian wurde von einer Bombe getötet.« Adrian Lindhout ging im Zimmer auf und ab, langsam, er setzte Schritt vor Schritt. »Jetzt haben wir 1945. Sieben Jahre habe ich an dem Problem gearbeitet. Das ist eine lange Zeit. Man will da nicht plötzlich aufhören, weiterzuarbeiten. Ich denke, Sie werden das nicht verstehen, Tolleck, aber ich bin der Ansicht, daß es wichtiger ist, Mittel für das menschliche Leben zu entwickeln, als Mittel für den menschlichen Tod. Ich habe das Leben gerne, weil ich in ihm bislang arbeiten durfte, und ich habe zu lange gearbeitet, als daß ich mich nun von einem dreckigen Schwein unterbrechen ließe.«

»Sie haben mich ein dreckiges Schwein genannt, Keyser«, sagte Tolleck, immer weiter lächelnd, »aber das tut nichts. Das trifft mich nicht. Ein Jude kann mich nicht verletzen, überhaupt nicht, niemals. Zudem haben wir alle ein ethisches Mäntelchen für das, was wir tun, nicht wahr?«

»Natürlich«, sagte Lindhout, »Sie auch, Sie selbstverständlich auch, Sie widerlicher Spitzel.«
»Wir wollen diese Charakterisierungsversuche doch lieber bleibenlassen, gelt«, sagte Tolleck, und nun war sein Lächeln weggewischt. »Ich möchte mich jetzt nur noch so kurz wie möglich mit Ihnen unterhalten.«
»Weil Sie ein Herrenmensch sind«, sagte Lindhout und nickte. »Ich bin ein Untermensch. Es ist nicht meine, es ist Ihre Rasse, die diese Welt in eine erleuchtete Zukunft führen wird.«
»Achtung, eine Luftlagemeldung«, klang die verwehte Frauenstimme aus irgendeinem Radio. »Der erste feindliche Kampfverband kreuzt mit wechselnden Zielen über der Stadt. Bombenabwürfe im Vierzehnten, Fünfzehnten, Sechzehnten und Neunzehnten Bezirk. Der zweite schwere feindliche Kampfverband fliegt vom Westen her das Stadtgebiet an...«
»Scheiß auf die Rasse«, sagte Tolleck, »was ist mit dem Geld?«
»Nichts.«
»Sie wollen nicht zahlen?«
»Ich kann nicht zahlen. Ich habe das Geld nicht.«
»Schön«, sagte Tolleck, »dann gehe ich eben nach dem Angriff zur Gestapo.«
Neue Detonationen, näher.
»Und die Gestapo wird Ihre Geschichte glauben?«
»O ja«, sagte Tolleck.
»O nein«, sagte Lindhout. »Sie vergessen, daß ich ein geachteter Wissenschaftler bin, der für das Großdeutsche Reich sehr wertvoll ist.«
»Sie vergessen, daß Sie ein beschissener holländischer Jude sind, der sich auf ekelerregende Weise einen neuen Namen und eine neue Identität zugelegt hat, um seine dunklen Geschäfte weiterverfolgen zu können.«
Das Krachen wurde lauter.
»Um weiterarbeiten zu können«, sagte Lindhout ruhig. »Aber das ist ganz nebensächlich. Gar nicht nebensächlich ist, daß Sie keinerlei Beweis für Ihre Behauptungen haben.«
»Habe ich die nicht?« Tolleck nahm einen Briefumschlag aus der Brusttasche seiner Jacke und aus dem Umschlag einen engbeschriebenen Bogen weißes Papier. »Das hier«, sagte er, »ist die Aussage des Mannes im Keller, von dem ich Ihnen erzählte. Eine beeidete Aussage! Und wie gesagt, der Mann hat einen hohen Posten in Berlin.« Tolleck lächelte nun wieder. »Und wie steht es mit der wulstigen Narbe am Bein, die dem Juden Keyser von einem Autounfall blieb? Die Gestapo braucht Ihnen nur die Hosen

auszuziehen.« Etwas fiel ihm ein. »Der Mann, von dem ich die Informationen habe, muß natürlich auch einen Teil des Geldes erhalten, das Sie für diesen Bogen bezahlen werden.«
»Ich glaube nicht, daß ich ihn kaufen werde.«
»Ich glaube schon.«
Nun waren die Detonationen und das Flakfeuer sehr stark geworden. Die beiden Männer standen einander gegenüber.
»Sie irren sich, Tolleck«, sagte Lindhout. »Ich werde dieses Papier nicht kaufen. Welchen Sinn hätte das? Wer weiß, ob Sie nicht Kopien dieses Briefes besitzen? Wer weiß, ob Sie mich weiter erpressen werden?«
»Das weiß natürlich niemand.«
»Eben.«
»Ich brauche Geld«, sagte Tolleck. »Wenn ich das Geld von Ihnen bekomme, werden Sie nichts mehr von mir hören. Darauf gebe ich Ihnen mein Wort.«
»O ja?« sagte Lindhout und trat näher an den vollgeräumten Tisch heran, während die Serie von Explosionen ihren Fortgang nahm und plötzlich abriß. »Ihr großes deutsches Ehrenwort, ja?«
Tolleck schwieg.
»Verzeihen Sie, wenn ich Ihr sanftes Gemüt verletzt habe«, sagte Lindhout.
»Sie wollen das Papier nicht?«
»Wieviel verlangen Sie dafür?«
»Ihre Familie hat immer noch Güter und Liegenschaften in Holland, auch wenn sie tot ist. Sie sind der Erbe, Herr de Keyser, pardon, ich meine natürlich Herr Lindhout. Sagen wir also hunderttausend Mark.«
»Nein«, antwortete Lindhout. Es ist ausgeschlossen, dachte er, es bleibt mir keine Wahl. Ich muß an Truus denken und an Frau Penninger und an meine Arbeit und an mich. Und ich habe das Geld nicht. Seine rechte Hand tastete nach der verborgenen Pistole. »Tolleck«, sagte er, »ich habe Ihnen bereits erklärt, daß man nach so vielen Jahren nicht eine Arbeit aufgeben kann, von der man besessen ist. Glauben Sie mir: Ich werde nicht aufhören! Es gibt nichts, was mich dazu bringen könnte. Wirklich nichts. Und Sie am wenigsten, Tolleck.«
Nun blaffte wieder die Flak, und die Bombendetonationen wurden sehr laut.
»Ich kann es versuchen«, sagte Tolleck. Plötzlich sah er die Pistole in Lindhouts Hand. »Seien Sie kein Idiot!« rief er.
»Geben Sie mir das Papier oder ich schieße!« sagte Lindhout.
Schnell trat Tolleck nach hinten, auf den Balkon hinaus.

»Schießen Sie doch!« rief er. »Schießen Sie doch, wenn Sie es wagen!« Den Briefbogen hielt er in einer ausgestreckten Hand. Lindhout trat auf ihn zu.
In das Geräusch der Flak-Abschüsse mischte sich jetzt das Dröhnen eines anfliegenden Bomberverbandes.
»Weg mit der Pistole, oder ich schreie, so laut ich kann!« brüllte Tolleck draußen, auf dem Balkon.
»Kommen Sie herein«, schrie Lindhout.
Tolleck, auf dem Balkon, öffnete den Mund, um loszuschreien.
In diesem Augenblick schoß Lindhout.
Und in diesem Moment, aber das wußte er nicht, hatte Fräulein Demut seine Zimmertür geöffnet und sah bebend vor Entsetzen mit an, was noch geschah – dies: Lindhout schoß das Magazin der Pistole leer. Tolleck, auf dem Balkon, wandte sich mit einem unendlich verwunderten Gesicht halb um – Philine Demut sah es ganz deutlich! –, dann kippte er über das steinerne Geländer nach hinten. Seine Hand hielt noch immer den Brief umklammert, als er auf die Straße stürzte.
Ein neues Geräusch erklang, ein dünnes Pfeifen (Lindhout kannte es wohl und duckte sich), das schnell in ein gefährliches Trommeln überging, rapide an Stärke zunahm und zu einem ohrenbetäubenden Donnerschlag wurde.
Obwohl er sich geduckt hatte, flog Lindhout durch den Luftdruck der explodierenden Bombe durch das ganze Zimmer und prallte mit dem Rücken schmerzhaft gegen eine Wand. Er keuchte. Er sah, daß die Bombe das Haus direkt gegenüber getroffen hatte. In einer riesigen Staubwolke waren die Trümmer auf die Gasse geflogen und türmten sich zu einem mächtigen Gebirge. Lindhout rannte auf den Balkon. Unter dem Schuttberg lag der Mann, den er soeben erschossen hatte, lag der Chemiker Dr. Siegfried Tolleck.
Lindhout wurde von einem wahnsinnigen Lachen geschüttelt.
Glück muß der Mensch haben, dachte er. Glück!
Dann hörte er ein neues Pfeifen und rannte so schnell er konnte aus dem Zimmer und aus der Wohnung.

8

Als Fräulein Philine Demut wieder zu sich kam, lag sie im Luftschutzkeller, den Kopf in Lindhouts Schoß gebettet. Verzweifelt versuchte sie, sich zu erheben – sie war zu schwach dazu.
»Da haben S' noch amal Glück gehabt«, sagte eine böse Männer-

stimme. Philine blinzelte. In dem flackernden elektrischen Licht erkannte sie Franz Pangerl, Luftschutzwart, Parteigenosse und Blockwart, der sich über sie neigte. Philine wollte etwas erwidern, aber selbst dazu war sie zu schwach. So sank sie in Lindhouts Schoß zurück und schloß die Augen.
»Wo haben Sie sie gefunden?« fragte Pangerl.
»Auf der Treppe. Ich kam gerade herunter«, sagte Lindhout. Philine unterdrückte einen plötzlich aufsteigenden starken Brechreiz und würgte heftig.
»Nanana«, sagte Pangerl rügend.
Der Narr! Er weiß nicht, mit wem er spricht! Er weiß nicht, dachte Philine, daß ich im Schoße eines Mörders liege.
»Und Ihr Besuch?«
»Was für ein Besuch?« fragte Lindhout.
»Der Mann, der wo bei Ihnen war«, sagte Pangerl ungeduldig. »Das Fräulein Demut hat gesagt, ein Mann ist bei Ihnen gewesen. Ein Besucher. Sie hat ihn selber hereingelassen.«
Eine Pause folgte. Philine hörte, weit entfernt, Detonationen.
»Ach der!« Lindhout lachte kurz. »Der hat auch Glück gehabt! Er ist rechtzeitig fortgegangen!«
Wie dieser Mann lügt! dachte Philine in ohnmächtiger Empörung, wie der lügt!
»Hoffentlich hat's ihn nicht auf der Straße erwischt«, sagte Pangerl.
»Ja, hoffentlich nicht. Ich glaube es nicht. Er ist ziemlich früh gegangen. Er hat sicherlich Zeit gehabt, sich in Sicherheit zu bringen.«
Hochwürden! dachte das Fräulein. Warum ist Hochwürden nicht da? Das schreit ja zum Himmel! Das ertrage ich nicht mehr...
»Ich...« Sie richtete sich mühsam auf und rang nach Luft.
»Ruhig, ruhig, nicht sprechen«, sagte Pangerl und drückte sie zurück. »Von nun an wenigstens werden S' mir folgen, Fräulein Demut, wie?«
Philine blinzelte.
»Ich hoffe, das war Ihnen eine Lehre«, verkündete Pangerl mit strenger Stimme.
»Ganz bestimmt«, sagte Lindhout. Philine bewegte verzweifelt den Kopf. Danach verlor sie wieder das Bewußtsein.
Der Alarm war bald danach zu Ende. In der Umgebung waren ein paar Menschen durch den Luftdruck der in der Berggasse detonierenden Bombe ums Leben gekommen – und alle, die sich im Keller jenes getroffenen Hauses befunden hatten. Am Eck Währingerstraße brannte ein Dachgeschoß. Feuerwehren und Rettungsautos

kamen zwischen Trümmern nur langsam voran. Als die Sirenen endlich ›Entwarnung‹ heulten, rannten viele Menschen schreiend ins Freie. Manche kletterten auf dem Schuttgebirge herum, das einmal das Haus in der Berggasse gewesen war.
Philine wußte von all dem nichts. Sie kam erst wieder zu sich, als sie, angezogen, auf ihrem Bett lag. Sie war allein. Ihr Zimmer hatte keine Fensterscheiben mehr, überall lagen Splitter herum, der eine Türflügel war herausgerissen. Philine fror. Ihre Zähne schlugen aufeinander. Es war dämmrig, die Luft erfüllt von einem schweren Geruch nach schwelendem Holz und Staub. Philine hörte Männer schreien und Frauen weinen. Sie rief ein paarmal mit schwacher Stimme um Hilfe, doch niemand antwortete ihr. Die haben mich heraufgebracht aus dem Keller und dann einfach vergessen, dachte sie und begann zu weinen.
Sie weinte lange, leise und kraftlos, und dann betete sie ein Vaterunser. Nach dem Vaterunser betete sie drei Rosenkränze, und dann rief sie wieder um Hilfe. Es war inzwischen dunkel geworden. Das elektrische Licht funktionierte nicht, und durch die zerschlagenen Fensterscheiben kam kalter Abendwind.
Philine lag auf dem schmutzigen, von Mauerschutt befleckten Kissen und zitterte bei dem Gedanken, daß Lindhout kommen könnte. Er kam nicht. Einmal glaubte sie ganz deutlich seine Stimme zu hören. Er schien da unten bei den Bergungsarbeiten beschäftigt zu sein. Er war es nicht. Er befand sich zu dieser Zeit im Hause Boltzmanngasse 13, bei Frau Penninger, wohin er sofort geeilt war, um zu sehen, ob hier ein Unglück geschehen war. Nichts war geschehen, überhaupt nichts. Lindhout las der kleinen Truus aus ›Doktor Doolittles schwimmende Insel‹ vor…
Fräulein Demut starrte zur Decke empor, von der große Flächen Stukkatur abgebrochen waren, und dachte angestrengt nach. Ihre Wohnung war beschädigt. Mit knapper Not war sie heute dem Tod entgangen. Morgen? Sie wußte nicht, was morgen sein würde. Sie wußte nur eins, und der Gedanke an das eine ließ sie nicht los: Sie hatte gesehen, wie Lindhout diesen Mann erschoß. Sie war Zeugin eines Mordes. Sie kannte den Mörder. Sie kannte ihn gut. Er lebte in ihrer Wohnung. Niemand wußte, daß er ein Mörder war. Nur sie…
Zuletzt erhob sie sich und schlich mühsam, die Wände entlang, in den Flur. Sie mußte eine Kerze anzünden, denn nun war es hier ganz finster. Beim Telefon angelangt, wählte das Fräulein mit zitternden Fingern eine Nummer. Hochwürden! Hochwürden mußte kommen! Sie mußte ihm sagen, was sie gesehen hatte, was geschehen war. Und er mußte sie anhören! Diesmal durfte er sie

nicht zurechtweisen oder ihr den Mund verbieten! Diesmal mußte er beschämt einsehen, daß sie recht behalten hatte mit all ihren schrecklichen Befürchtungen. Lindhout war ein Mörder. Sie hatte es gleich gesagt, aber Hochwürden hatte sie ausgelacht. Weil er sie ausgelacht und nichts unternommen hatte, lag jetzt ein Mann unter den Trümmern des zusammengestürzten Hauses, niemand wußte davon, nur der Mörder Lindhout und sie, und wenn sie nun nicht sprach, dann würde diese furchtbare Tat keine Sühne finden, dann würde Lindhout, der Mörder, frei und straflos weiterleben...

Sie hielt eine lange Weile den Hörer ans Ohr, bevor sie begriff, daß auch das Telefon ausgefallen war. Sie wählte noch einige Male. Nichts. Der Apparat funktionierte nicht. Nun beschlich sie wiederum Todesangst.

Kraftlos kroch sie, auf Händen und Füßen, in ihr Zimmer zurück uns schob sich auf das Bett. Ihre Zähne schlugen gegeneinander. Sie glaubte nicht, daß Lindhout sie bemerkt hatte, wie sie seine Zimmertür öffnete genau in dem Moment, als er schoß. Aber mit völliger Sicherheit wußte sie es nicht. Vielleicht hatte er sie doch bemerkt! Es ist klar, dachte das Fräulein, daß er nun mich aus dem Weg schaffen wird. Ein Mann, der einen Mord begangen hat, schreckt vor einem zweiten nicht zurück!

Auf der Straße zuckten zuweilen grelle Lichter auf, huschten über die Wände und die Decke ihres Zimmers und verschwanden wieder. Gespenstische Stimmen riefen einander undeutliche Befehle zu, und da war ein Klirren, Schlurfen, Schaufeln, Hacken und Klopfen, ein Holpern, Hämmern und Knarren zu hören – Hunderte von Menschen schienen da unten zu sein. Wenn ich bloß zu ihnen könnte, dachte sie verzweifelt. Wenn ich nur einem einzigen Menschen erzähle, was ich gesehen habe, dann wird er mich zur Polizei bringen oder selber hingehen und Anzeige erstatten, und alles ist gut.

»Hilfe!« rief sie mit zitternder Stimme. »Hilfe! Bitte, bitte, Hilfe! Im vierten Stock! Philine Demut! Hilfe, bitte!«

Doch es hörte sie niemand.

Vielleicht, dachte das Fräulein, ist es aber auch gefährlich, den ersten besten anzusprechen, wer weiß, vielleicht steckt er mit Lindhout unter einer Decke? Und es ist mein Ende, wenn ich an so einen gerate. Vielleicht schleppt er mich nicht zur Polizei, sondern zu Lindhout, und der tötet mich dann natürlich. Ach, wenn Hochwürden doch auf mich gehört hätte, als ich ihn warnte! Er ist der einzige, vor dem ich mich nicht fürchten muß, denn ich bin umgeben von Feinden wie von der Finsternis und den Stimmen, die aus der Finsternis zu mir klingen. Ich muß zu Hochwürden!

Mit äußerster Anstrengung stand Philine abermals auf und schwankte zur Tür. Hochwürden! Ich muß zu Hochwürden Haberland und ihm alles berichten! Ich muß es schaffen! Er wohnt sehr weit von hier, es ist dunkel, wer weiß, ob die Stadtbahn geht, egal, ich muß zu Hochwürden, ich muß! Sie erreichte die Wohnungstür. Dann fühlte sie, wie der Raum sich auf unerklärliche Weise um sie schloß und alles von ihr fortwich wie in einen starken Strudel hinein, der nun auch sie aufsog.
Sie stürzte. Zum dritten Mal an diesem Tage war Philine Demut ohnmächtig geworden.

9

Diesmal erwachte sie erst nach vielen Stunden.
Heller Morgen war es, konstatierte sie mit Verwunderung – und wieder lag sie auf ihrem Bett! Jemand mußte sie dorthin getragen haben. Jemand...!
Sie fuhr hoch.
Lindhout ist hiergewesen! Er hat mich überrascht, als ich ohne Besinnung war! Er hätte mich töten können. Er hätte...
Sie blickte um sich. Durch die geborstenen Fensterscheiben kam grelles Licht in den schmutzigen, beschädigten Raum. Philine bemerkte, daß sie selber vor Staub und Schmutz starrte. Ihre Hände waren schwarz, ihr Kleid zerrissen. Da! Neben dem Bett, auf dem Nachttisch, lehnte ein Bogen Papier. Sie nahm ihn und las:

Als ich aus dem Institut zurückkam, lagen Sie ohnmächtig im Flur. Bitte, bleiben Sie im Bett. Nachts konnte ich keinen Arzt mehr erreichen. Nun mußte ich zurück ins Institut, das auch getroffen worden ist. Ich habe aber einen Arzt gefunden. Er kommt schnellstens zu Ihnen. Herzlichst A. Lindhout (7 Uhr 15)

Ein Arzt!
Mit einem Satz war Philine aus dem Bett. Dieser Arzt war Lindhouts Verbündeter, ganz klar. Er würde sie durch eine einzige Injektion aus dem Wege räumen, damit sie Haberland nicht mehr sprechen konnte. Das durfte nicht geschehen! Er durfte sie nicht mehr vorfinden, wenn er kam, dieser ›Arzt‹. Sie mußte fort, auf der Stelle!
Stolpernd vor Aufregung lief sie ins Badezimmer, um sich zu

waschen. Sie drehte die Hähne auf. Nur ein wenig schmutziggelbes Wasser floß aus ihnen, dann nichts mehr. Es gab auch kein Wasser. Philine lachte idiotisch, reinigte mit einem nassen Handtuch notdürftig Gesicht und Hände, holte frische Wäsche aus dem Schrank und kleidete sich in fliegender Hast an. Ihre zitternden Finger fanden nur schwer die Knöpfe und die richtigen Knopflöcher. Aber in acht Minuten war sie fertig. Sie trug ein reines Kleid und reine Schuhe. Hände, Haar und Gesicht zeigten Schmutzreste. Sie packte ihre alte Krokodilledertasche und lief fort. So aufgeregt war sie, daß sie sogar vergaß, die Wohnungstür abzuschließen.

Niemand im Stiegenhaus.

Vor dem Hauseingang schaufelten schmutzige Frauen mit Kopftüchern im Schutt herum. Keine achtete auf Philine. Mit größter Anstrengung kletterte sie über den riesigen Trümmerberg hinweg, stürzte, erhob sich, eilte weiter. Ihr Hütchen saß schief, ein Strumpf war zerrissen, das Unterkleid sah vor. Keuchend rannte Philine der Währingerstraße entgegen.

Sie brauchte, obwohl die Stadtbahn glücklicherweise fuhr, zwei Stunden für den Weg zu dem Priesterheim, in dem Kaplan Haberland wohnte. Bevor sie indessen die Station Währingerstraße erreicht und nachdem sie die weit im Westen liegende Station Ober-St. Veit wieder verlassen hatte, mußte sie viele Umwege machen durch andere Straßen, die nicht zugeschüttet waren mit zerstörten Häusern oder die man gesperrt hatte, weil in ihnen noch Zeitzünderbomben lagen.

Zehn Minuten nach zehn erreichte Philine Demut das Priesterheim in der Innocentiagasse. Das große Tor war versperrt. Sie klingelte Sturm. Sie bekam kaum noch Luft, sie schwankte. Wer jetzt gesagt hätte, sie sei verrückt, der hätte recht gehabt. Verfolgungswahn hielt sie in den Klauen. Paranoid hätte die Diagnose jedes Arztes gelautet.

Das Tor öffnete sich. Philine stand einem Geistlichen gegenüber.

»Ja?« fragte der Mann.

»Zu Hochwürden Haberland, bitte«, rief Philine und beleckte die gesprungenen, staubigen Lippen.

»Das geht leider nicht«, sagte der Geistliche.

»Ich muß ihn aber sprechen! Hören Sie? Ich muß!« schrie Philine. Ein paar Menschen drehten sich nach ihr um.

»Leise. Bitte! Ich sage Ihnen: Das geht leider nicht!«

»Aber...« Philine bettelte jetzt geradezu. »Bitte, sagen Sie ihm, bitte, daß ich ihn sprechen muß! Bitte! Philine Demut heiße ich!

Haben Sie verstanden? Fräulein Philine Demut! Er kennt mich gut. Er soll herauskommen zu mir, bitte!«
Der Geistliche antwortete: »Er kann nicht mit Ihnen sprechen. Er ist nicht hier.«
»Nicht hier?« Sie sah ihn entsetzt an. »Wo ist er denn?«
»Er mußte verreisen, ganz plötzlich.«
»Verreisen... o Gott... wie lange?«
»Das ist unbestimmt... einige Tage... oder länger... Wir wissen es nicht... Es ist eine sehr...«

10

»... wichtige Reise, verstehen Sie, Fräulein Demut?« erklang die Stimme am Tor aus einem Lautsprecher in einem Zimmer des Priesterheims, in dem drei ältere und drei jüngere Geistliche an einem großen Konferenztisch saßen. Am Tor nämlich war ein Mikrofon eingebaut – die Zeitläufte hatten diese Installation notwendig gemacht. Seit langem verhaftete die Gestapo Geistliche, Weltgeistliche genauso wie Ordensleute, verschleppte sie in das Konzentrationslager Mauthausen oder ließ sie irgendwo umbringen. In den letzten Monaten war es damit immer schlimmer geworden, und es sollte sich in Österreich noch bis zum 22. März 1945 weiter steigern. An diesem Tage wurde dem Gersthofer Kaplan Dr. Heinrich Maier im Wiener Landesgericht nach seinem letzten Ruf für Christus und Österreich der Kopf vom Rumpf getrennt. Gemeinsam mit den anderen Hingerichteten des Tages warf man seinen nackten Leib dann in ein Schachtgrab des Wiener Zentralfriedhofs.
Zu der Stunde, da Philine den Kaplan Haberland in Ober-St. Veit zu sprechen verlangte, saß dieser mit zerschlagenem Gesicht und blutenden Händen in einem Vernehmungszimmer der Gestapo in der riesigen Kaserne an der Rossauerlände. Das Hotel ›Metropol‹ am Morzinplatz, noch bis vor kurzem Hauptquartier der Geheimen Staatspolizei, war bei einem der letzten Angriffe so schwer getroffen worden, daß man die Dienststellen verlagern mußte. Die gesamte Verwaltung der Gestapo brachte man in der Aspernbrückengasse 2 im Zweiten Bezirk unter. (Es steht aktenkundig fest, daß die SS-Bürokratie dort das Kriegsende unangetastet überlebt hat. Die Verwaltung in der Aspernbrückengasse – heute befindet sich da ein Finanzamt – zahlte noch im Mai und im Juni 1945 den Wiener Vernehmungsbeamten und Folterknechten wie überhaupt

allen Gestapoleuten die vollen Gehälter aus. »Mir ham uns halt geirrt«, erklärte später ein daraufhin zur Rede gestellter hoher Beamter. Diese Erklärung wurde dann auch als durchaus glaubwürdig und ausreichend anerkannt...)

In der Kaserne an der Rossauerlände Ecke Tandelmarkt aber befanden sich die Räume der ›Spezialisten‹. Hier saß Kaplan Haberland, zerschlagen und geschunden, in einem Vernehmungszimmer. Vor ihm lagen die vielen Flugzettel, welche die Gestapo gesammelt hatte, und von einer Wachsplatte hörte er seine eigene Stimme, Teil einer Sendung des so lange nicht zu ortenden Geheimsenders Oskar Wilhelm Zwo. Er war infolge einer Wagenpanne schließlich doch geortet worden, und neben den Vernehmungsbeamten stand, triumphierend die Arme über der Brust verschränkt, der hagere Major Racke mit dem runden Kleinbürgergesicht und der randlosen Brille, die ihn dem ›Reichs-Heini‹, Heinrich Himmler, so ähnlich erscheinen ließ.

Der Kaplan Roman Haberland war um vier Uhr früh von der Gestapo abgeholt worden, mit ihm zwei weitere Bewohner des von mehreren Geistlichen bewohnten Hauses. Die Männer um den Konferenztisch hatten bleiche, erschöpfte Gesichter. Sie wußten: Weder Haberland noch die anderen Geistlichen würden auch nur ein Wort über den organisierten Widerstand der Kirche in Österreich verraten. Oder? Unter der Folter? Wer kann für sich selber bürgen? Wer weiß, wieviel Schmerzen er auszuhalten imstande ist? Und nun diese verrückte, entsetzliche Person da unten auf der Straße! Sie stellte eine geradezu tödliche Gefahr für viele, für alle dar, denn das Priesterheim wurde rund um die Uhr von der Gestapo überwacht, das wußten die Insassen...

»Ist Ihnen nicht gut?« kam die Stimme des Geistlichen am Tor aus dem Lautsprecher. »Sie sind ja außer sich. Kommen Sie herein, ich rufe einen Arzt...«

Der älteste der am großen Tisch Sitzenden nickte. Allen im Raum war klar, was ihr Mitbruder da unten vorhatte. Er versuchte, das Fräulein von der Straße wegzubringen, herein in das Haus, bevor sie weiterschrie. Vier der Männer falteten die Hände, zwei ballten die Hände zu Fäusten.

»Kein Arzt!« Schrill kam der Schrei des Fräuleins aus dem Lautsprecher. Philine hatte sich an den Zettel Lindhouts erinnert, auf dem auch er ihr den Besuch eines Arztes in Aussicht stellte.

»Aber Sie brauchen einen... Sie können ja kaum stehen... Warten Sie... nur einen Moment... Sie können ja auch bei uns auf Hochwürden Haberland warten.«

»Nein! Ich will nicht! Die bringen mich um!«

»Wer bringt Sie um?«
»Alle... alle...« Aus dem Lautsprecher erklangen schnelle, trippelnde Schritte, die sich entfernten. Und dann die Stimme des Geistlichen am Tor: »Es tut mir leid... Diese Person ist weggerannt... Ich sehe sie nicht mehr... Soll ich versuchen...«
»Unter keinen Umständen«, sagte der älteste Priester. »Schließen Sie das Tor sofort wieder.«
»Ja... sofort... Was wird diese Wahnsinnige jetzt tun, um des Himmels willen?«
»Wir werden es sehr bald erfahren«, sagte der Älteste, der Superior dieses Priesterheims. Aber da irrte er sich.

II

Ich kann nicht mehr in meine Wohnung! Mein Mörder lauert dort auf mich! Ich kann nicht zu Hochwürden Haberland, er ist verreist! Fort! Ich kann nirgends mehr hin, mein Gott, o mein Gott im Himmel...
Tränen strömten über Philines Gesicht, während sie das dachte und stolpernd und taumelnd zurück zur Stadtbahnstation Ober-St. Veit eilte. Verlassen. Verlassen. Alle haben sie mich verlassen. Ich bin verloren, verloren...
Sie schluchzte laut auf. Sie hatte keine Ahnung, wohin sie sich nun wenden sollte. Sie kaufte eine Fahrkarte für die Stadtbahn und stolperte zum Bahnsteig hinunter. Ein Zug donnerte in die Station. Fräulein Demut sprang in einen der roten Wagen und lehnte sich an eine seiner Glaswände.
»Zurückbleiben! Zug fährt ab!« schrie draußen der Stationsvorstand mit der roten Kelle. Philine hörte ihn nicht. Der Zug ruckte an und schoß Sekunden später in einen Tunnel hinein. Alle Menschen im Waggon starrten Philine an. Sie bemerkte es nicht.
Mein Gott, mein Gott, warum hast Du mich verlassen? betete das Fräulein stumm, während der Stadtbahnzug durch den langen Tunnel fuhr. – Warum bist Du fern meinem Schreien, wenn ich stöhnend Dich anflehe?...
Der Zug fuhr jetzt sehr rasch. Er hielt in der nächsten Station. Hielt wieder. Fuhr wieder an, immer häufiger unterirdisch, durch Tunnels, dem Stadtkern entgegen.
Unter-St. Veit.
Braunschweiggasse.
Hietzing.

... mein Gott, wenn ich rufe am Tag, so gibst Du keine Antwort...
Meidlinger Hauptstraße...
... Du beugest mich in Todesstaub. Fürwahr, es umgeben mich Hunde...
Margaretengürtel.
... eine Rotte von Frevlern umringt mich, die mir Hände und Füße durchbohren...
Pilgramgasse.
... all meine Gebeine kann ich zählen...
Kettenbrückengasse.
... sie aber haben ihre Lust an mir... Lust an mir...
Karlsplatz!
Im letzten Moment, gerade bevor der Zug wieder anfuhr, sprang Philine Demut tollkühn auf den Bahnsteig hinaus und rannte die Stiegen empor. Der Stationsvorstand fluchte hinter ihr her.
»Depperte Urschel, depperte!«
Fräulein Demut hörte ihn nicht. Sie hörte überhaupt nichts mehr. Sie stieß mit anderen Menschen zusammen im Bahnhof, auf der Straße. Ein Gedanke war ihr gekommen! Gott hatte ihr Flehen erhört! Sie hatte ja gewußt, daß Er ihr Flehen erhören würde! Nun wußte sie, was sie tun mußte, ja, nun wußte sie es!
Philine erreichte ein kleines, altes Kaffeehaus, betrat es schwankend und ließ sich auf den Sessel fallen, der an einem kleinen Tischchen mit fleckiger Marmorplatte stand. Hinter der Theke schlurfte ein greisenhafter Kellner hervor, speckig glänzend sein schwarzer Anzug. Mißtrauisch musterte er Philine, die schwer atmete, denn sie war sehr schnell gelaufen.
»Wünschen die Dame?«
»Tee, bitte.«
»Schale oder Portion?«
»Por... Schale! Und... und... So warten Sie doch! Rennen Sie nicht gleich weg!«
»Was noch?«
»Papier, bitte.«
»Was?«
»Papier und einen Umschlag und eine Feder und Tinte und eine Marke für Wien.«
»Sind Sie schon fertig, ja?«
»Ja.«
»Freut mich. Alles für eine Schale Tee... Leute gibt's...« Er schlurfte fort, um das Gewünschte zu holen.
Ja, dachte Philine, und jetzt atmete sie ruhiger, jetzt weinte sie nicht mehr. Gott hat mich erleuchtet, gepriesen sei Sein Name!

12

Hochwürden
Herrn Kaplan Roman Haberland
WIEN XIII PRIVAT UND PERSÖNLICH!
Innocentiagasse 13

Wien, den 13. März 1945

Sehr verehrter, lieber Herr Hochwürden!
Es ist etwas Entsetzliches geschehen. Ich schwöre bei Gott und der Heiligen Jungfrau, daß ich die Wahrheit sage, die reine Wahrheit. Dieser Lindhout hat gestern in seinem Zimmer einen Mann erschossen. Ich bin vom Pangerl, dem Luftschutzwart, hinaufgeschickt worden, um den Lindhout zu holen, und ich habe es mit meinen eigenen Augen gesehen, wie er mehrere Schüsse abgefeuert hat auf diesen Mann, den ich nicht gekannt habe, und wie dieser, weil er draußen auf dem Balkon gestanden hat, hinuntergestürzt ist auf die Berggasse. Im gleichen Moment hat eine Bombe das Haus gegenüber getroffen, und das ganze Haus, alle seine Trümmer, sind auf den Toten geflogen und haben sich zu einem großen Berg gehäuft über dem Mann. Der Mann ist tot, und man wird ihn nicht finden, weil er unter diesem großen Trümmerberg liegt. Lindhout hat ihn erschossen, ich schwöre es beim Heiland am Kreuz. Ich weiß nun nicht mehr, was ich tun soll, denn ich habe Angst, daß der Lindhout auch mich ermordet, wie ich es Ihnen schon so oft in der Vergangenheit gesagt habe. Gerade bin ich bei Ihnen draußen in Ober-St. Veit gewesen, um Ihnen alles zu erzählen, aber ein geistlicher Herr hat mir gesagt, Sie sind verreist, und er weiß nicht, wann Sie wiederkommen. Ich habe so gehofft, daß Sie dasein werden. Ich glaube, ich werde in die Katharinen-Vereinigung gehen und bitten, daß sie mich dort schlafen lassen. Ich traue mich mit keinem Menschen über den Lindhout zu sprechen, denn wer weiß, vielleicht ist es ein Verbündeter von diesem Mörder, und dann tötet er mich. O bitte, lieber Hochwürden, tun Sie sofort etwas, wenn Sie von Ihrer Reise zurückkommen und diesen Brief erhalten. Helfen Sie mir, und machen Sie, daß dieser elende Mensch bestraft wird für sein Verbrechen. Wenn Sie es nicht tun, wird er niemals bestraft werden, obwohl er eine Todsünde begangen hat, und was für eine, und ein Mann unter den Trümmern liegt. Es ist gestern bei dem großen Angriff geschehen, ich habe es selber gesehen. Sie dürfen mich nicht im Stich lassen, liebe Hochwürden! Ich war immer eine gute Katholikin, das haben Sie selber gesagt, und auch, daß der Allmächtige sich über die Deckerln freut, und jetzt passiert so etwas. Ich bin ganz allein. O, bitte, liebste Hochwürden, kommen Sie mir gleich zu Hilfe, wenn Sie diesen Brief gelesen haben, und machen Sie, daß eine Gerechtigkeit geschieht, ich vertraue Ihnen doch so sehr, und ich traue mich nicht mehr in meine Wohnung.

Gelobt sei Jesus Christus und Sein Vater und der Heilige Geist, in Ewigkeit. Amen. Es grüßt Sie Ihre sehr verzweifelte

Philine Demut

P.S. Bitte, unternehmen Sie sofort *etwas, wenn Sie diesen Brief gelesen haben!*

13

Als das Fräulein Demut das alte Café verließ, war es zehn Minuten vor elf. Ich werde jetzt gleich in die ›Katharinen-Vereinigung‹ gehen, beschloß sie. Aber zuerst noch diesen Brief aufgeben, den ich gerade geschrieben habe!
Philine überquerte den Ring, kam zur Fichtegasse und in die Annagasse, die zur Kärntnerstraße und der immer noch brennenden Oper führte. Sie wandte sich ostwärts und erreichte die Weihburggasse. Plötzlich blieb sie stehen. Da! Magisch rot leuchtete wenige Schritte vor ihr ein Briefkasten!
Das Fräulein hastete zu ihm. Unter der Aufschrift: Nächste Leerung stand in einem runden Ausschnitt schwarz auf einer weißen Blechscheibe: 16 Uhr. Philine warf ihren Brief in den Kasten.
Im nächsten Moment heulten die Sirenen Vollalarm.
Unschlüssig stand Philine zwischen vorüberhastenden Menschen. Bis zur ›Vereinigung‹ kam sie jetzt keinesfalls mehr. Mit trippelnden Schritten lief sie den vielen Menschen nach, die einem nahen ›Öffentlichen Luftschutzraum‹ zueilten. Da war er schon – in einer Straße, die sie nicht kannte.
Plötzlich ganz ruhig und voller Zuversicht, stieg Philine mit vielen anderen die Treppe zu dem Keller hinab. Sie lächelte still. Es war, so schien es, die schönste Stunde ihres Lebens gekommen. Sie hatte wie eine gute Katholikin gehandelt und dafür gesorgt, daß ein verruchter Mörder bestraft wurde. Diese euphorische Stimmung steigerte sich in der nächsten halben Stunde noch. Knapp bevor die Bombe einschlug, spielte Fräulein Demut mit einem kleinen Mädchen und fand, daß sie alles aufs beste geregelt hatte.
Und so trug ihr Gesicht dann später einen erlösten und glücklichen Ausdruck, als sie mit einigen anderen tot auf dem Boden des Luftschutzkellers lag, weil dieser zum Teil eingestürzt war. Eine Eisentraverse war Philine Demut in die Schädeldecke gedrungen. Ihr letzter Gedanke hatte dem roten Briefkasten gegolten (Nächste Leerung: 16 Uhr), in dem, von Gott behütet und vom Zugriff des

Schurken Lindhout bewahrt, ihre Botschaft an Hochwürden Roman Haberland lag.
In Seiner unendlichen Güte und Voraussicht hatte der Allmächtige es so eingerichtet, daß erst nach Philine Demuts Tod eine andere Bombe in jenes Haus der Weihburggasse einschlug, das demjenigen mit dem roten Briefkasten gegenüberlag. Die gesamte Vorderfront dieses Hauses stürzte auf die andere, und der rote Briefkasten verschwand unter Steinen, Holz und Eisen, denn wahrlich, Gottes des Allmächtigen Gedanken und Wege sind seltsam, und wir elenden Kreaturen, die wir auf dieser Erde hausen für eine kleine Weile, werden die Weisheit Seiner Entscheidungen niemals begreifen können.

14

Am 5. April 1945, gegen die Mittagsstunde, erschien der Professor Jörn Lange in der Dienstwohnung des Hausschlossers Johann Lukas. Die Wohnung befand sich im Chemischen Institut. Lukas war erschrocken, als Lange ihn anschrie: »Was ist mit der Tür zum Elektronenmikroskop los? Wieso ist die abgesperrt?«
»Herr... Herr Professor A... A... Albrecht hat mir... hat mir gesagt, ich soll sie... ab... absperren«, stotterte Lukas. »Ganz eindringlich hat er es mir gesagt, am Tag, an dem er abgereist ist!«
Die Universitätsbehörden hatten schon vor einigen Monaten den Professor Albrecht aufgefordert, einen großen Teil des wissenschaftlich wichtigen Materials nach Oberösterreich zu verlagern. Dies war geschehen, und Albrecht hatte Wien mit einer Schar von Mitarbeitern und Studenten, darunter nicht wenigen Mädchen, verlassen. Zu seinem verantwortlichen Stellvertreter war Professor Lange bestimmt worden.
Der Professor Lange war, ebenso wie zahlreiche andere Chemiker und Physikochemiker, danach ständig im Institut geblieben. Sie hatten da geschlafen, gegessen, gearbeitet und versucht, ihre Forschungsergebnisse zu sichern – indem sie zum Beispiel schriftliche Unterlagen und Präparate in Kartons und Kisten verpackten und im Tiefkeller bargen. Dies hatte auch Lindhout getan.
Im Tiefkeller lebten zu jener Zeit aber auch Menschen, die heimlich, in der Nacht oder am Tage, während sowjetische Tiefflieger dicht über die Straßen jagten, hier eindrangen – desertierte Soldaten der Wehrmacht, entsprungene politische Gefangene, verschleppte Zwangsarbeiter aus Frankreich, Polen, der Ukraine und

vielen anderen Ländern – oft abenteuerliche Gestalten, die jetzt über Gefangenenkluft, Wehrmachtsuniform oder Overall weiße Laborkittel trugen. Sie wurden versteckt und beschützt von einer Reihe junger Menschen, Männer und Mädchen, die alle den Anordnungen des Leiters dieses geheimen ›Stützpunkts Chemisches Institut‹, eines gewissen Dr. Kurt Horeischy, folgten. Lindhout kannte Horeischy flüchtig, denn dieser arbeitete in einer anderen Abteilung, und er war zuerst verblüfft gewesen, als er erfuhr, daß Horeischy und sein ›Stützpunkt Chemisches Institut‹ zur österreichischen Widerstandsbewegung gehörten. Horeischys Braut, die technische Assistentin Ingeborg Dreher, ein Dr. Hans Vollmar – erster Mitarbeiter des Professors Lange (!) – und der Reservewachtmeister Max Slama zählten zu Horeischys Vertrauten. Slama war von der Polizei desertiert und von der Zentrale der Österreichischen Widerstandsbewegung zu Horeischys Unterstützung geschickt worden. Das alles erfuhr der staunende Lindhout nun, da er selber ständig im Institut weilte.
Am 15. März war er noch daheim in der Berggasse gewesen, als der Hausbesorger Pangerl ihn aufsuchte und unsteten Blickes mitteilte:
»Ihr Fräulein Demut hat's erwischt, gerade war einer von der Polizei hier und hat es mir gesagt.«
»Erwischt? Was heißt das?«
»Futsch ist sie. Hin. Derschlagen von einer Bomben. Mit viele andere. In der Singerstraße. Da hat's ein Haus getroffen, in dem war sie im Keller. Zum Glück hat sie ein' Ausweis bei sich gehabt. Also haben s' sie identifizieren und mit die andern zusammen begraben können, in einem Gemeinschaftsgrab. Wenn ich nur wüßt, was das Fräulein in der Singerstraße gemacht hat! Sonst ist sie doch immer in unserm Keller geblieben. Na ja! Sie sind jetzt also der provisorische Hauptmieter, soll ich Ihnen sagen von der Partei, aber es werden heut' oder morgen zwei Familien kommen – Flüchtlinge, die müssen S' aufnehmen in die anderen Zimmer. Hat doch keinen Verwandten mehr, das Fräulein. Soll ich also alles a bisserl herrichten und ihre Sachen zusammenpacken und zur Ortsgruppe bringen.«
Dies war Parteigenosse Pangerls Nekrolog für das gottesfürchtige Fräulein Philine Demut gewesen.
Die Flüchtlingsfamilien – eine aus Oberschlesien, eine aus der Gegend des Plattensees – trafen am nächsten Tag ein, Erwachsene und Kinder – acht Personen insgesamt, trostlos, am Ende ihrer Kräfte und deshalb aggressiv, streitsüchtig und bösartig. Sie hatten es Lindhout leichtgemacht, sein Zimmer zu verlassen. Er übersiedelte in das Laboratorium im Chemischen Institut, und es gelang

ihm, sogar dieser Lage noch positive Seiten abzugewinnen: Nun war es, dank der Konfusion und der Furcht, welche die ganze Stadt ergriffen hatte, noch leichter, mehrmals am Tage Truus zu besuchen – und es gab keine amerikanischen Luftangriffe mehr: Sie hätten die militärischen Operationen der Sowjets gefährdet. Über die Lage war Frau Penninger genau informiert – sie hörte jeden Abend eine deutschsprachige Sendung der BBC und um Mitternacht noch eine des Moskauer Dienstes. Also wußte auch Truus, daß der Kampf um Wien in vollem Gange war.
»Die Mandel!« sagte sie einmal.
»Was für eine Mandel?«
»Nicht die Mandel, die Haselnuß, die eine Mandel gewesen ist in der Risgrynsgröt zu Weihnachten! Erinnerst du dich, Adrian? Ja, jetzt werde ich bestimmt bald ganz, ganz glücklich sein!« Und als sie die ernsten Gesichter der Erwachsenen sah, fügte Truus hinzu: »Und du und Tante Penninger natürlich auch! Überhaupt alle Menschen!«

15

Der Tiefkeller des Chemischen Instituts füllte sich von Tag zu Tag mehr – er war offensichtlich vielen Verzweifelten, die sich verstekken mußten, als sicherer Ort genannt worden. Die zurückgebliebenen Institutsangehörigen und die Mitglieder der Widerstandsbewegung um Horeischy behandelten die fremden Menschen wie Brüder, teilten ihr karges Essen mit ihnen, brachten Zigaretten und Nachrichten von draußen – und im zweiten Stock arbeitete verbissen der Stellvertretende Vorstand des Instituts, der schlanke Professor Lange, wie denn auch andere Forscher arbeiteten oder zu arbeiten versuchten. Es war dem Professor Lange vollkommen klar, wer sich da unten im Keller des Instituts eingenistet hatte; selbst einige Halbjuden, die er in seiner Abteilung bis zuletzt gehalten und damit geschützt hatte, schliefen dort. Und der Professor Lange verriet keinen einzigen von ihnen. Doch dieser andererseits fanatische, in dem, was er für die ›richtige‹ Politik hielt, unerbittliche und eben darum auch unbegreifliche Mann erschien gegen die Mittagsstunde des 5. April 1945 in der Dienstwohnung des Hausschlossers Johann Lukas und forderte ihn brüllend auf, die Tür des Raumes zu öffnen, in dem sich das Elektronenmikroskop befand, ein Gerät, das durch Verwendung von Elektronenstrahlen Vergrößerungen gestattete, die auch vom besten Lichtmikroskop nicht auch nur im entferntesten zu erreichen waren. Es handelte sich um das einzige, überaus wertvolle Gerät dieser Art in Österreich. Lukas holte einen Schlüsselbund und folgte Lange durch den langen Gang im Erdgeschoß zu der verschlossenen Tür.

16

»Es ist soweit!« Die Stimme von Langes Erstem Assistenten Dr. Vollmar klang heiser vor Erregung. Er stand in dem Laboratorium, in dem er Seite an Seite mit seinem Chef Lange arbeitete, und preßte einen Telefonhörer ans Ohr.
»Der verfluchte Idiot!« rief Horeischy am anderen Ende der Leitung, im Tiefkeller des Instituts. »Er wird doch nicht wirklich...«
»Doch«, erklang Vollmars Stimme. »Er hat durchgedreht! Er will den ›Rechts der Donau‹-Befehl unter allen Umständen befolgen!«
»Mensch«, rief Horeischy, um den sich viele Menschen drängten, »wir haben hier auch ein Radio laufen! Der ›Rechts der Donau‹-Befehl ist doch noch gar nicht gegeben worden!«
Auch Lindhout befand sich zu dieser Zeit im Tiefkeller, und er wußte, wie alle anderen, Bescheid. Der Wiener Gauleiter – wo der jetzt wohl schon ist? dachte Lindhout – hatte verkünden lassen, daß nach einem bestimmten Satz, der zu einer bestimmten Zeit von einem Sprecher des Reichssenders Wien zitiert werden könnte, ja, wohl würde, alle wichtigen Maschinen, Geräte und Einrichtungen, die dem Feind nicht in die Hände fallen sollten (entsprechend Hitlers Toben von der ›verbrannten Erde‹), sofort zu vernichten waren. Dieser Befehl war natürlich nicht der Bevölkerung mitgeteilt worden, sondern nur den für Fabriken, Betriebe, Institute, Behörden und Ämter zuständigen Verantwortlichen, im Fall des Chemischen Instituts dem Professor Jörn Lange. Sein Erster Assistent Vollmar war von ihm eingeweiht – und hatte sofort Horeischy aufgesucht, was er häufig tat, so daß man im Tiefkeller stets informiert war. Es ist niemals geklärt worden, ob Lange wußte, daß er einen Widerstandskämpfer zum Mitarbeiter hatte – wie denn das ganze Verhältnis Lange – Vollmar bis heute im Dunkel liegt.
»Was macht Lange denn jetzt schon beim E-Mikroskop?« fragte Horeischy am Telefon. Es war sehr still im Tiefkeller geworden.
»Er hat mir erklärt, er will es sich nochmals anschauen, um zu sehen, wie es gleich nach dem Ruf über Rundfunk zerstört werden kann. Er hat sogar die Gebrauchsanweisung mitgenommen. Wir müssen sofort was tun, Kurt!«

»Klar«, sagte Horeischy. »Wir gehen jetzt los. Kommst du herunter?«
»Klar!«
»Alsdann!« Horeischy legte den Hörer in die Gabel und zog eine Pistole aus der Tasche. Zu den Menschen im Tiefkeller gewandt, sagte er: »Ruhe jetzt. Keine Panik. Wir müssen diesen Lange ausschalten, bevor er Unheil anrichtet.«
»Ich komme mit dir!« rief seine Braut Ingeborg Dreher.
»Ich auch!« Das war der desertierte Wachtmeister Slama.
»Und ich!« Das war Lindhout.
»Sie auch? Wieso?« Horeischy starrte Lindhout an.
»Wir müssen versuchen, Lange von seinem Plan abzubringen, mit Klugheit, nicht mit Gewalt! Keine Schießerei! Stecken Sie Ihre Waffe wieder ein, Horeischy! Pistolen haben wir alle. Aber wenn wir jetzt losrennen, die Dinger in der Hand, dann besteht die große Gefahr, daß Lange aus Angst sofort schießt – wir sind vier, er ist allein mit dem Hausschlosser. Wir wollen keine Toten, wir wollen das heile Mikroskop! Ich bin älter als ihr alle! Ich werde Lange überzeugen!«
»Er hat recht!« Slama nickte.
»Los!« rief Horeischy. Er rannte aus dem Keller. Ingeborg Dreher, Max Slama und Adrian Lindhout folgten ihm. Sie eilten die Treppe empor zum Erdgeschoß und dann auf den langen Gang zu, in dem sich der Raum mit dem Elektronenmikroskop befand. Als sie ihn erreichten, sahen sie den Professor Lange und den Hausschlosser Lukas, der – offensichtlich mit Vorsatz – immer noch nicht die Tür geöffnet hatte und an einem Ring mit vielen Schlüsseln herumsuchte.
»Halt!« brüllte Lange. »Keinen Schritt weiter! Was macht ihr hier?« Er hielt plötzlich eine schwere Null-acht in der Hand.
»Scheiße!« Horeischy fluchte, während er seine Waffe aus der Tasche riß. Auch seine Begleiter hatten ihre Pistolen gezogen. »Mit dem Schwein reden, was?« knurrte Horeischy.
Lindhout war sehr blaß geworden. Er sah ein, daß er mit seiner Einschätzung des Professors Lange unrecht gehabt und drei Menschen und sich selber in Lebensgefahr gebracht hatte. »Professor Lange!« sagte er beschwörend. »Hören Sie! Das ist Wahnsinn, was Sie tun! Reiner Wahnsinn, der Sie das Leben kosten wird, wenn die Russen kommen!«
»Zuerst mal wird es jeden von euch das Leben kosten, der versucht, mich aufzuhalten!« Lange zielte auf Horeischy (der auf ihn zielte) und schnauzte den Schlosser an: »Machen Sie endlich die Tür auf, verdammt!«

Die Treppe herab kam Vollmar gestürzt. Er war als einziger unbewaffnet und blieb jählings stehen, als er den Gang erreichte.
»Hans!« schrie Lange außer sich, »was soll das? Was machst du da?«
»Du darfst das E-Mikroskop nicht zerstören, Jörn!« rief Vollmar.
»Ich habe meinen Befehl!«
»Du hast überhaupt noch keinen Befehl!«
»Doch! Ich muß alles zerstören!«
Lindhout schaltete sich ein. Reden, dachte er, reden, immer weiter reden, so grotesk-makaber die Situation auch ist: Lange von uns mit Waffen bedroht, uns mit der Waffe bedrohend. Reden, reden, dachte er und sagte: »Sie dürfen wirklich nichts zerstören, Professor Lange. Wenn Sie etwas zerstören, so werden nicht nur Sie, sondern wir alle es zu büßen haben. Die Russen werden uns allen den Kragen umdrehen, begreifen Sie das denn nicht?« Er redete immer weiter. »Sie sind ein anständiger Mensch. Sie haben bewiesen, daß Sie auch anders handeln können. Sie haben rassisch Verfolgte in Ihrer Abteilung gehalten. Sie wissen, was im großen Tiefkeller vor sich geht seit vielen Tagen. Sie sind ein vernünftiger Mensch. Ein vernünftiger Mensch, ja, das sind Sie! Lassen Sie es nicht zu einer Schießerei kommen! Wir sind in der Überzahl! Es wird Ihnen niemals gelingen, in den EM-Raum zu kommen, und das wissen Sie auch!« Lindhout holte Luft. »Die Russen bringen uns wirklich alle um, wenn hier etwas zerstört ist!«
Zu seiner grenzenlosen Erleichterung sah er, daß Lange die Pistole halb sinken ließ und zu sprechen begann...
»Ich will das Mikroskop ja gar nicht zerstören!« sagte er.
»Was denn?« fragte Horeischy, der, genau wie alle anderen, merkte, daß Lindhout mindestens für den Moment eine Katastrophe verhindert hatte.
»Nur Teile entfernen, bestimmte Teile!« Lange hob eine Broschüre, die er in der anderen Hand hielt. »Hier! Ich habe mich nochmals informiert! Ich weiß genau, was ich entfernen muß, um das Mikroskop zu lähmen!«
»Das ist doch Wahnsinn!« rief Horeischy. »Wenn Sie an dem Mikroskop überhaupt etwas machen, sind wir geliefert, wir alle!«
»Glauben *Sie*!« rief Lange. »Die Russen brauchen Wissenschaftler! Die Russen brauchen Leute, die mit dem Ding umgehen können! Die Russen brauchen uns! Die werden etwas Besseres mit uns vorhaben, etwas Besseres, als uns umzubringen!«
Eine Weile schwiegen alle. In diese Stille hinein klang seltsam theatralisch die Stimme des Hausschlossers Lukas: »Meine Herren, muß hier Blut fließen?«

Alle starrten ihn an. Sie hatten den Schlosser völlig vergessen. Da stand er, den Schlüsselbund in der Hand (er hatte die Tür noch immer nicht geöffnet), mager, klein, die andere Hand an das Ohr gelegt, denn er war schwerhörig.

17

Was niemand fertiggebracht hatte – dem hörbehinderten Hausschlosser Johann Lukas war es gelungen...

Professor Jörn Lange trat von der Tür zurück. Er steckte seine Pistole weg und sagte: »Das hier ist einfach unerträglich. Wir sind schließlich deutsche Menschen. Wir arbeiten alle in diesem Haus. Ich habe meine Waffe eingesteckt. Ich verlange von Ihnen allen, daß Sie dasselbe tun. Wir sind hier nicht in Chicago. Wenn Sie alle Ihre Waffen verschwinden lassen, bin ich bereit, mit Ihnen zu beraten, was geschehen soll, damit niemandem etwas passiert, wenn die Russen kommen – und wie ich dabei meiner Verantwortung als Stellvertretender Institutschef nachkommen soll, wenn Herr Professor Albrecht nicht da ist und der dann mich bindende Befehl ›Rechts der Donau‹ kommt.«

»Einverstanden«, sagte Horeischy.

»Die Situation hier im Gang ist entwürdigend für uns alle«, sagte Lange. »Ich schlage vor, wir gehen in mein Arbeitszimmer hinauf und besprechen dort alles in Ruhe.«

Die anderen starrten ihn an.

War Lange wirklich überzeugt? Alles sprach dafür. Und alle atmeten auf, als der schlanke Professor auf sie zukam, zwischen ihnen hindurchging und die breite Haupttreppe des Instituts emporzusteigen begann.

Zögernd folgten die anderen ihm. Sie trugen nun keine Waffen mehr in den Händen.

Lindhout ging neben Vollmar.

»Sie kennen ihn am besten von uns«, sagte er. »Fürchten Sie nicht, daß er uns nun in eine Falle locken will?«

»Das will er bestimmt nicht«, antwortete Vollmar darauf voller Überzeugung. »Sie werden sehen, alles geht gut aus.«

Sie hatten den zweiten Stock erreicht.

Lange ging auf sein Dienstzimmer zu, das neben dem Labor lag. Er verschwand bereits in diesem Zimmer, dessen Tür offenstand. Er ist vernünftig, dachte Lindhout. Was immer auch er noch ist, er ist Wissenschaftler, er kann logisch denken, wir werden ihn überreden können, von seinem Vorhaben Abstand zu nehmen – weil er vernünftig ist, weil er vernünftig...

Ein Schuß krachte.

Lindhout stockte der Atem. Vor ihm hatte gerade Horeischy Langes Dienstzimmer betreten. Um Himmels willen, dachte Lindhout, hat der etwa die Nerven verloren und auf Lange geschossen? Er hörte Horeischys Braut, die junge Ingeborg Dreher, verzweifelt aufschreien. Sie stand in der Türöffnung.

»Er ist tot!« Ingeborg Dreher schrie und schrie...

»Nicht weiter!« rief Slama, der seine Waffe hervorriß. »Da ist was schiefgegangen!« Und er wich zurück.

Lindhout rannte in das neben dem Dienstzimmer liegende Laboratorium, von dem eine Tür zu Langes Zimmer führte. Die Tür stand offen. Lindhout blieb wie erstarrt stehen: Der vernünftige Wissenschaftler Lange, mit dem man, wie Lindhout eben erst gedacht hatte, reden konnte, weil er logisch zu denken vermochte, stand neben seinem Schreibtisch, die erhobene Pistole noch in der Hand. Ihm gegenüber lag der junge Horeischy auf dem Boden. Blut färbte seinen weißen Laborkittel rot, rann auf den Boden...

»Kurt!« hörte Lindhout die Dreher schreien. »Kurt! Sie haben Kurt erschossen!«

Dieser Schuft, dieser Lange, dachte Lindhout, dieses elende Schwein von einem fanatischen Nazi... er hat uns also doch in eine Falle gelockt, ja, in eine Falle! Auf dem Gang unten standen seine Chancen zu schlecht, darum hat er vorgeschlagen, heraufzukommen. Hier, in seinem Zimmer, stehen die Chancen gut für ihn. Lindhout zog seine Pistole wieder, während er fühlte, wie ihm Tränen des Zorns den Blick trübten. Er hat uns reingelegt... er hat uns reingelegt... dachte er verzweifelt, da hörte er einen Fluch und sah, wie Langes Assistent Vollmar sich mit bloßen Fäusten, rasend vor Empörung und Wut, auf seinen Vorgesetzten stürzte. Langes Gesicht blieb ohne jedes Zeichen von Emotion. Aus nächster Nähe schoß er auf seinen Freund und Mitarbeiter. Vollmar brach zusammen. Lange stand reglos – der nicht zu besiegende Übermensch, zuckte es Lindhout durch den Kopf. Er hörte Ingeborg Dreher schluchzen und sah, wie sie in das Laboratorium getaumelt kam.

»Kurt ist tot... Kurt ist tot... Der Lange hat ihn erschossen... sobald die beiden im Zimmer waren, hat der Lange geschossen! Und jetzt noch Vollmar!«

Weg! Weg von hier – das war alles, was Lindhout denken konnte. Er riß Ingeborg Dreher mit sich. Fort, fort, hinunter in den Keller, nein, auch der Keller war nun nicht mehr sicher, fort aus diesem Haus, nur fort! Sie rannten die Treppen hinab und holten dabei

den desertierten Wachtmeister Slama ein, der kreideweiß im Gesicht war.
»Ich rufe die Polizei!« schrie er und eilte zu einer Telefonzelle neben dem Eingang.
»Ja!« schrie Lindhout. Er taumelte in den Tiefkeller hinab und zog dabei die weinende Dreher immer noch hinter sich her. Viele Augen sahen ihm entsetzt entgegen.
»Schiefgegangen!« schrie Lindhout. »Alles aus! Der Lange hat Horeischy und Vollmar erschossen!« Während dieser Worte streifte er seinen Labormantel ab. Panik breitete sich aus. Menschen hasteten an ihm vorbei, er hatte keine Ahnung, wohin. Jeder dachte jetzt nur an das eigene Leben. Auch Lindhout. Er rannte durch einen dunklen Gang – Ingeborg Dreher hatte sich losgerissen und war wieder ins Treppenhaus gelaufen –, kletterte zu einem Ausgang hinter dem Institut empor, trat ins Freie, in den hellen Sonnenschein. Da war ein Garten. Viele Blumen blühten. Ein sowjetischer Tiefflieger raste über die Währingerstraße. Lindhout hörte das Hämmern der Schüsse und danach eine Reihe von Explosionen. Das Grundstück war von einer hohen Mauer begrenzt. Lindhout schwang sich wie eine Katze hinauf, ließ sich wie eine Katze von der Mauer auf die Straße hinunterfallen und rannte los in Richtung Ring. Er wußte nicht, daß knapp fünf Minuten später ein Wagen des nahen Polizeikommissariats Alsergrund vor dem Institut hielt und bewaffnete Beamte hineinstürmten. Slama hatte ihnen das große Tor geöffnet. Er rannte mit den Männern in den zweiten Stock hinauf. In Langes Zimmer lagen zwei Tote – Horeischy und Vollmar.
Der Professor Jörn Lange ließ sich widerstandslos festnehmen. Er wurde auf das Kommissariat gebracht. Sein Gesicht hatte einen in Hochmut versteinerten Ausdruck angenommen. Auf dem Kommissariat wurde er sofort von dem höchsten diensthabenden Beamten verhört – zu jener Zeit, da im Institut andere Beamte und ein Arzt bemüht waren, von der völlig gebrochenen Ingeborg Dreher den Tatvorgang zu erfahren.
Der Beamte, der den Professor Lange eine Stunde lang vernahm, hieß Huppert. Ein Radio lief auch in seinem Arbeitszimmer. Etwa zwei Stunden nachdem Lange einen Doppelmord begangen hatte und seine Aussagen abgetippt waren, unterbrach der Reichssender Wien ein Unterhaltungskonzert, und eine Männerstimme sprach diese Worte: »Achtung, Achtung! Rechts der Donau! Ich wiederhole: Rechts der Donau! Ich wiederhole: Rechts der Donau!« Das ging noch eine Weile so weiter.
Schon beim ersten Ruf war Lange aufgesprungen und hatte

geschrien: »Ich muß zurück zum Institut! Ich leite es! Ich habe einen Befehl auszuführen! Verstehen Sie, einen Befehl!«
Danach geschah das Unfaßbare: Der Diensthabende des Kommissariats Alsergrund nickte und sagte: »Gehen Sie!«
Und der Professor Doktor Jörn Lange, geboren am 8. November 1903 in Salzwedel, deutscher Staatsangehöriger, gottgläubig, verheiratet, beamteter Außerordentlicher Professor am Ersten Chemischen Institut der Universität, der Mann, der soeben zwei Menschen ermordet hatte, hob die Hand zum sogenannten ›Deutschen Gruß‹ und ging.
Und ging.

18

Er kehrte – all dies ist historisch belegt – von niemandem behelligt in das Chemische Institut zurück. Er holte den Hausschlosser Johann Lukas ein zweites Mal aus dessen Wohnung, und es gelang ihm, dem Mann solche Angst einzujagen, daß dieser ihm blindlings gehorchte. Lukas sperrte die Tür zu dem Raum auf, in dem sich das Elektronenmikroskop befand, holte Hammer und Meißel, und während Lange den Meißel hielt, schlug der von Furcht und Erschütterung fast gelähmte, von Lange ständig bedrohte Lukas mit dem Hammer darauf. Auf diese Weise wurden die Schaltergriffe, die Drehgriffe an der Objektschleuse, die Stellschrauben des Bestrahlungsteiles, die Glasteile der Vakuumeinrichtung und der Porzellanisolator der Schutzwanne für den Hochspannungskasten zertrümmert.
Zufrieden, den ihm gegebenen ›Befehl‹ ausgeführt zu haben, ging der Professor Jörn Lange sodann nach Hause zu seiner Frau, bei der er in den folgenden Tagen blieb.
Solcherart lebte der Doppelmörder Professor Jörn Lange, um den sich kein Beamter des Kommissariats Alsergrund und auch sonst niemand kümmerte, ohne jeden Skrupel, im Einklang mit seiner Weltanschauung und als getreuer Gefolgsmann des ›Führers‹ weiter, bis ihn Beamte des russischen NKWD – Lange hatte es verschmäht zu flüchten – acht Tage später verhafteten. Als er abgeführt wurde, weinte seine Frau ob dieser Willkür und Niedertracht. Lange hatte ihr doch erzählt, gemäß seiner Verantwortung und nur in Notwehr, also absolut Rechtens gehandelt zu haben.

19

Die Tage und Nächte bis zum 12. April 1945 verbrachte Adrian Lindhout im dritten Stock einer Ruine an der Schwarzspanierstraße, deren Vorderfront und Treppenhaus eingestürzt waren. Er hatte eine Leiter gefunden, und mit ihrer Hilfe konnte er von Stockwerk zu Stockwerk klettern. Endlich landete er in dem, was von einer Küche übrig geblieben war. Er zog die Leiter nach. Wenn die Ruine nicht noch einmal getroffen wurde oder einstürzte, war er hier, so sagte er sich, in Sicherheit. Mehr Sicherheit gab es nicht für ihn. Er fand in dem Rest der Küche rohe Kartoffeln und etwas Gemüse; und er aß die rohen Kartoffeln und das Gemüse.

Nachts band er sich mit einem Strick am schweren Gasherd der Küche fest, um im Schlaf nicht in die Tiefe zu stürzen. Sieben Tage lang konnte er sich nicht waschen und nicht rasieren, und die Küche mußte ihm auch als Klosett dienen. Tag und Nacht erzitterte die Luft um ihn von den Einschlägen der Granaten und schweren Geschosse, vom Rattern der Maschinengewehre und vom Heulen der Stalinorgeln. Schlachtflieger rasten so nahe und so tief an Lindhout vorüber, daß er deutlich die Gesichter der Piloten zu erkennen vermochte. Die Sowjets, das konnte er aus dem Anschwellen des Kampflärms schließen, hatten Wien umgangen und drangen nun von Westen her gegen den Stadtkern vor. Die Verteidiger wiederum waren von einem Angriff aus dem Osten oder Süden überzeugt gewesen. Entsprechend schwach war im Westen der Widerstand gegen die vorrückenden Einheiten der Roten Armee, die von den Hängen des Wienerwaldes, über die Weinberge, herab kamen.

In der Währingerstraße, als einer der Haupteinfallstraßen für die russischen Truppen aus dem Westen, wurde heftig gekämpft. Die Ruine bebte und schwankte bedenklich, immer neue Stücke brachen ab und krachten in die Tiefe.

Am 9. April wurde, den Geräuschen nach, bereits vor dem Chemischen Institut gekämpft, am 10. April in der Schwarzspanierstraße. Lindhout sah, wenn er sich zum Rand des Küchenbodens wandte, deutsche und sowjetische Soldaten rennen, schreien, schießen, vorrücken, zurückweichen und sterben.

Als die Deutschen zur Votivkirche und gegen den Ring hin gedrängt worden waren, versteckte Lindhout seine Pistole, sorgfältig in Wachstuch eingewickelt, unter Mauerwerk der ehemaligen Küche und kletterte am Vormittag des 12. April mit Hilfe der

Leiter auf die Straße hinab. Zuletzt sprang er direkt auf eine durch Gase mächtig aufgeblähte Pferdeleiche, deren Bauch platzte, wonach eine ekelerregende Flüssigkeit hoch aufspritzte. Lindhout bekam nichts davon ab. Er rannte zur Währingerstraße, in der die Luft fast schwarz war (obwohl strahlende Sonne schien) und über die in endloser Folge sowjetische Truppen, Panzer, Geschütze, Lastwagen, Pferdegespanne und Soldaten zu Fuß stadteinwärts zogen.

Ein Rotarmist schoß auf Lindhout, das Geschoß verfehlte ihn um Zentimeter. Er hob die Arme und rannte zu einer Ambulanz, die er an dem aufgemalten Roten Kreuz erkannte. Sie war stehen geblieben, um verwundete Sowjetsoldaten zu bergen. Zwei Russen traten ihm in den Weg, packten ihn bei den Schultern, Maschinenpistolen im Anschlag, brüllten laut, tasteten ihn genau nach Waffen ab und brüllten dann weiter.

»Weg!«

»Mach weg!«

»Keller!«

»Hier!« Lindhout wies seinen holländischen Paß vor. Die beiden Russen wußten nicht, daß es ein holländischer Paß war. Der eine schlug Lindhout ins Gesicht, der andere packte ihn und schleppte Lindhout zu der Ambulanz, in der bereits mehrere Verwundete lagen. Ein Sanitätsoffizier kniete vor ihnen. Jetzt sah er auf und betrachtete Lindhout, während die beiden Soldaten durcheinander redeten. Lindhout hielt dem Offizier seinen Paß hin. Der begriff endlich.

»Du Netherlands?«

»Ja!« schrie Lindhout. »Ja!«

Eine Viertelstunde später hatten die beiden Soldaten ihn zur Stadtbahnstation Währingerstraße gebracht, in deren Halle ein provisorischer Befehlsstand eingerichtet worden war. Ein sowjetischer Hauptmann, welcher Französisch sprach, verhörte ihn. Lindhout beherrschte diese Sprache. Er beantwortete alle Fragen. Der Hauptmann redete über ein Feldtelefon mit verschiedenen Stellen. Eine halbe Stunde später sagte er Lindhout, er habe sofort ins Chemische Institut zu gehen; er, der Hauptmann, werde ihn begleiten, zusammen mit zwei Rotarmisten. Lindhout müsse dort bleiben und auf das Eintreffen eines gewissen Majors Krassotkin warten.

20

Die fast unglaubwürdige Behandlung, die man dem Dr. Adrian Lindhout angedeihen ließ, verdankte dieser dem Umstand, daß ganz allgemein Wissenschaftler aller kriegführenden Staaten, solange es eben nur noch ging, über das neutrale Ausland Fachzeitschriften zu erhalten getrachtet hatten und auch noch eine ganze Weile lang erhielten. So wußten die Deutschen ein, zwei Kriegsjahre lang Bescheid über die Penicillin-Forschung in England und Amerika, und so kannten die Alliierten Lindhouts Namen und einiges – wenn auch nicht viel – über seine Versuche, synthetische, dem Morphin ähnliche schmerzstillende Substanzen herzustellen, die ihrer chemischen Struktur nach jedoch nichts mit Morphin zu tun hatten.

Man sieht, was man beim Verfolgen dieses ganzen Berichtes stets aufs neue erkennen wird: Wieder konnte niemand von einem ›glücklichen Zufall‹ sprechen, denn, wie eben erläutert, gab es diesen ›Zufall‹ auch nicht in unserem Falle. Es gibt ihn überhaupt nicht.

Das Chemische Institut fand Lindhout verlassen und verwüstet vor. Im Tiefkeller lagen ein paar Leichen – Menschen, die offenbar der SS in die Hände gefallen waren. Auch ein toter Angehöriger der Waffen-SS lag da.

Die Schritte Lindhouts und seiner Begleiter hallten in der großen Stille des weiten Gebäudes, das zwei Artillerietreffer erhalten hatte. In Lindhouts Laboratorium war nichts von der SS zerschlagen oder angezündet worden wie in vielen anderen Labors. Hier schien alles in Ordnung. Nur sämtliche Tiere in sämtlichen Käfigen waren verschwunden – dem Hunger der Menschen zum Opfer gefallen.

Draußen hatte inzwischen wieder schweres Artilleriefeuer eingesetzt, man hörte es sehr laut, denn die Fensterscheiben des Labors waren entweder zersprungen oder zerschossen.

Dann, früher als erwartet, entstand draußen Bewegung. Ein sowjetischer Offizier, gefolgt von drei Mann, trat in den Raum. Er war hochgewachsen, schlank, machte einen ebenso erschöpften wie glücklichen Eindruck und hatte kurzgeschnittenes schwarzes Haar und schwarze Augen. Er mochte höchstens ein Jahr älter sein als Lindhout, dem er mit ausgestreckter rechter Hand entgegenkam.

»Herr Doktor Lindhout«, sagte er in fließendem Deutsch mit Akzent, »wie froh bin ich, daß Ihnen nichts geschehen ist. Ich heiße Krassotkin und bin Chirurg.« Er schüttelte Lindhouts Hand.

Dann sprach er russisch mit den fünf Soldaten und dem Hauptmann, die den Raum sogleich verließen. Jetzt entfaltete Krassotkin ein Papier. »Ab sofort setzt Genosse Marschall Tolbuchin Sie zum Leiter dieses Instituts ein.«
»Wer ist...«
»Marschall Tolbuchin ist Befehlshaber der Truppen der Dritten Ukrainischen Front. Ich bin der Verbindungsmann zwischen Ihnen und ihm. Er hat mich weiters angewiesen, dafür zu sorgen, daß die Rote Armee Ihnen beim Wiederaufbau des Instituts in jeder Weise behilflich sein wird. Der Kampf um die Stadt kann noch zehn, vierzehn Tage lang weitergehen. Vielleicht ist er schon viel früher zu Ende. Natürlich kennen unsere Biochemiker und Psychiater Ihren Namen. Wir haben noch viele von den Zeitschriften ins Land bekommen, in denen Sie über Ihre Arbeiten berichten. Das ist natürlich ein auch für uns hochinteressantes Gebiet. Experten werden Sie besuchen und sich mit Ihnen unterhalten – dagegen haben Sie doch nichts, wie?«
»Überhaupt nichts!«
»Und Sie werden so schnell wie möglich Ihre Untersuchungen wiederaufnehmen!«
Lindhout verzog das Gesicht.
»Was ist?«
»Sehen Sie, hier – alle Tiere sind verschwunden...«
»Wir werden Ihnen neue besorgen. Wir werden besorgen, was Sie brauchen und was in unseren Kräften steht.« Eine schwere Detonation ließ den Boden des Labors schwanken. »SS«, sagte der Major Krassotkin, an dessen Dienstgradabzeichen man erkennen konnte, daß er Sanitätsoffizier war. »Es sind noch SS-Truppen vor Wien. Sie schießen in die Stadt herein. Kommen Sie, wir gehen hinunter, solange das dauert...« Er lief schon voraus. Im Keller hörten sie dann weitere Artillerieeinschläge.
Im Licht einer Taschenlampe saßen sie zwischen den Leichen und schwiegen.
In der nächsten halben Stunde dachte Adrian Lindhout nach. Ich habe überlebt, dachte er. Du, Adrian Lindhout, bist tot. Ich habe mit dir zusammengearbeitet, mein Erfolg ist der deine. Ich werde weiterarbeiten. Du kannst das nicht mehr. Es ist darum richtig, wenn ich mich nun nicht wieder Philip de Keyser nenne, sondern weiterhin und für alle Zeit Adrian Lindhout bleibe. Das ist die einzige Art, in der ich dir danken kann, dir, dem Toten, der durch seinen Tod mir, dem Juden, das Überleben ermöglicht hat. Sollte meine Arbeit eines Tages abgeschlossen sein und eine Tat für das Leben in dieser Zeit des Todes darstellen, dann soll die Entdek-

kung mit *deinem* Namen verbunden sein, nicht mit dem meinen. Mehr danken kann ich dir nicht, Freund Adrian, aber genau so werde ich handeln. Und Truus werde ich großziehen wie mein eigenes Kind...

Das Artilleriefeuer wurde schwächer und verstummte. Ein Sowjetsoldat kam die Stiegen heruntergepoltert und redete aufgeregt in seiner Muttersprache.

»Verflucht«, sagte der Major deutsch.

»Was ist?«

»Das Dach des Stephansdoms ist eingestürzt«, sagte Major Krassotkin. »SS hat es in Brand geschossen, und es gibt kein Wasser im Ersten Bezirk.«

Adrian wurde von jäher Angst erfaßt. Er sprang auf.

»Was wollen Sie?«

»Nach meiner Tochter sehen«, sagte Lindhout. »Sie lebt hier ganz in der Nähe, um die Ecke, bei einer Bekannten.«

»Ich komme mit Ihnen«, sagte Krassotkin. Sie eilten ins Freie. Die Luft war schwer vom süßlichen Geruch nach verbranntem Fleisch und schwelendem Holz. Sie rannten um die Ecke der Strudlhofgasse. Lindhout bemerkte, daß aus sehr vielen Fenstern weiße Laken hingen. Er sah das Haus Boltzmanngasse 13. Er blieb stehen und atmete tief ein und aus.

»Da drüben?« fragte Krassotkin.

»Da drüben.«

»Das Haus steht. Es ist nichts geschehen.«

»Nein!« schrie Lindhout in einem Gefühl unendlichen Glücks. »Nein! Es ist nichts geschehen!« Er lief auf das Haus zu. Der Major folgte langsam.

21

Das schwere, schmiedeeiserne Tor war versperrt. Lindhout rüttelte an der Klinke und läutete – umsonst. Der Major versuchte, das Schloß aufzuschießen. Das war ein ebenso lebensgefährliches wie vergebliches Unternehmen. Die Geschosse prallten an dem Schmiedeeisen ab und flogen als Querschläger in irrsinnigem Zickzack durch die Gegend.

»Nicht!« sagte Lindhout. »So geht das nicht! Sie treffen sich am Ende noch selbst!« Er rannte ein Stück vor, warf sich auf die Erde und schrie in eine Kellerluke hinein: »Truus! Truus! Frau Penninger! Ich bin es, Adrian!«

Aus der Tiefe erklang Stimmengewirr. Dann hörte er die Stimme der Maria Penninger: »Herr Doktor!«
Und die Stimme der kleinen Truus: *»Adrian!«*
»Machen Sie auf!« schrie Lindhout. »Es geschieht niemandem etwas! Ein sowjetischer Offizier ist bei mir! Wir sind befreit!«
»Ich komme!« rief Frau Penninger. Bald darauf hörte er Schritte näherkommen. Das Tor wurde aufgeschlossen. Eine weinende Frau mit verstaubtem Gesicht, ein Tuch über dem strähnigen Haar und mit einem schmutzigen Kleid am Körper, umarmte ihn.
»Herr Doktor... Herr Doktor... dem Himmel sei Dank!«
»Adrian!« rief die kleine Truus, ebenfalls schmutzig, ebenfalls ein Tuch um den Kopf gebunden. »Lieber, lieber Adrian!« Sie war mitgekommen. Maria Penninger trat zurück. Lindhout riß Truus hoch, preßte sie an sich und bedeckte das kleine Gesicht mit Küssen. Der Major hielt sich drei Schritte im Hintergrund.
»Truus! Es ist vorbei! Es ist alles vorbei!«
Das kleine Mädchen begann zu lachen. Es lachte und lachte und lachte, dieweil noch Bomben explodierten, Schlachtflieger über der Stadt kreisten und Stalinorgeln heulten.
»Du hast ja einen Bart, Adrian!« rief Truus. »Und dreckig bist du – noch viel dreckiger als ich!«

22

»Willst du meine Tochter sein?«
»Was heißt das?«
»Das heißt, *ich* möchte gern, daß du meine Tochter bist, Truus! Meine richtige Tochter.«
»Aber so fühle ich mich doch schon lange, Adrian!«
»Ich denke auch seit langem an dich wie an meine Tochter. Du bist es aber nicht. Im Krieg haben wir dich deshalb verstecken müssen. Alles ist gutgegangen. Jetzt kommt der Frieden. Es wird sehr kompliziert sein, den Behörden zu erklären, wie sich das alles damals abgespielt hat an diesem schrecklichen Tag, als deine Eltern in Rotterdam von Bomben getötet worden und nur du und ich am Leben geblieben sind. Sie werden uns vielleicht nicht glauben – oder wenn sie uns glauben, werden die Behörden vielleicht verlangen, daß du in ein Heim kommst und ich dich immer nur besuchen darf.«
»Kein Heim! Bitte, kein Heim! Ich will bei dir bleiben, Adrian!«
»Ich will auch, daß du bei mir bleibst, Truus. Dein Vater und ich

waren die besten Freunde. Ich glaube, er hätte nichts dagegen, daß ich jetzt, wo er tot ist, dein Vater bin.«

»Bestimmt nicht, Adrian!«

»Siehst du, aber die Behörden hätten vielleicht etwas dagegen, sehr wahrscheinlich sogar, und ich müßte wieder meinen alten Namen annehmen, und dann wäre ich mit dir überhaupt nicht verwandt, und ich weiß nicht, was dann geschehen würde.«

»Ja«, sagte Truus, »das verstehe ich. Wenn sie aber trotzdem herausfinden, daß du nicht wirklich mein Vater bist, Adrian?«

Dieses Gespräch fand am 17. April 1945, vormittags, in der Wohnung des in die Ewige Seligkeit eingegangenen Fräuleins Philine Demut statt. Diese Wohnung war auf Major Krassotkins Anordnung von den Flüchtlingsfamilien geräumt worden. Sehr häufig kamen jetzt russische Sanitätsoffiziere und ließen sich über Lindhouts Entdeckung berichten.

Als dieser, nach dreitägigem Aufenthalt im Chemischen Institut, zur Berggasse zurückgekehrt war, hatte er den (nunmehr ehemaligen) Luftschutzwart, Blockwart und Parteigenossen Franz Pangerl getroffen. Der trug jetzt nicht mehr seine Naziuniform, sondern einen blauen Arbeitsanzug mit einer breiten roten Binde am linken Oberarm. Er hatte zur Begrüßung eine Faust gehoben und sodann »dem verehrten Herrn Doktor« Lindhout versichert, wie glücklich er sei, daß es jetzt ein Ende habe mit dieser Nazipest.

»Ich hab' die G'fraßter schon immer gehaßt!« verkündete Pangerl. »Gehaßt wie die Teufeln. Aber wie s' mich 'zwungen haben, in denen ihre Partei reinzugehn, da hab' ich dann immer nur alles getan, um so viel, wie es nur geht, meine Leut' im Haus zu schützen. Dazu hab' ich denen aber den besonders strammen Nazi vorspielen müssen und die Leute anbrüllen wie das arme Fräulein Demut, zum Beispiel, denn warum, überall sind doch Spitzel gewesen, die wo mich beargwohnt haben! Das kann ich ehrlich sagen, daß ich mit meinem Leben gespielt hab', alle diese Jahre für andere Leut'!«

»Ja, das kann man wohl sagen«, hatte Lindhout geantwortet und ein aufsteigendes Ekelgefühl unterdrückt.

»Und sind wir nicht alle durchkommen durch die Scheiße, die braune, außer dem armen Fräulein Demut, und die auch nur deshalb nicht, weil sie nicht auf mich gehört hat?« Pangerl redete und redete. »Schlaflos bin ich gelegen in der Nacht und hab' mir den Kopf zerbrochen, wie ich euch alle schütz'! Natürlich hab' ich Radio London gehört und gewußt: Verloren ist er, der Krieg! Da hat's für mich nur noch eines gegeben: Beschützen, beschützen, beschützen, wen ich nur kann! Und immer in dieser Tarnung als

Hundertfünfzigprozentiger – Herr Doktor, ich schwöre Ihnen bei alle Heiligen, das war die schlimmste Zeit von meinem Leben! Furchtbar, furchtbar, was die Piefkes unserem kleinen, wehrlosen Land angetan haben! Sie, Herr Doktor, sind ein gebildeter Mensch, ja, aber da gibt es jetzt viele im Haus, die sagen, ich bin a Sau, wo jetzt sofort übergelaufen ist zu die anderen!
Ich schwör's Ihnen, Herr Doktor: Mein Großvater und mein Vater san Rote gewesen und haben leiden müssen dafür. Und ich, ich war auch schon immer rot. Kann meine Alte bestätigen! Ich sag' das nur für den Fall, daß jetzt irgendwelche Lumpen kommen und mir Schwierigkeiten machen. Dann möcht' ich Sie herzlich bitten, verehrter Herr Doktor, auszusagen, daß ich mich immer darum bemüht habe, daß in unserem Haus nicht der verfluchte Nazigeist einreißt. Ich weiß, Sie werden das tun, Sie sind jetzt ein so großer Mann, auf Sie wird man hören! Ich dank' auch schön, küß die Hand«, hatte er, ohne eine Antwort abzuwarten, hinzugefügt und war danach wieder vor das Haus gelaufen, um die Menschen anzutreiben, die dort damit beschäftigt waren, den Schuttberg zu entfernen, der einst das gegenüberliegende Haus gewesen war. »Was denn, was denn, das nennt's ihr arbeiten? Tachinierer seid's ihr! Alle miteinander! Faule Hund'! Wenn's ihr so weitermacht's, ist's aus bei mir! Lang schau' ich mir das nimmer an! Alle meld' ich euch bei die Russen!«
Mit einem sehr flauen Gefühl im Magen hatte Lindhout diese Aufräumungsarbeiten beobachtet. Zum Glück gingen sie wirklich – und nicht durch Schuld der Arbeitenden – nur langsam voran. Es lag da ein riesiges Gebirge voller Mauersteine, Stuckbrocken, Holzbalken, Eisenträger, Öfen, Badewannen und Installationen. Das wird noch eine Weile dauern, bis die Straße frei ist, sagte sich Lindhout. Und Tolleck liegt schon seit dem 12. März unter den Trümmern...
Truus' Stimme drang wieder an Lindhouts Ohr: »... wenn sie aber trotzdem herausfinden, daß du nicht wirklich mein Vater bist, Adrian?«
»Das können sie nicht herausfinden, Truus. Dein Vater ist seit 1940 tot. Seit 1940 trage ich seine Papiere. Sie können es nur herausfinden, wenn du von damals erzählst.«
»Ich werde nie etwas erzählen und immer aufpassen, Adrian«, versprach das kleine Mädchen.

23

Im Institut wurde nach der Befreiung Wiens geradezu fieberhaft an der Behebung der durch die Kampfhandlungen verursachten Schäden gearbeitet. So wichtig war den Sowjets die Entdeckung Lindhouts, daß sie alles daransetzten, zuerst wenigstens sein Laboratorium wieder instand zu setzen. Sie ließen bekannte Nazigrößen arbeiten, und sie arbeiteten selber mit. Heile Fenster aus anderen Räumen wurden an die Stelle der zerbrochenen in Lindhouts Labor gesetzt, aus den Depots der Roten Armee, ja sogar auf dem Luftweg erhielt er aus Moskau chemische Substanzen, die er benötigte, und aus der Umgebung Wiens wurden immer neue Kaninchen herangeschafft. Alle Aufzeichnungen über seine Experimente, die er im Keller des Instituts versteckt hatte, waren erhalten geblieben.

Täglich trafen sich sowjetische Ärzte und Wissenschaftler mit Lindhout – entweder in der Berggasse oder im Institut. Frau Penninger hatte es übernommen, seinen Haushalt in Ordnung zu halten, zu kochen und mit Truus zu spielen, wenn Lindhout arbeitete oder diskutierte.

Unter den Ärzten, die Krassotkin mitbrachte, fiel Lindhout schon bald ein Mediziner namens Soboljew auf, Sanitätsmajor wie Krassotkin und dessen Freund. Dieser Soboljew machte einen recht unheimlichen Eindruck: Fahlgelb war er im Gesicht, total abgemagert, von einer seltsamen Unruhe getrieben, die ihn zwang, immer wieder aufzustehen, umherzulaufen, sich zu setzen, die Beine zu kreuzen, die Finger in ständiger Bewegung, zeitweise in seinen geistigen Reaktionen verlangsamt, dann wieder sehr aktiv und kontaktfähig. Was auch immer Lindhout anfing, wie auch immer er sich um Soboljew bemühte – der antwortete ihm kaum und schien so sehr eingesponnen zu sein in ein tragisches Ich, daß seine ganze Umgebung ihm gleich war. Noch weniger gemütlich wurde Lindhout zumute, als er bemerkte, daß Krassotkin mit seinem Freund stets allein erschien und ihn vor Begegnungen mit anderen fernhielt. So war er denn keineswegs überrascht, als Krassotkin ihn am Nachmittag des 22. Juli mit dem seltsamen Soboljew aufsuchte und um eine Unterredung unter sechs Augen im Labor bat.

Da befinden sich die drei Männer jetzt. Sie verstehen alle Deutsch. Es ist 18 Uhr 34, sehr warm, und die Kaninchen rascheln in ihren Käfigen.

24

»Ich nehme an, Sie wissen, warum wir zu Ihnen gekommen sind, Doktor Lindhout«, sagt Major Krassotkin beklommen, während sein Freund Soboljew Kopf, Oberkörper, Beine und Finger ruhelos bewegt. Nur stecknadelgroß sind die Pupillen der dunklen Augen. Die Uniform schlottert an ihm. Er macht auf Lindhout den Eindruck, als wäre er anwesend und doch nicht anwesend. Gewiß, er hört, was gesprochen wird, aber er hört es wiederum auch nicht. Er sieht, was zu sehen ist, aber er sieht es wiederum auch nicht. Er ist völlig in sich versunken und mit sich beschäftigt. Eine Fliege sitzt auf seiner Stirn. Er merkt es nicht.
»Ja«, sagt Lindhout. Er blickt Soboljew an. »Seinetwegen?«
»Seinetwegen.« Krassotkin nickt. Er legt einen Arm um die Schulter Soboljews. Der bemerkt es nicht. »Sergej Nikolajewitsch ist mein bester Freund. Wir haben diesen verfluchten Krieg von Anfang an miteinander erlebt. Seit uns die Deutschen im September 1941 überfallen haben. Mehr als dreieinhalb Jahre lang, Doktor Lindhout. In dieser Zeit hat mein Freund – ein genialer Chirurg – Hunderte, Tausende von Operationen hinter sich gebracht. Er hat oft tage- und nächtelang nicht schlafen können, weil er ununterbrochen auf dem Hauptverbandplatz operieren mußte. Er hat in diesen Zeiten kaum essen können, höchstens eine Tasse Tee trinken, eine Zigarette rauchen. Ich will ihn nicht entschuldigen oder gar glorifizieren. Allen anderen Chirurgen an allen anderen Fronten ist es genauso gegangen. Nur, sehen Sie, Sergej hat das eines Tages nicht mehr ausgehalten.« Er schüttelt den Freund. »Sergej Nikolajewitsch, so war es doch, wie?« Soboljew reagiert überhaupt nicht. »Er ist bei Stalingrad schwer verwundet worden. *Ich* habe ihn operiert. Er hat wahnsinnige Schmerzen gehabt. Ich habe ihm Morphin gegeben.«
»Viel Morphin«, sagt Lindhout leise.
»Sehr viel, ja. Es war nötig.« Krassotkin sieht Lindhout flehend an. »Oder meinen Sie nicht?«
»Das kann doch ich nicht entscheiden, mein Gott«, sagt Lindhout.
»Ich habe alles nur getan, damit Sergej nicht leidet«, sagt Krassotkin. »Ich weiß nicht, ob es richtig oder falsch gewesen ist, was ich getan habe. In dem Eid, den wir schwören, heißt es, daß wir Schmerzen lindern werden, aber...«
»Ja, aber«, sagt Lindhout. Unten auf der Straße grölen betrunkene Soldaten. Lindhout hört ein paar Schüsse.

»Stalingrad. Im Januar 1943 habe ich Sergej Nikolajewitsch operiert«, sagt Krassotkin. »Er und ich, wir haben alle unsere Verwandten und Freunde verloren in diesem Krieg. Wir haben nur noch uns gehabt. Wir haben schon zusammen studiert, in Moskau. Immer waren wir beieinander. Verstehen Sie, Doktor Lindhout?«

Lindhout nickte.

»Immer beieinander«, sagt Sergej Nikolajewitsch Soboljew.

Lindhout erschrickt regelrecht über diese plötzliche Beteiligung am Gespräch. Er sieht den abgezehrten Mann an. Doch der ist schon wieder weit fort mit seinen Gedanken...

»Am 13. Januar 1943 war das«, sagt Krassotkin, »als ich Sergej operiert habe. Im Februar haben die Deutschen in Stalingrad kapituliert. Im April hat Sergej schon wieder gehen, im Mai schon wieder operieren können. Er hat sich ungeheuer schnell erholt. Allzu schnell! Weil er nämlich... muß ich weitersprechen?«

»Nein«, sagt Lindhout. Jetzt kreischen draußen ein paar Frauen, und Männer lachen. Wieder fallen Schüsse. »Nein, das müssen Sie nicht. Ihr Freund hat angefangen, selber Morphin zu nehmen.«

Krassotkin nickt.

»Als Arzt ist er natürlich immer leicht an Morphin herangekommen. Süchtig war er schon bald, ich habe es als erster bemerkt.« Krassotkin hebt eine Hand. »Ich bin Chirurg, ich habe dauernd mit Morphin zu tun. Darum interessiere ich mich seit langem für dieses Mittel und seine Wirkungen. Nicht wie Sie, nicht wie ein Biochemiker! Ich weiß nur, was mich meine Beobachtungen lehren. Manche Menschen werden in einer Woche von dem Zeug abhängig, andere sind nach drei Wochen immer noch unabhängig davon... ja, ich habe als erster gewußt, daß Sergej Nikolajewitsch süchtig ist. Aber ich konnte ihm nicht helfen. Das Morphin hat ihn zu dem Wrack werden lassen, das er heute ist.«

»Wrack«, sagt Soboljew.

»Mein Gott«, sagt Lindhout.

»Ich beschütze ihn, wo ich nur kann. Kameraden helfen mir dabei.«

»Wobei?«

»Ihn zu verstecken, wenn große Visiten sind. Ihn vom Operationstisch fernzuhalten. Schauen Sie doch seine Hände an! Der Mann kann nicht mehr operieren! Unmöglich! Er würde jeden Patienten umbringen! Wir nehmen ihm alle Fälle ab.«

»Und geben ihm Morphin«, sagt Lindhout.

»Ja. Oder nein. Er nimmt es sich einfach. Wir hindern ihn nur nicht daran, es sich zu nehmen.«

»Warum nicht?«
»Weil er es doch braucht! Weil er doch *ohne* Morphin nicht mehr leben kann.«
»Ich sehe, wie er *mit* Morphin lebt«, sagt Lindhout.
»Doktor, wir brauchen nicht Ihre Kritik. Wir brauchen...«
»Warum hat er nicht längst eine Entziehungskur gemacht?« fragt Lindhout.
»Er hat Angst vor dem Entzug, Doktor! Nicht nur vor den Schmerzen, sondern auch vor dem Übelbefinden, vor dem bedrükkenden Gefühl des nahenden Endes, vor all den schrecklichen Empfindungen, die dabei auftreten!«
Sergej Nikolajewitsch Soboljew lächelt versunken. Er ist aufgestanden, hat einen Käfig geöffnet und streichelt mit zitternden Händen ein Kaninchen.
»So dürfen Sie ihn aber nicht weitervegetieren lassen! Sie sind sonst mitschuldig an seinem Tod! Abgesehen von Mitschuld: Was wird es in der Armee für einen Skandal geben, wenn sich die Wahrheit herausstellt? Sie sagen, bislang haben Sie Ihren Freund immer noch schützen und bewahren und vom OP-Tisch fernhalten können. Aber meinen Sie, daß Sie das noch lange tun können werden? Vor allem jetzt, wo der Kampf hier zu Ende ist?«
»Eben«, sagt Krassotkin, während sich sein Freund mit schlenkernden Gliedern, einer riesenhaften Marionette ähnelnd, zwischen den Apparaturen auf den Labortischen bewegt. »Eben, Herr Kollege Lindhout. Deshalb komme ich ja zu Ihnen. Ich bin am Ende, meine Freunde sind es – und Sergej ist es auch. Er war oft genug in Psychiatrischen Kliniken und hat dort Patienten gesehen, denen Morphin entzogen worden ist. Sie, Kollege Lindhout, haben ein Mittel gefunden, das eine schmerzstillende Wirkung hat, ohne Morphin zu sein. Aber das ist *nicht* das Problem.«
»Was denn ist das Problem?«
»Daß es niemand wissen darf! Daß es heimlich geschehen muß! Nicht in einem Lazarett!«
»Seine Entziehungskur?«
»Seine Entziehungskur. Wenn das in der Roten Armee bekannt wird, ist nicht abzusehen, was mit Sergej Nikolajewitsch geschieht. Darum bitte ich Sie, mir zu helfen.«
»Wie kann ich das?«
»Sie kennen doch viele Menschen im Allgemeinen Krankenhaus, von Ihren Versuchen her, nicht wahr?«
»Allerdings.«
»Auch auf der Psychiatrie?«
»Nein, dort kenne ich niemanden näher«, sagt Lindhout.

»Aber Sie können eine Verbindung herstellen und erreichen, daß wir in einer abgeschlossenen Abteilung die Kur durchführen – mit Hilfe von verschwiegenem Personal!«
»Sicherlich, das kann ich. Wir werden nicht viel Personal brauchen. Eine Schwester. Und einen Arzt natürlich. Ich bin ja nur Chemiker.«
»Also zwei Leute.«
»Also zwei Leute.«
»Wann?«
»Ich gehe jetzt noch hinüber, wenn Sie es wünschen.«
»Ich bitte Sie sehr darum, Kollege. Jede Stunde ist eine Gefahr zusätzlich.«
»Am besten wir machen es nachts«, sagt Lindhout.
»Sie haben recht! Wenn wir nachts beginnen, haben wir viele Stunden gewonnen.«
»Gut«, sagt Lindhout, »ich bringe das Präparat mit. Ich bereite alles vor.«

25

In der Nacht vom 24. zum 25. Juli 1945, gegen 22 Uhr, fuhr eine schwarze Limousine zu dem alten, kaisergelb gestrichenen Gebäude der Psychiatrisch-Neurologischen Universitätsklinik im Allgemeinen Krankenhaus empor, vorbei an anderen Kliniken, beschrieb einen Bogen um das häßliche Gemäuer und hielt beim Seiteneingang. Die Scheinwerfer erloschen. Aus dem Innern des Hauses kam ein Arzt in weißem Kittel geeilt, dem eine Krankenschwester folgte. Der Arzt hieß Dr. Sommer, die Krankenschwester Elfriede. Die beiden waren Lindhout vom Chef der Klinik, mit dem er ausführlich gesprochen hatte, zugewiesen worden.
Die Seitenschläge der Limousine öffneten sich. Hinter dem Steuer kroch Krassotkin hervor. Er war in Zivil. Gemeinsam mit Lindhout half er Soboljew vom Rücksitz. Soboljew, ebenfalls in Zivil, konnte nicht gehen. Der Arzt und Krassotkin trugen den Major, dessen Kopf hin und her fiel, so schnell sie konnten die breite steinerne Treppe mit den niedrigen, ausgetretenen Stufen empor in den ersten Stock und eilten danach mit ihm über spärlich beleuchtete, verlassene Gänge. Die Gänge waren sehr lang. Lindhout und Schwester Elfriede folgten schnell. Es wurde kein Wort gesprochen.
Die Gruppe erreichte eine versperrte Tür. Lindhout klingelte. Die

Tür wurde von einem bulligen Pfleger geöffnet und wieder geschlossen, nachdem alle sie passiert hatten. Weitere Gänge. Diffuses Licht aus großen Sälen. Wiederum eine versperrte Tür, die der Pfleger aufschloß. Endlich ein Zimmer: sehr groß, mit sehr hohen Wänden. Die Fenster vergittert. In diesem Zimmer ein Bett, sonst nichts. An der Decke eine Lampe. Die Mauern scheußlich graugrün gestrichen, der Putz an vielen Stellen abgeblättert. Das Bettzeug verschlissen, darauf eine graue, nach Lysol riechende Decke.
Der Pfleger ging und kehrte mit einem fahrbaren Tisch voller Fläschchen, Injektionsnadeln, flachen nierenförmigen Metallschalen und einigen weiteren Decken zurück, die er auf der Erde ausbreitete. Er sagte einen einzigen Satz: »Matratzen haben sie uns alle gestohlen.«
Soboljew war auf das Bett gesunken. Er schlenkerte mit den Gliedern. Krassotkin zog ihn nackt aus und half ihm dann in einen Pyjama, den Lindhout mitgebracht hatte. Der Arzt maß Soboljews Puls und Blutdruck. Es wurde kein Wort gesprochen. Nur das Lallen des Kranken war in der Stille zu vernehmen. Er lag jetzt plötzlich ganz ruhig auf dem Bett.
Krassotkin nahm eine Schachtel voller Ampullen aus der Tasche und reichte sie Dr. Sommer. Der sah Lindhout fragend an. Lindhout nickte. Der Arzt feilte die Spitze einer Ampulle ab und sog ihren Inhalt in einer Spritze hoch; ›AL 203‹ stand auf der Schachtel.
Dr. Sommer trat zu Soboljew, zog ihm die Pyjamajacke aus und stieß Soboljew sodann die Nadel der Injektionsspritze in eine Vene des abgemagerten Oberarms. Langsam drückte er den Kolben herunter. Immer noch war es still.
Siebeneinhalb Minuten – Lindhout sah auf seine Armbanduhr –, nachdem Dr. Sommer dem morphiumsüchtigen Sergej Soboljew AL 203 intravenös injiziert hatte, ließ ein Hilfeschrei die Anwesenden zusammenfahren.

26

Der Chirurg und Sanitätsmajor der Roten Armee, Soboljew, war siebeneinhalb Minuten nach Verabreichung des schmerzstillenden Mittels AL 203 auf dem Bett hochgerutscht. Nach dem Schrei um Hilfe brach ihm am ganzen Körper der Schweiß aus. Seine eben noch stecknadelkopfengen Pupillen erweiterten sich riesenhaft.

Aus dem Mund troff Speichel. Soboljew gähnte andauernd krampfhaft und verkroch sich in der Bettdecke, das Gesicht verzerrt.
»Was ist geschehen?« rief Krassotkin.
»Ich verstehe das nicht«, sagte Lindhout erschrocken.
»Aber wir haben ihm doch AL 203 gespritzt!« Krassotkin war weiß im Gesicht geworden.
»Ja, und zwar solches aus meinen eigenen Beständen«, sagte Lindhout, der es mit der Angst zu tun bekam, als er sah, wie Soboljew in seiner Bettdecke blitzschnelle, abwehrende Bewegungen nach allen Seiten machte und in immer größere Erregung geriet.
»Was soll das heißen?«
»Daß es kein verfälschtes AL 203 sein kann«, sagte Lindhout. »Also nicht so eine üble Sache wie bei diesem Penicillin, das die Schieber mit Wasser gemixt haben. Nein, reines AL 203.«
Soboljew jammerte leise und bewegte sich nun wieder unruhig hin und her. Er stöhnte etwas.
»Was sagt er?«
»Wir sollen ihm helfen. Er fürchtet, er muß sterben«, übersetzte Krassotkin.
»Helfen«, sagte der Arzt Dr. Sommer.
»Sie wollen doch nicht andeuten, Doktor Lindhout, daß es vielleicht verfälschtes AL 203 gibt?«
Bevor Lindhout antworten konnte, bekam Soboljew auf dem Bett heftigen unkontrollierten Durchfall.
Krassotkin fluchte lange auf russisch.
Schwester Elfriede war zurückgewichen. Es stank in dem großen Zimmer, das zerschlissene Bettzeug war vollkommen verschmutzt. Und Soboljews Zustand verschlimmerte sich von Minute zu Minute. Nun begann er stoßweise zu atmen.
Dr. Sommer maß mit Mühe den Blutdruck.
Er sah auf. »Gestiegen!«
»Wieviel?« fragte Krassotkin.
»Im Moment hundertneunzig zu hundertfünfzig.«
»Was?« Krassotkin starrte den Arzt an.
»Und steigt weiter«, sagte Sommer. Immer schwerer atmete Soboljew, er bekam immer mühsamer Luft.
»Aber das gibt es doch nicht«, sagte Krassotkin.
»Sie sehen ja, daß es das gibt...« Lindhouts Stimme war heiser. »Er ist mein Freund. Soviel haben wir zusammen erlebt. Den Krieg überlebt haben wir. Und jetzt das...«
Soboljew fiel auf die Decken vor dem Bett. Dabei zuckte er wild mit Beinen und Armen.

»Was ist das jetzt?«
»Muskelkrämpfe«, sagte Dr. Sommer. »Was Sie hier sehen, sind Entziehungserscheinungen bei einem Morphinsüchtigen – aber ungeheuer geballt und stark, sozusagen alles auf einmal. Wenn das so weitergeht...«
»Was heißt weitergeht?«
»Entzugserscheinungen halten normalerweise zwei bis drei Tage an.«
»Wie lange?«
»Sie haben schon recht gehört«, sagte Dr. Sommer. »Zwei bis drei Tage. Das ist erst der Anfang...«
»Gott steh uns bei«, murmelte Krassotkin.

27

Es war wirklich erst der Anfang gewesen, der Anfang eines Alptraumes. Die Stunden verstrichen. Soboljews Zustand wurde immer schlimmer. Sein Blutdruck war um acht Uhr früh auf 230 zu 160 gestiegen. Der Pfleger hatte notdürftig saubergemacht und neue Decken geholt.
Übernächtigt, mit geröteten Augen sahen alle, daß Soboljew an hochgradigen Unruhezuständen litt, die es ihm unmöglich machten, auch nur wenige Minuten in einer Körperhaltung zu verharren. Deshalb rollte er auf den Decken dauernd hin und her, krümmte sich zusammen, warf sich herum, preßte die Knie an den Körper, erbrach sich dazwischen immer wieder, Speichel floß weiterhin aus seinem Mund, und Schweiß bedeckte mehr und mehr seinen Körper. Es kam immer neuer Schweiß, es kam immer neuer Speichel. Soboljew begann zu fiebern. Um acht Uhr maß Dr. Sommer 39,2 Grad. Nun versuchte Soboljew andauernd, unter das Bett zu kriechen. Er bebte vor Angst. Um 10 Uhr vormittags fing er dann wieder an zu schreien. Es war indessen ein anderes Schreien als zu Beginn.
»Jetzt hat er Schmerzen«, sagte Sommer.
»Wo?« Lindhout hatte sich auf die Erde gesetzt. Krassotkin stand noch, er hielt sich an dem Eisenbett fest. Schwester Elfriede weinte.
»Überall. In den Knochen. Bohrend«, sagte Dr. Sommer. »Das Rückschlagphänomen.«
»Aber wir haben ihm doch eigens AL 203 *gegen* diese Schmerzen gegeben«, sagte Krassotkin.

Soboljew schrie.
»Ihr AL 203 wirkt nicht, das sehen Sie doch.«
»Wieso wirkt es nicht?«
Soboljew schrie.
»Was weiß ich, wieso nicht?«
»Aber es wirkt doch sonst immer, bei allen Schmerzen!« rief Lindhout. »Bei den ärgsten, Doktor Sommer, das wissen Sie doch genau!«
Sommer war wütend.
»Ich bin da in eine Sache reingezogen worden, mit der ich nichts zu tun haben wollte. Was weiß ich, was passiert ist. Fest steht, daß der Mann ärger leidet als beim normalen Entzug.«
»AL 203 wirkt hier also überhaupt nicht?«
»Blöde Frage.«
Soboljew brüllte.
»Verflucht, tun Sie etwas«, schrie Lindhout. Sie verloren nun alle die Nerven.
»Aber was soll ich denn tun?« Sommer fuhr herum.
»Das weiß ich nicht, ich bin kein Arzt. Der Arzt sind Sie!«
»Ich kenne dieses Teufelszeug nicht, das Sie mir da zum Spritzen gegeben haben. Ich habe es noch nie verwendet! Ich bin überhaupt nur hier, weil Sie einen Arzt verlangt haben.«
»Und eine Schwester!« schrie Elfriede.
»Schreien Sie nicht!« schrie Lindhout.
»Sie schreien ja selber!«
»Ich kann überhaupt nichts tun«, schrie Sommer. »Ich habe keine Ahnung, was ich tun könnte!«
»Und wenn uns der Mann stirbt?«
»Der stirbt schon nicht! Mit diesen Morphin-Kerlen ist es immer dasselbe.«
»Und wenn er doch stirbt?« fragte Krassotkin, um Haltung bemüht. »Sterben manchmal Patienten beim Entzug?«
Sommer schwieg.
Soboljew brüllte, sein Körper zuckte, er krümmte sich zusammen.
»Antworten Sie, Doktor!«
»Manchmal sterben welche, natürlich, ja... Aber im allgemeinen...«
Krassotkin war grau im Gesicht geworden. »Wenn er stirbt, sind wir geliefert.«
»*Sie* sind geliefert – und Doktor Lindhout! *Ich nicht!*«
»Wir alle sind geliefert«, sagte Krassotkin und ließ sich zu Boden sinken. »Ich, Lindhout, Sie, die Schwester, der Pfleger...«

Elfriede rief: »Das halte ich nicht mehr aus!« und rannte aus dem Zimmer.
Sommer und der Pfleger versuchten mit unendlicher Mühe, den tobenden Soboljew so lange zu halten, daß man das Fieber messen konnte. Sommer sagte: »Vierzigkommafünf.«
Soboljew bekam kaum noch Atem, dennoch schrie er und war andauernd in Bewegung. Wie Sommer vorausgesagt hatte, erreichten die Entzugserscheinungen nun, zwölf Stunden nach der Injektion, ihren Höhepunkt. Soboljew heulte, jaulte, kreischte und tobte. Er litt unter wahnsinnigen Schmerzen, das konnte man sehen. Er litt unter wahnsinniger Angst, das konnte man ebenfalls sehen. Schwester Elfriede war nicht wiedergekommen.
Krassotkin fragte: »Was ist da schiefgegangen, Doktor Lindhout?«
»Ich weiß es nicht«, sagte der, »ich weiß es wirklich nicht.«
Auf dem Gang erklang Stiefelgetrampel.
Die Tür wurde aufgerissen. Krassotkin und Lindhout fuhren ebenso herum wie Dr. Sommer und der Pfleger. Im Türrahmen stand ein russischer Soldat, die Maschinenpistole im Anschlag. Er trat zur Seite. Drei weitere Soldaten, alle mit Waffen in der Hand, drangen in das Zimmer ein. Ein Polit-Offizier mit hellgrünem Mützenband, auch er eine Pistole in der Hand, erschien und sprach scharf und kurz mit Krassotkin. Krassotkin senkte den Kopf.
»Was hat er gesagt?« fragte Lindhout.
»Wir sind alle verhaftet«, antwortete Krassotkin. »Die Schwester ist in ihrer Angst zum Telefon gerannt und hat die Sowjetische Kommandantur angerufen. Vielleicht hat sie gedacht, sich damit in Sicherheit zu bringen. Sie hat sich geirrt. Sie sitzt schon in der Kommandantur. Wir müssen auch hin – sofort.«
Lindhout spürte den Lauf einer Pistole im Rücken.
»Dawai!« schrie der Polit-Offizier, der ihn bedrohte. Die Soldaten trieben Krassotkin, Lindhout, Dr. Sommer und den Pfleger aus dem großen Zimmer. Zwei Offiziere, die inzwischen erschienen waren, den Rangzeichen nach Ärzte, blieben bei Soboljew zurück.
Die Verhafteten wurden über lange Gänge zur Treppe getrieben. Aus großen Sälen starrten entsetzte Gesichter von Geisteskranken, Ärzten, Schwestern und Pflegern sie an. Lindhout ging dem Soldaten, der ihn vor sich hertrieb, zu langsam. Er bekam einen Tritt, flog hin, stand auf, eilte weiter. Diesmal benützten sie einen anderen Weg – über die Haupttreppe.
Vor dem Portal der Klinik standen drei schwarze Limousinen. Lindhout wurde wieder getreten. Er stürzte in eines der Autos. Dann spürte er neuerlich die Pistole im Rücken. Er lag auf dem

Wagenboden. Der Polit-Offizier saß über ihm. Es war sehr heiß an diesem Tag. Lindhout schwitzte – aber nicht der Hitze wegen allein. Der Fahrer gab Gas, der Wagen raste stadteinwärts, bog auf kreischenden Pneus um Kurven und hielt zuletzt mit einem Ruck, der Lindhout vorwärts warf. Die Tür öffnete sich. Lindhout kroch aus dem Wagen, erhob sich und sah, daß er vor dem Gebäude der Sowjetischen Kommandantur für Wien, Ecke Burgring/Bellaria, stand. Hinter ihm hielten die beiden anderen Autos. Lindhout erblickte Krassotkin wieder, daneben den Pfleger. Passanten rannten eilig fort. An der Fassade des Gebäudes war ein roter Stern angebracht, zu seinen beiden Seiten Porträts von Lenin und Stalin – zwei Stockwerke hoch und viele Fenster breit.

Die Soldaten stießen die Verhafteten in die Toreinfahrt und trieben sie das Treppenhaus zum dritten Stock empor. An jedem Absatz stand ein sowjetischer Posten, die Maschinenpistole im Anschlag...

Lindhout eilte vor seinem Bewacher her durch einen schmalen Flur, in dem es viele Türen gab.

»Stoj!«

Lindhout blieb stehen. Der Soldat öffnete eine der Türen.

Er stieß Lindhout in den kleinen Raum dahinter, der absolut leer war und nur eine Luke mit klapperndem Ventilator besaß. Die Tür flog hinter Lindhout zu und wurde versperrt. Er stand reglos. Das einzige, was er denken konnte, war: Gott sei Dank liegt meine Pistole noch immer in der Ruine an der Schwarzspanierstraße.

28

»Ich kann nicht mehr, ich kann nicht...«, sagte zu eben jener Zeit, da Lindhout in das finstere kleine Zimmer im dritten Stock der Sowjetischen Kommandantur für Wien gestoßen wurde, der Kaplan Roman Haberland. Er saß dem sehr alten Priester in dessen großem Zimmer im Priesterheim draußen in Ober-St. Veit gegenüber. »Ich kann nicht mehr«, wiederholte Haberland, »ich bin am Ende.«

»Wir sind alle so ziemlich am Ende, Bruder Roman«, sagte der Superior. »Aber wir alle müssen weiterarbeiten, jetzt gerade.«

»Nicht ich«, sagte Haberland. »Darum habe ich um dieses Gespräch gebeten.« Der Bauernsohn aus der Nähe von Salzburg war außerordentlich abgemagert. Bleich war das Gesicht mit den Narben, die von Folterungen durch die Gestapo stammten, brennende Augen saßen in tiefen Höhlen, und auch Zähne waren dem Kaplan ausgeschlagen worden. Er hatte viele Verhöre hinter sich. Sie waren sehr schlimm gewesen – aber nicht so schlimm, wie andere Dinge, die er erlebt hatte.

Nach zweiwöchigen Verhören, bei denen er zuletzt jedesmal ohnmächtig aus dem Kellerraum gezerrt und in seine Zelle geworfen wurde, war er von der Gestapo offiziell des Hochverrats angeklagt und in das ›Graue Haus‹ an der Lastenstraße überstellt worden.

Es mag seltsam erscheinen, daß die Gestapo einen Gefangenen wie Haberland nicht einfach umbrachte oder in ein Konzentrationslager verschleppte. Indessen war er erst Mitte März 1945 verhaftet worden, und zu dieser Zeit war man dabei, die Konzentrationslager überall so schnell wie möglich aufzulösen und ihre Insassen fortzutreiben in Marschkolonnen des Grauens, um den vorrückenden englischen, amerikanischen und sowjetischen Truppen so wenig Beweise von Unmenschlichkeit wie möglich zu liefern. Es wurden dennoch über die Maßen viele geliefert. In Wien lief nach Kriegsende ein Film mit dem Titel ›Die Todesmühlen‹. So grauenvoll waren die Bilder, welche dieser Film zeigte, daß die Zivilbevölkerung an vielen Orten gezwungen werden mußte, ihn sich anzusehen: Wer nicht nachweisen konnte, daß er den Film gesehen hatte, erhielt keine Lebensmittelkarten.

Das also war der Grund, warum die Gestapo Haberland nicht mehr in das berüchtigte Priesterlager Dachau schickte. Der Grund dafür, daß die Gestapo in Wien ihn nicht umbrachte, wie sie es üblicherweise getan hätte – da der Verhaftete trotz aller Verhöre auch nicht einen Namen, auch nicht eine Adresse verriet –, war der, daß man selbst bei der Gestapo im März 1945 zögerte, weiterzumorden. In Wien überwies sie ihre Gefangenen an das ›Graue Haus‹ und mithin an die Gerichte, um sie loszuwerden.

Im ›Grauen Haus‹ wartete Haberland auf seinen Prozeß, und der Prozeß ließ auf sich warten. Der Kaplan war, mit drei anderen, in einer Zelle im vierten Stock des großen Gebäudes eingeschlossen, und da blieb er auch bei allen Luftangriffen während des Kampfes um die Stadt. Der Boden unter ihnen schwankte häufig nach der Explosion von Bomben oder Granaten, durch den Luftdruck wurde er wie seine Mitgefangenen wieder und wieder gegen die Wände geschleudert. Kaum verheilte Wunden brachen dabei neu auf. Doch ihn und seine Mitgefangenen führte man niemals in den Keller hinunter, auch bei den schwersten Angriffen und Kämpfen nicht – sie waren doch noch nicht zum Tode verurteilt! Wären sie schon zum Tode verurteilt gewesen, ja, dann hätte man sie umsorgt und gepflegt, denn es hätte ihnen um des Himmels willen nichts

geschehen dürfen. Zum Tode Verurteilte genossen das Vorrecht, stets in den tiefsten Keller geführt zu werden. Auf sie wartete das Fallbeil, und also mußte man sie für das Fallbeil bewahren.
Es kam dann aber gar nicht mehr zu einem Prozeß gegen Haberland. Soldaten der Roten Armee erreichten die Lastenstraße und befreiten die Häftlinge. Anläßlich dieser Befreiung hatte Haberland das erste ihn tief erschütternde Erlebnis...
Er trat schon mit allen Entlassungspapieren gerade aus der Kleiderkammer, wo er seinen Anzug und die wenigen Wertsachen zurückerhalten hatte, als er beim Haupttor Gebrüll vernahm. Er war sehr schwach, stolperte unsicher die Treppen hinab und sah, daß zwei befreite Gefangene mit mörderischer Wut aufeinander einschlugen.
»Du Sauhund, du beschissener Sozi!« schrie der eine, dem Blut über das abgezehrte Gesicht rann. »Du und deine Arschgesichter von Genossen sind schuld daran, daß das alles überhaupt hat passieren können! Bei uns und drüben in Deutschland! Wenn ihr Sozi-Schweine mit uns Kommunisten zusammen gekämpft hättet gegen die Hitler-Brut, dann wären die nie an die Macht gekommen!« Er fiel wieder über den eben befreiten Mithäftling her, sie rollten über den dreckigen Steinboden und prügelten sich wie rasend.
»Warum tut denn keiner etwas?« rief Haberland und sah die Gruppe von Neugierigen, Wärtern und ehemaligen Gefangenen an, welche die Prügelei verfolgten, ohne einzugreifen.
»Scheiß doch auf alle beide«, sagte ein Wärter. »Was bist denn du? Ein Pfaffe! Also ein Schwarzer! Das da, das sind doch alle beide rote Schweine! Sollen sie doch alle beide verrecken!«
Und vor ein paar Monaten noch, dachte Haberland, und lehnte sich, Halt suchend, gegen eine Mauer, während die Schlägerei unter den anfeuernden Rufen der Zuschauer weiterging ... und vor ein paar Monaten noch bin ich mit einem Kommunisten und einem Sozialdemokraten auf einem Lkw durch die Nacht gefahren, und wir haben gut zusammengehalten wie Brüder und eine gute Zukunft erhofft, gemeinsam.
Jetzt ist sie da, diese Zukunft...
»Wer hat denn dem Arschloch Ribbentrop die Hand geschüttelt und einen Nichtangriffspakt mit den Nazis geschlossen? Wer denn? Stalin ist das gewesen! Der Oberkommunist!«
»Was hätten die Russen denn tun sollen? Sie waren doch überhaupt nicht gerüstet! Der Hitler hätte sie sofort überfallen!«
»So hat er sie etwas später überfallen!«
»Und eure Bonzen, diese feigen Schweine, was haben die gemacht?

In den Untergrund haben sie sich verkrochen oder nach Schweden sind sie gegangen, abgehauen sind sie einfach!«
»Eure Bonzen vielleicht nicht?«
Die beiden zu Tode erschöpften Männer fielen voll Mordlust abermals übereinander her. Und die Zuschauer klatschten Beifall.
O Gott, dachte Haberland. Und gestern noch...
Das große Tor flog auf. Soldaten der Roten Armee kamen hereingestürzt und trennten die Kämpfenden mit ein paar Kolbenhieben. Die beiden Männer blieben halbtot im Dreck liegen. Haberland ging auf zitternden Beinen zu ihnen hinunter. An dem Revers seiner schwarzen Jacke steckte ein kleines silbernes Kreuz.
»Seid doch nicht verrückt!« schrie Haberland. »Haben wir alle zusammen dafür Widerstand geleistet und gekämpft? Ich flehe euch an, hört auf mit diesem Wahnsinn!«
»Scheißpfaffe«, sagte der eine Mann, dem Blut aus dem Mund rann. »Pfaffenschwein, leck mich am Arsch!«
»Mich auch«, sagte der andere, »kreuzweise, du Klerikalfaschist!«
Beide sahen Haberland so haßerfüllt an, daß ihm schwindlig wurde vor Schrecken und Kummer. Er schleppte sich ins Freie. Heim, dachte er, heim, ich muß heim in das Priesterheim.
Der Weg dorthin dauerte für den geschundenen und kranken Haberland, der einst so gesund und stark gewesen war, fünf Tage, denn in Wien wurde noch gekämpft, und immer wieder mußte er seinen Weg für Stunden oder halbe Tage und Nächte unterbrechen, um hinter Trümmern, in Ruinen, Schutz zu suchen. Nicht in Kellern, nein! Das war die nächste Erfahrung, die er machte, in der Mariahilferstraße. Hier schlugen schwere Granaten ein, als Haberland zum ersten Mal den Versuch unternahm, in einen Hausflur zu laufen. Das Tor war versperrt. Er hämmerte verzweifelt daran. Von der anderen Seite des Tores brüllte eine Männerstimme: »Hau ab! Hier kommt kein deutscher Soldat rein! Sonst haben wir gleich die Russen da!«
»Ich bin kein deutscher Soldat! Ich bin Kaplan!« schrie Haberland. Ein Geschoß detonierte in seiner Nähe, er warf sich zu Boden. Pflastersteine flogen über ihn hin.
»Laßt mich rein!«
»Geh scheißen!« kreischte eine Frauenstimme. »Kein deutscher Soldat kommt in unseren Keller!«
»Ich bin ein...« Haberland gab auf. Die nächste Granate schlug ein. Er flog durch die Luft, knallte gegen eine Hauswand und verkroch sich hinter einem Mauervorsprung. Als eine Gefechts-

pause eintrat, eilte er weiter. Die Erfahrung, daß die Menschen hier alle Tore versperrt hatten und keinem, der nicht im Hause wohnte, Einlaß gewährten, machte er noch mehrere Male, bis er resignierte und sich in den Ruinen versteckte, wenn ein neuer Angriff begann. Haberland sah, daß deutsche Soldaten vor verschlossenen Haustoren um Einlaß flehten gleich ihm, und gleich ihm umsonst. Er sah einmal auch, wie drei solche Soldaten – blutjung noch – von den Sowjets zu einem Bombentrichter geführt und dort erschossen wurden. Sie fielen in den Trichter.

Aus den Fenstern sehr vieler Häuser der Straßen, durch die Haberland kam, hingen Bettlaken – aber auch rote Hakenkreuzfahnen, von denen man das weiße Feld mit dem geknickten Kreuz abgetrennt hatte. Gegen das Licht war in jeder deutlich der große helle Kreis zu erkennen, dort, wo sich eben noch das Hakenkreuz in seinem Feld befunden hatte. Haberland sah diese Fahnen mit Ekel, die russischen Soldaten sahen sie voll Zorn, rissen sie herab oder setzten sie in Brand. Immer weiter eilte Haberland. Heim. Er mußte nach Hause. In das Priesterheim.

Tote Tiere und tote Menschen lagen auf den Straßen, durch die er kam, wenn Kampfpausen es ihm erlaubten, seinen Weg fortzusetzen.

Jenseits des Gürtels waren die Gefechte bereits vorbei.

Hier sah Haberland, wie Zivilisten in Geschäfte einbrachen und plünderten, Männer, Frauen, Kinder. Er hätte sich etwas Derartiges nie vorstellen können, und er hätte nie daran gedacht – nun war er überwältigt: Die Plünderer stahlen, was sie fanden, Kleidungsstücke, Schuhe, Lebensmittel, Gemüse. Sie kämpften miteinander um die Beute und schlugen sich blutig. Alte Frauen rannten keuchend an ihm vorbei, gebückt unter der Last der gestohlenen Gegenstände. Kleine Kinder lieferten sich Schlachten um eine Schachtel Zigaretten...

Haberland sah, in der Schönbrunnerstraße, zwei Männer, die einen schweren Sack gestohlen hatten. Sie trugen ihn gemeinsam. Plötzlich heulte ein Geschoß heran – immer noch stand SS nördlich der Donau, immer noch gab es vereinzelte deutsche Flugzeuge. Haberland warf sich auf den Boden. Bevor das Geschoß einschlug, sah er, wie die beiden Männer den schweren Sack fallen ließen und um eine Hausecke rasten, wo sie mehr Sicherheit erwarteten. Noch ehe die Explosion verklungen war, kamen zwei Frauen angerannt, packten den Sack und liefen mit ihm davon, ehe die beiden Männer wieder auftauchten. Aus dem Sack rann in einer breiten Spur Mehl...

In der Hietzinger Hauptstraße, auf dem Platz vor dem Eingang

zum Park des Schlosses Schönbrunn und vor der schönen alten Kirche Mariä Geburt, traf Haberland dann auf eine Gruppe von Wienern, die total betrunken waren und brüllend und wiehernd vor Lachen ein paar andere Wiener zusammenschlugen. Die Betrunkenen trugen allesamt rote Armbinden...
Haberland versuchte, Frieden zu stiften.
Ein kleiner Mann mit schiefer Schulter – er erinnerte Haberland an den Nazi-Hausbesorger bei Fräulein Demut – entdeckte als erster das silberne Kreuz an des Pfarrers Jacke. Mit einem Aufschrei warf sich der Mann über Haberland, der umfiel, und trat ihm in den Bauch.
»Du Pfaffenschwein!« schrie der Kleine mit sich überschlagender Stimme. »Du Pfaffensau, du schwarze! Mit euch ist jetzt Schluß! Mit euch wird jetzt auch aufgeräumt!« Und er trat Haberland ins Gesicht, bückte sich, riß das kleine Kreuz ab, spuckte es an und begann wie irre darauf herumzutreten. Das wird lebensgefährlich, dachte Haberland, als sich nun noch ein paar Betrunkene auf ihn stürzten. Die bringen mich um!
Sie brachten ihn in der Tat fast um.
Haberland war dabei, die Besinnung zu verlieren, als er einen Motor hörte. Er sah, Blut trübte seinen Blick, einen Jeep der Sowjetischen Militärpolizei. Drei Russen sprangen vom Wagen, brüllten, schossen in die Luft und trieben die Betrunkenen in den Park hinein. Die Männer, die wie Haberland geschlagen worden waren, rannten jetzt hinter ihren Peinigern her. Vermutlich sind das Nazis, dachte Haberland.
»Was los?« fragte ein Leutnant der Militärpolizei. »Du Faschist?«
»Nein...«, stammelte Haberland. »Nicht Faschist! Kaplan! Priester! Verstehen?«
»Scheiß, Kaplan!« sagte der junge Leutnant, und als er sah, in welchem Zustand sich Haberland befand, fügte er freundlicher hinzu: »Gefängnis?«
»Gefängnis, ja, und Gestapo...« Haberland holte mit zitternden Fingern seine in russischer Sprache geschriebenen Entlassungspapiere hervor. Der Offizier las sie.
»Wo du wohnen?«
»Warum?«
»Weil wir dich fahren, du kaputt.«
Haberland sah sich um.
»Was du suchen?«
Haberland suchte das kleine Kreuz. Er konnte es nicht mehr finden.

»Nichts«, sagte er.
»Schnell! Keine Zeit! Dawai!«
Der Offizier riß ihn hoch. Die Soldaten warfen ihn auf die harte Hinterbank des Jeeps, der sofort losraste. Mit Handbewegungen wies Haberland den Weg. Wenige Minuten später waren sie vor dem Priesterheim in der Innocentiagasse.
Haberland kletterte zu Boden. Er hatte überhaupt keine Kraft mehr.
»Danke...«, stammelte er, »danke...«
Der Jeep fuhr schon wieder an und verschwand um die nächste Ecke.
Haberland konnte gerade noch auf den Klingelknopf beim Tor drücken. Dann sackte er zusammen. Der Geistliche, der das Tor Sekunden später öffnete, fand ihn ohnmächtig in seinem Blut liegen.
Die nächsten Wochen waren für Haberland ein einziger Fiebertraum. Er wußte nicht, welche Stunde es war, welcher Tag, welche Woche. Er lag im Krankenzimmer, in dem ein Arzt sich um ihn kümmerte. Aber der Arzt hatte nur wenige Medikamente, und so blieb Haberland lange in seinem schlimmen Zustand. Ganz klar wurde er nie. Immer wieder schrie er laut. Und in gräßlichen Bildern erlebte er alles, was geschehen war, noch einmal in diesen Wochen.
Erst im Juni war er wieder bei Sinnen, Anfang Juli durfte er aufstehen und etwas später kleine Spaziergänge im Garten des Priesterheims machen, nach denen er jedesmal völlig erschöpft war. Dann wieder lag er tagelang zu Bett, starrte die Decke an und sprach kein Wort.
Mitte Juli war Haberland endlich kräftiger geworden, wenn er auch immer noch elend genug aussah. Er verließ das Krankenzimmer und versuchte, sich wieder nützlich zu machen. Er ›organisierte‹ einen alten Steyr-Fiat und ein wenig Benzin, damit seine Mitbrüder sich in der Stadt, in der noch immer keine Straßenbahnen fuhren, bewegen konnten. Haberland brach auf, um nach seinen Schützlingen, den jungen und alten einsamen Damen der ›Katharinen-Vereinigung‹ zu sehen. Alle hatten sie, bis auf zwei, überlebt. Eine war Philine Demut, das erfuhr Haberland von dem Hausbesorger Pangerl, den er in der Berggasse dabei antraf, wie er eine Menge von abgemagerten schwitzenden Männern schikanierte, die sich mit kümmerlichem Arbeitsgerät plagten, die Gasse freizulegen. Da war ein Haus eingestürzt, sah Haberland. Der größte Teil des Schuttbergs schien bereits fortgeräumt, die meiste Arbeit getan zu sein, es blieben aber immer noch genügend Schutt und Trümmer übrig.

Pangerl zeigte sich von seiner gewinnendsten Seite, als er Haberland erblickte. Er berichtete ihm, wie jedem, den er erreichen konnte, von seiner ›roten‹ Vergangenheit, davon, wie vielen Menschen er in der Uniform eines Nazis und als scheinbarer wirklicher Nazi das Leben hatte retten können, und daß das arme, junge Fräulein Philine Demut tot sei, ja, erschlagen von Bomben im Keller eines Hauses in der Singerstraße. Was hatte sie dort nur gewollt?
»Ich weiß es nicht«, sagte der Kaplan müde. Also Philine Demut ist tot. Nun, damit ist ihr manches erspart geblieben. Sie hätte jetzt gewiß viele Fragen an mich gehabt, dachte Haberland, und ich hätte keine Antworten darauf gewußt. Er konnte den kleinen Mann mit der breiten roten Armbinde nicht länger ertragen und ging schnell zurück zu dem alten Steyr-Fiat, der oben in der Währingerstraße stand.
Seine Fahrten in die Stadt wurden zuviel für Haberland. Er weinte manchmal, wenn er wieder nach Ober-St. Veit kam, weinte vor Empörung, Enttäuschung, Hilflosigkeit und über all das, was er zu sehen und zu hören bekommen hatte. Der Arzt, der ihn betreute, sagte zum Superior: »Schwere Depressionen... Ich weiß nicht, ob man nicht einen Psychiater heranziehen sollte... Ins Allgemeine Krankenhaus kehren jetzt sehr gute Ärzte zurück, darunter auch Emigranten...«
Der Superior schüttelte den Kopf.
»Bruder Roman ist krank an der Zeit«, sagte er, »da kann ihm auch der beste Psychiater nicht helfen...«
Und also war er keineswegs überrascht, als Haberland ihn um eine vertrauliche Aussprache ersuchte. Diese fand am 25. Juli, einem sehr heißen Tag, gegen die Mittagsstunde im großen, dunklen Arbeitszimmer des Superiors statt. Die schwarzen Luftschutz-Rollos waren herabgezogen und beließen die Kühle im Raum.
Der Kaplan Haberland sagte: »Ich kann nicht mehr, ich kann nicht... Ich kann nicht mehr. Ich bin am Ende.«
Just zu dem Zeitpunkt sprach er diese Worte, als Lindhout von einem Rotarmisten in jenes finstere kleine Zimmer im dritten Stock der Sowjetischen Kommandantur für Wien gestoßen wurde...

29

»Wir sind alle so ziemlich am Ende«, sagte der Superior, alt und gebrechlich. »Aber wir alle müssen weiterarbeiten, jetzt gerade.«

»Nicht ich«, erwiderte Haberland. »Darum habe ich um dieses Gespräch gebeten. Sehen Sie, wir alle haben gegen Hitler für eine neue, für eine bessere Zeit gekämpft. Nun ist sie da, die neue Zeit. Ich kann sie und diese Menschen hier nicht mehr ertragen.«

»Sie dürfen sich nicht versündigen, lieber Mitbruder. Was Ihnen widerfahren ist, waren unglückliche Zufälle, wie sie überall vorkommen.«

»Ich rede nicht von meinen Erlebnissen«, sagte Haberland. »Obwohl es gewiß keine unglücklichen Zufälle gewesen sind, obwohl gewiß ähnliches sich in ganz Europa begeben hat und begibt – ähnliches und Schlimmeres. Es ist in Wahrheit auch etwas anderes, das ich nicht ertragen kann: die Enttäuschung! Dafür also haben wir gekämpft! Dafür, daß übelste Nazis neue führende Stellen bekleiden, und zwar nicht nur bei den Amerikanern, die ihnen in ihrer grenzenlosen Naivität glauben, wenn diese Kreaturen sagen, sie seien schon immer Antifaschisten gewesen...« Inzwischen waren auch die drei anderen Alliierten in Wien eingezogen und hatten die Stadt in vier Sektoren aufgeteilt – ähnlich wie Berlin, das, wie Wien, inmitten der Sowjetischen Zone lag. »Ich bin oft genug in der Stadt gewesen! Ich habe diese Kreaturen gesehen und gehört – als Beamte schon wieder, als Richter – nach wie vor –, als Zuträger und Spitzel, als Schleichhändler und Denunzianten. Das ist das Schlimmste: Es gibt die schöne Not nicht mehr. In der Zeit der schönen Not haben wir alle zusammengehalten – Kommunisten und Geistliche, Sozialdemokraten und Konservative...«

»Sie haben da schlimme Erlebnisse...«, begann der Superior, aber Haberland unterbrach ihn mit einer fahrigen Handbewegung: »Ich spreche nicht von meinen Erlebnissen! Wenn es nur die allein gewesen wären! Menschen sind schwach! Aber ich lese Zeitungen genau wie Sie, ich höre genau wie Sie Radio. Was erfahren wir? Es gibt wieder Parteien, denn wir sind ja eine Demokratie geworden. Aber diese Parteien und ihre Mitglieder bekämpfen einander mit jedem Mittel, und wenn es noch so schmutzig ist. Wo ist sie, die Zeit der schönen Not, in der wir alle Freunde gewesen sind?«

»Übergangserscheinungen, wie sie nach den Jahren des braunen Terrors unvermeidlich sind!«

»Übergangserscheinungen? Und die Alliierten selber? Gestern

noch waren sie eins im Kampf gegen Hitler, heute schon beargwöhnen, verachten, mißtrauen und befeinden sie sich, aber ja doch, ich habe es doch gelesen, ich habe es doch gehört! Und das ist erst der Anfang! Mehr und mehr werden die Amerikaner sich von den Russen abwenden und in ihrem Deutschland auf ihre Feinde von gestern vertrauen – so wie die Russen in dem anderen Deutschland auf ihre Feinde von gestern! Manche sagen gar, der nächste Krieg kommt bald, sehr bald! Hitler ist tot, neue Machtblöcke bilden sich, und mit ihnen neuer Haß. Sie werden es sehen! Die Saat dieses verfluchten Mannes Hitler – jetzt erst, nach seinem Tod und seiner Niederlage, wird sie wirklich aufgehen! Warum? Weil der Mensch von Geburt an böse ist.«

»Sie wissen, daß Sie so niemals sprechen dürfen, Bruder Roman«, sagte der Superior, und seine Stimme wurde schärfer.

»Ich weiß es wohl. Ich habe es lange nicht wahrhaben wollen. Es tut mir leid. Ich muß es wahr sein lassen. Und all das hat mich dahin gebracht, um diese Unterredung zu ersuchen, um Ihnen zu sagen: *Ich kann nicht mehr!*«

»Lieber Bruder«, sagte der Superior, »Sie haben natürlich von dem Dompropst Bernhard Lichtenberg gehört, der so lange Jahre in Berlin gegen die Nazis gekämpft hat, eingesperrt und gequält worden ist wie Sie, und der zuletzt auf dem Transport nach Dachau starb, nicht wahr?« Haberland nickte. »Ich habe viel über Propst Lichtenberg erfahren inzwischen. So hat er, zum Beispiel, bis zu seinem Ende die Gelassenheit gehabt, seiner Lieblingsbeschäftigung nachzugehen, dem Anfertigen kleiner Verse. Einer davon zirkulierte im Gefängnis Plötzensee. Er lautet: ›Ich will nichts andres haben, / als was mein Heiland will, / drum hält der Strafgefangene / bis an sein Ende still. / Und was der Heiland will, / das steht schon lange fest: / Apokalypse zwei, vom zehnten Vers der Rest...‹ Der Rest von Vers zehn in der Geheimen Offenbarung, Kapitel zwei aber lautet: ›Sei getreu bis in den Tod; ich will dir dann die Krone des Lebens geben!‹«

»Lichtenberg hat Glück gehabt«, sagte Haberland, »er starb auf dem Transport. Ich wollte, ich wäre auch noch in ihr gestorben, in dieser Zeit der schönen Not.«

»Das dürfen Sie nicht sagen! Gott hat Ihnen Ihr Leben geschenkt, damit Sie Ihre Aufgabe erfüllen! Und Ihre Aufgabe ist...«

»Ich weiß, was meine Aufgabe ist«, sagte Haberland. »Aber ich kann sie eben nicht mehr erfüllen. Ich kann nicht. Nicht mehr hier, in diesem fluchbeladenen, verlorenen Europa.«

Stille. Dann sagte der Superior: »All das habe ich erwartet, Bruder Roman. Meine Worte waren nichts als ein letzter Versuch, Sie umzustimmen, Ihnen neuen Mut zu geben, neue Hoffnung. Es war ein vergeblicher Versuch, das sehe ich jetzt ein.«

»Aber was soll nun geschehen?«

»Ich habe nachgedacht darüber. Ich habe, glaube ich, einen Ausweg gefunden – nein, keinen Ausweg, sondern einen Weg, für Sie. Aber um diesen Weg zu gehen, müssen Sie vollkommen gesund und vollkommen bei Kräften sein! Ihre Zähne müssen gerichtet werden, Sie selbst müssen sich total umstellen. Dann können wir darangehen, Ihre Zukunft vorzubereiten.«

»Und was wird das für eine Zukunft sein?« fragte Haberland erregt.

Der Superior sagte ihm, was das für eine Zukunft sein würde.

30

Adrian Lindhout blieb zehn Tage und zehn Nächte in dem kleinen, fast vollkommen dunklen Raum im dritten Stock der Sowjetischen Kommandantur für Wien. In dieser Zeit wurde ihm von schweigenden Soldaten Essen gebracht. Er bekam auch eine Pritsche, auf der er schlafen konnte, Decken, einen Kübel, den er zweimal täglich leeren mußte, eine Schüssel, einen Krug voller Wasser, Seife und ein Handtuch, aber er mußte im Dunkeln essen, sich im Dunkeln waschen, alles im Dunkeln tun. Wieder einmal wuchs ihm ein wüster Bart. Er wußte nicht, was die Russen mit ihm vorhatten. Zuerst war er der Meinung gewesen, man werde ihn und Krassotkin, den Doktor Sommer und die Schwester Elfriede sogleich verhören, anklagen, irgend etwas werde geschehen, Schlimmes. Allein, es geschah nichts.

Terror? Weshalb? Warum sollte er gebrochen werden, er, eben noch der gefeierte Entdecker von AL 203? Weil der arme Soboljew während seiner Entziehungskur vielleicht gestorben war? Weil man einen Mord vermutete? Einen Mord, an dem er, Lindhout, mitgewirkt hatte? Ja, aber dann hätte man ihn doch erst recht verhören müssen!

Tag und Nacht quälte Lindhout die Frage: *Warum hat mein AL 203 nicht gewirkt?* Er suchte verzweifelt nach einer Erklärung. Er *mußte* eine Erklärung finden, er war ein Mann der exakten Wissenschaft. Wo war die Erklärung? Er grübelte und grübelte...

Am 5. August 1945 erschien dann ein fließend deutsch sprechender Oberst der Roten Armee in Lindhouts Zellenzimmer.

»Herr Doktor Lindhout«, sagte dieser Oberst, »mein Name ist

Lewin, Karl Lewin. Ich stamme aus Berlin. Als Hitler dreiunddreißig an die Macht kam, war ich fünfzehn Jahre alt. Meine Eltern flüchteten mit mir nach Moskau – sie waren Kommunisten und Juden. Ich habe in Moskau Chemie studiert. Meine Eltern sind gestorben. Bitte, folgen Sie mir.«

»Wohin?« fragte Lindhout.

»Keine Angst«, sagte Lewin, »es geschieht Ihnen nichts. Sie müssen jetzt baden und sich rasieren und die Haare schneiden lassen. Anzug und Wäsche sind gebügelt worden. Man erwartet uns im Chemischen Institut.« Nach einer Pause setzte er hinzu: »Es tut mir leid, daß wir Sie hier so lange gefangenhalten mußten. Es blieb uns keine Wahl. Die Umstände, unter denen der Genosse Major Soboljew seinen Zusammenbruch erlitt, waren zu rätselhaft.«

»Und jetzt sind sie es nicht mehr?«

»Sie sind es noch immer...« Oberst Lewin zögerte... »aber wir können wenigstens den Verdacht, daß es sich um einen Mordversuch gehandelt hat, eliminieren, seit wir mit Major Bradley gesprochen haben.«

»Amerikaner?«

»Ja«, sagte Lewin kurz.

»Aber was hat dieser Bradley...«

»Später«, sagte Lewin. »Die Zeit eilt.«

»Und Major Krassotkin...«

»Wird ebenfalls dort sein. In Freiheit. Doktor Sommer und die Krankenschwester Elfriede sind schon seit gestern frei. Ich begleite Sie zu Ihrem Institut, Doktor Lindhout. Auch Major Bradley erwartet Sie... Nun kommen Sie, kommen Sie...« Und er zog den Verblüfften mit sich auf den Gang hinaus.

31

Rasiert, gebadet, mit frisch geschnittenem Haar und in sauberer Kleidung schritt Adrian Lindhout zwei Stunden später die Treppen zu seinem Laboratorium im Chemischen Institut an der Währingerstraße hinauf.

Verrückt, dachte er. Alles verrückt. Das ganze Leben ist verrückt. Er erreichte die Tür zu seinem Labor und trat ein. Zwei Menschen sahen ihm entgegen.

»Aber...«, begann Lindhout, doch Oberst Lewin unterbrach ihn: »Das ist Major Krassotkin, den kennen Sie schon, Doktor Lind-

hout, und das ist Major Bradley. Major Bradley, erlauben Sie, daß ich Ihnen Herrn Doktor Adrian Lindhout vorstelle.«
Der Major Bradley war kein Mann.
Der Major Bradley war eine schöne junge Frau, mit einer großen horngefaßten Brille.

32

Ihr braunes Haar, nach hinten gekämmt, bildete im Nacken eine Rolle. Sie trug die amerikanische Uniform mit dem Zeichen der Ärzte – Äskulapstab und sich darum windende Schlange – auf den Revers ihres Jacketts, Hosen, Armeehemd und Krawatte. »Ich gehöre zu dem ersten Kontingent der Army, das in Wien eingetroffen ist. Ich arbeite im ehemaligen Krankenhaus des Gremiums der Kaufmannschaft. Das haben wir beschlagnahmt und als Lazarett eingerichtet...«
»Sie sprechen großartig deutsch!«
»Meine Eltern kamen aus Deutschland, Doktor Lindhout. Aus Göttingen. Wir sind eine ziemlich gemischte Gesellschaft hier!« Ihre braunen Augen leuchteten.
Vier Menschen setzten sich. Die Sonne schien. Es war heiß. Jemand hatte die Fenster geöffnet. Von draußen drang Straßenlärm herein. Lindhout schüttelte benommen den Kopf und kniff die Augen zusammen. Soviel Helligkeit nach soviel Dunkelheit. Das Ende eines Alptraums...
»Ich bin Suchtspezialistin, Doktor Lindhout. Ich habe in Lexington gearbeitet.«
»Wo?« fragte Krassotkin.
»In Lexington.« Dr. Bradley rückte an ihrer Brille. »Das ist eine Universitätsstadt in Kentucky. Und dort gibt es die Klinik des Amerikanischen Gesundheitsdienstes für Drogensüchtige. Ich bin bereits seit 1941 in dieser Klinik...« Sie ist wohl dreißig Jahre alt, dachte Lindhout, immer noch benommen. Wie schöne Hände und schöne Zähne sie hat... alles ist schön an ihr! »In Lexington suchen wir schmerzstillende Mittel anstelle von Morphin, Analgetica, die nicht süchtig machen... so wie seinerzeit McCawley, Hart und Marsh 1940 das N-Allylnor-Morphin untersucht haben, das ja schon 1914 synthetisch hergestellt worden ist, von Pohl! Nun, und bei unseren Arbeiten hat sich gezeigt, daß gewisse neue Substanzen imstande sind, die Morphinwirkung, zum Teil wenigstens, aufzuheben.«

»Aber...« Lindhout stockte. »... aber damit hätten Sie ja Morphin-*Antagonisten* gefunden!«
Georgia Bradley nickte.
(Antagonist – ›Gegenspieler‹ –, das ist ein alter Ausdruck in der Medizin für etwas gegensinnig Wirkendes. Das bekannteste Beispiel liefert das Vegetative Nervensystem: Vagus und Sympathicus arbeiten in ständigem Wechselspiel, und da ist der eine jeweils der Agonist und der andere der Antagonist.)
»Ihre Substanzen«, sprach Lindhout weiter, »haben also schmerzstillende Wirkung...«
»Ja, bei Menschen und gewissen Tieren.«
»... und heben außerdem die Wirkung von Morphin auf?«
»So ist es.« Doktor Bradley nahm ihre Brille ab. »Nicht nur die von Morphin. Auch die von synthetisch hergestellten anderen Analgetica.« Sie lächelte Lewin zu. »Das habe ich Ihren sowjetischen Kollegen erklärt.« Und jetzt wandte sie sich zu Lindhout: »Die standen nämlich zunächst vor einem genauso großen Rätsel wie Sie mit Ihrem AL 203.«
»Also ist AL 203 auch ein Morphin-Antagonist?« fragte Lindhout.
»Oder AL 207«, antwortete Major Bradley. »Oder AL 203 *und* AL 207.«
»Wieso?« fragte Krassotkin.
»Nun, man hat Sie und Doktor Lindhout doch verhaftet, weil bei dem morphinsüchtigen Major Soboljew sofort nach Verabreichung von AL 203 schwere Symptome auftraten, die deutlich genug zeigten, daß Doktor Lindhouts AL 203 als Antagonist gegen Morphium wirkt! Mit AL 207 haben Sie das noch nicht versucht! Und auch bei AL 203 sind wir darauf gekommen, daß Doktor Lindhout hier ein – wenn allein für sich gespritzt – hervorragendes Analgeticum gefunden hat – *und zugleich* einen Morphin-Antagonisten! Warum? Weil AL 203 noch nie zuvor bei einem Morphinsüchtigen gespritzt, sondern immer nur als rein schmerzstillendes Mittel bei Schwerverwundeten oder Frischoperierten verwendet worden ist.«
Lindhout begann im Laboratorium hin und her zu gehen.
»In den letzten Tagen habe ich an nichts anderes gedacht«, sagte er, »als an eine Erklärung für die Erscheinungen, die bei Major Soboljew eingetreten sind, nachdem wir ihm AL 203 injiziert haben. Wie geht es dem Kollegen übrigens?«
»Ausgezeichnet«, sagte Oberst Lewin. »Er ist schon aus dem Bett und macht Spaziergänge.«
»Gott sei Dank!« Lindhout atmete auf. »Ich habe mir vielerlei Gedanken gemacht, Hypothesen konstruiert... Spekulationen... eine stichhaltige Theorie, die ich vortragen wollte, damit man uns

freiließ... und bitten, diese Theorie mit weiteren Versuchen beweisen zu dürfen... und jetzt...«

»Und jetzt?« fragte Georgia Bradley.

»Jetzt stehe ich vor Ihnen, und mit einem jeden Ihrer Worte haben Sie mein Gedankengerüst gestützt!« rief Lindhout.

»Wie sieht es denn aus, dieses Gerüst?« fragte Oberst Lewin.

»Ich will es Ihnen erklären«, sagte Lindhout. Er gestikulierte mit den Händen. »Sehen Sie: Wir wissen – das heißt: Wir wissen noch gar nichts, wir *vermuten*, daß Morphin an bestimmten Endigungen von Nerven, an *Rezeptoren* im Gehirn, wirkt.«

»Aber...«, begann Krassotkin.

»Lassen Sie ihn sprechen«, sagte Georgia Bradley und setzte die Brille wieder auf.

Lindhout war stehen geblieben.

»Es kann nicht anders sein! Irgendwelche Rezeptoren im Gehirn sind die Eingangspforten für das Morphin. Bei Verabreichung eines Antagonisten aber, also zum Beispiel meines AL 203, besetzt dieser die Rezeptoren, macht sie unempfindlich... versiegelt sie gleichsam... *und wenn man dann Morphin spritzt, kann dieses nicht mehr an seinen Wirkungsort gelangen.* Oder auch umgekehrt: Wenn Morphin bereits im Organismus vorhanden ist, wird seine Wirkung aufgehoben – wie wir es bei Major Soboljew erlebt haben! Sind meine Folgerungen richtig?«

Die drei nickten schweigend.

»In den Vereinigten Staaten«, sagte Lindhout, »und bei uns wurden synthetische Stoffe hergestellt mit der gleichen schmerzstillenden Wirkung wie Morphin, aber ohne, soweit wir bisher wissen, süchtig zu machen und ohne unangenehme Nebenwirkungen. Richtig?« Wieder nickten die drei. »Unter diesen vielen synthetischen Präparaten gibt es aber, wie wir jetzt sehen, auch solche, die *Morphin-Antagonisten* sind! *Nicht nur Morphin-Antagonisten*, sondern auch *ein Präparat wirkt antagonistisch gegen* das *andere!* Das habe *ich* erlebt, als meine Assistentin einmal versehentlich einem Tier AL 203 *und* AL 207 spritzte! Die schmerzstillende Wirkung, die jede Substanz für sich allein hat, war *verschwunden!* Es war, als hätten wir überhaupt kein Analgeticum verabreicht! Die beiden Substanzen konkurrierten miteinander!«

»Eben«, sagte Georgia Bradley. »Das meinte ich, als ich sagte, vielleicht sind AL 203 und AL 207 Antagonisten!« Sie trat zu Lindhout. »Lexington ersucht Sie über mich, mit den Chemikern dort zusammenzuarbeiten. Sie und ich, wir werden in Wien Kontakt halten.« Lindhout nickte. »Und mit Doktor Lewin natürlich! Denn das, was Sie Ihr ›Gedankengerüst‹ genannt haben, Ihre

Hypothese, muß nun erst in Reihenversuchen bewiesen werden! Überzeugend bewiesen! So, daß es keinen Zweifel mehr geben kann!«
»Auch wir bitten Sie, weiterzuforschen, Doktor Lindhout«, sagte Oberst Lewin. »Spezialisten aus Moskau werden kommen, um sich mit Ihnen zu unterhalten – was Sie da gefunden und im Kopf bereits weiterentwickelt haben, könnte von größter Wichtigkeit sein!«
»Ach«, sagte Lindhout. »Was habe ich denn getan?«
»Sie?« sagte Georgia Bradley: »Wenn sich in Ihre Beobachtungen nicht ein Fehler eingeschlichen hat, dann haben Sie eine synthetische Substanz gefunden, die mit der Struktur von Morphin nichts zu tun hat, obwohl sie analgetisch wirkt – und ausgerechnet dieses Präparat ist ein Morphin-Antagonist, der erste, den es gibt! Man muß die Forschung hier energisch vorantreiben, denn ich halte diesen Ihren Befund für äußerst bedeutsam.«
Drei Menschen sahen Lindhout an. Von draußen klang Straßenlärm in das stille Labor. Lindhout lächelte, sehr verlegen und schüchtern, dann zuckte er die Schultern und wandte sich ab.

33

In einem Jeep brachte Frau Dr. Bradley ihn zur Berggasse, bevor sie in das Hospital fuhr.
»Ich bin so froh, Ihnen begegnet zu sein... ich kann es nicht ausdrücken...«, sagte Lindhout mühsam.
»Auch ich bin froh«, sagte die Ärztin und sah ihn aus braunen Augen an, in denen goldene Funken zu blitzen schienen. »Von nun an werden wir einander sehr häufig sehen, Kollege.«
»Und wie ich mich darüber freue, Kollegin«, sagte er, während sie bereits losfuhr. Er winkte ihr lange nach. Sie winkte, ohne sich umzusehen, zurück. Es fiel ihm nicht auf, daß die Berggasse mittlerweile wieder völlig trümmerfrei war.
Lindhout glaubte, noch immer Georgia Bradleys Parfüm zu riechen, als er endlich in den kühlen Flur des Hauses trat und – Parterre, Hochparterre, Mezzanin – in den dritten Stock emporzusteigen begann. Der Lift war schon seit dem letzten Kriegsjahr außer Betrieb. Lindhout erreichte die Tür der Wohnung, die einstmals Fräulein Demut gehört hatte und nun die seine war. Er schloß die Tür auf. Im Flur kam ihm die kleine Truus entgegengestürzt.
»Adrian!«

»Truus, mein Herz!«
»Ich habe solche Angst um dich gehabt! Wo bist du so lange gewesen? Die Tante Maria hat gesagt, du kommst bald zurück, aber du bist nicht bald zurückgekommen. Wo warst du, Adrian?«
»Das erkläre ich dir später, Truus. Jetzt ist alles gut, und ich bin wieder da. Guten Tag, Frau Penninger!« Diese war in den Flur getreten.
»Seit zwei Stunden warten zwei Herren auf Sie«, sagte Maria Penninger bedrückt.
»Was für Herren?« fragte Lindhout. Da sah er sie schon in den dämmrigen Flur kommen, beide groß, beide mager. Er knipste das elektrische Licht an. Der eine der beiden Männer war etwa Mitte Vierzig, der andere jünger – etwa so alt wie ich, dachte Lindhout.
»Meine Herren?« fragte er.
Der Ältere sagte freundlich: »Mein Name ist Heger, Hauptkommissar. Das ist Kommissar Groll. Ich bin Chef der Mordkommission Zwei im Wiener Sicherheitsbüro. Herr Groll ist mein Assistent.«
»Mordkommission?« fragte Lindhout mit ausdruckslosem Gesicht.
»Ja«, sagte Heger. »Es scheint hier, in diesem Hause, ein Mord verübt worden zu sein. Wir sind dabei, den Täter zu suchen. Der Ermordete wurde vorgestern gefunden – als die Berggasse endlich von den Trümmern des Hauses gegenüber frei gemacht war. Er hat unter dem Schuttberg gelegen. Die Gerichtsmediziner in der Sensengasse haben mit dem, was von diesem Menschen übrig geblieben ist, viel Mühe gehabt und haben sie noch immer. So lange Zeit unter Trümmern... aber die Personalpapiere dieses Mannes, der von sechs Geschossen aus einer Waltherpistole, Kaliber 7.65, getroffen worden ist, waren noch lesbar. Es handelt sich bei dem Toten um einen Mann, den Sie unbedingt kennen müssen, Herr Doktor Lindhout.«
»Ich?«
»Ich denke schon«, sagte der Kommissar Groll, der auffallend blaß war. »Was der Herr Hauptkommissar meint, ist: Sie sind doch Chemiker, nicht wahr?«
»Ja.«
»Und Sie haben in der letzten Kriegszeit im Chemischen Institut gearbeitet. Jetzt sind Sie der von den Russen eingesetzte Lehrer.«
»Die Russen haben mich gerade laufen lassen, nachdem...«
»Das wissen wir. Die Kommandantur hat uns angerufen. Darum sind wir ja jetzt auch hier«, sagte Heger. »Alle anderen Hausbewohner und die Bewohner der Häuser rundum haben wir schon verhört. Sie sind nun als letzter dran.«

»Was hat das alles mit meinem Beruf zu tun?« fragte Lindhout. Na also, dachte er, nun ist es soweit.
»Bei dem Toten handelt es sich auch um einen Chemiker, Herr Doktor Lindhout«, sagte der blasse Kommissar Groll. »Um einen Mann, der, wie wir gehört haben, sozusagen direkt neben Ihnen gearbeitet hat. Sie *müssen* ihn kennen! Wir erwarten uns von Ihrer Aussage wichtigste Hinweise. Der Mann, der da ermordet worden ist, hieß Tolleck, Doktor Siegfried Tolleck.«

34

»Natürlich«, sagte Lindhout, völlig ruhig, drei Minuten später mit den beiden Kriminalbeamten allein in seinem Arbeitszimmer, »habe ich Herrn Tolleck gekannt. Er hat tatsächlich direkt neben mir im Chemischen Institut gearbeitet – woran, das weiß ich allerdings nicht.«
»Das spielt auch keine Rolle«, sagte der nervöse Heger, der unentwegt schlechte Zigaretten rauchte. Stets zündete er eine neue am Stummel der vorigen an. Der blasse, krank wirkende Groll, der von einem in Abständen sich wiederholenden leichten Husten geplagt wurde, ging zu den Glastüren, die auf den Steinbalkon hinausführten, und sah sich da um. Er kam ins Zimmer zurück, sagte kein Wort und setzte sich.
»Herr Doktor Lindhout«, fragte aus einer dichten Tabakwolke Hauptkommissar Heger mit dem knochigen, schmalen Gesicht, »haben *Sie* den Doktor Tolleck erschossen?«
»Ich?« Lindhout gelang es, verblüfft hochzufahren. »Wieso ich? Was soll diese Frage?«
»Haben Sie ihn erschossen?« wiederholte Heger beharrlich und fast freundlich. »Ich frage nicht nach Gründen. Ich frage nur: Haben Sie den Doktor Tolleck erschossen?«
»Selbstverständlich nicht!« rief Lindhout. Alles, was er tat, tat er routiniert. Er hatte lange genug Zeit gehabt, sich auf eine solche Szene vorzubereiten. Personalpapiere, sagt dieser Heger, haben sie gefunden, dachte Lindhout. Von einem Brief hat er nichts gesagt. Also haben sie den Brief, mit dem das Schwein Tolleck mich erpressen wollte, nicht mehr gefunden. Oder doch? Ich muß achtgeben, sehr achtgeben, dachte Lindhout und fragte: »Was für Gründe sollte ich gehabt haben?«
Er dachte: Wenn sie den Brief gefunden haben, wissen sie über die Gründe Bescheid. Dann werden sie mich gleich verhaften. Das

wäre schlimm. Ich will nicht ins Gefängnis – gerade jetzt, wo ich diese Ärztin kennengelernt habe und weiß, daß andere auf demselben Gebiet arbeiten wie ich. Jetzt, wo ich so viele Pläne habe! Jetzt, wo endlich Frieden ist.
»Ich habe ja gesagt, ich frage Sie nicht nach den Gründen«, erwiderte Heger. Der andere, dieser krank wirkende junge Kommissar Groll, sah Lindhout nachdenklich an. Lindhout dachte: Spielen sie Katze und Maus mit mir? Haben sie den Brief also doch gefunden? Aber warum verhaften sie mich dann nicht einfach und sofort? Warum die Fragerei? Nein, den Brief haben sie nicht, den haben sie nicht!
Er dachte: Tolleck, du armes Schwein. Ich habe immer gedacht, es würde mich niemals eine Sekunde lang belasten, daß ich dich über den Haufen geschossen habe. Es belastet mich. Es quält mich. Nicht nur jetzt und eine Sekunde. Es wird mich wohl immer belasten und quälen, mein ganzes Leben lang. Ja, mein ganzes Leben lang. Was habe ich denn anderes tun können, als dich umbringen? Trotzdem... ich werde nie freikommen von meiner Schuld. Schuld? Ja, ja doch, Schuld! Aber ich gehe nicht ins Gefängnis. Da ist Truus. Da ist meine Arbeit. *Meine Arbeit!* Er sagte: »Mir gefällt Ihr Ton nicht, Herr Hauptkommissar. Sie behandeln mich, als ob ich der Mörder bin.«
»Tue ich das?« Heger hob erstaunt die buschigen Brauen.
»Ja, das tun Sie!« Ruhig, bewahre Ruhe, mahnte Lindhout sich.
»Ganz gewiß nicht, Herr Lindhout.«
»Aber ja doch, Herr Hauptkommissar!«
»Ich versichere Ihnen, nichts liegt mir ferner«, sagte Heger. »Aber wir müssen den Mörder finden. Das ist nun einmal unser Beruf.«
»Wir haben alle anderen Leute hier ebenso verhört wie Sie, Herr Doktor«, sagte der magere Groll fast entschuldigend.
Tolleck, du dummer, armer Hund von einem Erpresser, dachte Lindhout, warum mußtest du mich erpressen? Wer hat dir das Recht gegeben, mich mit deinem Tod zu belasten, solange ich lebe, wer? Gott? Was hat sich Gott dabei gedacht, wenn es Gott gibt? Und wenn es ihn nicht gibt, wer war es dann? Was für ein Sinn steht hinter all dem? Es gibt nichts ohne Sinn. Also?
Lindhout sagte: »All die anderen, die Sie bereits vor mir verhört haben – haben die Ihnen keine Hinweise gegeben?«
»Doch, das haben sie«, sagte Groll.
»Was waren das für Hinweise?«
»Es waren lauter Hinweise auf Sie, Herr Doktor«, antwortete Groll. Heger zündete eine neue Zigarette am Stummel der letzten an.

»Auf mich?« Lindhout lachte kurz auf. »Was sagen diese Menschen denn?«
»Daß der Ermordete, dieser Doktor Tolleck, kurz vor seinem Tod bei Ihnen gewesen ist.«
»Bei mir?« Das Fräulein! Dieses verrückte Fräulein Demut hat im Luftschutzkeller erzählt, daß sie jemanden zu mir gebracht hat, bevor die Sirenen heulten! Darum hat der Hausbesorger Pangerl mich dann später, nachdem ich Tolleck erschossen hatte und die Bombe gegenüber eingeschlagen war, unten im Keller nach meinem Besucher gefragt. Wie war das jetzt gleich? Ich habe zugegeben, daß ich einen Besucher gehabt habe. Ja, das mußte ich zugeben, das Fräulein hat ihn doch gesehen. Hat sie aber auch den Namen des Besuchers genannt? Nein. Ja. Nein! Sie hat nur von einem Mann gesprochen, denn Pangerl hat mich nur nach ›diesem Mann‹ gefragt, und ich habe gesagt, daß ›dieser Mann‹ weggegangen ist, noch bevor die Sirenen heulten. Egal, das hat Pangerl den beiden Kriminalbeamten natürlich erzählt, sie wissen, daß ›dieser Mann‹ bei mir gewesen ist, und nun werden sie mich fragen, wer ›dieser Mann‹ war, und da darf ich nicht lügen, das wäre zu gefährlich, ich muß ihnen zuvorkommen...
Also sagte Lindhout: »Ach ja, der Kollege Tolleck war bei mir an diesem Vormittag, jetzt erinnere ich mich wieder, aber er ist fortgegangen, rechtzeitig.« *Dieselben Worte*, dachte er, das müssen jetzt exakt dieselben Worte sein, die ich schon einmal gesprochen habe. Und darum fügte er hinzu: »Wir haben noch im Keller über ihn geredet, und ich habe gesagt, ich hoffte, daß er sich rechtzeitig in Sicherheit bringen konnte.«
»Ja, das hat uns auch der Hausbesorger erzählt«, sagte Groll.
»Na also.«
»Und Sie haben Ihren Kollegen Doktor Tolleck nicht vermißt?«
»Wann?«
»Nach dem Angriff! Im Institut! Wenn er doch tot war, konnte er nie mehr im Institut auftauchen, und Sie haben Tür an Tür gearbeitet, wie Sie selber sagen!«
Wie ich selber sage...
»Nein, er ist nie mehr aufgetaucht«, antwortete Lindhout. »Das war ein schwerer Angriff damals. Wir dachten im Institut alle, daß es den Kollegen Tolleck irgendwo erwischt hat. Es ging doch damals schon ziemlich drunter und drüber. Tolleck hatte keine Verwandten. Viele Leute sind damals plötzlich nach einem Angriff nicht mehr aufgetaucht – nehmen Sie nur die frühere Besitzerin dieser Wohnung, Fräulein Demut! Sie ist nach einem späteren Angriff nie mehr gesehen worden. Der Hausbesorger, Herr Pan-

gerl, hat mir erzählt, daß sie in einem einstürzenden Keller an der Singerstraße umgekommen ist. Sie hatte ihre Personalpapiere bei sich, und so konnte man sie identifizieren – genauso wie den Doktor Tolleck. Aber nie im Leben habe ich gedacht, daß es ihn direkt vor unserem Haus getroffen hat! Nie!«

»Warum nie?« fragte Groll.

»Warum? Weil er viele Minuten vor dem Einschlag der Bombe fortgegangen ist.« Hier spürte Lindhout wieder festen Boden unter den Füßen. An dieser Version mußte er festhalten. Niemand hatte den Doktor Tolleck gesehen, als er ging, denn der war nicht gegangen, sondern vom Balkon hinabgestürzt, als die Bombe einschlug, sechs Geschosse im Leib. Und es gab niemanden, der sagen konnte, daß er eben *nicht* früher gegangen war!

»Dieser Balkon...«, begann Groll langsam.

»Was ist mit ihm?«

»Wenn Tolleck hier erschossen worden und von diesem Balkon auf die Straße gestürzt wäre, dann hätte man seinen Leichnam genau dort gefunden, wo man ihn gefunden hat.« Groll sah Lindhout mit großen Augen an. Ganz fiebrig glänzen diese Augen, dachte Lindhout.

»Sie verdächtigen mich also doch, daß ich Tolleck erschossen habe!«

»Das stimmt nicht. Ich habe nur gesagt: *Wenn* er von diesem Balkon gestürzt wäre, als er erschossen wurde, dann hätte er genau auf der Stelle gelegen, auf der er dann wirklich lag. Es kann ihn natürlich auch jemand auf der Straße erschossen haben. Lärm gab es genug. Schüsse können in diesem Lärm untergegangen sein.«

»Welchen Grund sollte ich haben, ihn zu erschießen, ich, ein Ausländer, der Tolleck kaum kannte?« fragte Lindhout. Sein Scenario. Sein Text, den er auswendig gelernt hatte.

»Das wissen wir nicht«, sagte Heger, dessen Fingerkuppen nikotingelb verfärbt waren. »Niemand weiß das.«

»Vielleicht hatte er Feinde. Einen Feind, der auf der Straße auf ihn wartete«, sagte Groll. »Dieser Unbekannte mit seinen uns unbekannten Gründen muß dann allerdings unheimliches Glück gehabt haben – sonst hätte man zwei Leichen unter dem Schuttberg gefunden. Besitzen Sie eine Waltherpistole, Kaliber 7.65, Herr Doktor?«

»Nein«, sagte Lindhout. »Wollen Sie mich durchsuchen?« Gott, dachte er, es scheint Dich doch zu geben. Die Pistole liegt noch immer unter Schutt versteckt in der Küche im dritten Stock dieser halben Ruine an der Schwarzspanierstraße – keine tausend Meter von hier. Er hob die Arme. »Bitte!«

»Wir haben hier schon alles durchsucht und nichts gefunden«, sagte Groll. »Und bei sich tragen Sie eine Waffe gewiß nicht. Sie kommen von den Russen.«
»Sie haben hier schon... in meiner Abwesenheit? Ist das nicht ungesetzlich?«
»Wir haben natürlich einen Durchsuchungsbefehl, Herr Doktor.«
»Natürlich, Herr Kommissar. Sie sagen selbst, daß ich auf der Sowjetischen Kommandantur festgehalten worden bin. Dort hat man mich natürlich durchsucht. Und ganz bestimmt auch, während ich dort festsaß, diese Wohnung hier. Meinen Sie, ich stünde jetzt vor Ihnen, wenn die Russen etwas gefunden hätten?«
»Also: Kein Motiv, keine Waffe«, sagte Heger.
»So ist es.«
»Ist es wirklich so?« fragte der Kommissar Groll.

35

In den nächsten Wochen verbrachte Lindhout den größten Teil seiner Zeit im Chemischen Institut. Mit Morphin, das er von der Ärztin Georgia Bradley aus amerikanischen Beständen bekam, machte er nun Mäuse morphinsüchtig, denn er mußte wissen, ob die Theorie stimmte: daß seine ›Antagonisten‹ die Rezeptoren für Morphin besetzten und so vorübergehend die Morphinwirkung aufhoben. Darum impfte er einen Teil der Tiere nur mit AL 203 und einen weiteren mit AL 207. Mäuse waren für diese Untersuchungen viel besser geeignet als Kaninchen.
Lindhout hatte sehr viel zu tun. Professor Albrecht saß noch immer irgendwo in einem Alpental im Westen Österreichs, also blieb Lindhout weiter Leiter des Instituts, und da waren Probleme vielerlei Art zu bewältigen. Georgia Bradley besuchte Lindhout häufig. Sie half bei der Arbeit. Sie brachte, was er benötigte. Bald schon fühlte er sich zu der jungen, ernsten und schönen Frau mit der großen Brille mehr und mehr hingezogen. Frau Penninger sorgte für Truus und den Haushalt in der Berggasse. Die Schulen waren noch nicht wieder eröffnet. Frau Penninger ging mit dem kleinen Mädchen täglich zu der ›Ausspeisung‹ für Wiener Kinder, die es an zahlreichen Orten der Stadt gab, so auch in der Liechtensteinstraße. Viele Hunderte Kinder erhielten hier täglich, in mitgebrachte Behälter gefüllt, Milchsuppe und Weißbrot – und manchmal ein Stück Schokolade. Die Erwachsenen lebten von den erbärmlichen Lebensmittelzuteilungen, die sie nach wie vor auf

Kartenabschnitte bezogen. Schwerarbeiter, Künstler und Wissenschaftler waren bevorzugt; so konnte Lindhout von seinem Teil immer die Hälfte an Frau Penninger abgeben. Truus nahm ihr Essen gewöhnlich um die Mittagsstunde in Lindhouts Labor ein, denn über die Strudlhofstiege waren es nur ein paar hundert Meter von der Liechtensteinstraße bis zum Chemischen Institut. Still saßen Frau Penninger und Lindhout dann da und sahen zu, wie das kleine, magere Mädchen seine Suppe löffelte...

Eines Tages erschien um die Mittagsstunde Georgia Bradley. Sie hatte von der ›Ausspeisung‹ gehört, und so brachte sie jetzt eine große Menge wunderbarer, längst vergessener Dinge mit. Liebevoll breitete sie alles auf einem Labortisch vor Truus aus: Kakao, Schokolade, Kondensmilch, Schinken, Peanut-Butter, Marmelade, Kaugummis, andere Süßigkeiten, Gemüse in Konserven, Weißbrot.

Danach geschah es zum ersten Mal.

Truus, die ihre Suppe gelöffelt hatte, stellte das Blechgefäß auf den Tisch und sah Georgia feindselig an.

»Was ist denn?« fragte diese.

»Ich mag das nicht«, sagte Truus. »Und ich mag dich nicht! Warum bist du hier?«

»Aber Truus«, sagte Frau Penninger erschrocken, »die Dame hat es doch gut gemeint, sie weiß, daß Kinder jetzt so wenig zu essen haben, sie hat dich lieb...«

Mit einem Aufschrei warf Truus den Napf zu Boden. Die Suppe spritzte nach allen Seiten. Truus rief: *»Lieb? Mich? Mich* hat sie *nicht* lieb! Sie hat *Adrian* lieb, und deshalb kann ich sie nicht leiden!« Sie sah die Ärztin haßerfüllt an und stampfte mit den kleinen Füßen auf. »Was machst du immerzu hier? Geh weg! Adrian ist mein Vater!«

»Ich nehme ihn dir doch nicht, Truus«, sagte Georgia, verlegen wie die beiden anderen Erwachsenen. »Ich wollte dir ein Geschenk machen! Und noch viele mehr! Wirklich, weil ich dich gern habe!«

»Aber ich dich nicht!« rief Truus. »Und ich will keine Geschenke von dir! Laß Adrian in Ruhe!« Ihre Stimme überschlug sich vor Erregung. »Adrian und ich gehören zusammen!«

»Aber das weiß ich doch, Truus«, sagte Georgia. »Und ich will auch, daß es so bleibt!«

»Du lügst! Du willst nicht, daß es so bleibt! Du willst, daß du und er zusammengehören!«

Georgia war sehr rot im Gesicht geworden und tastete nach ihrer Brille.

Lindhout stand sprachlos da. Frau Penninger nahm Truus bei der

Hand. Sie sagte: »Du hast dich gerade sehr häßlich benommen, Truus! Jetzt wirst du dich bei der Dame entschuldigen!«

»Nein!«

»Doch, du wirst!«

»Nie! Nie! Nie!« schrie Truus.

»Truus!« sagte Lindhout scharf.

»Und du, du willst mich auch nicht mehr!« Truus rannte weinend fort.

»Entschuldigen Sie...«, stammelte Lindhout. »Was hat Truus bloß? Was ist denn in sie gefahren?«

»Ach«, sagte Frau Penninger, »eifersüchtig ist sie...« Und sie eilte fort, um Truus zu suchen.

Lindhout ergriff einen Lappen. Er sah Georgia an.

Er sagte: »Kinder haben ein sehr gutes Gefühl...«

»Ja«, sagte Georgia, und in ihren braunen Augen blitzten goldene Funken. »Ein ganz außerordentlich gutes Gefühl, Adrian.« Sie nahm ihm den Lappen ab. Als ihre Hände einander dabei berührten, glaubte er, einen elektrischen Schlag zu verspüren.

36

»Till the end of time...«, sang Perry Como, vor dem Orchester, in ein Mikrofon. Der ›Rainbow-Club‹ war überfüllt. Amerikanische Soldaten mit ihren ›Fräuleins‹ tanzten auf einer von unten erleuchteten großen quadratischen Fläche ebenso wie hohe amerikanische Offiziere mit ihren Wiener Freundinnen an diesem Abend des 1. September 1945, da Perry Como, einer der größten Stars des amerikanischen ›Show-Business‹ jener Zeit, zu einer ›Gala‹ geladen hatte.

»... long as stars are in the blue...«

Weich und zärtlich sang Perry Como, weich, zärtlich und voller Melodie erklang die langsame Musik. In jenen Tagen konnte man amerikanische Stars von Radio, Bühne und Film überall in der Welt dort finden, wo US-Truppen stationiert waren. Sie spielten, tanzten und sangen, diese ›Entertainers‹. Der ›Rainbow-Club‹ in der Lerchenfelderstraße war sehr groß. Hier gab es Whisky, Rum und Coca-Cola, Zigaretten, Champagner, gutes Essen und, auf einem riesigen freigeräumten Ruinenfeld nebenan, einen Parkplatz. Als Georgia mit Lindhout eingetroffen war, hatte sie ihren Jeep hier parken wollen. Bei dem Versuch wurde sie von einem Mann angebrüllt, der auf sie zugestürzt kam.

»No, no, no, this ist nur für Offiziere! Weg da, get away, you!«
Der Mann trug eine blau eingefärbte amerikanische Uniform und einen weißen Kunststoffhelm mit den aufgemalten schwarzen Buchstaben CG. Das war die Abkürzung für ›Civilian Guard‹ und bedeutete etwa ›Ziviler Wachmann‹.
Lindhout blinzelte ungläubig. »Herr Pangerl!«
Der verwachsene kleine Mann bemerkte ihn erst jetzt und erschrak, grinste aber sofort gewinnend. »Jessas, der Herr Doktor Lindhout! Nein, ist des a Freud'! Küß die Hand, Herr Doktor, küß die Hand, gnä' Frau.«
»Was machen denn Sie hier?« fragte Lindhout.
»No, ich bin Ziwillien Gard, Herr Doktor. Schon seit einem Monat. Prima Job! Also, nicht zu vergleichen sind die Amis mit die Russen! Das ist die größte Enttäuschung von meinem Leben gewesen, Herr Doktor dürfen mir glauben, wie ich hab' einsehen müssen, daß es bei die Russen keine Demokratie nicht gibt. Da hat es mich aber auch nicht mehr gehalten! Ich bin Demokrat! Ich brauch' die Freiheit! Wofür hab' ich denn gekämpft seit Achtunddreißig? O Gott, jetzt seh' ich erst, die gnä' Frau is a Major! Entschuldigen S' tausendmal, gnä' Frau Major, ich habe es nicht gleich erkennen können! Natürlich dürfen S' hier parken, warten S', ich weis' Sie ein... rechts... noch mehr rechts... ja, ja, gut so... und jetzt scharf links einschlagen – prima!« Pangerl hatte gestrahlt. »Ist mir eine Ehre, gnä' Frau Major! Keine Angst! Ihren Jeep bewach' ich besonders! Da passiert nix! Sie wissen ja nicht, wie glücklich daß wir Wiener sind, daß die Amerikaner jetzt da sind, gnä' Frau Major – Sie sprechen deutsch, was? Hab' ich mir doch gleich gedacht! So a Freude! Nein, also wirklich! Endlich herrscht jetzt Ordnung und Ruhe in unserer Weanerstadt – in die Westsektoren mein' ich. Besonders im amerikanischen! Vorher, das ist eine Unsicherheit gewesen, schrecklich, sag' ich Ihnen, schrecklich! Und wenn man für die Russen gearbeit' hat – was hat man schon gekriegt dafür? Einen Laib Brot! Ein paar Kartoffel! Und einen Tritt in den – verzeihen S', gnä' Frau Major! Also, die ham einen sofort entlassen, bei die kleinste Kleinigkeit.«
»Und das ist bei den Amerikanern anders?« fragte Georgia.
»Anders? Ein Unterschied wie Himmel und Hölle ist das, gnä' Frau Major! Was glauben S', was ich verdien'! Und was ich für ein gutes Essen krieg' in der Mess Hall!« Er ging an Lindhouts und Georgias Seite. »Nein, also die Amerikaner waren unsere Retter vor diese... diese Untermenschen! Ein wunderschönen Abend wünsch' ich den Herrschaften, dank' schön, gnä' Frau Major, das wär' aber wirklich net nötig g'wesen...«

37

»... long as there's a spring and birds will sing...«, sang Perry Como, und inmitten der Menge bewegten sich langsam Georgia und Lindhout. Sie trug ihre Uniform, er einen dunkelblauen Anzug. Sie hielten einander eng umschlungen, und wieder leuchteten Georgias Augen.
»... I'll go on loving you!«
Georgia hatte Lindhout hergebracht. Die neue Arbeit hielt ihn in Bann wie noch nie. Georgia hatte eines Tages gesagt: »Jetzt habe ich Sie lange genug beobachtet, Adrian. Es ist wahr, was die Leute über Sie sagen.«
»Was sagen die Leute über mich?«
»Sie sagen: Wie sein Geist keine Grenzen kennt, so folgt sein Körper keinen festen Regeln. Er schläft, bis er aufgeweckt wird. Er bleibt so lange auf, bis man ihn ins Bett schickt. Er hungert, bis ihm etwas gegeben wird. Und dann ißt er, bis er daran gehindert wird!«
Sie hatten gelacht. Lindhout war ernst geworden.
»Ja, so ungefähr ist es. Diese Antagonisten-Geschichte... Ich habe das Gefühl, daß ich hier erst den Anfang einer sehr bedeutsamen Sache gefunden habe...«
»Trotzdem, so geht das nicht! Ich passe jetzt ein bißchen auf Sie auf«, hatte Georgia gesagt und es getan.
An diesem Abend war sie mit ihrem Jeep beim Institut vorgefahren, um Lindhout in die Berggasse zu bringen. Unten wartete sie, bis er gebadet und sich umgezogen hatte, und nun tanzten sie miteinander im ›Rainbow-Club‹, und Perry Como sang...
»... till the end of time, long as roses bloome in May, my love will grow deeper with ev'ry passing day...«
»Sie tanzen großartig, Adrian!«
»Ich kann überhaupt nicht tanzen! *Sie* führen mich großartig, das ist es!«
Er war glücklich.
Das Orchester setzte voll ein. Geigen erklangen laut und sehnsüchtig.
»Das ist ein schöner Abend für mich, Adrian.«
»Und für mich, Georgia.«
»... till the wells run dry, and each mountain disappears...«
»Haben Sie schon einmal eine Frau sehr geliebt?« fragte Georgia.
»Ja«, sagte er. »Ich war verheiratet. Aber meine Frau ist tot. Die Gestapo...« Rachel, dachte er, inmitten der vielen fröhlichen

Menschen, Rachel, wie sehr habe ich dich geliebt! Doch ist das schon so lange her. Und meine Liebe zu dir liegt fern, wie hinter einem Vorhang von Rauch. Er hörte Georgia sagen: »Ich war auch verheiratet. Mein Mann ist im Pazifik gefallen. Es ist auch schon lange her, Adrian. Sehr lange...«

»... I'll be there for you to care for and for laughter and for tears...«

»Ich habe niemanden mehr auf der Welt, Adrian.«

»Ich habe auch niemanden, Georgia.«

»Doch. Truus!«

»O ja, Truus...« Er preßte sie noch enger an sich.

»... so take my heart in sweet surrender...«

»Wir werden es schwer haben mit deiner Tochter, Adrian.«

»Ja, ich fürchte.«

»Sie liebt dich. Und sie haßt mich.«

»Sie ist ein Kind, sie wird alles verstehen lernen.«

»Hoffentlich, Adrian.«

»... and tenderly say that I'm the one you love and long for...«

»Denn, weißt du, ich liebe dich auch. Sehr, Adrian.«

»Und ich dich, Georgia.«

»... till the end of time...«, sang Perry Como. Das Orchester brachte das Lied zu Ende. Die Besucher klatschten dem Star begeistert zu. Er verbeugte sich. Und er sah zwei Menschen, die alles um sich her vergessen zu haben schienen und sich, eng umschlungen, küßten...

Gegen 2 Uhr früh fuhr Georgia dann Lindhout in ihrem Jeep heim in die Berggasse.

»Willst du hinaufkommen?« fragte er, verlegen wie ein Schuljunge.

Sie schüttelte den Kopf.

»Warum nicht, Liebste?«

»Es soll alles langsam und schön geschehen... Wir haben Zeit, Adrian... Ich bin jetzt nur noch für dich da... Wir wollen Geduld haben, ja?«

Er nickte.

»Es wird eine große Liebe werden – till the end of time«, sagte Georgia.

»Ja«, sagte Lindhout, »bis ans Ende der Zeit.«

Sie fuhr los. Lange stand er reglos. Rachel, dachte er. Ich habe dich wahrhaftig geliebt, du weißt es. Jetzt bist du tot, und jetzt liebe ich Georgia. Und ich weiß, du wirst das verstehen und mir nicht böse sein. Ja, ich liebe Georgia, dachte der einsame Mann auf der verlassenen Straße. Als er in der Wohnung nach Truus sah, schlief diese tief.

38

In den folgenden Tagen bekam Lindhout immer wieder Besuch von dem kränklich wirkenden Kommissar Groll.
Wolfgang Groll, ein Mann mit braunem Haar, breitem Gesicht und starken Brauen über grauen Augen, die stets überlebendig, ja fiebrig glänzend aussahen, kam nie unangemeldet. Er stellte Lindhout stets neue Fragen, die dieser nicht oder negativ beantwortete, weil er sie nur so beantworten konnte. Natürlich suchte die Polizei immer noch den Mörder dieses Siegfried Tolleck, sagte Groll, dem oft Schweißperlen der Erschöpfung auf der Stirn standen. Nein, keine neuen Spuren. Wenn Lindhout vielleicht doch weiterhelfen konnte...
Lindhout konnte das nicht.
Und dennoch kam Groll immer wieder. Ich müßte mich vor ihm fürchten, dachte Lindhout, allein er wird mir sympathischer und sympathischer – was ist das bloß? Es kann doch nicht nur daran liegen, daß er sich so sehr für meine Arbeit interessiert! Denn das tat dieser seltsame Kriminalkommissar. Er ließ sich alles erklären, und es schien auch ihn zu faszinieren.
»Wie kommt ein Mann wie Sie zur Mordkommission?« fragte ihn Lindhout einmal.
»Ach«, sagte da Wolfgang Groll mit einem traurigen Lächeln, »das ist eine lange Geschichte. Ursprünglich wollte ich Biologe werden.«
»Nein!«
»Ja doch! Mein Vater war Ofensetzer. Wir hatten einen großen Betrieb. Ich kann noch heute jeden Kachelofen bauen, den Sie wollen – und der wird ordentlich ziehen, das verspreche ich Ihnen, das kann ich nun wirklich!«
»Wieso sind Sie dann nicht...«
»Das Unternehmen meines Vaters ist in der Wirtschaftskrise zusammengekracht, und 1931 war ich gezwungen, mein Studium abzubrechen. Um es kurz zu machen: Nach einiger Zeit bin ich dann eben bei der Polizei gelandet.«
»Herr Kommissar«, sagte Lindhout bei diesem Gespräch, das am 10. September 1945 stattfand, »verzeihen Sie, aber Sie sehen krank aus. Sind Sie im Krieg...«
»Ja, ich bin verwundet worden. Sie vermuten richtig. Praktisch habe ich nur noch einen Lungenflügel, der funktioniert. In einem Lazarett haben sie mich wieder zusammengeflickt.«
»Ich fürchte, nicht genügend.«

»Das fürchte ich auch.« Groll senkte die Stimme. »Manchmal – aber das behalten Sie für sich, so wie ich etwas, das Sie betrifft, immer für mich behalten werde...«
»Was soll das heißen?«
»Später. Ich sage es Ihnen schon noch. Ich sage Ihnen alles. Sie werden die Sache mit meiner halben Lunge für sich behalten?«
»Natürlich...« Lindhout sah ihn unsicher an.
»Auch wenn ich Ihnen sage, daß ich manchmal Blut spucke?«
»Auch dann. Aber da muß doch etwas geschehen!«
»Es wird etwas geschehen müssen, bald«, sagte Groll. »Vermutlich eine große Operation, die den zerschossenen Lungenflügel stillegt.«
»Sie meinen: eine Thorakoplastik?«
Groll nickte.
»Ja. Aber nicht gleich. Ich habe so viel zu tun – und zu sehen und zu lernen, wissen Sie? Ich habe einen Plan, Gott gebe, daß ich die Zeit finde und daß mein Leben lang genug ist, ihn zu verwirklichen.«
»Was für einen Plan?«
»Ich sammle Material für ein Buch. Auch einen Titel habe ich schon. ›Neuer Mensch im Neuen Kosmos‹ möchte ich mein Buch nennen«, erklärte der sonderbare Kriminalkommissar, und hektische rote Flecken bildeten sich auf seinen bleichen Wangen.
»Sie denken an Alexander von Humboldts ›Kosmos‹«, sagte Lindhout verblüfft.
»Natürlich!« Groll hustete in ein Taschentuch. »Was ich mir erträume, das ist ein für jeden verständliches Werk, in dem über alles berichtet wird, was die modernen Wissenschaften – Astronomie, Physik, Chemie, Biologie und Psychologie, ja, vielleicht gibt's bald auch eine Psychochemie – für das Begreifen des Geschehens im Kosmos und im Menschen und für ein neues Menschenbild geleistet haben!« Er hustete wieder.
»Psychochemie...«, sagte Lindhout langsam.
»Deshalb bin ich doch so verrückt danach, alles über Ihre Arbeit zu erfahren, Doktor Lindhout!« Groll zitierte leise: »›Die Zukunft decket / Schmerzen und Glücke. / Schrittweis dem Blicke, / doch ungeschrecket / dringen wir vorwärts...‹«
»Das ist ein Vers aus dem ›Symbolum‹ von Goethe«, sagte Lindhout. »Das Lieblingsgedicht von... meiner Tochter! Ich muß ihr abends immer einen Vers vorsprechen – anstatt mit ihr zu beten.«
»Mein Lieblingsgedicht von Goethe ist ›Ginkgo biloba‹ aus dem ›West-Östlichen Divan‹«, erklärte Groll. »Sie kennen es natürlich. Es ist eigentlich ein Liebesgedicht, aber es drückt doch aus, was

Goethe immer wieder beschäftigt hat: die Polarität alles Seienden, des Universums, unserer Welt, allen Lebens, aller Formen des Existierenden.«

»Der *Polarität*«, sagte Lindhout, mitgerissen von Grolls Begeisterung, »der Polarität, *nicht* des Dualismus! Der Dualismus trennt, entzweit: Hie Schwarz, hie Weiß: entweder – oder. Polarität hingegen, das bedeutet zwar äußerste Verschiedenartigkeit eines dennoch nicht zu Trennenden, eines auch in und trotz allem Gegensätzlichen zuletzt doch Einheitlichen. Zwischen den Polen spannt sich die *Einheit*.«

»So ist es, Doktor Lindhout.« Groll nickte und betrachtete abwesend die bereits süchtigen Mäuse in den Käfigen. »Immer wieder hat Goethe sich mit der Polarität beschäftigt! Diese Polarität bei der Elektrizität zum Beispiel. Zeigt sie nicht deutlich, was auch mich so sehr beschäftigt? Wenn es nicht ein ›Positives‹ und ein ›Negatives‹ gibt, dann gibt es keine Spannung, keinen Strom! *Beides* muß dasein, das Plus *und* das Minus, damit das *Ganze* da sein kann! Oder wie steht es – ein anderes Beispiel – mit dem Wunsch: Ich möchte immer so unendlich glücklich sein? Das ist ein unsinniges, unerfüllbares Verlangen. Man kann immer nur ganz kurze Zeit ›unendlich glücklich‹ sein. Denn wäre man es länger oder gar immer, so wäre man es niemals gewesen! Erst durch das Unglück nimmt man das Glück wahr, entstehen Spannung und Gefälle, entsteht die *Ganzheit!*« Groll hustete lange und krampfhaft, Lindhout sah einen Blutfaden aus seinem Mund treten, und Grolls Stirn war bedeckt von kaltem Schweiß. Aber er lächelte. »Die Polarität! An so vieles hat Goethe gedacht! Einatmen – Ausatmen. Gesundheit – Krankheit. Unglück – Glück...«

»Systole – Diastole. Ebbe – Flut. Tag – Nacht. Gut – Böse. Erde – Himmel«, sagte Lindhout, und blickte Groll fest an.

Der fuhr fort: »Mann – Weib. Muskeln dehnen – Muskeln strekken. Leben – Tod. Dunkel – Licht. Negativ – Positiv. Agonist – Antagonist...«

»Was?« Lindhout fuhr auf.

»Ja!« Groll lachte. »Deshalb lungere ich hier bei Ihnen herum! Sie haben richtig gehört! Agonist – Antagonist! Sie experimentieren mit Antagonisten, die Sie entdeckt haben. Nun, es würde keine Antagonisten geben, wenn es keine Agonisten gäbe, nicht wahr?«

»Das ist richtig«, sagte Lindhout. Er bewunderte den kranken, schwachen Mann plötzlich sehr. »Beide müssen auch hier vorhanden sein, um die Einheit zu ergeben!«

»Und darum ist mein Lieblingsgedicht Goethes ›Ginkgo biloba‹. Der Ginkgo-Baum ist ein Verwandter der Nadelhölzer und sieht doch aus wie ein Laubbaum, der im Herbst seine wunderbar goldgelb leuchtenden Blätter abwirft. In China und Japan wird dieser Baum als heilig verehrt.« Groll hustete, dann nahm er seinen Bleistift und begann auf seinem Notizblock zu zeichnen. »Sehen Sie, das sind seine Blätter. Dreieckig oder fächerförmig und tief gelappt. Der mittlere Einschnitt ist am tiefsten, er spaltet das Blatt fast in zwei Hälften. Dadurch ist diese seltsame Gewächsart auch zu ihrer Bezeichnung ›biloba‹ gekommen – was ›zweilappig‹ bedeutet.«

»Ja, ich habe solche Blätter schon gesehen«, sagte Lindhout.

»Mir ist der Ginkgo-Baum an allen wichtigen Orten meines Lebens begegnet«, erklärte der Kommissar. »Im Park von Schönbrunn, an dem Tag, als ich den Entschluß faßte, Naturwissenschaftler zu werden. Im Burggarten, in dem ich meine Frau Olga kennengelernt habe. Am Tag unserer Hochzeit! Als ich Soldat werden mußte! Und schließlich im Park dieses Lazaretts, wo sie mich halbwegs zusammengeflickt haben.« Der Kommissar griff in die Jacke. »Ich habe Ihnen zwei Geschenke mitgebracht«, sagte er und holte seine Brieftasche hervor. »Seit vielen Jahren sammle ich diese Blätter, die silbriggrünen des Sommers und die honiggelben des Herbstes. Vor ein paar Tagen habe ich in Schönbrunn wieder ein besonders schönes Ginkgo-Blatt gefunden...« Er nahm es behutsam aus der Brieftasche und legte es auf den Labortisch. »... und ich möchte es Ihnen schenken.«

»Warum mir?«

»Weil ich teilnehmen darf an Ihren Experimenten, weil das Blatt auch zu Ihren Experimenten mit Agonisten und Antagonisten paßt im Sinne Goethes, den wir beide verehren!«

»Vielen Dank«, sagte Lindhout. Dann fiel ihm etwas ein. »Sie sagten, Sie hätten zwei Geschenke für mich!«

»Habe ich auch!« Der Kommissar Wolfgang Groll griff noch einmal in seine Jacke. Als er die Hand wieder hervorzog, hielt sie eine Pistole des Modells Walther, Kaliber 7.65.

»Was ist das?« fragte Lindhout.

»Das ist Ihre Pistole«, sagte Groll, und als Lindhout nicht antwortete, fuhr er fort: »Ich weiß, daß es Ihre Pistole ist.«

»Woher?«

»Ich habe mich bei der Sowjetischen Kommandantur erkundigt, wo Sie die letzten Tage des Kampfes um Wien verbracht haben. Ein Hauptmann, an den Sie sich damals wendeten, erinnerte sich noch. Sie kletterten in einer Ruine in der Schwarzspanierstraße in den dritten Stock. In das, was da von einer Küche übriggeblieben war.«

Lindhouts Gesicht war zu einer Maske erstarrt.
»Natürlich«, sagte der Kommissar Groll, »konnte dieser Hauptmann nicht mehr sagen, in welcher Ruine in der Schwarzspanierstraße Sie sich verborgen hielten vor den Nazis, nach der Schießerei hier im Institut. Meine Leute haben alle Ruinen abgesucht. Es hat lange gedauert, aber zuletzt fanden wir Ihre Pistole – in jener Küche, ganz sorgfältig eingepackt in Wachspapier, und unter Schutt versteckt.«
Lindhout brachte keine Silbe hervor. Aus, dachte er, alles aus.
»Ich habe die Waffe von unseren Ballistik-Experten untersuchen lassen. Es besteht nicht der Schatten eines Zweifels. Aus dieser Pistole wurden die sechs Schüsse abgefeuert, die den Doktor Tolleck getötet haben.«
Eine lange Stille folgte.
Endlich fragte Groll behutsam: »Es ist Ihre Pistole, nicht wahr?«
Lindhout nickte.
»Es sind auch Ihre Fingerabdrücke darauf«, sagte Groll.
»Woher wissen Sie das?«
»Ich habe hier einmal ein Glas mitgenommen, das Sie in der Hand hielten. Die Abdrücke stimmen überein.«
»Und was geschieht jetzt?« fragte Lindhout.
»Gar nichts.«
»Wie?«
»Jetzt geschieht gar nichts.«
»Aber wieso nicht?«
»Weil mir von sehr hoher Stelle – nicht nur mir, auch dem Hauptkommissar Heger und dem Chef des Sicherheitsbüros – schon lange, bevor wir die Pistole gefunden haben! – befohlen worden ist, Sie nicht zu verhaften und vor Gericht zu stellen, sondern ungestört Ihre Arbeit tun zu lassen und die Akte Tolleck abzuschließen.«
»Was ist das für eine hohe Stelle?« fragte Lindhout, der sich setzen mußte.
»Die Alliierte Kontrollkommission für Österreich«, antwortete Groll. »In ihr haben natürlich die Amerikaner und die Sowjets den meisten Einfluß. Und beide... *beide* haben größtes Interesse an Ihrer Arbeit.« Er sah Lindhout an. »Nehmen Sie Ihre Waffe. Und wollen Sie mein Ginkgo-Blatt nehmen, bitte?«
»Natürlich...« Lindhout fühlte sich so schwach, daß er nicht aufzustehen vermochte. Der Kommissar Groll schob ihm die Pistole hin und legte das seltsam gelappte Blatt daneben.
»Meinem Freund, dem Mörder, dessen Mord zu beweisen man mir verboten hat«, sagte der Kommissar Wolfgang Groll.

Viertes Buch

Des Maurers Wandeln

I

Unheimlich, dachte Lindhout, aus tiefer Versunkenheit aufschrekkend. Er schob das Manuskript seiner Rede vor der Schwedischen Akademie für Wissenschaften ein wenig beiseite – und da lag es, unter einer großen Glasplatte, die den Schreibtisch bedeckte, auf einer grünen Papierunterlage, lag es, schon ganz pergamentartig, bräunlich und brüchig geworden: das Ginkgo-biloba-Blatt, das der Kommissar Wolfgang Groll ihm geschenkt hatte an jenem 16. September 1945, als er ihm auch die Pistole zurückgab.
»Meinem Freund, dem Mörder, dessen Mord zu beweisen man mir verboten hat«, hatte er gesagt und hinzugefügt: »Im übrigen trifft dieses Verbot mich nicht schwer, denn ich bin überzeugt, daß Sie in Notwehr gehandelt haben.«
Unheimlich, ja!
10. September 1945 damals – 23. Februar 1979 heute. Dreiunddreißigeinhalb Jahre lag dieses Blatt schon hier. Dreiunddreißigeinhalb Jahre waren vergangen seit jenem Gespräch in Lindhouts Laboratorium. Ein halbes Menschenleben, mehr als ein halbes. Was alles war geschehen in dieser Zeit! Und da lag, neben dem Blatt des Ginkgo-biloba-Baumes, die Pistole des Modells Walther, Kaliber 7.65. Lindhout starrte sie an. Die Waffe hatte er in den vielen Jahren, die hinter ihm lagen, wiederholt benützen müssen. Nun, in Erwartung jenes Mannes, der behauptete, der Kaplan Haberland zu sein, war Lindhout fest entschlossen, seine Pistole neuerlich zu gebrauchen, wenn sich das als lebensnotwendig erweisen sollte. Es war leicht, sich am Telefon ›Kaplan Haberland‹ zu nennen. Lindhout hatte seine Erfahrungen. Sie würden ihn auch diesmal nicht umbringen!
Seit jenem 10. September 1945, an dem der Kommissar Groll ihm die Waffe zurückgegeben hatte, war Lindhout keinen Tag ohne ihren Schutz gewesen, und Schutz hatte er gebraucht, mehr und mehr. Er reinigte und ölte die Waffe gewissenhaft. Es war ein altes Modell, doch gut gepflegt und einsatzbereit. In Hemd, Hose und Pantoffeln saß er nun da, halb angekleidet für die Abreise.

Seine Armbanduhr zeigte 16 Uhr 58.
Lächerliche drei Minuten waren vergangen, seit er zum letzten Mal nach der Zeit gesehen hatte. Drei Minuten – aber was alles war da an Erinnerungen in ihm aufgestiegen! Er dachte an Einsteins Überlegung: Was geschieht einem Menschen, dem es gelingt, sich mit der gleichen Geschwindigkeit wie ein Lichtstrahl fortzubewegen, nämlich indem er 300000 Kilometer in der Sekunde zurücklegt? Die Antwort, zu der Einstein gekommen war, hatte gelautet: Gar nichts geschieht einem solchen Menschen!
Gar nichts.
In insgesamt dreizehn Minuten war eine Flut von Bildern aus der Vergangenheit über Lindhout hereingebrochen, aber geschehen – geschehen war nichts. Er hatte seinen Koffer fertig gepackt, er hatte sich halb angezogen. Das war alles. Und er mußte noch weiter warten, in dreißig Minuten wollte dieser ›Haberland‹ bei ihm sein, hatte er am Telefon gesagt.
Dreizehn Minuten... dreißig Minuten... was war das schon? Eine Lächerlichkeit? Eine Ewigkeit? Was war die Zeit?
Die Zeit... Er mußte warten.
Ruhig, sagte Lindhout zu sich, da er fühlte, wie ihm das Blut zu Kopf stieg, ganz ruhig jetzt. Das ist das wichtigste. Ruhe.
Wieder sah er das alte Ginkgo-Blatt an. Dieser Wolfgang Groll, dieser Kriminalkommissar der Mordkommission, der eigentlich Naturwissenschaftler hatte werden wollen, dieser Mann mit nur einem gesunden Lungenflügel, Blut spuckend, ohne Zweifel an Tuberkulose leidend, was er selber gewiß auch wußte, aber nicht wahrhaben wollte – was war wohl aus ihm geworden?
Einen ›frommen Heiden‹ hat er sich genannt. Ich erinnere mich. Ein Jahr später, 1946, ist er dann operiert worden, schlimme Sache, wirklich eine Thorakoplastik, bei welcher die zerstörte Lungenhälfte gänzlich ausgeschaltet wurde. Er hat mir noch aus einer Heilstätte in der Nähe von Wien geschrieben. Ihm, dem Todgeweihten, ist ein zweites Leben geschenkt worden, ja, das hat er damals geschrieben.
Ob er heute noch lebt? Wo? In welcher Position? Ist er bei der Polizei geblieben? Was ist mit ihm geschehen? Ich habe ihn nicht wiedergesehen, obwohl ich gerade damals mit der Polizei und dem Gericht zu tun hatte – als Zeuge im Mordprozeß gegen den Professor Jörn Lange. Die Russen haben Lange den österreichischen Behörden übergeben, und der Doppelmörder hat sich zwischen dem 12. und 15. September 1945 vor dem Volksgericht des Landesgerichts Wien zu verantworten gehabt. Lange erklärte sich als nicht schuldig. Ich erinnere mich, daß er einen außerordentlich

widerwärtigen, aggressiven Verteidiger hatte, der noch einmal im wüstesten Nazi-Ton loslegte. Damals habe ich alle die Leute aus dem Chemischen Institut wiedergesehen: Horeischys Braut Ingeborg Dreher, Max Slama, Johann Lukas und viele andere. Ich habe, wie sie, als Zeuge ausgesagt. Am 15. September 1945 ist Lange zum Tod durch den Strang verurteilt worden. So seltsam wie jener Verteidiger betrugen sich danach auch die Behörden. Die Akten wanderten von einer Stelle zur anderen, alle beschäftigten sich mit Langes Gnadengesuch, niemand schien gewillt, eine Entscheidung zu treffen. Erst ein Vierteljahr später, Ende Januar, sollte Lange dann hingerichtet werden. Es ist nicht mehr dazu gekommen. In seiner Zelle hat der Verurteilte eine im Mund verborgene Giftkapsel zerbissen und war unmittelbar darauf tot. Es ist nie geklärt worden, wer ihm das Gift gebracht hat...
Tiefer und tiefer versinke ich in Erinnerungen, dachte Lindhout, das gelappte Ginkgo-Blatt anstarrend, das, alt und brüchig geworden, vor ihm unter der Glasscheibe lag. Menschen und Zeiten bringe ich durcheinander. Es war einfach zuviel, was mir in meinem Leben widerfuhr...
Plötzlich sah er Georgia Bradley vor sich, lachend, glücklich, das braune Haar wild aufgelöst über einem weißen Kissen, die Augen leuchtend mit ihren goldenen Funken, und nackt, vollkommen nackt, so lag sie da...

2

... auf dem Bett ihres Zimmers im ehemaligen Krankenhaus des Gremiums der Wiener Kaufmannschaft, dort oben beim Türkenschanzpark und ganz nahe dem Döblinger Friedhof, ein großes Gebäude, jetzt amerikanisches Lazarett, in einer wundervollen Lage, hoch über der Stadt.
Sie hatte schöne, volle Brüste, einen kleinen Bauch, der sie noch weiblicher machte, lange Beine und blitzend weiße Zähne, die er nun, da sie lachte, sah.
Fünf Minuten nach vier Uhr früh zeigte die Uhr auf dem Nachttisch. 4 Uhr 05 am 26. November 1945...
»Nun hör schon auf«, sagte Lindhout.
»Ich kann nicht, Liebster, ich will ja, aber ich kann nicht«, brachte sie zwischen fast schon hysterischem Lachen hervor. Ihre Brüste bewegten sich, ihr Becken. Er fühlte, wie neue Erregung ihn überkam, doch dann siegte seine Verstimmung.

»War es so komisch? War *ich* so komisch?« Er saß nackt, im Türkensitz vor ihr. Abrupt hörte sie auf zu lachen.
»Du warst wunderbar. Das habe ich dir doch gesagt! Du warst so wunderbar, wie ich das noch nie erlebt habe. Noch nie... auch in meiner Ehe nicht... Ich bin ein wenig verkorkst, weißt du... Bei dir habe ich zum ersten Mal erfahren, wie das sein kann...« Eine grün beschirmte Lampe brannte, sonst gab es keine Lichtquelle im Zimmer, und draußen war es noch finster. Nachtsturm ließ die Zweige eines Baumes gegen die Mauern klatschen. Regen fiel, und Tropfen prasselten an die Scheiben. Es war warm in Georgias kleiner Wohnung. Sie sah ihn an. »Nie werde ich dich vergessen oder verlassen können – schon deshalb nicht.« Ihre Brüste hoben und senkten sich unruhig, dann fing sie wieder zu lachen an. »Aber als du jetzt aus dem Badezimmer kamst, splitternackt... und dich auf mein Bett gesetzt hast, da habe ich gedacht, wir werden einander weiterlieben... und da fängst du mit deinen Mäusen an...« Nun schüttelte sie sich vor Lachen. »So lange haben wir es hinausgezögert... das ist unsere erste Nacht zusammen heute... bei mir... wegen Truus... alles war wie ein Wunder... und dann... o Gott im Himmel, steh mir bei, kommt der Mann aus dem Badezimmer zurück und erzählt mir von der S-förmigen Krümmung seiner Mäuseschwänze!« Sie rollte im Bett hin und her. Lindhout murmelte: »Es tut mir leid... Verzeih mir, Georgia... Aber siehst du, diese Substanzen, die ich gefunden habe, diese Antagonisten... sie sind das größte Abenteuer meines Lebens, ich muß an sie denken im Wachen und im Träumen...« Plötzlich lag sie ganz still und sah ihn ernst an.
»Verzeih du mir, Liebster«, sagte Georgia. »Ich habe mich wie eine Idiotin benommen, wie eine dumme Gans... Natürlich erfüllt deine Arbeit dich so sehr... sprich weiter, bitte.«
»Nein«, sagte er.
»Wenn du mich liebst, sprichst du weiter«, sagte sie.
Er strich mit der Hand über ihre Schenkel und sah, wie sie zusammenzuckte, als er das dunkle Dreieck traf.
»Höre«, sagte Lindhout, »es ist nicht so arg, daß ich dabei daran gedacht habe...«
»Bestimmt nicht!«
»... aber gleich danach, im Badezimmer...« Er hielt die Hände still. »Das ist doch unfaßbar, was ich mit diesen Substanzen erlebe! Zuerst schaltet die eine die andere aus. Dann versuche ich, einem Süchtigen Schmerzen zu ersparen, indem ich ihm AL 203 spritzen lasse. Folge? Seine Schmerzen werden irrsinnig, und ich werde von den Russen verhaftet und eingesperrt. Als sie mich freilassen, treffe

ich dich. Du sagst, daß in den Staaten an dem gleichen Problem gearbeitet wird...«

»Aber du bist weiter«, sagte Georgia.

»Offenbar...«

»Du siehst so traurig aus. Was hast du?«

»Nichts... gar nichts...« Er zündete zwei Zigaretten an und gab ihr eine. »Weißt du, diese Sache ist wirklich unheimlicher als der unheimlichste Kriminalroman!«

Unten fuhr mit heulender Sirene eine Ambulanz vor. Das Heulen starb langsam ab.

»Mußt du jetzt aufstehen?«

»Nein, ich habe dienstfrei, das weißt du doch. Erzähle weiter!«

»Bei Mäusen sind eine allgemeine Erregung und eine S-förmige Krümmung des Schwanzes steil nach oben ziemlich typische Erscheinungen dafür, daß sie Morphin erhalten haben, daß sie unter Morphin-Einfluß stehen.«

»Und?«

»Und seit Wochen, seit Monaten, ist es stets dasselbe! Ich nehme solche Tiere und spritze ihnen AL 203 – und auch AL 207. In beiden Fällen wirken meine Substanzen! Ich sehe, wie die Tiere Entzugserscheinungen bekommen. Ja, aber nur etwa zwei Stunden lang!« Er zog an seiner Zigarette. »Nach zwei Stunden ist der alte Zustand wiederhergestellt, und die Wirkung des Morphins tritt wieder in Erscheinung. Es steht also fest: Meine Antagonisten wirken *nur ganz kurze Zeit.*«

Georgia setzte sich im Bett auf. Sie war selbst zu sehr Ärztin und Forscherin, als daß sie jetzt gefunden hätte, dies sei doch ein reichlich ungewöhnliches Gespräch für eine erste Liebesnacht. Sie tastete nach ihrer Hornbrille und setzte sie auf, als könnte dadurch alles klarer werden.

»Aber dieser Russe, den ihr mit AL 203 behandelt habt...«

»Der arme Soboljew...« Lindhout nickte. »Bei dem lagen die Dinge anders! Dem wurde das Morphin brutal entzogen. Und das AL 203 verursachte ihm noch zusätzliche Qualen. Auch ein Rätsel, vor dem ich stehe. Nur, siehst du, Soboljew hat die Zeit der Entziehung überstanden, und seither ist er in ärztlicher Behandlung und bekommt kein neues Morphin mehr. Er ist geheilt – solange er nicht rückfällig wird, was Gott verhüten möge. Er hat den ganzen Entziehungsvorgang mitgemacht. Meine Tiere machen ihn zwei Stunden lang mit – dann stehen sie wieder unter der Wirkung des Morphins!«

Eine neue Sirene heulte, traurig, immer lauter werdend, dann absterbend. »Geht das jede Nacht so zu hier?« fragte er.

Georgia drückte ihre Zigarette in einem Becher aus. »Und die anderen Mäuse? Die nur AL 203 und AL 207 erhalten haben?«
»Die bestätigen meine Beobachtungen bei den Morphin-Mäusen«, sagte Lindhout.
»In welcher Weise?«
»Wenn ich ihnen Morphin gebe, wirkt es mit einer geringen Verzögerung. Aber sobald die vorbei ist, reagieren diese Tiere genauso wie die unter Morphin stehenden!«
Georgia sagte leise: »Verzeih mein Lachen. Es ist ein sehr dummes Lachen gewesen. Ich kann mir vorstellen, daß deine Arbeit dich nicht mehr losläßt und an den Rand der Verzweiflung treibt, dieses Rätsel.« Wild preßte sie plötzlich ihren nackten Körper an den seinen. Sie flüsterte: »Ich liebe dich, Adrian, ich liebe dich so sehr... auch dafür... gerade dafür...« Sie bemerkte, daß er in die Weite sah.
»Was ist?«
»Dieses Bild«, sagte er. »Ein Chagall, nicht wahr?« Sie drehte den Kopf und sah zu der Lithographie, die an der Wand hing. »Ein Chagall, ja. Als wir in Paris einrückten, habe ich das Bild in einer Galerie gefunden und gekauft. Seither schleppe ich es mit mir herum. Ich liebe es sehr. Es ist schön, nicht wahr?«
»Ja«, sagte er.
Sie legte die Arme um seinen Hals und zog ihn mit auf das Bett zurück. »Komm jetzt«, keuchte sie.
Er fiel über sie. Und sie liebten einander wieder mit all der Wildheit ihrer Leidenschaft, und der Regen klatschte gegen die Scheiben, und die kahlen, schwarzen Äste der alten Bäume schlugen gegen das Glas.

3

Der Chagall!
Lindhout saß, eine Krawatte zwischen den Fingern, dem Bild gegenüber. Er kniff die Augen zusammen, um besser sehen zu können.
Ja, dachte Lindhout. Der Chagall ist von Georgia. In jener Nacht vor vierunddreißig Jahren, als sie mich im Morgengrauen endlich heimbrachte, hierher, in die Berggasse, da gab sie mir das Bild, und bevor ich etwas sagen konnte, war sie schon fortgefahren in irrsinnigem Tempo durch die Kurve unten in der Liechtensteinstraße.
Das Liebespaar...

In den Rahmen des Bildes war ein Zettel eingeklemmt, beschrieben mit den kleinen, präzisen Buchstaben ihrer Handschrift. Wie genau erinnere ich mich noch an die Worte! TILL THE END OF TIME – GEORGIA.

Bis ans Ende der Zeit – Georgia.

Perry Como. Der ›Rainbow-Club‹...

Unser Lied! Wie oft haben wir es zusammen gehört, ich habe in Amerika die Platte gekauft. Und das Bild – in wie viele Städte hat es mich begleitet im letzten Dritteljahrhundert!

Lindhout fuhr sich mit einer Hand über die Stirn.

Nach Amerika bin ich erst 1950 geflogen, fünf Jahre später. Georgia hat den Biochemikern vom ›U.S. Public Health Service Hospital for Narcotics‹ in Lexington ständig über meine Arbeiten an den seltsamen Antagonisten berichtet. Diese Klinik und die University of Kentucky haben mich schließlich eingeladen, nach Lexington zu kommen und dort weiterzuarbeiten. Professor Albrecht, längst aus dem stillen Tal in den Alpen zurückgekehrt, hat die Chance, die sich mir da bot, sogleich erkannt und mir die Genehmigung erteilt, dieses Angebot wahrzunehmen.

»Ihr Laboratorium bei uns wird immer für Sie bereit sein, wenn Sie einmal hier zu arbeiten haben, lieber Freund«, hatte Albrecht zum Abschied gesagt.

Ja, 1950 bin ich nach Amerika geflogen, fünf Jahre, nachdem Georgia mir den Chagall geschenkt hatte, fünf Jahre...

Truus.

Ach, Truus hat mir viel zu schaffen gemacht in diesen Jahren. Und dabei war das erst der Anfang, es sollte noch viel schlimmer kommen. Damals, am Morgen nach jener Nacht in dem amerikanischen Lazarett, als Truus den Chagall gesehen hat, war sie zuerst entzückt gewesen: »Wie schön, Adrian!«

»Nicht wahr, Truus?«

»Das bist du, und das bin ich, Adrian!«

»Weißt du, Truus...«

Die gute Frau Penninger war da, wie jeden Morgen, um Truus in das nahe Gymnasium zu bringen. Sie hat hinter Truus gestanden und ein trauriges Gesicht gemacht.

»Was weiß ich?«

»Nämlich, dieses Bild...«

»Ach so!« Truus' Augen wurden böse. Sie sagte: »Das hat *sie* dir geschenkt, ja?«

»Ja, Truus.«

»Ich hasse sie!«

»Truus! Sei vernünftig! Wie kannst du sie hassen, du kennst sie

doch gar nicht! Ein paar Male hast du sie gesehen – und dich sehr schlecht benommen!«
»Es ist mir egal, wie ich mich benommen habe! Schlecht habe ich mich benommen? Fein! Das freut mich! So werde ich mich immer benehmen, wenn ich sie sehe!«
Frau Penninger sagte ruhig: »Das wirst du nicht tun, Truus.«
»Und warum nicht, Tante Maria?«
»Weil du kein schlechtes Kind bist. Du bist ein gutes Kind, ein kluges Kind.«
»Ich bin nicht klug und gut! Gut? *Schlecht* will ich sein!«
»Aber Truus, sofort hörst du mit diesem Unsinn auf!«
»Das ist kein Unsinn! Ihr werdet schon sehen!« Und sie hatte mit den kleinen Füßen gegen ein Tischbein getreten vor Zorn.
Lindhout hatte das Kind, das eine Schultasche trug, an den Schultern gepackt. Jetzt war er wütend. »Du weißt, was dein Vater gewesen ist!«
»Mein Vater bist jetzt *du!*«
»Hör zu! Tante Maria kennt die Wahrheit! Ich bin jetzt dein Vater, ja, aber dein *wirklicher* Vater ist *tot*!« (Womit belaste ich ein knapp elfjähriges Kind? Wird das gutgehen? Kann so etwas gutgehen? Aber darf ich mich tyrannisieren lassen von einem Kind?) »Dein Vater ist Freimaurer gewesen, ich habe dir genau erklärt, was das ist, und du hast es verstanden!«
Truus trat wieder voll Zorn gegen das Tischbein.
»Genau verstanden hast du es! Denk an die vielen Male, in denen wir alle nach Schweden zu seinen Eltern gefahren sind, dein Vater, deine Mutter, meine Frau und ich! War das nicht schön? Antworte mir! War das nicht schön?«
Kaum hörbar antwortete das Kind: »Doch, das war schön. Damals! Alles war schön, damals, aber heute ist nichts mehr schön!«
Unbeirrt hatte Lindhout weitergesprochen: »Der Vater deines Vaters, dein Großvater, ist auch Freimaurer gewesen. Hast du den Ring an seinem Finger nicht immer bewundert? Und hast du nicht am meisten das ›Symbolum‹ geliebt und liebst es noch immer? Willst du nicht, daß ich dir jeden Abend, bevor du einschläfst, einen Vers daraus vorspreche? Weil es ein Freimaurergedicht ist!«
Truus schwieg verstockt. Frau Penningers Gesicht war von Sorge gezeichnet. »Das ›Symbolum‹ ist ein Freimaurer-Gedicht!« wiederholte Lindhout. »Auch Goethe ist Freimaurer gewesen! Freimaurer sind Menschen, die das Gute und das Schöne und das Gerechte lieben – vor allem das Gerechte, Truus. Dein Großvater und dein Vater hätten keine Freude an dir, wenn sie sehen könnten, wie ungerecht du bist gegen Frau Doktor Bradley!«

»Dann bin ich eben ungerecht gegen Frau Doktor Bradley! Dann würden mein Großvater und mein Vater eben keine Freude an mir haben! Ich kann sie nicht leiden, deine Frau Doktor Bradley!«
»Aber warum denn nicht?«
»Weil du sie lieber hast als mich!«
»Was ist das für ein Unsinn! Ich habe euch beide ganz genau gleich lieb. Nur auf verschiedene Weise. Weil sie erwachsen ist, und weil du noch ein Kind bist!«
»Ich bin kein Kind mehr!« rief Truus. »Ich verstehe alles ganz genau! In der Schule haben meine Freundinnen es mir erklärt! Du schläfst mit ihr!«
»Truus, jetzt ist es aber genug...« begann Frau Penninger.
»Nicht genug, nein! Du schläfst mit ihr, lüg nicht, Adrian! Siehst du, du schweigst! Und ihr küßt euch und streichelt euch, wenn ich es nicht sehe!«
»Ich küsse und streichle doch auch dich!«
»Das ist etwas anderes!« Truus keuchte. »Du sagst ja selber, ich bin ein Kind, und sie ist erwachsen! Und was geschieht, wenn sie ein Kind von dir kriegt? Dann hast du eine *richtige* Tochter! Dann seid ihr verheiratet! Und *ich?*«
»Du wirst immer mein geliebtes Kind bleiben«, sagte er.
»Ich werde *kein* geliebtes Kind bleiben! Ich werde schlecht, ich werde böse, ein Teufel werde ich sein!«
»Niemals!«
»Du wirst schon sehen, Adrian! Alle werdet ihr sehen!«
Lindhout geriet außer sich. »Wenn du nicht ab sofort höflich und freundlich gegen Frau Doktor Bradley bist, dann gehe ich zu den Behörden und sage die Wahrheit, und du kommst in ein Heim und siehst mich überhaupt nicht mehr! Und ich, ich will dich dann auch nicht mehr sehen!«
Das Mädchen war leichenblaß geworden, die Unterlippe zitterte. Das ist gemein von mir gewesen, dachte Lindhout. Gott, war das gemein...
»Das... das wirst du wirklich tun?« Truus' Blick irrte zu Maria Penninger. »Glücklich werde ich sein, weil ich zu Weihnachten damals die Mandel gefunden habe in meinem Stück Risgrynsgröt! Ganz, ganz glücklich, ja?«
»Schau doch, Truus...«
Aber das Mädchen ließ sich nicht unterbrechen: »Ich bin nicht ganz, ganz glücklich geworden, sondern *überhaupt nicht!* Und ich weiß auch, warum! Weil die Mandel keine Mandel gewesen ist... und die Reisgrütze keine Reisgrütze!«
»Mein Gott, Kinderl«, sagte Maria Penninger, »versteh doch: Es

hat keine Mandeln gegeben damals, und Reis auch nicht. Ich habe was anderes nehmen müssen, damit es so ähnlich schmeckt.«
»Die Mandel ist eine Haselnuß gewesen! Deshalb hat sie nicht geholfen! Nur wirkliche Mandeln tun das! Aber du mit deiner Haselnuß!«
»Ich habe getan, was ich tun konnte...«, sagte Maria Penninger hilflos.
Es gibt nur die Erpressung, dachte Lindhout erschöpft.
»Ich habe gesagt, du kommst in ein Heim, wenn du nicht höflich und freundlich bist gegen die Frau Doktor Bradley. Du kannst es dir aussuchen!«
Das kleine Mädchen in dem roten Samtkleid unter einem Schaffellmantel sagte und nickte dabei voller Gram: »Hab keine Angst, Adrian, ich werde höflich und freundlich sein zu der da...« Sie wies auf den Chagall. »... Ja, das verspreche ich. Denn wenn ich es nicht bin, komme ich in ein Heim. Das war schmutzig von dir, Adrian. Wie schmutzig Erwachsene sein können! Tante Maria, wir müssen gehen, ich komme zu spät in die Schule.« Sie hatte Frau Penningers Hand ergriffen und sie mit sich gezogen. Die Wohnungstür fiel zu. Lindhout stand reglos. Sein Zorn verwandelte sich in Trauer. Kraftlos ließ er sich in den Schreibtischsessel sinken...

4

...in dem er nun saß am Spätnachmittag des 23. Februar 1979, ein alternder Mann mit grauem, wirrem Haar, zerfurchtem Gesicht und scharfen, wenn auch müden Augen.
Eine Zeile Platons aus den Worten des sterbenden Sokrates fiel ihm ein.
›... laßt mich von all dem Abschied nehmen – nicht klagend, sondern singend wie der Schwan...‹
Manche können es gewiß, dachte Lindhout. Ich kann es nicht. Ich habe mein Leben lang an einer einzigen Sache gearbeitet. Nun muß ich verhindern, daß meine Lebensarbeit vernichtet wird. Daß Unausdenkbares geschieht. Dieser Herr Zoltan erwartet mich nach meiner Rückkehr aus Stockholm. Erbitterung überfiel ihn. Er dachte: Warum mußte ich Erfolg haben? Warum ist mir gelungen, was ich versucht habe? Wäre es mir doch mißlungen! Niemals hätte es dann einen Herrn Zoltan gegeben. Auch keinen Nobelpreis. Na, und wenn schon! Was ist das schon, ein Nobelpreis? Wie gerne

hätte ich auf ihn verzichtet! Wie gerne hätte ich das kleine Leben der kleinen Leute geführt mit einem kleinen Glück.
Truus, dachte er, hat Wort gehalten und sich manierlich gegen Georgia verhalten – lange Zeit wenigstens. Ich habe Georgia natürlich alles erzählt. Sie ist so ratlos wie ich gewesen. Sie hat gesagt: »Das war zu erwarten, Adrian. Wir müssen Rücksicht nehmen auf Truus. Wenn sie erst einmal größer ist, wird sich alles zum Guten wenden.«
Wir haben jede Rücksicht auf Truus genommen, dachte Lindhout in kraftloser Erbitterung, ich habe versucht, mich mehr denn je zuvor um sie zu kümmern, damit sie das Gefühl hatte, daß sich nichts geändert hat.
Geändert?
Sie, Truus, hat sich geändert! Sie ist verschlossener und stiller geworden. Oft war sie krank. Keine schweren Krankheiten, nein, sie kränkelte herum. Ihre Lehrer haben mich kommen lassen. Ist etwas geschehen? Fehlt Truus etwas? Bedrückt sie etwas? Warum? habe ich gefragt.
Immer dieselben Antworten, nur ärger werdend: Truus war eine so gute Schülerin, jetzt lassen ihre Leistungen nach, mehr und mehr. Wenn das so weitergeht, wird sie die Klasse wiederholen müssen. Es ist so weitergegangen. Sie hat die Klasse wiederholt. Latein und Mathematik ungenügend. Es ist schlimmer geworden. Wieder haben die Lehrer mich kommen lassen. Truus lügt ständig! Truus versucht, einen Lehrer gegen den anderen aufzuhetzen! Truus hat keine Freundinnen, denn sie spielt mit ihnen genau dasselbe Spiel wie mit den Lehrern! Truus ist aggressiv, sie schlägt Schwächere, Eltern haben sich beschwert. Und zuletzt: Truus stiehlt!
Der einsame Mann in dem Zimmer voller Bücher seufzte. Ja, eines Tages ist es dann soweit gewesen: Truus hat einer Mitschülerin Geld gestohlen, ich selber habe es abends in ihrem Mantel gefunden. Diesmal war es nicht mit Ermahnungen getan. Diesmal gab es einen Skandal, so groß, daß Truus von der Schule gewiesen wurde. Das heißt: Man hat mir freigestellt, sie vor dem Verweis noch rechtzeitig in eine andere Schule zu bringen, damit das, was sie getan hatte, nicht in ihrem Zeugnis stand.
Also habe ich Truus in die Amerikanische Internationale Schule geschickt, die neu gegründet worden war. Die Internationale Schule lag am Ende der steilen Hameaustraße, beim Anfang der Höhenstraße, weit im Westen, schon bei den Weinbergen. Schulbusse der US Army haben die Kinder aus dem ganzen amerikanischen Sektor dorthin gebracht und wieder heim. Zwei Jahre hat

Truus diese Internationale Schule besucht. Plötzlich waren ihre Leistungen wieder vorzüglich, desgleichen ihr Benehmen. Viele Freundinnen hatte sie auf einmal. Sie schien über die Krise hinweggekommen zu sein. Zu Georgia war sie geradezu liebenswürdig, nun zwölf, dreizehn Jahre alt schon, ein Mädchen, das immer schöner wurde, mit hervorragenden Manieren – stolz könne ich auf sie sein, sagten mir die Lehrer. Ihre Freundinnen kamen zu Besuch hierher in die Berggasse. Frau Penninger kümmerte sich um alles. Sooft Freundinnen kamen, machte sie Kaffee und Kuchen. Und wir protestierten nicht, wenn manche Mädchen Jungen mitbrachten, Engländer, Franzosen, Amerikaner, und die Jungen rauchten...
Dann, 1947, funktionierte endlich wieder die Post mit dem Ausland, und Truus hat einen Brief von ihrem Spielgefährten Claudio Wegner aus Berlin erhalten. Die Adresse: Chemisches Institut.

Meine liebe Truus! (so ungefähr hat es in diesem Brief geheißen) *Mama und ich hoffen so sehr, daß es Dir und Onkel Adrian gutgeht und daß Euch nichts Böses geschehen ist. Hier in Berlin war der Krieg zuletzt ganz schrecklich, die Stadt ist fast vollkommen zerstört, und wir haben Papa verloren. Er ist am 15. April 1945 fortgegangen, um Freunden zu helfen, und bei der Gedächtniskirche ist es dann passiert. Eine Granate hat eingeschlagen und ihn getötet. Fremde Leute haben es uns erzählt, und Mama und ich haben versucht, Papa zu finden, aber wir haben überhaupt nichts gefunden, denn da waren so viele tote Menschen und so viele Trümmer. Ich habe sehr geweint, und Mama hat auch sehr geweint. Sie muß sich nun allein durchschlagen mit mir, es ist sehr schwer für Mama. Jetzt hat sie versucht, Papas Architektenbüro, das unzerstört geblieben ist, wieder in Gang zu bringen. Sie, als Frau, mit lauter Männern! Aber sie sagt, sie wird es schon schaffen. Hoffentlich! Sie ist ganz mager geworden und hat so viele Sorgen. Ich gehe schon in die Oberschule. In was für eine Schule gehst Du? Und was macht Onkel Adrian? Mama schreibt ihm einen eigenen Brief. Weißt Du schon, was Du werden willst, Truus? Ich weiß es. Schauspieler! Nächstes Jahr darf ich eine Schauspielschule für Kinder besuchen. Unser Haus ist stehengeblieben, auch das, in dem Du gewohnt hast. Im Grunewald ist überhaupt nur wenig passiert – verglichen mit der übrigen Stadt. Liebe Truus, ich denke so oft an Dich, und ich möchte Dich so gerne wiedersehen. Mama sagt, daß das im Moment noch nicht möglich ist, darum schreibe mir bitte, so oft Du kannst. Ich werde Dir auch immer wieder schreiben. Es umarmt Dich Dein lieber Freund Claudio...*

So etwa hat dieser erste Brief gelautet, dachte Lindhout. An das ein wenig komische ›Dein lieber Freund‹ kann ich mich noch ganz

genau erinnern. Natürlich hat Truus sofort geantwortet, und ein reger Briefwechsel ist in Gang gekommen.
Ich bin ganz beruhigt gewesen in dieser Zeit. Nur meine Arbeit hat mir schwer zu schaffen gemacht. Nachdem Professor Albrecht das Institut wieder übernommen hatte, konnte ich mich ganz auf das Problem konzentrieren. Von Anfang an kamen Krassotkin und der gesundete Major Soboljew, und es kamen englische und französische Sanitätsoffiziere – alle kamen sie gemeinsam in den ersten Jahren nach dem Krieg. Wir debattierten nächtelang. Die Amerikaner brachten Konserven und Zigaretten, die Russen Wodka und Fleisch, die Franzosen Rotwein. Bis zum Morgen saßen wir zusammen in meinem Labor, tauschten Erfahrungen aus, schlossen Freundschaften, schmiedeten Pläne. Was gab es da für Freundschaften, was hatten wir für Pläne!
Wie lange dauerte das?
1948 kam schon die Blockade Berlins, die Luftbrücke, die ›Spaltung‹, der ›kalte Krieg‹! Alle, die wir gedacht hatten, wir hätten eine Höllenzeit überlebt und sollten nun darangehen, eine neue, eine bessere Welt aufzubauen, waren entsetzt und verzweifelt, und viele begannen zu trinken ohne Maß, an ihrem Leben zu verzweifeln, und sie gaben sich selber auf.
Meine sowjetischen Freunde wurden abberufen, Soboljew und Krassotkin kamen, um sich zu verabschieden, denn nun war es ihnen verboten, die Amerikanische Zone zu betreten, in der das Institut lag...
Wir haben uns mit großer Mühe sehr optimistisch und sorglos gegeben, obwohl uns zum Heulen gewesen ist. Wir haben Brüderschaft geschlossen, und ich habe damit angegeben, daß ich wußte, wie man in Rußland den Freund nicht mit einem, sondern mit zwei Vornamen nennt, nämlich mit seinem eigenen und dem seines Vaters. Krassotkin hieß Ilja, sein Vater Grigori, also redete ich ihn ›Ilja Grigorowitsch‹ an, und Soboljew nannte ich ›Sergej Nikolajewitsch‹, weil sein Vater Nikolaij hieß. Und Krassotkin, der ein begeisterter Bergsteiger mit viel Erfahrung gewesen ist, hat mir von seinen Abenteuern im Kaukasus erzählt, und dann ist er auf den Gedanken gekommen, aus Soboljew und mir ebenfalls Bergsteiger zu machen, und er wollte, daß wir zu dritt in den österreichischen Alpen herumkletterten! Soboljew und ich, wir hatten keine Ahnung von der Bergsteigerei, und daraus hat sich ein Abschiedsgespräch mit Witzen und Kalauern entwickelt. Wir haben gelacht, um nicht zu weinen. Ich weiß noch, wie mein Freund Ilja Grigorowitsch sich mit meinem Freund Sergej Nikolajewitsch für diese Bergtour verabredete – er gebrauchte dazu, etwas abgewandelt, die

Worte des Braven Soldaten Schweijk: »Also, dann um sechs Uhr nach'm kalten Krieg im ›Kelch‹!«
Die beiden umarmten mich und küßten mich auf die Wangen, und ich küßte sie ebenso. Krassotkin brachte ein Geschenk mit. Ich sollte es erst öffnen, wenn er gegangen war. Abends öffnete ich es dann. Eine Schallplatte lag darin. Negro-Spirituals. Auf dem Etikett war ein Titel rot unterstrichen. Ich spielte ihn zuerst und erschrak, als ich die klagende Männerstimme hörte: ›Nobody knows the trouble I see, nobody knows but Jesus...‹
Niemand kennt das Leid, das ich sehe, niemand kennt es, nur Jesus...
Ja, da war es mit unserer Seligkeit schon wieder vorbei, nicht einmal drei Jahre hatte sie angehalten, aber diese so knappen drei Jahre waren gewiß die schönsten im Leben von uns allen!
Was folgte? Ernüchterung. Verzweiflung. In Korea hatte ein neuer Krieg begonnen. In Indochina führten die Franzosen längst einen anderen. Weltuntergangsstimmung. Orwells ›1984‹ (in fünf Jahren ist es soweit, und es sieht ganz so aus, als wäre Orwell ein Prophet gewesen), Gheorgius ›25 Uhr‹, Arthur Koestlers ›Sonnenfinsternis‹ und ›Gottes Thron steht leer‹...
Zuletzt kam nur noch Georgia in das Institut. Dem Eingang gegenüber hatte man eine Marmortafel anbringen lassen, im ersten Halbstock. Darauf stand:

Am 5. April 1945
fielen in diesem Institut
die Assistenten
Dr. Kurt Horeischy und Dr. Hans Vollmar
bei dem Versuch, wertvolle Instrumente
vor der Zerstörung durch Nationalsozialisten
zu retten
Bund Akademischer Freiheitskämpfer

Diese Tafel, damals für jedermann, der das Institut betrat, sogleich sichtbar, hat längst ihren Platz gewechselt. Heute, dachte Lindhout, befindet sie sich rechts vom Eingang, so versteckt an einer schmalen Mauerwand, daß man sie nicht bemerkt. Wer weiß noch, was am 5. April 1945 im Chemischen Institut wirklich geschehen ist? Ich. Und ein paar andere. Nicht viele. Viele werden es vielleicht nicht mehr wissen wollen. Und die Jüngeren haben überhaupt keine Ahnung. Nobody knows the trouble I see...
Am 12. August 1950 bin ich mit Georgia in die Stadt gefahren, in den I. Bezirk. Da hat es so eine Stelle in der Weihburggasse

gegeben – der I. Bezirk war ›Internationaler Sektor‹ und wurde jeden Monat von einer anderen Besatzungsmacht ›übernommen‹ –, so eine Stelle in der Weihburggasse, ja, in der bekam man, mit dem Segen der Alliierten versehen, alle Dokumente, die man benötigte, um nach Amerika zu reisen. Sehr heiß war es an diesem Tag. Ein bleicher Beamter hat mich bevorzugt behandelt, ein Mann in meinen Jahren. Er gab mir alle Papiere und wünschte mir Glück für meine Arbeit in Amerika.
Tief in seine Erinnerungen versponnen war Lindhout nun wieder...

5

Als Adrian Lindhout an der Seite Georgias, die ihre Uniform trug, in den grellen Sonnenschein der Weihburggasse hinaustrat, hielt ein Arbeiter beide an. »He, Sie! Wo wollen Sie hin?«
»Zu meinem Jeep«, antwortete Georgia. »Er steht ein Stück weiter die Straße hinunter. Hier ist doch überall Halteverbot.«
»Ja, eben«, sagte der Arbeiter und drängte Georgia und Lindhout in den Hauseingang zurück.
»Was, ja eben?« fragte Lindhout.
»Haben Sie denn nicht die Sirene gehört?«
»Sirene?«
»Also Sie haben nichts gehört. Ist ja auch nur so eine kleine Drecksirene zum Drehen. Gehen Sie noch weiter zurück. Hinter die Wand. Man kann nie wissen. Der Luftdruck...« Auch der Arbeiter stellte sich hinter die Wand.
»Was für ein Luftdruck?«
»Wir müssen sprengen.«
»Was müssen Sie sprengen?«
»Herrgott, da vorn, da ist die Weihburggasse doch gesperrt, weil im Krieg die ganze Vorderseite von einem Haus gegen das Haus gegenüber gestürzt ist.«
»Das habe ich gesehen«, sagte Georgia. »Und?«
»Und wir kommen nicht weiter mit dem Freimachen! Wir müssen die eine Hausmauer spren...« In diesem Moment ertönte auch schon eine gewaltige Explosion. Der Luftdruck preßte Lindhout tatsächlich gegen die Wand. Die Luft war undurchsichtig von Staub.
»So, jetzt können Sie gehen«, sagte der Arbeiter und verschwand.

Als Lindhout und Georgia zum zweitenmal auf die Weihburggasse hinaustraten, hatte die Staubwolke sich halbwegs gelegt. Sie sahen die gesprengte Mauer, deren Steine weit auseinandergeflogen waren, und sie sahen eine Menge Neugierige, die zu dem Schuttberg rannten oder auf ihm herumkletterten.
»Komm«, sagte Georgia.
»Einen Moment.« Lindhout bemerkte, daß mehrere Männer zwischen Schutt und Trümmern zu streiten begonnen hatten. Einer hielt etwas Rotes in der Hand.
»Was ist das da für ein rotes Ding?« fragte Lindhout.
»Was wird es schon sein? Laß uns fahren...«, begann Georgia, da bemerkte sie, daß Lindhout bereits auf die Menschengruppe zueilte. »Adrian!« rief sie. »Was willst du da?« Allein er hörte sie nicht. Georgia lief hinter ihm her. Sie holte ihn erst ein, als er die Streitenden schon erreicht hatte.
»Wegschmeißen, das Zeug!« rief einer.
»Klar, was sollen wir mit dem Dreck!« rief ein zweiter.
»Das ist Staatseigentum«, rief ein dritter. »Das dürfen wir nicht einfach wegschmeißen!« Dieser dritte Mann hielt den roten Gegenstand an sich gepreßt.
»Das *hat* dem Staat gehört!« rief eine Stimme. »Dem Nazistaat!«
»Richtig, also schmeißen wir's weg!«
»Oder machen wir's auf! Vielleicht ist Geld drin!«
»Idiot!«
»Das ist ein Briefkasten!« sagte Lindhout erstaunt. »Wie kommt der hierher?«
»Na, der hat an der Mauer von dem Haus gegenüber gehangen«, sagte derselbe Arbeiter, der ihn und Georgia in den Hausflur zurückgedrängt hatte. »Seit Jahren hat der da gehangen. Seit'm Krieg. Seit den Bombenangriffen. Hat ihn nur keiner sehen können, weil doch die Mauer auf ihm draufgelegen ist.«
»Scheiß auf das Kastl!« rief der erste Arbeiter. »Was willst denn machen mit dem Dreck, Rudi?«
»Es gehört dem Staat«, wiederholte jener, der den Briefkasten hielt, starrsinnig. »Und dieser Staat ist der Nachfolger von dem Nazistaat. Da sind Briefe drin!« Er schüttelte den halb eingedrückten Kasten. »Ich weiß nicht wieviel, aber es sind welche drin! Und die dürfen wir auch nicht wegschmeißen!«
»Hörst, der Krieg ist seit fünf Jahren aus! Was glaubst, was sich ein paar Leute noch für ein paar Briefe von vor mehr als fünf Jahren interessieren?«
Lindhout betrachtete den Kasten aufmerksam. Er sah die Aufschrift in gotischen Buchstaben: DEUTSCHE REICHSPOST.

»Nächste Leerung: sechzehn Uhr«, las der dritte Arbeiter laut.
»Ja, nächste Leerung sechzehn Uhr vor fünf oder sechs Jahren!« rief jemand aus der Menge. »Also, schmeißt's ihn schon endlich weg, den Dreck!«
Lindhout drehte sich zu Georgia um.
»Ich bin gleich wieder da.«
»Wohin gehst du?«
»Telefonieren«, sagte er. »Da drüben steht eine Zelle.« Und er eilte davon.

6

Der Ministerialrat Dr. Ludwig Schwarz war ein mittelgroßer Mann und hatte braunes Haar, braune Augen und sehr schöne Hände. Er trug einen neuen Anzug – Doppelreiher mit ausgepolsterten Schultern und breiten Hosenumschlägen und war von größtem Charme.
»Ich habe sofort nach Ihrem Anruf einen Beamten losgeschickt, Herr Doktor Lindhout«, sagte er. »Der Briefkasten befindet sich bereits bei uns.« Aus dem Fenster seines Büros sah man hinab zum Schwedenplatz und zu der Holzbrücke, die sowjetische Pioniere errichtet hatten, denn alle Donaukanalbrücken waren in den letzten Kriegstagen noch von der SS gesprengt worden.
Die Hauptpost in der Postgasse war zerstört. Ihre Dienststellen hatte man hierher, in dieses Gebäude auf dem Laurenzerberg, gleich nebenan, verlagert. Georgia betrachtete Lindhout voller Staunen seit dem Augenblick, da er von der Telefonzelle zurückgekommen war. »Bitte, fahre zum Laurenzerberg. Ein gewisser Doktor Schwarz möchte mich kurz sprechen«, hatte Lindhout da gesagt. »Es sind nur zwei, drei Minuten von hier...«
Und da saß Georgia nun neben Lindhout und hörte ihn sagen: »Ich bin Chemiker, Herr Doktor. Chemie ist eine exakte Wissenschaft. Man kann da nichts verschlampen oder einfach wegwerfen. Das hat wohl den Ausschlag gegeben dafür, daß ich Sie anrief, als ich Zeuge der Szene in der Weihburggasse wurde.«
»Ich verstehe.«
»Ich meine: Vielleicht sind die Leute, an welche die Briefe in dem Kasten adressiert sind, längst tot. Oder weggezogen, und keiner findet sie mehr. Vielleicht aber auch nicht! Vielleicht enthält ein einziger Brief in diesem Kasten eine Nachricht von größter Bedeutung! Vielleicht bedeutet er alles für einen Menschen!« Lindhout

lächelte verlegen. »Daran mußte ich denken... und darum rief ich an und bat, den Kasten zu bergen, bevor er weggeworfen wurde.«

»Es ist äußerst liebenswürdig«, sagte der Beamte, mit angenehmem Wiener Akzent sprechend, »daß Sie sich derartig inkommodieren, Herr Doktor. Ich bin Ihnen sehr dankbar. Da es sich ja nicht um einen Briefkasten handelt, der dreihundert Jahre lang im Eis von Grönland gelegen hat...« Er lachte über seinen kleinen Scherz. »... was uns dazu bringen könnte, ihn ins Kulturhistorische Museum zu schicken, hahaha, pardon, ich meine: da der Kasten ja nur wenige Jahre nicht zu entleeren gewesen ist, werden wir ihn natürlich öffnen und alle Briefe expedieren.«

»Siehst du!« Lindhout wandte sich an Georgia.

»Und zwar werden wir zuerst versuchen, den Empfänger zu kontaktieren, und nur im Falle, daß dieser nicht erreichbar, zum Beispiel verstorben ist, werden wir hinsichtlich des Absenders recherchieren. So sieht es die Verordnung vor. Betreffend die Hitlerkopfmarken... nun, ich weiß nicht einmal, ob da ein Nachporto zu entrichten sein wird. Es war ja nicht Schuld des Expedienten, daß der Brief, den er schrieb, nicht früher zugestellt werden konnte.« Dr. Schwarz hob ein wenig die Stimme. »Gewisse Journalisten haben es sich zur Gewohnheit gemacht, die Post im allgemeinen der Fahrlässigkeit zu zeihen und uns zu insultieren. Daher wird man jedem der Briefe aus diesem Kasten ein Schreiben beifügen, in welchem die Post sich für die verspätete Zustellung entschuldigt und den Grund für die lange Verzögerung angibt – höhere Gewalt, n'est ce pas?«

Lindhout nickte.

»So habe ich mir das vorgestellt«, sagte er zufrieden.

»Der Kasten wird gleich jetzt von uns geöffnet, und die Briefe werden sofort ausgetragen werden.«

»Das heißt, sie können in zwei, drei Tagen ihre Empfänger erreichen?« fragte Lindhout.

»Eh bien, wenn diese in Wien oder in der Umgebung leben, gewiß, Herr Doktor Lindhout«, sagte Dr. Schwarz und strich sich über das Haar.

»Bei weiteren Entfernungen wird es entsprechend länger dauern, natürlich«, sagte Lindhout.

»Voilà, natürlich.«

»Ich fragte, weil wir in einer Woche nach Amerika fliegen.«

»Dann sind die Briefe längst bei ihren Empfängern«, sagte Dr. Schwarz. »Nach Amerika? Ah, bon voyage, Madame, bon voyage, Herr Doktor. Gestatten Sie, daß ich Sie zum Lift begleite...«

7

Hochwürden
Herrn Kaplan Roman Haberland
WIEN XIII
Innocentiastraße 13
stand auf dem vergilbten Kuvert, daneben in zittriger Schrift:
PRIVAT UND PERSÖNLICH!
Der Briefumschlag lag auf dem Tisch im Zimmer des sehr gealterten Superiors in Ober-St. Veit.
Ein junger Priester und ein Briefträger standen vor dem Superior, der den Begleitbrief der Post las. In dem großen Raum waren alle Jalousien vor den Fenstern herabgelassen, um die Hitze dieses 14. August 1950 abzuhalten.
»Wir können den Brief leider nicht annehmen«, sagte der Alte.
»Wieso nicht?« fragte der dicke Briefträger, der schwitzte. »Dieser Kaplan Haberland – wohnt der nicht hier? Ist die Adresse falsch?«
»Die Adresse ist richtig«, sagte der Superior. »Und Kaplan Haberland hat auch hier gewohnt, vor eineinhalb Jahren noch. Dann haben wir ihn nach Rom geschickt, damit er seine Ausbildung erhält.«
»Ausbildung – als was?«
»Als Missionar. Er wollte unbedingt Missionar werden. Das heißt, gleich nach dem Krieg war das eigentlich meine Idee. Er war damals sehr krank. Als er sich erholt hatte, machte ich ihm den Vorschlag, Er war begeistert.«
»Schreiben Sie mir die Adresse in Rom auf, bitte«, sagte der Briefträger. »Dann schicken wir ihm den Brief nach Rom nach.«
»Er ist nicht mehr in Rom«, sagte der junge Priester.
»Was?«
»Seine Ausbildung war vor einem Vierteljahr beendet. Nun hat man ihn nach Indien geschickt.«
»Herrgott«, sagte der Briefträger. »Entschuldigen S', Hochwürden, ich meine, das ist aber eine verzwickte Geschichte. Und in Indien ist er jetzt also – oder auch schon nicht mehr?«
»Nein, in Indien ist er noch. Dort soll er ja arbeiten.« Der Superior sagte zu dem jungen Priester: »Schreiben Sie bitte die Adresse auf. Meine Augen werden täglich schlechter.«
»Gerne. Ich glaube, ich nehme einen unserer Umschläge, da kann man den Brief dann hineinstecken.« Er tat, was er sagte. Auf dem etwas größeren Kuvert des Priesterheims war in der linken oberen Ecke Name und Adresse gedruckt.

»Da müssen Sie aber noch zusätzliches Porto bezahlen«, sagte der schwitzende Briefträger. »Und dann muß das mit Luftpost gehen.«
»Gewiß«, sagte der junge Priester. Er schrieb in die Mitte des Kuverts:

Chaplain
Roman Haberland
c/o The Church of Saint John
The Archbishops' Office
Dalhousie Square
CALCUTTA/INDIA

8

Georgia träumte, daß Lindhout nach ihr schrie. Sie konnte ihn nicht sehen in ihrem Traum, nur hören, und sie erschrak so sehr, daß sie erwachte und hochfuhr. Sie wußte zunächst nicht, wo sie sich befand, und überlegte verzweifelt. Dann bemerkte sie viele Menschen um sich herum, die im Halbdunkel einer großen Halle auf Pritschen, Bänken oder auf dem Boden schliefen. Die leuchtenden Zeiger ihrer Armbanduhr wiesen auf 20 Minuten nach 3 Uhr früh. Sie erblickte undeutlich Handtaschen und Gepäckwagen. Neben sich sah sie Truus, zugedeckt, friedlich schlafend. Sie sah auf die Bank vor sich. Die war leer. Blitzartig fiel Georgia ein, wo sie sich befand. Im Warteraum des Flughafengebäudes von Shannon!
Shannon ist eine Ortschaft im Westen von Irland, und hier hatte die Maschine, die Lindhout nach Amerika bringen sollte, zwischenlanden müssen. Ein Motor war ausgefallen. Der Sprecher der Gesellschaft hatte um Verständnis gebeten. Ein neuer Motor sollte aus London herbeigebracht und eingebaut werden. Das würde viele Stunden dauern. Aber mit drei Motoren konnten die Piloten nicht über den Atlantik fliegen.
Solange es noch hell gewesen war, wanderten die Passagiere über die grünen Wiesen des Flughafens und sahen einer Schafherde zu. Dann war die Nacht gekommen, der Schäfer hatte seine Herde fortgetrieben. Der Sprecher der Fluggesellschaft gab seine Nachricht Stück um Stück, aus psychologischen Gründen vermutlich...
»Meine Damen und Herren, der Weiterflug Ihrer Maschine verzögert sich leider. Wir laden Sie zum Abendessen ein. Die Maschine

mit dem Ersatzmotor landet in einer halben Stunde, Sie werden es sehen können. Dann aber müssen die Motoren ausgetauscht werden. Das wird während der Nacht geschehen...« Unmutige Zwischenrufe. »Ich bitte doch zu bedenken, daß das alles für Ihre Sicherheit geschieht!« Es war ruhig geworden. »Vielen Dank für Ihr Verständnis! Es wird sich nicht vermeiden lassen, daß Sie die Nacht über auf den Bänken in der Wartehalle verbringen – oder auf Feldbetten, die wir Ihnen, ebenso wie Decken, zur Verfügung stellen.« Neuerliche Zwischenrufe. Kindergegreine. »Der Flug geht weiter, sobald der neue Motor eingebaut ist!«
Wie die Herde, die sie gesehen hatten, waren sie in eine Kantine getrieben worden, wo es reichlich zu essen und zu trinken gab. Die Maschine aus London war tatsächlich gelandet. Mit einem Gefühl erbitterter Harmonie sahen viele Passagiere, wie draußen auf dem Rollfeld Mechaniker bei Scheinwerferlicht mit dem Ausbau des beschädigten Motors begannen. Die Männer hatten noch Karten gespielt oder Whisky getrunken, manche auch beides getan. Die Frauen hatten sich um die Kinder gekümmert. Schließlich, gegen Mitternacht, schliefen alle. Viele schnarchten. Wo war Lindhout? Georgia sah die leere Bank an, auf der er sich zur Ruhe gelegt hatte vor Stunden. Wo war er jetzt? Sie erkannte eine Silhouette vor einem der Fenster, die auf die Landebahn hinausgingen. Eine Gestalt saß dort, zusammengekauert, eine Decke um die Schultern gezogen – Adrian!
Georgia tastete nach ihrer Brille, stand auf, warf gleichfalls eine Decke um sich und suchte mühsam ihren Weg zwischen den Schlafenden zu ihm. Ein paar Menschen stieß sie dabei unabsichtlich an. Dann war sie endlich bei der einsamen Gestalt am Fenster.
»Adrian!«
Nichts.
»Adrian!« Lauter.
Er wandte sich zu ihr, sein Gesicht zeigte einen völlig abwesenden Ausdruck. Es dauerte Minuten, bis er sie erkannte.
»Georgia...« Er zog sie an sich. »Was machst du hier? Warum schläfst du nicht?«
»Ich habe einen schlimmen Traum gehabt... Du hast nach mir geschrien...« Sie rückte an ihrer Brille. »Davon bin ich aufgewacht. Was ist Liebster?«
Draußen auf dem Flugfeld strahlten immer noch Scheinwerfer die Maschine an, und man konnte sehen, wie am Einbau des neuen Motors gearbeitet wurde, lautlos, wie es schien, völlig lautlos...
»Ich habe auch geträumt«, sagte er leise. »Und das hat mich so

aufgeregt, daß *ich* aufgewacht bin. Wie seltsam, daß du geträumt hast, ich schreie um Hilfe...«

»Wie war denn dein Traum, Adrian?«

Ein junger Mann in der Nähe rollte auf seiner Bank etwas zur Seite.

»Leise. Wir dürfen niemanden wecken«, flüsterte er. In seinen Augen brannte flackerndes Feuer – Widerschein der Lichter draußen.

»Erzähle, Adrian!«

Er hob die Hände und ließ sie wieder fallen.

»Deine Antagonisten, nicht wahr?« fragte sie.

Er nickte.

»Ja, aber ganz anders, Georgia... paß auf: Ich versuche doch seit Jahren, herauszubekommen, warum sie nur so kurze Zeit im Tierversuch wirken... zweieinhalb Stunden höchstens... bei Menschen wären das wohl kaum zwei Minuten!« Sie nickte und streichelte seinen Arm. »Aber solange sie wirken, egal wie kurz, machen sie jede Morphinwirkung zunichte. Es werden sich bestimmt Substanzen finden lassen, die länger wirksam sind, viel länger, Tage, Wochen, Monate... es ist alles eine Frage der Zeit... Jetzt, in Lexington, werde ich ganz andere Arbeitsmöglichkeiten haben...«

»Natürlich, Adrian.«

Er zog sie dicht zu sich. »Wenn ich Antagonisten entwickeln könnte, die nicht nur kurze Zeit wirken, sondern länger, vielleicht sogar lange Zeit, dann hätte ich *das ideale Mittel gegen die Sucht nach Morphin und Heroin* und vielleicht sogar gegen alle synthetischen Präparate mit einem dem Morphin ähnlichen Wirkungsmechanismus gefunden...

9

Mrs. Katherine Grogan war sechsundfünfzig Jahre alt. Jedermann, der sie kannte, nannte sie Kathy. Sie war eine dicke, große Frau mit roten Händen, blassem Gesicht und stets geschwollenen Beinen. In den Beinen hatte sie seit Jahren beständige Schmerzen. Kathys Arzt sagte, das hänge mit ihrem Herzen zusammen, und sie dürfe nicht unentwegt arbeiten. Sie hatte stets viel gearbeitet, aber als ihr Mann gestorben war, mußte sie noch viel mehr arbeiten, denn sie hatte einen Sohn. Es war nicht allein der Sohn, für den sie Geld brauchte, es war ein Einfamilienhaus im Norden von Lexington,

das sie mit ihrem Mann vor siebzehn Jahren gekauft hatte, nachdem Homer geboren worden war.
Mr. und Mrs. Grogan hatten mit der Besitzerin des Hauses, einer Bank, die Abzahlung auf Raten vereinbart.
Mr. Grogan war Elektriker gewesen. Sie hatten damals schon beide gearbeitet, Mr. und Mrs. Grogan. Homer wuchs heran und mußte zum Militär. Er kletterte am Tag D die Steilküste der Normandie empor, kämpfte sich mit den westlichen Alliierten bis weit nach Deutschland hinein und wurde nach 1945 in Berlin stationiert.
Sein Vater starb am 12. Februar 1948. Homer erhielt Heimaturlaub und flog nach Lexington, einer Stadt der Künste und Wissenschaften inmitten der sogenannten ›Bluegrass‹-Region, die wegen ihrer für die USA alten Kultur und wegen der großen Zahl dort lebender Gelehrter das ›Athen des Westens‹ genannt wird. Er besuchte, zusammen mit der Mutter, das Grab seines Vaters David, der auf einem wunderschönen Friedhof beigesetzt worden war. Hier ruhten viele gute und berühmte Menschen, große Männer aus der Zeit des Sezessionskrieges und Mary Todd, die Frau von Abraham Lincoln.
Homer war sehr traurig, denn er hatte seinen Vater sehr geliebt. Kathy weinte ein wenig, dann fuhren sie heim und sprachen lange miteinander. Sie kamen zu dem Beschluß, daß Homer in der Army bleiben sollte, als Berufssoldat, denn da verdiente er sein sicheres Geld, und das wollte er zum großen Teil heimschicken, damit das kleine Haus abbezahlt wurde. Wenn Kathy weiterarbeitete, konnte das Haus ihnen in acht Jahren gehören. Also wollte Homer sich auf acht Jahre bei der Army verpflichten.
»Glaubst du, daß es jetzt, wo der Krieg vorbei ist, besser werden wird auf der Welt?« fragte ihn seine Mutter.
»Ja«, sagte Homer.
Nach drei Wochen kehrte er als Berufssoldat zurück nach Berlin. Und Kathy arbeitete weiter. Sie ging als Putzfrau zu Gelehrten, die an der Universität von Lexington, in den verschiedenen Krankenhäusern oder in Forschungsstätten tätig waren. Homer schickte stets fast seinen gesamten Sold. Und immer weitere Raten konnten bezahlt werden. Bald würde das Haus ihnen gehören. Es war ein hübsches Haus inmitten eines großen Gartens. Zweimal im Jahr kam Homer, wenn er Urlaub erhielt, heim nach Lexington.
Am 25. Juni 1950 überschritten gut ausgerüstete Truppen der Koreanischen Demokratischen Volksarmee aus Nordkorea die Demarkationslinie am 38. Breitengrad und fielen in Südkorea ein. Dieser Angriff bedrohte militärisch und politisch den Status quo zwischen den ›westlichen Mächten‹ und der Sowjetunion. Deshalb

beschloß der Sicherheitsrat der Vereinten Nationen, der Nordkorea als Aggressor verurteilte, am 27. Juni die Aufstellung einer UN-Streitmacht gegen Nordkorea. Die Vereinigten Staaten von Amerika trugen die Hauptlast dieser Streitmacht, und so traf diese Last auch die Einheit Homer Grogans, der von Berlin aus auf dem Luftweg nach Pusan, einem Brückenkopf im Südosten von Südkorea, geflogen wurde, denn die nordkoreanischen Truppen überrannten zunächst ganz Südkorea bis auf den Brückenkopf Pusan.

Am 7. Juli 1950 übernahm General Douglas MacArthur den Oberbefehl über die gesamten UN-Streitkräfte. Am 15. September 1950 begannen diese Truppen eine erfolgreiche Gegenoffensive, die durch fünf amphibische Landungsoperationen im Rücken des Gegners unterstützt wurde. Mit der Zeit drängten die UN-Truppen die Nordkoreaner über den 38. Breitengrad zurück und erreichten am 26. Oktober 1950 am Jalu-Fluß die nordkoreanisch-chinesische Grenze. Eine von zweihunderttausend ›Freiwilligen‹ der Volksrepublik China unterstützte Gegenoffensive konnte die UN-Truppen erst südlich von Seoul aufhalten. Das war im Januar 1951.

Kathy hörte lange Monate nichts von ihrem großen, gutmütigen und schüchternen Sohn Homer, der gemeint hatte, daß die Welt nach dem Ende des Hitler-Krieges besser werden würde. Sie war sehr bedrückt, und bedrückt machte sie in den Wohnungen von Ärzten, Philosophen, Mathematikern und anderen Wissenschaftlern weiter ordentlich sauber. Sie besaß einen neuen Kunden, der ein altes Haus am Stadtrand bezogen und ihr alle Schlüssel gegeben hatte, weil er kaum jemals zu Hause war, wenn sie kam. Kathys neuer Kunde hieß Dr. Adrian Lindhout. Er arbeitete, das wußte Kathy, in der Forschungsabteilung der Klinik des Bundes-Gesundheitsdienstes für Drogensüchtige. Dieser Dr. Lindhout war sehr freundlich zu Kathy. Darum eilte sie am 2. November 1950 auch zu ihm in die Klinik, denn sie hatte ein Telegramm (das erste ihres Lebens) erhalten, und es gab niemanden, mit dem sie über den Inhalt dieses Telegramms sprechen wollte – nur mit ›Doc‹ Lindhout.

10

Lindhout lebte mit Georgia in einem alten Haus am Stadtrand. Über dem offenen Kamin inmitten der Bücherwände seines Wohnzimmers hing der Chagall. Truus hatte zu Anfang auch in diesem

Haus gewohnt, war aber bald in das Dormitory des Transsylvania College übersiedelt, das sie besuchte. Viele Mädchen lebten ständig dort, sie kamen aus allen Teilen des Landes, und in dem Dormitory für Jungen war es genauso. Zu allen Wochenenden kam Truus zu Adrian.

Als Georgia am Abend des 2. November 1950 aus ihrem schwarzen Oldsmobile stieg, mit dem sie von der Klinik heimgefahren war und das Haus betrat, fand sie es leer. Sie rief in der Forschungsabteilung der Klinik an, aber Lindhout war schon lange nicht mehr da, sagte ihr ein Chemiker, den sie gut kannte. Er sei vor Stunden fortgegangen. Große Unruhe überfiel Georgia. Sie telefonierte noch eine Weile ohne jedes Resultat herum, dann setzte sie sich wieder in den Oldsmobile und fuhr in die Stadt zurück. Sie suchte Lindhout in vielen Bars. Er hatte zwar, wie sie wußte, kaum Interesse an alkoholischen Getränken, aber ein unerklärliches Gefühl sagte Georgia, daß er an diesem Tage wohl in einer Bar sein würde. Sie suchte stundenlang. Um ein Uhr früh erst fand sie Lindhout – in einer kleinen Bar an der Lewell-Street hinter dem 1815 gegründeten Cardinal-Hill-Hospital für verkrüppelte Kinder.

Der Mixer atmete hörbar auf, als sie kam, denn Lindhout saß als letzter Gast in einer Ecke, eine leere Whiskyflasche vor sich, den Kopf in die Hände gestützt.

»Gott sei Dank«, sagte der Mixer, »endlich, Madam. Ich will schon lange schließen, aber ich bekomme diesen Herrn nicht weg. Er ist voll. Pardon – Sie sind seine Frau?«

»Nein«, sagte Georgia und beugte sich zu Lindhout hinab. »Adrian!«

Er sah sie an. Seine Augen waren gerötet, aber nicht glasig, er hatte sehr viel getrunken, aber er konnte noch vernünftig reden und folgte Georgia sofort, als sie ihn bat, mit ihr zu kommen. Er stand auf, bezahlte, schüttelte dem Mixer die Hand und entschuldigte sich.

»Wofür?« fragte der Mixer erleichtert.

»Für alles«, sagte Lindhout. Dann ging er zur Tür. Dort drehte er sich noch einmal um und sagte: »Das Verteidigungsministerium bedauert, Mrs. Katherine Grogan mitteilen zu müssen, daß ihr Sohn Homer bei schweren Kämpfen im Raum von Andschu gefallen ist. Als tapferer Soldat. Er hat dort gleich seine letzte Ruhestätte gefunden.«

»Korea?« fragte der Mixer.

»Unser Homer? Unsere Kathy?« fragte Georgia zur gleichen Zeit.

»Ja«, sagte Lindhout.
»Dieser verfluchte Krieg«, sagte der Mixer.
»Nicht wahr?« sagte Lindhout. »Sie haben vollkommen recht. Und nun erzählen Sie mir bitte noch, daß alle Kriege verflucht und eine Schande für zivilisierte Menschen sind und daß man sie verbieten müßte.«
»Nun komm schon«, sagte Georgia.
»Ich komme ja schon«, sagte Lindhout.
»Gute Nacht, Madam, gute Nacht, Sir«, sagte der Mixer. »Es tut mir sehr leid.«
»Ich werde«, sagte Lindhout, schon auf der Straße, »Ihr Mitgefühl Mrs. Grogan zur Kenntnis bringen. Es wird sie gewiß ungemein trösten.«
Georgia half Lindhout in den Wagen und ging um ihn herum. Sie setzte sich hinter das Steuer. Man hörte den Mixer die Tür der Bar abschließen.
Georgia fuhr los. Lindhout saß aufrecht neben ihr und schwieg.
»Arme, arme Kathy«, sagte Georgia.
Lindhout schwieg weiter. Er sah starr nach vorn. Georgia fuhr aus der Stadt hinaus, vorbei an vielen Pferdekoppeln, denn auf den Farmen um Lexington werden besonders schöne Pferde gezüchtet, und viele dieser Farmen sind sehr berühmt. Es war noch eine warme Nacht, und auf dem dunklen Himmel leuchteten viele Sterne.
Vor einer Koppel, die im Mondschein lag, hörte Georgia Lindhout mit klarer, ruhiger Stimme sagen: »Halt an.«
»Warum?«
»Ich habe nicht nur getrunken«, sagte er. »Ich habe auch nachgedacht.«
»Worüber?«
»Über uns Menschen«, sagte Lindhout.
»Was über uns Menschen?«
»Vieles«, erwiderte er. »Ich möchte es dir gerne sagen, denn du hast nicht getrunken und wirst es dir merken, ich aber werde es in dieser Klarheit morgen nicht mehr sagen können.«
Sie hielt den Wagen an und löschte die Scheinwerfer. Nur das Standlicht brannte weiter.
»Danke«, sagte Lindhout. Er sprach ganz ruhig. »Ich habe schon sehr lange darüber nachgedacht. Nun ist Homer gefallen. Das ist Anlaß, einiges auszusprechen. Mit Bestimmtheit wissen wir: Seit einer Million Jahren, vielleicht sogar schon länger, gibt es menschenähnliche Wesen. Die Erbanlagen für Selbsterhaltung und damit für Aggression und Kampf sind so alt und die entsprechen-

den Triebe so stark, daß die Entwicklung der menschlichen Hirnrinde, wo der Verstand seinen Sitz hat, sie nicht hat überholen können. Ich meine: Unsere Vernunft ist nicht in der Lage, diese Triebe zu unterdrücken oder zu steuern. Die wenigen Ausnahmen bestätigen die Regel. Unser Gehirn reicht für technische, wissenschaftliche und künstlerische Hochleistungen aus – nicht aber für *soziale!* In unseren Motivationen sind wir also immer noch durch den Geist verbildete Höhlenwesen – und demnach *gefährlicher* als diese! Hörst du mir zu?«

»Ja«, sagte Georgia.

»Die Natur«, sagte Lindhout, »ist grausam, gewiß. Aber sie ist grausam nach bestimmten Gesetzmäßigkeiten. Über diese Gesetzmäßigkeiten hinaus gibt es bei den Tieren kein Töten. Das kann man bei den Bienen beobachten, zum Beispiel. Hier werden Drohnen getötet, die getötet werden müssen, wenn sie ihre Aufgabe erfüllt haben – nach der Gesetzmäßigkeit des Bienenstaates. Der Mensch aber tötet aus einer ganz tief verwurzelten Emotion, aus Lust oder aus irgendeiner Mord-Ideologie. Stimmt das?«

Georgia nickte bedrückt.

»Wenn man den großen Zyklus des Lebens als oberstes Gesetz annimmt«, fuhr Lindhout fort, »dann *stört* der Mensch die Erde zweifelsohne. Und wenn er so weitermacht, wird er bald auch die Sterne stören. Das heißt also: *der Mensch ist schädlich.* Manche Fortschritts-Idioten behaupten, es sei sehr positiv, was die Menschheit tut. Vom Standpunkt des Beobachtbaren ist es ganz gewiß *nicht* positiv. Wenn du die Erde als biologisches Ganzes betrachtest, dann richten wir Menschen sie systematisch zugrunde. Wir besitzen die Gabe des freien Denkens und können uns deshalb – in Grenzen! – einen Überblick verschaffen. Nun: Was tun wir? Wir töten unsere Menschenbrüder, wir verpesten die Umwelt, wir lagern furchtbare Mittel, diese Welt zu zerstören. Hast du eine Zigarette?«

Sie entzündete schweigend zwei und reichte ihm eine.

»Danke. Und jetzt gibt es außerdem – du weißt es – Pläne, einen Menschen auf den Mond zu schießen. Das wird sicherlich geschehen, technisch sind wir dazu heute schon in der Lage. Dann schießen wir vielleicht *zwei* Menschen auf den Mond! Und ein Auto dazu! Das ist doch das Traumziel dieses Landes! Jetzt stelle dir einmal vor, du bist der Chef eines anderen Sonnensystems. Dann muß dir das doch als Witz erscheinen! Dann mußt du doch über derlei Traumziele einen Lachanfall bekommen!«

Georgia schwieg. Und beklommen sah sie zu Lindhout hin.

»Wenn du das alles von oben betrachtest, was siehst du dann? Da haben wir Menschen einander durch Jahrtausende zu Millionen ausgerottet – und bald schon sind zwei von uns und ein Auto dazu auf dem Mond gelandet, und wir alle stehen tief ergriffen vor dieser Leistung. Ist das ein Witz – oder ist das keiner?«

»Du wirst auf Erbitterung stoßen, wenn du so sprichst«, sagte Georgia. »Auf Erbitterung und Ablehnung.«

»Natürlich werde ich das«, antwortete Lindhout. »Die Weltsicht eines Destruktiven, wird man sagen. Denn das Horten von Atombomben, zum Beispiel, dient natürlich wirklich ungeheuer humanen Zwecken. Weißt du, was das Schrecklichste an uns Menschen ist?«

»Was?«

»Daß wir so blöde sind und einander so ernst nehmen! Daß wir alles personifizieren – Nationen: Napoleon! Rassen: Hitler! Ideologien: Stalin! Nimm die Nazis: die deutsche, nordische, blonde, blauäugige, heldenhafte Rasse! Was haben diese Helden getan? Goldzähne der Vergasten haben sie gesammelt! Lampenschirme aus Menschenhaut! Was tun andere in Indochina? In Korea? Die Menschen *sind* eben solche Schweine! Ich muß mich bei den Schweinen entschuldigen! Die leben in geordneten Verhältnissen!«

Sie beobachtete ihn mit immer größerer Besorgnis.

»Da hast du die grenzenlose Beschränktheit der Menschheit! Man muß die Welt wie ein Versuchsobjekt in einer Retorte betrachten, das ist die einzige Möglichkeit! Schau: Die grausige Mordmaschinerie, die die Nazis in Gang gesetzt haben, wäre – sehen wir es einmal religiös an, meinetwegen! – nach ihrer Vernichtung Grund gewesen für ein religiöses Gebot! Dieses Gebot hätte lauten müssen: *Aus! Schluß! Ein Ende mit dem Morden! Das* hätten die Sieger sagen und erkennen müssen! *Haben* sie es erkannt? Nein! *Im Gegenteil!* Es wird schlimmer und immer schlimmer werden! Indochina! Korea! Morgen der dritte Krieg! Übermorgen der vierte!«

Er sprach wie bei einer Vorlesung. »Es steht geschrieben, und zwar in allen Religionen: Du sollst nicht töten! Aber alle Religionen sind gerade hinsichtlich dieses Verbots von den Menschen mißbraucht worden, seit es diese Welt gibt! Warum sagen die Mächtigen nicht: Wir haben mit dem Zweiten Weltkrieg etwas erlebt, das die Menschheit endgültig vor sich selber warnen muß! Wir werden Sicherheitsmaßnahmen ergreifen, die verhindern, daß auch nur noch ein einziger Mensch eines gewaltsamen Todes stirbt! Warum ist das nicht geschehen? Da eben siehst du die völlig fehlende Weisheit! Niemand, auch der Heilige Vater nicht, sagt: Aus! Ende! Es ist genug gemordet worden! Jetzt ist Schluß mit dem Morden! Für alle Zeit! Was tun die Menschen? Sie morden weiter!

Wir haben den Ideologie-Mord! Jede Ideologie ist die alleinseligmachende! Wer jetzt einer anderen Ideologie anhängt, muß ermordet werden!«

»Homer Grogan ist tot«, sagte Georgia. »Darum bist du so verzweifelt.«

»Ich bin schon lange verzweifelt«, sagte Lindhout. »Schon sehr lange. Die Sache läßt sich reduzieren auf einen einzigen Satz: Das Triebleben des Tieres – eingeordnet in das naturgegebene Gefüge der Instinkte und des an sie und durch sie gebundenen Handelns – ist beim Menschen durch die Überentwicklung des Großhirns und damit des sogenannten Verstandes und der sogenannten Willensfreiheit entartet, und Willensfreiheit, Verstand und Geist sind zu schwach, das Triebleben zu steuern! Wir haben *nur* noch die Entartung! Daher kannst du die Zukunft der Menschheit voraussagen...«

»Adrian, bitte!« flüsterte Georgia.

Er hörte sie gar nicht.

»... Weil alle Steuerungsversuche von vornherein zum Versagen verurteilt sind, wird immer wieder der degenerierte Trieb durchschlagen. Die Menschen töten nicht mehr aus Hunger, sondern aus Idealismus – da hast du es schon! Und was sind die Ideale der Menschen? Schwachsinnig, stumpfsinnig, von einer geradezu dramatischen Dummheit! Oder glaubst du vielleicht, der liebe Gott hatte seine Freude daran, als die Inquisitoren die Menschen zu Tausenden auf die Scheiterhaufen schickten, auf daß die katholische Kirche stärker werde? Als Stalin fünfundzwanzig Millionen Menschen umbringen ließ, auf daß der Kommunismus stärker werde? Als Hitler sechs Millionen Juden in die Gaskammern schickte, auf daß die nordische Rasse siege? Georgia, das war doch alles Schwachsinn! Und zu alledem in keinem Fall erfolgreich! Nie in der Geschichte hat der Mord von Millionen etwas eingebracht! Im Gegenteil! Die Kirche hat ihre Weltstellung verloren, *obwohl* sie Millionen umbringen ließ! Hitler hat sein Land und viele andere Länder und sich selbst vernichtet, *obwohl* im größten Krieg der Geschichte fünfundfünfzig Millionen Menschen umgekommen sind! Und Stalin? Hat er sich selbst, hat er dem Kommunismus geholfen, als er *seine* fünfundzwanzig Millionen ermorden ließ? *Niemandem* hat es *jemals* genützt! Ja, wenn da einer wäre, der etwa erklären könnte: Wir haben – na, sagen wir – fünfhundert Millionen Araber ermordet und fünfzig Jahre herrlichen Frieden gehabt – *das* wäre noch etwas! Aber hat es so etwas je gegeben? Nein! Solches Morden ist zu allen Zeiten ja nicht einmal ein echtes Verbrechen im genauen Sinn des Wortes gewesen! Denn für ein

echtes Verbrechen waren die Menschen einfach zu blöde, schlicht und einfach zu blöde!«
Und der Mond schien auf die Weiden der Pferdekoppel, und die ganze Gegend war wie in Silber getaucht.

11

Nach einigen Minuten der Stille begann Lindhout abermals zu sprechen – immer weiter ruhig und bedächtig. Georgia, die von Minute zu Minute unglücklicher wurde, hörte ihn sagen: »Sieh sie dir an, die Menschen, die andere Menschen ins Unglück geführt haben... Alexander... Caesar... Napoleon... Hitler... Schwerste Psychopathen! Hast du das Buch gelesen, das ich dir gegeben habe? Die Gespräche Napoleons auf Sankt Helena?«
»Ja...« Sie konnte kaum sprechen.
Lindhout lachte kurz und bellend auf.
»Ein Ordonnanzoffizier war schuld daran, daß Napoleon bei Waterloo geschlagen worden ist, sagt Napoleon! Unfaßbar! Genau dasselbe hätte Hitler sagen können! Nur weil dieser Jodl oder sonstwer unfähig gewesen ist, hat Deutschland den Krieg verloren! Diese sogenannten ›heroischen Gestalten‹ der Geschichte – das sind doch bloß Auswüchse der Menschheit, und zwar Auswüchse ihrer *Zeit* – und was ist diese Zeit? Ein pathologisches Produkt der Menschen!«
»Und Homer Grogan ist tot«, sagte Georgia.
»Und Homer Grogan ist tot«, wiederholte Lindhout. »Und seine Mutter weint um ihn und ist unglücklich und einsam. Viele Mütter weinen um ihre Söhne, viele Frauen um ihre Männer... Aber sage mir: Welche Rolle spielt es für die *Erde*, ob jemand dreieinhalb Jahre vor einem Herzinfarkt oder einem Lungenkrebs ermordet wird?«
Sie fuhr zurück.
»Hör auf!«
»Ich kann nicht mehr aufhören«, sagte er. »Ich kann nicht aufhören, all dies zu denken. Und wem sollte ich es sagen, wenn nicht dir, der Frau, die ich liebe? Schau doch: Es wird im Jahr zweitausend neun Milliarden Menschen auf diesem Planeten geben, das steht fest. Und das ist *unmöglich*. Und deshalb kann es *der Erde* völlig gleichgültig sein, ob im nächsten großen Atomkrieg ein oder zwei oder drei Milliarden sterben. Nein, es kann ihr *nicht* gleichgültig sein, und *uns* auch nicht! Ein oder zwei oder drei Milliarden sind

nämlich zuwenig! Damit ist es nicht getan! Experten haben ausgerechnet, daß bei einem nur wenige Monate dauernden Atomkrieg mindestens fünfhundert Millionen Menschen sterben müssen. Aber was ist das? Ein Tropfen auf einen heißen Stein ist das, sonst nichts!«

»*Adrian!*« Georgia wich vor ihm zurück. Er bemerkte es gar nicht. Gelassen sprach er weiter: »Fünf Milliarden müssen weg bis zum Jahre zweitausend, wenn diese Erde nicht zugrunde gehen soll. Eine reine Frage der Mathematik. Ich glaube fest daran, daß es in dreißig oder vierzig Jahren für jemanden, der denkt, die Alternative Kommunismus oder Kapitalismus nicht mehr geben darf. Jeder Staatsmann eines Landes mit auch nur einer halben Million Menschen müßte wissen, daß er und alle seine Bürger biologischen Gesetzen unterworfen sind. Es gibt keine biologischen Unterschiede zwischen zivilisierten und noch unzivilisierten Rassen. Oder doch! Die unzivilisierten haben eher noch Instinkte – und durch sie auch ihre Rituale – als die zivilisierten, bei denen gewiß nicht nur ein Mensch wie ich denkt: Weg, weg, weg mit fünf Milliarden!«

»Es gibt also nichts Gutes auf dieser Welt?«

»Von vornherein gewiß nicht. Man könnte die Menschen vielleicht zum Guten *zwingen*, ihnen vielerlei Beschränkungen auferlegen und damit *hoffen*, daß die Menschheit überlebt. Wer aber tut das? Niemand! Darum die Sehnsucht nach dem Erlöser in allen Religionen! Die Menschen sind unfähig, wie der Heiland zu handeln, sie *wissen* es. Also ersehnen sie Ihn, den Erlöser, der kommt und ihnen sagt, wie sie es anfangen sollen, daß sie vom Untergang bewahrt bleiben. Doch der Erlöser wird nicht kommen. Von Europa aus hat man ja die Utopie der Weltherrschaft schon zu verwirklichen gesucht, hat Heiland gespielt. Einmal Napoleon, einmal Hitler. Ha! Beide Male mit was für unzureichenden Mitteln! Es ist beiden nicht gelungen. Folge? Ein furchtbares Debakel auf der ganzen Welt! Diese blödsinnigen Versuche haben ja erst die Bildung weltweiter Machtblöcke möglich gemacht – Europa war nur ein isolierter und zudem recht schwächlicher Block. Schon die frühe Geschichte berichtet von der Ausrottung einzelner Stämme, einzelner Rassen, einzelner Völker. Jetzt kann ein neuer Erlöser die Menschheit im ganzen vernichten – die Menschheit durch den Menschen! Es ist bei rationaler Prüfung durchaus wahrscheinlich, daß dies geschehen wird. Und wir – wir wissen das schon gefühlsmäßig, aber wir kapseln dieses unser Wissen ein. Es erscheint uns nicht als akut. Wir meinen, es hat noch Zeit. Aber wir haben nicht mehr viel Zeit. Trotzdem glaube ich, daß nicht der Dritte Welt-

krieg das Ende der Welt und der Zeit sein wird, sondern erst der *Vierte!* Man wird zunächst noch einen Ausweg finden...«
»Was für einen Ausweg?«
»Einen extrem faschistischen«, sagte Lindhout. »Einen grauenhaften. Ich kann es nicht aussprechen...«
»Sprich ihn aus«, sagte Georgia, »sprich alles aus, Adrian.«
Er sah sie an und strich über ihr Haar.
»Du bist so tapfer«, sagte er.
»Ach nein«, sagte sie, »aber ich möchte es so gern sein. Was also, glaubst du, ist dieser grauenhafte, extrem faschistische Ausweg?«
Lindhout zuckte die Schultern.
»Der Ausweg wäre, daß eine Nation – oder eine andere – sagt: Wir haben diese Welt nicht geschaffen. Wenn das biologische Gesetz nun einmal so ist, dann wollen *wir* überleben und alle anderen Nationen verrecken lassen! Dafür aber müssen wir rüsten, rüsten, rüsten – und die anderen umbringen, zu Milliarden von Toten! Ich weiß, dir graut vor mir, Georgia... mir graut vor mir selber...«
»Weiter«, sagte sie und hielt seine Hand, »weiter...«
»Amerika und Rußland zum Beispiel – nur zum Beispiel! –, wenn die sich zusammentäten, um die dritte Weltmacht, China meine ich – in einem oder zwei Jahrzehnten *wird* China es sein! –, total zu vernichten! Das wären achthundert Millionen. Wenn da ein paar Randgebiete mit draufgehen, hätten wir eine Milliarde weg! Bis alle atomaren Wüsten entseucht sind und es wieder etwas aufzubauen gibt, würde eine Weile Ruhe folgen. Es ist zwar heute niemand mehr wirklich stark genug, die Erde *allein* zu beherrschen, doch werden die beiden übriggebliebenen Machtblöcke dies in ihrer Verblödung selbstverständlich behaupten. Und sie werden – im *Vierten* Weltkrieg – versuchen, einander zu zerschlagen.«
»Aber warum, Adrian? Aber warum?«
»Weil es denkbar ist, und alles Denkbare wird einmal gemacht. Die halbe Erde gegen die halbe Erde – und dabei zerreißt es sie dann wahrscheinlich in tausend Stücke, weil sie derartigen Erschütterungen nicht standhalten kann, weil eine solche Auseinandersetzung allzu gewaltig ist. Oder sie kippt aus der Achse, und damit aus ihrer Bahn, und es ist aus! Ein interessantes biologisches und astronomisches Geschehen, nicht wahr? Und wenn man die Welt wie in der Retorte betrachtet, auch absolut logisch. Warum siehst du mich so an?«
»Wir beide, Adrian«, sagte sie mühsam. »Unser Leben. Unser schönes Glück! Es hat doch gerade erst angefangen! Und da sprichst du so? Ich kann das nicht ertragen! Ich kann nicht, hörst du! Es muß noch einen anderen Weg geben! Es muß, muß, muß!«

12

Er sah lange schweigend nach vorn durch die Fensterscheibe auf die vom Mond beschienene Straße hinaus. Dann sagte er still: »Natürlich gäbe es noch einen anderen Weg.«

»Ja?«

»Ja. Wenn in *dieser* Nacht noch, in *dieser* Stunde noch, die Mächtigen der Welt die *gesamte* Rüstung – aber wirklich die gesamte! – umstellen würden auf *humane Zwecke*! Wenn es heute noch zu einer gerechten Verteilung der Güter zwischen Arm und Reich kommen würde! Bildung für alle! Nahrung für alle! Radikale Geburtenbeschränkung für alle!«

Sie atmete tief durch, er aber fuhr unerbittlich fort: »Da jedoch jeder Mensch glaubt, eine einmalige Erscheinung zu sein, die er unbedingt duplizieren muß, wird man diesen Weg nicht gehen können. Solange den Menschen vorgebetet wird: Der Sinn des Lebens ist die Fortpflanzung, gibt es hier keine Hoffnung! Immer werden da Menschen sein, die schreien, daß *ihr* Blut wertvoller ist als das anderer Menschen! Sie sehen nicht, daß so die ganze Welt in die Luft fliegen muß! Weil sie zu blöde sind... weil sie zu blöde sind... Darum gehen wir unaufhaltsam der Apokalypse entgegen... unaufhaltsam, Georgia, unaufhaltsam... Das ist durchaus nicht böse gedacht«, sagte Lindhout, »durchaus nicht böse. Nur logisch. Es wäre heute an der Zeit, weltweit zu denken. Die Nachrichten- und Kommunikationsmittel, das Fernsehen vor allem!, erlaubten uns die weltweite Verbreitung solcher Denkart. In unserer Kindheit haben wir noch gedacht: Korea? Das ist unendlich weit fort! Heute stirbt der arme Homer Grogan dort. Durch die Kommunikationsmittel ist jede Art von nationalem Denken absolut unsinnig geworden! ›Staaten sind nichts als große Räuberbanden!‹ Das hat schon der heilige Augustinus geschrieben... Na bitte!«

»Und du?« fragte Georgia laut.

»Was, und ich?«

»Und was machst *du*? Du suchst ein Mittel, um Menschenleben zu retten, während du davon überzeugt bist, daß bis zum Jahr zweitausend mindestens fünf Milliarden Menschen umgebracht werden müssen!«

»Ja...« Lindhout starrte sie an. »Das tue ich. Ich versuche, Menschenleben zu retten, ich verfluchter Narr! Leben zu retten in einer Zeit, in der Leben vernichtet werden muß...« In seinem Gesicht begannen Muskeln zu zucken. Er saß ganz still, aber er

redete nun völlig wirr, und was er sagte, ließ Georgia erstarren: »... Ja, ein verfluchter Narr... Homer Grogan! Du darfst nicht sterben!... Geben Sie mir den Brief, Doktor Bradley, oder ich erschieße Sie... Mein Blut ist wertvoller als Ihres... Verzeih mir, Adrian! Adrian, bitte verzeih mir! Ich bin nicht du, ich bin nicht ich, das weißt du! Warum hat das AL 203 nicht gewirkt! Tun Sie etwas, Doktor Sommer, so tun Sie doch etwas! Heil Hitler, Fräulein Demut! Wenn Sie es wollen, bin ich natürlich Martin Luther! Mit den Rezeptoren ist es wie mit den Langstreckenbombern. Fräulein Gabriele, *Sie* sind schuld! Sie haben eine Haselnuß genommen und keine Mandel! Nicht schießen, nicht schießen! Idiot! Er wird das Elektronenmikroskop zerschlagen, wenn wir nicht MacArthur daran hindern, die Chinesen anzugreifen! Ich will dir etwas sagen, Truus: Wenn Einstein meinte, daß Gott mit der Welt nicht Würfel spielt, dann meinte er damit natürlich...«
Lindhout drehte den Kopf, sah Georgia an, als hätte er sie noch nie gesehen und fragte: »Wer sind Sie eigentlich?«
Bebend antwortete diese: »Ich bin Georgia Bradley.«
»Sehr erfreut, Madame. Wissen Sie, was Einstein gesagt hat, als man über den Physiker Oppenheimer zu Gericht saß? Er hat gesagt: ›Wenn ich noch einmal zu wählen hätte, dann würde ich Klempner oder Hausierer, um wenigstens ein bescheidenes Maß an Unabhängigkeit zu genießen‹... Das war Einstein, der seine Geige liebte und der die Menschen liebte und auf dessen Empfehlung hin man die Atombombe gebaut hat... die Atombomben für Hiroshima und Nagasaki!«
»Adrian!« rief sie. »Ich bin Georgia! Georgia, die dich liebt und der du mit deinen Reden große Furcht einjagst!«
Er hob den Kopf und schien zu schnuppern.
»Ich kenne keine Georgia, liebe Dame. Sie spielen mit mir, nicht wahr? Sicher ist es ein sehr lustiges Spiel. Würden Sie es mir erklären?« Und ohne ihre Antwort abzuwarten, fuhr er fort: »Oder erklären Sie es mir lieber nicht. Niemand kann niemandem etwas erklären. Das ist eine doppelte Verneinung, also eine Bejahung, also falsch, Sie wissen schon, was ich meine, Frau Penninger. Unverantwortlich von Ihnen, daß Sie die Tiere zweimal injiziert haben! Sie besitzen mein ganzes Mitgefühl, natürlich. Jetzt noch, knapp vor dem Ende, am Plattensee, muß Ihr Verlobter sterben. Aber deshalb dürfen Sie doch nicht vergessen, wie man Risgrynsgröt macht!« Mit scheppernder Stimme begann er zu singen: »Der Fuchs rennt übers Eis, der Fuchs rennt übers Eis! Darf ich bitten, darf ich bitten, des Bäckers Lied mit mir zu singen?«
Georgia startete den Wagen, wendete und fuhr stadteinwärts. Ihr

Gesicht war jetzt von Tränen verwüstet. Lindhout bemerkte das nicht. Er sprach gelassen die ganze Zeit weiter...
»... es wäre ja alles nicht geschehen, wenn Fred nicht gekommen wäre. Dann wäre der Motor nie ausgefallen, und in der Küche hätte ich keinen Strick gefunden...«
Georgia trat auf das Gaspedal.
»Ja«, sagte Lindhout lächelnd, »eine schöne Gegend hier, da haben Sie recht, Herr Pfarrer. Die wunderbaren Farben der Tulpenfelder, nicht wahr? Ich muß nach Rotterdam, aber ich habe veranlaßt, daß schnellstens ein Arzt zu Ihnen kommt...«
Georgia erreichte die Jefferson Avenue.
»... warum haben sie die Gedenktafel versteckt?« fragte Lindhout. »Wer hat das getan? Es war doch überhaupt alles ganz anders, ich werde es Ihnen erklären, Major Bradley...«
Georgia bog in die Mayflower Street ein.
»... da waren so viele desertierte Soldaten und geflohene Fremdarbeiter und rassisch Verfolgte im ›Rainbow-Club‹...«
Noch tiefer preßte Georgia das Gaspedal. Sie erreichte die Commonwealth Avenue.
»... und als nun Perry Como zu singen begann, da gerieten alle in Panik und wollten den Stellvertretenden Leiter töten, die armen Narren. Wissen Sie, Doktor Lewin, wir alle sind nur arme Narren. Ich bin Ihnen nicht böse. Ich könnte ja wirklich ein Mörder sein...«
O Gott, dachte Georgia. Sie raste jetzt die Harleystreet hinab und überfuhr ein Rotlicht.
»... die Polarität, *nicht* der Dualismus, Herr Pangerl. Sehen Sie, dieses Ginkgo-Blatt habe ich an allen entscheidenden Punkten meines Lebens gefunden... im Park von Schönbrunn, als ich den Entschluß faßte, Naturforscher zu werden... am Tag, als ich Olga heiratete... als ich Soldat werden mußte... im Park des Lazaretts in der Ukraine, wo sie mich dann zusammenflickten... ja doch, ich spucke ein wenig Blut, aber das dürfen Sie niemandem verraten... eine Thorakoplastik wird nötig sein, sicherlich, aber ich habe noch so viel zu tun, so viel, Herr Alexander von Humboldt...«
Georgia erreichte das ›US Public Health Service Hospital for Narcotics‹. Sie war die ganze Zeit über mit aufgeblendeten Scheinwerfern und dauernd hupend durch die Stadt gefahren. Nun hielt sie mit einem Ruck vor dem Tor zur Notaufnahme.
Zwei Pfleger und ein Arzt kamen herausgerannt.
Georgia war aus dem Wagen gesprungen.
»Vorsichtig«, sagte sie. »Doktor Lindhout hat einen totalen Nervenzusammenbruch erlitten.«

Der Arzt öffnete Lindhouts Wagenschlag und lächelte freundlich. »Darf ich Ihnen behilflich sein, Doc?«
Lindhout trat ins Freie. Auch er lächelte.
»Ich danke Ihnen, mein Herr«, sagte er, mit einem Blick hinauf zum dunklen Nachthimmel. »Endlich bin ich wieder daheim in Berlin. Aber wie hat sich alles verändert!« Seine Augen wanderten über die Rasenflächen vor dem Krankenhaus. »Ich fürchte, ich werde meinen Weg allein nicht mehr finden.«
»Darum sind wir ja da«, sagte der Arzt. »Um Sie zu geleiten.« Und er nahm Lindhouts Arm.
»Sehr liebenswürdig«, sagte der. »Wissen Sie, ich habe mich, wie Mrs. Tennessee Williams, immer auf die Großmut von Fremden verlassen.«

13

Zu dieser Zeit war es in Kalkutta, einer Stadt mit acht Millionen Einwohnern, genau 13 Uhr 35, und man schrieb dort ebenfalls den 2. November. Die Stadt hat, zwölf Kilometer vom Zentrum entfernt, zwei internationale Flughäfen, beide in Dum-Dum – dort also, wo man 1897 zum erstenmal jene Geschosse gleichen Namens hergestellt hat, die eine so entsetzliche Wirkung haben. Auf dem Vorfeld von Airport II hob ein Arbeiter soeben den letzten von neun Postsäcken in den Laderaum einer ›Superconstellation‹, die um 14 Uhr 30 (Kalkutta-Zeit) zu einem Flug nach Genf, mit Zwischenlandungen in Karatschi, Teheran, Ankara, Sofia, Belgrad und Rom starten sollte. Die Crew der Maschine – acht Menschen – würde auf dieser langen Strecke dreimal wechseln. In Kalkutta hatten siebenunddreißig Passagiere gebucht. Der neunte Postsack enthielt den Brief, den Fräulein Philine Demut am 13. März 1945 in Wien – unmittelbar vor ihrem Tode – geschrieben hatte.
Dieser Brief besaß nunmehr drei Umschläge. Im ersten hatte das Fräulein den Brief selber verwahrt. Im Priesterheim von Ober-St. Veit hatte ein junger Geistlicher sodann, man erinnert sich, dieses Kuvert in ein zweites, größeres gesteckt und an das Sekretariat des Erzbischofs von Kalkutta adressiert. Jetzt wurde dieses Kuvert in einem dritten Umschlag, der die Adresse des Erzbischofs trug, zurück an das Haus in Ober-St. Veit geschickt, zusammen mit einem Brief, den der persönliche Sekretär des Erzbischofs geschrieben hatte. Dies war der Brief:

An
Hochw. Herrn Superior
Albert Rochanski
c/o Priesterheim
Innocentiastraße 13
WIEN XIII
AUSTRIA

Calcutta, 1. November 1950

Hochwürdiger Herr Superior,
mit dem Poststempel vom 15. August 1950 haben Sie einen an den Hochw. Herrn Kaplan Roman Haberland gerichteten, privaten und persönlichen Brief Seiner Exzellenz dem Hochwürdigsten Herrn Erzbischof von Calcutta zugeleitet, weil sich Kaplan Haberland, wie Sie annehmen mußten, zu dieser Zeit hier aufhielt. Der Brief erreichte das Sekretariat Seiner Exzellenz erst am 12. September 1950. Ihre Annahme, den Aufenthaltsort des Herrn Kaplans Haberland betreffend, war leider falsch.
Wie Sie mittlerweile zweifellos vom Heiligen Stuhl und vielleicht auch von der »Caritas« erfahren haben, kam es nach Eintreffen von Herrn Kaplan Haberland in Calcutta zu einer Reihe von Ereignissen, die wir außerordentlich bedauern. Jene Ereignisse haben Herrn Kaplan Haberland bestimmt, Calcutta zu verlassen. Vom Eintreffen Ihres Briefes bis zum heutigen Tag haben wir, im Verein mit den zuständigen polizeilichen Behörden, versucht, den Aufenthaltsort des Herrn Kaplans Haberland festzustellen – vergebens. Es ist nicht zu eruieren, ob der Genannte sich überhaupt noch in Indien befindet.
Wie wir zwischenzeitlich vom Heiligen Stuhl erfahren haben, hat sich Herr Kaplan Haberland mit Ihnen in Verbindung gesetzt. Es soll ein Briefwechsel vorliegen. In der festen Annahme, daß Ihnen der Aufenthalt des Herrn Kaplans Haberland nunmehr bekannt ist und in Besorgnis, er möge das an ihn gerichtete ›private und persönliche‹ Schreiben von Philine Demut erhalten – mag es sich doch um wichtige Dinge handeln –, senden wir Ihnen dieses Schreiben zurück und hoffen, daß Sie es an Herrn Kaplan Haberland weiterleiten können.

Monsignore John Simmons
Sekretär Seiner Exzellenz des
Hochwürdigsten Herrn Erzbischofs von Calcutta

Die Maschine startete pünktlich um 14 Uhr 30 (Kalkutta-Zeit) und flog die bereits erwähnte Strecke. Passagiere stiegen bei den Zwischenlandungen zu oder aus. Das Wetter war bis etwa zwei Flugstunden vor Erreichen des Zielhafens Cointrin (Genf) außerordentlich gut. Dann wurde es außerordentlich schlecht. Die Maschine geriet, als sie den Sankt Gotthard überflog, in einen verheerenden

Schneesturm und wurde von den Lotsen des Genfer Flughafens, mit denen sie bereits in Sprechverbindung stand, angewiesen, ihren Kurs zu wechseln und die Schweizer Alpen zunächst mit Westkurs und danach mit Nordwestkurs zu umfliegen. So änderte die Maschine also ihre Route, passierte das italienische Domodossola und Aosta und nahm über dem französischen Ort La Thuile Nordwestkurs auf. Sie kam nun auf den Montblanc zu und befand sich bald in einem zweiten, noch schlimmeren Schneesturm.

Die Lotsen im Tower von Cointrin empfahlen den Piloten ein neuerliches Ausweichen nach Süden, womit das Gefahrengebiet umgangen gewesen wäre und die Maschine mit fast direktem Kurs Genf hätte anfliegen können.

Dieser Empfehlung kamen die Piloten nicht nach. Es gibt in Cointrin ein Tonband, das die letzten Sätze zwischen Tower und Maschine festgehalten hat. So lauten diese Sätze:

»Cointrin Control... Rufen Trans-Cont Flug Zwo Null Null Eins...«

»Hier ist Trans-Cont Zwo Null Null Eins... Was ist los, Cointrin Control?«

»Wir sehen auf unseren Radarschirmen, daß Sie der Anweisung, Südkurs zu nehmen, nicht gefolgt sind. Sie fliegen im Moment direkt auf den Montblanc zu... Was soll der Wahnsinn?«

»Cointrin Control... Cointrin Control... Hier ist Trans-Cont Zwo Null Null Eins... Wir müssen über den Montblanc und können Ihrer Anweisung nicht folgen... Durch die bisherigen Umwege sind unsere Treibstoffreserven reichlich knapp für weitere Ausweichmanöver... Der Sturm legt sich außerdem... Wir steigen auf dreiunddreißigtausend Fuß und wer...«

Hier bricht die Stimme ab. Wiederholte Aufforderungen des Tower, sich zu melden, bleiben ohne Erfolg. Die Maschine muß unvermittelt gegen das Massiv des Montblanc geprallt sein – während der Pilot noch sprach.

Die Suchmannschaften, die sofort nach dem Alarm durch den Tower aufbrachen, erfuhren von den Fluglotsen, daß sich die Maschine zur Zeit der Katastrophe im Gebiet des Bossons-Gletschers befunden hatte. Neuer Sturm und schlechtes Wetter erschwerten die Rettungsarbeiten außerordentlich. Vier Tage später, am 7. November 1950, wurden erste Teile des in Stücke zerrissenen Flugzeugs entdeckt, am 8. November die ersten Toten, am 9. November der erste der beiden Postsäcke, welche die Maschine noch mit sich geführt hatte. (Die anderen sieben waren bei Zwischenlandungen ausgeladen worden.) Die Suchaktionen dauerten eine weitere Woche an. Danach waren alle Passagiere (65) und die gesamte Besatzung (neun Personen) tot aufgefunden. Unter größten Schwierigkeiten wurden die Leichen zu Tal gebracht. Wiederum einsetzender Schneesturm begrub die Trümmer der Superconstellation ebenso wie den zweiten Postsack, den man nicht gefunden hatte. In diesem befand sich der Brief des Fräuleins Philine Demut...

14

Als Adrian Lindhout am 4. Januar 1951 zum erstenmal nach seinem Zusammenbruch in der Forschungsabteilung des ›US Public Health Service Hospital for Narcotics‹ in Lexington erschien, war er scheinbar völlig genesen. Er sah gealtert aus, war auffallend blaß und sehr mager geworden. Nur die Augen hatten ihren wachen, neugierigen, skeptischen Blick nicht verloren. In der Tür seines Laboratoriums blieb er erschrocken stehen. Der Raum war angefüllt mit Chemikern und Ärzten, allesamt Kollegen – darunter auch der Klinikchef Professor Ronald Ramsay. Die Anwesenden, die offenbar auf Lindhout gewartet hatten, brachen in Beifall aus.
Lindhout war außerordentlich verlegen über diesen Beweis von Sympathie, und er wurde noch um ein vielfaches verlegener, als Ronald Ramsay in einer kurzen Rede Lindhouts Verdienste, seine Persönlichkeit, sein Wissen, Können und all seine humanitären Bemühungen in strahlendes Licht setzte. Nachdem er geendet hatte, klatschten die Ärztinnen und Ärzte, die Chemikerinnen und Chemiker minutenlang. Danach trat Stille ein.
Lindhout räusperte sich, dann sagte er, wobei er sich an einen Labortisch lehnte: »Herr Professor, liebe Freunde. Ich danke Ihnen für diesen Empfang. Ich danke Ihnen, Professor Ramsay, für all das, was Sie über mich gesagt haben.« Er machte eine kleine Pause. »Würde ich es glauben, wäre ich nicht normal. Da ich weiß, daß ich normal bin, glaube ich es nicht. Sie wissen alle von meinem Zusammenbruch. Nun, so eine Krankheit hat ihre Vorteile: Man lernt denken! Ich glaube, ich habe überhaupt erst zu denken angefangen. Beispielsweise darüber, ob die von uns als so segensreich angesehenen, neu entwickelten Antischmerzmittel – etwa das Heptadon oder das Dolantin, um nur zwei zu nennen – nicht auch süchtig machen wie das Morphin, das wir durch sie ersetzt haben. Wie gesagt, so eine Krankheit hat ihre Vorteile. Ich danke Ihnen nochmals von Herzen, und nun wollen wir uns wieder an die Arbeit begeben — Sie an die Ihre, ich an die meine...«

Eine Stunde später hatte Lindhout bereits mit neuen Versuchsreihen begonnen. Er schien heiter, in Eile und eifrig. Aus einem Nebenlaboratorium beobachtete ihn lange Zeit Georgia. Abends, vor dem Kamin im Wohnzimmer ihres Hauses am Beaumont Park, saß sie neben Lindhout, hielt seine Hand und sah wie er in die Flammen. Draußen schneite es. Über dem Kamin hing der Chagall. Sie tranken Champagner, Lindhout legte Schallplatten auf den Plattenspieler – Gershwin, Rachmaninoff, Addinsels ›Warsaw Concerto‹ und zuletzt ›Till the end of time‹, gesungen von Perry Como.

Adrian umarmte Georgia und küßte sie zärtlich auf den Mund, danach ihre Hände.

»Ich danke dir«, sagte er.

»Wofür?«

»Du weißt es«, sagte Lindhout. »Für alles, was du für mich getan hast nach meinem Zusammenbruch.«

»Ich habe überhaupt nichts getan«, sagte Georgia. Und dann, mit einem Zurückwerfen des Kopfes: »Ich bin so froh, daß du nun weiterarbeiten willst, Adrian, nur...«

»Nur?«

»Nur...« Sie zögerte. »Ich frage mich: Wie kann ein Mann, der an all das glaubt, was du mir in dieser schrecklichen Nacht da draußen bei der Bluegrass Farm gesagt hast, weiterarbeiten?«

»Das ist ganz einfach zu erklären, Georgia.«

»Dann erkläre es!«

Er begann: »Siehst du, ich... das ist ein wenig peinlich für mich...«

»Etwas zu erklären, was dich betrifft, Adrian? Mir?«

»Du hast recht«, sagte er und sah in die züngelnden Flammen und hörte draußen den Nachtwind ums Haus pfeifen. »Ich will es dir gern erklären. Nur, wenn du gestattest, in der dritten Person – also demonstriert an einem anderen... Ein Mann, der an das glaubt, was ich dir damals gesagt habe – und woran ich übrigens noch immer glaube –, ein solcher Mann wird gerade deshalb weiterarbeiten! Das scheint so etwas wie ein menschlicher Instinkt zu sein. Nichts ist für den Menschen schlimmer, als untätig zu bleiben angesichts des Wissens von einer grauenvollen Entwicklung. Wenn du willst, kannst du meiner Absicht, jetzt erst recht weiterzuarbeiten, Symbolcharakter zusprechen. Oder aber, einfacher, den Wunsch, den alle Menschen haben, nämlich so lange wie möglich am Leben zu bleiben. Man erträgt eine entsetzliche Situation und Entwicklung nur, wenn man arbeitet, nicht wenn man untätig ist. Überzeugende Beispiele dafür: Menschen, die sich in den Konzen-

trationslagern der Nazis oder in Kriegsgefangenschaft selber aufgegeben haben, sind schnell gestorben. Dann aber gab es diejenigen, die *trotz allem* verbissen irgend etwas getan haben. Sie lebten weiter! Und auch ich will weiterleben, solange es nur geht – mit dir!«
»Adrian?«
»Ja, mein Herz?«
»Ich liebe dich so sehr.«
»Und ich dich. Till the end of time«, sagte Adrian Lindhout.

15

Zu dieser Zeit saß der Kaplan Haberland auf dem Boden einer großen, primitiv aus Holz gebauten Halle, die sich gleich neben einem frisch beackerten Feld nahe der kleinen Stadt Chandakrona erhob, und sagte zu zweihunderteinundzwanzig gleich ihm hockenden Männern und Frauen das Folgende: »Der Fisch, der drüben in dem kleinen Fluß schwimmt, hilft nicht, unseren Hunger zu stillen. Dazu muß man ihn erst fangen. Um ihn zu fangen, ist es gut, eine Angel zu haben. Es wird euch aber niemand eine Angel schenken. Darum ist eine Anleitung wertvoll, wie man sich selber eine Angel macht. Eine solche Anleitung können wir uns verschaffen. Wenn wir uns dann selber Angeln gemacht haben, können wir mit ihnen die Fische im kleinen Fluß fangen und unsern Hunger mit einer neuen Nahrung bekämpfen.«
Haberland war ebenso gekleidet wie alle anderen Männer: Er trug Leinenhosen, die bis zum Knie gingen, und ein Leinenhemd. Die Frauen trugen zerschlissene Kleider. Manche hielten kleine Kinder im Arm; größere Kinder saßen neben den Eltern. Anläßlich einer täglichen Arbeitspause pflegte Haberland mit denen, die ihm hierher auf dieses 1 000 Hektar, also zehn Quadratkilometer große, fruchtbare, aber brachliegende Gebiet gefolgt waren, in einfachen Worten zu sprechen. Sie waren erst seit kurzer Zeit hier und hatten aus Holz und Bambus eines Waldes und den Steinen des Ackers geräumige Hütten gebaut, in denen sie wohnten. So war ein kleines Dorf entstanden. Auch Haberland besaß eine Hütte, an der er selbst mitgebaut hatte. Er war braungebrannt, seine Haut straff, seine Stimme melodisch, die Augen leuchteten. Zu seinen besten Wiener Zeiten hatte er nicht so gut ausgesehen. Dabei war ihm nach seiner Ankunft in Kalkutta eine schwere Zeit beschieden gewesen...

Er kam mit dem Flugzeug und landete auf dem Terminal I der beiden Flughäfen Dum-Dum. Schön aus der Luft hatte die Stadt einen ungeheuerlichen Eindruck auf ihn gemacht. Er wußte, daß Kalkutta bis 1911 die Hauptstadt Indiens gewesen war. (Danach wurde es Delhi.) Kalkutta blieb die bedeutendste Metropole des östlichen Indiens mit acht Millionen Einwohnern. Sie hatte Industrie aller Art (auch Nahrungsmittelindustrie) und einen der größten Häfen am Indischen Ozean.
Schwindel hatte Haberland erfaßt, als seine Maschine niederging, über Kalkutta eine Schleife zog, und er den wahnwitzigen westlichen Rhythmus einer fieberhaften Tätigkeit erblicken konnte – einen phantastischen Ameisenhaufen, bewohnt von Menschen.
Einige Tage später, als Gast im Gebäude des Erzbischöflichen Ordinariats aufgenommen, hatte er die Riesenstadt – ein Dutzend verschiedener Städte in einer – zu durchstreifen versucht. Geradezu irrwitzig erschien ihm dabei schon bald die Tatsache, daß aus dem Dörfchen Kalikata, in dem der Engländer Job Charnock anno 1690 am Ufer des Hooghly eine Handelsniederlassung für die East India Company errichtet hatte, dieses Monstrum einer Metropole geworden war, Wohnstatt (weniger) unermeßlich reicher und (unvorstellbar vieler) unermeßlich armer Menschen, mit phantastischsten Palästen neben elendesten Hütten aus Blechkanistern. Und wie ein Krebsgeschwür schien Kalkutta sich weiter und weiter auszubreiten. Längst war die Stadt über den Hooghly-Fluß hinausgewuchert. Die beiden Stadtteile verband die Metallkonstruktion der Howrah-Brücke, die täglich von einer Million Menschen in beiden Richtungen überquert wurde. Es war verboten, dieses außergewöhnliche Bauwerk zu fotografieren – Postkarten mit Fotos der Brücke jedoch konnte man überall kaufen.
Selbst die Howrah-Brücke bildete eine Stadt für sich: Der Lärm war betäubend, der Verkehr am dichtesten, das Menschengewühl am ärgsten. Hier wurde gehandelt, verkauft, gekauft, gebettelt und geschlafen. Etwa in der Mitte dieser 457 Meter langen Brücken-Stadt war es, daß der Kaplan Roman Haberland, gestoßen und geschoben von Hunderten und Tausenden, zum ersten Mal nach den Wiener Bombenangriffen wieder eine tote Frau auf dem Boden liegen sah. Offensichtlich war sie verhungert, ihr Körper war nur noch ein Gerippe, der Mund stand offen, Fliegen krochen in ihm herum.
Haberland, entsetzt, versuchte Vorübergehende auf die Tote aufmerksam zu machen. Sie reagierten unwillig. Ein Mann sagte: »Was regen Sie sich auf? Hier liegen täglich mindestens zwei Dutzend Tote.«

»Alle verhungert?«
»Viele. Andere gestorben vor Erschöpfung. Oder weil sie krank waren.«
»Aber das geht doch nicht! Sehen Sie doch! Die Leute treten auf die Tote! Es ist heiß! Die Fliegen...«
»Die Fliegen sind bei allen Toten«, sagte ein zweiter Mann. »Fliegen und Würmer. Zweimal am Tag kommen Wagen der Polizei und sammeln die Toten ein. Haben Sie keine Angst, mein Herr, man paßt sehr auf, daß keine Seuchen ausbrechen.« Und schon eilte er weiter.
Kaplan Haberland kniete nieder, um die weit aufgerissenen Augen der Toten zu schließen. Da sah er Fliegen auch auf den Augäpfeln.

16

»Nun beruhigen Sie sich schon«, sagte Monsignore John Simmons zu Haberland, der minutenlang in größter Erregung auf ihn eingeredet hatte. Sie saßen einander in Simmons' Amtszimmer im Gebäude des Erzbischöflichen Ordinariats gegenüber und tranken eisgekühlten Tee. Die Jalousien waren herabgelassen, ein elektrischer Ventilator mit sehr großen Flügeln kreiste unentwegt an der Decke, und von der Straße drang ein niemals abreißender Lärm von Geschrei und Motoren zu ihnen. »Sie meinen zu wissen, wie es in Kalkutta aussieht? Gar nichts wissen Sie. Kalkutta ist ein Ungeheuer, das jeden Moment zu platzen droht. Diese Stadt beherbergt mehr als ein Zehnfaches dessen an Bevölkerung, was eben noch erträglich wäre. Hier können Sie nichts erreichen!«
»Ich bin aber hierhergekommen, um etwas zu erreichen«, sagte Haberland.
Monsignore Simmons war ein großer, hagerer Mann. Er hatte ein sehr schmales Gesicht, sehr schmale Lippen, und er hielt seinen Körper stets gebeugt, ob er stand oder ob er saß. Er sagte: »Das sind wir auch, mein Freund, wir alle hier. Ich bin sechsunddreißig Jahre alt und seit zehn Jahren in Kalkutta, unser Hochwürdigster Herr Erzbischof ist fünf Jahre hier, ich habe noch für seinen Vorgänger gearbeitet und...«
»Warum?«
»Was, warum?«
»Warum«, fragte Haberland aggressiv, »sind Sie seit zehn Jahren in dieser Stadt, die ein Ungeheuer ist, wenn Sie doch nichts erreichen können?«

»Sie werden das wahrscheinlich nicht begreifen«, erwiderte Simmons. »Wie sollten Sie auch? In dieser Stadt gibt es neben vielen anderen Gläubigen und Ungläubigen auch Christen. Katholische Christen.«

»Und?«

»Ich sagte ja, Sie würden es nicht begreifen.« Der Monsignore zuckte die Schultern. »Ich – und andere wie ich – sind hier und hiergeblieben und kümmern uns um diese katholischen Christen. Irgend jemand muß ihnen ja schließlich beistehen, ihnen helfen, wo man nur kann, damit nicht auch sie verzweifeln.«

»Das sehen Sie als Ihre Lebensaufgabe an«, sagte Haberland ernst.

»So ist es. Helfen, habe ich gesagt, beistehen unseren Glaubensbrüdern. Aber *Sie*? Sie wollen *missionieren*! In dieser Hölle des Elends!«

»Im Himmel wäre es wohl überflüssig«, sagte Haberland.

»Sie wissen, was ich meine.« Simmons nahm sich zusammen. »Auch Ihre Kräfte haben Grenzen, mein Freund. Wie und wo wollen Sie beginnen? Wo und wie wollen Sie was tun? Kalkutta hat zunächst ein wahrhaft monströses sanitäres Problem: Wie und wo allein sollen die Hunderttausende untergebracht werden, die in einem Loch hausen, unter einem Zelt aus Fetzen und zwei Bambusstöcken, direkt auf den Straßen? Na, und was ist eine weitere Folge dieser wahnsinnigen Übervölkerung?«

»Was?«

»Arbeitslosigkeit natürlich«, sagte Simmons und stopfte eine Pfeife. »Gewiß: Industrie aller Art haben wir hier. Dennoch gibt es Hunderttausende von Arbeitslosen, darunter viele junge Menschen, die höhere Diplome, manche mehrere, besitzen! Auch sie stehen Schlange vor den Toren der Fabriken, die ein paar schlecht bezahlte Stellen anbieten. Selbst wenn diese Menschen das Glück haben, eine solche Arbeit zu erhalten, vergrößern sie nur die Masse derer, die jedem Appell der Radikalen folgen und auf den Straßen demonstrieren. Diese Stadt kann für sich den traurigen Ruhm in Anspruch nehmen, daß von ihr alle extremistischen Bewegungen in Indien ausgehen.« Simmons setzte den Tabak seiner Pfeife umsichtig in Brand. »Sie meinen, Sie haben wirklich Kalkutta gesehen? Ach, lieber Freund! Waren Sie schon in Manicktola?«

»Nein. Wo ist das? Was ist das?«

»Das ist das, was man selbst hier und unter diesen Umständen das ›Armenviertel‹ nennt. Elend, sagen Sie! Sie wissen nicht, was Elend ist, wenn Sie nicht in Manicktola gewesen sind!«

»Dann«, sagte Roman Haberland, »will ich nach Manicktola gehen.«

17

Das ›Armenviertel‹ Manicktola liegt zu beiden Seiten der breiten Autobahn, die zu den zwei Flugplätzen Dum-Dum hinausführt. Die Autobahn wurde von den Ansässigen ›V.I.P Road‹ getauft, ›Very Important Persons Road‹ also, das heißt: ›Straße der sehr wichtigen Persönlichkeiten‹.

Als Haberland über diese ›V.I.P. Road‹ hierherkam und den Bus – gegen die Warnung des Fahrers – verließ, wurde er sogleich von Kindern mit Steinen, Flaschen und Konservenbüchsen beworfen. Haberland schritt ungerührt auf die Hütten aus Blechkanistern oder Wellblech, aus Bambus oder Holzlatten zu, aus denen nun ausgemergelte, mit Schwären übersäte Gestalten taumelten und ihn anstarrten. Ein sehr alter Mann beruhigte die Kinder. Sie warfen keine Flaschen und Steine mehr. Haberland ging auf den sehr alten Mann zu und sprach ihn englisch an: »Ich heiße Haberland. Ich komme aus Europa. Ich bin ein katholischer Priester. Ich will euch helfen.«

»Das ist sehr freundlich von dir, Sir«, sagte der sehr alte Mann. »Sir ist nicht die richtige Anrede für einen katholischen Priester aus Europa, stimmt das?«

»Das stimmt«, sagte Haberland.

»Wie soll ich dich also ansprechen, Herr?« fragte der sehr alte Mann, während mehr und mehr Menschen zusammenströmten, Kinder mit greisenhaften Gesichtern, junge Frauen mit nacktem Oberkörper, deren Brüste wie leere Schläuche bis zu ihren Bäuchen hingen, Männer, denen alle Rippen aus dem Leib stachen, in zerrissenen Shorts.

»Ich heiße Haberland«, wiederholte der Pfarrer.

»Das ist schwer auszusprechen, verzeih, Herr«, sagte der sehr alte Mann.

»Roman heiße ich mit dem Vornamen.«

»Roman ist leichter, Herr.«

»Dann sag Roman zu mir«, sagte Haberland. »Wie heißt du?«

»Sackchi Dimnas, Herr«, sagte der sehr alte Mann.

»Du bist der einzige, der englisch versteht?«

»Ja, Roman, Herr. Alle anderen sprechen nur bengalisch, manche auch singhalesisch. Ich war lange Jahre Diener bei einem britischen Sir. Er ist gestorben.«

»Dann mußt du übersetzen, was ich sage, Sackchi.«

»Gewiß, Roman, Herr.«

»Nicht Roman, Herr. Nur Roman.«

»Ja, Roman.«
Auf der ›V.I.P. Road‹ rasten Limousinen vorbei, zum Flughafen hinaus, vom Flughafen her. Haberland hörte eine Frau schreien.
»Was ist das?« fragte er.
»Eine Frau bekommt ein Kind«, sagte der sehr alte Mann, der Sackchi hieß. »Andere Frauen sind bei ihr. Sie wird bald sehr glücklich sein, wenn ihr Kind auf diese Welt gekommen ist.«
»Auf diese Welt...«, wiederholte Haberland. »Was tut ihr hier?« fragte er dann den sehr alten Mann.
»Nichts, Roman, nichts.«
»Warum arbeitet ihr nicht?«
»Es gibt keine Arbeit für uns«, antwortete Sackchi. Er wies in die Runde. »Alle versuchen es wieder und wieder, in der großen Stadt mit ihren vielen Fabriken, Arbeit zu finden. Aber es gelingt ihnen nicht.«
»Anderen gelingt es«, sagte Haberland.
»Stärkeren, Gesünderen«, sagte Sackchi. »Hier sind alle sehr schwach, wie du sehen kannst, Roman. Schwach und oft nicht gesund. Auch die Kleinen.«
»Aber wovon lebt ihr dann?« rief Haberland laut, denn auf der ›V.I.P. Road‹ dröhnte ein riesiger Bus vorbei.
»Unsere Leute betteln und stehlen«, sagte Sackchi. »Wenn die jungen Mädchen schön sind, verkaufen sie sich. Deshalb sind sehr viele von denen, die betteln und stehlen, immer wieder eingesperrt, und viele der schönen Mädchen werden krank. Es gibt aber auch eine Stadtverwaltung, die sich um uns kümmert. Lebensmittel und Decken werden gebracht in einem großen Lastauto.«
»Wie oft?«
»Das große Lastauto kommt einmal in der Woche, aber es ist immer halbleer.«
»Warum?«
»Nicht nur wir stehlen, Roman, siehst du. Auch die Beamten der Stadtverwaltung tun es. Sie versuchen dann, uns die Lebensmittel zu verkaufen. Heimlich. Wir können nicht bezahlen. Junge Männer haben ein paar von den Beamten zusammengeschlagen, um diesen die für uns bestimmten Lebensmittel zu stehlen, und aus Zorn. Die jungen Männer sitzen im Gefängnis. Dort hungern sie nicht. Das ist schön für sie. Schlecht für uns, daß nun kaum noch Lastwagen kommen, und wenn, dann solche mit Soldaten. Und die Soldaten haben Gewehre.«
»Und eure Kranken?«
»Es besucht uns jede Woche ein Arzt, Roman. Ein verehrungswürdiger Mensch. Aber auch er hat kein Geld und darum keine guten

Medikamente. Nur Aspirin hat er viel. So gibt er Aspirin gegen alle Krankheiten.«

»Ein einziger Arzt?«

»Ja, Roman.«

»Wie viele seid ihr?«

»Etwa zwanzigtausend. Es sterben viele jeden Tag. Der Friedhof ist zu klein. Also begraben wir die Toten jetzt an den Rändern der ›V.I.P. Road‹. Es muß immer schnell gehen – wegen der Hitze. Als ich herkam, vor vierundzwanzig Jahren, da lebten hier noch mehr als achtzigtausend. Es scheint, man hat die Lösung gefunden, das elende Viertel Manicktola verschwinden zu lassen...«

Haberland fühlte, wie Schwäche ihn überkam, und plötzlich mußte er an ein Gedicht von Andreas Gryphius denken, der als Sohn eines protestantischen Predigers aus Glogau im Jahre 1616 geboren wurde: ›Was sind wir Menschen doch! Ein Wohnhaus grimmer Schmerzen, / ein Ball des falschen Glücks, ein Irrlicht dieser Zeit, / ein Schauplatz herber Angst, besetzt mit scharfem Leid, / ein bald verschmelzter Schnee und abgebrannte Kerzen...‹

Haberland sagte: »Ich werde sehen, daß ihr genügend zu essen bekommt, genügend Kleidung auch, und die Medikamente, die ihr benötigt.«

18

»Wir haben dir etwas zu sagen, Truus. Du bist die erste, die es erfährt«, erklärte Adrian Lindhout. Das geschah an einem Samstagnachmittag im April 1951. Truus war über das Wochenende in das gemietete Haus am Tearose Drive gekommen. Das jetzt knapp siebzehnjährige Mädchen war eine Schönheit geworden. Die Jungen im College waren allesamt hinter ihr her, das wußte Lindhout, auch, daß Truus ständig eingeladen wurde zu anderen Familien, ins Theater, zu einer sonntäglichen Autofahrt. Sie sprach inzwischen fließend Englisch und beherrschte alle amerikanischen Arten des Sports, des Tanzes und des Spiels. Mit ihrem Jugendfreund Claudio Wegner in Berlin korrespondierte sie eifrig, sie hatte auch schon ein paarmal mit ihm telefoniert, und sobald es möglich war, wollte sie nach Berlin fliegen und Claudio besuchen...

Georgia saß neben Lindhout auf der Couch vor dem Kamin, Truus stand an den Kaminsims gelehnt. Ihr feingeschnittenes Gesicht mit den blauen Augen, den vollen Lippen, der hohen Stirn und dem goldblonden Haar glich einer Maske.

»Georgia und ich werden heiraten«, sagte Lindhout.
Keine Antwort.
Die Stille in Lindhouts Wohnzimmer wurde unerträglich. Georgia rückte nervös an ihrer Brille. Truus sah über die beiden Menschen hinweg zu einem Fenster, hinter dem ein kleiner Park mit alten Bäumen und zaghaft blühenden Frühlingsblumen lag.
»Hast du mich nicht gehört, Truus?« fragte Adrian Lindhout.
»Ich habe dich sehr wohl gehört, Adrian«, sagte Truus. Sie trug einen blauen Faltenrock, weiße Strümpfe, eine weiße Bluse und die blaue Jacke ihres College.
»Und?«
»Und es hat mir nicht gefallen, Adrian«, sagte Truus. »Es hat mir gar nicht gefallen.«
Er wurde zornig.
»Es kommt nicht unbedingt darauf an, ob dir unsere Absicht zu heiraten gefällt, Truus. Ich habe dir nur die Tatsache mitteilen wollen, das ist alles.«
»Das ist alles, ja?« fragte Truus und sah Lindhout mit einem Blick an, der ihn erschauern ließ. »So einfach geht das also? Nach allem, was du und ich miteinander erlebt haben, ja? Nach allem, was du mir immer und immer wieder gesagt hast, wie?«
»Was habe ich dir gesagt, immer und immer wieder?«
»Daß du mich liebst! Genauso wie die da...« Sie besann sich im letzten Moment. »... wie Georgia.«
»Es stimmt auch, ich liebe euch beide. In gleicher Weise und doch auf andere Weise, Truus«, sagte Lindhout, während Georgia ihre Hand, die sie bislang auf der seinen hatte ruhen lassen, fortzog.
»Ich habe viele Jahre meines Lebens dir und dir allein gewidmet, das weißt du – Georgia weiß das. Ich habe für dich gesorgt und dich behütet, Truus – weil ich dich liebe. Darum!«
»Und dafür muß ich dir ein Leben lang dankbar sein!«
»Du mußt, nein, du sollst mir überhaupt nicht dankbar sein. Du sollst dich nur vernünftig betragen und einsehen, daß jeder Mensch das Recht hat, sein eigenes Leben zu leben. Nun, Georgia und ich haben beschlossen, unser beider Leben zusammenzuschließen, das ist alles. Mit dir als unserer geliebten Tochter.«
»Geliebten Tochter!« wiederholte Truus ironisch. »Du, du bist nicht mein Vater, und Georgia ist weiß Gott nicht meine Mutter!«
»Wir leben im zwanzigsten Jahrhundert, Truus. Deine Bemerkung war reichlich unpassend«, sagte Lindhout erregt.
»Ja, war sie das?«
»Das war sie. Und du wirst dich sofort dafür entschuldigen.«
Truus starrte ihn und Georgia eine Weile lang an. Dann entstellte

ein schiefes Lächeln ihr Gesicht, und sie sagte mit einem Neigen des Kopfes: »Aber gewiß doch. Natürlich entschuldige ich mich für meine Ungezogenheit. Bei dir, Georgia, und bei dir, Adrian. Vielen Dank, daß ich als erste die wunderbare Nachricht empfangen durfte. Das werde ich nie vergessen.« Sie wandte sich zur Tür.
»Wohin gehst du?«
»In den Park«, sagte Truus sanft. »Darf ich das, lieber Adrian? Bist du damit einverstanden, liebe Georgia? Oder ist das auch ungezogen, und ich muß mich wiederum entschuldigen?«
Die Erwachsenen sahen sie schweigend an.
Truus verschwand ohne ein weiteres Wort und schloß die Tür äußerst behutsam hinter sich.
Als Lindhout sich zu Georgia wandte, sah er, daß sie weinte.
»Nicht«, sagte er, sie in seine Arme nehmend, »nicht, Georgia. Hör auf zu weinen. Bitte! Was soll denn das? Du hast Truus' Einstellung mir und dir gegenüber doch von Anfang an gekannt – nicht wahr?« Sie nickte, in seinen Armen. »Nun, was überrascht dich dann? Sie ist eifersüchtig und wird es immer sein. Sollen wir dadurch unser Leben ruinieren lassen? Das kommt doch überhaupt nicht in Frage! Truus wird ihr Leben leben, und wir das unsere!« Georgia schwieg. »So sag doch etwas«, bat er. Und immer noch schwieg sie. »Bitte, Georgia!« Leise sagte sie: »Du hast recht, Adrian. Wir werden heiraten. Und ich will dir eine gute Frau sein, so gut, wie ich es vermag. Nur...«
»Nur?«
»Nur wird es ein schlimmes Ende nehmen mit unserer Liebe«, sagte Georgia, kaum hörbar.
»Was ist das für ein Unsinn? Sag so etwas nie wieder!« rief er.
Sie sah ihn lange an.
Dann nickte sie.
»Ich werde es nie wieder sagen«, erklärte sie. Im nächsten Moment schrillte die Glocke an der Haustür.
»Heute ist Samstag«, sagte Georgia. »Kathy kann es nicht sein, die hat frei. Erwartest du jemanden?«
»Nein«, sagte Lindhout. »Das ist Truus, die sich noch einmal für ihr Benehmen entschuldigen will. Bleib sitzen.« Er ging durch den Raum auf den Flur hinaus und öffnete die Eingangstür.
»Komm herein, Truus«, sagte er lächelnd.
Aber draußen stand nicht Truus.
Draußen stand eine schwarzhaarige Frau.
»Guten Tag, Herr Doktor«, sagte sie deutsch.
»Wie kommen Sie hierher?« rief er. Im Wohnzimmer hörte Georgia seine Stimme und kam ihm nach. »Georgia! Weißt du, wer das

ist? Natürlich weißt du es nicht, kannst es nicht wissen. Diese junge Dame heißt Gabriele Holzner und war im Krieg meine Assistentin am Chemischen Institut in Wien!«
Georgia gab Gabriele freundlich die Hand, nannte ihren Namen und bat Gabriele ins Haus. Diese folgte unsicher. »Ich störe«, sagte sie. »Ganz bestimmt störe ich. Noch dazu an einem Samstagnachmittag. Ich bin vor zwei Stunden angekommen. Ich hätte natürlich angerufen, aber Sie stehen nicht im Telefonbuch.«
»Nein, wir haben eine Geheimnummer. Sonst gäbe es zuviel Unruhe hier«, sagte Georgia. »Nehmen Sie Platz, Fräulein Gabriele. Ich mache uns Tee. Ich bin gleich wieder da.« Sie verschwand.
»Aber was machen Sie in Lexington?« fragte Lindhout und starrte Gabriele an.
»Es ist vor einiger Zeit ein amerikanisch-österreichisches Austauschverfahren angelaufen«, sagte Gabriele. »Ich hatte Glück. Ich wurde eingeladen, nach Amerika zu kommen, um auf einem Gebiet meines Könnens zu arbeiten, durfte aber wählen, wo. Da habe ich natürlich sofort an Sie gedacht, Herr Doktor, an unsere Arbeit in Wien, und ich habe ersucht, nach Lexington geschickt zu werden. Im Chemischen Institut hat man mir gesagt, daß Sie jetzt hier arbeiten...« Sie errötete. »Herr Doktor, trotz dem, was ich damals angerichtet habe – würden Sie mich wieder als Assistentin nehmen?«
»Trotz dem?« Adrian umarmte Gabriele. »Gerade *darum*, meine Liebe! Sie ahnen nicht, was Sie tatsächlich angerichtet haben! Wo wohnen Sie hier?«
»Noch nirgends... ich bin doch eben erst angekommen... ach, ich bin ja so glücklich...«
»Ich suche jetzt gleich eine schöne Unterkunft für Sie, und wenn Sie wollen, können Sie übermorgen früh, am Montag, bei mir wieder anfangen!«
Georgia kam herein.
»Es dauert noch einen Moment, bis das Teewasser kocht«, sagte sie.
»Mrs. Bradley ist meine zukünftige Frau«, erklärte Lindhout. »Wir werden bald heiraten.«
»Wie glücklich müssen Sie sein, mit einem solchen Mann zu leben, Mrs. Bradley!«
»Bin ich auch«, sagte Georgia.
»Ein Mensch, der so Großes geleistet hat!«
Lindhout sagte sehr verlegen: »Hören Sie bloß auf mit dem Quatsch, Gabriele!«

»Aber Sie haben doch Großes geleistet«, beharrte diese.
Lindhout grinste plötzlich.
»Wissen Sie, meine Liebe«, sagte er, »das größte Genie unserer Zeit, Albert Einstein, lebt und arbeitet in Princeton. Wir haben einen gemeinsamen Freund – Leo Mattersdorf. Und Leo, so hat er mir erzählt, fragte Einstein einmal, ob er das Gefühl habe, sich seinem Ziel zu nähern, einer einheitlichen Feldtheorie, die alles physikalische Geschehen in einer einzigen Formel zusammenfaßt. Einstein antwortete: ›Nein! Der Herrgott sagt uns nie im voraus, ob der Kurs, den wir verfolgen, der richtige ist. Er ist ungeheuer raffiniert, der liebe Gott, aber boshaft ist er nicht! Ich habe mindestens neunundneunzig Lösungen ausprobiert, und keine hat funktioniert. Zumindestens jedoch‹, sagte Einstein vergnügt, ›kenne ich jetzt neunundneunzig Wege, die *nicht* funktionieren!‹«
Lindhout lachte. »So geht es mir! Ich kann noch etwas anderes äußerst Positives bei all meinen erfolglosen Versuchen anführen: *Ich* vermag jetzt wenigstens einen anderen Narren davor zu bewahren, so viel Zeit an Versuche wie die meinen zu verschwenden.«
Georgia legte einen Arm um seine Schulter.
»Aber das stimmt doch nicht, Adrian! Du *bist* weitergekommen! Du weißt so vieles!«
Lindhout sah sie kurz an, dann wandte er den Kopf zur Seite.
»Ich weiß ein bißchen von den Rätseln der Natur«, sagte er leise, »und kaum etwas von den Menschen.«
In der Küche begann der Teekessel zu pfeifen.

19

Am 29. August 1950, also etwa ein halbes Jahr bevor Gabriele nach Lexington kam, war eine schwere amerikanische Transportmaschine auf dem Terminal II des Internationalen Flughafens Dum-Dum gelandet. Die Maschine erreichte Kalkutta knapp vor Mitternacht dieses Tages, rollte aus, blieb auf einer Abstellposition stehen und wurde sogleich grell angestrahlt von Scheinwerfern. Lastwagen rollten heran. Die ersten großen Pakete voller Lebensmittel flogen aus der Maschine auf die Ladeflächen der Laster, als sich Roman Haberland in einen Jeep setzte, um auf das Flugfeld hinauszufahren. Während er den Motor startete, verspürte er plötzlich einen brennenden Schmerz im Rücken und sackte sofort bewußtlos über dem Steuer zusammen. Da der Jeep im Schatten des Vorfelds stand, blieb das Geschehen unbemerkt.

Ein Lkw nach dem andern wurde mit Paketen, Kisten und Säcken beladen. Die Nacht hatte keine Abkühlung gebracht. Brütend feuchte Hitze lag über der Stadt. Dennoch arbeiteten die Männer mit erstaunlicher Schnelligkeit in mehreren Crews, die einander ablösten. Sobald ein Laster beladen war, verließ er die Rollbahn und verschwand in der Dunkelheit.

Als Haberland wieder zu sich kam, lag er in der Unfallstation des Flughafens. Er konnte die Anzahl der Männer nicht genau feststellen, die um seine Bahre standen – ein Arzt (oder waren es zwei?) in Weiß, Polizisten, Männer in Zivil...

»Was ist geschehen?« fragte er mit schwerer Zunge, indessen sich die Gestalten um ihn im Kreis zu drehen und wie von Schlieren verhangen schienen. Eine viel zu laut tönende Stimme antwortete: »Wir wissen nicht, wer die Maschine entladen hat. Ihre Männer aus der Armenstadt Manicktola waren es jedenfalls nicht. Die haben wir inzwischen alle gefesselt und geknebelt in einer Montagehalle gefunden.«

Haberland fuhr auf und schrie vor Schmerz, denn sein Schädel schmerzte zum Zerspringen. Die plötzliche Bewegung bewirkte jedoch ein kleines Wunder: Er konnte wieder klar sehen. Der Mann, der die letzten Sätze gesprochen hatte, stand dicht neben ihm. Es war der hagere, große Monsignore John Simmons, Sekretär des Erzbischofs. Haberland vermochte in Simmons' Gesicht keinerlei Mitgefühl zu erkennen. Er fragte: »Was machen Sie hier?«

»Man hat mich gerufen«, sagte Simmons unfreundlich.

»Wer?«

»Die Flughafenleitung. Nachdem man Sie gefunden hatte. Ich bin schon zwei Stunden hier.«

»Zwei...«

»Ja, man hat es Ihnen ordentlich besorgt, lieber Freund. Das war eine hübsche große Chata-tan-Spritze, die man Ihnen verpaßt hat. Profis. Verwenden immer Chata-Tan. Ich habe Ihnen doch gesagt, Sie sollen vorsichtig sein. Kennen Sie die Zustände hier? Keine blasse Ahnung haben Sie! Aber Sie wissen ja immer alles besser.« Simmons verzog den Mund. »Bereits als Sie nicht davon abzubringen waren, nach Wien zu schreiben und um sofortige Hilfe mit Grundnahrungsmitteln durch die ›Caritas‹ zu bitten, habe ich Ihnen prophezeit, was passieren wird.«

»Wer waren die Kerle, die das Flugzeug entladen haben?« fragte Haberland. Seine Zunge klebte am Gaumen.

»Kriminelle! Oder glauben Sie etwa Heilige? Die haben jetzt das ganze Zeug – und Ihre Armen haben nichts. In den nächsten

Tagen werden in der Stadt Lebensmittel zu Wucherpreisen gehandelt werden. Gratuliere, lieber Freund.«
»Noch einmal passiert das nicht«, sagte Haberland, um den sich wieder alles zu drehen begann. Monsignore Simmons lachte nur.
»Nein! Noch einmal passiert so etwas nicht! Das nächste Mal – in einer Woche –, wenn die zweite Maschine kommt, werde ich um Polizeischutz bitten, damit meinen Leuten aus Manicktola nichts passiert.«
Haberland fiel auf die Bahre zurück.
»Sie dürfen jetzt nicht mehr sprechen«, sagte einer der beiden Ärzte. Aber das hörte Roman Haberland schon nicht mehr.
Eine Woche später, am 5. September, zur gleichen Zeit, landete eine weitere amerikanische Transportmaschine. Diesmal war das ganze Flughafengelände taghell erleuchtet. Polizisten mit Schutzhelmen und Schlagstöcken zogen einen doppelten Kordon um das zum Stehen gekommene Flugzeug, und Haberland selber half seinen Leuten aus Manicktola beim Entladen der Maschine. Der Schweiß rann ihm dabei in Strömen vom Körper, doch er fühlte einen wilden Triumph: Diesmal ging alles gut!
Katastrophal ging diesmal alles. Die Elenden bekamen Streit, weil einige gesehen haben wollten, daß andere beim Entladen Lebensmittel stahlen, und es entstand zunächst eine Prügelei zwischen den Zerlumpten, bei der natürlich die Jüngeren, Kräftigeren die Oberhand gewannen. Haberland schlug zwei Männer zusammen. Als sich fünf Männer auf ihn stürzten, griffen die Polizisten ein, und eine allgemeine Schlacht begann. Es muß, was geschah, so genannt werden, denn als es vorüber war, zählte man dreizehn schwerverletzte Männer aus Manicktola und zwölf schwerverletzte Polizisten. Wiederum waren die Laster mit allen eingeflogenen Lebensmitteln verschwunden. Sofortige Razzien in Manicktola förderten nicht das Geringste von den gestohlenen Waren zutage (sie waren längst gut versteckt), und kein einziger Lkw der Flughafen-Transportabteilung konnte gefunden werden. Sie waren sofort ›schwarz‹ verkauft worden, meinten Experten.

20

Dieser Zwischenfall hatte ein Nachspiel.
Bei der Gerichtsverhandlung kam nichts heraus, so viele Zeugen auch vernommen wurden. Die Zeugen schwiegen aus Angst vor Drohungen, oder sie waren selber schuldig. Die Zeitungen von

Kalkutta berichteten ausführlich über die Affäre. Dabei tauchten immer wieder der Name Roman Haberlands und seine eigenmächtigen Aktionen auf. Zwei große Blätter forderten, man solle diesen Mann des Landes verweisen.
Der Erzbischof konnte die aufgebrachte Öffentlichkeit schließlich besänftigen – hauptsächlich, indem er Geld für die verwundeten Polizisten und den angerichteten Sachschaden zur Verfügung stellte. Der katholische Oberhirte weigerte sich zwar, Haberland zu empfangen, verlangte aber, daß dieser vor seinem Sekretär erschien: Aus Rom war ein Telegramm gekommen, das dringend eine vollkommene Aufklärung der skandalösen Vorfälle forderte.
Am Nachmittag des 10. September 1950, um 15 Uhr, erschien deshalb Kaplan Roman Haberland wieder einmal im Amtszimmer des Monsignore John Simmons. Dieser befand sich in denkbar schlechter Laune und attackierte Haberland sogleich mit den Worten: »Ich habe Sie auf Anordnung Seiner Exzellenz des Herrn Erzbischofs rufen lassen, denn es ist nötig, daß Sie meinen Rapport an den Heiligen Stuhl zum Zeichen der Richtigkeit aller darin geschilderten Ereignisse gegenzeichnen. Wenn Sie das getan haben, ist es meine Aufgabe, Ihnen mitzuteilen, daß Seine Exzellenz sich zu Ihrem Bedauern nicht länger in der Lage sehen, Ihnen hier Obdach zu gewähren.«
Haberland grinste.
»Was soll dieses Grinsen?«
»Lieber Freund«, sagte Haberland, »ich habe die Nazis überlebt, die Gestapo, das ganze Dritte Reich – ich denke, ich werde auch noch die Schikanen Seiner Exzellenz überleben.«
»Ungeheuerlich! Das werde ich Seiner Exzellenz berichten müssen!«
»Ich bitte darum«, sagte Haberland.
Simmons' Pfeife war ausgegangen. Obwohl der mächtige Ventilator direkt über ihm kreiste, stand dem Monsignore plötzlich Schweiß in dicken Tropfen auf der Stirn.
Haberland fuhr fort: »Ich hätte dieses Haus ohnedies verlassen, Hochwürden Monsignore. Es hat mir von Anbeginn mißfallen – genauso, wie ich Ihnen allen wohl von Anbeginn an mißfallen habe. Ich habe gleich bei meiner Ankunft ein paar böse Bemerkungen gemacht über die Pracht Ihres Erzbischofssitzes im Hinblick darauf, daß man ein wenig von diesem Reichtum dazu hätte verwenden können, den Armen der Stadt weit mehr zu helfen, als es geschieht.«
»Pracht... Reichtum – oder was Sie so nennen – ist in Ihren Augen eine Schande, nicht wahr?« rief Simmons.

»Keineswegs«, begann Haberland, »ich ...«
Aber der Monsignore ließ sich nicht unterbrechen: »Und Armut eine Tugend, ja? Wir haben ja soeben gesehen, wie tugendhaft Ihre Armen sind!«
Haberland seufzte. »Was Armut und Reichtum anlangt, so verweise ich auf das Evangelium des heiligen Matthäus, Kapitel neunzehn, Vers vierundzwanzig; es ist dies die Stelle vom Kamel, dem Reichen und dem Nadelöhr. Aber es gibt wohl ebenso viele schlechte reiche wie schlechte arme Menschen auf der Welt – meinen Sie nicht auch? Geben Sie mir eine Feder, damit ich Ihren Bericht unterschreiben kann.«
»Aber Sie haben ihn doch noch gar nicht gelesen!«
»Das werde ich auch nicht tun. Gewiß steht nichts Schmeichelhaftes über mich darin, aber gewiß auch nichts Unwahres, davon bin ich überzeugt. Also bitte, die Feder.« Haberland unterschrieb. Dann lehnte er sich zurück und sagte: »Damit wären Sie einen lästigen Gast los. Es wird mir immer klarer, warum die katholische Kirche stets ein so sehr gespaltenes Verhältnis zu Leuten gehabt hat, wie ich es bin.«
Monsignore Simmons nahm sich zusammen, beugte sich über den Schreibtisch und berührte Haberlands Hand.
»Sie sind verbittert ...«
»Überhaupt nicht!«
»Natürlich sind Sie das! Wer wäre es an Ihrer Stelle nicht? Und deshalb erlauben Sie mir, Ihnen, bevor Sie uns verlassen, in wirklich guter Absicht einen Ratschlag zu geben.«
»Nämlich welchen?«
»Lassen Sie hier die Finger von jeder Missionstätigkeit. Arbeiten Sie irgendwo anders als Missionar. Nur hier nicht.«
»Und warum hier nicht?«
»Lieber Freund«, sagte Simmons klagend, »Indien ist ein nicht zu beherrschendes, nicht zu regierendes Land. Glauben Sie einem Mann, der seit zehn Jahren hier lebt. Mehr als 550 Millionen Menschen sind Erben einer Vielzahl von Traditionen, Sitten, Gebräuchen und Religionen. Noch mehr Religionen sind auf dem Land- oder auf dem Seeweg hierhergebracht worden. Unter ihnen auch das Christentum.« Der Monsignore machte eine kleine Pause. Dann fuhr er fort: »Allein aus dem Hinduismus sind drei neue Religionen hervorgegangen: Buddhismus, Dschainismus und, Jahrhunderte später, die der Sikhs. Buddha ist für Gewaltlosigkeit und sittlichen Lebenswandel eingetreten – und was waren die Folgen aus seiner Lehre? Die Religion der Dschainas predigt Erlösung durch Gewaltlosigkeit, rechte Gesinnung, rechte Taten

sowie die Heiligkeit aller lebenden Wesen. Die Religion der Sikhs begann im frühen sechzehnten Jahrhundert als eine Reformbewegung, ihre Lehre ist die von der Einheit Gottes und der Gleichheit aller Menschen. Und dann der Islam: In Indien ist jeder vierte ein Moslem! Und fünfundzwanzig Millionen sind Animisten mit abergläubischer Naturanbetung. Zu welchen Religionen, Sekten oder Kulten neigen Ihre Leute aus Manicktola, lieber Freund? Was sind die?«
»Arm«, sagte Kaplan Haberland, »nichts als arm!«

21

Noch am Abend desselben Tages brachte ein Taxi ihn zu dem Elendsgebiet an der ›V.I.P. Road‹. Kaplan Haberland bewahrte in zwei großen Koffern, was er auf Erden sein eigen nannte. Die Armen von Manicktola sahen schweigend zu, wie er die Koffer schleppte. Niemand half ihm, aber da war auch niemand, der ihn mit Steinen, Büchsen oder Lehm bewarf. Es herrschte eine große, verlegene Stille. Manche entfernten sich bald hastig und verschwanden, die meisten aber starrten Haberland neugierig an.
Haberland schleppte seine Last bis vor die Bambushütte des sehr alten Mannes Sackchi Dimnas, mit dem er schon so oft gesprochen hatte.
Sackchi sagte: »Ich bin sehr unglücklich über das, was geschehen ist, Roman.«
»Es wird nicht noch einmal geschehen«, antwortete Haberland. »Ich habe ein Telegramm nach Europa geschickt. Darin steht: ›Bitte schickt niemals wieder Essen oder Kleidung!‹ Das Telegramm habe ich in der Stadt aufgegeben. Es wird dunkel. Tragt Holz zusammen und entzündet ein Feuer, damit ich euch sehen kann. Ich werde eine Geschichte erzählen. Wer sie nicht hören will, der soll gehen, gleich. Ich bin nicht gekommen wie ein Richter, ich komme als Priester. Ich will euch nicht bestrafen. Ich will euch helfen. Übersetze das, Sackchi.«
»Ja, Roman«, sagte der alte Mann. Er übersetzte im Folgenden alles, was Haberland sagte. Junge Burschen eilten fort und trugen Holz herbei. Eine halbe Stunde später brannte ein helles Feuer in der Finsternis, viele Menschen saßen vor Haberland auf dem Boden, er sprach, und auf der ›V.I.P Road‹ donnerten Busse und sausten Limousinen zum Dum-Dum-Airport hinaus oder kamen von ihm her. Es war sehr heiß.

»Die Geschichte, die ich euch jetzt erzähle«, sagte Haberland, »ist eine wahre Geschichte, und vielleicht wird sie euch interessieren. Wenn das so ist, will ich hierbleiben. Wenn das nicht so ist, will ich wieder weggehen.«

»Wohin?« fragte eine Frau.

»Das weiß ich nicht«, antwortete Haberland. »Hört zuerst meine Geschichte. Ich komme von weit her. Aus Europa. In Europa gibt es ein Land, das heißt Spanien. Vor langer Zeit, vor Jahrhunderten, war Spanien sehr mächtig, und große Schiffe mit Soldaten fuhren weit über das Meer. Es waren auch Kaufleute und Forscher unter ihnen, denn sie hatten gehört, daß es dort, wohin sie fuhren, vielerlei Schätze des Bodens und der Natur gab. Das große Land, das sie schließlich erreichten, war noch viel größer als euer Indien...«

»Gibt es so etwas – größer als Indien?« wollte ein junger Mann wissen.

»Ja«, antwortete Haberland. »Das große Land umfaßte viele einzelne Länder. Eines heißt heute noch Paraguay. Dort fanden die Spanier Silber und Gold, Pfeffer, Gewürze und herrliche Früchte, edle Hölzer und vielerlei anderes. Sie fanden natürlich auch Menschen, die dort wohnten. Diese Menschen waren alle arm wie ihr, aber sie waren auch, wie ihr, freie Menschen.«

»Wenn man nichts zu essen hat, ist man kein freier Mensch«, sagte ein Mann.

»Das stimmt«, antwortete Haberland, während weiter Holz in das lodernde Feuer flog, »aber man ist auch nicht frei, wenn man für andere um einen Schandlohn arbeitet, sich ausbeuten läßt und behandelt wird wie ein Sklave. Eben das geschah nun in Paraguay sehr vielen Menschen, die dort schon gewohnt hatten, bevor die spanischen Kaufleute und die spanischen Soldaten kamen. Die Kaufleute beschlossen, sich in diesem Lande niederzulassen, um es auszubeuten, und weil sie das selber nicht konnten, ließen sie die Soldaten sehr viele der ursprünglichen Bewohner gefangennehmen und zu sich bringen. Diese ursprünglichen Bewohner waren Indios – ihr seht, das klingt ganz ähnlich wie Inder, weil die Spanier irrtümlich annahmen, dort seien sie in Indien.« Eine Maschine, knapp vor der Landung, donnerte über Haberland und die um ihn Sitzenden hinweg. Man sah rote und grüne Positionslichter. »Nun, aus den Kaufleuten wurden Gutsbesitzer, und die Gutsbesitzer – sie nahmen sich jeder so viel an Boden, wie sie wollten – schickten die Indios zur Arbeit. Sie ließen sie in den Bergen tiefe Stollen für das Gold und das Silber graben, sie ließen sie die Felder bestellen, sie schickten sie in den Urwald, um die Bäume mit den edlen

Hölzern zu schlagen und sie aus dem Wald zu schleppen. Und sie behandelten die so schwer Arbeitenden roh und gemein, und bei jeder Gelegenheit, die sie fanden oder erfanden, ließen sie die Indios auspeitschen oder totschlagen und hielten sie wie Tiere, auch die Frauen und die Kinder.«

»Und das alles hat dein christlicher Gott zugelassen«, sagte eine junge Frau.

»Ihr habt andere Götter, sehr viele, und sie lassen auch zu, daß ihr hier verreckt«, sagte Haberland. »Welche Götter sind nun die besseren? Im übrigen hat es da in Paraguay der christliche Gott nicht zugelassen – nicht lange.« Haberland machte eine Pause. Dann fuhr er mit erhobener Stimme fort: »Unter den Christen gibt es eine Gemeinschaft, die es mit ihrer Religion sehr ernst meint. Es gibt noch viele andere solche christlichen Gesellschaften. Die Gemeinschaft, von der ich rede – sie nannte sich ›Gesellschaft Jesu‹ und ihre Angehörigen bezeichnet man als Jesuiten –, ist das Jahr 1600 nach Paraguay gekommen und hat den ausbeuterischen Großgrundbesitzern den Kampf angesagt.«

»Wie konnten sie das?« fragte Sackchi erstaunt. »Ich meine: Du sagst doch, Roman, es waren so viele Soldaten mit den Kaufleuten gekommen.«

»Das stimmt«, sagte Haberland. »Die Jesuiten haben einen friedlichen Kampf geführt. Ohne Waffen. Man konnte ihnen nichts tun, denn immerhin waren sie Priester.«

»Ich verstehe«, sagte Sackchi. »Und?«

»Und die Jesuiten haben es fertiggebracht, den Indios zu helfen.«

»Wie?« fragte eine alte Frau.

»Es ist ihnen gelungen, viele noch freie Indios für ihre Sache zu gewinnen, und mit ihnen zusammen haben sie im Verlauf von einhundertundfünfzig Jahren im Herzen des Landes siebzig Städte errichtet, und in diesen Städten und den Ländern rundum waren die Indios sicher vor den Großgrundbesitzern und den Soldaten, sie haben Heimat und Sicherheit gefunden – zuletzt Hundertfünfzigtausend.«

»Wie war das möglich?« fragte ein Mädchen.

»Die Jesuiten haben alle gute Christen aus ihnen gemacht, natürlich«, sagte ein Junge und lachte.

»Später«, antwortete Haberland, und er lachte dabei ebenfalls. »Zunächst haben die Jesuiten mit den Indios zusammen Wälder gerodet und die Felder bestellt. Und sie haben mit den Indios zusammen gewohnt und gegessen und gesungen, und erst als die Indios sicher gewesen sind vor Verfolgung und gekleidet waren und keinen Hunger mehr litten und eine Wohnstätte hatten, haben die Jesuiten ihnen von dem Christengott erzählt, und da sind die Indios Christen geworden. Und viele andere Indios, die bei spanischen Gutsbesitzern schuften mußten, sind entflohen und in Jesuitengebiete gekommen und auch glücklich geworden.«

»Die Gutsbesitzer wohl nicht«, sagte ein Mann.

»Gewiß nicht«, sagte Haberland. »Aber sie konnten nichts machen.«

»Warum nicht?«

»Weil die Jesuiten sich nun zu verteidigen wußten. In ihren Gebieten war jedermann in Sicherheit. Man hat diese Tat der Jesuiten mit vielen Worten belegt, manche haben, meist etwas abschätzig, von einem ›Jesuitenstaat‹ gesprochen, andere jedoch von einem ›Heiligen Experiment‹...«

»Hat niemand die Meinung vertreten, daß es sich hier um eine einfache Art von Kommunismus gehandelt hat?« fragte Sackchi.

»Auch das«, antwortete Haberland. »Es sind viele Meinungen vertreten worden. Aber das hat nichts an den hundertfünfzig Jahren Frieden und Glück geändert, in denen die Indios und die Jesuiten zusammen in ihren eigenen Gebieten gelebt und gearbeitet und das, was sie produziert haben, verkauften, an Holländer oder Franzosen oder Engländer, die mit ihren Schiffen kamen.« Haberland sagte nach einer Pause: »Und alle waren im Schutz des Friedens glücklich, denn sie haben nach dem Grundsatz der ersten Jesuiten gehandelt, der heißt: ›Es nützt den Menschen immer am meisten, wenn sie darangehen, etwas Großes für Gott zu tun.‹«

»Und warum sagst du, daß dieses Paradies nur hundertundfünfzig Jahre lang gedauert hat?« fragte Sackchi. Die Armen um Haberland lauschten seinen Worten wie gebannt. Nur das Geräusch vorbeisausender Wagen und das Dröhnen eines landenden oder startenden Flugzeugs unterbrach immer wieder die Stille dieser Nacht an jener Stelle des unsagbaren Elends.

Das ist die Frage, auf die ich gewartet habe, dachte Haberland und antwortete: »Die Großgrundbesitzer sind immer ergrimmter geworden und haben sich bei ihrem König in Europa beschwert und beim Heiligen Vater in Rom. In diesen hundertundfünfzig Jahren haben die Indios wundervolle Kathedralen mit herrlichen Altären darin gebaut – neben ihrer Arbeit auf den Feldern oder in den Wäldern. Sie haben eine sehr hohe Kultur gehabt. Aber der König hat die Jesuiten dann 1767 aufgefordert, nach Europa zurückzukehren. Viele sind sogar getötet worden. Die Grundbesitzer haben sich zuletzt als die Stärkeren erwiesen – und schließlich auch den Papst dazu gebracht, daß er den Befehl gab, dieses ›Heilige Experiment‹ sofort abzubrechen.«

»Und der Papst ist der Stellvertreter eures Christengottes auf Erden?« fragte Sackchi.
»Ja«, sagte Haberland.
»Feine Stellvertreter hat euer Christengott«, sagte Sackchi.
»Wir leben nicht mehr im achtzehnten, sondern im zwanzigsten Jahrhundert«, sagte Haberland. »Alles hat sich geändert.« Er dachte beklommen: Was hat sich geändert? Hat Pius der Zwölfte nicht auch eine Schwäche für die Nazis gehabt? Ist das nicht auch ein feiner Stellvertreter Gottes gewesen? Er dachte: Und wie hat damals, als der Jesuitenstaat in Paraguay durch das Dekret dieses Königs über Nacht ausgelöscht worden ist, die offizielle Begründung gelautet? So: ›Das Beispiel von Güte und Wohlfahrt würde in der übrigen Welt, wo die Macht allein von Thron und Altar ausgeht, ansteckend wirken, und das darf nicht sein...‹
Es ist doch ein großes Glück, daß so viele Menschen auf dieser Erde so wenig wissen, dachte Haberland. Niemand darf mir anmerken, woran ich denke, überlegte er hastig und sagte schnell: »Ich habe euch diese Geschichte natürlich nicht nur zur Unterhaltung erzählt. So, wie ihr hier lebt, seid ihr keinem Gott ein Wohlgefallen. Ihr tut nichts, ihr wollt nur haben. Ihr gebt nichts, ihr wollt nur, daß euch gegeben wird. Ihr arbeitet nicht. Ihr wollt von der Arbeit anderer leben.«
»Das ist nicht wahr, Roman«, rief Sackchi aufgebracht. »Wir würden sehr gerne arbeiten für uns und unsere Familien, aber es gibt keine Arbeit.«
»Doch«, sagte Haberland.
»Welche?«
»Wo?«
Unruhe breitete sich aus.
»Ich kenne die Gegend hier nicht«, sagte Haberland. »Ihr kennt sie gut. Nennt mir ein fruchtbares Stück Land, und ich will mit euch dorthin ziehen und mit euch arbeiten. Ich will mich kleiden wie ihr, und ich will eure Sprache lernen.«
»Es gibt viele Gegenden, die fruchtbar sind, aber sie gehören dem Staat«, sagte Sackchi.
»Dem Staat kann man sie abkaufen«, sagte Haberland.
»Ja, wenn man Geld hat!« rief ein Mann.
»Ich kenne in Europa fromme Christen, die haben Geld«, sagte Haberland. »Wenn ich weiß, daß ihr mit mir geht, werde ich erreichen, daß diese Christen dem Staat ein Stück Land abkaufen, das dann uns gehört. Und dieses Stück Land werden wir bebauen – vielleicht mit Teesträuchern –, und es wird uns ernähren, und Christus wird uns beschützen.«

»Das glaubst du wirklich?«
»Warum sollte ich lügen?« fragte Haberland. »Was hätte ich davon? Überlegt euch alles und besprecht es untereinander. Ich schreibe inzwischen an die Christen in Europa. Und wenn alles geregelt ist, können wir fortgehen von hier. Etwas Besseres als den Tod finden wir überall. Wo kann ich schlafen bei euch?«
»Komm mit, Roman«, sagte Sackchi. Er ging voran. Haberland und viele andere folgten, Fackeln oder brennende Hölzer in den Händen. Sie gingen einen weiten Weg. Am Rande des Viertels blieb Sackchi vor einer Blechhütte stehen. Im Eingang lag ein Mann, der nur mit einem verschmutzten Lendenschurz bekleidet war. Er sah aus wie ein Skelett. Seine Augen standen offen. Die Pupillen waren winzig klein. Haberland erblickte hinter dem Mann einen Blechteller. »Diese Hütte ist frei, Roman«, sagte Sackchi. »Hier am Rande sind viele Hütten frei. Es will niemand herkommen, denn alle fürchten sich vor bösen Geistern. Du fürchtest dich doch nicht, oder?«
»Nein«, sagte Haberland. »Ich fürchte mich nicht. Nicht vor Geistern. Auch nicht vor bösen! Dieser Mann ist tot. Wann ist er gestorben?«
»Bevor du kamst, Roman.« Sackchi wandte sich an die anderen. »Wir müssen ihn jetzt gleich begraben«, sagte er. »Alle Toten müssen immer sofort unter die Erde. Warum ist das hier noch nicht geschehen! Vorwärts!« Er gab ein paar Anweisungen. Einige Männer traten vor, hoben den Toten, der kaum mehr als dreißig Kilo wiegen mochte, auf, und verschwanden mit ihm in der Dunkelheit.
»Woran ist dieser Mann gestorben?« fragte Haberland.
»Daran, was vielen den Tod bringt, Roman«, sagte Sackchi. »Oft kommen Händler zu uns, und manche hier, die noch irgend etwas haben, tauschen es bei den Händlern gegen das, was man die ›Schönen Träume‹ nennt. Dieser Mann ist an den ›Schönen Träumen‹ gestorben. Jeder stirbt zuletzt an den ›Schönen Träumen‹, und er stirbt sehr erbärmlich.«
»›Schöne Träume‹ – was ist das?« fragte Haberland.
»Der Arzt hat mir einmal gesagt, wie sie in der Medizin heißen.«
»Wie heißen sie?«
»Opium«, sagte Sackchi Dlmnas.

22

»Morphium«, sagte, viele Tausende von Kilometern entfernt, Professor Ronald Ramsay, Chef des ›US Public Health Hospital for Narcotics‹ in der Stadt Lexington im Staate Kentucky in den Vereinigten Staaten. Er hielt ein Laken hoch, das über eine zum Skelett abgemagerte Leiche gebreitet war. Diese Leiche lag auf dem Bett eines Einzelzimmers. Neben Professor Ramsay standen Adrian Lindhout, Georgia Bradley und ein ernster, untersetzter Mann mit bleichem Gesicht und schwerer Brille, hinter deren dicken Gläsern stahlblaue Augen lagen. Dieser Mann hieß Bernard Branksome und war eines der 438 Mitglieder des Amerikanischen Repräsentantenhauses.

»Wie alt war er?« fragte Branksome, mit dem Kinn auf den Toten weisend.

»Gerade vierundzwanzig Jahre alt geworden«, antwortete Professor Ramsay, ein sonnengebräunter, kräftiger Mann. »Sie haben den armen Kerl aus Korea herübergeflogen. Wir haben ihn wieder auf die Beine gebracht. Als er zum erstenmal freien Ausgang hatte, war er bereits mit einem Freund verabredet, der ihm neuen ›Stoff‹ gab. Wir hatten natürlich keine Ahnung von dieser Begegnung. Der Junge verpaßte sich eine Überdosis. Zwei Minuten später war er tot. Atemlähmung.« Ramsay ließ das Laken über den Leichnam fallen.

Branksome sagte erbittert: »Der Krieg in Korea ist ein entsetzliches Unglück – auch in dieser Beziehung. Täglich erhalte ich Berichte darüber, daß sich die Drogensucht unter unseren Soldaten weiter und weiter ausbreitet – ebenso, wenn auch nicht so heftig, wie bei den Franzosen im Indochina-Krieg. Die Franzosen verlieren diesen Krieg, das steht fest. Wer wird dann aufgerufen werden, ein weiteres Vordringen des Kommunismus in Asien zu verhindern?« Er beantwortete seine Frage selber: »Natürlich, wie im Falle von Korea, wir Amerikaner.« Es war faszinierend zu sehen, in welchen Zorn sich dieser so unscheinbar wirkende Mann hineinzureden vermochte. Er sagte, und sein bleiches Gesicht rötete sich dabei: »Es ist – hier stütze ich mich auf die Meldungen der Agenten meines ›Drug Office‹ – unter allen Umständen damit zu rechnen, daß eine ungeheuere, organisierte Rauschgiftwelle die Vereinigten Staaten überfluten wird – in zehn bis fünfzehn Jahren. Wenn wir bis dahin noch kein Mittel gefunden haben, der Sucht ein Ende zu bereiten, dann gnade uns Gott. Deshalb, das wissen Sie, lieber Doktor Lindhout, bin ich von Washington herübergekommen, um

Sie zu begrüßen und herzlichst willkommen zu heißen. Wir sind über alle Maßen glücklich darüber, Sie nun bei uns zu wissen.«
Lindhout sagte: »Danke, Mister Branksome. Aber nehmen Sie meine Worte so ehrlich wie ich die Ihren: Ich stehe ganz am Anfang eines Weges, das Mittel, das Sie ersehnen, zu finden. Vielleicht ist es ein völlig falscher Weg. Vielleicht finde ich ein solches Mittel nie.«
»Sie werden es finden! Sie haben schon so vieles geschafft!«
»Ach«, sagte Lindhout, »was denn schon? Jeder Tag gibt meinen Mitarbeitern und mir neue Rätsel auf. Jeder Tag bringt meinen Mitarbeitern und mir neue Rückschläge.«
»Sie sind zu bescheiden, Doktor! Ein Mann wie Sie, der die ersten Morphin-Antagonisten gefunden hat!«
Lindhout schüttelte den Kopf.
»Meine Morphin-Antagonisten, Mister Branksome, haben eine geradezu lächerlich kurze Wirkungsdauer. Ich weiß, was Sie denken und hoffen, und ich denke und hoffe es auch: Es möge Antagonisten geben, die länger, die *lange genug* wirken, um Opium-Suchtmittel wirkungslos werden zu lassen.«
»Ja, Doktor, ja«, sagte Branksome. »Eben das brauchen wir!«
»Eben das brauchen wir«, wiederholte Lindhout. »Aber ich weiß nicht, ob es so etwas jemals geben wird.«

23

Eine Viertelstunde später...
»... und dieses Vertrauen in Ihr Ingenium, lieber Doktor Lindhout, habe nicht nur ich, sondern alle mit der Gefahr Vertrauten haben es«, sagte Bernard Branksome. Er saß nun im Arbeitszimmer von Professor Ramsay, einem großen Raum, dessen Fenster in einen alten Park mit riesigen Bäumen hinausgingen. Ramsay lächelte Lindhout zu, Georgia drückte fest Lindhouts Hand. Die drei Wissenschaftler trugen weiße Arbeitskittel, Branksome einen dunkelblauen Kammgarnanzug, ein blaues Hemd und eine bizarr gemusterte blaue Krawatte.
Lindhout wußte einigermaßen über Branksome Bescheid – Georgia, die seit vielen Jahren mit Ramsay zusammenarbeitete, sowie der Klinikchef selbst hatten ihn informiert: Das Mitglied des Repräsentantenhauses Bernard Branksome kam aus der Automobilindustrie und war vielfacher Millionär. Immer schon ein Eiferer gegen Suchtkrankheiten, hatte er nach dem Beginn des Korea-

Krieges und dem Auftreten der Rauschgiftwelle dort (die fast unbedeutend war im Vergleich zu dem, was noch kommen sollte) aus eigener Initiative und offenbar mit hellseherischen Fähigkeiten begabt das ›Drug Office‹ ins Leben gerufen.
Professor Ramsay war zu Lindhout sehr offen gewesen, als er gesagt hatte: »Dieser Branksome ist – und was für ein Glück für uns! – auf dem Gebiet der Sucht geradezu ein religiöser Fanatiker, der sich zu einer Mission berufen fühlt. Es heißt, er habe vor Jahren eine Tochter verloren, die in Paris studierte – sie soll an einer Überdosis Morphin gestorben sein. Das hätte immerhin sein jetziges Verhalten motivieren können, nicht wahr? Mit ständigen Gesetzesvorlagen, Anzeigen, Beschwerden und Eingaben macht Branksome den Senat verrückt. Soll uns recht sein! Er hat erreicht, daß sein ›Drug Office‹ über fast unbegrenzte Mittel verfügt sowie über eine große Zahl von Agenten, Vertrauensleuten und Informanten buchstäblich in der ganzen Welt. Ich vermute, daß Branksome sogar eigenes Geld in das ›Drug Office‹ steckt...«
An diese Sätze mußte Lindhout denken, als Branksome nun sagte: »Was immer Sie benötigen – ich meine an finanzieller Unterstützung –, Sie werden es von mir erhalten. Wenden Sie sich stets sogleich an mich.«
»Ich danke Ihnen, Mister Branksome«, sagte Lindhout.
»Sie arbeiten eng mit Professor Ramsay und Doktor Bradley zusammen, höre ich?«
»Ja. Und mit anderen. Wir sind ein Team geworden«, sagte Lindhout. »Wir besprechen neue Versuchsreihen, werten Ergebnisse aus – es ist eine äußerst harmonische Zusammenarbeit.«
»Ein Mensch allein könnte beim heutigen Stand der Wissenschaft ja auch keinesfalls alle Experimente und neuen Entwicklungen mehr überblicken«, sagte Ramsay.
Branksome schien zufrieden. »Das habe ich mir gewünscht, das ist schön so! Auch ich stehe mit all meinen Mitarbeitern, wo immer sie sind, in ständiger Verbindung. Sie waren so gütig, mich über den Stand Ihrer Arbeiten zu unterrichten. Ich würde gerne Mitglied Ihres Teams werden, denn ich verfüge über – natürlich ganz andere – Informationen, die Sie aber doch kennen müßten. Wir sollten unsere Arbeit jetzt koordinieren.«
»Gerne«, sagte Lindhout. Georgia und Ramsay nickten.
»Dann erlauben Sie, daß ich erzähle, wie weit wir gekommen sind. Das Material wurde, wie gesagt, zusammengetragen von Männern und Frauen im Dienst des ›Drug Office‹ – rund um die Welt. Es sind geheime Organisationen im Entstehen – oder schon entstanden! –, weil ein paar große Verbrecher erkannt haben, daß man auf

dem Gebiet der Rauschgifte mit einem lächerlichen Minimum von Einsatz ein ungeheures Maximum an Gewinn erzielen kann. Die Organisationen sind nach dem Vorbild politischer Geheimbünde aufgebaut – nach dem Zellensystem: ein Mann kennt immer nur zwei andere. Das geht hinauf bis zum Boss der Bosse. Wer ist dieser andere? *Und wer ist der Boss?*«

24

Branksome hatte sich in einen Zustand hochgradiger Erregung hineingeredet. Nun schwieg er lange Zeit. Dann, fast verlegen, begann er wieder: »Es geht um unser Land! Amerika soll das nächste Absatzgebiet werden! In Thailand und in der Türkei sind bereits riesige Mohnplantagen angelegt worden auf Befehl dieses Bosses! Das ist allen zuständigen Stellen der UNO bekannt! Dem Narcotic Bureau bekannt! Dem CIA bekannt! Was wird getan? Nichts wird getan! Nichts und aber nichts!« Branksome fuhr mit einem Taschentuch über die Stirn. Er zwang sich, beherrscht zu sprechen. »Die Mohnkapseln werden den Bauern zu einem erbärmlich geringen Preis abgekauft. Das Opium kommt bereits seit einiger Zeit in den Libanon – ich weiß nicht, ob Sie, die Sie nur mit Chemikalien arbeiten, je das Naturprodukt gesehen haben, jene ölig-breiige, nach Moschus riechende braune Paste.« Branksome preßte – eine Gewohnheit von ihm – die Mittelfingerknochen beider Hände gegeneinander, bis es knackte. »Heimlich selbstverständlich und durch Bestechung all der korrupten Schufte in Regierungen, Polizei und Militär!« Er warf den Kopf zurück. »Ich behaupte, daß *wir* über die CIA diesen Opiumhandel subventionieren!«
(In der Tat setzte man – das wußten alle im Raum – beispielsweise in China auf den gefährlichsten Transportwegen nationalchinesische Truppen ein – dieselben Truppen, die vom CIA als ›Bollwerk gegen den Kommunismus‹ gepriesen wurden. Und was für den Fernen Osten galt, galt für die Türkei! Im Libanon wurde Opium chemisch zu pulverförmiger Morphin-Base reduziert. Zehn Pfund Opium sind nötig, um ein Pfund Morphin-Base herzustellen. Daraus kann man Morphin machen oder – und das war der Zukunftsplan der von Branksome genannten ›internationalen Organisationen‹ –, das ungemein gefährliche Heroin, das in den Staaten eben erstmals in größeren Mengen aufgetaucht war und Menschen in lebende Leichname verwandelte. Die Umwandlung

von Morphin-Base zu Heroin besorgten Chemiker – sie mußten nicht gerade Diplomchemiker sein – in geheimen Laboratorien Südfrankreichs, vor allem in Marseille. Seit der Antike hat diese Stadt einen großen Seehafen. Hier haben arabische Schiffe zum ersten Mal Opium aus dem Orient entladen. Im Laufe der Jahrhunderte entstand in Europa nach und nach ein Heer von Opiumrauchern und dann von Morphiumverbrauchern.

Die englischen Schriftsteller Thomas de Quincey und Samuel Taylor Coleridge haben ebenso romantisch über die Wonnen geschrieben, die sich dem Opium abgewinnen lassen, wie der französische Dichter Charles Baudelaire über die »künstlichen Paradiese« des Haschisch und des Opiums. Und es erscheint heute als unfaßbar, aber es ist eine Tatsache: Sigmund Freud nahm Kokain, und weil er sich danach immer so wohl fühlte, schickte er seiner Braut die Droge mit der Aufforderung, es ihm gleichzutun...

›Opium!‹ schrieb de Quincey in seinen ›Bekenntnissen‹, ›ich hatte von ihm gehört, wie man von Manna oder Ambrosia hört, weiter wußte ich nichts; was für ein leerer Wortschwall war mir das alles damals noch! Und welche feierlichen Akkorde schlägt es nun in meinem Herzen an... Natürlich war ich mit der Kunst und den Mysterien des Opiumessens nicht vertraut, und was ich zu mir nahm, nahm ich auf jede Gefahr hin. Doch nahm ich es, und nach einer Stunde, o Himmel, welch ein Umschwung, wie erhob sich mein innerer Geist aus seinen untersten Tiefen empor, welch Apokalypse der Welt in mir!‹ Voll glühender Begeisterung äußerte sich der Autor über das Opium. ›Es offenbart‹, schrieb er, ›einen Abgrund voller göttlicher Freuden im Menschen, es ist das Heilmittel für alle menschlichen Leiden... Jetzt kann man sich für einen Penny die Glückseligkeit kaufen und in der Westentasche bei sich tragen. Versuchungen sind transportabel geworden und lassen sich in kleinen Flaschen verkorken, und Seelenfrieden kann die Post nun in ganzen Gallonen verschicken...‹)

Bernard Branksome sah seine Gesprächspartner an.

»Warum ist mein Kampf so schwer? Warum verfolgen mich meine Feinde so sehr? Warum habe ich das ›Drug Office‹, *mein* ›Drug Office‹, gründen müssen? Ja, *müssen!* Weil wir zwar, wie Sie wissen, das ›Federal Bureau of Narcotics‹ haben, aber der Haushaltsausschuß des Repräsentantenhauses bei seinen Hearings zum Budget dieses Bureaus keine unabhängigen Zeugen anhört und die selbstgefälligen Berichte unfähiger oder nur auf den eigenen Vorteil bedachter Beamter im Staatsdienst akzeptiert, um daran Empfehlungen zu knüpfen, den Haushalt des Bureaus, das glücklos, oder richtiger gesagt: absichtlich glücklos ist, zu erhöhen!« Branksome fluchte und entschuldigte sich. »Sie müssen wissen, daß ich eine Tochter hatte, die...« Er schüttelte den Kopf. »Das gehört nicht hierher...« Er räusperte sich. »Jetzt, während des französischen Indochinakrieges kommt ein sehr großer Teil des Opiums auch aus Indochina. Das daraus gewonnene Heroin ist nicht nur sehr viel gefährlicher als das Morphium, es ist auch zehnmal leichter zu transportieren, läßt sich in jede gewünschte Form bringen und in jedem Behälter verstecken. Die Geheimlaboratorien von Marseille arbeiten Tag und Nacht, um...«

Das Telefon auf Ramsays Schreibtisch läutete. Der Klinikchef hob ab und meldete sich. Dann reichte er den Hörer Branksome. »Für Sie!«

Branksome hielt den Hörer ans Ohr.

»Ja?« Die drei anderen im Raum konnten nur hören, was er sprach. »Alles in Ordnung, Milton... Ja, großartig... Sagen Sie dem Senator, es bleibt bei unserer Verabredung heute abend... Ja, ich fliege Punkt vier Uhr hier ab... Die Maschine ist startbereit... Okay, Milton, ich sehe Sie heute noch.« Er reichte den Hörer über den Schreibtisch, Ramsay legte ihn in die Gabel zurück. Branksome sagte: »Das war mein Sekretär. Ich habe eine wichtige Unterredung in unserer Sache mit Senator Eddington, aber erst heute abend.«

»Sie hetzen ganz schön herum«, sagte Ramsay.

Branksome nickte. »Was glauben Sie, was es Kraft kostet, diese träge Bande im Repräsentantenhaus ständig aufs neue wachzurütteln... diesen Narren begreiflich zu machen, welche Katastrophe auf uns zukommt... Oft ist es zum Verzweifeln...« Er lachte, halb hysterisch. »Keine Angst, ich verzweifle nicht! Dies ist die Aufgabe meines Lebens!«

»Eine einigermaßen gefährliche Aufgabe, Mister Branksome, kann ich mir vorstellen«, sagte Lindhout. »Es gibt gewiß viele Personen, denen Sie ein Dorn im Auge sind.«

»Dorn im Auge ist milde ausgedrückt. Umlegen wollen sie mich, umlegen!« Branksomes Stimme hob sich wieder. »Damit sie freie Bahn haben. Für sie bin ich der Feind Nummer eins! Das ist ja auch nur zu verständlich. Drei Versuche, mich aus dem Weg zu schaffen, hat man bereits unternommen. Sie sind fehlgeschlagen – dank meiner Leibwächter.«

»Sie haben Leibwächter?« Georgia blickte Branksome verblüfft an. »Selbstverständlich. Glauben Sie, sonst wäre ich noch am Leben?

Ich werde rund um die Uhr bewacht – auch jetzt. Sie haben die beiden Männer gesehen, mit denen ich kam. Nun, das sind zwei meiner Beschützer. Der Chauffeur ist der dritte. Der Pilot meiner Maschine, die draußen auf dem ›Bluegrass Terminal‹ steht, ist der vierte...« Er winkte ab. »Mit mir werden sie nicht so leicht fertig, die Hunde! Lassen Sie mich weiter berichten. Der Koreakrieg, der Indochinakrieg und die Kriege, die – machen wir uns ja nichts vor! – folgen werden, sind das Beste, was dem Boss passieren kann! Ich sage es noch einmal: Die Organisationen bestehen bereits oder sind im Entstehen. Das Ziel lautet: Amerika Hauptabsatzgebiet für Heroin! Und in zehn, fünfzehn Jahren wird dieses Ziel erreicht sein. Ich habe die besten Agenten, die man bekommen kann. Ich bin auf dem Posten. Und *Sie*, Doktor Lindhout, sind meine größte und einzige wirkliche Hoffnung. *Sie* werden es schaffen, einen lange genug wirkenden Antagonisten zu finden. Sie müssen es schaffen, hören Sie, sie *müssen*!«

Branksomes Stimme war laut geworden, seine Fingerknöchel knackten. Er räusperte sich. »Excuse me. Aber diese brutalen Verbrecher...« Er fuhr fort zu erzählen, was seine Mitarbeiter ihm aus der ganzen Welt berichteten, er malte eine amerikanische Drogen-Apokalypse aus.

Dabei verlor er jeden Zeitbegriff. Er ließ sich eingehend von Lindhout über dessen letzte Arbeiten berichten. Er schlug neue Versuche vor und zeigte sich dabei erstaunlich gut informiert über die biochemische Seite des Problems. Zuletzt war Ramsay gezwungen, das Gespräch zu unterbrechen.

»Es tut mir wirklich leid, Mister Branksome – halb fünf! Sie wollten pünktlich um vier Uhr abfliegen. Ich bin nicht unhöflich, aber...«

»Großer Gott, der Senator! Natürlich sind Sie nicht unhöflich, Professor. Da sehen Sie, was passiert, wenn ich von dieser Sache rede! Jedesmal! Ja, ich muß schnellstens fort! Die Besprechung mit dem Senator heute abend ist wirklich wichtig. Ich komme bald wieder! Und Sie müssen nach Washington kommen!«

Fünf Minuten später fuhren zwei Wagen von der Klinik ab. Im ersten saßen Branksome, seine beiden Leibwächter und der Chauffeur, im zweiten Wagen, der Ramsay gehörte, der Klinikchef, Georgia und Lindhout. Sie brachten Branksome zum Flughafen. Über die Midland Avenue erreichten sie die direkt nach Westen führende Autobahn, passierten Pine Meadows, Cardinal Valley und Hollyday Hills am Stadtrand. Über die Acre Estates rasten die beiden Wagen dem vor der Stadt gelegenen ›Bluegrass Airport‹ entgegen. Sie erreichten ihn erst um 17 Uhr 07. Branksomes Pilot,

ein junger Mann mit eisengrauem Haar, kam ihnen in der Halle des Flughafens entgegengelaufen.
»Da sind Sie endlich, Sir! Ich habe schon in der Klinik angerufen. Sie wollten doch um sechzehn...« Den Satz sprach der Pilot nie zu Ende, denn in diesem Moment – siebzehn Uhr elf, wie die Polizei später feststellte – erschütterte eine schwere Explosion die Halle. Menschen wurden zur Erde geschleudert, Scheiben barsten, Theken und Sessel flogen um.
Branksome hatte sich sofort flach zu Boden fallenlassen, die beiden Leibwächter warfen sich schützend über ihn. Lindhout riß Georgia mit sich nieder. Panik brach aus. Frauen kreischten, Männer schrien, Sirenen heulten. Die auf dem Boden Liegenden erhoben sich. Sie sahen durch leere Fensterrahmen auf das Flugfeld hinaus.
»Allmächtiger«, sagte Ramsay.
Der Pilot fluchte obszön und entschuldigte sich anschließend bei Georgia. Feuerwehren rasten auf das Flugfeld, um einen orangerot flammenden Brandherd zu löschen.
»Das war Ihre Maschine, Mister Branksome?« fragte Lindhout.
»Ja.« Der dickliche Mann nickte. Man merkte ihm kein Zeichen von Angst an. »Zeitbombe an Bord. Mal was Neues!«
»Aber wie ist das möglich?« Der Pilot regte sich auf, indessen schon Beamte der Flughafenpolizei auf die Gruppe zukamen. »Die Maschine ist ständig von mir bewacht worden. Ich habe alle, die das Ding vollgetankt und gecheckt haben, genauestens beobachtet!«
»Nicht genauestens genug«, sagte Branksome. Auf dem Rasen zu beiden Seiten der Rollbahn brannten oder glühten Teile des Flugzeugs. »Regen Sie sich ab! Es ist ja alles gutgegangen. Vielleicht haben die verfluchten Hunde die Bombe auch schon vor unserem Abflug in Washington angebracht. Es war ja genug Leuten bekannt, daß ich hier um sechzehn Uhr wieder abfliegen wollte. Zum Glück habe ich mich verspätet.«
»Zum Glück!«, rief Georgia. »Wären Sie pünktlich abgeflogen – die Bombe wäre beim Flug explodiert!«
Während die Polizisten schon mit ihrem Verhör begannen, nickte Branksome und sagte: »Natürlich. In der Luft. Wäre wohl wenig von uns übriggeblieben.« Er lachte kurz auf. »Das ist also der vierte Versuch. Ich glaube nicht, daß es bei Ihnen, Frau Doktor, und Ihnen, meine Herren, noch Zweifel über die Berechtigung meiner Befürchtungen oder über die Wahrheit all dessen gibt, was ich Ihnen erzählt habe.« Ramsay, Lindhout und Georgia schwiegen, und schweigend sahen sie den kleinen, untersetzten Mann an, der einem Polizisten, welcher eine Frage an ihn stellte, mit einer

Gegenfrage antwortete: »Ich muß unbedingt schnellstens nach Washington. Kann ich hier eine Privatmaschine mieten?«

25

»Meine Damen und Herren, wir werden in wenigen Minuten in Berlin-Tempelhof landen. Bitte stellen Sie das Rauchen ein und legen Sie die Sicherheitsgurte an. Danke«, sagte die Stewardeß in ein Handmikrofon. Da war es kurz vor 15 Uhr am 22. Mai 1951. Truus, an einem Fenstersitz, holte tief Atem und ballte die Hände zu Fäusten. Sie war nun maßlos aufgeregt. In wenigen Minuten würde sie vor Claudio stehen...

Nach dem häßlichen Zusammenstoß mit Adrian und Georgia im April, als die beiden ihr mitgeteilt hatten, daß sie heiraten wollten, war Truus unablässig bemüht gewesen, diesen Flug nach Berlin zustande zu bringen. Sie hatte kaum mehr mit Georgia gesprochen, und auch Lindhout war ihr ständig trotzig-verschlossenes Gehabe unangenehm aufgefallen.

»Es wird vorübergehen, sie wird sich fügen«, hatte Georgia gesagt.

»Was denkt sie eigentlich...«

»Ach, Adrian, du weißt doch, wie Truus zu dir und mir steht – seit Anfang an. Wenn sie jetzt nach Berlin fliegen will, so ist das eine sehr gute Idee, finde ich. Sie wird die Alte Welt wiedersehen, ihren Freund aus der Kindheit, sie wird Abstand gewinnen und vernünftig werden...«

Truus war eine so gute Schülerin, daß man ihr einen Monat zusätzliche Ferien gewährt hatte. So war sie von Lexington nach New York geflogen, von dort bis Frankfurt, hatte die ›Superconstellation‹ verlassen und den letzten Teil der Reise mit einer kleineren Linienmaschine fortgesetzt.

Diese Maschine sank nun steil, denn der Flughafen Tempelhof lag mitten in der Stadt. Der Anblick des riesigen Trümmerfeldes, das Berlin zu jenem Zeitpunkt noch bot, erschreckte Truus. Eine so sehr zerstörte Stadt hatte sie noch nie gesehen! Ihr Herz klopfte. Plötzlich fühlte sie Angst.

Was erwartete sie hier? Daß Claudios Mutter vor einem Jahr gestorben war, wußte sie, er hatte es ihr geschrieben. Sie war tot umgefallen, als sie versuchte, einen Schuh abzustreifen – geplatzte Aorta, wie die Autopsie erwies. Die Mutter hatte sich im Architekturbüro ihres Mannes mit Arbeit übernommen, trotz aller Warnungen der Ärzte...

Die Maschine flog nun ganz tief über einen Friedhof hinweg, der sich an das Gelände des Flughafens anschloß, erreichte die weiße Landemarke einer Bahn, setzte auf und rollte aus unter dem weit überhängenden Dach des beschädigten Hauptgebäudes.
Furchtsam blickte Truus sich um, als sie auf die Gangway trat. Es sah alles so trostlos aus. Die Flughafenarbeiter hatten blasse Gesichter, alle waren mager.
Wien 1945, dachte Truus. Nur schlimmer, hundertmal, tausendmal schlimmer...
Sie blickte an dem Gebäude hoch. Schwarz und schäbig waren seine Mauern. FLUGHAFEN BERLIN-TEMPELHOF las Truus. Darunter gab es in der von Bränden geschwärzten Fläche eine helle Stelle. Deutlich konnte man sehen, was sich da einst befunden hatte – ein Adler mit weit ausgebreiteten Schwingen, der einen Kranz in den Krallen hielt. Und in dem Kranz hatte sich ein Hakenkreuz befunden...
Truus erblickte, in halber Höhe der Mauer, eine lange Glaswand, hinter der viele Menschen warteten. Sie konnte Claudio nicht erkennen, stieg mit den anderen Passagieren eine breite Treppe empor und passierte Glastüren, Paß- und Zollschalter. Dann sah sie ihn. Laut rief sie seinen Namen.
Lachend kam er ihr entgegen, einen Blumenstrauß in der Hand. Weit breitete er seine Arme aus. Sie liefen aufeinander zu, küßten sich viele Male, und plötzlich hatte Truus alle Angst vergessen, die Angst vor den Ruinen, dem Elend, der Armut, der Zerstörung. Plötzlich war alles gut, war alles wundervoll, hier, in Berlin, bei Claudio. Sie lachte und weinte zu gleicher Zeit. Menschen blieben stehen, starrten, lächelten. Zwei Mädchen kamen und baten um Autogramme. Viele Berliner kannten, bewunderten und liebten diesen einundzwanzigjährigen Claudio Wegner, der bereits mit großem Erfolg am Schiller-Theater spielte. Hochgewachsen war Claudio, sehr schlank, er hatte ein schmales Gesicht mit dunklen, brennenden Augen und schwarzes, sehr dichtes, kurzgeschnittenes Haar.
Nun gab er den beiden Mädchen ihre Autogrammbücher zurück, hielt Truus an den Schultern und betrachtete sie genau.
»Wie schön du geworden bist!«
»Ach, Claudio...«
»Ganz unerhört schön!« Er küßte sie noch einmal, nahm ihren Arm und ging mit Truus hinter einem Gepäckträger her zum Ausgang. Die Menschen waren alle armselig gekleidet, und alle sahen unterernährt aus. Aber in ihren Gesichtern stand ein Ausdruck von Zuversicht, ein Lächeln, stand so viel Hoffnung...

»Im Haus in der Bismarckallee wohnen jetzt lauter fremde Menschen«, sagte Claudio. »Auch dort, wo du damals mit Adrian gelebt hast. Ich bin seit Mamas Tod ganz allein. Willst du zu mir kommen?«

»Ja, Claudio, ja!«

»Gut«, sagte er, »dann fahren wir nach Hause...«

Er besaß einen alten Vorkriegs-Opel – grau, an vielen Stellen kam der Rost durch. Grau wie Claudios altes Auto, so empfand Truus die ganze große Stadt. Sie sah Ruinen über Ruinen, Schmutz über Schmutz, Trümmer über Trümmer. Bayerischer Platz... Innsbrucker Platz... nichts gab es mehr, nur noch Bombenschutt, geborstene Mauern, Installationsrohre, die krumm und verbogen in den Frühlingshimmel ragten.

Claudio bemerkte, wie Truus erschrak.

»Sei doch nicht so entsetzt«, sagte er liebevoll. Er fuhr auf einer breiten Straße fast ohne Verkehr, es gab immer noch nur wenige Autos in Berlin. »Natürlich sind wir nicht in Amerika! Aber was glaubst du, was hier aufgebaut wird! Da, schau, da vorne!« Er wies auf ein riesenhaftes, zerstörtes Gebäude, an dessen Wiederherstellung gearbeitet wurde.

Die in der Ruine arbeitenden Männer sahen Truus, winkten und pfiffen laut. »Weil *ich* doch ein so hübsches Mädchen bin«, sagte Claudio lachend. »Großer Gott, wie hat es vor sechs Jahren hier ausgesehen!«

»Noch schlimmer?«

»Ach, Truus! Es gab praktisch kein Berlin mehr! Nur noch Berliner! Aber die bringt keiner um. Sieh mal, wir haben die Blockade überstanden, die Spaltung, den Kalten Krieg, wir werden auch mit den Trümmern fertig werden, es geht uns doch schon viel besser! Bald wird es uns wieder ganz gut gehen!«

»Ihr seid tapfer«, sagte sie.

»Unsinn. Wir und tapfer! Aber feige sind wir auch nicht – nicht mehr als andere! Wir haben die Nazipest überlebt, wir bauen unsere Stadt wieder auf, wir haben sie lieb, diese scheußliche, verrückte, geteilte Stadt! Architekten aus der ganzen Welt werden kommen und ein neues Berlin entwerfen! Und bauen! Es wird gearbeitet in Berlin, viel gearbeitet, Truus! Und warte, bis ich dich in Konzerte geführt habe, in Galerien – da gibt es ein paar unglaublich interessante neue Maler und Bildhauer! Und gute Musiker haben wir, und gute Inszenierungen – hier und im Osten! Natürlich stecken wir noch im Dreck. Aber weißt du, wie so etwas verbindet? Weißt du, wie fruchtbar das Leben in so einer Stadt ist? Ach, Truus, Truus, ich bin so froh, daß du bei mir bist!«

»Und ich, Claudio«, sagte sie leise und fühlte, daß Wärme plötzlich ihren ganzen Körper erfüllte, als sie dachte: Nun bin ich endlich heimgekehrt.

26

Claudio erreichte mit seinem klapprigen Wagen den Grunewald. Bevor er in die Herthastraße einbog, hielt er an und stieg mit Truus aus. Die Bismarckallee war durch einen breiten Grasstreifen, der früher einmal als Reitweg gedient hatte, in zwei Gegenfahrbahnen geteilt. Direkt an der Ecke Herthastraße befand sich ein schwarzes Tor. Von dort führte ein breiter Weg durch einen Park zu einer sehr großen Villa aus der Zeit vor 1914. Hier hatte Truus gelebt. Das Haus war damals schon in mehrere Wohnungen unterteilt gewesen...

Nun stand sie da und sah den Park, die schöne alte Villa und das hohe Gitter aus Schmiedeeisen an, das weit die Bismarckallee hinablief, bis zu der Brücke über den Hubertussee, denn bis zu diesem senkten sich die Wiesen des Parks. Hier waren keine Bomben gefallen. Nichts hatte sich geändert, nicht das geringste! Truus fühlte sich schwindelig.

»Vor sieben Jahren bin ich zum letzten Mal hiergewesen...« Sie schüttelte den Kopf. »Vor sieben Jahren... da haben wir nach Wien fahren müssen, Adrian und ich«, murmelte sie. So viele Blumen blühten im Park, so viele Kastanienbäume. Gegenüber, auf der anderen Seite der Bismarckallee, befand sich eine Schule. Es war gerade Pause. Kinder tobten im Freien, riefen, lachten.

»Alles ist so wie damals, Claudio, genauso... Da oben, siehst du, in diesem Giebel habe ich immer bleiben müssen, wenn Fliegeralarm war, denn ich durfte doch nicht in den Keller. Niemand wußte überhaupt, daß ich da war – außer Adrian und dir und deinem Vater und deiner Mutter«. Sie erschrak. »Verzeih.«

»Sie hat einen guten Tod gehabt«, sagte er. »Aber sie ist zu früh gestorben, viel zu früh...« Er berührte ihre Schulter. »Komm!«

Sie stieg wieder in den Wagen, und er fuhr in die Herthastraße, in der er wohnte. Dann stand Truus vor dem einstöckigen, in modernem Stil gebauten Haus. Sie sah den großen Garten dahinter.

»Unten am Wasser, da ist ein Zaun, da bist du durchgekrochen, wenn du zu mir kommen wolltest, um mit mir zu spielen, weißt du noch?«

Claudio nickte.

»Es war viel zu gefährlich, an die Ecke zu gehen und am Tor zu läuten, haben meine Eltern gesagt.«
»Adrian auch!« Truus blickte ihn an. »Da hast du das Loch in den Zaun gemacht und bist heimlich gekommen, niemals hat dich jemand gesehen. Ach Claudio...« Er legte einen Arm um sie. »Es war schrecklich damals und doch so schön, nicht wahr?«
»Wenn eine Sache sehr schrecklich ist, gibt es in ihr auch immer etwas sehr Schönes, glaube ich«, sagte Claudio. Er öffnete das niedere Parktor. »Komm«, sagte er. »Willkommen, Truus, willkommen zu Hause!«

27

In den nächsten Wochen wanderten die beiden viele Stunden lang in dem zerstörten Berlin herum, dessen Bewohner so viel Optimismus behalten hatten. Claudio zeigte Truus die Gebäude der Freien Universität, das Schöneberger Rathaus (und viele andere Bauten, die unzerstört geblieben waren – mit seltsamem Stolz, so als gehörten sie alle ihm!), er fuhr zum Grunewaldsee und wanderte mit Truus durch den Ufersand, einen Arm um ihre Schulter gelegt, weit, so weit...
Zum großen Teil war der Grunewald abgeholzt, an manchen Stellen regelrecht kahlgeschlagen. Die Menschen hatten jahrelang frieren müssen und nichts zu heizen gehabt. So waren die alten Bäume gefällt worden. Claudio wies eifrig auf Pflanzungen mit zarten kleinen Bäumchen. »Da, sieh! Überall wird wieder aufgeforstet!«
»Ja, Claudio«, sagte Truus und bemerkte, daß sie Tränen in den Augen hatte.
Abends fuhren sie immer wieder in die Grolmannstraße. Hier, in einem Atelier, das man nur über mehrere Leitern erreichen konnte, weil das Haus eine halbe Ruine mit eingestürzten oder vom Einsturz bedrohten Mauern war, lernte Truus den Maler Heini Hauser kennen. Bei ihm trafen sich andere Maler, Schauspieler, Bühnenbildner, Regisseure, Intendanten, Ärzte, Kritiker und Schriftsteller. Heini Hauser war ein älterer, ungemein fröhlicher Mann mit flinken, hellwachen Augen. Er hatte immer die schönsten weiblichen Modelle, die auch stets hier wohnten. Es ging ungemein freizügig zu bei Heini Hauser, dessen Atelier mit der darüberliegenden Wohnung allgemein nur ›Die Schlangengrube‹ genannt wurde.

Auch Politiker, Wissenschaftler, englische, amerikanische und französische Offiziere kamen dazu, Männer wie Lindley Frazer und Hugh Carlton Greene, die während des Krieges die deutschsprachigen Sendungen von BBC-London geleitet oder produziert hatten, und sie brachten Whisky und Rotwein und Zigaretten und Konserven mit, und Zeitungen und Zeitschriften, Bücher und Schallplatten, und nächtelang debattierte man wild miteinander. Was gab es da für Gespräche, was für Freundschaften, was für Lieben...

Truus wußte es nicht: Sie erlebte nun, 1951, in Berlin dasselbe, was Lindhout nach 1945 zweieinhalb glückliche Jahre lang in Wien erlebt hatte. Nein, nicht das gleiche! Kein Russe besuchte Heini Hauser mehr seit langer Zeit. Der Kalte Krieg, er hatte längst begonnen.

Truus gehörte zu diesem Kreis sogleich wie alle jene, die einander schon jahrelang kannten. Selig erfuhr sie, daß ganz Berlin stolz auf Claudio war. Alle, die mit ihm arbeiteten, liebten und bewunderten ihn – ebenso wie die Kritik und das Publikum. Der große Boleslaw Barlog wagte es gerade, den Einundzwanzigjährigen die Hauptrolle in Shakespeares ›Hamlet‹ spielen zu lassen – und Berlin hatte seine Sensation! Wochen zuvor waren die Karten zur Premiere ausverkauft. Und dann sah Truus den Schauspieler Claudio Wegner, Gefährten ihrer Kindheit, Geliebten nun, hörte ihn, als Hamlet, dort oben auf der Bühne sprechen: »... ich liebt' Ophelien! Vierzigtausend Brüder mit ihrem ganzen Maß von Liebe hätten nicht mein' Summ' erreicht...« Und sie verkrampfte die Hände ineinander, während sie dachte: Und ich liebe dich, Claudio, ich liebe dich noch viel, viel mehr! Nun bin ich endlich, endlich glücklich!

28

Nach dieser Premiere gab es eine große Feier, und nach der Feier, gegen zwei Uhr morgens, saß Truus neben Claudio im Wagen. Er fuhr zum Kurfürstendamm.

»Willst du noch in die ›Schlangengrube‹?«

»Nein«, sagte er. »Heute nicht. Heute nacht will ich noch etwas mit dir trinken, aber mit dir allein und mit Robert – nicht mit so vielen Menschen.«

»Wer ist Robert?«

»Du wirst ihn gleich kennenlernen«, sagte Claudio.

Robert Friedmann besaß eine wiederaufgebaute Bar am Kurfürstendamm. Sie war ganz in Dunkelrot gehalten, mit kleinen Tischen, Nischen, einer Tanzfläche und einer halbrunden Theke. Die Beleuchtung war intim, die Musik machte ein einziger Pianist. Das Lokal war noch voller Gäste, als Truus eintrat, denn die Premiere hatte an einem Freitag stattgefunden.
Jemand erkannte Claudio und rief seinen Namen. Sogleich klatschten viele Leute und beglückwünschten ihn. Er dankte sehr verlegen, und sehr verlegen und schüchtern lächelte er. Die Gratulierenden waren von der Premiere gekommen, genauso wie auch Robert Friedmann, der nun im Smoking auf Truus und Claudio zutrat, diesen umarmte und auf beide Wangen küßte.
»Wunderbar, mein Junge«, sagte er, »du warst einfach wunderbar!«
»Ach, hör schon auf«, sagte Claudio. Er machte Robert mit Truus bekannt.
»War er nicht wunderbar, mein Fräulein?« fragte Robert und fuhr fort: »Aber was rede ich hier herum! Kommt an die Theke! Ihr seid meine Gäste – keine Widerrede. Was soll es sein? Whisky! Ich habe eine Flasche von der Kultusgemeinde bekommen!«
»Okay, Robert«, sagte Claudio.
»Sie sind nett«, sagte Truus. »So nett, Herr Friedmann.«
»Ich weiß, ich weiß. Aber bitte nicht Herr Friedmann! Ich heiße Robert«, antwortete er und nahm von der platinblonden Barfrau schon die Flasche und die Gläser entgegen.
»Auf euch beide«, sagte er, bevor sie tranken.
Leise erklang Klaviermusik...
Robert Friedmann war untersetzt und hatte eine halbe Glatze. Unter den sinnlichen Augen lagen schwere Tränensäcke, und er hatte eine große, schiefe Nase. All das, im Verein mit dem immer freundlichen Mund, ließ eines der gütigsten Gesichter entstehen, wie man es sich nur vorstellen konnte. Geborener Berliner, hatte Robert von 1933 bis 1946 in London leben müssen. Es ging ihm sehr gut dort, aber sobald es nach Kriegsende möglich war, kam er nach Berlin zurück, in das Berlin von 1946, in Hunger, Kälte, Armut und Trümmer. Claudio erzählte Truus von Robert Friedmann.
»... am Sonntagvormittag setzt er sich immer in seinen alten VW und fährt mit seinem Hund hinaus auf die Rieselfelder. Dort läuft er eine Stunde herum. Dann fährt er zurück in den Grunewald – er wohnt ganz in meiner Nähe – und geht zum ›Dicken Heinrich‹. Das ist eine Kneipe, und da trifft er seine Freunde, ein paar Ehepaare, eine Frau, Junggesellen. Sie sitzen um einen großen

Tisch ohne Tischtuch und trinken Bier und Steinhäger, und der Hund bekommt eine Bulette.«
»Claudio ist auch manchmal da«, sagte Robert lächelnd zu Truus. »Jetzt müßt ihr beide hinkommen, unbedingt! Versprochen?«
»Versprochen«, sagte Claudio. »Weißt du, Truus, am Sonntag, da unterhält sich Robert mit seinen Freunden, sie erzählen ihm die neuesten Witze und den letzten Skandal und was es sonst Neues gibt.«
»Das ist für mich immer wieder das Schönste von der ganzen Woche«, sagte Robert Friedmann.
»Ja, das verstehe ich«, sagte Truus.
»Sie sind eine kluge junge Dame«, sagte Robert. »Deshalb allein, wegen dieser Sonntagvormittage, wäre ich zurückgekehrt! In der Emigration habe ich immer von diesen Frühschoppen geträumt. Es gibt nichts Schöneres für mich! Man weiß doch hier in Berlin, wo man hingehört, man hat seine Freunde, man ist nicht fremd...« Er bemerkte Truus' Blick und fügte hinzu: »Ich lebe allein. Meine Frau ist tot. Sie ist zu lange in Berlin geblieben, denn sie hat geglaubt, sich von dieser Stadt überhaupt und niemals trennen zu können.«
»Die Nazis?« fragte Truus sehr leise.
Claudio nickte.
»Es ist die einzige Stadt, in der man heute noch leben kann, meine schöne junge Dame«, sagte Robert Friedmann. Er lächelte sein trauriges jüdisches Lächeln, und die Tränensäcke unter den Augen wurden noch dicker und noch dunkler.

29

Als sie in dieser Nacht endlich heimkamen, schliefen sie miteinander. Es wurde schon hell, ein leichter Wind ließ die Zweige großer Bäume gegen die Fenster des Schlafzimmers schleifen, und in der Ferne erwachte die Stadt.
Truus' Hände wühlten in Claudios Haaren, sie atmete immer hastiger.
»Ja«, keuchte sie, »ja... ja... ja...«
»Ich liebe dich, Truus!«
»Und ich dich... und ich dich... gleich... gleich... jetzt!« Truus' Körper spannte sich. »Jetzt! Ach, *Adrian*, *Adrian*...«

30

Zwei Tage lang sprachen sie kein Wort darüber.
Sie behandelten einander mit betonter Aufmerksamkeit. Am zweiten Tag, als die Zeitungen große Kritiken der ›Hamlet‹-Inszenierung brachten und ausnahmslos Claudios Leistung rühmten, hielt es Truus nicht mehr aus. Sie saßen beide im Arbeitszimmer. Es lag im ersten Stock und hatte ein großes Fenster, durch das man in einen alten Garten voller Bäume und mit sehr vielen blühenden Sträuchern und Stauden blicken konnte.
»Es tut mir so furchtbar leid«, sagte Truus.
»Was, Liebste?« fragte Claudio, der an einem Schreibtisch saß, Zeitungsberge vor sich.
Sie trat hinter ihn und legte beide Hände auf seine Schultern. Es war Nachmittag, die Sonne schien, viele Vögel sangen, und es war für einen Tag im Mai schon sehr warm, fast heiß.
»Nicht so...« Truus fühlte, wie ihre Augen naß wurden. »Du weißt genau, was ich meine. Claudio, bitte!«
Er sah zu ihr auf.
»Natürlich«, sagte er. »Verzeih.« Er zog sie auf seinen Schoß. »Ich wollte nur nicht reden darüber... nicht jetzt...«
»Wir müssen aber darüber reden, Claudio!« Über Truus' Wangen liefen Tränen. »Und zwar jetzt gleich! So... so kann das nicht weitergehen! Ich... ich liebe dich, Claudio! Wirklich und wahrhaftig, bitte, glaube mir das!«
»Ich glaube es«, sagte er und streichelte ihr Haar. »Aber leider liebst du auch Adrian.«
Truus fuhr sich mit der Hand über die Augen. »Du mußt das verstehen, Claudio...«
»Ich verstehe es.«
»Nein... nicht richtig... Ich weiß nicht einmal, ob ich selber es richtig verstehe...« Sie legte ihren Kopf an den seinen, so daß er ihr Gesicht nicht sah, und sprach über seine Schulter, stockend, mühsam: »... Adrian... er hat mir das Leben gerettet, damals in Rotterdam... Er hat mich beschützt und behütet durch all die Jahre... Groß geworden bin ich an seiner Seite... Immer konnte ich mit ihm reden... er hat alles verstanden... er hat alles verziehen... Was ich weiß, weiß ich von ihm... was ich bin, bin ich durch ihn... Verzeih mir, Claudio, verzeih... Er ist nicht mein Vater und nicht mein Geliebter, und doch liebe ich ihn wie einen Vater und wie einen Geliebten zugleich...«
»Er hat dir den Vater ersetzt, Truus«, sagte Claudio. »Es *mußte*

eine ganz ungewöhnliche Beziehung zwischen euch entstehen, das ging gar nicht anders.«
»Aber jetzt?« Truus richtete sich auf und sah Claudio an. »Aber *jetzt?* Was hat diese Beziehung angerichtet! Wird sie mein Leben ruinieren? Ich liebe dich doch, Claudio, und Adrian will heiraten!«
»Ich liebe dich ganz gewiß so sehr wie du mich. Für mich wird es niemals eine andere Frau geben, die ich heiraten würde. Aber ich will sie glücklich machen, nicht unglücklich. So wie es im Moment in dir aussieht, würdest du unglücklich werden, wenn du nun meine Frau wirst, Truus.«
»Was soll das heißen?«
»Das soll heißen, daß das Kapitel Adrian für dich in dieser Hinsicht abgeschlossen sein muß. Es darf kein Problem, keine Zerrissenheit, keine Verzweiflung oder Ratlosigkeit mehr geben, wenn wir für immer zusammenkommen wollen.«
»Und wenn das Kapitel nie abgeschlossen ist? Wenn es immer ein Problem bleibt?«
Er schüttelte den Kopf.
»Jedes Problem läßt sich lösen. Du wirst klar sehen und klar empfinden. Dann erst sollst du dich entschließen, ob du für immer zu mir kommen willst. Und kannst.«
Sie fuhr auf.
»Das heißt: Du schickst mich weg?«
»Ich schicke dich zu Adrian, damit du Gelegenheit hast, mit ihm und dir ins reine zu kommen...«
»Aber...«
»Wie lange das dauert«, sagte Claudio, »spielt keine Rolle. Ich habe dir doch gesagt, daß es für mich für ein Zusammenleben mit einer Frau keine andere gibt als dich. Ich werde dasein für dich – immer.«
Sie redeten stundenlang. Zuletzt sah Truus alles, was Claudio sagte, ein. Sie reiste am nächsten Tag ab. Claudio brachte sie zum Flughafen Tempelhof. An der Sperre, die er nicht mehr mit ihr passieren durfte, küßten sie einander.
»Geh jetzt«, sagte Claudio zuletzt. »Und denke immer daran: Ich bin da.«
Sie nickte stumm und ging schnell den Gang zu den Flugsteigen hinunter. Eine Stewardeß stand vor einer geöffneten Glastür und gab ihr die Bordkarte. Truus winkte. Auch Claudio winkte. Sie eilte die Treppe zum Flugfeldvorplatz hinab und auf ihre Maschine zu, die sie nach Frankfurt bringen sollte. Dabei sah sie noch einmal nach oben, zu den großen Scheiben der Besuchergalerie. Da war Claudio!

»Ich komme wieder!« schrie Truus.
Er hörte es nicht. Andere Passagiere neben Truus sahen sie erstaunt an.
»Ich komme wieder! Ich komme wieder!« schrie Truus. Und dachte: *Werde ich wiederkommen?*

31

Im Sommer 1951 lebten in dem von Haberland mit Hilfe der Geldspenden reicher Christen gekauften Gebiet nahe der kleinen Stadt Chandakrona bereits 378 Menschen, und fast jede Woche kamen neue arme Inder, oft von weit her, um Haberland zu bitten, sie aufzunehmen und zu taufen. Die wunderbare Geschichte von dem Stück Land, auf dem alle zu essen hatten, arbeiteten und glücklich waren, hatte sich schnell herumgesprochen.
Am 2. August 1951 sprach der Kaplan – wie täglich während der Mittagspause – auf dem Boden sitzend zu den um ihn hockenden Menschen, die er nun alle nicht nur dem Namen nach kannte, sondern auch hinsichtlich ihres Charakters, ihrer Gesundheit und ihrer sonstigen Eigenschaften. Haberland hatte mittlerweile einigermaßen den bengalischen Dialekt seiner Gemeindemitglieder erlernt. Er beherrschte ihn noch keineswegs fließend, aber er verstand vollkommen, was er hörte, und er konnte sich so ausdrükken, daß alle wußten, was er meinte. In der feuchten Hitze dieses Mittags sagte Haberland: »Ihr seht, daß immer mehr Menschen zu uns kommen. Bald wird dieses Gebiet zu klein sein. Das ist nicht meine Sorge. Wir können neues Land hinzukaufen – ich habe einen Brief aus meiner Heimat erhalten.« Briefe gab Haberland stets in Chandakrona auf, und dorthin mußte er auch wandern, wenn er Briefe erwartete – sie wurden ihm nie gebracht. Er wollte niemanden anderen schicken, es gab zuviel zu tun, und der Weg war beschwerlich. Auf dem einzigen Postamt der kleinen Stadt wurden Briefe und Zeitungen für ihn aufbewahrt, und seine Anschrift lautete: Chaplain Roman Haberland, Post Office Box 9, Chandakrona, India. Haberlands Gesicht war gebräunt, von vielen Furchen durchzogen, und sehr früh begann sein Haar zu ergrauen. Er war gesund und kräftig, er arbeitete stets mit auf den Feldern. Seine Hände sahen jetzt anders als früher aus: von Narben und Kratzern bedeckt, gerötet, die Adern traten stark hervor, und immer wieder rissen seine Fingernägel ein, auch wenn er sie ganz kurz schnitt.

Der sehr alte Mann Sackchi Dimnas, mit dem Haberland bei seinem ersten Besuch in dem Elendsquartier Manicktola gesprochen hatte, gab dem Priester täglich Unterricht in bengalischer Sprache, saß des Mittags stets neben ihm, half, wenn Haberland nach Worten suchte oder nicht verstand.
Haberland sagte: »Wir haben lange Zeit sehr hart gearbeitet, das wißt ihr besser als ich. Wir haben Gemüsekulturen angelegt, Angeln gebastelt, Pflüge und alle Arten von Geräten hergestellt, wir besitzen Gewehre, um Tiere zu schießen, wenn wir Fleisch brauchen. Keiner von euch hat Geld oder wird es bekommen, wenn wir in der Zukunft damit beginnen können, den Tee, den wir angebaut haben, zu verkaufen und die edlen Hölzer des Waldes. Das Geld, das wir erhalten werden, soll dazu dienen, Medikamente, Werkzeuge und Maschinen zu kaufen. Ihr seht also, nicht das Geld ist das Wertvolle, sondern eure Arbeit. Und nun muß ich um euren Rat bitten. Diese neuen Armen wollen hier bleiben, weil sie gehört haben, daß es schön bei uns ist. Sie wollen auch Christen werden, und zwar gleich. Was sagt ihr dazu?«
Die vor Haberland Kauernden murmelten miteinander. Der Kaplan wartete. Endlich sagte ein junges, sehr schönes Mädchen mit großen schwarzen Augen und langem schwarzem Haar, es hieß Narkanda Pharping und war Waise: »Meine Freunde und ich meinen, daß es nicht richtig ist, die neuen Gäste gleich zu taufen. Sie, Father Roman, haben uns auch nicht gleich getauft. Es hat lange Zeit gedauert, bis Sie es getan haben. Zuerst mußten wir alle sehen, daß wir uns selber ernähren konnten und eine Hütte und einen Schlafplatz hatten. Das war richtig so, Father. Denn sonst hätten wir gewiß geglaubt, daß Christus ein Gott ist, besser als alle anderen Götter, an die man in der Welt glaubt.«
Haberland, der die Schönheit dieses Mädchens von Anbeginn bewundert hatte, aber stets verlegen im Gespräch mit ihm wurde und es vor allem nicht ertrug, wenn sie ihn mit ihren brennenden Augen ansah, wie sie es jetzt tat, nickte, wandte den Kopf und blickte über die Menschen auf die großen Felder hinaus, auf denen sie Tee gepflanzt hatten.
»Narkanda hat recht«, sagte Sackchi. »Wir hätten sonst geglaubt, daß Christus uns zu essen gibt und uns kleidet und uns schützt vor Verfolgern, Dieben und Mördern, und daß er uns Häuser baut und Sicherheit gibt und Waffen. Wir hätten gewiß an Christus als an einen Gott geglaubt, der sofort für alle seine Hilfe gibt, wenn man ihn bloß verehrt. Das wäre also ein Geschäft gewesen. Wir haben aber von dir gehört, daß es nicht Christus ist, der uns ernährt und kleidet, schützt und Sicherheit gibt, denn der Christus, von dem

wir nun wissen, war selber arm und hilflos, und man hat ihn getötet. Die, die jetzt täglich kommen, wissen das nicht. Sie glauben, man muß sich nur taufen lassen – und schon ist man im Glück. Es wäre schlecht, wenn sie das glauben würden. Denn wir haben gesehen, daß es Christi Wille ist, der Mensch solle dem Menschen helfen und nicht darauf warten, daß ein Wunder geschieht, sogleich nachdem man in seinem Namen getauft worden ist.«

»So ist es, Father«, sagte das Mädchen Narkanda, und wieder suchte der Blick ihrer leidenschaftlichen Augen den seinen. »Solche Wunder geschehen nicht. Würden sie geschehen, dann wäre Christus nicht ein Gott, sondern ein Zauberer, und zu Zauberern betet man nicht. Sie sind geschickte Täuscher, und Künstler gewiß auch, aber keine Götter.«

»Ihr meint also, daß alle Neuen, die kommen, zuerst einmal wie ihr eine lange Zeit arbeiten müssen, bevor sie getauft werden?«

»Das meinen wir«, sagte Narkanda.

»Ich bin sehr froh über eure Meinung«, sagte Haberland. »Denn sie ist auch die meine.«

»Sehen Sie, Father Roman, wir denken wie Sie«, sagte Narkanda lächelnd. Sie sah Haberland immer noch an. Er wandte sich ab, denn er ertrug diesen Blick nicht länger.

32

»Liebes Brautpaar«, sagte der Standesbeamte im Rathaus der Stadt Lexington am 15. August 1951, »da ich Sie nun ordnungsgemäß nach den Gesetzen des Staates Kentucky und den allgemeinen der Vereinigten Staaten von Amerika miteinander vermählt habe, möchte ich noch einige Worte persönlicher Natur aussprechen...« In dem kleinen Saal, dessen Wände und Stühle mit dunkelrotem Stoff bedeckt waren, stand der Beamte hinter einem rot bespannten Tisch neben einer Fahne der USA und unter einem Bild des Präsidenten Harry S. Truman. Vor ihm standen Lindhout und Georgia, hinter diesen Lindhouts Trauzeuge, seine Assistentin Gabriele Holzner, und Georgias Trauzeuge, Professor Ronald Ramsay. Auf Stühlen saßen Truus und die Putzfrau Kathy Grogan. Ganz hinten im Saal wartete ein alter Mann hinter einer Hammond-Orgel. »Wie ich von Ihrer Tochter, lieber Doktor Lindhout, gehört habe, sind Sie Freimaurer. Nun, und da halte ich es für passend, noch folgendes zu sagen: Was ist Freimaurerei?

Lassen Sie mich auf diese Frage mit wenigen Zitaten aus freimaurerischen Texten antworten. Der Meister vom Stuhl, nicht wahr, Doktor Lindhout, der Vorsitzende der Loge also, fragt vor der feierlich versammelten Gemeinschaft: ›Bruder Erster Aufseher, warum nennen wir uns Freimaurer?‹ Und der Erste Aufseher antwortet: ›Weil wir als freie Männer an dem großen Bau arbeiten, Ehrwürdiger Meister.‹ Der Meister fragt weiter: ›An welchem Bau, mein Bruder?‹ Und der Erste Aufseher antwortet: ›Wir bauen den Tempel der Humanität.‹ Und der Meister fragt den Zweiten Aufseher: ›Bruder Zweiter Aufseher, welche Bausteine brauchen wir dazu?‹ Und der zweite Aufseher antwortet: ›Die Steine, deren wir bedürfen, sind die Menschen!‹ Und der Meister fragt: ›Was ist notwendig, um sie fest miteinander zu verbinden?‹ Und der Zweite Aufseher antwortet: ›Die schöne reine Menschenliebe, die Brüderlichkeit aller!‹... Soweit dieser Text.« Der Standesbeamte räusperte sich. »Es wird also symbolisch ein Tempel der Menschlichkeit gebaut. Sinnbildlich steht für ihn der Salomonische Tempel. Und gebaut wird mit Menschen als Bausteinen – der ›Rauhe Stein‹ des Alltagsmenschen soll in der Arbeit des Freimaurers zum vollkommenen Kubus werden, der sich mühelos einfügt in das Quaderwerk des Tempelbaus, denn diesen – so der Text – ›leitet Weisheit, führt Stärke aus und krönt Schönheit‹...«
Plötzlich hörte Lindhout den Standesbeamten nicht mehr, der weitersprach. Plötzlich mußte er denken: So feierliche Worte für einen Freimaurer, der niemals Freimaurer gewesen ist! Für einen Mann namens Adrian Lindhout, der niemals Adrian Lindhout gewesen ist, sondern ein Jude namens Philip de Keyser, der noch Holländer ist, obwohl er in einiger Zeit wohl die amerikanische Staatsbürgerschaft erhalten wird. Ein Jude aus Rotterdam vor einem protestantischen Standesbeamten in Lexington. Stehend neben einer schönen Frau, die er als amerikanische Militärärztin in Wien kennengelernt hat und deren Eltern aus Göttingen in die Vereinigten Staaten eingewandert sind. Hinter sich eine ebenfalls schöne, jüngere Frau, die alle Welt für seine Tochter hält, die aber niemals seine Tochter gewesen ist, sondern die Tochter seines toten Freundes Adrian Lindhout, dessen Namen er trägt. Nur Truus und ich wissen die Wahrheit. Truus... wird sie diese Wahrheit für sich behalten? Oder wird sie einmal erzählen, wer ich wirklich bin? Und wenn sie es tut – ist diese Ehe dann gültig? Gewiß nicht. Trotz aller echten falschen Papiere...
»... wollten keine kirchliche Hochzeit, sondern eine standesamtliche«, drang wieder die Stimme des Beamten an Lindhouts Ohr. »Und dennoch, so meine ich, ist sie auch eine religiöse, nämlich in

dem Sinn von ›Religion, in der alle Menschen übereinstimmen‹, wie es in Ihren ›Alten Pflichten‹ heißt...« Lindhout vernahm unterdrücktes Schluchzen und sah sich um. Es war Kathy, die weinte, Mrs. Katherine Grogan, deren braver Sohn Homer in Korea gefallen war. Kathy war seitdem sehr gealtert und ein wenig wunderlich geworden. Lindhout lächelte ihr zu. Da lächelte auch sie wieder. Der Standesbeamte hatte weitergesprochen: »... oder, der Definition der Londoner Großloge zufolge – Sie sehen, ich habe mich auf diesen Tag vorbereitet – versteht Freimaurerei sich als ein ›eigenständiges System der Moral, eingehüllt in Allegorien und erhellt durch Symbole, das lehrt, Wohltätigkeit und Wohlwollen zu üben, die Sittenreinheit zu hüten, die Bande der Familie und der Freundschaft zu achten, dem Schwachen beizustehen, den Blinden zu leiten, die Waisen zu beschützen, die Niedergetretenen zu erheben, die Regierung zu unterstützen, Tugend zu verbreiten und Wissen zu vermehren, die Menschen zu lieben und auf Glückseligkeit zu hoffen...‹« Der Standesbeamte machte eine kleine Pause. Danach sagte er: »Und da Sie doch beide Naturwissenschaftler sind, und vor allem Sie, lieber Doktor Lindhout, den großen Albert Einstein so verehren, lassen Sie mich diese kleine Rede mit einem Ausspruch Einsteins beschließen. Er lautet so: ›Wie merkwürdig ist die Situation von uns Erdenkindern! Für einen kurzen Besuch ist jeder da. Er weiß nicht wofür, aber manchmal glaubt er, es zu fühlen. Vom Standpunkt des täglichen Lebens ohne tiefere Reflexion weiß man aber: Man ist da für andere Menschen, zunächst für diejenigen, von deren Lächeln und Wohlsein das eigene Glück abhängig ist, dann aber auch für die Ungekannten, mit deren Schicksal uns ein Band des Mitfühlens verknüpft...‹ Liebes Brautpaar, dieses Füreinander-da-Sein und dieses Glück wünsche ich Ihnen von Herzen.« Der Beamte verneigte sich.

In diesem Moment setzte der alte Mann an der Hammond-Orgel ein. Er spielte – Lindhout fuhr herum – ›Till the end of time‹.

Auch Georgia war zusammengezuckt.

In Europa wäre so etwas nicht möglich, dachte Lindhout, vollkommen unmöglich wäre das in Europa. Aber hier, in Amerika...

Die Melodie ertönte weiter, wehmütig, langsam.

Lindhout sah Georgia an. Ihr Mund zuckte. Er nahm sie in die Arme und küßte sie. Danach gratulierten die beiden Zeugen, und es gab erneute Küsse und Umarmungen. Gabriele Holzner gratulierte, ebenso wie der Standesbeamte und schließlich Kathy, die wieder weinen mußte. Lindhout drückte sie an sich.

Kathy flüsterte: »Die letzte Rate ist bezahlt, Doktor Lindhout – aber

mein Mann und Homer sind tot, und ich lebe ganz allein in dem Haus. Ich bin immer so einsam, wenn ich nicht bei anderen Leuten arbeite. Am Abend ist es am schlimmsten.«
»Wir werden Sie abends oft besuchen kommen, Kathy.«
»Aber bei all Ihrer vielen Arbeit...«
»Sie haben doch genauso viel!«
Kathy sah Lindhout aus geröteten Augen an. »Ich bin ein dummes altes Weib!« sagte sie. »Wie kann ich nur zu Ihrer Hochzeit von dem Haus und meinem Mann und Homer sprechen? Ach, ich schäme mich so... manchmal ... manchmal sage ich jetzt die unsinnigsten Dinge... Seien Sie bitte nicht böse...«
»Böse?« Lindhout küßte die dicke Frau auf beide Wangen. »Ich verstehe Sie doch so gut! Und wir sind alle glücklich, daß Sie nun ständig zu uns kommen werden – das werden Sie doch, Kathy?«
»Gewiß, Doktor!«
»Gott sei Dank. Und nun fahren wir heim und feiern ordentlich!«
»Ja!«
Kathy sah Lindhout strahlend an.
»Und *ich* werde servieren!«
»Das werden Sie nicht tun, Kathy«, sagte Lindhout. »Das tue heute *ich* – keine Widerrede!«
Kathy lachte, ganz kurz und atemlos.
»*Sie* servieren! Ach, Doktor... einmal habe ich meinen armen Homer gefragt, ob er glaubt, daß die Welt besser werden wird nach dem großen Krieg. Und er hat ja gesagt, und er hat sich geirrt. Ich aber irre mich nicht, wenn ich sage: Jetzt, wo Sie beide geheiratet haben, wird sie besser werden, die Welt – für mich bestimmt!«
Und dann kam Truus. Sie umarmte Lindhout und küßte ihn.
»Alles, alles Glück, Adrian«, sagte Truus leise. »Till the end of time!«
»Du hast gebeten, daß dieses Lied gespielt wird?« fragte Georgia. Truus umarmte und küßte auch sie.
»Ja«, sagte sie. »Es ist euer Lied, das weiß ich doch. Georgia, vergib mir, was ich Böses getan habe, und laß uns Freunde werden. Du liebst Adrian, und ich liebe ihn. Du bist seine Frau, ich bin seine Tochter – nun auch deine. Wir wollen zusammenhalten wie die Mitglieder einer Familie, ja?«
Und immer weiter ertönte das Spiel der Orgel.
Georgia konnte nur nicken. Sie sah sehr blaß aus. Professor Ronald Ramsay beobachtete diese Szene aus einiger Entfernung. Er stand reglos. Sein Gesicht war ernst...
»Hier«, sagte Truus und überreichte Lindhout ein kleines Paket.
»Was ist das?«

»Pack es aus! Es soll euch beiden Glück bringen – immer!«
Lindhout entfernte ein über das Papier geschlungenes Band. Das Geschenk wurde sichtbar.
»Ach Truus«, sagte Lindhout. »Ich danke dir, mein Herz.«
»Und ich dir auch«, sagte Georgia.
Das Geschenk, nicht ganz so groß wie eine Packung Zigaretten und sehr flach, war ein goldenes Etui. Lindhout hatte es aufgeklappt. Links sah er, unter Zelluloid, eine Fotografie des Liebespaares von Chagall – jener Lithographie, die Georgias Geschenk gewesen war, vor sechs Jahren in Wien. Auf der anderen Seite waren, sehr klein, Winkelmaß und Zirkel in das Etui graviert und darunter, ebenfalls sehr klein, diese Worte:

DES MAURERS WANDELN,
ES GLEICHT DEM LEBEN,
UND SEIN BESTREBEN,
ES GLEICHT DEM HANDELN
DER MENSCHEN AUF ERDEN.

Fünftes Buch

Sich wandelnde Schauer

I

17 Uhr 03.
Lindhout blickte, aus Gedanken aufschreckend, auf seine Armbanduhr.
17 Uhr 03 am 23. Februar 1979.
Fünf Minuten waren vergangen, seit er zum letzten Mal nach der Zeit gesehen hatte. Fünf mal sechzig Sekunden nur. Die Zeit, dachte der alternde Mann mit dem wirren, grauen Haar, während er von seinem Schreibtisch auf die Berggasse hinausblickte, was gibt es Unheimlicheres als die Zeit? Er stellte sie sich plötzlich als ein Fischernetz vor. Jedes Seilstückchen, das ein kleines Quadrat dieses Netzes von einem anderen Quadrat trennte, bedeutete die Spanne Zeit, seit der diese Erde bestand und somit vielleicht eine Sekunde der Ewigkeit...
17 Uhr 03.
Dieser Kaplan Haberland...
Er hat gedroht, dachte Lindhout, er hat gesagt, er werde verhindern, daß ich abfliege, wenn ich ihn nicht empfange, er hat erklärt, er könne in dreißig Minuten bei mir sein. Verflucht, wie lange dauert das noch, bis er kommt? Lindhout dachte: Ich muß mich zusammennehmen, es sind noch keine dreißig Minuten vergangen, seit der Kaplan Haberland angerufen hat. *Wenn* es der Kaplan Haberland gewesen ist, dachte er weiter, und ihn fröstelte. In meiner Lage muß ich mit allem rechnen. Vielleicht sind die *Feinde* des Herrn Zoltan darauf gekommen, was er vorhat, und wollen das verhindern, indem sie mich umbringen? Lindhout sah die Waffe an, die vor ihm auf dem Schreibtisch lag.
Es ist wahr, dachte er, diese Pistole habe ich nun mit mir herumgetragen seit dem 14. Mai 1940, jeden Tag, wo immer ich auch gewesen bin, habe ich sie bei mir gehabt, und des Nachts lag sie unter meinem Kopfkissen, wo immer ich war. Ich bin kein besonderer Feigling, obwohl ich bestimmt auch kein besonderer Held bin. Dazu besitze ich zuviel Phantasie. Die wirklich großen, heldischen Heldenhelden sind, fürchte ich, alle idiotisch. Natürlich,

wenn viele Menschen wüßten, daß ich tatsächlich vierunddreißig Jahre lang mit dieser Pistole sozusagen gelebt habe, würden mich die meisten von ihnen für pathologisch halten. Bin ich es?
Er war es nicht.
An jenem 14. Mai 1940, an dem die Bomben deutscher Flugzeuge auf Rotterdam fielen, an dem der Jude Philip de Keyser in dem rauch- und stauberfüllten Keller des eingestürzten Hauses seines besten Freundes Adrian Lindhout stand, der da tot vor ihm lag; in jener Sekunde, in der dem Juden Philip de Keyser der Gedanke kam, daß er eine einzige Möglichkeit hatte, sein Leben vor den Deutschen und der Gestapo zu retten, die nämlich, mit seinem Freund Kleidung und Papiere zu tauschen und der Arier Adrian Lindhout zu werden; in jener Sekunde erblickte er, etwas von Lindhouts Leiche entfernt, einen dunklen Gegenstand auf dem Boden. Mechanisch hob er ihn auf. Es war eine Pistole des Modells Walther, Kaliber 7.65, die er in der Hand hielt.
Der Luftdruck mußte sie einem der Menschen hier im Keller aus der Tasche geschleudert haben, einem der vielen fremden Leute, die in diesem Keller Schutz gesucht hatten, ja, einem Fremden gewiß, denn Adrian besaß keine Waffe, das wußte Philip de Keyser, und er selber hatte auch niemals eine besessen.
Da lag sein toter Freund. Da lag die fremde Pistole. Wie einen Fingerzeig des Schicksals sah er sie in seiner Benommenheit an, als er in dem schwachen Licht entdeckte, daß diese Waffe am Griff silberne Initialen trug, ein A und ein L, schräg und kunstvoll miteinander verbunden.
A und L.
Adrian Lindhout.
Aber die Pistole hatte nicht Adrian Lindhout gehört, das war sicher! Sie hatte einem der Toten gehört, dessen Namen ebenfalls mit A und L – oder mit L und A – begannen...
Ja, das war ein Fingerzeig. Er mußte die Pistole nehmen und behalten, er durfte sie niemals weggeben oder verlieren, er mußte sie überall und stets mit sich tragen – das bedeutete dieser Fingerzeig, so dachte Philip de Keyser, ungehörigerweise nicht auch tot. Er wechselte mit Adrian Lindhout Kleidung, Ringe, Papiere, Uhr, alles. Als er den Keller dann mit der erstarrten kleinen Truus, dem Kind, das gleichfalls überlebt hatte, verließ, nachdem man ihn ausgegraben hatte, da trug der zum Arier Adrian Lindhout gewordene Jude Philip de Keyser die Pistole mit den mysteriösen Initialen in den Hosenbund geklemmt – und niemals mehr seit diesem Tage war er ohne ihren Schutz gewesen.
Ob Truus damals wohl gesehen hat, wie ich die Pistole aufgehoben

habe? überlegte Lindhout nun, neununddreißig Jahre später. Nein, befand er. Truus hat damals kaum etwas wahrgenommen. Später dann war es riskant gewesen, die Waffe in die Vereinigten Staaten einzuschmuggeln, aber es war gelungen. Und es war auch gelungen, die Pistole durch alle Kontrollen wieder aus den Vereinigten Staaten herauszuschmuggeln, als er Amerika verließ. Wenn etwas nicht existiert, dann ist es der Zufall, dachte Lindhout an jenem eisigen Nachmittag des 23. Februar 1979.
Es ist bis heute niemandem gelungen, mich zu töten, überlegte er. Man hat es versucht, vor langer Zeit schon. Ich lebe immer noch, obwohl mir so viele Menschen den Tod wünschen. Aber was diesen ›Kaplan Haberland‹ anlangt, der kommt, so wird meine Ungewißheit nachgerade unerträglich...
Lindhout stand auf, ging ins Wohnzimmer zu der Bar dort und goß sich einen großen Whisky ein. Mit dem Glas in der Hand kehrte er in den Arbeitsraum zurück. Er trank, an eine Bücherwand gelehnt. Der Whisky wärmte ihn. Erst an dem Wärmegefühl erkannte er, daß ihn fror. Nicht äußerlich, innerlich. Er war nervös. Wer immer da angerufen hat, dachte Lindhout, er hat gesagt, daß ich einen Mord begangen habe. Ich habe wirklich einen Mord begangen, dachte Lindhout und trank wieder, etwas zu hastig. Ja, ich habe einen Mord begangen, hier, in diesem Zimmer – 1945! Den Doktor Siegfried Tolleck habe ich erschossen, am Tag jenes schweren Luftangriffs. Ich hatte keine andere Wahl. Und trotzdem habe ich mein Leben lang keinen Weg gefunden, so über diese Tat zu denken, daß ich mich unschuldig fühle, völlig unschuldig. Es hat mich ein Leben lang bedrückt, ein Nazischwein erschossen zu haben, obwohl ich es tun mußte, um drei Leben zu retten, das von Truus, das von Maria Penninger und meines. Maria Penninger lebt noch immer, dachte er, und noch immer in der Boltzmanngasse 13, sie hat angerufen damals, als ich endgültig nach Wien zurückgekehrt bin, gleich nach meiner Ankunft, und sie hat mich damals eingeladen, sie sobald wie möglich zu besuchen. Was für eine wunderbare Frau! Stundenlang haben wir über Truus und Georgia gesprochen.
»Es gibt nichts auf dieser Welt, das ohne Grund und zufällig geschieht, am wenigsten das Sterben.« Dies hat sie gesagt, als wir über alles gesprochen haben, was sich ereignet hatte. Und auch dies: »Hinter allem, was geschieht, steht ein zweiter Sinn.«
Ein zweiter Sinn.
Lindhouts Gesicht verdüsterte sich. Er hob das Glas und bemerkte, daß er es ausgetrunken hatte. Vom Nebenzimmer holte er eine Flasche ›Gold Label‹ und einen Behälter mit Eiswürfeln. Er

machte sich einen neuen Drink. Kein Wasser. Nur Whisky und Eis. Ich werde noch etwas trinken müssen, bis hier etwas geschieht, und es wird etwas geschehen, dachte er, entweder mit dem richtigen Kaplan Haberland oder mit jemandem anderen, das ist gewiß. Also darf ich nicht zuviel trinken. Dieses Glas und vielleicht noch eines. Aber ohne Alkohol halte ich dieses Warten und dieses Erinnern nicht aus.
Er bemerkte, daß sich der Raum mit Schatten zu füllen begann. Die Sonne war untergegangen hinter den Hügeln des Westens. Dunkelgrün sahen die Buchrücken der Werke des Baruch de Spinoza nun aus. Lindhout, das Glas in der Hand, blickte zu der Chagall-Lithographie empor, die an einer freien Stelle der Bücherwand gegenüber hing, er sah das Liebespaar in der Mondsichel, umgeben von lauter Sicherheit...
Es muß noch kälter geworden sein, draußen, dachte Lindhout, denn er fror jetzt innerlich *und* äußerlich, und er trank wieder, den Blick auf das Bild gerichtet. Auch das ist vorbei, dachte er. Nein, es ist geblieben in der Liebe, die ich für sie hatte und immer haben werde, solange ich lebe. Es ist niemals vorbei mit einem Menschen, den man liebt, überlegte er, wobei er wiederum das Glas an den Mund führte. Du bewahrst ihn in dir, und er ist rings um dich, in den Weinbergen, in den Flüssen, in den Wolken, in allem, was wächst und blüht und gedeiht. Das Beste an einem Menschen bleibt wohl immer auf dieser Erde.
Es stimmt, dachte er, einmal habe ich sie sogar gehaßt, aber wie glücklich bin ich doch gewesen mit ihr und mit der anderen. Ich habe mehr als zwanzig glückliche Jahre gehabt, überreichlich für eines Menschen Zeit. Eigentlich bin ich eine Ausnahme oder gar ein Wunder, denn Einstein hat gesagt: ›Der Mensch hat wenig Glück.‹ Nun, ich habe *nur* Glück gehabt bis 1967. Dann hat es angefangen, von mir zu gehen, das Glück. Aber 1967 noch...

2

Nummer 9 drückte ununterbrochen auf die kleine Taste. Aus seinem Maul troff Speichel, die Augen hatten einen verschwommenen Ausdruck angenommen.
Lindhout starrte Nummer 9 an. Nummer 9 glitt plötzlich zur Seite, mit dem Rücken gegen die Glaswand des Käfigs, das Gesicht verzog sich zu einem Grinsen, der Kopf fiel nach vorn, der Körper rutschte. Nummer 9 grunzte glücklich.

»Verdammt«, sagte Lindhout. »Was ist da jetzt passiert?« Er sah Gabriele Holzner an. Helle Sonne schien in das große Laboratorium und ließ das schwarze Haar des Mädchens aufleuchten. Es war kurz vor 11 Uhr am 13. Mai 1967 und schon sehr warm, sehr warm für Mitte Mai.

»Ich weiß nicht, ich kann es mir nicht erklären, Herr Professor...« Gabriele, im weißen Kittel wie Lindhout, machte einen unglücklichen Eindruck. »Ich habe gewiß nichts falsch gemacht!« rief sie, in Erinnerung an einen folgenschweren Irrtum, der ihr vor Jahren unterlaufen war. Sie sprachen fließend Englisch miteinander. Viel war geschehen seit der Ankunft der grauäugigen, schlanken Gabriele im Jahr 1951: Sie war glücklich verheiratet mit einem jungen Schriftsteller und hatte vor zwei Jahren ihr erstes Kind, ein Mädchen, zur Welt gebracht. Bei der Hochzeit waren Lindhout und Georgia Zeugen gewesen, nach der Geburt Paten. Gabriele hatte sich ausbedungen, weiter für Lindhout arbeiten zu dürfen, der inzwischen – 1955 – amerikanischer Staatsbürger und – 1956 – Professor geworden war.

»Wer sagt, daß Sie etwas falsch gemacht haben?« Lindhout fuhr sich durch das wirre, bereits völlig ergraute Haar. »Ich habe Sie nur gefragt...«

Den Satz sprach er nicht zu Ende, denn Gabriele schrie jetzt leise auf und zeigte ganz erregt auf einen anderen der zahlreichen Käfige des Laboratoriums.

»Nummer vier!« rief sie. »Sehen Sie doch bloß, Professor! Nummer vier!«

Lindhout fluchte.

Auch Nummer 4 hatte begonnen, auf die Taste in seinem Käfig zu drücken.

Nummer 4 und Nummer 9 waren Rhesus-Affen – in allen 24 Glaskäfigen des Laboratoriums befanden sich Rhesus-Affen. Von Mäusen als Versuchstieren war Lindhout abgekommen, als es ihm 1967 zum ersten Mal geglückt war, eine wesentlich länger wirkende antagonistische Substanz herzustellen – mit einer Wirkungsdauer von achtundvierzig Stunden. Eine solche Zeit schien für die Anwendung beim süchtigen oder suchtgefährdeten Menschen noch immer kaum geeignet, aber für Lindhout war dieses AL 1051 ein Glücksfall besonderer Art gewesen, denn 1967 wollte er gerade die Suche nach medizinisch zu gebrauchenden Antagonisten abbrechen und sich wieder der Erforschung von Antischmerzmitteln zuwenden. Nach dem ersten Erfolg von 1946 hatte er einundzwanzig Jahre lang mit der Energie und Verbissenheit eines Besessenen ohne Erfolg nach einer besseren Substanz als seinem AL 203 und

seinem AL 207 gesucht, deren Wirkungsdauer als Morphinblocker lächerliche zwei Stunden betrug.
Der kleine Erfolg nach einundzwanzig Jahren eines Lebens voller Arbeit hatte Lindhout so großen Mut gemacht, daß er weiterarbeitete, und von da an mit Affen.

3

Die Versuchstiere erhielten gewöhnlich eine oder mehrere Injektionen der zu prüfenden Mittel, und zwar intravenös. Dabei blieben die Nadeln in den Venen und waren mit kleinen, einoperierten elektronischen Geräten und Behältern verbunden, die eine größere Menge des Mittels enthielten. Durch Druck auf eine zum Behälter gehörende kleine Kunststofftaste, die aus der Haut ragte, konnten die Affen sich selber weitere Dosen der Substanz injizieren, wenn ihnen danach zumute war. Das zeigten die elektronischen Geräte, zu denen auch ein kleiner Sender gehörte, auf einer Wandtafel mit Lichtzeichen an. Bei Morphin, Heroin und anderen suchterzeugenden Präparaten geschah dies selbstverständlich, und es war auch bei einigen Antischmerzmitteln geschehen, von denen man noch bis vor kurzem annahm, daß sie nicht süchtig machten.
Was Lindhout nun so entsetzte, war dies: Seine Assistentin Gabriele, die nun nicht mehr Holzner hieß, sondern Blake, und er selbst hatten alle vierundzwanzig Affen heroinsüchtig gemacht und ihnen dann die Substanz AL 1051 gespritzt, die sich also auch in den kleinen Behältern befand, weil Lindhout sehen wollte, wie lange die Wirkung tatsächlich anhielt. Nun, sie hielt tatsächlich achtundvierzig Stunden an! In dieser Zeit hatten die Tiere allesamt die bekannten Heroin-Entziehungserscheinungen bekommen, waren vor allem unruhig – aber nach dieser Zeit waren die meisten, wie Lindhout konstatierte, ruhig geworden und hatten so Zeichen der Heroinabhängigkeit erkennen lassen.
Dann war das Unfaßbare geschehen: Der Affe Nummer 9 hatte sich soeben selber 1051 gespritzt! Danach hatte es Nummer 4 getan! Innerhalb der nächsten halben Stunde, bis 11 Uhr 30 am 13. Mai 1967, betätigten viele der anderen zweiundzwanzig Versuchstiere die Tasten an ihren Armen – etwa zwei Drittel. Bei derartigen Versuchen verhielten sich nie alle Tiere gleich – nur eben immer etwa zwei Drittel.
Lindhout war auf den Gang hinausgelaufen, um Georgia zu holen, die in einem nahen Labor arbeitete. Sie hatte mitangesehen, was

geschah. Georgia machte einen seltsam abwesenden, desinteressierten Eindruck.

Zur Mittagsstunde dieses Tages saßen Georgia, Lindhout und Gabriele auf Hockern um einen Tisch in der Mitte des Laboratoriums mit seinen vierundzwanzig Affen, die sich, nach Ende der Wirkungsdauer von AL 1051, größtenteils durch Tastendruck neue Mengen dieser antagonistischen Substanz zuführten, der ersten wesentlich länger wirkenden, die Lindhout in einundzwanzig Jahren verbissener Arbeit gefunden hatte.

Es herrschte Stille.

Endlich sagte Lindhout: »Es ist euch doch klar, was das bedeutet?«

Gabriele nickte beklommen.

Georgia bewegte nicht einmal den Kopf. Sie sah die Wand an, als habe sie Lindhout nicht sprechen gehört, als sei sie überhaupt nicht anwesend. Ihr blasses Gesicht war leer, ihre Augen in rätselhafte Ferne gerichtet. Um den schönen Mund lag ein Ausdruck von Trauer, der Lindhout die Fassung nahm.

»Georgia!«

Sie fuhr zusammen.

»Was ist denn?«

»Das frage ich dich!« rief er erregt. »Was ist mit dir los? Ich merke es schon seit einiger Zeit!«

»Was merkst du?« fragte sie, nun offenbar erschrocken.

»Daß du seit einiger Zeit völlig verändert bist«, sagte Lindhout.

Gabriele stand auf und verließ den Raum.

»Unsinn«, sagte Georgia.

»Nein, kein Unsinn!« rief Lindhout. »Ich wollte schon lange mit dir darüber sprechen! Jetzt tue ich es, wir sind allein! Gabriele ist taktvollerweise hinausgegangen.« Er neigte sich über die Frau mit dem schönen kastanienbraunen Haar. »Ich liebe dich, Georgia. Verzeih mir meine Erregung und daß ich dich angeschrien habe.«

»Natürlich verzeihe ich dir«, sagte sie gleichgültig. »Es gibt gar nichts zu verzeihen, im übrigen.«

Lindhout wurde immer erregter und ratloser. Jetzt sprang er auf. »Wie du redest, Georgia! Wie du dasitzt! Wie du reagierst ...«

»Wie reagiere ich?« Sie sah ihn traurig an.

»Unverständlich«, sagte er und ging mit schnellen Schritten auf und ab. »Seit Monaten geht das schon, und es wird immer schlimmer. Du sprichst kaum noch. Zu Hause stehst du stundenlang am Fenster und schaust in den Park hinaus. Du liest keine Zeitungen mehr. Wenn Truus und ich fernsehen, gehst du schlafen und vergißt oft, gute Nacht zu sagen. Meine Arbeit interessiert dich nicht mehr! Wie war das früher! Und wie ist es jetzt? Wenn ich dich küsse, läßt du es einfach geschehen. Du selbst hast mich seit Monaten nicht mehr geküßt, nicht mehr umarmt. Du hast es nicht bemerkt: Ich bin ein paarmal in dein Schlafzimmer gekommen, weil ich dich brauchte... aber...«

»Ja«, sagte Georgia, ihn erstaunt anblickend, »aber?«

»Aber ich bin wieder gegangen.«

»Warum?«

»Du hast auf dem Rücken gelegen und die Decke angestarrt und warst in deinen Gedanken weiter von mir entfernt als der Mond.«

Sie neigte sich vor und stützte den Kopf in die Hände.

»Georgia«, sagte er beschwörend, »Georgia, waren nicht so viele Jahre eine für uns wunderbare Zeit? Haben wir einander nicht so sehr geliebt wie kein anderes Paar, das ich kenne?«

»Das tun wir doch immer noch«, sagte sie, kaum hörbar.

»*Ich* tue es!« rief er. »*Du* nicht! Was ist bloß geschehen, Georgia? Was ist aus unserer Liebe geworden? Ich kann das nicht begreifen. Fehlt dir etwas? Liebst du einen anderen Mann?«

Sie fuhr hoch.

»Nein!« rief sie heftig. Zu heftig, fand er. »Wie kannst du so etwas fragen?« Sie brach in Tränen aus. »Entschuldige, ich... Mir... Ich fühle mich nicht sehr gut heute, ich muß mich ein bißchen hinlegen...« Und sie verließ das Labor. Die Tür fiel hinter ihr zu.

Lindhout hockte sich auf eine Tischecke und starrte den nun schlafenden Affen Nummer 9 an. Er fühlte sich unfähig, einen einzigen klaren Gedanken zu fassen.

4

»Nachmittag um 16 Uhr 52 hat Nummer neun wieder die Taste gedrückt«, sagte Lindhout. »Knapp danach viele andere Tiere. Um 20 Uhr 12 ist das wieder geschehen. Georgia bleibt bis Mitternacht, dann fahre ich in das Labor zurück. Aber man kann jetzt schon mit Sicherheit sagen, daß AL 1051 *süchtig* macht.« Er lächelte verzagt.

Es war zehn Uhr abends.

Sie saßen einander in dem großen Wohnzimmer des Hauses am Beaumont Park gegenüber – Truus und er. Truus trug Blue Jeans und ein bunt gewürfeltes Hemd, keine Schuhe oder Strümpfe. Das blonde Haar fiel ihr in weichen Wellen auf die Schultern, lange Wimpern lagen über den blauen Augen. Truus war nun zweiunddreißig Jahre alt, eine junge Frau, deren Brüste, schmale Hüften

und lange Beine sich deutlich unter Hemd und Hosen abzeichneten. Truus hatte in Harvard Philosophie studiert. Jetzt unterrichtete sie bereits an der Universität von Lexington. Ihr Blick ruhte sorgenvoll auf Lindhout, der, gleichfalls nur mit Hemd und Hose bekleidet, die Knie angezogen und die Unterschenkel an den Leib gedrückt, in der Ecke eines großen Diwans saß. Die Nacht war warm, die Fenster zum Park standen offen.
Truus sagte mit großem Nachdruck: »*Ein Mittel gegen die Sucht, das selber süchtig macht*...«
»Ja!« Lindhout biß auf das Mundstück einer Pfeife, die er in der Hand hielt. Er hatte sie mit Tabak gefüllt, diesen jedoch nicht angezündet. Er war vollkommen abwesend, schien es Truus.
»Aber das ist doch verrückt!«
»Natürlich ist es verrückt! Diese ganze gottverfluchte Antagonistengeschichte ist verrückt!«
Sie kam zu ihm und setzte sich auf den Diwan, sehr eng neben ihn. Als sie einen Arm um seine Schulter legte, konnte er durch das Hemd ihre Brust spüren und den Druck ihres Schenkels gegen den seinen. Es erregte oder verärgerte ihn nicht. Er nahm ohne jedes Gefühl zur Kenntnis, daß er den jungen festen Körper einer jungen, schönen Frau fühlte, als wäre sie nackt.
»Ich habe«, sagte er, ohne sich zu bewegen, »nach Antischmerzmitteln gesucht, die nicht süchtig machen. Zusammen mit deinem Vater noch, Truus. In Paris habe ich angefangen. Bei Professor Ronnier, 1932...« Es kam ihm plötzlich zu Bewußtsein, daß er dreiundfünfzig Jahre alt war. Und Truus zweiunddreißig. Sie hätte seine Frau sein können! Er wollte aufstehen, um der Berührung mit ihr zu entgehen, doch bevor er es tat, hatte sich Truus schon erhoben. Sie stand vor ihm. Das Hemd war unter den Brüsten zusammengeknotet und ließ ein Stück der gebräunten Haut über dem Magen frei. Lindhout sprach weiter: »... in Rotterdam habe ich mit deinem Vater gearbeitet. Dann ist das Unglück geschehen. Dein Vater war tot, deine Mutter, meine Frau. Ich bin nach Berlin gerufen worden. Ich *habe* ein schmerzstillendes Mittel gefunden, das *nicht* süchtig macht. Deshalb haben die Nazis mir jede Möglichkeit gegeben, weiterzuarbeiten – zuletzt in Wien. Als die Russen kamen, haben wir festgestellt, daß dieses Antischmerzmittel – mein Gott, AL 207 war es, jetzt stehen wir bei AL 1051! – daß dieses Antischmerzmittel ein *Antagonist* ist, also ein Antisuchtmittel, wenn auch nur eines mit sehr kurzer Wirkungsdauer. 1932 bis 1967... Wie viele Jahre sind das? Fünfunddreißig! Wo stehe ich nach fünfunddreißig Jahren Leben und Arbeit? Dort, wo ich vor fünfunddreißig Jahren gestanden habe.«

»Das stimmt nicht!« protestierte Truus heftig. »Du hast ein Antischmerzmittel gefunden, das die Wirkung von Morphin hat und *nicht* süchtig macht und *keine* Nebenerscheinungen aufweist und schon so vielen Menschen geholfen hat!«
»Ja«, sagte Lindhout. »Und *wann?* Wann habe ich dieses Mittel gefunden? Noch während des Krieges! 1941, in Berlin! Also vor sechsundzwanzig Jahren! Und jetzt habe ich einen länger wirkenden Suchtblocker, der selber süchtig macht. Das ist doch grotesk!«
»Das ist überhaupt nicht grotesk!« Truus hob die Stimme. »Das ist phantastisch! Das zeigt doch, daß es solche länger wirkenden Mittel gibt, daß man sie nur finden muß! Du *wirst* einen Antagonisten finden, der einen Monat lang wirkt, zwei Monate, drei Monate! Und der *nicht* süchtig macht. Du wirst das Mittel finden, das der Pest der Morphinsucht und anderen Süchten ein Ende bereitet!«
»Ja, mit einer Niederlage nach der anderen.«
Truus sagte: »›Der Sieg ist eine Kette von Niederlagen.‹ Das habe ich bei Mao Tse-tung gelesen.«
»Kann sein.« Lindhout senkte den Kopf. »Aber es gilt nicht für mich.«
»Warum nicht?«
»Weil mir Niederlagen genauso gleichgültig sind wie ein Sieg. Weil ich nicht mehr kann. Ich suche nicht mehr weiter. Ich breche meine Arbeit ab...«
Truus ließ sich vor ihm in die Knie fallen. Wieder war ihr Körper nah, so nah, er roch ihr Parfüm, den Duft ihrer Jugend, ihres Haares, ihres Körpers...
»Das darfst du nicht!« rief Truus.
»Wer will es mir verbieten?«
»Aber warum? Warum, Adrian, warum?«
Er sah sie an. Eine Tischlampe mit einem honigfarbenen Schirm verbreitete mildes Licht.
»Georgia betrügt mich«, sagte Adrian Lindhout. Und dann erzählte er Truus alles, was ihn so sehr bedrückte.

5

Endlich schwieg er. Lange war es still. An einer der Wände hing im Schatten der Chagall...
Truus sagte: »Ich glaube nicht, daß Georgia dich betrügt, Adrian. Ich sage nicht: Ich weiß es. Denn das weißt du selber nicht mit Bestimmtheit. Wie sollte ich es dann wissen, die ich euch so wenig

sehe. Ich glaube es nicht, sage ich dir. Du bist unglücklich. Und ich sage dir: Sei nicht unglücklich, denn das, was dich unglücklich macht, existiert entweder überhaupt nicht, oder es wird nie existieren, oder es existiert noch nicht. Ich will philosophisch versuchen, dir deine Angst und dein Unglück zu nehmen. Es gibt, das weißt du, einiges, das uns mehr quält, als es sollte, anderes, das uns eher quält, als es sollte, und vieles, das uns überhaupt nicht quälen sollte.«

»Aber du mußt doch bemerkt haben, Truus, daß Georgia sich schon rein äußerlich seit Monaten verändert hat. Sie lacht nicht mehr soviel – wenn sie überhaupt noch lacht. Sie spricht wenig und meistens nur, wenn man sie fragt. Sie interessiert sich nicht mehr für das, was ich tue und was sie stets am meisten interessiert hat. Sie sitzt stundenlang da und tut gar nichts und reagiert auf gar nichts.«

»Ich sage doch, ich sehe euch viel zu wenig, als daß ich...«

»An den Wochenenden siehst du uns, Truus! Siehst du Georgia! Stimmt es, daß sie dann oft völlig abwesend ist und nicht reagiert oder spricht, wenn sie nicht überhaupt in ihr Zimmer geht?«

Truus zögerte.

»Stimmt das?«

»Es stimmt«, sagte Truus betreten.

»Und das ist nicht alles! Wir... wir haben nicht ein einziges Mal in den letzten Monaten miteinander geschlafen!« Truus sah Lindhout betroffen an. »Ich weiß, ich rede unverantwortlich mit dir...« Er fuhr sich über die Stirn. »Aber du bist doch der einzige Mensch, mit dem ich reden kann, Truus! Ich kenne dich seit deiner Geburt! Du bist nicht meine Tochter, aber du bist meine Vertraute, jetzt mußt du es sein...«

»Schon gut«, sagte Truus. »Du wirst mir keinen seelischen Schaden zufügen, wenn du so mit mir sprichst. Im Gegenteil, ich bin sehr glücklich darüber, daß du soviel Vertrauen zu mir hast, Adrian. Eure sexuellen Beziehungen sind also gestört...«

»Nicht durch meine Schuld!«

»Wer weiß das? Frauen sind kompliziert. Vielleicht hast du etwas getan, was bei Georgia irgendeine Hemmung ausgelöst hat...«

»*Ich* bestimmt nicht!« Adrian vergaß völlig, daß er mit einer schönen jungen Frau, die nicht seine Tochter war, über Georgia wie mit einem Psychiater sprach. »Früher war *sie* es, die stets aktiv wurde... Wir schliefen sehr viel miteinander, immer... Alles war in Ordnung... Nun hat sie angeblich dauernd Kopfweh... ist müde... nicht in Stimmung... keine Maschine...«

»Was?«

»Sie ist keine Maschine! Das hat sie gesagt! ›Entschuldige, Adrian, aber ich bin keine Maschine, die du einschalten und benützen kannst, wenn es dir paßt!‹« Truus sah ihn gespannt an. Er wiederholte weiter, was Georgia gesagt hatte: »›... ich bin wirklich nicht dazu aufgelegt... Die Arbeit in der Klinik wird immer ärger... Es tut mir leid, aber abends habe ich einfach keine Kraft mehr... schon gar nicht dazu!‹« Lindhout schwieg eine Weile. Dann sagte er voller Bitterkeit: »Und so weiter, und so weiter.«
»Kennst du Frauen wirklich so schlecht?« Truus hob die Brauen. »Alles kann durchaus wahr sein, was sie sagt – und mehr! Frauen haben Zeiten, in denen ist ihnen der Gedanke, mit einem Mann zu schlafen, einfach widerlich...«
»Widerlich, mit mir zu schlafen?«
»Das habe ich nicht gesagt! Widerlich überhaupt. So etwas kann viele Ursachen haben... Stress... Hormonspiegelstörungen... Alter...« Truus zuckte zusammen. »Georgia ist natürlich noch nicht so alt, daß das Klimakterium... obwohl auch dieses manchmal vorzeitig einsetzt...«
»Das ist Quatsch mit dem Klimakterium«, sagte Lindhout. »Du kennst Georgia nicht wie ich... Erstens ist sie wirklich noch zu jung... Und zweitens war sie immer sehr... leidenschaftlich... Wenn etwas nicht stimmte mit ihrem Hormonhaushalt – sie ist schließlich Ärztin –, ... so, wie sie veranlagt ist, wäre sie die erste, die da Abhilfe schaffen würde...« Großer Gott, dachte Lindhout, was rede ich da? Er fühlte, daß ihm heiß wurde.
Truus sagte: »Hör zu, du und sie, ihr seid beide außerordentlich sensible Menschen. Ich brauche dir nichts über die Psyche von außerordentlich sensiblen Menschen zu erzählen. Die Wahrheit ist: Du bist entsetzlich enttäuscht darüber, was soeben mit diesem AL 1051 passiert ist. Du bist gereizt, traurig, siehst alles in den schwärzesten Farben – und weil du dir das nicht eingestehen willst, suchst du einen anderen Grund für deinen Zustand. Du hast ihn schon gefunden: Georgia betrügt dich!«
»Das ist nicht wahr, ich kann sehr wohl unterscheiden...«
»Nein«, sagte Truus, »das kannst du eben nicht. Ich kenne dich – länger als Georgia. Ich weiß, wie verletzlich du bist, wie sehr du zum Pessimismus neigst, dazu, alle Dinge von ihrer schlimmsten Seite her zu sehen...«
Wer ist das, der da spricht? dachte Lindhout. Truus ist das. Truus, die ich als kleines Kind behütet habe, Truus, die immer ›Schwedische Weihnachten‹ feiern wollte, am liebsten ›Pu der Bär‹ las und damals in Wien, bei Frau Penninger, fragte: ›Ist der liebe Gott eigentlich protestantisch oder evangelisch?‹ Das ist Truus, die eben

ganz sachlich sagt: »Du bist ein Mann, Adrian, der immer entweder vom Gegenwärtigen oder vom Zukünftigen gequält worden ist!«

Er dachte: Truus sagt das. Truus, die ich noch vor mir sehe, wie sie mit leuchtenden Augen die Weihnachtspyramide mit den goldenen Blechengeln und den Glöckchen bewundert. Das sagt Truus? Das Leben... Wie schnell ist es vergangen!

»... du denkst, das weiß ich, so: Auch wenn das Gegenwärtige in Ordnung ist, für heute hat es nichts auf sich, aber ›es‹ wird kommen... ›es‹... egal was, Krieg, Untergang, daß Georgia dich betrügt... du brauchst einfach Sorgen! Du bist so weit, daß du denkst, dieses ›es‹ ist schon geschehen! Und das völlig grundlos!« Truus runzelte die Stirn. »Ich weiß nicht, wie es kommt, daß das Grundlose dich – nicht nur dich, alle Menschen deiner Art – mehr bestürzt und unglücklich macht als das Nicht-Grundlose. Vermutlich ist es so: Das Wahre kann man in seiner Größe und Schwere messen und beurteilen. Du bist, entschuldige, lieber Adrian, nach diesen vielen Jahren, in denen du an deinen Antagonisten gearbeitet hast, anders als früher. Du bist – übertrieben gesagt – nur glücklich, wenn du unglücklich bist! Wenn nichts da ist, worüber du unglücklich sein könntest, dann suchst du dir eben etwas. Du bist unglücklich über die Erfolglosigkeit deiner Arbeit, die dich gefangenhält, die du nie aufgeben wirst, weil du das nicht kannst! Weil du ein Besessener bist! Soweit ist alles klar. Jetzt hast du nach einer Sache gesucht – nicht bewußt, unbewußt natürlich –, die nichts mit deiner Arbeit zu tun hat, weil du diese Arbeit liebst, weil sie dein Leben ist, nach einer Sache, derentwegen du mit Recht unglücklich sein kannst. Du willst unglücklich sein! A tout prix! Es ärgert dich, daß berufliche Rückschläge dich deprimieren. Du mußt einen anderen Grund vor dir selber haben. Bitte: Georgia! Sie betrügt dich! Sie liebt einen anderen! Sie schläft mit einem anderen – und deshalb nicht mehr mit dir! Das redest du dir ein! Wahr ist daran nichts! Aber du brauchst diese Angst, dieses Unglück!« Er sah sie an, als hätte er sie noch nie gesehen. In seinem Kopf drehten sich wirre Gedanken. Er hörte Truus sprechen: »Wenn du alles fürchtest, was man nur fürchten kann, dann entziehst du dir selbst den Boden unter den Füßen, dann erreichst du am Ende einen Zustand, in dem du sagst: Mein Leben hat keinen Sinn!«

Mit großen Augen starrte er sie an, als er erwiderte: »Und wenn du also recht hast mit deiner Analyse meines Charakters – was soll ich dann tun?«

»Dich zusammennehmen, Adrian! Klug sein! Sonst gehst du

kaputt!« Truus setzte sich auf die Diwanlehne und schmiegte sich an ihn. »Hör zu: Von allem, wovor wir Angst haben, ist nichts so gewiß, daß es nicht noch gewisser wäre, das, wovor wir Angst haben, bestünde gar nicht! Selbst wenn du glaubst, Beweise für die Berechtigung deiner Angst zu haben – du hoffst ja geradezu, daß zu deiner Arbeitsmisere nun auch noch eine ungetreue Georgia kommt –, selbst dann dränge diese angeblich berechtigte Angst durch Hoffnung zurück.«

»Ja, Frau Doktor«, sagte er. Und wieder empfand er den süßen Duft ihres Körpers.

»Mach dich nicht lustig über mich, Adrian. Das ist eine ›deformation professionnelle‹, die mich so sprechen läßt. Prüfe alles ganz genau, die Hoffnung und die Furcht, sooft etwas unsicher ist – wie jetzt zum Beispiel, in deinen Gedanken jedenfalls. Selbst wenn du glaubst, mehr Gründe zu haben für die Furcht, zwinge dich, ja, zwinge dich, an das Gute zu glauben! Es steht fest, daß der größere Teil der Menschen – und zu diesem Teil gehörst du ja, Adrian, ja! – sich sein Leben lang ängstigt, wenn weder etwas Schlimmes da ist noch zu erwarten steht. Denn niemand leistet sich selbst Widerstand – schau dich an –, wenn er einmal angefangen hat, in Aufregung zu geraten, noch führt er seine Angst auf die Wahrheit zurück...«

Lindhout senkte den Kopf.

»Wahrscheinlich hast du recht. Ich bin ein nervöses Wrack...«

»Es ist spät geworden. Fahr in die Klinik und löse Georgia ab. Und glaube mir! Niemand kennt dich so lange wie ich!«

Er stand auf. Auch Truus erhob sich.

Dabei berührten sich ihre Körper.

Er fühlte ein Erschauern.

»Danke«, sagte er. »Du hast mir sehr geholfen, Truus. Mein Gott, wie erwachsen bist du!« Er drückte einen Kuß auf ihre Stirn. »Danke noch einmal!«

»Hör schon auf«, sagte sie. »Mit mir kannst du immer alles besprechen, das weißt du doch. So lange sind wir nun schon zusammen. Du wirst deinen brauchbaren Antagonisten finden, glaub's mir!« Sie küßte ihn auf die Wange. »Und wenn dich etwas bedrückt, kommst du immer zu mir.«

»Ja, Truus«, sagte Lindhout.

Als er fünf Minuten später in den Wagen stieg und langsam auf den Tearose Drive hinausfuhr, stand Truus an einem Fenster und sah ihm mit einem seltsamen Lächeln nach. Aber das wußte er nicht.

6

Die Straßen lagen verlassen. Es duftete nach Jasmin. Was für ein wunderbares Mädchen ist Truus, dachte Lindhout. Wie klug, wie liebevoll besorgt. Ganz bestimmt betrügt Georgia mich nicht!
Er bog in die Harrodsburg-Schnellstraße ein, drehte das Seitenfenster des Wagens herab und fühlte, wie der Nachtwind mit Wucht sein Gesicht traf. Bei der State Street war die Schnellstraße zu Ende. Lindhout ging mit dem Tempo herunter. Gleich darauf erreichte er das Institut. Einige Fenster waren erleuchtet, aber die Gänge lagen verlassen. Lindhouts Schritte hallten. Er kam zu dem Raum mit den Affen. Zu seinem Erstaunen brannte hier kein Licht.
»Georgia!« rief er.
Keine Antwort.
»Georgia! Georgia... Wo bist du?«
Was ist geschehen, dachte er sofort wieder, äußerst beunruhigt. Ist also doch wahr, was ich glaube? Ist Georgia fortgegangen, weil sie annahm, daß ich nicht vor Mitternacht kommen würde? Ist sie womöglich...
In einem Nebenraum flammte Licht auf. Er sah zu der geöffneten Tür. Da stand Georgia. Vollkommen nackt. Langsam kam sie auf ihn zu. Er starrte sie an. Im Gegenschein konnte er ihr Gesicht nicht erkennen. Sie legte sich auf den großen Tisch des Labors, hob die Beine an und breitete die Arme weit aus.
»Komm«, sagte Georgia, und ihre Stimme klang erregt. »Komm, Adrian...«
Sie liebten sich auf dem Tisch mit solcher Raserei, daß Lindhout das Blut in seinen Schläfen pochen hörte wie schwere Hämmer. Gemeinsam erreichten sie den Höhepunkt. Georgia schrie. Ihr Kopf flog hin und her. Und er sah ihren schönen Körper, er fühlte ihre Arme, die ihn zu sich herabzogen. Sie küßten einander. Georgias Zähne gruben sich in seine Lippe. Er spürte Blut, warm und bittersüß. So blieben sie Liebende – mehr als eine Stunde lang. Zuletzt glitt Georgia vom Tisch.
Georgia sagte: »Danke, Adrian.«
»Danke wofür?«
»Dafür, daß du mich so sehr liebst, immer noch wie beim ersten Mal.«
»Und du mich«, sagte er, ein Mann in Trance.
»Mehr«, sagte Georgia, »ich liebe dich mehr, viel mehr als damals... für alles.« Auf bloßen Füßen ging sie in den Neben-

raum. »Wir werden uns immer lieben«, sagte sie dabei. »Till the end of time.«
In einem nahen Badezimmer hörte er Wasser rauschen. Schwer benommen, lehnte er sich gegen eine Wand. Vor Stunden noch habe ich geglaubt, Georgia betrügt mich, dachte er. Und nun... Die Tiere in den Käfigen schliefen – es war ganz still. Draußen rauschte der Wind in den Ästen der Bäume. Truus hat recht gehabt, dachte Lindhout. Ich werde weiterarbeiten... bis zu meinem Tode... und bis zu unserem Tode werden wir einander lieben, Georgia und ich...
Er schrak auf, als das elektrische Licht aufflammte. Vor ihm stand, vollkommen angezogen, Georgia. Sie trat zu ihm, ein Papier in der Hand, sie rückte an ihrer Brille.
»Was ist das?« fragte Lindhout.
»Die Tabelle. Zwei Drittel der Affen haben wieder durch Tastendruck Selbst-Injektionen gemacht«, sagte Georgia. »Hier stehen die genauen Zeiten für jedes Tier... Es tut mir so leid.«
»Wieso?« Er lachte. »Vielleicht macht AL 1052 nicht süchtig und ist zweiundsiebzig Stunden lang wirksam als Antagonist!« Er umarmte sie. »Fahr heim«, sagte er. »Es ist spät. Paß auf dich auf.«
»Und du auf dich, Adrian«, sagte Georgia. »Wenn dir vor mir etwas zustößt, bringe ich mich um.«
»Was ist das für ein...«, begann er, aber sie war schon gegangen. Er starrte die Zahlen auf der Tabelle an, dann wanderte er, nackt, von Käfig zu Käfig. Er hörte, wie unten auf dem Parkplatz ein Autoschlag zufiel. Georgia, dachte er. Aber kein Motor wurde gestartet. Es blieb alles ganz still. Er war erstaunt. Vielleicht ruht sie sich ein paar Minuten aus, dachte er. Als nach zehn Minuten immer noch kein Motor zu hören war, wurde er unruhig. Er eilte in das Badezimmer, danach zog er sich voll Eile an und lief die Treppen zum Ausgang hinunter. Im Schein einer Laterne sah er Georgias Wagen, sah er, daß ihr Kopf auf dem Lenkrad lag, das sie mit beiden Händen umklammerte.
Er erschrak. War ihr etwas geschehen? Dann beruhigte er sich wieder. Sie schläft, dachte er. Leise ging er zum Auto hinüber. Er wollte Georgias Namen nennen, als er neuerlich erschrak. Er sah, daß ihr Körper sich bewegte, heftig und stetig. Was war das? Dann sah er, was das war: Georgia weinte. Sie weinte heftig, er hörte ihr Schluchzen. Sie, die eben noch in seinen Armen gewesen war, keuchend vor Lust, saß nun da und weinte schrecklich.
Lindhout erstarrte.
Er wollte den Schlag öffnen, um Georgia zu fragen, was sie so erschüttert habe, aber er wagte es nicht. Lange Zeit stand er neben

ihr und hörte sie schluchzen, wie jemand, der eben erfahren hat, daß der liebste Mensch, den er auf Erden hat, gestorben ist. Warum weinte Georgia? Warum?
Sie legte den Kopf etwas seitlich. Schnell trat er zurück, setzte sich auf eine Bank unter einem alten Baum hinter dem Wagen und wartete. Und während er wartete, daß Georgia aufhörte zu weinen, beschlich ihn von neuem Argwohn, Angst, Verzweiflung. Was hatte Truus gesagt? Er verstünde nichts von Frauen oder so ähnlich? Hatte er mit seinem Mißtrauen doch recht? Doch, doch, doch? Hielten die beiden zusammen – gegen ihn? Hatten sie ein Geheimnis? Dann plötzlich, nach einer halben Stunde, sprang der Motor an, die Scheinwerfer blendeten auf, und Georgia fuhr schnell aus dem Parkplatz auf die Straße hinaus.
Plötzlich völlig kraftlos, sank er auf der Bank zusammen. Ein einziger Gedanke kreiste in seinem Kopf: Was soll das alles bedeuten?
Die Nacht war warm.
Lindhout saß eine Stunde lang auf der Bank.
Dann erhob er sich und ging, schwankend wie ein Betrunkener, in das Institut zurück, zu den Affen. Er hockte sich auf eine Tischecke, ließ die Beine baumeln, und nun war da ein anderer Gedanke in seinem Kopf: Was soll ich tun? Was kann ich tun? Was muß ich tun…?
Erst als der Morgen graute, hatte er sich zu einem Entschluß durchgerungen. Er wußte, was er nun tun sollte, tun mußte. Er tat es mit Abscheu, aber es gab keinen anderen Weg. Lindhout stand auf, blätterte im Branchenverzeichnis des Telefonbuchs, fand, was er suchte, notierte einen Namen, eine Adresse und die Telefonnummer einer Privatdetektei.

7

»Gott, Dir ist es eigen, allzeit Erbarmen und Schonung zu üben; darum flehen wir in Demut zu Dir für die Seele Deiner Dienerin, die Du heute aus der Welt hast scheiden lassen…«, betete Kaplan Haberland, vor einem offenen Grab stehend, umgeben von vielen Menschen. Solches geschah am 25. August 1954 in dem neuen ›Gottesstaat‹, den Haberland mit den Ärmsten der Armen auf einem Gebiet nahe der Kleinstadt Chandakrona errichtet hatte. Das dem Indischen Staat ursprünglich abgekaufte Gebiet war mittlerweile durch neue Landkäufe um ein Vielfaches größer geworden. Und die Zahl von 221 Menschen, die Haberland im September 1950 folgten, erschien gering gegenüber den 3814, die inzwischen hier seßhaft geworden waren. Alle Felder brachten Gemüse und Früchte vielerlei Art, insbesondere aber Tee. Sehr viele sorgfältig gepflegte Sträucher waren fast eineinhalb Meter hoch. Gesät hatte man die Samen sogleich nach Gründung des ›Gottesstaates‹. Nun konnte man bereits ernten, und zwar das ganze Jahr hindurch. Im Abstand von acht bis zehn Tagen wurden Knospen und die nachfolgenden zwei bis drei Blätter rund um die Knospen abgenommen.

Eine englische Gesellschaft mit Sitz in Kalkutta kaufte die Ernte. Eine andere kaufte die edlen Hölzer der Bäume, die im Wald geschlagen wurden. Es ging den Menschen, die hier ein neues Zuhause gefunden hatten, gut, und sie waren glücklich, sie lachten und sangen bei der Arbeit...

Haberland sprach an dem offenen Grab des kleinen Friedhofs am Rande der Siedlung, wo bereits elf Tote begraben lagen, unter ihnen der alte Sackchi Dimnas, der als erster mit Haberland gesprochen und als Dolmetscher gedient hatte, als der Kaplan nach Manicktola gekommen war. Ein glückliches Ende hatte Sackchi gehabt.

Er war an jenem Tag auf die Felder hinausgegangen, an dem die ersten zarten Sprossen der nun so mächtigen Teesträucher das Erdreich durchbrochen hatten.

»Die schönste Stunde meines Lebens«, hatte er zu Haberland gesagt. In der folgenden Nacht war er im Schlaf gestorben. Am Morgen fand man ihn. Noch im Tode lächelte er. Herzversagen, konstatierte der Arzt aus Chandakrona, der nun regelmäßig kam. Dieser Arzt stand neben Haberland.

»... übergib Deine Dienerin Narkanda Pharping nicht den Händen des Feindes und vergiß sie nicht für immer, lasse die heiligen Engel ihr entgegeneilen und sie zur Heimat des Paradieses geleiten...«

Es war ein besonders heißer Tag. Schweiß stand Haberland in großen Tropfen auf der Stirn, und er fühlte sich sehr elend. Das ist das falsche Gebet und das falsche Begräbnis für eine Selbstmörderin, dachte er, anfangs beklommen, dann aber trotzig: Sie war keine Selbstmörderin, wie es andere sind, sie ist aus Liebe gestorben! Während er weitersprach, erinnerte er sich an jenes schöne, schwarzhaarige Mädchen mit den brennenden schwarzen Augen, das ihn von Anbeginn wie einen Gott verehrt hatte. Nein, dachte er, nicht wie Gott, wie einen Mann...

»Sie hat ja auf Dich gehofft und an Dich geglaubt; drum möge sie nicht die Qualen der Hölle erleiden, sondern die ewigen Freuden genießen; durch unseren Herrn...«

Hat sie an Gott geglaubt? dachte Haberland, und sein Kopf schmerzte. Nur seinetwegen? Oder glaubte sie überhaupt nur an ihn, an Haberland? Wie hat sie diese lange Zeit wohl zugebracht, überlegte der Kaplan, betend und aus dem ersten Brief des Apostels Paulus an die Thessaloniker vorlesend. Immer ist sie in meiner Nähe gewesen. Jeden Dienst hat sie mir erwiesen, ungebeten, ungefragt. Und immer war da der verzweifelte Blick ihrer glühenden Augen. Wie hat sie all diese Jahre überleben können?

»... wir wollen euch nicht in Unkenntnis lassen über die Entschlafenen, damit ihr nicht trauert wie die anderen, die keine Hoffnung haben...«

Sie ist nicht ›entschlafen‹, dachte Haberland, und alle wissen das. Doch wer ist da, der trauert um Narkanda, wer? Wie oft habe ich mit ihr gesprochen? So wenig wie möglich. In meiner Nähe gewesen ist Narkanda – wohin immer ich gegangen bin, wenn ich in meiner Hütte las, wenn ich auf dem Feld war. Sie hat gelitten, gewiß, aber sie hat geschwiegen und nicht von ihrem Elend gesprochen und nicht von ihrer Liebe zu mir. Bis gestern, bis zu diesem Donnerstag im August 1955...

Es war schon dunkel, und Haberland hatte beim Schein einer Petroleumlampe Briefe nach Europa geschrieben, als sie, ohne anzuklopfen, hereingekommen war in seine Hütte.

»Was ist, Narkanda?« fragte er.

»Ich liebe Sie, Father«, sagte Narkanda.

»Du weißt, daß ich ein Priester bin.«

»Das weiß ich. Trotzdem, was soll ich tun?«

»Du mußt gehen. Du darfst nie mehr in meine Hütte kommen. Du darfst mir nie mehr sagen, daß du mich liebst.«

»Dann muß ich sterben«, sagte Narkanda.

8

Haberland sah das schöne Mädchen an, über dessen Gesicht Tränen liefen. Er legte die Feder fort und sagte: »Setz dich. Ich werde dir etwas erzählen, was du wissen mußt...«

Sie kauerte sich auf seine niedrige Bettstatt. Haberland sagte: »Du weißt, ich komme von weit her. Als ich noch sehr jung war, siebzehn Jahre wohl oder ein wenig mehr, jedenfalls ging ich zur Schule in Wien, dieser Stadt in Österreich, von der ich euch allen

Fotografien gezeigt und erzählt habe, da begegnete mir eine Frau, die sah aus, wie du aussiehst, Narkanda...« Seine Stimme versagte. Er räusperte sich. »Genauso schön... mit den gleichen Augen, dem gleichen Haar und dem gleichen Lächeln. Sie war die Frau, die aus mir einen Mann gemacht hat.«

»Aber gerade sagten Sie, ein Priester...«

»Damals war ich noch nicht Priester! Ich wußte noch nicht einmal, daß ich Priester werden würde. Sie war verheiratet, diese Frau, aber sie ließ sich eben scheiden, verstehst du?« Narkanda nickte. Draußen in dem kleinen Sumpf, der ausgetrocknet war, quakten Frösche.

Haberland stützte den Kopf in eine Hand, während er weitersprach und ihn die Erinnerung an jene Zeit wieder einmal überkam, gefangennahm, allem entrückte. Tiefer und tiefer glitt er dabei aus der Gegenwart...

Ellen hieß jene Frau. Sie war älter als er, ein paar Jahre nur. Da man die Scheidung noch nicht ausgesprochen hatte, mußten sie einander stets heimlich treffen – in den Wohnungen seiner Schulfreunde, in den Wohnungen ihrer Freundinnen, in der Villa in Hietzing, wenn ihr Mann verreist war, oder weit draußen im Freien, am Rande des Wienerwaldes.

Er selbst, der Bauernsohn aus der Nähe von Salzburg, besaß kein eigenes Zimmer, er wohnte in einem Heim nahe der Schule. Darum war die Zeit des Winters besonders schwierig für ihn und Ellen, darum sehnten sie so den neuen Sommer herbei. Sie liebten sich gleichermaßen, keiner liebte mehr, keiner weniger. Aber Ellen war eben doch älter und erfahrener in den Dingen des Lebens. Haberland sprach stets von Heirat. Ellen nickte dann und küßte ihn, aber sie selbst sprach nie von einer solchen Verbindung. Und so fand er, nachdem die Scheidung ausgesprochen war, etwa ein halbes Jahr später, Ellen nicht vor, als er in die Wohnung eines Freundes kam.

»Sie ist hiergewesen«, sagte sein Freund bedrückt. »Aber sie ist gleich wieder gegangen.«

»Wohin?«

»Das weiß ich nicht«, sagte sein Freund. »Sie hat mir einen Brief für dich gegeben. Hier ist er. Ich muß fort. Wenn auch du gehst, schließ bitte die Wohnung ab und gib dem Hausmeister den Schlüssel. Meine Eltern kommen erst spät zurück.«

Allein geblieben, hatte Haberland das Kuvert aufgerissen und den Brief Ellens gelesen...

Diesen Brief:

Mein Liebster, ich habe nicht den Mut, Dir zu sagen, was ich Dir sagen muß, also schreibe ich. Es war eine schöne Zeit mit Dir, die schönste, die ich je erlebt habe, glaube mir. Nun ist sie vorbei. Ich bin geschieden, gewiß, aber wie sollten wir zusammen leben? Und wo? Und wovon? Du hast noch keinen Beruf. Du hast so wenig Geld. Du bist noch so jung. Ich schäme mich meiner. Ich bin feige. Ich habe Angst, unsere Liebe könnte sterben in Kälte und Armut und Streit. Bitte versuche, mich zu begreifen. Wir dürfen einander nie wiedersehen. Nur so können wir hoffen, daß unsere Liebe erhalten bleibt – in der Erinnerung.
Es hat keinen Sinn, mich zu suchen. Wenn du diese Zeilen liest, habe ich schon die Stadt verlassen, und noch ein paar Stunden mehr, und ich werde nicht mehr in Österreich sein. Ein Jugendfreund hat mir angeboten, nun, da ich geschieden bin, zu ihm zu kommen. Ich weiß, was du jetzt denkst. Es stimmt nicht. Dieser Jugendfreund ist ein großer Pelzhändler geworden. In den Verkaufsgeschäften sitzen Empfangsdamen. Eine solche Stellung werde ich annehmen. Hasse mich bitte nicht, wenn du kannst, sondern liebe mich weiter, wie ich Dich immer weiter lieben werde. Ich umarme Dich. Ellen.

Nachdem Haberland diesen Brief gelesen hatte, verließ er die Wohnung seines Freundes, verschloß die Eingangstür sorgfältig, gab dem Hauswart den Schlüssel und ging in ein düsteres altes Lokal der inneren Stadt. Hier betrank er sich sinnlos – zum ersten und zum letzten Mal in seinem Leben. Als er die Zeche nicht bezahlen konnte, rief der Besitzer des Lokals die Polizei. Die Leitung der Schule kam für den Schaden auf und zog den Betrag in Raten von Haberlands Taschengeld ab, nachdem es zunächst so ausgesehen hatte, als würde man ihn der Schule überhaupt verweisen.
Er machte sein Abitur. Er bestand alle Prüfungen mit Auszeichnung. Er schien es nicht wahrzunehmen. Die nächsten Monate lebte er scheinbar gefühllos, wie ein Roboter. Und dann kam jener Abend im Winter, an dem er vor dem Westbahnhof zusammen mit anderen Berge von Schnee wegschaufelte, denn es hatte seit vielen Tagen ohne Unterlaß geschneit, die Stadt war versunken unter der Last der Flocken. Haberland tat diese Arbeit, um ein wenig Geld zu verdienen. Er schaufelte Schnee in der Gumpendorferstraße, am Gürtel, in der Mariahilferstraße – die Bezahlung war erbärmlich, abends tat ihm jeder Knochen weh, doch just an jenem Tage und just zu jener Zeit und just an dieser Stelle schaufelte Haberland Schnee vor dem Eingang zur Halle des Westbahnhofs.
Ein Taxi hupte.
Er drehte sich um. Der Wagen wollte an der Stelle halten, die er eben freigeschaufelt hatte. So trat er zur Seite. Der Chauffeur

öffnete die Tür. Träger eilten herbei, um Gepäck aus dem Kofferraum zu holen. Es war eine Frau, die aus dem Wagen stieg – Ellen.
Haberland ließ seine Schaufel fallen.
»Ach, Roman, Liebster«, sagte Ellen lächelnd und nicht im geringsten erstaunt oder erschrocken. Er starrte sie an. Sie hatte sich sehr verändert. Ihr Gesicht war anders geschminkt, ihr Haar anders frisiert, eine kleine Nerzkappe saß darauf, und sie trug einen Nerzmantel und Stiefelchen. »Was ist denn? Freust du dich nicht, mich zu sehen?« fragte Ellen.
Haberland brachte keine Silbe hervor.
Ellen drehte sich um, weil die Träger etwas gefragt hatten.
»Schlafwagen nach Paris«, sagte sie. »Abteil zweiunddreißig. Gehen Sie schon voraus.«
Die Gepäckträger verschwanden. Ellen bezahlte den Taxichauffeur, der mit seinem Wagen abfuhr.
Und der Schnee fiel, und Schaufeln kratzten auf dem Stein der Straße, und da waren Flüche und Gelächter. Vollgeschüttete Lkws fuhren ab, neue, leere fuhren vor. Niemand beachtete Haberland und Ellen.
Sie umarmte ihn und küßte ihn auf den Mund. Er hielt die Lippen geschlossen. Vergeblich suchte ihre Zunge, in seinen Mund einzudringen. Sie sah ihn erstaunt und etwas belustigt an, als sie einen Schritt zurücktrat und fragte, wie es ihm gehe.
»Danke, gut«, sagte Haberland.
»Du mußt mir verzeihen«, sagte sie.
Und Schnee fiel auf sie beide.
»Was?«
»Daß ich fortgegangen bin.«
»Ach«, sagte er, »da gibt es doch nichts zu verzeihen. Du hast völlig richtig gehandelt. Sieh mich an. Ich habe noch immer kaum Geld, und ich weiß noch immer nicht, was ich tun soll.«
»Wo wohnst du?«
»Im Heim. Aber nur bis zum Frühjahr. Dann muß ich gehen.«
»Wovon lebst du?«
»Von diesem und jenem«, sagte er und zwang sich zu lächeln. »Du siehst es ja gerade. Ich gebe auch Nachhilfestunden in Latein und Griechisch, Mathematik und Physik... Und du?«
»Ach...«
»Dir geht es gut, wie ich sehe. Das freut mich! Ich hätte niemals gedacht, daß eine Empfangsdame in einem Pelzgeschäft soviel verdient!«
Sie trat wieder nahe zu ihm.
»Ich bin keine Empfangsdame mehr. Dir muß ich die Wahrheit

sagen, Roman. Weil auch ich die Zeit nicht vergessen kann, in der wir zusammen waren. Es war eine so kurze Zeit...«

»Ja«, sagte er, »wirklich, sehr kurz...«

»Mein Jugendfreund hat eine Frau. Das habe ich nicht gewußt, als er mich rief. Die Frau ist sehr krank. Sie kann nicht... Ich meine, es ist ihr nicht möglich, ihm eine Frau zu sein. Mein Freund ist ein anständiger Mensch.«

»Davon bin ich überzeugt«, sagte Haberland.

Und der Schnee fiel dichter auf sie beide.

»Er braucht eine Frau. Das ist nur natürlich, nicht wahr?« sagte Ellen.

Haberland nickte.

»Nun – ich bin seine Freundin. Er wird sich nie scheiden lassen, das hat er mir gesagt. Fair von ihm, nicht?«

»Sehr fair«, sagte Haberland, und dachte: Wann hört sie endlich auf mit diesem Geschwätz?

»Und darum verwöhnt er mich, verstehst du? Er kauft mir Kleider und Schmuck und läßt mich reisen, wohin ich will...«

»Wie schön für dich«, sagte Haberland. Er hob die Schaufel, die ihm entglitten war, wieder auf und stützte sich auf die Stange. »Jetzt fährst du also nach Paris.«

»Ja, er hat mir dort ein Appartement gekauft... auf den Champs-Elysées... Sei nicht traurig oder böse, Roman... Wenn du nicht so arm gewesen wärest damals...«

Er unterbrach: »Und du bleibst in Paris?«

»Nur zu den Feiertagen. Da kann er sich einmal für mich Zeit nehmen. Dann fahre ich zum Wintersport nach Chamonix hinauf...«

»Wohin?«

»Chamonix am Montblanc. Ich war schon einmal da. Und dann, denk doch, hat er mir eine Reise nach Amerika zum Geburtstag geschenkt, ich kann bleiben, solange ich will. Er hat Freunde und Familien von Freunden drüben, die werden sich um mich kümmern... Und nach Amerika...«

Lautsprecherstimmen erklangen aus dem Inneren des Bahnhofs.

»Du mußt gehen«, sagte Haberland. »Dein Zug...«

»Ja, ich muß gehen...« Plötzlich umarmte und küßte sie ihn wieder. »Leb wohl, Roman... War es nicht eine wundervolle Zeit?«

Und der Schnee fiel auf sie beide.

»Du mußt wirklich gehen, Ellen.«

»Ja, wirklich. Paß auf dich auf. Und vergiß nicht.«

»Was?«

»Unsere Liebe.«
»O ja«, sagte er. »Natürlich.«
»Es hat nie eine größere gegeben, und es wird nie eine größere geben. Mein Leben jetzt? Angenehm, ja, aber sonst? Und mein Freund? Roman, ich habe immer nur dich geliebt, und ich werde immer nur dich lieben.«
»Ja«, sagte er. »Und nun geh.« Er sah ihr nach, wie sie davoneilte, ohne sich noch einmal umzuwenden. So stand er lange Zeit. Der Vorarbeiter der Kolonne schrie ihn an: »Was ist los? Willst du hier Winterschlaf halten? Wofür wirst du bezahlt? Los! Vorwärts!«
Die nächsten zwei Stunden bis zum Ende der Schicht arbeitete Haberland wie von Sinnen. Dann erhielt er seine geringe Entlöhnung und ging durch Nacht und Schnee den ganzen Weg vom Westbahnhof bis zu dem Heim in Hietzing. Er dachte immer wieder das gleiche: So muß es sein, wenn man tot ist. So muß...

9

»... es sein, wenn man tot ist. Immer wieder dasselbe habe ich gedacht«, sagte Haberland, viele, viele Jahre später, in einer Hütte auf der anderen Seite der Erde, in dem zweiten ›Gottesstaat‹, auf einem Stück Land nahe der Kreisstadt Chandakrona in Ostindien, nördlich von Kalkutta. Alles was hier geschrieben steht, hatte er dem sehr schönen Mädchen Narkanda Pharping erzählt, das hinter seinem Rücken, auf dem primitiven Bett, Platz genommen und ihn während der ganzen Zeit nicht mit einem Wort unterbrochen hatte.
Es war Nacht im ›Gottesstaat‹, weit in der Ferne brannten zwei kleine Lichter.
»Am nächsten Tag«, sagte Haberland, »war ich so verzweifelt, daß ich in eine Kirche gegangen bin, um dem Priester dort meine Geschichte zu erzählen und Trost zu suchen. Es heißt doch, daß Priester dazu da sind, Trost zu spenden, wenn man traurig oder krank oder in Not ist, nicht wahr? Nun, dieser Priester war in großer Eile und sehr ungeduldig. Er hat sich widerwillig meine Geschichte angehört, und dann hat er, dem Sinne nach, gesagt, daß solche Dinge, und viel schlimmere, jedem Menschen widerfahren, und daß all das kein Zufall ist, sondern Gesetzmäßigkeit, und daß Gott uns prüfen will auf diese Weise...« Er seufzte. »Es ist ein sehr einfältiger Priester gewesen, und ich habe ihn voll Zorn verlassen. Das war der Tag, an dem ich mich entschlossen habe,

selbst Priester zu werden … ein besserer – Gott verzeih mir die Überheblichkeit! Ich habe die Gelübde abgelegt, die der Priester abzulegen hat, Narkanda, und diese Gelübde habe ich gehalten bis heute, und ich werde sie weiterhalten, obwohl ich diese Frau aus Wien nie vergessen habe – so daß ich glauben mußte, du bist es, als ich dich zum ersten Mal sah, denn ihr seid einander so ähnlich, und das ist schwer für mich …« Er schwieg. »Hast du jetzt begriffen, in welcher Lage ich mich befinde?« fragte er dann.

Es kam keine Antwort.

»Narkanda!«

Nichts. Kein Laut. Kein Geräusch.

Er drehte sich um, und da sah er Narkanda. Sie lag auf seinem Bett, und ihr Kleid hatte sie abgestreift.

»Narkanda«, stotterte Haberland mühsam.

Völlig nackt lag sie vor ihm, und ein Flehen war in ihren Augen.

»Ich bin nicht diese andere Frau«, sagte sie. »Ich werde dich lieben, solange ich lebe und, wenn das möglich ist, noch viel mehr, wenn ich gestorben bin.«

Haberland sagte heiser: »Zieh dich sofort an!«

»Bitte, Father …«

»Du sollst dich anziehen und gehen!«

Sie hob ihren Sari auf. Nun weinte sie. Die Tür der Hütte fiel hinter ihr zu. Haberland hörte sie draußen schluchzen und dachte: Was mache ich, wenn sie nicht aufhört zu schluchzen, was, wenn sie wiederkommt?

Sie kam nicht wieder. Haberland schlief kaum in dieser Nacht. Am Morgen entdeckten Frauen Narkanda dann hinter einer der Hütten. Sie war völlig bekleidet, und sie war seit Stunden tot. Mit einem Messer, das neben ihr lag, hatte sie sich den Hals aufgeschnitten. Blut, Blut, Blut war da überall um sie gewesen …

»… wir bitten Dich, allmächtiger Gott: laß die Seele Deiner Dienerin Narkanda Pharping, die heute aus dieser Welt geschieden ist, durch dieses Opfer gereinigt und von Sünden befreit, Verzeihung und ewige Ruhe erlangen; durch unseren Herrn. Amen«, betete Haberland nun am Grab, in brütender Hitze und bei völliger Windstille.

10

Zur gleichen Zeit – es war sehr kalt und stürmisch – ging eine Patrouille von vier Mann der französischen Hochgebirgspolizei über den Alpengletscher Bossons am Montblanc, hoch über dem Winterkurort Chamonix. Der Schnee blendete. Einer der Männer stolperte plötzlich, stürzte und fluchte.

»Merde, alors!«

»Was ist das?« fragte der Patrouillenführer.

»Irgendwas unter dem Schnee. Ich bin draufgetreten und ausgerutscht, Pierre, Scheiße!« sagte der Gestrauchelte, der wieder stand. »Es ist schon über die Zeit, daß wir unterwegs sind. Was wird's gewesen sein? 'ne Eisscholle vermutlich. Meine Frau hat ein großes Essen vorbereitet – ihre Verwandten sind zu Besuch gekommen.«

»D'accord«, sagte der Patrouillenführer. Sie gingen weiter, einer hinter dem andern. Das unter dem Schnee, worüber der Polizist gestolpert war, blieb zurück. Es handelte sich um einen der beiden Postsäcke aus der Maschine, die am 3. November 1950, aus Kalkutta kommend, am Montblanc in 4700 Meter Höhe und über dem Bossons-Gletscher zerschellt war. Den einen der beiden Postsäcke, sowie alle toten Passagiere und die gesamte tote Mannschaft hatte man damals gefunden, den zweiten Postsack nicht. In diesem zweiten Postsack befand sich der Brief des in Gott ruhenden Fräuleins Philine Demut, den diese am 13. März 1945, knapp vor ihrem Tode, geschrieben hatte. Der Brief war adressiert an Roman Haberland, und in ihrem Schreiben teilte Philine Demut dem Kaplan mit, daß sie, bei ihrer Seligkeit, Augenzeugin gewesen war, wie ihr Untermieter Adrian Lindhout knapp vor Beginn des schwersten amerikanischen Luftangriffs auf Wien im Zweiten Weltkrieg einen Menschen ermordet hatte.

11

»Also, was ist?« fragte Adrian Lindhout Mitte Juni 1967 den ehemaligen Polizeiinspektor William Clark, einen rundlichen Mann mit wieselflinken Augen und dabei sehr ruhigen Körperbewegungen. Der wegen eines Hüftleidens vorzeitig in den Ruhestand versetzte Clark hatte eine Detektei eröffnet. Das kleine Büro befand sich in einem Geschäftshaus an der Clay Avenue, direkt gegenüber dem Woodland Park. In diesem Haus hatten Anwälte, Notare und Ärzte ihre Praxen. Clark besaß hier zwei Räume – einen, in dem seine Klienten warten konnten, und einen zweiten, in dem er arbeitete. Die Möbel sahen alt und verkommen aus, die Tapeten blätterten ab. Clay verdiente gut, er hätte sein Büro in Ordnung bringen lassen können, aber er wollte das nicht. »Ich brauche den Mief«, hatte er dem beim ersten Besuch enttäuschten Lindhout mitgeteilt, »die Tapeten, die runterfallen werden in ein paar Jahren, die alten Sessel, den Sprung in der Milchglasscheibe zum Wartezimmer – und den Blick auf den Park.«

»Aber das Kindergeschrei die ganze Zeit...«

»Brauche ich auch«, hatte Clark gesagt. Er war etwa fünfundfünfzig Jahre alt. Seit Lindhout ihn engagiert hatte, war dieser dreimal bei Clark gewesen. Er hatte sich jedesmal scheu und verlegen ins Haus geschlichen und gehofft, niemandem zu begegnen, den er kannte – so, als gehe er in ein Bordell. Außerdem kam er sich niederträchtig vor, während er Clark erklärte, was er wissen wollte.

»Kein Grund, so ein Gesicht zu machen«, hatte der Privatdetektiv gesagt. »Solche wie Sie gibt's viele. Besser ein Ende mit Schrecken und so weiter...«

Beim zweiten Besuch – Ende Mai – war Clark brummig gewesen. »Ihre Frau fängt es verdammt geschickt an. Erstens geht sie nur aus dem Institut weg, wenn es ganz sicher ist, daß Sie irgendeine Arbeit nicht unterbrechen können, und zweitens fährt sie wie eine Verrückte durch die Stadt, kreuz und quer. Ich sage Ihnen lieber gleich die Wahrheit: Sie hat mich noch jedesmal abgehängt. Dabei bin ich ihr mit zwei verschiedenen Wagen nachgefahren, damit sie nichts merkt.«

»Na, das ist ja eigentlich nicht der Sinn der Übung«, hatte Lindhout gereizt gesagt.

Nach jener irrsinnigen Nacht war Georgia stiller und stiller geworden, ging früh zu Bett, wurde immer bedrückter und depressiver – geschlafen hatte sie seither nie wieder mit Lindhout. Obgleich es gewiß nicht richtig war, wie er sich selber sagte, teilte er all seine Sorgen laufend Truus mit. Diese zeigte sich beeindruckt. Aber: »Das wird sich alles aufklären, Adrian«, sagte sie.

Es klärte sich nicht auf. Clark bekam sein Geld stundenweise, und er war nicht billig. Lindhout wurde immer nervöser. Er konnte sich im Laboratorium nicht konzentrieren, schrie zu Unrecht Gabriele an und verwechselte Versuchstiere.

Der ewig gehetzte Bernard Branksome, dieser Fanatiker des Rechts, der ständig im Repräsentantenhaus die Rolle des Hechts im Karpfenteich spielte, kam nun schon seit Jahren regelmäßig aus Washington herübergeflogen, um sich nach den Fortschritten in Lindhouts Arbeit zu erkundigen. Er wurde behutsamer im Umgang mit dem glücklosen Forscher.

»Sie *werden* das Mittel finden, Doc«, sagte er einmal. »Ich weiß, Sie werden es finden!«

Lindhout arbeitete an einer Destillationsapparatur. Er schwieg.

»Sie hören ja gar nicht zu!« beschwerte sich Branksome, während er seine Fingerknöchel knacken ließ.

»Aber ja doch.«

»Aber nein doch! Sie haben was. Was ist es? Heraus damit!«

»Es ist gar nichts«, hatte Lindhout gelogen. »Nur dieser Rückschlag mit AL 1051... der hat mich wahrscheinlich mehr mitgenommen, als ich zugeben will...« Die Wahrheit geht dich einen Dreck an, hatte er gedacht und gesagt: »Seien Sie unbesorgt, Mister Branksome. Ich arbeite weiter! Rückschläge sind dazu da, um überwunden zu werden...«

»Das ist der rechte Geist, Doc!« Branksome hatte ihm auf die Schulter geschlagen. Blöder Satz, blöder Hund, hatte Lindhout gedacht. Nein, nicht blöder Hund. Du hast ganz recht mit deinen Beobachtungen. Mir ist zum Sterben elend. Sieht man es mir also bereits an?

Deshalb sagte er Ende Juni gereizt zu dem Privatdetektiv William Clark in dessen verstunkenem Büro: »Na, das ist ja eigentlich nicht der Sinn der Übung!«

»Was?« hatte Clark gefragt.

»Daß Sie meiner Frau mit verschiedenen Wagen nachfahren, damit Sie nicht auffallen – und sie doch immer wieder aus den Augen verlieren. Vermutlich sind Sie ihr trotz der beiden Wagen aufgefallen. Oder gerade deswegen! Es saß ja jedesmal derselbe Mann am Steuer – *Sie*.«

»Professor«, sagte Clark stolz, »ich habe Ihnen erzählt, wie es mir wochenlang gegangen ist. Ich habe Ihnen nicht erzählt, wie es mir gestern ging.«

»Wie ging's Ihnen denn gestern? Machen Sie es nicht so spannend!«

»Gestern hat Ihre Frau mich *nicht* abhängen können. Ich weiß jetzt, wohin sie fährt, in welches Haus sie reingeht, und wie lange sie gestern dringeblieben ist, weiß ich auch.«

»Wie lange?«

»Zwei Stunden und elf Minuten«, sagte William Clark.

Lindhout biß sich auf die Lippe.

»Wie heißt die Straße?«

»Gateshead Drive. Ganz im Westen. Schicke Gegend. In der Nähe vom Viley Park. Prachthäuser. Wunderschöne alte Bäume. In den Gärten blüht alles...« Clark begann zu schwärmen, sah Lindhout an und sagte kurz: »Nummer siebenundvierzig. Aber sie parkte in der Chantilly Street und ging zu Fuß. Steht kein Name am Zaun oder am Briefkasten. Die Nachbarn durfte ich nicht fragen, das haben Sie mir verboten, wenn ich auch nie kapieren werde, warum.«

»Weil ich keinen Skandal haben will, darum. Das ist eine relativ kleine Stadt. Meine Frau und ich arbeiten beide an einem staatlichen Institut. Genügt Ihnen das?« Clark brummte unwillig. »Wenn sie wieder losfährt, rufen Sie mich sofort im Labor an. Ich will das selber sehen. Jetzt kennen wir ja die Adresse, also brauche ich dem Wagen meiner Frau nicht zu folgen. Das nächste Mal fahre *ich* zum Gateshead Drive.«

Er mußte dreizehn Tage lang warten, dann schrillte am Mittwochnachmittag des 28. Juni das Telefon in seinem Arbeitszimmer. Es war sehr heiß an diesem Tag. Lindhout hob den Hörer ab.

»Clark hier«, sagte eine Stimme. »Sie ist gerade losgefahren.«

»Danke«, sagte Lindhout. Er streifte seinen weißen Kittel ab und rannte, in Hemd und Hose, zum Lift, der ihn nach unten brachte. Im Innern des Wagens kochte die Luft. Er schaltete die Belüftung ein und fühlte sein Herz pochen, als er aus dem Hof der Klinik auf die Limestone Street hinausglitt. Er hatte einen weiten Weg zu fahren, die Bolivar Street hinauf zum Broadway, hinab zum Harodsburg-Schnellweg, dann in nordwestlicher Richtung die Headley Road vorbei am Big Elm Country Club bis zur Mason Street, die ihn in den Vorort Cardinal Valley brachte. Beim Hillcrest-Friedhof überquerte er die Pike Street, einen weiteren Schnellweg, und kurvte dann durch zahlreiche kurze Villenstraßen zu dem Vorort Viley Heights. Zum Glück war der Gateshead Drive nicht lang. Nummer 47 war ein sehr gepflegtes Haus mit Mauern aus roten, weiß gefugten Ziegeln. Es befand sich ganz in der Nähe des Viley Parks.

Lindhout hatte während des Fahrens nach Georgias Wagen in einer der Seitenstraßen gesucht, ihn jedoch nicht entdeckt. Sie muß ihn gut versteckt haben, dachte er, als er in der Mandalay Street parkte. Er ging zu Fuß. Auf dem Gateshead Drive, auf den die Nachmittagssonne brannte, sah er überhaupt kein Auto. Er schwitzte, als er den Viley Park erreichte und eine Bank neben einer riesigen Eiche fand. Hier setzte er sich. Das Haus am Gateshead Drive konnte er gut sehen, er jedoch war durch Bäume und dichtes Gebüsch für jedermann im Gateshead Drive unsichtbar.

Lindhout wartete zwei Stunden und sechzehn Minuten. Vögel sangen im Park, hier war es kühler. Trotzdem schwitzte er weiter. Zwei Stunden und sechzehn Minuten wandte er nicht ein einziges Mal den Blick von dem Haus, das Clark gefunden hatte. Dann endlich öffnete sich die weißgestrichene Eingangstür, und Georgia trat ins Freie. Sie trug ein buntes, leichtes Sommerkleid und weiße Schuhe. Nachdem sie sich von jemandem im Haus, den Lindhout nicht sehen konnte, verabschiedet hatte, stieg sie langsam die drei Stufen bis zum Garten hinab, durchquerte diesen, leicht schwankend, erreichte den Gateshead Drive und kam direkt auf den Park zu. Lindhout kauerte sich zusammen. Er bemerkte, daß sie einen erschöpften Eindruck machte. Unter den Augen lagen dunkle Ringe.
Georgia erreichte den Eingang des Parks, wandte sich nach links und ging die Deauville Street entlang. Lindhout sah ihr unbewegt nach. In irgendeiner Seitenstraße da unten wird ihr Wagen stehen, dachte er. Dann hörte er ein Geräusch und wandte den Kopf. Aus der Tür des roten Hauses war ein Mann getreten, der Georgia nachblickte. Lindhout kannte diesen Mann. Er kannte ihn gut. Seit vielen Jahren arbeiteten sie eng zusammen. Der Mann, bei dem Georgia soeben zwei Stunden und sechzehn Minuten verbracht hatte, war der Klinikchef Professor Ronald Ramsay.

12

Kathy hatte an diesem Abend Steaks vorbereitet, dann war sie gegangen. Steaks und Salat. Sehr viel Salat, dachte Lindhout idiotisch, während er mit Georgia und Truus am Tisch saß. Truus hatte etwas von einem deutschen Philosophen erzählt, der eine Reihe von Vorträgen an der Universität Lexington halten sollte. Es war noch hell draußen und nicht mehr so heiß.
Immer wieder sah Lindhout Georgia an, die ihm gegenübersaß. Sie war offenbar sehr bedrückt und zugleich erschöpft. Das Gesicht war fast weiß, die Ringe unter den Augen waren fast schwarz geworden.
»Heute gibt es einen alten Film im Fernsehen«, sagte Truus, gezwungen fröhlich. »Ich habe ihn nie gesehen, ihr kennt ihn natürlich – ›Der dritte Mann‹, Buch von Graham Greene. Spielt gleich nach dem Krieg in Wien, nicht wahr? Da waren wir alle drei doch dort. Schaut ihr euch den ›Dritten Mann‹ mit mir an?«
Niemand antwortete.

Sie wiederholte ihre Frage.
»Nein, Truus«, sagte Georgia, ihr Besteck hinlegend. »Ich würde es gern tun, aber ich bin zu müde. Ich glaube, ich werde gleich schlafen gehen.«
»Dann wachst du wieder um vier Uhr früh auf! Du schläfst doch so schlecht in der letzten Zeit!« sagte Truus mit einem Ausdruck der Verständnislosigkeit. »Und warum ißt du nicht weiter? Es schmeckt doch so gut!«
»Sehr gut«, sagte Georgia. »Aber du weißt – es ist immer dasselbe, wenn ich beim Zahnarzt war. Auch wenn er mir hundertmal sagt, ich kann gleich essen – nach ein paar Bissen tun mir die Zähne weh. Diese elende Behandlung. Das dauert nun auch schon monatelang.«
»Du warst wieder beim Zahnarzt heute?« fragte Lindhout.
»Das weißt du doch, Adrian!« Georgia blickte müde zu ihm auf und gleich wieder weg. »Diese zwei Brücken im Unterkiefer... natürlich sind sie notwendig... aber das dauert und dauert...«
»Die haben doch jetzt ganz neue Methoden, die Zahnärzte«, sagte Truus mit vollem Mund. »Außerdem dachte ich, Doktor Hart hat nur eine Brücke zu machen und ist längst fertig.«
»Er ist noch nicht fertig, und er ist überlastet mit Terminen.« Georgia sprach so, als hätte sie kaum die Kraft dazu.
»Hart?« fragte Lindhout.
»Ja. Der an der Klinik. Ich habe es euch doch gesagt. Es ist das einfachste für mich – nur ein Katzensprung.«
Lindhout sagte: »Ich war heute bei Hart.« Es bereitete ihm Schmerz, zu sehen, daß Georgia zusammenzuckte.
»Du?« Sie ließ Messer und Gabel sinken.
»Ja«, sagte Lindhout. »Und er hat dich heute nicht behandelt. Du bist erst nächsten Dienstag um 14 Uhr 30 angemeldet. Das Zahnfleisch muß ausheilen, sagte er mir.«
»Du warst nicht bei Hart«, sagte Georgia bebend. Auch Truus hörte zu essen auf.
»Ich bin zu Hart gegangen«, sagte Lindhout. Er hatte sich geschworen, nicht die Beherrschung zu verlieren, aber es war ein vergeblicher Schwur gewesen. »Ich war bei Hart, weil du wieder einmal verschwunden gewesen bist.«
»Was soll das heißen, ›wieder einmal‹?« Georgia sprach immer leiser.
»Du weißt, was es heißen soll. Seit Monaten suche ich dich an manchen Nachmittagen vergeblich. Kein Mensch weiß, wo du bist.«
Truus stand auf.

»Ich glaube, es ist besser, wenn ich in mein Zimmer gehe.«
»Bleib sitzen!« Lindhout wurde lauter. Truus sah Georgia an. Die zuckte die Schultern. Truus setzte sich zögernd. »Wir sind doch eine Familie, wie? Eine kleine, glückliche Familie! Wir haben keine Geheimnisse voreinander.« Er neigte sich Georgia zu. »Ich habe noch viel mehr getan! Ich habe einen Detektiv beauftragt, dich zu beobachten – seit Wochen. Immer, wenn du uns gesagt hast, du bist bei Hart, warst du woanders. Seit heute weiß ich, wo.«
»Du bist gemein«, sagte Georgia. Plötzlich sah sie um zehn Jahre gealtert aus. Ihre Finger zuckten auf der Tischdecke.
»Ich liebe dich, darum habe ich es getan. Weil mir aufgefallen ist – und nicht nur mir –, wie sehr du dich verändert hast in den letzten Monaten. Ich habe mir schon Sorgen gemacht, ob du vielleicht überarbeitet bist. Nun, es sind unnötige Sorgen gewesen. Deine Zahngeschichte ist nicht schlimm. Sonst fehlt dir gar nichts. Du warst in den letzten Monaten bei einem anderen Mann – bleib sitzen, Truus, du sollst sitzen bleiben, sage ich! Wir sind doch eine Familie, eine so glückliche, in der einer den anderen liebt und...«
»Hör auf!« sagte Georgia.
»... ehrt«, fuhr er hektisch fort. Er sah Georgia an, die seinem Blick auswich. »Du warst immer wieder draußen in Viley Heights. Die Straße? Gateshead Drive. Die Hausnummer? Siebenundvierzig. Wer wohnt dort? Du antwortest nicht. Brauchst du auch nicht. Ich weiß es. Ich habe dich heute nachmittag aus dem Haus kommen sehen.«
»Du... warst... draußen?« flüsterte Georgia.
Truus atmete plötzlich unruhig, ihre Augen glänzten wie im Fieber.
»Ja, ich war draußen. Und damit du mich nicht siehst, bin ich in den Viley Park gegangen. Du hast mich nicht gesehen. Du hast auch nicht gesehen, daß der Mann, dem das Haus gehört, in dem du über zwei Stunden lang gewesen bist, ins Freie getreten ist und dir nachgesehen hat. Ich *habe* ihn gesehen! Er mich nicht. Du weißt, wer es war. Truus weiß es noch nicht. Es war, liebe Truus, Professor Ronald Ramsay...« Georgia war aufgesprungen und rannte aus dem Zimmer.
Truus sagte: »Ramsay? Großer Gott im Himmel!«
»Ja«, sagte er. »Du mit deinen philosophischen Betrachtungen. Da siehst du, daß ich recht hatte. Georgia betrügt mich. Wer weiß...«
Draußen heulte ein Motor auf. »Das ist sie!« rief Lindhout. Mit Truus lief er in den Garten hinaus und um das Haus herum. Sie sahen die roten Schlußlichter von Georgias Cadillac. Sie fuhr wie eine Betrunkene – stadteinwärts.

Lindhout rannte zurück, um seine Autoschlüssel zu holen, dann sprang er in den Wagen, einen Lincoln Continental. Truus lieh sich oft eines der beiden Autos aus. Sie schrie, während er sich hinter das Lenkrad fallen ließ: »Adrian! Vielleicht klärt sich alles als ganz harmlos auf! Vielleicht...« Sein Wagen schoß vor. Er trat sofort das Gaspedal ganz durch. Truus stand vor dem Haus, eine Hand an den Mund gepreßt...

Erst gegen Ende der Allen Street erblickte Lindhout wieder die Schlußlichter von Georgias Cadillac. Sie fuhr mindestens achtzig Meilen, bremste niemals, der Wagen tanzte, als ein anderer, aus der breiten Millroad kommend, um ein Haar mit ihm zusammengeprallt war.

»Georgia!« schrie Lindhout sinnlos. »Georgia!« Er schrie ihren Namen immer wieder. Kreuzung Picadome. Kreuzung Oakwood. Bei der Kreuzung Elam Park überfuhr Georgia ein Rotlicht. Wagen hielten kreischend vor ihr. Hupen ertönten. Fahrer fluchten.

Sie will in die Klinik, dachte Lindhout wirr, sie will zu ihm, zu Ramsay...

Der Gedanke raubte ihm den Verstand. Auch er überfuhr das Rotlicht, schrammte ein Taxi, raste weiter hinter Georgias Cadillac her. Die Tachonadel auf dem Armaturenbrett kletterte auf 80, 85, 90 Meilen. So schossen die beiden Wagen durch die Bezirke Southland und Crestwood.

Nein, sie fährt nicht zur Klinik, dachte Lindhout verblüfft, als er sah, daß der Cadillac über den Glendrover Drive jagte. Das Klinikviertel und die Universität lagen jetzt nördlich. Im Bezirk Lakewood zeigte die Nadel des Tachometers 96 Meilen. Er schrie noch immer Georgias Namen. Beide Wagen waren nun auf dem breiten Mount-Tabor-Schnellweg. Seitenstraßen flogen an Lindhout vorbei. Lieber Gott, mach... Er begann zu beten und gab es wieder auf. Sirenen ertönten. Mit aufgeblendeten Scheinwertern jagten zwei Motorräder der Polizei hinter ihm her. Er hörte nichts, er sah nicht in den Rückspiegel.

Beim Lakeside Drive, der parallel zum Mount-Tabor-Schnellweg verläuft, riß Georgia plötzlich das Steuer nach links und lenkte den schleudernden Cadillac über freies Rasengelände ostwärts.

Lindhout erschrak. Sie fuhr direkt auf einen der beiden großen Seen in den Edgewater Estates zu!

Lauter wurde das Sirenengeheul. Die Polizisten kamen näher. Er bemerkte sie noch immer nicht. Das Gelände fiel ab. Auch sein Wagen schleuderte. Dann erblickte er, glitzernd im Mondschein, das Wasser. Es tauchte so unvermittelt vor ihm auf, daß er sich mit dem Rücken gegen den Sitz stemmen mußte, um mit voller Kraft

auf die Bremse treten zu können. Fassungslos sah er, wie der Cadillac durch niedriges Schilf dem See zu brauste. Und dann flog Georgias Wagen etwa fünf Meter weit auf das Wasser hinaus, hielt einen Augenblick – ein ganz und gar unwirklicher Anblick – mitten in der Luft und fiel dann in den See, der, wie Lindhout wußte, hier sehr tief war. Hoch spritzte das Wasser auf im Licht der Scheinwerfer. Dann war der Cadillac verschwunden. Lindhout taumelte ins Freie, erreichte den Schilfstreifen, erreichte das Wasser, sah Luftblasen aufsteigen und schrie in die Stille der Nacht Georgias Namen. Jäh wurde er an der Schulter gepackt und herumgerissen. Einer der beiden Polizisten sah ihn wutverzerrt an. Seine Stimme drang brüllend an Lindhouts Ohr.
»Du verfluchter son-of-a-bitch, jetzt kannst du was erleben!«
Die Scheinwerfer der beiden schweren Motorräder schienen ihm grell ins Gesicht.
»Heiliger Moses«, sagte der zweite Cop. »Das ist doch... Sie sind doch... Sie sind... Professor Lindhout, Sir!«
»Ja!« schrie Lindhout. »Und meine Frau ist in den See gefahren! Tun Sie was! Schnell!« Er sackte im Schilf zusammen. Über ihn blickten die beiden Polizisten einander stumm an. Der erste schüttelte den Kopf. Der zweite ging zu seiner Maschine zurück und rief über Funk einen Kranwagen und einen Rettungswagen herbei. Dann kam er zu dem ersten Polizisten zurück und blieb neben ihm stehen. Sie sahen beide zu Lindhout, der im Schilf saß und weinte. Aus dem Wasser des Sees stiegen nun keine Luftblasen mehr auf.

13

Es war fast drei Uhr früh, als die Baggerschere des Kranwagens Georgias Cadillac aus dem See hob. Wasser floß in Strömen von der Karosserie. Zu dieser Zeit mußten Neugierige bereits durch zwei Dutzend Polizisten zurückgedrängt werden. Ein Rettungswagen, mehrere Feuerwehrautos und Rüstwagen standen herum. Männer mit Helmen eilten hin und her. Es ging sehr laut zu. Große Scheinwerfer auf den Wagen der Feuerwehr erhellten die Szene taghell. Der Kran, der den Wagen Georgias hielt, schwenkte knirschend seitlich. Mit einem dumpfen Geräusch klatschten die Pneus auf den Sandstreifen hinter dem Schilf. Der Cadillac sackte ein. Lindhout rannte los. Mit ihm rannten ein Arzt im weißen Mantel und zwei Sanitäter, die eine Bahre trugen. Es waren aber die beiden Motorradpolizisten, die als erste den verbeulten Wagen erreichten. Der Schlag links vorne ließ sich öffnen. Die Polizisten hoben eine wassertriefende Gestalt aus dem Wrack und ließen sie behutsam auf die Trage sinken. Der Arzt kniete neben Georgia nieder und legte seinen Kopf mit einem Ohr auf ihre Brust. Dann tastete er nach dem Puls.

Lindhout drängte sich vor. Er sah Georgias Gesicht. Unverletzt, dachte er. Sie ist mit dem Kopf nicht einmal durch die Scheibe geflogen, Gott, ich danke Dir. Und jetzt, Gott, gib, daß die Wiederbeatmung Erfolg hat, bitte, Gott. Wenn es Dich gibt, dann hilf jetzt!

Er sah, wie die Sanitäter und der Arzt Georgia auf der Bahre umdrehten, so daß sie nun mit dem Gesicht nach unten lag. Wasser, dachte Lindhout. Natürlich. Sie hat viel Wasser geschluckt, das muß erst raus. Er war jetzt bis zu dem Arzt vorgedrungen. Grell leuchtete das Scheinwerferlicht – wie in einer Filmdekoration. Lindhout fiel neben der Bahre in die Knie und stammelte: »Georgia... Es tut mir leid... Wir wollen über alles reden... Alles wird wieder gut werden...«

Der Arzt unterbrach ihn brüsk: »Hören Sie auf! Diese Frau ist tot.«

»Tot?« Lindhout sank ins Schilf.

»Halswirbel gebrochen, als sie im Sitz zurückflog. Sie sind hier im Weg. Gehen Sie zurück.«

»Ich bin ihr Mann.«

»Oh...« Der Arzt schluckte. »Entschuldigen Sie, Professor Lindhout. Ich konnte nicht sehen, daß Sie...«

Eine Stimme sagte: »Ich habe das immer befürchtet, Adrian.«

Lindhout fuhr herum. Hinter ihm stand Professor Ronald Ramsay. Mit einem Sprung war Lindhout auf den Beinen.

»Schweinehund!« schrie er. »Verfluchter Lump!«

Und er schlug dem andern die rechte Faust ins Gesicht. Ramsays Kopf flog zurück, aus seiner Nase schoß Blut. Lindhout packte ihn an der Jacke und schlug ein zweites Mal zu, ein drittes Mal. Ramsay wehrte sich nicht im geringsten. Die beiden Motorradpolizisten griffen ein, packten Lindhout und versuchten, ihm die Arme auf den Rücken zu drehen. Lindhout trat nach ihnen, es war ihm gleich, wohin er traf. Er schrie, aber außer Georgias Namen konnte niemand eines seiner Worte verstehen, denn es waren holländische Worte, die er schrie. Dann versetzte ihm jemand einen Schlag über den Schädel, und alle Lichter verloschen, und alle Stimmen verstummten, und Lindhout fiel nach vorne und hinab in den tiefen Brunnen einer Ohnmacht.

14

Als er wieder zu sich kam, hörte er eine Mädchenstimme.
»Er wacht auf!«
Das ist Truus, dachte er benommen. Er öffnete die Augen und sah, daß er im Bett seines Schlafzimmers lag. Truus stand über ihn gebeugt. Und nun erkannte er die anderen: Hinter Truus sah Lindhout seine Assistentin Gabriele, den Oberarzt von Professor Ramsay, Dr. Hillary, und einen Chirurgen namens Toland.
»Alles okay, Professor«, sagte Hillary, ein schlanker Mann, der älter war, als er wirkte. »Nur eine Platzwunde am Schädel. Wir haben sie genäht.« Ungeschickt tastete Lindhout durch sein Haar und fand ein großes Pflaster auf einer glattrasierten Stelle. »Das war einer von diesen Polizisten«, sagte er noch etwas mühsam. »Mit dem Hickory-Knüppel.«
»Es blieb ihm nichts anderes übrig, Professor«, murmelte Hillary. »Sie hätten Professor Ramsay totgeschlagen.«
Lindhout sagte einen gemeinen Fluch.
»Adrian!« Truus legte ihm eine Hand auf die Brust. Sie sah sehr ernst aus, ebenso Gabriele, in deren Augen Tränen standen. Die weint leicht, dachte Lindhout.
Der Chirurg Toland, ein untersetzter Mann, sagte: »Sie können beruhigt sein, Professor. Sie sind geröntgt worden. Auch keine Gehirnerschütterung offenbar. Gegen den Schock und die Schmerzen haben Sie eine Spritze bekommen.«
»Wo ist dieser gottverdammte Ramsay?«
»In der Klinik. Doppelter Nasenbeinbruch. Sie haben ihn übel zugerichtet.«
»Das freut mich«, sagte Lindhout. »Ich hoffe, es tut ihm sehr weh, dem Schuft.«
»Ziemlich weh, Professor.« Toland verzog keine Miene.
»Das höre ich gerne. Kann man an einem doppelten Nasenbeinbruch verrecken? Nein, kann man nicht. Wie schade.«
»Herr Professor«, sagte Gabriele deutsch, »so dürfen Sie nicht reden.«
»Nein, darf ich nicht?« Lindhout lachte. »Der Hund ist schuld an Georgias Tod. Ich erstatte Anzeige gegen ihn, jetzt gleich. Egal, ob es einen Skandal gibt. Der Kerl ist die längste Zeit in Lexington gewesen. Ich werde dafür sorgen, daß man ihm die Zulassung als Arzt nimmt, dem elenden Schwein, das können Sie ihm sagen, Doktor Hillary, Doktor Toland!«
»Sie haben ja keine Ahnung«, sagte Gabriele.

»Ahnung wovon?«
»Von der Wahrheit.«
»Die Wahrheit ist, daß Ramsay mich mit meiner Frau betrogen hat. Und als ich es ihr auf den Kopf zusagte, verlor sie die Nerven und wollte sich das Leben nehmen, darüber gibt es wohl keinen Zweifel! Deshalb ist sie in den See gerast! Ein Mörder, Ihr Chef, Doktor Hillary. Er wird das büßen!« Lindhout sprach schwerfällig, und er fühlte, wie die Wirkung der Injektion, die sie ihm gegeben hatten, stärker wurde.
Zu seinem Erstaunen erhob sich plötzlich Gabriele und sagte zu den beiden Ärzten: »Ich glaube, daß wir Sie jetzt nicht mehr brauchen. Seien Sie nicht böse, wenn ich Sie bitte, zu gehen. Fahren Sie in die Klinik zurück und kümmern Sie sich um Ihren Chef.«
Hillary nickte erleichtert.
»Alles Gute, Professor. Und wenn Sie...« Er sprach schon im Hinausgehen, den Rest des Satzes verstand Lindhout nicht mehr. Toland folgte.
Truus streichelte Lindhouts Hand. Er sah sie an. Und wandte sich schnell wieder ab.
Gabriele kam zurück. Sie schloß sorgfältig die Tür und setzte sich auf einen Stuhl neben Lindhouts Bett.
»Ich habe sie weggeschickt. Sie haben ohnehin schon viel zuviel gesagt, aber ich glaube, die beiden werden schweigen.«
»Viel zuviel gesagt?« Lindhout regte sich auf. »Ich werde dafür sorgen, daß es der letzte Mensch der Stadt erfährt, was ich von Ramsay halte! Ich zeige ihn an. Er ist wirklich Georgias eigentlicher Mörder! Er hat sie auf dem Gewissen!«
»Nein«, sagte Gabriele ruhig.
»Wie?«
»Er hat sie nicht auf dem Gewissen, Herr Professor«, sagte Gabriele ruhig.
»Was?«
»Ich werde Ihnen die Wahrheit erzählen.« Gabriele sah Truus an. »Bleiben Sie hier. Auch Sie müssen es hören. Außer Ihnen beiden wissen dann nur Professor Ramsay und ich, was wirklich geschehen ist.«
»Und woher wollen *Sie* das wissen?« fragte Lindhout.
»Weil Ihre Frau sich mir anvertraut hat.«
»Wann?«
»Schon vor langer Zeit.« Gabriele senkte den Kopf. »Keinesfalls wollte sie, daß Sie, Herr Professor, oder Sie, Frau Doktor Lindhout, etwas davon erfahren. Ich habe ihr hoch und heilig verspre-

chen müssen, niemals ein Wort zu sagen, solange sie lebt. Ich habe mein Versprechen gehalten. Ihre Frau lebt nicht mehr, Herr Professor. Das ist furchtbar. Aber nun kann ich Ihnen die Wahrheit sagen.« Gabriele zögerte.
»Gabriele«, sagte Lindhout, »wir kennen uns seit 1944. Ich werde Ihnen glauben, was Sie sagen. Also lügen Sie nicht – etwa aus Barmherzigkeit.«
Gabriele antwortete: »Ich werde nicht lügen. Aus Barmherzigkeit schon gar nicht. Außerdem wäre das unsinnig. Die Autopsie der Leiche Ihrer Frau wird meine Worte bestätigen.«
»Was soll das heißen?« Lindhout setzte sich im Bett auf. Nachtwind raschelte in den Blättern der alten Bäume im Park.
»Das soll heißen«, sagte Gabriele, »daß Ihre Frau krank war. Unheilbar krank. Sind Ihnen denn nie Symptome aufgefallen?«
»Was für Symptome?« fragte Truus.
»Müdigkeit, Depressionen, Appetitlosigkeit, scheinbar grundlose Traurigkeit, Schweigen, Blässe...«
Lindhout sagte heiser: »All das ist uns aufgefallen. Ich habe mit meiner Tochter darüber gesprochen. Das ging schon lange Zeit so, besonders mit den Depressionen, und es wurde immer schlimmer. Aber Sie wollen doch nicht etwa sagen...«
Gabriele schluchzte und schneuzte sich in ein Taschentuch. »Professor Ramsay hat Sie nicht mit Ihrer Frau betrogen, Herr Professor. Er hat mit allen Mitteln versucht, das Leben Ihrer Frau um ein paar Jahre zu verlängern. Beide wußten, daß sie sterben mußte. Aber weil Ihre Frau Sie so sehr liebte, Herr Professor, wandte sie sich mit der Bitte um Hilfe an Professor Ramsay. Und sie vertraute sich mir an, denn eine einzige Vertraute brauchte sie – schließlich arbeiteten Sie zusammen. Es mußte jemand dasein, der Sie getäuscht, belogen, auf falsche Spuren gelenkt hätte, wenn Sie argwöhnisch geworden wären – so war es zwischen uns besprochen.«
»Das hätten dann also Sie getan«, sagte Truus und sah Gabriele starr an.
»Das habe dann also ich getan«, sagte Gabriele. »Jede Lüge, jede Täuschung war mir recht. Ich habe getan, was ich konnte. Lange Zeit haben Sie nicht bemerkt, wenn Ihre Frau das Institut verließ, Herr Professor!«
»Das stimmt«, sagte Lindhout. »Als ich es endlich merkte, wandte ich mich um Hilfe an einen Privatdetektiv.«
»An einen Detektiv haben weder Ihre Frau noch ich gedacht...« Gabrieles Stimme verlor sich. Sie schüttelte, in Gedanken versunken, den Kopf. »Hätten Sie das bloß nicht getan... Ihre Frau hätte

noch ein paar Jahre länger leben können... Es wäre schlimmer geworden mit ihr, sie hätte nicht mehr schön mit Ihnen leben können, aber immerhin leben. Und das war ihr größter Wunsch.«

Etwas in Gabrieles Stimme ließ Lindhout sehr ruhig werden. Er fragte: »Was für eine Krankheit hatte meine Frau?«

Ebenso ruhig antwortete Gabriele: »Chronische myeloische Leukämie.«

(Es gibt zahlreiche Krankheiten der roten und der weißen Blutkörperchen. Im Fall der Leukämie handelt es sich um eine ungesteuerte, wilde Vermehrung der weißen Blutzellen, von denen normalerweise 5000 bis 10000 in jedem Kubikmillimeter enthalten sind. Bei der Leukämie werden zusammen mit den reifen Leukozyten auch die unreifen Formen in die Blutbahn geschwemmt. Je weniger reif sie sind, als desto gefährlicher zeigen sie sich. Diese Entwicklung läßt sich nämlich nicht rückgängig machen, höchstens hemmen. Die Ursache der Leukämie ist noch unbekannt.)

15

In der Stille der Sommernacht erklang Gabrieles leise Stimme: »Professor Ramsay hat mir das erklärt: Die chronische myeloische Leukämie kann – im Gegensatz zur akuten – drei bis vier, in Ausnahmefällen zehn bis fünfzehn Jahre dauern, mit längeren Zwischenzeiten, in denen der Kranke sich völlig gesund fühlt. Das ist ja das Infame: Die ersten Beschwerden sind völlig uncharakteristisch! Ich habe schon einige aufgezählt – Sie haben sie an Mrs. Lindhout bemerkt. Sie selber hat sie natürlich auch bemerkt. Und nicht beachtet. Erst als Milz und Leber anschwollen, wurde sie besorgt und wandte sich an Professor Ramsay. Das ist vor zwei Jahren geschehen...«

»Warum hat sie mir nie ein Wort davon gesagt?« fragte Lindhout.

»Weil sie es nicht wahrhaben wollte! Weil sie Sie unter keinen Umständen erschrecken wollte! Das hat sie mir und Professor Ramsay gesagt. Und sie hat sich von uns das Ehrenwort geben lassen, daß wir niemals eine Silbe über ihre Krankheit verlieren!«

»Großer Gott im Himmel«, sagte Lindhout und sah Truus an. »Und ich...« Er konnte nicht weitersprechen.

»Du warst genauso ahnungslos wie ich«, sagte Truus. Und sie legte wieder eine Hand auf die seine.

»Ihre Frau verfügte über eine ungeheuere Selbstbeherrschung«, fuhr Gabriele fort. »Denn nun kamen Knochenschmerzen, Schmerzen im Oberbauch und vieles andere dazu. Sie haben nichts gemerkt...«

»Nein«, sagte Lindhout. »Nur die psychischen Veränderungen fielen mir auf. Die Depressionen, die Traurigkeit, das Sichzurückziehen... alles, was ich so falsch gedeutet habe.«

»Es werden auch weiße Blutzellen ins Zentralnervensystem geschwemmt«, sagte Gabriele. »Ich weiß das, weil ich die ganze schreckliche Zeit über genau von Ihrer Frau und von Professor Ramsay unterrichtet worden bin. Einmal im Zentralnervensystem angelangt, verändern die weißen Blutkörperchen natürlich den ganzen Menschen, seine Psyche, seinen Charakter...« Gabriele sagte: »Aber was sollten wir machen?... Es wurde immer schlimmer. Die Zahl der Leukozyten im Blutbild wechselte ständig: Einmal waren es dreißigtausend, einmal eine halbe Million pro Kubikmillimeter...«

»Verflucht, warum ließ sie sich nicht stationär behandeln?«

»Dann hätten Sie doch die Wahrheit erfahren, Herr Professor! Was glauben Sie, wie oft Professor Ramsay und ich Mrs. Lindhout angefleht haben, sich ins Hospital zu legen. Sie hat sich bis zuletzt geweigert, obwohl sie genau gewußt hat, daß es keine Rettung für sie gab, nur ein Hinauszögern des Endes... und das wollte sie... das wollte sie... Sie wollte unter allen Umständen mit Ihnen beiden leben – bis zum Ende. Sie war eine bewundernswerte Frau... sie hat auch Professor Ramsay außerordentlich beeindruckt... und darum ging er auf ihren Vorschlag ein, sie zu behandeln...«

»Bei sich zu Hause«, sagte Lindhout.

»Bei sich zu Hause, ja, Herr Professor. Ihre Frau glaubte, es so geschickt anzufangen, daß Sie es nie merken würden.«

»Und ich habe es gemerkt«, sagte Lindhout.

»Ja«, sagte Gabriele, »leider.«

16

Nach einer Pause fragte Lindhout: »Wie hat Ramsay meine Frau behandelt?«

Gabriele antwortete: »Unter Assistenz eines erstklassigen Spezialisten wurden Bluttransfusionen vorgenommen, abwechselnd mit Blutwäsche.«

»Und das alles draußen, in Ramsays Haus?« fragte Truus.

»Ja, Frau Doktor. Ich weiß, was Sie meinen. Aber bedenken Sie, wie lange Jahre Professor Ramsay mit Mrs. Lindhout gearbeitet hatte! Schon als sie noch Mrs. Bradley war... Und als sie ihn nun anflehte, ihr so zu helfen, daß Sie, Herr Professor, nichts merkten...«
»Ja«, sagte Lindhout. »Ich verstehe schon. Wahrscheinlich hätte ich in einem ähnlichen Fall dasselbe getan. Sicherlich hätte ich das. Aber Bluttransfusionen kann man doch nur alle zwei, drei Monate machen! Genau wie Blutwäsche...«
Gabriele fuhr sich mit dem Handrücken über die Augen. »Ihre Frau mußte unter strenger Kontrolle stehen und ständig untersucht werden.«
»Es tut mir leid«, sagte Lindhout, »es tut mir alles so leid.«
Der Druck von Truus' Hand auf der seinen verstärkte sich.
Gabriele sagte: »Neben den Bluttransfusionen erhielt Ihre Frau auch Medikamente. Zytostatika gegen die ungehemmte Vermehrung der Leukozyten... Und Antidepressiva. Sogar Aufputschmittel... Es gelang, den Zustand ein wenig zu verbessern... Glauben Sie, sonst hätte sie immer weiterarbeiten können wie ein Gesunder? Sie muß unheimliche Quellen seelischer Kraft gehabt haben... vielleicht hätte sie wirklich noch ein paar Jahre gelebt, wenn... verzeihen Sie.« Gabriele schwieg.
»Wenn ich sie nicht verdächtigt und beschuldigt hätte«, sagte Lindhout. »Wenn es nicht zu dieser schrecklichen Auseinandersetzung gekommen wäre. Wenn ich nicht behauptet hätte, daß sie mich mit Ramsay betrügt.« Er sah Truus an. Die erwiderte den Blick ausdruckslos. »Das war dann zuviel für Georgia. Nun auch noch von mir beschimpft zu werden... Da konnte sie nicht mehr... da wählte sie den Tod. Und ich bin schuld an diesem Tod. Ich allein.« Lindhout ließ sich auf das Kissen zurückfallen.
»Das dürfen Sie nicht sagen, Herr Professor!« rief Gabriele erregt. »Sie wußten ja die Wahrheit nicht! Es wäre besser gewesen, Sie hätten sie gewußt...«
»Wenn es zu spät ist, sind wir alle immer sehr klug«, sagte Lindhout.
»Es war vielleicht falsch von Mrs. Lindhout, was sie getan hat... Das Leben...« Gabrieles Stimme brach. »Das Leben...«, wiederholte sie. »Warum ist das Leben so gemein?«
Sie erhielt keine Antwort.
Drei Menschen waren in Lindhouts Schlafzimmer, jeder in seiner eigenen Einsamkeit, jeder in der Kammer seiner eigenen Gedanken, Hoffnungen und Schmerzen. Schließlich stand Gabriele auf. »Ich möchte jetzt gehen«, sagte sie. »Mein Mann wird sich Sorgen

machen. Und ich bin... ich kann auch nicht mehr, Herr Professor!«
Er gab ihr die Hand und sagte: »Ich danke Ihnen, Gabriele. Sie haben großartig gehandelt.«
»Auch ich danke Ihnen«, sagte Truus. »Ich bringe Sie hinaus.«
Gabriele war schon bei der Tür.
»Bleiben Sie bei Ihrem Vater«, sagte sie. »Ich kenne den Weg. Wenn irgend etwas ist, rufen Sie sofort in der Klinik an, Doktor Hillary wird die ganze Nacht da sein.« Sie schloß die Tür hinter sich. Ihre Schritte entfernten sich, die Haustür fiel ins Schloß.
»Verzeih mir, Adrian«, sagte Truus.
»Was soll ich denn dir verzeihen?«
»Erinnerst du dich an unser Gespräch über Georgia? Damals habe ich versucht, dich zu trösten. Mit den falschen Mitteln. Ich habe philosophische Spitzfindigkeiten von mir gegeben, um dich zu überzeugen. Ich habe es gut gemeint, Adrian. Aber ich hätte viel besser daran getan, dir zu...«
Die Hausglocke ertönte.
»Wer ist das jetzt wieder?« fragte Lindhout gequält.
»Ich sehe nach.« Truus eilte fort. Nach kurzer Zeit kam sie wieder.
»Deine Assistentin.«
»Gabriele? Was wollte sie?«
Truus kam zu Lindhouts Bett.
»Was hast du in der Hand?« fragte er.
»Gabriele hat es vorhin vergessen... Schon vor vielen Wochen gab Georgia es ihr. Für den Fall eines... Unglücks hat sie deine Assistentin angewiesen, das da aufzuheben. Wir haben beide nicht gemerkt, daß es nicht mehr, wie vordem, geöffnet auf ihrem Nachttisch stand. Vor vielen Jahren habe ich es euch beiden geschenkt.« Truus reichte Lindhout einen Gegenstand, der sehr flach war und nicht ganz so groß wie eine Packung Zigaretten. Lindhouts Hände zitterten, als er das kleine goldene Etui öffnete. Auf der rechten Seite waren die Zeilen eines Verses aus dem Gedicht SYMBOLUM in das Gold eingraviert, auf der anderen Seite steckte unter Cellophan eine Fotografie des Liebespaares von Chagall. Zwischen beiden Hälften fiel ein kleiner Zettel auf Lindhouts Bettdecke. Er hob ihn auf und las in Georgias Schrift diese Worte: TILL THE END OF TIME.

17

Am 2. Juli 1967 standen Truus und Lindhout vor einem schon wieder zugeschaufelten Grab auf dem schönen alten Friedhof, wo sehr viele gute und berühmte Menschen lagen, darunter solche aus der Zeit des Sezessionskrieges sowie Mary Todd, Abraham Lincolns Frau. Lindhout hatte alles darangesetzt, zu vermeiden, daß irgend jemand wußte, wann seine Frau begraben wurde. Er hatte keine Anzeigen in die Zeitungen setzen und keine Karten verschikken lassen. Ein freundlicher, weißhaariger Pfarrer, der sich bereit erklärt hatte, am Grab ein Gebet zu sprechen, war von Lindhout höflich, aber bestimmt abgewiesen worden. Die Totengräber hatten ihre Arbeit vollendet und waren auf Bitten Lindhouts gegangen. Um 17 Uhr 30 standen nur er und Truus vor dem Erdhaufen. Dieser mußte sich erst senken, dann sollte hier ein flacher Stein liegen – nur mit den eingemeißelten Worten GEORGIA LINDHOUT, so hatte Lindhout es angeordnet. Es gab keine Kränze. Einen großen Strauß roter Rosen hatte Lindhout selbst mitgebracht. Die Rosen lagen auf der frisch ausgehobenen Erde. Viele Blumen blühten in dem alten Friedhof, der erfüllt war von unwirklicher Stille und unwirklichem Frieden. Riesige Bäume warfen ihre Schatten über die Hügel.

Lindhout und Truus standen mehr als eine Stunde vor der Stelle, die Georgias letzter Platz auf dieser Welt geworden war, und sie sprachen nicht miteinander. Lindhouts Blick wanderte von dem Erdhaufen des frischen Grabes fort über unzählige verwitterte und zugewachsene Gräber.

Gräber...

Er dachte an Worte, die ihm nicht einfielen.

Gräber...

Dann hörte er, daß ihn Truus etwas fragte, er verstand nicht, was.

»Wie?« fragte er.

»Wo ist das Etui?«

»Ich habe es Georgia in den Sarg gelegt«, antwortete er.

Endlich gingen sie den weiten Weg zum Ausgang des Friedhofs zurück. Auf der Straße stand der Wagen. Truus setzte sich hinter das Steuer. Sie fuhren nach Hause. Während der ganzen Zeit sprachen sie kein einziges Wort.

18

Nach Georgias Tod verfiel Lindhout in totale Lethargie, kümmerte sich nicht mehr um seine Arbeit und saß tagelang im Park des Hauses, den Blick ins Leere gerichtet, nicht einmal von Truus ansprechbar. Bernard Branksome kam und erreichte, daß Lindhout eine Schlafkur in der Klinik machte. Eine Woche nach Beginn der Kur befand er sich, wieder halbwegs klar, in demselben erbärmlichen Zustand. Er bat Professor Ramsay immer wieder um Verzeihung, weinte oft vor sich hin und aß kaum etwas. Drei Wochen später konnte er immerhin schon wieder in sein Labor gehen, tat dort aber überhaupt nichts. Er war liebenswürdig zu allen Menschen, ganz ohne Hoffnung. Seine Umgebung bemühte sich um ihn, allen voran Truus. Doch auch sie richtete nichts aus. Professor Ramsay und Lindhout saßen nun abends oft zusammen, und der Klinikchef, überzeugter Christ, bemühte sich, seinen Freund mit Hinweisen auf Gott zu helfen. Aber auch damit kam er nicht weiter.

»Ich will dir etwas sagen, Ronald«, erklärte Lindhout ihm einmal. »Du hast es leicht. Du glaubst an Gott. Ich kann nicht an einen Gott glauben, in dessen Macht es liegt, uns die Furcht vor dem Leben oder die Furcht vor dem Tode zu befehlen – und dazu blinden Glauben!«

»Du glaubst nicht an Gott...« Ramsay hatte es etwas schwer beim Sprechen, ein Verband lag immer noch in Höhe der Nase um seinen Kopf.

»Nicht an einen persönlichen. Ich könnte dir nicht beweisen, daß es einen persönlichen Gott nicht gibt. Aber wenn ich so tun würde, als glaubte ich an ihn, dann wäre ich ein Betrüger.«

»Man muß doch an irgend etwas glauben...«, sagte Ramsay hilflos.

»Gewiß.« Lindhout nickte.

»Woran also?«

»Ich weiß nicht, woran andere glauben. Ich glaube an die Bruderschaft aller Menschen und an die Einzigartigkeit des Individuums«, sagte Lindhout. »Ich glaube daran, daß man weder glauben darf, ohne dabei zu denken – und daß man lieben muß. Ich weiß jetzt, daß es gleichgültig ist, wie man liebt, wenn man nur überhaupt liebt. Und das muß man. Man muß lieben...«

Trotz all dieser Gespräche mit Truus und Ramsay brachte erst Bernard Branksome die endgültige Wendung zum Guten. Bei einem seiner Besuche erklärte er Lindhout: »Die Amerikaner sind leider zu blöde, um zu erkennen, was Sie da mit Ihren Antagonisten für einen Schatz in der Hand halten. Ich habe im Repräsentantenhaus geredet und geredet. Ich habe die Zahlen der bereits Süchtigen genannt, Tabellen gezeigt, die Zukunft vorhergesagt, geschrien, daß diese Idioten bald schon auf den Knien gekrochen kommen werden, winselnd, Sie, lieber Professor, mögen Antagonisten von längerer Wirkungsdauer finden, koste es, was es wolle! Erfolg? Null!«

Lindhout sah Branksome stumm an. In den Käfigen des großen Tierlabors turnten die Affen hinter Glas. Es war sehr heiß geworden in Lexington.

»Zum Kotzen!« fuhr Branksome fort. »Jetzt hat so ein Siebengescheiter aus dem Gesundheitsministerium den Vorschlag gemacht, ein ›Maintenance-Programm‹ aufzustellen.«

»Was für ein Programm?« Lindhout hörte kaum hin. Aber er nahm wahr, was Branksome im folgenden erzählte...

Dies: In Washington war der fanatische Drogenfeind zu einem gewissen Dr. Howard Seal ins Gesundheitsministerium gerufen worden. Dr. Seal neigte zu Hochmut. In seinem Büro bat er Branksome, Platz zu nehmen. Dann offerierte er Zigarren. Branksome lehnte ab. Der schwere, rotgesichtige Seal offerierte einen Drink. Branksome lehnte ab. Seal machte sich einen mächtigen Whiskey on the rocks, entzündete eine lange Havanna, lehnte sich in einen bequemen Stuhl zurück und sagte in einem halb väterlichen, halb verächtlichen Ton: »Ich habe die Aufgabe, lieber Mister Branksome, Ihnen für Ihre außerordentlichen Bemühungen im Kampf gegen die Drogensucht zu danken.« Ein Schluck. »Wir hier sind indessen auch nicht untätig gewesen und, glaube ich, weiter vorangekommen als Sie.« Eine Tabakrauchwolke. Branksome erhob sich wütend halb aus seinem Sessel. »Nicht doch, mein Lieber«, sagte Seal sanft. »Bleiben Sie sitzen. Sie müssen doch zugeben, daß man mit den Antagonisten Ihres Professors Lindhout in der Praxis weder bei Süchtigen etwas anfangen kann noch daß sie zur Verhütung der Sucht überhaupt zu verwenden sind.« Großer Schluck. »Weil die Wirkungsdauer dieser Antagonisten eben leider so ungemein kurz ist.«

»Sie wird nicht so kurz bleiben!« Branksome regte sich auf. »Professor Lindhout wird Langzeit-Antagonisten finden! Wenn man ihm nur die Mittel dafür zur Verfügung stellt!«

»Rausgeworfenes Geld.« Seal winkte mit der Zigarre in der Hand ab. »Wie lange arbeitet Ihr Professor schon an dem Problem? Seit 1945? Jetzt schreiben wir 1967! Was ist der letzte Stand seiner

Forschungen? Er hat einen länger wirkenden Antagonisten gefunden, der selber süchtig macht! Bei aller Sympathie für Professor Lindhout, Mister Branksome, aber wenn Sie das einen Fortschritt nennen...«
Branksome fauchte: »Und wie steht es um Ihren Fortschritt? Was haben Sie erreicht?«
»Wir bauen das ›Maintenance‹-Programm auf.« Großer Schluck. Genußvoll nuckelte Seal an seiner Havanna. »Das bedeutet ein Programm mit der Freiheit der Wahl. Überall im Lande werden Beratungsstellen eingerichtet. Wir wissen – genau wie Sie –, daß Methadon süchtig macht. Aber im Vergleich zu anderen Drogen ist es am harmlosesten. Alle Süchtigen können in diese Beratungsstellen kommen und erhalten da kostenlos Methadon!«
»Und die Vereinigten Staaten von Amerika werden ein Kontinent von Süchtigen!«
Seal lächelte herablassend. »Das ist natürlich eine maßlose Übertreibung, lieber Freund. Es wird nicht mehr Süchtige geben als bisher. Nur: Wir werden sie unter Kontrolle haben! Wir werden sie resozialisieren, so daß sie weiter ihre Berufe ausüben und *mit* dem Methadon leben können. Wir kriegen auf diese Weise alle Süchtigen von der Straße weg, wo sie heimlich von Kriminellen Rauschgift kaufen. Das Verbrechertum, die Prostitution, die Gewalttaten – all das wird bei Süchtigen auf diese Weise verschwinden. Warum? Weil sie ja von uns *umsonst* kriegen, was sie brauchen! Sie werden eben vom Heroin und von allen anderen Suchtmitteln umsteigen auf Methadon!«

Das hatte Branksome erzählt...
Lindhout hatte schließlich müde geantwortet: »Doktor Seal ist ein ehrenwerter Mann. Das ›Maintenance‹-Programm ist weder kriminell noch stellt es eine Therapie dar. Es ist aus einer Notsituation heraus entstanden, aus einer Krise, und hat durchaus seine Berechtigung. Was bleibt dem Staat denn anderes übrig, wenn er wenigstens die verbrecherische Seite der Drogenszene eindämmen will? Ich finde das, was die Regierung da tut, vollkommen berechtigt. Doktor Seal hat recht...«
»Doktor Seal ist ein Hohlkopf! Eine aufgeblasene Null, die sich wichtig macht! Es gibt Süchtige? Na, dann geben wir ihnen einfach Suchtmittel! Geben wir sie ihnen umsonst! Resozialisieren wir sie! So kriegen wir ein sauberes Amerika! Scheiße kriegen wir! Wenn einer Heroin haben will, dann wird er auf das Methadon pfeifen! Dann wird er weiter zu seinem Dealer gehen! Dann werden weiter Verbrechen geschehen! Die Prostitution wird blü-

hen! Die Polizei wird bald nicht mehr wissen, wo ihr der Kopf steht!«

»Wenn ich aber doch nicht weiterkomme...«, murmelte Lindhout.

»Sie werden jetzt weiterkommen! Und wie!« Branksome ließ die Fingerknöchel knacken. »Warum, glauben Sie, bin ich hier? Um Ihnen von diesem traurigen Arschloch Seal zu erzählen? Nein, um Ihnen zu sagen, daß mir der amerikanische Vertreter von SANA auf die Pelle gerückt ist – aber mächtig, kann ich Ihnen sagen, aber mächtig!«

»SANA?« Zum ersten Mal hatte Lindhouts Stimme interessiert geklungen. »Das ist doch dieser ganz große Schweizer Pharmabetrieb.«

Branksome nickte grimmig.

»Und ob! Einer von den größten der Welt! Bei SANA spielen sie völlig verrückt, ihr Vertreter hat mich angefleht, Sie zu überreden...«

»Überreden? Wozu?«

»Hören Sie«, sagte Branksome und ließ die Knöchel seiner Finger knacken, »was Sie in Lexington zur Verfügung haben, sieht schön aus, aber ist doch alles Kacke. In Ihrem Stadium der Arbeit benötigen Sie Hunderte von Mitarbeitern, so viel Geld und so viel Spezialisten, wie *ich* Ihnen *nie* zur Verfügung stellen könnte! Labors zu Dutzenden! Ein Pharma-Laden, der sich Ihre Entdekkung viele Millionen kosten läßt, um sie perfekt zu machen – mit Ihnen wie mit der Spinne im Netz. Sie können in Lexington bleiben, wenn Sie wollen. Aber zuerst einmal müssen Sie nach Europa fliegen und einen Vertrag mit SANA schließen! Die Brüder schwimmen in Geld! Die geben jährlich eine halbe Milliarde Schweizer Franken nur für Forschung aus! Denken Sie an die berühmten neuen Psychopharmaka. Die machen, was *Sie* wollen! Die schicken Ihnen Leute nach Lexington! Sie haben endlich jede Freiheit der Forschung! Bei SANA erwarten sie uns schnellstens in Basel! Ich habe für morgen abend zwei Tickets gebucht! Meine Gorillas fliegen auch mit, klar! Also fahren Sie nach Hause, packen Sie! Und dann gibt's im alten Europa noch eine ganze Menge Universitäten, die um Vorträge geradezu betteln!«

»Ich denke nicht daran, nach Europa zu fliegen«, sagte Lindhout.

Zwölf Stunden später befand er sich in einer Boeing 727 der PAN AMERICAN AIRWAYS. Neben ihm saß Bernard Branksome. Sie flogen bereits über den Atlantik. Man schrieb den 22. August 1967.

19

In der Ersten Klasse waren nur wenige Menschen.
Branksome unterhielt sich leise mit Lindhout.
»Sie haben den Report gelesen, Professor?«
Lindhout nickte. Er saß an einem Fensterplatz und sah hinab auf das graublaue Meer. Er war sehr schmal im Gesicht geworden, und unter seinen Augen lagen dunkle Ringe, aber er konnte sich endlich wieder konzentrieren. Eine hübsche Stewardeß servierte. Lindhout aß auch wieder. Er sprach sehr wenig. Um so gesprächiger war Branksome...
»Diese Scheißer vom ›Bureau‹ haben so lange nichts getan, bis die ›Commission on Law Enforcement and Administration of Justice‹ dem ›Narcotics and Drug Abuse Task Force‹ Anweisung gegeben hat, diesen Report zusammenzustellen. Ich habe ihn an alle Mitglieder des Repräsentantenhauses verteilen lassen. Reaktion? Wieder Null natürlich. Gut, das Hühnchen, wie? Nehmen Sie noch etwas Champagner. Aber ja doch... ja doch! Auf den Knien! Auf den Knien werden sie alle angekrochen kommen bei Ihnen, Professor, das sage ich Ihnen!« Leise Musik ertönte aus Lautsprechern. »Jährlich werden über anderthalbtausend Kilo Heroin nach Amerika eingeschmuggelt – der Report nennt endlich Zahlen!« Branksome stocherte in seinem Essen herum. »Diese Menge haben die Verfasser des Reports aus den Unterlagen über die Zahl der Süchtigen abgeleitet. Der *registrierten* Süchtigen, wohlgemerkt! Da können Sie sich vorstellen, wie die Dunkelziffer aussieht! Und unserem Scheißbureau ist es gelungen, mit Mühe und Not knapp *ein Zehntel* von diesen eineinhalb Tonnen Heroin zu beschlagnahmen!«
Perry Como ist aus der Mode gekommen, dachte Lindhout. Zum Glück. Sie werden auf ihren Tonbändern hier in der Maschine kaum TILL THE END OF TIME haben. Man muß für alles dankbar sein.
»Knapp ein Zehntel!« Branksome regte sich auf. »Und dieses Drecksbureau hat fünfhundert ständige Mitarbeiter und Tausende von lokalen und staatlichen Agenten, die auf Narkotika spezialisiert sind!«
Leise erklang ›Moonglow‹. Der Ozean unter ihnen wurde plötzlich blau.
»Und mit dem Zehntel, das sie erwischen, berühmen sich diese Arschlöcher auch noch!« Branksome geriet – wie immer, wenn er auf das ›Bureau‹ zu sprechen kam – mehr und mehr außer sich. »Ich sage Ihnen, die mischen mit, das sind selber Verbrecher! Die

haben ihre Freunde in Marseille und in Kanada. So kommt das Heroin nämlich jetzt zu uns rein. Von Marseille über Kanada! Diese ›French Connection‹, wie sie ganz offen genannt wird, ist phantastisch durchorganisiert! Hut ab vor deren Boss! Ich habe es prophezeit, ich habe es prophezeit – erinnern Sie sich?«
Lindhout nickte.
»Heroin läßt sich in jede Form pressen. Sie können es in den Karosserien von Autos, in Kisten mit doppeltem Boden, in Maschinen aller Art verstecken...« Die Stewardeß fragte, ob die Herren Kaffee wünschten. Lindhout schüttelte den Kopf. »Nein«, sagte Branksome, und seine Augen hinter den dicken Brillengläsern funkelten vor Wut, er hatte gar nicht richtig hingehört. »Oder ja, doch, bitte, wenn Sie so freundlich sind, Miss. Und wissen Sie, wer verantwortlich ist für diese ungeheuere Schweinerei? Wir! Wir! Wir selber!«
Lindhout legte eine Hand auf Branksomes Arm. »Nicht so laut. Die zwei Männer drüben schauen schon her.«
Sofort wurde Branksome leise. Er sprach fast flüsternd.
»Unsere CIA!«
»Nein!« Lindhout war schockiert.
»Ich habe alle Beweise dafür! Passen Sie auf: Zuerst war der Heroinhandel in Marseille Sache von zwei korsischen Brüdern. Die haben ihr Vermögen damit verdient, daß sie während des Krieges der Gestapo die Namen aller französischen Widerstandskämpfer lieferten! Dann kamen noch Sizilianer dazu! Und anstatt die Kerle aufzuhängen nach Kriegsende, gab ihnen unsere CIA enorme Summen, um die Macht der CGT da unten zu brechen.«
»Der was?«
»CGT. Das ist die mächtigste Gewerkschaft in Frankreich. Kommunistisch. Mit Hilfe der CIA wurde der antikommunistische Sozialist Antoine Lavond Bürgermeister von Marseille. Er ist es noch immer. Weitere Glanzleistung der CIA: Sie half den Korsen und Sizilianern, den neuen riesigen Hafen La Joliette unter Kontrolle zu bringen – den Hafen, in dem heute die Morphin-Base ausgeladen und das Heroin zu uns herübergebracht wird! Amerika! Home of the brave!« Er hustete. »Nicht daß die Franzosen besser wären!«
»Was heißt das?«
»Als General de Gaulle sich vor Mordanschlägen zu fürchten begann, da gründete er seine eigene Hauspolizei. Zusammengesetzt aus Zuchthäuslern, Profi-Killern und Gangstern. Der Haufen hieß SAC. Vor dieser Privatpolizei hat sogar die richtige französische Polizei Angst. Die Leute vom ›Bureau des stupéfiants‹ da

unten in Marseille sind bedauernswerte arme Hunde. Was sie auch tun – es hilft nichts, denn de Gaulles Hauspolizei, die SAC, hat sich mit den Korsen und Sizilianern zusammengetan. Es ist ein Teufelskreis. Die ›stupés‹ – so nennt man die Leute der französischen Rauschgiftpolizei – erhalten von der normalen Polizei immer wieder Tips, wen sie wo erwischen können, sie erwischen ihn auch, aber wer immer es ist, den sie erwischen, es wird dann von der Pariser Polizei geheimnisvollerweise verlangt, daß die da unten den Saukerl laufen lassen. Denn die SAC, diese Parallelpolizei, steht vielen von den ganz großen Tieren sehr nahe.« Branksome fluchte laut, sah, daß er Aufmerksamkeit erregte, beruhigte sich, aber ließ die Knöchel knacken. Leise geworden, fügte er hinzu: »Und natürlich ist das ein Geschäft, bei dem man über Leichen geht – was heißt geht, *tanzt!* Hören Sie, ich würde selber tanzend morden! Überlegen Sie mal: Die Mohnbauern erhalten einen Dreck. Alle anderen – besonders die ›Chemiker‹ in Marseille – kriegen auch nicht viel, es sind ja gar keine richtigen Chemiker! Und dann kommen, in Kotflügeln oder im Innern von Autos versteckt, in Bulldozern, Setzmaschinen, Eisschränken, Möbeln oder was weiß ich, sagen wir: fünfzig Kilo Heroin von Marseille über Kanada in die Staaten. Das Zeug geht zuerst zu den ›Empfängern‹, dann zu den ›Großhändlern‹, den ›Verbindungen‹, bis hinunter zu den kleinen Händlern an den Straßenecken, die ihre ›Pops‹, Heroin in kleinen Säckchen – oft noch dazu auch gestreckt mit Milchzucker oder harmlosem Mannit – verkaufen. Fünfzig Kilo Heroin bringen allein aus dem Straßenverkauf zweiunddreißig Millionen Dollar ein. Zweiunddreißig Millionen Dollar! Können Sie sich das vorstellen?«

»Nein«, sagte Lindhout und dachte, ich denke gar nicht mehr so oft an Georgia, wirklich nicht. O Gott, ich wünschte, ich könnte aufhören, unablässig an Georgia zu denken!

Aus den Lautsprechern kam die Titelmusik des Films ›Doktor Schiwago‹. Nicht Perry Como.

»Ihr Kaffee, Sir.« Die Stewardeß servierte.

»Danke, mein Kind.«

»Natürlich ist es unvorstellbar«, sagte Branksome, »aber es ist die Wahrheit. Seit Bestehen der Welt ist es das größte Geschäft, das je gemacht wurde. Die Rüstungsfabrikanten verdienen einen Dreck dagegen mit ihren Panzern und ihrem Napalm. Wer ist bei uns daraufgekommen? Wer ist der Boss der Bosse für Amerika? Ich werde es herausfinden, und wenn ich dabei verrecke, *aber ich werde herausfinden, wer das ist, dieser Boss!*«

20

Basel ist eine sehr alte Stadt. Von Zürich kommend, stiegen Lindhout und Branksome am 23. August 1967 in dem sehr schönen Hotel ›Trois Rois‹ am Blumenrain 8 ab, desgleichen Branksomes Leibwächter, die nun auch Lindhout beschützten. Lindhouts Appartement lag von der Straße abgewandt. Durch die großen, hohen Balkonfenster sah er direkt vor sich den träge fließenden Rhein und die Schlepper mit ihren Lastkähnen, Flaggen vieler Nationen am Heck. Auf der anderen Seite des Stroms liegt Kleinbasel.

Bei seinem Eintreffen fand Lindhout eine Benachrichtigung vor. Seine Tochter, sagte der Concierge, habe angerufen. Sie bat um Rückruf. Lindhout setzte sich in seinem Appartement auf einen antiken Sessel und ließ sich mit Lexington verbinden. Dort war es sechs Stunden früher als in Basel, und er rief deshalb, um 16 Uhr eingetroffen, in der Universität an.

Die Verbindung kam, während er seinen Tee trank, den er sich auf das Zimmer bestellt hatte, und sie war so klar, daß er meinte, Truus vor sich zu haben. Auf eine ihm selbst unbegreifliche Weise tröstete ihn das.

»Adrian!«

»Ja, Truus. Ich soll dich anrufen, hat man mir gesagt. Ist etwas geschehen?«

»Nein. Wieso?«

Nach siebzehn Jahren bin ich wieder auf europäischem Boden, dachte Lindhout, da drüben liegt Deutschland, und mit dem Flugzeug bin ich in zwei Stunden in Wien, wo ich Georgia kennengelernt habe.

»Weil ich doch anrufen soll...« Er fühlte sich benommen und schläfrig.

»Ja, aber nur, damit ich beruhigt bin und weiß, daß du gut angekommen bist.«

»Ach, Truus«, sagte er.

»Was ist, Adrian?«

»Nichts, gar nichts...« Ein holländischer Schlepper mit vielen Lastkähnen glitt stromabwärts. »Ich bin sehr gerührt, daß du dir so viele Gedanken um mich machst...«

»Du bist doch alles, was ich habe, Adrian! Ich liebe dich doch, das weißt du!« Als wäre sie im Zimmer, dachte Lindhout, als stünde sie vor mir, als wären wir nicht durch einen Ozean getrennt. »War der Flug gut?«

»Alles war gut, Truus, alles.« Auch sie ist alles, was ich noch habe, dachte er.
»Was tust du gerade?«
»Tee trinken. Es ist sehr schön hier, Truus. Du mußt einmal herkommen.« Er hörte sie lachen. »Was ist?«
»Ich weiß genau, wo du bist, ich sehe dich in deinem Hotelzimmer! Ich habe einen Stadtplan von Basel gekauft und vor mir liegen! Du bist in den ›Trois Rois‹!«
Der holländische Schlepper tutete dreimal, ein italienischer kam ihm entgegen. Holland, dachte Lindhout, Rotterdam, so nah, alles auf einmal wieder so nah. Rachel, meine erste Frau, zu Tode geprügelt von den Nazis in Holland. Georgia, meine zweite Frau, begraben in Lexington, Kentucky. So schnell ist dieses Leben vorübergegangen. Ist es bald aus? Bin ich schon ein alter Mann? Auf vielen Gebieten gewiß. Niemand weiß, was mir bevorsteht. Ich muß alles, was ich erkannt habe, weitergeben an Jüngere. Es ist sehr klug gewesen von diesem Pharmawerk, mich kommen zu lassen.
»Wann gehst du zur SANA?«
»Morgen um zehn Uhr sind wir angemeldet, Branksome und ich. Da schläfst du noch.«
»Aber rufe wieder an. Später! Wann du willst! Zu Hause oder in der Universität! Versprichst du mir das, Adrian?«
»Ja«, sagte er. Wie breit der Strom ist, dachte er, wie lang die Brücke über ihn. Eine Stimme sang: ».... ik weet een heerlijk plekje grond, deer waar die molen staat...«
»Was hast du, Adrian?«
»Ein holländischer Schlepper fährt vorbei an meinem Fenster«, sagte er und fühlte dabei, wie er immer benommener wurde. »Jemand singt ›Het plekje bij de molen‹ – das hat deine Mutter...« Er verbesserte sich... »das hat Rachel so gerne gehabt, dieses Lied.«
»Ich habe es auch gern, Adrian.« Über ein Weltmeer, aus einem anderen Kontinent drang Truus' Stimme an sein Ohr: »... waar ik mijn allerliefste vond, waar vor mij't haarte staat...«
»Das war schön«, sagte Lindhout.
»Was wirst du jetzt machen, Adrian?«
»Ich glaube, ich lege mich eine Stunde hin. Der Zeitunterschied...«
»Ich umarme dich. Bis morgen!«
»Bis morgen«, sagte Lindhout. Er hörte, wie sie einhängte, und hielt den Hörer noch eine Weile in der Hand. Dann erhob er sich, nahm ein heißes Bad und legte sich ins Bett. Er schlief durch bis

zum nächsten Morgen um 7 Uhr 30. Alles, was er in Wien mit Georgia erlebt hatte, erlebte er träumend wieder – die Nacht in ihrem Zimmer im beschlagnahmten ›Krankenhaus der Kaufmannschaft‹, den Abend im ›Rainbow Club‹, er hörte Perry Como singen, er fuhr in Georgias Jeep zur Berggasse, und alle Gestalten von einst tauchten auf: die Kommissare Heger und Groll, jener seltsame Mann mit der halben Lunge und dem Gingko-biloba-Blatt, das er Lindhout schenkte und dazu sagte: ›Meinem Freund, dem Mörder, dessen Mord zu beweisen man mir verboten hat...‹. Das Blatt lag unter einer Glasplatte des Schreibtisches in seinem Arbeitszimmer an der Berggasse... Lindhout sprach mit Fräulein Philine Demut in seinem Traum, er erlebte noch einmal den Luftangriff und den Moment, in dem der erpresserische Schuft Siegfried Tolleck von seinem Balkon stürzte. Da war das Chemische Institut, da waren Horeischy, Lange, der das Elektronenmikroskop zerschlug, die Freunde Ilja Krassotkin und Sergej Soboljew, der Hausbesorger Pangerl... und so viele andere, und sie alle sprachen mit Lindhout und sie alle waren sehr freundlich und sehr hilfreich.
Er erwachte ausgeruht und frisch aus diesem Traum. Und während er zur Decke emporsah und die Schlepper tuten hörte, dachte er verwundert: Ein Mensch ist mir nicht begegnet in meinem Traum. Haberland hieß er. Nein, Kaplan Haberland habe ich nicht wiedergesehen heute nacht...

21

»Wir haben uns vorgestellt, daß wir, während Sie nun Ihre Vortragsreise absolvieren, alle von Ihnen entwickelten Theorien in Testreihen prüfen«, sagte einer der Herren der SANA. »Sie und wir stehen in ständiger Verbindung, selbstverständlich. Ein sehr begabter junger Biochemiker wird zu Ihnen nach Lexington kommen. Wir schließen selbstverständlich einen Vertrag, und es stehen Ihnen praktisch alle Möglichkeiten zur Verfügung. Sie haben ja gesehen, wie groß die Zentrale hier ist, nicht wahr, Herr Professor?«
Der dies sagte, war Präsident Gubler – Peter Gubler, Präsident der SANA-Pharmawerke, ein erstaunlich jugendlich wirkender Mann von dreiundsechzig Jahren (Branksome hatte Lindhout das Alter verraten). Gubler sprach mit leichtem Schweizer Akzent. Er war elegant gekleidet, lächelte viel und gern, hatte ein offenes, gutmüti-

ges Gesicht und große, helle und sehr wache Augen. Sein Haar war dicht und braun.
Wie viele sehr reiche Schweizer, lebte Gubler in einem ständigen Understatement. Sein Büro im Werk war groß, aber schlicht eingerichtet: ein paar moderne Stahlrohrmöbel, an den Wänden wenige, aber sehr gute abstrakte Bilder. Auch hier sah man durch die Fenster den Rhein. Das Werkgelände erstreckte sich über ein weites Gebiet stromabwärts unterhalb des St.-Johann-Tores. Beherrscht wurden die Anlagen von drei hohen Gebäuden. Im mittleren arbeitete Gubler. Sein Arbeitszimmer befand sich im dreizehnten Stock.
Branksome, der neben Lindhout dem Präsidenten gegenübersaß, sagte bitter: »Und wenn es dann soweit ist, können Sie uns die Präparate in Lizenz verkaufen, Herr Gubler.« Er sprach deutsch.
»Wir haben Herrn Professor Lindhout gebeten, für uns zu arbeiten – ich meine, *mit* uns.« Gubler hob eine Hand. »Er lebt in Amerika. Warum hat keine amerikanische Firma ihn gebeten, Mister Branksome?«
»Weil das alles verfluchte... schon gut«, erwiderte Branksome. »Ich habe Ihnen den Professor schließlich gebracht, nicht wahr?«
»Wir sind Ihnen auch sehr dankbar dafür, Mister Branksome.« Gubler lächelte breit. »Wollen wir uns jetzt über Ihren Vertrag unterhalten, Herr Professor?«
Sie unterhielten sich eine knappe Viertelstunde. Lindhout war erstaunt über Gublers Großzügigkeit und Bereitschaft, ihm in allen Punkten entgegenzukommen.
»Und nun werde ich den Mann herbitten, der die ständige Verbindung zwischen Ihnen und uns herstellen und Ihr neuer Mitarbeiter werden wird. Es ist der begabteste Biochemiker, den wir haben.« Gubler telefonierte kurz. Und kurz darauf klopfte es. Ein etwa dreißigjähriger Mann trat ein. Dieser Mann war hager, groß und wirkte etwas schüchtern. Als er Lindhout die Hand gab, machte er eine tiefe Verbeugung. Narben einer früher durchgemachten Akne hatten sein Gesicht gezeichnet. Seine Stirn war hoch, das Haar dunkel, der Mund sensibel, die Augen melancholisch. Dieser Mann gefiel Lindhout auf den ersten Blick.
»Ich bin sehr glücklich, mit Ihnen arbeiten zu dürfen, Herr Professor«, sagte dieser Mann mit französischem Akzent. Er hieß Doktor Jean-Claude Collange, und er sollte keine zwölf Jahre später, am Nachmittag des 23. Februar 1979, in der Berggasse im IX. Wiener Gemeindebezirk Augenzeuge des schrecklichen Endes einer sehr seltsamen Begebenheit sein, deren Ursprung dann fast vierunddreißig Jahre zurücklag, nämlich an jenem 13. März 1945,

als das gottesfürchtige Fräulein Philine Demut, kurze Zeit vor ihrem Ende, einen Brief geschrieben hatte, worin sie dem Kaplan Haberland bei ihrer Seligkeit schwor, mit angesehen zu haben, wie Lindhout einen Menschen ermordete.

22

»... und trotz allem frage ich mich allen Ernstes: Soll man die Sucht eigentlich bekämpfen? Warum? Warum sollen wir versuchen, Gegenmittel zu finden und ihr ein Ende zu bereiten? Ich meine... Soweit ich weiß, ist Selbstmord in keinem Land der Welt strafbar. Wenn einer die Sache in zehn Sekunden erledigt, weil er vom Empire State Building springt... oder in drei Jahren mittels Heroin... oder in fünfzehn Jahren, weil er sich totgesoffen hat – das bleibt sich doch eigentlich egal. Wir suchen ja auch nicht nach einem Mittel, das Menschen davon abhält, achtzehn Stunden am Tag zu arbeiten und dann mit dreißig an einem Herzinfarkt zu sterben! Wir suchen nach keinem Mittel, das Menschen davon abhält, sich zu Tode zu fressen! Lebensmittel kaufen, natürlich, ist keinesfalls strafbar. Langsamer Selbstmord mit Hilfe illegal erworbener Mittel – da sind wir in der Zwickmühle! Wenn sich einer unbedingt umbringen will: schön... oder vielmehr: nicht schön! Das darf man jedermann gestatten. Aber darf man auch gestatten, daß er dabei gegen das Gesetz verstößt wie beim Erwerb von Rauschgift? Ich frage Sie! Wenn der Fall ohnedies letal ausgeht... warum dann verbieten?« Der grauhaarige Mann mit der wilden Mähne, dem zerfurchten Gesicht und den tiefen Falten, die von den Nasenflügeln zu den Mundwinkeln liefen, hob den Kopf, und der traurige Blick seiner Augen wanderte, als sähe er nichts, über die ansteigenden Bankreihen des großen Hörsaals für Psychiatrie an der Pariser Sorbonne.

Wohl alle bedeutenden Neurologen, Psychiater, Biochemiker, Gerichtsmediziner und Kriminologen Frankreichs saßen da und starrten gebannt auf den Mann vor der mit Formeln und Zahlen beschriebenen großen schwarzen Tafel. Eben hatte dieser Mann noch in einem glänzenden Vortrag über seine Arbeiten zur Auffindung brauchbarer Morphin-Antagonisten gesprochen, mit Kreide unermüdlich Gleichung um Gleichung, Gedankenkonstruktion um Gedankenkonstruktion auf jener Tafel festgehalten – und nun sagte er Worte, die alle erstarren ließen. Das war am 24. Oktober 1967, eine große elektrische Wanduhr zeigte die Zeit: 15 Uhr 47. Seit

zwei Monaten reiste Lindhout von einer europäischen Hauptstadt zur anderen und hielt Vorträge.
Die französischen Gelehrten sahen einander ratlos an. Was sagte Lindhout da? War das möglich? Ein Mann, der sein Leben dem Kampf gegen die Sucht gewidmet hatte und der jetzt plötzlich seinen ganzen Kampf in Frage stellte? Und mit welchen Argumenten! Was war da geschehen? Alle Anwesenden wußten: Lindhout, der als Gast eingeladene hochberühmte Gelehrte aus Lexington, hatte vor kurzer Zeit seine Frau verloren. Hatte er dabei aus Kummer auch den Verstand verloren? Es kam ja nicht selten vor, daß Wissenschaftler sich bei Vorträgen auf ihnen ganz fremde philosophische, religiöse oder politische Gebiete verirrten. So etwas jedoch war an der Sorbonne und in diesem Lehrsaal noch nie vorgekommen. Aber es ging noch weiter...
»... Es sind vor allem Jugendliche, die zu Hunderttausenden der Sucht zum Opfer fallen«, sagte Lindhout, und seine Stimme war laut und doch klanglos, er stützte sich mit beiden Händen auf das Pult vor ihm und sah zu seinen Kollegen auf, als sähe er sie und sähe sie doch nicht. »...Kinder haben schließlich Eltern. Mit achtzehn Jahren sind sie, wie ich bis zum grünblauen Kot-Erbrechen zu hören und zu lesen bekomme, die mündigste Jugend, die es je gab! Das heißt aber doch wohl, daß die ach so Mündigen dann *für sich verantwortlich* sind! Ist es nicht eine infame Unverschämtheit einer gewissen Gruppe von sogenannten Soziologen bei uns im Westen, dafür, daß diese von ihnen für mündig erklärten, selbstverantwortlichen Jugendlichen süchtig werden, immer und überall der Gesellschaft die Schuld in die Schuhe zu schieben? Wer, zum Teufel, ist das denn nun eigentlich, bitte, diese namenlose Gesellschaft? Mündiggewordene müssen, mündig geworden, doch erkennen können, was sie tun! Wenn sie es nicht können, muß man sie wieder entmündigen...« Lindhouts Gestalt schien jetzt erstarrt, nur der Mund bewegte sich... »... natürlich: wenn man jemandem unentwegt in die Ohren jammert, wie sehr er unter dem Schulstress, dem Lernstress, dem Leistungsstress zu leiden hat, dann glaubt der das zuletzt selber! Aber es stimmt doch überhaupt nicht! Nie haben die Jugendlichen mehr Freizeit gehabt! Aber sie wissen mit ihrer Freizeit nichts anderes anzufangen als in Diskotheken herumzuhängen, Rocker zu spielen, in den Fernseher zu starren!« Lindhout befand sich in demselben gefährlichen Zustand, in dem er sich befunden hatte, als er dereinst Georgia, spät nachts, vor den Koppeln der ›Bluegrass-Farm‹ am Rande von Lexington gesagt hatte, wohin es mit dieser Welt und ihren Menschen ging, gehen *mußte*. Er erkannte das in seinem jetzigen Zustand freilich

nicht. Und Georgia... Georgia war tot. Seine illustren Zuhörer lauschten fassungslos... »... Sucht – Trunksucht, Drogensucht – ist schließlich kein Schicksal wie eine Blinddarmentzündung oder ein Magenkrebs! Ist deshalb bei Süchtigen Mitleid angebracht? Wer sich in vollem Bewußtsein dessen, was er tut, in die Lage eines Drogensüchtigen bringt, müßte der nicht entweder selber für eine Entwöhnungskur sorgen – oder sich zwangsweise einweisen lassen? Und welchem Bürger darf man zumuten, für diese Kuren aufzukommen? Den Angehörigen? Ja! Aber schwer arbeitenden Menschen, die ihre Steuern zahlen? Steuern zahlen auch für all jene Ausgeflippten, ohne welche die Welt sehr wohl auskommen könnte und die, in wochenlanger, monatelanger mühseliger Behandlung entwöhnt, sofort nach der Entlassung wieder rückfällig werden?«

»Was ist mit dem Eid des Hippokrates?« rief erregt ein älterer Gelehrter. Lindhout hörte ihn nicht, er hörte überhaupt nichts. Er sprach wie in Trance: »... entgegen allen Verlautbarungen schwachsinniger Ignoranten ist Abschreckung in diesen Fällen eben doch ein sehr gutes Mittel! Fotografiert jeden Rauschgifttoten dort, wo man ihn auffindet. Und fotografiert ihn so, wie man ihn auffindet. Fotografiert ihn so kraß und so schauerlich wie möglich! In Farben! Und zeigt diese Bilder in Wanderausstellungen dann jeder Schulklasse! Noch besser wäre es natürlich, man ließe die Jugendlichen die Toten wirklich sehen, nicht nur im Bild! Das geht nicht. Aber bei einer sehr großen Zahl von Jugendlichen würden auch schon die Bilder wirken, verlassen Sie sich darauf! Gar nichts halte ich davon, gedrucktes sogenanntes Aufklärungsmaterial unter die Jugend zu bringen. Wir haben ja Generationen von Glotzern erzogen, die zwar noch Buchstaben zu erkennen vermögen, aber nicht wissen, was Lesen wirklich bedeutet! Wirkungsvoll ist nur Anschauungsmaterial! Jede Aufklärung so sachlich, nüchtern und scheinbar inhuman wie möglich! Wenn einer weiß, daß er nicht mit dem Mitleid, der Hilfe unter dem sozialen Netz zur Sicherung rechnen kann, überlegt er sich, was er tut, sofern er überhaupt noch fähig ist zu denken! Ist es nicht auch gefährlich, wenn wir immer von Sucht*kranken* reden? Das Wort Krankheit impliziert automatisch ein Nicht-verantwortlich-Sein! Aber der mündige Süchtige *ist* verantwortlich!«

»Das ist faschistoid!« schrie ein Mann.

»Faschistoid?« Lindhout schüttelte den Kopf. »Faschistoid sind jene Drogenpropheten, die Sie alle kennen! Faschistoid wäre ein Staat, der so verfahren würde: Wer als Drogensüchtiger bekannt ist, erhält den Besuch eines Sozialarbeiters. Der eröffnet ihm, daß man um seine Sucht weiß – daß man aber nicht daran denke, ihn auf Kosten der Steuerzahler zu entwöhnen. Hat der Süchtige Geld, dann wird er auf eigene Kosten in die Klinik eingewiesen. Hat er, was zu vermuten steht, keines, dann müßte er sich schriftlich verpflichten, das für ihn verauslagte Geld innerhalb einer gewissen Zeit zurückzuzahlen. Wenn er das ablehnt und mit den Ideologien jener Herren Drogenphilosophen kommt, dann lege man ihm eine Spritze hin, die den tödlichen Schuß enthält. Den kann er sich geben und die Gesellschaft so von seiner absolut unnützen Gegenwart befreien. Das, ich gebe es zu, wäre faschistoid! Was ist denn mit der Lehre dieser Propheten, die besagt, daß wir überhaupt nicht das Recht haben, in gewisse Naturvorkommnisse – wie die Sucht – einzugreifen? Man soll das Ganze als einen Auslesevorgang betrachten? Diejenigen, die mit ihrer Sucht fertig werden, die mit ihr leben können, soll man als Elite der Menschheit ansehen? Eine Prüfung durch die Natur selbst...« Unruhe im Saal. Lindhout wurde lauter: »Sie alle kennen diese Lehren! Sind die nicht faschistoid? Und wenn nein, haben sie vielleicht *doch* etwas *für* sich? Ich weiß es nicht... Ich weiß nur, daß ich nichts weiß... Diejenigen, die an der Sucht zugrunde gehen, sind minderwertig und verdienen nichts anderes, sagen die Propheten. Wer aber die Sucht überwunden hat und mit ihr lebt, dem kann niemand und nichts mehr etwas anhaben! Er ist eines der stärksten und edelsten Produkte der Spezies Mensch, welche die Natur hervorgebracht hat – sagen die Propheten. Also ist Ihre und meine Arbeit vielleicht gar *gegen* die Natur gerichtet und frevelhaft? Greifen wir in unstatthafter Weise in den Ablauf des Lebens ein? Wir alle kennen die vielen Fälle, in denen entwöhnte Süchtige elendiglich zugrunde gegangen sind! Und viele andere Fälle, in denen Süchtige mit der Sucht glückselig gelebt haben! Ich frage mich... *ist Mitleid am Platz*? Gewiß bei solchen Süchtigen, die zur Droge gegriffen haben, weil die Lebensumstände wirklich so schrecklich oder so hoffnungslos oder nervenzerrüttend gewesen sind, daß die Droge die einzige Erlösung bedeutet hat! Wir wissen indessen, daß gerade solche Süchtige es am ehesten fertiggebracht haben, sich von der Sucht auch wieder zu befreien. Aber die anderen, die Hunderttausende anderen? Was wäre das für ein Weg, zum Beispiel: Viel höhere Strafen für Rauschgifthändler, in schweren Fällen *lebenslänglich? Wie?* Gehört der wirklich gekreuzigt, der sagt: Laßt sie doch verrecken, die Heroinbrüder? Und sperrt die Rauschgifthändler lebenslang ein!? Und kein Mitleid, kein Mitleid, weder mit den einen noch mit den anderen!« Lindhouts Gesicht war kreideweiß. »Wie, meine Damen und Herren, wäre es mit einem globalen UNO-Aufruf zur Sammlung von Geldern, damit man möglichst viele Rauschgiftsüchtige durch Ankauf großer Mengen von Heroin aus der Welt schafft?«

Wilde Empörung brach los. Alle Versammelten schrien durcheinander.

»Verbrecherisch!«

»Zynisch!«

»Verrückt geworden!«

Eine jähe Veränderung ging mit Lindhout vor sich. Sein Gesicht rötete sich, der Blick kehrte aus dem Nichts zurück, er sah seine Zuhörer voller Scham und Verlegenheit an.

»Ich bitte Sie, mir meine Worte zu verzeihen«, sagte er stockend. »Ich... ich weiß nicht, wie ich dazu gekommen bin, derartiges zu sagen. Vergeben Sie mir bitte, meine Damen und Herren...« Seine Hand tastete nach dem Glas voll Wasser, das auf dem Pult stand. Er ergriff es, wollte es zum Mund führen – und ließ es fallen. Er starrte die Scherben und die sich ausbreitende Flüssigkeit an und murmelte dann mühsam, kaum verständlich: »Es tut mir leid... aber ich...« Er griff sich an die linke Brust und taumelte aus dem Saal.

»Einen Arzt, schnell!« schrie jemand.

Ein sofort herbeigeeilter Arzt konstatierte bei Lindhout, den man auf die Couch in einem der Professorenzimmer gebettet hatte, einen akuten Anfall von Kreislaufschwäche, verabreichte Injektionen und bestand darauf, daß Lindhout den Rest des Tages in absoluter Ruhe liegenzubleiben habe.

»Der Professor ist überanstrengt«, sagte der Rektor der Sorbonne zu den Zeugen von Lindhouts Zusammenbruch und wirrem Gerede. »Er hat – Sie alle wissen es – in den letzten Monaten Vorträge in London, Berlin, Madrid, Rom, Ankara und so weiter gehalten. Er hat ein schweres Leben hinter sich – im Dienst der Antagonisten-Forschung. Im Dienst für die Menschheit und die menschliche Gesundheit! Er ist ein Mann, der jahrzehntelang auf sich selbst gestellt gewesen ist und alle seine Rückschläge und Unglücksfälle ohne die Hilfe anderer hat tragen und überwinden müssen...«

Am nächsten Nachmittag hielt Lindhout in der Sorbonne einen zweiten brillanten Vortrag über seine Arbeiten an der Herstellung von Morphin-Antagonisten. Am übernächsten Tag sprach er, ebenso vortrefflich, vor einem erlesenen Publikum an der Universität von Oslo, drei Tage später war er in Hamburg.

Am Abend des Zwischenfalls in Paris hatte er um ein dickes kartoniertes Heft gebeten und begonnen, etwas zu tun, was er noch nie zuvor getan hatte, nämlich ein Tagebuch zu führen. Die ersten

Worte, die er auf die erste Seite dieses Buches schrieb, lauteten – in Erinnerung an ein Gespräch, das er mit dem Arzt Ronald Ramsay in Lexington geführt hatte: *Man muß lieben.*

23

Am 11. November 1967 war Lindhout endlich wieder in Basel. Branksome hatte ihn einige Zeit auf seiner Reise begleitet, dann war er nach Washington zurückgerufen worden. Er hatte darauf bestanden, für Lindhout zu dessen Schutz einige seiner Leibwächter zur Verfügung zu stellen. Das hatte dieser entschieden abgelehnt. Sie waren in Streit geraten darüber. Schließlich hatte Branksome gesagt: »Wenn Sie glauben, Sie sind sicherer als ich, dann tun Sie mir leid. Ich wage nicht zu entscheiden, wer gefährdeter ist, noch dazu in Europa. Ich lasse Ihnen Charley da. Er ist der Beste von allen. Sie können dann beruhigt sein – und ich und Gubler von der SANA können es ebenso sein.«
»Also schön, Charley...« Lindhout hatte aufgegeben. Und von Stund an beschützte ihn der Mann dieses Vornamens (den Nachnamen kannte Lindhout gar nicht), ein muskelbepackter Riese mit treuen Bernhardineraugen und einem kindlichen Lächeln...
Im ›Trois Rois‹ wurde Lindhout sehr freundlich empfangen. Er erhielt sein altes Appartement, denn er wollte sich noch einige Tage in der schönen Stadt von den Strapazen der Vortragsreise erholen. Doktor Jean-Claude Collange leistete ihm Gesellschaft. Branksome, als ein guter Psychologe, hatte im richtigen Augenblick eingegriffen. Nach dieser Reise und in dem Bewußtsein, daß ihm der ganze riesige Apparat der SANA-Pharmawerke zur Verfügung stand, war Lindhout nun aus seiner Lethargie erwacht; Trauer und Mutlosigkeit waren von ihm abgefallen, und er sehnte sich brennend danach, endlich wieder an seine Arbeit gehen zu können. Im Appartement fand er ein großes Blumenarrangement vor. Auf einer Karte las Lindhout die Worte: ›Komm nun heim, Adrian. In Liebe Deine Truus.‹
Blumen von Truus hatte Lindhout vorgefunden an jedem Ort, an den er während der letzten Monate gekommen war. Sie hatten auch stets miteinander telefoniert. Als das Telefon nun zu läuten begann, nahm Lindhout lächelnd den Hörer ab. Meine Truus, dachte er...
Indessen war es nicht Truus, die sich meldete, sondern eine seltsam dumpfe Männerstimme: »Professor Adrian Lindhout?«

»Ja. Wer spricht?«
»Gehen Sie in das Café Zwingli in der Imbergasse. Aber keinesfalls mit Ihrem Leibwächter. Fragen Sie nach dem Servierfräulein Riehen. Sie hat einen Brief für Sie.«
Der Mann muß ein Taschentuch über die Membran seines Telefonhörers halten, dachte Lindhout und fragte: »Warum das?«
»Es ist wichtig.«
»Ich will wissen, wer Sie sind. Was soll das alles?« rief Lindhout.
»Ich kann Ihnen nicht sagen, wer ich bin. Nicht am Telefon. Sie werden alles dem Brief entnehmen. Ich kann nicht mehr weiterreden. Wir werden vielleicht abgehört. Sehr wahrscheinlich sogar.«
»Abgehört? Lächerlich! Von wem?«
»Ich spreche aus einer Telefonzelle. Trotzdem. Ich muß hier weg. Damit Sie nicht glauben, jemand erlaubt sich einen blöden Witz mit Ihnen: Ich komme aus Marseille. Dort habe ich in einem Heroin-Labor gearbeitet.«
Danach war die Verbindung unterbrochen.
Lindhouts Hand tastete automatisch nach seiner Pistole.
Zwei Minuten später ließ er sich vom Portier erklären, wie er am schnellsten in die Imbergasse zum Café Zwingli kam. Ohne Charley, den Leibwächter, ging er hin. Er hatte das Gefühl, daß dies besser war. Das Gefühl erwies sich als richtig...

24

Eigentlich war es eine große Konditorei.
Die mächtigen Auslagen waren von Torten und Kuchen aller Arten und Farben gefüllt, glänzend dunkelrot, honiggelb, knallgrün. Der vordere Raum des Cafés diente dem Verkauf, weiter hinten befanden sich kleine Marmortischchen mit Sesseln. Nur zwei Herren saßen da, als Lindhout ankam. Sie tranken Kakao und politisierten immer noch lebhaft über die Tatsache, daß am 6. Oktober 1966 die Frauen in Basel rechtskräftig das Wahlrecht erhalten hatten. Die beiden Diskutierenden aßen Buttercremetorte. Lindhout sah sich um, dann setzte er sich.
Eine hübsche junge Kellnerin erschien und fragte nach seinen Wünschen.
»Ich überlege noch...«
»Natürlich, mein Herr«, sagte die hübsche Kellnerin. Als sie sich umwandte, stieß sie mit einer zweiten Kellnerin zusammen. Diese war unmäßig dick, hatte kurzgeschnittenes braunes Haar und

kleine flinke braune Augen. Auch der Mund war klein. Die Dicke sagte der Hübschen etwas ins Ohr, diese schüttelte verständnislos den Kopf und verschwand.
»Dann kannst du ja gleich Flintenweiber aus ihnen machen«, sagte einer der beiden Kaffeehauspolitiker.
»Fräulein Riehen?« fragte Lindhout.
»Was wollen Sie von der?« fragte die Dicke. Sie sprach mit einer Baßstimme, die Lindhout erschreckte.
»Ich möchte sie sprechen!«
»Sind Sie der Herr Professor Lindhout?«
»Ja.«
»... was sollen sie denn sein, die Frauen? Nur Vagina-Spenderinnen?« fragte der andere Disputant.
»Zeigen Sie mir Ihren Paß, bitte sehr!«
»Hören Sie mal, was fällt Ihnen eigentlich...«, begann Lindhout, aber die Dicke unterbrach ihn barsch: »Los, Ihren Paß!«
Vielleicht ist es doch keine gute Idee, den Frauen Gleichberechtigung und das Wahlrecht zu geben, dachte Lindhout und holte wütend seinen Paß hervor. Die Dicke nahm ihn und las alle Angaben genau. Immer wieder wanderte ihr Blick zwischen dem Paßfoto und Lindhouts Gesicht hin und her.
»In Ordnung«, sagte sie endlich. »Sie sind es. Ich heiße Olga Riehen. Hat er Sie angerufen im Hotel?«
»Wer?«
»Na, dieser Mann eben. Er hat gesagt, er wird Sie anrufen.«
»Ihnen hat er das gesagt?«
»Natürlich nicht mir. Dem Anton.«
»... und dann ist deine Frau Bürgermeister, und du darfst die Windeln waschen«, sagte der erste Politiker, offenbar ein Antifeminist. »Nicht süß genug, die Torte.«
»Wer ist Anton?«
»Der Sohn von meiner Schwester«, sagte Olga. Sie hatte drei Kinne, zählte Lindhout. Drei Kinne und eine Menge Goldzähne. Sie machte einen wohlhabenden Eindruck.
»Wie alt?« fragte Lindhout.
»Fünf. Nächstes Jahr kommt er in die Schule. Aber er kann schon lesen und schreiben. Sehr intelligentes Kind. Das Schwein.«
»Wieso?«
»Wieso was?«
»Wieso ist Anton ein Schwein?«
»Wer redet von Anton?«
»Sie!«
»Doch nicht von Anton. Von Manfred!«

»Wer ist Manfred?«
»Der Mann von meiner Schwester. Manfred Wälterli. Ist ein Saukerl. Hat sie verlassen wegen so einer rothaarigen Hure aus Zürich. Aber Geld schickt er nicht. Meine arme Schwester. Rakkert sich noch zu Tode. Arbeitet in der Fabrik. Fließbandarbeit. Und dazu das Kind und den Haushalt. Ich helfe ja, wo ich kann. Aber ich habe es auch gerade nur zum Leben. Wissen Sie, wie teuer alles geworden ist? Darum hat meine Schwester den Anton ja überhaupt geschickt, her zu mir. Weil der Mann ihr fünfhundert Franken gegeben hat dafür, daß der Brief in meine Hände kommt und niemand etwas davon erfährt. Man tut schon eine Menge für fünfhundert Franken, mein Herr, wie? Das geht die Polizei doch einen Dreck an. Ein Brief wird abgegeben und hergebracht zu mir – na und?«
Lindhout nickte.
»... und möchtest du mit einer Swiss-Air fliegen, zwei Pilotinnen im Cockpit? Und eine hat vielleicht gerade ihre Tage? Oder alle beide?« Der Weiberfeind war in Fahrt gekommen. Etwas Buttercremetorte landete auf seiner schönen Krawatte.
»Wie hat er denn ausgesehen? Hat der Anton etwas gesagt?«
»Der Mann hat ihn am Spielplatz angesprochen. Und ...«
»Und was?«
»Ein ganz kaputtes Gesicht hat der Mann gehabt. Hat der Anton gesagt.«
»Was heißt kaputt?«
»Na ja, der Anton hat gesagt, so wie wenn er ganz alt wäre. Aber eben nur im Gesicht. Und an den Händen. Gelb und runzelig die Haut, lauter Falten ...«
Lindhout horchte auf. Er hatte bisher alles nicht ganz ernst genommen. Nun änderte er seine Meinung.
Die meisten Heroin-›Chemiker‹, das wußte er, sterben jung. Sie haben Magengeschwüre und alle möglichen anderen Berufskrankheiten, bekommen Krebs. Dauernd ist ihnen schlecht, und sie müssen sich entweder übergeben oder haben Durchfall oder beides. Der Job wird hochbezahlt – doch nur Desperados nehmen ihn an. Viele bringen sich nach ein paar Jahren um.
(Aus Morphin-Base die gleiche Menge Heroin zu machen, ist kein Geniestreich, aber es ist eine langwierige Arbeit, unterteilt in siebzehn Einzelschritte. Am gefährlichsten ist es zuerst. Da wird die Morphin-Base in Aceton aufgelöst und ganz langsam im Wasserbad erhitzt. Aber bei Gott ganz langsam! Wenn sich das Aceton nämlich stärker erhitzt als siedendes Wasser, dann fliegt alles in die Luft. Nach diesem ersten Schritt saugt eine Vakuumpumpe die

Acetondämpfe ab. Dann wird die Base gefiltert und mit Tierkohle behandelt, um sie danach mit Salzsäure zu neutralisieren. Anschließend muß man sie zu Schlamm backen und über einer Gasflamme in Zinnpfannen trocknen. Die getrockneten Stücke werden zerbrochen und in einer Küchenmaschine verquirlt und durchgesiebt. All das muß mehrfach wiederholt werden, um die nötige Reinheit zu erreichen.)
Für die Gewinnung von Heroin ist sehr viel Wasser und sehr viel Strom nötig, dachte Lindhout. Die Wasser- und die Elektrizitätswerke könnten also ganz leicht jene Stellen orten, an denen die ›Chemiker‹ arbeiten. Sicherlich tun sie das. Aber nach dem, was mir Branksome erzählt hat, verfassen auch die Werke ihre Berichte umsonst: Es geschieht nichts. Gar nichts.
(Besonders hochwertiges Heroin – nicht der weit wirkungslosere ›Brown Sugar‹ – enthält in der Substanz 95 Prozent reines Heroin und wird, entsprechend teuer, als ›Cesar-rein‹ gehandelt – in memoriam Joe Cesares, des bekanntesten ›Chemikers‹ von Marseille, der an einem einzigen Tag die enorme Menge von siebzehn Kilo Heroin aus siebzehn Kilo Morphin-Base hergestellt hatte. Als er sich dann, knapp vor seinem fünfzigsten Geburtstag, aufhängte, war sein Körper mit allen Organen von der Salzsäure und den Acetondämpfen völlig zerfressen gewesen...)
Also ist der Mann aus Marseille, der mich angerufen hat, wirklich ›Chemiker‹, dachte Lindhout, während der Profeminist zu seinem Widersacher gerade sagte: »Und mein Bauch gehört genauso *mir*!«
»Wo ist der Brief?« fragte Lindhout.
»Sie müssen was bestellen, ich stehe schon zu lange bei Ihnen. Das fällt auf. Was weiß ich, wer der Kerl gewesen ist. Also einmal Kaffee und einmal Kuchen... welchen? Schnell!«
»Irgendeinen. Englischen. Geben Sie endlich den Brief!«
»Wenn ich den Kaffee und den Englischen Kuchen bringe«, sagte Olga, und ihre drei Kinne bebten. Sie verschwand. Lindhout sah jeden Gast lange und deutlich an. Nichts Auffälliges. Freundliche Schweizer. Die zwei hinter ihm stritten immer weiter.
»... ist doch klar, daß die Lesbierinnen nur Weiber wählen werden!«
»Na, und die Päderasten vielleicht keine Männer?«
»Bestimmt nicht alle. Es gibt viele, die haben die Schnauze voll von Männern... von normalen natürlich.«
»Dann wählen sie eben Schwule.«
»Und wenn's gerade keinen Schwulen gibt?«
»Also, haben wir hier eine Demokratie oder nicht?«
Olga kam mit einem Tablett. Unter dem Teller mit dem Engli-

schen Kuchen lag ein Kuvert. Lindhout legte fünf Zehnfrankenscheine auf den Tisch.
»Merci vielmals«, sagte die dicke Olga und verschwand. Lindhout trank einen Schluck Kaffee, dann öffnete er das Kuvert. Ich lese den Brief gleich, dachte er. Hier ist es am wenigsten gefährlich. Dann vernichte ich ihn. Der Brief war mit dem Bleistift geschrieben, die Worte waren kaum leserlich, schief, gekrakelt, auseinanderfallend. Wie vermutlich der Schreiber, dachte Lindhout. Er las:

Lieber Herr Professor,
mein Name ist Otmar Sargleben, und ich muß Sie sprechen. Vor zehn Tagen ist in Marseille die größte Menge Morphin-Base angekommen, die es bisher auf einen Schlag gab – achthundert Kilo. Auf einem japanischen Frachter. Alle Chemiker haben wie die Verrückten gearbeitet. Ein Labor ist in die Luft geflogen. Die Polizei hat an Bullen losgeschickt, was sie nur hatte. Viele Chemiker sind verhaftet worden. Es passiert ihnen nichts – Sie wissen, wie das geht. Aber bei einem so großen Transport ist immer der Boss dabei. Ich habe ihn gesehen, den Boss. Deshalb habe ich abhauen müssen, sofort. Und deshalb lebe ich seitdem versteckt. Ich weiß nicht, was ich machen soll. Die erwischen mich bestimmt. Ein Angebot: Ich sage Ihnen, wer der Boss ist, wenn Sie mir Sicherheit garantieren. Und Freiheit! Ich will nicht Sicherheit im Gefängnis. Auch in jedem Gefängnis würden sie mich sofort umlegen. Die haben ihre Killer überall. Was ich verlange, ist totaler Schutz und Straffreiheit. *In Amerika. Allein komme ich nicht aus Europa raus. Setzen Sie sich mit den Behörden in Verbindung. Er soll das französische Rauschgiftdezernat verständigen. Tun Sie, was Sie für richtig halten. Ich rufe um 19 Uhr noch einmal im Hotel an. Sie sagen mir dann, was Sie erreicht haben. Wenn es Ihnen gelingt, bin ich bereit, Sie zu treffen. Sie – oder die Behörden – sollen den Treffpunkt bestimmen. Keinesfalls belebte Plätze, Innenstadt, am Wasser oder so. Diese Kerle von der Organisation haben mich fast schon zweimal gekriegt, auf dem Weg von Marseille hierher. So kann ich nicht weiterleben. Also: garantierter Schutz und Sicherheit – dann lasse ich die ganze French Connection hochgehen. Der Namen des Boss muß den Amis schon was wert sein! Sehen Sie zu, daß Sie mich um 19 Uhr zufriedenstellen können. Wenn nicht – Ihr Pech. Und meines.*

Ihr Sargleben.

Er hat den Boss gesehen, dachte Lindhout; allmächtiger Vater im Himmel, den Boss! Wenn wir den kennen, ist wirklich Schluß mit der ›French Connection‹.
Lindhout ging auf die Toilette, riß den Brief in kleine Stücke und spülte ihn fort. Dabei überlegte er: Und wenn das eine Falle ist?

Wenn die *mich* umlegen wollen, und ich gehe auch noch schön brav zum Exekutionsplatz, damit sie es so bequem wie möglich haben? Er schüttelte den Kopf. Ich muß vernünftig bleiben, dachte er. Ich darf jetzt nicht durchdrehen. Wenn die mich umlegen wollten, hätten sie seit Jahren dazu Gelegenheit gehabt. Sie haben es nicht getan. Ich habe den Antagonisten, den ich suche, auch noch nicht gefunden.
Nein, nein, die sind hinter diesem Sargleben her, nicht hinter mir. Und Sargleben hat den Boss gesehen. Er offeriert ein Geschäft: Wir geben ihm Sicherheit – er gibt uns den Namen des Boss. Wir müssen es riskieren.
Er ging in das Café zurück, zerbröckelte geistesabwesend den Kuchen und überlegte angestrengt, was er nun zu tun hatte.
»... als ob so ein Weib eine Atombombe nicht genauso schmeißen könnte wie ein Mann«, sagte einer der beiden Streitenden hinter ihm.
Lindhout stand auf und ging zum Buffet. Die dicke Olga stand da und sah ihn unfreundlich an.
»Ein Taxi bitte«, sagte Lindhout.
Sie brummte, aber sie hob den Hörer eines Telefons ab und tat, worum er sie bat. Das Taxi war nach vier Minuten da. Lindhout verließ das Café, stieg in den Wagen und schloß die Tür hinter sich.
»Wohin?« fragte der Chauffeur.
»Zum Polizeipräsidium«, sagte Lindhout.

25

Als Adrian Lindhout, fast elf Stunden später, um 3 Uhr 22 in der Nacht zum 12. November 1967, das letzte Haus der Holzmattstraße hinter sich gelassen hatte, begann er zu zählen. Eins... zwei... drei... Er wußte, daß er bis zweihundert zählen mußte, denn der Treffpunkt war auf dem Allmendweg im Allschwiler Wald verabredet. Schon ging er unter alten, hohen Bäumen...
Achtundzwanzig... neunundzwanzig... dreißig...
Hier war es fast vollkommen finster, Lindhout konnte mit Mühe gerade noch den Weg erkennen. Der Nachthimmel war bedeckt. Er sah sie nicht, aber sie sahen ganz gewiß ihn aus ihren Verstecken – in Baumkronen, hinter Baumstämmen, auf dem Waldboden liegend – die Scharfschützen der Schweizer Polizei.
Einundfünfzig... zweiundfünfzig... dreiundfünfzig...
Lindhout hätte gerne seine Pistole in die Hand genommen, aber

das hatte man ihm verboten. Es hätte den Mann, den er hierherbestellt hatte, erschrecken können. Das sei viel zu gefährlich, hatte man ihm erklärt. Dieser Sargleben hatte gewiß auch eine Waffe. Vor allem aber hatte er Angst. Todesangst. Lindhout mußte so behutsam wie möglich mit Sargleben umgehen, das hatten sie ihm eingeschärft. Auch ein Name, Sargleben, dachte Lindhout. Zweiundsechzig... dreiundsechzig...
Er bewegte sich in den westlichen Ausläufern des Allschwiler Waldes. Der Allmendweg läuft in Nord-Süd-Richtung durch diesen Wald, der hier in den Basler Vorort Binningen eindringt, im äußersten Südwesten der Stadt. Sie brauchten eine einsame Gegend, keinen Verkehr, keine Häuser, keine fremden Menschen, das hatte Lindhout eingesehen. Jeder seiner Schritte wurde beobachtet, er wußte es. Und fünfzig Meter hinter ihm ging Charley, der Leibwächter. Ich habe mich so gegen Charley gewehrt, als Branksome ihn mir zuteilte, ich habe gesagt, ich will keinen Leibwächter, jetzt bin ich froh, daß ich einen habe, dachte Lindhout. Er blickte auf die Leuchtziffern seiner Armbanduhr. 3 Uhr 29. Er sollte um 3 Uhr 30 am Treff sein. Es war sehr kalt in Basel in dieser Nacht zum 12. November 1967... Neunundneunzig... hundert... hundertundeins...
Sie haben einen Panzerwagen der Polizei versprochen für mich und Sargleben, dachte Lindhout. Der Wagen muß hier irgendwo stehen. Vielleicht noch ein wenig vor mir. Jedenfalls ganz in der Nähe des Treffs. Damit Sargleben sofort hineinklettern kann und ich auch. Sargleben hat darauf bestanden, das Maximum an Schutz zu erhalten. Er hat es verdient, wenn er nun wirklich den Namen nennt. Schon reichlich verrückt, das alles, dachte Lindhout. Ich bin ein Biochemiker, kein James Bond. Aber wie die Dinge liegen... Hundertvierundvierzig... hundertfünfundvierzig... hundertsechsundvierzig...
Er hörte ein Geräusch. Trotz der Dunkelheit glaubte er, einen Schatten vor sich zu sehen. Das ist Sargleben, dachte er. Das muß er einfach sein. Er ist genauso pünktlich wie ich. Hundertneunundvierzig... hundertfünfzig. Abrupt blieb Lindhout stehen. Er hörte einen anderen Menschen atmen. Dann hörte er eine Stimme: »Delphin?«
»Kaukasus«, antwortete er. Das waren die zwischen ihm und Sargleben vereinbarten Erkennungswörter. Alles geht gut, dachte Lindhout, als er hörte, wie der Motor des Panzerwagens ansprang. Einen Moment lang blendeten seine Lichter auf. In ihrem Schein konnte er den Mann vor sich sehen. Der Mann war hager und sah todkrank und elend aus. Das Gesicht, die Hände waren vernarbt

und verätzt, er selber zum Skelett abgemagert. Die Augen lagen in tiefen Höhlen.
»Guten Abend«, sagte Lindhout. Er bemerkte, daß der andere vor Erregung zitterte. »Keine Angst...« Er drehte sich um. »Da, sehen Sie... mein Leibwächter... und da kommt der Wagen... wir haben vorgesorgt...«
In diesem Augenblick flammte ein starker Scheinwerfer auf, der in einem der Bäume angebracht war, und eine Maschinenpistole begann zu hämmern. Lindhout sah voll Entsetzen, wie der riesenhafte Charley mit einem unendlich erstaunten Gesichtsausdruck stolperte, sich an die Brust griff und zusammenbrach. Lindhout reagierte blitzschnell. Er ließ sich zu Boden fallen und rollte vom Weg hinab in dichtes Unterholz. Voll Grauen sah er die Einschläge der Geschosse in einer langen Spur vor sich.
»Weg vom Weg!« schrie Lindhout, denn Sargleben stand, wie gelähmt, immer noch aufrecht im Lichtkegel.
»Du Schwein! Du hast mich reinge...« Eine ganze Salve traf Sargleben, den Leib, die Beine, den Kopf. Er flog ein Stück durch die Luft und knallte dann auf dem Boden auf. Blut, Blut, soviel Blut spritzte um ihn her. Lindhout hatte seine Pistole gezogen.
Die haben uns beide reingelegt, dachte er, unfähig zu begreifen. Aber wie gibt es das? Wie ist das möglich? Das sind doch alles Schweizer Polizisten!
Er schoß auf den Scheinwerfer. Er schoß sein ganzes Magazin leer. Die letzte Kugel traf. Glas klirrte, das grelle Licht erlosch, ein schwerer Gegenstand krachte zu Boden. Erneute Schießerei setzte ein. Ich bin verrückt, dachte Lindhout. Das gibt es nicht. Das ist unmöglich! Er hörte Schreie, dumpfes Fallen, Rufe und Flüche.
Der Panzerwagen kam direkt auf ihn zu. Und wenn das *nicht* Schweizer Polizei ist? dachte Lindhout bebend, während er ein neues Magazin in die Pistole schob. Oder wenn die Hunde alle unter einer Decke stecken? Dann haben sie mich jetzt! Ich bin aber auch ein verfluchter Idiot.
Plötzlich war es still. Kein Schuß fiel mehr. Lindhout lag auf dem Bauch, den Kopf eingezogen, er umklammerte die Pistole mit beiden Händen. Lebend kriegen sie mich nicht, diese Hunde, dachte er, lebend nicht. Basel. Ausgerechnet in Basel muß ich verrecken...
Kein Mensch kann doch etwas bemerkt haben, dachte Lindhout kraftlos vor Zorn. Ein Querschläger traf den Baumstamm, an den gepreßt er lag. Holz rieselte herab. Wahnsinn, Wahnsinn das alles! dachte Lindhout. Um 19 Uhr hat Sargleben mich wieder angerufen und sich erkundigt: »Also?«

»Alle Ihre Wünsche werden erfüllt. Keine Strafe. Bewachung, so lange, wie Sie es wünschen. Sofort nach Amerika. Ehrenwort!«
»Ehrenwort, Scheiße. Wenn Sie lügen, gehen wir beide hops, das ist Ihnen doch klar, was? Wollen Sie krepieren?«
»Natürlich, mein sehnlichster Wunsch«, hatte Lindhout gesagt. Das zeitigte Wirkung. Sargleben war ruhiger geworden.
»Ich vertraue Ihnen. Wann und wo präzise?«
»Sie könnten mir den Namen ja auch am Telefon sagen, und wir sorgen trotzdem für Sie!«
»Ich hab' doch mein Gehirn nicht im Arsch! Ihnen den Namen sagen? Dann wissen Sie alles und lassen mich fallen wie eine heiße Kartoffel! Den Namen kriegen Sie in dem Moment, in dem ich in Sicherheit bin, verstanden? Ich habe gefragt, ob Sie verstanden haben!«
»Ja doch.«
»Also wann und wo?«
»Rufen Sie im Polizeipräsidium an. Den Präsidenten. Der soll es Ihnen sagen, damit Sie mir endlich glauben. Diese Leitung hier ist jetzt auch mir nicht mehr koscher genug.«
»So gefallen Sie mir. Sie haben anscheinend wirklich was getan. Gut. Dann sehen wir uns also als nächstes.«
Wir haben einander als nächstes gesehen, vor wenigen Minuten, hier auf dem Allmendweg im Allschwiler Wald, dachte Lindhout. Fünf Sekunden nach unserer Begegnung warst du tot, erschossen. Von wem? Von Leuten des Boss natürlich. Aber wie haben die, wie konnten die erfahren, wo wir einander treffen wollten? Lindhout hörte einen Schrei, dann den Aufprall eines Körpers in der Nähe. Jemand muß getroffen worden sein, dachte er idiotisch. Wer? Von wem? In dieser verfluchten Dunkelheit... Wenn die natürlich Gewehre mit Infrarotsuchern haben... Der Panzerwagen hielt knirschend neben ihm. Eine Klappe flog auf.
»Professor Lindhout?« Eine Männerstimme.
Er schwieg.
»Professor Lindhout... Sie sind direkt unter mir...« Die Stimme flüsterte heiser: »Kommen Sie! Jede Minute kann Ihr Leben kosten!« Pause, dann: »Ach so, natürlich, ... excusez: *Windischgraetz*!«
Das *müssen* die Schweizer sein. Das verabredete Kennwort. Der Idiot hätte es gleich sagen sollen, dachte Lindhout. Er robbte an den Rand des Weges. Zwei Meter noch bis zu dem Panzerwagen, und er war in Sicherheit. Ich habe keine Wahl, dachte er und sprang auf. Im gleichen Moment platzte eine Leuchtkugel. Es wurde blendend hell.

Lindhout raste zu dem Wagen. Hände zogen ihn hoch, in das Gefährt hinein. Er bückte sich. Und da, mit grauenvoller Wucht, verspürte er einen Schlag im Rücken, auf der Seite, und alle Stimmen und Schüsse und Flüche verstummten, und alles Licht erlosch für ihn. Er fiel vorwärts. Jetzt haben sie mich doch noch erwischt, dachte er. Dann krachte er auf eine Stahlplatte im Innern des Wagens. Aber das spürte er schon nicht mehr.

26

Um 4 Uhr 17 gab es Herzalarm im Basler Kantonsspital. Der Panzerwagen hatte über Funk eine Ambulanz angefordert, war langsam bis zur erleuchteten Holzmattstraße vorgefahren, und dort hatten sie Lindhout in den Rettungswagen umgeladen. Der war dann mit Blaulicht und Sirene losgerast nach Nordosten, in das Stadtzentrum hinein. Um 4 Uhr 40 lag Lindhout bereits auf dem Operationstisch. Der Chefarzt der Chirurgischen Abteilung sagte eine halbe Stunde später: »Drei Zentimeter höher, und es wäre aus mit ihm gewesen...«

Von alldem wußte Lindhout natürlich nichts. Er blieb lange bewußtlos, kam auf der Intensivstation ein paarmal halb zu sich und merkte, daß allerlei Gegenstände und Schläuche an seiner Nase, seinem Brustkorb, am ganzen Körper befestigt waren. Das Licht schien ihm sehr grell zu sein. Beim ersten Erwachen erschrak er und lallte: »Was... ist?«

»Nicht sprechen«, sagte eine Stimme, die in seinen Ohren dröhnte.

Lindhout blieb vier Tage auf der Intensivstation, dann kam er in ein Einzelzimmer. Immer noch schlief er. Als er hier endlich die Augen öffnete, fühlte er sich unendlich schwach, und der Raum drehte sich um ihn. Er sah ein Gesicht, das er kannte, stahlblaue Augen hinter dicken Brillengläsern...

Das Gesicht neigte sich über ihn.

»Brank...some...«, stöhnte Lindhout.

Und dann waren da Dunkelheit, Wärme und Stille um ihn, lange Zeit. Am fünften Tag kam er wieder zu sich. Langsam kehrte die Erinnerung an alles, was geschehen war, zurück. Zwei Ärzte und eine Schwester bemühten sich um Lindhout.

Der eine Arzt sagte: »Sie haben vielleicht ein Riesenglück gehabt. Ein Geschoß drei Zentimeter neben dem Herzen. Gratuliere. Bedanken Sie sich bei dem Mann, der Sie operiert hat. Sie werden Zeit dazu haben.«

»Was heißt das?«
»Sie bleiben natürlich eine Weile bei uns.«
»Wie lange?«
»Ein paar Wochen... zwei Monate vielleicht...«
Lindhout war es plötzlich speiübel. Er würgte. Als er sich beruhigt hatte, sagte er: »Ich habe irgendwann hier jemanden gesehen, den ich kenne. Habe ich phantasiert?«
»Nein, Sie haben schon den Richtigen gesehen. Er wartet draußen auf dem Gang.«
»Branksome?«
»Ja.«
»Darf ich mit ihm sprechen?«
»Drei Minuten.«
Dann war Bernard Branksome an Lindhouts Bett.
»Was bin ich froh... was bin ich froh... wenn Sie wüßten, wie ich gebetet habe!«
»Seit wann... sind Sie in Basel?«
»Ich bin gleich losgeflogen, nachdem ich erfahren hatte, was geschehen war... Ich bin seit drei Tagen hier... Aber solange Sie auf der Intensivstation lagen...«
»Ja, ja...« Der ganze Brustkorb schmerzte Lindhout. »Wie konnte das geschehen, da im Wald?«
»Sie wissen ja nicht, was da alles geschehen ist!«
»Was ist noch geschehen?«
»Außer Charley ist ein Schweizer Scharfschütze tot, zwei weitere liegen in einem anderen Krankenhaus – verwundet. Vor Ihrer Tür sitzen rund um die Uhr zwei Polizisten, die Pistolen geladen und gesichert.«
Lindhout fühlte, wie ihm kalt wurde.
»Was soll das heißen?«
»Das soll heißen, daß es einen Verräter gegeben hat – bei den Schweizern. Im Wald sind nicht nur Schweizer Scharfschützen gewesen! Da waren auch Leute des Boss!«
»Das...« Lindhout atmete schwer. »... das ist so phantastisch, daß ich es nicht glauben kann!«
»Dann lassen Sie sich die Namen des Toten und der Verletzten geben. – Wer hat diesen gottverfluchten Scheinwerfer angebracht? Und wer, glauben Sie, hat Sargleben erschossen? Die Schweizer?«
Branksome rückte an seiner Brille. »Alles war umsonst. Den Namen des Boss haben wir wieder nicht erfahren. Was predige ich den Idioten im Repräsentantenhaus seit Jahren? Wie reagieren sie auf alles, was ich sage? Es ist zum Tiefsinnigwerden...«
»Schluß jetzt«, sagte eine andere Stimme. »Bitte, Mister Brank-

some, kommen Sie.« Dessen Gesicht verschwand aus Lindhouts Blickfeld.
Ein Verräter, dachte er.
Er schlief vierundzwanzig Stunden lang, ohne Träume.

27

Als er das nächste Mal erwachte, sah er Truus' Gesicht über sich geneigt. Er nannte verblüfft ihren Namen.
»Ich bin ja so froh... so glücklich, Adrian...«
»Und ich, Truus. Wenn du nicht...« Lindhout war schon wieder eingeschlafen.
Das ging zehn weitere Tage so. Am Morgen des elften erwachte er zu seiner eigenen Verblüffung frisch und ausgeruht, und alle Dinge im Raum hatten wieder feste Konturen. Vor den Fenstern lag dichter Nebel. Der kommt vom Rhein herauf, dachte er. Sie untersuchten ihn an diesem Tag sehr gründlich. Der Chefchirurg sagte zuletzt: »Sie sind über den Berg.«
Lindhout schüttelte ihm die Hand, während er langsam aufstand.
»Danke!«
»Warten Sie, ich stütze Sie!«
»Geht schon!«
»Kommt gar nicht in Frage.« Zwei Schwestern eilten herbei und legten sich seine Arme um die Schultern. Lindhout bemerkte auf dem Schreibtisch des Chirurgen eine Zeitung. Er las die eine Hälfte der Schlagzeile, weil die Zeitung gefaltet war: ... NOCH KEINE SPUR.
»Darf ich die Zeitung haben?«
»Zeitung? Welche? Ach die da. Die ist schon von vorgestern. Hier bleibt auch alles liegen.«
»Darf ich sie mitnehmen? Ich will lesen, was geschehen ist.«
»Nehmen Sie sie. Ich lasse Ihnen, wenn Sie mögen, die Zeitungen der letzten Tage und die heutigen bringen. Sie können sie alle lesen – und werden trotzdem nicht wissen, was da in Binningen wirklich passiert ist«, sagte der Chirurg.
Eine halbe Stunde später wühlte sich Lindhout in seinem Bett durch einen Zeitungsberg. Der Mediziner hatte recht gehabt. Außer Vermutungen über den Anlaß der Schießerei im Allschwiler Wald konnte Lindhout nichts Konkretes entdecken. Er dachte: Verschweigt man absichtlich die Wahrheit? Wahrscheinlich, um die Öffentlichkeit nicht zu beunruhigen. Dann fand er in der

BASLER NATIONALZEITUNG vom 16. November, also einer alten Zeitung, etwas, das ihn erschütterte. Auf der Seite mit den Todesnachrichten stand, schwarz gerahmt, dieser Text:

> IN TIEFER TRAUER
>
> gebe ich bekannt, daß meine geliebte Frau Emilie Wälterli, mein geliebter Sohn Anton Wälterli und meine geliebte Schwägerin Olga Riehen am 12. November 1967 jäh und unerwartet aus dem Leben gerissen worden sind.
> Die Beerdigung findet am 17. November 1967 um 15 Uhr auf dem Friedhof Wolfgottesacker, Münchensteinerstraße 99 statt.
> GOTT gebe ihnen die Ewige Ruhe.
>
> In größtem Schmerz Manfred Wälterli

Lindhout starrte die Todesanzeige an und fühlte, wie das Grauen kalt in ihm emporkroch. Manfred Wälterli... Manfred Wälterli Anton, der kleine Anton... Olga Riehen... plötzlich fiel ihm alles wieder ein. Die bunten Torten, die Kuchen, das Café in der Imbergasse, die dicke Serviererin Olga Riehen, die ihm den Brief des ›Chemikers‹ Sargleben gegeben hatte. Der Kellnerin war der Brief von dem Buben Anton gebracht worden. Den wiederum hatte seine Mutter losgeschickt, nachdem Sargleben ihr fünfhundert Franken gegeben hatte. Und der, der da ›in tiefer Trauer‹ und in ›größtem Schmerz‹ den Tod von drei Menschen bekanntgab, war, nach den Worten der dicken Olga, jetzt fielen sie Lindhout wieder ein, der Mann ihrer Schwester, der Saukerl, der seine Frau verlassen hatte wegen einer rothaarigen Hure aus Zürich, und der kein Geld schickte.
Wild wühlte Lindhout in den Zeitungen auf seinem Bett. Dann hatte er in einer Ausgabe vom 13. November gefunden, was er suchte. Es stand in der Rubrik ›Vermischte Nachrichten‹.
Lindhout las: ›AUTOROWDY TÖTET DREI MENSCHEN. Mit beispielloser Brutalität hat der vermutlich betrunkene Fahrer eines Lastautos vorgestern gegen 18 Uhr 30 die Serviererin Olga Riehen, ihre Schwester Emilie Wälterli und deren fünfjährigen Sohn Anton Wälterli getötet, als er trotz Rotlicht mit Vollgas über den Zebrastreifen der Arnold-Böcklin-Straße auf den Bundesplatz hinausraste. Infolge der Dunkelheit konnte das Kennzeichen des Wagens, der ohne Licht fuhr, von niemandem erkannt werden. Zwei der drei Opfer waren auf der Stelle tot, Olga Riehen starb auf dem

Transport ins Hospital. Die Polizei hat die Suche nach dem verbrecherischen Fahrer aufgenommen. Sachdienliche Hinweise nimmt jede Polizeidienststelle entgegen.‹

Und wird nie einen einzigen bekommen, dachte Lindhout, starr im Bett sitzend. Und der Fahrer war nicht betrunken. Die Schufte haben ganze Arbeit geleistet, wahrhaftig. Der ›Chemiker‹ Sargleben tot, die drei Menschen, die mit ihm in Berührung gekommen sind oder von dem Brief an mich wußten, tot, der Leibwächter Charley tot, ein Schweizer Polizist tot.

Tot, tot, tot... alle bis auf mich.

Und die ›French Connection‹ besteht weiter!

Und wer ihr Boss ist, weiß weiterhin niemand!

Eine ungeheuere Schwäche überkam Lindhout plötzlich. Die Zeitung glitt ihm aus der Hand. Er schlief ein und hatte einen Alptraum, der quälte ihn in den nächsten achtzehn Stunden. Schweißgebadet fuhr er immer wieder im Bett hoch und bemühte sich krampfhaft, wach zu bleiben. Vergebens. Sofort fiel er in den Schlaf seiner Schwäche zurück, und der Alptraum nahm seine Fortsetzung. Er sah sich in dem Zimmer von Fräulein Demuts Wohnung in der Wiener Berggasse. Flakgeschütze und explodierende Bomben dröhnten. Vor ihm stand der Chemiker Dr. Siegfried Tolleck, ein Papier in der Hand. Er stand vor der geöffneten Balkontür. Lindhout schrie in seinem endlosen Alptraum viele hundert Male, die Pistole in der Hand: »Geben Sie mir das Papier, oder ich schieße!« Tolleck wich nicht zum Balkon zurück, Tolleck gab das Papier nicht her. Tolleck lachte Lindhout aus. Lindhout schoß. Tolleck lachte weiter, keine Kugel schien ihn getroffen zu haben. Lindhout schoß und schoß. Tolleck lachte und lachte. Er war nicht zu töten. Lindhout konnte in seinem Traum die Geschosse fliegen sehen. Tolleck sah sie auch. Er sagte grinsend: »›Betracht sie genauer! / Und siehe, so melden / Im Busen der Helden / Sich wandelnde Schauer / Und ernste Gefühle...‹ Sich wandelnde Schauer, wie? Sich wandelnde Schauer, was? Zum Totlachen!« Und immer wieder erwachte Lindhout aus diesem Traum, nur, um gleich wieder in ihn zu versinken. Daß sich Ärzte und Schwestern um ihn bemühten, daß er Injektionen bekam, all das merkte er nicht. Achtzehn Stunden im furchtbarsten Traum seines Lebens, versuchte er, Tolleck zu bewegen, ihm das Papier zu geben, versuchte er, da dieser das nicht tat, ihn zu erschießen. Tolleck war unbesiegbar und nicht zu verwunden. Er lachte, in Lindhouts Traum, achtzehn Stunden lang.

28

Eben zu jener Zeit raste über Ostindien ein schwerer Orkan. Der schwerste seit Menschengedenken, tobte er nun schon drei Tage. In Kalkutta stürzten Häuser ein, elektrische Leitungsmasten knickten und schwere Autos flogen durch die Luft. Man zählte bereits über achthundert Tote, etwa zwölftausend Menschen wurden allein in Kalkutta vermißt.

Der ›Gottesstaat‹, den Roman Haberland südlich der Provinzstadt Chantakrona vor langer Zeit errichtet hatte mit 221 Elenden aus dem Armenviertel Manicktola an der ›V.I.P. Road‹ zum Flughafen von Kalkutta und der sich in wunderbarer Weise vergrößert und mit immer mehr Menschen – 1967 waren es über zehntausend! – bevölkert hatte, war vollkommen vernichtet worden. Alle Teepflanzungen hatte der Sturm zerstört, alle Gemüsebeete, ohne Ausnahme, alle Hütten. Auch die von den Menschen, die hier lebten, im Laufe der letzten zwölf Jahre gebaute Kirche war nur noch ein Trümmerhaufen. Nach Bildern in Büchern, die Haberland ihnen zeigte, hatten die Bewohner des ›Gottesstaates‹ diese Kirche gebaut, die – natürlich in viel kleineren Abmessungen – möglichst jener von Asuncion ähnlich sein sollte, die von den Indios des ersten ›Gottesstaates‹ in Paraguay Hunderte von Jahren zuvor errichtet worden war.

Die Menschen waren in die Wälder geflüchtet und hatten dort Tag und Nacht ausgeharrt. Die kleinen Kinder banden sie an mächtigen Bäumen fest, damit sie nicht weggschleudert wurden, und so, angebunden im Sitzen, schliefen die Kleinsten der Kleinen auch. Das brachte vielen von ihnen den Tod, denn riesige Bäume stürzten um, Äste krachten herab und erschlugen sie jählings, im Schlaf, indessen alle anderen, auch die größeren Kinder, beim Stürzen von Ästen oder dem Bersten von Bäumen eben noch zur Seite springen und sich retten konnten. Auch dies gelang nicht immer, und bis zum Ende des furchtbaren Orkans wurden einhundertundsiebenundfünfzig Kinder, Frauen und Männer erschlagen, von Steinen, schwerem Werkzeug, das sie hatten bergen wollen, oder durch Herzversagen getötet. Die Stromversorgung war ausgefallen.

Haberland hatte, in Voraussicht einer solchen Katastrophe, inmitten dieses Waldes ein Lager mit Vorräten aller Art anlegen lassen. Es war nach drei Tagen leer, auch die letzten Vorräte, soweit nicht vom Orkan vernichtet, waren erschöpft. Es gab nichts zu essen. Die Menschen im Wald nährten sich zuletzt von Blättern und Baumrinde.

Rettungsmannschaften des Roten Kreuzes, die von Kalkutta aus versuchten, Hilfe zu bringen, mußten ihr Vorhaben aufgeben – es war tagelang unmöglich, selbst mit schweren Geländewagen zu fahren, ohne daß man befürchten mußte durch die Luft gewirbelt zu werden. So fehlte es zuletzt an allem, insbesondere an Medikamenten, die dringend benötigt wurden, um Schwerverletzte, alte Menschen und Kinder zu retten. Von der Provinzstadt Chantakrona kam keine Hilfe. Dort herrschte das gleiche Chaos, die Stadt war zu drei Vierteln zerstört. Der Orkan war ganz plötzlich losgebrochen, ohne jedes Vorzeichen, und auch das hatte vielen das Leben gekostet, die auf den Feldern arbeiteten.

Der Orkan raste mit solcher Gewalt über den ›Gottesstaat‹ dahin, daß schwere Steine sowie riesenhafte gebrochene Bäume durch die Luft flogen und, Bomben gleich, tiefe Krater in die Erde schlugen, so auch auf dem Friedhof am Rande der Siedlung. Dadurch wurden aus der Tiefe vermoderte Särge emporgerissen. Sie barsten, und an manchen Stellen hingen Skelette mit grinsenden Totenschädeln in den Ästen der Bäume des großen Waldes.

Der Kaplan irrte tage- und nächtelang in dem Wald voller Menschen umher, um zu helfen, die Lebenden aufzurichten, die Sterbenden zu trösten, der Toten (die man ebenfalls an Baumstämme band) zu gedenken. Der Wald sah unheimlich aus mit seinen stehenden Toten, denen manchmal der Kopf oder ein anderer Körperteil fehlte.

Zur gleichen Zeit, da auf der anderen Seite der Erde der Professor Adrian Lindhout mit dem Tode rang nach seiner Verwundung, nach seiner Operation, in seinen grauenvollen Träumen, kämpfte in dem zweiten ›Gottessstaat‹ Kaplan Roman Haberland, Bauernsohn aus der Nähe von Salzburg, um sein Überleben und das Überleben möglichst vieler seiner Mitmenschen. Zur gleichen Zeit, da in einem Vorort von Basel Männer einander töteten, tötete die Natur Männer, Frauen und Kinder und zerstörte alles, was von ihnen aufgebaut und gepflanzt und voller Mühe errichtet worden war, auf einem großen Gebiet südlich der Provinzstadt Chantakrona in Indien.

Sechs Tage währte dieser Kampf, dann war Adrian Lindhout außer Lebensgefahr, und der Orkan tobte nicht mehr auf der anderen Seite der Erde.

Während Lindhout von einem hämisch lachenden, unbesiegbaren Chemiker namens Siegfried Tolleck träumte, den er 1945 erschossen hatte, der sich indessen in seinem gräßlichen Traum nicht erschießen ließ, um endlich, am Ende seiner Kräfte, in Schweiß gebadet, keuchend zu erwachen und wach zu bleiben, erreichte die

erste Kolonne von Lkws des Roten Kreuzes jene Stelle der Verwüstung, die ganz vor kurzem noch ein blühender Garten für mehr als zehntausend Menschen gewesen war. Ärzte kamen mit den Lastwagen. Sie taten, was sie konnten, für die Verwundeten und die Kranken. Helfer verteilten Konserven und Lebensmittel an die bleichen, immer noch von Entsetzen gezeichneten Gestalten in dreckigen Fetzen, die sie in dem großen Wald vorfanden. Den Kaplan Haberland hatte ein Ast am Kopf getroffen. Ein Arzt nahm ihm das Hemd ab, das der Priester sich um den Schädel geschlungen hatte, desinfizierte die bereits eiternde Wunde und legte einen richtigen Verband an. Haberland mußte ins Krankenhaus, wie so viele andere, sagten die Ärzte. Während diese anderen indessen in Rettungswagen nach Kalkutta gefahren wurden, um dort behandelt zu werden, unterschrieb Haberland, der sich weigerte, in eine solche Ambulanz zu steigen, ein Formular, das besagte, er wisse genau, was diese Weigerung bedeute, nämlich eine Mißachtung dringendster ärztlicher Anweisungen und mithin die Inanspruchnahme des Rechts auf das eigene Leben und den eigenen Tod. Niemand anderer als er selbst durfte verantwortlich gemacht werden, wenn Haberland starb. Das schrieb er, mit der Hand, noch einmal auf das Formular, obwohl es in etwas anderer Formulierung dort schon gedruckt stand.
»Ich muß«, sagte er den Ärzten vom Roten Kreuz, die ihn mit einer Mischung von Verständnislosigkeit und Bewunderung betrachteten, »jetzt hier bleiben bei meinen Brüdern. Ich darf sie nicht allein lassen zu einem Zeitpunkt, wo ihnen durch das Wüten der Natur nichts mehr geblieben ist als ihre Augen zum Weinen. Die Toten können nicht die Toten begraben. Das müssen wir Lebenden tun.«
Sie errichteten eine Zeltstadt auf dem verwüsteten Gelände. Dort konnten zuletzt alle wohnen, soviel Material brachten die Laster aus Kalkutta, und sie brachten auch genug Nahrung für alle, gesandt von den beiden britischen Gesellschaften, denen die Bauern des ›Gotteshauses‹ seit so vielen Jahren Tee, edle Hölzer und anderes geliefert hatten.
Die Toten wurden begraben, die Skelette aus den Bäumen geholt und in die Erde gebettet. Lastwagen brachten auch neue Kleidung. Der Himmel war wieder blau, es war wieder unerträglich heiß, und im Fluß schwammen wieder silberne Fische, als Haberland, drei Wochen später, auf den Trümmern der Kirche stehend, ein Megafon vor dem Mund, zu den vielen Menschen sprach, die sich vor ihm versammelt hatten.
Und dies sagte er: »Das Reich, das wir im Namen Gottes geschaf-

fen haben, ist zerstört. Viele, die geholfen haben, es mitzuschaffen, sind tot. Wir haben alles verloren. Die Älteren unter euch werden sich erinnern: Wir stehen heute, 1967, genau dort, wo wir 1950 standen, als wir auszogen aus dem Elendsgebiet von Manicktola, um diesen ›Gottesstaat‹ zu gründen: vor dem Nichts. Es war der zweite Versuch in der Geschichte der Menschheit, etwas Derartiges zu tun. Der erste Versuch – in Paraguay, begonnen vor etwa dreihundert Jahren – ist mißglückt. Der zweite Versuch, hier und jetzt, ist ebenfalls mißglückt. Er ist aber nicht mißglückt durch die Gewalt der Menschen, sondern durch die Gewalt der Natur...« Die Überlebenden hockten vor Haberland in der glühenden Sonne, sie schwankten vor Schwäche, viele trugen gleich ihm noch einen Verband, und sie sahen geschwächt und allesamt alt aus, auch die Kinder. »Wir sind verzweifelt und arm und ohne Hoffnung. Was sollen wir tun? Aufgeben und sagen, daß alles vergebens ist, was im Namen Gottes begonnen wird? Ich glaube, vielen ist so elend zumute, daß sie solches glauben.« Haberland schloß die Augen, denn sein Schädel unter dem Verband schmerzte zum Zerspringen. Er atmete keuchend, sah einen stehengebliebenen Pfeiler der Kirche, gegen den er sich lehnte und holte aus der Brusttasche seines Hemdes ein schwarzes Buch hervor. »Euch und mir zur Prüfung«, sagte Roman Haberland, abgezehrt, mit geröteten Augen und fast weißem Haar, »will ich eine Stelle aus dem Evangelium des heiligen Matthäus vorlesen, in welchem dieser berichtet, was Jesus sprach zu vielen Menschen, die ihm gefolgt waren aus Galiläa, aus der Dekapolis, aus Jerusalem, aus Judäa und von jenseits des Jordans...« Kein Windhauch regte sich. Es fiel Haberland nicht eine Sekunde lang auf, daß er nun mit genau derselben Stimme sprach wie jener Haberland, der während des Zweiten Weltkrieges in das Mikrophon eines Geheimsenders namens ›Oskar Wilhelm Zwo‹ gesprochen hatte, welcher auf einem Lkw montiert war und nächtens kreuz und quer durch die Außenbezirke Wiens gefahren war, um nicht geortet werden zu können.

»›Als Jesus die Scharen sah‹«, las Haberland, den Kopf von rasenden Schmerzen erfüllt, schweißtriefend und unter heftigem Schwindelgefühl, die Bibel in der einen, das Megafon in der anderen Hand, »›ging er auf einen Berg. Dort setzte er sich nieder, und seine Jünger traten zu ihm. Dann tat er seinen Mund auf, lehrte sie und sprach: Selig sind die Armen im Geiste, denn ihrer ist das Himmelreich. Selig sind die Trauernden, denn sie werden getröstet werden. Selig sind die Sanftmütigen, denn sie werden das Land erhalten...‹«. Haberland glitt fast aus, preßte sich fester gegen den geborstenen Pfeiler und las weiter: »›Selig, die hungern und dürsten nach der Gerechtigkeit, denn sie werden gesättigt werden. Selig die Barmherzigen, denn sie werden Barmherzigkeit erlangen. Selig, die reinen Herzens sind, denn sie werden Gott schauen. Selig die Friedfertigen, denn sie werden Kinder Gottes heißen. Selig, die Verfolgung leiden um der Gerechtigkeit willen, denn ihrer ist das Himmelreich. Selig seid ihr, wenn man euch schmäht und verfolgt und lügnerisch alles Schlechte wider euch redet um meinetwillen. Dann freuet euch und jubelt, denn groß ist euer Lohn im Himmel. Denn so haben sie schon die Propheten verfolgt, die vor euch waren...‹«

Haberland taumelte und wäre gestürzt, hätten nicht zwei Männer ihm blitzschnell Halt gegeben. Ein Aufschrei ging durch die Menge der armen Leute. Die beiden Männer hielten Haberland im folgenden fest, während er mit lauter Stimme (indessen seine Knie zitterten) weiterlas: »›Ihr seid das Salz der Erde. Wenn aber das Salz fade wird, womit soll man es salzen? Es ist zu nichts mehr zu gebrauchen; man wirft es weg und es wird von den Menschen zertreten. Ihr seid das Licht der Welt: Eine Stadt, die oben auf einem Berge liegt, kann nicht verborgen bleiben. Auch zündet man kein Licht an und stellt es unter den Scheffel, sondern auf den Leuchter, damit es allen im Hause leuchtet. So leuchte euer Licht vor den Menschen, auf daß sie eure guten Werke sehen und euern Vater preisen, der im Himmel ist...‹«

Haberland ließ die Bibel sinken. Er schwankte abermals. Fester stützten ihn die beiden ausgemergelten Männer. Haberland sah aus entzündeten Augen über die riesige Schar seiner Zuhörer. Er sagte: »Ich will das ›Heilige Experiment‹ *ein drittes Mal* zu verwirklichen suchen, denn ich sehe nicht, wozu ich sonst noch auf dieser Erde bin. Ich bitte euch, mir zu helfen, denn ohne euch bin ich nichts. Ich bitte aber auch, daß jeder von hier geht, der nicht mehr die Kraft hat und nicht mehr den Mut und nicht mehr den Glauben, von vorn zu beginnen. Niemand, auch Gott nicht, wird ihm böse sein. Wer also gehen will, der hebe seine Hand, damit ich ihn sehe.« Wieder war es sehr still. Haberland stand reglos, seine Augen suchten in der Runde. Nach fünf Minuten hatte sich noch immer keine einzige Hand erhoben. Ein glückliches Lächeln erschien auf Haberlands verwüstetem Gesicht. Aus den aufgesprungenen Lippen seines Mundes floß, da er sie verzog, ein wenig Blut. Es kommt in unserem Leben, dachte er, also nicht auf das Leben an, wie man es lebt, sondern auf den Mut, mit dem man es führt. »Danke«, sagte Roman Haberland. »Ich danke euch. Euch allen. Und nun laßt uns neu beginnen.«

29

Lindhout erwachte plötzlich und schlug die Augen auf. Er sah neben sich, auf einem Stuhl zusammengesunken, Truus. Sie schlief. Rührung überkam ihn angesichts ihrer völligen Schutzlosigkeit. Wie ein Tier bei seiner Mutter, wie ein Tier bei seinem Vater, dachte er. Als sie geboren wurde, da sah sie als einen der ersten Menschen mich. Seither haben wir ein Leben zusammen verbracht...

Er blickte auf seine Armbanduhr. Es war fünf Uhr nachmittag, und es wurde schon dunkel, vom Rhein kamen wieder Nebel herauf. Sehr still war es in seinem Zimmer, er hörte Truus regelmäßig und tief atmen. Sie saß mit vorgeneigtem Kopf da. Und wieder roch er den süßen Duft ihrer Jugend...

Ein großes Blumenarrangement – alles Orchideen – stand auf dem Tisch gegenüber dem Bett. Die Cattleya-Blüten glänzten feucht und violett, ein paar waren schneeweiß. Er richtete sich etwas auf, um besser sehen zu können. Da fuhr Truus in ihrem Stuhl hoch – von einer Sekunde zur andern hellwach, das Gesicht schreckverzerrt, den rechten Arm gehoben. Lindhout sah, was sie in der rechten Hand hielt – seine Pistole.

Er lachte.

»Was ist?«

»Die Pistole...«

»Ja und? Sie haben sie mir gegeben, schon vor Tagen. Ich habe sie immer bei mir.«

»Wozu?«

»Um dich zu verteidigen. Wie kannst du dich verteidigen, wenn du schläfst?«

»Vor der Tür sitzen Posten – rund um die Uhr.«

»Und das Fenster?« Sie fuhr zusammen. »Nun bin ich selber eingeschlafen! Wenn sie jetzt gekommen wären...«

Er nahm ihr die Waffe ab und untersuchte sie kurz.

»Natürlich«, sagte er.

»Natürlich was?«

»Das Magazin ist leer. Keine Kugel im Lauf.«

»Das Magazin ist leer?« Truus erschrak. »Aber warum haben sie mir die Pistole dann überhaupt gegeben?

»Hast du überhaupt schon einmal mit so was geschossen?«

»Nein, noch nie...«

»Na also.«

»Aber ich *hätte* geschossen! Ich hätte, weiß Gott!, geschossen!«

»Ja, und weiß Gott was angerichtet dabei!«
Truus schüttelte den Kopf.
»Warum haben sie mir das Ding gegeben?«
»Weil sie gute Psychologen sind. Weil sie wissen, daß du dich so sehr geängstigt hast. Du warst ruhiger mit der Pistole, gib's nur zu.«
»Ja. Aber...«
»Siehst du, Truus. Was stellst du dir vor? Hätten sie die Pistole vielleicht mir geben sollen, geladen, mit vollem Magazin? In meinem Zustand? Die Leute sind doch nicht verrückt! Eine Pistole für einen Mann, der vollgepumpt war mit Injektionen und vollgestopft bis zum Hals mit Medikamenten, total verdreht und verwirrt! Das bin ich noch immer – ein wenig. Darum schlafe ich soviel...« Er dachte: Sie haben die Pistole, ungeladen, Truus gegeben, aber eigentlich dachten sie dabei wohl an mich. Branksome wird ihnen erzählt haben, daß diese Waffe für mich so etwas wie ein Symbol ist. Die Ärzte hofften wahrscheinlich, daß ich die Waffe wenigstens bei Truus sehen und also wissen würde: Sie ist noch da, ich werde sie wiederbekommen. Er sagte zu Truus: »Diese Pistole habe ich seit sehr vielen Jahren... seit jenem schrecklichen Tag, als die Deutschen Rotterdam bombardierten... da habe ich sie gefunden, in dem Keller, in dem wir beide überlebten...« Jetzt weiß sie es, dachte er. Sie soll es wissen. So wie wir beide zueinander stehen. Soll ich ihr auch von dem Mord an Tolleck erzählen? Er überlegte. Dann entschied er sich dagegen. Es hätte sie zu sehr aufgeregt – und ihn auch.
Schnell sagte er: »Diese wunderbaren Cattleyen... immer wenn ich aufwache, sehe ich Orchideen... von dir?«
»Ja.« Truus strahlte. »Ich weiß doch, daß Cattleyen deine Lieblingsblumen sind!«
»Ach, Truus...«
»Natürlich sind noch viele andere Blumen gekommen, sehr schöne... sie stehen nebenan... von Mister Branksome, vom Präsidenten der SANA, über FLEUROP von Ronald und Kathy, von diesem jungen Assistenten, den du jetzt hast, diesem...«
»Collange heißt er, Truus. Doktor Jean-Claude Collange. Ein sehr netter Kerl, findest du nicht auch?« Lindhout stutzte: »Wieso sagst du, die anderen Blumen stehen in dem Zimmer nebenan?«
»Weil sie da stehen!«
»Truus!«
»Das ist *mein* Zimmer«, sagte sie. »Hast du das nicht gewußt?«
»*Dein* Zimmer? Seit wann?«
»Seit ich hier eingetroffen bin, zusammen mit Mister Branksome.

Sie haben dieses Zimmer sofort für mich freigemacht. Ich bin deine Tochter, nicht wahr? Wäre ich deine Frau, würde ich bitten, hier schlafen zu dürfen. Aber der Unterschied ist nicht groß. Ein paar Schritte, und ich bin bei dir.«
»Du lebst nebenan...«
»Das sage ich doch, Adrian! Was glaubst du, wie furchtbar ich mich in den ersten Tagen gefühlt habe, als du noch am Rand... als es dir noch nicht wieder ganz gut ging, als noch nicht alle Gefahr gebannt gewesen ist. Ich konnte nicht schlafen. Mit Erlaubnis der Ärzte habe ich hier gesessen, auf diesem Stuhl, nächtelang, tagelang...« Sie lächelte ein wenig. »... mit der ungeladenen Pistole...«
»Ich habe dich nie bemerkt...«
»Du hast in diesen Tagen überhaupt nichts bemerkt, Adrian. Die Ärzte haben es mir auch gesagt, damit ich nicht beunruhigt bin, wenn du die Augen aufmachst und mich anschaust und doch nicht siehst.«
»Das habe ich getan?« murmelte er.
»Hundertmal! Aber das ist doch egal! Ich, ich habe dich gesehen, Adrian! Ich war bei dir! Ich habe gewußt, du wirst gesund. Ich habe immer gebetet. Ich habe zuletzt als kleines Kind gebetet, in Wien... erinnerst du dich? Danach nie mehr. Darum habe ich auch gedacht, meine Gebete werden nicht helfen, und furchtbare Angst gehabt... weil es doch eine Gemeinheit ist...«
»Was?«
»Zu Gott nur zu beten, wenn man ihn braucht.«
»Das tun wir doch alle«, sagte Lindhout. »Gott ist das gewöhnt, denke ich. Sonst wäre er nicht Gott und allmächtig und allwissend und alles verstehend, nicht wahr? Ich meine, was immer wir uns unter Gott vorstellen. Jeder etwas anderes. Nicht den freundlichen alten Mann mit dem weißen Bart natürlich, den nicht...« Er unterbrach sich. »Ich rede dummes Zeug. Ich danke dir, Truus.«
»Wofür?«
»Du weißt es... für alles.«
»Du darfst mir für gar nichts danken«, sagte sie. »Für gar nichts, niemals.«
Sie sahen einander in die Augen, lange und schweigend. Lindhout dachte plötzlich beunruhigt: Wie seltsam ist dieses Leben. Da sitzt Truus nun an meinem Bett, eine junge Frau, und will mich beschützen und behüten – so wie ich vor Jahrzehnten sie behüten und beschützen wollte in Berlin und Wien. Er versank in Gedanken...
Nach des Tages Arbeit im Chemischen Institut hatte sein Weg ihn

stets noch zu Truus geführt, die bei der guten Frau Penninger versteckt gewesen war, da in jener Kammer der Wohnung in der Boltzmanngasse 13. Er war gekommen, um noch ein wenig mit dem Kind zu spielen, um zu sehen, ob Truus gesund war, ob es ihr gutging. Da gab es ein Spiel, das sie am meisten liebte. Lindhout hatte es leichtfertig und, wie er sich bald schon sagte, pädagogisch verantwortungslos angefangen, dieses Spiel, zwei Sprichwörter-Hälften miteinander zu vertauschen, vor allem aber Sprichwörter überhaupt lächerlich zu machen, insbesondere die heroischen. Fast jeden Tag produzierte Lindhout ein solches neues Stück Nonsens. Doch bald übertraf ihn Truus. Er erinnerte sich noch: Das erste, was er getan hatte, war gewesen, sich über pompöse Sprichwörter lustig zu machen... ›An einem Königswort sollst du nicht drehn noch deuteln... sondern es unter allen Umständen von vornherein nicht glauben!‹ Und dann die Verdrehungen: ›Spiele nie mit Schießgewehr – denn es fühlt wie du den Schmerz‹ und entsprechend natürlich ›Quäle nie ein Tier zum Scherz – denn es könnt' geladen sein!‹ Oder: ›Wer einmal lügt, dem glaubt man nicht – er muß es schon viel öfter tun.‹ Oder: ›Wer andern eine Grube gräbt, hat selbst nichts drin.‹ Oder, und darüber lachte das kleine Mädchen Truus nun hoch und atemlos im Hause seiner Erinnerung: ›Wenn alle untreu werden – dann werden wir es auch!‹

Er biß sich auf die Lippen.

»Hast du Schmerzen?«

»Überhaupt nicht.«

»Aber etwas hast du!«

»Nachgedacht habe ich, Truus, das ist alles.«

»Worüber?«

»Über dich. Über uns beide. Wie lange wir einander schon kennen...«

»Ein Leben lang«, sagte sie. »Ich wenigstens. An alles, was vor dir war in meinem Leben, kann ich mich nicht mehr erinnern. Wir gehören zusammen, Adrian. Wir sind bereits ein und dieselbe Person.«

»Du bist alles, was ich jetzt noch habe auf der Welt, Truus«, sagte er.

»Für mich bist du es immer gewesen«, antwortete sie und küßte ihn auf die Stirn.

Nein, dachte er, nein, so darf das nicht weitergehen, das ist... Plötzlich empfand er das seltsame Gefühl einer sehr seltsamen Gefahr.

Schnell sagte er: »Fräulein Lindhout, wie lautet der Rütli-Schwur?«

Prompt antwortete Truus: »Wir wollen sein ein einzig Volk von Schiebern; an jeder Not verdienen und Gefahr!«
Sie lachte. Er überlegte: Damals hat es mir manchmal leid getan, daß ich ihr all diesen Unsinn beigebracht habe, denn natürlich hat sie jeden Unfug in der Schule ausposaunt und so die Lehrer wütend gemacht.
Truus lachte noch immer. Da lachte auch Lindhout, und plötzlich beugte sie sich über ihn und schmiegte ihre zarte Wange an seine zerfurchte, und er fühlte ihre Brust, und er fühlte ihr Herz klopfen und starrte durch eine Locke ihres feinen, blonden Haares zur Decke empor.
Truus, dachte er beklommen, Truus...

30

»Wenn Ärzte, Maler, Musiker, Bildhauer und Wissenschaftler immer nur in gerechten Staaten und unter gerechten Bedingungen arbeiten wollten, wann kämen sie dann überhaupt jemals zum Arbeiten?«
Bernard Branksome war es, der diese Worte sprach – am 13. März 1968. Er stand vor dem jungen Biochemiker Jean-Claude Collange und vor Adrian Lindhout im Salon von dessen Appartement, Lindhout hatte die großen Fenster geöffnet. Wieder fuhren Schlepper mit langen Kahnreihen und den Flaggen vieler Nationen den Rhein hinab, den Rhein hinauf. Branksome sagte: »Das sind nicht meine Worte, das sind die Worte des Staatsanwalts unseres Prozesses gewesen, und der Staatsanwalt wiederum hat Francisco Goya zitiert – zu Ihrer Ermutigung, Professor, denn Sie haben einen sehr deprimierten Eindruck in diesen Wochen der Gerichtsverhandlung gemacht. Der Staatsanwalt zitierte Goya, weil dieser große Künstler unter der Inquisition arbeiten mußte. Leonardo, Galilei und viele andere mußten das auch. Sie litten unter den Ungerechtigkeiten der Staaten und der Kirche, ihr Leben war bedroht – aber sie haben ihre Werke geschaffen!« Der kleine untersetzte Mann mit den dicken Brillengläsern lief im Zimmer auf und ab, er ließ die Fingerknöchel knacken.
Der Prozeß um die Schießerei im Allschwiler Wald draußen im Baseler Vorort Binningen am 12. November 1967, die einen Schweizer und einen Amerikaner, den Leibwächter Charley, das Leben gekostet hatte, war wochenlang die Sensation des Landes gewesen. Charleys Leichnam war nach Amerika geflogen worden.

Der Schweizer Polizist und der ›Chemiker‹ Sargleben wurden in Basel, auf dem großen Wolf-Friedhof beerdigt, der seinen Namen dem angrenzenden Güterbahnhof Wolf verdankt. Pfeifende Lokomotiven und schier endlose Reihen schwer beladener Waggons waren während der Zeremonie denn auch vorbeigerollt. Schnee war gefallen in dichten Flocken an dem Nachmittag, an dem die Toten bestattet wurden. Lindhout hatte da noch in der Klinik gelegen. Aber Bernard Branksome und Dr. Collange und Truus waren anwesend, und sie hatten Lindhout aufgesucht und ihm berichtet.

Dann, im Januar, als Lindhout die Klinik verlassen konnte, war der Prozeß angelaufen. Er fand im Großen Saal des Justizgebäudes statt. Zeitungen aus vielen Ländern hatten Reporter entsandt. Durch sie wurde die Welt über diesen Prozeß des Schreckens und der Hilflosigkeit unterrichtet. Hilflosigkeit, ja gewiß, denn trotz aller Mühen der Polizei und der Staatsanwaltschaft konnte nicht einem einzigen Menschen eine noch so geringe Menge Schuld nachgewiesen werden. Lindhout, im Zeugenstand, war es, der den Tod der Serviererin Olga Riehen, ihrer Schwester und des kleinen Anton in Verbindung brachte mit den Morden im Allschwiler Wald. Indessen fand die Kriminalpolizei niemals auch nur die geringste Spur jenes ›Autorowdys‹, der die drei Menschen auf einem Zebrastreifen überfahren und getötet hatte. Daß es sich, wie die Zeitungen zuerst geschrieben hatten, um einen ›Rowdy‹, dazu einen ›betrunkenen‹ handelte, glaubte längst kein Mensch mehr.

So ergebnislos der Prozeß also verlief, so sehr schreckte er die internationale Öffentlichkeit auf. Plötzlich war überall in den Massenmedien von Rauschgifthandel, insbesondere von dem mit Heroin, und von der ›French Connection‹ die Rede. Während jener Wintermonate entstanden in vielen Ländern ›Arbeitsgruppen‹, ›Drogenberatungsstellen‹ und auch spezielle ›Anti Drug‹-Einheiten der Polizei. Zahllose Veröffentlichungen und Statistiken erschienen, und diese Statistiken waren erschreckend in höchstem Maße...

Nun, schnell auf und ab gehend im Salon des Appartements von Adrian Lindhout, sagte Branksome heftig: »Für die Stadt New York allein hat eine vom Staat eingesetzte Untersuchungsbehörde vorausgerechnet, daß es, wenn das Ansteigen der Drogensucht nur im gleichen Maße wie bisher weitergeht – und ob sie nicht auch noch sprunghaft hochschnellt, das weiß kein Mensch! – 1970 einhundertfünfzigtausend bekannte Drogenabhängige geben wird, die Heroin nehmen! Einhundertfünfzigtausend Menschen in einer einzigen Stadt! Und das ist die Zahl der bekannten Fälle! Die

Dunkelziffer liegt natürlich um ein Vielfaches höher!« Er blieb vor Lindhout stehen, der auf den Teppich starrte. »Professor, wenn Sie in zwei Jahren einen genügend lange wirkenden Antagonisten gefunden haben, können Sie in einer einzigen Stadt der Welt Zehntausende von Menschenleben retten! Ist das nicht phantastisch?«

Lindhout nickte, ohne aufzusehen.

»Ja«, antwortete er. »Phantastisch. Aber ich werde in zwei Jahren keinen Antagonisten gefunden haben, der geeignet wäre, diese Menschenleben zu retten!«

»Ich habe es nicht gesagt, um solche Worte zu hören, Professor«, sagte Branksome. »Ich habe es gesagt, um Ihnen zu zeigen, *wie* wichtig Ihre Arbeit ist, *wieviel* von ihr abhängt, *wie sehr* wir Sie nun brauchen.«

»Ja, ja«, sagte Lindhout und starrte immer noch auf den Teppich mit seinem komplizierten Webmuster, »das habe ich schon verstanden...« Die Stimme versagte ihm.

»Mein Gott, Professor...« Branksome sah ratlos zu Collange hinüber. Der junge, sehr schüchterne Mann mit dem von einer früheren Akne gegerbten Gesicht, dem dunklen Haar, den melancholischen Augen und dem sensiblen Mund sagte: »Wir haben es hier mit der größten Seuche der Welt zu tun, Mister Branksome. Sie kennen die Materie. Sie wissen, daß wir alle das gleiche Interesse daran haben, einen brauchbaren Langzeit-Antagonisten zu finden. Aber das ist kein Schulaufsatz, bei dem Sie als Lehrer verlangen können, daß er bis morgen geschrieben wird.« Er sah Branksome ernst an, während er sprach, und draußen tuteten Schlepper, und Möwen kreischten über dem Wasser. Etwas Frühlingssonne fiel in den Salon.

»Ich habe nicht wie ein Lehrer sprechen wollen...« Branksome war plötzlich kleinlaut. »Wenn dieser Eindruck dennoch entstanden ist – bitte, verzeihen Sie mir, Professor!« Der nickte bloß. »Wirklich, nichts lag mir ferner! Ich kämpfe nur schon so lange gegen diese Verbrecher, und es ist ein Ein-Mann-Krieg! Ich bin nicht mehr der Jüngste... Wenn die Hunde mich heute oder morgen umlegen, wenn ihnen das gelingt – wer wird den Kampf dann weiterführen?«

»Wir«, sagte Dr. Collange. »Seien Sie ohne Sorge, Mister Branksome. Wir werden den Antagonisten, den wir brauchen, finden – und die Verbrecher, von denen Sie sprechen, auch!«

»Sie sind Wissenschaftler! Sie haben keine Maschinenpistolen, keine Organisationen, die den Boss jagen, Sie...«

»Wir *haben* Organisationen, Mister Branksome«, sagte Collange.

»Jetzt, nach diesem Prozeß, haben wir sie! Die Rauschgiftdezernate der ganzen Welt werden nun zusammenarbeiten. Interpol hat sich eingeschaltet...«

»Und was wollen alle diese Organisationen tun, wenn in ihnen selber Leute sitzen, die Agenten der Rauschgifthändler sind?« fragte Branksome kalt. »Denn das steht nach diesem Prozeß nun doch fest, und der Staatsanwalt hat es ganz deutlich gesagt! Wie hätte es sonst zu der Tragödie im Allschwiler Wald kommen können? Woher wußten die Männer des Boss von dem Treff? Er wurde absolut geheimgehalten – und dennoch erfuhr der Boss etwas davon! Und lieferte den Schweizern eine kleine Schlacht! Und hat selbst nicht einen einzigen Mann verloren! Nicht eine einzige Spur ist gefunden worden! Nichts, nichts, nichts!«

»Man wird die Schuldigen finden. Und man wird den Boss finden«, sagte Collange, ruhig wie immer, den Blick zu Branksome erhoben.

»Und wenn dem – Gott soll es geben – so ist? Den Boss kann man ersetzen! Jeden Menschen kann man ersetzen! Was wir brauchen, ist der Antagonist! Er allein vermag diesem gigantischen Verbrechen ein Ende zu setzen!«

»Ich glaube, ich habe eine Idee«, sagte Collange, an Lindhout gewandt.

Der sah ihn an, als würde er erwachen.

»Ja?«

Collange sagte: »Sie haben das Verdienst, den ersten länger wirkenden Antagonisten einer besonderen chemischen Stoffklasse gefunden zu haben, Herr Professor. Sie hatten lange Zeit nicht genügend Mittel und Laboratorien und Mitarbeiter. Jetzt haben Sie sie! Jetzt können wir sehen, ob ich mit meinen Überlegungen recht habe...«

»Was für Überlegungen?« Lindhouts Gesicht bekundete endlich Interesse.

»Es geht um zweierlei.« Collange sprach langsam. »Wir wissen, daß die erfolgreiche Entziehungskur eines Heroinsüchtigen achtzehn Monate dauert. Eine solche Kur von eineinhalb Jahren kostet immerhin etwa vierzigtausend Franken – oder Mark, wenn Sie wollen. Ein Fixer, der nicht therapiert wird, kostet den Staat – uns alle also – an Sozialhilfe, Krankenkosten oder, falls er kriminell geworden ist, an Kosten für den Strafvollzug, eine runde Million Franken – oder Mark. Ein einziger Fixer: eine Million! Es ist verständlich, daß Menschen in allen Ländern darüber empört sind, daß der Drogensuchtige für sie ein Ärgernis darstellt! Sehr bald werden wir also bei dem Schrei angekommen sein: ›Laßt sie doch alle möglichst schnell verrecken!‹ Oder schlimmer: ›Bringt sie um!‹ Dann wären wir ungefähr bei Hitlers Begriff vom ›unwerten Leben‹. Eine solche Mentalität wird – hoffentlich! – abwendbar sein, gerade jetzt, nach diesem Prozeß in Basel, weil so viele Publizisten und Wissenschaftler, Philosophen und Politiker sich der Drogenszene in vernünftiger Weise annehmen.« Bei Collanges Worten hatte Lindhout an das gedacht, was er in Paris bei seinem ihm jetzt völlig unbegreiflichen Ausbruch gesagt hatte. Er schämte sich...

»Ach, Scheiße«, sagte Branksome. »Die anderen, die mit dem Argument des ›unwerten Lebens‹, sind jetzt aufgewacht! Mir graut vor den Kampagnen dieser Leute – und Leute mit solchen Ansichten gibt es überall! Ich wage zu behaupten, daß es sie in der überwältigenden Mehrzahl gibt! Fragen Sie doch den Mann auf der Straße – keinen rechtsextremistischen Heuchler oder Fanatiker, nein, nur einen schwer arbeitenden Menschen, der seine Sorgen und Probleme hat – und nun von einer Informationslawine über die Komplexität der Drogenszene überrollt wird. Was wird so ein Mann sagen? Langeweile? Krach mit den Eltern? Unfähigkeit der Generationen, zu kommunizieren? Seelische Frustration? Ekel vor der Konsumgesellschaft? Vereinsamung? Stress? Keine Ziele? Keine Vorbilder? Und so weiter, und so weiter, alle die Versuche, die Drogensucht, besonders unter Jugendlichen, zu erklären, wenn nicht zu verniedlichen – all das, was ich jetzt zu lesen und zu hören bekomme? Nie! Der Mann von der Straße wird sagen: Na und? Seelische Frustration, daß ich nicht lache! Hört mir bloß auf damit! Was denn! Mir ist Vater auch mal auf mein Spielzeug getreten – bin ich deshalb ein Junkie geworden, der vom Geld anderer Leute lebt, bis er verreckt? Auch von *meinem* Geld! Ich habe eine Frau, Kinder, ich kann mir das und das und das nicht leisten! Die Frau muß mitarbeiten! Wir kommen gerade so hin. Ich will, daß meine Kinder es besser haben! Auf die Universität gehen sollen sie! Dafür arbeiten meine Frau und ich! Dafür! Aber doch nicht für so ein Dreckschwein, das nichts tut und nichts ist und nichts will – außer immer wieder neuen Stoff!« Branksome schloß bissig: »Gerade diese Gegenwelle ist es, vor der ich mich fürchte. Darum meine ich: Keine sogenannten Aufklärungskampagnen! Den Antagonisten! Den Antagonisten brauchen wir!«

Collange nickte.

»Ich sagte ja eingangs: Es geht um zweierlei. Das war die eine Hälfte. Die andere Hälfte, Professor Lindhout, betrifft nur die Wissenschaftler. Wir sind alle Menschen, und jeder Mensch ist verantwortlich für seinen Mitmenschen, auch für den ärmsten, verkommensten, unnützesten – gerade für ihn! Sehen Sie... ich meine... was ich sagen will...« Collange suchte nach Worten. »Sie haben in Lexington – verzeihen Sie den Vergleich – mit Scheuklappen gearbeitet. Sie haben viele Hunderte von Substanzen daraufhin untersucht, ob sie antagonistische Wirkungen haben.«

»Ja, und?« Lindhout war jetzt hellwach.

»Und wenn Sie eine solche Substanz gefunden haben, dann wurde die in oft jahrelangen Versuchen erprobt. Und das war nicht richtig.« Collange errötete und schwieg.

»Sprechen Sie ruhig weiter!« sagte Lindhout.

»Nun ja... ich dachte... so etwas ist natürlich nur mit der SANA – oder einem anderen Pharma-Riesen – im Rücken möglich: Ein Heer von Forschern wird jetzt antagonistisch wirkende Substanzen suchen. Man wird viele finden. Wir werden sie registrieren. Aber wir werden – in all unseren Forschungsstätten und mit dem Geld, das uns jetzt zur Verfügung steht – schnellstens dahinterkommen, ob so ein Antagonist brauchbar ist oder nicht. Das war Ihnen, solange Sie auf sich allein gestellt waren in Lexington, nicht möglich. Sie haben zu lange Zeit gebraucht, um das zu sichern. Diese ganze Arbeit fällt damit für *Sie* fort! Sie können endlich beginnen, aus all den bis jetzt entdeckten Antagonisten einen solchen zu entwickeln, der über genügend lange Zeit wirkt... fünf, sechs, acht Wochen! In diesen Abständen kann man ihn dann gefährdeten Menschen injizieren. Wenn die ihn erst einmal im Körper haben, mögen sie ruhig Heroin nehmen, soviel sie nur wollen: Es wird überhaupt nicht wirken! Heroin ist teuer und wird immer teurer werden, je mehr Süchtige es gibt. Heute kostet es in seiner reinsten Form zwischen dreihundert und tausend Franken pro Gramm, und für einen ›Schuß‹ braucht der Fixer zehn Milligramm. Darum begehen Süchtige jede Art von Verbrechen, bis hin zum Mord um einen Hundertfrankenschein, um an Geld für ihren Stoff zu kommen! Wenn diese Leute merken, daß Heroin, eben wegen des Antagonisten, überhaupt nicht wirkt, dann wird für sie der Zwang wegfallen, es sich zu beschaffen. Wir starten also ein Riesenprogramm, um einen *Breitband-Antagonisten* zu finden! Breitband, das heißt: Die Substanz muß erstens die Rezeptoren für Morphin und Heroin im Gehirn blocken, sie darf zweitens keine schädlichen Nebenwirkungen haben, und sie muß drittens fünf bis acht Wochen wirksam sein!«

Branksome und Lindhout sahen Collange an. Der errötete wieder. Lindhout fühlte, wie eine Welle des Glücksgefühls ihn überflutete. Ja, dachte er, ja, Collange hat recht. Ich freue mich darauf, mit

diesem Mann zu arbeiten. Er staunte und dachte: Ich freue mich wieder auf meine Arbeit...
Und dann dachte er: Truus... Collange und Truus... Wenn diese beiden jungen Menschen nun...
Branksomes laute Stimme riß ihn aus seinen Gedanken.
»Was ist?«
»Hier, lesen Sie!« Branksome hielt Lindhout ein Exemplar der ›New York Times‹ hin und deutete auf einen Zweispalter. Die Überschrift lautete:

HEROIN-SÜCHTIGER TOT AUFGEFUNDEN
POLIZEI: ER STARB AN ÜBERDOSIS

Lindhout überflog den Artikel. Danach war auf dem New Yorker Hauptbahnhof ein siebzehnjähriger toter Junge entdeckt worden. Bei sich hatte er einen an seine Eltern adressierten Brief. Die Zeitung druckte – mit Erlaubnis der Eltern – den Text dieses Briefes ab.
So lautete er:

Liebe Mom, lieber Dad!
Ich werde heute abend Schluß machen, weil ich gemerkt habe, daß ich vom Fixen nicht mehr wegkomme. Das Heroin hat mich total kaputtgemacht. Jetzt habe ich monatelang von ein paar Tüten Popcorn gelebt, die habe ich gestohlen. Alle meine Zähne sind verfault, ohne daß ich es bemerkt habe, denn das Heroin hat alle Schmerzen betäubt. Keinem Menschen kann ich mehr meine Arme zeigen, so zerstochen sind die. Wenn ich mittags aufgestanden bin, habe ich immer erst mal Tabletten schlucken müssen, damit ich es bis zum Spätnachmittag aushalten konnte, bevor ich neuen Stoff auftrieb. So ist das Tag für Tag gegangen. Ich habe gestohlen, alte Frauen niedergeschlagen, ich habe einfach alles getan, um Geld zu kriegen für Dope. Ich bin eine Null, ich bin der Dreck vom letzten Dreck. Sagt bitte meinem Bruder Joey, er soll die Finger von dem Zeug lassen, denn wohin das führt, sieht er jetzt ja an mir. Es tut mir leid für Euch, aber ich kann nicht anders. Ich bitte alle um Verzeihung. Tom.

Lindhout ließ die Zeitung sinken.
»Dope«, sagte Branksome.
Und die Sonne schien in den Salon, der Himmel war blau, auf dem Rhein glitten die Schlepper mit ihren Kähnen vorüber, und die Möwen kreischten.
»Ich glaube, wir können schon morgen nach Lexington fliegen«, sagte Lindhout und stand auf. Branksome sah ihn begeistert an.

In diesem Moment läutete das Telefon.
Lindhout hob ab.
»Verzeihen Sie die Störung, Herr Professor«, sagte eine Mädchenstimme. »Ein Herr wartet in der Halle. Er sagt, er muß Sie dringend sprechen.«
»Wie heißt er?«
»Der Herr heißt Doktor Krassotkin«, sagte das Mädchen.

31

Der ehemalige Major der Roten Armee, der Chirurg Dr. Ilja Grigorowitsch Krassotkin, war noch immer schlank und hochgewachsen, seine Augen leuchteten, und sein Haar war dicht und dunkel. Er hatte Lindhout, als er das Appartement betrat, umarmt und auf beide Wangen geküßt, und Lindhout hatte ihn dann den anderen beiden Männern vorgestellt, die sich schnell zurückzogen – sie hatten Zeit, Krassotkin mußte, wie er sagte, bald weiterreisen. Er war hergekommen, weil er sich in Leipzig befunden hatte, als der Prozeß in Basel seinem Ende zuging und weil er nun auf dem Weg zu einer internationalen Chirurgentagung in Genf war. Diese begann erst am übernächsten Tag, jedoch reiste Krassotkin mit einer Gruppe sowjetischer Ärzte und hatte nur von Zürich aus die Maschine gewechselt, um seinem alten Freund die Hand schütteln zu können.
»Und wenn der Kongreß vorbei ist, will ich auf den Montblanc steigen – danach sehne ich mich seit so vielen Jahren!«
»Du alter Bergsteiger, du«, sagte Lindhout.
»Ich habe die ärztliche Erlaubnis dazu. Und ich freue mich so darauf!« sagte Krassotkin.
Dann saßen sie bei den hohen, offenen Fenstern in der Sonne, sahen auf den Strom hinaus und schwiegen lange.
»Wie schnell die vielen Jahre vergangen sind«, sagte der Russe endlich.
Lindhout nickte. »Wieviel Zeit haben wir noch?«
»Das ist es, was mich quält – gewiß so sehr wie dich, Adrian.« Krassotkin strich verlegen über einen Ärmel seines grauen Anzugs. »Woran haben wir 1945 alle geglaubt, was haben wir uns alle erhofft, welch eine Welt wollten wir mitbauen helfen...« Er sah zur Decke empor.
»Hier sind keine Mikrofone«, sagte Lindhout, bemüht um Lustigkeit. Er senkte den Kopf. »Das war geschmacklos von mir. Und du

hast recht, so recht, Ilja Grigorowitsch! 1945... wie Ulrich von Hutten haben wir da gerufen: ›O Jahrhundert! O Wissenschaft! Es ist eine Lust, zu leben!‹... Eine Lust...« Lindhout sah auf den Strom hinaus. »Die Spaltung Berlins! Die Luftbrücke! Der Krieg in Korea!« Krassotkin seufzte. »Damals schon habe ich die Entwicklung vorausgesehen, die wir nun erleben, dieses Schlimmerwerden von Tag zu Tag. Zu Georgia habe ich darüber gesprochen...« Lindhouts Stimme versagte. Er räusperte sich. »Sie ist tot, das habe ich dir geschrieben, nicht wahr?«
Krassotkin nickte.
»Ich habe dir auch zurückgeschrieben, mein Alter. Georgia war eine wunderbare Frau. Ja, damals 1945... Es ist eine so große Schande, daß wir nicht fähig sind, das Gute zu tun, auch wenn wir es erkennen. Ich bin hier in der Schweiz. Hier kann ich sprechen.«
»Es ist schlimm, daß du nur in der Schweiz so sprechen kannst«, sagte Lindhout, »und nicht in deiner Heimat.«
»Kannst du es in Amerika?«
Lindhout zögerte.
»Ja«, sagte er endlich, »ich denke wohl. Aber etwas anderes kann ich und alle Wissenschaftler des Westens ebenso wenig wie du und alle deine Freunde, die Wissenschaftler im Osten – wir können nicht verhindern, daß die Entdeckungen, die wir machen, uns vom Staat aus den Händen genommen werden, daß wir nicht für den Frieden, sondern für einen neuen Krieg arbeiten, egal woran wir forschen.«
»Manche wehren sich«, sagte Krassotkin. »Sie wissen, was sie damit riskieren – bei uns wie bei euch.«
»Manche gehen auch von uns zu euch oder kommen von euch zu uns – aber das sind blinde Idealisten, die nicht sehen, daß sie dann eben Kriegswerkzeuge für die andere Seite sind.«
»Es sollten sich alle Wissenschaftler der Welt weigern, weiterzuforschen«, sagte Krassotkin.
»Verbiete du dem Wind zu wehen«, sagte Lindhout, »verbiete den Wellen der Meere, an die Ufer zu rollen. Die reale Macht ist heute in Händen von wenigen – vergröbert: in den Händen der USA und der Sowjetunion.«
»In zehn Jahren werden wir noch China dazu haben«, sagte Krassotkin.
»Ilja Grigorowitsch, mein Freund«, sagte Lindhout. »Astronomen der Universität von Kalifornien in Berkeley haben gerade die bisher am weitesten von uns entfernte Galaxis entdeckt. Dieses Gebilde aus tausend Milliarden Sonnen ist mehr als acht Milliarden Licht-

jahre entfernt. Das Licht, das uns jetzt von dort erreicht, ist also zu einer Zeit auf die Reise geschickt worden, zu der unsere Sonne und unser Planetensystem noch gar nicht existiert haben! Und wir, auf unserer winzigen Erde, wir können nicht Frieden finden. Ist das nicht mehr als grotesk?«

Krassotkin sah einer fliegenden Möwe nach.

»Da gibt es einen Professor in Deutschland«, fuhr Lindhout fort, »Horst Löb heißt er und arbeitet in Gießen. Der schätzt: Um sechs Prozent aller Sonnen im All kreisen Planeten, die von irgendwelchen Lebewesen bewohnt sein können – wie unsere Erde. Die Prozentzahl kommt einem vielleicht klein vor, aber die absolute Zahl bewohnter Himmelskörper wäre trotzdem ungeheuerlich groß, denn es gibt nach grober Schätzung hundert Milliarden Milchstraßen, jede davon mit etwa fünfzig Milliarden Sonnen. Und wir, auf unserer Mikrobe Erde, können keinen Frieden finden?«

»Nein«, sagte Krassotkin bitter, »das können wir nicht.«

»Versuche dir doch einmal vorzustellen, daß unsere Milchstraße aus mehr als einer Milliarde Fixsternen besteht, und daß es darunter viele gibt, deren Durchmesser größer ist als die Entfernung von der Erde bis zur Sonne, und daß diese Milchstraße sich nicht etwa in Ruhe befindet, sondern mit einer Geschwindigkeit von sechshundert Kilometern in der Sekunde irgendwohin rast... Kannst du dir das überhaupt noch vorstellen?«

»Nein«, sagte Krassotkin. »Aber ich kann mir auch nicht vorstellen, wie wir auf der Erde Frieden finden werden. Und das ist noch ungeheuerlicher, Adrian! Manche Astronomen betrachten alle Galaxien und Sternhaufen zusammen als ein geschlossenes, endliches System. Und dann könnte man sehr wohl annehmen, daß etwa unsere Milchstraße nichts weiter ist als eines von unzählig vielen Molekülen, aus denen vielleicht so etwas wie ein größerer Organismus aufgebaut ist!«

»Ich weiß«, sagte Lindhout. »Und also sollte man angesichts derartiger Vorstellungen vom Kosmos doch glauben dürfen, daß der Wunsch, auf dieser winzigen Mikrobe Erde menschenwürdige Zustände herbeizuführen und die Gefahr unsagbarer Vernichtungen zu vermeiden, die Verantwortlichen in ihren Leidenschaften zähmen sollte. Das, lieber Ilja Grigorowitsch, darf jedoch niemand von den Verantwortlichen erwarten.«

»So hat Sergej Nikolajewitsch gesprochen«, sagte Krassotkin.

»Hat?« Lindhout fuhr auf. »Soboljew?«

Nun sah Krassotkin auf den Strom. »Er hat wieder angefangen, Morphin zu nehmen. Bei uns ist das keine leichte Sache, weißt du, Adrian, und wer einmal süchtig war und wieder erwischt wird, kommt zwangsweise in die Klinik. Der arme Sergej Nikolajewitsch ist in eine solche Klinik gekommen, und er hat all die Qualen, die er in Wien durchlitten hat, noch einmal durchgemacht – schlimmer. Dann, als sie ihn entließen, weil er eben ein so phantastischer Chirurg gewesen ist, hat er sich noch am Tag seiner Freilassung eine Überdosis verpaßt und ist einfach umgefallen – Atemlähmung. Sein Körper hätte die Überdosis *vor* der Entwöhnung vertragen, *danach* war er dazu nicht imstande. Die offizielle Darstellung sprach auch von Tod, plötzlich und unerwartet. Ich weiß, daß es geplanter Selbstmord gewesen ist. Er hat ihn mir in einem Brief angekündigt. Als der Brief mich erreichte – in Warschau – war Sergej schon tot.«

»Wann ist... wann hat er das getan?«

»1956, als unsere Truppen in Ungarn intervenierten.« Krassotkin sah immer noch auf das Wasser hinaus. »Ein... unglückliches Zusammentreffen, nicht wahr?«

Lindhout schwieg.

»Lewin ist noch am Leben«, sagte Krassotkin. »Dauernd unterwegs. In den Ländern der Dritten Welt. Er ist da Berater beim Bau von Krankenhäusern in Staaten, denen wir Hilfe gewähren.«

»Leider nicht nur medizinische«, sagte Lindhout. »Die Amerikaner und viele weitere sind um kein Haar besser, Ilja Grigorowitsch, es war nicht aggressiv gemeint. Die einen betragen sich so verantwortungslos wie die andern. Weit haben wir es gebracht. Ich wollte mich auch einmal umbringen...«

»Du? Wann?«

»Als ich einen von den hohen Militärs drüben vom ›Overkill‹ sprechen hörte, davon, daß die Vereinigten Staaten in der Lage seien, jeden Menschen auf dieser Erde nicht einmal, sondern siebenmal umzubringen.«

»Mein Lieber«, sagte Krassotkin, »das sind wir auch.«

»Ich danke für den Trost, Ilja«, sagte Lindhout. »Es ist keine Übertreibung, wenn man sagt, daß das Problem des Überlebens – nicht das des Übertötens, das haben wir ja schon gelöst! – einzig und allein eine schnelle und großzügige Einigung zwischen den Vereinigten Staaten und der Sowjetunion wäre. Kriege sind heute purer Aberwitz geworden. Käme eine solche Einigung zustande, so wären diese beiden Mächte durchaus in der Lage, alle übrigen Nationen zu veranlassen, auf ihre Souveränität so weit zu verzichten, als das für die Erzielung militärischer Sicherheit in allen Ländern nötig ist.«

»Ich glaube, ich verstehe, was du mir sagen willst, Adrian«, erklärte Krassotkin, und jetzt sah er Lindhout an. »Verschlüsselt sagen willst, obwohl es hier, wie du erklärst, keine Mikrophone gibt.«

»Wir sind in der Schweiz.«

»Wir sind in der Schweiz, ja. Das ist ein glückliches Land. Ich weiß, was du sagen willst, und ich wollte dich genau da um etwas bitten, Adrian. Ich bin nicht gekommen, um dir nur die Hand zu schütteln! Nicht allein Physiker, auch Chemiker und viele Forscher anderer Disziplinen werden heute von ihren Regierungen vergewaltigt, um den humanitären Wert ihrer Entdeckungen gebracht, eingesperrt in Irrenhäuser, durch Rufmord zum Selbstmord getrieben – bei euch wie bei uns. Was du mir sagen willst... wir müssen wie Otto Hahn handeln, wie Lise Meitner. Besser noch! Wir müssen in ständiger Verbindung stehen – ohne daß unsere Staaten es wissen. Wir müssen unsere Erfahrungen austauschen, und wenn wir sehen, daß sie diese Welt gefährden, müssen wir sie verschweigen. Ich kann dir versprechen, daß ich im Namen einiger unserer bedeutendsten Gelehrten spreche, die mich gebeten haben, dich aufzusuchen und zu bitten, daß du mit amerikanischen Forschern sprichst. Was wir brauchen, ist eine Verschwörung – eine *Verschwörung zum Guten*. Glaubst du nicht auch, daß es dann besser werden wird in der Welt?«

»Nein«, sagte Lindhout.

»Adrian! Warum glaubst du es nicht?«

Lindhout erwiderte: »Weil zwar auch mir der Gedanke an eine internationale Verschwörung der Wissenschaftler in diesem Zeitalter der Wissenschaft als letzte Rettung erscheint, weil ich aber an das tatsächliche Zusammenkommen einer solchen Verschwörung und an ihr Funktionieren nicht glaube.«

»Weshalb nicht?«

»Weil, davon bin ich überzeugt, im Menschen ein Bedürfnis lebt, zu hassen, zu töten und zu vernichten«, sagte Lindhout. »Es soll in wenigen glücklichen Gegenden der Erde, wo die Natur dem Menschen alles, was er braucht, überreichlich zur Verfügung stellt, noch Völkerstämme geben, denen Zwang und Aggression unbekannt sind. Ich kann es kaum glauben, möchte aber gerne mehr über diese Glücklichen wissen. Sogar die Sowjets hoffen, sie könnten die menschliche Aggression zum Verschwinden bringen dadurch, daß sie die Befriedigung aller materiellen Bedürfnisse verbürgen und Gleichheit unter allen Angehörigen der Gesellschaft schaffen. Ich halte das für eine Illusion...« Lindhout sah Krassotkin an. »Das, was ich eben gesagt habe, war ein Zitat. Ich hatte einen kurzen Briefwechsel mit Sigmund Freud, knapp vor seinem Tod. 1937 habe ich ihm, noch aus Rotterdam, nach Wien geschrieben, an seine Wohnung in der Berggasse 24 – schräg gegenüber dem Haus, in dem ich dann 1942 bei dem frommen Fräulein Demut gelandet bin –, einen Brief, der mit der Frage schloß: ›Gibt es einen Weg, die Menschen von dem Verhängnis des Krieges zu befreien?‹ – Nun, und das war Freuds Antwort darauf, Ilja Grigorowitsch! Der Mensch, das steht auch irgendwo in der Bibel, ist böse von Geburt an. Ich habe keine Hoffnung.«

»Aber du wirst mein Freund bleiben und immer daran denken, daß Lewin und ich und viele andere sowjetische Forscher deine Freunde bleiben werden – und die vieler amerikanischer Forscher. Du und die anderen haben unsere Unterstützung, immer. Und ich bitte dich trotz allem, dafür zu sorgen, daß das auch umgekehrt so sein wird. Willst du mir das versprechen?«

Lindhout sagte: »Ich kann dir und deinen Freunden nur versprechen, daß ich es versuchen werde. Ich kann euch nicht versprechen, daß es mir gelingen wird. Und selbst wenn eine solche Verschwörung gelingt – was mir zweifelhaft erscheint –, die endgültige Katastrophe verhindern wird auch sie nicht können.«

»Aber vielleicht ein wenig aufhalten«, sagte Krassotkin. »Ein wenig nur, Adrian. Denke, wie viele Millionen dann ein wenig länger Zeit zu leben hätten.«

»Ja, ein wenig länger«, sagte Lindhout. »Und 1945 noch...«

»1945!« sagte Krassotkin. »Daran dürfen wir uns gar nicht mehr erinnern.«

32

Wenn ich einen sitzen habe, soll's mir auch recht sein, dachte Adrian Lindhout. Ich habe also einen sitzen. Na und? Er trank ostentativ sein Glas aus und holte sich ein neues von der improvisierten Bar, an der die hübschesten Mädchen der Universität servierten. Es war ein großes Fest, und es fand im Park der Universität statt, auf den weiten Wiesen, unter alten Bäumen. Der Frühling war auch in Lexington so vorzeitig gekommen, daß es in der Nacht dieses 21. März 1968 warm blieb wie sonst nur in Sommernächten. Dieses Fest gab der Rektor zu Ehren Lindhouts, der in Lexington eingetroffen war mit Truus und dem jungen Dr. Collange. Eine Kapelle spielte. Viele Paare tanzten. Eine schöne junge Frau, Doktorin der Naturwissenschaften, war Lindhouts Partnerin – schon den ganzen Abend lang.

»Du darfst ruhig noch was trinken, Patsy«, sagte Lindhout, der einen weißen Leinenanzug trug, eine bunte Seidenkrawatte, weiche Slipper an den Füßen. »Glaube nicht, ich lasse es zu, daß du dem Alkohol, diesem furchtbaren Feind der Menschheit, zum Opfer fällst. Ich gebe schon acht.« Er wurde theatralisch. »Böser Feind, sieh, Patsy trinkt noch einen Scotch mit mir! Aber sie wird kein blühendes Delirium tremens kriegen, da kannst du lange darauf warten, böser Feind!«

»Von was für einem bösen Feind redest du denn?« fragte Truus. Er sah auf vom Ausschnitt des Kleides seiner jungen Partnerin. Diese hieß Patricia Agland, genannt Patsy, war braunäugig, langbeinig und hatte braunes, langes Haar. Sehr kokett war Patsy.

»Das ist unser Geheimnis«, sagte sie zu Truus, die hinter der Bar stand und Gläser füllte.

»Ja«, sagte Lindhout und schob den weißen Hut, den er trug, verwegen schief. »Unser heiliges Geheimnis. ›Sechzehn Mann auf des toten Manns Truh', johoo, und 'ne Buddel voll Rum!‹ Stevenson, die ›Schatzinsel‹, erinnerst du dich, Truus?«

Die Kapelle spielte das große Erfolgslied der Beatles: ›Yesterday‹.

»Yesterday, all my troubles seemed so far away...« sangen Lindhout und Patsy.

»Ihr seid mir ja zwei ganz Lustige«, sagte Truus.

»...now it looks as though they're here to stay«, sang Lindhout. »Lustig, ja, das sind wir, was Patsy? Wieso stehst du auf einmal hinter der Bar, Truus?«

»Es ist mir aufgefallen, daß du so heiter bist, Adrian«, sagte Truus, »da habe ich gedacht, ich muß doch mal sehen, warum. Jetzt sehe ich's.«

»Jetzt siehst du's, Tochter.« ›Oh, I believe in yesterday...‹ Lindhout hob sein abermals gefülltes Glas. »Du siehst einen heiteren Vater, Tochter. Laß dir den Anblick nicht entgehen. Betrachte mich genau. Auch du, Patsy. Professor Adrian Lindhout, heiter, ausgelassen und leicht besoffen. Wann war ich das zum letzten Mal, Truus? Wann, Tochter, ich frage dich?« Er sang: »...love was such an easy game to play... Also wann?«

»Lange nicht mehr«, sagte Truus.

»Eben darauf müssen wir unbedingt noch einen trinken, Sie, Doktorin, du, Tochter, und ich. Auf den heiteren, ausgelassenen, leicht besoffenen Professor Lindhout. Er soll leben!« Der Hut fiel ihm vom Kopf, er fing ihn mit einem erhobenen Knie geschickt auf. »Flüchten vor dem bösen Feind?« Lindhout nahm den Hut in die freie Hand und sah ihn mit gerunzelter Stirn an. »Du willst feige die Flucht ergreifen, Hut? Das könnte dir so passen. Du

bleibst auf deinem Posten, verstanden! Old soldiers never fly. So heißt doch dieses Buch!« Er knallte sich den Hut wieder auf den Schädel.
»Nicht fly, *die*«, sagte Patsy. Sie war wirklich sehr hübsch. »Old soldiers never die, they just fade away...«
»Mein alter Soldat faded nicht«, sagte Lindhout. »Now I need some place to hide away...«
»Großartig«, sagte Truus.
»Nicht wahr? Macht mir keiner nach. In meinem biblischen Alter. Schau dir doch das ganze junge Kroppzeug hier an... Da war meine Generation schon was Besseres. Never die...«
Patsy und Truus wechselten belustigt Blicke. Die bunten Lichtbahnen von Scheinwerfern wanderten durch den Park. Eltern, Lehrer und Schüler waren von Professor Ramsay eingeladen worden, Lindhouts glückliche Heimkehr zu feiern.
»Jahrtausende alter grimmiger Feind der Menschheit.« Lindhout zog seine Krawatte herab »Unausrottbares Übel. Die edelsten Geister fielen dir zum Opfer. Verflucht sei dein Name. Schmeckst gut, böser Feind, salute! Gegen dich haben wir auch noch keinen Antagonisten gefunden! Wir armen Menschenkinder, Salute noch einmal!« Lindhout trank wieder. Die Eiswürfel in seinem Glas klirrten. Er spürte Patsys weiche, warme Haut, die bloßen Schultern, er sah den Ansatz des Busens. Frau, dachte er. Wie lange habe ich keine Frau mehr gehabt? Großer Gott... Sie sagen alle, Patsy ist eine, die es gerne tut. Was denn? Alle tun's gerne! Aber bei Patsy ist es so problemlos. Kein Ehemann, kein eifersüchtiger Liebhaber. Patsy hat einen ganz bestimmten Ruf auf diesem Gebiet. Er faßte ihr an die Brust.
Sie kicherte.
»Kommen Sie mit, Doktorin«, sagte er und zog sie fort.
»Wohin geht ihr?« fragte Truus lächelnd.
»Wissenschaftliches Kolloquium. Eine Frage quält mich seit dem Krieg. Die verehrungswürdige Kollegin wird sie mir beantworten.«
»Was für eine Frage?« Truus lächelte noch immer. Patsy kicherte.
»Nach dem Liebesleben der Regenwürmer«, sagte Lindhout. »Faszinierendes Gebiet. Also wirklich. Weißt du vielleicht, wie Regenwürmer es treiben, Tochter? Ah, du weißt es nicht. Igel, Igel, das ist auch schwierig! Aber das weiß ich. Soll ich euch sagen, wie Igel sich lieben?«
»Wie?« fragte Truus lachend.
»Sehr vorsichtig«, sagte Lindhout. Auch Patsy lachte.

»Ja«, sagte Lindhout, Igel... aber Regenwürmer?«
»Da drüben unter der Eiche steht eine Bank. Sehr komplizierte Materie. Wir müssen uns setzen«, sagte Patsy.
»Now I long for yesterday«, sang Lindhout. »Nix yesterday heute abend für mich! Heute nichts von gestern. Morgen wieder. Aber nicht heute. Keinesfalls.« Er ging, mit der jungen Lehrerin im Arm, auf die Eiche zu, deren Bank im Dunkeln lag.
Truus sah den beiden nach, bis sie verschwunden waren. Jetzt lachte sie nicht mehr.

33

Ilja Krassotkin fühlte sich schauderhaft.
Es war ihm übel, sehr übel, und er war plötzlich sehr schwach und schwindlig. Was ist los? dachte er. Er hatte mit einem Bergführer eben einen der Gletscher des Montblanc erreicht. Bei Morgengrauen waren sie aufgebrochen, nun wurde es schon sehr dämmrig, und sie hatten beschlossen, hier zu biwakieren. Sein Begleiter schlug Haken in eine Eiswand. An der Wand gegenüber waren die Haken bereits befestigt. Eine Hängematte hing da. Sie wollten in zwei Matten dieser Art übernachten, warm angezogen. Die Haken, die Matten, dicke Anoraks und vieles andere hatten sie mit sich geschleppt, den ganzen Tag lang. Es war ein schöner Tag geworden, und Krassotkin war so gelöst und glücklich gewesen wie seit vielen Jahren nicht. Strahlend hatte die Sonne ihre Bahn am Himmel gezogen, der Schnee hatte Krassotkin geblendet, trotz der dunklen Schutzbrille, die er trug. Der Internationale Chirurgenkongreß in Genf war vor einigen Tagen zu Ende gegangen. Ein junger brasilianischer Arzt hatte die Schlußrede gehalten und sie mit diesem Satz beendet: »Es lebe die einzige Internationale, die es gibt, die Internationale der Wissenschaftler, Forscher und Ärzte!«
Krassotkin hatte gedacht, daß dieser Arzt wirklich noch sehr jung war. Er würde noch viel lernen müssen. Alle Älteren hatten viel lernen müssen. Aber wenn er Glück hatte, würde der junge Brasilianer Freunde finden, war es Krassotkin durch den Kopf gegangen, zwei, vier, sechs Freunde – so wie er Freunde gefunden hatte in der Welt, einen hatte er vor kurzer Zeit in Basel besucht...
Sie waren von Chamonix aufgebrochen. Hier gab es zahlreiche erfahrene Bergführer. Krassotkins Führer hieß Jacques Gauche.

Der Russe hatte jede Sekunde dieses Tages genossen und sich großartig gefühlt, jung und gesund. Sie waren schnell vorangekommen, und Krassotkin hatte tief die reine Luft eingeatmet. Morgen werde ich mich wahrscheinlich nicht mehr so großartig fühlen, hatte Krassotkin gedacht. Verflucht, aber heute tue ich es!
»Gletscher«, hatte Gauche nun, gegen Abend, gesagt und auf eine zerklüftete, gefrorene Ebene vor ihnen gewiesen. Der Gletscher versprühte im letzten Sonnenlicht alle Farben, die man sich vorstellen kann, und noch doppelt so viele, die man sich nicht vorstellen kann – vielleicht, so dachte Krassotkin, benommen von solcher Schönheit, sind das die Farben, welche die LSD-Schlucker und die Meskalin-Fans sehen: Sie behaupten ja, daß sie die Farben sogar schmecken, ja essen können. Was für ein Anblick! Er stützte sich auf seinen Eispickel. Der Traum war erfüllt! Er stand auf dem Montblanc! Was er sah, machte ihn benommen. Ich fühle mich wie betrunken, dachte er. Trunken... Wir müssen alle immer trunken sein. Das hat Baudelaire geschrieben. Und was, bei Gott, wird gesoffen in Mütterchen Rußland...
»Wir biwakieren hier, es wird jetzt sehr schnell dunkel werden«, hatte Gauche gesagt.
»Sehr gut«, hatte Krassotkin geantwortet, und sie hatten ihre Ausrüstung von den Schultern genommen. Sie wollten zuerst die Hängematten befestigen und danach etwas essen. Als sie die ersten Haken ins Eis trieben, fühlte Krassotkin, wie ihm übel wurde, ein wenig zuerst, dann immer heftiger. Er wollte sich erbrechen, konnte es aber nicht. Er fühlte sich scheußlich. Schwach und schwindlig. Er versuchte tief zu atmen. Es half nichts. Gauche, der die Haken für die zweite Matte ins Eis schlug, wandte ihm den Rücken zu und bemerkte nicht, was mit Krassotkin geschah. Die Übelkeit wurde unerträglich. Und dann, plötzlich, durchfuhr Krassotkin ein vernichtender, grauenvoller Schmerz in der linken Schulter und im linken Arm.
»Errrrrrr...«
Gauche fuhr herum.
Krassotkin war gestürzt. Er lag auf dem Rücken, die Augen waren weit geöffnet, und der Ausdruck panischer Angst stand in ihnen.
»Arrr... arrr... arrr...« Krassotkins Augen traten aus den Höhlen.
Gauche kniete jetzt neben ihm. Ich habe ihn gewarnt, dachte er, ich habe ihn gewarnt. In seinem Alter. Und dann der Montblanc. Wir sind weit über viertausend Meter hoch. Die dünne Luft...
Krassotkin keuchte kurz und flach, wie ein Tier in Todesnot. Aber er hat mir doch gesagt, daß er sich hat untersuchen lassen in Genf,

dachte Gauche entsetzt, und der Arzt hat ihm bestätigt, daß er völlig gesund ist! Absolut gesund! O, ist das eine Scheiße...
Gauche holte eine Pistole hervor. Das alpine Notsignal, dachte er, ich muß das alpine Notsignal geben! Er stand auf. Sechsmal in einer Minute muß ich jetzt Leuchtkugeln hochschießen, dachte er. Zum Glück ist es schon sehr dämmrig geworden. Er schoß die erste Patrone ab. Eine leuchtend rote Spur zog durch den Abendhimmel. Die nächste. Die nächste. Die nächste.
Krassotkin ächzte.
Gauche schoß die sechste Leuchtpatrone ab und atmete auf, als unten aus der Tiefe ebenfalls eine rote Spur zu erblicken war, die zum Himmel hochstieg. Sie haben mich gesehen, dachte Gauche, sie haben mich gesehen.
Er kniete wieder neben Krassotkin nieder.
»Sie kommen... gleich ist ein Arzt da... gleich...!«
Krassotkins Gesicht war jetzt weiß wie der Schnee, er konnte nicht sprechen, er litt, das sah Gauche. Er darf sich nicht bewegen, ich muß sehen, daß er ruhig liegen bleibt, dachte er und wühlte in seinem Notfallpaket.
»Merde alors...«
Er fluchte. Denn alles, was er fand, um seinen Begleiter zu beruhigen, war eine Kapsel voll Valium. Gauche öffnete sie, ließ eine Tablette auf seine Hand fallen und versuchte, die Tablette Krassotkin in dessen weit aufgerissenen Mund zu schieben. Hoffentlich schluckt er sie, dachte er, hoffentlich kann er schlucken. Krassotkin konnte. Gauche stand auf und schoß, wieder sechsmal in einer Minute, weitere Leuchtpatronen ab. Dann zündete er eine rote Sturmlaterne an. Die müssen genau wissen, wo wir sind, dachte er. O lieber Herrgott, laß diesen Mann nicht sterben, bitte, Gott, bitte. Er redete auf Krassotkin ein: »Sie haben uns gesehen... sie kommen... Hubschrauber und Arzt... Sie werden gleich dasein...«
»Errrr... errr...«
»Ruhig«, sagte Gauche. »Ganz ruhig liegen, Monsieur... keine Bewegung... Es kommt Hilfe... sie kommt schon...« Tatsächlich vernahm er zu seiner unsagbaren Erleichterung Rotorgeräusche, die schnell lauter wurden. Er sprang hoch und schwenkte die Sturmlaterne.
Der Hubschrauber kam näher und näher. Direkt über Gauche und Krassotkin hielt er an und stand mit kreisenden Rotoren still in der Luft. Eine Luke wurde aufgeschoben. Ein Mann erschien. Gauche kannte ihn. Das war einer der Rettungsärzte der Hubschrauberstaffel in Chamonix.

»Doktor Campora!« schrie Gauche. »Doktor Campora!«
Der Arzt hatte sich auf ein breites Brett gesetzt, das am Ende einer Strickleiter befestigt war. Die Leiter wurde nun von einer Maschine im Innern des Helikopters ausgerollt. Tiefer und tiefer sank Doktor Campora. Er trug seine Arzttasche bei sich, das konnte Gauche erkennen. An der Unterseite des Hubschraubers flammte ein starker Scheinwerfer auf. Der Lichtstrahl irrte kurz hin und her und beleuchtete dann grell die Stelle, an der Krassotkin lag. Der Arzt hatte den Boden erreicht. Er kam herbeigerannt, neigte sich über Krassotkin, fühlte den Puls, sah die von Entsetzen erfüllten Augen und riß auch schon seine Tasche auf.
»Herzversagen«, sagte er. »Wahrscheinlich Infarkt.«
Gauche fluchte wieder.
»Hier kann ich wenig machen.« Dr. Campora zog bereits eine Fertigspritze aus ihrer Packung. »Ich gebe ihm nur etwas zur Beruhigung, damit er den Flug hinunter übersteht... Helfen Sie mir...« Er riß Krassotkins Ärmel auf und gab dem Bergführer einen Gummischlauch. Gauche wußte Bescheid. Er schnürte Krassotkins freien Arm über der Ellbogenbeuge ab. Campora stieß die Spitze der Nadel in eine Vene und drückte den Kolben der Spritze hinunter.
»Was ist das?«
»Morphin«, sagte Campora.
Krassotkins Kopf fiel zur Seite.
Campora brüllte zu dem Piloten des Helikopters, der über ihm in der Luft stillstand, empor und machte Zeichen. Decken und Gurte flogen aus der Luke.
»Vorsicht jetzt... Vorsicht...« Campora hatte eine Decke ausgebreitet. Gemeinsam mit Gauche legte er Krassotkin behutsam auf die Decke, dann schlugen sie diese über seiner Brust zu und zogen das breite Brett herbei, das am Ende der Strickleiter hing. Auf ihm zurrten sie Krassotkin fest. Campora, wie Gauche und Krassotkin in das grelle Licht des Scheinwerfers an der Unterseite des Rettungshubschraubers getaucht, machte wiederum Zeichen. Die Maschine im Helikopter setzte ein. Krassotkin wurde langsam in die Höhe gezogen. An der Luke erschien ein zweiter Arzt. Er schwenkte die provisorische Bahre, auf der Krassotkin lag, ins Innere des Hubschraubers. Danach kam die Strickleiter wieder herunter – ohne Krassotkin. Zuerst ließ sich Dr. Campora hochhieven, nach ihm Jacques Gauche. Die Luke wurde verschlossen. Der Hubschrauber drehte ab und flog talwärts. Das Rauschen seiner Rotorblätter wurde leiser und leiser. Vollkommene Stille, Einsam-

keit und Dunkelheit lagen wieder über der Stelle, an welcher der russische Chirurg zusammengebrochen war...

Krassotkin kam mit dem Leben davon. Drei Wochen mußte er im Krankenhaus von Chamonix liegen. Dann durfte er schon aufstehen und machte Spaziergänge.

»Sie haben ein Herz aus Eisen«, sagten die Ärzte zu ihm.

»Wir wollen es hoffen«, antwortete er.

Einen Monat später kehrte er nach Moskau zurück – mit der Bahn. Fliegen hatten ihm die Ärzte bis auf weiteres verboten. Es war eine lange Reise. Er verbrachte sie in einem Schlafwagenabteil. Des Nachts träumte er noch einmal von dem Alpengletscher und seinen unwirklichen Farben. Er war wieder sehr glücklich in seinem Traum, obwohl er auch seinen Infarkt – als ein Dritter – miterlebte, während die Räder des Zuges, der ihn nach Osten in die Heimat brachte, wie gehetzt ratterten.

Oben auf dem Gletscher Bossons lag unweit der Stelle, an der Krassotkin niedergestürzt war, noch immer unter tiefem Schnee der Postsack. Seit dem 3. November 1950 lag er hier, seit dem Augenblick, an dem in dieser Gegend bei schlechtem Wetter ein aus Kalkutta kommendes Flugzeug zerschellt war. Alle Insassen wurden tot geborgen, auch einer von zwei Postsäcken. Derjenige, der immer noch, achtzehn Jahre später, da oben unter dem Schnee lag, enthielt einen Brief des seligen Fräulein Philine Demut an den Kaplan Roman Haberland in Wien.

34

Das Motel lag neben dem Highway 1681, dem Old Frankfort Pike, zu Füßen der Bluegrass Heights. Es war fast drei Uhr früh, als Lindhout eintraf. Er hatte einen weiten Weg hinter sich und sehr konzentriert fahren müssen, denn er wußte, daß er nicht nüchtern war. Also langsam fahren, aber nicht zu langsam, denn das hätte die Highway Cops irritiert, und Lindhout brauchte seinen Führerschein.

Der Mond schien hell in dieser Nacht, alle Dinge warfen lange Schatten. Lindhout lenkte den Wagen auf den Parkplatz vor dem Motel, stieg aus und ging, ein wenig schwankend, aber sehr beherrscht, auf den Eingang zu.

Die Glastür stand offen, in der kleinen Halle des niedrigen, langgestreckten Gebäudes brannte Neonlicht. Ein alter Mann mit Brille und einem grünen Schirm darüber, wie einst die Schriftsetzer ihn zu tragen pflegten, sah von einem Buch auf, in dem er gelesen hatte. Es war ›Wem die Stunde schlägt‹ von Hemingway, stellte Lindhout fest. Er hatte seinen Hut abgenommen und betrug sich einigermaßen linkisch. Etwas Derartiges war er nicht gewöhnt.

»Hy!« sagte der alte Mann und sah ihn freundlich an.

»Hy«, sagte Lindhout. »Mein Name ist John Miller aus Chicago. Meine Frau und ich wollen hier übernachten.«

»Ich weiß. Sie haben doch vor zwei Stunden angerufen und einen Bungalow bestellt!«

»Ist meine Frau schon da?«

»Tut mir leid, Mister Miller, noch nicht.«

Lindhout fühlte Traurigkeit. Patsy müßte längst da sein, dachte er. Längst! Was soll das? Macht sie sich über mich lustig? Meint sie, laß den alten Sack mal da raus zu dem Motel fahren, ich denke ja gar nicht daran, mit ihm zu schlafen! Oder was?

»Machen Sie nicht so ein Gesicht, Mister Miller«, sagte der alte Mann. »Ihre Frau kommt doch im eigenen Wagen, nicht?«

»Ja.«

»Na, vielleicht hat sie sich verfahren. Oder mit dem Motor ist was nicht in Ordnung. Oder sie kommt jetzt gleich zur Tür herein. Kann alles sein!«

»Ja«, sagte Lindhout deprimiert, »kann alles sein, natürlich.«

»Wie lange brauchen Sie den Bungalow, Sir?« fragte der Alte.

»Nur bis morgen mittag. Soll ich im voraus...«

»Wenn's Ihnen recht ist, Sir. Morgen bin ich nicht da. Nicht daß ich mißtrauisch wäre und dächte, Sie könnten abhauen, ohne zu bezahlen, Sir. Bei Gott nicht. Ich erkenne einen Gentleman, wenn ich ihn sehe. Aber das ist hier so vorgeschrieben. Sie ahnen ja nicht, wie viele Strolche es gibt.« Er nannte den Preis für die Übernachtung und das Frühstück. »Sehr freundlich von Ihnen, Mister Miller«, sagte der alte Mann und steckte schnell die zehn Dollar weg, die Lindhout ihm über die Summe hinaus gegeben hatte. »Manche sind, die geben keinen Cent. Hier, wenn Sie sich eintragen wollen, Sir...« Er schob ihm ein großes Buch hin, dessen Seiten bedeckt waren mit Namen, Zahlen und Daten. »Gibt keinen Meldezwang in Kentucky«, sagte er, Lindhout einen Kugelschreiber reichend. »Möchte nicht wissen, wie viele Namen hier falsch sind. Aber solange die Leute sich ruhig verhalten und ordentlich...« Lindhout schrieb einen weiteren falschen Namen in das Buch.

»So ist's recht, Mister Miller«, sagte der Alte. »Bungalow dreizehn. Rechts runter.«

»Rechts runter. Dreizehn also.« Lindhout tippte auf das Buch. »Großer Mann, der das geschrieben hat.«
»Ja«, sagte der alte Mann, »ich bin jetzt da, wo der Amerikaner mit diesem Mädchen im Schlafsack liegt, und er glaubt, daß die Erde bebt. Frühstück aufs Zimmer, Sir? Ein Boy ist da ab sechs.«
»Nein, wir kommen ins Restaurant«, sagte Lindhout. »Wir sind beide sehr müde. Werden wohl lange schlafen. Bitte nicht wecken.«
»Okay, Mister Miller. Gute Nacht.«
»Gute Nacht«, sagte Lindhout und ging, über einen schmalen Holzpfad an einer Reihe von Bungalows vorüber und erreichte Nummer 13. Er sperrte die Tür auf. Er drehte das elektrische Licht an. Der saubere Bungalow erschien ihm plötzlich wie eine dreckige Absteige. Am liebsten wäre er gleich wieder gegangen. Aber dann – vielleicht verspätete sich Patsy wirklich nur?
Er seufzte und ließ sich in einen Sessel fallen. In diesem Sessel saß er die nächsten zwei Stunden. Dann stand er auf, löschte das Licht, versperrte den Bungalow und ging zu der Empfangshalle zurück. Der alte Mann schlief fest. Lindhout bewegte sich sehr leise. Er legte den Schlüssel auf das Pult und ging zu seinem Wagen. Auch den startete er behutsam, und behutsam glitt er auf den Highway hinaus. In Gedanken verfluchte er Patsy, aber das erhöhte nur sein Gefühl der Ohnmacht. Er fuhr nach Hause.
In dem Haus am Tearose Drive zog er sich aus, badete und ging dann, entmutigt und mit dem Gefühl, ein alter Mann zu sein, in sein Schlafzimmer, wo er einen Pyjama anzog. Er setzte sich an den Bettrand, die Ellbogen auf die Knie gestützt, und starrte ins Leere. Seine Enttäuschung und die Fahrt hatten ihn munter werden lassen, so munter, daß er nun nicht schlafen konnte. Ich bin ein Idiot, dachte er. Patsy hat mich wahrscheinlich von Anfang an für einen Idioten gehalten, für einen lächerlichen Idioten. Ja, lächerlich, das bin ich...
Plötzlich fühlte er, wie sich von hinten zwei Arme über seine Brust legten. Er spürte die Frische junger Haut. Blut schoß ihm in den Kopf.
»Truus!«
»Ja, Adrian.« Sie trat jetzt vor ihn – in einem dünnen Morgenmantel, der an den Seiten hoch hinauf geschlitzt war. Er sah ihre schönen Beine. Er sah, durch den Stoff, Truus' schönen Körper.
»Was soll das, Truus?«
Sie setzte sich neben ihn, so dicht, daß er ihre Hüfte, ihre Brust fühlte. Sie strich mit einer Hand über sein Gesicht, zärtlich, so zärtlich...

»Adrian«, sagte sie. »Armer Adrian... du warst umsonst in dem Motel – durch meine Schuld...«
»Wieso durch deine?«
»Ich habe mit Patsy gesprochen. Sie hat mir gesagt, ihr seid verabredet da draußen. Da habe ich ihr klargemacht, daß das einfach unmöglich ist – ein Mann wie du und Patsy... das ist doch unmöglich, nicht wahr? Patsy hat es gleich eingesehen...«
Er fühlte den dünnen Stoff, darunter Truus' Körper, und das Blut klopfte nun wild in seinen Schläfen.
»Wo ist sie?« fragte er mühsam.
Truus strich immer weiter über sein Gesicht, sein Haar.
»Abgezogen mit irgendeinem Studenten... Du kennst sie ja...«
»Aber du... wieso bist du noch auf? Wieso kommst du in mein Schlafzimmer?«
»Ich bin nicht deine Tochter«, sagte Truus leise. »Aber ich habe mein Leben lang mit dir gelebt und dich geliebt, Adrian, immer nur dich, und das weißt du...« Sie streifte dem Willenlosen die Pyjamajacke ab, während sie sprach.
»Aber das ist unmöglich... Truus, wirklich... das geht nicht...«
Sie stand auf und ließ den Morgenmantel fallen.
»Geht es wirklich nicht, Adrian?« fragte sie, kaum hörbar.
»Ich...«, begann er, aber da verschlossen schon ihre Lippen seinen Mund, und er sank auf das Bett zurück.
»Das ist unser Haus. Ich bin allein. Du bist allein. Niemand wird jemals etwas merken...« Sie knipste das Licht aus.
»Truus...«
»So lange, Adrian, Adrian, so lange habe ich darauf gewartet...«
Ihre Hände fuhren nun über seinen ganzen Körper, sie preßte sich an ihn. Als er in sie eindrang, stöhnte sie auf.
Der alte Mann in dem Motel, dachte er wirr, während er sich zu bewegen begann. Er hat gesagt, er ist jetzt dort, wo der Mann glaubt, daß die Erde zittert. Daß die Erde zittert. Jetzt glaube ich es auch.

Sechstes Buch

Wir heißen euch hoffen

I

17 Uhr 11. 23. Februar 1979.

Es war so dunkel geworden, daß Adrian Lindhout das elektrische Licht anknipste. Er kniff die Augen zusammen, denn die plötzliche Helligkeit schmerzte. Er fühlte sich ein wenig schwindlig. Mit Erstaunen stellte er fest, daß er ein Glas in der Hand hielt und daß dieses Glas leer war. Ich muß doch einiges getrunken haben, dachte er. Ich vertrage auch einiges. Aber etwas betrunken bin ich schon – wie damals in jener Nacht mit Truus, an die ich mich eben erinnert habe.

Truus...

Das Gesicht des Mannes mit der runzeligen Haut und der weißen Haarmähne wurde plötzlich sehr alt.

Truus...

Das hätte nie geschehen dürfen, damals, in dieser Nacht, dachte er. Niemals, nein. Er fühlte sich elend, und deshalb goß er wieder Whisky in sein Glas und warf zwei Eiswürfel dazu. Als er einen großen Schluck getrunken hatte, dachte er anders. So: Es war doch aber auch schön mit Truus, sehr schön, wunderbar. Und sie war wirklich nicht meine Tochter! Und Georgia war schon so lange tot. Jetzt sah er wieder klar und deutlich den Chagall, das Liebespaar in der Mondsichel. Georgia hätte es bestimmt verstanden. Erfahren Tote noch etwas von den Lebenden? Und wie? Sind sie vielleicht immer noch auf der Erde, unter uns, nur unsichtbar? Das wären auch ein paar Fragen, dachte er und trank wieder. Wo bleibt bloß dieser Pfaffe? Zum Wahnsinnigwerden mit dem Kerl. Macht er das absichtlich? Oder macht jemand anderer das absichtlich?

Ich muß mich zusammennehmen, dachte Lindhout, ja, das muß ich. Der Mann am Telefon, der gesagt hat, er sei der Kaplan Haberland, versprach, in dreißig Minuten hier zu sein. Es sind noch keine dreißig Minuten her. Und warten muß ich auf alle Fälle – Krister Eijre, der Botschafter Schwedens, und mein Assistent Jean-Claude Collange holen mich ab. Um Viertel vor sechs kommen die erst.

Verrückt! Mein ganzes Leben zieht an mir vorbei, alles erlebe ich noch einmal – in nicht einmal einer einzigen Stunde.
Zeit... Zeit... was ist das, ›Zeit‹?
Sie schlägt Wunden, und sie heilt Wunden. Sie kennt die Guten nicht und nicht die Bösen. Sie haßt keinen Menschen, und kein Mensch tut ihr leid. Das ist die Zeit.
Die Zeile eines Gedichts fiel Lindhout ein: »... ihr seid ein Stäubchen am Gewand der Zeit, klein wie ein Punkt ist der Planet, der sich samt euch im Weltall dreht...«
Erich Kästner hat das geschrieben...
Ein Stäubchen am Gewand der Zeit. Ja, das sind wir gewiß, dachte Lindhout. Mein ganzes Leben, das Leben eines Stäubchens, läuft an mir vorbei in weniger als dem, was wir ›eine Stunde‹ nennen.
Damals, dachte er, bin ich, vierundfünfzig Jahre alt, durch Truus noch einmal jung geworden, ganz jung und ganz glücklich. Wir haben kein Auge zugemacht in dieser Nacht, nicht eine Minute. Liebe und Leidenschaft sind bei ihr durchgebrochen, Liebe zu mir, seit sie ein kleines Kind gewesen ist. Und ich... sei ehrlich, sagte er sich, hast du Georgia nicht in Gedanken immer betrogen mit Truus? Nicht immer, nein, nicht bis zu ihrem Tod. Dann aber hast du angefangen, sie zu betrügen. Was bin ich nun? Wer bin ich nun? Mein Leben, was für einen Sinn hat es gehabt, was ist das Wesentliche gewesen an ihm? Das Whiskyglas in der Hand, nahm er ein Buch von einem Bord – ›Aus meinen späten Jahren‹ hieß es, und der Verfasser war Albert Einstein. Er, den Lindhout verehrte, hatte ein Selbstportrait geschrieben – und zwar, dachte Lindhout, in dem Buch blätternd, als er sechsundfünfzig Jahre alt gewesen ist, 1936. Ich, ich werde fünfundsechzig. Aber ich denke, neun Jahre machen in diesem Alter keinen so großen Unterschied mehr aus. Wo ist bloß, ah, da...
Er las: ›Was am eignen persönlichen Dasein für einen selbst wesentlich ist, das weiß man selber kaum, und den andern braucht es erst recht nicht zu kümmern. Was weiß der Fisch von dem Wasser, in dem er sein Leben lang herumschwimmt? Das Bittere und das Süße kam von Außen‹ – ja, dachte Lindhout, ja, o ja –, ›das Harte von Innen, aus dem eigenen Streben. Ich tat in der Hauptsache, wozu mich die eigene Natur trieb...‹ Wie mich, wie mich, großer Gott, ich und Einstein! So habe ich das wahrlich nicht gedacht, aber es kam aus meiner Natur, wirklich! ›... Beschämend war es, dafür so viel Achtung und Liebe zu empfangen...‹ Ja, beschämend ist der Nobelpreis auch für mich, ich habe ihn nicht verdient, da sind so viele, die mir geholfen haben, die ihn mehr verdient hätten als ich, so viele, die den Preis niemals erhalten

werden. Wer hat diese Verleihung als erster angeregt, dachte er bitter, *wer*? ›...auch Pfeile des Hasses wurden nach mir geschossen; sie trafen aber nie, weil sie gewissermaßen zu einer anderen Welt gehörten, zu der ich keine Beziehungen habe...‹ Auch ich hatte Freunde und Feinde, dachte der einsame Mann in dem stillen Zimmer voller Bücher. Die Freunde sind immer gute Freunde gewesen. Es waren aber nicht alle Feinde gute Feinde. Nun, wahrscheinlich kann man das von Feinden nicht verlangen. Er rückte an der Brille, die er aufgesetzt hatte, als er zu lesen begann. ›... Ich lebte in jener Einsamkeit, die in der Jugend schmerzlich, in den Jahren der Reife köstlich ist.‹

Lindhout nahm die Brille wieder ab, stellte das Buch an seinen Platz zurück und überlegte, während er das Whiskyglas betrachtete: Auch ich habe in Einsamkeit gelebt, in der Jugend und im Alter, aber Einsamkeit ist nie köstlich für mich gewesen, auch nicht in den Jahren der Reife. Im Gegenteil, wenn ich daran denke, was noch alles geschehen ist, graut mir... glücklicher Einstein. *War* Einstein glücklich?

Er ging zum Schreibtisch und sah das vergilbte Ginkgo-biloba-Blatt, das ihm gleich nach dem Krieg jener seltsame Kriminalkommissar Groll gegeben hatte –, jener Groll, der wußte, daß Lindhout ein Mörder war, dem man aber untersagt hatte, ihn wegen Mordes zu verfolgen. Was wäre geschehen, wenn man es ihm damals nicht untersagt hätte? grübelte Lindhout. Seine Finger fuhren die Umrisse des Blattes nach. Das Gute – das Böse, dachte er.

»...Die Polarität des Universums, unserer Welt, allen Lebens, aller Formen der Existierenden. Die *Polarität*, *nicht* der Dualismus! Der Dualismus trennt, entzweit: Hie Schwarz, hie Weiß: Entweder – Oder. Polarität hingegen, das bedeutet zwar äußerste Verschiedenartigkeit eines dennoch nicht zu Trennenden, eines eben dadurch nicht zu Trennenden. Zwischen den beiden Polen spannt sich die *Einheit*!«

Plötzlich hört er die Stimme dieses schwer lungenkranken, fiebrigen Polizeibeamten. Es war gespenstisch, aber Lindhout erschrak nicht, in seinem sanften Rausch schien es ihm ganz natürlich, daß er Wolfgang Grolls Stimme hörte, Worte, die hier in diesem Zimmer und an dieser Stelle gefallen waren, mehr als vierunddreißig Jahre zuvor.

Vierunddreißig Jahre!

Und da war noch einmal die Stimme Grolls: »Agonist – Antagonist! Sie experimentieren mit Antagonisten. Nun, es würde keine Antagonisten geben, wenn es keine Agonisten gäbe, nicht wahr?«

Mein Gott, dachte Lindhout, das hat der wirklich gesagt vor mehr als vierunddreißig Jahren. Natürlich, dachte Lindhout (auf der Währingerstraße klingelte eine Straßenbahn), gibt es auch Menschen als Agonisten und Antagonisten. Mit ihnen habe ich gelebt, gearbeitet, sie bekämpft – agonía ist schließlich im Griechischen ein Wort für Kampf – sie geliebt. Das war mein Leben, ist es immer noch.
Meine schöne Frau Rachel, ermordet von der Gestapo in viehischer Weise, Georgia oder Truus – wen habe ich am meisten geliebt? Rachel gewiß, und Georgia und Truus hätte es wohl nie gegeben, wenn da nicht Krieg und Nazimörder gewesen wären. Doch ich verlor Rachel, die ich am meisten geliebt habe, und es kam Georgia. Sie liebte ich fast ebenso damals, nach dem Krieg, als ich noch jung war. Indessen, auch sie ist gestorben, und das Altern kam, und Truus machte das Alter verschwinden. Im Alter also am meisten Liebe für Truus? Das sind sinnlose Überlegungen, dachte er und trank. Alles im Leben hat seine Zeit. Und da ist eine Zeit zu leben und eine Zeit zu sterben. Und eine Zeit zu hassen und eine Zeit zu lieben. Es ist gleich, wen man liebt, wenn man einmal begonnen hat zu lieben. Und das muß man. Man muß lieben.
Was für ein wunderbares Leben war es für Truus und für mich zuerst. Ich habe euch nicht betrogen, Rachel, Georgia, das wißt ihr, ihr wart schon so lange tot, und geliebt habe ich euch immer weiter, beide, in Gedanken. Ich habe drei Lieben gehabt – aber wer weiß, vielleicht war und ist und bleibt die Liebe ein Unglück? Dann wäre es nur natürlich, daß ich jetzt im Unglück bin und im Elend – wegen dieses Herrn Zoltan.
Dieser Herr Zoltan... auch er ist ein Antagonist. Ach, ich bin müde, so müde. Wenn einer stirbt in Berlin, sagen sie: »Er hat den Löffel weggelegt.«
Ich würde gerne den Löffel weglegen, denn auch ich bin satt, so satt. Aber, dachte er jählings erregt, ich möchte doch noch versuchen, einen Schuft wie diesen Zoltan mitzunehmen... Herrgott, ich scheine wirklich ein wenig betrunken zu sein!
Er trat an die geschlossene Balkontür. Draußen war es dunkel. Lindhout sah die Lichter von Autos und erhellte Fenster gegenüber.
Nein, so ohne weiteres würde ich nicht davongehen, dachte er. Ohne Bedauern, aber mich nicht einfach so davonschleichen. Ich muß jetzt mit dem Trinken aufhören, sonst habe ich keinen klaren Kopf, wenn er kommt, dieser ›Kaplan Haberland‹, wer immer das sein wird...
Truus war mir eine gute Geliebte, dachte er sprunghaft und

betrachtete dabei sein Spiegelbild in der dunklen Fensterscheibe, das Bild eines Mannes mit schweren Lidern, zerfurchten Wangen, zerfurchter Stirn und wildem weißem Haar. Sie ist immer für mich dagewesen, sie hat immer neue Freuden und Überraschungen für mich bereit gehabt. Ich hatte schon wie ein Einsiedler gelebt, als Truus mich noch einmal zurückführte in Konzerte, Theater, Restaurants und Bars, nach Winchester, Richmond, Versailles und Danville, Versailles – alle in Kentucky natürlich. Nächtelang waren wir unterwegs, haben debattiert, Filme gesehen, die neuen Stücke, die neue Musik gehört, die neuen Philosophen gelesen, und so viele Nächte der Liebe hat sie mir geschenkt.
Niemand hat je über uns geredet. Ein Vater und seine Tochter. Zusammen. Das Normalste der Welt, nicht wahr? Wer hat denn die Wahrheit gewußt – bis zum Ende? Kein Mensch. Aber ich war nicht mehr jung genug für Truus. Ich habe jede Menge von Aufputschmitteln genommen in jener Zeit, um durchzuhalten – und dabei meiner Arbeit nachzugehen wie früher. Niemals im Leben habe ich so wenig geschlafen. Niemals im Leben aber habe ich den Schlaf auch weniger gesucht. Dem Leben bin ich nachgejagt, zwei Jahre, drei Jahre ging alles gut, dann merkte ich, daß es anfing, nicht mehr so gut zu gehen, trotz immer anderen Aufputschmitteln. Und dann kam diese entsetzliche Geschichte, mein Gott, alles ist entsetzlich gewesen, was nach dieser Geschichte geschah, alles...

2

»Gestohlen«, sagte der schüchterne, freundliche Dr. Jean-Claude Collange am 24. Juli 1971, einem heißen Tag. Er stand Lindhout in dessen Arbeitsraum gegenüber.
»Unsinn, hier stiehlt niemand«, sagte Lindhout. Obgleich er sich jugendlich gab (und auch kleidete), schien er sehr gealtert in den letzten drei Jahren. Es war gegen zehn Uhr morgens – zu früheren Zeiten hatte Lindhout sich täglich schon gegen halb neun Uhr im Institut eingefunden. Nicht daß diese Verspätung auffiel – da war ja Collange. Lindhout arbeitete konzentriert mit ihm, und alle Forschungsstätten der Sana standen ihm zur Verfügung: Die Suche nach dem ›Breitband‹-Antagonisten war jetzt ein Großprojekt geworden. Lindhout hatte noch nicht einmal sämtliche Wissenschaftler gesehen, die nach seinen Plänen, Überlegungen, Hypothesen, Theorien arbeiteten, die von ihm angeordneten Ver-

suchsreihen durchexerzierten, ihre Berichte mit (notfalls verschlüsselten) Fernschreiben erstatteten. Collange war ein großartiger Koordinator und dazu ein Mann von außerordentlicher wissenschaftlich-kreativer Begabung.

Jetzt aber sagte er hartnäckig: »*Gestohlen*, ich wiederhole es, Herr Professor! Aus dem großen Tresor im Labor nebenan.« In diesem Tresor verwahrte Lindhout alle Dossiers und schriftlichen Angaben über die Herstellung seiner Antagonisten – Gubler von der SANA hatte das verlangt mit der Bemerkung: »Die Substanzen können ruhig frei herumstehen, *der Weg ihrer Synthese* muß geheim bleiben. Warum? Wir sind ein Privatunternehmen. Wir wollen keine Industriespionage. Wir wünschen nicht, daß die Konkurrenz unsere Synthese-Berichte liest und von unserer Arbeit profitiert. Die Präparate mögen andere Chemiker getrost analysieren – wie sie zustande gekommen sind, wissen sie auch nach der genauesten Analyse noch lange nicht! Darüber geben nur die Dossiers Bescheid. Und die müssen unbedingt geheim bleiben...«

Das hatte Peter Gubler schon vor langer Zeit gefordert.

Nun sagte Collange verbissen: »Unbedingt geheimhalten... Nicht einmal für die primitivsten Sicherheitsvorkehrungen hat man gesorgt. Nicht einmal eine Lichtschleuse mit Alarmanlage ist da. Ein Tresor – das genügt! Und so konnte prompt jemand die Herstellungsmethoden von AL2145 stehlen. Dabei haben wir noch Glück im Unglück gehabt. Im Tresor liegen Tausende von Papieren. Wer immer das war, er hat nur das *erste* Dossier über AL2145 gestohlen – vermutlich wurde er gestört und mußte verschwinden. Das zweite Dossier liegt noch im Tresor.«

Lindhout ließ sich auf den Sessel hinter seinem Schreibtisch fallen. Die Füße taten ihm weh. Diese verrückten neuen Tänze, dachte er. Truus hat heute nacht nicht genug bekommen können. Ich vertrage Alkohol nicht mehr so wie früher. Vor allem das endlose Aufbleiben vertrage ich nicht mehr. Schlaf fehlt mir, Schlaf! Ich könnte tage- und nächtelang durchschlafen. Wo ist das verfluchte Adversol? In meinem Schreibtisch. Er nahm dieses starke Weckamin stets am Morgen, wenn er ins Institut kam – seit einiger Zeit. Aber er nahm es heimlich, niemand wußte davon. Nun gierte er nach der weißen Tablette, die ihm neue Kraft verleihen sollte, die er nehmen mußte, mußte, mußte, gleich jetzt – aber wie? Collange stand vor ihm. Ich bin süchtig, dachte er, und das finde ich gar nicht komisch.

Lindhout sagte: »Unser Tresor hat ein Nummernschloß. Die Nummer kennen nur zwei Menschen – Sie und ich.«

»Ein Dritter *muß* die Kombination kennen.« Collange war

bedrückt. »Achtzig Chemiker und Chemikerinnen arbeiten hier.«
»Sie sind alle von Branksomes ›Office‹ und der SANA durchleuchtet worden! Keiner stellt ein Sicherheitsrisiko dar!«
»Offenbar doch.« Collange biß sich auf die Unterlippe. »Ich sage Ihnen, Herr Professor, das halbe Dossier wurde gestohlen!«
Lindhout goß ein Glas voll Wasser. Er bemerkte, daß seine Hände zitterten. Ganz hübscher Tremor, dachte er. Bemerkt das Jean-Claude auch? Nein, entschied er, Jean-Claude ist viel zu aufgeregt über das Verschwinden des Dossiers über 2145.
2145!
Weit über 2000 Antagonisten hatte Lindhout hergestellt in dreiundzwanzig Jahren – oder in letzter Zeit, nach Berechnungen, Beratungen und Basisversuchen mit Collange, herstellen lassen in den Forschungsstätten der SANA.
Weit über 2000 Substanzen!
AL2145, im Tierversuch wieder und wieder erprobt, hatte eine totale Blockerwirkung von vollen zweiundzwanzig Tagen.
Ja, von *zweiundzwanzig* Tagen!
Sie waren gewaltig vorangekommen – wenn auch noch nicht weit genug. Aber jetzt, mit den Mitteln der SANA, bedeutete das – hoffentlich! – nur eine Frage der Zeit, bis sie ein lange genug wirkendes Mittel fanden.
Mitte 1971 sah Lindhout sich in einem Zustand der Konfusion. Er war, das wußte er, überfordert durch das intensive Zusammenleben mit Truus, und er war zugleich aufs äußerste fasziniert vom endlichen Voranschreiten seiner Lebensarbeit. Nur jetzt nicht sterben, dachte er oft, nur jetzt nicht! AL2145 – ein Antagonist, der schon zweiundzwanzig Tage lang ein wirksamer Heroin-Blokker war und nicht süchtig machte! *Nicht süchtig!*
»Das ist eine schwere Beschuldigung, die Sie gegen alle Mitarbeiter hier erheben, Jean-Claude...« Lindhout tastete mit unsicheren Fingern nach der Schreibtischlade, in der das Röhrchen Adversol lag. Ganz langsam zog er die Lade auf und entnahm der Packung eine Pille.
»Das weiß ich. Und ich erhebe diese Beschuldigung nicht leichtfertig. Ich erhebe sie tief erschrocken. Jemand unter uns ist ein... ein Dieb.«
»Jean-Claude! Alle hier haben seit Jahren, manche seit vielen Jahren mit mir gearbeitet, ein paar seit Jahrzehnten! Für jeden einzelnen würde ich die Hand ins Feuer legen! Wann haben Sie den Diebstahl... das Fehlen des Dossiers bemerkt?«
»Heute früh. Ich brauchte die Unterlagen über AL2145. Ich habe nur ein Dossier gefunden, das zweite. Das erste fehlt. Ich habe

gesucht und gesucht...« Collange verstummte verlegen. Blitzschnell schob Lindhout die Adversol-Pille in den Mund und trank Wasser nach. Das wäre geschafft, dachte er und gleich danach: Sagt Jean-Claude die Wahrheit? Ist das vielleicht ein besonders gerissener Trick von ihm, den Verdacht auf andere zu lenken? Ist Jean-Claude ein guter Lügner? Ich bin ja verrückt, dachte er, Collange ist fest bei der SANA in Basel angestellt, mit einem dicken Gehalt. Schleimig kroch Mißtrauen in ihm hoch. Ja und? Und was? Vielleicht will die SANA *mich* ausbooten, das Geschäft alleine machen?

Seine Lider zuckten. Das war gemein von mir, was ich da eben gedacht habe. Jean-Claude ist integer. Aber ich? Bin ich noch so integer? Bin ich noch so reaktionsfähig, wie ich es sein muß? Ewig wird das mit mir nicht so weitergehen, überlegte er voll Selbstmitleid. Angefangen habe ich mit einem Adversol am Abend... jetzt nehme ich vier täglich, das erste sofort am Morgen... o Truus, und ich liebe dich so...

Er sah, daß Collange sich gekränkt abgewandt hatte.

»Hören Sie, Jean-Claude, ich habe das nicht bös gemeint!«

»Nein, natürlich nicht, Herr Professor.«

»Schauen Sie mich an! Und reden Sie nicht mit einer solchen Stimme!«

Collange drehte sich um. Sein vernarbtes Gesicht war gerötet vor Ärger und Verlegenheit.

»Na also! Sie und ich, wir müssen doch zusammenhalten – jetzt mehr denn je!« Wohlige Wärme begann sich in Lindhouts Körper auszubreiten, er atmete leichter, der Kopfschmerz, den er in letzter Zeit so häufig verspürte, schwand, es schwand der Schmerz in den Füßen, es schwanden Abgespanntheit, Müdigkeit. Gutes, altes Adversol, dachte Lindhout. Er sagte: »Wir müssen uns einen Plan ausdenken, wie wir den Dieb fassen. Er wird wohl nicht sofort wieder an den Tresor gehen. Aber das halbe Dossier nützt ihm nichts – für wen immer er stiehlt. Es laufen momentan keine Versuchsreihen rund um die Uhr, niemand hat Nachtdienst. Wir arbeiten nur am Tag. Alle wissen das. Das erste Dossier ist also nachts gestohlen worden, als alles hier verlassen lag.«

»Aber wie, Herr Professor, wie?«

»Das weiß ich nicht. Aber es *kann* nur in der Nacht geschehen sein. Habe ich recht?«

Collange nickte.

»Gut. Passen Sie auf: Wir zwei – und nur wir zwei! – werden jetzt abwechselnd Nachtdienst machen, auch wenn keine Reihenversuche laufen! Nur um den Dieb zu fassen. (Nicht nur, dachte

Lindhout traurig. Jedenfalls ich nicht. Ich habe für eine Weile jede zweite Nacht Ruhe. Er schämte sich sehr über diesen Gedanken. Aber dann, dachte er, ich muß ein wenig ausruhen, ich muß einfach. Also bin ich schon ein alter Mann? Unsinn. Eine kurze Pause, eine kurze Trennung jede zweite Nacht von Truus, das ist alles.) Wer zum Tresor will, muß an meinem Arbeitszimmer vorbei. Da drüben ist eine Couch. Einmal liegen Sie darauf, einmal ich. Schlafen können wir am frühen Abend – okay?«
Collange nickte.
»Das ist die Chance, die wir haben: daß der Dieb wiederkommen muß! So kriegen wir den Kerl!«
»Wir müssen ihn kriegen«, sagte Collange.
Lindhout erhob sich.
»Heute nacht also ich«, sagte er, plötzlich ganz ausgeruht und frisch. »Wollen doch mal sehen, was geschieht.«

3

Überhaupt nichts geschah.
Acht Tage lang geschah überhaupt nichts.
Lindhout und Collange wachten umsonst. In der neunten Nacht – Lindhout war wieder einmal an der Reihe – geschah es dann.
Er hatte die Tür seines Arbeitszimmers einen Spalt weit offengelassen und das Licht ausgedreht. Er lag auf der Couch. Nach ein paar Stunden Schlaf am frühen Abend war er jetzt hellwach. Als er die ersten Schritte hörte, fuhr er zusammen.
Also doch! Er begann flach und geräuschlos zu atmen. Wer immer da kam – es war eine Frau! Ganz deutlich war es zu hören.
Eine Frau!
Sie kam nicht leise, auf Strümpfen oder barfuß, nein, laut ertönte das Tack-tack-tack der Absätze ihrer Schuhe.
Lindhout dachte: Ich habe also recht gehabt. Die einzige Möglichkeit, Unterlagen zu stehlen, besteht in der Nacht. Tagsüber ist an die Dossiers nicht heranzukommen. Collange und ich verwahren sie immer sofort wieder in dem Tresor mit dem Nummernschloß.
Tack, tack, tack.
Näher kamen die Schritte, lauter wurden sie. Er erstarrte: Frauenschuhe mit Stöckeln!
Tack, tack, tack...
Eine Frau! Truus wußte, daß bis auf weiteres keine Reihenversu-

che angesetzt waren, die Tag und Nacht liefen, sie hatte sich noch geärgert, daß er trotzdem jede zweite Nacht im Institut verbrachte. Alle anderen Chemiker und Chemikerinnen, die hier arbeiten, wußten das nicht.
Oder doch?
Tack, tack, tack...
Jetzt waren die Schritte ganz nahe gekommen. Lindhout atmete besonders leise, als die Schritte vor seiner Tür zum Halt kamen. Danach geschah etwas Unerwartetes. Die Frau, die er nicht sehen konnte, schloß die Tür und sperrte von außen ab!
Lindhout setzte sich verblüfft auf. Sie hatte ihn eingesperrt! Er schüttelte benommen den Kopf, während er überlegte: Wenn ich jetzt Krach mache, hat sie Zeit, davonzukommen. Wenn ich ruhig bleibe, kann sie an den Tresor heran. Er preßte ein Ohr gegen das Holz der Tür und hörte es, als nebenan das elektrische Licht eingeschaltet wurde. Danach vernahm er deutlich, wie jemand an dem Trendelrad des Tresorschlosses drehte, rasch, sachkundig. Wer immer das war – er mußte die Zahl kennen!
Lindhout zählte das leise Klacken der Anschläge mit. Eins... zwei... drei... vier. Pause. Das nächste Mal ertönten acht Anschläge. Dann sieben, dann sechs. Dann zwei.
48762 – darauf war das Nummernschloß eingestellt! Jetzt mußte es geöffnet sein. Lindhout begriff nichts mehr. Woher kannte diese Frau die Kombination?
Klick!
Die Tür des Tresors war geschlossen worden. Jetzt verstellt sie – wer immer sie ist – das Nummernschloß, dachte er. Jetzt kann sie gehen, sie hat, was sie wollte.
Tack, tack, tack...
Die Schritte kamen wieder näher, auf seine Tür zu, an seiner Tür vorbei...
Lindhout trat zurück und rannte dann auf die Tür zu. Seine Schulter traf das Holz. Schmerz durchzuckte ihn. Die Tür flog auf, er taumelte in den Gang hinaus. An seinem Ende befand sich ein Lift. Lindhout sah eine Gestalt. Er rannte zu seinem Schreibtisch, auf dem die Pistole lag, dann raste er los. Der Lift, sah er, fuhr schon nach unten. Fluchend lief er die Stiegen aus dem zweiten Stock, in dem sich die Laboratorien befanden, hinunter. Außer Atem erreichte er den Ausgang des Instituts. Dann sah er, im milchigen Schein des Mondes, die Frau in den Park hineinrennen.
Lindhout rannte hinter ihr her. Er stolperte über einen Rasensprenger. Im Park war es halb finster. Lindhout hörte jetzt keine

Schritte mehr. Wahrscheinlich hat sie die Schuhe ausgezogen, dachte er, um schneller rennen zu können.
Da!
Da war sie – ein Schemen nur, der immer wieder zwischen Baumstämmen auftauchte. Auch die Frau stolperte nun häufig. Lindhout kam ihr näher und näher.
»Bleiben Sie stehen!« brüllte er. »Stehenbleiben!«
Im nächsten Augenblick fiel ein Schuß, und die Frau stürzte auf das Gesicht. Allmächtiger, dachte Lindhout, weiter auf die Getroffene zurennend, wer war das? Geht hier dasselbe Theater wie in Basel los? Das ist doch unmöglich! Das gibt es doch nicht! Er erreichte eine bemooste Fläche. An ihrem Ende lag die Frau. Sie trug ein helles Kleid. Blut färbte es auf dem Rücken rot.
Lindhout fiel keuchend neben der Frau in die Knie. Er sah das zweite Dossier AL2145. Die Frau stöhnte leise. Sie lebte noch. Er packte sie rücksichtslos an den Schultern, um sie umzudrehen. Er war jetzt rasend vor Haß und Wut.
»Dein Gesicht«, sagte er, »laß mich dein Gesicht sehen, du Aas.«
Er sah in das Gesicht seiner Assistentin Gabriele.

4

»Gabriele...«
Aus ihrem Mund floß Blut, wenn sie sprach.
»Pech gehabt... zuerst Glück... jetzt Pech...«
»Gabriele...!« Er fühlte, daß er zitterte. »Gabriele... von allen Menschen Sie... Warum, Gabriele, warum?«
»Sehr viel Geld...« Ein Blutschwall. »Kriegen Sie mal... und das Kind...«
»Aber um Himmels willen, wie sind Sie hier herein und heraus gekommen, ohne daß es auffiel?«
Handschuhe aus Trauerflor trägt sie, dachte er verblüfft. Ach so... keine Fingerabdrücke!
»Was?«
»Im Keller übernachtet... Fiel nicht auf...«
Er hörte Männer herbeitrampeln. Hunde kläfften.
»Wer, Gabriele? Wer hat Ihnen soviel Geld geboten?«
»Diese...Leute...«
»Was für Leute? Gabriele!«
»Ich ha...« Den Satz sprach Gabriele Holzner, verehelichte Blake,

nie mehr zu Ende, denn in diesem Moment dröhnte abermals ein Schuß. Es war, als würde die junge Frau hochgerissen: Zum zweiten Mal hatte der Mörder sie getroffen. Schon sackte sie wieder zusammen.
Blitzschnell sprang Lindhout hinter einen Baumstamm. Der Schütze feuerte weiter. Lindhout hörte Geschosse an sich vorüberpfeifen.
Hinter einem entfernten Baum glaubte Lindhout Mündungsfeuer gesehen zu haben. Er warf sich auf den Moosboden und schoß in diese Richtung mit der Pistole, die er mit Branksomes Hilfe nach Amerika zurückgebracht hatte. Nachtwächter vom Eingang des Instituts hatten Lindhout erreicht. »Der Kerl muß noch im Park sein!« schrie er. »Versucht, ihn zu finden! Ohne Licht! Vorsichtig!«
»Aber... aber Ihre Assistentin...«, sagte einer der Männer.
»Die ist tot«, antwortete Lindhout und nahm das zweite Dossier vom Boden. Es war voller Blutflecken.
Nach dem Mörder suchten sie bis Tagesanbruch. Sie fanden keine Spur von ihm.
Eine Viertelstunde nach dem Attentat läuteten Beamte der Kriminalpolizei an der Türglocke des Einfamilienhauses Nummer 11, Topeka Road. BLAKE stand auf dem Messingschild über der Klingel. Niemand antwortete. Die Männer brachen die Tür auf. Das Haus war verlassen. Kleider, Schuhe, Spielsachen lagen herum. Von Gordon Blake und der kleinen Jasmyn, seiner und Gabrieles Tochter, fehlte jede Spur. Sie mußten das Haus in größter Eile verlassen haben. Zehn Minuten später hatten sämtliche Polizeiwachen der Blue Grass Area eine genaue Beschreibung von Vater und Kind.
In drei Sperrkreisen wurden alle Straßen überwacht. Blakes Auto stand nicht in der Garage. Es war anzunehmen, daß er mit dem Kind im Wagen hatte fliehen wollen. Also wurden alle Wagen an allen Straßen, die aus Lexington herausführten, angehalten. Der innere Ring bestand noch zehn Tage. In diesen zehn Tagen durchkämmten Hunderte von Polizisten die Stadt, die Parkplätze, die Garagen, die Wohnungen.
Gordon Blake und seine Tochter Jasmyn wurden nicht gefunden. Sie werden noch heute gesucht.

5

»Gibt es keinen einzigen anständigen Menschen mehr?« fragte Bernard Branksome. »Kann man niemandem mehr vertrauen?«
Lindhout hatte ihn sofort in Washington angerufen, Branksome war mit seiner Privatmaschine nach Lexington gekommen. Nun saß er im Wohnzimmer von Lindhouts Haus am Tearose Drive und ließ die Fingerknöchel knacken. Außer den beiden befanden sich auch Truus und Collange im Raum. Die Sonne schien, es war heiß, und viele Vögel sangen im Garten.
»Sie hat noch ein paar Worte gesprochen, bevor der zweite Schuß fiel«, sagte Lindhout.
»Was hat sie gesagt?«
»Daß sie die Dossiers für sehr viel Geld gestohlen hat.«
»Geld von wem?« Branksome sah auf.
»Das weiß ich nicht. Von ›diesen Leuten‹, hat sie nur noch sagen können.«
»Wer um Himmels willen können denn ›diese Leute‹ sein?«
»Das wissen wir auch nicht.«
»Vom Boss, von der ›French Connection‹ vermutlich«, überlegte Branksome laut. Er nahm die Brille mit den dicken Gläsern ab und putzte sie. »Natürlich vom Boss... Wenn Sie alle mit solchem Erfolg weiterarbeiten und einen Antagonisten finden, der die Morphin-Rezeptoren doppelt so lange gegen Morphin und Heroin blockiert wie AL 2145 – also vielleicht sechs Wochen lang –, dann geht da ein Milliardengeschäft flöten. Dann haben wir gesiegt! Das aber will der Boss unter allen Umständen verhindern. Muß er verhindern. Durch Terror, wie hier. Seine Chemiker, glaube ich, müssen die Einzelheiten der Synthese von AL 2145 erfahren. Denn vielleicht gibt es ein Gegenmittel, das AL 2145 unwirksam macht?« Er sah Lindhout fragend an.
»Es gibt immer ein Gegenmittel, natürlich...« Lindhout schüttelte verloren den Kopf. »Gabriele«, sagte er. »So viele Jahre lang habe ich sie gekannt... Sie ist es gewesen, die durch ein Versehen überhaupt erst gezeigt hat, daß es Sucht-Antagonisten gibt! Und jetzt... ihr Mann hatte keinen Erfolg als Autor... sie hatten ein kleines Kind... Sie hat es aus Liebe getan...«
»Liebe«, sagte Branksome verächtlich. Es klang wie ein sehr schmutziges Wort. »Hören Sie mir mit Liebe auf!« Er begann auf und ab zu gehen. »Was wir brauchen, das ist Sicherheit! Wachen! Ich werde dafür sorgen! Der Mensch...« Er stockte. »Der Mensch, das ist ein Abgrund«, sagte er.

»Das müßten Sie doch eigentlich schon lange wissen«, sagte Truus.
»Wie kommen Sie darauf?«
»Sie sehen doch seit vielen Jahren, was die Menschen tun, wozu Menschen fähig sind, Mister Branksome, das meine ich. Es wundert mich, daß Sie so erschüttert sind.«
Branksome drehte sich um und sah in den Garten hinaus. Seine Schultern zuckten ein wenig. »Sie haben recht, Truus«, sagte er. »Meine Tochter... diese verfluchten Hunde haben ja auch meine Tochter auf dem Gewissen... Und dennoch...«
»Dennoch?«
»Dennoch«, sagte Branksome, allen den Rücken wendend, »glaube ich immer weiter an das Gute im Menschen. Ich zwinge mich dazu.« Er wandte sich um. »Wie könnte ich sonst arbeiten, wie könnte ich sonst leben?«
Truus stand auf, ging zu Branksome und küßte ihn auf die Wange. »Sie«, sagte Truus, »sind ein guter Mensch... und es gibt auch noch andere, noch viele andere gute Menschen. Verzeihen Sie mir, bitte. Ich bewundere Sie, Mister Branksome.«
»Ach«, murmelte dieser, »machen Sie nicht solche großen Worte, meine Liebe. Bewundern... du lieber Gott! Ich bin nicht zu bewundern. Ich... ich tue doch in Wahrheit alles nur, weil sie meine Tochter umgebracht haben!«
Er setzte sich, stützte den Kopf in die Hände und bedeckte die Augen. Die anderen sahen einander schweigend an. Es war plötzlich vollkommen still. Kein Vogel sang mehr im Garten.

6

Kein Vogel sang mehr im Garten, dachte Adrian Lindhout, an seinem Schreibtisch sitzend, zu Wien, in der Wohnung an der Berggasse, am 23. Februar 1979. Es war 17 Uhr 16. Immer noch mußte er warten. Das Whiskyglas, die Flasche und ein Silberkübel voll Eiswürfelchen standen vor ihm. Das Warten zermürbte ihn, das Warten auf den Kaplan Haberland – oder wer immer da kam. Die Ungewißheit zerrte an Lindhouts Nerven. Diese Zeit, die ich warten muß – sie ist länger als mein ganzes Leben, dachte er.
Lindhout trank wieder einen Schluck, aber vorsichtig. Er wußte, er durfte sich nicht betrinken, um notfalls blitzschnell reagieren, zielen und treffen zu können, wenn es sein mußte, wenn dieser Pfaffe sich als einer von Zoltans Freunden oder von Zoltans

Feinden entpuppte. Sie haben mich bislang nicht umlegen können, dachte er, sie werden es auch heute nicht schaffen, verflucht. Da lag die alte Pistole, Modell Walther, Kaliber 7.65, die er sein Leben lang mit sich herumgeschleppt hatte, da lag sie auf dem mit der Maschine getippten Manuskript der Rede, die er vor der Schwedischen Akademie der Wissenschaften halten sollte, morgen, am 24. Februar 1979, in Stockholm.

DIE BEHANDLUNG DER MORPHIN-ABHÄNGIGKEIT
DURCH ANTAGONISTISCH WIRKENDE SUBSTANZEN

So lautete der Titel des Vortrags.
Schwere Tränensäcke hingen unter Lindhouts Augen, er saß zusammengesunken. So viel Erinnerung, dachte er, so viel Erinnerung...

Ja, kein Vogel sang damals mehr im Garten meines Hauses in Lexington, als Branksome den Kopf in die Hände stützte und das Gesicht verbarg. Still war es, unheimlich still. Und wir sahen einander schweigend an, Truus, Collange und ich. Es war schrecklich für uns, den Zusammenbruch dieses Mannes zu erleben, der für uns ein Vorbild der Unerschütterlichkeit gewesen war und der nun seine Ohnmacht, seine Trauer, sein Elend zeigte.
Nach einer langen Weile hat Branksome sich wieder aufgerichtet, die Brille abgenommen, seine geröteten Augen getrocknet und in dem alten, herrischen Ton gesagt: »Wir werden sie kriegen, die Hunde! Wir müssen sie kriegen! Verzeihen Sie mir, wie ich mich hier aufgeführt habe. Es war mir nur plötzlich so, daß ich dachte, ich könnte nicht mehr weiter...«
»Was gibt es da zu verzeihen«, habe ich gesagt. »Wir können uns nur allzu gut in Ihre Lage versetzen, Mister Branksome.«
»Ja«, hat er gesagt und die Brille mit den starken Gläsern wieder aufgesetzt, als wäre sie sein Panzer, sein Schutz, »können Sie das? Kann jemand nachfühlen, was ich fühle?«
»Ich denke, ich kann es«, hat Collange gesagt. Und Truus und ich haben zustimmend genickt.
»Bestimmt«, sagte ich. »Mein Leben lang arbeite ich an einer einzigen Sache. Ich weiß, wie wichtig sie ist. Nicht nur, weil ich mein Leben damit verbracht habe. Auch weil ich weiß, daß von der Entdeckung eines wirksamen Antagonisten das Leben von Tausenden und Abertausenden abhängt...«
»Er ist besessen, mein Vater«, sagte Truus. »Verzeihen Sie *mir* meinen ungehörigen Ton, Mister Branksome. Ich lebe doch das

Leben meines Vaters mit. Ich weiß doch, wie schlimm es für Sie alle ist, was sich da ereignet hat.«
Und Truus hat sich neben mich auf die Lehne der Couch gesetzt und einen Arm um mich gelegt wie eine liebende Tochter. Eine liebende Tochter! Wie eine liebende Frau natürlich, aber wer hat das gewußt, geahnt, geargwöhnt? Niemand...

Lindhouts Blick wanderte zu dem Chagall zwischen den Büchern, dem Liebespaar in der Mondsichel. Die Liebenden, dachte er bitter. Wie ist mein Leben verflossen, wie habe ich alles verloren und wieder gewonnen und wieder verloren, wer bin ich heute? Ein alter Mann, der Schuld auf sich geladen hat und sich vor dem Läuten der Türglocke fürchtet...
In diesem Moment läutete das Telefon.
Lindhout fuhr zusammen. Er starrte den Apparat an.
Der Apparat schrillte... schrillte... schrillte...
Ich muß abheben, dachte er verzweifelt, ich muß, ich muß...
Er nahm den Hörer ans Ohr.
Sofort sprudelte eine Frauenstimme los: »Anita, also stell dir vor, jetzt haben wir den Beweis, der Anwalt und ich! Mein Mann betrügt mich! Mit einer Apothekerin! Doktor Prill hat Fotos, Zeugen! Was du willst! Ich bin gerade bei ihm in der Kanzlei! Ich mußte dich sofort anrufen, ich habe es dir doch versprochen, nicht wahr?... Hallo!... Hallo!... Warum sagst du nichts, Anita?«
»Sie sind falsch verbunden«, sagte Lindhout kraftlos und ließ den Hörer fallen. Danach fluchte er, goß wieder Whisky in sein Glas und trank. Nur einen Schluck, dachte er. Auf den Schrecken hin.
»Mein Mann betrügt mich...«
Eine eifersüchtige Frau. Was wird sie nun tun, diese Frau, die ich nicht kenne, die irgendwo lebt hier in Wien, in der Eineinhalbmillionenstadt Wien. Wird sie ihrem Mann eine Szene machen? Wird sie schreien, weinen, toben, ihn verfluchen? Was geht das mich an? Ich kenne diese Frau und diesen Mann doch überhaupt nicht. Und doch. Und doch...
Auch ich war eifersüchtig in meinem Leben. Georgia habe ich in den Tod getrieben mit meiner Eifersucht, mit meinem Mißtrauen, ich bin schuld an ihrem Selbstmord, ja, ja, doch, ich bin schuld. Und dann, später... Truus.

Truus... wann war das? Egal. Etwa ein halbes Jahr, nachdem Branksome seinen Zusammenbruch in meinem Haus in Lexington hatte, ein halbes Jahr nach Gabrieles Tod, zu einer Zeit, da Branksome mehr und mehr Sicherheitsmaßnahmen anordnete...

da habe ich Truus eine Szene gemacht, eine schlimme Szene. Ich erinnere mich genau. Seit langem war alles nicht mehr so zwischen uns, wie es am Anfang gewesen war. Meine Schuld. Ich habe mich zu sehr in die Arbeit verbissen, ich habe nicht mehr die Kraft gehabt, in meinem Alter so agil zu sein. Truus hat nie darüber gesprochen. Ich habe sie geliebt, begehrt. Aber abends war ich verbraucht und müde und zerschlagen. Das Adversol hat nicht mehr geholfen. Ich habe andere, noch stärkere Mittel versucht – vergebens. Und mit dem Nachlassen meiner Kräfte ist die Eifersucht in mir gewachsen, ja, Eifersucht auf Truus. Sie war besonders freundlich zu mir damals. Sie hat nur gesagt, daß ich mich schonen muß, daß sie mir nicht böse ist, wenn ich abends mit ihr nur noch selten ausgehe, daß es besser ist für sie und für mich, wenn jeder wieder in seinem Zimmer schläft.

Jeder wieder in seinem Zimmer!

Wie ein Peitschenhieb ins Gesicht hat mich das getroffen, denn bis dahin haben wir stets zusammengeschlafen, in meinem breiten Bett.

Was sollte ich tun?

Ich habe zugestimmt. Und sie hat begonnen, abends fortzufahren und sehr spät wiederzukommen. Und ich, ich habe zu Hause gesessen und mich nicht aufraffen können, ins Bett zu gehen und zu schlafen, obwohl ich Schlaf nötiger gehabt habe denn je, gerade in diesen Monaten, in denen es soviel Arbeit im Institut gab. Nein, wach bin ich geblieben, gewartet habe ich auf Truus – bis lange nach Mitternacht, wenn sie von einem Konzert, aus dem Theater, aus dem Kino heimkam. Eine Freundin begleitete sie stets, sagte sie mir, eine Kollegin von der Universität. Ich habe diese Kollegin gekannt und lange Zeit wirklich geglaubt, daß alles so ist, wie Truus es mir sagt. Bis dann, als Truus wieder einmal abends fortgefahren war, diese Kollegin – Dorothy Carlton hieß sie, Professorin für Philosophie wie Truus – anrief, unerwartet, plötzlich, so wie jetzt eben diese fremde Frau angerufen hat. Nur daß es keine falsche Verbindung gewesen ist...

»Oh, Professor Lindhout, entschuldigen Sie! Nun habe ich Sie geweckt«, hat Dorothy gesagt.

»Ich arbeite noch«, habe ich geantwortet. »Was gibt es denn?«

»Truus hat aus Versehen meine Vorlesung über Bertrand Russell mitgenommen. Ich wollte sie nur bitten, das Manuskript unter allen Umständen morgen mitzubringen. Meine Vorlesung beginnt um neun.«

»Ich werde es ihr ausrichten, Miss Carlton.« Ich habe hinzugefügt: »Wenn sie heimkommt.«

»Sie ist nicht zu Hause?« Dorothy war entsetzlich verlegen.
»Nein«, habe ich gesagt.
»Wo ist sie denn?«
»Sie ist doch mit Ihnen nach Richmond ins Kino gefahren, Miss Carlton«, habe ich ruhig erwidert. »Sie sieht sich mit Ihnen den Film ›Wer hat Angst vor Virginia Woolf?‹ an.«
»O Gott«, hat die arme Dorothy gesagt. »Oh, du lieber Gott, das ist aber peinlich...«
»Was?« habe ich gefragt.
»Daß ich angerufen habe. Ach, ist das schrecklich.«
»Wieso schrecklich?«
»Weil ich doch eben nicht mit Truus nach Richmond gefahren bin... Jetzt werden Sie glauben, sie treibt sich herum... mit irgendeinem Mann... Sie werden unruhig sein... Das dürfen Sie nicht! Truus ist mit einer anderen Kollegin gefahren! Ganz gewiß! Sie hat nur unsere Namen verwechselt! Oder vielleicht haben Sie geglaubt, daß Truus gesagt hat, sie fährt mit mir...«
»Nein«, habe ich geantwortet, »Truus hat gesagt, sie fährt mit Ihnen, Miss Carlton. Das weiß ich mit absoluter Sicherheit.«
»Aber ich bin doch nicht... ich meine... Ja, sie wollte mit mir fahren, das stimmt, aber dann hatte ich keine Zeit, und da fuhr sie mit einer anderen Freundin, jetzt fällt es mir wieder ein!«
»Es ist sehr freundlich, daß Sie Truus schützen wollen, Miss Carlton.«
»Schützen! Vor wem? Wozu? Sie wollte wirklich zuerst mit mir fahren! Du lieber Himmel, was habe ich jetzt für ein Durcheinander angerichtet!«
»Sie müssen nicht lügen, Miss Carlton. Ich bin Truus' Vater. Sie sollen mich nicht belügen! Truus ist eine erwachsene Frau. Sie kann machen, was sie will. Gute Nacht, Miss Carlton«, habe ich gesagt und den Hörer in die Gabel gelegt. Und voll Schrecken gedacht: Beträgt sich so der *Vater* einer mehr als dreißigjährigen Tochter? Nie und niemals. Was muß Dorothy jetzt denken? Was habe ich getan, ich verfluchter Idiot?

In der Erinnerung an diesen Abend griff Lindhout, allein in der großen Stille des Arbeitszimmers seiner Wiener Wohnung, wiederum zum Glas.
Ja, dachte er, eine Stunde später ist Truus dann gekommen, sie war sehr erstaunt darüber, daß ich noch nicht geschlafen habe. Und ich bin sehr liebenswürdig zu ihr gewesen, sehr beherrscht, und ich habe sie gefragt, wie Dorothy und ihr der Film ›Wer hat Angst vor Virginia Woolf?‹ gefallen hat...

7

»Du bist noch wach?« Truus erschrak, als sie ins Zimmer trat, hatte sich jedoch gleich wieder in der Gewalt, lächelte und küßte Lindhout auf die Wange.
»Ich habe noch gearbeitet.« Er bemühte sich mit Erfolg um Fassung. »Wie war's? Hat der Film euch gefallen?«
Truus setzte sich in einen Sessel und streifte die Schuhe ab. »Großartig... diese Taylor und dieser Burton... unheimlich... Man muß glauben, daß es bei ihnen privat auch so zugeht... die Szene mit dem Gewehr... weißt du, er kann seine betrunkene Alte plötzlich nicht mehr aushalten, tritt hinter sie, nimmt ein versteckt gehaltenes Gewehr, zielt auf ihren Kopf und drückt ab – und aus dem Lauf schießt ein bunter Papierregenschirm, der sich öffnet! Grandios... es verschlägt einem den Atem!«
»Das muß ich mir unbedingt auch ansehen.«
»Ja, mußt du unbedingt, Adrian.«
»Viel Verkehr auf der Autobahn?«
»Kaum.«
»Hast du Dorothy heimgebracht?«
»Ja. Natürlich. Was ist das für eine Frage?«
»Nur so. Sie hat nämlich angerufen.«
Er sah, wie sie neuerlich erschrak, und das bereitete ihm böse Freude.
»Dorothy? Wann?«
»Etwa vor einer Stunde.«
»Was soll das heißen?«
»Daß sie vor etwa einer Stunde angerufen hat.« Er lehnte sich zurück. »Sie war furchtbar verlegen, als ich ihr sagte, daß sie mit dir nach Richmond gefahren ist.«
Truus verzog den Mund.
»Du spionierst mir nach?«
»Was soll das? *Sie* hat angerufen.«
»Warum?«
»Sie braucht das Manuskript für die Vorlesung über Bertrand Russell. Die Vorlesung beginnt schon um neun Uhr. Du hast das Manuskript versehentlich mitgenommen. Sie hat mich gebeten, dir zu sagen, daß du es ihr unbedingt vor neun wiedergeben mußt.«
Truus schwieg lange.
Dann warf sie den Kopf heftig zurück, ihre blonden Haare flogen. Sie sagte klanglos: »Schön, ich war nicht mit Dorothy in Richmond.«

»Aber du warst in Richmond?« Er kam sich albern, unglücklich und sehr im Recht vor.
»Ja, ich war in Richmond. Und nicht allein, das willst du doch unbedingt wissen, nicht wahr? Ich war mit einem jungen Mann dort...« Sie ertrug den Blick seiner müden Augen nicht länger, stand auf, ging zur Bar und machte sich einen Drink. »Willst du auch etwas?« fragte sie über die Schulter.
Er schwieg.
»Dann nicht.« Sie trank im Stehen einen großen Schluck und schob das Becken vor, während sie sich an die Theke lehnte. »Ich betrüge dich, Adrian.« Wieder ein Schluck. »Zu warm. Wo ist denn hier das Eis?«
Sie suchte, fand, was sie suchte, und fuhr fort: »Seit Monaten betrüge ich dich.«
»Mit wem?«
»Mit dem und jenem. Es ist keine Liebe, die ich gefunden habe, meine Liebe bist immer noch du, und du wirst es immer sein. Es ist Geilheit.«
»Truus!«
»Geilheit«, wiederholte sie, an die Bar gelehnt.
Er betrachtete ihre Beine.
»Du hast eine Laufmasche«, sagte er und kam sich im gleichen Moment idiotisch vor.
»Das kann leicht passieren in einem Auto. Und der Junge war auch noch wild wie ein junger Stier. Ich wette, ich habe am ganzen Körper blaue Flecken.«
»Truus!« rief er. Nun konnte er das Zittern seiner Hände nicht mehr verbergen.
»Truus! Truus! Truus!« äffte sie ihn nach. »Habe ich nicht gesagt, die Kerle sind mir egal? Habe ich nicht gesagt, ich werde immer nur dich lieben? Ja oder nein?«
Er nickte.
»Sag es!« rief sie.
»Ja«, sagte er und kam sich gedemütigt vor, entsetzlich gedemütigt. Sie trat zu ihm, das Glas in der Hand, sie sah auf ihn herab, während sie sprach: »Ich habe es so vorsichtig wie möglich angefangen, um dir nicht weh zu tun, Adrian. Diese blödsinnige Dorothy. Nein, *ich* bin blödsinnig, ich habe das verdammte Russell-Manuskript tatsächlich aus Versehen eingesteckt! Na ja, einmal wärest du ja doch darauf gekommen. Bringen wir's also hinter uns.«
»Sprich nicht so«, sagte er mit erstickter Stimme. »Ich bitte dich. Du bist alles, was ich habe auf der Welt, seit Georgia tot ist.«

»Du bist auch alles, was ich habe auf der Welt, Adrian. Aber wie alt bist du? Wie alt bin ich?«

»Ach so.« Er wandte sich ab.

»Nicht! Schau mich an! Du sollst mich anschauen, Adrian! Ich bin viel jünger, ich brauche... das viel mehr als du. Es ist eine rein biologische Angelegenheit. Sieh doch, ich habe bemerkt, wie dich das anstrengt, wie müde du immer bist, wie erschöpft, ich weiß, was für eine Verantwortung du hast, was man von dir erhofft, auch ich, gerade auch ich, damit ich noch stolzer sein kann, als ich es schon bin auf dich. Aber als ich bemerkte, daß du Aufputschmittel nimmst – und noch dazu so starke –, da bekam ich es mit der Angst...«

»Das hast du bemerkt... wann?«

»Schon vor einem Jahr, Adrian. Du bist doch so unordentlich. Überall läßt du Sachen liegen. Ich mußte das Adversol und all das andere Zeug, das dann später kam, einfach sehen! Ich habe nichts gesagt, um dich nicht zu kränken. Nie, nie wollte ich dich kränken...« Sie stellte das Glas auf einen niederen Tisch und sank vor ihm in die Knie. Ihre Hände lagen auf seinen Knien. »Und du hast auch nichts bemerkt, nicht wahr?«

»Nein«, sagte er.

»Siehst du! Und wenn Dorothy heute abend nicht... Es ging doch alles so gut... Du warst glücklich mit mir...«

»Und du mit anderen Kerlen.«

»Das ist nicht wahr!« rief sie. »Andere Kerle! Junge Männer sind das gewesen... Gut dafür, ja, gewiß... aber reden mit ihnen, diskutieren mit ihnen, wie ich es mit dir kann? Nie, Adrian, nie!«

»Aber dafür«, sagte er.

»Ja.« Ihr Blick wurde trotzig. »Dafür. Dafür waren sie besser. Verzeih, du bist kein alter Mann! Aber du bist viel älter und abgearbeitet, und all deine Mittel haben nicht mehr geholfen...«

»Wenn wir geschlafen haben miteinander...«, begann er hilflos.

»Geschlafen!« Sie zuckte die Schultern. »Das im Bett ist... Das ist doch nicht Liebe! Das im Bett ist etwas ganz anderes...«

»Aber du konntest es nicht von mir bekommen?«

»Doch!«

»Lüg nicht, Truus! Du hast niemals im Leben gelogen!«

»Schön, ich werde nicht lügen. Am Anfang, ja, da war das im Bett wunderbar, so schön wie mit keinem vorher oder nachher. Aber mit den Jahren, Adrian, mein armer Adrian – ich soll doch die Wahrheit sagen –, mit den Jahren ließ es eben nach...«

»Ich ließ nach.«

»Egal. Ich... ich kam nicht mehr auf meine Kosten.«
»Du bist ekelhaft, Truus«, sagte er.
»Ja? Wahrscheinlich hast du recht. Aber glaube mir doch bitte, Adrian, geliebt, wirklich geliebt, habe ich immer nur dich... Und ich werde es weiter tun bis zum Tod. Ist das nicht viel wichtiger als das andere? Das andere, das kann mir jeder Mann geben!«
»Truus?«
»Ja?«
»Würdest du mir einen Gefallen tun?«
»Jeden, natürlich... jeden!«
»Dann nimm die Hände von meinen Knien und steh auf und geh schlafen«, sagte Lindhout. Das Telefon begann zu läuten. Er erhob sich so brüsk, daß Truus zur Seite fiel. Das Glas flog ihr aus der Hand, der Drink sickerte in den Teppich. So blieb sie liegen, mit häßlich abgewinkelten Beinen, reglos. Sie sah, daß Lindhout den Hörer abhob und sich meldete. Sie konnte nicht verstehen, wer sprach.
»Hallo!« sagte Lindhout. In der offenen Verbindung rauschte der Strom. Eine Mädchenstimme fragte nach seiner Telefonnummer und seinem Namen, dann: »Einen Augenblick, Professor, dies ist ein Transatlantikgespräch. Ich verbinde...«
Eine jugendliche Stimme, deutsch, mit Schweizer Akzent, ertönte: »Professor Lindhout! Es tut mir leid, wenn ich Sie so spät noch störe – aber es ist sehr dringend.«
Als ich ihn kennenlernte, war Peter Gubler, Präsident der Sana, dreiundsechzig Jahre alt, jetzt muß er Ende sechzig sein, dachte Lindhout und sagte verblüfft: »Herr Gubler...«
»Sie kennen meine Stimme!« Lindhout hörte ein Lachen. »Ich weiß, was Sie jetzt denken. Der alte Sack müßte doch längst in Pension oder tot sein! Bin ich aber noch immer nicht! Arbeite noch immer!«
»Wer ist das?« fragte Truus, auf dem Teppich liegend.
Lindhout drehte ihr den Rücken.
Gublers Stimme ertönte wieder, sie war jetzt ernst: »Sie müssen sofort nach Zürich kommen! Mit der nächsten Maschine, die Sie erreichen können! Kabeln Sie Ihr Eintreffen an Sana, Basel. Es wird jemand in Kloten sein, am Flughafen, der Sie informiert.«
»Informiert worüber?«
»Nicht am Telefon. Ich sage Ihnen, es ist von größter Bedeutung. Werden Sie kommen?«
»Natürlich... Ich bin ja bei Ihnen angestellt...«
»Nicht deshalb. Es geht um alles. Sie müssen sich beeilen. Sonst geschieht noch etwas Schreck...«

Klick.
Die Verbindung war unterbrochen.
»Hallo!« rief Lindhout. »Hallo... hallo...« Nur der Strom rauschte wieder. Er legte den Hörer in die Gabel. Wir sind getrennt worden, dachte er. Die Frage ist nur: *Wer* hat uns getrennt?
Wie aus weiter Ferne drang Truus' Stimme an sein Ohr: »Adrian! Adrian! Wer war das? Was ist los? Was machst du für ein Gesicht?«
»Ich muß sofort nach Zürich.«
»Nach Zürich?«
»Mit der nächsten Maschine.« Lindhout blätterte bereits im Telefonbuch, auf der Suche nach der Nummer des Blue Grass Airport Terminal von Lexington.
»Aber warum?« Er antwortete nicht. Truus war aufgesprungen, sie kam zu ihm geeilt und schlang die Arme um seinen Hals. »Ich fliege mit!«
»Nein«, sagte Lindhout, während er schon wählte, »du fliegst nicht mit. Und nimm die Arme weg!... Du sollst die Arme wegnehmen!« schrie er wie von Sinnen, als sie nicht gleich gehorchte. Erschrocken wich Truus zurück.
Er sprach bereits, wieder gefaßt: »Airport?... Guten Abend... Geben Sie mir den Informationsschalter...«

8

»Professor Lindhout, bitte kommen Sie mit mir«, sagte der große Mann. Es war 12 Uhr 35 am 12 August 1971 und sehr heiß in Zürich, auch in der Halle des Flughafens Kloten.
Lindhout, soeben mit einer PAA-Boeing gelandet, hatte die Paß- und Zollkontrolle gerade hinter sich, als der Große ihn ansprach. Er zeigte einen Ausweis. Danach hieß er Eugène Dubois und war Sicherheitsbeauftragter der SANA.
»Meine Koffer...«
»Kümmern Sie sich nicht darum. Ein Kollege nimmt sie in Empfang, drüben am Laufband, und bewahrt sie auf. Sie müssen gleich weiterfliegen.«
»Weiterfliegen? Wohin?« Lindhout starrte den großen Mann an.
»Nach Wien. Wir haben bereits für Sie gebucht. Ich gebe Ihnen sofort die Karte. Ihre Maschine fliegt in einer halben Stunde.«
»Aber was soll ich in Wien...«

»Nicht hier. Ich erkläre Ihnen alles. Kommen Sie mit in die Bar«, sagte Dubois und nahm Lindhouts rechten Ellbogen in die Hand.
Die Bar war fast leer, und hier lief die Air-condition. Sie setzten sich an die Theke.
»Zu heiß für Alkohol«, sagte der Riese. »Trinken Sie Orangensaft, Herr Professor?«
»Ja ... ja natürlich ... Hören Sie, wer beweist mir, daß Sie wirklich von der SANA sind?«
»Zweimal Orangensaft, doppelt«, sagte Dubois zum Mixer. »Mit viel Eis drin, bitte. Hier.« Er hielt Lindhout ein versiegeltes Kuvert hin.
»Was ist das?«
»Für Sie, Herr Professor. Von Herrn Gubler. Sie kennen ihn doch, nicht?«
»Natürlich. Er hat mich ja in Lexington angerufen und gesagt, ich soll sofort nach Zürich kommen, es ist sehr wichtig.«
»Ungeheuer wichtig ... Danke für den Saft ... Sie kennen auch Herrn Gublers Schrift?«
»Ja.«
»Trinken Sie zuerst einmal, wir haben noch Zeit. Dann lesen Sie den Brief.«
»Hören Sie«, sagte Lindhout, »das geht mir alles zu rasch ...«
»Muß rasch gehen jetzt«, sagte Dubois. »Da, der Brief!«
Lindhout nahm das Kuvert. In Gublers Schrift – er kannte sie wirklich gut – stand sein Name darauf. Er brach ein Siegel, entfaltete einen Bogen mit dem Briefkopf der SANA und las in Gublers Handschrift:

Lieber, sehr geehrter Herr Professor,
bitte verzeihen Sie die überfallartige Weise, in der wir mit Ihnen umgehen, aber wir sehen keinen anderen Weg. Unser Sicherheitsbeauftragter, Herr Eugène Dubois, wird Ihnen meinen Brief übergeben. Am Telefon konnte ich nicht alles erklären. So ist die Sache: Sie haben einen alten Freund, einen Russen namens Ilja Krassotkin. Der Herr hat sich über Mittelsleute mit mir in Verbindung gesetzt. Er konnte und durfte Sie nicht in Amerika anrufen oder gar zu Ihnen kommen. Sie haben, ließ mir Herr Krassotkin bestellen, vor langer Zeit so etwas wie einen wissenschaftlichen Freundschafts- und Beistandspakt geschlossen ...

Lindhout trank hastig. Das stimmt, dachte er. Großer Gott, was ist geschehen?
Er las weiter.

... und Herr Krassotkin ist von einer dritten Person darüber informiert worden, wer der Boss der ›French Connection‹ ist – Sie erinnern sich an die Schießerei im Allschwiler Wald hier in Basel, bei der Sie selber fast umgekommen sind...

Der Boss... Krassotkin kennt den Boss... Lindhout trank sein Glas leer. Er winkte dem Mixer und hob zwei Finger, der Mixer nickte und goß ein neues Glas voll. Der riesige Dubois saß mit dem Rücken zur Theke, seine Augen glitten unablässig durch den Raum und in die Halle hinaus. Er trug einen leichten blauen Anzug, der an den Schultern auf beiden Seiten ausgebeult war...

... Herr Krassotkin hat einwandfreie Beweise! Aber er kann auch nicht zu uns kommen, er will seine Beweise Ihnen *zur Verfügung stellen – in Wien, schnellstens. Er vermochte keinen genauen Termin zu nennen. In unser aller Interesse muß ich Sie ersuchen, lieber Herr Professor, sofort nach Wien zu fliegen und dort auf Herrn Krassotkin zu warten. Ihr Schutz wird auch in Wien gewährleistet sein, wir haben ein sehr gutes Sicherheitssystem entwickelt. Sie fahren vom Flughafen Schwechat, wo Sie einer unserer Herren – er heißt Franz Schaffer – erwarten wird, in Ihre alte Wohnung an der Berggasse. Dann melden Sie sich beim Leiter unserer Wiener Forschungsabteilung, Herrn Dr. Karl Radler. Die Forschungsabteilung befindet sich in Floridsdorf, Industriegebiet, Allandstraße 223–226. Alles Weitere erfahren Sie von Herrn Dr. Radler.*

Mit den besten Grüßen und Wünschen
bin ich stets
Ihr Ihnen sehr ergebener
Peter Gubler

Zwei Stunden später landete Adrian Lindhout mit einer Maschine der AUSTRIAN AIRLINES auf dem Wiener Flughafen Schwechat. Es war auch in Wien sehr heiß.

9

»Jessas, der Herr Professor! Nein, also ist das eine Freud'!« Franz Pangerl, Hausbesorger des Gebäudes an der Berggasse, im IX. Wiener Gemeindebezirk, verzog sein bleiches, aufgeschwemmtes Gesicht zu einem Grinsen. »Nach alle die viele Jahre sind der Herr Professor wieder in der Weanerstadt! Lina, komm her, der Herr Professor ist da!« schrie er über die Schulter. Er stand im Rahmen der Eingangstür zu seiner halb unter der Straße gelegenen Wohnung, stank nach Schnaps, und Lindhout sah denn auch, hinter Pangerl, auf dem Tisch einer auch als Wohnzimmer dienenden schmutzigen Küche ein paar Flaschen stehen.

»Guten Tag, Herr Pangerl«, sagte er. »Ja, ich bin wieder in Wien. Sie haben die Schlüssel zu meiner Wohnung, ich habe sie Ihnen damals gegeben, als ich nach Amerika flog. Kann ich...«

»Aber freilich! Aber natürlich! Nur ein Momenterl, bittschön, Herr Professor...« Pangerl, angetan mit alter Hose und schmutzig-weißem Unterhemd, hängenden Hosenträgern, schlurfte auf bloßen, schmutzigen Füßen zu einem großen Wandbrett, an dem Schlüssel hingen. Dabei sagte er: »Hätten uns telegrafieren sollen, daß Sie kommen, Herr Professor. So ist natürlich nix vorbereitet oben. Überzüge über alle Möbel, ja, denn warum, wir haben aufgepaßt auf Ihre Wohnung, Herr Professor, alle die Jahre, Mottenkugerln hingelegt in alle Ecken, auch immer wieder gelüftet, nur jetzt wird es natürlich ungemütlich sein...«

»Wieso?«

»No ja, die Kugerln, die kleinen, die riechen halt nicht gut. Und nichts hergerichtet, kein Bett und gar nichts... So, da wären die Schlüssel... Berühmter Mann sind Herr Professor geworden, wir haben alles in die Zeitungen gelesen, immer... ich gratulier' auch schön zu der großen Karriere...« Im Hintergrund erschien seine dicke, sehr bleiche Frau, die Lindhout immer an eine Qualle erinnert hatte. Sie trug eine Schürze. »Der Herr Professor, Lina! Sag küß die Hand! No, also!«

»Küß die Hand«, sagte Lina mit den Kalbsaugen. Sie war ein wenig schwachsinnig, erinnerte sich Lindhout. Er nahm die Wohnungsschlüssel entgegen und roch wieder den Fuselgestank, als Pangerl sprach: »Wird mit Ihnen raufgehen und alles herrichten und saubermachen, die Lina. Bleiben Herr Professor lange?«

»Warum?«

»No, weil dann hätt' die Lina immer saubermachen können bei Ihnen! Hat sie doch früher bei so viele Herrschaften im Haus gemacht. Jetzt hätt' sie Zeit, mehr als genug.«

»Ja, wenn das so ist... gerne... aber ich glaube nicht, daß ich lange bleibe.«

Die dicke Lina begann lautlos zu weinen.

»Was hat sie denn?« fragte Lindhout erschrocken.

»Halt's Maul«, sagte Pangerl zu seiner Frau, dann wandte er sich an Lindhout. »Zu Herzen genommen hat sie sich halt alles. Das Maul sollst halten!« schrie er die bebende Frau an, die daraufhin einen Knicks vor Lindhout machte.

»Was zu Herzen genommen?«
»Zugehen läßt sie auch keiner mehr im Haus. Die Schweine!« Pangerl sprach die ganze Zeit mit einem erloschenen Zigarettenstummel zwischen den Lippen.
Der hat sich verändert seit seiner glorreichen Zeit als Luftschutz- und Blockwart. Was war das damals für ein Großmaul, dieser sehr kleine Mann mit der schiefen Schulter, die ihn nötigt, alle Menschen von unten her, mit verdrehtem Kopf, anzusehen, dachte Lindhout. Ach, wie stattlich wirkte er trotz allem in dieser kackbraunen Naziuniform. Was habe ich stets für Angst gehabt vor diesem Kerl! Und heute? Alt und dürr ist er geworden, fast grünlich wirkt sein Gesicht. Ob er eine schwere Krankheit hat? dachte Lindhout. Ich muß gerecht bleiben.
»Warum sind alle Mieter gegen Ihre Frau, Herr Pangerl?«
»Nicht gegen meine Frau, gegen mich.«
»Gegen Sie?«
Pangerl sprach immer weiter, mit dem Zigarettenstummel an der Unterlippe: »Werden's ja doch gleich erfahren, Herr Professor. Einer tratscht mehr als der andere in dem Dreckshaus!« Zum ersten Mal erhob er die Stimme. »Aber ich bin wieder ein freier Mann! Ich hab' gesühnt – wenn das Sühne gewesen sein soll! Die Zeiten ändern sich, verlassen sich Herr Professor drauf! Ich hab' immer nur auf die Stimme meines Gewissens gehört! Gesindel, dreckiges.«
»Wer?« fragte Lindhout verblüfft.
»Die was wo ihn eingesperrt haben«, erklang Linas hohe, dünne Stimme. »Sechs Monate hat er gekriegt, der Franz. Erst seit drei Wochen ist er wieder heraußen. Wir haben ja gedacht, der Hausverwalter schmeißt uns raus, aber das ist ein ordentlicher Mann, der denkt wie wir. Nur, er hat so viele Häuser, er kann sich nicht um uns kümmern mehr als ein bissel.«
»Sie waren eingesperrt?« Lindhout sah Pangerl an.
Der nickte grimmig.
»Aber warum?«
»Kennen doch den jüdischen Friedhof in Grinzing, der Herr Professor«, jaulte Lina, indessen Pangerl schweigend zum Tisch stapfte und ostentativ ein Glas voll Schnaps goß. »Den alten, wissen schon, gelt?«
»Was ist mit dem?«
»Der ist schuld«, sagte Lina.
»Woran?«
»Daß sie den Franz eingesperrt haben sechs Monate – und ein paar andere auch.«

»Der Friedhof ist schuld?«
»No freilich, denn warum? Liegen doch lauter Juden begraben dort, net? Und der Franz und die anderen, also die sind da rausgegangen in der Nacht und haben viele Steine umgeschmissen, und auf andere haben sie diese Judensterne geschmiert mit Ölfarbe und auch ›Jude‹ und ›Juda verrecke‹ – was man halt so sagt...«
Lina lächelte. »Ich hab' den Franz gebeten, er soll es nicht tun. Aber er hört net auf mich, er hat noch nie auf mich gehört...«
»Halt dein Maul«, sagte Pangerl und trank.
»...und dann hab' ich es ja auch eingesehen, daß er mitgehen muß, warum, er hat doch seine Kameraden net im Stich lassen können, jetzt, wo schon wieder alles so schlimm geworden ist...«
»Was ist schlimm geworden?« Lindhout verstand nicht.
Pangerl rülpste.
»Die Judenpest«, sagte er danach. »Die, wo der Hitler vergessen hat beim Vergasen, die wo übriggeblieben sind und ihre Kinder und die ganze Brut, die sind doch schon wieder so lang dabei, daß sie uns unterjochen und uns das Blut aussaugen.« Er hob gebieterisch eine Hand, als Lindhout ihn unterbrechen wollte. Jetzt sieht er fast wieder aus wie der alte Pangerl, an den ich mich erinnere, dachte Lindhout. »Wir sind nicht die einzigen, wo so was getan haben! Das tun jetzt viele... in ganz Österreich... und im Altreich... im Altreich vor allem! Da sollen Sie sich einmal umhören beim Volk, bei die einfachen, anständigen Leut', die so schwer arbeiten müssen wie unsereiner! Die Juden! Die Juden werden uns ein zweites Mal ins Unglück stürzen!«
»Was ist das für ein Unsinn!«
»Unsinn?« Pangerl lachte böse. »Der Herr Professor sind ein Wissenschaftler! Leben nur für seine Erfindungen! Kommen nicht mit dem Volk zusammen! Ist doch in der ganzen Welt das gleiche! Frankreich! Rußland! Amerika! Nicht unterbrechen, bitte! Ich weiß es besser als Sie, verzeihen, Herr Professor, verzeihen tausendmal. Sie sind ein großer Mann, ein Genie, aber ich, ich bin das Volk. Und das Volk, das wird schon wieder geknechtet und ausgepreßt bis aufs Blut und vergewaltigt von dem internationalen Judentum!«
»Herr Pangerl, in ganz Deutschland gibt es noch dreißigtausend Juden. Das ist alles, was nach Hitler übriggeblieben ist!«
»Ich hab' ja gesagt: Internationales Judentum, Herr Professor! Wer macht denn die Filme in Holliwud? Wer macht denn die Zeitungen in der ganzen Welt? Das Fernsehen, den Radio? Sogar in die Regierungen sitzen sie! Wer bestimmt die öffentliche Meinung? Die Juden, Herr Professor, die Juden! Es ist die alte Weltverschwö-

rung gegen das gute, arische Blut! Und wenn wir uns nicht dagegen wehren, werden wir alle wieder leiden müssen, so wie wir das letzte Mal ham leiden müssen...« Pangerl versank in Selbstmitleid. Er trank einen mächtigen Schluck. »Ja, leiden«, sagte er, leicht schwankend. »Lina, geh 'nauf mit'm Herrn Professor, nehmt's den Aufzug, und fang gleich an mit Ordnung machen.« Lina nickte ergeben, während Pangerl am Tisch zusammensackte. Er hatte den Kopf in die Arme gebettet und weinte.

Lindhout sah ihn an. Dieser Mann, dachte er, hat sich in einem großen Kreis bewegt. Er war ein gefährlicher Nazi, dann war er ein gefährlicher Kommunist, dann hat er auf die Amerikaner geschworen, jetzt ist er wieder ein Nazi, noch ungefährlich. *Noch* ungefährlich? Was wäre, wenn er wüßte, daß ich Jude bin? Was, wenn er es 1944 gewußt hätte?

»Kommen S' doch bittschön, Herr Professor«, rief Lina, die schon die ausgetretenen Stufen zur ebenen Erde emporgestiegen war. »Ich komme.« Lindhout eilte ihr nach. Seine Koffer hatte dieser Franz Schaffer, der am Flughafen gewesen war, nach oben gebracht. Wien, dachte Lindhout. Wien damals. Wien heute. So also sieht ein Wiedersehen aus...

10

Eine Stunde später stand er auf dem Balkon seines ehemaligen Arbeitszimmers und sah zu dem Haus schräg gegenüber. Berggasse 19. Hier hatte Sigmund Freud bis 1938 gewohnt. 1939 war er in England gestorben. Dieser Balkon – von ihm war der Dr. Siegfried Tolleck gestürzt, ein Papier in der Hand und sechs Stahlmantelgeschosse im Leib... Lindhout fühlte ein Schaudern. Er war Tollecks Mörder. Niemand wußte das, würde es je wissen – nur er. Und er würde bis zum Ende seines Lebens leiden unter diesem Mord, den er begangen hatte, den jeder begangen hätte in seiner Situation. Trotzdem... nein, Lindhout glaubte nicht an einen persönlichen Gott, aber er glaubte sehr wohl an persönliche Schuld und Sühne. Er trug Schuld sein Leben lang, Schuld am Tod eines Menschen. Niemand konnte ihn freisprechen.

Abrupt trat er zurück in das Zimmer, das einst, eine Weile von Jahren, sein Zuhause gewesen war. Lina, die saubermachte, hatte die Überzüge der schweren altdeutschen Möbel entfernt. Staunend sah Lindhout sich seiner Vergangenheit gegenüber: der lange Tisch, auf dem die Bücher gelegen hatten, das Bett, die Blümchen-

tapete ... Er dachte an die Zeitmaschine des H. G. Wells. Alles war auf einmal so wie damals für ihn. Es stank nach Mottenpulver, obwohl Lina, demütig, gebückt und sinnlose Worte murmelnd, die Kugeln als erstes entfernt und alle Fenster und Türen weit geöffnet hatte. Der helle große viereckige Fleck hinter dem Bücherregal an der Wand. Was hatte da gehangen? Ein Öldruck ... Christus bei der Geißelung. Herr im Himmel! Nach dem Zusammenstoß mit Fräulein Philine Demut war dieses gräßliche Ding auf den Speicher verbannt worden. Ob es immer noch dort war? Lindhout wanderte durch den großen Raum. Die geschnitzte Anrichte, das Ungetüm von Schrank! Und die Decke mit der gestickten Aufschrift über dem Bett: *Sei gesegnet, geh zur Ruh!* Das Fräulein ist seit langem tot, dachte er, Pangerl hat es mir damals erzählt, Fräulein Demut – von Bomben erschlagen, so gottesfürchtig, so fromm, so gut, so schwachsinnig ... Er entsann sich der Angst, die sie zuerst vor ihm gehabt hatte, er entsann sich jenes schrecklichen Weihnachtsabends, an dem er sich betrunken hatte vor Schmerz darüber, daß seine geliebte Frau Rachel von der Gestapo ermordet worden war in Holland, wie ihm Fred, der kleine Fred Goldstein, berichtete. Fred – ob er noch lebte? Und da war so ein junger katholischer Priester gewesen, den er am Heiligen Abend aus dem Zimmer geworfen hatte, als dieser gekommen war, um ihn zu Fräulein Demut hinüberzubitten. Kaplan ... Kaplan Ha ... er versuchte angestrengt, sich an den Mann zu erinnern, es gelang ihm nicht. Ob dieser Mann noch lebte? Und wie? Und wo? So kurz ist das Leben des Menschen ... Er blühet auf wie eine Blume und welkt, er fliehet wie ein Schatten ... Wo hatte er diese Worte gehört?
So kurz das Leben – so lang die Erinnerung. Hier also sollte er nun auf Krassotkin warten. Warum nicht in einem Hotel? dachte er. Ich weiß nicht, ob ich es hier aushalten werde, auch nur eine einzige Nacht. Ich muß hier wohnen, dachte er sofort sachlich, damit es unauffälliger wirkt, das ist natürlich wohlüberlegt. Krassotkin ... der Name des Boss ... Wenn Krassotkin doch schon da wäre ... wenn ich den Namen des Boss schon kennen würde ... Träume ich, dachte er, wache ich? Der Geruch des Naphthalins ließ ihn immer benommener werden.
Dann hörte er Kinder lachen und schreien. Er ging noch einmal auf den Balkon zurück. Da unten waren sie, bunt gekleidet, so klein. Sie hatten mit Kreide eine Reihe von Feldern auf den Gehsteig gezeichnet und hüpften von einem Feld ins andere, Lindhout kannte das Spiel, die Kinder von 1944 hatten es auch gespielt, hatten auch geschrien und gelacht. ›Himmel und Hölle‹ heißt das Spiel, dachte er, ›Himmel und Hölle‹. Was für Worte. An beide

vermag ich nicht zu glauben, an den Himmel nicht, in dem die Engel Harfe spielen, und an die Hölle nicht, wo die Bösen in siedendem Öl gesotten werden in alle Ewigkeit... Er fühlte plötzlich ein Schwindelgefühl und verließ schnell die Wohnung, deren Eingangstür immer noch so viele Schlösser aufwies wie zu den Zeiten des verstorbenen Fräuleins Demut. Ich muß zu diesem Dr. Karl Radler, dachte er, dem Leiter der Forschungsstelle der SANA in Wien...

Als er auf die Straße hinaustrat, traf ihn die Hitze der Sommersonne wie ein Hammerschlag auf den Schädel. Sogar die Augen taten ihm weh. Ein Taxi rollte die steile Straße hinab. Er pfiff. Der Wagen hielt, ein großer blauer Mercedes.

»Floridsdorf, Industriegebiet, Allandstraße 223 bis 227«, sagte er zu dem Fahrer.

Eine halbe Stunde später saß er in Dr. Radlers Büro. Die Forschungsabteilung war groß und in vier Gebäuden untergebracht. Mindestens zweihundert Menschen arbeiten hier, dachte Lindhout, den Radler durch Laboratorien und Studierzimmer geführt hatte. Wieviel gibt die SANA im Jahr für Entwicklungsprojekte aus? Über eine halbe Milliarde Schweizerfranken! Jetzt, seltsam, jetzt erst wird mir bewußt, mit welch einem Riesenapparat ich arbeite.

Alle Räume waren luftgekühlt und modern eingerichtet. Dr. Radler, so groß wie Lindhout, neigte zu einer gemütlichen Dicke. Er trug eine Brille und hatte das schwarze Haar in einer Igelfrisur gestutzt. Nun saßen sie einander an Radlers Schreibtisch gegenüber. Lindhout war immer noch benommen. Der weite Flug, die so sehr veränderte Stadt...

Er hörte Radler sagen. »... und deshalb werden Sie zwei, drei Tage warten müssen.«

Lindhout schrak auf. Ich muß mich zusammennehmen, dachte er und erwiderte lächelnd: »Entschuldigen Sie... ich war unaufmerksam... Was sagten Sie?«

Dr. Radler sprach mit dem Tonfall und dem Gesichtsausdruck ungeheurer Hochachtung: »Ich habe gesagt, daß Ihr Freund Doktor Krassotkin uns ein Telegramm geschickt hat – gestern nachmittag kam es an. Er ist noch in Moskau festgehalten und kann erst in den nächsten Tagen nach Wien kommen. Er bittet Sie, das zu entschuldigen.«

»Aber natürlich.«

»Sehen Sie sich die Stadt inzwischen ein wenig an. Sie waren im Krieg hier, nicht wahr? Da ging ich noch zur Schule. So viel hat sich geändert, Herr Professor, Wien ist wieder eine schöne Stadt geworden! Doktor Krassotkin wird sich hier melden. Es genügt, wenn Sie mich zweimal am Tag anrufen. Dann kann ich Ihnen sogleich sagen, wann Doktor Krassotkin eingetroffen ist. Natürlich, falls Sie sich bei uns genauer umsehen wollen... jederzeit, es wird uns eine Ehre sein.«

»Ich möchte einige Stätten von damals aufsuchen«, sagte Lindhout.

»Aber natürlich, Herr Professor! Wir stellen Ihnen einen Wagen mit Fahrer zur Verfügung...«

»Nein! Herzlichen Dank. Ich werde viel herumlaufen, denke ich.«

»Unsere Telefonnummer haben Sie?«

»Ja.«

»Verlangen Sie immer nur mich. Hier ist meine Karte. Sie können auch nachts anrufen, jederzeit.«

»Danke!«

Lindhout stand auf. Radler sagte: »Wenn ich Sie ersuchen darf... nur Ihren Namen, Herr Professor... für unser Goldenes Buch...«

Das Goldene Buch lag auf einem Schreibpult.

Lindhout schrieb auf eine freie Seite seinen Namen und das Datum: 12. August 1971. Dann, nach kurzem Zögern, setzte er darüber: ›Es ist sehr schön bei Ihnen, und ich bin sehr froh, Sie kennengelernt zu haben.‹

Der junge Leiter der Wiener Forschungsstelle der SANA glühte vor Stolz.

»Ich danke, ich danke tausendmal! Ein so großer Mann wie Sie, Herr Professor. Ja, ja, Sie sind ganz gewiß ein großer Mann... einer der größten unserer Zeit!«

Lindhouts Gesicht wurde dunkelrot vor Verlegenheit.

11

»Nein, Herr Professor«, sagte Maria Penninger am Abend des gleichen Tages, »dieser Pangerl, das ist nicht Wien, das ist nicht die Welt, in der wir leben. Wäre er es, so hätte alles, was wir getan haben, keinen Sinn gehabt – und das müssen Sie als Wissenschaftler doch für unmöglich erklären. Aus so vielem Guten kann nicht nur Böses entstanden sein. Ich bedauere diesen Herrn Pangerl, er ist ein unglücklicher Mensch.«

»Unglücklich?«

»Können Sie sich vorstellen, daß es glücklich macht, immer zu hassen? Sie haben die chinesischen Zeichnungen aus Tusche gesehen, Krieger, Bauern, Tänzer und Dämonen. Ist Ihnen niemals aufgefallen, welchen gequälten Ausdruck diese Dämonen allesamt zeigen? Nun, gewiß doch nur, um darauf hinzuweisen, wie schwer es ist, allezeit böse zu sein...«

Maria Penninger war schmäler geworden, aber sonst fand Lindhout sie unverändert, die Zeit schien an ihr vorübergegangen zu sein. Ihr Mann befand sich – wie eben jetzt – sehr häufig auf Geschäftsreisen, und Maria Penninger hatte stets so viel zu tun – sie gab Nachhilfeunterricht in Sprachen und Mathematik. Sie arbeitete in der Abteilung für geistig gestörte Kinder der Psychiatrisch-Neurologischen Universitätsklinik. Dort spielte sie mit den unglücklichen kleinen Wesen, sprach ihnen stundenlang, tagelang ein Wort vor, bis sie es behielten (und wieder vergessen hatten am Tag darauf), lachte, baute, malte und modellierte aus Plastilin mit den Behinderten. Dort, in der ›Kinder-Psychiatrie‹, war Lindhout der Frau Maria Penninger heute begegnet, als er in das alte Gebäude gegangen war, in dem er so schreckliche Stunden erlebt hatte – damals, 1945, als sein AL203 bei dem inzwischen längst toten Major Soboljew die Schmerzen einer Morphin-Entziehungskur nicht gelindert, sondern in gräßlichem Maße verstärkt hatte.

Schon bei der Anfahrt zu den Kliniken hatte Lindhout schwere Kräne, Bagger und Maschinen aller Art gesehen: Der gesamte Komplex des ›Allgemeinen Krankenhauses‹ sollte abgerissen und durch neue, moderne Kliniken ersetzt werden. Die Bagger hatten bereits eine Hauswand der Psychiatrischen Klinik, dieses uralten, häßlichen Gebäudes, abgetragen, es herrschte großer Lärm und große Unruhe im Hause. Alles war staubbedeckt, ununterbrochen hämmerten Preßluftbohrer. Lindhout hatte nach dem Arzt Dr. Sommer und der Schwester Elfriede gefragt, die damals bei der Entwöhnung des Majors Soboljew dabeigewesen waren – niemand kannte die Namen mehr. Nur ein alter Pfleger erinnerte sich daran, daß Dr. Sommer vor vielen Jahren an eine deutsche Klinik berufen worden war. Aber Schwester Elfriede? Nein, keine Erinnerung...

Die schweren Maschinen dröhnten, es war sehr heiß in den alten, hohen Räumen.

»Schrecklich für die Kranken«, sagte Lindhout zu dem Arzt, der ihn durch die Klinik geführt hatte.

»Schrecklich, ja. Aber wo sollen wir hin mit ihnen? Wir haben doch keine Ausweichmöglichkeit«, sagte dieser Arzt. Eine junge Frau mit schönen Augen eilte vorbei. »Am schrecklichsten ist

dieser Neubau für die Kinder, nicht wahr, Frau Doktor?« Die Ärztin war stehengeblieben. »Das ist Herr Professor Lindhout, Frau Doktor Elsner. Frau Doktor Elsner leitet die Kinderabteilung.«
Sie hatten einander die Hand geschüttelt.
»Sehr erfreut«, hatte die Ärztin gesagt. »Kommen Sie doch einmal zu mir hinunter, schauen Sie sich das an – wenn Sie Zeit haben, meine ich, Herr Professor.«
»Ich habe Zeit«, hatte Lindhout erwidert. »Ich muß nur schnell telefonieren.«
»Unten steht eine Telefonzelle«, sagte die Ärztin. »Ich gehe ohnedies hinunter, ich zeige sie Ihnen.«
Er hatte die Wiener SANA-Forschungsstätte angerufen und nach Dr. Radler gefragt. Nein, es gab noch keine Nachricht von Krassotkin. Bis morgen vormittag also...
Lindhout war der jungen Ärztin, deren Wesen sein Herz anrührte, in die Abteilung für geistig behinderte Kinder gefolgt – und dort also, zwischen Kindern, Puppen, Bauklötzen und Bällen auf dem Boden sitzend, hatte er – nach mehr als zwanzig Jahren – Maria Penninger wiedergetroffen. Sie war aufgesprungen und mit einem Ruf der Freude auf ihn zugeeilt. Sie hatten einander umarmt...
Nun saßen sie in dem Wohnzimmer des Hauses an der Boltzmanngasse und tranken Tee, und es war Abend, sie sprachen bereits stundenlang miteinander. Es gab noch immer die kleine, schräge Dachkammer hinter der Tapetentür, in der Truus versteckt gelebt hatte – so lange Zeit. Maria Penninger hatte hier nichts geändert. Da war das kleine Bettchen, da war der Spielzeugtisch, die Dachluke (mit der alten Glanzstoffverdunkelung!), und da, Lindhout hob es von dem Bettchen auf, lag noch eines von Truus' Kinderbüchern – ›Doktor Dolittles größte Reise‹...
Sie hatten lange vor der kleinen Kammer gestanden und an die Vergangenheit gedacht, die so furchtbar und doch so voller Menschlichkeit gewesen war. Lindhout hatte erzählt, daß Truus in Lexington Philosophie lehrte und daß Georgia gestorben war, und oft hatten die beiden Menschen auch geschwiegen, eingesponnen in ihre Gedanken an gemeinsame Ereignisse und Gefahren...
Sehr still war es im Raum geworden, als Maria Penninger sagte: »Sie dürfen niemanden verurteilen, keinen Menschen, lieber Herr Professor, und Sie dürfen nichts für unmöglich halten – keine Entwicklung, nichts, was kommen könnte. Denn jeder einzelne Mensch auf dieser Welt hat seine Vergangenheit und seine Zukunft, und also gibt es auch keine Entwicklung, die nicht ihre Stunde bekäme... Sie haben viel gelitten, ich weiß es. Vielleicht

werden Sie noch einmal sehr glücklich werden, ich weiß es nicht. Ich weiß nur: Sie müssen immer auch dem Leiden gewachsen sein. Sie müssen wissen, daß die Zeiten bald gut und bald schlecht sind, und nur wenn Sie das Böse ertragen und für das Gute dankbar sind, werden Sie von sich sagen können, daß Sie ein Mensch sind...«

Spätabends war er dann von Maria Penninger fortgegangen, am Chemischen Institut vorbei, mit dem ihn so viele Erinnerungen verbanden. Er war lange stehengeblieben vor dem dunklen Gebäude, um ein Stück weiter dann den Gehsteig anzustarren. Flugblätter hatte er hier einst gefunden, Flugblätter zu Hunderten. Er konnte sich immer noch an den Text erinnern: ›Brüder und Schwestern! Es gibt ein ewiges, außerhalb des menschlichen Willens liegendes, von Gott garantiertes Recht, eine klare, eindeutige Scheidung von Gut und Böse... Keine Gewalt der Erde kann den Menschen zu Äußerungen oder Taten zwingen, die gegen sein Gewissen, die gegen die Wahrheit wären...‹

Als ich von Truus heimgegangen bin, damals, ebenfalls im August, dachte er, am 13. August 1944, vor fast auf den Tag genau siebenundzwanzig Jahren, da habe ich diese Flugblätter hier gesehen...

Vorüber an einem Espresso, das damals noch ein vergammeltes Kaffeehaus gewesen war und aus dem nun schrille Rockmusik dröhnte, ging Lindhout weiter bis zur Berggasse, diese hinab bis zu dem Haus, in dem er gewohnt hatte und nun wieder wohnte, öffnete die Haustür mit dem Schlüssel, den Pangerl ihm gegeben hatte, und trat ein.

In der Wohnung waren immer noch alle Fenster geöffnet, und es roch immer noch nach Naphthalin. Lindhout trat auf den steinernen Balkon hinaus und hob den Blick. Der Himmel war bedeckt mit unendlich vielen, unendlich fernen Sternen.

12

Krassotkin meldete sich auch am nächsten und am übernächsten Tag nicht, Lindhout rief zweimal täglich den so jugendlich wirkenden Dr. Radler an.

Er ging in die Lerchenfelderstraße, wo sich 1947 der ›Rainbow-Club‹ befunden hatte. Jetzt war dort ein großes Möbelgeschäft. Perry Como hat hier gesungen, dachte Lindhout. ›Till the end of time‹. Und ich habe Georgia auf der Tanzfläche geküßt. Und

Georgia ist tot, und das Lied kennt kaum jemand mehr, und der ›Rainbow-Club‹ ist verschwunden.

Er ging, wie vor vielen Jahren mit Georgia, durch die kleinen, engen Straßen der Inneren Stadt mit ihren Weinstuben, den ›Beisln‹, den ›Durchgängen‹ zwischen zwei Gassen. Das Haus in der Weihburggasse, in dem er seine Ausreisepapiere für Amerika erhalten hatte, war unverändert. Die zerstörten Häuser, in deren Schutt er den zerbeulten Briefkasten gesehen hatte, waren wiederaufgebaut, und alle Menschen hatten es eilig, der Verkehr war stark, die Sonne brannte. Lindhout ging langsamer, immer langsamer.

Er sah die Oper, das Burgtheater, die Ringstraße, an deren Seiten alte Bäume Schatten spendeten. Er ging und ging – nur die Erinnerung ging mit ihm. Die Erinnerung an so viele, die gestorben waren oder verdorben, die versagt oder ganz große Karrieren gemacht hatten, die verschollen waren, verkommen, wer wußte, wo und wie und warum. Ich, dachte Lindhout, bin noch da – ein Weilchen noch, denn unser Leben ist so kurz, und unser kleines Sein umschließt ein Schlaf...

Er stieg die Strudlhofstiege hinab und ging in der Liechtensteinstraße zu jenem Haus, in dem die kleine Truus täglich mittags mit einem Blechgefäß erschienen war – zur ›Kinderausspeisung‹.

Und immer wieder stand er vor dem Gebäude des Chemischen Instituts in der Währingerstraße – niemals betrat er es. Eine ihm selbst unbegreifliche Scheu hielt ihn zurück. Er stand auf der anderen Straßenseite, sah hinauf zu den Fenstern, hinter denen er gearbeitet hatte, hinter denen, nach 1945, amerikanische, sowjetische, englische, österreichische, deutsche und französische Ärzte und Chemiker und Wissenschaftler anderer Disziplinen bei ihm zusammengekommen waren, in vielen unvergeßlichen Nächten. Was für ein herrliches Leben hatten wir doch, dachte Lindhout, nun, im August 1971, während er, an eine Hausmauer gelehnt, zu den Fenstern ›seines‹ Labors von einst hinaufsah, was für ein herrliches Leben!

Wie ist es mir kalt über den Rücken gelaufen, als ich zum ersten Mal von der Resolution der Vereinten Nationen hörte: ›Alle Menschen sind frei und gleich an Würde und Rechten geboren...‹ Ach, ist das lange her...

Die UNO soll nach Wien kommen, dachte Lindhout. Nahe dem Prater, jenseits der Donau, hat man mir gesagt, wird eine ganze Stadt gebaut. Er mietete einen Wagen und fuhr früh am Morgen zum Strom. Er ging durch den zu dieser Stunde verlassenen Wurstl-Prater. Kein Mensch war zu sehen. Die Geisterbahn, das

Riesenrad, die Budenstraßen – alle geschlossen. Ratten huschten vorbei. Kein Laut.
Dann war er in der UNO-City, einer wahrhaft unheimlichen Totenstadt.
Auch hier sah er keinen einzigen Menschen. Wolkenkratzer, dazwischen die bizarren Fassaden halbfertiger Gebäude, ragten in den Sommerhimmel. Lindhout stolperte über einen Stahlträger. Hier also sollten die Damen und Herren der Vereinten Nationen einziehen. Vereinte Nationen? Was war diese UNO eigentlich noch? Wieviel Macht hatte sie denn? Wie sehr ohnmächtig war sie geworden?
Krassotkin war auch am dritten Tag noch nicht da.
Lindhout fuhr durch die Stadt. Wien, sah er, hatte sich sehr verändert. Oft fand er seinen Weg nicht mehr und mußte Passanten fragen. Es gab Trabantenstädte, sie bauten eine gewaltige U-Bahn, da waren neue Wohnviertel, Schnellstraßen hinaus zu dem großen Flughafen Schwechat. Als ich 1950 fortgeflogen bin, dachte er, gab es keine Möglichkeit, in Schwechat zu starten oder zu landen. Georgia, Truus und ich mußten ein Stück durch die Sowjetische Zone hinausfahren bis zu dem Behelfsflughafen Tulln.
Er wendete, kehrte in die Stadt zurück und lenkte den Wagen weit hinaus nach Westen, zu den Weinbergen, der Höhenstraße. Die amerikanische Internationale Schule an der Hameaustraße stand noch da. Kinder lärmten im Freien, es war gerade Pause.
Lindhout fuhr nach Gersthof zurück, hinauf zum ›Krankenhaus des Gremiums der Wiener Kaufmannschaft‹, das die Amerikaner nach dem Krieg als ›Army Hospital‹ beschlagnahmt hatten und in dem damals Georgia arbeitete. Auch hier sah er ein Fenster, weit oben an einer der weinbewachsenen Mauern. Das Krankenhaus gehörte längst wieder dem Gremium. Da oben, dachte er, hinter dem kleinen Fenster unter dem First, habe ich zum ersten Mal mit Georgia geschlafen. Mit Georgia, die schon so lange tot ist. Schnell setzte er sich in den Mietwagen und fuhr zur nächsten Telefonzelle. Er rief die Forschungsstätte der SANA an. Aufgeregt ertönte Dr. Radlers Stimme: »Kennen Sie die Hübner-Bar auf dem Cobenzl? Nicht die große, hinten. Die neben dem vorderen Restaurant?«
»Ja, warum...«
»Jetzt ist es vierzehn Uhr. Um fünfzehn Uhr müssen Sie dort sein.«
»Hat sich Krassotkin endlich gemeldet?« Lindhout atmete schneller.
»Schon vor Stunden! Es ist zu gefährlich, sich bei uns oder in Ihrer

Wohnung zu treffen, hat er gesagt. Sie sollen zu der Bar auf dem Cobenzl fahren und dort auf ihn warten!«
»Okay«, sagte Lindhout und hängte ein.
Seine Hände zitterten ein wenig, als er losfuhr. Er legte sie fester um das Lenkrad. In einer Stunde, dachte er. In einer Stunde werde ich wissen, wer der Boss der ›French Connection‹ ist...

13

Die vordere Bar auf dem Cobenzl lag direkt am Rande der Höhenstraße und war ein Rundbau aus Glas. Lindhout parkte den Wagen auf einem großen Platz und ging zu der Bar zurück. Ein Autobus voll japanischer Touristen – mindestens sechzig – war eben angekommen. Die Japaner redeten mit hohen, hellen Stimmen durcheinander, lachten und fotografierten ununterbrochen die Riesenstadt, die zu ihren Füßen lag.
Lindhout drängte sich durch die Menge und betrat das Lokal. Es war fast menschenleer. In ein paar Minuten wird es überfüllt mit Japanern sein, dachte Lindhout und setzte sich an einen kleinen Tisch, direkt vor die Rundglasscheibe. Es war zwanzig Minuten vor drei. Er mußte warten.
Nachdem er bei einem Kellner Mokka bestellt hatte, blickte er hinab auf das Häusermeer und den leuchtenden Strom. Er sah Brücken, Kirchtürme, Hochhäuser und unzählige Fenster, in denen sich blendend das Licht der Sonne spiegelte. Durch Dunst und Ferne erblickte er hinter dem Strom langgestreckte Gebirgsrücken. Das seien die Karpaten, erklärte der Kellner auf Lindhouts Befragen.
Die japanischen Touristen kamen nun plappernd und aufgeregt in die Bar. Plötzlich war es so voll, daß manche Gäste keinen Platz fanden und stehen mußten. Der Reiseleiter leierte in englischer Sprache seinen ›Sie sehen jetzt‹-Text herunter.
Lindhout wurde immer nervöser. Er kam sich vor wie in einer riesigen Papageien-Voliere. Menschen stießen an ihn und an sein Tischchen und entschuldigten sich überhöflich. Eine zermürbende Unruhe erfüllte die Bar. Lindhout wischte sich die Stirn trocken. 14 Uhr 50. Die Zeit, die sonst so unbegreiflich schnell vergeht, dachte er, jetzt ist sie stehengeblieben. Er hatte plötzlich Kopfschmerzen und verlangte von dem überforderten Kellner Aspirin und einen doppelten Cognac. Die Japaner hatten viele Fragen an ihren Gruppenleiter, und sie fotografierten nach wie vor unent-

wegt. Den größten Eindruck machte ihnen das Riesenrad, das jetzt in Bewegung war.
Um 15 Uhr hatte Lindhout seinen zweiten doppelten Cognac getrunken und immer noch Kopfschmerzen. Um 15 Uhr 15 waren die Kopfschmerzen verschwunden, aber den Russen Krassotkin konnte Lindhout, der nun dauernd die gläserne Eingangstür im Auge behielt, nicht entdecken. Er fluchte sehr leise vor sich hin und fühlte, wie ihm unter dem Hemd der Schweiß über die Brust lief. Die Japaner fotografierten, lachten, stießen an seinen Tisch, lächelten und entschuldigten sich englisch mit tiefen Verneigungen.
»It's okay«, sagte Lindhout ununterbrochen. »It's okay. Don't mention it.«
Die Japaner verneigten sich, auch die Frauen unter ihnen. Lindhout hielt es nicht mehr aus und sah starr aus dem Fenster auf die Stadt und die Donau hinab. Er erschrak, als ein Mann auf den kleinen Sitz ihm gegenüber glitt.
»Guten Tag, Herr Professor«, sagte der Mann, der einen leichten Sommeranzug und ein am Hals offenes weißes Hemd trug. Das schmale Gesicht mit der hohen Stirn, das braune Haar und die braunen Augen – dieser Mann hatte sich, fand Lindhout verblüfft, in dreiunddreißig Jahren überhaupt nicht verändert.
»Doktor Lewin...«
»Leise«, sagte der Mann, den Lindhout zum ersten Mal im Gebäude der Sowjetischen Kommandatura an der Bellaria gesehen hatte, als dieser ihn aus seiner dunklen Zelle holte. Damals hatte der Mann Uniform getragen und war Oberst gewesen. Während er den Mund öffnete, um die nächsten Worte zu sagen, dachte Lindhout automatisch: Lewin, Karl, stammt aus Berlin, Jude, mußte mit den Eltern 1933 emigrieren. Landete in Moskau. Studierte dort Medizin. Eltern starben. Er sagte: »Wieso Sie? Wieso nicht Krassotkin?«
Die Japaner lachten plötzlich laut, einer von ihnen hatte einen Witz gemacht.
»Krassotkin geht es gut.« Lewin neigte sich über das Tischchen und sprach äußerst gedämpft: »Ilja Grigorowitsch und Sie sind Freunde, nicht wahr?«
»Sehr gute...« Lindhout fror plötzlich trotz der Hitze
»Sie haben Ilja zuletzt in Basel gesehen – vor ein paar Jahren...«
»Ja. Und?«
»... und gewisse Gedanken mit ihm ausgetauscht...«
»Was für Gedanken?«
Die Japaner lachten wieder.

»Über eine... weltweite Zusammenarbeit der Wissenschaftler, nicht wahr?«
»Ja...«
»Haben Sie in Amerika etwas erreichen können?«
»Sehr wenig...«
»Eben.«
»Was eben?«
»Ilja ging es ähnlich... nein, nicht ähnlich... er... Den Behörden wurden seine Pläne und die seiner Freunde bekannt...«
»Und?«
»...und von diesen durchaus nicht gebilligt. Verständlich, nicht wahr?«
»Verflucht... was ist Ilja geschehen? Was haben sie mit ihm gemacht?«
»Nichts, gar nichts, fast gar nichts... ein paar Unterhaltungen... ein kleines Verfahren... Er arbeitet weiter als Chirurg in Moskau. Weder ihm noch seinen Freunden ist etwas geschehen...«
»Sie lügen!«
»Sie sollen leise sein, verdammt! Ich lüge nicht! Natürlich muß Ilja Grigorowitsch sich jetzt ausschließlich auf seine Arbeit konzentrieren... Man beobachtet ihn, ob er das auch tut... Er tut es...«
»Ich glaube Ihnen nicht!« flüsterte Lindhout.
Lewin flüsterte: »Hätte man Ilja sonst durch Mittelsmänner die SANA informieren lassen? Warum, glauben Sie, hat er Sie nach Wien gerufen? Warum, glauben Sie, sitze jetzt ich vor Ihnen?«
»Das kann viele Gründe haben...«
»Hören Sie, Professor, halten Sie mich für ein so großes Schwein, daß ich bei einer gegen Sie gerichteten Sache mitmachen würde?«
»Nein, natürlich nicht, aber...«
»Nichts aber! Ilja hat Ausreiseverbot! Er muß sich nun sehr linientreu und zuverlässig zeigen... Man hat seinen Namen benützt, weil man weiß, daß Sie beide Freunde sind, das ist alles. Auch ich bin Iljas Freund. Es gab da im letzten Moment noch Kompetenzstreitigkeiten... daher die lange Zeit, die Sie in Wien warten mußten. Wien wurde sogleich als Treffpunkt ausgewählt. Wien ist immer die ideale Stadt für so etwas...«
»Für so etwas?«
»Wünschen der Herr?« Der Kellner war wieder da.
»Mokka. Und Cognac. Einen großen«, sagte Lewin in akzentfreiem Deutsch.
Der Kellner nickte und drängte sich durch die fröhlichen Japaner.

»Aber Sie durften kommen«, sagte Lindhout.
Lewin nickte.
»Wieso Sie? Wer hat Ihnen die Erlaubnis gegeben?«
»Meine Dienststelle. Sie wissen doch – ich bin Entwicklungshelfer in Ländern der Dritten Welt... und so.«
»Ach ja, natürlich«, sagte Lindhout, der plötzlich einen schlechten Geschmack im Mund hatte.
»Ich habe einen Brief von Ilja Grigorowitsch mitgebracht. Schauen Sie mich nicht so an. Schön, ich bin bei so einem Verein! Seien Sie froh. Anders hätte ich in Frankreich nichts herausbekommen.«
»Sie waren in Frankreich?«
»Ja.«
»Wann?«
»Ach, oft.« Lewin zuckte die Schultern. »Ich bin dauernd unterwegs, wissen Sie. Diese Sache habe nicht ich herausbekommen, sondern ein paar von unseren Leuten. Als der letzte große Transport von Morphin-Base in Marseille ausgeladen wurde. Bei der Gelegenheit...«
»Finden Sie, daß das hier der richtige Platz ist, um...«
»Genau der richtige Platz! Ich kann mir keinen besseren vorstellen. Im Wald, auf der Straße, überall könnte uns jemand beobachten. Hier kümmert sich kein Mensch um uns. Das sehen Sie doch. Ich wußte, daß die Japaner hier sein würden. Darum bin ich auch zu spät gekommen.«
»Warum?«
»Um zu warten, bis sie alle richtig beschäftigt waren – und das sind sie jetzt doch, nicht wahr?«
»Hm...« Lindhout nickte.
»Daß unseren Behörden Ihr Privatplan mit Ilja mißfiel, soll nicht heißen, daß seine Freunde sich nicht immer noch nach einer solchen ›Verschwörung zum Guten‹ sehnen...«
»Wie in Amerika...«
»Da ist es genauso, sicherlich. Und es wird auch ganz bestimmt weitere Kontakte und Hilfestellungen geben. Wie es sich trifft, sind wir die ersten, die sich dazu in der Lage befinden.«
»Abgesegnet mit dem Auftrag Ihrer Regierung natürlich. Motto: Welt, schau, was die Amerikaner für Schweine haben...«
»Die Überlegung hat sicherlich eine Rolle gespielt.« Lewin zuckte die Schultern. »Aber ein Schwein bleibt ein Schwein, und bitte vergessen Sie nicht, daß auch ich Wissenschaftler bin wie Sie, Professor...«
Ein paar Japaner hatten die große Musikbox in Betrieb gesetzt, Jazz ertönte.

»Großartig«, sagte Lewin, »sehr schön, wirklich! Ja, also unsere Leute haben den Boss tatsächlich aufgespürt. Sie haben ihn fotografiert, sie haben einige seiner Telefongespräche mitgeschnitten und auf Band genommen – die Bänder liegen in unserer Botschaft. Ein paar Fotografien habe ich hier. Sie können sie ruhig ansehen.« Er legte ein Kuvert auf das Tischchen. »Aufnahmen mit einer Kleinstbild-Kamera – aber sehr scharf.«
Lindhout nahm zögernd den Umschlag.
»Na, schauen Sie sich die Bilder schon an. Keine Angst!«
Lindhout zog fünf Fotos aus dem Kuvert und legte sie vor sich hin. Auf allen fünf Bildern war derselbe Mann zu sehen – einmal im Gespräch mit einem anderen Mann und einer Frau vor einem kleinen Schloß, dreimal in einer riesigen Werkstatt, in der gerade große Luxuswagen mit einer Vielzahl von Säckchen vollgepackt wurden – Seitenteile, Kotflügel, Schutzbleche und untere Teile der Karosserie waren abgenommen –, einmal an Bord einer Jacht (Lewin erklärte: »Die kreuzt gerade vor Marseille und dem riesigen Tiefwasserhafen La Joliette«) in Kapitänsuniform. In dieser Uniform sah der Mann geradezu lächerlich aus – klein, untersetzt, eine dicke Brille. Er debattierte mit einem hageren Mann, der ebenfalls die Uniform eines Kapitäns trug.
»*Branksome!*«, sagte Lindhout atemlos.
»Ja«, sagte Lewin ruhig.
»Bernard Branksome? *Er* ist der Boss der ›French Connection‹?«
»Ja. Ich sagte Ihnen doch, wir haben auch noch Telefongespräche mitgeschnitten. Auf denen werden Sie seine Stimme ebenso schnell wiedererkennen wie ihn auf den Fotos. Wir kennen auch den Namen der Frau und des anderen Mannes und des Kapitäns. Man kann sie jederzeit erreichen – das Schiff des Kapitäns hat Maschinenschaden und wird noch drei bis vier Wochen in La Joliette liegen müssen, bis alles in Ordnung ist. Der Kapitän wohnt in einem Hotel, das wir kennen. Ich gebe Ihnen Namen und Adresse. Das Schloß liegt in Aubagne – eine hübsche Gegend, etwa fünfundzwanzig Kilometer von Marseille entfernt. Der Mann und die Frau sind Branksomes ständige Verbindungsleute. Die Garage liegt im Osten von Marseille, in einem Vorort. Viel Industrie dort. Auch hier gebe ich Ihnen Adresse und Namen des Besitzers und die Namen der Arbeiter, die Sie auf den Bildern sehen.«
»Aber Branksome... aber Branksome hat sich doch immer als der erbittertste Feind der ›French Connection‹ erklärt!«
»Schlau von ihm, nicht?« sagte Lewin. »Hätte ich an seiner Stelle auch getan. Sie nicht?«

Der Kellner hatte sich durch die schwatzenden Japaner gedrängt.
»Ihr Mokka, mein Herr, und Ihr Cognac«, sagte er, völlig außer Atem.
»Danke«, sagte Lewin. »Geht ziemlich wild zu hier, was?«
»Kann man wohl sagen«, antwortete der Kellner. »Immer dasselbe Theater im August.«

14

Am Abend vor dem 12. August, also vier Tage bevor am Cobenzl in Wien Lindhouts Treffen mit Lewin stattfand, verließ Truus gegen 19 Uhr die Universität von Lexington, ging über den großen Parkplatz und setzte sich in Lindhouts Wagen, um nach Hause zu fahren. Als sie den Starterschlüssel umdrehte, erhielt sie von hinten einen schweren Schlag über den Kopf und kippte bewußtlos nach vorn.
»Keiner da, schnell rüber in unseren Wagen«, sagte einer der beiden Männer, die sich auf den Hintersitzen verborgen hatten. Es war jener, der mit einem Hartgummiknüppel zugeschlagen hatte. »Los, mach schon, Jackie.«
Der Mann, der Jackie genannt wurde, war klein, sehr weißhäutig und hatte viele Pickel in dem stets lachenden Gesicht. Kichernd half er dem anderen Mann, die bewußtlose Truus aus Lindhouts Wagen auf die Hintersitze eines grauen Oldsmobile zu zerren, der direkt nebenan parkte. Der Schlag flog zu, die beiden Männer kletterten auf die Vordersitze. Jackie kicherte unentwegt. »Ist gegangen wie geschmiert, Al, was?«
Al, der andere, ein großer Mann mit dunklem Gesicht und dunklem Haar, startete den Oldsmobile und setzte ihn zurück. Dabei sagte er: »Hast die Handschellen vergessen. Alles vergißt du, wenn man es dir nicht sagt. Und Decke drüber.«
»Hältst Jackie immer für einen Idioten«, sagte dieser fröhlich. »Jackie hat ihr Handschellen angelegt. Hände und Füße. Decke ist auch drüber. Ganz schnell hat Jackie das gemacht. Hast es nicht gemerkt, Al.«
»Dann ist es ja gut. Vergiß es«, sagte der dunkle Mann am Steuer. Er fuhr von dem Universitätsgelände auf den Nicholasville Pike Highway hinaus und glitt nach Norden bis zur Limestone Street. Durch ein Gewirr von Straßen kam er schnell in das Zentrum von Lexington. Hinter sich hörte er ein Stöhnen.

»Zieh ihr noch eine über, Jackie«, sagte er, »sie darf jetzt keinen Krach machen.«
»Okay, Al.« Der Kleine kletterte verkehrt auf den Vordersitz und schlug Truus mit dem Hartgummiknüppel neuerlich ohnmächtig. Er rutschte zurück und kicherte idiotisch. »Jetzt wird sie Ruhe geben.«
Al schwieg. Er lenkte den großen Wagen geschickt in eine Tiefgarage, hinunter in den dritten Stock. Dort parkte nur ein einziger Wagen. Ihm entstiegen zwei weitere Männer, die auf den Oldsmobile zukamen.
Der eine Mann war sehr dick und atmete schwer, der andere hatte eingefallene Wangen, war schmalbrüstig und trug eine Brille mit Goldrand.
»Hat alles geklappt«, sagte Al, als sie an die Seite seines Wagens kamen.
»War's schwer?« fragte der Dicke.
»Überhaupt nicht.«
Der Dicke hob die Decke, die über Truus lag, und verglich ihr Gesicht mit mehreren Fotos, die er aus der Tasche zog. Er schien zufrieden. »Kann sie nicht dauernd auf'n Schädel hauen«, sagte Jackie. »Da! Sie kommt schon wieder zu sich!« Truus stöhnte, bewegte sich und öffnete langsam die Augen. In der Tiefgarage brannten Neonstäbe. Truus fuhr entsetzt hoch.
»Was...«
»Schnauze.« Der Dicke stopfte ihr ein Taschentuch in den Mund, so daß Truus weder reden noch schreien konnte. »Hübsche Strecke, die wir noch vor uns haben, Doc«, sagte er zu dem Schmalbrüstigen. »Am besten, wir verpassen ihr gleich hier einen Schuß. Dann können wir sicher sein, daß sie Ruhe gibt.«
»Schon alles vorbereitet.« Doc ging zu dem zweiten Wagen – einem Chrysler – zurück und kam mit einer Arzttasche wieder. Er öffnete den hinteren Schlag. Truus kroch in die äußerste Ecke und wimmerte. In ihre Augen trat Entsetzen, als sie sah, wie Doc seiner Tasche einen Silberlöffel entnahm und aus einer Medikamentenpackung weiße Kristalle auf diesen fallen ließ.
»Nicht zuviel, Doc«, mahnte der Dicke. »Sie soll ja nur ruhig sein.«
»Ich weiß schon, wieviel die junge Dame jetzt braucht«, sagte Doc. »Keine guten Ratschläge, bitte.«
»Nein, Doc, natürlich nicht. Wollte Sie nicht beleidigen, Doc«, sagte der Dicke, plötzlich unterwürfig.
»Helft mir mal!« Doc reichte dem Dicken ein Feuerzeug, während er aus einer kleinen Flasche wasserhelle Flüssigkeit auf den Löffel

und die Kristalle tropfen ließ. »Erhitzen den Löffel jetzt. Ja, so ist's gut«, sagte er. Und zu Al, der ausgestiegen war: »Halt den Löffel!« Als er die Hände frei hatte, nahm Doc eine flache Schachtel aus der Tasche. In dieser lag eine Injektionsspritze.
Truus' Augen wurden riesengroß vor Schreck. Sie wußte, was da vorbereitet wurde. Sie schlug mit einer Schulter gegen das Seitenfenster.
»Ihr müßt die junge Dame festhalten, die ist'n bißchen wild«, sagte Doc. »Schade um den schönen Stoff, wenn's danebengeht.«
Die Männer eilten um den Wagen. Plötzlich fühlte sich Truus eisern umklammert. Sie konnte sich nicht mehr bewegen. Auf ihre Füße hatte sich Doc gesetzt, nachdem er die aufgelösten Kristalle auf dem erhitzten Löffel in die Injektionsspritze aufgezogen hatte. Ein Mann zerriß den linken Ärmel von Truus' Bluse, ein anderer schnürte den Oberarm mit einem Lederriemen ab, den er wie einen Knebel benützte. In der Armbeuge traten Venen hervor.
»Schöne Venen«, sagte Doc. Er tastete kurz über Truus' Arm, dann stach er die Nadel der Spritze in eine der Venen und drückte den Kolben der Spritze langsam herunter. »So, schon alles vorbei.«
Es war in der Tat schon alles vorbei. Unmittelbar nach dem Einstich, gegen den Truus sich – vergebens – mit allen Kräften gewehrt hatte, spürte sie eine wohlige Wärme in ihrem gesamten Körper. Sie sank zurück. Die Stimmen der Männer hallten. Sie hörte den einen von ihnen – es war Jackie – undeutlich sagen: »Jetzt kriege ich aber auch was Ordentliches, Doc. Sie haben es versprochen! Ist ein weiter Weg, und ich brauch's einfach...«
Alles andere war nur noch unverständliches Gemurmel für Truus. Sie fühlte schon nicht mehr, wie sie aus dem Oldsmobile in den Chrysler umgeladen wurde, wieder auf den Hintersitz, wieder eine Decke über sich.
Doc und der Dicke traten zurück. Al und Jackie, der seinen Stoff bekommen hatte, setzten sich auf die Vordersitze des Chrysler. Wieder war Al am Steuer.
»Fahrt vorsichtig«, mahnte der Dicke. »Besonders auf der Autobahn. Geschwindigkeit beachten. Es darf euch kein Cop stoppen.«
»Ich pass' schon auf«, sagte Al. Er fuhr die Hochgarage wieder empor zum Ausgang. Als er die von der Sommersonne glühende Straße erreichte, schmatzte Jackie, der neben ihm saß. »Junge, Junge, das ist ein feeling, einfach unheimlich gut.«
Das hörte Truus nicht mehr.
Sie war ganz gelöst, sehr glücklich, so glücklich wie noch nie in

ihrem Leben. So glücklich und ruhig. Lächelnd träumte sie von schönen, wunderbaren Blumen. Ganz gelöst. Ganz glücklich. Ganz voller Frieden.

15

Die beiden Wächter, die vor der Universität Dienst taten, sahen in der folgenden Nacht natürlich Lindhouts verlassenen Wagen auf dem Parkplatz, unternahmen jedoch nicht das geringste. Sie wußten, daß der Professor fortgeflogen war, das hatte man ihnen gesagt. Nun also stand sein Lincoln hier.

Am Tag fiel auf, daß Truus nicht zur Vorlesung kam. Der Rektor rief bei ihr zu Hause an, um sich zu erkundigen, ob sie krank sei. Kathy Grogan war im Haus. Es entwickelte sich folgendes Gespräch:

»Bei Professor Lindhout, guten Tag.«

»Guten Tag, mein Name ist Clarey, ich bin Rektor der Universität. Mit wem spreche ich?«

»Spreche ich. Mit der Haushälterin, Sir.«

»Ist Miss Lindhout zu sprechen?«

»Zu sprechen. Nein Sir. Ich bin ganz allein hier.«

Kathy hatte sich angewöhnt, immer die letzten Worte einer an sie gerichteten Rede zu wiederholen. Sehr alt war Kathy geworden...

»Was heißt das, ganz allein?«

»Ganz allein. Na, der Professor ist fortgeflogen, und Miss Lindhout ist auch nicht da.«

»Wo ist sie?«

»Ist sie. Weiß ich wirklich nicht, Sir. Bei einer Freundin wahrscheinlich, aber ich weiß nicht, bei welcher.«

»Was soll das bedeuten?«

»Soll das bedeuten. Ja... ich weiß nicht... das ist sehr...«

»Sehr was? Nun reden Sie doch schon, bitte!«

»Schon, bitte... ach du lieber Himmel, mir ist das aber peinlich... Sehen Sie, Sir, ich habe Miss Lindhout noch gesprochen, nachdem ihr Vater weggeflogen ist. Sie war sehr unglücklich.«

»Unglücklich? Worüber war sie unglücklich?«

»War sie unglücklich. Hat mir erzählt, sie hat eine schreckliche Geschichte mit ihrem Vater angerichtet und schämt sich jetzt so sehr.«

»Was war das für eine schreckliche Geschichte?«

»Eine schreckliche Geschichte, ja. Weiß nichts Genaues, Sir. Sie haben eine große Auseinandersetzung gehabt, die beiden, hat mir Truus – Miss Lindhout meine ich natürlich – erzählt. Sie hat sich sehr schlecht benommen gegen ihren Vater, hat sie gesagt. Hat gesagt, das Ganze hat sie so aufgeregt, daß sie nicht unterrichten kann. Wollte zu einer Freundin, irgendwo weg aus der Stadt, für eine kleine Weile. Hat sie das denn niemandem an der Universität gesagt?«

»Nein.«

»Nein, hm. Telefonisch auch nicht?«

»Auch nicht telefonisch.«

»Auch nicht telefonisch. Na, sie wird's bestimmt noch tun, Sir, sie ist wirklich schrecklich durcheinander gewesen, das arme Ding. Müssen verzeihen, wenn ich so von ihr rede, aber ich kenne sie schon seit einer Ewigkeit.«

»Tja, dann... dann wollen wir wirklich noch ein wenig warten. Ich danke Ihnen sehr, Mrs...«

»Mrs. Grogan, die alte Kathy Grogan.«

»Ich danke Ihnen sehr, Mrs. Grogan. Sie haben uns alle hier sehr beruhigt.«

»Sehr beruhigt. Da bin ich aber froh. Ist wirklich kein Grund zur Beunruhigung, Sir. Und wenn Truus wiederkommt, werde ich ihr sagen, daß sie sich gleich melden soll, Sir.«

»Ja, bitte, Mrs. Grogan. Professor Clarey heiße ich.«

»Professor Clarey heiße ich. Ist gut, Professor, ich hab's aufgeschrieben. Und regen Sie sich nicht auf. Ich reg' mich auch nicht auf. Sind ein Herz und eine Seele, der Professor und Truus... natürlich gibt es mal Ärger, wenn man immer zusammenlebt.«

»Natürlich. Also dann – ich erwarte also einen Anruf, Mrs. Grogan, wenn Frau Doktor Lindhout wiedergekommen ist.«

16

Der Anruf kam nicht.

Nicht an diesem Tag, nicht am nächsten, nicht am übernächsten. Der Rektor wurde sehr besorgt und verständigte die Polizei, die routinemäßig eine Abgängigkeitsanzeige annahm.

»So was erleben wir jeden Tag, Sir«, sagte der Polizist, der die Anzeige notierte. »Was glauben Sie, wie oft das passiert, daß Mädchen oder junge Frauen – gerade die – ausreißen nach einem Krach mit dem Mann zu Hause...«

»Es war nicht ihr Mann, es war ihr Vater.«
»Oder mit dem Vater...« Der Polizist war nicht aus der Ruhe zu bringen. Damit machte er Clarey wütend. In die Universität zurückgekehrt, rief Clarey Lindhouts Assistenten Dr. Jean-Claude Collange zu sich und erzählte ihm, was sich ereignet hatte.
Collange erschrak.
»Und wenn das mit der ›French Connection‹ zu tun hat? Wenn Professor Lindhouts Tochter entführt wurde?«
»Entführt... großer Gott... Sie meinen wirklich...«
»Ich rufe sofort Mister Branksome in Washington an«, sagte Collange entschlossen. Er rief an, aber eine Sekretärin sagte ihm, daß Branksome verreist sei und erst am nächsten Tag zurückerwartet werde.
»Verreist – wohin?«
»Nach Chicago.«
»Ich muß ihn sprechen! Es ist sehr dringend! Wo wohnt er in Chicago?«
»Im ›Claridge‹... warten Sie, ich gebe Ihnen die Nummer...«
Collange rief im Hotel ›Claridge‹ in Chicago an.
Ja, Bernard Branksome war da abgestiegen, er befand sich jedoch außer Haus und würde spät heimkommen – er hielt zwei Vorträge an diesem Abend.
»Bitte, sagen Sie ihm, er soll mich sofort anrufen, wenn er ins Hotel kommt«, bat Collange. Er nannte seinen Namen, seine Adresse und seine Telefonnummer.
So verging weitere Zeit.
Gegen Mitternacht dieses Tages klingelte in Collanges Wohnung das Telefon. Branksome war am Apparat.
»Sie haben angerufen. Was ist passiert, Doktor?«
Collange unterrichtete ihn.
Branksome geriet in höchste Erregung.
»Diese Narren von der Polizei! Den Kerl, der die Anzeige entgegennahm, werde ich mir kaufen! Truus verschwunden! Großer Gott im Himmel!« Die Stimme bebte. »Sie haben vollkommen recht mit Ihrer Befürchtung! Das ist eine Entführung! Eine Entführung!« Branksomes Stimme überschlug sich. »Überlassen Sie alles mir, Doktor! Sauerei, gottverfluchte... Sie hören gleich wieder von mir...«

17

Am 17. August 1971 um 0 Uhr 30 begann dann die Fahndung nach Truus. Polizei und FBI wurden eingesetzt, desgleichen Hubschrauber. Mit größter Intensität konzentrierte die Suche sich auf das Gebiet der Blue Grass Area, auf jenes riesige Stück Land im Herzen von Kentucky – immerhin war Truus in Lexington auf dem Universitätsgelände entführt worden.
Unglücklicherweise hatten die Kidnapper einen Vorsprung von mehreren Tagen – sie konnten Truus irgendwohin in die Vereinigten Staaten gebracht haben, ja, selbst aus den USA heraus und nach Übersee. Es war unmöglich, in kurzer Zeit – wenn überhaupt – einen Menschen zu finden, der auch nur in Amerika entführt worden war. Trotzdem benachrichtigte die zentrale Einsatzleitung, die in Washington arbeitete, sämtliche Polizeidienststellen sowie alle Flugplätze und Seehäfen Amerikas, Kanadas und Europas. Fernschreiber tickten detaillierte Angaben über Truus und versorgten alle in Frage kommenden Stellen mit Fotos der Gesuchten.
Branksome selber bemühte sich, Lindhout in Wien zu erreichen, nachdem er – was zu weiterem Zeitverlust führte – äußerst mühsam herausbekommen hatte, daß Präsident Gubler von der SANA Lindhout in einer dringenden Sache nach Zürich gerufen hatte und daß dieser von dort nach Wien weitergeflogen war.
Das Telefon in Lindhouts Wohnung an der Berggasse hatte man seit Jahren stillgelegt. Dr. Radler wurde verständigt und gebeten, Lindhout zu informieren. Der war bereits auf dem Rückflug in die Vereinigten Staaten. Schwechat, der Wiener Flughafen, konnte mit einigen Schwierigkeiten die Maschine eruieren, in der er sich befand und wann er in New York eintreffen würde.
Zu dieser Zeit flogen seit Stunden Hubschrauber über der Blue Grass Area, über den Städten Richmond, Harrodsburg, Danville, Winchester, Versailles, Frankfurt, Georgetown und Paris – auch über den weiten Ebenen, über dichten Wäldern, über Schluchten und Hügel. Suchtrupps konzentrierten sich auf die kleinen Ortschaften, auf einsam gelegene Farmen und Hütten, auf Heuschober und Pferdekoppeln. Spürhunde, denen man Kleidungsstücke von Truus unter die Nase gehalten hatte, hechelten in der Hitze.
Spezialeinheiten der Kriminalpolizei und des FBI durchkämmten die größeren Städte. Es gab Razzien und vorübergehende Festnahmen von Verdächtigen, von polizeibekannten Personen mit einschlägigem Vorstrafenregister und von bekannten Drogenabhängigen.

Alle kleinen privaten Radio- und Fernsehstationen der Gegend gaben immer wieder eine Beschreibung von Truus durch, verbunden mit der Bitte um Mitarbeit der gesamten Bevölkerung. Dasselbe taten Lautsprecherwagen.
Es kam tatsächlich zu ganz außerordentlich aktiver Hilfe von seiten der Menschen, die in der Blue Grass Area lebten. Hunderte von Angaben über Begegnungen mit Fremden oder über ungewöhnliche Ereignisse in den letzten Tagen waren zu überprüfen – durch mündliche Vernehmungen ebenso wie durch die Großcomputer des FBI. Als Belohnung für sachdienliche Hinweise wurden zuerst 10000, wenige Stunden später bereits 50000 Dollar angegeben. Das führte zu Wirrwarr, denn nun meldeten sich sehr viele Leute, die auf gut Glück Geschichten erzählten. Auch pathologische Lügner kamen. In kurzen Abständen unterbrachen die privaten Rundfunk- und Fernsehstationen – natürlich auch diejenigen, die den Giganten ABC, NBC und CBS gehörten – weiter ihre Programme, Sprecher verlasen Aufrufe und gaben verschlüsselte Nachrichten an die im Einsatz befindlichen Männer.
Von Truus wurde nicht eine Spur gefunden.

18

Plötzlich verwelkten alle wunderbaren, alle schönen Blumen, die Farben wurden grau, dann grauenvoll. Polypenarme kamen auf Truus zu, umschlangen sie, würgten sie...
Sie riß die Augen auf. Wollte schreien. Der Knebel verhinderte es. Sie warf den Kopf hin und her.
Es war finster, aber trotz ihres Dämmerzustands bemerkte sie, daß sich Männer um sie befanden. Sie konnte Zigarettenrauch riechen. Ihre Nasenflügel waren geschwollen, und ihre Zunge klebte am Gaumen.
Sie brachte nichts als ein Gurgeln hervor.
Eine Hand ohrfeigte sie heftig. Truus versuchte auszuweichen, aber das gelang ihr nicht. Eine Hand und ein Fuß waren an das Eisengestell eines Bettes gefesselt. Panische Angst, Angst, wie sie sie nie gekannt, wie sie sich Angst nie hatte vorstellen können, überfiel Truus. Sie bebte am ganzen Körper.
»Na also«, sagte eine Männerstimme. »Puste wieder ausgegangen.« Roh riß ihr jemand den Knebel aus dem Mund. »So, kleine Nutte. Aber immer schön das Maul halten.«
Ein anderer Mann kicherte, hoch und idiotisch.

Truus sah Licht. Ein Scheinwerfer war aufgeflammt.
»Wo bin ich?« stöhnte Truus.
»Halt's Maul, Baby.«
»Was ist heute für ein Tag?«
»Halt's Maul, Baby.«
»Wer seid ihr?«
»Verflucht, kannst du nicht dein Maul halten? Kleb ihr noch eine!«
Jemand – der zweite Mann – schlug Truus nochmals ins Gesicht. Danach begann er wieder zu kichern.
»Wasser...«, jammerte Truus. »Gebt mir Wasser...«
»Später«, sagte Al. »Zuerst wirst du mal mit deinem Papi reden. Setz dich auf. Du sollst dich aufsetzen!« Der Mann im Schatten riß Truus hoch. Sie schrie vor Schmerz. Das grelle Licht des Scheinwerfers blendete sie. Ein Bogen Papier wurde ihr vorgelegt.
»Was... soll das?«
»Das, was da steht, wirst du jetzt laut vorlesen und dabei immer wieder ins Licht schauen.«
»Warum?«
»Halt's Maul. Wenn du nicht tust, was ich dir sage, lebst du keine fünf Minuten mehr. Alles wegen deinem Scheiß-Papi.«
»Wegen... aber wieso?«
»Geht dich nichts an. Also, wirst du jetzt lesen und sprechen?«
»Nein.«
Der unsichtbare Al schlug Truus zweimal ins Gesicht. Ihr Kopf flog hin und her. »Du kriegst gleich noch was anderes als Ohrfeigen, du kleine Sau«, sagte seine Stimme. »Also los, los, los!«
Mit zitternden Lippen und stockend las Truus, was in Schreibmaschinenschrift auf dem Papier stand: »Adrian, ich flehe dich an, sag, daß alles, was du in Wien gehört und gesehen hast, Fälschungen gewesen sind. Sag, daß du davon überzeugt bist, daß der Boss der ›French Connection‹ Mister Branksome in gemeinster Weise zu beschuldigen versucht hat... Was ist mit Mister Branksome?«
»Du sollst keine blöden Fragen stellen, du sollst den Text lesen, dämliche Nutte!«
»Aber...«
»Kusch! Lies weiter! Wenn du nicht weiterliest, wirst du was erleben!«
Truus begann zu weinen. Und weinend las sie weiter: »Wenn du jetzt Mister Branksome anklagst, wird man mich umbringen. Das ist so sicher wie das Amen im Gebet. Denn wenn die Öffentlichkeit wirklich glaubt, daß die Fälschungen, die du in Wien gesehen hast, keine Fälschungen waren, sondern Originale, dann müssen die

Leute des Boss mich einfach umbringen. Sie müssen, Adrian, sie müssen! Weil nur dann die Öffentlichkeit wirklich glauben wird, daß Mister Branksome der Boss ist – der gute Mister Branksome, der dir immer so geholfen hat. Das ist schlau vom Boss, sicherlich, denn niemand wird mehr nach ihm suchen, er ist in Sicherheit. Adrian, ich bitte dich, beschuldige nicht Mister Branksome. Sonst hast du keine Tochter mehr. Sonst bin ich tot...«

Truus keuchte.

»Was bedeutet das alles bloß? Was hat denn mein Vater in Wien gesehen und gehört? Warum darf er jetzt nicht...«

»Du sollst dein dreckiges Maul halten!« Truus' Kopf flog gegen das Bettgestell, so fest hatte der unsichtbare Al zugeschlagen. Sie brach in hemmungsloses Schluchzen aus.

»Verflucht!« Al stopfte Truus ein Taschentuch in den Mund. Sie sackte zusammen, mit Mühe konnte sie atmen.

Al trat neben Jackie. Der zog gerade das letzte Foto aus einer Polaroid-Kamera.

»Sind alle was geworden?«

»Klar. Kann doch ein Vollidiot Bilder machen mit dem Ding.«

»Der Recorder?«

»Ist gelaufen.«

»Dann fährst du jetzt sofort zum Flughafen. Pete wartet auf dich. Mit seiner Privatmaschine. Er muß die Fotos und die Kassette schnellstens ins ›Plaza‹ bringen. Der Boss hat dort Zimmer reservieren lassen für Lindhout und Collange.«

»Der Boss hat...«

»Nur dafür gesorgt, daß die Cops das ›Plaza‹ wählen, natürlich, du Arschloch!«

Jackie ächzte plötzlich.

»Was ist?«

»Du mußt mir auch noch einen Schuß geben, Al. Mir ist mies. Wenn ich jetzt Auto fahren soll und alles richtig machen...«

»Kriegst schon deinen Schuß, hör auf zu jammern...« Al war verärgert. »Ausgerechnet einen alten Junkie wie dich haben sie sich ausgesucht. Ein Scheißspiel ist das. Komm her, mach den Arm frei.«

»Danke, Al, danke...«

»Halt's Maul und hau ab«, sagte Al. Jackie verschwand. Truus stöhnte. »Verflucht, das hält ja kein Aas aus«, sagte Al. »Dieses Gejammer macht den stärksten Mann verrückt!« Doc hatte ihm gesagt, daß man so keinen Menschen süchtig machen konnte – nur zum Dösen bringen... Aber das Gestöhne! Wer wußte, wie lange das hier noch dauerte! Al zog in einer weiteren Injektionsspritze

Heroin auf. Nun trat er zu der wimmernden Truus, riß einen Ärmel ihrer Bluse auf und stach in die Vene. Truus ächzte. Dann schlossen sich ihre Augen.
Ein Ausdruck höchsten Glücks trat auf ihr Gesicht. Sie schwamm in einem Meer von Blumen, wie es sie nicht gibt in solcher Schönheit auf dieser Welt.

19

Um 10 Uhr 40 am 18. August 1971 landete die Boeing der PAN AMERICAN AIRWAYS mit dem Kennzeichen AR – 3049 auf dem Kennedy-Airport von New York und rollte in der vom Hauptgebäude am weitesten entfernten Warteposition aus. Den erstaunten Passagieren wurde vom Kapitän über Lautsprecher mitgeteilt, daß die Maschine sich sogleich wieder in Bewegung setzen und auf der üblichen Landepiste halten werde.
Der Kapitän trat aus dem Cockpit in die Erste Klasse und auf Lindhout zu.
»Bitte, Professor, kommen Sie mit mir.«
»Was ist mit Truus?« Lindhout rief es in äußerster Erregung.
»Ich kann Ihnen nichts sagen. Ein paar Herren erwarten Sie. Ich habe nur die Anweisung vom Tower befolgt. Die Herren warten unten auf dem Taxidrive.«
»Herrgott, was ist mit Truus? Gibt es etwas Neues?«
»Ich sage doch, das weiß ich nicht. Bitte, Professor!«
»Was soll das? Und mein Gepäck?«
»Wird ausgeladen und ins ›Plaza‹ geschickt, Sie können sich darauf verlassen.«
»Wieso ins ›Plaza‹?«
»Das weiß ich auch nicht. Der Tower hat uns gesagt, daß Sie ein Appartement im ›Plaza‹ haben.«
»Wer hat das bestellt? Und was ist mit Truus?«
»Keine Ahnung.« Der Kapitän nahm Lindhout am Arm. »Wirklich, ich weiß nicht Bescheid. Die Herren unten werden Ihnen alles sagen.«
»Alles sagen? Was sind das für Herren?«
»Vom FBI, Professor.«
»Was?« Lindhout fuhr zurück. »Wissen die, was mit Truus los ist?«
»Professor... machen Sie es uns doch nicht so schwer...«
»Wer sagt mir, daß das wirklich FBI-Agenten sind?«

»Der Tower! Sie haben sich ausgewiesen. Nun kommen Sie schon, bitte!«
Völlig außer Fassung betrat Lindhout die Pilotenkanzel. Hier war eine Luke geöffnet und eine Gangway zur Erde geschwenkt worden.
»Alles Gute«, sagte der Kapitän.
»Ja, ja...«, murmelte Lindhout verständnislos. Er sah einen schwarzen Cadillac, drei unbekannte Männer mit Hüten – und seinen Assistenten Dr. Jean-Claude Collange.
»Jean-Claude!« Lindhout stolperte die Gangway hinab. »Was gibt es Neues über Truus?«
»Herr Professor...«
Einer der Männer schob Collange beiseite. »Guten Tag, Professor Lindhout«, sagte er, seine Dienstmarke zeigend. »Ich heiße Clark. FBI. Das sind Kollegen. Wir müssen hier schnellstens weg – bevor vielleicht so ein Schweinehund mit seiner MP von der Besucherterrasse aus loslegt. Unsere Leute sind auch auf der Terrasse, natürlich, sie sind überall – aber wir wollen kein Aufsehen, niemand weiß, daß Sie es sind, der hier ausgestiegen ist – nur die Entführer.«
»Was ist mit Truus? Wo...?«
»Es tut mir unendlich leid, Ihnen mitteilen zu müssen, Professor: Noch haben wir keine Spur.«
Lindhouts Gesicht wurde weiß. »Von Truus... keine Spur...«
»Nein... Die Großfahndung läuft... leider bisher ohne Ergebnis...«
Lindhout stützte sich an Collanges Schulter.
»Dieser Hund«, flüsterte er. »Dieser verfluchte Hund...«
»Wer?« fragte Clark.
Lindhout versuchte zu antworten, aber seine Stimme versagte.
»Wir haben den Auftrag, Sie sofort ins Polizeipräsidium zu bringen. Sie nehmen den mittleren Wagen, Doktor Collange auch.«
»Nein«, sagte Lindhout, immer noch wie erstarrt.
»Was, nein?«
»Wir fahren nicht ins Polizeipräsidium.«
»Aber wieso nicht? Wo wollen Sie denn hin?«
»Zum Federal Bureau of Narcotics.«
»Zum... aber warum?«
»Weil ich eine ungeheuer wichtige Nachricht bringe, verflucht«, schrie Lindhout plötzlich, wie von Sinnen.
Er stieg bereits in den schwarzen Wagen ein.
Sekunden später raste der Wagen mit heulender Sirene über das Flugfeld auf die Straße vor dem Kennedy-Airport zu.

20

Chefinspektor Thomas Longey war ein schwerer Mann mit plattgeschlagener Nase, schütterem Haar und blassem Gesicht. Er saß hinter einem uralten Schreibtisch. Links standen zwei Büroschränke. Von den zwei Fenstern war das eine hoch oben eingebaut. Durch das andere sah Lindhout, der mit Collange vor dem Schreibtisch des Leiters des New Yorker Rauschgift-Dezernates auf zwei wackeligen Stühlen Platz genommen hatte, den Viadukt der South-Street-Hochbahn und die Piers am East River.
»Also Branksome, dieser Hurensohn«, sagte Longey.
»Wir müssen vorsichtig sein«, sagte der FBI-Mann Clark, der mit Lindhout auf dem Flugplatz gesprochen hatte. »Der Professor hat mir während der Fahrt hierher alles erzählt. Es ist ungeheuerlich – wie Sie selber sagten, Professor. Aber eben darum: Vorsicht! Ich habe den Wagen halten lassen, sobald ich hörte, worum es ging, und wir sind mit einem Taxi hergekommen, um kein Aufsehen zu erregen.«
»Der Saukerl, der elende«, sagte Longey. »Und Sie sind ganz sicher?«
»Absolut sicher.« Lindhout fühlte sich plötzlich zu Tode erschöpft. »Ich sage Ihnen doch, ich habe Branksome auf den Fotos gesehen, ich habe auf der Sowjetischen Botschaft in Wien die mitgeschnittenen Gespräche angehört und sofort Branksomes Stimme erkannt!«
»Dann ist er auch der Mann, der die Entführung inszeniert hat«, sagte Longey leise.
Lindhout fühlte, wie ihm Tränen über die Wangen rollten. Er wischte sie fort. Es half nichts. Immer neue Tränen kamen.
»Natürlich«, sagte er. »Branksome muß erfahren haben, was in Wien geschehen ist – schon daß ich überhaupt nach Europa flog, muß ihn hellwach gemacht haben! Jetzt hat er Truus als Geisel. Jetzt hat er uns in der Hand. Keine Spur von Truus, ich weiß, Chefinspektor, ich hab's schon gehört.«
»Die tun wirklich alles, was sie nur können, Professor...«
»Ja, ja, schon gut. Ich klage ja auch niemanden an. Wo ist die Sau?«
»Branksome? In Washington«, sagte Clark vom FBI. »In ständiger Verbindung mit der Einsatzleitung. Der reine Irrsinn!«
Collange sagte: »Branksome ist natürlich auch schuld an dem Massaker in Basel...«
»Nicht nur das in Basel«, sagte Lindhout. »Hunderttausende in

der ganzen Welt hat er auf dem Gewissen, Hunderttausende! Natürlich hat auch Gabriele für ihn gearbeitet – sie wußte bestimmt nicht die Wahrheit, da gibt es immer Mittelsmänner... Und jetzt Truus... Truus... Er hat es schlau angefangen, mein Freund Bernard Branksome. Bei Gott, wenn Truus etwas zustößt, wenn ich den Hund sehe, ich erwürge ihn, ich...« Er konnte nicht weiterreden.

»Scheiße«, sagte Longey. »Hoffentlich ist der Kerl noch in Washington und nicht schon verschwunden.«

»Er ist noch in Washington«, sagte Howard Clark. »Tief besorgt um Professor Lindhouts Tochter. Ein Ehrenmann. Mitglied des Repräsentantenhauses, Chef des ›Drug Office‹, seit Jahrzehnten *der* Kämpfer gegen Rauschgift, ganz Amerika kennt ihn...«

»Fein«, sagte Longey. »Fein.«

»Was ist fein?« Lindhout fuhr hoch.

Longey hob eine Hand.

»Ruhig, Professor, ruhig, bitte. Ich weiß, wie schwer das alles für Sie ist. Aber Sie müssen auch uns verstehen. Branksome öffentlich beschuldigen, daß er der Boss der ›French Connection‹ ist – das wird vielleicht ein Ding werden. Sie sind wirklich auch ganz, ganz sicher?«

»Verflucht!« schrie Lindhout. »Sicherer als ich kann kein Mensch sein! Ich sage doch, ich habe die Fotos gesehen, ich habe Branksomes Stimme gehört! Wo die Garage da in Marseille liegt, weiß ich jetzt, den Namen und die Adresse von dem Kapitän, mit dem Branksome auf dem Schiff war, kenne ich, das Schloß in Aubagne und die Namen der Frau und des Mannes, mit denen Branksome zusammen war... alles... alles... Schnell! Wir müssen jetzt so schnell wie möglich zuschlagen – sonst entkommen die Schweine uns noch!« Die anderen Männer schwiegen beklommen. »Was ist los? Warum tun Sie nichts? Ich frage, warum tun Sie nichts?« Lindhout war aufgesprungen.

»Weil wir an Ihre Tochter denken, Professor«, sagte FBI-Clark. »Darum. Was geschieht mit Ihrer Tochter, wenn wir Branksome jetzt hochgehen lassen – ihn und all diese Leute in Frankreich?«

Lindhout fiel auf seinen Stuhl zurück.

»Daran habe ich nicht gedacht...«

»Er hat uns hübsch in der Klemme, der Lump«, sagte Longey. Nun stand er auf, ging zu einem Water-cooler und ließ Eiswasser in einen Pappbecher rinnen. Er trank gierig, zerknüllte den Becher und warf ihn in einen Papierkorb. »Wo sind die Beweise, Professor?«

»Ein sowjetischer Kurier hat sie von Wien nach Washington

gebracht. Alles liegt dort in der Sowjetischen Botschaft auf Abruf bereit.«
»Dieser Branksome«, sagte Longey und ballte die Fäuste. »Dieser verfluchte Hund. Seit Jahren macht er uns das Leben zur Hölle, verleumdet uns, beschimpft uns, nennt uns Idioten und Verbrecher, die selber Heroin in die Staaten bringen. Das ganze Repräsentantenhaus, die ganze Öffentlichkeit hält uns schon für Kriminelle. Dieser gottverfluchte Hurensohn Branksome.«
»Na, jetzt haben Sie ihn doch!«
»Noch nicht.«
»Was soll das heißen?« fragte Lindhout.
»Wir müssen erst mit dem Polizeipräsidenten sprechen und dann mit dem Chef des FBI. Das ist zu wüst. Sogar für uns...«
Das New Yorker Rauschgift-Dezernat, das größte der Welt, war im dritten und vierten Stock eines verkommenen alten Gebäudes untergebracht. Es befand sich am Old Slip, einer kurzen, engen Straße an der südöstlichen Spitze von Manhattan, wenige Häuserblocks vom Bankenviertel entfernt, ein trister Bau aus der Zeit der Jahrhundertwende, grau und verwittert, alle Innenwände halb getäfelt und darüber grün gestrichen. An vielen Stellen blätterte die Farbe ab. Der quadratische Block, der mit einer Seite direkt an das Flußufer stieß, war einst nur für das Erste Polizeirevier bestimmt gewesen. Das merkte man immer noch, wenn man das trostlose Haus betrat, das aussah wie Polizeistationen in den alten Humphrey-Bogart-Filmen.
Beim Eingang gab es eine hohe Holzschranke, dahinter ein Stehpult. Wachtmeister spielten hier rund um die Uhr sozusagen die Rolle des Hotelportiers. Es standen auch ein paar nicht eben sehr saubere Bänke herum. Auf ihnen saßen stets wartende kleine Ganoven, Nutten und Polizeireporter von New Yorker Zeitungen, die auf Sensationen aus waren und sich die Wartezeit mit Karten- oder Würfelspielen vertrieben. Sie hatten die Jacken abgelegt, aber die Hüte auf dem Kopf, die Krawatten herabgezogen und tranken Bier. Alle sahen, wie Lindhout und seine beiden Begleiter das Haus betraten.
»Wohin?« fragte der Wachhabende hinter der Barriere, ein riesiger Neger in blauem Hemd und blauer Hose.
»Narcotic Bureau.«
»Was gibt's denn so Eiliges?«
Ehe Clark es verhindern konnte, hatte Lindhout in seiner maßlosen Erregung laut hervorgestoßen: »Branksome anzeigen, das Schwein! Denn er ist der Chef der ›French Connection‹! Er hat meine Tochter...«

»Ruhig«, zischte Clark wütend. »Sind Sie verrückt geworden? Die Reporter da drüben...«
Es schien, als hätten die Reporter nichts bemerkt.
»Jeeeeesus«, sagte der hünenhafte Neger. »Sie wissen ja, vierter Stock. Immer noch kein Lift...« Er schüttelte bekümmert den Kopf.
Die drei Männer stiegen eine knarrende Holztreppe mit schwerem Mahagonigeländer empor. Der erste Stock gehörte noch zum Ersten Revier. Lindhout sah lange Gänge nach rechts und links, offene Türen, Beamte in Uniform, die telefonierten, Berichte schrieben, Menschen verhörten. An den Wänden Anschlagblätter, Fahndungsfotos, Phantombilder gesuchter Verbrecher.
Sie stiegen in den zweiten Stock empor.
Dasselbe trostlose Bild.
Dritter Stock – der gehörte schon zum Narcotic Bureau. In vielen kleinen Zimmern, deren Türen der Hitze wegen offenstanden, erblickte Lindhout viele junge Männer – Weiße und Neger –, die Berichte tippten, in Büchern lasen, Tonbänder abhörten, miteinander diskutierten. Manche trugen Blue-Jeans und T-Shirts, andere waren elegant gekleidet. Lindhout sah Gentlemen, Hippies, Gammler hier arbeiten. Eines hatten sie gemeinsam, dachte er: Sie trugen alle Pistolen – in Halftern oder im Hosenbund...
Eine primitiv gezeichnete Hand mit ausgestrecktem Zeigefinger war an die grünliche Wand gemalt. Darunter stand: CHIEF INSPECTOR LONGEY. Der Finger zeigte nach oben, in den vierten Stock. Auch hier knarrte die alte, ausgetretene Holztreppe. Ein wenig kurzatmig geworden, stieg Lindhout weiter.
Er konnte nicht ahnen, daß zu dieser Zeit die Reporter, die beim Eingang gesessen hatten, den riesigen Wachtmeister Lincoln Abraham Fisher dicht gedrängt, schreiend und einander stoßend und schiebend umgaben.
»Laßt mich in Ruhe, Boys«, rief Fisher mit seiner hohen Stimme. »Verflucht, laßt mich in Ruhe!«
»Mensch, Abbie, wir müssen doch auch leben!«
»Und wir haben alle gesehen, wie dieser FBI-Schammes mit dem berühmten Professor Lindhout hereingekommen ist – und noch ein Kerl.«
»Du hast mit ihnen gesprochen, Abbie, du hast ihnen den Weg erklärt!«
»Warum war Lindhout so außer sich?«
»Er hat gerufen, Branksome ist der Boss der ›French Connection‹, ich hab's genau gehört! Und auch, daß der irgendwas mit dieser Truus, der entführten Tochter vom Professor, zu tun hat!«

»Hab' ich auch gehört!«
»Ich auch!«
»Herrgott, laßt mich in Ruhe!«
»Abbie, wir tun dir doch nichts! Wenn der Lindhout den Branksome anzeigt, dann muß er doch auch Beweise haben!«
»Klar hat er die«, rief ein Reporter. »Warum hast du ihn nicht geschossen, Joe? Du mit deinen Scheißwürfeln!«
»Ach, leck mich doch... genügt ja auch so... oder?«
Jetzt klickten viele Kameras. Noch nie im Leben war Fisher derart oft fotografiert worden. Schweißperlen standen auf seiner Stirn, und er dachte: Weshalb hat Professor Lindhout nicht still sein können hier unten? Ist doch klar, daß gerade diese Boys alles gehört haben. Und wer muß das jetzt ausbaden? Natürlich ich. Immer der Kleinste und Schwächste, wie's so der Brauch ist...
Die Reporter schlugen ihm auf die Schulter, schüttelten seine Hand.
»Bist'n feiner Kerl, Abbie!«
»Vergessen wir dir nie, Fisher! Wirklich!«
Dann stürzten sie fort. Draußen sprangen die Motoren ihrer Wagen an.
Der schwarze Wachtmeister Lincoln Abraham Fisher sah den letzten Autos, die davonrasten, traurig nach. Na, jetzt sitze ich fein in der Scheiße, dachte er. Dabei bin ich gar nicht schuld. Hätte dieser Professor bloß nicht so geschrien... aber wenn nun wirklich Bernard Branksome der Boss der ›French Connection‹ ist, und wenn er diese Truus hat entführen lassen?
»Jeeeesus«, sagte Lincoln Abraham Fisher noch einmal.

21

Erst um 16 Uhr 35 an diesem 18. August 1971 erreichten Lindhout und Collange, begleitet von dem FBI-Agenten Clark, das Hotel ›Plaza‹. In der Halle sah Lindhout mehrere Männer sitzen, die Zeitung lasen – oder zu lesen schienen.
»Alles unsere Leute«, sagte Clark leise. »Die Polizei hat dieses Hotel für Sie ausgesucht – hier wimmelt's von FBI-Leuten und Kriminalbeamten. Es kann Ihnen nichts geschehen, Professor. Ich bleibe auch bei Ihnen.«
»Danke.« Lindhout war müde. Jetzt machten sich der Atlantikflug und die Zeitdifferenz zwischen Europa und Amerika bemerkbar. Außerdem war er zutiefst deprimiert. Stundenlang hatte er im

Narcotic Bureau zugebracht und zugehört, wie Chefinspektor Longey und Clark herumtelefonierten. Der Polizeipräsident hatte Skrupel, desgleichen der Bürgermeister von New York. Der Justizminister in Washington erbat Bedenkzeit; ebenso der sechsundsiebzigjährige FBI-Direktor Edgar Hoover. Niemand wollte die Verantwortung übernehmen, Branksome zu verhaften oder verhaften zu lassen. Größte Schwierigkeiten machte die CIA. Zuerst müsse das Material in der Sowjetischen Botschaft untersucht werden. Immerhin – es war von sowjetischen Agenten beschafft worden! Man konnte sich nicht leisten, auf Grund dieser Sachlage einen Bernard Branksome, einen Mann im hellsten Rampenlicht der Öffentlichkeit, einfach mir nichts, dir nichts zu verhaften.

»Dann soll die CIA von der Sowjetischen Botschaft das Material anfordern!« hatte Lindhout gerufen. »Verflucht, meine Tochter ist entführt worden! Und hier wird verhandelt und verhandelt, und immer mehr Zeit vergeht!« Er war außer sich geraten. »Schützen Sie so die Menschen in Amerika? Wenn Truus etwas zustößt... Branksome weiß doch, daß ich hier bin, bestimmt weiß er es...«

Die Sowjetische Botschaft in Washington ließ durch ihren Sprecher erklären, sie werde das Material keinesfalls der CIA übergeben, mit der nicht nur die UdSSR üble Erfahrungen gemacht hätte, sondern die in der ganzen Welt einen schlechten Ruf besitze. Die Sowjetbotschaft, sagte ihr Sprecher weiter, habe Anweisung, das tatsächlich dort deponierte Material nur *Lindhout persönlich* oder dem *Narcotic Bureau* zu übergeben. Prompt mischte sich das Außenministerium ein. Denn hier konnte es sich ja um eine politische Affäre handeln!

All das war das Ergebnis endloser Telefongespräche.

Lindhout hatte verzweifelt gerufen: »Und meine Tochter kann krepieren, was? Und Branksome, dieses elende Schwein, bleibt ungeschoren, wie? Und ich? Ich kann nichts tun. Nichts, nichts, nichts!«

»Beruhigen Sie sich doch, bitte...«

»Beruhigen soll ich mich? Aufregen muß ich mich! Wenn die Tochter eines dieser hohen Herren entführt worden wäre, ginge doch wohl alles sehr viel schneller, was? Feines Land!«

Longey hatte schwer geseufzt. »Was kann ich machen? Gar nichts kann ich machen, Sie hören es ja. Ich vermag Sie sehr gut zu verstehen, Professor... Jetzt schaltet sich das Weiße Haus ein – Gott sei Dank! Dann wird sehr bald eine Entscheidung fallen...« Er hatte Lindhout die Hand gedrückt. »Bitte, geben Sie nicht diesem Land die Schuld... Es wäre in jedem anderen Land das gleiche...«

»Ja, natürlich...«, hatte Lindhout gemurmelt.
»Ich fahre mit Ihnen ins Hotel ›Plaza‹«, hatte der FBI-Agent Clark gesagt. »Sie müssen sich hinlegen und ausruhen. Die Entscheidung fällt ganz sicher in den nächsten Stunden...«
Lindhout hatte genickt.
Im ›Plaza‹ hörte er dann den Ruf eines Portiers, während er schon mit Clark und Collange zu einem der Lifte schritt.
Er drehte sich um.
»Was ist jetzt wieder los?«
Der Portier kam ihm nachgeeilt.
»Es wurde etwas abgegeben für Sie, Professor Lindhout. Das habe ich übersehen!« Der Portier überreichte ein kleines Päckchen. »Hier, bitte...«
»Moment!« Clark fuhr dazwischen. »Was heißt abgegeben?«
»Na, daß es abgegeben wurde!«
»Wann?«
»Das weiß ich nicht... Einen Augenblick, bitte, ich frage.«
Der Portier erkundigte sich. Dabei stellte sich heraus, daß einer der Wagenmeister, die vor dem ›Plaza‹ auf der Straße standen, das Päckchen von einem jungen Mann erhalten hatte. Der war mit einem Buick vorgefahren – vor etwa zwei Stunden.
Clark ließ den Wagenmeister kommen.
Alle gingen in den Raum hinter der Reception, um in der Halle kein Aufsehen zu erregen. Clark unterhielt sich mit dem Wagenmeister.
Wer war der junge Mann gewesen? Welche Nummer hatte der Wagen gehabt?
Der Wagenmeister war verärgert. Er mußte seine ganze Dienstzeit auf der irrsinnig heißen Straße zubringen, Autos parken, Gepäck einladen helfen, Taxis heranpfeifen.
»Was weiß ich«, sagte er. »Ein junger Mann eben.«
»Weiter, reden Sie schon weiter. Was noch? Wie sah er aus?«
»Verflucht, bin ich bei der Polizei? Keine Ahnung! Wenn Sie wüßten, wie viele Abreisen und Ankünfte wir heute haben! Ich bin halb tot. Mehr kann ich Ihnen nicht sagen, beim besten Willen nicht. Und fragen Sie mich bloß nicht nach der Autonummer! Die habe ich mir nun schon gar nicht angesehen.« Der Wagenmeister hob die Stimme. »Was geschieht jetzt? Werde ich verhaftet? Auf der Stelle erschossen?«
»Nun regen Sie sich mal ab«, sagte Clark.
»Ach, macht euch doch euren Dreck alleine!« Der Wagenmeister in seiner Uniform schwitzte. »Warum habt ihr nicht ein paar Bullen draußen auf der Straße postiert?«

Clark entschuldigte sich. »Da haben Sie recht.«
»Also kann ich das Päckchen endlich haben?« fragte Lindhout nun fast hysterisch.
»Nein.«
»Was?«
»Unter keinen Umständen, Professor!« Clark schüttelte den Kopf. »Wenn da ein Sprengsatz drin ist... Wir müssen zu uns fahren!«
»Was heißt zu uns?«
»Zur New Yorker FBI-Dienststelle. Es tut mir leid, daß Sie nicht zur Ruhe kommen, aber wir sind für Sie verantwortlich.«
Also fuhren sie zum New Yorker FBI-Büro. Dort landete das Päckchen in einem Laboratorium. Wieder verstrich Zeit, bis die Spezialisten endlich mit Bestimmtheit erklären konnten, daß es zu keiner Explosion oder zu anderen gefährlichen Vorgängen kommen werde, wenn man die Schachtel öffnete. Im Labor geschah das dann auch. Lindhout saß auf einem Hocker. Nun waren außer Collange und Clark noch drei Techniker in dem mit Apparaturen vollgestopften Raum.
Das Päckchen enthielt zwei Gegenstände – einen sehr kleinen, batteriebetriebenen Kassettenrecorder und einen Brief. Auf dem Kuvert stand:

ACHTUNG! KEINESFALLS ÖFFNEN, BEVOR SIE DEN RECORDER EINGESTELLT UND DIE KASSETTE ABGESPIELT HABEN!

Die Worte waren aus verschiedenen großen Zeitungsbuchstaben ganz unterschiedlicher Satztypen zusammengeklebt.
»Was soll das bedeuten...« Lindhout sah Clark erschrocken an.
»Werden wir gleich wissen.« Clark gab Anordnungen. Die Techniker setzten ein großes Aufnahmegerät in Gang, dann erst knipste Clark den Mini-Recorder an. Es ertönte eine verzerrte Männerstimme: »Guten Tag, Professor Lindhout. Wir teilen Ihnen mit, daß sich Ihre Tochter Truus seit dem zwölften August in unserer Gewalt befindet. Die Vereinigten Staaten von Amerika sind neun Millionen dreihundertdreiundsechzigtausend dreihundertneunundachtzig Quadratkilometer groß. Irgendwo in diesem Gebiet ist... *noch*... Ihre Tochter...« Lindhout war aufgesprungen. Er starrte den Recorder an. Seine Lippen bewegten sich lautlos. »Am zwölften August hat Ihre Tochter Truus eine Spritze Heroin bekommen. Anläßlich ihrer Entführung. Zur Beruhigung. Hören Sie, Professor, hören Sie die Stimme Ihrer Tochter am dritten Tag...«
Es rauschte kurz, dann erklang dieser Dialog:

STIMME TRUUS: (undeutliches Geräusch)

ERSTE MÄNNERSTIMME: »Na also. Puste wieder ausgegangen... So ist's recht, kleine Nutte. Aber immer schön das Maul halten.«

ZWEITE MÄNNERSTIMME: (kichert idiotisch)

STIMME TRUUS (stöhnend): »Wo bin ich?«

ERSTE MÄNNERSTIMME: »Halt's Maul, Baby.«

STIMME TRUUS: »Was ist heute für ein Tag?«

ERSTE MÄNNERSTIMME: »Halt's Maul, Baby.«

STIMME TRUUS: »Wer seid ihr?«

ERSTE MÄNNERSTIMME: »Verflucht, kannst du nicht dein Maul halten? Kleb ihr noch eine!«

GERÄUSCH: (Ohrfeigen, danach ein Kichern.)

STIMME TRUUS: »Wasser... gebt mir Wasser...«

ERSTE MÄNNERSTIMME: »Später. Zuerst wirst du mal mit deinem Papi reden. Setz dich auf. Du sollst dich aufsetzen!«

STIMME TRUUS (schreiend vor Schmerz, dann): »Was... soll das?«

ERSTE MÄNNERSTIMME: »Das, was da steht, wirst du jetzt laut vorlesen und dabei immer wieder ins Licht schauen!«

STIMME TRUUS: »Warum?«

ERSTE MÄNNERSTIMME: »Halt's Maul. Wenn du nicht tust, was ich dir sage, lebst du keine fünf Minuten mehr. Alles wegen deinem Scheiß-Papi.«

STIMME TRUUS: »Wegen... aber wieso?«

ERSTE MÄNNERSTIMME: »Geht dich nichts an. Also, wirst du jetzt lesen und sprechen?«

STIMME TRUUS: »Nein.«

GERÄUSCH: (heftige Ohrfeigen)

ERSTE MÄNNERSTIMME: »Du kriegst gleich noch was anderes als Ohrfeigen, du kleine Sau. Also los, los, los!«

STIMME TRUUS (stockend): »Adrian, ich flehe dich an, sag, daß alles, was du in Wien gehört und gesehen hast, Fälschungen gewesen sind. Sag, daß du davon überzeugt bist, daß der Boss der ›French Connection‹ Mister Branksome in gemeinster Weise zu beschuldigen versucht hat... (kurze Pause... nun weinend): Wenn du jetzt Mister Branksome anklagst, wird man mich umbringen. Das ist so sicher wie das Amen im Gebet. Denn wenn die Öffentlichkeit wirklich glaubt, daß die Fälschungen, die du in Wien gesehen hast, keine Fälschungen waren, sondern Originale, dann müssen die Leute des Boss mich einfach umbringen. Sie müssen, Adrian, sie müssen! Weil nur dann die Öffentlichkeit wirklich glauben wird, daß Mister Branksome der Boss ist – der gute Mister Branksome, der dir immer so geholfen hat. Das ist schlau vom Boss, sicherlich, denn niemand wird mehr nach ihm suchen, er ist in Sicherheit. Ich bitte dich, beschuldige nicht Mister Branksome! Sonst hast du keine Tochter mehr. Sonst bin ich tot...«

Die verzerrte Männerstimme vom Anfang des Bandes schaltete sich ein: »Das war Ihre Tochter, Professor Lindhout. Sie werden sie wiederhören. Was haben Sie sich eigentlich gedacht? Wissen oder ahnen Sie wirklich nicht, daß Sie selbstverständlich rund um die Uhr beschattet worden sind? Auf Ihrem Flug nach Zürich? Auf Ihrem Flug nach Wien? In Wien auf allen Ihren Wegen? Ist Ihnen nie der Gedanke gekommen, daß einer der vielen fröhlichen Japaner in der Bar auf dem Cobenzl einer unserer Leute gewesen ist? Hat auch Herr Lewin nicht daran gedacht, daß er beschattet wird, jede Minute lang, die er in Wien verbrachte? Nein? Traurig, traurig, wir hätten Sie für klüger gehalten. Sie sind ein großer Wissenschaftler, Professor – aber naiv wie ein Kind. Sie haben von Herrn Lewin Fotos vorgelegt bekommen, fünf Stück. Auf ihnen, hat Herr Lewin gesagt, könnten Sie den Boss der ›French Connection‹ sehen. In der Sowjetischen Botschaft hat Herr Lewin Ihnen dann mitgeschnittene Telefongespräche vom Band vorgespielt und erklärt, da rede der Boss. Ist Ihnen auch dabei nicht ein einziges Mal der Gedanke gekommen, daß Herr Lewin ein Lügner ist, der eigene, ganz bestimmte Zwecke verfolgt? Wir wissen, daß ein russischer Kurier die Fotos und die Bänder in die Sowjetische Botschaft nach Washington gebracht hat. Wir wissen, daß Sie eben jetzt von Chefinspektor Longey kommen. Sie waren auf dem Narcotic Bureau. Sie haben in Gegenwart Ihres Assistenten Jean-Claude Collange und des FBI-Agenten Howard Clark dem Chefinspektor alles erzählt, was Sie erlebt und gehört und gesehen haben. Sie haben die Behauptung erhoben, daß Mister Bernard Branksome, Mitglied des Repräsentantenhauses, der Boss der ›French Connection‹ sei. Daraufhin ist es natürlich zu einem Hin und Her zwischen den verschiedensten Behörden über das weitere Vorgehen gekommen. Man hat Sie in Ihr Hotel geschickt und gesagt, man wird Sie verständigen, wenn eine Entscheidung gefallen ist. Sie hören in diesem Augenblick – vermutlich zusammen mit FBI-Leuten – meine Stimme, Professor. Hören Sie weiter: Wenn Sie Ihre absurde Behauptung nicht *sofort* widerrufen, wenn Sie nicht erreichen, daß *jede* Aktivität in dieser Sache eingestellt wird, dann sehen Sie Ihre Tochter, die Sie so sehr lieben, niemals lebend wieder...«

Das einzige, was sie nicht wissen, dachte Lindhout, ist, daß Truus nicht meine Tochter ist. Das ist aber auch alles. Daß ich sie liebe wie nichts auf der Welt – das stimmt.

Die verzerrte Stimme: »Sie haben die Wahl, Professor: Es gelingt

Ihnen, das, was Sie angerichtet haben, zu stoppen – oder Ihre Tochter ist binnen kurzem tot. Passen Sie auf, alle, die diese Kassette abgehört und vermutlich mitgeschnitten haben... Ich meine die klugen Herren vom FBI! Erstens: Das Band ist zu Ende gesprochen. Es wird, mit dem Recorder, in zehn Sekunden in Flammen aufgehen. Zweitens: Jetzt können Sie den Umschlag öffnen, Professor Lindhout, er enthält Fotos von Truus. Die gehen ebenfalls in zehn Sekunden in Flammen auf. Die Herren vom FBI wissen, wie so etwas funktioniert.«

Lindhout starrte das Gerät an. Collange zählte lautlos. Als er bei zehn angekommen war, schoß eine Stichflamme aus dem Recorder, und es erfolgte eine kleine Explosion. In wenigen Sekunden waren Gerät und Band zu einem Häufchen Asche verbrannt. Es stank nach verbranntem Plastic.

In der Zwischenzeit hatten die Techniker des FBI ihr Band zurücklaufen lassen. Dann erklang ein undeutliches Geräusch und eine Männerstimme: »Na also. Puste wieder ausgegangen...«

»Alles drauf!« rief einer der Techniker.

»Okay«, knurrte Clark. »Und jetzt die Bilder!«

Lindhout tastete wie ein Blinder nach dem Kuvert.

»Moment!« Clark wandte sich an einen der Experten: »Fotografieren, sofort, die Fotos!«

»Sofort, Mister Clark.« Ein Techniker rannte und holte eine Kamera.

Lindhouts Hände zitterten.

»Warten Sie, ich helfe Ihnen.« Clark riß den Umschlag auf. Ein Dutzend Fotos fielen heraus. Der FBI-Mann ordnete sie geschwind und bemühte sich dann, ein aufsteigendes Ekelgefühl zu unterdrücken.

Die Fotos zeigten Truus schlafend und wachend, schreiend und tobend, an eine Bettstatt gefesselt, im eigenen Kot. Sie zeigten Truus, direkt in die Kamera sprechend, mit schmutzig-wirrem Haar und tränenden Augen.

Die Techniker fotografierten die Fotografien.

Lindhouts Hände hatten sich so sehr zu Fäusten verkrampft, daß die Adern bleistiftdick hervortraten.

»Dieses Schwein Branksome«, sagte er. »Dieses gottverfluchte Schwein Branksome.« In diesem Augenblick flammten die Bilder auf und verbrannten.

Lindhout rannte zu einem Telefon und riß den Hörer ans Ohr.

»Was wollen Sie?« rief Clark.

»Die Sowjetische Botschaft anrufen! Sie dürfen die Fotos und Bänder aus Wien niemandem geben!«

»Aber dann geht uns Branksome durch die Lappen!«

»Das ist mir egal! Meine Tochter stirbt, wenn ich die Botschaft nicht davon überzeuge, daß das Wiener Material meine einzige Waffe gegen Branksome ist.«

»Hören Sie, Professor, lassen Sie uns doch einen Moment überlegen...«

»Da gibt es nichts zu...« Die Zentrale hatte sich gemeldet. »Ah! Hier ist Professor Lindhout! Fräulein, verbinden Sie mich bitte schnellstens mit der Sowjetischen Botschaft in Washington... Dann suchen Sie die Nummer! Sie werden ja noch ein Telefonbuch von Washington haben!... Was? Nein, natürlich nicht. Wieso? Was steht darin? Über *mich*?... Schicken Sie uns ein paar Exemplare herauf... Ja, sofort... Wie?... Nein, warten Sie mit der Botschaft, bis ich mich wieder melde!«

Lindhout legte auf.

»Was für Exemplare?« fragte Howard Clark.

»Von den New Yorker Zeitungen. Die Nachmittagsausgaben.«

»Was ist damit?«

»Herrgott, das weiß ich doch auch nicht!« schrie Lindhout. Sofort beruhigte er sich wieder: »Entschuldigen Sie, meine Herren, entschuldigen Sie... Etwas steht drin über mich, hat die Telefonistin gesagt. Seien Sie mir nicht böse. Aber Truus...«

»Wir sind Ihnen nicht böse«, sagte Clark.

Es klopfte.

Ein junger Mann trat ein.

»Die Zeitungen...« Der Mann überreichte sie Clark und verschwand wieder. Clark warf die Zeitungen auf einen Tisch und sah – wie alle anderen – die fetten Schlagzeilen:

BERÜHMTER GELEHRTER BEHAUPTET VOR RAUSCHGIFT-DEZERNAT:
»MITGLIED DES REPRÄSENTANTENHAUSES
IST BOSS DER ›FRENCH CONNECTION‹!«

Und:

PROFESSOR ADRIAN LINDHOUT:
»BERNARD BRANKSOME LIESS MEINE TOCHTER ENTFÜHREN!«

Und:

PROFESSOR LINDHOUT:
»BERNARD BRANKSOME LEITET HEROINSYNDIKAT!«

Lindhout begann wieder zu fluchen.

»Hören Sie auf«, sagte Clark. »Wie kommen die Blätter – es sind die drei größten von New York – zu dieser Meldung?«

»Keine Ahnung! Auch dahinter steckt sicherlich Branksome! Flucht nach vorn! Was kann ihm schon passieren? Er hat Truus!«
Collange hatte einen Artikel unter der mächtigen Schlagzeile gelesen. Er sagte: »Hier steht, daß Sie und Mister Clark und ich heute mittag ins Narcotic Bureau gekommen sind und verlangt haben, den Chefinspektor Longey zu sprechen. Hier steht, daß Sie, Herr Professor, ungeheuer aufgeregt gewesen sind und gerufen haben, Branksome sei der Boss der ›French Connection‹, und außerdem habe *er* Ihre Tochter entführen lassen.«
»Das haben Sie leider wirklich gerufen.« Clark sah Lindhout betrübt an. »Ich habe Ihnen noch gesagt, Sie sollen leise sein – erinnern Sie sich? Diese Dreckskerle von Reportern warten doch nur auf so was...«
Lindhout schlug sich mit einer Hand gegen die Stirn.
»Ich verfluchter Idiot... Also bin ich schuld an allem...«
»Regen Sie sich nicht auf, das hat jetzt keinen Sinn mehr«, sagte Clark, und zu Collange: »Was steht noch da?«
»Alle schreiben von einem beispiellosen Skandal und fordern Branksomes sofortige Festnahme. Sie beschuldigen ihn auch...«
Das Telefon schrillte.
Clark hob ab. Die erbitterte Stimme des Chefinspektors Longey drang an sein Ohr: »Was ist das für eine gottverdammte Sauerei, Howard? Wer hat Ihnen gestattet, die Reporter zu informieren? Sie hatten keinerlei Recht dazu! Sie sind beim FBI! Wir waren uns einig darüber, daß kein Wort geredet wird, kein Wort, sage ich, bis eine Entscheidung gefallen ist!«
»Ich habe kein Wort gesagt, Tommy!«
»Woher wissen die Scheißblätter dann alles?«
Clark erklärte es ihm. »Da ist nichts mehr zu machen jetzt, Tommy«, sagte er zuletzt.
»Nichts mehr zu machen! Wissen Sie, wie's hier zugeht, Howard? Jetzt ist das Fett im Feuer! Der Präsident des Repräsentantenhauses hat angerufen! Mich zusammengeschissen! Er wird meine Entlassung und Ihre Verhaftung beantragen! Der Polizeipräsident hat sich gemeldet, der Bürgermeister, das FBI, die CIA...«
»Was wollten denn die?«
»Die CIA hat erklärt, daß es sich hier um einen gezielten und raffinierten Versuch sowjetischer Stellen handelt, einen redlichen, hochverdienten Mann wie Bernard Branksome verbrecherischer Handlungen zu beschuldigen. Das Ganze soll eine schmutzige Erfindung von Professor Lindhout sein! Man muß ihn sofort ausweisen oder einsperren oder beides, was weiß ich!«

»Diese Idioten!«
»Sie sagen, Professor Lindhout ist in Wien, ist in der Sowjetischen Botschaft dort gewesen! Diese Sache ist von langer Hand vorbereitet, sagen sie, diese Sache ist...«
Ein zweites Telefon begann zu schrillen.
Einer der Techniker hob ab. Dann wandte er sich an Lindhout: »Für Sie!«
»Moment! Wer ist das?« fragte Clark. »Warten Sie, Professor...«
»NBC – der Chef der Nachrichtenzentrale. Ich kenne seine Stimme.«
»Drehen Sie den großen Lautsprecher an, Brown. Dann hören wir alle, was er will.«
Der Angesprochene schob einen Hebel herab und reichte Lindhout den Hörer. Gleich darauf klang eine tiefe Stimme durch den Raum: »Guten Tag, Professor Lindhout. Mein Name ist Norton, Patrick Norton. Sie kennen mich nicht...«
Lindhout sah fragend zu Clark. Der machte ein Zeichen: Antworten! Lindhout sagte: »Nein, ich kenne Sie nicht, Mister Norton.«
»Natürlich nicht. Aber Sie sind jetzt beim FBI, wie man mir im ›Plaza‹ sagte. Ganz sicher hören da Beamte mit. Sie werden Ihnen bestätigen, daß ich der Chef der Nachrichtenzentrale des NBC-Fernsehens bin.« Die Stimme wurde ironisch. »Falls Sie es nicht wissen, lieber Professor, wir sind die größte Fernsehgesellschaft der Vereinigten Staaten. Heute abend um einundzwanzig Uhr Eastern Standard Time bringen wir eine Sendung, in der Mister Branksome Stellung nehmen wird. Es ist eine Sendung, die auch von ABC und CBS übertragen wird...«
»Was heißt das: Branksome wird Stellung nehmen? Wozu?«
»Professor, was die drei New Yorker Zeitungen gedruckt haben, weiß bereits das ganze Land! Es gibt Telefone, es gibt Fernschreiber, alle Radio- und Fernsehstationen Amerikas haben ihre Sendungen mehrfach unterbrochen und werden das weiter tun, um Flash-Meldungen über das zu bringen, was Sie hier in New York vor Chefinspektor Longey behauptet haben.«
»Hören Sie, Mister Norton, ich...«
»Nein, hören *Sie*, Professor! Sie haben schwerste Anklagen gegen Mister Branksome erhoben! Wir leben in einem freien Land, Gott sei es gedankt. Sie sollen mich nicht anschreien, sondern mir dankbar sein.«
»Dankbar – wofür?«
»Ich lade Sie ein, an dieser Von-Küste-zu-Küste-Sendung teilzu-

nehmen, Ihre Vorwürfe zu wiederholen und natürlich auch Ihre Beweise zu präsentieren! Es werden noch andere Persönlichkeiten an der Sendung teilnehmen – vom Narcotic Bureau, vom Repräsentantenhaus, vom Weißen Haus, von der SANA in Basel, von der französischen Rauschgiftpolizei in Marseille...«

»Wie wollen Sie Leute aus Europa hierherbringen in so kurzer Zeit?«

»Wir haben bereits Kontakt mit allen aufgenommen. Sie werden in den Fernseh-Studios ihrer Länder sitzen und so auch *ihre* Erklärungen abgeben können. Das wird eine Sendung von höchster Bedeutung.«

»Auch ich soll dabeisein?«

»Err... Professor, ich meine, die Bevölkerung dieses Landes hat ein Recht darauf, in einer derartig dramatischen Angelegenheit schnellstens und vollständig informiert zu werden! Und wir haben die Pflicht, diese Informationen zu verbreiten! Sind Sie also bereit, an der Sendung teilzunehmen? Sie haben etwas Ungeheuerliches behauptet! Nun geben wir Ihnen Gelegenheit, es auch vor Millionen zu beweisen! Also?«

»Hören Sie, Mister Norton, wir haben hier noch jemanden am anderen Telefon! Geben Sie mir zehn Minuten Zeit! Ich rufe zurück!«

»Wenn Ihnen dieses andere Gespräch in Ihrer momentanen Lage wichtiger ist...«

»Was heißt wichtiger? Natürlich sind *Sie* mir am wichtigsten! Ich muß nur etwas klären. Ich...«

»Ja, Professor?«

»Ich... Man hat mich in eine schlimme Lage gebracht...«

»Haben Sie das nicht selber getan, Professor?«

»Zehn Minuten, Mister Norton, zehn Minuten!«

»Gut, Professor. Ich warte. Zehn Minuten. Wenn ich bis dahin nichts von Ihnen höre, läuft die Sendung ohne Sie!«

Norton hatte aufgehängt.

»Das war er, hundertprozentig, ich kenne seine Stimme«, sagte der erste Techniker.

»Also zehn Minuten!« Clark sprach in seinen Hörer. »Haben Sie alles mitbekommen, Tommy?

»Ja«, antwortete der Chefinspektor des Narcotic Bureaus »Feine Geschichte. Ich nehme an, irgendwas bei Ihnen ist schiefgegangen.«

»Professor Lindhout fand im ›Plaza‹ ein Päckchen vor. Wir haben es hier geöffnet. Ein Mini-Recorder mit der Stimme seiner Tochter... scheußlich. Und ein Kuvert mit Fotos seiner Tochter...

noch scheußlicher. Der Recorder hat sich nach Ablauf des Bandes selbst zerstört, aber wir haben alles überspielt. Die Fotos haben wir aufnehmen können, bevor sie sich selbst entzündet haben.«
Longeys Stimme klang erschöpft. »Herrjesus, das auch noch...«
»Was auch noch?«
»Ich kriege gerade einen Zettel: ... Norton wünscht mich in seiner Sendung.«
»Werden Sie hingehen?«
»Worauf Sie sich verlassen können, Howard! Und der Professor?«
»Ich weiß nicht... Seine Tochter... wenn er in der Sendung seine Vorwürfe wiederholt...«
»Gott behüte uns alle«, sagte Longey und hängte ein.
Ein paar Sekunden war es still in dem Labor. Dann sagte Lindhout zu Clark: »Bitte, stellen Sie eine Verbindung mit Mister Norton für mich her.«
»Sie wollen ihm zusagen?«
»Ich muß.« Lindhout sank auf einen Sessel. »Unter allen Umständen. Sonst ist Longey erledigt, und Sie beide sind erledigt, und ich bin erledigt...«
Das erste Telefon läutete. Clark hob ab. Norton war am Apparat.
»Sie wollen mich sprechen, Professor?«
»Ja. Ich werde selbstverständlich an der Sendung heute abend teilnehmen.«
»Das freut mich. Wir lassen Sie rechtzeitig abholen.«
»Nicht nötig«, sagte Lindhout. »Ich werde ins Studio gebracht. Seien Sie beruhigt.«
»Aber Sie müssen spätestens um zwanzig Uhr fünfzehn dasein!«
»Warum so früh?«
»Sie müssen geschminkt werden. Das ist eine Live-Sendung!«
»Okay«, sagte Lindhout. »Zwanzig Uhr fünfzehn.« Er ließ den Hörer in die Gabel fallen.
Collange starrte ihn an. »Sie wollen wirklich vor die Kameras?«
»Ja.«
»Aber Truus?«
»Truus«, sagte Lindhout leise. »Truus... ich muß vor die Kamera, ich muß... Truus wird gefunden werden... Truus wird gefunden werden... Warum sehen Sie mich so an?«
»Weil Sie mir so leid tun«, sagte Jean-Claude Collange. »Weil ich nicht fassen kann, daß Gott so etwas zuläßt in seiner Allmacht.«
»Vielleicht«, sagte Lindhout, »ist Gott nur allmächtig, weil es ihn nicht gibt...«

21

Am 30. Oktober 1938 um 20 Uhr 22 Eastern Standard Time unterbrachen die Station WABC und das Columbia Broadcasting System die Ausstrahlung einer Von-Küste-zu-Küste Sendung, und der Rundfunksprecher meldete eine Invasion von Marsmenschen. Sie hätten mit Hilfe von ›Todesstrahlen‹ und ›Giftgas‹ ein entsetzliches Vernichtungswerk in New Jersey und New York begonnen, dem schon viele Tausende Amerikaner zum Opfer gefallen seien. Der ersten Meldung folgten laufend weitere, eine schrecklicher und furchterregender als die andere. Reporter vor Ort berichteten, was sie an Gräßlichem sahen, Millionen hörten den unheimlichen Lärm, den die Invasoren machten, Professor Carl Philips, berühmter Astronom der Universität Princeton, New Jersey, wurde von herbeigeeilten Reportern zunächst zum Grundsätzlichen interviewt und gab dann Augenzeugenberichte vom Ort des Einschlags einer Rakete der Marsmenschen.

Immer wieder blendeten sich neue Reporter mit neuen Schreckensmeldungen ein, außerdem der Innenminister, der Verteidigungsminister, der Brigadegeneral Montgomery Smith, der den Befehl erhalten hatte, den vordringenden Marsmenschen Widerstand zu leisten und der, nach Verhängung des Kriegsrechts über Teile der Bundesstaaten New Jersey und New York, ankündigte, daß seine Soldaten den Bewohnern jener Gegenden bei der sofortigen Evakuierung behilflich sein würden, um sie vor dem ›mörderischen Gas‹ und den ›Todesstrahlen‹ zu retten. Dazwischen brachten WABC und das Columbia Broadcasting System dauernd weitere Augenzeugenberichte.

Eine unvorstellbare Panik brach aus.

›Wahrscheinlich sind niemals zuvor so viele Menschen aller Berufe und aus allen Teilen des Landes so plötzlich und heftig aufgeschreckt worden wie in dieser Nacht‹, schreibt Hadley Cantril.

Die unmittelbaren Folgen waren katastrophal. Zehntausende flüchteten aus den betroffenen Gebieten, ihre Autos verstopften Straßen und Highways hoffnungslos und verursachten Massen-Zusammenstöße. Bei den Polizei- und Radiostationen, in den Krankenhäusern und Zeitungsredaktionen brachen die Telefonzentralen zusammen. Zu viele Menschen riefen gleichzeitig an, um Auskunft zu erhalten. Tausende flüchteten in Kirchen, beteten und sangen.

Ganz Amerika versank in einem Chaos.

Ungezählte Menschen wurden verletzt oder mußten in Kliniken

wegen Nervenzusammenbruchs und schwerer hysterischer Anfälle behandelt werden.
Um 21 Uhr 30 Eastern Standard Time meldete sich der Ansager des Columbia Broadcasting Systems dann endlich mit diesen Worten: ›Meine Damen und Herren, das Columbia Broadcasting System und alle dieser Von-Küste-zu-Küste-Sendung angeschlossenen Stationen brachten Ihnen eine Sendung des ›Mercury Radio Theaters‹: ›Der Krieg der Welten‹, dramatisiert nach dem Roman von H. G. Wells, mit und von Orson Welles.«
Die Bereitschaft, Fiktion als Tatsache zu nehmen, war im Herbst 1938 in den Vereinigten Staaten besonders groß, weil Hitler offen mit der Invasion der Tschechoslowakei drohte und viele Radiosendungen seit Wochen durch Blitzmeldungen politischer Art unterbrochen worden waren. Orson Welles, Verfasser und Mitwirkender des Hörspiels, damals dreiundzwanzig Jahre alt, erlangte über Nacht Weltruhm...
Im Jahre 1971 war die politische Weltlage in ähnlicher Weise angespannt, und in ähnlicher Weise erschrocken oder empört saßen am Abend des 18. August Zuschauer vor den Schirmen von 61567322 Fernsehapparaten – nach dem ›Nielsen-Rating‹, mit dem man die Einschaltquote bestimmen kann – ab 21 Uhr Eastern Standard Time, nach den verschiedenen Zeitzonen bis Kalifornien entsprechend später.
Die NBC hatte in New York ihren größten Saal für eine Coast-Coast-Fernsehsendung hergerichtet. Im Studio saßen bereit: das Mitglied des Repräsentantenhauses Bernard Branksome; Professor Adrian Lindhout; Dr. Jean-Claude Collange; der Polizeipräsident von New York; Chefinspektor Thomas Longey, Leiter des ›Narcotic Bureau‹ der Vereinigten Staaten; der Wachtmeister Lincoln Abraham Fisher; der Präsident des amerikanischen Repräsentantenhauses und ein Sprecher des Weißen Hauses.
Koordinator dieser Sendung, die einem öffentlichen Hearing vor den Bürgern der größten Industriemacht der Erde gleichkam, war einer der Chefkommentatoren der National Broadcasting Corporation, Carl Hadley Greene. Er saß an der frontalen Wand des Studios. Im Hintergrund befand sich eine gewaltige Glasscheibe. Jenseits von ihr nahmen Telefonistinnen während der Sendung eintreffende Anrufe von Zuschauern entgegen und notierten, was diese sagten.
Carl Hadley Greene war ein ruhiger, besonnener Mensch. Er begrüßte zunächst die Zuschauer und Zuschauerinnen, sodann die Gäste im Studio und teilte mit, daß diese Live-Sendung ein ›open end‹ habe, also zeitlich nicht begrenzt war, sowie ferner, daß die

Gesellschaften CBS und ABC mit allen ihren Stationen sich dem Programm angeschlossen hätten.
Danach bat Greene den Sprecher des Weißen Hauses, eine Erklärung abzugeben.
Der Sprecher des Weißen Hauses erhob sich.
»Guten Abend, meine Damen und Herren, die diese Sendung verfolgen – wo immer Sie sind. Es ist, daran besteht kein Zweifel, eine ganz und gar ungewöhnliche Sendung. Die National Broadcasting Corporation hat heute nachmittag den Herrn Präsidenten der Vereinigten Staaten von Amerika gefragt, ob er ein solches Unternehmen gutheißt, ob es im Einklang mit den amerikanisch-demokratischen Traditionen steht und ob das Justizministerium oder irgendeine andere staatliche Dienststelle des Bundes etwas gegen diese Sendung einzuwenden hat. Ich habe die Ehre, Ihnen mitzuteilen, daß der Herr Präsident der Vereinigten Staaten und alle auch nur im entferntesten betroffenen Bundesbehörden diese Sendung gutheißen – wegen der Schwere der hier zu klärenden Vorwürfe und der Gefährlichkeit des Problems, um das es sich handelt. Ich muß jedoch mit aller Deutlichkeit betonen: Dies ist – in keinem Sinne – eine Gerichtsverhandlung. Hier soll nicht Recht gesprochen oder geurteilt werden. Das wird die Sache ordentlicher Gerichte sein. Da gegen einen Bürger unseres Landes heute drei große Zeitungen äußerst schwere Vorwürfe erhoben haben, dürfen wir keine Zeit verstreichen lassen, sondern müssen dem Beschuldigten Gelegenheit geben, auf diese Vorwürfe zu antworten. Das ist, so meint die Regierung, ein natürliches Recht, das dem Beschuldigten in einem so außergewöhnlichen Fall zusteht.« Der Sprecher des Weißen Hauses verbeugte sich kurz vor den im Studio Anwesenden und dann kurz vor der mit Rotlicht blinkenden Kamera, die ihn frontal aufnahm. Er setzte sich
Nun wurden die Anwesenden von Chefkommentator Greene einzeln vorgestellt. Lindhout saß Branksome direkt gegenüber, aber Branksome sah durch ihn hindurch, als wäre Lindhout überhaupt nicht vorhanden. Sein bleiches Gesicht war wie aus Stein, die dicken Gläser der schweren Brille blitzten im Licht der starken Scheinwerfer.
Der Koordinator erklärte zunächst kurz, was vorgefallen war – dazu wurden in Großaufnahmen die Titelseiten der drei New Yorker Zeitungen gezeigt.
Weil diese ›Open End‹-Sendung bis 2 Uhr 14 früh des nächsten Tages dauerte, kann hier nur ein Konzentrat all dessen, was gesagt wurde, wiedergegeben werden – die wichtigsten Fragen und Antworten.

BERNARD BRANKSOME erklärt nach Verlesung der drei ihn schwer belastenden Artikel auf Befragen: »Ich möchte meine Entgegnung nicht sofort abgeben, sondern erst, wenn alle anderen sich zu dem ungeheuerlichen Vorfall geäußert haben, insbesondere Professor Lindhout.«

FRAGE GREENE: »Warum erst dann?«
ANTWORT: »Weil sich nach den Erklärungen aller hier Anwesenden für die Öffentlichkeit ein vollkommen anderes Bild über die tatsächlichen Ereignisse ergeben wird und ich mir also viel zu sagen ersparen kann.«

Nun wird Lindhout gefragt, wie er dazu gekommen sei, gegenüber dem Chefinspektor Longey vom Narcotic Bureau derartig schwerwiegende Behauptungen aufzustellen.
Danach entwickelte sich dieser Dialog:

LINDHOUT: »Ich wurde am elften August vom Chef des Schweizer Pharma-Konzerns SANA, Basel, dem Herrn Präsidenten Gubler, angerufen. Herr Gubler sagte mir, ich solle schnellstens nach Zürich kommen, in einer Angelegenheit von größter Wichtigkeit.«
FRAGE: »Herr Gubler sagte Ihnen nicht, worum es sich handelte?«
ANTWORT: »Nein, Ich erfuhr es erst in Kloten, dem Flugplatz von Zürich, von Herrn Eugène Dubois.«
FRAGE: »Wer ist das?«
ANTWORT: »Ein Sicherheitsbeauftragter der SANA Pharma.«
FRAGE: »Und wie erfuhren Sie von der so bedeutsamen Angelegenheit?«
ANTWORT: »Herr Dubois ging mit mir in die Flughafen-Bar und übergab mir einen Brief von Herrn Gubler.«
GREENE: »Mit Hilfe unserer europäischen Kollegen ist es uns gelungen, eine Ringsendung aufzubauen. Unsere Gäste sitzen in Senderäumen der Fernsehanstalten ihrer Länder – so auch Herr Gubler in Basel.«

Im Studio stehen sechs Monitore, die Peter Gubler zeigen. Sie zeigen ihn auch auf allen Fernsehschirmen mit der Bodenzeile:

PETER GUBLER/BASEL – LIVE ÜBER SATELLIT

FRAGE: »Herr Gubler, bestätigen Sie die bisherigen Erklärungen von Professor Lindhout?«

ANTWORT: »Es war genauso, wie er es geschildert hat.«
FRAGE: »Was stand in Ihrem Brief, Herr Gubler?«
ANTWORT: »Ich war von russischer Seite durch Kontaktpersonen alarmiert worden: Sowjetische Agenten in Frankreich hätten den Boss der sogenannten ›French Connection‹ entdeckt und verfügten über absolut sichere Beweise dafür, wer es ist.«
FRAGE: »Wer ist es?«
ANTWORT: »Das sagten mir die Kontaktpersonen nicht.«
FRAGE: »Und dennoch forderten Sie Professor Lindhout auf, sofort nach Zürich zu kommen?«
ANTWORT: »Professor Lindhout persönlich sollte die Beweise von einem Mann erhalten, den er seit langem kennt und dessen Freund er ist.«
FRAGE: »Wer ist dieser Freund?«
ANTWORT: »Es tut mir leid, das darf ich nicht sagen.«
FRAGE: »Vielleicht kann es uns Ihr Sicherheitsbeauftragter sagen? Er sitzt neben Ihnen. Herr Dubois?«

Auf den sechs Monitoren und auf allen Fernsehschirmen ist jetzt Eugène Dubois zu sehen.
Bodenzeile:

EUGÈNE DUBOIS/BASEL – LIVE ÜBER SATELLIT

ANTWORT: »Ich darf es auch nicht sagen.«
FRAGE: »War der Freund, dessen Namen Sie beide nicht nennen wollen, nun tatsächlich in Zürich?«
ANTWORT GUBLER: »Nein. Er konnte nicht nach Zürich kommen. Darum schrieb ich Herrn Professor Lindhout ja meinen Brief. Sein Freund wollte ihn in Wien treffen, und Herr Dubois hatte den Auftrag, Herrn Professor Lindhout aufzufordern, sogleich weiter nach Wien zu fliegen und seinen Freund dort zu treffen.«
FRAGE: »Und das haben Sie getan, Professor Lindhout?«
ANTWORT LINDHOUT: »Das habe ich getan, Mister Greene.«
FRAGE: »Was geschah in Wien, Professor Lindhout?«
ANTWORT LINDHOUT: (Er berichtet, was in Wien geschah – daß sein Freund nicht da war und auch nicht kam.)

Nun erscheint das Bild von PETER RADLER auf Monitoren und Bildschirmen, sowie die entsprechende Grundzeile.
FRAGE: »Das ist Doktor Karl Radler – Leiter der Wiener Versuchsanlage der SANA... Herr Doktor Radler, wie ging das nun in Wien weiter?«

ANTWORT: (Dr. Radler erklärt, auf welche Weise er in ständigem Kontakt mit Lindhout gestanden hat.)

FRAGE: »Kam denn nun dieser Freund des Professor Lindhout endlich?«

ANTWORT: »Nein. Er war verhindert. Es kam ein anderer Bekannter von Professor Lindhout.«

FRAGE: »Wie hieß der?«

ANTWORT: »Das darf ich nicht sagen.«

FRAGE: »Finden Sie das nicht sehr eigenartig, Herr Doktor Radler?«

ANTWORT: »Was?«

FRAGE: »Daß sowohl Sie wie die Herren Gubler und Dubois keine Namen von Informanten nennen wollen?«

ANTWORT: »Ist es bei Ihnen Sitte, die Namen amerikanischer oder anderer Personen, die in geheimer Mission arbeiten, über das Fernsehen der Nation bekanntzugeben?«

FRAGE: »Dieser zweite Freund oder Bekannte von Professor Lindhout kam also?«

ANTWORT: »Ja, er kam.«

FRAGE: »Wann und wo trafen die beiden einander, was wurde besprochen?«

ANTWORT: »Auch darauf darf ich keine Antwort geben.«

LINDHOUT (unterbricht): »Aber ich – jedenfalls auf den zweiten Teil der Frage! Es wurde zwischen mir und meinem Bekannten über die ›French Connection‹ und ihren geheimnisvollen Boss gesprochen. Mein Bekannter zeigte mir Aufnahmen, die sowjetische Agenten in Frankreich von diesem Boss gemacht hatten, und er spielte mir später in der Wiener Sowjetischen Botschaft Mitschnitte von Telefongesprächen des Boss vor.«

FRAGE: »Und Sie erkannten diesen sogenannten Boss nach Anblick der Fotos und Anhören der Gespräche?«

ANTWORT: »Mit absoluter Sicherheit.«

FRAGE: »Wer war es?«

ANTWORT: »Er sitzt mir gegenüber. Mister Bernard Branksome.«

FRAGE: »Sie flogen sofort in die Staaten zurück?«

ANTWORT: »Sofort.«

FRAGE: »Sie hatten die Absicht, Mister Branksome die Maske vom Gesicht zu reißen?«

LINDHOUT: »Vom Gesicht zu reißen... etwas pathetisch! Ich hatte die Absicht, sofort Anzeige gegen ihn zu erstatten...«

FRAGE: »Haben Sie die Beweise – Fotos und Tonbänder – mitgebracht?«

ANTWORT: »Nein, das erschien meinem Bekannten und mir zu

gefährlich. Das gesamte Beweismaterial wurde durch einen diplomatischen Kurier in die Sowjetische Botschaft nach Washington gebracht.«

Die Erregung der Menschen im Sendesaal und der vielen Millionen Zuschauer im gesamten Gebiet der Vereinigten Staaten stieg von Minute zu Minute. Auf den Fernsehschirmen sah man die ununterbrochen blinkenden Lichter der riesigen Telefonzentrale hinter Glas, Mädchen, die sprachen und mitschrieben und alle Zettel zu Stapeln schichteten. Die Stapel wurden von anderen Mädchen zum Tisch eines Mannes hinter der Glasscheibe gebracht. Dieser Mann las alle Aufzeichnungen, ordnete sie und machte sich Notizen. Im Studio herrschte eine unnatürliche Gelassenheit, die vor allem auf das emotionslose Verhör durch den Koordinator Greene zurückzuführen war.

Branksome, oft in Großaufnahme gezeigt, bewahrte absolute Ruhe und Würde, sein Gesicht war sehr ernst.

Als nächster wurde Dr. Jean-Claude Collange vernommen. Er berichtete von Lindhouts Ankunft, vom Erschrecken über dessen Mitteilung und von ihrer sofortigen Fahrt zum ›Narcotic Bureau‹.

FRAGE: »War das nicht einigermaßen naiv von Ihnen beiden, Doktor Collange, so einfach zum Rauschgift-Dezernat zu fahren?«

LINDHOUT (unterbrechend, laut und mit größter Mühe beherrscht): »Mister Greene, wie Sie wissen – und wie nun ganz Amerika weiß –, ist meine Tochter entführt worden. Ich erkläre, daß die Ereignisse hier genau aufeinander abgestimmt worden sind...«

BRANKSOMES GESICHT, GANZ GROSS (ernst, fast tragisch).

DARÜBER LINDHOUTS STIMME: »...um mich zu veranlassen, meine Kenntnisse zu verschweigen!«

FRAGE: »Sie wurden am Flughafen von Männern des FBI erwartet, Professor Lindhout?«

ANTWORT: »Ja. Man wollte mich ins Polizeipräsidium bringen.«

FRAGE: »Aber Sie haben darauf bestanden, sofort zum Narcotic Bureau gefahren zu werden?«

ANTWORT: »Ja.«

FRAGE: »Wieso?«

ANTWORT: »Natürlich brachte ich die Entführung meiner Tochter mit diesen Erlebnissen in engsten Zusammenhang. Jede Minute zählte nun... zählt noch immer... mein Gott, können Sie das nicht verstehen, Mister Greene?«

FRAGE: »Wann haben Sie das ›Narcotic Bureau‹ im Old Slip erreicht?«

ANTWORT: »Etwa eine halbe Stunde, nachdem ich um 10 Uhr 40 gelandet war. Zusammen mit Doktor Collange und einem FBI-Agenten.«

FRAGE: »Ist der Wachtmeister des Ersten Reviers, der beim Eingang des Hauses im Old Slip zu dieser Zeit Dienst tat, hier im Studio?«

ANTWORT: »Ja.«

FRAGE: »Wo?«

ANTWORT: (Lindhout zeigt mit einer Hand auf den in Zivil gekleideten Farbigen Lincoln Abraham Fisher.)

FRAGE: »Ist das richtig, Mister Fisher?«

ANTWORT FISHERS: »Absolut richtig.«

FRAGE: »Wer befand sich zu dieser Zeit in der Eingangshalle des Ersten Reviers?«

ANTWORT: »Reporter. Die lungern da immer rum und spielen Crap mit Würfeln oder Poker und warten auf Neuigkeiten.«

FRAGE: »Nun, die Neuigkeiten haben die Reporter ja erhalten. Durch wen, Mister Fisher?«

ANTWORT: »Das ist... wirklich, ich bin... scheußlich ist das alles...«

FRAGE: »Was? Bitte, erklären Sie sich deutlich!«

ANTWORT: »Deutlich, ja... Professor Lindhout war furchtbar aufgeregt, als er ankam – mit den anderen Herren. Und leider hat er sehr laut gesprochen.«

FRAGE: »Was hat er gesagt?«

ANTWORT: »Er hat gesagt – entschuldigen Sie, Professor –, daß Mister Branksome der Boss der ›French Connection‹ ist, und auch, daß Mister Branksome seine Tochter hat entführen lassen... Natürlich haben die Reporter das gehört, und kaum war ich wieder allein, haben sie sich auf mich gestürzt und mich fotografiert und noch mehr wissen wollen... Was hätte ich denn machen sollen... die Jungs haben doch alles vom Professor persönlich gehört...«

LONGEY (aufspringend): »Ich bin jederzeit bereit, mein Amt zur Verfügung zu stellen.«

SPRECHER DES PRÄSIDENTEN: »Chefinspektor Longey, ich bin beauftragt, Ihnen das absolute Vertrauen des Herrn Präsidenten auszusprechen. Sie sind ein hervorragender Beamter mit höchsten Verdiensten.«

EINER DER DREI CHEFREDAKTEURE (springt ebenfalls auf): »Dann haben aber auch wir das Recht auf das Vertrauen aller anständigen Menschen dieses Landes!«

ZWEITER CHEFREDAKTEUR: »Wir haben, wie sich erweist, nur die Wahrheit gedruckt!«

DRITTER CHEFREDAKTEUR: »Und das Recht auf freie Berichterstattung ist eines der Grundrechte der amerikanischen Verfassung!«
FRAGE: »Herr Polizeipräsident, wann haben Sie erfahren, daß Mister Branksome der Boss der ›French Connection‹ sein soll?«
ANTWORT: »Heute um 12 Uhr 11. Durch Chefinspektor Longey. Der wieder wurde von Professor Lindhout informiert. Professor Lindhout fand nach seiner Rückkehr vom Rauschgiftdezernat im Hotel ›Plaza‹ ein Päckchen vor.«
FRAGE: »Stimmt das, Professor Lindhout?«
ANTWORT: »Jawohl, das stimmt.«
FRAGE: »Was ist mit diesem Päckchen geschehen?«
ANTWORT: (Lindhout berichtet, was mit dem Päckchen geschah.)
FRAGE: »Was hörten Sie, als Sie das Band abspielten? Was sahen Sie auf den fünf Fotografien, Professor Lindhout?«
ANTWORT: »Das... das... ich kann das nicht erzählen... ich kann nicht, hören Sie, verflucht!«
GREENE: »Die Aufregung von Professor Lindhout ist nur zu verständlich. Wir spielen jetzt eine Kassette ab, auf welcher der FBI-Mann, der Professor Lindhout begleitete und der begreiflicherweise nicht hier vor den Kameras erscheinen kann, angibt, was zu hören und zu sehen war. Bitte, die Kassette abfahren!«
Es ertönt, verzerrt, die STIMME DES FBI-AGENTEN HOWARD CLARK, der den Text des mitgeschnittenen Bandes verliest und genau die Fotos von Truus beschreibt.
ENDE DER AUSSAGE CLARKS: »Ich bin jederzeit bereit, das zu beeiden. Ebenso sind die Techniker des New Yorker FBI zu einem solchen Eid bereit.«
COLLANGE: »Ich auch!«
BRANKSOME (spricht zum ersten Mal): »Ich bin zutiefst erschüttert, lieber Professor Lindhout und schwöre bei Gott, daß ich nicht das geringste mit diesem ungeheuerlichen Verbrechen zu tun habe.«
GREENE: »Ich rufe Marseille, Chefinspektor Lassalle!«

Auf den Monitoren und den Fernsehschirmen ist nun Chefinspektor Pierre Lassalle zu sehen. Grundzeile:

INSPEKTOR PIERRE LASSALLE
ANTIDRUG-CHEF MARSEILLE – LIVE ÜBER SATELLIT

ANTWORT: »Guten Tag.«
FRAGE: »Chefinspektor Lassalle, Sie sind Leiter des ›Bureau des stupéfiants‹. Zwischen Marseille – wie auch Basel und Wien – und

New York besteht ein Zeitunterschied von sechs Stunden. Bei Ihnen ist es jetzt schon fast drei Uhr morgens am 19. August! Nach Ihrer Zeit also gestern am frühen Abend wurden Sie gebeten, nach einer Garage zu suchen, die man Ihnen nach den Angaben von Professor Lindhout beschrieben hat. Haben Sie eine solche Garage gefunden?«

ANTWORT: »Wir haben sofort die ganze Stadt und die ganze Umgebung der Stadt durchkämmt. Wir haben sämtliche Garagen von Marseille und Umgebung im Zuge einer Großrazzia durchsucht. Wir haben nichts gefunden, was auch nur im entferntesten den Angaben von Professor Lindhout entspricht. Das soll nicht bedeuten, daß er falsche Angaben gemacht hat und daß eine solche Garage nicht existierte. Sie existierte *heute* nicht mehr. Die Händler müssen Wind bekommen haben – schon vor längerer Zeit. Es ist nicht sehr schwer, eine Garage in kürzester Zeit total zu verändern und andere Leute dort arbeiten zu lassen.«

FRAGE: »Haben Sie das Schloß in Aubagne gefunden, das Professor Lindhout auf den Fotos gesehen hat, die man ihm in Wien gab?«

ANTWORT: »Sofort. Es heißt RAYON DE SOLEIL.«

FRAGE: »Haben Sie auch den Mann und die Frau gefunden, die Professor Lindhout auf diesen Fotos gesehen und beschrieben hat?«

ANTWORT: »Nein.«

FRAGE: »War denn niemand in dem Schloß?«

ANTWORT: »Aber ja doch, gewiß.«

FRAGE: »Wer?«

ANTWORT: »Angestellte, Gärtner und Touristenführer. Das Schloß ist sehr alt. Es werden täglich Führungen veranstaltet.«

FRAGE: »Der Mann und die Frau, die Professor Lindhout auf den Fotos gesehen hat, können das Schloß auch besucht haben?«

ANTWORT: »Durchaus. Ich sage doch, da kommen täglich Touristen. Auch Monsieur Branksome ist möglicherweise schon einmal dort gewesen.«

FRAGE: »Mister Branksome, waren Sie schon einmal in Aubagne?«

ANTWORT: »Einmal. Um das Schloß zu besichtigen.«

FRAGE: »Haben Sie bei diesem Besuch mit einem Mann und einer Frau gesprochen?«

ANTWORT: »Ja, ich erinnere mich.«

FRAGE: »Wie heißen die beiden?«

ANTWORT: »Keine Ahnung. Es waren Touristen wie ich...«

FRAGE: »Chefinspektor Lassalle, Professor Lindhout hat auf den Fotos auch Mister Branksome zusammen mit einem Kapitän an

Bord eines Schiffes gesehen, und man hat ihm die Adresse und den Namen dieses Kapitäns genannt. Wie steht es damit?«

ANTWORT: »Wir haben unter der angegebenen Adresse in einer Privatwohnung einen Kapitän gefunden, dessen Schiff wegen Maschinenschadens im Hafen von La Joliette liegt. Dieser Mann wurde vorübergehend festgenommen, mußte aber auf Weisung der Pariser Polizei wieder freigelassen werden.«

FRAGE: »Warum?«

ANTWORT: »Keine Stelle in Frankreich, die in Frage gekommen wäre, hatte etwas gegen Myron Panagiotopulos vorzubringen.«

FRAGE: »Myron Panagiotopulos heißt der Kapitän?«

ANTWORT: »Ja. Es ist ein griechisches Schiff, das er führt. Das Schiff heißt ›Medea‹.«

FRAGE: »Wie erklären Sie es sich, daß Mister Branksome – in der Uniform eines Kapitäns – zusammen mit diesem Kapitän Panagiotopulos an Bord eines Schiffes aufgenommen werden konnte?«

ANTWORT: »Es ist für Experten ein Kinderspiel, Fotomontagen zu machen, die von Originalaufnahmen nicht zu unterscheiden sind. Das gilt auch für die Aufnahmen von Monsieur Branksome mit den beiden Unbekannten in Aubagne. Wenn Monsieur Branksome sagt, daß er dort mit zwei Leuten gesprochen hat, müssen das keinesfalls diejenigen sein, die auf den Fotos zu sehen sind – ich meine die Fotos, die Professor Lindhout gesehen hat. Dasselbe betrifft übrigens auch die Stimmen, die auf Band aufgezeichnet worden sind.«

FRAGE: »Kennen Sie Mister Branksome persönlich?«

ANTWORT: »Selbstverständlich! Wir sind Freunde. Monsieur Branksome ist schon sehr oft in Marseille gewesen. Er arbeitet mit uns zusammen. Schließlich hat er das ›Drug Office‹ gegründet, nicht wahr?«

FRAGE: »Halten Sie es für möglich, daß, wie sowjetische Agenten behauptet haben, Mister Branksome der Boss der ›French Connection‹ ist?«

ANTWORT: »Völlig ausgeschlossen! Ich bin bereit, für Monsieur Branksomes Integrität beide Hände ins Feuer zu legen!«

FRAGE: »Könnte es sich also um einen gezielten Versuch handeln, Mister Branksome zu diffamieren?«

ANTWORT: »Durchaus möglich. Das ist sogar am wahrscheinlichsten.«

FRAGE: »Wer sollte daran Interesse haben?«

ANTWORT: »Diese Frage kann ich unmöglich beantworten.«

FRAGE: »Können Sie sich politische Motive vorstellen? Immerhin haben sowjetische Agenten die Behauptung aufgestellt.«

ANTWORT: »Dazu möchte ich nichts sagen.«
FRAGE: »Wir haben Verbindung mit unserem Studio in Washington. Dort wartet der offizielle Sprecher der Sowjetischen Botschaft, Mister Igor Fadin.«
Auf den Monitoren und Fernsehschirmen erscheint das Bild des Sprechers der Sowjetischen Botschaft aus Washington vor einer leeren Wand.
GREENE: »Guten Abend, Mister Fadin.«
ANTWORT: »Guten Abend.«
FRAGE: »Mister Fadin, können Sie bestätigen, daß Professor Lindhout in Wien Kontakt mit jemandem gehabt hat, der ihm Fotografien übergab, die Mister Branksome zeigten, und daß man in der Wiener Sowjetischen Botschaft Professor Lindhout auch Bänder von Mitschnitten aus Telefongesprächen vorgeführt hat, in denen Mister Branksomes Stimme zu hören war?«
ANTWORT: »Kein Kommentar.«
FRAGE: »Hat ein sowjetischer Kurier solche Fotos oder solche Bänder von Wien zu Ihnen in die Botschaft nach Washington gebracht?«
ANTWORT: »Kein Kommentar.«
FRAGE: »Befinden sich die Fotos oder Bänder, von denen hier gesprochen wird, in der Sowjetischen Botschaft in Washington?«
ANTWORT: »Kein Kommentar.«
FRAGE: »Chefinspektor Longey, Sie haben soeben den offiziellen Sprecher der Sowjetischen Botschaft in Washington gehört. Können Sie unter diesen Umständen noch irgendeine Beschuldigung gegen Mister Branksome aufrechterhalten?«
ANTWORT: »Nein.«
FRAGE: »Wir wissen also weiterhin nicht, wer der Boss der ›French Connection‹ ist?«
ANTWORT: »Wir... haben keine Ahnung.«

PRÄSIDENT DES REPRÄSENTANTENHAUSES: »Mister Branksome, das Repräsentantenhaus hat mich – für den Fall, daß die Anschuldigungen gegen Sie, wie zu erwarten war, total unsinnig sind – beauftragt, Ihnen folgendes mitzuteilen (steht auf): Für Ihre Verdienste im Kampf gegen die Rauschgiftsucht und Ihre niemals erlahmende Arbeit wird Ihnen das Repräsentantenhaus, sobald wir wieder in Washington sind, die ›Presidential Medal of Freedom‹ verleihen – das ist die höchste Auszeichnung, die ein amerikanischer Bürger erhalten kann! Ferner bin ich beauftragt, Ihnen mitzuteilen, daß das Repräsentantenhaus Ihrem ›Drug Office‹ ab sofort an Mitteln zur Verfügung stellen wird, was immer Sie fordern. Sie haben unsere volle Unterstützung – und das Vertrauen unseres ganzen großen Landes!« (Geht zu Branksome und schüttelt ihm fest die Hand.)

BRANKSOME (bewegt, mit Tränen in den Augen): »Meine Damen und Herren, Bürger Amerikas – ich danke Ihnen allen von ganzem Herzen. Dieser Dank gilt nicht zuletzt Ihnen, Herr Präsident. Jetzt werden Sie verstehen, warum ich einerseits darauf bestand, in einer Von-Küste-zu-Küste-Fernsehsendung zu erscheinen, und warum ich zweitens gebeten habe, zuerst alle anderen Anwesenden anzuhören. Ich glaube, ich muß mich nun nicht mehr verteidigen. Ich verspreche, bis zu meinem Tode mit allen Kräften meine Arbeit gegen die Pest der Rauschgiftsucht fortzusetzen. Mein wichtigster Verbündeter in diesem Kampf war und wird immer sein mein Freund, der geniale Wissenschaftler Professor Adrian Lindhout. (Geht zu diesem, schüttelt ihm die Hand und schlägt ihm auf die Schulter. Lindhout sieht ihn ausdruckslos an. Dann senkt er den Kopf.) Mein guter alter Freund ist von gewissenlosen Verbrechern irregeführt worden. Angesichts der beispielhaften Haltung des Herrn Sowjetischen Botschafters in Washington kann ich nur annehmen, daß die ganze Aktion vom Boss der ›French Connection‹ eingeleitet worden ist, der – in infamster Weise – irgendwelchen Agenten der Sowjetunion gefälschtes Belastungsmaterial in die Hände spielte, wobei er wohl wußte, daß dies neben einer Attacke gegen mich auch einer politischen Schädigung unseres Verhältnisses zu der großen Sowjetunion gleichkommen würde – *würde*, sage ich, denn die Weisheit des Herrn Sowjetischen Botschafters hat dieses schwere Unglück verhindert! Ich danke Doktor Collange, dem Schweizer Pharmawerk SANA und seinem Präsidenten, Herrn Peter Gubler, ich danke der NBC, ich danke meinen Mitarbeitern, ich danke den Millionen amerikanischer Bürger, die mir weiterhin ihr Vertrauen schenken. Ich werde es niemals enttäuschen. Ich will selbstverständlich meinen Freund Professor Lindhout nun, da ich über entsprechende finanzielle Mittel verfüge, noch viel mehr unterstützen als bisher. Sie sehen mich zutiefst erschüttert über Professor Lindhouts schweres Los. Ich hoffe, daß es sehr bald gelingen wird, die Tochter dieses hervorragenden Menschen und Gelehrten zu finden. Gott wird helfen, lieber Professor, Gott wird helfen...« (Branksome kann nicht weitersprechen, fährt sich mit der Hand über die Augen, wird von dem Präsidenten des Repräsentantenhauses und dem Sprecher des Weißen Hauses behutsam zu seinem Sitz zurückgeführt.)

22

Charles Dumbey stolperte, verlor das Gleichgewicht und stürzte auf den Boden. Dabei schrammte er sich Gesicht und Hände auf und schrie. Dumbey war ein abgearbeiteter Mann von fünfundfünfzig Jahren, der aussah, als wäre er siebzig. Er trug Leinenhosen, Sandalen und ein altes, verschlissenes Hemd. Es war 6 Uhr 03 am 19. August 1971, also einen Tag nach Ende der Sendung, noch sehr still, angenehm kühl.

Dumbey hatte sein ganzes Leben lang auf der Penbrook-Farm gearbeitet, es machte ihm nichts, früh aufzustehen, er schlief gut und fest, und er war sehr einfachen Gemüts. Die Besitzer der Penbrook-Farm, freundliche Menschen, hatten ihm ein kleines Häuschen neben dem Hauptgebäude gegeben, wo er ganz für sich allein leben konnte. Ein ehrlicher Mensch war Charles Dumbey, gewissenhaft und fromm. Am Sonntag sang er im Kirchenchor. Er hatte eine außerordentlich schöne Stimme – und keinen lebenden Verwandten mehr auf der Welt.

Die Flüsse, die durch den Staat Kentucky ziehen, tun dies in den absonderlichsten Schlangenlinien, immer wieder wechseln sie die Richtung, bilden Schleifen, Bögen und drehen sich an vielen Stellen fast um sich selbst. Der Kentucky River tut das, der Elkhorn Creek, der Stoner Creek, große Flüsse und kleine Bäche, die in sie münden. Es ist sehr seltsam, das aus der Luft anzusehen.

Ganz am Ursprung des Stoner Creek, bei der Stony Road, südwestlich dem einst in einer nostalgischen Anwandlung französischer Auswanderer Paris genannten Städtchen und weniger weit von der noch kleineren Stadt Austerlitz, lag die Penbrook-Farm mit ihren Gebäuden und Scheunen, Ställen und Feldern. Charles Dumbey war am Ufer des Baches entlanggegangen, als er plötzlich über etwas stolperte und fiel. Nördlich befand sich die Provinzstadt Winchester, von der eine dreispurige Autobahn nach Lexington führte, ins Herz der Blue Grass Area.

»Na, so was«, brummte Charles Dumbey, erhob sich und wischte mit einer Hand Blut aus dem Gesicht. »Welcher Idiot hat...«

Der Gegenstand, der ihn hatte stolpern lassen, war ein Mensch.

Der Mensch bewegte sich jetzt, er schien geschlafen zu haben.

Es war eine junge Frau, aber sie sah aus wie eine sehr alte. Sie trug einen schmutzigen Pullover, einen noch schmutzigeren Rock und Schuhe, bei denen ein Absatz lose hing. Arme, alte Landstreicherin, dachte Dumbey. Was habe ich es gut...

Die Frau sah ihn aus tiefgeröteten Augen an, ihr Gesicht war kalkweiß. Als ihr Blick Dumbey richtig erfaßt hatte, begann sie zu heulen wie ein gequälter Hund. Dumbey fuhr zusammen. Die Frau wälzte sich auf der harten Erde, nun zusammengekrümmt, und sie zitterte am ganzen Körper. Es ist doch gar nicht kalt, dachte Dumbey, als er sich zu ihr hinab bückte. Jetzt klapperte die Frau auch noch mit den Zähnen, ein Geräusch, das Dumbey kaum aushielt.

»Hilfe!« schrie die Frau und klammerte sich an Dumbey. »Hilfe! Hilfe! Hilfe!«

Dumbey versuchte sich loszureißen. Die Finger der Frau hielten ihn eisern fest.

Dumbey bekam Angst, als die Finger sich um seinen Hals schlossen.

»Hilfe!« schrie nun auch er. »Hilfe! Hilfe!«

Er hörte die Hühner aufgeregt gackern, er hörte Pferde wiehern und Schweine grunzen.

Dumbey stürzte unter dem Gewicht der Frau, die nicht losließ. Mit äußerster Gewalt befreite er sich von ihrem Griff, rollte beiseite und sah den hohen, hellen Himmel. Es war das letzte, was er für eine Weile sah.

23

Einunddreißig Minuten später blinzelte Dumbey verständnislos, als sich ein Hubschrauber der Polizei – mit dieser Verrückten an Bord! – erhob. Dreck und Staub sprühten ihm und den vielen Menschen, die jetzt hier in dieser verlassenen Gegend standen, in die Gesichter, nahmen ihnen den Atem.

Im Innern des Helikopters gab ein Arzt der wild um sich schlagenden Truus eine starke Beruhigungsspritze. Ihr Körper entspannte sich, sie atmete tief.

Unter sich sah der Arzt Reihen von Männern gegen den Anfang des Stoner Creek ausschwärmen, plötzlich war da auch noch ein Dutzend weiterer Hubschrauber, die im Tiefflug die Gegend absuchten.

Der Rettungs-Hubschrauber erreichte die Autobahn östlich von Winchester und landete. Am Rand der Bahn stand eine Ambulanz. Männer kamen geduckt vorbeigerannt, während der Rotor des Helikopters sich noch drehte, und luden die Bahre mit Truus aus. Sie trugen sie zu dem Rettungswagen. Ein anderer Arzt saß darin.

Er blickte Truus mit großem Mitleid an. Aus ihrem Mund rann Speichel, sie schlief. »Nervenzusammenbruch – aber totaler«, sagte der erste Arzt.
»Großer Gott, das arme Luder«, sagte der zweite Arzt. Dann drehte er sich zu dem Chauffeur. »Los, Joey! Schnell! Wir müssen sie nach Lexington bringen!«
»Die verfluchten Schweine«, sagte der Chauffeur, während er startete. Sekunden später raste die Ambulanz über die Autobahn, Lexington entgegen. Ihre Sirene sang.

24

Im ›US Public Health Hospital for Drugs and Drug Addicts‹, wie der einstige ›Public Health Service for Narcotics‹ jetzt hieß, kümmerten sich Professor Ramsay und sein Oberarzt Hillary um die zusammengebrochene Truus. Die erste Zeit über war sie äußerst geräuschempfindlich, weinte viel, schrie auch, schlug um sich, versank dann wieder in Schlaf, und in diesem Schlaf sprach sie wirre Sätze.
Unrasiert, zu Tode erschöpft, saß Adrian Lindhout an ihrem Bett und verfolgte das Geschehen. Er durfte jetzt nicht schlafen! Er durfte Truus, den einzigen Menschen, der noch zu ihm gehörte auf dieser Welt, jetzt nicht allein lassen! Lindhout nahm Weckamine jeder Art ohne jedes Bedenken, und er aß, ohne zu bemerken, was man ihm reichte.
Viele Menschen kamen in das Zimmer, in dem Truus lag – auch ein hoher Polizeibeamter. Er sagte zu Lindhout: »Wir haben die Stelle gefunden, an der man Ihre Tochter versteckt hatte.«
»Wo?«
»Am Oberlauf des Stoner Creek, an der Spear Mill Road. Ein Hausboot. Verborgen im Schilf. Es muß das Gefängnis gewesen sein, denn wir haben noch den Recorder entdeckt, die Polaroid-Kamera und auch das Bettgestell – alles, was Sie auf den Fotos gesehen haben.«
»Natürlich ist keiner mehr dagewesen«, sagte Lindhout.
»Natürlich nicht. Unsere Leute waren schon so nahe an das Versteck herangekommen, daß die Entführer – die Sendung war ja gelaufen, Branksome bestens rehabilitiert – Ihre Tochter freiließen und selbst flüchteten. Wir finden von den Kerlen noch keine Spur. Ihre Tochter ist wohl so lange die Spear Mill Road entlanggelaufen, bis sie zusammenbrach.«

Lindhout nickte.
»Wir haben wirklich getan, was wir konnten, Professor. Ich bin seit zwei Nächten nicht zum Schlafen gekommen.«
»Danke«, sagte Lindhout, »ich danke Ihnen allen. Bitte sagen Sie das auch allen. Ich werde niemals aufhören können, Ihnen zu danken...«
Der Polizeioffizier verbeugte sich beklommen und verließ das Zimmer. Im Türrahmen stieß er mit Collange zusammen, der eben eintreten wollte.
»So geht das nicht weiter, Herr Professor«, sagte Collange. »Sie müssen sich hinlegen!«
»Ich werde mich nicht hinlegen«, sagte Lindhout, während Truus im Schlaf plötzlich zu weinen begann.
Ununterbrochen wurden Blumen in der Klinik abgegeben – die größten und teuersten Gebinde stammten von Bernard Branksome. Er rief auch immer wieder an, um sich nach dem Befinden von Truus zu erkundigen. Als er schließlich erklärte, mit seiner Privatmaschine kommen zu wollen, um, wie er sagte, Lindhout in solch schweren Stunden beizustehen, verlor dieser die Nerven und begann zu toben.
»Adrian!« rief Professor Ramsay, der neben Lindhout stand.
»Das gottverfluchte Schwein hat die Unverschämtheit, auch noch herkommen zu wollen...«
»Ich erledige das.«
Ramsay ging in sein Zimmer, nahm den Hörer ans Ohr und sagte: »Es ist außerordentlich freundlich von Ihnen, Mister Branksome, daß Sie herfliegen wollen – aber Professor Lindhouts Nerven sind am Zerreißen nach alldem, was geschehen ist. Bitte, lassen Sie von einem Besuch unter allen Umständen ab – ich kann ihn als Arzt nicht gestatten.«
»Sehe ich ein, Professor Ramsey, sehe ich ein...« Die Stimme klang kriecherisch. »Natürlich, wenn das so ist... dann komme ich selbstverständlich nicht. Ich lasse Professor Lindhout grüßen. In Gedanken bin ich bei ihm und seiner Tochter. Sagen Sie ihm, daß ich bete...«
»Was tun Sie?«
»Ich bete, daß Truus schnell wieder gesund ist...«
Ramsay ließ den Hörer in die Gabel fallen und ging zu Lindhout zurück.
»Er läßt sagen, daß er in Gedanken bei dir und bei Truus ist und daß er für Truus betet.«
»Der Schuft«, sagte Lindhout.

25

Während der langen Stunden, die er mit Collange an Truus' Bett verbrachte, sprach Lindhout dann immer wieder über Branksome. Beide Männer waren davon überzeugt, daß dieser mitnichten das Opfer einer Intrige, sondern tatsächlich der Boss der ›French Connection‹ war.
»Zum Wahnsinnigwerden«, sagte Lindhout. »Dieser Verbrecher, der schuld ist an allem Unglück, das geschehen ist und noch geschieht – er ist die Treppe hinaufgefallen! Die höchste Auszeichnung, die Amerika für Zivilisten zu vergeben hat! Unbegrenzte Mittel für sein ›Drug Office‹! Held der Nation!« Lindhout schüttelte sich.
»Bismarckallee...«, hörten die beiden Männer Truus sagen, und ein Lächeln glitt über ihr Gesicht. »Claudio... du kommst mich besuchen... das ist schön...«
Collange sah Lindhout fragend an.
»Berlin«, sagte der, »sie phantasiert von Berlin... Wir haben dort gelebt, als sie noch sehr klein war... und ihr bester Freund hieß Claudio Wegner... Wir wohnten im Grunewald...«
»Oh.«
»Sie hat Claudio nie vergessen können«, sagte Lindhout. »Er ist ein großer Schauspieler geworden. Truus hat ihn vor vielen Jahren in Berlin besucht... Sie schreiben einander noch immer... Claudio ist nur vier Jahre älter als Truus. Er wohnt in der Herthastraße, um die Ecke...«
»Aber Vorsicht!« sagte Truus. »Es darf niemand wissen...«
»Sie ist in Berlin«, sagte Lindhout. Er stand auf und ging ein paar Schritte hin und her. Jeder Knochen tat ihm weh. »Diese Fotos waren keine Fälschungen, waren keine großartigen Montagen, wie Chefinspektor Lassalle vermutet hat... Das waren richtige Aufnahmen! Ich kenne den Mann, der sie mir gegeben hat, seit Kriegsende! Er hat nur erstklassige Leute. Außerdem ist er der Freund eines alten Freundes von mir. Wir haben einander bei der Befreiung von Wien kennengelernt.«
»Ich habe Doktor Krassotkin ja gesehen«, sagte Collange. »In Basel. Er ist doch ins ›Trois Rois‹ gekommen.«
»Ach richtig«, sagte Lindhout. »Bei der politischen Weltlage blieb dem Sowjetbotschafter natürlich nichts anderes übrig, als seinen Sprecher erklären zu lassen: Kein Kommentar!«
»Durch das Loch im Zaun, du bist schlau, Claudio!« sagte Truus.

Collange zuckte zusammen, denn Lindhout schrie plötzlich: »Jetzt müssen wir leben mit dieser Pest! Branksome bleibt Boss der ›French Connection‹ und wird unsere Arbeit subventionieren und für unsere Sicherheit sorgen wie nie zuvor!«
»Man wird ihn fassen, man wird ihn kriegen...«
»Diesen Branksome? Wie, Jean-Claude, wie? Sie kennen den Inhalt der Anrufe aus ganz Amerika während der Sendung! Einundneunzig Prozent aller Zuschauer sind davon überzeugt, daß es sich um eine sowjetische Provokation gehandelt hat! Einundneunzig Prozent! Das einzige, was der russische Botschafter erklären konnte: kein Kommentar! Man hätte den Sowjets nie geglaubt! Und uns anderen allen auch nicht... und wenn wir in der Sache nun noch weiter herumstochern, bedeutet es das Ende! Entweder wir werden beide umgelegt, oder man wird uns ausweisen. Sie sind ja Schweizer, und mir können sie die Arbeit verbieten. Fein hat er das gemacht, der Hund. Alles auf die Minute berechnet – alles! Angefangen von der Schießerei da in Basel, nein, viel früher schon, seit er sich für meine Antagonisten interessierte, vor vielen, vielen Jahren. Damals hat er uns einen Anschlag auf sein Leben vorgespielt... Sein Flugzeug ist explodiert draußen auf dem Blue Grass Terminal... und weil er sich verspätete, ist ihm nichts geschehen... Jetzt ist mir auch das klar... der hat sich auf die Minute genau verspätet... *Seine* Leute hatten die Höllenmaschine installiert! So, daß sie noch vor dem Abflug losging. Da bin ich sicher! Genauso wie ich sicher bin, daß es *seine* Leute gewesen sind, die da im Wald bei Basel auf Schweizer Polizisten und mich geschossen haben und diesen Mann aus Marseille und meinen Leibwächter Charley, den ausgerechnet Branksome mir zugeteilt hat, umgebracht haben – scheinbar waren es Schweizer Scharfschützen, in Wahrheit Killer in Branksomes Dienst. ›Verräter‹... er hat immer von einem ›Verräter‹ gesprochen! Der Verräter ist er selber! Seinen eigenen Mann – Charley – läßt er draufgehen! Dieser Hund schreckt vor nichts zurück, vor nichts! Und wir können ihm nichts anhaben, nichts!«
»Das ist aber doch absolut schizophren! Wenn einer keinen lange genug wirkenden Antagonisten wünschen kann, dann ist es Branksome!«
»Richtig. Nur: Als der Boss muß er sich für unsere Arbeit interessieren. Mußte es immer! Vermutlich hat er mir sofort den Tod gewünscht, als er erfuhr, daß ich an dem Antagonistenproblem arbeite. Aber dann – ein schlauer Hund ist dieser Mister Branksome! –, aber dann sagte er sich, daß er viel mehr in Sicherheit ist, wenn er sich als fast schon unerträglicher Bekämpfer der Rausch-

giftsucht produziert, wenn er sein ›Drug Office‹ gründet, das natürlich in Wahrheit *für* die ›French Connection‹ arbeitet, wenn er den Leuten zuletzt schon auf die Nerven ging mit seinem Fanatismus. Jetzt geht er niemandem mehr auf die Nerven! Jetzt ist er der Heros der Neuen Welt! Nein«, sagte Lindhout, »nein, da ist nichts mehr zu machen.«

»Aber warum bringt er uns jetzt nicht um?«

»Weil das schlecht aussehen würde, allzu schlecht, Jean-Claude! Die Nation weiß jetzt Bescheid über uns, alle wichtigen Leute wissen Bescheid. Er denkt gar nicht daran, uns umzubringen! Im Gegenteil, er hofft, daß wir den Langzeit-Antagonisten finden!«

»Er hofft?«

»Ja!« Lindhouts Stimme wurde wieder laut. »Er weiß, daß man weiter nach dem Antagonisten suchen wird – ob wir leben oder ob wir sterben. Die SANA hat alle Forschungsergebnisse – das war ein besonders schlauer Schachzug von ihm, die SANA in diese Sache hineinzuholen! Wer wird einen solchen Pharma-Riesen beschuldigen, Heroinsüchtige heranzuziehen? Der Mann hat an alles gedacht. Die Arbeit an den Langzeit-Antagonisten ginge auch ohne uns beide weiter.«

»Aber wenn er nun gefunden wird, dieser Antagonist? Dann muß doch alles besser werden!«

Lindhout lachte. »Sie sagten vorhin, die Sache sei schizophren. Infam ist sie, teuflisch, aber nicht schizophren! Wenn wir diesen brauchbaren Antagonisten finden, wird, darauf können Sie sich verlassen, Branksome in Jubel ausbrechen und uns Genies und Wohltäter der Menschheit nennen!«

»Aber das ist doch gegen seine Interessen!«

»Überhaupt nicht, Jean-Claude! Antagonisten gibt es nun einmal, damit hat Branksome sich längst abgefunden. Haben Sie schon einmal von Herrn Keuner gehört?«

»Herr Keuner... wer ist das?«

»Das ist eine Gestalt, die Bertolt Brecht erfunden hat. Brecht hat viele Geschichten über ihn geschrieben, ganz kurze. In einer sagt dieser Herr Keuner: ›Alles kann besser werden – außer dem Menschen.‹«

Etwas fiel Lindhout auf. »Was haben Sie da?« Er zeigte auf eine dünne goldene Kette, die um Dr. Collanges Hals lief. Collange zog die Kette errötend hervor. An ihr hing eine runde kleine Goldplatte, in die ein Winkelmaß und ein Zirkel eingraviert waren.

»Sie...« Lindhout schluckte, »... Sie sind Freimaurer?«

»Ja, Herr Professor.«

Lindhout holte eine Kette unter dem Halsausschnitt seines Kittels

hervor, an der das gleiche Amulett mit denselben Symbolen hing.
»Sie... auch?« Collange konnte nicht weiterreden.
Lindhout nickte. Nein, dachte er, *ich* bin *kein* Freimaurer, mein toter Freund Adrian Lindhout ist es gewesen, und auch dieses Kettchen habe ich ihm abgenommen, damals, in jenem eingestürzten Keller, am 14. Mai 1940, als Rotterdam starb und mein bester Freund tot vor mir lag. Aber das darf niemand erfahren, niemals!
»Das SYMBOLUM von Goethe«, sagte Collange.
»Ja«, sagte Lindhout. »Sehr passend, daß Sie sich gerade jetzt daran erinnern.« Und bitter zitierte er die letzte Strophe dieses Gedichts: »›Hier flechten sich Kronen / In ewiger Stille, / Die sollen mit Fülle / Die Tätigen lohnen! / Wir heißen euch hoffen.‹«
Er sank wieder auf das Bett, auf dem er gesessen hatte und wiederholte: »Wir heißen euch hoffen...«
»Was...«, lallte Truus, »was, Claudio... was?«

26

»Das ist vollkommen ausgeschlossen«, sagte Kaplan Haberland. »Das kann die Indische Regierung nicht machen.«
Monsignore Simmons, nun sechsundfünfzig Jahre alt, noch hagerer geworden, seufzte: »Ich fürchte, mein Lieber, das kann sie sehr wohl machen.«
Dieses Gespräch fand am 11. November 1971 im Arbeitszimmer des Monsignore im Palais des Erzbischofs von Kalkutta statt. Der große Ventilator an der Decke des Zimmers kreiste, und Simmons war dauernd mit einer Pfeife beschäftigt, deren Tabak nicht recht brennen wollte. Von draußen klangen viele Arten von Lärm durch die Fenster. Alle Jalousien waren herabgelassen. Auch Haberland schien gealtert, seine Haut war von Sonne, Wind und Regen gegerbt, die Nägel seiner Finger hatten Risse, die von schwerer Handarbeit zeugten, aber eben diese Arbeit hatte den Kaplan auch sehnig und kräftig werden lassen, und seine Augen waren jung geblieben. Er schlug mit der Faust auf den Tisch.
»Was ist das für eine Sauerei!« rief er.
»Ich muß doch sehr bitten!« Simmons sah ihn verärgert an. »Bedenken Sie, wo Sie sich befinden!« Er fügte hinzu: »Die vielen Jahre da draußen auf dem Lande haben Sie einiges vergessen lassen.«
Haberland ballte die Fäuste auf den Knien.

»Hören Sie zu, Monsignore«, sagte er leise, »Sie haben mich ersucht, Sie aufzusuchen. Sogar ein Telegramm haben Sie nach Chandakrona geschickt, weil die Sache angeblich so wichtig ist...«

»Sie ist so wichtig, mein Lieber.«

»...und ich bin zu Ihnen gekommen, und Sie haben mir erklärt, daß die Indische Regierung das Land, das wir ihr abgekauft und auf dem wir unsere Gemeinschaft aufgebaut haben – wiederaufgebaut, Sie wissen sehr wohl, daß es vollkommen zerstört war nach diesem Orkan 1968! –, daß die Indische Regierung dieses Land jetzt zurückzukaufen wünscht!«

»So ist es«, sagte Simmons.

»Aber warum?«

»Weil Sie den Vertrag gebrochen haben«, sagte Simmons und war ganz und gar mit seiner Pfeife beschäftigt. Hinter ihm auf einem Bord stand eine Sammlung schöner Pfeifen – mindestens sechzig, dachte Haberland, während Simmons weitersprach: »Es heißt da, hier, Seite sechs, Paragraph vierundzwanzig, Absatz eins – gut, daß Sie Ihren Vertrag mitgebracht haben, eine Kopie habe ich vor mir, wir können vergleichen –, also da heißt es...« Simmons las leiernd: »›...die Vertragschließenden‹ – das sind Sie und die Indische Regierung – ›sind sich über folgendes einig: Sollte der Käufer oder wer immer auf diesem Land siedelt, Unruhe stiften und verbreiten, die berechtigten Interessen der Anrainer in welcher Weise auch immer gefährden, verletzen oder mißachten, beziehungsweise sollte der Käufer oder wer auf diesem Land siedelt, Maßnahmen einleiten, die sich gegen die Gesetze der Regierung von Indien richten, dann ist die Regierung von Indien berechtigt, das besagte Stück Land vom Käufer zum ursprünglichen Erwerbspreis zurückzukaufen, ohne daß der Käufer die Möglichkeit des Einspruchs vor Gericht hat...‹ Ende des Paragraphen vierundzwanzig, Absatz eins.« Simmons sah Haberland an.

»Was soll das?« fragte dieser wütend. »Haben wir die Gesetze der Indischen Regierung verletzt, haben wir die Interessen der Anrainer gefährdet, haben wir Unruhe gestiftet oder verbreitet?«

»Ja, leider«, sagte Simmons.

»Haben Sie den Verstand verloren?«

»Wirklich, Ihr Ton wird ja unerträglich! Ich bin nur ausführendes Organ. Ich habe das Land nicht zurückverlangt. Glauben Sie, es macht mir Spaß, mich darüber mit Ihnen zu unterhalten?«

»Ja«, sagte Haberland.

»Was?« Der Monsignore stand auf. »Sie haben ›ja‹ gesagt! Was soll das heißen?«

»Nichts...« Der Kaplan nahm sich zusammen. »Natürlich macht es Ihnen keinen Spaß.« (Und ob es dir Spaß macht, dachte er grimmig, du hast mich nicht leiden können von Anfang an, seit 1950, seit ich herkam...)
»Was haben wir getan?« fragte Haberland. »Wir haben in Frieden gearbeitet und glücklich gelebt und die Früchte unserer Arbeit an zwei britische Firmen verkauft...«
»Ja, eben.«
»Was, ja, eben?«
»Sie haben Tee und Hölzer und andere Dinge an zwei britische Gesellschaften verkauft«, sagte Simmons klagend.
»Ist das verboten?«
»Es ist nicht verboten, zu verkaufen...«
»Aber?«
»...aber es ist verboten, zu Dumpingpreisen zu verkaufen.«
»Wozu?«
»Zu Dumpingpreisen... billiger als andere Produzenten, preisdrückerisch. Das ist verboten. Laut indischem Gesetz. Und genau dies haben Sie getan.«
»Das ist nicht wahr!«
»Das ist wahr, und Sie wissen es! Sie haben Ihre Waren weit billiger verkauft als die Großgrundbesitzer, Ihre Nachbarn, deren Interessen und Rechte garantiert sind. Sie haben diese Interessen verletzt und schwer geschädigt und tun das immer weiter.«
Haberland stand gleichfalls auf. »Monsignore«, sagte er, »wir haben – in einer Welt, in der offenbar unausrottbar Habgier und Niedertracht herrschen – die Früchte unserer sehr schweren Arbeit verkauft zu einem Preis, der keinen Gewinn gestattete und nur das Gegenstück zur Arbeit unserer Menschen bildete. In diesem sehr kleinen Stück Land ist der Begriff Geld unbekannt – das wissen Sie. Wir tauschen unsere Produkte gegen andere, die wir benötigen, das ist alles.«
»Das ist eben leider nicht alles«, sagte Simmons. »Ich weiß nicht, was mit dieser Pfeife los ist. Verstopft? Dauernd geht sie aus. Das ist eben leider nicht alles. Sie haben unter dem Preis verkauft, der als bindend gilt.«
»Wer hat diesen Preis festgelegt – und daß er bindend sein soll?«
»Ihre Nachbarn.«
»Die Großgrundbesitzer?«
»Ja.«
»Wir sind aber keine Großgrundbesitzer! Mit uns hat niemand gesprochen, wir haben keine Vereinbarung geschlossen...«
Simmons wandte sich ab, verärgert über seine Pfeife. »Ich werde

eine andere nehmen... Natürlich ist es scheußlich, daß Sie jetzt das Land an den Staat zurückgeben müssen, mein Lieber, ich kann mich sehr gut in Sie hineindenken.«

»Ja, können Sie das?«

»Aber gewiß... zweimal haben Sie Ihr Land aufgebaut in so vielen Jahren... mehr als zwanzig... Und jetzt müssen Sie alles aufgeben. Und nicht wegen eines Wirbelsturms, nicht wegen eines Orkans.«

»Offenbar«, sagte Haberland. »Nicht wegen der Natur! Wegen der Menschen!«

»Ich habe die Gesetze dieses Landes nicht gemacht«, sagte Simmons, beschäftigt mit einer anderen Pfeife, die er aus dem Bord genommen hatte. »Sie wissen natürlich, daß sich die Großgrundbesitzer schon vor Jahren hier an die Gerichte gewandt haben mit Anzeigen und Klagen, daß es Prozesse in erster und zweiter Instanz gegeben hat. Nun hat die dritte und oberste Instanz entschieden – zu Ihren Ungunsten, tut mir leid. Ah, sehen Sie, diese da zieht richtig!«

»Und wenn wir uns weigern, das Land zurückzugeben?«

»Das werden Sie doch nicht tun... Schauen Sie, hier liegt eine Weisung aus Rom vor... Sie ist für Sie bindend... Das Land ist dem Staat zurückzuverkaufen, in Rom wünscht man keine politischen Schwierigkeiten wegen einer solchen Nichtigkeit.«

»Nichtigkeit...« Haberland fuhr auf, beruhigte sich aber schnell wieder und fragte: »Wieso politische Schwierigkeiten?«

»Das wissen Sie doch ebensogut wie ich. Zwei der Großgrundbesitzer, die gegen Sie Klage erhoben haben, haben mächtigen Einfluß auf den Kongreß und damit auf die Indische Regierung!«

»Seit wann«, fragte Haberland, »ist Gott ein Politiker?«

»Ach, hören Sie doch mit diesem Gerede auf«, sagte Simmons und setzte sich wieder. »Sehen wir den Tatsachen ins Auge. Das höchste Gericht hat entschieden – gegen Sie. In Rom wünscht man, daß diese Sache schnellstens beendet wird. Natürlich bekommen Sie das Geld für den seinerzeitigen Landkauf zurück. Natürlich können die Menschen, die auf diesem Gebiet leben, dort weiterleben und weiterarbeiten...«

»Für wen?«

»Na, für sich, wenn sie wollen. Selbstredend dürfen sie ihre Waren nicht mehr zu niedrigeren Preisen verkaufen als die anderen. Sie müssen zugeben, daß das wirklich ein Ärgernis ist. Was würden Sie tun, wenn *Sie* einer der Kläger wären? Wie würden *Sie* fühlen, wenn jemand Sie ungesetzlich unterbietet beim Verkauf der gleichen Ware?«

»Das weiß ich nicht«, antwortete Haberland. »Ich habe Ihnen doch gesagt, in unserer kleinen Gemeinschaft gibt es den Begriff Geld nicht.«

»Sie müssen real denken, lieber Freund, realpolitisch!«

»Ich denke überhaupt nicht politisch!«

»Das ist bedauerlich, aber Ihre Sache. Die Kirche muß politisch denken und handeln, das wissen Sie!«

»Ja, und ich beklage es.«

»Hören Sie«, sagte Simmons gereizt, »ich will mich mit Ihnen nicht über derartige Dinge unterhalten. Mir scheint, Ihre Ansichten sind ein wenig zu... rot. Das sollten sie nicht sein, lieber Freund, das sollten sie wirklich nicht sein – in einer solchen Zeit der internationalen Spannungen! Haben Sie schon einmal daran gedacht, wem Sie mit einer derartigen Gesinnung in die Hände arbeiten?«

»Wem?«

»Nun, den Kommunisten natürlich«, sagte Simmons. »Schauen Sie mich nicht so verblüfft an, Sie sind ein intelligenter Mensch, Sie wissen sehr wohl, daß das so ist! Und das eben darf nicht sein.«

Danach trat eine lange Stille ein.

Endlich fragte Haberland: »Und ich muß fort?«

Simmons nickte. »Ja. In Rom wünscht man, daß Sie Ihre Unternehmungen hier beenden und Ihre Tätigkeit als Missionar – in dieser Form – aufgeben. Zunächst einmal sollen Sie nach Wien zurückkehren. Mein Gott, Sie sind doch wahrhaftig nicht mehr der Jüngste! Ich kann Sie überhaupt nicht begreifen, ehrlich! Was glauben Sie, wie froh ich bin, daß ich nächstes Jahr zurück nach England komme! Seien doch auch Sie froh, wenn man Ihnen einen beschaulichen Lebensabend bietet. Sie haben so vieles geleistet und durchgemacht. Wenn jemand Ruhe und Frieden verdient, dann Sie! Sie schuften sich hier zu Tode. In Wien hätten Sie – zum ersten Mal in Ihrem Leben – Zeit für sich, Sie könnten meditieren, diskutieren, predigen, wenn Sie unbedingt wollen, und lesen. Lesen! Was meinen Sie, wie sehr ich mich darauf freue, endlich zum Lesen zu kommen!«

»Aber...«

»Ja?«

»Aber die Menschen, mit denen ich so lange zusammengearbeitet habe...«

»Es sind alles gute Katholiken, nicht wahr? Ist das nicht ein wunderbares Gefühl? Sie haben das zuwege gebracht, lieber Freund! Fromme, gläubige Katholiken...«

»Aber wenn ich weg muß... was wird dann aus ihnen?«
»Ach, da machen Sie sich keine Sorgen! Was aus ihnen wird? Weiterarbeiten werden sie wie bisher, glücklich und zufrieden... Nichts wird ihnen mangeln... Ihre Nachbarn haben sich bindend bereit erklärt, keinen von ihnen zu verjagen, es sind ja ausgezeichnete Arbeiter...«
»Sie meinen... meine Freunde werden wirklich weiterarbeiten können?«
»Aber ganz bestimmt!« Der Monsignore strahlte. »Da, sehen Sie, ich habe es schriftlich...«
»Was?«
»Die Erklärung, derzufolge man sich nun um all Ihre Schützlinge kümmern wird.«
»Das heißt: Unsere Gemeinschaft wird aufgelöst?«
»Nun, das ist doch selbstverständlich! Ihre Freunde bekommen den besten Schutz, den es gibt!« Simmons sagte ernst: »Welch herrlicheren Beweis gibt es dafür, daß Gott die Menschen liebt?«
»Was soll das heißen?«
»Einer der beiden Herren, von denen ich sprach, wird das Stück Land und alle seine Leute im Einvernehmen mit den anderen Großgrundbesitzern übernehmen und betreuen. Und was sagen Sie – er ist Katholik!«
»Oh«, sagte Haberland. »Ja, jetzt sehe ich, daß Gott die Menschen liebt.«

27

Truus wurde wieder gesund. Sie nahm ihre Lehrtätigkeit an der Universität wieder auf. Lindhout gegenüber zeigte sie sich so liebevoll wie noch nie – doch jetzt war es Lindhout, der Befangenheit empfand. Jeder schlief nun, wie Truus es seinerzeit vorgeschlagen hatte, im eigenen Zimmer. Aber beide waren sie äußerst aufmerksam zueinander.
Die Vereinten Nationen hatten einen ›Spezialfonds zur Bekämpfung des Drogenmißbrauchs‹ geschaffen. Dieser Fonds trug die abgekürzte Bezeichnung UNFDAC. Sein Sinn war es, das Rauschgift nicht als Problem in seinem Endstadium zu bekämpfen, sondern die gesamte Agrarstruktur in den Gegenden zu ändern, in denen Schlafmohn angebaut wurde und man aus den Pflanzen die Grundstoffe für Opium und Haschisch gewann. Für diese Aktion hatten die Planer der UNFDAC knapp hundert Millionen Dollar vorgesehen. Sie sollten als freiwillige Spenden der UNO-Mitglieder aufge-

bracht werden. Zudem setzten die amerikanischen Fahnder des Narcotic Bureau, im Verein mit den entsprechenden Dienststellen anderer Nationen, zu einem Großangriff gegen die ›French Connection‹ an, der von Bernard Branksomes ›Drog Office‹ unermüdlich unterstützt wurde.
Ende 1971 flog die ›French Connection‹ dann auf. Sehr viele Täter und Mittäter – Franzosen, Korsen, Sizilianer, Deutsche, Amerikaner – wurden verhaftet, das Netz dieses Verbrechersyndikats zerstört. Während das offizielle Amerika Bernard Branksome im Fernsehen, im Rundfunk und in allen Zeitungen als einen kürzlich völlig zu Unrecht infam verleumdeten Heros feierte (kein Tag verging, an dem Lindhout nicht Branksomes Namen hören oder ihn selbst nicht auf dem Fernsehschirm oder auf Zeitungsbildern sehen und im Radio sprechen hören mußte), blieb das Narcotic Bureau seltsam genug fast völlig unerwähnt. Zu Weihnachten kam Chefinspektor Longey zu Lindhout nach Lexington und verbrachte die Feiertage mit dem Professor und mit Truus und Dr. Collange in dem schönen alten Haus am Tearose Drive. Schnee fiel seit vielen Tagen, es war kalt draußen, der Kamin des Wohnzimmers verbreitete mit prasselndem Holz wohlige Wärme. Die vier tranken Kaffee und unterhielten sich über das bisher Erreichte.
Dem Chefinspektor Longey freilich war alles andere als wohlig euphorisch zumute...
»Schön, okay, die ›French Connection‹ haben wir auffliegen lassen«, sagte er. »Aber damit ist das Problem nicht aus der Welt geschafft. Jetzt haben wir schon seit 1964 den Krieg in Vietnam. Zehntausende GIs sind süchtig geworden und werden süchtig heimgeschickt. Das Heroin kommt mit ihnen, sie schmuggeln es ein – versteckt in ihren Duffle-bags, aber auch in den Koffern ihrer toten Kameraden und sogar in den Leichen. Das gesamte Einsatzgebiet in Vietnam wird außerdem mit Opium, beziehungsweise Heroin aus dem sogenannten ›Goldenen Dreieck‹ beliefert.«
»Was ist das?« fragte Truus.
»Mohnplantagen in dem Dreieck zwischen Laos, Thailand und Burma«, sagte Longey, während Lindhout neue Holzscheite ins Feuer warf. »In guten Jahren werden dort siebenhundert bis tausend Tonnen Roh-Opium geerntet – das sind hundert Tonnen Heroin.«
»Hundert Tonnen Heroin?« Truus starrte ihn an.
Longey zuckte die Schultern.
»Was wollen Sie machen? In diesen Gegenden ist der Anbau von Mohn die einzige Erwerbsquelle der armen Bergbauern. Die Wege, auf denen sie die Ware transportieren, sind einfach nicht zu

kontrollieren. Das Zeug kommt mit Trägern, Maultierkarawanen oder auf Pferden über immer neue Wege aus den Bergen herunter. Sehr oft wird es zuletzt auf chinesische Dschunken umgeladen und landet in Hongkong, Singapur, Bangkok. Es gibt sogar Laborschiffe, auf denen das Opium schon in Heroin umgewandelt wird. Wo das nicht geschieht, findet das Zeug roh seinen Weg nach Europa und wird da verarbeitet, bevor es zu uns kommt.«
»Aber die ›French Connection‹ ist doch zerschlagen«, sagte Collange.
Longey antwortete: »Dann muß es eben schon eine neue ›Connection‹ geben. Wissen Sie, wie die thailändische Fluggesellschaft genannt wird? ›Air-Opium‹!« Longey sagte: »Ich habe von unserem Geheimdienst erfahren, daß schon vor langer Zeit Tschu En-lai bei einem von Nasser gegebenen Festessen in Kairo gesagt hat: ›Wir bekämpfen die Feinde jetzt mit ihren eigenen Waffen...‹ Sie wissen, daß Opium von den Engländern im neunzehnten und von den Japanern zu Beginn des zwanzigsten Jahrhunderts gegen die Chinesen als Waffe eingesetzt worden ist! Nun, bei diesem Festessen hat Tschu En-lai zu Nasser gesagt: ›Wir Chinesen helfen jetzt, Opium für die amerikanischen Soldaten in Vietnam zu gewinnen.‹«
»Seit 1968 laufen Waffenstillstandsverhandlungen in Vietnam«, sagte Collange, »seit 1969 haben wir einen stufenweise erfolgenden Rückzug der amerikanischen Truppen vereinbart. Jetzt stehen wir unmittelbar vor dem Abzug der letzten Truppen. Nordvietnam hat gesiegt. Aber wenn alle GIs aus dem Land sind, wird auch das Goldene Dreieck zusammenbrechen. Und mit der Türkei, zum Beispiel, wo das Opium ebenfalls herkommt...«
»Nicht ebenfalls! Die Türkei war der Hauptlieferant für die USA und Europa«, unterbrach Longey.
»...ich weiß. Ja, was ich sagen wollte: Mit sehr viel Geld und politischem Druck hat Ihr Land, Mister Longey, doch erreicht, daß in der Türkei ein totales Verbot des Anbaus von Schlafmohn ausgesprochen worden ist.«
»Ein totales...« Longey winkte ab. »Wie lange wird es dauern, bis die wieder Mohn anbauen?«
»Die UNFDAC hat in sehr großen Gegenden auf den Mohnfeldern Obstbäume und Gemüsekulturen pflanzen lassen! Die Bauern bekommen für den Verkauf dieser Produkte mehr, als sie für ihre Mohnkapseln bekamen.«
»Wissen Sie, das ist so... wie heißt das französische Sprichwort? On revient...« Er sah Lindhout fragend an.
»On revient toujours a son premier amour«, sagte dieser und

dachte beklommen an sein eigenes Leben, während er fortfuhr: »Das heißt: Man kehrt immer wieder zu seiner ersten Liebe zurück!«

»Man kehrt immer wieder zu seiner ersten Liebe zurück!« Longey nickte. »Wissen Sie, daß es eine türkische Provinz gibt, die Afyon heißt? Und daß Afyon das türkische Wort für Opium ist? Wissen Sie, daß es ursprünglich zweiundvierzig Provinzen mit Mohnanbau gegeben hat? Daß die Mohnblume auf türkische Münzen geprägt war, die von den Bauern ihren Töchtern als Aussteuer mitgegeben wurden und werden? Daß das verfluchte Zeug als Medizin gegen alle möglichen Krankheiten benützt wird, ja, daß es in die Milchflaschen von Säuglingen kommt?« Er stand auf, trat an das große Fenster und sah in den dicht fallenden Schnee hinaus. »Außerdem gibt es nicht nur die Türkei und das Goldene Dreieck, das ganz gewiß nicht zerbrechen wird, es gibt Pakistan, und es gibt – vor allem für uns besonders gefährlich – Mexiko! Wie sollen wir alle diese Länder unter Kontrolle bringen? Von den knapp hundert Millionen Dollar – die Summe, die von den Experten für ein wirksames Eingreifen der UNFDAC ausgerechnet worden ist – sind bisher erst knappe sechs Millionen zusammengekommen – und die Hauptlast trägt Amerika! Die anderen UNO-Mitglieder, vor allem die in Europa, halten die Rauschgiftsucht für ein speziell amerikanisches Problem... Er preßte die Stirn gegen die Scheibe. »Dieses verfluchte Schwein Branksome...«

»Das ist kein verfluchtes Schwein, Chefinspektor, das ist ein Idol der Nation!« sagte Lindhout. »Hüten Sie sich, anderswo so von diesem Gentleman zu sprechen.«

»Scheiße«, sagte Longey, »dieser Hund war ohne jeden Zweifel Chef der ›French Connection‹ – wir haben jede Menge Beweise dafür, sie werden jedoch von keinem Gericht der Staaten anerkannt dank der besonderen Situation, in die der Kerl sich so clever manövriert hat. Glanzvoll ist er aus diesem Zusammenbruch emporgestiegen! Der Drecksack ohne jeden Skrupel, wird der sich jetzt einfach zur Ruhe setzen? Das glauben Sie doch selber nicht! Der macht weiter, jetzt schon, davon bin ich überzeugt.«

»Ich auch«, sagte Lindhout.

»Der baut neue ›Connections‹ auf – Sie werden es erleben. Die wirkliche Lawine rollt noch auf uns zu – auf uns und auf Europa!« Longey drehte sich um. »Wie kommen Sie mit ihren Antagonisten weiter, Professor?«

»Sehr gut«, sagte dieser. »Wir haben in Zusammenarbeit mit der SANA bereits einen reinen Antagonisten gefunden, der keine morphinähnlichen Eigenschaften hat, der Heroin und alle anderen

Morphinabkömmlinge blockiert und keine unangenehmen Nachwirkungen hat. Und der bleibt vier Wochen lang wirksam! Ich sage *›reiner‹* Antagonist, weil es auch Antagonisten gibt, die nur einzelne Eigenschaften des Morphin blockieren, aber andere eher verstärken – also genauso wie das Morphin...« Er verstummte. Sein Gesichtsausdruck wirkte plötzlich hoffnungslos.

»Was ist los?« fragte Longey.

»Nichts«, sagte Lindhout, »nichts.«

»Wieso sehen Sie denn auf einmal so mutlos aus, so resigniert?«

»Tue ich das?« Lindhout zwang sich zu einem Grinsen. »Sie müssen verzeihen, ich bin ein wenig müde. Aber nicht mutlos oder resigniert, weiß Gott nicht!« Ach, dachte er und lachte dabei, wenn das doch wahr wäre, wenn ich doch nicht so resigniert, hoffnungslos und mutlos wäre...

»Dann bin ich beruhigt«, sagte Longey. »Denn wenn wir nicht sehr bald ein tatsächlich wirksames Mittel gegen die Suchtdrogen in die Hand bekommen, werden in den nächsten Jahrzehnten mehr Menschen an dem verfluchten Zeug verrecken als in den beiden Weltkriegen. Sie sind die letzte Hoffnung, die wir jetzt noch besitzen, Professor! Sie werden den Langzeit-Antagonisten, den wir brauchen, finden! Sie werden ihn finden!«

»Ja«, sagte Lindhout lächelnd, »ich... wir... werden ihn finden, ganz bestimmt!«

Du darfst dich nicht unterkriegen lassen, dachte er dabei, du darfst nicht denken, daß alles immer schlimmer wird. Du mußt denken wie Hemingway, der Größte und Beste, geschrieben hat: Sie können dich töten – versucht haben sie es ja schon –, sie können dich vernichten, ja, aber dich besiegen, das können sie nicht. Das kann kein Mensch auf der Welt, nein, niemals.

28

»...ich nehme an, daß ihr mich bereits verstanden habt«, sagte die Pest. »Von heute an werdet ihr lernen, in Ordnung zu sterben. Bis jetzt seid ihr auf spanische Art gestorben, ein bißchen aufs Geratewohl, sozusagen nach Belieben. Ihr seid gestorben, weil Kälte auf Hitze folgte, weil euer Maulesel ausschlug, weil die Kette der Pyrenäen blau schimmerte, weil der Guadalquivir im Frühling die Einsamen lockt, oder weil es dreckmäulige Dummköpfe gibt, die dem Profit oder der Ehre zuliebe töten, während es doch viel vornehmer ist, den Freuden der Logik zuliebe zu töten. Ja, ihr seid schlecht gestorben. Hier ein Toter, dort ein Toter, dieser in seinem Bett, jener in der Arena: das war liederlich...« Die Pest machte eine angewiderte Handbewegung. Die Schauspieler des Chors waren erstarrt. Und sehr still war es im Zuschauerraum des Schillertheaters in Berlin geworden. Mitten auf der Bühne stand die Pest...

Truus Lindhout, die in der ersten Reihe saß, verspürte ein Schaudern. Was für ein großer Schauspieler ist Claudio geworden, dachte sie. Viele sagen sogar, er ist der größte lebende deutsche Schauspieler überhaupt. Ich meine, sie haben recht. Seit Mitte April bin ich wieder in Berlin, seit zwei Monaten schon, ich habe Claudio in dieser Zeit einige Male auf der Bühne gesehen, und jedesmal ist er mir noch souveräner und noch besser erschienen! Dies hier, diese Pest, die Claudio im ›Belagerungszustand‹ von Albert Camus spielt, ist das Großartigste, was ich je sah. Ach Claudio, ach Berlin...

Ende Januar 1974 war in Lexington ein Brief der Freien Universität Berlin eingetroffen, in dem angefragt wurde, ob Truus bereit sei, in Berlin Gastvorlesungen über neue amerikanische Philosophie zu halten.

Eine Einladung nach Berlin!

Der freudige Schock hatte Truus tagelang regelrecht benommen werden lassen. In Berlin würde sie Claudio wiedersehen! Nach so vielen Jahren der Trennung, nach der Zeit mit Adrian als ihrem Geliebten, nach der langen Weile der Verwirrung ihrer Gefühle hatte sie das Empfinden, daß sich für sie nun ein Tor öffnete, das hinaus in ihr wirkliches Leben führte.

»Das Kapitel Adrian muß für dich in dieser Beziehung abgeschlossen sein. Es darf kein Problem, keine Zerrissenheit, keine Verzweiflung oder Ratlosigkeit mehr geben, wenn wir für immer zusammenkommen wollen...«

So hatte Claudio gesprochen, als sie ihn zuletzt in Berlin sah, 1951, vor dreiundzwanzig Jahren!

»Und wenn das Kapitel nie abgeschlossen ist? Wenn es immer ein Problem bleibt?« So hatte Truus gefragt, 1951, vor dreiundzwanzig Jahren.

Er hatte den Kopf geschüttelt.

»Jedes Problem läßt sich lösen. Du wirst klarsehen und klar empfinden. Dann erst sollst du dich entschließen, ob du für immer zu mir kommen willst. Und kannst.«

Wie im Fieber hatte sich Truus 1974, nach der Anfrage der Freien Universität Berlin, an dieses Gespräch aus dem Jahr 1951 erinnert...

»Das heißt, du schickst mich weg?«
»Ich schicke dich zu Adrian, damit du Gelegenheit hast, mit ihm und mit dir ins reine zu kommen.«
»Aber...«
»Wie lange das dauert, spielt keine Rolle! Ich habe dir doch gesagt, daß es für mich keine andere Frau für ein Zusammenleben gibt. Ich werde dasein für dich... immer.«
Es gab wirklich keine andere Frau für ein Zusammenleben, hatte Truus immer wieder in den Tagen gedacht, nachdem der Brief der Freien Universität eingetroffen war. Claudio und ich... unser Kontakt ist nie abgerissen, wir haben einander immer wieder geschrieben, wir haben telefoniert, ich weiß alles von Claudio, genauso wie er alles von mir weiß! Wir haben uns die ganze Wahrheit geschrieben oder erzählt am Telefon. Und das Kapitel *ist* abgeschlossen! Adrian ist nicht mehr mein Geliebter. Da gibt es nun keine Probleme, keine Verzweiflung, keine Ratlosigkeit mehr. Nun bin ich bereit...
All diese Gedanken hatten aus Truus, der eifernden, zerrissenen, zuletzt so verwirrten Truus endlich, endlich eine empfindsame Frau gemacht, die Frieden fand in der Erkenntnis, daß sie nur einen Menschen wirklich und für immer würde lieben können als Mann: nicht den vergötterten Vater, sondern Claudio Wegner. Soviel Schmerz hatte sie Lindhout und sich selber zugefügt, so lange Jahre war sie labil und eigensüchtig gewesen, um nun endlich, endlich klarzusehen...
Sie hatte mit Lindhout offen gesprochen. Und auch er war glücklich gewesen – glücklich für Truus, die er liebte, und der er Glück, nur Glück wünschte. Es kam noch etwas dazu. Lindhout steckte 1974, im Januar, derart tief in der Arbeit, daß es für ihn (nie hätte er es sich eingestanden) fast eine Erleichterung bedeutete, nun allein, umsorgt von der alten Kathy, zu leben. Einen letzten Anflug von Eifersucht hatte er schnell hinter sich gebracht. Truus, diese schöne, reife Frau von nunmehr neununddreißig Jahren, hatte ihren Weg gefunden, und es war ein guter Weg für alle. Sie sollte nach Berlin fliegen zu Claudio, und wenn die Beziehung zwischen ihr und ihm in der Tat stark genug war, alle jene Jahre zu überdauern, dann sollten, dann mußten diese beiden Menschen zusammenbleiben für immer, Lindhout sah das ein. Es war schmerzlich, daß Truus dann nicht mehr immer an seiner Seite leben würde, gewiß, doch sie konnte ihn mit Claudio oft besuchen, er würde nach Berlin fliegen, sobald er etwas Zeit hatte...
»...aber zum Glück wird diese Unordnung nun veramtlicht werden«, sagte die Pest, und während Truus alles, was Claudio da

oben auf der Bühne des Schiller-Theaters sprach, durchaus aufnahm, wanderten ihre Gedanken...

Adrian Lindhout hatte mit dem Rektor der Universität in Lexington gesprochen. Natürlich wurde Truus beurlaubt, um der Einladung der Freien Universität Berlin Folge leisten zu können. Beurlaubt auf unbestimmte Zeit, der Rektor war ein Freund Lindhouts, er wußte Bescheid. Er wußte, daß er Truus mit an Sicherheit grenzender Wahrscheinlichkeit für alle Zeit ›beurlaubte‹. Auch er hatte ihr zum Abschied Glück gewünscht...

»... ein Tod für alle«, sprach die Pest, »und zwar gemäß der schönen Reihenfolge einer Liste. Ihr bekommt eure Karten und sterbt nicht mehr, weil es euch so paßt...«

O Gott, dachte Truus, dieses Stück, dieser ›Belagerungszustand‹, ist im Oktober 1948 in Paris im Théâtre Marigny uraufgeführt worden, so steht es im Programmheft. Mitte Juni 1974 schreiben wir jetzt, seit zwei Monaten bin ich schon hier. Welches Stück könnte aktueller sein für das Berlin von 1974 als dieser ›Belagerungszustand‹? Belagert wird diese Stadt wirklich. Eine Insel ist sie von Anbeginn gewesen, eine viergeteilte Insel in einem zweigeteilten Land. Nun, seit vielen Jahren, ist auch Berlin geteilt durch eine Mauer. Was hat sich alles geändert in den dreiundzwanzig Jahren, seit ich zum letzten Mal hiergewesen bin? Trauer, nur Trauer habe ich zunächst empfunden – Trauer über eine vergangene, verlorene Zeit. Ich empfand Trauer, ja, aber die Menschen hier, die Berliner? Was sind das für Menschen? In welcher Lage befinden sie sich? Und wie unfaßbar gelassen tragen sie diese Lage! Sie sind nicht weggezogen in den Westen, nein, sie sind hiergeblieben, jeder weiß Bescheid, keiner macht sich Illusionen, und dennoch arbeitet man in Berlin, denkt man klar und sachlich in Berlin, ja, sogar das Lachen gibt es noch immer in dieser Stadt

»... das Schicksal ist von nun an vernünftig, es hat seine Amtsräume bezogen«, hörte Truus Claudio sprechen, da oben auf der Bühne. »Ihr werdet statistisch erfaßt, um endlich etwas zu taugen. Denn ich vergaß zu sagen, daß ihr natürlich sterben müßt, daß ihr aber nachher, oder sogar vorher, eingeäschert werdet. Das ist ordentlich und gehört zum Plan...«

Welche Worte in dieser Stadt! dachte Truus. Als ich im April hier ankam, landete die Maschine in Tegel auf dem neuen Flughafen. Tempelhof wird von zivilen Linienmaschinen schon lange nicht mehr angeflogen, sagte man mir. Claudio spielte gerade am Burgtheater in Wien, er kehrte erst zehn Tage nach meiner Ankunft nach Berlin zurück, als sein Vertrag ausgelaufen war. So bin ich von diesem neuen Flughafen Tegel, den ich abscheulich fand, mit

einem Taxi direkt in die Stadt zum Hotel ›Kempinski‹ gefahren. Und dort hat mich dann dieses Fernsehteam erwartet. Was die Fernsehleute wollten? Nun, ich bin doch die Tochter eines berühmten Vaters, endlich wieder einmal nach Berlin gekommen, hat man mir erklärt. Ein kleines Filmchen für die regionale Berliner Abendschau. Bitte! Sie sind doch als Kind hiergewesen! Sie haben im Grunewald gewohnt! Wir möchten Sie im Grunewald filmen, dort, wo Sie gelebt haben... natürlich auch an anderen Orten... vor der Gedächtniskirche... vor der Mauer... am Checkpoint Charlie... und bitte ein Statement von Ihnen... wie Ihnen Berlin gefällt, nachdem Sie es so lange nicht gesehen haben... Sie wissen nicht, wie das unsere Zuschauer interessiert! Die Abendschau hat die höchste Einschaltquote überhaupt...
»...in Reih und Glied stehen, um richtig zu sterben, das ist also die Hauptsache! Um diesen Preis werdet ihr meine Gunst genießen. Aber hütet euch vor den unvernünftigen Ideen, den Wallungen der Seele, wie ihr sagt, vor den kleinen Fiebern, die sich zu den großen Revolten auswachsen. Diese Spielereien habe ich abgeschafft und an ihre Stelle die Logik gesetzt...« So spricht die Pest.
...und natürlich habe ich ›ja‹ gesagt, was hätte ich denn sagen sollen, und so sind wir losgefahren mit zwei Autos, zuerst hinaus in den Grunewald. Wir sind von Westen gekommen. Der Regisseur hat eine Idee gehabt... Er wollte, daß ich die Bismarckallee von der steinernen Brücke über den Hubertussee ein Stückchen ostwärts entlang gehe... Da vorne, bei der Herthastraße, nicht wahr, da war doch der Eingang zu Ihrem Haus, na sehen Sie, und da habe ich gedacht, der Kameramann steht an der Ecke, und Sie kommen direkt auf ihn zu. Bei dem Pfeiler mit dem Straßenschild, da blicken Sie auf, Sie lesen Bismarckallee, und dann drehen Sie sich nach rechts und schauen zu dem Haus, in dem Sie gewohnt haben vor so langer Zeit, Nostalgie, Sie wissen doch, so etwas ist jetzt gerade ›in‹ und ja auch wirklich zu Herzen gehend, also bitte...
»...mir graut vor Unterschieden und Unvernunft. Von heute an werdet ihr also vernünftig sein«, spricht die Pest. »Das heißt, ihr werdet euer Abzeichen tragen. An den Leisten gezeichnet, werdet ihr öffentlich in der Achselhöhle den Stern der Pestbeule tragen, der euch dazu bestimmt, getroffen zu werden...«
...wir haben keine Probe gemacht, dachte Truus. Wozu auch? Es ist doch die einfachste Sache von der Welt gewesen. Nur auf den Kameramann zugehen... ich schaue in das Wasser des Hubertussees, und ich werde tatsächlich nostalgisch, das ist ein blödes Wort, ich werde sentimental und denke an früher, und dann schaue ich auf die andere Seite, zu der großen Schule, wo damals in den

Pausen immer so viele Kinder gelacht haben und geschrien und herumgerannt sind, und es ist ganz still, kein einziges Kind sehe ich, und ich gehe weiter, und der Regisseur, der hinter dem Kameramann steht, nickt ja, ja, so ist's richtig, so ist's gut, prima, prima, und jetzt bin ich an der Ecke, der Regisseur macht ein Zeichen, ich sehe an dem Pfeiler empor, ich lese BISMARCKALLEE, ich lese HERTHASTRASSE, und dann senke ich den Kopf wieder und drehe mich nach rechts, dorthin, wo das große Tor aus Schmiedeeisen war, durch das man in den Park eintreten und auf das Haus zugehen konnte über einen Kiesweg, und so schaue ich jetzt hin, und da wird mir plötzlich heiß und sofort darauf kalt, und mein Gesicht erstarrt zu einer Maske des Entsetzens, denn es ist wirklich entsetzlich, was ich sehe... das Haus, das schöne, große Haus gibt es nicht mehr! Es ist gesprengt worden!
Gesprengt...!
Ein riesiger Schuttberg liegt da, und ich starre ihn an und sehe Hundekot und Menschenkot auf den Trümmern, und leere Bierflaschen und Konservendosen und Zeitungsfetzen, und dann sehe ich, daß es das schmiedeeiserne Tor überhaupt nicht mehr gibt, sie haben es aus den Angeln gerissen, der Eingang ist mit vielen schrägen Brettern vernagelt und an diesen hängt eine Tafel:
UNBEFUGTEN IST DER EINTRITT STRENGSTENS VERBOTEN!
Und in meinem Schrecken blicke ich nach oben, über den Berg von Trümmern und Dreck, der einmal ein Haus gewesen ist, und da oben, auf zwei Stützen, sehe ich ein riesiges weißes Schild, darauf steht in sehr großen Buchstaben:

HIER BAUT BERLIN!

»...und die anderen, die in der Überzeugung, daß es sie nichts angehe, am Sonntag vor der Arena Schlange stehen«, spricht die Pest, »werden einen Bogen um euch machen, die ihr verdächtig seid. Aber das möge euch nicht mit Bitterkeit erfüllen: es geht auch sie etwas an. Sie befinden sich ebenfalls auf der Liste, und ich vergesse keinen. Alle verdächtig, das ist der rechte Anfang...«
...und der Regisseur und der Kameramann haben sich gar nicht fassen können vor Begeisterung. Genauso haben sie sich das erhofft, besser hat es nicht sein können, darum sind wir den Umweg gefahren: damit ich die Bescherung nicht schon vorher sehe, damit ich gefilmt werde, wenn ich sehe, was geschehen ist... da werden die Leute »einen Happen heulen«, hat der Regisseur gesagt, »ja, es ist schon ein Jammer, was hier geschieht«, hat er gesagt.

Er ist ein älterer, kultivierter Mann, der Regisseur.
»... das alles schließt übrigens Gefühlsseligkeit nicht aus«, spricht die Pest. »Ich liebe die Vögel, die ersten Veilchen, den frischen Mund der jungen Mädchen. Von Zeit zu Zeit ist das ein Labsal, und in Tat und Wahrheit bin ich ein Idealist. Mein Herz...«
... und als ich mich etwas erholt hatte, habe ich die Leute vom Fernsehen gefragt, wann das Haus gesprengt worden ist, und sie haben gesagt: so vor ein, zwei Jahren. Ja, da steht aber: HIER BAUT BERLIN! habe ich gesagt. Sie haben böse gelacht und mir das erklärt: Da werden überall in Berlin Häuser und Grundstücke aufgekauft, die Besitzer erhalten Geld oder andere, moderne Wohnungen, aber gebaut wird in Berlin mitnichten oder nur sehr, sehr langsam, damit man bei der Steuer alljährlich Millionenverluste melden kann.
»... aber ich fühle, daß ich weich werde, und will nicht mehr weiter von diesem Thema sprechen«, sagt die Pest.
... dann sind wir hinausgefahren zum Jagdschloß Grunewald, und sie haben mir erklärt, daß dies der einzige Renaissancebau der Stadt ist, und natürlich war geschlossen, denn Führungen finden nur zu bestimmten Zeiten statt, es war bereits Spätnachmittag, sie haben diesen Film für den nächsten Abend vorbereiten wollen, aber als der Verwalter gehört hat, was los ist, da hat er das Tor öffnen lassen, und wir sind in den Schloßhof gefahren und ausgestiegen und über Wiesen hinunter gegangen zum Grunewaldsee. Da war eine Bank, und auf die haben der Regisseur und ich uns gesetzt, und da hat dann ein kleines Gespräch stattgefunden, und ich habe das Wasser gesehen und die vielen Kiefern mit ihrer goldbraunen Rinde, die zu dieser Stunde im Licht der untergehenden Sonne aufgeleuchtet haben, und ich habe daran denken müssen, wie viele schöne Bilder des Malers Leistikow mir Adrian gezeigt hat in jener Zeit, die längst vergangen ist, denn Leistikow hat den Grunewaldsee und seine Ufer mit den Kiefern und den paar Eichen vielleicht hundertmal gemalt, und da, auf der Bank, hat mich plötzlich unendlicher Frieden und eine Sehnsucht ergriffen, ich weiß nicht wonach, doch, ich weiß es. Sehnsucht nach dieser vergangenen Zeit, und das habe ich dem Regisseur auch gesagt, für seine Sendung, und mir ist zum Heulen gewesen...
»... fassen wir kurz zusammen«, sagt die Pest. »Ich bringe euch das Schweigen, die Ordnung und die unbedingte Gerechtigkeit. Ich verlange keinen Dank dafür, denn was ich für euch tue, ist nur natürlich. Aber ich fordere eure tätige Mitarbeit. Mein Amt hat begonnen...«

29

»Ich bewundere Sie, Professor«, sagte Bernard Branksome. Sein Gesicht war angespannt, seine Züge waren vital, seine stahlblauen Augen hinter den dicken Brillengläsern blitzten vor Begeisterung. Das Mitglied des Repräsentantenhauses, nunmehr auch Verbindungsmann zwischen dem ›Drug Office‹, dem US Narcotic Bureau, der UNFDAC (Spezialfonds zur Bekämpfung des Drogenmißbrauchs) und der ebenfalls neugegründeten DEA (Drug Enforcement Administration), der Vereinigung nordamerikanischer Drogenbekämpfer, saß auf einem Hocker in einem Labor des Instituts in Lexington. Er ließ sich von Lindhout und Collange regelmäßig über deren Fortschritte bei der Suche nach einem endlich einsetzbaren Antagonisten berichten und kam mindestens einmal im Monat zu Besuch. Zuerst hatte Lindhout sich geweigert, ihn zu empfangen, war indessen von Chefinspektor Longey telefonisch bestürmt worden, Branksome gegenüber keinerlei Feindschaft spürbar werden zu lassen.
»Was soll's denn, Professor«, hatte Longey gesagt. »Daß er eine Erzsau ist, das wissen Sie, und das weiß ich. Aber beweisen? Beweisen können wir einen Dreck. Wir werden wirklich beide gefeuert, wenn wir noch einmal anfangen, Vorwürfe gegen Branksome zu erheben! Wir müssen den Spieß umdrehen in dieser verkorksten Lage. Seien Sie kooperativ! Tun Sie, als hielten Sie Branksome für einen Superamerikaner! Erzählen Sie ihm ruhig, wie weit Sie sind – er kriegt's ja doch heraus –, denken Sie bloß an Ihre Assistentin Gabriele. Im Gegenteil: Jetzt müssen *wir* versuchen, aus dem Hund herauszubekommen, was *wir* tun können – und wir werden einiges herausbekommen, wenn wir es geschickt anfangen...«
Dieser Logik hatte Lindhout sich gebeugt, und auch Collange war angewiesen, Branksome in jeder Beziehung entgegenzukommen. Der wieder stellte der Forschungsstätte in Lexington an Schutz, Förderung und Geld zur Verfügung, was er nur konnte. Die Hilfe der SANA hätte ausgereicht. Mit den Mitteln, die Lindhout nun zusätzlich von Branksome erhielt, schwammen er und seine Mitarbeiter im Laufe des Jahres 1974 geradezu in Geld. Auf alle Vorhaltungen, auf alle Einwände hatte Branksome stets die gleiche Antwort: »Lieber Professor, ich habe im Fernsehen feierlich versprochen, Ihnen zu helfen und Sie stets so weit zu unterstützen, wie es in meinen Kräften steht. Wollen Sie mich als einen Mann darstellen, der sein Wort bricht?«

Lindhout und Collange hatten zugesehen, wie die Einrichtungen zur Sicherheit für das Institut und die darin Arbeitenden installiert wurden. Sie hatten sich sogar fast schon an Branksomes Besuche gewöhnt und daran, sachlich und entgegenkommend mit ihm zu sprechen. Wenn Lindhout manchmal glaubte, das nicht ertragen zu können, zwang er sich, an Longeys Worte zu denken: »Nur so haben wir noch eine – winzig kleine – Chance, die Sau zu überführen, denn nur so, in einer Atmosphäre des scheinbaren Vertrauens, verspricht er sich vielleicht, sagt er mehr als er darf...«
Nun war es wieder einmal soweit.
Branksome hatte sich über den neuesten Stand der Forschung unterrichten lassen. Danach arbeiteten Lindhout, Collange und rund um die Welt Biochemiker und Ärzte daran, einen neuen Antagonisten zu testen, der viereinhalb Wochen wirksam war, jedoch in ungefähr siebzig Prozent der Fälle süchtig machte. Lindhouts Idee war es gewesen, ausgehend von diesem Langzeit-Antagonisten, die für die Suchtgefahr verantwortlichen Faktoren auszuschalten und die Wirkungsdauer zu verlängern – bisher ohne Erfolg.
Trotzdem hatte Branksome eben gesagt: »Ich bewundere Sie, Professor.« Und er fügte hinzu: »Nicht lockerlassen, das ist der rechte Geist!« Er stand auf, ging von Käfig zu Käfig und betrachtete aufmerksam diejenigen Affen, die vor kurzem den kleinen Hebel gedrückt hatten, um sich mit einer neuen Portion des Antagonisten AL 3432 zu versorgen – eben jenem, der viereinhalb Wochen lang wirksam blieb, aber leider süchtig machte.
Nun drehte Branksome sich um und sah Lindhout und Collange an. »Ich habe keine so guten Nachrichten für Sie, meine Freunde.« Er preßte die Fingerspitzen gegeneinander und ließ die Mittelknochen knacken. »Wir haben festgestellt, daß mit dem Ende der ›French Connection‹ der Nachschub an Heroin in die Staaten sich keineswegs lange verringert hat, nicht wahr? Bald war wieder Heroin da! Heute wird mehr eingeschmuggelt als zu den Zeiten der ›French Connection‹! Nun wissen wir auch, woher das Zeug kommt.«
»Woher?« fragte Collange. Er brachte es leichter als Lindhout fertig, überhaupt das Wort an Branksome zu richten.
»Aus Mexiko!« Die Knöchel knackten wieder. »Es gibt eine neue Verbindung, haben die Leute von der DEA herausgefunden – die ›Mexican Connection‹.« Branksome geriet wieder einmal in Erregung. »Dort wird jetzt Mohn ebenfalls in riesigen Plantagen angebaut. Über siebzig Prozent des Rauschgifts kommt seit einiger Zeit von dort!«

Senator Branksome durchmaß den großen Raum mit kleinen Schritten.

Lindhout sah ihm abwesend zu. Hier hat Georgia gearbeitet, dachte er, Georgia, so viele Jahre lang zusammen mit mir. Die Sträucher um ihr Grab sind schon sehr hoch geworden. »Die Schweine«, sagte Branksome, hin und her eilend. »Diese dummen, feigen, eigensüchtigen Schweine!«

»Wer?« fragte Collange. »Von wem sprechen Sie?«

»Von all den lahmarschigen Brüdern, welche die UNFDAC mitgegründet und versprochen haben, einen Kapitalstock von hundert Millionen Dollar aufzubringen. Wissen Sie, wieviel zur Verfügung stehen? Etwas über siebzehneinhalb Millionen! Nach zweieinhalb Jahren! Und vierzehn Millionen davon haben wir Amerikaner gegeben. Schauen Sie sich die Deutschen an! Diese Wirtschaftswunderkinder! Wir haben sie hochgepäppelt nach dem Krieg, wir Idioten! Und jetzt? Jetzt erklären uns deutsche Stellen mehr oder weniger direkt, daß sie das Rauschgiftproblem für eine spezifisch amerikanische Sache halten.« Wieder Fingerknacken. »Die werden sich noch wundern! Wundern werden die sich alle noch – nicht nur die Deutschen, auch die Franzosen, die Engländer, die Italiener, die ganze Brut! Und wir? Wir sind dieselben Idioten geblieben wie 1945! Wir schicken den Kerlen Fachleute der DEA, in die ganze Welt schicken wir sie, damit sie den fremden Rauschgiftdezernaten das Know-how beibringen!«

Branksorme lehnte sich gegen den großen Tisch, der in der Mitte des Labors stand.

Dieser Tisch...

Lindhout mußte sich schnell setzen, sein Herz schlug plötzlich wie verrückt. Auf diesem Tisch hatten Georgia und er einander zum letzten Mal geliebt in jener Nacht des Verdachts und des Mißtrauens. Auf diesem Tisch. Und da lehnte jetzt dieser unbesiegbare Schuft...

»Was ist, Professor?«

»Nichts«, sagte Lindhout. »Nur schwindlig... mir ist auf einmal so schwindlig...«

»Sie dürfen sich nicht übernehmen, großer Gott! In Ihrem Alter sind Männer am gefährdetsten für einen ... für alles...« Branksome kam zu ihm geeilt. »Brauchen Sie was? Soll ich einen Arzt rufen? Doktor Collange, stehen Sie nicht so rum, tun Sie etwas!«

Hemingway, dachte Lindhout, Hemingway...

»Regen Sie sich nicht auf. Ist schon wieder alles in Ordnung.«

Branksome musterte ihn ernst.

»Ganz bestimmt?«

»Ganz bestimmt«, sagte Lindhout. »Und nehmen Sie die Hände von meinen Schultern, ich kann wirklich allein stehen.«
Branksome trat zurück.
Wie gerne würdest du sehen, daß ich verrecke, dachte Lindhout. Aber den Gefallen tu' ich dir nicht, nein, den nicht – ach Hemingway! Er fragte: »Und was wird gegen die ›Mexican Connection‹ getan?«
Sofort wurde Branksome wieder lebhaft.
»Die UNFDAC, das Narcotic Bureau, die DEA und natürlich mein Drug Office lassen nicht locker, wir decken die Regierung mit immer neuen Ersuchen, Forderungen, Bitten ein.«
»Welcher Art?« fragte Collange.
»Die mexikanische Regierung ist keine Verbrecherregierung. Sie ist mit der unseren befreundet. Aber im Vergleich zu uns – und nicht nur zu uns – ist Mexiko ein armes Land. Wir bedrängen Washington, der mexikanischen Regierung Geld zu geben, viel Geld – zehn, fünfzehn Millionen, und dazu Flugzeuge und Techniker und Chemiker, damit die mexikanische Regierung einmal unter unserer Anleitung die ganzen Gebiete im Nordwesten durchkämmen kann, um die Mohnpflanzungen aufzuspüren. Dann werden die Flugzeuge dort Pflanzenvernichtungsmittel absprühen und die Mohnkulturen vernichten!« Branksome seufzte. »Noch ist es nicht soweit. Noch gibt es weder Geld noch Flugzeuge. Aber es wird sie geben – bald! Und sie werden eingesetzt werden! Und die ›Mexican Connection‹ wird zerstört werden wie die ›French Connection‹. Und dann wird es eine dritte ›Connection‹ geben...« Die Knöchel knackten. »Eine der elementaren Lektionen, die wir gelernt haben – das hat mir der US-Koordinator für internationale Drogenprobleme, mein Freund David Ernst, gesagt –, ist die Tatsache, daß immer dann, wenn wir in einer Weltgegend Fortschritte gemacht haben, sich in einer anderen Gegend das Problem neu stellt...« Er begann wieder herumzulaufen. »Wie geht es Truus, Professor? Was macht sie in Berlin? Ist sie gesund? Fühlt sie sich wohl?«
»Sehr wohl, ja«, sagte Lindhout mühsam. »Sie hat mit ihren Vorlesungen begonnen. Ich telefoniere häufig mit ihr.«
»Meine besten Grüße! Bitte übermitteln Sie ihr meine besten Grüße und Wünsche, Professor, vergessen Sie das nicht, nein?«
»Nein«, sagte Lindhout, »das werde ich nicht vergessen.«
Plötzlich wurde Branksomes Stimme ganz leise. »Was für ein Glück, daß Truus nichts passiert ist damals. Sie lieben Ihre Tochter sehr, ich weiß...«
Lindhout nickte fast unmerklich.

»Meine... Tochter... in Paris... Sie hatte kein Glück«, sagte Branksome, nahm die Brille ab, wischte über seine Augen. »Gott soll sie in alle Ewigkeit verfluchen, die Hunde, die sie auf dem Gewissen haben... Wir müssen weiterkämpfen, Professor, wir dürfen niemals aufgeben, niemals...« Er sank auf einen Hocker und bedeckte das Gesicht mit den Händen.
Stunden später flog er nach Washington zurück.
Am Abend dieses Tages saß Lindhout im Wohnzimmer des Hauses am Tearose Drive und blickte in den nachtdunklen Garten hinaus. Nur eine Stehlampe brannte, und er sah sich in der Fensterscheibe gespiegelt. Die alte Kathy lebte jetzt mit ihm in seinem Haus, sie hatte darum gebeten. Das eigene Haus, für das sie und ihr Mann und ihr Sohn Homer so lange gearbeitet hatten, war Kathy unheimlich geworden. So hatte sie es verkauft und war als Haushälterin zu Lindhout gezogen. Am Tag kam noch eine junge Frau, die sie entlastete, denn Kathy war mit den Jahren sehr schwach und verschroben geworden. Sie trat gerade in das Wohnzimmer, um Lindhout zu sagen, daß sie nun schlafen ging, als das Telefon läutete. Bevor er sich erheben konnte, hatte Kathy nach dem Hörer gegriffen.
»Ja«, sagte Kathy Grogan, »ja, guten Abend...« Lindhout drehte sich halb um. Er hörte Kathy, gebückt, gebrechlich und leicht verwirrt sprechen: »... ob er zu Hause ist? Ja, er ist zu Hause. Wer spricht denn bitte?... Chefinspektor Longey aus New York...« Lindhout erhob sich. »... einen Moment, Chefinspektor, der Professor kommt schon, kommt schon...« Kathy gab Lindhout den Hörer. »Chefinspektor Longey aus New York will Sie sprechen«, sagte Kathy. Er strich ihr über das Haar. »Danke, und schlafen Sie gut.«
»Sie auch, Professor, Sie auch...« Die alte Kathy schlurfte davon.
Lindhout sprach: »Longey! Was ist los?«
Die Stimme des Leiters des Narcotic Bureau ertönte: »Ich habe gerade mit Lassalle telefoniert.«
»Lassalle?«
»Der Chefinspektor vom ›Bureau des stupéfiants‹ in Marseille.«
»Ach, natürlich. Was will denn der von Ihnen?«
»Gar nichts. Ich wollte was von ihm«, ertönte Longeys Stimme. »Schon seit langem. Er hat viel Zeit gebraucht, um die Wahrheit herauszufinden. Schwierigkeiten über Schwierigkeiten wurden ihm in Paris gemacht. Er hat es trotzdem geschafft. Er hat mir gesagt, ihm ist es scheißegal, ob unser Gespräch abgehört wird von den SAC-Leuten oder sonstwem. Uns kann es auch scheißegal

sein, ob unser Gespräch abgehört wird – von diesem Schwein Branksome oder sonstwem!«

»Hören Sie auf, Longey«, sagte Lindhout. »Was hat Lassalle herausgekriegt?«

»Branksome weint einem doch immer vor, daß er eine Tochter gehabt hat, die in Paris an Drogen gestorben ist, nicht?«

»Ja. Und?«

»Und darum führt er wie ein Besessener seinen Kampf gegen das Rauschgift, sagt er doch immer, nicht?«

»Ja, Herrgott. Und?«

»Er hat wirklich eine Tochter gehabt«, erklang Longeys Stimme. »Das hat Lassalle herausgekriegt.«

»Na schön, also hat er eine Tochter gehabt.«

»Warten Sie, Professor. Warten Sie. Es war eine uneheliche Tochter, Monique hat sie geheißen. Branksome war nie verheiratet.«

»Das spielt doch keine Rolle...«

»Natürlich nicht. Aber was anderes spielt eine Rolle.«

»Was, Longey?«

»Daß Monique nicht an Rauschgift gestorben ist.«

»Sondern woran?«

»An Tuberkulose! Im Hôpital Saint-Louis in Paris! Sie hat sich mit ihrem Vater nie vertragen und sich von ihm losgesagt und den Namen der Mutter behalten... einer der Gründe, warum es so schwer gewesen ist, sie in den Registern aufzufinden. Ging auf dem Strich – wie schon das Mütterchen selig. Naja, und da hat sie sich eine Tb eingefangen... die Arbeit in den kalten Nächten... Das Ende war ein Blutsturz... Und das ist schon lange her...«

»Wie lange?«

»1945 war's«, sagte Longey. »Hübsch, was?«

»Oh«, sagte Lindhout, »sehr hübsch, wirklich.«

30

Ja, genau das habe ich damals gesagt, dachte der alternde Mann in der stillen, großen Wohnung an der Berggasse im IX. Wiener Gemeindebezirk. Er saß jetzt in einem alten Schaukelstuhl, in dem er sehr oft Platz nahm, wenn er über ein schwieriges Problem seines Berufs nachdachte. Den Schaukelstuhl hatte er bei seiner Rückkehr nach Wien im ›Dorotheum‹, der großen Pfandleihe der Stadt, gefunden. Es war eine Liebe auf den ersten Blick gewesen...

17 Uhr 23. Der Kalender auf dem Schreibtisch zeigte den 23. Februar 1979.
Immer noch niemand.
Immer noch warten. Immer noch sich erinnern, erinnern an das ganze Leben, das nun schon fast zu Ende war, dieses so erstaunlich kurze Leben. Lindhout hielt das Whiskyglas in der Hand, aber seit geraumer Zeit trank er nicht mehr. In seinem halbberauschten Zustand fühlte er sich zufrieden, und seine Gedanken wanderten durch das Haus der Erinnerung mit den vielen tausend Türen.
Das habe ich gesagt: »Oh, sehr hübsch, wirklich!« dachte er nun. Natürlich habe ich nicht gemeint, daß ich es hübsch finde, wie Branksomes uneheliche Tochter elendiglich gestorben ist. Zynisch und auf Branksome bezogen, habe ich es gesagt. Die Tochter da in Paris, diese Monique, war mit meiner Bemerkung nicht gemeint. Monique hat nichts dafür gekonnt, daß ihr Vater ein Verbrecher war oder jedenfalls wurde, ein Schwerstverbrecher und also ganz konsequent ausgezeichnet mit dem höchsten Ehrenzeichen seines Vaterlandes. Monique ist gewiß ein armes Luder gewesen.
Was heißt das, ›arm‹? dachte er. Welcher Mensch ist nicht arm ›in diesem Tale, das von Jammer schallt‹? Und doch ... und doch gibt es wohl niemanden unter all den Milliarden, die eine kleine Weile ausharren auf unserem Planeten, diesem Molekül des Alls, der nicht wenigstens einmal im Leben auch Glück kennengelernt hat, Glück in irgendeiner Form, auch der ärmste und geringste unter den Menschen. Ich, dachte Lindhout, leise hin und her schaukelnd, ich habe so sehr viel Glück gehabt. Georgia hat weniger Glück gehabt, aber doch immerhin. Kathy, Gabriele, das Fräulein Demut, in dessen Wohnung ich sitze ... ganz gewiß waren sie auch einmal glücklich in ihrem Leben. Eine lange Reihe von Namen zog in Lindhouts Gedanken vorbei, so viele Menschen, so viele Schicksale, so viel Leid und Tod, und dabei gewiß auch Glück, oh, ganz gewiß auch Glück.
Das ist ja der gemeine Trick, den das Leben sich ausgedacht hat, dachte er, diese Zuteilung einer Portion Glück für einen jeden. Unfair ist das Leben. Truus, zum Beispiel. An jenem Abend, ich erinnere mich genau, an jenem Abend, an dem Longey mich anrief und mir von Branksomes Tochter Monique erzählte, da habe ich daran gedacht, daß Truus glücklich ist, endlich glücklich, sie hat es mir doch immer wieder und wieder geschrieben oder am Telefon erzählt. Ich habe die Briefe noch, die Fotos, ich war selber in Berlin damals und habe Truus und Claudio gesehen ...
Mit einem Ruck stand Lindhout auf. Er schwankte leicht. Hoppla, dachte er, das habe ich ja gar nicht gemerkt, daß ich doch ganz

schön angesäuselt bin. Ich muß achtgeben auf mich – so wie alle die armen Süffel sehr achtgeben müssen auf sich, damit sie nichts Falsches tun, damit ihnen nichts Böses passiert.
Sehr gerade und vorsichtig schritt er auf eine alte, grüngestrichene Kiste zu, die neben dem Schreibtisch stand. Weiß, in Druckbuchstaben, stand darauf:

HOMER GROGAN, PRIVATE
SUNSHINE DIVISION UNITED STATES ARMY
SERIAL NUMBER 906 543 214

Das war einmal die Kiste gewesen, in der Homer Grogan, Kathys braver Sohn, seine Habe mit sich um die Welt geschleppt hatte: von Amerika nach England, von dort war die Kiste am Tag D nach Frankreich gekommen, dann nach Deutschland, von Deutschland nach Korea, und in Korea war der arme Homer Grogan gefallen. ›Das Verteidigungsministerium bedauert, mitteilen zu müssen...‹ Homer?
Ist auch Homer glücklich gewesen in seinem so ungewöhnlich kurzen Leben? Ganz gewiß, dachte Lindhout, während er ein wenig ächzend vor der Kiste in die Knie sank, ganz sicherlich war da ein ›Fräulein‹ in Berlin oder ein ›Girl‹ anderswo oder ein Freund oder ein Buch... So sehr viele Dinge machen glücklich – für eine so sehr kurze Weile...
Er öffnete die Schlösser der alten Kiste. Sie war Kathy von einem Kameraden ihres Homer nach Lexington gebracht worden, und mancherlei Dinge hatten sich, außer Kleidern und Schuhen, darin befunden – wohl eben jene, die mit Homers Glück zusammenhingen, dachte Lindhout. Kathy hat alles, was in der Kiste war, an sich genommen, sie hat die Kiste nicht haben wollen, sie hat sie mir geschenkt, als ich sie darum gebeten habe.
Er hatte die Kiste geöffnet. Die war jetzt angefüllt mit den seltsamsten Dingen, mit Hunderten von Briefen, Telegrammen, Zetteln, einer kleinen Puppe, einer Haarsträhne, einem Quarzstein, einer sonderbar geformten, vom Meer ausgewaschenen und gebleichten Baumwurzel, aufgelesen an irgendeiner Küste der Welt, mit Knöpfen, Papierblumen, einem vertrockneten Olivenzweig, Zeitungsausschnitten, mit kleinen Glasbildchen, primitiv bemalt, Kieselsteinen, Ehrenurkunden, Ikonen, einer Brille ohne Gläser, einem Gummiband, einer Mappe mit gepreßten und auf Papier geklebten Pflanzen, Spielwürfeln mit einem Lederbecher, mit dem Sowjetstern von einer Soldatenmütze, dem amerikanischen Wappen von einer Offiziersmütze, winzigen roten Wörterbüchern, Murmeln,

Blechgeschirr, Fahrkarten, längst vergilbt – tausend Dingen, an denen tausend Geschichten hingen...
All das schleppte Lindhout seit Jahren durch die Welt, nun stand diese Kiste hier, neben dem Schreibtisch, und lange hatte er sie nicht aufgemacht.
Er wühlte in Bergen von Briefen und Fotografien, fand, was er suchte und kehrte zu seinem Schaukelstuhl zurück, ließ sich sinken, sah ein Foto an.
Es zeigte Truus und Claudio Wegner vor dessen Haus in der Berliner Herthastraße. Ein schönes Haus war das, alte Bäume umstanden es schützend. Da lachten sie ihn an, Truus und Claudio, einer die Hände um des anderen Hüfte gelegt. Groß war Claudio, schlank, er hatte ein schmales Gesicht mit dunklen, brennenden Augen und schwarzes, sehr dichtes, kurzgeschnittenes Haar. Eine verwaschene Leinenhose trug Claudio, darüber ein weites Baumwollhemd, Sandalen an den Füßen, und ebenso leger hatte Truus sich gekleidet, denn diese Aufnahme war an einem heißen Tag gemacht worden, man sah es den Farben des Fotos an, daß es sehr heiß gewesen sein mußte an diesem Tag des Glücks.
Und da gab es andere Fotografien, so viele, Claudio und Truus im Zoo, vor den Trümmern der Gedächtniskirche, vor der Universität, vor dem Schillertheater, Truus am Herd in Claudios Haus, eine schlafende Truus, so friedlich, und Claudio in der Garderobe beim Schminken, auf der Bühne als Tasso, Tell, des Teufels General, Richard III., Clavigo, Mackie Messer, Liliom...
Aufnahmen fielen zu Boden. Lindhout kümmerte es nicht. Er hielt jetzt Briefe von Truus in der Hand, las nur Sätze...
›...alle so freundlich zu mir... meine erste Vorlesung... großer Erfolg... die Studenten haben getrampelt und auf die Pulte geschlagen...‹
›...C. im Begriff, eine Weltkarriere zu machen... Hat schon Filme in Frankreich, Italien und England gedreht... amerikanische Angebote liegen vor! Mit den Theatern ist es dasselbe... Auslandstourneen, Engagements an viele der größten Bühnen Europas... Fernsehen... Funk... Er kann bei weitem nicht alles annehmen...‹
›...Ich bin sehr traurig... diese kleine Bar am Kurfürstendamm... eine scheußliche Diskothek haben sie daraus gemacht... Leute erzählten mir, Robert Friedmann habe verkauft und sei verreist... Heute hat mir Claudio die Wahrheit gesagt: Robert Friedmann ist seit elf Jahren tot! Claudio wollte es mir eigentlich nicht sagen... aber als ich immer wieder fragte... das war doch die Bar, in der ich

so oft mit ihm gesessen bin, damals, 1951, du erinnerst Dich, Adrian, ich habe Dir soviel von Robert Friedmann erzählt, die Nazis haben seine Frau umgebracht, und er hat mir immer wieder gesagt, daß Berlin die einzige Stadt auf der Welt ist, in der man noch leben kann...‹

›...so sehr verändert hat sich diese Stadt! Neue Straßenzüge, Stadtautobahnen, man findet sich nicht mehr zurecht... und trotz all diesem Neuen, Modernen, Schönen fühlst Du, wie wenn Du es greifen könntest, etwas Todtrauriges... dauernd Unruhen... Razzien... die Gedächtniskirche haben Gammler vollkommen verdreckt... Dort wird jetzt Rauschgift gehandelt wie am Bahnhof Zoo... mit Hasch hat es hier angefangen, jetzt steigen sie auf Heroin über... auf *Heroin*, Adrian! Was ist es, das Berlin zu einem solchen Zentrum des Rauschgifthandels macht...?‹

›...sitzt bei der Halenseebrücke ein junger, völlig verkommener Mann, betrunken oder gedopt oder beides, ich sehe ihn immer wieder, er hat eine Gitarre, auf der klimpert er, und er singt immer wieder dasselbe Lied: ›Ol' Man River‹, und immer und immer wieder: ›I'm sick of living and afraid of dying‹ ... ›Das Leben kotzt mich an, und ich hab Angst vor dem Tod...‹ Ich habe ein paarmal versucht, mit ihm zu sprechen, aber er antwortet nicht... armer Kerl, arme Menschen, arme Stadt, arme Welt...‹

›...habe in der Uni einen sehr interessanten Mann kennengelernt... Privatdozent, Sinologe, Christian Vanloo heißt er. Ich unterhalte mich oft mit ihm... Er ist weit herumgekommen in der Welt, es ist so aufregend, ihm zuzuhören... er wohnt in der Nähe, aber er ist viel auf Reisen... Diesen Christian Vanloo mußt Du kennenlernen, er wird auch Dich interessieren...‹

›...in zwei Wochen hat Claudio Premiere, er muß sehr viel arbeiten, Text lernen, ich höre ihn ab, die Proben dauern so lange...‹

›...wir lieben einander so sehr, Adrian, Dir kann ich alles erzählen, das weiß ich, wir wollen zusammenbleiben. Du mußt herüberkommen, sobald Du nur kannst, es gibt so vieles zu berichten und zu zeigen...‹

Ich bin nach Berlin gekommen, dachte Lindhout. Für eine Woche, die erste Woche im Juli 1974. Und es hat so viel zu berichten und zu erzählen gegeben, daß ich kaum Schlaf gefunden habe. Ach, war ich da noch einmal glücklich in dieser eingeschlossenen Stadt! Es hat mich ergriffen, zu sehen, wie die Berliner an ihrem Berlin hängen, mit ihm verwachsen sind... Claudio... ach, so stolz ist Truus auf ihn gewesen – und mit Recht! Was für ein seltsamer Mensch, dieser Claudio, immer mußte ich daran denken, wie fröhlich er als kleiner Junge gewesen ist, damals, im Krieg...

Wenn Truus die Augen zufielen und sie endlich zu Bett ging, saßen wir zwei – dieser Dozent Vanloo war gerade verreist, ich habe ihn nicht kennengelernt –, saßen also wir zwei noch stundenlang zusammen, und in diesen Stunden habe ich Claudio Wegner so kennengelernt, wie ihn keiner kannte. Sehr ernst, sehr skeptisch, ungeheuer gebildet. Und immer wieder hat er vom Tod gesprochen, vom Tod, immer und immer wieder!
Ich erinnere mich noch genau seiner Worte: »Der Tod ist das einzige, was man nicht erlebt. Deswegen soll man nicht traurig sein wegen der Zeit, die man später nicht leben wird. Man ist ja auch nicht traurig wegen der Zeit, die man vor seiner Geburt noch nicht gelebt hat, und die ganz bestimmt unendlich lange gewesen ist, während die Zeit nach dem Tod überhaupt erst einmal anfangen muß, zu entstehen, zu wachsen, lange zu werden...«
Was für Worte aus dem Mund eines Dreiundvierzigjährigen, der im Begriff stand, die Welt zu erobern, was für Worte!

31

Daß Claudio immer berühmter wurde, hat natürlich auch alles komplizierter werden lassen. Er hat nicht einfach seine europäische Karriere abbrechen und mit Truus nach Amerika kommen können. Wir haben lange überlegt, das heißt, ich habe eigensüchtig lange Überlegungen angestellt.
Wegen Truus natürlich. Immerhin...
Immerhin wollten die beiden heiraten und in Europa bleiben, und ich mußte doch nach Lexington zurück! Täglich rief Collange an, wir waren der Lösung unseres Problems bereits nahe, sehr nahe gekommen, er brauchte mich, die SANA brauchte mich... Nein, ich mußte zurück!
Natürlich habe ich Truus gesagt, daß ich einer Heirat zustimme, denn Claudio war ein wunderbarer Mann, keinem anderen Mann hätte ich sie anvertrauen mögen, wenn ich sie schon nicht mehr haben konnte. Ich habe gesagt, ich werde mit dem Rektor reden, das Lehrverhältnis in Lexington wird natürlich in beiderseitigem Einverständnis gelöst werden, Truus soll in Berlin bleiben, und wenn das Gastjahr an der Freien Universität vorüber ist, dann mögen sie heiraten! Truus kann versuchen, weiter zu lehren, oder sie kann einen anderen Beruf ergreifen, oder nur noch für Claudio dasein. Das habe ich gesagt. Und Truus hat mich geküßt und gestreichelt, und sie hat ein wenig geweint und gesagt: »Wir

kommen dich besuchen, Adrian, bestimmt! Und du kommst nach Berlin! Ach, bin ich glücklich, Adrian!«
»Und ich, Tochter«, habe ich gesagt...
Wieder fielen Briefe und Fotos aus Lindhouts Hand. Es lag noch ein Stapel in seinem Schoß. Er las weiter in Truus' Briefen.
›...viel Aufruhr an der Universität, sie hat sich sehr verändert in dieser kurzen Zeit...‹
›...Politik und Haß und Streit... mit der APO ist es aus, scheint es... aber was jetzt kommt, ist schlimm...‹
›...Wer will hier noch lernen? Wer kann hier noch lehren? Vielleicht, wenn die Verantwortlichen in Deutschland 1968 auf die geforderte Diskussion eingegangen wären, wie die Jungen sie wollten, wäre alles anders gekommen, nicht so arg, wie es geworden ist, nicht so arg, wie es noch werden wird...‹
›...Rauschgift...‹
Da steht das Wort wieder, dachte Lindhout, schwer beklommen. Datum des Briefes? Er sah nach: 13. Mai 1975.
13. Mai 1975.
Danach hat die amerikanische Regierung gerade beschlossen, Geld und Flugzeuge und Spezialisten nach Mexiko zu schicken. Mexikanische Soldaten haben den ganzen Nordwesten des Landes durchkämmt und die Mohnplantagen dort mit Pflanzengiften aus Flugzeugen zugedeckt.
Etwa 20000 solcher Pflanzungen sind dabei vernichtet worden. Dann, etwas später, hat die Regierung in Washington noch einmal elf Millionen Dollar zugeschossen, und der neue mexikanische Präsident López Portillo hat mehr als 10000 Soldaten zur ›Operación Cóndor‹ für den Drogenabwehrkampf bereitgestellt. Im Bundesstaat Sinaloa allein wurden damals mehr als 700 Menschen verhaftet und unter Anklage gestellt.
Und die Folge?
Die Chinesen in der Chinatown von Amsterdam haben unter Anleitung eines ›Boss‹ – ahhhh, und niemand konnte ihm etwas anhaben, niemand, niemand! – mit den Großen in Fernost abermals eine ›Connection‹ aufgebaut. ›Dutch Connection‹ hieß sie diesmal, eine riesenhafte Verteilerzentrale war das, achtzig Prozent des Heroins, das damals in Deutschland und insbesondere in Berlin auftauchte, stammte von der ›Dutch Connection‹!
Damals hatten wir einen Antagonisten, der war fast fünf Wochen lang wirksam – und machte süchtig. *Und machte leider süchtig.*
Lindhout atmete tief, es bereitete ihm Mühe, weiter in Truus' Briefen zu lesen...
›... 1970 erzählten mir Beamte vom Rauschgiftdezernat hier, haben

sich 29 junge Menschen mit Heroin getötet... durch den »Goldenen Schuß«, wie die Boulevardblätter das sogleich nannten... jetzt, 1975, sind es bis heute bereits 194, und alles ist ratlos. Eine Lawine kommt auf Berlin zu, sagen die Beamten, und die Jugendlichen, die das Zeug nehmen, werden immer jünger – nun sind es schon Kinder!...‹

›...macht sich auch auf der Uni bemerkbar. Es wird gedealt, es wird gefixt, Studenten wandern ab, verschwinden ins Nichts, tauchen nie mehr auf, oder tauchen wieder auf, aber nicht in der Universität, sondern am Bahnhof Zoo, dem Treffpunkt der Fixer und Dealer. Es hat sich eine grauenerregende Untergrundwelt gebildet, der die Behörden machtlos gegenüberstehen...‹

›...haben Claudio und ich einen sehr netten Beamten kennengelernt, er ist Rauschgiftfahnder hier in Berlin, Herbert Straß heißt er, Claudio hat ihn eingeladen, und nach dem Abendessen hat Straß sein Herz ausgeschüttet. Er ist absolut hoffnungslos. Wörtlich hat er gesagt: »In der Bundeskriminalamtabteilung TE (TERROR) verfolgen zur Zeit über dreihundert Kriminalisten die Spuren flüchtiger Terroristen. Der *bundesweite* Ausbau der Rauschgifttruppe stagniert bei fünfundvierzig Beamten.«

Das ist doch einigermaßen unlogisch. Der Rauschgifthandel fordert in einem Jahr mehr Todesopfer, als der Terrorismus in einem Jahrzehnt...‹

›...Adrian, stell dir vor, Giorgio Strehler war in Berlin und hat Claudio zu sich in sein Piccolo-Teatro in Mailand eingeladen. Dort soll Claudio unter Strehlers Regie die Hauptrolle im »Aufhaltsamen Aufstieg des Arturo Ui« von Brecht spielen. Die Proben fangen nächste Woche an, Claudio fliegt am Samstag nach Mailand. Oh, Adrian, ist das nicht wundervoll? Wie glücklich bin ich...‹

32

»Wie glücklich bin ich, Claudio«, sagte Truus. Sie umarmte ihn und preßte sich an ihn. »Natürlich komme ich zur Premiere, Adrian hat angerufen, daß er auch kommen wird!«

Das Taxi, das sie am 16. Mai 1975 zum Flughafen Tegel hinausbrachte, erreichte die lange Kaiser-Friedrich-Straße und fuhr mit erhöhtem Tempo nach Norden. Der Chauffeur hatte sich ein Autogramm von Claudio geben lassen und bestritt nun – wie's die Taxifahrer in ganz Berlin tun – die Konversation. Claudios

Zuschauer war er schon zweimal gewesen – in ›Blick zurück im Zorn‹ und im ›Prinzen von Homburg‹.
»Also, ick und meine Olle, nüch, einmal hatse Jeburtstach jehabt und sich Sie jewinscht, Herr Wegna, und det andre Mal warn wa injeladen von mein' Scheff...«
Der Fahrer hatte nicht mehr aufhören können, hinsichtlich Claudios Begabung seiner Begeisterung Ausdruck zu geben. »Sehnse, so wat jibt et eben bloß in Berlin – ooch wenn et uns noch so beschissen jeht – pardon, jnädje Frau – aba iss doch wahr, nüch? Und dadrum bleibe ick ooch hier, bisse mir umlejen oda rausschmeißn, wat weeß ick – ick bleibe hier! Berlin – det iss doch die einzije Stadt, in die man leben kann! Ooch heute noch! Ick weeß, wat ick sare. Ick hab' in'n Westen jemacht, dreimal. München, Düsseldorf, Köln... Die mit ihre angefreßnen Bäuche und große Sprüche kloppen, wiese uns lieben und det wir der Hort der Freiheit sinn, und detse uns vateidijen wern, wenn et notwendich is bis zum letzten Berlina... Is doch wahr, nüch? Längst vajessen und vakooft hamse uns, nich'n Finga machn die krumm für uns... oda hamse etwa 'n Finga krumm jemacht bei die Maua? Wo war denn da der Herr Adenaua, den se so vaehrn? Wo warn denn da die Amis und die Englända und die Franzosen? Mit 'n halbet Dutzend Panza hättense die Maua niedawalzn könn', wenn se hätten jewollt. Aba hamse jewollt? Scheiße hamse jewollt, jerade recht isset ihn' allen jewesen, mia kann doch keena wat vormach'n! Nee, nee, wir sinn janz alleene, und det wolln wa ooch bleiben... und wenn et eenmal losjeht, und losjehn wird et so sicha wie't Amen in de Kürche, denn hamwa et wenichstens jleich hinta uns! Die in'n Westen, die nüch! Bis die Russen nach München oda Düsseldorf kommen, det dauat dann noch ville Stunden!«
Truus war entgeistert gewesen. Was sagte dieser Berliner Taxifahrer da? Sie sah aus dem Fenster. Die häßlichen Neubauten erschienen ihr schön, die scheußlichen Fassaden vieler Gebäude – alles, alles fand sie schön.
»Was ist?« hatte Claudio gefragt.
»Wieso?«
»Du lächelst so selig...«
»Ich bin so selig, Claudio! Das ist eben Berlin!« Sie sah ihn an. »Nein«, sagte sie, »das bist *du.*«
»Was, ich?«
»Der diese Stadt schön macht für mich. Ach, Claudio...«
Und sie legte ihren Kopf an seine Schulter und hielt seine Hand und schwieg lange Zeit.
Der Fahrer schwieg nun auch, es war ein taktvoller Fahrer.

»Ich werde dich abends immer anrufen«, sagte Claudio.
»O ja, bitte! Aber nur, wenn du Zeit hast! Du mußt es nicht tun, weißt du?«
»Ich will es aber. Ich liebe dich doch!«
Vor der Kreuzung am Spandauer Damm mußte der Fahrer halten, ein dicker Mercedes stand da – obwohl die Ampel GRÜN zeigte. Der Taxifahrer lehnte sich aus dem Fenster.
»Na los, fahr schon, Mönsch!« schrie er. »Jriena wird's nich mehr!«
Der Mercedesfahrer blickte erschrocken zurück und gab dann Gas.
Truus lachte.
»Na, iss doch wahr, nüch?« sagte der Chauffeur.
Truus streichelte Claudios Hand. Sie fuhren jetzt auf dem breiten Tegeler Weg, vorbei am Schloßgarten mit seinem Karpfenteich, ein Stückchen Spree begleitete sie in Richtung Stadtautobahn. Und die Sonne schien am frühen Nachmittag dieses 16. Mai 1975, der Himmel war wolkenlos, hier draußen sah man blühende Bäume und Hecken.
»Aber du wirst dich langweilen, jeden Abend allein zu Hause«, sagte Claudio.
»Nie!« Truus drückte seine Hand. »Wenn du doch anrufst.«
»Trotzdem... lade Freunde ein, bleib nicht allein.«
»Ich will keine Freunde einladen«, sagte Truus.
»Auch nicht diesen Dozenten Vanloo? Das ist doch ein so kluger und charmanter Mann!«
»Doch, ja, Vanloo vielleicht«, sagte Truus.
Das Taxi erreichte den großen Kreisverkehr am Jakob-Kaiser-Platz, umrundete ihn zur Hälfte – wieder sah Truus Wasser in der Sonne glänzen – und glitt weiter den Kurt-Schumacher-Damm hinauf nach Norden.
Das Taxi fuhr vorbei am Volkspark Jungfernheide, über den Hohenzollernkanal, direkt auf die roten, häßlichen Gebäude des Flughafens Tegel zu.
Der Chauffeur begann übergangslos zu fluchen. »Mist, vadammta, sehnse sich det Chaos da an! Tach für Tach detselbe! Bei de Ankunft isset noch schlimma. Die Riesenbusse und die vielen Autos! Und der Parkplatz, den hamse sinnigerweise een Kilometa weit wegjelecht. Imma, wenn ick hierher komme, und det is oft, krieje ick nasse Hände vor Uffrejung, und ick fahre seit dreißich Jahre. Nee, det is ja nich menschlich, wie die da rumstehn und rumfahrn und rückwärts fahrn und den Winka nich raus... Zucht, verdammte! Können ja nischt dafür, die armen Leute. Aba die, wo

det jebaut ham, lebenslang müßte man die hier anfahrn lassen, imma bloß anfahrn und wieda abfahrn – *lebenslang*! Na, wat will denn der? Meschugge jeworn? Hamse det jesehn, der biecht doch jlatt rechts ab, trotzdem da 'ne große Tafel steht, Rechtsabbiejen vabotn! So, jetzt hat er's jemerkt, jetzt mussa zurück... Herrjeses, der is jarnich von hier, det is'n Ausländа, da muß ick mia entschuldijen, der hat jlatt den Kopp valorn... Hamburja Numma... könnense ma sagen, wat'n Hamburja in Tejel zu suchen hat? Na Jott sei Dank, wir ham et wieda mal jeschafft. Soja 'n Platz frei, wo ick halten kann... Wartense, ick bin Ihn' mit det Jepäck behülflich... hier findense doch nie'n Träja...«

Das Taxi hielt.

Danach ging alles unheimlich schnell.

Claudio, der links saß, öffnete den Schlag, um auszusteigen. Gleichzeitig kam ein großer städtischer Bus und wollte das Taxi überholen. Und ebenfalls gleichzeitig stieß der Hamburger Mercedes aus der Einbahn zurück. Der Fahrer war durch seinen Fehler so nervös geworden, daß er fluchte. Claudio sah, wie er lautlos, mit zornigem Gesicht, die Lippen bewegte.

Es war das letzte, was Claudio Wegner in seinem Leben sah. Denn im nächsten Moment verriß der Fahrer des Linienbusses das Steuer, um einem Zusammenprall mit dem zurücksetzenden Mercedes zu entgehen. Dabei übersah er, daß Claudio ausgestiegen war. Der riesige Bus glitt auf die linke Taxiseite zu, riß die Tür fort und zerquetschte Claudio buchstäblich.

Menschen schrien auf. Hupen ertönten, eine Sirene. Der Fahrer des Autobusses war auf die Straße gesprungen und zerrte den Mann aus dem Mercedes ins Freie. Er brüllte ihn an, er begann auf ihn einzuschlagen. Der Taxifahrer saß vor Entsetzen erstarrt, er brachte kein Wort heraus. Das Heulen der Sirene war überlaut geworden und starb ab. Polizisten trieben die Neugierigen zurück, riefen über Funk einen Notarztwagen herbei, kümmerten sich um Truus, die auf der rechten Seite ausgestiegen war und sich zitternd am Taxidach festhielt. Als der erste Polizist versuchte, sie anzusprechen, fiel sie ohnmächtig in seine Arme. Da war es 16 Uhr 35 am 16. Mai 1975.

33

›Ich möchte auf dem Waldfriedhof im Grunewald begraben werden. An meinem Grab sollen keine Reden gehalten, keine Gebete gesprochen und keine Lieder gesungen werden. Auch von Kränzen und Blumen bitte ich abzusehen.‹
So stand es in Claudio Wegners Testament. Indessen wurden diese Wünsche und Bitten des so jäh Verstorbenen (er war auf der Stelle tot gewesen, wie die Rettungsärzte feststellten, nachdem ein Kranwagen das Taxi beiseite gehoben hatte) hinsichtlich seiner Beisetzung auf dem schönen alten Waldfriedhof im Grunewald nicht erfüllt. Sie waren einfach nicht zu erfüllen. Zu groß war Claudios Ruhm gewesen, zu viele Freunde hatte er gehabt unter Kollegen und Angehörigen anderer Berufe, zu sensationell für die Massenmedien war sein Ableben. So kam es also am 18. Mai 1975 zu einer riesigen Beerdigung mit Reportern von Funk, Fernsehen und Presse mit einer nicht zu zählenden Menge von Menschen, die den Friedhof füllten und in Scharen an dem frischen Grab vorüberzogen. Und natürlich wurden Reden gehalten, und die Menge von Blumen und Kränzen hatte etwas beinahe Unheimliches.
An diesem Tag blieb Truus daheim. Erst am nächsten ging sie mit Lindhout, der von Lexington herbeigeflogen war, dann zu Claudios Grab. Der Friedhof lag verlassen.
Lindhout und Truus standen eine halbe Stunde vor dem von Blumen und Kränzen hoch überdeckten Erdhaufen, und sie sahen einander nicht an, und sie sprachen nicht ein einziges Wort. Zuletzt gingen sie über die Kieswege zum Ausgang, wo Claudios Wagen stand. Lindhout setzte sich hinter das Lenkrad. Als er den Starterschlüssel umdrehte, sprach Truus zum ersten Mal.
»Wie bei Georgia«, sagte sie mit klarer Stimme. »Erinnerst du dich, Adrian? Jetzt ist es wie bei Georgia gewesen, nicht wahr?«
Er nickte.
»Das zweite Mal, daß wir beide ganz allein vor dem Grab eines Menschen stehen, den einer von uns geliebt hat.«
»Ja, Truus«, sagte Lindhout.
»Ich bin sehr froh, daß es dich gibt, Adrian«, sagte Truus. »Fahr nach Hause.«
Also fuhr Lindhout in die Herthastraße. Truus hatte Frau Wrangel gebeten, heute nicht zu kommen, also war sie mit Lindhout allein. Sie saßen in Claudios Arbeitszimmer, das im ersten Stock lag, und auch hier, wie am Tearose Drive in Lexington, gab es ein großes Fenster, durch das man einen Garten voller Bäume und sehr viele

blühende Blumen und Pflanzen erblickte. Es war still an diesem Nachmittag, und die beiden Menschen sprachen lange kein einziges Wort.
Zuletzt sagte Lindhout: »Jetzt kommst du wieder nach Lexington, Truus.«
Sie schüttelte den Kopf.
»Du mußt!« sagte er. »Was willst du noch in Berlin? Berlin ist nicht mehr gut für dich, Truus. Bitte, komm heim.«
»Ich kann nicht.«
»Aber Claudio ist tot und...«
»Eben darum, Adrian. Bitte, versteh mich! Ich kann nicht so einfach fortgehen von hier, aus diesem Haus, aus dieser Stadt, von diesem Grab. Ich kann einfach nicht! Da, sieh, die Briefe neben der Schreibmaschine. Er hat sie geschrieben, bevor das Taxi kam. Ich sollte sie später aufgeben in dem kleinen Postamt hinter der Brücke... Alles ist noch genauso wie vor der Fahrt nach Tegel! Hättest du ein Haus, eine Stätte verlassen können nach Georgias Tod, an der du mit ihr gelebt hast?« Er senkte den Kopf. »Siehst du. Und da sind noch so viele Dinge zu erledigen... Gespräche mit Anwälten – ich habe doch alles geerbt – und mit Intendanten und Produzenten und Verträge und Telefonate... Schon deshalb kann ich nicht weg...«
»Und ich kann nicht bleiben«, sagte Lindhout. »Du hast es mitangehört, mein Telefongespräch mit Collange gestern. Eine neue Synthese, an der wir seit Jahren arbeiten, ist gelungen. Collange braucht mich, alle brauchen mich drüben. Mein Gott, was soll ich tun, Truus?«
»Zurückfliegen«, sagte sie. »Keine Angst um mich haben. Glaube mir, Adrian, ich bin ganz vernünftig.«
»Allein in diesem großen Haus...«
»Ich werde nicht immer hierbleiben, gewiß nicht. Es wird ein Moment kommen, bald schon vielleicht, an dem ich es nicht mehr aushalte hier... Dann komme ich zu dir, Adrian, Lieber... Du und ich... Wir haben nun doch nur noch uns auf der Welt.«
»Das stimmt«, sagte er. »Und eben deswegen...«
»Es wird jetzt so viel zu tun geben«, sagte Truus. »Das wird mich ablenken. Ich werde nicht immerzu daran denken müssen... Aber das verstehst du doch, Adrian, das verstehst du doch, daß ich jetzt noch nicht mit dir kommen kann!«
»Ja«, sagte er, »das verstehe ich. Jeden zweiten Tag werde ich dich anrufen, Truus, jeden zweiten Abend. Und wenn etwas ist, rufst du an, egal wann, das mußt du mir versprechen.«
»Ich verspreche es. Und ich werde auch nie allein sein, Adrian.

Frau Wrangel ist da während des Tages, und abends werden gewiß Freunde von Claudio kommen, wenn ich sie darum bitte, oder ich lade sie ein, einen vor allem, ich habe dir von ihm geschrieben...«
»Dieser Dozent«, sagte er.
»Dieser Dozent, ja.«
Sie schwiegen wieder lange.
»Gut«, sagte Lindhout zuletzt. »So soll es also sein.« Er ging zu ihr und küßte sie auf die Stirn. »Nur du und ich, Tochter«, sagte er, »nur du und ich sind jetzt noch da. Und ich brauche dich... brauche dich sehr.«
»Ich dich doch auch, Adrian«, sagte sie.
Er flog am nächsten Abend, Truus brachte ihn in Claudios Auto zum Flughafen. Sie küßte ihn und wartete dann, bis er hinter den Sperren verschwand. Sie ging zum Wagen zurück, fuhr den weiten Weg heim, parkte in der Garage, verschloß diese ebenso sorgfältig wie alle Fenster und die Haustür, ging in Claudios Arbeitszimmer zurück und drehte alle Lichter an. Da sah sie, neben der Schreibmaschine, noch immer die Briefe liegen. Und erst da begann sie zu weinen.
Sie weinte lange.

34

»Jetzt haben wir die Katastrophe«, sagte Chefinspektor Longey am 21. Mai 1975. Er war wieder einmal nach Lexington gekommen und hatte Lindhout im Institut aufgesucht. Hier saßen sie einander in einem der Laboratorien gegenüber. In den Käfigen turnten Affen, es roch nach Zoo.
»Wieso?«
»Die europäischen Fahnder kommen nicht weiter. Die ›Dutch Connection‹ haben sie noch zerschlagen können – weil das *eine* große Organisation mit *einem* Boss gewesen ist. Aber jetzt? Jetzt sind plötzlich wieder die Türken da! Und zwar nicht in einer ›Connection‹ vereinigt, sondern lauter Einzelgänger oder Familienunternehmen. Schauen Sie – Deutschland hat unheimlich viele Fremdarbeiter, besonders Türken. Die sind dauernd unterwegs, nicht wahr? Was ist, Professor?«
»Wieso?« fragte Lindhout.
»Sie hören mir überhaupt nicht zu! Dauernd sehen Sie auf die Uhr...«

»Verzeihen Sie... natürlich höre ich Ihnen zu. Sie meinen, die Türken bringen jetzt, jeder für sich, Heroin nach Deutschland, um sozusagen etwas nebenher zu verdienen?«

»Genau so ist es! Es gibt eine absolute Sommerausverkauf-Situation! Noch nie war das Zeug so billig wie heute! Die Türken sind auch mit weniger Geld zufrieden. Und die Verstecke... großer Gott! Im Krawattenfutter, in Scheibenwaschanlagen und Zierkonsolen von Autos, unter Heftpflastern am Fuß... wir können uns das nicht vorstellen, sagen mir die deutschen Fahnder... Eine neunzehnjährige Türkin hat fünfzig Gramm Heroin viermal in der Vagina transportiert, bis sie erwischt wurde! Die Männer bringen das Zeug, in Präservative gefüllt, im After mit... Einen Dealer hat's selber erwischt, seine Leiche haben Berliner Polizisten in der Seesener Straße gefunden.«

»Was war passiert?«

»Ja, was! Das hat erst die Obduktion ergeben. Im Magen des Kerls fanden die Ärzte vierzehn Gummifinger mit insgesamt zweihundertvierundzwanzig Gramm Heroin... Einer war geplatzt und hatte den Mann getötet!« Longey fuhr sich mit der Hand durch das Haar. »Für die Jahresernte eines Bauern bezahlen ihm die Händler kaum mehr als zweitausend Mark – in deutscher Währung, Professor. Auf den Straßen Europas ist diese Jahresernte eines einzigen Bauern dann rund viereinhalb Millionen wert! *Viereinhalb Millionen*! Kein Geschäft der Welt bringt solche Gewinnspannen! Darum gibt es natürlich auch Organisationen, die den Bauern nicht nur die Ernte abkaufen. Um das Heroin über die Grenze zu bringen, haben vor einem Monat Gangster zu einer schon wirklich grausigen Methode gegriffen.«

»Grausig?« fragte Lindhout.

»Die Schweine haben von den bettelarmen Bauern außerdem die Babys gekauft und sie umgebracht. Dann höhlten sie die Leichen aus und füllten sie mit Heroin-Säckchen. Innerhalb von zwölf Stunden – so lange bleibt die natürliche Hautfarbe erhalten – wurden die ›schlafenden Säuglinge‹ aus dem Land gebracht! Es ist wie eine riesige Invasion! Die Deutschen sind am Aufgeben – gerade jetzt. Sie sind einfach überfordert, die Beamten. Wenn die Türken den Stoff erst mal in Deutschland haben, geben sie sich kaum noch Mühe beim Verkauf. Sie wissen, die Polizei ist machtlos. Natürlich ist nicht jeder Türke Heroinlieferant oder Dealer, natürlich sind die meisten anständige Leute. Aber wer im Geschäft ist, hat's geschafft: Einer – auch in Berlin – hat vor ein paar Tagen hundert Gramm Heroin direkt gegen einen Mercedes eingetauscht! Und ein anderer Fall: Ein türkischer Familienvater bekam die

Nachricht, daß eine Lieferung aus der Heimat unterwegs war. Wissen Sie, was der Mann gemacht hat?«
»Na?«
»Im sicheren Vertrauen auf den Gewinn beim Verkauf hat er drei ›Kochtopfsortimente à vierzehnhundertfünfzig Mark per Nachnahme bei Lieferung‹ bestellt – eine Ausstattung für seine ganze Mischpoche! Das geht endlos so weiter! Weil einer jungen Türkin wegen Mietschulden die Wohnung gekündigt worden war, wollten andere Türken für sie sorgen – aus Kameradschaft! Zwei Kerle fuhren in einem VW an den Bosporus – und kamen mit zwei Kilo Heroin zurück nach Berlin. Versteckt war das Teufelszeug in einer Autobatterie... Jetzt ist Berlin der *größte Umschlagplatz der Welt* geworden.« Longey schwieg verlegen.
»Was haben Sie?«
»Ihre Tochter ist dort, nicht wahr?«
»Ja«, sagte Lindhout und senkte den Kopf. »Darum habe ich dauernd auf die Uhr gesehen, Chefinspektor. Wir haben jetzt halb drei Uhr nachmittag. Die Zeitdifferenz beträgt sechs Stunden. Ich rufe immer um drei Uhr an. Da ist es in Berlin neun. Und Truus ist daheim...«
Longey fragte leise: »Und Ihre Arbeit? Glauben Sie, daß Sie den Langzeit-Antagonisten finden werden?«
»Sicherlich«, sagte Lindhout.
»Wann, Professor? Wann?«
»Ich habe keine Ahnung«, antwortete Adrian Lindhout.

35

»Truus!«
»Adrian!«
»Ich kann deine Stimme hören, als ob du neben mir stehst. Eigentlich unheimlich, daß man so einfach durchwählen kann... Diese Satelliten... Wie geht es dir, mein Herz?«
»Gut, Adrian, wirklich gut.« Truus sprach ruhig und besonnen. 21 Uhr präzise war es in Berlin am 2. Juli 1975.
»Komm bitte endlich nach Hause, Truus!«
»Noch eine kleine Weile muß ich in Berlin bleiben, Adrian, nur noch eine kleine Weile. Da sind immer noch Formalitäten wegen der Erbschaft zu erledigen. Ich will das Haus doch der Stadt vermachen – für ein Kinderheim oder für alte Leute!«
»Das kann ein Anwalt tun!« Lindhouts Stimme klang gereizt.

»Wirklich, Truus, ich wünschte sehr, du wärest schon hier. Du weißt, ich kann nicht nach Berlin kommen. Ich glaube, wir haben den rechten Weg gefunden... Ich will nichts verschreien... Aber ganz neue Versuchsreihen sind angelaufen – nicht nur hier, überall in den Labors der SANA. Collange und ich wechseln uns ab bei den Reihen. Rund um die Uhr geht's. Ich habe so viel zu tun wie noch nie. Und ich mache mir solche Sorgen um dich!«

»Das sollst du nicht. Ich gehe jeden Tag hinaus zum Waldfriedhof, Adrian. So viele Blumen blühen auf Claudios Grab! Es ist sehr schön da draußen, voller Ruhe und Frieden... Und ich bin auch nicht allein...«

»Was soll das heißen?«

»Der Dozent Vanloo begleitet mich oft. Wir sind häufig zusammen. Auch jetzt ist er hier...«

Lindhout fragte: »Der Dozent Vanloo? Wer ist denn der Dozent Vanloo?«

»Mein Gott, ich habe dir doch so viel von ihm geschrieben... dieser Privatdozent für Sinologie! Doktor Vanloo war lange fort, jetzt bleibt er eine Weile in Berlin. Warte einen Moment, ich möchte, daß du seine Stimme hörst!«

»Wirklich, Truus, das ist...« Aber da klang schon eine tiefe, freundliche Stimme an sein Ohr: »Guten Tag, Herr Professor. Ich freue mich, wenigstens einmal mit Ihnen sprechen zu können. Truus erzählt mir dauernd von Ihnen...«

Jetzt war Lindhout sehr verstimmt. Ein Mann, der Truus bereits mit Vornamen nannte! Er kämpfte einen Anflug von Eifersucht nieder und antwortete bemüht höflich: »Ich freue mich auch, Herr Vanloo. Guten Tag.«

»Sie müssen sich wirklich keine Sorgen machen, Herr Professor. Ich passe schon auf Truus auf.«

Das war in Lindhouts Ohren eine nicht eben glückliche Bemerkung.

»Da bin ich Ihnen aber sehr dankbar, Herr Doktor!«.

»Nichts zu danken. Das ist doch selbstverständlich. Eine so bezaubernde, gescheite Frau – man darf sie einfach nicht allein lassen!«

»Herrgott, deshalb möchte ich ja, daß sie heimkommt! Ich kann hier nicht weg, Herr Vanloo, das ist absolut ausgeschlossen! Ein Leben lang habe ich an dieser Sache gearbeitet, und jetzt, wo es endlich so aussieht, als würde es klappen, muß ich einfach in Lexington sein!«

»Es macht Ihnen niemand einen Vorwurf, Herr Professor! Natürlich geht die Arbeit vor, ganz klar. Aber Sie müssen auch Truus verstehen: Berlin, das Haus, Claudios Grab – das alles ist noch so

frisch... der Schmerz der Erinnerung... die Traurigkeit... Ich tue, was ich kann, um Truus abzulenken, auf andere Gedanken zu bringen, wirklich...«
»Das ist außerordentlich freundlich von Ihnen, Herr Vanloo!« Jetzt klang Lindhouts Stimme feindselig. Vanloo überhörte die Aggression souverän. Seine Stimme blieb unverändert. »Bitte... bitte, befürchten Sie nicht, daß ich etwa irgendwelche Absichten hätte, die nicht völlig selbstlos wären...«
»Das tue ich auch nicht!« Lindhout sagte kurz: »Würden Sie wohl die Freundlichkeit haben, mich noch einmal mit meiner Tochter sprechen zu lassen?«
»Aber gewiß, aber natürlich. Und auf ein baldiges persönliches Kennenlernen, Herr Professor...« Danach hörte Lindhout wieder die Stimme von Truus: »Ja, Adrian?«
Seine Stimme, die über ein Weltmeer kam, klang nun böse.
»Ich weiß dich also in besten Händen, Truus. Leb wohl. Ich rufe übermorgen wieder an – wenn du das willst.«
»Natürlich will ich das! Adrian! Adrian, was ist los mit dir?«
»Gar nichts. Also dann, bis übermorgen, Truus.«
Die Verbindung war unterbrochen.
Truus legte den Hörer in die Gabel und sah den lächelnden Vanloo an, der sich wieder gesetzt hatte.
»Verstehen Sie das, Herr Vanloo?«
»Ich fürchte, Ihr Vater empfindet keine große Sympathie für mich.«
»Unsinn. Warum denn nicht?«
Der Privatdozent der Sinologie Doktor Christian Vanloo war ein großer, schlanker Mann, weißhaarig, braungebrannt und elegant gekleidet – um die Mitte der Vierzig.
»Kommen Sie, liebe Truus, trinken wir noch ein Glas Wein.« Vanloo goß die Gläser voll, die auf dem Tisch standen. »Ich würde an der Stelle Ihres Vaters wohl ebenso reagieren auf das Erscheinen eines fremden, unbekannten Mannes in Ihrer Umgebung – wenn die Umstände dieser Vater-Tochter-Beziehung dieselben wären.«
»Wie meinen Sie das?« Truus fuhr auf.
»Nun beruhigen Sie sich doch endlich.« Vanloo strich über ihre Hand. »Ich meine... das ist durchaus nichts Abwegiges, es ist das Selbstverständliche angesichts der Umstände, unter denen Sie das ganze Leben mit Ihrem Vater verbracht haben... in so enger Gemeinschaft... immer zusammen... dieser elende Krieg... Sie hatten keine Mutter, er hatte keine Frau mehr... Natürlich muß das zu Störungen im Seelenleben führen... aber doch nichts von

Bedeutung! Wie gesagt, an der Stelle Ihres Vaters würde ich mich wahrscheinlich genauso betragen. Indessen...«

»Indessen?«

Er schüttelte den schmalen Kopf mit dem weißen Haar.

»Nein, bitte, sagen Sie, was Sie sagen wollten!«

»Sie werden ungehalten sein.«

»Bestimmt nicht!«

»Doch!«

»Ich verspreche, daß ich nicht ungehalten sein werde!«

Er lächelte wieder und zeigte seine schönen Zähne.

»Nun gut, also... Sehen Sie, liebes Kind, da ist eine Sache, die ich schon lange mit Ihnen besprechen wollte.«

»Dann tun Sie es jetzt!«

Er nickte väterlich.

»Prosit! Ja, also, das ist sehr schwer für mich, aber ich will versuchen, es zu formulieren... Vielleicht ist dies gerade jetzt ein günstiger Zeitpunkt... nach dem sehr kleinen Zusammenstoß mit Ihrem Vater...«

»Was meinen Sie?«

Er strich sich über das Haar.

»Ich kenne Sie nun lange genug, Truus. Und ich habe von Ihrem Vater genug gehört. Er hat sein Leben im Kampf gegen die Rauschgiftsucht verbracht. Das prägt einen Charakter. Hut ab vor Ihrem Vater, Truus... vor einem Mann mit so hohen ethischen Vorstellungen!«

Truus lehnte sich zurück.

»Ethische Vorstellungen... Sie haben das so... so komisch gesagt! Sind es etwa keine?«

»Natürlich sind sie es. Obwohl... ich bin sehr viel in der Welt herumgekommen, Truus, das wissen Sie, besonders im Osten... Ich bin unabhängig. Nach dem Tod meines Vaters habe ich ein kleines Vermögen geerbt. Ich kann es mir leisten, meinen Neigungen nachzugehen, mir eigene Gedanken zu machen...«

»Und das haben Sie getan?«

»Ja. Seit langem. Nur viel intensiver, seit ich Sie kenne und von der Arbeit Ihres Vaters weiß, dieser so realen Arbeit eines so real denkenden Menschen...«

Truus betrachtete Vanloo erstaunt.

»Warum wiederholen Sie das Wort ›real‹, Herr Vanloo?«

Der preßte die Spitzen seiner langen Finger gegeneinander, beugte sich vor und stützte den Kopf auf sie. Seine Stimme wurde noch dunkler.

»Ich... wo soll ich anfangen? Es kam wohl durch meine Reisen...

und alles, was ich gesehen und gehört und erlebt habe...« Jetzt schloß er die Augen. »Sehen Sie, Truus, ich bin dazu gekommen, zu behaupten, daß die reale Existenz des Menschen weit überschätzt ist...«

»Überschätzt? Die Realität?«

Er nickte, die Augen noch immer geschlossen.

»Überschätzt, ja.« Nun sprach er ganz langsam. »Ich meine: Jeder Mensch hat das Recht, in Träumen und in einer veränderten Wahrnehmung glücklich zu sein.«

»Sie *verteidigen* die Sucht?«

Er öffnete die Augen.

»Ich verteidige gar nichts! Ich sage nur, woran ich glaube. Man darf dies nicht so primitiv sehen wie... verzeihen Sie... gewisse amerikanische Manager! Gerade ein Mensch mit entsprechenden Qualitäten kann selbst mit Rauschgift sinnvoll umgehen. Die Angst vor ihm, die vielen Menschen – den meisten! – schon über den Rücken rieselt, wenn sie nur davon hören, zeigt doch eher die Schwäche und die Beschränktheit solcher Leute! Ein freier Mensch von Vernunft muß auch Rauschgift handhaben können, ohne in primitive Abhängigkeit durch Sucht zu verfallen. Die Geschichte beweist, daß man in Regionen, in denen Jahrhunderte hindurch Frieden geherrscht hat, in denen es nicht zu blutigem sozialem Umbruch gekommen ist, Rauschgift *immer* gebraucht hat. Und zwar *ohne* daß die Menschen süchtig geworden sind! In der Gruppe genommen, bei Einhaltung eines überlieferten Rituals, kann Rauschgift etwas sehr, sehr Schönes sein!«

Truus schwieg überwältigt.

Er stand auf und legte eine Hand auf ihre Schulter.

»Ich wohne in der Caspar-Theyss-Straße, Sie wissen? Einen Katzensprung von hier! Kommen Sie doch morgen abend zu mir – Sie werden glückliche, gelöste, vom Materiellen weithin befreite Menschenkinder sehen.«

»Ich verstehe kein Wort...«

»Sie werden mich vollkommen verstehen, wenn Sie zu mir gekommen sind«, sagte der Privatdozent Doktor Christian Vanloo und lächelte wieder.

36

»Wirklich, Professor, Sie dürfen das nicht so ernst nehmen«, sagte der ruhige, scheue Dr. Collange am 3. Juli 1975 zu Lindhout, der am Schreibtisch seines Arbeitszimmers von seinem letzten Gespräch mit Truus erzählte. »Sie sind im Moment – genauso wie ich und alle anderen, die an dieser Sache arbeiten – sehr aufgeregt. Gut, Truus hat Ihnen lieblos geantwortet. Gut, dieser Privatdozent mißfällt Ihnen – auf ein Transatlantikgespräch hin! Haben Sie den Mann gesehen? Nie! Eben. Wer weiß, vielleicht ist er wirklich der beste von all denen, die jetzt auf Truus achtgeben können! Und daß sie noch in Berlin bleiben will, ist nur zu verständlich. Sie sind da – verzeihen Sie – ein wenig sehr egoistisch. Truus ist Ihre Tochter, schön. Aber Truus ist auch eine erwachsene Frau, Professor! Damit müssen Sie sich abfinden! Das wollte ich Ihnen schon lange einmal sagen. Truus hat sich damit abgefunden – abfinden müssen! –, daß bei Ihnen stets zuerst die Arbeit kam, und dann, an zweiter Stelle, sie! Hat sie Ihnen deswegen je auch nur einen einzigen Vorwurf gemacht?«

Lindhout sagte, sich aufrichtend: »Nein, nie.«

»Sehen Sie! Also hatte sie Verständnis für Sie! Da müssen Sie aber auch Verständnis für Truus haben! Die Welt besteht nicht nur aus Verrückten wie uns, die bis zum Verrecken nichts anderes wollen als einen Langzeit-Antagonisten gegen Heroin finden!«

Das Telefon läutete.

»Professor Lindhout?« fragte eine Mädchenstimme.

»Ja, was ist?«

»Es ruft Sie Basel, Herr Gubler von der SANA. Einen Moment, ich verbinde...«

Gublers Stimme drang laut und klar an Lindhouts Ohr: »Hallo, Herr Lindhout! Ich freue mich – wir alle freuen uns – über die schnellen Fortschritte, die wir jetzt machen. Großartig ist das. Weiter so! Wir schaffen es in ganz kurzer Zeit, Sie werden sehen!«

Lindhout machte Collange ein Zeichen, den zweiten Hörer zu nehmen, damit er das Gespräch verfolgen konnte. Collange nickte.

»Doktor Radler hat mich angerufen, aus Wien – Sie kennen ihn ja. Nun, die letzten Versuche mit AL4031 sind bei ihm, bei uns in Basel und in all unseren anderen Laboratorien hundertprozentig positiv ausgefallen! Ich komme eben von unserer Rechtsabteilung. Da hat eine Sicherheitskonferenz stattgefunden. Von dieser

Sekunde an – und alle unsere Laboratorien werden verständigt – ist die Arbeit an AL4031 eine absolute *Geheimsache.*«
»Eine was?«
»Sie haben schon verstanden. Absolut geheimzuhalten – vor jedermann, auch vor Mister Branksome oder Mister Longey oder wem immer!« Gublers Stimme wurde laut. »Wenn gelingt, was wir tun, dann haben wir damit eine der größten Leistungen dieses Jahrhunderts vollbracht! Aber diese Leistung wäre dann im Auftrag der SANA entstanden! Mit den Mitteln der SANA! Auch Sie – entschuldigen Sie vielmals, lieber Professor – stehen im Dienst der SANA, genauso wie Collange und ich! Unter keinen Umständen darf jetzt ein anderes Pharma-Unternehmen durch Industriespionage Bescheid erhalten und das Mittel herstellen und herausbringen können! Das verstehen Sie doch, lieber Lindhout, nicht wahr?«
»Ja«, sagte Lindhout, »das verstehe ich.« Er sah, wie Collange, der den zweiten Hörer ans Ohr hielt, nickte. »Doktor Collange hört mit. Wir sind beide Ihrer Ansicht. Sie können sich auf uns und unsere Leute hier verlassen.«
»Das tue ich auch, Herr Lindhout! Wirklich Bescheid über das Gesamtbild der Synthese wissen bei Ihnen in Lexington nur zwei Menschen – Sie und Collange. Daß Sie dichthalten, ist klar. Unsere Rechtsabteilung verlangt trotzdem eine entsprechende schriftliche Erklärung von Ihnen. Der Text geht in diesen Minuten codiert über den Fernschreiber, Sie lassen ihn abschreiben und unterzeichnen den Klartext vor einem Notar. Die vielen anderen Chemiker kennen immer nur ein Stückchen des Weges zur Synthese, nicht mehr. Trotzdem wird es nötig sein, daß Sie auch alle diese Leute zu absolutem Stillschweigen verpflichten und vor allem, daß Sie sofort, hören Sie, sofort!, alle Unterlagen dieser Mitarbeiter an sich nehmen und als Verschlußsache behandeln – wie von nun an sämtliche weiteren schriftlichen Auswertungen oder Versuchsanordnungen.«
»Seien Sie beruhigt, Herr Gubler«, antwortete Lindhout. »Wie Sie schon sagten – wirklich Bescheid wissen nur Collange und ich. Alle anderen Mitarbeiter werde ich sofort in Ihrem Sinne verpflichten, und alle Unterlagen, alle, kommen in den neuen Panzerschrank, den wir seit der Geschichte mit meiner Sekretärin haben. Nur Collange und ich kennen die Kombination. Sonst niemand!«
»Das ist gut, ich danke Ihnen! Und meine allerherzlichsten Glückwünsche!«
»Nicht zu früh bitte, Herr Gubler.«

»Na, jetzt ist es doch wirklich nur noch eine Frage der Zeit, der absehbaren Zeit.« Gubler lachte. »Das Beste, was geschehen konnte, war doch, daß Mister Branksome Sie seinerzeit zu uns brachte!«
»Ja, nicht wahr?« sagte Lindhout. »Dank für Ihren Anruf, Herr Gubler. Wir melden uns, sobald es etwas Neues gibt. Auf Wiederhören!« Er legte auf. Zu Collange sagte er: »Berufen Sie eine Zusammenkunft ein – nein: Lassen Sie allen mitteilen, daß keiner das Gelände verlassen darf, bevor er mit mir gesprochen hat. Ich brauche die Schweigeverpflichtungen. Wir dürfen jetzt wirklich auch nicht das kleinste Risiko eingehen! Sie gehen bitte zu den Abteilungsleitern. Ich setze inzwischen einen entsprechenden Text auf...«
Nach dem Gespräch mit Gubler schien Lindhout offenbar vergessen zu haben, was er mit Truus und diesem Privatdozenten geredet hatte. Nun war er wieder das, was er immer gewesen war – der besessene Forscher. Er murmelte: »Also auch Radler in Wien... daß wir schon so nahe daran sind... Haben Sie das je erhofft, Jean-Claude?«
»Erhofft ja«, sagte dieser, »aber oft daran gezweifelt.«
»Wie ich!« Lindhout sah ihn aufgeregt an. »Gehen Sie jetzt gleich los in die Abteilungen! Alles schriftliche Material zu mir! Verständigen Sie die Wächter an den Toren: Aktentaschen sind sorgsam auf Schriftstücke zu kontrollieren. Ich setze die Erklärung auf. Meine Sekretärin wird sie tippen und vervielfältigen lassen. Dann kann schon der erste Chemiker kommen...«
Collange eilte fort.
Lindhout saß an seinem Schreibtisch und verfaßte den Text der Schweigeverpflichtung. Die Nachmittagssonne schien in den Raum. Leichter Wind ließ die Blätter der alten Bäume vor den offenen Fenstern rauschen. Lindhout hörte das Rauschen nicht. Er hörte überhaupt nichts um sich her. Das alte Fieber hatte ihn wieder gepackt.
Eine halbe Stunde später kam Collange zurück.
»Alle sind verständigt.«
Lindhout reichte ihm einen mit der Hand beschriebenen weißen Bogen.
»Da, das geben Sie bitte meiner Sekretärin, ja, Jean-Claude? Mein Gott, erinnern Sie sich noch daran, wie wir uns in Basel kennengelernt haben? Im Sommer 1967, vor acht Jahren? Was haben wir nicht alles zusammen erlebt seitdem!«
»Ja«, sagte Collange, »was haben wir alles erlebt!« Er ging in das Zimmer der Sekretärin und kam sofort wieder.

Lindhout lehnte sich in seinem Sessel zurück. Er betrachtete Collange so intensiv, daß dieser verlegen wurde.
»Was ist?« fragte er.
»Das wollte ich Sie fragen, Jean-Claude.« Lindhout stand auf und trat auf seinen Assistenten zu. Er legte ihm beide Hände auf die Schultern. »Vorhin haben Sie mir klargemacht, daß ich mich wegen Truus lächerlich benehme. Sie haben gesagt, Sie wollten schon lange einmal mit mir darüber sprechen. Nun, da gibt es auch etwas, worüber *ich* schon seit sehr langer Zeit mit *Ihnen* sprechen möchte! Ich habe nie den Mut dazu gehabt... obwohl wir einander doch so nahegekommen sind... obwohl wir beide Freimaurer sind... dieselben Ansichten haben, dieselben Ideale...« Es kam ihm gar nicht mehr zu Bewußtsein, daß er kein Freimaurer war, daß er auch nicht Adrian Lindhout war, sondern der Jude Philip de Keyser, der damals, als Rotterdam starb, in einem halb eingestürzten Keller mit seinem besten Freund Adrian Lindhout, dem ›Arier‹, dem er so ähnlich sah, Kleidung, Papiere und Identität getauscht hatte. Und er dachte auch nicht daran, als er weitersprach: »Da gibt es im Talmud eine Stelle, an der wird von einem Weisen – den Namen habe ich vergessen – gesprochen...« Er stockte.
»Ja, und? Was war mit diesem Weisen?« Collange sah ihn an.
Lindhout schluckte verlegen. »Nach der Legende hatte dieser Mann siebzig Jahre lang geschlafen und bei seinem Erwachen die Welt so fremdartig gefunden, daß er betete, sterben zu dürfen.« Wieder schluckte Lindhout. »Ich habe nicht geschlafen, ich habe erlebt, wie die Welt sich verändert hat, und ich bin oft unglücklich darüber gewesen. Aber Sie...«
»Aber ich?« fragte Collange. In dem Geäst der alten Bäume sangen viele Vögel, sonst war es sehr still an diesem heißen Sommernachmittag. »Was ist mit mir, Professor?«
»Immer, wenn ich Sie sehe – seit Anbeginn –, fällt mir jene Legende ein von dem Weisen, der betete, sterben zu dürfen, weil er die Veränderung der Welt nicht ertrug. Das ist doch seltsam, nicht wahr?«
»Ja«, sagte Collange, »sehr seltsam.«
»Ich habe auch schon einmal daran gedacht, sterben zu wollen... Aber dann habe ich mir gesagt, daß ich mein Leben nicht wegwerfen darf, daß ich es erhalten habe – nicht als Geschenk, sondern als Verpflichtung, und daß ich wenigstens versuchen muß, diese Verpflichtung zu erfüllen. Sie aber...«
»Ich aber, Professor?«
»Sie aber habe ich, seit wir uns kennen, noch nicht ein einziges Mal

lachen gesehen! Sie habe ich noch nicht ein einziges Mal so richtig froh, ausgelassen, heiter gesehen! Sind Sie denn nie glücklich?«
»Ich war es... vor sehr langer Zeit«, sagte Collange.
»Und danach nie mehr?«
»Und danach nie mehr. Ich glaube, ich werde es niemals mehr sein. Wenn ich mir auch ganz bestimmt nicht das Leben nehmen werde, Professor, denn hier denke ich genauso wie Sie!« antwortete Collange.
»Aber was ist geschehen – vor sehr langer Zeit?«
Nach einer Pause sagte Collange: »Ich bin nicht so jung, wie Sie meinen, Professor. Ich war verheiratet...«
»Verheiratet? Und? Hat Ihre Frau Sie betrogen? Verlassen? Gab es da einen anderen Mann?«
Collange schüttelte den Kopf.
»Sie hat mich niemals betrogen. Sie war die wunderbarste Frau, die ich jemals traf. Sie war alles für mich. Und ich war alles für sie. Ich weiß, das klingt entsetzlich pathetisch, aber Sie haben mich gefragt.«
»Verzeihen Sie...«
»Nein, nein, ich habe nichts zu verzeihen.« Collange schüttelte den Kopf. »Ich bin fast froh, daß Sie mich endlich nach dem Grund meiner beständigen Traurigkeit fragen. Sehen Sie, Professor, wir haben einander geliebt. Lieben – das ist eine abgenutzte Phrase geworden in unserer Zeit, nicht wahr? Aber wir – wir haben einander unendlich geliebt. Elisabeth, meine Frau, erkrankte an Krebs, als wir ein Jahr verheiratet waren. Sie wurde viele Male operiert. Überall Metastasen. Entsetzliche, unerträgliche Schmerzen. Sie flehte die Ärzte um Morphin an, Morphin, immer mehr Morphin. Nun, die Ärzte gaben es ihr nicht, wagten nicht, es ihr zu injizieren... Da... da habe ich es getan...«
»Morphin? Sie haben Ihrer Frau Morphin gegeben?«
»Ja.« Collange sah zu Boden. »Ausgerechnet Morphin, nicht wahr? Ich gab ihr eine so gewaltige Überdosis – heimlich natürlich –, daß sie endlich starb, sterben konnte. Sie liegt in Basel begraben. Ich werde Elisabeth niemals vergessen können.«
Lindhout sah den schmalen Mann lange an. Zuletzt fragte er leise: »Und Sie werden also niemals mehr glücklich sein?«
»Niemals mehr, nein«, antwortete Collange. »Dieser talmudische Weise hieß übrigens Choni Hamagol. Sie haben den Namen vergessen, Herr Professor. Ich nicht.«
»Sie kennen die Geschichte?«
»O ja«, sagte Jean-Claude Collange, »o ja, ich kenne sie gut. Auswendig kenne ich sie, diese Geschichte...«

37

»Drei Männer! Der erste ist chronischer Alkoholiker. Der zweite nimmt regelmäßig Haschisch, der dritte Heroin. Sie brechen auf zu einer ummauerten Stadt. Lange haben sie zu gehen. Es ist schon dunkel, als sie eintreffen. Das Stadttor finden sie versperrt. Der Alkoholiker sagt: ›Wir müssen das verdammte Tor einrennen!‹ Der mit dem Haschisch protestiert: ›Wozu einrennen? Wir können doch ganz einfach durch das Schlüsselloch schlüpfen!‹ Da sagt der mit dem Heroin: ›Legen wir uns hin und schlafen wir. Am Morgen wird das Tor ja wieder geöffnet.‹«

Der Student, der diese Worte lächelnd gesprochen hatte, war gut gekleidet, sah sehr interessant aus und saß Truus gegenüber vor einer riesigen Bücherwand im Haus des Privatdozenten Doktor Christian Vanloo. Auf dem höchsten Regal thronte ein goldener Buddha. Vanloos Villa an der Caspar-Theyss-Straße hatte einen kleinen Vorgarten und war mit Kunstgegenständen, hauptsächlich aus dem Fernen Osten, Teppichen, antiken Möbeln, Gobelins, Lampen und Seidentapeten ebenso kostpielig wie geschmackvoll eingerichtet.

Truus saß neben Vanloo, in einer Gruppe von drei jungen Männern und einem sehr schönen Mädchen. Nebenan unterhielten sich andere junge Leute. Vanloo trug einen schwarzen, mit goldenen Ornamenten bestickten Hausmantel und goldfarbene Hausschuhe. Das Licht war gedämpft und warm. Aus einem dritten Raum erklang Musik: Gershwins ›Concerto in F‹. Es war 22 Uhr 20.

Gegessen hatten sie alle um acht – elf junge Menschen, dazu Truus und Vanloo. Ein Diener hatte serviert. Die Seidentapeten im Speisezimmer waren tiefblau, eine Damastdecke lag auf der Tischplatte. Es gab Wedgewood-Porzellan, silberne Bestecke und hohe silberne Leuchter, in denen lange, tiefblaue Kerzen brannten. Truus war außerordentlich verwirrt gewesen, zum einen über Vanloos Geschmack bei der Einrichtung seines Hauses – an den Wänden der Räume hingen Bilder von Manet und van Gogh, von Picasso und Chagall (allein diese waren ein Vermögen wert) –, zum andern über die gute Erziehung, das gebildete Gespräch, das liebenswürdige Verhalten der jungen Leute. Sie hatten sich über Verlaine unterhalten, über dessen völliges Loslösen von Reim und Versmaß: Die Betonung der musikalischen Sprache, so hatte eine dunkelhaarige junge Frau gesagt, sei bezeichnend für diesen Dichter, der jede Nuance einer seelischen Regung in Sprachmelodie umzusetzen vermochte.

Alle hatten sich an dem Gespräch beteiligt – außer Truus und dem stets lächelnden Vanloo (der da, beim Essen, noch ein Dinnerjacket trug).

Nach dem Mahl hatte die Gesellschaft sich aufgelöst, und die jungen Leute waren, einer nach dem andern, für kurze Zeit mit Vanloo verschwunden. Bei ihrer Rückkehr, so schien es Truus, hatten alle ihre Bewegungen sich ein wenig verlangsamt, ihre Augen waren leicht verschwommen, ihre Sprache ein wenig verschmiert. Truus hatte Vanloo angesehen. Dieser hatte genickt und sie beiseite gezogen.

»Ja, gewiß, sie stehen nun alle unter Heroin. Das ist es, was ich das ›Ritual‹ nenne: Daß nur *ich* ihnen Heroin gebe – und zwar solches bester Qualität, um keinen Unfall, keine Krankheit zu verursachen –, und nur zu bestimmten Zeiten bestimmte Mengen, immer in dem gleichen Raum und immer, wenn sie als Gruppe bei mir sind –, so habe ich es in den Ländern des Ostens erlebt.«

»Aber...«

»Ja?«

»Aber warum tun Sie das?« hatte Truus gefragt. »Warum versorgen Sie diese jungen Menschen mit Rauschgift?«

»Weil in dieser Zeit alle jungen Menschen durch die ungezügelte, ungesetzliche, in Kriminalität und Verbrechen hineinführende Heroinsucht gefährdet sind – besonders hier in Berlin! Ich kann da mit meinen Erfahrungen – und meinem Geld! – in sehr kleinem Rahmen schützend eingreifen und ein Abgleiten und Zugrundegehen wertvoller menschlicher Substanz verhindern. Diese Leute sind alle total auf mich fixiert – es kann ihnen nichts geschehen. Sehen Sie mich nicht so skeptisch an, Truus! Natürlich tue ich das nicht aus völlig selbstlosen Motiven! Ich bin sehr einsam und liebe es, Menschen um mich zu haben, kluge, begabte, kultivierte junge Menschen...«

38

»Was ich da eben erzählt habe, gnädige Frau«, sagte der so interessant aussehende Student zu Truus, »diese Geschichte von den drei Männern ist eine alte Story aus Persien. Sie enthält die eindimensionale, falsche Auffassung darüber, wie Drogen wirken, die man zum Lustgewinn oder zum Vergnügen einnimmt.«

»Und was wäre die richtige Vorstellung?« fragte Truus.

»Nehmen Sie irgendeine ganz gewöhnliche Cocktailparty«, sagte

das sehr schöne Mädchen. Auch seine Augen waren feucht, auch seine Bewegungen verlangsamt, die Stimme leicht lallend. »Stellen Sie sich vor, die Mitglieder dieser Party wären alle etwa gleich alt, gleich schwer, und sie würden in etwa der gleichen Zeit die gleiche Menge Alkohol zu sich nehmen, also die gleiche Drogen-Menge. Sie wissen natürlich, daß diese Menschen sich dennoch vollkommen verschieden verhalten würden, nicht wahr? Der eine wird aggressiv, der andere bleibt passiv bis schläfrig, der eine – oder die eine – wird sexuell angeregt werden – und bei anderen wird man überhaupt nicht feststellen können, daß sie getrunken haben!«
Ein junger Mann mit Brille erklärte: »Sie sehen, wie sehr die Öffentlichkeit das Wort ›Droge‹ und ›Drogenwirkung‹ ohne Kenntnis der wirklichen Vorgänge leichtfertig und oberflächlich benützt. In Wahrheit handelt es sich hier um eine komplizierte Wechselwirkung von drei Faktoren. Faktor eins: die pharmakologische, physische Wirkung der Droge. Faktor zwei: die sozio-kulturelle Situation, in der die Droge eingenommen wird.«
»Gerade die kulturelle Situation«, sagte das Mädchen.
Voll Wohlklang und Schönheit drang von nebenan Musik – das Ende des ›Concerto in F‹. Die vielen hundert Bücherrücken leuchteten magisch im Licht der Kerzen, Truus sah zu dem lächelnden goldenen Buddha empor. »Der dritte Faktor«, fuhr der junge Mann fort, »ist der wichtigste und wesentlichste: die Persönlichkeitsstruktur dessen, der die Droge nimmt! Von seinem Charakter, von seiner Persönlichkeit hängt in erster Linie das Ergebnis des Drogengenusses ab.«
»Das heißt also«, sagte Truus, um Ironie bemüht, aber unsicher geworden, »daß Heroin – oder irgendeine andere Droge – auf keinen Fall von vornherein als gefährlich oder schädlich angesehen werden darf?«
Das sehr schöne Mädchen nickte lächelnd. »So ist es. Aber natürlich auch keinesfalls als völlig unschädlich!«
Von nebenan ertönte nun der erste Satz der ›Pathétique‹.
»Beginnen Sie zu verstehen, wovon ich gestern sprach?« fragte Vanloo.
Truus setzte zum Sprechen an, schwieg aber.
»Sie wehren sich«, sagte Vanloo. »Verständlich. Das alles hier ist sehr fremd und schwer zu begreifen, ich weiß...«
»Sehr schwer«, sagte Truus.
»Vor allem, wenn man ein Leben lang einem Mann verbunden ist, der die Droge mit all seiner Intelligenz und all seinem Wissen bekämpft, weil er sie als in höchstem Maße gefährlich betrachtet.«

»Was soll das heißen?« Truus hob die Stimme.
»Kein Grund, aggressiv zu werden!« Vanloo lächelte. »Ich habe es wahrhaftig nicht böse gemeint. Ihrem Vater gilt meine tiefste Verehrung.«
»O ja?«
»O ja! Denn wir haben doch gerade darüber gesprochen, wie die Droge nur unter ganz bestimmten Voraussetzungen unschädlich ist! Niemand hier wird bestreiten, daß sie unter anderen Voraussetzungen Krankheit, Leid und Tod bringt. Wir wollen nur eines klarstellen, liebe Truus: Die Behauptung, daß jeder, der einmal Haschisch, Kokain, Heroin oder eine andere Droge genommen hat, unweigerlich kurze Zeit später ein Dieb, ein Mörder, ein Süchtiger, ein Psychotiker werden muß, den man am besten sein Leben lang in eine Anstalt steckt, eine solche Behauptung – ich weiß, die meisten Menschen hängen an ihr –, eine solche Behauptung ist schlichtweg falsch! Sie erleben es heute abend hier. Alle meine jungen Freunde nehmen seit langem und regelmäßig Heroin. Sie haben gemeinsame Interessen. Keiner von ihnen ist krank, kriminell oder irgendwie auffällig – es sei denn in positiver Weise! Es ist vielleicht etwas überspitzt formuliert, aber ich wage dennoch zu sagen: Unter den Umständen, die Sie hier erlebt haben, wird der Mensch überhaupt erst fähig, sich selbst zu erkennen, seine Begabungen voll zu entwickeln, produktiv und glücklich zu leben...«
Von nebenan erklang, aus dem dunklen Moll-Grundton der ›Pathétique‹ hell aufsteigend, eine reine Kantilene herüber.
»Es sind die vielen Vorurteile, gnädige Frau«, sagte ein anderer junger Mann, »die es so schwermachen, die Drogenproblematik im Kern zu erfassen. Es ist heute schick und gewinnbringend, Drogenbekämpfer zu sein. Das bringt Prestige, Titel – und auch Geld! Daher haben sich eine Unzahl von Publizisten, die Polizei, viele Ärzte, die nie direkte Untersuchungen über Drogenkonsum und Drogenmißbrauch angestellt haben, auf dieses Gebiet gestürzt. Was diese Leute sagen, wird uneingeschränkt akzeptiert – und auch zu politischen Zwecken ge-, nein, mißbraucht! Notwendigerweise muß jemand, der das Recht hat, über die Droge ein wirkliches Urteil abzugeben, von sehr vielen Fachgebieten sehr viel wissen: von Pharmakologie, Psychologie, Soziologie, Anthropologie, Philosophie und Gesundheitspolitik – um nur einige Gebiete zu nennen. Bürokraten – ob es sich um Ärzte oder Polizisten handelt, die nur auf ihren Beruf ausgerichtet sind – dürften sich kein Urteil anmaßen.« Der junge Mann lächelte harmlos. »Bitte, seien Sie nicht ungehalten über meine Worte. Ich weiß, Ihr Vater ist ein

weltberühmter Mann, und seine Arbeit ist gewiß segensreich wie kaum eine andere – indessen: wann und wo und für wen?«
»Wenn ich das noch sagen darf«, erklang Vanloos tiefe, melodische Stimme, »bei unserer aller größten Wertschätzung Ihres Vaters – auch er hat doch seine so wichtigen Arbeiten ein Leben lang nur im Labor verbracht und seine Versuche an Tieren ausgeführt, nicht wahr? Nicht, daß ich sein Ansehen mindern wollte – aber meinen Sie wirklich, daß diese Umgebung ihn befähigt, das riesige Problem der Sucht in allen seinen Aspekten richtig zu bewerten?«
Truus sah ihn mit flackernden Augen an. »Mein Vater hat nicht nur in Laboratorien gearbeitet und an Tieren experimentiert!« sagte sie laut.
»Natürlich nicht, Truus«, antwortete Vanloo sanft, »er hat auch Heroinsüchtige in Krankenhäusern bei der Einlieferung und bei der Entwöhnung gesehen und erlebt, vielleicht sogar in Gefängnissen, ich weiß es nicht... Meinen Sie, das genügt?«
»Er hat die Drogenszene von ihrer schlimmsten, von der verbrecherischen Seite her kennengelernt«, sagte Truus.
Dunkel und mystisch klang die ›Pathétique‹.
»O gewiß, natürlich hat er das!« Vanloo legte einen Arm um Truus' Schulter. »Und er hat dabei seine festen Ansichten gewonnen – das ehrt ihn außerordentlich. Aber hat er seinen Kampf gegen die Sucht auch gegen den chronischen Alkoholmißbrauch oder die starke Abhängigkeit von Nikotin mit gleichem Einsatz geführt? Sehen Sie, Sie schweigen. Ich will Ihnen etwas sagen: Er ist automatisch von Gebieten ferngehalten worden, die für unsere Politiker, die Gesetzemacher und die Massenmedien tabu sind – bedenken Sie die Interessenbindung so vieler Drogenbekämpfer an die Alkohol- und Tabakindustrie mit ihren ungeheuren Umsätzen! Nun, diese ungeheuren Umsätze haben dazu geführt, Alkohol und Tabak aus einer Diskussion über die soziologischen, gesundheitlichen und – ich zitiere *Ihre* Worte – die schlimmsten, verbrecherischen Seiten des Drogenproblems einfach auszuschließen. Finden Sie das fair? Wir finden es nicht fair. Das hat überhaupt nichts mit Ihrem Vater zu tun! Das geschieht weltweit...« Vanloos Lächeln wurde breiter: »Natürlich können Sie nun zum Polizeirevier in der Bismarckallee laufen und Anzeige gegen mich erstatten – auf der Stelle. *Das* Risiko bin ich eingegangen, als ich Sie zu mir bat. Wenn Sie mich anzeigen wollen – ich begleite Sie, mein liebes Kind. Ich habe keine Furcht, mich zu rechtfertigen. Ich behaupte, mehr für die Gesundheit junger Menschen in dieser Stadt getan zu haben als irgend jemand anderer. Wollen Sie also gehen?«
»Ja«, sagte Truus.

»Ausgezeichnet. Ich hole nur meinen Mantel...«
Sehr klein war Truus' Stimme, als sie kopfschüttelnd sagte: »Ich will nicht zur Polizei, Herr Vanloo.«
»Wohin denn?«
»Ich will nach Hause«, sagte Truus und blickte dabei in viele glücklich lächelnde Gesichter. »Ich habe Ihnen allen sehr aufmerksam zugehört. Ich bin vollkommen verwirrt. Ich möchte jetzt allein sein.«
Vanloo küßte ihre Hand.
»Sie sprechen wie einer von meinen Freunden hier«, sagte er bewundernd. »So, als hätten Sie selber von mir Heroin injiziert bekommen. Das ist sehr seltsam... und sehr schön.«

39

Zur gleichen Zeit vollendete ein Graphiker der Firma INDEX FUNK eine Statistik, die er im Auftrag des Innenministeriums angefertigt hatte und die wenige Tage später in fast allen westdeutschen Zeitungen erschien. Die Graphik zeigte fünf schwarze Säulen, eine höher als die andere. Links oben stand: TODESFÄLLE DURCH DROGENMISSBRAUCH.
Die kleinste schwarze Säule trug die Jahreszahl 1972, und die Anzahl der Getöteten war für das Bundesgebiet mit 104 angegeben. 1975 betrug die Zahl 139, 1976 sprang sie auf 344, für das Jahr 1978 waren 430 Tote statistisch vorausgeschätzt und für das Jahr 1979 nicht weniger als 593 durch Drogenmißbrauch ums Leben gekommene Menschen.
Zur gleichen Zeit erledigte eine gewisse Babsi K. auf dem sogenannten ›Babystrich‹ am Kurfürstendamm zu Berlin in einem Mercedes die Wünsche eines Freiers und kassierte für ihre Dienste fünfzig D-Mark. Der Strich verdankte seinen Namen der Tatsache, daß auf ihm kein Mädchen lief, das älter war als fünfzehn Jahre. Babsi war dreizehn, hatte drei Entziehungskuren hinter sich und wohnte mit dem fünfzehnjährigen Detlev J. zusammen in der Dachkammer eines zum Abbruch bestimmten Hauses im Bezirk Kreuzberg. Detlev war homosexuell und gleichfalls aufs schwerste heroinabhängig. Sein Arbeitsgebiet lag im Schwulenstrich am Bahnhof Zoo. Die beiden Minderjährigen betrieben ihr Gemeinschaftsgeschäft seit einem halben Jahr, denn jeder von ihnen brauchte mindestens eine Spritze Heroin am Tag, und das machte für zwei Menschen sechshundert D-Mark täglich. Detlev und

Babsi arbeiteten hart, um jeden Tag diese sechshundert D-Mark zusammenzubringen. Dann kaufte Detlev, bisher fünfmal in Entziehungsheimen, vor allem in den Bonhoeffer-Kliniken (Jargon der Berliner Fixer: ›Bonnys Ranch‹) am Bahnhof Zoo bei einem Dealer genügend Heroin, um Babsi und sich die täglichen Injektionen verpassen zu können. Beide waren sie abgemagert und dem Ende sehr nahe, denn nach dem erlösenden ›Schuß‹ und ein paar Stunden Schlaf (Detlev mußte dazu noch fünf Tabletten Valium zu je zehn Milligramm schlucken, um tatsächlich schlafen zu können), begann die Arbeit des neuen Tages. Die beiden nahmen nur noch Kaffee, Tee, trockenes Brot und Gemüsesuppen zu sich. Das Gemüse stahl Babsi, alles übrige Detlev.
Zur gleichen Zeit erschlugen zwei jugendliche Heroinsüchtige in einem Haus des Villenviertels Dahlem zu Berlin den Kaufmann Robert L. und raubten, was sie an Wertsachen fanden. An Einbrüchen in Wohnungen, Villen und Apotheken registrierte die Berliner Polizei während jener Nacht insgesamt siebenundzwanzig. Aus elf Apotheken wurde dabei eine Menge von insgesamt einem Viertelkilogramm Morphin und drei Kilogramm morphinhaltige Präparate gestohlen.
Und zur gleichen Zeit, ja, fast zur gleichen Minute, als Truus aufstand, um das Haus des Privatdozenten Christian Vanloo zu verlassen und heimzugehen, brachen Polizisten eine Toilette im großen Gelände des Bahnhofs Zoo auf. Im Dreck der Bodenkacheln lag Karin W. Der Polizeiarzt konnte nur noch ihren Tod feststellen. Karin W. hatte sich unreines Heroin injiziert, das Mehl und Staubzucker enthielt. Der Mann, der ihr das ›gestreckte‹ Heroin verkauft und damit schuld an ihrem Tod hatte, wurde niemals gefunden. Karin W.s Vater war stellvertretender Generaldirektor einer großen Elektrogeräte-Gesellschaft. Die Mutter erlitt einen totalen Nervenzusammenbruch, als Beamte ihr vom Tod der Tochter Mitteilung machten. Karin W. war das bis zu diesem Zeitpunkt jüngste Opfer des Rauschgifts in Berlins – ganze elfeinhalb Jahre alt.

40

Truus blieb nun abends stets daheim. Wenn Frau Wrangel, die Haushälterin, gegangen war, saß sie vor dem Fernseher und wartete auf Lindhouts Anruf.
Dieser kam regelmaßig um 21 Uhr.

Lindhout war so fasziniert von den unglaublichen Fortschritten nach der Synthese eines sieben Wochen wirksamen, nicht süchtig machenden Antagonisten, daß er jeden Tag neue begeisterte Berichte gab.

»... dieses AL 4031 hat chemisch nicht das geringste mit der Morphin-Struktur zu tun! Die ist vollkommen anders! Und kein einziges Tier mehr versorgt sich im Selbstversuch mit neuem AL 4031. Ist das nicht phantastisch?«

»Ja«, sagte Truus, »das ist phantastisch, Adrian.«

»Es sind da natürlich noch ein paar Schwierigkeiten bei Einzelheiten der Synthese zu beseitigen, aber wenn das geschehen ist, gibt es endlich den idealen Langzeit-Antagonisten, auf den die Experten der ganzen Welt warten!«

»Und den du seit 1945 gesucht hast – dreißig volle Jahre, Adrian! Ich bin sehr glücklich.«

»Ich auch, Truus, ich auch! Wir haben so viel Arbeit wie noch nie, aber keiner beklagt sich! Aber sag, wie geht es dir?«

»Danke, gut.«

»Wirklich?«

»Wirklich, Adrian. Die Angelegenheiten hier habe ich nun bald alle erledigt, dann komme ich zu dir!«

»Bestimmt?«

»Bestimmt! Berlin... ist nicht mehr schön für mich ohne Claudio, das kommt mir täglich mehr zu Bewußtsein.«

»Du wirst hier ein Irrenhaus vorfinden! Was, wenn ich nun keine Zeit für dich habe? Bitte, sei mir deshalb nicht böse. In ein paar Monaten ist alles vorbei!«

»Aber natürlich, Adrian, das verstehe ich doch.«

»Vorbei – und dann habe ich alle Zeit der Welt für dich, Truus! Wenn du willst, kannst du jederzeit wieder mit deinen Vorlesungen anfangen. Ich habe mit dem Rektor gesprochen, dein Platz wird freigehalten.«

»Fein! Nun wollen wir aber aufhören, das wird sonst zu teuer.«

»Ach was!«

»Gar nicht ›ach was‹! Jeden zweiten Tag diese Übersee-Gespräche!«

»Die sind mein einziger Luxus, Truus!« Sie hörte, wie er sich verlegen räusperte. »Fühlst du dich denn nicht sehr einsam?«

»Nein, Adrian. Es gibt doch so vieles zu tun.«

»Kümmert sich dieser Herr Vanloo um dich?«

»Er hat es anfangs getan, jetzt habe ich ihn schon lange nicht mehr gesehen.«

Das stimmte. Gesehen hatte Truus den Privatdozenten Vanloo seit

jener Nacht in seiner Villa nicht mehr. Er indessen rief täglich an und lud sie ein.
»Aber warum nicht?« Lindhouts Stimme klang mißtrauisch. »Er hat dir doch so gut gefallen!«
»Ach ja, das schon...«
»Was soll das heißen?«
»So gut hat er mir nun auch nicht gefallen, Adrian. Ich war in der ersten Zeit nur derart verwirrt und einsam, daß ich dankbar für jedes menschliche Interesse gewesen bin. Inzwischen habe ich mich beruhigt. Am liebsten bin ich allein, wirklich... Diese Stadt ist... ist nicht gut für mich.«
»Das habe ich dir doch gleich gesagt – entschuldige!«
»Lebe wohl, Adrian. Bis übermorgen.«
»Gute Nacht, Truus. Und... und vergiß nie, daß ich in Gedanken immer bei dir bin.«
»Das ist ein großer Trost und Halt für mich, Adrian. Gute Nacht«, sagte Truus und legte den Hörer nieder. Danach schaltete sie den Fernsehapparat aus, trat an das große Fenster, preßte die heiße Stirn gegen das kühle Glas und sah in den dunklen Garten, in dem sie kaum etwas erkennen konnte.

41

Am 2. Oktober 1975 saßen zwei Männer in einem Laboratorium des ›US Public Health Service Hospital for Drugs and Drug Addicts‹ in Lexington einander gegenüber. Auf dem Tisch zwischen ihnen häuften sich Papiere. Lindhout und Collange sprachen lange Zeit kein Wort. Beide wirkten zu Tode erschöpft, übernächtigt und krank. In den Käfigen turnten die Affen. Das Laub der alten Bäume des Parks trug gelbe, rote, goldene und braune Farben, die in der Sonne dieses Vormittags magisch leuchteten. Die Kieswege vor dem Institut waren bedeckt von abgefallenen Blättern. Über den blaßblauen Himmel wanderten Schäfchenwolken. Leichter Ostwind wehte.
Lindhout war unrasiert, er hatte die Nacht durchgearbeitet. Collange war um sieben Uhr früh erschienen und hatte die vielen Fernschreiben gelesen, die eingetroffen waren, und sie mit Papieren aus dem Panzerschrank verglichen.
Lindhout sah ihm schweigend zu. Und schweigend las Collange. Lindhout ließ aus der Kantine eine Kanne starken schwarzen Kaffee kommen, Zucker und zwei Tassen. Sie tranken den Kaffee,

wühlten in Papieren, ließen sich endlich in ihre Sessel zurücksinken und sahen einander an, stumpf, ausdruckslos, ohne jede Bewegung. So saßen sie nun seit fast einer Stunde.
Collange mußte sich zweimal räuspern, ehe er sagen konnte: »Wir haben es also geschafft.«
Lindhout nickte nur. Seine Augen waren gerötet, dunkle Schatten lagen darunter. Es fröstelte ihn – er hielt beide Hände an die heiße Tasse, die vor ihm stand. »Ja«, sagte er. »Wir haben es geschafft. Ich gehe jetzt schlafen, Jean-Claude.«
»Jemand soll Sie heimfahren, Sie sind total erschöpft! Sie dürfen sich nicht ans Steuer setzen!«
»Ach was! Machen Sie kein Theater, Jean-Claude.«
»Das ist kein Theater! Ich würde gerne Theater machen – ein ganz anderes allerdings, Professor! Ich habe mir diesen Moment nämlich anders vorgestellt!«
»Ich mir auch«, sagte Lindhout und trank Kaffee. »Schöner Herbsttag, nicht?«
»Ja«, sagte Collange. »Sehr schön.« Er machte eine hilflose Bewegung. »Mir geht es wie Ihnen. Ich sollte mich freuen! Ich sollte schreien, lachen, tanzen, mich besaufen – zusammen mit Ihnen und allen andern!«
»Ja, das sollten Sie.«
»Es ist wirklich verrückt, aber ich bin ganz leer und ausgehöhlt und fast traurig.«
»Ich auch«, sagte Lindhout. »Das kommt, weil wir so lange an dieser Sache gearbeitet haben und weil jetzt nichts mehr an ihr zu arbeiten ist. Weil wir fertig sind. Das ist durchaus keine paradoxe Situation! Ganz normal. Jedem Sportler geht es so, jedem Schauspieler, jedem Soldaten. Wir haben das Mittel wieder und wieder im Tierversuch geprüft. Wir haben die Substanz und die Unterlagen an die ›Food and Drug Administration‹ geschickt. Es ist vorbei. Wir haben nichts mehr mit der Sache zu tun. Andere Leute ja – nicht wir!« Er gähnte.
Andere Leute...
(Die Leute von der ›US Food and Drug Administration‹ nämlich. Für jedes neue Medikament wie für jedes neue Produkt zum Verzehr oder zum Trinken hat die amerikanische Verfassung die ›Food and Drug Administration‹ vorgesehen. Diese Behörde ist dafür verantwortlich, daß jede neue Substanz von kompetenter Seite untersucht wird. Im Falle von medizinischen Neuheiten beauftragt die ›Food and Drug Administration‹ also eine medizinische Stelle damit, das Präparat im klinischen Versuch am Menschen zu erproben. Diese Erprobung muß ergeben, daß bei

Anwendung des neuen Mittels unter keinen Umständen schädliche Wirkungen oder Nebenwirkungen auftreten. Erst dann darf mit der Produktion, dem Export oder Import und dem Verkauf begonnen werden.)

Lindhout unterdrückte ein krampfhaftes Gähnen und sagte: »Herr Gubler hat dreimal angerufen und uns beglückwünscht. Die Telegramme aus sämtlichen SANA-Forschungsstätten heben Sie auf, bitte. Lauter Glückwünsche. All den Chemikern wird es nun wohl so gehen wie uns. Machen Sie Ordnung hier, bitte. Verständigen Sie die andern. Wir werden feiern... später.« Er stand auf und ging zur Tür. »Keinerlei Auskünfte an die Presse.«

»Natürlich nicht.«

»Das wird die SANA besorgen, wenn sie es für richtig hält.«

»Wollen Sie nicht wenigstens Ihre Tochter anrufen, Professor?«

»Zuerst muß ich schlafen.«

»Fahren Sie vorsichtig«, sagte Collange. Lindhout hob eine schlaffe Hand zum Gruß. Sein Rücken war gebeugt, sein Haar ganz grau geworden. Müde schlurfte er auf den Gang hinaus. Die Tür hinter ihm fiel zu.

Collange begann die Papiere einzusammeln. Seine Gedanken wanderten... Nach dreißig Jahren war es Lindhout gelungen, einen synthetischen Antagonisten gegen Heroin zu finden, der im Tierversuch nach einmaliger Gabe die Wirkung jeder denkbaren Menge von Heroin sieben Wochen lang aufhob, der nicht süchtig machte und der in seiner chemischen Struktur nichts mit der des Morphins gemein hatte... Nach dreißig Jahren Ermutigungen, Rückschlägen, persönlichem Glück und persönlichem Leid... Wieder und wieder war dieses AL 4031 an Affen erprobt worden – hier und rund um die Welt in den Laboratorien der SANA... Alle Berichte bestätigten Lindhouts Erfolg. Nachdem ein Mann dreißig Jahre seines Lebens darauf verwendet hatte, dieses Präparat zu finden. Dreißig Jahre... Ich, dachte Collange, bin achtunddreißig Jahre alt. Als ich in die dritte Klasse der Volksschule ging, hat Lindhout schon nach diesem Antagonisten gesucht. Er öffnete den Tresor und begann, Papiere in ihm zu ordnen, andere in ihm zu verwahren. Er dachte: Das ist ein großer Tag heute, der größte in meinem Leben, der größte im Leben Lindhouts... Lindhout ist nur müde und wird jetzt schlafen. Und ich? Ach, wenn es Elisabeth noch gäbe. So...

Zu dieser Zeit fuhr Lindhout heim. Er sann über eine Zeile nach, die ihm endlich einfiel aus ›Wallensteins Tod‹! So lautete die Zeile: ›Ich denke einen langen Schlaf zu tun, / Denn dieser letzten Tage Qual war groß...‹

Qual? dachte Lindhout. Nein, nicht Qual. Qual niemals! Einfach die Zeit. Die Zeit war lang, sehr lang, ich bin so müde...

Vor seinem Haus am Tearose Drive standen zwei Autos – ein Ford und ein Rettungswagen. Er erschrak. Was war geschehen? Sein Lincoln glitt heran und hielt. Lindhout stieg aus und ging auf einen Sanitäter in weißem Kittel zu, der neben dem Krankenwagen stand.

»Ah, Professor, guten Morgen!« Der junge Mann grüßte.

»Was ist los?«

»Wir sind gerufen worden, Professor. Von Doktor Addams.«

»Wer ist das?«

»Doktor Addams? Der Rettungsarzt vom Dienst. Ihre Haushälterin telefonierte mit uns und bat um einen Arzt.«

»Kathy?« Lindhout fühlte, wie ihm kalt wurde.

»Ich weiß nicht, wie die Dame heißt, Professor. Ihre Haushälterin, das weiß ich. Eine sehr alte Dame, nicht wahr?«

»Ist sie...«

»Sie konnte eben noch telefonieren«, sagte der junge Mann. »Als Doktor Addams eintraf, war sie schon tot. Er mußte ein Fenster einschlagen, um ins Haus zu kommen.«

Lindhout lehnte sich in einem Schwächeanfall an den Kühler des Rettungswagens. »Aber wieso? Gestern abend ging es ihr doch noch völlig gut...«

»Das Herz«, sagte der junge Mann. »Sie hatte einen Herzanfall – und dann ist das Herz ganz stehengeblieben. Doktor Addams kam schon zu spät. Er ist im Hause, wenn Sie mit ihm reden wollen. Es sind auch zwei Kollegen von mir drin, mit einer Bahre. Wir bringen die alte Dame gleich zum Bestattungsinstitut. Sie hat keine Angehörigen mehr, nicht wahr?«

42

»Der Erdenmensch, vom Weib geboren, an Tagen arm und unruhsam, geht auf gleich einer Blume und welket, er fliehet und ist wie ein Schatten, er lebt nicht lange, er gehet dahin, und der Wind kennt seine Stätte nicht mehr«, sprach der Pfarrer. Er stand vor einem offenen Grab, in das eben der Sarg mit Kathys Leichnam hinabgelassen worden war. Das Grab befand sich auf dem gleichen Friedhof, wo seit vielen Jahren Georgia lag – Kathy hatte sich immer gewünscht, auf dem gleichen Friedhof wie sie begraben zu werden. Dieser sehr alte und sehr schöne Hain, in dessen Erde sehr viele gute und berühmte Menschen ruhten, glich am 5. Oktober 1975 einem verwunschenen Märchengarten. Auch hier war das Laub der Bäume golden, gelb, rot und braun gefärbt, die Blumen auf den Gräbern begannen zu welken, feine spinnseidene Fäden zogen leuchtend durch die milde Luft. Lindhout grübelte: Wie hieß dies Gespinst doch? Er kam nicht darauf. Doch dann fiel es ihm ein: Altweibersommer nennen sie es in Deutschland. Ach, ich bin schon so lange fort.

Neben Lindhout stand Collange. Die beiden Männer waren als einzige mit dem Pfarrer dem Wagen gefolgt, der den Sarg hierhergebracht hatte – eine sehr kleine Trauergemeinde. Aber Kathy hat ja, so dachte Lindhout, während er die Worte des Priesters hörte, ohne sie zu erfassen, wirklich keinen einzigen Verwandten mehr gehabt und keinen Freund – nur mich, seit Truus in Berlin ist. Kathy hat Truus sehr vermißt, sie hat sie sehr geliebt. Sie ist eine gute und tapfere Frau gewesen, mit wenig Glück in ihrem Leben. Den Mann hat sie früh verloren, vor so vielen Jahren, und auch ihren braven Sohn Homer. Der Mann liegt auf einem anderen Friedhof, ich weiß nicht, auf welchem, und Homer ist in Korea gefallen, im Oktober 1950, vor fünfundzwanzig Jahren ist das gewesen, Kathy hat mir damals das Telegramm gebracht, das sie erhalten hatte: ›Das Verteidigungsministerium bedauert, mitteilen zu müssen...‹

Nein, Kathy hatte wahrhaftig nicht viel Glück gehabt in ihrem Leben. Lindhout sah viele Blätter von den Ästen der alten Bäume fallen.

»... daß Du ihr alles Gute, das sie auf Erden tat, hundertfältig vergelten wollest«, sprach der Priester.

Ja, das soll Gott wirklich tun, dachte Lindhout. Aber es wird wohl keinen Gott geben.

»... daß Du, ewiges Licht, ihr leuchten wollest...«

Ach, es sterben immer die falschen Menschen zu früh.

»... daß Du ihr ewige Ruhe und ewigen Frieden geben wollest...«

Und wieder stehe ich vor einem Grab. Hier, auf diesem Friedhof, stand ich schon einmal, dann auf dem Waldfriedhof in Berlin, als sie Claudio begruben, wer wird der nächste sein? Ich?

»... denn Du, o Herr, bist die Auferstehung und das Leben, wer an Dich glaubt, wird leben, auch wenn er gestorben ist...«

O gewiß, dachte Lindhout, das Beste an einem Menschen bleibt immer auf der Erde zurück, darüber habe ich so oft nachgedacht, und ich meine, es ist wahr. So viel Gutes von Georgia und Kathy und Claudio, das Beste von so vielen guten Menschen...

»... und jeder, der an DICH glaubt, wird nicht sterben in Ewigkeit, amen«, sprach der Priester.
Ich muß Truus anrufen und ihr alles erzählen, dachte Lindhout. Die ganzen Vorbereitungen für Kathys Begräbnis hat das Bestattungsinstitut getroffen – ich habe fast zwei Tage und zwei Nächte fest geschlafen, jetzt bin ich wieder ausgeruht. Aber Kathy ist tot, Kathy ist tot. Ich muß es Truus sagen. Durch meinen langen Schlaf bin ich aus dem Zwei-Tage-Takt gekommen, Truus wird schon auf meinen Anruf warten, hoffentlich macht sie sich keine Sorgen. Ach nein, sonst hätte sie sich gemeldet. Dann werde ich wohl nach Basel zur SANA fliegen müssen, es wird wieder viel Arbeit geben jetzt, das Leben geht immer weiter – ob wir leben oder ob wir sterben, ob wir lachen oder ob wir weinen. Das Leben geht immer weiter. Mit uns und ohne uns. Ist das schrecklich? Ist das ein Trost? Und wenn es ein Trost ist – für wen?

43

Die Sekretärin, Mary Ployhardt, eine Frau von etwa fünfzig Jahren, die seit 1950, seit Lindhouts Ankunft in Lexington für ihn arbeitete, sagte nervös: »Ein Herr wartet auf Sie, Professor. Schon über eine Stunde.«
Lindhout und Collange waren nach Kathys Begräbnis sofort ins Institut gefahren; sie trugen noch die dunklen Anzüge und die schwarzen Krawatten.
»Was für ein Herr?«
An Marys Stelle antwortete eine hübsche, wesentlich jüngere Frau namens Eilleen Doland, die seit etwa drei Monaten als zweite Sekretärin für Lindhout arbeitete – Mary schaffte es einfach nicht mehr allein: »Er kommt aus Washington. Seine Name ist Last, Howard Last. Er ist Kommissar bei der ›Food and Drug Administration‹.«
»Was will denn der hier?« Lindhout schien verärgert. Es war 14 Uhr 45, und er hatte die Absicht gehabt, um 15 Uhr Truus in Berlin anzurufen.
Eilleen, eine Blondine, die Lindhout schwärmerisch verehrte, hob die Schultern. »Mister Last wollte es uns nicht sagen. Aber es sei dringend. Wir haben ihn gebeten, im Wartezimmer Platz zu nehmen.«
»Ach, dieser Last hat seinen Besuch ja angekündigt. Telefonisch. Das habe ich völlig vergessen.« Lindhout seufzte und verließ das

Büro. Im Wartezimmer fand er einen älteren, hageren Mann vor, der nur noch sehr wenige Haare hatte, einen schmallippigen Mund und überwache graue Augen. Größer als Lindhout war Howard Last. Eine Entschuldigung, zu der Lindhout ansetzte, wischte er mit einer Handbewegung fort. »Sie konnten ja nicht wissen, wann ich komme, Professor!« Seine Stimme klang angenehm, aber sehr bestimmt. »Können wir uns vielleicht woanders unterhalten als... hier?«

»Kommen Sie doch bitte in mein Arbeitszimmer, Mister Last«, sagte Lindhout. »Ich gehe voraus, verzeihen Sie...«

Zwei Minuten später saßen sie in Lindhouts Büro. Zigaretten lehnte Last ebenso ab wie einen Drink. Er sagte: »Ich will noch die Abendmaschine zurück erreichen, also komme ich gleich zur Sache.«

»Bitte sehr.« Lindhout dachte: Truus muß leider auf meinen Anruf warten, das hier scheint wichtig zu sein, sonst wäre dieser Last nicht gekommen. »Worum handelt es sich?«

»Die ›Food and Drug‹ hat Ihr neues Präparat und die Unterlagen erhalten...«

»Das weiß ich. Wir schickten Ihnen doch alles zu, Mister Last!« Der strich über seine schöne Foulardkrawatte. »Eben leider nicht, Professor.«

»Was soll das heißen?«

»Das soll heißen, daß Sie uns zwar das neue Präparat, jedoch *nicht alle* Unterlagen geschickt haben.« Last machte den Eindruck, als habe er ein Verhältnis mit seiner Krawatte, so zärtlich und liebevoll behandelte er sie. »Es fehlen die detaillierten Synthese-Berichte, Professor. Wenn Sie und wir jetzt den Auftrag zur klinischen Erprobung am Menschen vergeben, dann müssen wir alle Unterlagen haben – *wir*, und nicht die von uns mit der Prüfung beauftragten Stellen. Es versteht sich von selbst, und das wissen Sie sehr wohl, daß wir alle Berichte absolut geheimhalten – die Synthese des Präparats insbesondere. Die Kliniken Ihrer und unserer Wahl erhalten nur die Substanz und eine Gebrauchsanweisung. Alle Eigentumsrechte bleiben selbstredend bei der SANA, in deren Auftrag Sie und Doktor Collange arbeiten.«

»Das ist aber sehr freundlich!« Lindhout wurde ungeduldig.

»Bitte, Professor Lindhout. Ich tue nur meine Pflicht. Und meine Pflicht ist es, dafür zu sorgen, daß die ›Food and Drug‹ alle Unterlagen erhält!«

»Wenn Sie die genaue Beschreibung der Einzelschritte bei der Synthese tatsächlich unbedingt brauchen, dann hätten Sie nicht zu uns kommen sollen, Mister Last«, sagte Lindhout.

»Warum nicht?«
»Weil die längst bei der amerikanischen Tochtergesellschaft der SANA in New York liegen.«
»Das verstehe ich aber nicht! Ich komme von der SANA New York. Dort hat man mir gesagt, ich soll zu Ihnen fliegen!« Jetzt war Last – sanft – verärgert.
»Was ist das für ein Unsinn? Wie kann SANA New York so etwas behaupten?«
»Das müssen Sie SANA New York fragen, nicht mich!«
»Das werde ich auch gleich tun, Mister Last!« Lindhout griff zum Telefon.
In der nächsten Stunde sprach er viel und ungeduldig. Schließlich stellte sich heraus, daß ein Herr der SANA-Tochtergesellschaft in New York, der gerade auf Reisen war, dem Mister Last tatsächlich gesagt hatte, die fehlenden Unterlagen befänden sich in Lexington.
Es hat keinen Sinn, sich zu ärgern, dachte Lindhout. Bürokratie, Wichtigtuerei. Aber wo waren die fehlenden Berichte wirklich? Er hatte sie doch an die SANA geschickt! Nicht mit der Post! Mit Collange als Kurier! New York bedeutete ihm, sich an Präsident Gubler von der SANA-Zentrale in Basel zu wenden.
Also rief Lindhout in Basel an. All dies dauerte seine Zeit. Gubler erklärte, die Berichte von der SANA New York richtig erhalten zu haben.
»Die liegen hier im Panzerschrank, und da bleiben sie auch. Dieser Mister... wie heißt er?«
»Last!«
»... dieser Mister Last braucht sie nicht! Natürlich interessieren sie ihn! Und im allgemeinen überlassen die Pharma-Firmen der ›Food and Drug‹ auch die Synthese-Berichte – aber nicht bei einem derart wichtigen neuen Stoff! Geben Sie mir den Herrn einmal!«
Lindhout reichte Last den Hörer. Danach folgte eine kurze, mäßig erregte Konversation, an deren Ende Last erklärte, alles einzusehen. Er legte den Hörer in die Gabel zurück.
»Also, den Flug hierher hätte ich mir sparen können«, sagte er. »Ich verstehe die Geheimnistuerei in diesem Fall ja, aber ich tue auch nur meine Pflicht! Wir sind eine staatliche Stelle. Hat Herr Gubler etwa Angst, wir würden die Herstellungsweise seines Anti-Sucht-Mittels irgendwelchen amerikanischen Pharma-Konzernen verraten? Das grenzt an Beleidigung! Auf alle Fälle ist es absurd!«
Lindhout stand auf.
»Mister Last, ich muß Sie korrigieren.«

»Inwiefern?«
»Sie haben soeben von einem Anti-Sucht-Mittel gesprochen. Das verrät eine ebenso bedauerliche wie totale Unkenntnis der Materie, über die Sie sprechen!«
»Hören Sie...«, begann Last, aber Lindhout ließ sich nicht unterbrechen: »Wir haben Ihnen einen sieben Wochen lang wirksamen Morphin- und Heroin-Antagonisten zur Prüfung eingereicht, kein Anti-Sucht-Mittel!«
»Wenn Ihr Präparat aber sieben Wochen...«
»Lassen Sie mich reden, Mister Last, bitte!« Lindhout war nun zornig. »Ein Antagonist – und wenn er zwanzig Wochen wirksam wäre! – bringt nicht die Lösung des Suchtproblems! Eine Lösung, eine Hilfe, eine Rettung stellt unser Präparat nur für solche Süchtige dar, die bereit sind, sich mit diesem Präparat behandeln zu lassen! *Freiwillig!* Nach den bestehenden Gesetzen ist es Ärzten untersagt, zwangsweise Injektionen zu verabreichen – oder Menschen ganz allgemein gegen deren Willen mit irgendeinem Mittel zu behandeln! Die Süchtigen müssen mit der Behandlung einverstanden sein! An der Wurzel faßt kein noch so idealer Antagonist das Problem! Unser Präparat ist kein Anti-Sucht-Mittel, wie Sie es nannten! Technisch jedoch bringt es eine ganz außerordentlich große Möglichkeit, die Sucht einzudämmen...«
»Welcher Süchtige wird schon aus freiem Willen aufhören, sich das Zeug zu spritzen, und um Ihren Antagonisten bitten?« fragte Last mit erhobenen Augenbrauen.
»Ah«, sagte Collange, »nun sehen Sie die Sache vom anderen Extrem, also wieder falsch! Jeder Süchtige ist nämlich zu irgendeinem Zeitpunkt bereit zum Entzug!«
»Ja? Aber aus welchen Motiven?« fragte Last.
»Zum Beispiel«, sagte Lindhout, »aus dem Motiv der Versorgungsschwierigkeit – er bekommt plötzlich kein Rauschgift mehr. Oder aus dem Motiv der Verelendung. Aus finanziellem Motiv – er kann das Rauschgift nicht mehr bezahlen. Oder aus kriminellen Motiven – er hat eine Straftat begangen, sitzt hinter Gittern und kommt an das Rauschgift nicht mehr heran. Die eigentliche Bekämpfung der Sucht liegt im Blockieren des Nachschubs und in psychotherapeutischer Rehabilitation – und hier hat unser Antagonist eine enorme Bedeutung! Denken Sie an die riesige Zahl von Heroinsüchtigen, die hier im Rahmen des ›Maintenance‹-Programms von Staats wegen Methadon bekamen und immer noch bekommen! All diese Menschen könnte man nun mit unserem Antagonisten behandeln! Das würde die Situation wesentlich einfacher werden lassen. Haben Sie jetzt verstanden?«

»Gewiß doch, Professor.« Last gab seiner Krawatte kleine Schläge, er war irritiert. »Ich versichere Sie auch meiner Bewunderung! Entschuldigen Sie, wenn ich mich vorhin falsch ausdrückte... indessen...«
»Indessen?«
»Indessen sind wir von der ›Food and Drug‹ eben erst recht verantwortlich für Ihr Präparat! Sollte es, was Gott verhüten möge, schädliche Nebenwirkungen aufweisen, dann werden sich die Betroffenen in aller Welt an *uns* halten! Denken Sie doch an die verschiedenen Arzneimittel-Katastrophen, die sich in den letzten Jahren ereignet haben – ich erinnere Sie nur an Contergan in Deutschland.«
Lindhout begann, hastig hin und her zu gehen.
»Haben Sie schon Kliniken, denen Sie unser Mittel zur Prüfung übergeben werden?«
»Noch nicht, Professor. Wir dürfen keinesfalls etwas überstürzen – das wäre das Schlimmste, was wir tun könnten. Natürlich werden es keine amerikanischen Kliniken sein...«
»Natürlich nicht«, sagte Lindhout und sah Collange an, dessen Lippen sich verzogen. Beide wußten, wie alle Heilmittel-Konzerne bei der gesetzlich geforderten Untersuchung neuer Heilmittel vorzugehen pflegten. In den Vereinigten Staaten sind die Bestimmungen über die klinische Erprobung am Menschen ungemein streng. Daher werden viele Prüfungsaufträge an Kliniken in anderen Ländern erteilt, in europäischen, aber auch osteuropäischen Ländern, die weniger strenge Bestimmungen haben. Hier geht es ja stets darum, möglichst bald eine Freigabe zur Herstellung zu erhalten. Hier geht es um Geld, um viele Millionen! Und damit hört jede politische Feindschaft, jede Ideologie auf. Bei soviel Geld gibt es keinen Eisernen Vorhang mehr. Das akzeptieren beide Seiten, die vor dem Eisernen Vorhang ebenso wie die dahinter. Denn die Aufträge zur Prüfung eines neuen Medikaments werden zwar durch die ›Food and Drug Administration‹ erteilt, bezahlt jedoch von den Herstellerfirmen – und zwar sehr gut...
Lindhout war wütend geworden über die behäbige Selbstgefälligkeit dieses Mister Last.
»Hören Sie«, sagte er jetzt nicht ohne Schärfe, »wir steuern direkt in eine Rauschgiftkatastrophe hinein! Europa wie Amerika! Die Untersuchung des Mittels ist notwendig, das sehe ich ein. Aber sie muß mit allem Vorrang betrieben werden! Mit jeder nur möglichen Beschleunigung! Sie wissen natürlich, daß verschiedene europäische Staaten – und auch wir hier in Amerika – durch die Explosion der Suchtgifte in berechtigte Panik geraten sind! Sie wissen, daß

zum Beispiel der italienische Gesundheitsminister soeben gefordert hat, man möge, staatlich kontrolliert, Heroinsüchtigen die Droge kostenlos zur Verfügung stellen – weil Italien mit den kriminellen Vorgängen bei der illegalen Beschaffung des Rauschgifts einfach nicht mehr fertig wird!«

»Das ist mir alles bekannt«, sagte Last milde. »Seien Sie versichert, es wird alles getan werden – so schnell wie möglich. Aber bis man AL 4031 in der klinischen Anwendung am Menschen nicht tatsächlich für ungefährlich befunden hat, darf es die SANA nicht produzieren! Das habe ich Ihnen mit größtem Nachdruck vom Chef meiner Behörde mitzuteilen. Ich bin sicher, wir haben einander verstanden.«

»Vollkommen«, sagte Lindhout. »Wann geht Ihre Maschine nach Washington?«

»In etwa zwei Stunden... Warum?«

Lindhout stand auf.

»Weil ich mit Ihnen fliegen und mit Ihrem Chef reden werde!«

»Was wollen Sie ihm sagen?«

»Daß nun jede Stunde zählt – und daß wir nicht eine einzige ungenutzt verstreichen lassen dürfen!«

44

»Hallo, Adrian, endlich...« Truus holte tief Luft. »Eben wollte ich dich wieder im Institut anrufen! Ich war so sehr beunruhigt, weil du dich nicht gemeldet hast!«

»Es tut mir leid, Truus, hier spricht nicht Ihr Vater, hier spricht Collange...«, hörte Truus eine Männerstimme.

Es war 22 Uhr 50 in Berlin, und es regnete seit zwei Tagen ohne Unterbrechung. Truus fühlte sich elend wie vor einer Grippe, und entsprechend war ihre Stimmung.

»Jean-Claude!«

»Ja, Truus.« Die Verbindung war schlecht, in der Leitung rauschte und knisterte es unentwegt. Truus hatte Mühe, zu verstehen.

»Wieso Sie?« Schreck durchfuhr Truus. »Ist Adrian krank? Ist ihm etwas zugestoßen? Ist er...«

»Alles ist in Ordnung mit Ihrem Vater, Truus«, unterbrach Collange. »Er hat mich nur gebeten, an seiner Stelle anzurufen, eben damit Sie nicht beunruhigt sind über sein langes Schweigen. Hier hat sich sehr viel ereignet in den letzten Tagen...«

»Ereignet? Was?«
»Wir haben endlich die letzten Schwierigkeiten bei unserem Antagonisten gemeistert. Er schaltet die Wirkung von Heroin mit Sicherheit für sieben Wochen aus – und, stellen Sie sich vor, nicht nur die Wirkung von üblichen Dosen, sondern auch von jeder denkbaren stärkeren!«
Truus sagte: »Das freut mich für Sie alle. Und für mich.«
»Wieso für Sie?«
Gegen die Scheiben des großen Fensters prasselte schwerer Regen. Sturm tobte. Die Äste der Bäume im Park ächzten. Der Winter kam sehr früh in Deutschland in diesem Jahr. Truus hustete, als sie antwortete: »Weil ich jetzt hoffen darf, daß mein Vater sich ausruhen und schonen wird. Das war ja nicht mehr anzusehen, wie er sich abgehetzt hat – in seinem Alter...«
»Ja, Sie haben recht, Truus...« Collange sprach verlegen. »Nur an Ausruhen ist im Moment nicht zu denken.«
»Wieso nicht?«
Collange erklärte, daß sich nun die ›Food and Drug Administration‹ eingeschaltet habe und Lindhout gerade jetzt mit einem gewissen Mister Last, Angehöriger jener Behörde, im Flugzeug saß, um selber in Washington vorstellig zu werden.
»... Sie verstehen, nicht wahr, das vorgeschriebene Prüfungsverfahren muß jetzt so schnell wie möglich vorangetrieben werden. Heroin ist zur Weltbedrohung geworden! Ich höre, vor ein paar Stunden hat die französische Polizei fünf Tonnen – *fünf Tonnen Heroin*, stellen Sie sich das vor! – entdeckt und beschlagnahmt. Ihr Vater muß sich jetzt selbst um die Prüfung kümmern. Sie wissen doch, wie Behörden zu arbeiten pflegen...«
»Das alles hat er mir nicht selber sagen können?« Truus war verärgert. »Seit Tagen warte ich auf seinen Anruf. Hier ist es absolut trostlos. Weg kann ich auch immer noch nicht. Da hat sich plötzlich ein Mensch gemeldet, der behauptet, Ansprüche auf das Erbe zu haben. Ich komme nicht von den Anwälten los. Warum hat Adrian mich nicht wenigstens angerufen?«
»Wenn es für Sie so dringend war, warum haben Sie nicht angerufen, Truus?«
»Das habe ich ja! Im Institut und am Tearose Drive! Im Institut hat man mir gesagt, mein Vater ist nicht da, und zu Hause hat er sich auch nicht gemeldet.«
»Er hat geschlafen.«
»Was hat er?«
»Geschlafen.«
»Zwei Tage lang?«

»Er war total erschöpft. Und dann ist auch noch etwas anderes geschehen.«
»Etwas Schlimmes?«
»Mrs. Grogan ist gestorben. Herzversagen.«
Truus begann hilflos zu weinen.
»Kathy ist tot... unsere Kathy...«
Collange wurde immer gehemmter.
»Und auch schon begraben, Truus... das kam alles zusammen...«
»Kathy ist tot...« Truus sah zum Fenster hin, über das der Regen strömte. Es sah aus, als weinte auch das Fenster. Lange schwieg sie. Dann sagte sie: »Sie müssen meine Erschütterung verstehen, Jean-Claude. Kathy war so lange bei uns. Nach dem Tod von Georgia war sie so etwas wie eine...« Truus schluckte, sie konnte nicht weitersprechen.
»Wie eine Mutter für Sie, ich weiß, Truus.« Collange stotterte jetzt vor Verlegenheit. »Verstehe... sehr gut kann ich Sie verstehen... wir alle... wir sind alle sehr traurig über Kathys Tod... Aber dann kam eben auch noch dieser Beamte aus Washington... Ihr Vater... er ist... das sagte ich schon... er hatte einfach keine einzige Minute Zeit mehr... er mußte die Maschine nach Washington erreichen. Da hat er mich gebeten, Sie wenigstens kurz zu verständigen von allem, was vorgefallen ist... Er wird sich natürlich aus Washington bei Ihnen melden...«
»Wann?«
»Das konnte er nicht sagen. Er wird es in der ersten freien Minute, die er hat, tun, Truus. Das ist ja der Sinn meines Anrufs – Sie zu beruhigen! Bitte, haben Sie ein wenig Geduld. Es ist doch wunderbar, daß er den Antagonisten gefunden hat, nicht wahr?«
Der Sturm und der Regen wurden immer ärger.
»Ja«, sagte Truus. »Ganz wunderbar.« Sie nahm sich zusammen. »Also werde ich auf den Anruf meines Vaters warten. Vielen Dank, Jean-Claude.«
»Was heißt Dank? Das war doch eine Selbstverständlichkeit! Das hätte ich auch von mir aus getan!«
»Danke noch einmal«, sagte Truus. »Gute Nacht.« Sie legte den Hörer in die Gabel und sah die regengepeitschte Fensterscheibe an. Jetzt schlugen sogar Zweige gegen das Glas. Ein Flugzeug, vor der Landung, donnerte über das Haus hinweg.

45

Drei Stunden später riß das Schrillen des Telefons Truus aus wirren Träumen. Sie richtete sich auf, merkte, daß sie verschwitzt war, und hob ab.

»Ja?«

»Truus! Endlich! Hier ist Adrian! Eben erst komme ich in mein Hotelzimmer. Hat Jean-Claude dich angerufen?«

»Ja.«

»Du darfst mir nicht böse sein...«

»Das bin ich doch gar nicht!«

»Nein, du bist nicht böse.« Lindhouts Stimme klang gehetzt. »Du kennst mich so lange, du weißt, was ich auf dem Hals hatte – und jetzt erst habe! Nein, das weißt du nicht. Das kannst du dir nicht vorstellen! Es scheint, als wären alle Menschen bei der ›Food and Drug Administration‹ verrückt geworden! Einer verweist mich an den andern, morgen früh muß ich nach New York weiterfliegen, weil der oberste Chef sich dort auf einem Kongreß befindet. Danach... was weiß ich? Kliniken in Europa müssen beauftragt werden, AL 4031 zu prüfen. Gubler tobt, weil die Amerikaner sich so lasch benehmen! Auch ich bin wütend über diese Borniertheit! Und dann die arme Kathy... das weißt du auch von Collange, nicht wahr?«

»Ja.«

»Mein Gott, Truus, ich werde nun wohl eine Weile unterwegs sein! Du mußt mir verzeihen, wenn ich nicht die genauen Zeiten für einen Anruf einhalten kann. Das wird sich bald alles gelöst haben. Aber inzwischen...« Er hörte Truus husten. »Was ist los? Bist du krank?«

»Nein. Oder ja, vielleicht kriege ich eine kleine Grippe. Das Wetter hier ist zum Kotzen. Sturm und Regen und Kälte – und die Einsamkeit, und immer weiter die Anwälte, denn da hat sich jetzt jemand gemeldet, der... Aber ich will dich nicht auch noch mit meinen Sorgen belasten, Adrian.«

»Was ist los, Truus?«

Sie erzählte von dem angeblichen Erben.

Lindhout fluchte.

»Beauftrage deinen Anwalt! Gib ihm in dieser Erbschaftssache Generalvollmacht!«

»Ich gebe niemandem eine Generalvollmacht! Du weißt selber, was so alles passieren kann, Adrian!«

»Ja, da hast du recht... aber verstehe doch auch meine Lage...«

»Ich verstehe sie doch, Adrian! Die arme, arme Kathy. Wer ist jetzt in unserem Haus am Tearose Drive?«
»Kein Mensch – warum?«
»Dann wäre ich dort ja genauso allein wie hier.«
»Mein Gott, Truus, mach es mir nicht so schwer! Du hast doch Freunde! Du hast doch da diesen Dozenten, der dir so gut gefallen hat.«
»Ich will von niemandem etwas sehen oder hören – ich habe den ganzen Tag zu tun mit dem elenden Kerl, der da plötzlich aufgetaucht ist, und abends bin ich so müde, daß ich im Sitzen einschlafe. Das ist nicht Selbstmitleid, Adrian, bitte, glaube mir das. Ich fühle mich wirklich mies. Aber das geht vorbei. Wie froh bin ich über deinen Erfolg! Wir dürfen jetzt beide nicht die Nerven verlieren! Du rufst an oder du schickst ein Telegramm, wann du eben kannst. Und ich sehe, daß ich hier zu einem Ende komme. Ich habe genug von Berlin! Mehr als genug! Ich will weg. Nichts als weg... weg... weg!«
»Nur nicht so stürmisch...« Lindhout seufzte. »Let's make the best of it. Ich will alles versuchen, um dich morgen zur gewohnten Zeit anzurufen.«
»Schön, Adrian. Es ist nur... dieses widerliche Wetter hier, sonst nichts. Also bis morgen – nein, wir haben hier ja schon längst morgen – also bis heute abend.«
»Bis abend, Truus.« Lindhout lachte mit Mühe. »Was hat euer Mathematiklehrer in Wien euch immer zum Trost gesagt, wenn eure Arbeiten völlig danebengegangen waren?«
»›Noch hängt die Hose nicht am Kronleuchter‹, hat er gesagt.« Truus zögerte, dann lachte sie ebenfalls – kurz.
»Ich halte dir die Daumen für deine Anwaltsgeschichten! Und werde mir nicht krank! Schlaf jetzt schon weiter. Ich muß wieder zurück zur ›Food and Drug‹. Gute Nacht.«
Zwei Stunden später fiel – ein Erdrutsch hatte ein Hauptkabel zerstört – das Telefonnetz im ganzen Bereich Grunewald aus.

46

Es dauerte drei Tage, bis – denn das Unwetter wütete immer noch – die Störung behoben war. In dieser Zeit erhielt Truus zwei Telegramme von Lindhout – das eine aus Basel, das andere, später aufgegeben, aus einer osteuropäischen Hauptstadt. Lindhout war, wie er erwartet hatte, zur Sana gerufen worden und über den

Atlantik geflogen, um mit Gubler zu sprechen. Das stand in dem Telegramm. Des weiteren stand darin, daß Lindhout vergebens viele Male versucht hatte, Truus telefonisch zu erreichen, um endlich von der Störungsstelle zu erfahren, was sich ereignet hatte. Er war wieder im ›Trois Rois‹ abgestiegen und bat um Rückruf.
Truus fuhr sofort mit Claudios Wagen ins Hotel ›Kempinski‹. Dort funktionierte das Telefon. Man konnte nach Basel durchwählen. Es meldete sich auch sofort die Zentrale des ›Trois Rois‹. Truus bat, ihren Vater sprechen zu dürfen.
»Ich kann Sie leider nicht verbinden, gnädige Frau«, sagte eine Mädchenstimme mit Schweizer Akzent. »Der Herr Professor ist vor vier Stunden abgereist.«
»Wohin?«
»Einen Moment. Er hat eine Message für Sie hinterlassen. Ich lese sie Ihnen gern vor.«
»Ja, bitte, Fräulein.« Truus hielt eine Hand ans Ohr. In der Halle sang eine Gruppe fröhlicher Amerikaner. Sie trugen Trachtenhüte und hatten mit einem kleinen Rundtanz begonnen. Andere Hotelgäste protestierten.
Truus hörte die Mädchenstimme aus Basel: »So, also: ›Meine liebe Truus, man sagt mir, Dein Telefon ist gestört, ich habe es zu spät erfahren. Alles ist in Ordnung, ich hoffe, bei Dir auch. Ich muß sofort weiterfliegen, denn auf unser Drängen hin hat die F und D‹ – entschuldigen Sie, gnädige Frau, es stehen nur die Buchstaben hier, ich weiß nicht, was sie bedeuten. Wissen Sie es?«
»Ja, ich weiß es.« Truus sah, wie der Chefportier die angetrunkenen Amerikaner bat, mit ihrem Lärm aufzuhören. »Weiter, bitte, Fräulein!«
»›... hat die F und D endlich einen Entschluß gefaßt und europäischen Kliniken die Prüfung übertragen. Ich werde also einige Zeit dort sein müssen, um den Herren alle Erklärungen zu geben, die sie haben müssen. Zu diesem Zweck kommt Jean-Claude mit. Ich melde mich aus den Kliniken. Sei umarmt von deinem Adrian.‹ Haben Sie alles gut verstehen können, gnädige Frau?«
»Ja, alles. Vielen Dank, Fräulein.« Truus hängte ein, bezahlte das Ferngespräch und fuhr nach Hause. Es regnete noch immer.
Das Telegramm aus einer europäischen Hauptstadt kam tags darauf gegen Abend: ›liebe truus x dein anschluss immer noch gestoert x hier alles okay x herzliche cooperation x werde immer wieder anzurufen versuchen x in liebe adrian x ende xxx‹
Truus las das Telegramm einige Male. Lindhout hatte nicht angegeben, wo er telefonisch zu erreichen war. Gewiß war er sehr beschäftigt und hatte es einfach vergessen.

47

Hatte er es einfach vergessen?
Truus lag im Bett. Es war zehn Uhr abends. Sturm und Regen tobten noch immer. Truus fühlte sich fiebrig und müde. Darum hatte sie sich so früh zur Ruhe begeben. Sie fand jedoch keine Ruhe. Der Tag war ganz besonders ekelhaft gewesen – Streitereien mit anderen Anwälten, Warten bei Behörden, über das Wetter verärgerte und gereizte Menschen... Truus starrte die Decke ihres Schlafzimmers an.
Warum hat Adrian nicht telegrafiert, wo er in dieser Stadt zu erreichen ist? Aus Absicht? Aus Versehen? War er gar nicht oder ist er gar nicht mehr dort? Wo dann? Warum telegrafiert er nicht wieder? Er hatte es doch schon zweimal getan! Die Kopfschmerzen waren unerträglich. Truus schluckte noch eine Tablette und trank etwas Wasser. Der Sturm orgelte, pfiff, schluchzte, dröhnte und heulte. Der Regen prasselte ärger denn je.
Ich bin ein Idiotenweib, dachte Truus. Adrian ist jetzt einfach überlastet, das ist alles. Er hat anfangs sogar Collange gebeten, mich anzurufen, damit ich nicht beunruhigt bin. Was ist eigentlich los mit mir? Bloß weil ich mich schlecht fühle und weil wir elendes Wetter haben und weil mein Telefon gestört ist, betrage ich mich wie eine hysterische Kuh, eine eifersüchtige Geliebte? Ausgerechnet ich? Nach dem, was ich Adrian vor langer Zeit gesagt, was ich ihm angetan habe? Er hat nie davon gesprochen. Er hat mir niemals einen Vorwurf gemacht. Er ist der beste Mensch, den man sich denken kann. Ihm verdanke ich, daß ich überhaupt noch lebe. Er hat sich um mich gekümmert seit jenem Tag in Rotterdam, als meine Eltern starben. Er ist immer für mich dagewesen. Er hat mich versteckt und beschützt und behütet während der Nazizeit, hier in Berlin, bei Frau Penninger in Wien. Er war selber so sehr gefährdet. Er hat noch größere Gefährdung auf sich genommen durch die Sorge um mich. Er hat...
Das Telefon neben dem Bett läutete.
Truus riß den Hörer ans Ohr.
»Hallo... ja?«
Eine Männerstimme erklang: »Frau Doktor Lindhout, 380453?«
»Ja, das bin ich. Und das ist meine Telefonnummer.«
»Störungsstelle hier. Wir überprüfen gerade die Anschlüsse. Sie können wieder telefonieren.«
»Danke! Danke...!«
»Nischt zu danken. Jute Nacht.«

Die Verbindung war unterbrochen.
Truus saß nun aufrecht im Bett. Der Schaden war behoben. Sie konnte wieder anrufen. Und angerufen werden! Jämmerlich, wie man von der modernen Technik abhängt, dachte Truus. Früher haben es die Leute besser gehabt. Als es noch kein Telefon gab. Und keinen elektrischen Strom. Und kein fließendes Wasser. Und keine Zentralheizung. Einfacher haben sie es gehabt. Ganz schön degeneriert hat uns die Technik. Wenn sie einmal versagt, sind wir sofort hilflos. Sie lachte plötzlich über sich selbst. Dann kam ihr ein Einfall. Vielleicht war Adrian in Lexington! Vielleicht auch nicht. Aber jetzt, wo das Telefon funktionierte, konnte man das ja feststellen! Sie lachte neuerlich. Idiotisch das alles, aber wie unendlich viel bedeutete dies: »Sie können wieder telefonieren.«
Truus stellte den Apparat auf das Bett und drehte die lange Vorwahl und dann die Nummer des Hauses am Tearose Drive. Sie kam sich dabei vor wie ein kleines Mädchen, das aus purem Spaß Dummheiten macht. Wirklich kindisch von mir... na laß doch, laß doch!
Das Freizeichen ertönte deutlich und laut.
Dann – Truus fiel vor Erstaunen fast der Hörer aus der Hand – meldete sich jemand, der Stimme nach eine junge Frau. »Hier bei Professor Lindhout!«
Jetzt lachte Truus nicht mehr.
»Hallo!« Diese Frauenstimme kannte Truus nicht. »Hallo! So melden Sie sich doch! Was soll denn das?«
Truus fragte heiser: »Wer spricht?«
Die fremde Frauenstimme nannte die Anschlußnummer.
»Die Nummer kenne ich! Wer spricht, will ich wissen! Wer sind Sie? Was suchen Sie in unserem Haus?«
»In unserem... Wer spricht denn dort, bitte?«
»Ich...« Truus' Wangen hatten sich gerötet. Wie kam eine Frau in das Haus am Tearose Drive? Mehr und mehr steigerte sie sich in eine unsinnige Erregung. »Hören Sie, ich spreche aus Berlin, das ist eine Stadt in Deutschland, und Deutschland liegt in Europa, und ich heiße Truus Lindhout!«
»Oh...«
»Was, oh?«
»Ich habe viel von Ihnen gehört, Miß Lindhout, aber wir haben einander noch nie gesehen.«
»Offenbar nicht.« Truus vernahm leise Musik. »Was ist das?«
»Was?«
»Die Musik, die ich höre.«
»Rachmaninoff, Miss Lindhout. Klavierkonzert Nummer zwei.«

»Ist das in der Leitung oder...«

»Nein. Hier läuft eine Langspielplatte. Ich mache grade mal Pause, und da lasse ich sie laufen. Ich liebe Rachmaninoff. Ganz besonders dieses Klavierkonzert. Sie auch?«

»Der Plattenschrank und die Stereoanlage befinden sich in meinem Zimmer«, sagte Truus atemlos. »Sie sind ... Sie sind in meinem Zimmer?«

»Gewiß, Miss Lindhout.«

»Was machen Sie da?«

»Nun, wie schon gesagt, ich lasse die Platte laufen...«

»Hören Sie...« Truus mußte Luft holen. »Wie heißen Sie?«

»Eilleen Doland. Ich bin Sekretärin Ihres Vaters, und er hat mich heute vormittag telefonisch von diesem Klinikum in Europa aus ersucht, für die Dauer seiner Abwesenheit in diesem Hause zu wohnen, zu arbeiten, nach dem Rechten zu sehen und alle Anrufe zu beantworten.«

»Das ist eine Lüge!« schrie Truus hysterisch. »Die Sekretärin meines Vaters heißt Mary Ployhardt und arbeitet seit vielen Jahren für ihn!«

Plötzlich hörte sie keine Musik mehr.

»Was ist mit dem Klavierkonzert?«

»Ich habe den Plattenspieler abgestellt, Miss Lindhout. Und ich bitte Sie, etwas höflicher zu sein. Ihr Vater hat jetzt nämlich zwei Sekretärinnen – die viele Arbeit machte das nötig.«

»Seit wann arbeiten Sie für ihn?«

»Seit etwa drei Monaten – hat er es Ihnen nicht gesagt?«

»Nein!«

»Dann wird er es vergessen haben, Miss Lindhout. Sie haben keine Ahnung, was sich hier tut, seit Ihr Vater in Europa ist.«

»Doch, ich kann es mir vorstellen...« Und jetzt bös ironisch: »Es muß sehr anstrengend für Sie sein, Miss Doland.«

»Miss Lindhout, so können Sie wirklich nicht mit mir reden!«

»Verzeihen Sie, Miss Doland. Aber Sie können in meinem Zimmer schlafen, ja?«

»Nein.«

»Sie sind doch in meinem Zimmer!«

»Weil ich Musik hören wollte – aus keinem anderen Grund. Telefon gibt es in jedem Zimmer, das wissen Sie.«

»Und wo schlafen Sie?«

»Im Zimmer Ihrer verstorbenen Mutter – ich finde, dieses Gespräch gerät ein wenig aus der Bahn! Ich bin fünfundzwanzig Jahre alt, Miss Lindhout...«

»Oh, schon fünfundzwanzig?«

»... und ich möchte mir Ihren Ton nicht weiter bieten lassen! Ich bin seit ein paar Stunden in diesem Hause, weil der von mir sehr verehrte Professor Lindhout mich darum gebeten hat! Ich bin unabhängig, Mrs. Ployhardt ist verheiratet.«

»Das weiß ich selber!« schrie Truus.

»Wenn Sie noch einmal so schreien, hänge ich ein, es tut mir leid, Miss Lindhout. Ich lasse mir das nicht bieten.«

»Ich... ich bin erregt... Entschuldigen Sie... Ich suche meinen Vater!«

»Das tue ich auch, Miss Lindhout.«

»Was heißt das?«

»Was es heißt. Er wollte heute nach Basel zur SANA fliegen und mich bei seiner Ankunft anrufen. Als das Telefon läutete, dachte ich, er sei es. Sie wissen bestimmt, daß er sehr beschäftigt ist in diesen Tagen. Für den Fall, daß Sie sich melden, läßt er Ihnen übrigens ausrichten, es gehe ihm gut, er hofft dasselbe von Ihnen. Er hat mehrfach versucht, durchzukommen, aber Ihre Nummer war gestört. In seinem Auftrag habe auch ich heute schon dreimal bei Ihnen angerufen – es kam keine Verbindung zustande.«

»Das Telefon funktioniert wieder. Seit fünf Minuten!«

»Wie schön. Sie werden gewiß verstehen, daß ich das nicht ahnen konnte.«

Auch die andere Stimme wurde nun aggressiv. »Ich hätte es spätabends – also bei Ihnen am frühen Morgen – wieder versucht.«

»Das hätten Sie tatsächlich? Wie freundlich von Ihnen!«

»Miss Lindhout, ich habe eingesehen, daß Sie zunächst sehr überrascht sein mußten. Ich finde es an der Zeit, nicht mehr überrascht zu sein, nun, da ich Ihnen alles erklärt habe. Ihr Vater läßt Ihnen für den Fall, daß Sie anrufen – das sagte er mir noch von diesem Klinikum aus –, bestellen, daß er stets an Sie denkt. Sie möchten sich unter keinen Umständen Sorgen machen. Es wäre freundlich, wenn Sie jetzt ein paar Worte der Entschuldigung für Ihr Benehmen äußern würden...«

Truus bebte am ganzen Körper.

»Das ist doch...«

»Ja, bitte?« fragte die junge Stimme.

Truus schmiß den Hörer in die Gabel. Sie war zu wütend, als daß sie hätte weinen können. Eine Fünfundzwanzigjährige in ihrem Zimmer! Angeblich Sekretärin ihres Vaters! Wußte angeblich nicht, wo er sich befand! Und wenn er sich direkt neben ihr befunden hatte? Truus verlor jeden Sinn für die Realität. Direkt neben ihm? Irgendeine junge Dame von der Universität? Da gab es viele, die so waren wie Patsie, mit der er sich damals in einem

Motel verabredet hatte! Adrian war ein berühmter Mann! Allein, die Frau gestorben, die Tochter in Europa... vielleicht heiratete er noch einmal... Da gab es jetzt bestimmt richtige Wettkämpfe um ihn in Lexington! Eilleen Doland... nie gehört den Namen... Adrian hätte sicherlich von einer zweiten Sekretärin erzählt... aber sicherlich nicht, wenn es sich nicht um eine Sekretärin handelte... oder nur um eine Sekretärin! Das war gemein, gemein von ihm! Er wußte, wie sehr Truus ihn liebte! Und da ließ er ein Mädchen zu sich kommen... fünfundzwanzig Jahre... und die spielte in ihrem, in Truus' Zimmer, Schallplatten! Was machte sie sonst noch? Ja, was wohl?

Truus schleuderte ein Kissen durchs Zimmer. Das Kissen traf eine Blumenvase und warf sie um. Glas splitterte, Wasser floß, als die Vase zu Boden fiel – zerbrochen...

Schnell und kurz atmete Truus jetzt. Und da gab es nichts, nichts, nichts, was sie unternehmen konnte! O ja, sie konnte das Institut anrufen und Mrs. Ployhardt fragen, ob das alles stimmte, was diese Person ihr eben erzählt hatte! Truus kannte Mrs. Ployhardt gut, und in Lexington war es jetzt erst vier Uhr dreißig.

Die Nummer des Instituts!

Truus sprang auf und rannte im Nachthemd ins Nebenzimmer, wo ihr privates Telefonnotizbuch lag. Sie kannte die Nummer des Instituts auswendig, aber nicht im Moment. Im Moment war sie viel zu aufgeregt, und sie war auch schon sehr lange aus Lexington fort. Wo war das kleine Notizbuch? Truus wühlte in einem Berg von Büchern und Papieren. Wo war das elende...

Das Telefon neben ihrem Bett begann zu läuten.

Truus erstarrte. Wenn das jetzt etwa dieses Weib war, dann konnte sie etwas erleben! Sie lief auf bloßen Füßen zurück ins Schlafzimmer, riß den Hörer ans Ohr und schrie: »Hier ist Truus Lindhout! Was wollen Sie?«

»Allmächtiger Vater«, sagte eine warme, wohlklingende Männerstimme halb erschrocken, halb belustigt, »was ist denn mit Ihnen los, Truus? Will Sie jemand umbringen? Haben Sie jemanden umgebracht?«

Es war die Stimme des Privatdozenten für Sinologie, Doktor Christian Vanloo.

48

»Herr Vanloo!« Truus ließ sich auf das Bett fallen. Sie lachte hysterisch.

»Ja, ich bin es. Auf die Gefahr hin, mir wieder eine Absage von Ihnen zu holen, rufe ich an, um Sie zu fragen, ob Sie nicht doch noch einmal zu uns kommen wollen, Truus. Alle reden von Ihnen. Alle vermissen Sie. Sie haben damals auf alle einen so sympathischen, liebenswürdigen und klugen Eindruck gemacht – nicht nur auf mich! Auf mich von Anbeginn unserer Bekanntschaft! Es ist ein solches Selbstmörderwetter, und hier ist es so überaus angenehm heute abend, daß mich alle so lange bedrängt haben, Sie anzurufen, bis ich es getan habe... Von mir aus hätte ich es nicht mehr gewagt! Und jetzt erreiche ich Sie in einem so ungünstigen Moment. Was ist denn passiert?«

Truus erzählte, was sich ereignet hatte. Sie lachte dabei manchmal, manchmal schluchzte sie, die Sätze verwirrten sich. Sie war wirklich über alles erregt. Als sie geendet hatte, ertönte wieder Vanloos Stimme: »In fünf Minuten bin ich mit meinem Wagen bei Ihnen. In einem solchen Zustand kann man einen Menschen ja nicht allein lassen. Eine scheußliche Sache, die da passiert ist, wirklich. Obwohl ich sicher bin, daß sich alles als völlig harmlos aufklären wird. Nur wahrscheinlich heute abend nicht mehr. Also machen Sie uns allen die Freude und kommen Sie. Sagen Sie nicht nein, bitte!«

Ein Nerv an Truus' Stirn zuckte.

»Ich sage ja nicht nein.«

»Na, bravo!«

»Nur, bitte, holen Sie mich erst in einer halben Stunde ab! Ich habe schon im Bett gelegen, Herr Vanloo!«

49

Der Doktor Christian Vanloo fuhr einen Bentley. Truus sprach im Wagen kein Wort. Vanloo roch nach einem englischen Rasierwasser, das Truus kannte. Sie überlegte, wie es hieß. Der Name fiel ihr nicht ein. Eine Garage war direkt an Vanloos Haus gebaut. Ihre Tür öffnete sich automatisch. Truus stieg aus. Durch eine zweite Tür und einen Gang führte Vanloo sie in die Villa. Truus blieb in der Garderobe stehen. Vanloo half ihr aus dem Mantel. Er trug

einen blauen Anzug aus Kordsamt und einen weißen Rollkragenpullover. Aus dem Wohnzimmer erklang fröhliches Gelächter.
»Wir sehen uns Woody-Allen-Filme an«, erklärte Vanloo. »Ich habe ein paar davon auf Video aufgenommen. Also für mich ist Allen der interessanteste amerikanische Schauspieler. So viel Psychologie, so viel Wissen um Trauer und Komik... phantastisch. Was meinen Sie?«
Truus sah ihn an. Ihre Hände öffneten und schlossen sich zu Fäusten. Sie öffnete den Mund, aber sie sprach nicht.
»Na, na, na«, machte Vanloo. »Was gibt's denn? Truus! Ich habe Sie etwas gefragt! Was haben Sie?«
Sie senkte den Blick. »Ach, mir ist so scheußlich elend, Herr Vanloo... Das Wetter... dieser Anruf... und daß ich nicht weiß, wo mein Vater steckt... und dazu bin ich wütend und zornig und schäme mich und sehe alles ein und sehe auch alles wiederum nicht ein... Ich habe mich noch nie in einer solchen paradoxen Lage befunden...« Sehr laut klang das Gelächter zu ihnen in die Garderobe. »... ich möchte auch... ich will sagen, ich wünschte... ich wollte...«
Behutsam fragte Vanloo: »Eine kleine Dosis Heroin – wenn Sie das meinen?« Sie schwieg. »Mir können Sie es doch sagen, liebe Truus! Ich habe Ihnen doch auch alles gesagt... Warum? Weil ich volles Vertrauen zu Ihnen habe! Weil Sie mir sehr ans Herz gewachsen sind! Weil ich einfach nicht länger mitansehen kann, wie Sie sich um den armen Claudio Wegner grämen... verzeihen Sie, verzeihen Sie vielmals... wie allein Sie in dieser Riesenstadt sind... wie verloren... Ich habe das beste und reinste Heroin, das es gibt, Truus.«
»Aber ich will doch nicht auch noch süchtig werden!«
»Das werden Sie doch nicht, nach einem einzigen Schuß!«
»Doch!«
»Kompletter Unsinn! Wo haben Sie das her?«
»Aus der Zeitung... Ich habe einen großen Artikel gelesen... im Frühjahr wurde Heroin in Berlin angeboten, dessen Reinheitsgrad betrug zwischen zehn und zwanzig Prozent... heute liegt er bei sechzig bis achtzig Prozent, was zur Folge hat, daß der erste ›Schuß‹ – ein ekelhaftes Wort! – bereits süchtig machen kann...«
»Ach, diese Zeitungsschmierer! Sie haben das geglaubt? Sie sind doch eine so intelligente Frau! Mein Gott, was für ein Unsinn!«
»Es war ein sehr seriöser Artikel in einer sehr seriösen Zeitung!«
»Seriöser Artikel! Seriöse Zeitung! Welche Zeitung ist heute noch seriös? Ich sage Ihnen, das ist glatter Unfug – ich gehe mit Ihnen zu

jedem Psychiater, und der wird mir recht geben: Indem man so übertreibt, um abzuschrecken, erreicht man nur das Gegenteil! Diese Idioten! Heroin wirkt bei jedem Menschen anders, völlig verschieden. In kleinen Mengen genommen, unter Kontrolle, nach dem Ritual und in der Gruppe – wie bei mir – hat es *nur* wohltuende Folgen! Haben Sie meine Freunde gesehen, ja oder nein? Na also. Hat einer von ihnen einen süchtigen oder kranken Eindruck gemacht? Sehen Sie, da schütteln Sie den Kopf...«
Wieder ertönte Gelächter aus dem Wohnraum. »Schauen Sie mich an! Ich spritze seit fast einem Jahr Heroin... regelmäßig wie meine Freunde... Es ist eine reine Frage des Einnehmens, der Art und Weise, wie man es tut, und der Charakterstruktur. Über *Ihre* Charakterstruktur müssen wir uns nun doch wirklich nicht unterhalten. Wenn jemand seelisch so geartet ist, daß er einfach nicht süchtig werden kann, *kann* sage ich, dann sind das *Sie!* Also... Sie wollen eine Dosis, nicht wahr?«
Truus nickte stumm.
»Ich gebe sie Ihnen. Sie ist garantiert ungefährlich! Wie lange kennen wir uns schon? Sie wissen, wie sehr ich Sie verehre! Kommen Sie, und Sie werden sehen, in ein paar Minuten fühlen Sie sich einfach wundervoll...«
Er öffnete die Tür zu einem Zimmer, dessen Wände ganz mit goldfarbener Tapete ausgeschlagen waren, auch die Decke. Goldfarben war auch der Bodenbelag. Die Möbel waren allesamt niedrig und aus schwarzem Schleiflack – reich mit Ornamenten verziert. Auf einer Kommode mit geschwungenen Formen saß auch hier ein vergoldeter Buddha.
Truus trat ein. Vanloo schloß die Tür. »Setzen Sie sich bitte auf den Stuhl da...« Vanloo entnahm der Kommode ein Kästchen aus Mahagoniholz und stellte es auf den Tisch. Als er es öffnete, erblickte Truus ein Injektionsbesteck, einen sehr kleinen, vergoldeten Spiritusbrenner, einen vergoldeten Löffel und zahlreiche Cellophansäckchen, die mit feinem weißem Pulver gefüllt waren.
Vanloo kniete vor ihr auf einem Teppich.
»So... schieben Sie einen Ärmel hoch, bitte... Phantastische Venen haben Sie, Truus, wirklich phantastisch...«
»Aber ich habe Angst.«
»Sie wollen eine Dosis, aber Sie haben Angst... Truus! Sie geliebtes, kluges Wesen, Sie betragen sich Ihrer unwürdig! Ich gebe Ihnen die Dosis... Haben Sie denn kein Vertrauen zu mir?«
»Ja, natürlich, nur...«
»Sehen Sie. Sie wollen den Stoff doch! Ich wußte, daß Sie ihn

haben wollen, schon als wir telefonierten. Vergessen Sie jetzt endlich die Belastung durch Ihre Vaterbeziehung! Das Heroin wird Sie das unter allen Umständen vergessen lassen. Sie sind eine erwachsene Frau... Sie müssen sich endlich befreien von dieser Neurose! Heroin macht Sie frei...« Während er so und immer weiter sprach, hatte Vanloo den Docht des kleinen vergoldeten Spiritusbrenners entzündet, ein wenig weißes Pulver auf den vergoldeten Löffel laufen lassen und Truus ein Stück Gummirohr geschickt um den Oberarm geschlungen. Jetzt schnürte er diesen ab, die Venen in der Armbeuge traten dick hervor. »Wunderbar... nun halten Sie die Enden der Schnur fest... gleich... gleich werden Sie sich fühlen wie ein anderer Mensch...« Er goß aus einem Fläschchen etwas Flüssigkeit auf den Löffel und hielt diesen über die Flamme. Die weißen Kristalle schmolzen. Geschickt sog Vanloo die Lösung in einer sterilen Injektionsspritze auf, reinigte Truus' Armbeuge mit einem Wattebausch, den er in Alkohol getaucht hatte, dann sagte er: »So, und nun... Nicht! Schauen Sie nicht auf den Arm... Seien Sie doch um Himmels willen nicht so ängstlich... Es tut nicht weh... Schauen Sie ganz ruhig den Buddha an...«
Truus tat, was er sagte. Am Sockel der Figur sah sie Worte in fremden Schriftzeichen. »Was steht da?« fragte Truus, während sie spürte, wie die Nadel in ihre Vene eindrang – es war wirklich ein kaum wahrnehmbarer Schmerz.
Vanloo erhob sich.
»So, schon erledigt! Was sagten Sie? Die Schrift? Oh, das ist chinesisch... Es heißt: FRIEDEN ALLEN WESEN! Wie fühlen Sie sich, kleine Dame?«
Truus sah staunend zu ihm auf. Eine unendliche Ruhe und ein unendliches Wohlempfinden erfüllte sie mehr und mehr, all ihr seelischer Schmerz schwand.
»Wie Sie sich fühlen?«
»Gut«, sagte Truus. »Sehr gut. Ich... ich danke Ihnen, Herr Vanloo. Lassen Sie uns jetzt zu den anderen gehen. Ich möchte auch fröhlich sein. Ja, fröhlich sein!«

50

Truus kam erst gegen drei Uhr früh nach Hause. Vanloo fuhr sie in seinem Wagen. Vor dem Parktor verabschiedete er sich mit einem Handkuß.

»Es war ein wunderschöner Abend«, sagte Truus. Ihre Augen glänzten ein wenig feucht. »Der schönste seit... seit so langer Zeit! Gott, haben wir gelacht... und wie viel besser fühle ich mich... Ich fühle mich wie neugeboren, wirklich, Herr Vanloo, lächeln Sie nicht!«
»Ich lächle ja nur, weil ich glücklich bin, Ihnen geholfen zu haben. Nun werden Sie herrlich schlafen. Wenn Sie erwachen, wollen Sie mich dann anrufen und mir sagen, wie es Ihnen geht?« Truus nickte eifrig. Gierig sog sie die frische, kalte Nachtluft ein. Es hatte aufgehört zu regnen.
Truus roch die Erde.
»Ja«, sagte sie, »ich werde Sie gewiß anrufen, Herr Vanloo. Leben Sie wohl.«
Er nickte, küßte noch einmal ihre Hand und wartete, bis sie durch den Park zum Haus gegangen war, die Eingangstür aufgeschlossen und hinter sich wieder hatte zufallen lassen. Dann stieg er in seinen Wagen und fuhr davon. Er summte ein kleines Liedchen, und das Lächeln stand noch immer auf seinem Gesicht. Er fuhr bis zu einer Telefonzelle an einer menschenleeren Straße, hielt, stieg aus und trat in die Zelle. Nachdem er die Vorwahl einer anderen Stadt und danach eine Nummer gewählt hatte, ertönte aus der Membran des Hörers eine hohe Frauenstimme: »Hier ist der automatische Fernsprechbeantworter der Nummer acht-sieben-fünf-drei-drei-drei. Der Teilnehmer ist nicht anwesend. Wenn Sie eine Nachricht haben, dann gibt Ihnen der Fernsprechbeantworter Gelegenheit, sie für den Teilnehmer durchzusprechen. Sie haben dreißig Sekunden Zeit. Sprechen Sie...« Pause. »... jetzt!«
Vanloo sprach sehr ruhig. »Hier Theo. Zur Information des Boss: Ich habe das Geschäft abgeschlossen.«
Er hängte den Hörer in die Gabel, verließ die Zelle, stieg in seinen Wagen und fuhr heim.

51

Das Telefon läutete.
Truus hatte es schon gehört, als sie die Haustür aufschloß.
Sie eilte zu dem Apparat in der Halle und hob ab.
»Ja, bitte?«
Sehr klar erklang Lindhouts Stimme: »Truus!«
»Ja, Adrian.« Sie setzte sich auf einen mit rotem Samt überzogenen Stuhl.

»Ich rufe seit Stunden immer wieder an – und es meldet sich niemand. Wo warst du?«
»Im Bett. Ich habe geschlafen. Es ist drei Uhr früh vorüber, weißt du.«
»Du mußt aber einen sehr tiefen Schlaf haben! Das Telefon steht neben deinem Bett.«
»Ich habe ein Mittel genommen. Darum.« Truus gähnte hörbar und lange. Daß ihre Stimme ein wenig verschmiert klang, war durchaus natürlich bei einem Menschen, den man aus dem Schlaf gerissen hat. »Wir hatten grauenvolles Wetter hier... Ich sehe gerade, es hat aufgehört zu regnen...« Truus schwieg eine Weile, bevor sie fortfuhr: »Aber da war auch noch eine andere Geschichte, weshalb ich ein Mittel nahm...«
»Dein Anruf bei uns zu Hause in Lexington!«
»Ja, Adrian.« Wieder gähnte Truus. Sie streifte die Schuhe ab. Die Halle, in der nur zwei Wandleuchter brannten, schien Truus ein Festsaal zu sein – mit so viel warmem, weichem Licht.
»Ich habe sofort, als ich nach Basel kam, vom ›Trois Rois‹ aus Lexington angerufen, um von Eilleen zu hören, ob es etwas Neues gibt. Dein Telefon war doch gestört, ich dachte, du hast es vielleicht in Lexington versucht.«
»Das habe ich auch, Adrian.« Truus lächelte, aber ihre Stimme blieb ernst.
»Ja, das hat Eilleen mir gesagt. Sie war sehr empört.«
»Worüber?«
»Über dich... deine Art, sie zu behandeln... Sie ist eine sehr sensible junge Frau...«
»Du hast mir nie von ihr erzählt.«
»Ich habe ein wenig viel um die Ohren, Truus, weißt du?« Lindhouts Stimme wurde schärfer. »Ich habe mich bei Eilleen für dein Betragen entschuldigt.«
»Ich hätte es auch selber getan. Du mußt dir vorstellen, wie erstaunt ich war, als sich da eine Frauenstimme meldete!«
Um die elektrischen Kerzen der Wandleuchter und ihre orangefarbenen Seidenschirme schienen Truus lauter kleine Heiligenscheine zu schweben. Lauter kleine Heiligenscheine. Die Vorstellung erheiterte sie übermäßig. Aber sie beherrschte sich.
»Herrgott, ich habe einfach vergessen, dir zu erzählen, daß ich eine zweite Sekretärin engagieren mußte in den letzten Monaten, Mrs. Ployhardt...«
»... ist verheiratet, ich weiß. Darüber habe ich mit Eilleen gesprochen.«
»Mit Miss Doland!«

»Du sagst doch selber Eilleen...«
»Ich sage auch Mary zu Mrs. Ployhardt! Du, du kennst Miss Doland überhaupt nicht.«
»Ja, das stimmt.«
»Sag einmal, Truus, warst du betrunken?«
»Keine Spur. Wieso?«
»Nach allem, was mir Eilleen erzählte...«
»Und dabei schläft sie in Georgias Bett!«
»Irgendwo muß sie ja schlafen, nicht wahr? Wäre es dir lieber, sie schliefe in deinem Bett?«
»Hör mal, Adrian, was wir da reden, ist ja alles unsinnig. Es wäre nie dazu gekommen, wenn du nicht vergessen hättest, in deinem Telegramm anzugeben, wo ich dich telefonisch erreichen kann.«
»Das habe ich vergessen?« Seine Stimme klang bedrückt.
»Kein Vorwurf! Du vergißt jetzt vieles, du sagst es selbst – kein Wunder bei deiner Überanstrengung... und daß mein Telefon wieder in Ordnung ist, das konntest du nicht wissen... Es ist so lieb von dir, jetzt noch anzurufen... Ich danke dir... jetzt werde ich beruhigt weiterschlafen können.«
»Das ist ein auf die Dauer unerträglicher Zustand, Truus! Du mußt einfach aus Berlin raus und nach Lexington kommen!«
»Aber da ist doch nun Miss Doland, nicht wahr?«
»Ja... das stimmt... trotzdem!«
»Trotzdem was?«
»Trotzdem wünschte ich, daß du nach Amerika fliegst, heim nach Lexington.«
»Wann wirst denn du wieder in Lexington sein?«
Jetzt klang seine Stimme gequält: »Truus, mach mich nicht verrückt! Ich hetze zwischen Basel und diesem Klinikum hin und her!«
»Könntest du nicht mal über Berlin fliegen?«
»Leider nein. Du weißt nicht, wie sehr angespannt ich bin. Jede Stunde ist eingeteilt. Das wird noch eine Weile so weitergehen.«
»Eine wie lange Weile, Adrian?«
»Zwei bis drei Monate bestimmt, dann kennen die Leute in diesem Klinikum sich aus – und ich kenne mich auch aus! So eine klinische Erprobung am Menschen, gerade von Mitteln, bei denen zuletzt jede Gefahr der Sucht ausgeschlossen werden kann, dauert lange, Truus. Später sind dann noch andere Kliniken dran. Also einige Zeit braucht man mich noch!«
»Einige Zeit wird es auch hier wohl noch dauern mit diesem Kerl, der behauptet, erbberechtigt zu sein. Also kommen wir vielleicht zur gleichen Zeit heim, Adrian!«

»Ich möchte dich aber sofort in Lexington haben! Du allein in Berlin... das gefällt mir nicht, das ist mir unheimlich... Aber ich sehe ein, daß du recht hast... Also okay, Truus, Tochter. Ich umarme dich!«
»Und ich dich, Adrian!«
»Jetzt bist du beruhigt, ja?«
»Jetzt bin ich beruhigt, ja. Und du rufst abends an.«
»Ich rufe abends an.«
»Also bis abends, Adrian. Gute Nacht.«
»Gute Nacht, Tochter...« Seine Stimme klang hilflos. »Ich... ich... ich denke immer an dich...«
»Und ich an dich – du hast es ja gesehen«, sagte Truus. Nachdem sie den Hörer niedergelegt hatte, begann sie zu kichern. Das alles schien ihr ungemein komisch zu sein, wirklich, ganz ungemein komisch.

52

Truus schlief tief und hatte wunderschöne Träume. Sie erwachte und fühlte sich prächtig, so gut wie schon lange nicht. Von wegen süchtig nach dem ersten ›Schuß‹! Vanloo hatte recht: Diese elenden Zeitungsschmierer!
Das Wetter war weiter besser geworden, eine schwache Sonne schien, und Truus war so gut aufgelegt, daß sie in der Badewanne und beim Ankleiden sang. Dann fuhr sie in die Stadt, nachdem sie Vanloo angerufen und ihm gedankt hatte.
»Na also, liebe Truus«, antwortete er nach ihrem Bericht. »Sehen wir uns heute abend?«
»Ich möchte gerne... es war so schön gestern bei Ihnen... Aber mein Vater ruft an, und vielleicht macht er sich dann Sorgen, wenn er mich nicht erreicht...«
»Wann ruft er an?«
»Wann er kann... um neun Uhr abends, hat er gesagt.«
»Na, dann kommen Sie doch später, wenn er angerufen hat!« sagte Vanloo und lachte. Auch Truus fand die Lösung erheiternd und lachte gleichfalls. Sie sagte zu.
In der Stadt bei ihrem Anwalt erfuhr sie eine unangenehme Überraschung: Der Mann, der behauptete, mit einem Pflichtteil an Claudios Erbe beteiligt zu sein, hatte durch seinen Anwalt Unterlagen in Fotokopien schicken lassen, die ihm recht zu geben schienen.

»Das ist kein Grund, den Kopf zu verlieren«, sagte Truus' Anwalt. »Der Mann arbeitet mit allen Mitteln. Ganz bestimmt, wenn Sie die Meinung eines erfahrenen Mannes – entschuldigen Sie, ich meine mich – hören wollen, ist das ein Versuch von Erbschleicherei. Wir werden ihn aufdecken. Natürlich wird es eine Weile dauern – wir brauchen Papiere und Abschriften von Eintragungen in Standesämtern aus Ost-Berlin und der DDR. So etwas dauert. Die lassen sich Zeit!«

»Wie lange wird es ungefähr dauern?«

»Das ist schwer zu sagen. Einen Monat. Aber bei denen weiß man nie, also vielleicht zwei...«

»Ach, nicht länger?«

»Ist Ihnen das nicht lange genug?«

»So habe ich es nicht gemeint... Ich habe gemeint, ein, zwei Monate, vielleicht auch länger, bleibe ich auf jeden Fall noch in Berlin.«

»Ach so!« Der Anwalt war beruhigt. »Dann ist es ja gut. Und machen Sie sich keine Sorgen, gnädige Frau.«

»Ich habe volles Vertrauen zu Ihnen«, sagte Truus. Sie fuhr wieder nach Hause und unterhielt sich lange mit der Haushälterin Grete Wrangel, einer kleinen, dicken Person, die stets alle Neuigkeiten aus ihrem Privatleben erzählte. An diesem Tag war Frau Wrangel unglücklich: Es gab Anzeichen dafür, daß ihr Alter sie betrog – mit einer jungen Verkäuferin!

»Wie kommen Sie darauf?«

Es stellte sich heraus, daß Frau Wrangel Warnungen von Nachbarn und guten Freundinnen erhalten hatte.

»›Gute Freundinnen‹!« rief Truus. »Das kenne ich. Nachbarn auch! Die haben ein Heidenvergnügen, wenn sie klatschen können – und andere in Unruhe versetzen. Wirkliche Beweise haben Ihnen diese Weiber nicht gegeben, wie?«

»Nein... sie haben nur so herumgeredet... Die hat das gesehen und gehört... und die was anderes...«

»Da sehen Sie es doch, Frau Wrangel! Keine Beweise! Ihr Mann ist immer gut zu Ihnen gewesen, das haben Sie mir selbst oft gesagt. Immer ist er sofort aus der Fabrik heimgekommen, auch am Freitag, nie hat er wie die anderen Kerle stundenlang in Kneipen herumgehockt, und jeden Samstag sind Sie zum Friseur gegangen, und er hat Sie zum Essen ausgeführt.«

»Das stimmt schon, aber...«

»Aber was? Tut er das alles nicht mehr?«

»Doch, alles tut er noch...«

»Frau Wrangel, ich kenne Ihren Mann nicht! Aber Sie haben mir

so viel von ihm erzählt... das ist ein hochanständiger Mensch! Vielleicht will irgendeine gute Freundin oder Nachbarin etwas mit ihm anfangen. Hören Sie nicht auf das Geschwätz! Seien Sie auch weiter freundlich zu ihm! Am besten, Sie erzählen ihm alles, was da herumgeklatscht wird – das hat einen großen psychologischen Effekt! Sie können genau beobachten, wie er reagiert. Und danach richten Sie sich!«
Die Putzfrau war erleichtert. »Das werde ich machen, Frau Doktor, Sie haben ganz recht. Diese Weiber, die sind doch bloß eifersüchtig, weil der Max ein so guter Kerl ist und so lieb zu mir! Ich werde mit ihm reden! Und morgen erzähle ich Ihnen, wie es war, wenn ich darf?«
»Sie müssen, Frau Wrangel, Sie müssen!« Truus ging aus der Küche mit dem Gefühl, wie ein ausgezeichneter Psychiater gehandelt zu haben. Am frühen Nachmittag rief sie Lindhouts zweite Sekretärin, Miss Doland, an und entschuldigte sich. Dieses Gespräch endete damit, daß die beiden beschlossen, sich mit Vornamen anzureden. Truus summte und pfiff ›Bei mir biste scheen‹, während sie nach langer Zeit wieder einmal ihren Schreibtisch aufräumte. Um sieben Uhr ging – wie jeden Tag – die sehr getröstete Frau Wrangel. Sie hatte das Abendessen vorbereitet und auf den Tisch eine kleine Vase mit drei Blumen gestellt. Das fand Truus ganz rührend. Sie aß mit großem Appetit. Drei Minuten nach neun Uhr läutete das Telefon. Lindhout rief an. Er zeigte sich erstaunt und erfreut, als er feststellte, wie guter Laune Truus war.
»Es scheint dir prächtig zu gehen, was?«
»Ach, weißt du, beim Anwalt sah es nicht gerade rosig aus, aber er ist davon überzeugt, daß dieser Kerl ein Schwindler ist und alles mir gehört und ich es der Stadt vermachen kann. Es wird nur noch zwei, drei Monate dauern, bis wir durch alles durch sind. Das ist wunderbar, denn so lange arbeitest du doch noch in diesem Klinikum, nicht wahr?«
»Ja, das stimmt. Ich wohne auch hier im Hotel. Hast du etwas zu schreiben? Ich gebe dir die Nummer...«
»Einen Moment... also?«
Er nannte die Telefonnummer.
»Damit du immer weißt, wo du eine Nachricht für mich hinterlassen kannst, falls ich unterwegs bin! Die Nachricht wird mir sofort ausgerichtet, so eine Sucherei kommt nicht mehr vor!«
»Danke, Adrian!«
Sie unterhielten sich sehr liebevoll miteinander, dann mußte Lindhout Schluß machen.

»Also, alles Gute, Tochter!«

»Alles Gute, Adrian! Ich umarme dich!« sagte Truus. Eine Viertelstunde später befand sie sich in Vanloos Haus und hatte ihre zweite Spritze Heroin erhalten. Vanloos Freunde waren bereits alle da. An diesem Abend wurden Gespräche über Politik geführt. Truus fühlte sich noch wohler als nach der ersten Injektion. Gegen halb zwei Uhr früh brachte Vanloo sie heim.

Das ging nun drei Wochen so weiter. Jeden zweiten Tag rief Lindhout um neun Uhr abends an, jeden Tag gegen zehn Uhr ging oder fuhr Truus zu Vanloo. In diesen drei Wochen gab es Tage, an denen sie nicht um Heroin bat, sie fühlte sich noch ausgezeichnet von der letzten Dosis, oder sie war euphorisch, weil sich in ihrem Rechtsstreit etwas zu ihren Gunsten wendete. Die Behörden der DDR arbeiteten nun doch viel schneller, als sie und ihr Anwalt erwartet hatten.

»Glauben Sie mir jetzt endlich, mein liebes Kind, daß Heroin, in der Art genommen, wie Sie es nehmen, keine schädlichen Folgen hat und nicht süchtig macht?« fragte Vanloo einmal. »Sie sehen es doch an sich selbst: Sie haben Verlangen danach, oder Sie lassen es bleiben! Na?«

Truus nickte.

»Das ist eben die ganz große neue Masche für alle Massenmedien jetzt – Rauschgift«, sagte Vanloo verächtlich. »Diese Typen brauchen doch immer Sensationen, nicht wahr? Na, nun ist also Rauschgift dran! Sogar die Regierung macht sich verrückt! Solche Pseudosensationen versickern stets ebensoschnell, wie sie hochschießen. Übrigens – hier, ich habe ein Geschenk für Sie, liebe Truus.«

Das Geschenk war ein Kästchen aus Edelholz – etwa so groß wie die, in denen man teure Zigarren bei ständig gleichbleibender Luftfeuchtigkeit lagert. Nur daß in diesem Kästchen keine Zigarren lagen, sondern ein komplettes Besteck zum Injizieren von Heroin. »Und das da gehört dazu«, sagte Vanloo. Er reichte Truus ein kleines Paket. »Stoff«, sagte er.

»Warum geben Sie mir das?«

»Damit Sie eine kleine Freude haben – hoffentlich!« Er lachte. »Nein, sehen Sie, ich muß vielleicht in den nächsten Tagen für eine Woche oder länger verreisen. Wenn Sie dann Lust auf eine Dosis haben, verabreichen Sie sie sich selber. Das Heroin reicht für etwa drei Monate – auch wenn Sie täglich Lust haben sollten, was Sie gewiß nicht haben werden.«

Truus war gerührt.

»Sie sind ein Mann, den man wirklich...« Sie brach ab.

»Den man wirklich was?« fragte er.
»Ach, hören Sie auf!« sagte Truus. Und dann lachten sie beide.
Indessen verreiste Vanloo nicht, und Truus sah ihn allabendlich wieder – immer gegen zehn Uhr. Nun nahm sie die Droge regelmäßig, denn die Dokumente aus der DDR erwiesen sich plötzlich nicht als ausreichend, und Truus hatte tagsüber viel Kummer. Dazu kam der Kummer von Frau Wrangel. Die hatte, Truus' Rat folgend, ihren Mann zur Rede gestellt, und dieser hatte, wider alles Erwarten, seine Beziehung zu der Verkäuferin sogleich unverschämt und verletzend zugegeben! Die andere war jung und schlank und gepflegt, seine Olle dick und ließ sich gehen und fraß zuviel Kuchen, hatte er gesagt, und entweder sie fand sich mit seiner Freundin ab, oder sie ließ sich scheiden, ihm war es egal. Ihm war seine Frau nach fünfundzwanzig Ehejahren absolut gleichgültig geworden. Mochte sie tun oder lassen, was sie wollte!
Wenn Truus also wütend aus der Stadt vom Anwalt kam, hatte sie eine heulende Frau Wrangel zu trösten, was ihr nicht oder nur sehr schwer gelang. Diese Frau Wrangel machte sie bald schon so nervös, daß sie erwog, ihr zu kündigen. Ersatz bekam sie sofort – es gab genug Frauen in Berlin, die nur auf Arbeit warteten.
Wenn Adrian anrief, nahm Truus sich zusammen und erzählte nichts von ihrem Ärger, denn Lindhout hatte nun stets so viel zu berichten, von den ersten Prüfungsergebnissen in jenem Klinikum, die Lindhouts Voraussagen nun auch am Menschen bestätigten, so viele gute Nachrichten, daß Truus kaum zu sprechen brauchte. Da war wieder der alte, von seiner Arbeit besessene Lindhout.
»... bei der Erprobung an freiwilligen Versuchspersonen zeigt sich, daß auch große Dosen von Heroin wirkungslos bleiben ... wie im Tierversuch!«
Darüber freute sich Truus herzlich.
»Ach, Tochter, wenn das erst vorüber ist, auch die Erprobung an den drei anderen Kliniken, wenn wir wieder zusammen sind – was werde ich froh sein!«
»Und ich, Adrian, und ich!«
»Schlaf schön, Tochter, ich umarme dich ...«
»Und ich dich, Adrian!« sagte Truus. Etwas später war sie dann bei Vanloo ...
Am Ende der dritten Woche – Truus hatte mittlerweile der ihr unerträglich gewordenen, nur noch heulenden und jammernden Frau Wrangel gekündigt, sie voll ausbezahlt, nur damit diese sofort ging und Truus sie nicht mehr sehen mußte – geschah es dann. Die neue, jüngere Putzfrau, die Truus sofort gefunden und angestellt

hatte, kam schon früh am Morgen, denn sie hatte am Nachmittag noch einen anderen Haushalt zu besorgen, und ging gegen drei Uhr, was Truus sehr angenehm war. Frau Clara Hanke hieß die Neue, geschieden und Mutter zweier Kinder. Truus nannte sie auf deren Bitten nur Clara. Clara war proper gekleidet, nett anzuschauen, schnell beim Arbeiten und nicht so verschlampt und schmuddelig, wie es die Wrangel zuletzt gewesen war – Truus konnte ihren Mann verstehen.
Clara brachte Truus, die lange schlief, stets das Frühstück ans Bett, dazu die Morgenzeitung. An jenem Tag des Unheils lag strahlender Sonnenschein über der Stadt. Truus dankte Clara, die verschwand, goß eine Schale Kaffee voll und schlug die Zeitung auf. In der Mitte der ersten Seite fand sie einen Zweispalter mit dieser Überschrift:

RAZZIA IM GRUNEWALD – RAUSCHGIFTHÄNDLER VERHAFTET!

Truus erschrak entsetzlich.
Ihre Hände zitterten heftig, die Tasse kippte um, heiße Flüssigkeit ergoß sich auf die Bettdecke. Truus, die sich eben noch so ausgezeichnet gefühlt hatte, bekam plötzlich keine Luft. Sie rang nach Atem. Nun zitterte sie am ganzen Körper. Schweiß brach ihr aus. Dabei fröstelte es sie. Mühsam kletterte sie aus dem Bett. Clara durfte nichts merken! Die besudelte Bettdecke ließ sich zur Not noch erklären, aber der Zustand, in dem sich Truus befand? Ihr war so furchtbar schlecht. Sie fühlte ein Unglück riesengroß auf sich zukommen – welches Unglück, vermochte sie nicht zu sagen.
Truus versperrte die Tür, holte aus einem verborgenen Teil des großen Kleiderschranks unter Wäsche das Edelholzkästchen und entnahm ihm das Injektionsbesteck. Die Hände zitterten immer noch so stark, daß sie ihre Zähne benutzen mußte, um den Gummischlauch geschlossen zu halten, der ihren Oberarm zusammenpreßte. Erst nach dem fünften Versuch traf sie mit der Injektionsspritze eine Vene und drückte den Kolben herunter. Die Wirkung setzte sofort ein. Das Zittern hörte auf, das Panikgefühl verschwand.
Truus verwahrte der Besteck, verbarg das Kästchen und wartete noch ein paar Minuten, bis sie sich wieder ganz sicher fühlte. Dann rief sie Clara und bat lächelnd um Verzeihung für ihr Mißgeschick mit dem verschütteten Kaffee.
Clara, eine gutmütige Person, lachte nur. Sie werde gleich das Bett

neu überziehen! Vielleicht wollte Frau Doktor im Eßzimmer frühstücken?
»Ja«, sagte Truus, die Zeitung in der Hand, »ja, Clara, bitte, bringen Sie das Frühstück hinüber. Es ist aber wirklich zu dumm von mir... eine ungeschickte Bewegung, und schon war's passiert...«
Clara, fröhlich, unbeschwert, servierte im Eßzimmer und zog sich dann zurück. Truus mußte die Tasse mit beiden Händen halten, um trinken zu können. Sie las den Artikel. Er war – höchstwahrscheinlich beabsichtigt, dachte Truus – äußerst allgemein und nichtssagend gehalten. Im Grunewald, in einem Haus an der Caspar-Theyss-Straße, hatte Polizei im Zuge einer Razzia den staatenlosen Christian V. festgenommen. Außer ihm war niemand im Hause gewesen (Gott sei Dank, dachte Truus), und also war der Razzia nicht eben ein hundertprozentiger Erfolg beschieden gewesen.
Erfolg immerhin! Große Mengen von Heroin und Injektionsbestekken waren sichergestellt worden. Christian V. saß in Untersuchungshaft und wurde verhört. Es war anzunehmen, daß er in Bälde weitere Angaben machte, denn die Beamten des Rauschgiftdezernats wußten, daß bei ihm viele junge Leute verkehrt und von ihm Heroin erhalten hatten. Unter der Zusicherung, daß man sich bei Gericht für sie einsetzen werde, forderte (halbfett gedruckt) die Polizei diese jungen Leute auf, sich zu melden, denn nur so könnten sie ein Abrutschen in die Heroin-Szene nun, da ihr Lieferant saß, verhindern und Gesundheit und Leben retten.
Diesen Artikel las Truus an die zwanzig Male. Sie trank den heißen Kaffee in kleinen Schlucken dazu. Essen war ihr unmöglich. Sie fühlte sich von Minute zu Minute schlechter – trotz der Dosis, die sie sich eben verabreicht hatte. Als sie gerade mit dem Gedanken zu spielen begann, einen weiteren ›Schuß‹ zu setzen, läutete das Telefon. Sie fuhr zusammen und eilte zu dem Apparat, der in den Speiseraum geschaltet war.
»Ha... hallo?«
In der Händelallee stand ein großer, hagerer Mann mit feistem Gesicht und klobigen Händen in einer Telefonzelle. Er sprach, nachdem er ein Taschentuch über das Mikrofon gelegt hatte.
»Frau Doktor Lindhout?«
»Ja.«
»Sind Sie allein?«
»Ja. Nein, die Putzfrau ist da.«
»Sonst niemand?«
»Sonst niemand.«

»Kann die Putzfrau dieses Gespräch mithören?«
»Nein... nein... Wer sind Sie?«
»Ein Freund.«
»Freund von wem?«
»Von... Haben Sie schon die Morgenzeitungen gelesen?«
Truus mußte sich setzen.
»Eine.«
»Und stand es darin... Sie wissen, was ich meine?«
Truus wurde trotzig.
»Ich habe keine Ahnung, was Sie meinen. Wer sind Sie eigentlich? Wie heißen Sie?«
»Adler«, sagte die dumpfe Stimme. »Ein falscher Name ist so gut wie ein anderer.«
»Sie sprechen so... so unnatürlich.«
»Ich spreche völlig natürlich. Das muß an der Verbindung liegen. Vielleicht wird Ihr Anschluß schon abgehört.«
»Abgehört?«
»Ja. Und jetzt lassen Sie Ihre Fragen, ich will nicht reingezogen werden. Passen Sie auf: Es ist anzunehmen, daß der Betreffende die Namen seiner Freunde, die ihn besucht haben, bei diesen Verhören preisgibt. Nicht freiwillig! Man wird sie aus ihm herauspressen. Sie sind Amerikanerin... Pscht... Ich weiß es eben. Ich weiß auch, wer Ihr Vater ist... Es erscheint dringend geraten, sofort unterzutauchen, bevor die Polizei kommt. Ich verständige als Freund auch alle anderen – soweit sie Telefon haben.«
»Untertauchen? Wo? Wie?«
»Das müssen Sie sich schon selbst überlegen! Am Flughafen wird man – hoffentlich – davon absehen, Sie zu untersuchen!«
»Untersuchen?«
»Auf Einstiche in den Armen, verflucht! Wenn unser Freund noch nicht weichgemacht worden ist – wir wollen es hoffen –, kommen Sie so aus Berlin raus! Haben Sie was von dem Zeug im Hause?«
Mechanisch wie eine Puppe antwortete Truus: »Ja.«
»Und auch genommen?«
»Ja... aber...«
»Sie wissen jetzt Bescheid. Tun Sie, was Sie für das Beste halten. Das Zeug kriegen Sie auch im Ausland. Nur verschwinden Sie hier. Ende.«
Der Hörer wurde eingehängt.
Truus ließ den ihren zweimal fallen, bevor sie ihn in die Gabel legen konnte. Sie zitterte jetzt wie bei einem Anfall von Schüttelfrost.
Der hagere Mann mit dem feisten Gesicht und den klobigen

Händen hatte inzwischen die Zelle verlassen, war in seinen Wagen gestiegen und fuhr ein weites Stück Weg – Richtung Dahlem. In einer kurzen Seitenstraße der Clay-Allee stand eine andere Telefonzelle. Der Mann betrat sie und drehte die gleiche Vorwahl und danach die gleiche Nummer, die Vanloo gewählt hatte. Es war die Vorwahl einer süddeutschen Großstadt. Wie bei Vanloos Anruf meldete sich auch diesmal die hohe Frauenstimme: »Hier ist der automatische Fernsprechbeantworter der Nummer acht-sieben-fünf-drei-drei-drei. Der Teilnehmer ist nicht anwesend. Wenn Sie eine Nachricht haben, dann gibt Ihnen der Fernsprechbeantworter Gelegenheit, sie für den Teilnehmer durchzusprechen. Sie haben dreißig Sekunden Zeit. Sprechen Sie...« Pause »...jetzt!«

Der Mann mit dem feisten Gesicht sagte: »Hier ist Adler. Zur Information des Boss: Ich habe mit der Dame gesprochen. Ende.«

Zu dieser Zeit hatte Truus sich wieder in ihr Schlafzimmer eingeschlossen. Sie mußte zur Ruhe kommen. Clara durfte nichts merken. Dem Anwalt, zu dem Truus fahren sollte, wollte sie absagen und um einen anderen Termin bitten. Sie wagte sich in ihrem Zustand nicht hinaus. Wenn sie – alles drehte sich in ihrem Kopf – das Haus verließ, dann für immer! Aber zuerst noch eine Dosis! Sie brauchte das Zeug! Brauchte es unter allen Umständen! Keine fünf Minuten länger kam sie ohne den Stoff aus!

Wieder benützte sie auch ihre Zähne, um den Gummiknebel festzuhalten. Diesmal traf sie gleich beim ersten Mal eine Vene. Entsetzt sah sie, wie sehr zerstochen ihr Arm war. Der andere ist es auch, dachte sie. Jeder Mensch, der diese Arme sieht, weiß sofort, was mit mir los ist...

Ganz kurze Zeit später begann das Heroin zu wirken. Truus wurde ruhiger. Farbe kehrte in ihr Gesicht zurück. Sie zitterte nicht mehr. Sie konnte sicher gehen und reden. Jetzt mußte sie nachdenken, was sie zu tun hatte. Genau und logisch nachdenken mußte sie jetzt.

53

Sie dachte den ganzen Tag nach.

Clara rumorte im Haus, versuchte zu scherzen, erhielt keine Antwort und entschied, daß Truus entweder Sorgen oder eine schlechte Nachricht erhalten hatte. Sie ließ sie in dem Raum, der einmal Claudios Arbeitszimmer gewesen war, allein. Sie servierte auch das Mittagessen dort. Am frühen Nachmittag ging Clara. Als sie sich verabschieden wollte, stellte sie fest, daß Truus den Arbeitsraum nicht verlassen hatte. Sie saß am Schreibtisch und starrte in den herbstlichen Park hinaus. Es war der 21. November 1975.

Das Mittagessen hatte Truus ausgebrochen. Ihr Kopf schmerzte. Sie fror, obwohl das Haus gut geheizt war. Ihre Gedanken drehten sich seit vielen Stunden im Kreis. Niemand hatte angerufen. Also war ihr Name von Vanloo noch nicht genannt worden.

Oder doch?

Eher nicht. Wenn es auch möglich war, daß die Polizei sie nun beobachtete, bevor sie Truus festnahm.

Nehmen wir an, er hat noch keinen Namen bekanntgegeben. Wie lange wird er das durchhalten? Hinzu kommt, daß er ohne Zweifel selbst süchtig ist. Mit all seinem Gerede von Charakter- und Persönlichkeitsstruktur! Daß die Beamten sehr behutsam mit ihm umgehen, ist nicht anzunehmen. Er wird also irgendwann in nächster Zeit zusammenbrechen und die Namen bekanntgeben – auf das Versprechen hin, daß er Stoff bekommt, bestimmt. Ganz bestimmt. Ich würde das auch tun. Ich müßte es tun. Jeder Süchtige müßte es tun. Da die Reporter von der Razzia wissen, werden sie darauf warten, daß Vanloo zusammenbricht, daß er die Namen bekanntgibt, daß dann die Polizei zuschlägt und die Genannten jagt. Dann wird in den Zeitungen stehen, daß Truus Lindhout gesucht wird, gefunden wurde, verhaftet wurde. Truus Lindhout. Die Tochter des berühmten Professors Adrian Lindhout. Ein Fressen für die Presse, nicht nur die deutsche, auch und gerade für die internationale! Und wenn ich Adrian die Wahrheit sage, heute um neun Uhr? Wenn ich alles sage, alles? Adrian liebt mich. Er wird mir bestimmt nicht böse sein. Er hat doch immer wieder darauf gedrungen, daß ich nach Lexington komme. Aber ich habe mich dagegen gewehrt. Ich habe seiner Sekretärin eine alberne Szene gemacht. Wie ein Idiotenweib habe ich mich aufgeführt. Und jetzt? Jetzt bin ich süchtig, daß weiß ich nun. Heroinsüchtig. Ich habe noch einen Vorrat an Stoff – Vanloo hat ihn mir gegeben mit dem Besteck. Aber wie lange wird der Vorrat reichen? Wenn ich hier bleibe und sie mich holen, nehmen sie mir alles weg und stecken mich in ›Bonnys Ranch‹. Raus aus Berlin? Wage ich nicht. Wenn es länger dauert, geht mir der Stoff aus. Was tun? Zum Bahnhof Zoo gehen, um neuen zu bekommen – und erkannt zu werden? Mein Foto war oft genug zusammen mit dem von Adrian in den Zeitungen. Der Strich? Ich bin doch eine alte Kuh im Vergleich zu den Gören vom Babystrich! Ob ich das überhaupt kann? Oder hier Möbel verkaufen? Teppiche, Silber, Antiquitäten? Das wäre infam gegen Claudio. Außerdem würde Clara es merken. Natürlich könnte ich Clara entlassen. Nach den paar Tagen? Mit welcher Begründung? Ich werde schon eine finden. Und wenn alles verkauft ist? Wenn ich kein Geld mehr habe? Wenn ich nichts mehr verkaufen kann? Und immer neuen Stoff brauche, immer mehr neuen Stoff, denn das habe ich schon gemerkt, daß es immer mehr sein muß, wenn es wirken soll. Wie lange hält mein Körper das aus? Wann kriege ich Gelbsucht? Wann drehe ich durch? Wann kommt es zu einer Noteinlieferung? Ich sehe die Schlagzeilen vor mir:

TOCHTER DES ANTIDROGENFORSCHERS LINDHOUT SÜCHTIG!
TRUUS LINDHOUT HEROINSÜCHTIG – VATER BEKANNTER WISSENSCHAFTLER IN AMERIKA!
VATER KÄMPFT GEGEN HEROIN – TOCHTER HEROINSÜCHTIG
ZWANGSEINGELIEFERT IN PSYCHIATRISCHE KLINIK!

Und das in hundert Abwandlungen. Und ein paar hundert verschiedene Zeitungen. Erst hier. Dann tausend überall... Das geht nicht... das geht nicht... das darf ich nicht zulassen...

Plötzlicher Ekel überkam sie. Ekel vor sich selbst, vor ihrer eigenen Zukunft.

Was bin ich? Ein Stück Dreck! Undankbar. Dumm. Feige, die Konsequenz zu ziehen jetzt...

Sie hatte sehr viel Heroin im Körper, und entsprechend verschwommen waren ihre Gedankenfolgen.

Die Konsequenz... die Konsequenz, die jemand in meiner Situation zieht, wenn er nicht so feige ist wie ich... die Konsequenz ist, sich auszulöschen, weg von dieser Welt zu gehen, weg von dieser dreckigen, ekelhaften Welt. Bin ich wirklich so feige? Wirklich?

Sie warf den Kopf zurück, ein trotziger Ausdruck trat in ihr Gesicht. Danach überstürzten sich ihre Gedanken, immer schneller, immer wirrer...

Eine Viertelstunde später verließ Truus das Haus. Unter dem Arm trug sie das Edelholzkästchen, in der Manteltasche steckte eine Stablampe. Sie ging durch den Park. Ja, das war die Lösung, das war der richtige Weg. Sie nickte und redete mit sich selbst, während sie dem Ende des Grundstücks näherkam. Der Zaun dort war niedrig. Sie kletterte ohne Mühe hinüber und ging weiter, bald schon auf Mauertrümmern, Steinen, Schutt, Dreck. Claudios Villengrundstück lag nahe dem großen Haus, in dem sie als Kind mit Adrian während des Krieges gelebt hatte, in diesem schönen

großen Haus am Hubertussee, das inzwischen ein einziger riesiger Berg von Mauersteinen war. Als Kind hatte Claudio stets die Abkürzung über den Zaun genommen, wenn sie miteinander spielten, wenn er sie besuchte. Nun sah Truus diesen Trümmerberg plötzlich als ihr wirkliches, eigentliches Zuhause an. Nicht in Rotterdam, nicht in Wien, nicht in Lexington war sie am glücklichsten gewesen, nein, hier, als kleines Kind, während des Krieges, im Hause Bismarckallee 18, in diesem Haus, das es nicht mehr gab! Und sie wollte nach Hause, sie wollte das tun, was sie tun mußte, aber in ihrem Zuhause, ihrem wirklichen Zuhause!
Der Schein der Taschenlampe irrte über zerschlagene Mauern, verbogene Eisenträger. Es wurde kalt. Truus fröstelte. Das mußte jetzt schnell gehen, schnell... Da! Da hatten sich ein paar Trümmer ineinander verkeilt beim Abbrechen des Hauses, waren so festgeklemmt, daß sie den Eingang zu einer kleinen Höhle bildeten. Truus bückte sich und kletterte in das Loch. Hier drinnen war es wärmer. Sie seufzte vor Erleichterung. Ja, hier sollte es geschehen. Sie legte die Taschenlampe auf einen Stein. Sie öffnete das Kästchen. Sie schüttete den goldenen Löffel fast randvoll mit Heroin, goß etwas Flüssigkeit dazu, sah gebannt, wie sich die Kristalle in der Hitze der Flamme ihres Feuerzeugs auflösten. Sie sog den gesamten Inhalt in die Spritze. Nahm die Gummischnur. Schob einen Ärmel hoch. Knebelte mit einer Hand und den Zähnen den Oberarm. Plötzlich war sie still und gelassen, voller Ruhe und froh in dem Bewußtsein, die richtige Lösung gefunden zu haben. ›I'm sick of living, and feared of dying...‹ Die Zeile des jungen Mannes, der da immer an der Halensee-Brücke gesessen, ›Ol' Man River‹ auf seiner Gitarre geklimpert und diese eine Zeile gekrächzt hatte, diese eine Zeile, wieder, wieder, wieder... ›Das Leben kotzt mich an, und ich hab' Angst vor dem Tod...‹ Nein, dachte Truus, während sie sich gegen eine Mauerwand zurücklehnte, die Beine ausgestreckt, lächelnd, das stimmt nicht. Oder es stimmt nur halb. Das Leben kotzt mich an – aber ich habe keine Angst vor dem Tod. Überhaupt keine.
Sie drückte die Nadelspitze der Spritze in eine Vene. Langsam preßte sie den Kolben herab. Und da waren wieder Wärme und Frieden, Frieden und Wärme, so herrlich wie noch nie. Die Stablampe fiel zur Erde, ihr Glas zerbrach ebenso wie die kleine Birne. Es war ganz finster in der Höhle. Aber das merkte Truus schon nicht mehr.

54

Am 27. November 1975 wurde Adrian Lindhout aus Berlin angerufen. Es war vier Uhr nachmittag, und er wertete gerade mit einem Arzt des Klinikums einer europäischen Hauptstadt die Berichte über Heroin-Entwöhnungskuren mit AL 4031 aus. Die Protokolle lieferten ausnahmslos positive Angaben, und Lindhout war bester Laune. Er lächelte, als er, in einem kleinen Nebenraum, den Telefonhörer ans Ohr hob und seinen Namen nannte.

»Guten Tag, Herr Professor.« Eine nervöse Männerstimme. »Mein Name ist Hildebrandt. Ich bin Oberkommissar im Rauschgiftdezernat von Berlin.«

»Berlin?« Das Lächeln schwand.

»Ja. Es tut mir aufrichtig leid... – Ihre Tochter ist seit dem einundzwanzigsten November verschwunden.«

Lindhout setzte sich.

»Was heißt das?«

»Sie wurde an diesem einundzwanzigsten zum letzten Mal gesehen – von ihrer Haushälterin, einer Frau Clara Hanke. Am nächsten Tag, als die Hanke morgens zur Arbeit kam, war das Haus leer. Auch am übernächsten. Die Hanke erstattete eine Abgängigkeitsanzeige. Wir hielten die übliche Wartefrist ein, dann begannen wir mit der Suche, die sich inzwischen zu einer Großfahndung ausgewachsen hat – leider ohne das geringste Ergebnis. Es ist meine Pflicht, Sie von diesem traurigen Umstand zu verständigen – und außerdem erhoffen wir uns Hinweise von Ihnen.«

»Hinweise?«

»Wo Ihre Tochter sein könnte. Sie hat Berlin nicht verlassen – die Flughäfen werden ebenso scharf kontrolliert wie die Übergänge auf der Autobahn. In solchen Fällen arbeitet die DDR mit uns zusammen.«

»Ich habe keine...« Lindhout unterbrach sich. »Ich komme so schnell ich kann nach Berlin!« sagte er mit klangloser Stimme.

Er traf am 29. November 1975 auf dem Ostberliner Flughafen Schönefeld ein und fuhr sofort zum Rauschgiftdezernat in West-Berlin. Dort erwartete ihn der Oberkommissar Hildebrandt, ein älterer Mann mit trauriger Miene. Es war sehr kalt in Berlin, aber es regnete nicht.

»Wir haben Ihre Tochter gefunden, Herr Professor«, sagte Hildebrandt leise. »Ein Polizist vom Revier Grunewald hat sie identifiziert – er kannte sie persönlich.«

»Ist sie...«

»Ja. Und zwar schon seit Tagen – dem Zustand der Leiche nach zu schließen. Mein herzliches Beileid...«

»Danke«, sagte Lindhout, bleich, unrasiert und mit eingefallenen Wangen. »Wann haben Sie sie gefunden?«

»Heute nacht. Wir konnten Sie nicht sofort verständigen – Sie saßen im Flugzeug. Wir hatten Spürhunde eingesetzt. Einer hat sie gefunden.«

»Wo war sie?«

»Keine fünfhundert Meter von ihrem Haus in der Herthastraße entfernt.« Der Oberkommissar sagte Lindhout, wo Truus gefunden worden war.

»Todesursache?«

»Atemlähmung.«

»Was?«

»Durch eine enorme Überdosis Heroin.«

»Heroin? Truus hat Heroin genommen? Aber das ist doch nicht möglich!«

»Leider ist es die Wahrheit.«

»Wer hat es ihr gegeben?«

»Ein gewisser Doktor Christian Vanloo – kennen Sie den Mann?«

Lindhout erhob sich, leicht taumelnd. »Dem Namen nach... Wo ist der Hund? Ich schlage ihn tot...«

»Ruhig, Sie müssen sich beruhigen, Herr Professor. Bitte, setzen Sie sich wieder. Bitte! Dieser Vanloo befindet sich in U-Haft. Er wurde einen Tag, bevor Ihre Tochter Selbstmord beging, verhaftet. Er hat da im Grunewald in einem protzigen Haus regelmäßig Partys mit Jugendlichen veranstaltet, die er alle heroinsüchtig machte, das wissen wir jetzt von ihm. Auch Ihre Tochter hat er auf dem Gewissen – allerdings hat er lange Zeit beharrlich nicht einen einzigen Namen von all denen genannt, die er mit seinem Heroin verseucht hat.«

»Wieso wissen Sie dann überhaupt von dem Zusammenhang?«

»Wir erhielten einen anonymen Telefonanruf. Das ist in diesem Milieu gang und gäbe... Hinweis auf Vanloo... daß Ihre Tochter bei ihm verkehrt ist... daß sie sich aus Angst, er könnte ihren Namen nennen, getötet hat. Da brach Vanloo zusammen und gab zu, Ihrer Tochter Heroin gegeben zu haben. Das ist bisher der einzige Name, den wir kennen. Andere Namen hat er noch nicht genannt.« Der Oberkommissar Hildebrandt seufzte erschöpft. Er sah auf einmal elend aus. »Es ist immer dasselbe... die Kerle sind nicht zu fassen! Vanloo war Großverteiler. Diese Abende gestattete er sich offenbar zu seinem privaten Vergnügen. Den ganz großen

Boss oder auch nur seinen Vorgesetzten wird er uns niemals nennen, da können wir Gift drauf nehmen...«
Lindhout war aufgefahren.
»Was haben Sie gesagt?«
»Da können wir Gift drauf nehmen?«
»Nein, vorher!«
»Daß er uns den ganz großen Boss oder auch nur seinen Vorgesetzten niemals nennen wird.«
»Den ganz großen Boss«, wiederholte Lindhout verloren. Der Oberkommissar sah ihn neugierig an, aber er stellte keine Fragen an den alternden, vom Flug todmüden Mann, der nun den Kopf in die Hände stützte und auf die Tischplatte starrte.
»Kann ich etwas für Sie tun? Ist Ihnen nicht gut? Ein Glas Wasser? Ein Arzt?«
»Es ist nichts...« Lindhout richtete sich auf. Dabei fühlte er die Pistole, die sich gegen seine Hüfte preßte. Als ›Very Important Person‹ und mittlerweile weltberühmt geworden, hatte er einen Waffenschein und die Erlaubnis erhalten, auch auf seinen Flügen von und nach Amerika die Waffe bei sich zu tragen. Und was hilft sie mir jetzt? dachte er trostlos. Nichts. Nichts und noch einmal nichts.
Hildebrandts Stimme klang wie aus dichtem Nebel an sein Ohr: »... sie hat gewiß wirklich befürchtet, Vanloo packt aus und es wird dann einen ungeheuren Presserummel und Skandal geben – Ihretwegen!«
»Sie meinen, Truus hat sich getötet, um diesen Skandal zu verhindern?«
»Ja.«
Lindhout war sehr bleich geworden. »Könnte ich... könnte ich vielleicht doch ein Glas Wasser haben?«

55

Nach zehn Minuten ging es ihm wieder besser.
»Wir haben unsere Pressestelle angewiesen, keinerlei Auskünfte über den Tod Ihrer Tochter zu geben«, sagte Hildebrandt.
»Wo ist sie?«
»Im Gerichtsmedizinischen Institut. Bereits zur Bestattung freigegeben. Wir können auch diese so vornehmen, daß kein Aufsehen erregt wird. Angesichts der besonderen Umstände ist das Institut bereit, einen Schein mit der Todesursache ›Lungenentzündung‹

auszufertigen. Das wird dann, wenn Sie einverstanden sind, die offizielle Version sein, die auch an die Zeitungen hinausgeht. Als Sie von der schweren Erkrankung Ihrer Tochter erfuhren, kamen Sie sofort nach Berlin.«

Lindhout schien ihn gar nicht gehört zu haben.

»Ich möchte Truus sehen«, sagte er.

»Das geht nicht...« Hildebrandt wurde sehr verlegen.

»Was heißt, das geht nicht? Ich bestehe darauf!«

»Herr Professor, der Leichnam ist bereits eingesargt... er befand sich schon vor der Obduktion in einem schrecklichen Zustand... Die Nässe in dieser Trümmerhöhle, und dann...«

»Was und dann?«

»Sie wollen es wissen, Herr Professor: Da draußen gibt es rudelweise Ratten. Muß ich noch weitersprechen?« Der Oberkommissar sah Lindhout bittend an.

»Nein«, sagte dieser. »Das genügt. Ich verstehe vollkommen, daß die Einsargung erfolgen mußte. Also verzichte ich darauf, meine Tochter noch einmal zu sehen. Ich möchte gern, daß sie in Grunewald, auf dem Waldfriedhof, beigesetzt wird... Claudio Wegner liegt dort...«

»Ich weiß, Herr Professor.«

»In einem Doppelgrab... Als er starb, hat Truus um ein solches Doppelgrab gebeten. Sie wollte im Falle ihres Todes unter allen Umständen neben Claudio begraben werden. Es gibt darüber genaue Unterlagen bei dem Notar Doktor Friedrichs in der Uhlandstraße...«

»Die sind uns bekannt, Herr Professor. Es soll so geschehen, wie Ihre Tochter es gewünscht hat. Dann kann unsere Pressestelle also die Lungenentzündungs-Version freigeben? Das Martin-Luther-Krankenhaus im Grunewald ist von uns benachrichtigt und wird auf Anfragen bestätigen, daß Ihre Tochter dort gestorben ist.«

»Sehr freundlich«, sagte Lindhout. »Wirklich, Sie sind alle sehr freundlich. Und wann soll meine Tochter also an Lungenentzündung gestorben sein?«

»Heute, knapp nach Ihrer Ankunft, würde ich vorschlagen, Herr Professor. Verzeihen Sie, wenn ich derart sachlich und kalt über diese Tragödie spreche.«

Lindhout hob schwach eine Hand. »Tun Sie es! Alles andere wäre unsinnig.«

Der Oberkommissar nickte beklommen. »Der Putzfrau Hanke... Sie kennen sie nicht... sie hat erst seit kurzer Zeit da in der Herthastraße gearbeitet, und allen Nachbarn konnte die Version glaubhaft gemacht werden, daß Ihre Tochter nachts von einem

Arzt untersucht und sofort mit hohem Fieber ins Martin-Luther-Krankenhaus gebracht wurde... Die Polizei beging einen Fehler, wie er manchmal vorkommt, und veranstaltete eine Großfahndung, weil sie Ihre Tochter nach der Anzeige der Frau Hanke für vermißt hielt... Hier haben sich das Revier im Grunewald und das Krankenhaus eine Schlamperei zuschulden kommen lassen, die jedoch bald aufgeklärt werden konnte.«
Am Nachmittag des folgenden Tages – es regnete wieder heftig – wurde Truus in dem Doppelgrab auf dem Waldfriedhof Grunewald beigesetzt. Außer den Sargträgern und den Totengräbern waren nur Lindhout und der Oberkommissar Hildebrandt anwesend. Das schlechte Wetter hatte zur Folge, daß sich nur sehr wenige Leute auf den Straßen befanden und überhaupt niemand auf dem Waldfriedhof. Die beiden Totengräber, die Claudios Grab voll Eile geöffnet hatten, waren mit ihrer Arbeit in der lehmigen Erde gerade fertig und total durchnäßt und erschöpft, als der Sarg am Grab eintraf. Sie standen stumm da, der Regen fiel auf sie, und er fiel auf die vielen anderen Gräber, auf die kahlen Bäume, deren Stämme und Äste vor Nässe schwarz glänzten, und auf Blumen, die schon verfault oder weggeschwemmt worden waren.
Es wurde kein Wort gesprochen. Der Sarg versank und kam neben dem von Claudio zur Ruhe. Lindhout trat vor und warf eine rote Rose hinab. Danach nahm er das Werkzeug, das einer der Arbeiter ihm reichte, und schüttete die erste Schaufel voll schwerer, dunkler Erde auf den Sarg. Die Erde fiel auf die Rose und verdeckte sie sofort. In Eile machten die Arbeiter sich daran, das Grab wieder zuzuschütten. Trotz ihrer schweren Tätigkeit froren sie erbärmlich. Lindhout blieb noch einen Augenblick stehen, dann drehte er sich um und ging, begleitet von dem Oberkommissar Hildebrandt, fort. Beide Männer trugen Schirme. Auf der Hauptallee angekommen, sagte Hildebrandt: »Die Nachricht vom Tod Ihrer Tochter wird morgen in den Berliner Zeitungen erscheinen – mit dem Zusatz, daß das Begräbnis bereits stattgefunden hat. Dies haben uns alle Redaktionen zugesagt.«
»Danke«, sagte Lindhout. Sein Gesicht war völlig erstarrt.
Beim Eingang des Friedhofs fragte Hildebrandt dann, zehn Minuten später: »Darf ich Sie ins Hotel bringen, oder wollen Sie in die Herthastraße... wir haben von der Putzfrau die Schlüssel zur Eingangstür.«
»Herthastraße, bitte«, sagte Lindhout.
Er stieg in Hildebrandts Wagen. Der Oberkommissar setzte sich hinter das Lenkrad. Es regnete jetzt in Strömen. Hildebrandt fuhr sehr vorsichtig, die Scheibenwischer schlugen schnell und mono-

ton. Vor dem Haus in der Herthastraße hielt der Wagen. Hildebrandt wollte den Schlag an seiner Seite öffnen.
»Nicht«, sagte Lindhout. »Bitte, bleiben Sie sitzen und lassen Sie mich jetzt allein.«
»Sind Sie sicher, daß Sie...« Hildebrandt verstummte.
»Ganz sicher. Machen Sie sich keine Sorgen um mich. Ich bleibe nicht lange hier. Dann rufe ich ein Taxi und fahre ins Hotel. Wollen Sie mir bitte die Schlüssel geben? Danke...« Lindhout starrte in den Regen hinaus. Er fragte: »Welche Strafe erwartet Vanloo?«
Verlegen sagte Hildebrandt: »Schwer zu sagen... Der Bundes-Innenminister hat angesichts der katastrophalen Suchtwelle gefordert, Händler vom Typ eines Vanloo mit zehn bis fünfzehn Jahren Haft zu bestrafen...«
»Nur?«
»... nur, ja... Fünfzehn Jahre ist ohnehin die Höchststrafe. Aber sogar diese Forderung erscheint vielen Klugscheißern als zu hoch. Wir sind ja so liberal... Vanloo kann also auch mit ein paar Jahren davonkommen, das verfluchte Schwein! Besonders, wenn er sich entschließt, über seine Hintermänner auszupacken.« Hildebrandt ließ die Arme kraftlos sinken. »Aber soviel Glück werden wir nicht haben. Es hat noch keiner, den wir gefaßt haben, richtig ausgepackt. Keiner! Manchmal glaube ich, daß ich nicht weiterarbeiten kann... ich kann einfach nicht mehr, manchmal... verstehen Sie mich?«
»Sehr gut verstehe ich Sie, Herr Hildebrandt«, sagte Lindhout. »Ich danke Ihnen, Ihren Kollegen und allen, die in diesem Fall tätig geworden sind. Bevor ich Berlin verlasse, werde ich mich natürlich bei Ihnen melden. Sie können mich bis dahin im ›Kempinski‹ erreichen.« Er gab dem andern die Hand. »Guten Abend, Herr Hildebrandt.« Damit stieg er aus, öffnete den Schirm und ging auf das Parktor zu. Er drehte sich nicht ein einziges Mal um, obwohl er bemerkte, daß Hildebrandt nicht abfuhr. Er schritt durch den Park, öffnete die Haustür, trat ein und schloß sie wieder. Hildebrandt startete den Motor und ließ den Wagen langsam anrollen.
Lindhout zog seinen Mantel aus und ging durch das ganze Haus. Er drehte in jedem Zimmer das Licht an und besah sich alles, als hätte er es noch nie gesehen. Er wanderte von einem Raum in den anderen, von einem Stockwerk in das andere. Zuletzt kehrte er in Truus' Schlafzimmer zurück und ließ sich auf das Bett sinken. Mit unbeweglichem Gesicht nahm er den Hörer des Telefons ab und wählte eine lange Nummer. Es meldete sich das Sekretariat des Rektors der Universität Lexington. Lindhout bat, mit Ramsay

verbunden zu werden. Dies geschah. Lindhout sagte sehr ruhig: »Hallo, Ronald. Ich bin in Berlin. Truus ist tot. Ich komme gerade von ihrem Begräbnis.«

»Um Himmels willen...« Die Stimme stockte.

»Sie ist an Atemlähmung gestorben. Überdosis Heroin. Die Behörden hier haben mir sehr geholfen. Niemand wird die Wahrheit erfahren. Du wirst sie ebenfalls für dich behalten, dessen bin ich ganz sicher.«

»Mein armer Freund, zuerst Georgia und jetzt Truus. Du hast...«

Lindhout unterbrach, unbewegten Gesichts, mit unbewegter Stimme: »Ich möchte dich bitten, mich unter diesen Umständen sofort aus meinem Vertragsverhältnis mit der Universität zu entlassen. Collange ist noch dort – solange man ihn braucht. Ich werde auch Mary Ployhardt anrufen und ihr Weisungen geben – was die Auflösung meines Haushalts betrifft, die Möbel, das Privatlabor, alles...«

Ramsays Stimme war unsicher: »Natürlich kannst du hier aufhören, wann immer du willst – ich begreife das. Wenn es mir auch sehr, sehr leid tut, auf dich verzichten zu müssen.«

»Du wirst immer mein Freund bleiben, Ronald. Unsere Verbindung wird niemals abreißen. Aber das verstehst du doch, nicht wahr, daß ich jetzt nicht mehr am Tearose Drive wohnen und an der Universität bleiben kann, an der Georgia und Truus gearbeitet haben.«

»Gewiß verstehe ich das, Adrian. Wenn es vielleicht nur ein plötzlicher Zusammenbruch ist nach dem, was du dort jetzt erlebt hast...«

»Es ist kein Zusammenbruch, Ronald.«

»... dann kannst du selbstverständlich jederzeit die Arbeit hier wieder aufnehmen. Es wird der Universität zur höchsten Ehre gereichen.«

»Das ist sehr freundlich. Aber ich werde nie mehr in Lexington arbeiten.«

»Was willst du tun?«

»In Europa bleiben, in Wien vielleicht, ich habe dort noch eine Wohnung, weißt du. Dann wird sich das Weitere finden. Es ist mir einfach unmöglich, nach Amerika zurückzukommen, bitte, versteh das.«

»Natürlich verstehe ich es. Ich informiere Jean-Claude und das Hospital, und alle anderen. Du wirst dich wieder melden, nicht wahr?«

»Natürlich«, sagte Lindhout. »Entweder aus Berlin, Hotel Kempinski, oder aus Wien – die Telefonnummer meiner Wiener Wohnung an der Berggasse wird es nicht mehr geben, ich werde erst einen neuen Anschluß beantragen müssen. Solange die Wohnung nicht in Ordnung gebracht ist, werde ich im Hotel ›Imperial‹ leben.«

»Hotel ›Imperial‹...«

»Bis bald, Ronald. Du hörst sehr bald wieder von mir. Und ich danke dir sehr.«

»Aber das ist doch selbstverständlich, dafür mußt du dich doch nicht bedanken! Wenn wir dir irgendwie helfen können, Adrian...«

Lindhout hängte ein.

Danach blätterte er in dem Telefonbuch, das neben Truus' Bett lag, und fand eine Nummer, die er suchte. Er wählte. Eine Männerstimme antwortete. Lindhout nannte die Adresse in der Herthastraße und bat um ein Taxi.

»Kommt in fünf Minuten, mein Herr!«

»Danke«, sagte Lindhout. Er stand auf, verließ das Zimmer, löschte alle Lichter, zog seinen Mantel an und trat aus dem Haus, ohne einen Augenblick länger als unbedingt nötig in ihm zu verweilen. Er sperrte sorgfältig ab. Es regnete noch immer heftig. Lindhout spannte seinen Schirm auf und ging durch den Park auf die Straße hinaus. Dort blieb er stehen. Nach zwei Minuten tauchten die Scheinwerfer eines Wagens auf, der näherkam. Es war das Taxi. Lindhout stieg ein.

»Guten Abend«, sagte er. »Hotel Kempinski, bitte.«

»Is jut...« Der Chauffeur fuhr an. Bei der Ecke Bismarckallee hielt er kurz. In dieser kurzen Zeit strahlten die Scheinwerfer ein riesiges Schild an. Lindhout las:

HIER BAUT BERLIN!

56

Er blieb noch zwei Tage in Berlin. In diesen zwei Tagen suchte er den Anwalt von Truus auf und erfuhr, daß der angeblich Erbberechtigte immer neue Argumente vorbrachte. Lindhout gab dem Anwalt Vollmacht, nach bestem Wissen und Gewissen allein zu handeln.

»Wenn dieser Mensch recht bekommt, schicken Sie mir bitte die Rechnung für Ihr Honorar nach Wien...« Er nannte die Adresse.

»Wenn Sie recht bekommen, tun Sie dasselbe und vermachen das Haus mit allem, was darin ist, der Stadt!«
Zwei Kriminalbeamte waren zu Lindhouts Schutz von Hildebrandt bereitgestellt worden. Sie sorgten dafür, daß er nicht von Reportern und Fernsehleuten um Interviews gebeten wurde. Er fuhr – es regnete immer weiter – stundenlang durch die Stadt, aber niemals mehr fuhr er in den Grunewald. Er hatte immer den gleichen Taxichauffeur. Im Hotel speiste er auf dem Zimmer und telefonierte viel – mit Collange, den er bat, an seiner Stelle den Ärzten der Krankenhäuser, in denen AL 4031 erprobt wurde, so weit wie möglich behilflich zu sein; mit dem Stellvertreter von Howard Last – dieser war gerade nicht anwesend – von der ›US Food and Drug Administration‹; mit einem Freund, der im Chemischen Institut an der Währingerstraße zu Wien arbeitete und den er ersuchte, sich um die alte Wohnung in der Berggasse zu kümmern; und schließlich noch einmal mit dem Oberkommissar Hildebrandt, von dem er sich verabschiedete.
»Ich wünsche Ihnen Glück, Herr Professor...«
»Was wünschen Sie mir? Ah ja, danke. Ich Ihnen auch. Und verzweifeln Sie nicht, Ihre Arbeit wird in ganz kurzer Zeit viel leichter und erfolgreicher sein.«
»Durch das neue Präparat, das Sie entwickelt haben, meinen Sie!«
»Ja.«
»Aber Sie, Herr Professor... was werden Sie jetzt tun?«
»Ich weiß es noch nicht. Zunächst fliege ich nach Wien.«
Am 3. Dezember 1977 traf Lindhout, über München aus Berlin kommend, mit dem Flugzeug in Wien ein. Er fuhr ins Hotel ›Imperial‹.

57

In den ersten Wochen, die er in Wien verbrachte, machte Lindhout Spaziergänge, wobei er es nach Möglichkeit vermied, Straßenzüge oder Häuser zu sehen, die ihn an früher erinnerten. Er schlief viel, auch nach dem Mittagessen, und ging stets früh zu Bett. Alle Menschen im Hotel nahmen größte Rücksicht auf ihn.
Es kamen zahlreiche Anrufe – die meisten von seiner Sekretärin Mary Ployhardt, die mitteilte, daß sie den Haushalt aufgelöst und die angeforderten Möbel und sonstigen Gegenstände schnellstens auf den Weg gebracht habe. Lindhout dankte ihr. Er fuhr mit

einem Taxi zur Berggasse, wo ihn ein sehr gealterter, nunmehr völlig zahnlos gewordener Hauswart Pangerl mit trunkener Feierlichkeit begrüßte. Lina war gestorben, Krebs, sagte er. Pangerl hatte triefende Augen und Asthma – der Alkohol schien ihn konserviert zu haben. Lindhout eröffnete ihm, daß er die Absicht habe, wieder in der Wohnung zu leben, die einstmals dem gottesfürchtigen Fräulein Philine Demut gehört hatte und seit deren Tod sein Eigentum war. Diese Wohnung fand er freilich in einem sehr beklagenswerten Zustand.
Jene Dame an der Reception des Hotels ›Imperial‹, die Lindhout aus alten Zeiten kannte, machte sich erbötig, alle nötigen Handwerker, Maurer, Maler, Spengler, Elektriker und so weiter aufzutreiben, desgleichen eine Firma, welche die gesamte alte, verrottete Einrichtung der Wohnung als Sperrmüll abholte. Lindhout dankte ihr – wie allen Menschen, mit denen er in jener Zeit sprach – freundlich und ernst.
Am 5. Januar 1976 traf, aus Basel kommend, der nun sehr alt gewordene Präsident der SANA, Peter Gubler, in Wien ein. Auch er stieg im Hotel ›Imperial‹ ab. Die beiden führten lange Gespräche miteinander. Es ging dabei um die weiterhin hundertprozentig positiven Resultate der Erprobung von AL 4031 in den vier für die Tests bestimmten Kliniken. Die SANA hatte Lindhouts Antagonisten inzwischen den Namen ANTONIL gegeben. Und endlich fragte Gubler danach, ob Lindhout willens sei, in der Wiener Forschungsstätte der SANA zu arbeiten, draußen im Floridsdorfer Industriegebiet, bei dem ihm doch so gut bekannten Doktor Radler. Lindhout zögerte zunächst. Gubler ließ nicht locker.
»Sie müssen jetzt wieder weiterarbeiten, lieber Freund, es ist Ihre einzige Rettung«, sagte er.
Lindhout sah ihn an.
»Also schön. Sobald meine Wohnung fertig ist, gerne.«
Gubler war geradezu gerührt, als er ihm daraufhin lange die Hand schüttelte.
Inzwischen trafen Kisten mit Lindhouts Garderobe ein. Die Medizinische Fakultät Wien ließ anfragen, ob er bereit sei, an einem festlichen Abend ihm zu Ehren zu erscheinen. Er sagte zu.
Dieser Abend in den Festsälen des Hotels ›Imperial‹ war mit der größten Umsicht vorbereitet. Nur eine Rede wurde gehalten. Der Bundespräsident war anwesend und überreichte Lindhout das Große Goldene Ehrenzeichen für Verdienste um die Republik Österreich. Lindhout bedankte sich kurz und setzte sich dann schnell wieder auf seinen Platz an der Ehrentafel.
Die vollkommen neu eingerichtete Wohnung an der Berggasse

bezog er am 21. März 1976. Die Bücherwände waren gefüllt, alles stand an seinem Platz. Lindhout ging verwundert durch die große Wohnung und trat – es schneite heftig an diesem Tag – zuletzt hinaus auf den steinernen Balkon vor seinem Arbeitszimmer. Lange sah er von dort in die Tiefe. Es war wenig verändert worden in der Berggasse seit jener Zeit, da er hier gewohnt hatte. Am Eingang des Hauses, in dem einst Sigmund Freud gearbeitet hatte, war nun eine kleine Gedenktafel angebracht. Der Verkehr lief oben auf der Währingerstraße lebhafter als einst, die alten Straßenbahnwagen, bemerkte Lindhout, waren gegen moderne ausgetauscht worden. Unter ihm jubelten Kinder in einer Schneeballschlacht.

Am 1. April 1976 nahm Lindhout – es standen ihm ein Mercedes und ein Fahrer der SANA zur Verfügung – dann seine Arbeit in der Wiener Forschungsstätte auf. Es galt, einen noch länger wirkenden Antagonisten zu finden. Lindhout hatte viele neue Ideen und arbeitete mit Hingabe, jedoch pflegte er keinen persönlichen Kontakt mit seinen Mitarbeitern, hatte keine Freunde und aß abends stets auswärts, wonach er sich heimbegab und Spinoza las. Pangerl hatte ihm eine Zugehfrau besorgt, sie hieß Anna Kretschmar und war eine stille Frau, die morgens kam und abends ging. Es gelang Lindhout – nachdem er auch noch das Angebot angenommen hatte, zwei bis drei Vorlesungen monatlich im nahegelegenen Pharmakologischen Institut zu halten –, fast vollkommen, nicht mehr an die tragischen Geschehnisse seines Lebens zu denken. Er schlief jetzt auch gut. Manchmal saß er des Abends lange vor den ›Liebenden‹ von Chagall, der Lithographie inmitten der Bücherwand, die Georgia ihm im Nachkriegs-Wien geschenkt, die ihn nach Amerika begleitet hatte und die nun wieder in Wien hing. Ein riesenhafter Kreis schien sich geschlossen zu haben, doch Lindhout hatte immer wieder das vage Gefühl, daß dies noch nicht endgültig der Fall sei.

58

Am 5. Juni 1976 erreichte Lindhout ein Telefonanruf aus Berlin. Der Oberkommissar Hildebrandt war am Apparat. »Ich hoffe, es geht Ihnen gut, Herr Professor«, sagte er, und seine Stimme klang trostlos.

»Danke, es geht schon«, sagte Lindhout. »Aber Sie? Was haben Sie?«

»Ich wollte Ihnen etwas mitteilen, das Sie sicher interessieren

wird. Nach langer Untersuchungshaft ist dieser Vanloo endlich vor Gericht gekommen.«
Lindhout fuhr auf. »Und?«
»Vier Jahre Gefängnis. Vanloo hat das Urteil natürlich angenommen. Wenn er sich gut führt, kann er damit rechnen, in allerspätestens drei Jahren wieder draußen zu sein. Ich habe die Schnauze voll. Ich lasse mich vom Rauschgiftdezernat zur Sitte versetzen. Was soll's denn? Wir hatten noch nie derartig viel Heroin in der Stadt! Der Flughafen Schönefeld in Ost-Berlin heißt nur noch der ›Türkenflugplatz‹. Da kommen die Kerls mit dem Stoff an. Und mit der S-Bahn dann herüber in unser Drogenparadies West... Ich wollte Sie nicht traurig machen, Herr Professor! Alles Gute! Aber ich... ich kann nicht mehr, ich kann einfach nicht mehr!«
Nach diesem Anruf begann Lindhout viel zu telefonieren – mit demjenigen Klinikum, an dem jetzt die Tests mit AL 4031 liefen, und daselbst mit Collange sowie mit der ›US Food and Drug Administration‹ in Washington und daselbst mit Howard Last.
»Wir haben hier weiterhin ausnahmslos positive Resultate«, sagte Collange, und die Ärzte des Klinikums bestätigten dies. »Es ist zu keinem einzigen Zwischenfall gekommen. All das weiß die ›Food and Drug‹.«
»Und?«
»Sie können das Mittel noch nicht freigeben, die Erprobungszeit ist ihnen noch zu kurz.«
Dies wurde bei einem anderen Anruf von Last bestätigt: »Es tut mir leid, Professor, aber wir haben unsere Vorschriften. Sie wissen, daß für die klinische Erprobung am Menschen eine besonders lange Testzeit vorgeschrieben ist, falls auch nur der Schatten eines Verdachts besteht, daß dieses Mittel süchtig macht.«
»Wie lange muß das ANTONIL also noch klinisch erprobt werden?«
»Gewiß noch mindestens ein halbes Jahr, lieber Professor«, sagte Howard Last. »Die SANA und wir haben doch erst im Oktober des vergangenen Jahres das erste Klinikum mit der Erprobung beauftragt... vor etwas mehr als acht Monaten! Ich bitte Sie...«
»Ja«, sagte Lindhout, »Sie haben vollkommen recht, die Zeit ist noch zu kurz.« Traurig dachte er an den Oberkommissar Hildebrandt, als er nach diesem Gespräch den Hörer in die Gabel legte. Ich muß jetzt Geduld haben, sagte er sich selbst.
Er hatte Geduld.
Er arbeitete wie einst in der Wiener Forschungsstätte der SANA, seine Trauer um Truus schwand nicht, aber sie quälte ihn nicht mehr so sehr wie in den ersten Monaten nach ihrem Selbstmord.

Jean-Claude Collange kam nach Wien. Er fand einen ernsten, in neue Untersuchungen vertieften Lindhout vor, der ihn freundlich empfing. Collange hatte gebeten, mit seinem verehrten Lehrer weiterforschen zu dürfen. Die SANA in Basel hatte dieser Bitte entsprochen.

So arbeiteten die beiden Männer bis zum 22. Januar 1978.

An diesem Tag – es war sehr kalt in Wien – erreichte Lindhout ein Anruf von Peter Gubler. Der alte Mann konnte vor Freude kaum fließend reden: »Freigegeben ... wir können produzieren ... Die ›Food and Drug‹ ...«

»Sie hat das ANTONIL freigegeben?«

»Ja, Professor, ja! Eben erhielt ich einen Anruf von unseren Leuten in New York! Freigegeben zur Produktion! In den Kliniken hat sich das Präparat hervorragend bewährt! Kein einziger Fall von schädlichen Nebenwirkungen! Freigegeben, Professor! Ich danke Ihnen ... ich danke Ihnen ...«

»Mir?« fragte Lindhout. »Wofür denn?«

»Wofür denn?« rief da Gubler aus. »Mein Gott, für alles, was Sie geleistet haben, für alles, für ... für Ihr Lebenswerk!«

Lebenswerk, dachte Lindhout, plötzlich seltsam beklommen, ja, das war es wohl wirklich.

Mein Leben.

Mein Werk ...

59

Im Spätsommer 1978 wurde das ANTONIL, dieses neue Mittel der SANA, bereits offiziell in Europa und Amerika verwendet. Von überall erreichten Lindhout begeisterte Meldungen von Ärzten, Universitäten und Gesundheitsministerien. Australien führte das ANTONIL ein, Afrika und auch mehrere Staaten Asiens. Zeitungen, Zeitschriften, Fernsehen und Funk brachten dauernd Berichte über die bahnbrechende Entdeckung des Professors Adrian Lindhout. Reporter bestürmten ihn derart aufdringlich, daß er, der solchem Trubel nicht gewachsen war, sich in einen kleinen Ort in Tirol, nahe Innsbruck, zurückzog. Nur Collange kannte seine Adresse. Lindhout machte Spaziergänge, las viel und schlief gut. Zum erstenmal in seinem Leben ruhte er sich aus, es waren seine ersten Ferien!

Indessen ertrug er sie nicht lange. Bald schon begann er, ein vor Jahren begonnenes Buch über morphin-antagonistisch wirkende

Substanzen zu Ende zu schreiben. Er stand früh auf, arbeitete bis gegen Mittag, schlief nach dem Essen, wanderte bei Sonne, Regen und Schnee am Nachmittag über Wiesen und durch tiefe Wälder – und schrieb dann, nach dem Abendessen, weiter an seinem Buch.

Das tat er auch am Abend des 10. Dezember 1978, als das Telefon auf seinem Arbeitstisch schrillte. Es meldete sich eine freundliche Männerstimme: »Herr Professor Adrian Lindhout?«

»Ja...«

»Hier ist die Schwedische Botschaft in Wien. Wir haben Ihre Telefonnummer von Herrn Doktor Collange erhalten. Einen Augenblick! Ich verbinde mit Seiner Exzellenz, dem Herrn Botschafter!«

»Aber...«, begann Lindhout verblüfft, da meldete sich bereits eine tiefe, ruhige Männerstimme: »Guten Abend, Herr Professor. Ich bitte Sie, die späte Störung zu entschuldigen. Ich bin beauftragt, Ihnen etwas mitzuteilen, was Sie gewiß mit Freude erfüllen wird.«

»Sie sind der Schwedische Botschafter?« Lindhout war noch immer sehr verwirrt.

»Gewiß doch! Ich heiße Krister Eijre. Es wird mir eine große Ehre und Freude sein, Sie morgen abend bei einem Essen, das ich hier in der Botschaft für Sie geben möchte, kennenzulernen. Sie nehmen die Einladung doch an, bitte?«

»Gerne, Exzellenz... wenn ich auch nicht weiß... Was ist geschehen?«

»Herr Professor, die Agenturen werden es sehr schnell erfahren. Man wünscht, daß Sie es vorher wissen.«

»Was?«

»Heute, am Todestag Alfred Nobels, am 10. Dezember, wurde in Stockholm der Nobelpreis für Medizin verliehen. Es ist mir eine unendliche Genugtuung, lieber Herr Professor, Ihnen mitteilen zu dürfen, daß *Sie* den Preis erhalten haben. In ein paar Stunden wird die Welt es wissen, verehrter Herr Professor Lindhout!« Die Stimme des Botschafters wurde vertraulich. »Es ist besonders *ein* Mann, der sich mit allen Kräften, ja geradezu fanatisch dafür eingesetzt hat, daß Sie den Preis erhalten. Er bewundert Sie grenzenlos. Sie kennen ihn. Sie haben lange mit ihm in Amerika zusammengearbeitet. Nun, wissen Sie, wer dieser Mann ist und wie er heißt?«

»Nein, Exzellenz.«

»Dieser Mann«, sagte der Schwedische Botschafter, »heißt Bernard Branksome.«

60

Am 16. Januar 1979 flog Lindhout zusammen mit dem Schwedischen Botschafter in Wien, Seiner Exzellenz Krister Eijre, und mit seinem langjährigen Assistenten Dr. Jean-Claude Collange nach Stockholm, wo er dann am 17. Januar 1979 den Nobelpreis aus den Händen des Schwedischen Königs Carl XVI. Gustaf entgegennahm. Es war eine feierliche Zeremonie, weltweit übertragen durch das Fernsehen. Die Statuten der Nobelpreis-Verleihung besagen, daß jeder Preisträger innerhalb einer bestimmten Frist vor dem Auditorium der Schwedischen Akademie der Wissenschaften einen Vortrag über seine Arbeiten und seine Entdeckung zu halten hat. Für Adrian Lindhouts Vortrag wurde der 24. Februar 1979 bestimmt.
Sogleich nach dem Festakt in Stockholm kehrte Lindhout am 18. Januar in seine Wiener Wohnung zurück. Er arbeitete gerade an seinem Nobel-Vortrag, als er, am 29. Januar, den überraschenden Anruf eines ihm unbekannten Mannes erhielt, der nur angab, sein Name sei Zoltan. Herr Zoltan sprach mit undefinierbarem Akzent deutsch und bat Lindhout um eine sofortige Unterredung unter vier Augen. Der lehnte anfangs ab unter Hinweis auf akuten Zeitmangel. Als der Mann, der sich Zoltan nannte, indessen nicht lockerließ und erklärte, es handele sich um eine Sache von größter Bedeutung und Dringlichkeit, sagte Lindhout ihm, er solle am nächsten Abend um zwanzig Uhr in die Berggasse kommen. Herr Zoltan dankte.

61

Herr Zoltan war ein großer, kräftig aussehender Mann. Sein Alter konnte Lindhout nur schätzen. Fünfunddreißig Jahre? Vierzig? Fünfzig? Herr Zoltan hatte ein ernstes, gelblich verfärbtes Gesicht, sehr wache, hellgraue Augen und braunes Haar. Die Brauen waren dicht. Herr Zoltan verlor einige höfliche Floskeln und kam dann gleich zur Sache. Sie saßen einander in Lindhouts Arbeitszimmer gegenüber. Draußen schneite es. Herr Zoltan erklärte, er komme im Auftrag der großen Klinik der Hauptstadt in jenem osteuropäischen Land, in dem – wie an drei anderen Kliniken anderer Länder ebenfalls – Lindhouts Antagonist AL 4031 getestet worden war. Jene Stadt jedoch und das Psychiatrische Hospital, die Zoltan nun

nannte, lagen weit entfernt von der Hauptstadt und von der Klinik, in der die Erprobungen vorgenommen worden waren. Herr Zoltan sagte, er sei Biochemiker wie Lindhout, arbeite jedoch für einige Zeit nicht im Labor, sondern sei in der Verwaltung des von ihm genannten Psychiatrischen Hospitals.
Er griff in die Brusttasche und holte seinen Paß und einen in Kunststoff gepreßten Ausweis hervor, die er Lindhout reichte. Paß und Ausweis, beide mit neuerem Lichtbild, besagten in drei Sprachen, darunter auch auf englisch, daß Herr Zoltan die Wahrheit sprach.
»Hier steht: ›Zur besonderen Verwendung‹. Was heißt das?« fragte Lindhout.
Herr Zoltan seufzte. »Ich habe mir diesen Posten nicht ausgesucht, Herr Professor.« Wieder ein Seufzen. »Es ist eine sehr unerfreuliche Arbeit, die ich zu leisten habe.«
»Wie soll ich das verstehen?«
»Ich werde immer dann losgeschickt, wenn sich etwas Unangenehmes ereignet hat.«
»Unangenehm für wen?«
»Für ein Hospital. Für Menschen. Es wird am besten sein, wenn ich Ihnen gleich und – verzeihen Sie – brutal sage, was geschehen ist: Vor einer Woche und vor sechs Tagen ist es in dem genannten Hospital zu zwei schockierenden Todesfällen gekommen. Die Ärzte behandelten zwei Heroin-Süchtige in der vorgeschriebenen Dosierung mit ANTONIL. Beide Patienten – es waren Freunde – verschafften sich heimlich Morphin und spritzten sich dieses während der Entwöhnung. Danach befanden sie sich in demselben Zustand wie vor der ANTONIL-Behandlung. Jetzt wurde die Klinik in der Hauptstadt informiert. Von ihr bin ich sofort in dieses Hospital abgeordnet worden. Unsere Ärzte dort – die Patienten wurden jetzt strengstens bewacht! – haben nun im ersten Fall die dreifache, im zweiten Fall die fünffache Dosis von ANTONIL verabreicht. ANTONIL ist ja ein Morphin-Antagonist, nicht wahr, von dem die Herstellerfirma SANA auf der Gebrauchsanweisung behauptet, daß er jede nur denkbare Menge von Opiumderivaten, also nicht nur die von normalen Dosen, für sieben Wochen ausschaltet, nicht wahr?«
»Das tut ANTONIL auch! Das Klinikum in der Hauptstadt Ihres Landes hat es selber im Auftrag des Herstellers geprüft! Die Prüfung ist positiv verlaufen!« Lindhouts Stimme wurde aggressiv. »Daraufhin erst hat die ›US Food and Drug Administration‹ ANTONIL freigegeben! Seit einem halben Jahr wird es fast in der ganzen Welt mit Erfolg bei Entwöhnungskuren angewendet...

und jetzt wollen Sie mir erzählen, daß es bei Ihnen in zwei Fällen tödliche Wirkungen hatte?«

»Genau das, Herr Professor«, sagte Herr Zoltan und machte eine kurze Verneigung im Sitzen.

»Wie ist das Ganze abgelaufen?« Lindhout sah diesen Herrn Zoltan ausdruckslos an, während er dachte: Das gibt es nicht, dieser Mann ist ein bestochener Abgesandter der Konkurrenz! Jetzt will ich sehen, ob er wirklich weiß, wovon er redet, jetzt will ich ihn prüfen!

Ohne zu zögern, antwortete Zoltan: »Alles verlief im ersten Fall fünfunddreißig, im zweiten Fall sogar zweiundsechzig Stunden lang ausgezeichnet. Dann traten Atembeschwerden auf, die immer stärker wurden. Als es zu Atemstillstand kam, wurden die Patienten stundenlang künstlich beatmet... erfolglos. Kreislaufkollaps, Exitus. Im Psychiatrischen Krankenhaus einer anderen Stadt liegen übrigens drei Patienten, die große Dosen von Antonil – nach Atemstillstand und künstlicher Beatmung – überstanden haben, das Krankenhaus jedoch noch lange nicht werden verlassen können.«

»Noch drei!«

»Ja, Herr Professor. Die Situation bei diesen dreien war die gleiche wie bei uns. Die Ärzte mußten eine erheblich höhere als die normale Dosis spritzen – aber die drei Patienten hatten eben Glück!«

Lindhout fuhr auf: »Herr Zoltan, Sie werden mir zugeben, daß ich über das, wovon wir da reden, einigermaßen Bescheid weiß. Immerhin habe ich mein Leben lang an dieser Sache gearbeitet.«

»Um Gottes willen, das bestreitet doch niemand, Herr Professor, nur...«

»Lassen Sie mich ausreden! Eine atemdeprimierende Wirkung von Antonil haben wir im Tierversuch dadurch festzustellen versucht, daß wir den Tieren eine fünfzigfache Dosis gaben! Keine Spur von Atembeschwerden trat auf! Und nun kommen Sie und erzählen mir, daß es bei zwei Patienten bereits nach einer Fünf-Ampullen-Dosis, ja sogar nach einer Drei-Ampullen-Dosis zu Atemstillstand und darauf folgendem Kreislaufkollaps kam. Erlauben Sie...« Lindhout mußte sich sehr beherrschen, um nicht laut zu werden. »...das finde ich im höchsten Grade unwahrscheinlich!«

»Wollen Sie sagen, ich sei ein Lügner, Herr Professor?«

Ja, dachte Lindhout, genau das will ich sagen, aber er sagte: »Nein, natürlich nicht, Herr Zoltan.«

Enervierend laut klingelte oben auf der Währingerstraße eine Straßenbahn.

»Sie haben gesagt, das, was ich Ihnen erzählt habe, finden Sie im höchsten Grade unwahrscheinlich!« Herr Zoltan war erregt.
»Ja, gewiß, das habe ich gesagt...« Nun stand Lindhout auf. »Aber das... das war ein Ausdruck meines Entsetzens... das war nicht gegen Sie gerichtet... Herr Zoltan, ich bitte Sie... Sie müssen doch verstehen, welchen Schock Ihre Worte für mich bedeuten, welchen furchtbaren Schock!«
»Natürlich verstehe ich das, Herr Professor.« Der Herr Zoltan schloß kurz die Augen in einem Ausdruck des Mitgefühls. »Was meinen Sie, was für einen Schock der Tod dieser beiden Patienten bei uns hervorgerufen hat? Immerhin ist das Klinikum unserer Hauptstadt eine der vier Stellen, die Ihr Präparat geprüft und der SANA gegenüber als absolut unschädlich und absolut frei von schädlichen Nebenwirkungen erklärt hat! Wie steht das Klinikum nun da? Was sollen wir nun tun?«
Lindhout sah dem Herrn Zoltan direkt in die Augen, während dieser sprach. Das gibt es nicht, dachte er verzweifelt, das ist unmöglich, dieser Mann sagt nicht die Wahrheit. Oder sagt er sie doch? Er hält meinem Blick stand. Er bleibt ruhig und sicher, während er redet. Ein Psychiater, zu dem ein Mann kommt, der behauptet, er habe ein injizierbares Mittel gegen Schizophrenie gefunden, weiß sofort: Das gibt es nicht, das kann es nicht geben! Ich jedoch...
Ich habe erlebt, dachte er, daß auf dem Gebiet, auf dem ich dreißig Jahre lang arbeite, wahrhaft unfaßbare Ereignisse eintreten können, rätselhafteste, völlig unerklärliche!
»Es war nicht meine Absicht, Sie zu beleidigen«, sagte Lindhout, »wirklich nicht, Herr Doktor Zoltan.«
»Nur Herr Zoltan, bitte. Ich lasse den Titel hier in Wien und bei diesem Auftrag weg. Ihretwegen, Herr Professor.«
»Meinetwegen?«
»Gewiß doch! Jetzt, nach der Verleihung des Nobelpreises für Ihre Entdeckung, müssen wir uns doch schützend vor Sie stellen! Niemand kennt mich in Wien. Niemand weiß, wer ich bin, warum ich Sie besuche. Wir haben hin und her überlegt...«
»Was?«
»Wie wir alle aus dieser schlimmen Sache so heil wie möglich herauskommen – Sie *und* wir! Niemand, ausgenommen die unmittelbar Beteiligten und nun Sie, ahnt das geringste von dem, was passiert ist.«
»Aber die Angehörigen...«
Zoltan schnitt eine Grimasse.
»Herzversagen! So lautet offiziell die Todesursache. Sie wissen

doch, wie oft sich Ärzte mit derlei... eh... behelfen, wenn ein durch sie verursachtes Unglück eingetreten ist, nicht wahr? Die Angehörigen... sie haben sich abgefunden... die beiden Verstorbenen sind schon beerdigt... Es tut mir unendlich leid, Herr Professor, aber ich mußte Ihnen doch von diesen Ereignissen Mitteilung machen, das sehen Sie doch ein, nicht wahr?«
Lindhout setzte sich abrupt.
»Wie gesagt, jetzt begreifen Sie, warum ich so auf eine Unterredung gedrängt habe... eine Unterredung unter vier Augen!« Herr Zoltan stand unbeweglich und sah auf Lindhout herab. Ich muß etwas tun, dachte dieser hilflos und kraftlos, ich muß etwas tun, gleich, jetzt, sofort! Dieser Herr Zoltan unterstellt mit seiner Nachricht gleich zweierlei: Erstens, daß ANTONIL nicht ein sehr starker, sondern ein schwacher Antagonist ist, dessen blockierende Wirkung durch größere Morphinmengen sozusagen überrannt wird – und der, zweitens, schon beim Drei- beziehungsweise Fünffachen der normalen Dosis tödlich wirkt!
Er drehte sich halb um und griff nach dem Telefonhörer.
»Wen wollen Sie anrufen?« fragte Herr Zoltan.
»Den Präsidenten der SANA«, sagte Lindhout und bemerkte, daß seine Hände bebten wie seine Stimme. »Er muß sofort informiert werden.«
»Das finde ich auch«, sagte Herr Zoltan.
Lindhout kannte die Durchwahl nach Basel auswendig. Auch die Nummer des Privatanschlusses von Peter Gubler kannte er. Hoffentlich ist er daheim, dachte er verzweifelt, hoffentlich erreiche ich ihn gleich...
Das Freizeichen ertönte, danach, sehr rasch, Gublers Stimme. Der Präsident der SANA meldete sich mit seinem Namen. Lindhout nannte den seinen.
»Was gibt es?« fragte Gubler.
Lindhouts Worte überstürzten sich, als er nun berichtete, was geschehen, wer bei ihm war, wovon er eben Kenntnis erhalten hatte. Eine kurze Weile rauschte danach in der offenen Verbindung der Strom.
»Herr Gubler!« rief Lindhout.
»Ja...«
»Warum sagen Sie nichts? Das Mittel wird in der ganzen Welt angewandt. In der ganzen Welt kann es zu ähnlichen Vorfällen kommen – jederzeit!«
Gublers Stimme klang seltsam gedehnt. »Es ist mehr als unwahrscheinlich...«
»Was?« rief Lindhout.

»... daß es jederzeit in der ganzen Welt zu ähnlichen Vorfällen kommen kann. Immerhin hat das Klinikum dort und haben die drei anderen Kliniken unser ANTONIL so lange Zeit mit hundertprozentig positiven Ergebnissen getestet, daß die ›Food and Drug‹ sich zufrieden erklärte und das Mittel freigab.«
»Aber jetzt hat dieses Mittel zwei Todesfälle verursacht!«
»Ja, eben...«
»Was, ja eben?«
»Das eben erstaunt mich... erstaunt mich über die Maßen! In der ganzen Welt wird ANTONIL mit glänzendem Erfolg benützt. Dort, wo es weit über ein Jahr getestet worden ist, ausgerechnet dort, kommt es nach der Freigabe in zwei anderen Kliniken zu zwei Todesfällen und drei Fast-Todesfällen.«
Herr Zoltan, dicht hinter Lindhout, sagte kalt: »Wir sind in der Lage, eine lückenlose Dokumentation über die Todesfälle vorzulegen. Wir haben die Mengen, die Zeiten, die Symptome – wir haben alles festgehalten. Die Leichen haben wir obduziert und alle nur denkbar notwendigen Proben entnommen...« Es schien Lindhout, als werde Herrn Zoltans Stimme eine Spur zynisch. »... Sie wissen ja, wie man so etwas macht, Herr Kollege, nicht wahr? Das Material liegt, um die Phrase zu verwenden, bei uns ›auf Eis‹ und kann jederzeit untersucht werden. Ebenso natürlich die drei anderen Patienten, die überlebt haben.«
Lindhout begann: »Herr Gubler, mein Besucher sagt...« Und wurde von dem Präsidenten der SANA unterbrochen: »Ich habe gehört, was Ihr Besucher sagt, Herr Lindhout! Er hat sehr laut gesprochen, vielleicht damit ich es auch höre und Sie es nicht wiederholen müssen.«
»Ja, vielleicht... Aber was geschieht nun?« rief Lindhout.
Gubler sagte mit ruhiger Stimme: »Es wird notwendig sein, daß Sie – und Ärzte der SANA –, aber Sie auf alle Fälle, mit Herrn Zoltan jene beiden Krankenhäuser aufsuchen und sich die Gewebsproben, die Dokumentation, all das, was da angeblich so lückenlos gesammelt worden ist, sowie die überlebenden Patienten genau ansehen.«
»Aber inzwischen...«
»Was ›inzwischen‹? Glauben Sie, irgendeine Pharma-Firma der Welt zieht ein neues Präparat allein auf solche Angaben hin zurück, wie Sie sie von Herrn Zoltan erhalten und mir nun weitergegeben haben? Selbst wenn sie es wollte – meinen Sie, das geht von heute auf morgen? Wir müssen da sicher sein, sicher und noch einmal sicher, daß ANTONIL – höchst seltsamerweise – plötzlich, nach so langer positiver Erprobung in dem Klinikum dort nun auf einmal in

einem anderen Krankenhaus zum Tod von zwei Patienten geführt hat – nur in jenem Land, und sonst nirgends!«

»Was meinen Sie damit?«

»Genau das, was ich sagte.« Jetzt klang Gublers Stimme gereizt: »Ich danke Herrn Zoltan dafür, daß er sich sogleich an Sie gewandt hat und man die Angelegenheit geheimhält. Ich bitte ihn, dafür zu sorgen, daß sie weiterhin bis zur endgültigen Klärung geheim bleibt.« Plötzlich wurde die Stimme hastig und leiser: »Sobald dieser Herr gegangen ist – Sie werden ja nicht noch in dieser Nacht mit ihm fliegen! –, nachdem er gegangen ist, rufen Sie mich bitte wieder an.« Die letzten Worte kamen sehr leise und eindringlich.

»Ja, ich werde das Herrn Zoltan sagen«, antwortete Lindhout laut. Er verabschiedete sich und legte den Hörer in die Gabel.

»Ich werde mit Ihnen fliegen, und Ärzte der SANA auch«, sagte Lindhout zu dem großen, kräftig aussehenden Mann.

»Deshalb bin ich ja hier. Darum ersucht mein Krankenhaus und das andere Krankenhaus und das Klinikum Sie – in Ihrem Interesse, im Interesse der SANA, in unserem eigenen Interesse natürlich und im Interesse aller gegenwärtigen und zukünftigen ANTONIL-Patienten. Ich denke, wir sollten bald reisen!«

»Ja... natürlich...« Lindhout fror plötzlich. Er hatte das Gefühl, daß der Raum sich um ihn schloß, mehr und mehr. »Nur, sehen Sie... ich bin...«

»Sie sind in einer sehr schlimmen Lage, Herr Professor«, sagte Herr Zoltan mitfühlend. »Das wissen wir alle. Eben haben Sie den Nobelpreis für die Entwicklung des ANTONIL bekommen. Vor allem deshalb haben wir alles geheimgehalten – und wir werden es weiter geheimhalten, solange es nur geht. Wenn natürlich irgendwo anders etwas Ähnliches geschieht, dann sind wir machtlos! Wir können also nur hoffen, daß nichts Ähnliches geschieht. Mehr noch: wir müssen hoffen, daß Sie, die Ärzte, die nun von der SANA kommen, im Verein mit unseren Wissenschaftlern doch noch – wider alle Befunde! – herausfinden, daß ANTONIL *nicht* zum Tod der beiden Patienten geführt hat. Sie und wir, Herr Professor, sitzen nun in einem Boot, das ist klar. Sie sind erschüttert, ich kann es verstehen. Sie müssen sich beruhigen. Sie sollen in Kürze Ihren Vortrag vor der Schwedischen Akademie der Wissenschaften halten. Um Himmels willen, Herr Professor, Sie glauben doch nicht etwa, daß wir Sie und uns selber ruinieren wollen? Daß wir einen Weltskandal wünschen, der uns genauso wie Sie ins Unglück stürzt? Sie halten uns doch nicht für Geisteskranke?«

Lindhout schwieg.

»Herr Professor!« rief Herr Zoltan.

»Nein«, sagte Lindhout, unnatürlich ruhig nun, »natürlich tue ich das nicht. Das wäre ja wirklich Wahnsinn, heller Wahnsinn!«
»Eben! Zusammenhalten müssen wir jetzt, zusammenhalten, Herr Professor, Sie, wir, die Sana!«
Lindhout schwieg.
»Sie sind zu sehr bewegt, um sofort Entschlüsse fassen zu können.« Herr Zoltan nickte. »Wie gut kann ich das verstehen. Was, glauben Sie, Herr Professor, geht in mir, geht in den Ärzten des Klinikums vor, die Antonil so erfolgreich erprobt und der ›Food and Drug‹ die Freigabe empfohlen haben?« Er sah Lindhout an. Dieser erwiderte den Blick stumm. »Es muß nicht sofort sein, daß Sie sich von den Tatsachen selbst überzeugen, ich sagte ja schon, die Dokumentationen liegen vor, lückenlos, alle Gewebe und ähnliches, das den Toten entnommen wurde, ist konserviert worden... Die drei Patienten, die überlebt haben, sind befragbar. Es tut mir leid, daß ich Ihnen eine derartige Nachricht habe bringen müssen, aber ich mußte das doch tun, nicht wahr?«
»Ja«, sagte Lindhout, »Sie mußten. Und ich danke Ihnen.«
Fünf Minuten später war er allein. Herr Zoltan hatte sich verabschiedet, ihm noch einmal Mut zugesprochen und gesagt, er werde wieder anrufen, um einen Termin zu vereinbaren, zu dem Lindhout mit ihm losfliegen sollte, um sich in jenen Hospitälern an Ort und Stelle klarzuwerden über das, was geschehen war und was zu geschehen hatte.
Allein geblieben, setzte sich Lindhout an seinen Schreibtisch. Es schneite nun sehr heftig. Sturm kam auf. Lindhout sah und hörte nichts. Er hielt die Augen geschlossen, die Fäuste gegen den Kopf gepreßt. In seinem Schädel rauschte das Blut. Er konnte es überlaut hören. Dieses Dröhnen machte ihn fast verrückt, er bewegte den Kopf hin und her, hin und her, er sagte immer wieder dasselbe Wort.
»Nein!«
Nein und nein und nein und nein...
Das, was ich von diesem Herrn namens Zoltan gehört habe, kann nicht wahr sein, darf nicht wahr sein, darf nicht! Und wenn es dennoch wahr ist? Wenn dieser Herr Zoltan wirklich die Wahrheit gesagt hat? Wenn Antonil, *mein* Antonil, die Schuld hat am Tod von zwei Menschen und daran, daß drei weitere fast gestorben sind? Wenn...
Das Telefon schrillte.
Mit schweißfeuchten Händen hob Lindhout den Hörer ab.
Das ist Gubler, dachte er.
Es war nicht Gubler.

Lindhout erkannte die Stimme, die da fragte, wer am Apparat sei, sogleich. Er fuhr hoch.
»Sie?«
»Ruhig«, sagte die männliche Stimme. »Keinen Namen, bitte. Ja, ich bin es.«
»Was tun Sie in Wien?«
»Ich muß Sie sprechen. So schnell wie möglich. Sie hatten gerade Besuch, nicht wahr?«
»Woher...«
»Jetzt ist es zwanzig Minuten nach neun. Zu Ihnen darf ich nicht kommen. So wie ich damals nicht zu Ihnen kommen durfte, als wir uns in der Bar auf dem Cobenzl trafen. Diese Bar ist im Winter geschlossen. Passen Sie auf, es gibt da ein kleines Weinlokal in Grinzing... keines von den großen Heurigenlokalen... Ich gebe Ihnen die Adresse...«
Lindhout hörte und wiederholte sie.
»Können Sie um zehn Uhr dort sein?«
»Natürlich. Ich nehme ein Taxi. Handelt es sich... um den Besuch, den ich eben hatte?«
»Ja!« sagte der ehemalige Oberst der Roten Armee und seit vielen Jahren Mitglied des sowjetischen Geheimdienstes, Abteilung Ausland West, Dr. Karl Lewin.

62

Dr. Karl Lewin saß bereits in dem alten Kellerlokal, als Lindhout eintraf. Zwei Gläser und ein Weinheber standen auf seinem Tisch. Es waren etwa zwei Dutzend Gäste da, ein alter Mann spielte auf einer Zither gerade das berühmte ›Harry Lime‹-Thema aus dem Film ›Der dritte Mann‹.
Lewin erhob sich und schüttelte Lindhout die Hand.
»Ich möchte Sie gerne umarmen, mein Freund«, sagte er, »aber das würde vielleicht Aufsehen erregen. Setzen Sie sich. Ich habe schon bestellt. Hier, am Ende des Raums, hört uns kein Mensch.«
Lindhout setzte sich Lewin gegenüber. »Sie müssen sich zusammennehmen«, sagte der, »Ich kann mir vorstellen, wie Ihnen zumute ist, aber Sie dürfen das nicht zeigen.«
»Sie können sich vorstellen...?«
»Wie Ihnen zumute ist, ja. Ich weiß, was passiert ist.«
»Sie wissen? ... Ach, haben Sie es durch Ihren kleinen Verein erfahren? Gratuliere. Ja, scheußlich, was? Sie sehen übrigens auch

ziemlich mitgenommen aus.« Lindhout betrachtete den Mann mit dem schmalen Gesicht, das von Falten ebenso zerfurcht und grau war wie die hohe Stirn. Lewins braune Augen machten einen müden Eindruck. Sein braunes Haar war schütter geworden. Wann habe ich Lewin zum letzten Mal gesehen, überlegte Lindhout. Da oben in der Cobenzl-Bar, mit den vielen japanischen Touristen, als er mir die Fotos und die Tonbänder brachte, die bewiesen (und es dann doch nicht taten), daß Branksome der Boss der ›French Connection‹ war... 1971 ist das gewesen, dachte er, im Sommer, am 17. August – am 18. August hatten wir dann in den Staaten diese monströse Fernsehsendung. August 1971 – Januar 1979. So schnell sind die Jahre vergangen, so schnell! Und was hat sich alles ereignet seither. Nun ist auch Truus tot, nun bin ich ganz allein... Ein altes chinesisches Sprichwort fiel Lindhout ein, das er einmal in Lexington gehört hatte: ›Das Leben und der Tod gleichen verschlossenen Schatullen, von denen eine jede den Schlüssel zum Schloß der anderen enthält...‹

»Wir werden uns heute wohl zum letzten Mal sehen«, sagte Lewin, um ein Lächeln bemüht.

»Was heißt das?«

»Ich verschwinde, das heißt es«, antwortete Lewin, fast flüsternd. »Ich kann nicht mehr, verstehen Sie? Ich habe zuviel erlebt in den letzten Jahren, zuviel gesehen. Es gibt eine Menge Leute wie mich, ganz plötzlich.« Er neigte sich über den Tisch. »Ihnen vertraue ich mich an. Sie sind der ehrenwerteste Mensch, den ich je kennengelernt habe. Es ist mir unmöglich, diese... meine Arbeit weiter auszuführen. Ich habe mir die Freiheit genommen, Unrecht Unrecht zu nennen, Gewalt Gewalt, Verrat Verrat... vor schlechten Genossen. Man ist auf mich aufmerksam geworden. Nun bin ich ein ›Dissident‹. Welch schönes Modewort! Aber sie sind sich noch nicht ganz sicher, was sie mit mir tun sollen. Immerhin, ich habe sehr viel für sie getan, die ganze Drecksarbeit! Ich weiß viel, sehr viel, allzu viel... immerhin. Sie müßten mich wohl umlegen. Und bevor sie dazu Gelegenheit haben, verschwinde ich, Sie verstehen?«

Lindhout nickte betroffen.

»Ich werde nicht – wie andere – dem Westen ein großes Schauspiel geben, mich feiern lassen, nein... ich werde verschwinden, nicht mehr zu finden sein – hoffentlich! Vorbereitet ist alles seit langem... seit ich erkannte, wie Kommunisten den Kommunismus bei uns – und überall – verraten... Ich hatte einen guten Platz in diesem Theater... ich habe mehr gesehen als die andern... ›Dissident‹...« Er verzog den Mund. »Der Irrtum des Westens! Wir, die wir es nicht mehr aushalten, haben nicht etwa erkannt, daß der Kommunismus verwerflich ist! Wir haben erkannt, daß das, was Kommunisten aus dem Kommunismus gemacht haben, verwerflich ist!« Er bemerkte Lindhouts erschrockenes Gesicht und lachte kurz auf. Dann sah er auf die Tischplatte.

»Und Ilja?« fragte Lindhout, selber flüsternd.

»Ilja...« Immer noch sah Lewin auf das rohe Holz des Tisches. Er schwieg so lange, daß Lindhout in seiner Angespanntheit das Klimpern des Zitherspielers, das Lachen und Geschwätz der Gäste wahrnahm. »... Ilja Krassotkin... unser alter Freund Ilja Grigorowitsch... der große Bergsteiger... Dem geht es gut... der tut das, was so viele bei uns tun... arbeiten, arbeiten, sich um nichts sonst kümmern als um die eigene Arbeit!« Er brach ab, denn der Wirt, ein dicker Mann in einem Trachtenanzug, trat an den Tisch.

»Grüß Gott«, sagte er.

»Grüß Gott«, sagte Lindhout.

»Alles in Ordnung, die Herren? Schmeckt der Wein?«

»Ausgezeichnet«, sagte Lewin.

»Das freut mich...« Der Wirt wanderte weiter.

»Ich habe einen Brief von Ilja Grigorowitsch für Sie. Es ist ein rein privater Brief, lesen Sie ihn nachher...« Lewin schob ein Kuvert über den Tisch. »Sie können unserm Freund schreiben, seine Adresse steht auf dem Umschlag. Er ist Leiter einer großen Chirurgischen Klinik geworden. Sie liegt etwa dreißig Kilometer vor Moskau... Ilja hat zwei Wohnungen. Eine da draußen, eine in der Stadt. Sie haben ihm seinen... Irrtum von einst vergeben. Und er hat ihn auch... eingesehen. Er arbeitet wie ein Verrückter. Auch eine Art von Flucht! Aber zur Sache: Herr Zoltan war heute abend bei Ihnen. Deshalb muß ich Sie sprechen.« Lewin trank. Er trank, seit Lindhout eingetroffen war, er sah aus, als hätte er schon zuvor getrunken. »Nassdrowje! Heil dir, Caesar, die Todgeweihten grüßen dich!« Er bemerkte Lindhouts Blick. »Ich bin nicht betrunken. Ich werde sehr schwer betrunken, wissen Sie. Ich bin ganz klar. Herr Zoltan war bei Ihnen und hat Ihnen erzählt, daß in dem Krankenhaus, in dem er jetzt arbeitet, zwei Patienten bei Entziehungskuren durch größere Dosen Ihres ANTONILS ums Leben gekommen sind und daß in einem anderen Krankenhaus drei Männer liegen, die fast krepiert wären.«

»Das alles hat Ihr kleiner Verein...«

»Das alles, ja. Ich weiß genau Bescheid über Herrn Zoltan und seine Toten.« Wieder trank Lewin. Sein Gesicht verfiel mehr und mehr. »Das ist mein Beruf, nicht wahr? Mein verfluchter Beruf! Weil die Sache mit Ihnen zusammenhängt, habe ich mich natürlich

von Anfang an dafür interessiert... Ich kenne die dreckige Geschichte genau...«
»Sie trinken zuviel!«
»Das stimmt... und? Was soll man sonst machen, um dieses Scheißleben, um diese Scheißwelt zu ertragen?« Lewin hob wieder sein Glas.
»Hören Sie!« Lindhout wurde nervös. »Das Mittel, an dem ich ein Leben lang gearbeitet habe, ist gefährlich, muß aus dem Verkehr gezogen werden! Ich habe den Nobelpreis für meine Arbeit erhalten! Nun werde ich als Lügner und Betrüger dastehen, als Lump und Mörder, ja, als Mörder...«
»Das, was Sie zuletzt gesagt haben, stimmt«, sagte Lewin. »Sonst stimmt nichts. *Nichts. Nichts. Nichts!* Ihr Mittel ist absolut ungefährlich und nur segensreich, eine der für die Menschheit segensreichsten Erfindungen. Und es hat natürlich keinen einzigen Menschen getötet...«
Lindhout starrte Lewin an.
»Was sagen Sie da?« flüsterte er.
»Die Wahrheit, mein Freund«, antwortete Lewin leise, »die reine Wahrheit, die Sie niemals werden beweisen können. Sie sind erledigt, das haben Sie nun davon. Hätten Sie nicht ein Leben lang so geschuftet, um den Menschen zu helfen, dann stünde es jetzt besser um Sie. Dann hätten Sie noch eine Chance. So haben Sie keine mehr. Nicht den Schatten einer Chance...«
Er trank wieder.
Der Zitherspieler sang: »Es wird ein Wein sein, und wir wer'n nimmer sein...«
Manche Gäste sangen mit.
Plötzlich fühlte Lindhout, daß auch er trinken mußte, sofort, viel, sein ganzes Glas trank er aus und füllte es nach.
»...'s wird schöne Madln geben, und wir wer'n nimmer leben...«, sangen der Zitherspieler und die Gäste.
»Aber wieso...«
»Ruhig. Ich sage Ihnen alles.« Lewin neigte sich wieder über den Tisch. »Die ganze elende Wahrheit sage ich Ihnen. Das Mittel, das Sie gefunden haben, wird von der SANA hergestellt und vertrieben, nicht wahr? Einer Schweizer Firma. Nicht einem amerikanischen Konzern, o nein, das nicht. *Noch nicht!*«
»Ich verstehe kein Wort...«
»Sie werden gleich jedes Wort verstehen. Ein Morphin-Antagonist, der sieben Wochen lang wirksam ist, und das ohne jede schädliche Nebenwirkung, hat für einen Pharma-Konzern natürlich ungeheure finanzielle Bedeutung, stimmt's?« Lindhout nickte.

»Sie nicken, gut. Daß die Amerikaner, die, wie Sie und ich wissen, in der Entwicklung eines solchen Antagonisten weit vorangekommen sind – aber eben nicht weit genug vorangekommen –, mit allen amerikanischen Methoden versuchen werden, dieses Ihr Präparat auszuschalten, und zwar völlig, ist klar. Stimmt's? Es stimmt. Daß sich das mit gewissen östlichen politischen Wünschen trifft, in diesem Fall vor allem mit dem Wunsch nach der Ausbreitung der Sucht im Westen, besonders in Amerika...«

»... ist auch klar«, hörte Lindhout sich selbst wie von weit her sagen. Er würgte kurz, als er zu begreifen begann.

»Sie beginnen zu begreifen, ja? Mein Freund Adrian beginnt zu begreifen! Ist ja auch vollkommen logisch: Finanzielle Interessen des amerikanischen Kapitalismus treffen sich hier – wie in so vielen anderen Kombinationen! – in wahrhaft wundersamer Weise mit rein politischen Interessen der nichtkapitalistischen Welt. Immerhin hat die Vietnam-Armee der Amerikaner wegen der vielen Süchtigen versagt – und das ist eine historische Tatsache!« Lewin zog ein Heft aus seiner Brusttasche. »Das habe ich gestern gelesen...«

»Was?«

»Das bundesdeutsche Wehrmagazin ›Loyal‹, die neueste Ausgabe. Da steht...« Lewin las: »›Mehr als die Hälfte der in der Bundesrepublik stationierten etwa zweihundertdreißigtausend Soldaten sind drogenabhängig.‹« Er sah auf. »›Loyal‹ erklärt, diese süchtigen Soldaten seien, was selbst von amerikanischer Seite eingeräumt wird, ›nicht einsatzfähig‹. Sogar während des Dienstes nehmen sie Marihuana oder Haschisch zu sich. Zehn Prozent der drogensüchtigen Soldaten – das wären immerhin über zwanzigtausend Mann – geben an, regelmäßig Heroin zu nehmen... Also besteht natürlich ein gesundes östliches Interesse an der immer weiteren Ausbreitung der Sucht! Es ist nicht die Skrupellosigkeit amerikanischer Regierungsstellen, es ist die kapitalistische Raffgier privater amerikanischer Großkonzerne, die es zu diesem phantastischen Zusammentreffen westlicher und östlicher Wunschträume kommen läßt... immer kommen ließ...« Lewin sah Lindhout an. »Habe ich recht?«

Lindhout konnte nur nicken.

»Dabei ist es nicht ohne Pikanterie«, sagte Lewin, »zu sehen, wie die liebe Gewohnheit westlicher Länder, neue medizinische Präparate auch in osteuropäischen Ländern, wo die gesetzlichen Bestimmungen eben nicht so streng sind, testen zu lassen, auf den Westen zurückschlägt.«

»Mein Gott«, sagte Lindhout.

»Bemühen Sie den nicht«, sagte Lewin. »So ist unsere Welt eben. Daß eine sehr potente kapitalistische Industrie ihre Vertreter in der nichtkapitalistischen Welt hat, das wissen Sie so gut wie ich. Daß ein solcher privatkapitalistischer Vertreter sich mit einem politischen Vertreter der nichtkapitalistischen Welt trifft und sie beide – in herzlichem Einklang ihrer Interessen – beschließen, ein Mittel wie ANTONIL kaputtzumachen, die Herstellerfirma als verbrecherisch, den Entdecker als Lumpen und als Scharlatan hinzustellen – können Sie sich das nach allem, was ich Ihnen erklärt habe, vorstellen?«

Lindhout trank ein ganzes Glas voll Wein, bevor er sagte: »Das Weltgeschehen, wie der kleine Moritz es sich vorstellt – genauso wird es gemacht!«

»Genauso.« Lewin verzog den Mund. »Ich habe sie kennengelernt, die Typen, die an den Druckknöpfen der Macht sitzen – im Osten und im Westen! Ich sage Ihnen, sie gleichen einander wie eine Maske und ein Gesicht, wie ein Schlüssel seinem Schloß! Es sind dieselben Typen, mein armer Freund. Damit hätte ich Ihnen eigentlich schon alles erklärt.«

»Herr Zoltan behauptet allerdings, er hat eine lückenlose Dokumentation, alle wichtigen Gewebspräparate der Toten, aus denen hervorgeht, daß ANTONIL, in größerer Dosierung gegeben, tatsächlich den Tod herbeiführt!«

»Hat er auch! Hat er alles! Und es wird Ihnen und den besten Biochemikern und den besten Ärzten, die die SANA nun losschickt, nicht gelingen, diese Dokumentation, diese Befunde zu erschüttern! Wir sind, auf unserer Seite der Welt, eben nicht nur laxer in unseren Bestimmungen bei der klinischen Erprobung eines neuen Medikaments am Menschen, wir sind auch laxer in unseren Bestimmungen über das Leben von Menschen überhaupt! Nein, so stimmt das nicht! Wir sind genauso lax wie die kapitalistischen Großkonzerne, die eben Tote bekommen, wenn sie Tote wünschen! Deshalb kann ich nicht mehr! Deshalb bin ich ›Dissident‹ geworden! Weil ich nun ganz genau weiß, daß man weder den einen noch den anderen glauben, folgen, für sie arbeiten oder kämpfen darf, weil das nämlich nur zwei exakt gleiche Schweineställe sind! Wir brauchen noch ein Literchen ...« Er machte einem jungen Mädchen, das servierte, ein Zeichen. Das Mädchen nickte und lächelte. »Sie haben verstanden, ja?« fragte er. Lindhout bewegte nur den Kopf. Er hatte verstanden, aber er konnte es noch nicht fassen. »Die besondere Infamie in Ihrem Falle, mein armer Freund, bestand darin, daß dieses östliche Klinikum Ihr Mittel als absolut ungefährlich und nichts als segenbringend bezeichnet hat, damit es von der ›US Food and Drug Administration‹ freigegeben wurde, damit es in der ganzen Welt verwendet wurde, damit Sie den Nobelpreis bekommen haben, damit nichts mehr rückgängig gemacht oder verheimlicht werden kann. Wenn sich jetzt – nach alldem – zeigt, daß Ihr Mittel bei hohen Dosen tödliche Nebenwirkungen hat, dann ist dieses Mittel vom Markt – in ein paar Stunden. Dann ist es erledigt!«

»Wie ich«, sagte Lindhout klanglos.

»Wie Sie, genauso, ja«, sagte Lewin.

Das junge Mädchen brachte einen neuen vollen Weinheber.

»Danke, mein Kind«, sagte Lewin und lächelte sie an. Sie lächelte ihn ebenfalls an und verschwand mit dem leeren Gefäß. Lewin füllte die Gläser.

Der Zitherspieler sang ein altes Lied, in dem von der Liebe, dem Leben und dem Tod, vor allem aber von diesem gesprochen wurde.

»Trinken Sie«, sagte Lewin.

Lindhout trank. Er fragte: »Was soll ich jetzt tun?«

»Was hat denn der Chef der SANA, mit dem Sie gewiß sofort telefoniert haben, gesagt, daß Sie jetzt tun sollen?«

»Herrn Zoltan in sein Land folgen und, zusammen mit Ärzten der SANA, die Dokumentation, die Präparate und so weiter prüfen, mit den drei Patienten sprechen, die überlebt haben...«

»Na, sehen Sie.«

»Aber – und da gebe ich Ihnen jetzt recht – wir werden doch nicht beweisen können, daß mein ANTONIL nicht die Todesursache bei diesen zwei Süchtigen gewesen ist«, sagte Lindhout. »Und auch nicht, daß es drei andere Menschen fast umgebracht und schwer geschädigt hat!«

»Niemals«, sagte Lewin, »werden Sie das beweisen können, natürlich nicht. Sie haben ein wunderbares Mittel entwickelt, mein Freund – nur leider nützt Ihnen das überhaupt nichts. Vielleicht... sehr wahrscheinlich... wird es bald einen dritten ANTONIL-Toten geben, wenn die SANA das Mittel nicht aus dem Verkehr zieht! Und einen vierten, wenn Sie zum Beispiel Schwierigkeiten machen sollten und all das vorbringen, was ich Ihnen soeben erklärt habe. Dann gibt es vielleicht sogar ANTONIL-Tote in Amerika! *So* menschenfreundlich sind die Amerikaner nun auch wieder nicht! Immerhin haben sie die erste Atombombe abgeworfen, nicht wahr? Dieses ANTONIL, Ihr Mittel, muß und wird kaputtgemacht werden, darin sind sich beide Seiten herrlich einig. Die amerikanischen Forschungen werden weitergehen. Es wird eines Tages, bald schon vielleicht, einen garantiert ungefährlichen, idealen Morphin-

Antagonisten geben, der sieben Wochen lang wirksam ist, aber das wird dann das sensationelle neue Mittel eines *amerikanischen* Pharma-Konzerns sein! Und die nichtkapitalistische Welt wird sich einiger politischer Konzessionen des Westens erfreuen dürfen, auch wirtschaftlicher zum Beispiel, wie ein Großkonzern sie garantieren kann...«

»Dieser Herr Zoltan hat gesagt, man werde den Zwischenfall – den angeblichen Zwischenfall – geheimhalten, in meinem Interesse.«

Lewin räusperte sich angeekelt. »In Ihrem Interesse! Als ob an Ihrer Person nur ein Funken menschliches Interesse bestünde! Geheimhalten – wie lange? Einen Monat? Ein halbes Jahr? Wenn Sie kooperativ sind, mit Herrn Zoltan fliegen und sich dann an Ort und Stelle davon überzeugen lassen, daß Ihr ANTONIL wirklich tödlich sein kann, dann wird man die Sache etwas länger geheimhalten. Wenn Sie aufmucken, wird man Sie sofort hochgehen lassen. Sie müssen also unter allen Umständen mit Herrn Zoltan fliegen, schon um keinen Verdacht aufkommen zu lassen. Kommt ein Verdacht auf, dann wird es sehr schnell einen toten Professor Lindhout geben...«

»Das ist mir jetzt auch egal!«

»Ah, sagen Sie das nicht.« Lewin winkte mit einer Hand ab. »Das scheußlichste Leben ist immer noch besser als der schönste Tod. Sehen Sie mich an. Was tue ich? Ich tauche unter, ich werde nicht mehr zu finden sein – wenn ich Glück habe – und irgendwo weiterleben, egal, was man von mir sagt, egal, wessen man mich beschuldigt! Das ist auch die Ihnen gemäße Haltung. Das ist die einzige heute noch mögliche Haltung für Menschen wie Sie und mich, die wir zum Spielball der Mächtigen geworden sind. Aber eine wirkliche Chance, das, was da geschieht, zu verhindern, zu veröffentlichen, Gehör und Vertrauen der Massen zu finden – die haben Sie nicht, die habe ich nicht! Sie sind verloren, so wie alle jene verloren sind, die in dieses Gewirr von Gemeinheit und Lügen, von Brutalität und Gewissenlosigkeit geraten. Das mußte ich Ihnen sagen, bevor ich verschwinde. Das müssen Sie wissen.«

Lewin hob sein Glas. »Nassdrowje, mein armer Freund. Und lassen Sie alle Hoffnung fahren.«

63

»Lassen Sie alle Hoffnung fahren...«
Ja, das hat Lewin gesagt, dachte der einsame Mann in seinem stillen Zimmer am frühen Abend des 23. Februar 1979. Wie zusammengesackt hockte er im Sessel und wartete auf diesen Mann, der angerufen und gesagt hatte, er sei der Kaplan Roman Haberland.
Von Lewin habe ich seit jener Nacht nichts mehr gehört. Ich hoffe sehr, daß es ihm gelungen ist, unterzutauchen, zu entkommen, in Frieden zu leben, irgendwo. Aber ist es ihm gelungen? Haben sie ihn nicht viel wahrscheinlicher eingeholt, verhaftet, zurückgeschleppt, ins Gefängnis geworfen, gefoltert zuvor, umgebracht vielleicht? Der Mensch hat wenig Glück... ach, Albert Einstein! Viele sind, die haben überhaupt keines.
17 Uhr 26.
Lindhout hatte auf seine Uhr gesehen. Nun muß er aber wirklich bald erscheinen, dieser Mann, der sich Haberland nennt. Um Viertel vor sechs kommt der Schwedische Botschafter, mein Freund Krister Eijre, kommt Jean-Claude Collange. Sie holen mich ab. Sie wollen zum Flughafen fahren mit mir, mich nach Stockholm begleiten, wo ich morgen meinen Vortrag halten soll vor der Schwedischen Akademie der Wissenschaften.

Die Behandlung der Morphin-Abhängigkeit
durch antagonistisch wirkende Substanzen

So lautet der Titel. Da liegt das Manuskript auf dem Schreibtisch vor mir, da liegt die alte Pistole, Modell Walther, Kaliber 7.65...
Geistesabwesend nahm Lindhout die Waffe in die Hand, strich über ihren Lauf. Hiob, dachte er plötzlich – sie hat mich immer interessiert, diese Gestalt, er hat immer meine Sympathie gehabt, dieser Mann, der von Unglück verfolgt wurde und von Leid. Sie zerstörten seinen Pfad, trugen bei zu seinem Sturz, wie durch eine breite Bresche kamen sie heran, unterhalb der Trümmer wälzten sie sich hervor, Schrecknisse stürzten auf ihn ein, verjagt wie vom Sturm ward sein fürstlicher Rang, und gleich einer Wolke entschwand sein Glück. Des Elends Tage ergriffen ihn, des Nachts wurde sein Gebein ausgehöhlt, ein Spott und ein Ekel ward er den Gerechten geworden, und die ihn jagten, legten sich nicht schlafen...
Ein armer Mensch war Hiob, dachte Lindhout, während seine

Gedanken wirr dahineilten. In unseren Tagen könnte Hiob ein gehetzter Geheimagent sein, der an die einen nicht mehr zu glauben vermag und an die anderen auch nicht glauben kann, und der deshalb gejagt wird von beiden. Ein Agent, ja. Oder ein Biochemiker zum Beispiel auch, der... Nein, dachte er, nein, alles, nur kein Selbstmitleid!

Viel und nichts – noch nichts – hatte sich ereignet seit jener Nacht, in der er mit Lewin gesprochen hatte. Tags darauf war er nach Basel geflogen – der alte Peter Gubler hatte ihn gerufen. Lange Stunden hatten sie miteinander gesprochen in Gublers großem Büro, vor dessen Fenstern der Rhein floß, träge und schmutzig. Es war auch Gubler klar, was da gespielt wurde, mit welchen Methoden man das SANA-Mittel ANTONIL und den Menschen Adrian Lindhout kaputtzumachen entschlossen war. Hin und her überlegten die zwei Männer, wie sie sich wehren konnten – sie fanden keinen Ausweg. Was sie jetzt brauchten, war Zeit, Zeit, sich zur Wehr zu setzen, wenn das möglich war.

Zeit, Zeit, Zeit!

Aber Herr Zoltan hatte gesagt, daß er nicht mehr lange warten konnte, daß er nicht mehr lange geheimhalten werde, was in seinem Krankenhaus angeblich geschehen war und in jenem anderen.

»Kein Wort zu Collange«, sagte Gubler. »Kein Wort zu irgend jemandem. Wir müssen alles versuchen, um diese Schufte bloßzustellen, um der Welt zu zeigen, was Menschen mit Menschen tun, wenn es um Macht, um Geld, um Ruhm geht...«

Lindhout, selbst ein alter Mann jetzt, sah den alten Mann Gubler zweifelnd an. Gewiß redet Gubler nur noch, um zu reden, gewiß weiß er, daß er verloren hat, daß die Katastrophe kommt, näher und näher, aber er will es in geradezu kindischer Weise nicht wahrhaben – genau wie ich, dachte Lindhout, in der gleichen kindischen Weise wie ich!

Ist es nicht so? Kindisch, nichts als kindisch...

Zeit also. Jeder Tag, an dem nichts geschieht, ist ein gewonnener Tag. Ach, er ist aber auch ein Tag näher dem Ende!

In einem Zustand von Selbstaufgabe und Trotz flog Lindhout nach Wien zurück. Während des kurzen Fluges wurde ihm sehr übel. In der Berggasse angelangt, rief er einen Arzt. Der Arzt kam, untersuchte ihn, konnte nichts finden. Ob Lindhout Sorgen habe? Ja, die hatte Lindhout.

Nun, dann wollen wir einmal ein Rezept ausschreiben, es gibt da ganz vorzügliche Mittelchen, und ausspannen, Herr Professor. Wir sind überanstrengt, wir haben uns übernommen, wir sind nicht mehr die Jüngsten, wir werden jetzt lange schlafen, auch nach dem Mittagessen werden wir ein Nickerchen machen, und spazierengehen werden wir, das versprechen wir, nicht wahr, wir haben ja keine Vorstellung, wie gut frische Luft tut!

Nun, sie halfen nicht, die ganz vorzüglichen Mittelchen, die Spaziergänge, nichts half. Bei seinen Gesprächen mit dem Schwedischen Botschafter, der ihn immer wieder einlud, zeigte sich Lindhout nun in einer so elenden Verfassung, daß der gute, arglose Freund Krister Eijre in Amerika anrief, in Rochester und daselbst in der Mayo-Klinik, um den berühmten Professor Adrian Lindhout für eine Untersuchung anzumelden.

Alle Proteste Lindhouts waren vergebens. Krister Eijre bestand auf diesem Check-up.

Und so teilte Lindhout dem Herrn Zoltan, der sich täglich meldete, um zu erfahren, wann man denn losfliegen könne, mit, daß er zuerst noch nach Rochester müsse. Herr Zoltan war voller Verständnis. Aber gewiß doch, auf zwei, drei Wochen kam es wirklich nicht an. Und in der Mayo-Klinik wurde dann festgestellt, daß Lindhout absolut gesund war...

Auf dem Rückflug nach Europa schrieb er, mit Bleistift, die Schlußsätze des Buches, das er, ach glückliche Zeiten!, in jenem kleinen Tiroler Ort, nahe Innsbruck, zu Ende zu schreiben bemüht gewesen war. Nun lag es im Safe einer großen Bank und durfte, Lindhouts Testament zufolge, erst nach seinem Tode der Öffentlichkeit bekanntgemacht werden. Dies waren Lindhouts Schlußsätze:

›Dabei ist es nicht die Droge, die den Menschen gefährdet, sondern die menschliche Natur, die der Droge, wie vielem anderen auch, nicht gewachsen ist. Die Droge ist in dieser Hinsicht entfernt mit geistigen Dingen zu vergleichen, die in die Menschheit hineingetragen worden sind und hineingetragen werden. Welches politische Konzept, welche Ideologie, welches noch so überzeugend klingende Glaubensbekenntnis hat nicht auch Anlaß gegeben zu üblem Mißbrauch? In der psychischen Struktur des Menschen, in seinen Ängsten und Konflikten, in seinem Geltungsstreben, in seinen wohlverborgenen eigensüchtigen Motivationen ist es gelegen, daß selbst die edelsten Gedanken als Waffen gegen vermeintliche Gegner mißbraucht werden. In einer Epoche, in der, auf Grund der sozialen und der technischen Entwicklung, die Eigenverantwortlichkeit des Einzelnen zwangsläufig vermindert ist, wird die Zahl derer, die in der Bewältigung ihrer Situation über genügend Hemm- und Bremsmechanismen verfügen, klein sein...‹

Epilog

I

An diese Sätze dachte der einsame Mann in der Wohnung an der Berggasse nun, am frühen Abend des 23. Februar 1979.
17 Uhr 28...
Ich glaube nicht an den Zufall, überlegte er und spielte mit der Pistole. Ich glaube an den vom Augenblick der Schöpfung an vorausbestimmten Ablauf aller Ereignisse, der sehr großen wie der sehr kleinen, an das Ausbrechen eines Atomkriegs zu einer ganz bestimmten Zeit, an das Fallen eines Blattes zu einer ganz bestimmten Zeit. Alles ist festgelegt, nichts kann geändert werden. Ich, dachte er, habe auch ein in allen Einzelheiten festgelegtes Leben. Ein recht sonderbares Leben. Einen falschen Namen trage ich, den Namen meines besten Freundes Adrian Lindhout, der in Rotterdam von Bomben erschlagen wurde und dessen Kleider, Papiere, Identität ich, der Jude Philip de Keyser, annahm, damals in jenem Keller. Ich bin kein Freimaurer, aber Collange und viele andere glauben, ich sei einer. Als Truus noch klein war, wollte sie immer die Strophen aus dem Freimaurergedicht ›Symbolum‹ von Goethe hören, und ich habe sie ihr vorgesprochen. Truus ist tot, ich habe sie geliebt und verloren, so wie ich Rachel und Georgia geliebt und verloren habe. Kathy Grogan, die alte Kathy, ist gestorben. Wie hat Peter Gubler das einst genannt? Mein ›Lebenswerk‹. Nun ja, gewiß, auch mein Lebenswerk ist zerstört. Ich habe den Nobelpreis erhalten und den Besuch des Herrn Zoltan. Ich habe alles besessen und alles verloren, nichts ist mehr da, nur noch die Aussicht auf Schande, Beschimpfung, Verhöhnung, Verfolgung, Tod, ja Tod. Eigentlich müßte ich meinem Leben ein Ende setzen, dachte er. Nein, dachte er sofort darauf, ich werde es nicht tun, bevor die in der kosmischen Gesetzmäßigkeit vorausbestimmte Zeit dafür gekommen ist. Dann ja. Dann ist das eine exakte Sache. So vieles ist mir widerfahren. Wir werden sehen, was mir noch widerfährt.
In diesem Augenblick hielt ein Auto vor dem Haus.
Es war 17 Uhr 29 am 23. Februar 1979 und sehr kalt in Wien.

2

Die Waffe in der Hand, öffnete Lindhout die gläsernen Balkontüren, trat ins Freie und sah in die Tiefe. Der Fahrgast, ein Mann in schwarzem Mantel, mit schwarzem Hut, war eben ausgestiegen und bezahlte den Fahrer. Lindhout beugte sich über die steinerne Brüstung, um zu sehen, wohin sich dieser Mann nun wandte. Das Taxi fuhr fort, zur Liechtensteinstraße hinab. Der Mann ging schnell auf das Tor des Hauses zu – es befand sich genau unter dem Balkon – und trat ein. Er kam also. Er kam also zu ihm. Lindhout versuchte die lange aufgestaute Erregung mühsam niederzukämpfen.
Ruhig jetzt. Ganz ruhig.
Aber das sagte er sich vergebens.
Die Pistole in der Hand, ging er in den Flur hinaus und knipste auch dort das Licht an, trat an die Wohnungstür, hörte, wie der Lift, knirschend zuerst, summend danach, kam. An der Eingangstür waren nicht mehr so viele Schlösser wie in der längst vergangenen Zeit des Fräulein Demut. Es gab nur noch ein großes Sicherheitsschloß und eine Vorhängekette, die eingeklinkt war. Der Schlüssel steckte an der Innenseite.
Das Summen wurde sehr laut und brach plötzlich ab. Die Drahtkäfigtür des Aufzugschachts wurde geöffnet und zugeschlagen. Das Summen setzte wieder ein – der Lift glitt in die Tiefe. Das alte Guckloch in der Tür war einem modernen Spion gewichen. Lindhout blickte durch dieses gläserne Froschauge auf den Gang hinaus. Ein Mann stand da und stampfte Schnee von seinen Schuhen, der schwarze Mantel hatte sich geöffnet. Lindhout sah, daß dieser Mann auch einen schwarzen Anzug trug, einen schwarzen Pullover, aus dem die Kragenspitzen eines weißen Hemdes traten, und ein kleines silbernes Kreuz auf dem linken Jackenrevers. Lindhout zögerte. So konnte jeder sich kleiden. Er hob die Pistole, dabei bemerkte er, daß seine Hand zitterte. Das bekümmerte ihn. Er preßte die Finger fest um den Schaft der Waffe. Das Zittern hörte auf.
Der Fremde kam auf die Wohnungstür zu. Lindhout sah nun sein Gesicht und auch das Haar, denn der Besucher nahm seinen Hut ab. Das Haar war schlohweiß, das Gesicht wie von Sonne und Sturm gegerbt, zerfurcht und runzelig, unter den müden Augen erblickte Lindhout schwere Tränensäcke. Kaplan Haberland? Er hatte ihn nur einmal im Leben gesehen – als jungen Mann mit braunem Haar, braunen Augen und den vollen Lippen eines

empfindsam geschwungenen Mundes. Ja, die Lippen waren immer noch voll, die Augen braun. Dennoch...
Der Schwarze hatte die Wohnungstür erreicht und hob eine Hand, um zu klingeln. Lindhout riß schnell die Tür auf, die vorgelegte Kette knackte.
»Ja?«
Der da draußen wirkte sorgenvoll und abgespannt.
»Ah, Sie haben schon gewartet...«
»Moment!« Lindhout sprach durch den Türspalt. Dabei stand er so, daß er den Besucher sehen konnte, dieser aber nicht ihn. »Sagen Sie, wer Sie sind!«
»Was soll das... ich habe es Ihnen doch schon am Telefon gesagt...« Die sehr starken, schönen Zähne waren ihm bei diesem jungen Priester aufgefallen, daran erinnerte sich Lindhout. Der alte Mann, der jetzt da draußen auf dem Flur stand, hatte ebenfalls starke, schöne Zähne, gelblich verfärbt allerdings.
»Ich will es noch einmal hören!«
»Das ist doch... Ich bin Kaplan Haberland. Kaplan Roman Haberland!«
Er ist es wirklich, dachte Lindhout. Die Lippen. Die Zähne. Auch an seine rauhe Stimme erinnere ich mich. Er schob den Sicherungshebel der Pistole vor, steckte sie in die Tasche, hakte die Kette aus und öffnete die Tür.
»Sie müssen verzeihen... Ich habe Grund, vorsichtig zu sein, Herr Pfarrer.«
»Nicht Pfarrer, bitte. Kaplan. Und weshalb vorsichtig?«
Lindhout schüttelte den Kopf. »Treten Sie ein, bitte.« Der andere sah ihn verwundert an, folgte der Aufforderung und kam in den Flur. Lindhout schloß die Tür. Eine gewisse Unsicherheit blieb natürlich noch immer. Aber dann hatte er ja seine Pistole.
»Guten Abend, Herr Professor.« Die Stimme klang, wie sie dereinst geklungen hatte. Ja, das war Haberland, das war er.
»Guten Abend.«
»Entschuldigen Sie die Verspätung... der Schnee... und der Abendverkehr... Das Taxi kam nicht voran.«
»Der Schwedische Botschafter ist noch nicht da. Ich habe Zeit – ein wenig Zeit.«
»Sehr gut.«
»Ihr Mantel... ziehen Sie Ihren Mantel aus, Herr Kaplan!«
»Oh – ja, danke.« Haberland tat, wie ihm geheißen, und hängte den Mantel an einen Garderobehaken. Den Hut legte er darüber. »Wir sind einander schon einmal begegnet. Am Weihnachtsabend 1944, erinnern Sie sich?«

»Ja. Einmal im Leben!« Lindhout lachte kurz, während Haberland dachte: Und du bist damals betrunken gewesen, und bist es heute, ein Dritteljahrhundert später, wieder. »Bitte, kommen Sie...« Lindhout ging auf die Tür des Arbeitszimmers zu. »Hier herein... es ist einiges umgebaut worden in der Wohnung...«
»Das sehe ich«, sagte Haberland. »Sie wohnen allein.« Das war eine Feststellung.
»Ja«, sagte Lindhout, und schloß die Tür. Sie standen schweigend voreinander, einige Sekunden – zwei alternde Männer, das Gesicht eines jeden schwer vom Leben gezeichnet. Sie sahen einander an. Beide waren sehr ernst, obwohl Lindhout plötzlich fand, daß diese Begegnung etwas Groteskes hatte. Sie reizte ihn zum Lachen. Indessen lachte er nicht. Er sagte: »Also, Sie müssen mich unbedingt sprechen.«
»Unbedingt«, erwiderte Haberland.
Lindhout machte eine vage Handbewegung.
Der Kaplan setzte sich, Lindhout desgleichen. Er dachte: So sieht er also heute aus, dieser Kaplan, der damals zu mir kam, an jenem 24. Dezember 1944, um mich zu der Verrückten hinüberzubitten, mit der wir das Fest gemeinsam begehen sollten. An diesem Tag vor fünfunddreißig Jahren ist am Morgen Fred erschienen, der arme, kleine Fred Goldstein – sicherlich ist er seit langem tot –, und hat mir die Nachricht gebracht, daß die Gestapo meine geliebte Frau Rachel viehisch ermordet hat. Ich war wie von Sinnen. Ich habe mich betrunken. Dann hat es geklopft, und ein junger, kräftiger Mann – dieser alte, krank wirkende Kaplan da! – ist ins Zimmer getreten und hat gesagt, er bitte mich, ihm zu folgen. Ich war wirklich sehr betrunken. Allmächtiger, ich glaube, ich habe sogar eine Flasche nach ihm geworfen! Ob er sich daran noch erinnert? Gewiß. Jedenfalls ist er es und kein anderer. Nicht Herr Zoltan oder einer von dessen Leuten. Ich habe wohl zuviel Phantasie. Und Angst jetzt, seit Monaten, Angst natürlich.
»Herr Professor, ich sagte Ihnen schon am Telefon, daß ich heute mit der Nachmittagspost einen Brief von Fräulein Demut erhalten habe.«
»Die seit vierunddreißig Jahren tot ist.«
»Die seit vierunddreißig Jahren tot ist, ja.« Haberland nickte. »Sie haben nichts von diesem Flugzeug gelesen, das am dritten November 1950 am Montblanc zerschellt ist?«
»Doch, ja, ich erinnere mich dunkel. Aber was hat das mit mir zu tun?«
»Alle Menschen in dieser Maschine waren tot. Im August vorigen Jahres hat französische Hochgebirgspolizei im Gebiet des Glet-

schers Bossons bei Chamonix einen Postsack gefunden, der zur Fracht jenes Flugzeuges gehört hat. Schon im August wurde der Postsack gefunden. Es haben dann aber noch endlose Verhandlungen der Behörden darüber stattgefunden, ob die Post, die der Sack enthielt, ausgetragen werden sollte und durfte. Man hat zwischen Paris, Bern, Bonn und Wien verhandelt, denn der Sack enthielt auch Briefe an Österreicher und Deutsche. Es ist nicht zu fassen, wie lange sich die Bürokratie Zeit läßt.«

»Die werden gedacht haben, da lagen die Briefe nun so viele Jahre, da kommt es auf ein paar Monate mehr auch nicht an.« Warum habe ich das überhaupt gesagt? überlegte Lindhout unruhig. Wollte ich einen Witz machen? Na, ein sehr guter Witz war das aber nicht. »Ich erinnere mich jetzt genau«, sagte er schnell, »das war eine Maschine, die aus Kalkutta kam und nach Genf wollte, ja, ja, ich habe die Meldung gelesen.«

»In diesem Postsack befand sich auch ein Brief von Fräulein Demut.«

»Moment mal«, sagte Lindhout, »ein Brief von Fräulein... Fräulein Demut ist 1945 bei einem Luftangriff auf Wien umgekommen!« Und dann, ironisch: »Hier in Wien, nicht in Kalkutta!«

»Das habe ich auch nicht behauptet. Sie hat den Brief knapp vor ihrem Tod geschrieben, hier in Wien.«

»Und wieso wurde er nach Kalkutta befördert und dann von Kalkutta zurück?«

»Weil ich in Kalkutta war.«

»Wann... 1945?«

»1950.«

»Wo war der Brief zwischen 1945 und 1950?«

»Zuerst in einem Briefkasten.«

»Aha.« Das sollte wiederum ironisch klingen, tat es aber ebensowenig wie vorhin.

»So hat man es mir erzählt. Der Briefkasten hing an der Mauer eines Hauses im Ersten Bezirk. Das Haus gegenüber wurde von Bomben getroffen. Alles krachte auf den Briefkasten herunter. Erst 1950 hat man ihn ausgegraben.«

»Warum haben Sie ihn dann nicht schon 1950 bekommen? Da war ich noch in Wien, im Sommer erst bin ich nach Amerika geflogen!«

»Ich war nicht in Wien. Nicht mehr.«

»Sondern schon in Kalkutta?«

«Nein, noch in Rom.«

»Aber wieso?«

»Wieso was?«

»Wieso hat man Ihnen dann den Brief nicht nach Rom nachgesandt?«
»Als der Brief in Wien ausgetragen wurde, hatte ich Rom schon wieder verlassen und befand mich auf dem Weg nach Kalkutta. Ich wollte dort als Missionar arbeiten. Also wurde mir der Brief nach Kalkutta nachgesandt – von Wien aus.«
»Dann hätte er Sie doch endlich in Kalkutta erreichen müssen!«
»Das ist richtig.«
»Aber er hat es nicht getan?«
»Er hat es nicht getan, nein. Sonst säße ich wohl nicht jetzt vor Ihnen, Herr Professor.«
Durch die angelehnten Glastüren des Balkons drang abendlicher Verkehrslärm in den stillen Raum mit den vielen Büchern.
»Einen Moment, bevor ich verrückt werde...« Lindhout preßte die Handflächen gegen die Schläfen. »Sie waren nicht in Wien, als der Brief 1950 ausgetragen wurde, weil Sie damals in Rom lebten, das heißt, Rom hatten Sie gerade wieder verlassen, um in Kalkutta Missionar zu werden. Also wurde Ihnen der Brief direkt nach Kalkutta nachgesandt, und in Kalkutta haben Sie ihn auch nicht erhalten – erst heute, am 23. Februar 1979?«
»Ich habe ihn damals, 1950, in Kalkutta nicht erhalten, weil ich – der Brief war mir in einem Kuvert mit der Anschrift des Erzbischöflichen Ordinariats Kalkutta nachgesandt worden – nicht in der Stadt gewesen bin.«
»Eben sagten Sie, Sie waren es!«
»Ich war es auch – aber nicht mehr, als der Brief *eintraf*. Da bin ich mit einer Gruppe ärmster Menschen schon in die Provinz gezogen, weil wir... das führt zu weit. Jedenfalls konnte das Ordinariat mich nicht ausfindig machen und schickte den Brief zurück an das Wiener Priesterheim.«
»Und er wurde natürlich ausgerechnet mit der Maschine befördert, die am Montblanc abstürzte!«
Haberland sah beklommen aus. »Gottes Wege...«
»Ja, ja, ja«, sagte Lindhout. »Aber hören Sie damit, bitte, auf!«
»Nein.«
»Was heißt nein?«
»Ich kann damit nicht aufhören, Herr Professor. Als bedeutender Wissenschaftler sollten Sie eigentlich nicht so reden.«
»Wie reden?«
»Viele Ihrer Herren Kollegen – Atomforscher zum Beispiel – sind, je weiter sie in das Geheimnis der Schöpfung vordrangen, nachdenklicher geworden und immer mehr bereit, Dinge jenseits des Rationalen anzuerkennen, mystische und – verzeihen Sie das harte

Wort – religiöse. Einstein und Oppenheimer, um nur zwei zu nennen, waren durchaus der Ansicht, daß es neben alldem, was sie entdeckt haben, erkannt und enträtselt, unter allen Umständen ein eben niemals zu fassendes Etwas geben muß, das wir als Schöpfer dieses so ungeheuer reichen Universums auffassen müssen. Thornton Wilder drückt das in seiner ›Brücke von San Luis Rey‹ so aus: ›Manche sagen, es gebe kein Wissen für uns, und wir seien den Göttern nichts anderes als Mücken, wie die Knaben sie haschen und töten an einem Sommertag; und manche wieder sagen, kein Sperling verliere ein Federchen, das ihm nicht hinweggestreift wurde von der Hand Gottes.‹«

»Ich kenne die Stelle. Ein sehr schönes Buch. Ein sehr großer Autor! Glauben Sie nicht, daß ich mir nicht auch mehr und mehr Gedanken mache über... hören Sie, jeden Moment kann der Schwedische Botschafter kommen! Das ist jetzt wohl nicht die Zeit für derlei Gespräche!«

»Schade«, sagte Haberland mit seiner brüchigen Stimme.

Lindhout nickte ungeduldig. »Also, als der Brief des Fräuleins endlich ausgetragen wurde, waren Sie wieder in Wien.«

»Schon seit Jahren, ja.«

»Würden Sie sich freundlicherweise etwas beeilen? Sie sagten mir am Telefon, daß Sie den Brief haben, Sie sagten, daß Sie mich unter allen Umständen sprechen müssen, bevor ich nach Stockholm fliege, weil Fräulein Demut in dem Brief schrieb, ich hätte einen Mord begangen. Ist das so?«

»Das ist genau so«, sagte Haberland und zog ein schmutziges altes Kuvert aus der Tasche. »Und *Sie* sagten, Sie könnten sich an alles erinnern. Ist das auch so?«

»Das ist auch so.«

»Sie haben einen Mord begangen?«

»Ja«, sagte Lindhout und erhob sich.

»Sie haben...« Auch Haberland stand auf.

»Getötet, besser gesagt.« Lindhout lächelte. »Am zwölften März 1945. Um ganz exakt zu sein: Hier, in dieser Wohnung.«

3

Haberland sah ihn ruhig an.

»Es ist mir alles wieder eingefallen, als Sie anriefen«, sagte Lindhout. »Es war übrigens kein gewöhnliches Töten. Es war Notwehr.«

Zwei alternde Männer standen einander gegenüber...
Haberland fragte: »Sie wurden angegriffen und mußten sich wehren – meinen Sie das mit dem Wort Notwehr?«
»Nein. Ja. Nein.«
»Also was?«
»Ich wurde nicht körperlich angegriffen.«
»Sondern wie?«
»Anders, verflucht.«
»Und es blieb Ihnen nichts übrig, als einen Menschen zu töten?«
»So ist es, Herr Kaplan.« Lindhout lächelte wieder.
»Sind Sie...«
»Vollkommen!«
»Ich meine: Sind Sie sehr betrunken?«
»Ach so«, sagte Lindhout. »Nein, sehr ganz bestimmt nicht, nur ein wenig. Ich weiß genau, was ich sage. Tut mir leid. Ich dachte, Sie wollten fragen, ob ich normal bin. Das bin ich. Wirklich. Vollkommen. Ich mußte diesen Mann töten.«
Haberland zog einen vergilbten Bogen aus dem Kuvert. Es war der Brief des Fräuleins Philine Demut.
»Wer war der Mann?«
»Wieso?« fragte Lindhout. »Hat Fräulein Demut Ihnen das nicht geschrieben?«
»Nein. Sie kannte den Mann nicht. Sie hat ihm damals die Eingangstür geöffnet. Er verlangte, mit Ihnen zu sprechen. Sie hatte ihn nie zuvor gesehen. Also, wer war der Mann?«
Lindhout sprach nun behutsam, das hatte er nicht erwartet. In seinem Zustand, so fand er, war es schwer, schnell und richtig zu reagieren. »Das geht Sie nichts an, Herr Kaplan.«
»Hören Sie«, sagte Haberland, »dies ist ein Brief, in dem das Fräulein Sie des Mordes beschuldigt – kein Mörder hat mir seine Tat gebeichtet. Nennen Sie mir den Namen jenes Mannes. Kein Mensch darf einen anderen Menschen töten.«
»Aber ja doch«, sagte Lindhout. »Was geschieht denn im Krieg?«
»Das ist Ihre Ansicht...«
»Sie sind Priester! Sie haben natürlich eine andere, klar.«
»Es geht nicht um Ihre oder meine Ansicht. Es geht um einen getöteten Menschen. Kein Mensch hat das Recht, über das Leben eines anderen Menschen zu bestimmen!«
»Ach...« Lindhout verzog den Mund. »Haben Sie eine Ahnung, wieviel Recht in unserer Welt Menschen haben, mit anderen Menschen zu tun, was sie wollen!«
Haberland blieb gleichgültig.

»Warum haben Sie diesen Mann getötet, Herr Professor?«
Lindhout winkte lässig mit einer Hand.
»Jedes Gericht der Welt würde mich freisprechen! Der Kerl war ein gemeiner Erpresser... ein ganz übler Nazi... Ich mußte ihn töten, um Truus' und meinetwillen.«
»Wer ist Truus?«
»Meine Tochter. Nein, nicht meine Tochter. Die Tochter meines besten Freundes Adrian Lindhout.«
»Ihres besten Freundes Adrian Lindhout? Sie sind doch selber Adrian Lindhout!«
Oben auf der Währingerstraße klingelte lange und stürmisch eine Straßenbahn. Der Wind öffnete die Balkontüren wieder, kalte Luft strömte in den Raum. Keiner der Männer bemerkte das. Sie standen dicht voreinander.
»Nein, ich bin *nicht* Adrian Lindhout!« Lindhout begann unruhig zu atmen. Doch zuviel Alkohol, dachte er einen Augenblick lang. Ich muß das alles schleunigst erklären. »Und also ist Truus auch nicht meine Tochter.«
»Sie ist nicht Ihre Tochter...«
»Gewesen. Nein.«
»Was heißt das, gewesen?«
»Das heißt, daß sie tot ist...«
»Daß sie...«
»Ja.«
»Woran ist sie gestorben? Wo?«
Lindhout wurde störrisch. Der Whisky wirkte mehr und mehr.
»Das werde ich Ihnen auch nicht sagen! Ich bin nicht katholisch! Ich unterhalte mich nicht mit Kaplänen über mein Privatleben!«
Ich bin Jude, dachte er, nun total wirr. Also gibt es in meinem Fall für den Pfaffen gewiß kein Beichtgeheimnis.
Auch Haberland war jetzt aufgebracht. »Daß dieser Brief gerade heute in meine Hände kommt, daß ich Sie gerade noch vor Ihrem Abflug erreiche – empfinden Sie das nicht als Fingerzeig Gottes?«
»Fingerzeig wohin?«
»Wohin Sie gehen müssen, was Sie tun müssen!«
Mit einer jähen Bewegung entriß Lindhout dem Kaplan den Brief. Er wich zurück und zog die Pistole.
»Geben Sie mir den Brief wieder!« Haberland trat vor. Er sah traurig aus.
»Bleiben Sie stehen! Stehen sollen Sie bleiben! Wenn Sie näher kommen, schieße ich! Ich schwöre, ich schieße...« Der Alkohol brachte Lindhouts Gedanken vollends durcheinander. Ich muß

dann schießen, dachte er plötzlich, nicht mehr logisch, nein, gar nicht mehr logisch. Denn wenn ich nicht schieße, kommt alles heraus! Daß ich Jude bin und Philip de Keyser heiße, ach, Herrn Pangerl zur Freude. Wird er mein Richter sein? Werden alle Pangerls zu Gericht sitzen über mich und alles in Erwägung ziehen? Was ich in Rotterdam getan habe an jenem 14. Mai 1940? Daß ich mit der Tochter meines besten Freundes, die ich stets als meine Tochter ausgab, gelebt habe wie Mann und Frau? Daß Truus sich umgebracht hat in jener Ruinenhöhle da in Berlin?
»Den Brief. Geben Sie mir den Brief«, sagte Haberland und tat einen Schritt vorwärts.
»Nicht näherkommen!« Lindhout wich einen Schritt zurück.
»Den Brief... bitte...« Wieder trat Haberland einen Schritt vor, er streckte eine Hand aus. Die Hand war rauh, die Nägel waren brüchig und ganz kurz geschnitten, dicke Adern traten hervor aus dieser Hand, die aussah wie die eines alten Arbeiters.
»Nein... nein...« Wieder machte Lindhout einen Schritt zurück.
»Bleiben Sie stehen! Sonst... Sie sollen stehenbleiben! Ich...ich schieße!«
»Dann schießen Sie doch!«
»Ich schieße wirklich!«
»Den Brief, los, geben Sie den Brief zurück!«
Ein jäher Windzug riß die Balkontüren ganz auf. Lindhout war nun in eine völlig chaotische Stimmung geraten. Alles verkehrte sich für ihn ins Gegenteil, wurde drohend. Zu lange hatte er auf diesen Pfaffen gewartet. Nicht einmal eine Stunde, ihm schien es die halbe Ewigkeit. Er war unfähig, auch nur noch einen einzigen klaren Gedanken zu fassen.
»Den Brief, Herr Professor«, sagte Haberland. »Sie sind in... keiner guten Verfassung. Ein Glück, daß ich gekommen bin. Den Brief... bitte, geben Sie ihn mir!«
Und wieder ein Schritt vorwärts.
Und wieder ein Schritt rückwärts.
Lindhout stieß mit der Schulter gegen den Rahmen der Balkontür. Er stand jetzt draußen auf dem steinernen Balkon, aber das bemerkte er in seiner ungeheuren Erregung nicht. Während er weiter nach hinten taumelte, hörte er den Kaplan sagen: »Ich habe doch einen Auftrag.«
»Auftrag? Von wem?«
»Von der Verfasserin dieses Briefes.«
»Die war doch schwachsinnig!«
»Aber ein guter Mensch. Das ist eine Verpflichtung für mich. Hat Fräulein Demut gelogen in ihrem Brief?«

»Nein...«
»Sehen Sie.«
»Ich mußte es tun!«
»Ja, das haben Sie schon gesagt. Nun seien Sie doch endlich vernünftig! Ich halte Sie doch nicht für einen schmutzigen Mörder. Ich bin nur eben in die Situation geraten, mich einschalten zu müssen, nachdem ich den Brief nun einmal erhalten habe. Geben Sie ihn mir endlich...« Schritt um Schritt ging Haberland auf den leichenblassen Lindhout zu, und es war ein Ausdruck unendlichen Mitleids in seinen müden Augen, die so viel menschliches Elend gesehen hatten. »Den Brief...«
»Nein... nein... niemals!«
»Sie sind nicht bei Sinnen! Ich weiß doch, was in dem Brief steht!«
Lindhout lächelte plötzlich wieder, schob mit dem Daumen den Sicherheitshebel zurück und schoß. Haberland taumelte zurück und sackte im Sessel vor dem Schreibtisch zusammen.

4

Lindhout kippte hintenüber und stürzte auf die Straße hinab. In einem Augenblick letzter Erleuchtung hatte er sich in die rechte Schläfe geschossen. Gottes Fingerzeig, hatte er zuvor gedacht. Fingerzeig – das bedeutete, daß nun der zu Anbeginn der Schöpfung für ihn festgelegte, unverrückbare Zeitpunkt des Endes gekommen war. Es gab keine schlaflosen Nächte mehr, keine Angst, keine Tränen. Die Toten haben keine Tränen.
Schwer und dumpf knallte Lindhouts Körper auf der verschneiten Straße auf. Menschen schrien. Autos hielten mit kreischenden Reifen.
Haberland fühlte, daß er am ganzen Körper zitterte, als er sich erhob und langsam, sehr langsam auf den Balkon hinaustrat. Unten lag Lindhout auf dem Rücken, die Arme weit ausgestreckt. Von allen Seiten eilten Menschen herbei. In dunklen Fenstern flammte Licht auf. Haberland vernahm viele Stimmen. Mit ausgestreckten Armen, dachte er...
Schnell trat er in das Zimmer zurück, suchte in dem Telefonbuch auf dem Schreibtisch, fand die Nummer des Sicherheitsbüros, wählte...
Eine Männerstimme meldete sich.
Haberland konnte kaum sprechen. »Jemand hat sich erschossen. Er

liegt auf der Straße... In der Berggasse...« Er nannte die Hausnummer.
»Wer sind Sie?«
»Kaplan Haberland.«
»Warten Sie auf uns, wir kommen sofort.«
Haberland ließ den Hörer fallen, dann sank er wieder auf den Stuhl vor dem Schreibtisch und bedeckte das Gesicht mit den Händen. Nach ganz kurzer Zeit vernahm er das Heulen einer Sirene, das näher kam, lauter wurde, überlaut, abstarb. Eine zweite Sirene ertönte, auch ihr Heulen kam näher, wurde lauter, verstummte. Haberland wankte wieder auf den Balkon hinaus.
Er sah ein großes schwarzes Auto und einen weißen Rettungswagen dicht neben Lindhout. Polizisten drängten Neugierige zurück – kleine schwarze Gestalten auf weißem Grund. Auch Lindhout war so eine kleine, schwarze Gestalt, schmal, mit ausgebreiteten Armen, wie...
Roman Haberland mußte sich an der verschneiten Brüstung festhalten, ihm war plötzlich so schwindlig, daß er befürchtete, zu stürzen.
Ein Polizeiarzt kniete unten auf der Straße im schmutzigen Schnee neben Lindhout, um dessen Schädel sich eine Blutlache gebildet hatte.
»Er ist auf der Stelle tot gewesen, Herr Kommissar«, hörte Haberland den Arzt zu einem älteren Mann sagen. »Die Waffe hält er noch in der Hand, sehen Sie?«
»Und was hält er in der andern Hand?«
»Einen... einen Brief!«
Der Kriminalkommissar blickte suchend an der Fassade des Hauses empor und entdeckte Haberland auf dem Balkon. »Sie!« schrie er, »haben Sie uns angerufen?«
Haberland würgte, dann konnte er rufen: »Ja!«
»Bitte, kommen Sie sofort herunter. Lassen Sie die Tür offen. Ich schicke Beamte hinauf!«
»Natürlich...«
Aus der Menge der Neugierigen löste sich ein junger Mann und ging ein weites Stück die Straße hinunter. Dort parkte ein Auto. Er setzte sich hinter das Steuer und neben den Mann auf dem rechten Vordersitz. Sie redeten in einer fremden Sprache.
»Was ist?« fragte Herr Zoltan.
»Er hat sich erschossen. Er ist tot.«
»Erschossen?« Herr Zoltan lachte plötzlich. »Erschossen! Na, sehr gut! Na, wunderbar! Das macht ja alles noch viel einfacher! Los, los, weg von hier, schnell!«

Das Auto schob sich aus der Parklücke und fuhr talwärts. Bei der Kreuzung Liechtensteinstraße bog es links ab.
In diesem Augenblick erreichte ein großer Wagen mit einem CD-Schild, von der Schwarzspanierstraße kommend, die Berggasse und hielt knapp vor dem Menschenauflauf – mit grell aufblendenden Scheinwerfern. Der Fahrer und zwei Männer, Krister Eijre und Jean-Claude Collange, stürzten ins Freie und drängten sich durch die Menge.
»Was ist geschehen? Was ist geschehen, um Himmels willen?« rief einer der beiden.
»Wer sind Sie?« fragte der Kommissar.
Der andere erwiderte: »Ich bin der Schwedische Botschafter in Wien. Das... mein Gott, das ist... Adrian!«
»Er hat sich erschossen«, sagte der Kommissar.
Blitzlichter flammten auf. Ein Polizeifotograf neigte sich über den Toten.
»Aber warum? Warum?« Der Schwedische Botschafter hatte den Hut abgenommen. »Dieser Mann war mein Freund! Ich bin gekommen, um ihn abzuholen. Wir wollten zusammen nach Stockholm fliegen. Dort sollte Adrian Lindhout einen Vortrag...« Krister Eijre vermochte nicht weiterzusprechen.
»Das ist der Nobelpreisträger Lindhout?« Der Kommissar sah Collange voller Erstaunen an.
»Ja«, sagte dieser mit klangloser Stimme, »das ist der Nobelpreisträger Professor Adrian Lindhout.«
Ein alter Mann kam mit unsicheren Schritten aus dem Haustor, ohne Mantel. Collange erblickte ein kleines silbernes Kreuz an seinem linken Jackenrevers.
»Warum hat er sich erschossen?« fragte der Kommissar.
»Keine Ahnung...«
Collange sah den Kommissar auf den Mann mit dem kleinen silbernen Kreuz zueilen und rasch mit ihm sprechen. Zugleich fühlte er, wie seine Wangen naß wurden von Tränen. Warum, dachte Collange. Warum hat er das getan? Warum? Er war mein Vorbild. Ich habe ihn verehrt – ja, geliebt habe ich ihn. Da liegt er, reglos, immer wieder flammen Blitzlichter auf. Der Hinterkopf ist ein blutiger Brei, aber sein Gesicht, dachte Collange, Lindhouts Gesicht ist unverletzt und voller Frieden, ist erfüllt von unendlichem Frieden. Diese Welt hat ihm wohl nicht mehr gefallen, und so hat er sie ohne Bedauern verlassen.
Der Botschafter redete auf Collange ein, andere Leute taten es. Er hörte nicht einmal ihre Stimmen.
Lindhout ist vollkommen verändert gewesen in der letzten Zeit,

dachte Collange. Er hat versucht, seinen Kummer vor allen zu verbergen, und darum glaube ich, daß es ein besonders großer Kummer gewesen ist. Traurig war er stets, ja, und immer wie geistesabwesend, all die Zeit über. Warum hat er das getan? Warum? Er war der Mensch, den ich am meisten von allen Menschen bewundert habe. Und weil ich ihn so bewundert habe, so geliebt habe, deshalb habe ich mit ihm gelitten in diesen letzten Wochen. Er ist tot. Ich lebe. Andere seiner Freunde leben. Wir dürfen nicht verzweifeln. Wir müssen weiter handeln. Wir müssen weiter hoffen.

Collange verspürte auf einmal ein ihm zunächst unbegreifliches Gefühl. Er starrte den Toten an, und plötzlich stockte sein Atem, denn er erkannte, was für ein Gefühl es war, das ihn bewegte. Niemals mehr, so hatte er einst Lindhout auf dessen Frage geantwortet, würde er nach dem Tod seiner Frau Elisabeth dieses Gefühl empfinden. Und nun empfand er es doch. Nach so vielen Jahren war Jean-Claude Collange endlich beinahe wieder fast glücklich. Er wußte, was er zu tun hatte: hoffend zu handeln und handelnd zu hoffen.